当代卷

中国文学编年史

主编◇陈文新

本卷主编◇於可训　李遇春

霊中南

《中国文学编年史》编纂委员会

顾　问（按姓氏笔画排序）

卞孝萱　邓绍基　冯其庸　曹道衡　傅璇琮

霍松林

主　编　陈文新

编　委（按姓氏笔画排序）

石观海　李建国　汪春泓　陈文新　张思齐

张玉璞　於可训　赵伯陶　赵逵夫　胡如虹

诸葛忆兵　曹有鹏　熊治祁　熊礼汇　霍有明

本卷撰稿人（按姓氏笔画排序）

李遇春　於可训等

☆国家社会科学基金项目

☆武汉大学人文社会科学重大攻关项目

总　序

　　纪传体、编年体是中国传统史书的两种主要体裁，而编年体的写作远较纪传体薄弱。《四库全书总目》卷四七史部编年类小序已明确指出这一事实："司马迁改编年为纪传，荀悦又改纪传为编年。刘知幾深通史法，而《史通》分叙六家，统归二体，则编年、纪传均正史也。其不列为正史者，以班、马旧裁，历朝继作。编年一体，则或有或无，不能使时代相续。故姑置焉，无他义也。"[①] 与古代历史著作的这种体裁格局相似，在 20 世纪的中国文学史写作中，也是纪传体一枝独秀，不仅在数量上已多到难以屈指，各大专院校所用的教材也通常是纪传体，这类著作的核心部分是作家传记（包括作家的创作经历和创作成就）。编年类的著作，则虽有陆侃如、傅璇琮、曹道衡、刘跃进等学者做了卓有成效的工作，但就总体而言，仍有大量空白，尤其是宋、元、明、清、现、当代部分，历时一千余年，文献浩繁，而相关成果甚少。这样一种状况，自然是不能令人满意的。这套十八卷的《中国文学编年史》的编纂出版，即旨在一定程度地改变这种状况。

　　文学史是在一定的空间和时间中展开的。纪传体的空间意识和时间意识以若干个焦点（作家）为坐标，对文学史流程的把握注重大体判断。其优势在于，常能略其玄黄而取其隽逸，对时代风会的描述言简意赅，达到以少许胜多许的境界。若干重要的文学史术语如"建安风骨"、"盛唐气象"、"大历诗风"等，就是这种学术智慧的凝

---

　　① 永瑢等撰：《四库全书总目》，第 418 页，北京，中华书局，1965。

结。但是，由于风会之说仅能言其大概，"个别"和"例外"（即使是非常重要的"个别"和"例外"）往往被忽略，不免留下遗憾。一些跨时代的作家，如李煜、刘基、张岱等人，在文学史中的时代归属与其代表作的实际创作年代也常有不吻合的情形。例如，李煜被视为南唐作家，而他最好的词写在宋初；刘基被视为明代作家，而他最好的诗、文写在元末；张岱被视为明代作家，而其代表作多写于清初。比上述情形更具普遍性的，还有下述事实：我们讲罗贯中的《三国志通俗演义》，往往以毛宗岗修订本为例；我们讲施耐庵的《水浒传》，往往以百回繁本为例；我们讲兰陵笑笑生的《金瓶梅》，往往以崇祯本为例。这就出现了两方面的问题：第一，我们讲的并不是作家的原著；第二，我们忽略了读者的接受情形。这类涉及风会与例外、作家时代归属与作品实际创作、传播与接受两方面的问题，以纪传体来解决，由于受到体例的限制，往往力不从心，采用编年体，解决起来就方便多了：不难依次排列，以展开具体而丰富多彩的历史流程。

与纪传体相比，编年史在展现文学历程的复杂性、多元性方面获得了极大的自由，但在时代风会的描述和大局的判断上，则远不如纪传体来得明快和简洁。作为尝试，我们在体例的设计、史料的确认和选择方面采用了若干与一般编年史不同的做法，以期在充分发挥编年史长处的同时，又能尽量弥补其短处。我们的尝试主要在三个方面：其一，关于时间段的设计。编年史通常以年为基本单位，年下辖月，月下辖日。这种向下的时间序列，可以有效发挥编年史的长处。我们在采用这一时间序列的同时，另外设计了一个向上的时间序列，即：以年为基本单位，年上设阶段，阶段上设时代。这种向上的时间序列，旨在克服一般编年史的不足。具体做法是：阶段与章相对应，时代与卷相对应，分别设立引言和绪论，以重点揭示文学发展的阶段性特征和时代特征（现当代文学因时间周期较短，拟省略阶段，不设引言）。其二，历史人物的活动包括"言"和"行"两个方面，"行"（人物活动、生平）往往得到足够重视，"言"则通常被忽略。而我们认为，在文学史进程中，"言"的重要性可以与"行"相提并论，特殊情况下，其重要性甚至超过"行"。比如，我们考察初唐的文学，不读陈子昂的诗论，对初唐的文学史进程就不可能有真正的了解；我们考察嘉靖年间的文学，不读唐宋派、后七子的文论，对这一时期的文学景观就不可能有准确的把握。鉴于这一事实，若干作品序跋、友朋信函等，由于透露了重要的文学流变信息，我们也酌情收入。其三，较之政治、经济、军事史料，思想文化活动是我们更加关注的对象。中国文学进程是在中国历史的背景下展开的，与政治、经济、军事、思想文化等均有显著联系，而与思想文化的联系往往更为内在，更具有全局性。考虑到这一点，我们有意加强了下述三方面材料的收录：重要文化政策；对知识阶层有显著影响的文化生活（如结社、讲学、重大文化工程的进展、相关艺术活动等）；思想文化经典的撰写、出版和评论。这样处理，目的是用编年的方式将中国文学进程及与之密切相关的中国思想文化变迁一并展现在读者面前。

《中国文学编年史》是一个基础性的重大学术工程，文献的广泛调查和准确使用是做好编纂工作的首要前提。《四库全书》、《续修四库全书》、《四库存目丛书》、《四库禁毁书丛刊》、《丛书集成》、《笔记小说大观》等是我们经常使用的典籍，近人和今人整理出版的别集、总集，大量年谱（如徐朔方《晚明曲家年谱》），以及文、史、哲方面的编年史，均在参考范围之内，限于体例，未能一一注明，谨此一并致谢。在使用上述文献的过程中，我们采取的是一种如履薄冰、如临深渊的谨慎态度。这是因为，相当一部分典籍是由我们第一次标点，这一工作的难度是不言而喻的。即使是前人已经整理的典籍，我们也并不直接采用，而是根据自己的理解再整理一次。这样做当然增加了工作量，但确有许多好处，若干错误就是在这一过程中得到纠正的，有些错误的纠正涉及基本事实的澄清。比如，张大复《皇明昆山人物传》卷八记梁辰鱼晚年情形，有云："（梁氏）当除夕遇大雪，既寝不寐。忽令侍者遍邀诸年少，载酒放歌，绕城一匝而后就睡。曰：'天为我辈雨玉，可令俗人蹴踏之耶？'时年已七十矣。亡何，中恶，语不甚了。有老奴李用者，颇省其说，尚有注记。得岁七十有三。"一位学者将"中恶，语不甚了"标点为"中恶语，不甚了"，并就此推论说："梁辰鱼七十岁时遭遇暧昧不明的事件。""《皇明昆山人物传》的上述记载本意是为贤者讳，事实上倒很可能为统治者隐盖了迫害异己文人的一件罪行。"这就不免弄错了事实。"中恶"即突然患急病，正所谓"老健春寒秋后热"，老年人得急病是常见的情形。而"中恶语"的表述，明显不符合古人的语言习惯。再如，陈田《明诗纪事》将正德时期的傅汝舟与明末的傅汝舟混为一人，将两人的生平搅在一起，其按语云："丁戊山人诗初矜独造，晚遁荒诞，择其人格者录之，亦是幽弦孤调。山人享大年，具异才，谈佛谈仙，亦作北里中艳语。初与郑少谷游，晚乃与茅止生、卓去病、张文寺、文太青倡和，支离怪诞，无所不有。少谷集中无是也。论者乃专谓山人刻意学少谷，何哉？"《明诗纪事》近三百万言，卓有建树，是研究明诗的必备案头书。但关于傅汝舟，陈田的确弄错了。郑善夫（1485—1523）号少谷，以学杜著称，学郑少谷的是正德年间的傅汝舟；文翔凤号太青，万历三十八年（1610）进士，与文太青等唱和的是明末的傅汝舟。两个傅汝舟之间相距约百年，陈田想当然地将二者合为一人，说他"享大年"，又说他前期学郑少谷，后期学竟陵派，曲意弥缝，令人哑然失笑。其他种种，如部分文学家辞典对作家生卒年的误注，若干点校本的断句错误等，我们都在力所能及的范围内做了纠正。提到这些情况，不是想证明我们的水平有多高，而意在告诉读者：我们的工作态度是认真的，有志于为读者提供一部值得信赖的编年史著述。

《中国文学编年史》的编纂得到了北京大学、武汉大学、南京大学、中国人民大学、中国社会科学院、中国艺术研究院、中华书局、陕西师范大学、西北师范大学、华中师范大学、山东师范大学、山东曲阜师范大学、中南民族大学、中南财经政法大学等单位专家和领导，尤其是武汉大学领导的支持；湖南省新闻出版局、湖南出版投资控股集团及湖南人民出版社鼎力支持编年史的编纂出版，所有这些，我们将永远铭记在心。

陈文新
2006 年 7 月 23 日于武汉大学

凡　例

一、《中国文学编年史》以编年形式演述中国文学发展历程，凡十八卷：第一卷周秦、第二卷汉魏、第三卷两晋南北朝、第四卷隋唐五代（上）、第五卷隋唐五代（中）、第六卷隋唐五代（下）、第七卷宋辽金（上）、第八卷宋辽金（中）、第九卷宋辽金（下）、第十卷元代、第十一卷明前期、第十二卷明中期、第十三卷明末清初、第十四卷清前中期（上）、第十五卷清前中期（下）、第十六卷晚清、第十七卷现代、第十八卷当代。

二、编年史各卷据文学发展的不同阶段划分为若干章（如无必要，或不分章）。章的标目方式是："××章　××年至××年，共××年"。关于某一阶段文学的总体评论放在该章的首年之前，如明前期卷"第一章　洪武元年至建文四年，共35年"，在章目下，"洪武元年"之前，单列明前期卷"引言"一目。关于某一时代文学的综合论述，放在卷首。如元代卷，在第一章前，单列元代文学"绪论"。

三、编年史各卷所收录内容的构架大体统一，重点包括七个方面：1. 重要文化政策；2. 对文学发展有显著影响的文化生活（如结社、讲学、重大文化工程的进展、相关艺术活动等）；3. 作家交往（唱和、社团活动等）；4. 作家生平事迹；5. 重要作品的创作、出版和评论；6. 争鸣（团体之间、个人之间在重要问题上的论辩等）；7. 其他。

四、叙事以纲带目，即在征引相关文献之前有一句或数句概述。如，先总叙一句"俞宪编《盛明百家诗》成书"，再征引相关序跋、著录、评议。前者为纲，后者为目，纲、目配合，旨在完整地呈现文学史事实。少量见于常用工具书的重要史实，或不必展开的文学史事实，则列纲而略目，以省篇幅。

五、公历纪年年初与中国传统纪年年末不属同一年份，如公元1899年元月1日至12月31日对应于光绪二十四年戊戌十一月二十七日至光绪二十五年己亥十一月二十九日，而不对应于光绪二十五年己亥正月初一至十二月三十日。我们采用变通的处理方法，以公历纪年，而以农历纪月，比如，凡光绪二十五年己亥正月至十二月之内的内容均置于公元1899年下。作家生卒年，仍据公历标注，其他以此类推。现、当代文学部分，纪年、纪月均据公历。

1

六、同一年内之文学史实，按月份先后顺序排列。月份不详而仅知季度的，春季置于三月之后，夏季置于六月之后，其他以此类推。季度、月份均不详者，另设"本年"目统之。

七、一部分重要文学史实，年月不详而仅知大体时段者，在年号之末另设"××年间"目统之，如嘉靖四十五年之后另设"嘉靖年间"一目。

八、引用序跋，一般采用"作者＋篇名"的方式，如"臧懋循《唐诗所序》"。引用序跋之外的诗文等作品，一般采用"集名＋卷次＋篇名"的方式，如"《有学集》卷三一《隐湖毛君墓志铭》"，采用"作者＋篇名"的方式，如"钱谦益《隐湖毛君墓志铭》"。无篇名者则省略，如"《艺苑卮言》卷三"。某作者集中所收为他人别集所作的序跋，亦采用这一方式，如"《太函集》卷二二《弇州山人四部稿序》"。引用正史，一般采用"正史名＋本传或××传"的方式，"如《明史》本传"或"《明史》李攀龙传"，不标卷次。引用《四库全书总目提要》，或用全称，或简称"四库提要"，只标明卷次。如"四库提要卷一五三"。引用地方志，标明纂修年代，如"光绪《乌程县志》卷三一"。据类书转引时，注明原出处，如"《太平广记》卷二〇《阴隐客》（出《博异志》）"。引用报刊，注明年月日或卷次。

九、作者小传一般置于生年。有些作家，虽生年在上一卷，但在上一卷无文学活动，其小传酌情移入本卷首次出现时。如杨士奇，元亡时才4岁，其小传置于明前期卷，出生时只交代："杨士奇（1365—1444）生"，不列小传。现、当代作者，因传记资料常见，相关作家小传酌情收录。

十、对于某一作家的总体评论和重要著录一般置于卒年。某作者卒年在下一卷，但在下一卷无重要文学活动，主要评论材料酌情置于本卷。如易顺鼎（1858—1920），其评论材料集中于晚清卷，不入现代卷。

十一、作家代表作一般不录原文，但收录重要评论材料，并酌情说明相关选本收录情形。

十二、需要补充交待而占用篇幅较大的文学史事实，设少量"附录"。对若干需要辨证的史实，设按语加以说明。以提供文献线索为主，不详加征引。

目　录

绪 论

一、当代文学的概念

　　《中国当代文学史》前言：在中国大陆，"当代文学"的提法，最早出现在 20 世纪 50 年代后期。虽然 1959 年建国十周年时，文学界的权威机构和批评家在描述 1949 年以来的大陆中国文学时，并没有使用这一概念，甚至 1960 年的第三次全国文代会，"当代文学"也未见在大会的报告和文件中出现。但在上述的文章、报告中，如邵荃麟的《文学十年历程》（《文艺报》1959 年第 18 期）、茅盾的《新中国社会主义文化艺术的辉煌成就》（《人民日报》1959 年 10 月 7 日）、中国科学院文学研究所编写组编写的《十年来的新中国文学》（作家出版社 1960 年版）、周扬的《我国社会主义文学艺术的道路》（《文艺报》1960 年第 13、14 期合刊）等，已使用了可与"当代文学"互相取代的用语，如"新中国文学"，或"建国以来的文学"等。最早使用"当代文学"这一概念的，是 20 世纪 50 年代后期文学研究机构和大学编写的文学史著作，如华中师范学院中文系编著的《中国当代文学史稿》（该书作于 1958 年，1962 年由科学出版社出版）、山东大学中文系编写组编写的《1949—1959 中国当代文学史》（山东人民出版社 1960 年版）、北京大学中文系 1955 级编写组编写的《中国现代文学史当代部分纲要》（内部铅印本，未正式出版）等。从那时开始，"当代文学"作为与"现代文学"相衔接和相区别的文学分期概念得到认可，虽然同时也一直存在着对这一概念和分期方法的质疑和批评。20 世纪 70 年代末以后，这个概念得到更广泛的运用。

　　在 20 世纪 50 年代后期，"当代文学"概念提出的原因，存在诸多的因素。但是，为 1949 年以后的中国大陆文学"命名"，是最主要的动机。五四文学革命之后，对这一"革命"所诞生的文学的描述，很快便以"新文学"作为指称，并被文学研究者用在最初的以"文学史"的形式来评述这一文学现象的著作中，如《中国新文学研究纲要》（朱自清）、《中国新文学的源流》（周作人）等。"新文学"这一概念的提出和最初的使用，具有这样的含义：从"历时"的角度而言，是在表明它与中国"古典"的、"传统"的文学的时期区分；从"共时"的角度，则显示这种文学的"现代"性质；

题材、主题、语言文学观念上发生的重要变革与更替。到了三四十年代之交，毛泽东的《新民主主义论》等著作，在对于现代中国政治、经济、文化的性质（"现阶段""中国新的国民文化"，"既不是资产阶级的文化专制主义，又不是单纯的无产阶级的社会主义，而是以无产阶级社会主义文化思想为领导的人民大众反帝反封建的新民主主义"）的分析中，建立了一种将政治社会进程与文学进程直接联系，以文学社会政治性质作为依据的文学分期框架。这样，"新文学"这一概念，在具有左翼倾向的批评家和文学史家那里，赋予了新的内涵。在他们的论著中，"新文学"被解释为与"新民主主义革命"分不开的、在性质上是属于"革命民主主义性质"的文学，而1949年以后，中国社会的"整个性质"已转变为"社会主义"的，文学也必然发生"根本性质"上的变化。虽然，在50年代初，文学界的权威者认为"目前中国文学，就整个说来，还不完全是社会主义的文学，而是在社会主义现实主义指导之下社会主义和民主主义的文学"，但又指出现在"我们文学已经开始走上了社会主义现实主义的道路"。（周扬：《周扬文集》第2卷，第186页、第191页，人民文学出版社1985年版）"建国以来"的文学与以前的文学性质的区别，以及"建国以来"文学是一个更高的文学阶段的判断，在50年代已成为不容质疑的观点。

按照这种政治、经济和文化（文学）形态相对应的观点，中国在进入"社会主义革命"阶段之后，将必然地出现一种新的性质的文学形态。既然认为存在着两种不同性质的文学，而它们的关系又呈现为上升的生成过程，那么，笼统地用"新文学"加以涵盖，可能会导致文学的各自的"性质"不能凸现，削弱文学发展的目的性表达的后果。这样，在50年代前期的几部文学史，如王瑶的《中国新文学史稿》、蔡仪的《中国新文学史讲话》、刘绶松的《中国新文学史初稿》等，仍然采用"新文学"的称谓后，到50年代后期开始，"新文学"的使用已大大减少，并开始出现了以"现代文学"加以取代的趋向。这种概念的转换，是为了给1949年以后的文学的命名留出位置。因此，"当代文学"的概念的提出，不仅是单纯的时间划分，同时有着有关现阶段和未来文学的性质的指认和预设的内涵。当代文学是"社会主义文学"的这一理解，一直延续到80年代以后的若干当代文学史的写作中。

但是，20世纪80年代以来，批评家和文学史家在处理这一概念上，出现了分歧。有的研究者对这一概念的"科学性"提出怀疑，也质疑"现代文学"与"当代文学"的两分法，而强调在对20世纪中国文学的整体把握的基础上，寻求另外的概念和分期方法。继续使用"当代文学"的研究者，则已赋予它以各不相同的含义。以当初的意识形态性的文学分类方法，把"社会主义文学"作为"当代文学"的质的规定仍是一种重要的理解。也有从"在中国新文学史和新文学思潮史上""具有相对独立的阶段性和独立研究的意义"的理由，而把当代文学的时间确定在"从1949年7月召开的全国第一次文代会到1979年召开的全国第四次文代会这段期间"。（朱寨主编：《中国当代文学思潮史》第1页、第3页，人民文学出版社1987年版）有的使用者把它作为一个虽有缺陷、但已广泛使用而一时难以摆脱的概念来接受。另，有的研究者，则将中国当代文学，作为中国的、发生在社会主义社会的"语境"中的文学来理解；这种理解，回避了当初这一概念的有关文学性质的含义，将文学的内质置换为文学生成的社会历史环境。所有这些运用，确实都带有"权宜"的意味。

本书继续采用"当代文学"的概念，原因是它连同相关的分期方法，仍有其部分存在的理由，即可以作为把握本世纪中国文学状况的一种有效的视角。这样，"中国当代文学"首先指的是 1949 年以来的中国文学。其次，指的是发生在特定的"社会主义"历史语境中的文学，因而它限定在"中国大陆"的这一范围之中；台湾、香港等地区的文学与中国大陆文学，在文学史研究中如何"整合"的问题，需要提出另外的文学史模型来予以解决。第三，本书在运用"当代文学"时的另一层含义是，"当代文学"这一文学时间，是五四以后的新文学"一体化"趋向的全面实现，到这种"一体化"的解体的文学时期。中国的"左翼文学"（"革命文学"），经由 20 世纪 40 年代解放区文学的"改造"，它的文学形态和相应的文学规范（文学发展的方向、路线、文学创作、出版、阅读的规则等），在 50 至 70 年代，凭借其影响力，也凭借政治的力量而"体制化"，成为唯一可以合法存在的形态和规范。只是到了 80 年代，这一文学格局，才发生了变化，而出现了在新的历史条件下文学变革的前景。（洪子诚：《中国当代文学史》，北京大学出版社 1999 年版）

二、当代文学的形成和分期

《中国当代文学史初稿》绪论：毛泽东同志曾经形象地把中国革命的两个发展阶段比喻为上、下两篇文章。包括新民主主义阶段和社会主义阶段在内的整个我国无产阶级革命文学，——人们习惯上把新民主主义阶段的文学称为中国现代文学，而把社会主义阶段的文学称为中国当代文学，——同样由这样两篇文章构成。

自鸦片战争以来的中国近代历史证明，凡属根本性的社会政治变革，总是要反映到文学上，引起文学性质的变化。这一事实，证明了鲁迅说的"政治先行，文艺后变"的光辉论点。在新民主主义阶段，我国革命文学虽然以科学社会主义作为指导思想，但整个性质还不是社会主义的，因为当时革命的基本任务是反帝反封建，还不是以推翻资本主义为目标的社会主义革命，当然也没有形成社会主义的政治和经济。那时文学作品所反映的主要是民族革命和民主革命的内容，或者说，作家们是以自己熟悉的各种题材和形式，为这一斗争服务。那时，社会主义还没有付诸实践，只是作为一种思想体系和一种理想，照耀着我们前进的道路。因此，这个时期的革命文学的性质，属于无产阶级领导的新民主主义的范畴。

中华人民共和国的成立，标志着新民主主义阶段的基本结束和社会主义阶段的开始。在社会主义阶段，社会主义已经不只是一种思想体系或一种理想，而是逐步变成活生生的现实了。通过形象化的手段，反映并促进社会主义政治、经济制度的建立、发展和不断完善、巩固，是我国当代文学的光荣使命。当我们的文学真正肩负起这一历史使命，并真正为有社会主义觉悟、有文化的广大劳动者（包括脑力劳动者）所掌握的时候，就形成为社会主义的文学了。

在 20 世纪国际无产阶级革命的历史环境里，由于中国共产党的领导和马列主义、毛泽东思想的巨大影响，在革命和文学之间、昨天和今天之间，有着一道空前牢固的桥梁，正确认识它们之间的辩证关系，是我们研究当代文学产生的历史条件的重要前提。

一、五四以来的革命文学，一开始就在无产阶级领导之下，以共产主义宇宙观和社会革命论为其指导思想，因此，在初期的文学中，就已经包含着社会主义思想的因素，而且这种因素是主导性的、与日俱增的。与此同时，中国共产党对文学的领导，也由最初主要是理论和思想上的影响与指引，随着无产阶级革命文学运动的发展，逐渐加强了组织上的领导。尽管我们可以对领导过程中的许多方式和效果进行认真的讨论，但这一趋势反映了革命文学服务于革命事业的自觉程度越来越高，社会主义因素逐步加强，却是确定无疑的。特别是在1942年《在延安文艺座谈会上的讲话》发表以后的解放区文学，已经在小说、诗歌、戏剧、散文等各个领域内，达到了社会主义现实主义的初步成熟阶段。它和当时国统区进步的文学一起，共同为新中国文学的建立奠定了坚实的基础。那时以陕甘宁边区为首的解放区，不仅是中国革命的摇篮，同时也是新中国文学的摇篮：国统区进步文艺工作者的心向往着延安，《讲话》的精神在他们中间产生了广泛的影响；而解放区的文学，本来就和国统区的进步文学有着深刻的血缘关系，并一直从它那里获得巨大的支援。这样，就使得我国当代文学的胎儿，在20世纪40年代中、后期就已孕育成熟，而新中国的礼炮，则促成了它的诞生，并为它在中国大地上的成长准备了必要的条件。

二、五四以来的革命文学，为当代文学——社会主义文学的建立和发展，积累了丰富的经验。这些经验，可以概括为两个方面：政治方面，如领导经验，对反动文艺思潮和错误倾向的批判经验，以及革命文学队伍本身的建设与改造经验，等等。当然，在这个经验积累和实践的过程中，也不免产生这样那样的错误和偏差，甚至成为以后更大错误与偏差的历史根源，而这些，则可以站在今天的高度去进行总结，引出必要的历史教训。艺术方面，如现实主义和积极浪漫主义传统的革新与发展，对文学遗产和外来文化的批判、继承与借鉴，民族形式的创造和运用，以及不同风格、流派的作家的创作经验等等，都为当代文学的进一步发展提供了丰富的养分。

三、五四以来的文学，为社会主义文学的建立和发展准备了队伍。正如我国革命运动的实际发展在很大程度上制约着和决定着我国革命文学的发展状况，我国作家队伍的形成和发展，也离不开中国特殊的历史条件。由于反动派在长期内控制着大城市和中国革命必须采取农村包围城市这一形式，客观上决定我国作家队伍大致是由这样两种人组成的：城市知识分子作家和革命根据地作家。这两支队伍各有所长，由于他们的成分和境遇，在长期内和中国革命及工农大众建立了十分密切的关系，并在革命的过程中逐步得到了不同程度的改造和提高。这两支队伍汇合在一起，构成了解放后我国作家队伍的中坚和骨干，并在一定程度上决定了我国文学事业的面貌。

四、我国悠久的古典文学和外国进步文学（尤其是国际社会主义文学）滋养了五四以来的革命文学，并对当代文学的建立和发展，继续发生深远的影响。实践表明，任何一个民族的文学，离开自己民族的优秀传统，不学习其他民族的长处，是不能获得健康的发育和成长的。鲁迅曾说："采用外国的良规，加以发挥，使我们的作品更加丰满是一条路；择取中国的遗产，融合新机，使将来的作品另开生面也是一条路。"

（鲁迅：《〈木刻纪程〉小引》，《鲁迅全集》第 6 卷，第 48 页，人民文学出版社 1981 年版）这话虽是针对美术讲的，其实正是道出了五四以来新文学发展的一条普遍规律。同样，当代文学的发展，也不例外，只要看一看林彪、"四人帮"肆虐的十年间，他们既否定民族传统，又不准学习和借鉴外国，以至把当代文学引向绝路，就更加证实这是一条不可抗拒的艺术规律，违反了它，当代文学的生机就势必遭到扼杀。毛泽东同志在《新民主主义论》中也说："中国现时的新文化……也是从古代的旧文化发展而来，因此，我们必须尊重自己的历史，决不能割断历史。"从这个意义上说，我国古典文学的传统尤其不能忽视。

五、社会主义时期绚烂壮丽的生活、艰难曲折的斗争是当代文学发育、成长的肥沃土壤。我国的社会主义社会，还是一个充满矛盾和斗争的发展中的社会，在我们前进的道路上，还有困难和曲折，痛苦和失败，有时甚至充满惊涛骇浪。忠实于现实主义传统的我国当代文学，曾经批判过无冲突论、粉饰现实等等反现实主义的倾向，特别是在批判"四人帮"的斗争中清算了他们的种种谬论，恢复了革命现实主义的传统，在那些一向被忽视和回避的领域里（诸如揭露我们工作中的错误和矛盾、描写爱情和知识分子等等），获得了重要的突破。此外，我们这个民族有几千年的悠久历史和一百多年来反抗侵略和压迫的革命史、奋斗史。这些历史，过去由于受到时代条件的限制，远远没有得到充分的表现。只有在社会主义时期，才为充分描写这些历史题材提供了最大的可能性和现实性。总之，我们是在一个有着数千年文明史的大国里进行着物质生产和精神生产。在我们九百六十万平方公里的土地上，有根深蒂固的封建主义残余，有一百多年来帝国主义的侵略所遗留下来的危害，也有解放后"左"和右的干扰和林彪、"四人帮"造成的巨大灾难，这是问题的一个方面；另一方面，我们又有世界上最古老的高度发展的文明，有斗争历史悠久的勤劳而勇敢的人民，也有同各种面目的敌人进行斗争的丰富经验。这样两个矛盾着的方面，不仅影响到我国的政治和经济，也必然要影响到我国的文学和艺术。我国当代文学就是在这样一个伟大而复杂的环境里发展着、成长着，以丰富多彩和雄奇壮丽的笔墨，谱写着新的交织着胜利和挫折、痛苦和希望的篇章。（郭志刚、董健、陈美兰等主编：《中国当代文学史初稿》（上册），人民文学出版社 1984 年版）

《中国当代文学概论》总论：在本书中将当代文学的历史发展，分为前后两个时期：前期从 1949 年中华人民共和国成立，到 1976 年结束"文革"、进入当代中国历史的"新时期"。后期则从 1976 年结束"文革"后实行改革开放，到进入 20 世纪 90 年代的社会主义市场经济建设、中国社会开始发生新的转型变化。

文学史的分期，多以时代为限。分期首先是一个时间的概念，必然要与时代发生联系。但是，一个时代对文学发生重大的或决定性影响的因素又是多种多样的。有时是政治的，有时是经济的，有时是宗教的，有时又是诸如战争等其他更具体的因素，或者有时甚至就是文学自身的革新和变化所显示出来的阶段性，如此等等，故而文学史的分期又常常在大的时代概念之下，依上述影响文学或文学自身变化的因素来划分更小的时期。对中国当代文学来说，影响其发展的无疑是政治和经济这两大决定性的因素。因此学术界习惯于从当代中国的政治和经济的发展变化去划分文学的时期，是

符合当代文学的历史实际的。

从1949年到1976年，是当代文学重要的奠基时期和开拓时期，也是当代文学充满曲折和艰难发展的时期。这个时期的文学，在20世纪50年代中期以前，基本上是在致力于完成从新民主主义革命时期的文学到社会主义革命时期的文学的转型变化。故而在各个方面都带有比较明显的社会转型期的文学特征。由于这个时期国家的政治、经济都处于一个稳步发展和持续上升的时期，虽然在学术文化和文学领域也开展过某些过火的批判甚至错误地处理过一批优秀的作家，但在总体上却未对文学的发展产生决定性的影响。这期间的文学虽然处于转型变化之中，未能取得重大的艺术成就，但文学的局面却是"生动活泼"的，文学的发展也是基本正常的。其中许多新的萌芽，对当代文学有重要的意义，为当代文学的进一步发展奠定了最初的基础。从50年代中期到60年代中期，在近十年的时间内，当代文学一直处于一个激烈动荡的国际国内环境之中。这期间的当代文学，主要是致力于不断发展和完善它的社会主义文学的政治性质。为此，它一方面运用政治的手段和政治运动的方式，发动了一系列文学批判运动，以便使作家的世界观和文学的指导思想得到根本的改变。这些文学批判运动对这期间文学的发展大多造成了不利的影响，甚至很大的伤害。这期间文学道路的曲折和发展的艰难，也主要是由这些文学批判运动甚至直接就是政治运动造成的。但是，另一方面，这期间的文学在为社会主义事业服务的过程中，由于遵循了深入生活、反映生活的正确的艺术规律，并以现实主义文学所要求的真实性和典型性不断地抵制那些文学批判和政治运动的干扰，在艰难曲折的发展中也取得了重要的艺术成就。特别是在某些文学门类，出现了当代文学创作的高峰，产生了迄今为止仍难以企及的艺术精品。与此同时，在这期间，一批"跨代"作家在完成了艺术转变之后又取得了新的创作成就；与当代文学一起成长的新进作家也形成了自己的创作风格，在走向最后的成熟。此外，当代文学基本理论的建构，当代文学批评活动的开展，也在这期间形成了自己的特色和取得了重要的成就。无论从哪方面说，这都是当代文学的一个成熟时期和收获时期。从20世纪60年代中期到70年代中期，当代文学进入了一个政治的"非常"时期。十年"文革"动乱，不但破坏了文学发展的环境，也中止了文学自身的发展。当代文学已经形成的正确理论原则遭到严厉的批判，已经取得的重要艺术成就受到彻底的否定，已经产生了重大影响的作家受到严重的摧残。而在这种批判和否定的基础上以政治的强力推行的理论原则和"样板"作品，既是政治阴谋的产物，又有悖于艺术的规律。这无疑是当代文学业已建立起来的社会主义性质受到歪曲和走向失落的时期，也是社会主义的文学事业遭受重大挫折和中止发展前进的时期。这期间的文学值得重视的是少数作家在逆境中坚持"地下"的或"半地下"状态的创作，以及在数百万"上山下乡"的"知识青年"中产生的新的文学创作的萌芽。这些创作或创作的萌芽对"文革"结束后的新时期文学产生了重要的影响，从而也表明这期间的文学在遭受重大挫折的同时也在酝酿新的转机。

从1976年结束"文革"以来的新时期文学，即是以对"文革"期间的当代文学的"非常"状态的"拨乱反正"为开端的。这种"拨乱反正"首先是从政治上"平反""冤、假、错"案，把文学的生产力从政治的高压下解放出来，使当代文学恢复正常的发展状态。其次是解放思想，从理论上正本清源，恢复当代文学正确的理论原则和对新文学的历史（包括当代文学）的正确评价。与此同时，"文革"的空前浩劫所造成的灵肉创伤和长期的心理郁积，也在解除政治的禁锢之后，酝酿了一次空前的文学"爆炸"。从20世纪70年代中期到80年代中期，当代文学经历了一系列的"轰动效应"，创造了文学与社会、文学与群众紧密结合的历史的奇迹。这期间的文学是当代文学恢复和重建其社会主义特质的时期，也是当代文学在经历了一个"否定之否定"的历史行程之后，获得了一个新的飞跃的时期。从80年代中期以来，随着改革开放的深入发展，当代文学在观照传统的同时也以更加开放的态度走向世界。各种文学理论观念和文学批评模式的引进，各种文学创作方法和文学表现形式的实验，成了这期间文学活动的"热"点。虽然这些"引进"和"实验"也存在某些生搬硬套和脱离读者的弊端，但从总体上说，却为这期间的文学造就了一个多元并存的局面。这标志着当代文学在保持其社会主义的主体性质和主导倾向的同时，也在建构一个多元互补的内在格局。（於可训：《中国当代文学概论》修订版，武汉大学出版社2003年版）

在经历了冷战结束后世界范围内的历史巨变和国内的政治风波之后，20世纪90年代提出建设社会主义市场经济，对这期间的文学发展产生了重要的影响作用。首先是市场经济建设进一步扩大了社会生活领域，开放了社会生活形式，拓展了社会生活内容，给文学创造了更为广阔自由的表现天地，丰富了文学的题材和主题，尤其是作为市场经济竞争主体的个体的自由发展所带来的私人生活空间的开放，和市场经济的发展所带来的物质消费欲望的增强，给这期间的文学开辟了一片前所未有的表现领域，对这期间的文学深化人性描写、凸显感性色彩，起到了极大的促进作用。与此同时，也促进了以市场为依托的通俗文化和感官文化（消费文化）向文学的介入和渗透，使文学的表现形态也随之发生了诸多变化。其次是市场经济建设进一步活跃和开放了文化市场。文化市场的进一步活跃和开放，不但促进了文学产品的传播和流通，扩大了文学产品的社会覆盖面，满足了人民群众对文学的多样化需求和选择，而且也加速了文学体制的改革，促使作家自觉地面对市场的需求和选择，更好地在市场经济的生存环境和生存条件下，选择自己艺术追求的道路和方向。与此同时，文学的管理体制也必然要进一步发生相应的变革，在80年代进行的文学体制改革的基础上，各级作家组织进一步打破了对文学和作家统一的"计划"管理方式，自由撰稿人和"个人化写作"已成为这期间新兴作家的一种普遍流行的职业身份和写作方式。文学体制和作家的职业身份、写作方式的这些变化，使这期间的文学出现了远比80年代更加生动活泼更为多姿多彩的局面。再次是市场经济建设进一步促进和扩大了对外开放。进入90年代以来，随着全球化进程的加速和网络技术的兴起，世界各国之间已逐步消泯了各自固守的经济文化畛域，市场和网络的无所不包、无远弗届，使得世界各国的科学技术、物质文化产品，能够及时地得到沟通和传播，因而相互之间的影响也在不断地加深和扩大。在这种情势下，这期间的文学所接受的外来影响，无疑要比80年代深入广泛得多，也复杂微妙得多。这种深入广泛、复杂多变的外来影响，就使得这期间的文学呈现出了更为复杂多样的文化色彩，也孕育形成了一些新的文学样式和表现技巧。尤其是"网络文学"的兴起，不但改变了传统的纸质文学的书写和传播方式，而且也改变了人们的文学阅读和文学接受方式，网络技术通过全球化的市场把一种全新的文学样式带入了古老的文学殿堂，使文学家族的成分和结构、性质和功能，都在悄悄地发生一种颇具革命性的新变化。（於可训：《中国当代文学概论》修订版，第289—290页，武汉大学出版社2003年版）

三、当代文学的基本特征

《中国当代文学》绪言：半个世纪以来，中国当代文学的发展尽管有过多次的曲折和反复，但从总体来看，当代文学经历了一个从单一到多元、从直露到深邃、从封闭到开放的路程，它所发生的变化是十分深刻的，取得的成就是引人瞩目的。当代文学的基本特征，主要表现在以下几个方面：

第一，文学描写的生活范围和创作领域不断扩大。五四以来，我们曾经创作了许多以农民、知识分子、小市民生活为题材的作品，这些作品表现了人生的不幸、家庭的风波、社会的动乱、人民的觉醒，描绘出一幅幅民主革命历史时期的生活画卷。解放后，中国广袤的土地上发生了惊天动地的变革，社会主义制度的建立，为文艺创作开辟了广阔道路。从农村到工厂，从部队到学校，从边陲到城市，从现代到古代，从地上到天上，都囊括在作家的视野之中。不仅描写革命战争和农村生活的题材有了新的开拓和成就，而且过去涉猎甚少的或者完全没有涉及的工业题材、少数民族生活题材、老一辈革命家题材、国际斗争题材以及历史题材、科学幻想题材等，都有了长足发展，填补了文学创作的某些空白。特别是新时期以来，题材的禁区被打破，不仅当代沸腾的社会生活有了更加广泛的反映，而且那些未被开垦的生活处女地也得到开掘。如，描写知识分子在西北农场劳动改造的《绿化树》（张贤亮），表现传统文化观念和心理变革的《古船》（张炜）、《狗儿爷涅槃》（锦云）、《河魂》（矫健），描写"善吃"的资本家的《美食家》（陆文夫），揭示僧人生活的《受戒》（汪曾祺），反映青少年犯罪生活和新的追求的《寻找回来的世界》（柯岩），揭开监狱生活一角的《大墙下的红玉兰》（从维熙）等，都为人们认识繁复的社会生活和各类人物提供了多姿多彩的画面。可以说，"上下五千年，纵横几万里"的山川、乡土、风情、历史、人物，都在当代文学的画卷中得到反映。

第二，文学的主题从单一转向丰富，从直露转向深邃。20世纪五六十年代的一些作品，主题比较单一狭窄，为了配合中心，为政治服务，有些作品的主题摆脱不了公式化、概念化的窠臼。新时期以来，作品的主题丰富多样，作品的意蕴进一步深化。作家们"已经不满足于从社会思想潮流的表面汲取一般化的概念作为自己作品的主题，而是把自己的思想触角，深入到自己熟悉并且受到深深感动的生活素材中去，深入到自己所创造的艺术世界中去，力求获得与生活血肉相联的独特的思想发现，在这个基础上提炼主题"。（张光年：《新时期社会主义文学在阔步前进》，《人民文学》1985年第1期）这样从生活中提炼的、经过作家强化的主题，既非单一的歌颂，也非单一的暴露；既非政策的形象图解，也非千篇一律的模式，而是表现了作家对时代、对生活、对人生的独特的思索和理解，融进了自己的审美意识。与五六十年代相比，新时期文学的主题呈现出进一步深化的趋势。这不仅表现在同一题材在"文化大革命"前后提炼的主题存在明显差异，而且表现在新时期文学作品中同一题材的作品题旨的迥异。就"文革"前后的同类题材作品而言，《西线轶事》（徐怀中）、《高山下的花环》（李存葆）和《谁是最可爱的人》（魏巍）、《三千里江山》（杨朔）相比较，可以明显看出不同的时代特点，而前者显得更为丰富、深刻，作家对当代军人精神世界的揭示，不再是单一的歌颂，而是奏出了融颂歌、战歌、悲歌和挽歌于一体的浑厚、优美的交响乐章。新时期的不同作家描写同一题材，主题的表现也有很大不同。描写改革，蒋子龙和张洁笔下的题旨迥然有异，描写女性的《月食》（李国文）、《流逝》（王安忆）、《心祭》（宗璞）、《普通女工》（孔捷生），在主题的开掘上也各有自己的发现。有些作品的主题，也非单向涵义所能概括，往往形成模糊多义的统一。如《老井》（郑义）不仅仅是写一群农民为摆脱穷困而世代打井不止的故事，它的深层意义还在于说明这块土地上的人们历史的和现实的文化心理形态，以及在变革时代发生的曲折而又可喜的变化。《野人》（高行健）描写的也不只是对古代文化的寻根，而是在维护生态平衡的呐喊中揭示文明同野蛮、开化同愚昧的冲突。新时期文学作品主题的进一步深化，说明文学对时代、对生活的反映已经跨向一个新的高度。

由于主题的扩大，作家对人物性格的刻画，对人物形象的塑造也有新的突破。以往有些作品对人物性格的描写，局限于表层，形成了好人一切皆好、坏人统统都坏的格局。人物独特的个性，性格的丰富性，都消融、散失在类型之中、模式之中。新时期以来，作家们把艺术笔触伸向人物的内心世界，多方面地写出了人物性格的丰富性、矛盾性和复杂性。不论是写英雄人物还是普通人，是写正面人物还是反面人物，一改过去那种从抽象的概念或理念出发的做法，像五光十色的现实生活那样，使人物性格成为鲜明的具有个性特征的多种色彩的有机体，从而呈现出较为深厚的意蕴。比如在描写改革题材的《乔厂长上任记》（蒋子龙）、《花园街五号》（李国文）、《改革者》（张锲）、《乡场上》（何士光）中，作者既写出了改革者摆脱精神羁绊之后所展示的勇于冲刺、勇于挑战的锐气与活力，也写出了他们在改革中的困惑与不安，以及他们在复杂的同事关系、亲友关系、夫妻关系之中的矛盾纠葛。在《将军吟》、《高山下的花环》等作品中，既写出了高级将领和普通一兵的刚直不阿、宁折不弯的品格，也揭示了他们在动乱中一时出现的善良与怯弱、理智与屈从的复杂心态。值得注意的是，新时期文学中还出现了一批性格复杂的形象。如商人田玉堂（方之《内奸》）、战士邬中（莫应丰《将军吟》）、医生安适之（苏叔阳《故土》）、学者倪吾诚（王蒙《活动变人形》）等。对这些人物，作者不取外在表现，而是着力写出两种完全不同的性格因素的矛盾和统一，从而真实地揭示出内心世界的隐秘。这对那种所谓"一个阶级一个典型"的理论程式显然是一种否定和突破。对反面人物的描写也一改过去常见的脸谱化，通过对人物灵魂的深刻剖析，写出特定时代、特定环境中人物的本来面目。

第三，艺术风格和创作方法有了新的突破。独特艺术风格的形成，是一个民族的文学、一个作家成熟的标志。艺术风格、艺术形式的多样化，显示了一个时代文学的繁荣。早在 20 世纪 30 年代，毛泽东就要求文学艺术具有"新鲜活泼的、为中国老百姓所喜闻乐见的中国作风和中国气派"。（毛泽东：《中国共产党在民族战争中的地位》，

《毛泽东选集》第2卷，第500页，人民出版社1966年版）解放以后，虽然在一个较长时间内，由于教条主义的影响，在一定程度上限制了艺术风格、艺术形式的发展，但是，广大文艺工作者坚持深入生活，坚持艺术探求，在现代化、民族化的基础上创造个人风格，仍然取得了显著成就。有些早在"五四"以来就形成自己风格的作家，在新的历史条件下，随着思想、艺术水平的提高，创作个性又有了新的发展；有些作家则是在建国以后通过不断的艺术实践，逐渐形成了独特的艺术风格。粉碎"四人帮"以后，由于社会主义现代化事业的发展和科学技术的进步，许多作家为了适应时代的需要，更是不断探索并创造多种艺术风格的艺术形式，用以反映急剧变化的现实生活。

　　茅盾说："我们的和时代一同前进的作家，尽管各有各的风格，然而在他的个人风格上，一定有时代精神的烙印。"（茅盾：《反映社会主义跃进的时代，推动社会主义时代的跃进》，《争取社会主义文学得更大繁荣》，第29页，作家出版社1960年版）一个作家风格的形成有多种因素，时代的、社会的影响是其中一个十分重要的因素。在当代文学史上，曾经出现了一批倾向相似、风格相近的作家群，如人们熟知的以赵树理为代表的山西作家群，以孙犁为代表的河北作家群，以周立波为代表的湖南作家群，以及五六十年代南京出现的剧作家群，方之、陆文夫、高晓声等人组成的"探索者"作家群，在边疆地区出现的描写少数民族和边疆斗争生活的云南作家群等。20世纪80年代以来，又出现了邓友梅、刘绍棠等的京味小说家群，贾平凹、路遥、陈忠实等的秦晋作家群，冯骥才、林希等的津味小说家群等。这些不同风格的作家或作家群体的出现，与一个时代、一定历史时期、一定地区的社会风尚、文艺风尚，以及这些地区对文艺人才的发现、培养等，有着密切关系。它是融会了个人艺术创造的时代产物，是值得认真研究和总结的一种文学现象。

　　就创作方法而言，五十年来所经历的变化也是十分深刻的。建国以来，我们倡导革命现实主义、社会主义现实主义、革命的现实主义与革命的浪漫主义相结合等创作方法，使革命现实主义处于独尊的地位。改革开放以后，除继续坚持现实主义外，各种艺术流派、各种创作方法纷至沓来，文学观念和艺术表现手法也发生了嬗变。一些作家在主体同客体的关系上，由重点描写客体转向注重主体意识的表现；在人物性格的展示上，由外部表象转向内心世界的开掘；在情节结构上，由注重传统的故事和结构模式转向情节的淡化和多样化；在环境的描绘上，由静止转向流动。这些变化遍及小说、诗歌、报告文学、戏剧等各种文学样式，而在小说作品中最为明显、突出。王蒙的长篇小说《活动变人形》、中篇小说《名医梁有志传奇》、系列小说《"新大陆人"》等，就是这些方面的力作。在《活动变人形》中，作者用现实主义的手法写出了现实的荒谬，尽管叙述视角、叙述手法多变，人物的根基却仍然深深扎在现实的社会环境之中，溶化到民族文化心理的深层之中。刘心武在长篇小说《钟鼓楼》中虽然承继了自己一贯的创作特点，但在结构和叙述方式上，在人物和场面的描绘上，都有许多新的变化。全书没有一条单一的、明显的情节线索，也没有一两个统领全局的主要人物，而以一座四合院的九户人家为中心，反映了近四十个人物的经历、命运和他们之间的纠葛、矛盾，多层次、多侧面地写出了人物性格发展的历史，从而展示了一幅当代北京市民生活的"清明上河图"。

　　社会主义文学是一个开放的体系。尽管革命现实主义创作方法仍占主导地位，但是看来不必、也不可能把现实主义创作方法定为一尊。正是由于其他创作方法对现实主义的影响和挑战，使当代文学的创作方法和艺术表现手法有了新的变化。这大体有三种情况。第一种是在运用现实主义创作方法的同时，吸收了现代主义的艺术手法和表现技巧。如运用象征、意象等手法反映生活，使诗的意境显得朦胧、深远；使用"意识流"手法表现人的潜意识，增大作品的容量，更好地展示人物的内心世界；采用变形、象征等手法，突破戏剧舞台"第四堵墙"的限制，扩展戏剧表现的领域。这样的吸取、运用，大大地丰富了现实主义创作方法。第二种是以现代主义创作方法为主，运用表现主义、象征主义、超现实主义、魔幻现实主义和荒诞、变形、"黑色幽默"等手法反映社会生活，开拓了作家的视野和艺术表现空间。宗璞的《我是谁?》、谌容的《减去十岁》、郑义的《老井》和《远村》、莫言的《红高粱》、陈建功的《鬈毛》、刘索拉的《你别无选择》、高行健的《车站》和《野人》，以及舒婷、江河、顾城的朦胧诗等，都大胆地使用了现代主义的创作方法和表现手法，在不同程度上显出了新意。尽管还处于探索阶段，但作家们的革新意识无疑给新时期文学增添了新的色彩。第三种是恪守传统、发展传统，从中国的传统美学中汲取营养，力求建立具有中国特色的民族风格。有些作家一方面把自己的"根"伸向历史深处，另一方面又把目光投向现实生活最敏感的地区，用传统的现实主义方法去描绘自己熟悉的地区的乡土习俗、人情世态，创作出一幅幅令人赏心悦目的时代风俗画。如古华将传统同现实结合，寓政治风云于风俗民情，借人物命运演乡镇生活变迁。刘绍棠通过京东风情的描绘，表现中国人民的传统美德。汪曾祺明确提出了回到现实主义回到民族传统中去的口号，他的作品明显地留有中国古代哲学和传统文化的印记。种种情况说明，创作方法的嬗变，打破了长期固有的服从一种规范、崇尚一种价值、恪守一种艺术模式的一统化格局，使当代中国文学呈现多样化的发展趋势。

　　值得注意的是新时期文学中的浪漫主义的强化。作为一种创作方法，浪漫主义在建国十七年中遭到了同现实主义类似的厄运，或受冷落，或被歪曲、庸俗化。新时期以来，在有些作家的作品中浪漫主义表现得十分活跃。张承志展示的茫茫草原、奔驰骏马，王安忆精心构造的小鲍庄世界，贾平凹眼中的商州风土人情，郑万隆描绘的异乡异闻，梁晓声再现的北大荒暴风雪，邓刚颂赞的大海和渔民，无不弥漫浓重的浪漫主义色彩。这些作品中的传奇的故事、强烈的抒情、奇特的幻想、大胆的夸张、隐秘的象征，体现了作者重主观、重理想、重自我、重表现的美学追求。它既展现了中国的过去和现在，又揭示了各种人物生存与抗争、爱与恨、拼搏与依恋的心灵历程。浪漫主义的张扬，也为当代文学增添了绚丽色彩。

　　总的说来，现实主义和其他创作方法、表现手法的交互运用，形成了过去少有的多种流派、多种方法并存、并争、并荣的局面，从而使当代中国文学具有多种色彩，多种音响，多种风格。

　　第四，少数民族文学恢复了生机。我国有 56 个民族，在漫长的历史岁月中，各个民族创造了大量多姿多彩、风格独具的文艺作品，丰富了我国的文学宝库。但在解放前，少数民族文学一直受到歧视和摧残，不仅得不到发展，有的民族文学还濒于泯灭的边缘。建国以来，在党的民族政策和文艺方针的照耀下，少数民族文学获得新生，涌现了一批有才华的作家，创作了许多好的和比较好的作品。如《欢笑的金沙江》《瀑布》《幸存的人》《茫茫的草原》《正红旗下》《醉乡》《狂欢之歌》《幸福与友谊》《铁犍牛》《生命的礼花》《望夫云》《格桑梅朵》《没有织完的筒裙》《草原集》等，整理加工了一批民族民间文学佳作，如《阿诗玛》《百鸟衣》《嘎达梅林》《江格尔》《召树屯》《格萨尔王传》《娥并与桑洛》《玛纳斯》等。这些作品深刻地反映了少数民族苦难的昨天和幸福的今天，形象地展现了少数民族特有的生活风貌、风俗习惯、文化传统以及本民族地区奇伟、壮丽的自然风光，为人们描绘了包括历史生活和现实生活，也包括各种神话世界在内的动人艺术画卷。少数民族文学取得这样重大的成就，是这些民族历史上所未有的，也是我国文学史上所未有的。

第五，形成了一支经受严酷考验，能够勇敢战斗的文艺队伍。早在20年代，鲁迅就殷切期望中国能够出现几员闯将，打破文坛的沉寂，建设新的文艺。30年代，中国左翼作家联盟曾经采取措施培养青年作家，并把大目标一致而又持有不同观点的作家团结在一起，共同作战。在血与火的斗争中，我国产生了新文化运动的旗手鲁迅和郭沫若、茅盾、巴金、老舍、丁玲、曹禺等一批杰出的作家。解放以后，作家们经受了多次风雨的磨炼，但斗争的风雨没有把作家压垮，正如茅盾所说："皮鞭和枷锁，凌辱和迫害没有摧垮我们，反而把我们锻炼得更加坚强，更加成熟。"（茅盾：《中国文学艺术工作者第四次代表大会开幕词》，《中国文学艺术工作者第四次代表大会文集》，第12页，四川人民出版社1980年版）经过半个世纪的锻炼和考验，一支富有战斗力的社会主义文艺大军已经形成。据统计，"文革"前的1966年，中国作家协会会员为1059人，现在已超过3000人，至于作协分会的会员已经超过万人。这支队伍大体由四部分构成：一是五四时期投入新文化运动的老一辈作家，他们是五四时代的产儿，曾为创建新文学立下了汗马功劳，新中国成立后，又为当代文学谱写了新的光辉篇章。二是在我国民主革命的不同历史时期中为文学事业作出了贡献的作家，其中有在腥风血雨的大革命时期和30年代出现的，也有在抗日战争和解放战争的烽火中崛起的。他们曾担负着承上启下的重任，成为社会主义文学事业的顶梁柱。三是新中国诞生后崭露头角的作家，他们之中有的是在三四十年代参加革命而在建国后显示文学才华的，有的是在新中国的阳光雨露滋润下成长起来的，他们之中的不少人曾在"反右"扩大化中或在"文革"中受到打击和诬害，但他们挚爱人民的心未曾泯灭。粉碎"四人帮"后，他们从艰苦的生活磨练中激起创作热情，使自己原来亲历过、感受过的生活与新时期的时代气息产生联系和呼应，因此从新时期一开始就取得了蓄久发速、佳作迭出的成果。还有一批是从工人、农民和解放军中涌现出来的，他们带着具有浓郁生活气息的作品走进了当代文坛，成为社会主义文学的中坚力量。值得一提的是，还有一批从事领导工作的干部（如省长、省委书记、市长等）也拿起笔从事创作，写出了长篇小说、散文、诗歌等作品。四是在新时期相继涌现的一大批青年作家。这批新人或者出生在新中国成立前后，或者出生于六七十年代，尽管他们开始的创作往往比较稚嫩，先天还有某些不足，但如同鲁迅针对当年的青年文艺家说的，"希望就正在这一面"，他们"以清醒的意识和坚强的努力，在榛莽中露出了日见生长的健壮的新芽"（《一八艺社习作展览会小引》,《二心集》,第 94 页,人民文学出版社 1958 年版),是生气勃勃的富有生命力的一代。其中,一批女作家的出现,更是历史上少见的。他们的成批涌现,使社会主义文学长河腾起了活泼的细浪。由上述几部分作家汇合组成的作家队伍,特别是中青年作家正在当代中国文苑发挥着十分重要的作用。由于创作环境的优化,作家创作主体的解放,大大解放了文学艺术生产力。新时期以来,不论是老一辈作家还是中青年作家,都以不可抑止的激情谱写出独具艺术个性和特色的篇章。老作家巴金精神焕发,老而弥坚,在古稀之年顽强写成《随想录》,实现了"写自己所想写的"夙愿,为新时期文学树立了丰碑。王蒙虽历经坎坷,但获得平反以后就以人们未曾料及的速度恢复和发挥自己的优势,充分显示出深厚的内在活力。他不仅写得多,而且能够顺应社会变革的进程,着时代之先鞭,促文澜之大涌。贾平凹的创作能力释放后,不仅产量很高,而且风格独具,写出了《浮躁》《鸡窝洼的人家》《高老庄》等佳作。正如老作家孙犁在《贾平凹散文集序》中说的,他"是有根据地,有生活基础的,是有恒产,也有恒心的。他不靠改编中国的文章,也不靠改编外国的文章。他是一边学习、借鉴,一边进行尝试创作的。"他勤勤恳恳,"能经受得清苦和寂寞,经受得污蔑和凌辱",始终"在自己开辟的道路上,稳步前进"。这种评价实际上也揭示了创作主体解放的内在原因。(王庆生主编:《中国当代文学(修订本)》上卷,华中师范大学出版社 1999 年版)

《中国当代文学概论》总论:完整意义上的中国当代文学事实上还应当包括台湾省和香港、澳门地区的文学在内。台湾省和港、澳地区的文学与祖国大陆的文学本来就共有一个民族的文化传统和文学传统。这两个地区的新文学(包括当代文学)也是源自祖国大陆的一脉薪传,而且,台湾省和港、澳地区的当代作家大多是来自祖国大陆,或在祖国大陆出生、接受启蒙教育和开始文学写作。祖国大陆的作家在不同的历史时期,也在这两个地区从事过文学活动,留下了重要的文学影响和业绩。就台湾省的当代文学而言,由于台湾当局在政治上与祖国大陆处于一种敌对状态,致使台湾省的当代文学孤悬海外,从 20 世纪 50 年代受当局操纵的反共的"战斗文艺",到 60 年代在经济转型背景下的"现代主义文学"浪潮,再到 70 年代民族意识觉醒后"乡土文学"的回归,转而进入 80 年代迎来了一个多元的文学时代,在四十多年的时间内走过了一条与祖国大陆的文学完全不同的发展道路。而港、澳地区的当代文学由于处于外国殖民统治之下,加上一个比较发达的商业经济的社会环境的影响,故而从 50 年代起就一直带有比较浓厚的商业文化色彩。虽然在港、澳地区的当代文学中也有一股现实主义的文学潮流贯穿始终,少数作家在现代主义的艺术实验方面也取得了重要成绩,但从总体上说,港、澳地区的当代文学成就最高、影响最大,且最能显示其文化上的和艺术上的特色的,毕竟是它的长盛不衰的通俗文学潮流。或者说,通俗文学在港、澳地区的当代文学中始终占据着主流的地位。这也是港、澳地区的当代文学有别于祖国大陆的当代文学的特殊之处。因为这些原因,所以,台湾省和港、澳地区的当代文学既是整体的中国文学的一个局部的地域的文学,又有别于一般的地域文学的概念,而是一种有着特殊的质的规定和特殊的表现形态的地域文学。将这样两个特殊的地域文学纳入中国当代文学的整体格局,显然不仅仅是一个量的改变的问题,而是意味着整体

的中国当代文学将要容纳一种异质的文学因素，从而也必将带来整体的文学结构的调整和变化。中国当代文学将因此而扩大民族文学的内涵和外延，它也将因此而显得更加跌宕多姿，更加丰富多彩。

最近十余年来，由于两岸关系渐趋缓和，港、澳地区的回归，祖国大陆和这两个地区的文学交往也日益频繁。加上20世纪80年代以后，由于内外形势的变化，祖国大陆和这两个地区的当代文学都进入了一个多元发展的新时期，更使这两个地区与祖国大陆之间的文学交往获得了一个有利的客观基础。从根本上说，台湾省和港、澳地区的文学作为统一的中华民族的文学的特殊的部分和不同的表现形式，与祖国大陆的文学一样，都共同关心民族的生存与发展，也十分关注人类的整体命运和世界文明的进程。而且，由于祖国大陆和这两个地区在经济发展上的不平衡，故而产生了不同背景上的当代文学，也存在一个相互借鉴和互补共生的关系。无论从哪方面来说，台湾省和港、澳地区的当代文学与祖国大陆的当代文学都是一个不可分割的整体，随着这两个地区和祖国大陆的文学交往日益加深，整体的中国当代文学的趋势也正在逐渐形成。台湾省最终将回到祖国的怀抱，中国当代文学最终也必将以一个统一的整体面貌在世界文学中占有自己的一席地位。（於可训：《中国当代文学概论》修订版，武汉大学出版社2003年版）

1949 年

七月

1 日，中国共产党中央委员会向中华全国文学艺术工作者代表大会致贺电。

2 日，中华全国文学艺术工作者代表大会在北平隆重开幕。郭沫若致开幕词。朱德同志代表党中央致祝词。大会组成 99 人的主席团，常务主席团成员有：丁玲、田汉、李伯钊、阿英、沙可夫、周扬、茅盾、洪深、柯仲平、郭沫若、曹靖华、阳翰笙、张致祥、冯雪峰、郑振铎、刘芝明、欧阳予倩。郭沫若为总主席，茅盾、周扬为副总主席。大会代表共计 824 人，因战争或其他紧迫工作，有些代表未能到会，实际出席代表 650 人。

3 日，郭沫若作《为建设新中国的人民文艺而奋斗》的总报告。他指出：毛泽东主席在《新民主主义论》中"用最简单的话概括了新民主主义革命的特点，就是'无产阶级领导的人民大众反帝反封建的革命'。中国革命的这种性质就决定了中国的新文化和新文艺的性质。这就是说，五四运动以后的新文化已经不是过时的旧民主主义的文化，而是无产阶级领导的人民大众反帝反封建的新民主主义的文化；五四运动以后的新文艺已经不是过时的旧民主主义的文艺，而是无产阶级领导的人民大众反帝反封建的新民主主义的文艺。这就是五四以来的新文艺的新的地方。这就是五四以来的新文艺和以前的文艺在性质上的区别。"又说："三十年来，除了代表地主阶级的封建文艺已经在理论上解除武装，代表大资产阶级的国民党法西斯文艺，一直受到全国文艺界和全国人民的唾弃以外，中国文艺界的主要论争是存在于这样两条路线之间：一条是代表软弱的自由资产阶级的所谓为艺术而艺术的路线，一条是代表无产阶级和其他革命人民的为人民而艺术的路线。三十年来斗争的结果，就是在欧美没落资产阶级文艺影响之下的为艺术而艺术的文艺理论已经完全破产了，为艺术而艺术的文艺作品也已经丧失了群众。曾经在这种为艺术而艺术的资产阶级文艺思想影响之下的许多文学家艺术家，也逐渐改变了他们的人生观和艺术观，接受了无产阶级文艺思想的领导。而无产阶级文艺思想领导的为人民服务的文学艺术，队伍日益壮大，方向日益明确，因此就日益受到广大人民群众的欢迎和拥护。"（《中华全国文学艺术工作者代表大会纪念文集》，第 35—36 页、第 38—39 页，新华书店 1950 年版）

4 日，茅盾作《在反动派压迫下斗争和发展的革命文艺——十年来国统区革命文艺运动报告提纲》的报告。他指出："国统区文艺创作一方面固然有成就，另一方面也不免表现出许多缺点来。这也是不必讳言的事实。""国统区的进步作家们大多数是小资产阶级知识分子；小资产阶级也属于被压迫阶级，所以有和劳动人民结合的可能，但另一方面，未经改造的小资产阶级知识分子在生活思想各方面和劳动人民是有距离的。小资产阶级的思想观点使他们在艺术上倾心于欧美资产阶级文艺的传统，小资产阶级的思想观点也妨碍了他们全面而深入地认识历史的现实。"涉及到胡风的文艺思想时，报告指出："一九四四年左右在重庆出现了一种强调'生命力'的思想倾向，这实际上是小资产阶级禁受不住长期的黑暗与苦难生活的表现。小资产阶级受不了现实生活的煎熬，就在一方面表现为消极低沉的情绪，另一方面表现为急躁的追求心理。这两种

1

倾向都表现于文艺创作中，而后一倾向特别表现于文艺理论上面，形成一种'小资产阶级的革命'文艺理论。这种文艺理论虽然极力抨击了前一种消极低沉的倾向，然而，对于思想问题的解决不能有什么积极的贡献，只有片面地抽象地要求加强'主观'。"（同上，第50、54、62页）

5日，周扬作《新的人民的文艺》的报告。他首先指出："毛主席的《文艺座谈会讲话》规定了新中国的文艺的方向，解放区文艺工作者自觉地坚决地实践了这个方向，并以自己的全部经验证明了这个方向的完全正确，深信除此之外再没有第二个方向了，如果有，那就是错误的方向。"接着，他主要从"新的主题、新的人物、新的语言、形式"等方面重点考察和说明了"解放区的文艺是真正新的人民的文艺"。关于塑造新英雄人物的问题，他指出："英雄从来不是天生的，而是在斗争中锻炼出来的。人民在改造历史的过程中，同时也改造了自己。工农兵群众不是没有缺点的，他们身上往往不可避免地带有旧社会所遗留的坏思想和坏习惯。但是在共产党的领导和教育以及群众的批评帮助之下，许多有缺点的人把缺点克服了，本来是落后分子的，终于克服了自己的落后意识，成为一个新的英雄人物。我们的许多作品描写了群众如何在斗争中获得改造的艰苦的过程。在斗争中，也只有在斗争中，人的精神品质、我们民族的勤劳勇敢的优良性格，才能得到充分的发展。"关于新文学中的"国民性"命题在新中国的前景，周扬说："中国新文化运动的最伟大的启蒙主义者鲁迅曾经痛切地鞭挞了我们民族的所谓'国民性'，这种'国民性'正是帝国主义、封建主义在中国长期统治在人民身上所造成的一种落后精神状态。他批判地描写了中国人民性格的这个消极的、阴暗的、悲惨的方面，期望一种新的国民性的诞生。现在中国人民经过了三十年的斗争，已经开始挣脱了帝国主义、封建主义所加在我们身上的精神枷锁，发展了中华民族固有的勤劳勇敢及其他一切的优良品性，新的国民性正在形成之中。我们的作品就反映着与推进着新的国民性的成长过程。对人民的缺点，我们是有批评的，但我们是抱着如毛主席所指示的'保护人民，教育人民'的热情态度去批评的。我们不应当夸大人民的缺点，比起他们在战争与生产中的伟大贡献来，他们的缺点甚至是不算什么的，我们应当更多地在人民身上看到新的光明。这是我们所处的这个新的群众的时代不同于过去一切时代的特点，也是新的人民的文艺不同于过去一切文艺的特点。"（同上，第70、71、75页）

6日，毛泽东同志亲临会场，并作重要讲话："同志们，今天我来欢迎你们。你们开的这样的大会是很好的大会，是革命需要的大会，是全国人民所希望的大会，因为你们都是人民所需要的人，你们是人民的文学家、人民的艺术家、或者是人民的文学艺术工作的组织者。你们对革命有好处，对人民有好处。因为人民需要你们，我们就有理由欢迎你们。再讲一声，我们欢迎你们。"（同上，第3页。）

周恩来同志作政治报告。他首先对"从中国第一次大革命失败以来逐渐被迫分离在两个地区（指解放区和国统区——编者注）的文艺工作者在今天的大会师"表示庆贺。报告的第一部分详细阐述了三年人民解放战争的情况。第二部分着重阐述了文艺方面的六个问题：第一是团结问题。第二是为人民服务的问题。他说："一部中国长期的历史基本上是一部农民战争史，而近二十几年来乃是工人阶级领导下的农民战争史。""我们主张文艺为工农兵服务，当然不是说文艺作品只能写工农兵。比方写工人在未解放以前的情况，就要写到官僚资本家的压迫；写现在的生产，就要写到劳资两利；写封建农村的农民，就要写到地主的残暴；写人民解放战争，就要写到国民党军队里的那些无谓牺牲的士兵和那些反动军官。所以我不是说我们不要熟悉社会上别的阶级，不要写别的阶级的人物，但是主要的力量应该放在哪里，必须弄清楚，不然就不可能反映出这个伟大的时代，不可能反映出创造这个伟大时代的伟大劳动人民。"第三是普及与提高的问题。他指出："现在还是不是普及第一呢？还是普及第一。解放区作了一些普及工作，但是离开普及的需要还很远。至于说现在产生的普及性的文艺作品还很粗糙，需要改进，还很低级，需要提高，这是事实。但是这并不是值得担心的事情。如因此而轻视普及工作，更是完全错误。"第四是改造旧文艺的问题。第五个问题是"我们文艺界要有全局的观念"。第六个问题是组织问题。他说："这次文代会代表大家都感到要成立组织，也的确需要解决这个问题。不仅我们要成立一个中华全国文学艺术界的联合会，而且我们要像总工会的样子，下面要有各种产业工会，要分部门成立文学、戏剧、电影、音乐、美术、舞蹈等协会。因为只有这样，我们才便于进行工作，便于训练人才，便于推广，便于改造。"他在报告的最后说："这次文艺界代表大会的团结是在新民主主义旗帜之下，在毛主席新文艺方向之下的胜利的大团结，大会师。"（同上，第28、32页）

19日，第一次文代会举行闭幕式，郭沫若致闭幕词。中华全国文学艺术界联合会正式成立。

23日，全国文联召开第一次全体会议，茅盾主持会议，推选常委95名，后补常委26名，选举郭沫若任主席，茅盾、周扬任副主席，沙可夫任秘书长。

24日，中华全国文学工作者协会正式成立。中央人民政府秘书长林伯渠亲临指导。到会代表208名，推选委员75人，候补委员16人，选举茅盾任主席，丁玲、柯仲平任副主席。嗣后，相继成立的全国文联所属协会有：中华全国美术工作者协会，主席徐悲鸿，副主席江丰、叶浅予；中华全国音乐工作者协会，主席吕骥，副主席马思聪、贺绿汀；中华全国戏剧工作者协会，主席田汉，副主席张庚、于伶；中华全国电影艺术工作者协会，主席阳翰笙，副主席袁牧之。

27日，中华全国戏曲改进会筹备委员会成立，主任欧阳予倩。《人民日报》发表毛泽东主席为该会的题词："推陈出新"。

八月

1日，康濯的短篇小说《一个知识青年下乡的故事》在《中国青年》第20期上连载，至第21期止。

11日，上海《亦报》刊登署名迟红的文章《周作人决定北归》。文中说："胡适朱家骅等曾邀之南下，许以教授席，拒不往，闲居门生尤某沪寓。"早在本年1月26日，周作人出狱，此前他曾有赴台湾之意，但后来改变了初衷。本月12日，周作人随尤炳圻（李健吾内弟）一道回到北平。

22 日，上海《文汇报》刊登报道，上海剧影协会开会欢迎返沪的出席第一次文代会的话剧、电影界代表，并登载了陈白尘在欢迎会上报告第一次文代会精神的要点，其中第二点说："文艺为工农兵，而且应以工农兵为主角，所谓也可以写小资产阶级，是指在以工农兵为主角的作品中可以有小资产阶级、资产阶级的人物出现。" 27 日，《文汇报》的"磁力"副刊发表了洗群的反驳文章《关于"可不可以写小资产阶级"的问题》。接着，陈白尘在 9 月 3 日的《文汇报》上发表答复洗群的文章《"误解之外"》。于是，围绕着"可不可以写小资产阶级"的问题在上海文艺界争论起来，先后发表争鸣文章 20 余篇，时间持续了两个多月。这场发生在上海文艺界的争论后来引起了全国文艺界的瞩目。何其芳在 1949 年 11 月 10 日出版的《文艺报》1 卷 4 期上发表了题为《一个文艺创作问题的争论》（《文汇报》11 月 16 日、19 日连载）的总结性的文章。何其芳在文中既指出了以洗群为代表的"只看到为人民大众里面包括有为小资产阶级这一内容"而"对于新时代的文艺新方向的根本精神却有些把握得不够"的错误，又指出了那种虽"认识了为人民大众里面应该首先为工农兵这一根本精神"但却"因此就简单地过火地以为一切具体文艺作品都绝对只能以工农兵为主角"的偏颇。他特别分析了"问题不在你写什么，而在你怎样写"这样一个文艺见解，指出在历史交替的新时代，作家怎样写工农兵，"不仅是一个题材问题，而且正是一个立场问题"。"自然，对于有些文艺家说来，也有这样的情形，主观上是热爱他们的，但不熟悉他们，因此不能写他们，但是，在这种情况下面，到底我们是投身到他们里面去熟悉他们还是以'问题不在你写什么，而在你怎样写'为理由而只写我们所熟悉的人物呢？所以，在今天还来强调这个片面的文艺见解，正等于否定毛泽东主席在延安文艺座谈会上的讲话中所提出来的到工农兵中去的号召。"在 1951 年底开展的文艺整风运动中，洗群作了公开检讨文章《文艺整风粉碎了我的盲目自满——从反省我提出"可不可以写小资产阶级"的问题谈起》（《文汇报》1952 年 2 月 1 日）。当时主持争论的编辑唐弢也在《文汇报》发表题为《从编辑工作中检讨我的错误》的自我批评文章，而且加了《文汇报》的"总编室按"，认为这场争论"一度引起了文艺思想上的混乱"，"这是我们应该深刻检讨的"。

本月，中国戏曲改进委员会正式成立。

诗人穆旦赴美留学，入芝加哥大学研究生院，攻读英美文学硕士学位。

九月

5 日，《文艺报》编辑部邀请平津地区部分作者座谈，探讨章回小说创作问题。座谈会由陈企霞主持，刘雁声、陶君起、陈逸飞、徐春羽、景孤血、宫竹心、连阔如等到会，另有赵树理、马烽、柯仲平、丁玲等解放区的作者参加了会议。《文艺报》1 卷 1 期以《争取小市民层的读者——记旧的连载、章回小说作者座谈会》（杨犁整理）为题做了报道。到会者热烈诚恳地发言，叙述他们在旧社会里写作的经过，并对过去的那种写作方式作出反省。"他们沉痛地说：我们过去写的都是些低级趣味的东西，里面鬼话连篇。我们的作品给青年人很多坏影响，给人民散布了毒素。"最后，丁玲做了总结发言。

20 日，逐渐从"精神失常"中走出来的沈从文在致夫人张兆和的信中写道："我温习到十六年来我们的过去，以及这半年中的自毁，与由疯狂失常得来的一切，忽然像醒了的人一样，也正是我一再向你预许的一样，在把一只大而且旧的船作调头努力，扭过来了。""我要照你所希望去为'人'作点事情。目下说来也许还近于一时兴奋，但大体上已看出是正常的理性回复。正如久在高热狂乱中的病人，要求过分的工作，和拒绝一切的善意提议，都因为是还在病中，才如此。这时节却忽然心中十分柔和，十分柔和，看什么都极柔和。这里正有你一切过去印象的回复。三姐，我想我在逐渐变了。你可不用担心，我已通过了一种大困难，变得真正柔和得很，善良得很。""人不易知人，我从半年中身受即可见出。""我站得住，我曾清算了我自己，孤立下去，直至于僵仆，也还站得住。可是我已明白当前不是自己要做英雄或糊涂汉时代。我乐意学一学群，明白群在如何变，如何改造自己，也如何改造社会，再来就个人理解到的叙述出来。我在学做人，从在生长中的社会人群学习，要跑出午门灰扑扑的仓库，向人多处走了。我已起始在动，一种完全自发的动。这第一步路自然还是并不容易迈步，因为我心实在受了伤，你不明白，致我于此的社会因子也不会明白。我的动，是在成全一些人，成全一种久在误解中存在和发展的情绪，而加以解除的努力。我要从动中将一切关系重造。"（沈从文、张兆和：《从文家书》，第 162—164 页，上海远东出版社 1996 年版）

21 日，中国人民政治协商会议在北京开幕，30 日闭幕。全国政协第一次全体会议通过了《中国人民政治协商会议共同纲领》等重要文件，选举毛泽东为中华人民共和国中央人民政府主席，制定了国旗和国徽，暂定聂耳作曲、田汉作词的《义勇军进行曲》为国歌，定都北平，并把北平改名为北京。

25 日，全国文联的机关刊物《文艺报》（半月刊）正式创刊（在文代会筹备和进行期间，《文艺报》曾试版发行过 13 期），由丁玲、陈企霞、萧殷主编。创刊号发表了茅盾的《一致的要求和期望》。他说：文代会几百件提案表示了文艺界同人的一致要求和期望，归纳起来是：（一）加强理论学习，（二）加强创作活动，（三）加强文艺的组织工作，（四）继续对封建文艺以及买办文艺、帝国主义文艺展开顽强的斗争。同期还发表了丁玲的影评《〈百万雄师下江南〉赞》。

26 日，全国文协创作组召开短篇小说座谈会，讨论短篇小说的创作诸问题，一致认为应加强短篇小说的创作，以适应广大读者的需要。丁玲、田间、杨朔、马烽、萧殷等人出席了座谈会。

本月，王林的长篇小说《腹地》由上海新华书店出版。陈企霞在 1950 年《文艺报》3 卷 3—4 期上连载文章《评王林的长篇小说〈腹地〉》指出："作者布置了一种使人感到与英雄的经历与品质不能衔接的，那种个性的、悲剧的、孤独和阴暗的气氛。作者安排了许多使英雄显得十分孤寂的环境与事件。"1956 年，侯金镜在《文艺报》第 18 号上撰文《试谈〈腹地〉的主要缺点和企霞对他的批评》，指出陈企霞的批评是一种"教条主义"的批评，认为《腹地》虽有缺点，"但是从总的思想倾向上说，并没有'歪曲'作品的主人公辛大刚，也没有诬蔑那个时代人民的伟大斗争。"

十月

1 日，中华人民共和国成立。北京举行开国大典。

以法捷耶夫为首的苏联文艺、科学工作者代表团应邀到京，参加新中国开国大典。纵耕（孙犁）在《天津日报》上撰文《欢迎苏联代表团》。

国立戏剧学院成立。欧阳予倩任院长，曹禺、张庚任副院长，光未然任教育长。

7 日，中国戏曲改进委员会为传达全国政协会议精神及研究如何贯彻毛泽东提出的"推陈出新"的方针，邀请在京戏曲界名演员、名导演、剧作家等举行座谈会。与会者60 人。田汉、洪深等作了发言。

10 日，北京图书馆为纪念鲁迅逝世十三周年，举办鲁迅先生作品及生活展览会。

中国文协由丁玲主持召开法捷耶夫谈文艺问题的座谈会。茅盾、周扬、郑振铎等23 人出席。《文艺报》1 卷 3 期（10 月 25 日）刊登了杨犁整理的座谈会记录《法捷耶夫与中国作家交换文学上的意见》。

《文艺报》1 卷 2 期刊登《法捷耶夫在中苏友好协会总会成立大会上的讲话》、西蒙诺夫的《普式庚底世界主义》、茅盾的《欢迎我们的老大哥，向我们的老大哥学习》、丁玲的《西蒙诺夫给我的印象》。

袁静的《〈新儿女英雄传〉的创作经验》发表在《光明日报》上。

13 日，康濯的长篇小说《黑石坡煤窑演义》在《人民日报》上连载，至 1950 年 1 月 11 日止。全书由北京三联书店 1950 年 11 月出版单行本。

15 日，北京市大众文艺创作研究会召开成立大会。赵树理当选为主席。

19 日，中国人民政治协商会议第一届全国委员会在京举行第一次会议，毛泽东当选为全国政协主席，周恩来、郭沫若等当选为副主席。郭沫若任中央人民政府委员，政务院副总理、政务院文化教育委员会主任、中国科学院院长。茅盾任中央人民政府委员、政务院文化教育委员会副主任、政务院文化部部长。周扬任政务院文化教育委员会委员，政务院文化部副部长。

北京、上海等地集会纪念鲁迅先生逝世十三周年。北京纪念大会由郭沫若主持，参加的有吴玉章、聂荣臻、茅盾、周扬、冯雪峰等 1000 多人。大会决定建议人民政府在北京、上海等地建立鲁迅铜像和鲁迅纪念馆，整理鲁迅故居。《人民日报》同日刊载了郭沫若、茅盾、冯雪峰等人的纪念文章及诗歌。《文汇报》发表了《纪念中国文豪鲁迅》的社论，并刊出《鲁迅先生逝世十三周年纪念》特辑。《文艺报》1 卷 3 期（25日）以《鲁迅先生十三周年祭》为题发表了郭沫若的《继续发扬韧性的战斗精神》、许广平的《从鲁迅的著作看文学》、法捷耶夫的《关于鲁迅》等六篇纪念文章。此外，苏联小说出版社编选的俄文《鲁迅选集》在苏联出版，这本选集上集为小说，下集为杂文和文学评论。

25 日，中国文协机关刊物《人民文学》（月刊）在北京创刊，由茅盾任主编，艾青任副主编。创刊号刊登了毛泽东同志为该刊题词："希望有更多好作品出世"。创刊号还发表了何其芳的长诗《我们最伟大的节日》、康濯的短篇小说《买牛记》、马烽的短篇小说《村仇》和刘白羽的中篇小说《火光在前》。

《文艺报》1 卷 3 期在《文艺信箱》栏目中刊登了读者丁进的来信。来信根据朱光潜在《文艺心理学》中主张的"距离说"和"移情说",认为对文学艺术作品的鉴赏和批评可以超出现实的功利关系之外,从而对文学批评的"政治标准第一"和"艺术标准第二"的次序问题提出了疑问。《文艺报》编辑部请蔡仪作答复。他在《谈"距离说"与"移情说"》一文中对朱光潜主张的观点提出了批评,认为美感是源于社会生活的,审美活动不可能脱离社会功利性,并重申了文学批评的"艺术标准服从政治标准"的原则,于是引发了一场关于美学问题的讨论。《文艺报》1 卷 8 期(1950 年 1 月 10 日)同时刊载了朱光潜的答辩文章《关于美感问题》,蔡仪的反驳文章《略论朱光潜的美学思想》,还有黄药眠的《答朱光潜并论治学态度》。朱光潜认为"距离说"和"移情说""可以经过批判而融会于新美学",蔡仪指责他"堕入了'为文艺而文艺'的那个魔障",黄药眠则指出批评的原因"是因为朱先生的学说,是和我们今天马列主义的艺术思想直接处于冲突地位,是和我们今天的文艺运动背道而驰的"。

26 日,丁玲、沙可夫、赵树理等组成的中国文化与职工代表团赴苏联参加十月革命节 32 周年纪念典礼。

本月,老舍接到受周恩来嘱托的冯乃超、夏衍先后写来的邀请归国的信,克服重重困难和阻挠,13 日从美国三藩市(旧金山)启程,历经横滨、东京、马尼拉、香港、仁川,12 月 9 日晨抵达天津,终于回到祖国的怀抱。

路翎的短篇小说集《山村纪事》由上海天下图书公司出版。

孙犁的中篇小说《村歌》由北京天下图书公司出版。

马加的长篇小说《江山村十日》由上海群益出版社出版。

《萧军思想批判》由大众书店出版。

十一月

1 日,臧克家的诗《有的人——纪念鲁迅有感》发表在北京《新民报》上。

3 日—1950 年 4 月 10 日,师陀的长篇小说《历史无情》在上海《文汇报》连载。

7 日,文化部戏曲改进局邀请戏曲文学工作者座谈戏曲改革的中心问题之一:剧本问题。该局负责人田汉、杨绍萱出席并讲话。

10 日,《文艺报》1 卷 4 期发表卞之琳的《开讲英国诗想到的一些体验》。卞之琳在文中谈到了自己的困惑:"受过西洋资产阶级诗影响而在本国有写诗训练的是否要完全抛弃过去各阶段发展下来的技巧才去为工农兵服务,纯从民间文学中长成的是否完全不要学会一点过去知识分子诗不断发展下来的技术?"

15 日,北京市成立大众文艺创作研究会,赵树理等 15 人被推选为执行委员。该会计划有步骤地以各种文学形式,通过刊物、剧场、电台及民教馆等,大力推广大众的、普及的新文学运动。

20 日,胡风的长诗《时间开始了》的第一乐篇《欢乐颂》发表在《人民日报》上,1950 年元旦由上海海燕书店出版。第二乐篇《光荣赞》发表于 1950 年 1 月 6 日的

《天津日报》，1950 年 1 月由上海海燕书店出版。第三乐篇《青春曲》为作者晚年补编，最初发表于 1950 年《起点》第 1 期，未出版过单行本。第四乐篇《安魂曲》（后改名《英雄谱》）1950 年 3 月由北京天下图书公司出版。第五乐篇《又一个欢乐颂》（后改名《胜利颂》）发表于 1950 年 1 月 27 日《天津日报》，1950 年 3 月由北京天下图书公司出版。

25 日，《文艺报》1 卷 5 期以《关于学习旧文学的话》为题，发表读者来信，询问是否可以学习中国旧文学的诗词方面的问题。叶圣陶委托杜子劲、叶蠖生同志解答，但他们的解答引起了如何对待古典文学遗产问题的讨论。《文艺报》1 卷 6 期、7 期上连续刊登了讨论文章。

孙犁的短篇小说《吴召儿》发表在《天津日报》上。

本月，邹荻帆的诗集《跨过》由生活·读书·新知三联书店出版。

刘白羽的短篇小说集《战火纷飞》由北京人民出版社出版。

何其芳的散文集《星火集续编》由上海群益出版社出版。

十二月

1 日，《人民文学》1 卷 2 期发表何其芳的评论《文艺作品必须善于写矛盾和斗争》。

6 日，夏衍被任命为中共华东局宣传部副部长和上海市军事管制委员会文化管理委员会副主任。

7 日，纵耕（孙犁）的《新文学和新中国妇女》刊登在《天津日报》上。

9 日，萧也牧的短篇小说《海河边上》在《天津日报》发表，原题《"我等着你！"》。

10 日，《文艺报》1 卷 6 期发表李季的创作经验谈《我是怎样学习民歌的》。

17 日，文化部艺术局召集京津地区文艺报刊编辑工作座谈会，共同研究文艺编辑方针和政策，交流工作经验。出席的有《人民文学》的艾青，《文艺报》的陈企霞、萧殷，《人民日报》的袁水拍，《人民中国》的徐迟，《新华月报》的臧克家，《光明日报》的巴波，《天津日报》的方纪，《大众诗歌》的沙鸥等 17 个单位的编辑。周扬到会讲话，作四点指示：（一）要加强刊物、副刊的思想战斗性，通过文艺教育群众；（二）应与普及文艺相结合；（三）各个刊物都应办成自己的特色；（四）要加强对文艺的批评和指导工作。

21 日，文化部、教育部联合发出《关于展开文艺宣传工作的指示》。

23 日，孙犁的《怎样认识解放区文学的内容和主题》刊登在《天津日报》上。

25 日，《文艺报》1 卷 7 期发表社论《人民共和国给文学艺术的光荣任务》。同期还发表了孙犁的短篇小说《石猴》和田间的文章《关于诗的问题》。

本月，鲁藜的短篇小说集《枪》由上海群益出版社出版。

本年

自全国第一次文代会以后到年底，全国各省、市成立了40个地方文联或文联的筹备机构，出版了40种文艺刊物。

延安文艺座谈会以后解放区优秀文艺作品选集《中国人民文艺丛书》计53种全部出版，内有诗歌《王贵与李香香》（李季）、《赶车传》（田间）、《东方红》（诗选）等5种，小说《李有才板话》、《李家庄的变迁》（赵树理）、《太阳照在桑乾河上》（丁玲）、《暴风骤雨（上）》（周立波）、《高乾大》（欧阳山）、《种谷记》（柳青）、《吕梁英雄传》（马烽、西戎）、《原动力》（草明）、《洋铁桶的故事》（柯蓝）、《无敌三勇士》（刘白羽等）、《地雷阵》（邵子南等）、《一个女人翻身的故事》（孔厥等）等16种，戏剧《白毛女》（贺敬之等）、《王秀鸾》（傅铎）、《刘胡兰》（魏风等）、《血泪仇》《穷人恨》（马健翎）、《逼上梁山》《三打祝家庄》（平剧研究院）、《赤叶河》（阮章竞）、《李闯王》（阿英）、《兄妹开荒》（王大化等）、《牛永贵挂彩》（周而复等）等23种，通讯报告《诺尔曼·白求恩片断》（周而复）、《光明照耀着沈阳》（刘白羽）、《英雄的十月》（华山）等7种，说书词《刘巧团圆》（韩起祥）、《晋察冀的小姑娘》（王尊三等）2种。

沈从文在北平和平解放后，由于无法承受巨大的政治压力，精神逐渐崩溃，他试图自杀，但被救。不久，他被调至北京历史博物馆长期从事文物管理、讲解、鉴定和研究。在历史博物馆早几年的工作情形，沈从文自己曾这样描述道："我在这里每天上班下班，从早七时到下六时共十一个小时。从公务员而言，只是个越来越平庸的公务员，别的事通说不上。生活可怕的平板，不足念。每天虽和一些人同在一起，其实许多同事就不相熟。自以为熟习我的，必然是极不理解我的。一听到大家说笑声，我似乎和梦里一样。生命浮在这类不相干笑语中，越说越远。关门时，独自站在午门城头上，看看暮色四合的北京城风景……明白我生命实完全的单独……因为明白生命的隔绝，理解之无可望……"这是沈从文1951年给一位青年记者未发出的信。（转引自陈徒手：《午门城下的沈从文》，《人有病　天知否》，第16页，人民文学出版社2000年版）

张恨水在家脑溢血，右半身不遂，但不到半年便得到恢复。患病期间，党和人民政府派人专程看望，邀请他参加第一次文代会，并聘请他为文化部顾问。

郭小川从天津随军南下，在武汉任中共中南局宣传部宣传科副科长，不久又被任命为宣传处处长，1951年还兼任文艺处处长。在此期间，郭小川（丁云）和陈笑雨（司马龙）、张铁夫合作用"马铁丁"的笔名在《长江日报》上经常发表《思想杂谈》，1955年结集由湖北人民出版社出版。

陈敬容从华北大学正定分校毕业，分配至最高人民检查署工作，直至1956年调《世界文学》杂志，从事外国文学编辑工作。

1950 年

一月

1日，周恩来总理的《在中华全国文学艺术工作者代表大会上的政治报告》发表在《人民文学》1卷3期上。同期还发表了蒙古族著名民间诗歌《嘎达梅林》（陈清漳、赛西雅拉图等人合译）、萧也牧的短篇小说《我们夫妇之间》、朱定的短篇小说《关连长》和秦兆阳的短篇小说《改造》。

《我们夫妇之间》发表后很快被改编成话剧、连环画、电影，受到了读者的格外关注和喜爱。但到了1951年6月，这篇小说因为"小资产阶级创作倾向"受到了激烈的批评，并波及到作者的其他小说作品。陈涌在1951年6月10日的《人民日报》上首先撰文指出："有一部分文艺工作者在文艺思想或创作方面产生了一些不健康的倾向，这种倾向实质上就是毛主席在《讲话》中已经批判过的小资产阶级的倾向。它在创作上的表现就是脱离生活，或者依附小资产阶级的观点、趣味来观察生活，表现生活。……萧也牧的一部分作品，主要是短篇《我们夫妇之间》可以作为带有此类倾向的作品了。"（《萧也牧创作的一些倾向》）丁玲在给萧也牧的信中说："这篇小说很虚伪，不好，应该告诉你，纠正这种倾向，不要上当。……你的作品已经被一部分人当作旗帜，来掩护一些东西和反对一些东西了。……不能说只是你个人的创作问题，而是使人在文艺界嗅出一种坏味道来，应当看成是一种文艺倾向的问题。"（《作为一种倾向来看——给萧也牧的一封信》，《文艺报》1951年4卷8期）冯雪峰在化名"李定中"给《文艺报》的读者来信中指出："这种不良倾向……是很有害的。但其原因，我以为还不是由于作者脱离生活，而是由于作者脱离政治！在本质上，这种创作倾向是一个思想问题，假如发展下去，也就会达到政治问题，所以现在就须警惕。"（《反对玩弄人民的态度，反对新的低级的趣味》，《文艺报》1951年4卷5期）

6日，文化部举行文艺报告会，茅盾对北京市文艺干部作文艺创作报告，此报告以《文艺创作问题》为题发表在《人民文学》1卷5期（3月1日）上。此前，《文艺报》3卷9期（1月25日）还发表了茅盾在《人民文学》杂志社举行的"创作座谈会"上的讲话《目前创作上的一些问题》。茅盾在这两次讲话中都重点谈到了文艺创作与完成政治任务、配合政治宣传的关系问题。他认为，能够使自己的作品既完成政治任务而又有高度的艺术性，当然最好。但常常两者不能得兼，"那么，与其牺牲了政治任务，毋宁在艺术性上差一些。"他虽然坦率地指出这样讲"是不太科学的"，因"赶任务"而不得不写自己认为尚不成熟的东西对"一位忠于文艺的作者也确是有几分痛苦的"，但是仍然要求作者以"赶任务"为光荣，"因为既然有任务要交给我们去赶，就表示了我们文艺工作者对革命事业有用，对服务人民有长"，所以"如果为了追求传世不朽而放弃了现在的任务，那恐怕不对"。茅盾的上述意见在文艺界引起了争论。10月，邵荃麟在《文艺报》3卷1期上发表了专论《论文艺创作与政治和任务相结合》，明确指出：文艺必须服从政治，而"政治的具体表现就是政策"，因此"作家不能在创作上善于掌握政策观点，也就不能很好去为政治服务"。后来，《文艺报》在3卷9期和4卷1期上先后以《关于"赶任务"的问题》和《为什么"赶"不好"任务"》为题，综述了各种不同意见。萧殷在1951年《文艺报》4卷5期上针对各种不同意见作了总结性的论述。他首先批评了认为文艺创作不应该"赶任务"的意见，说那种要求"写熟悉的和感兴趣的题材"实质上是"推卸政治任务"，然后分析了"赶"不好"任务"的原因。他认为，领导在分配创作任务时，内容规定过死，时间催得太急，是作家"赶"

不好"任务"的客观原因；而作家本人"把'任务'看作负担，用一种'应付'观点去对待'文艺服务政治'的严肃工作"，则是"赶"不好"任务"的主观原因。

20 日，由大众文艺创作研究会编辑，李伯钊、赵树理主编的《说说唱唱》正式出版。创刊号发表了赵树理根据田间的长诗《赶车传》改编的鼓词《石不烂赶车》。

23 日，国家出版总署副署长叶圣陶过访周作人，嘱其翻译希腊作品。

本月，一直避居四川安县乡下的沙汀来到成都，出任川西文联主任。秋，又到重庆，筹备西南文联，后任西南文联副主任，西南文教委员。

田间的诗集《抗战诗抄》由新华书店出版。

唐湜的诗集《飞扬的歌》由平原社出版。

二月

1 日，孙犁的短篇小说《山地回忆》发表在《小说》杂志 3 卷 4 期上。

孙犁的短篇小说《小胜儿》和论文《略谈下厂》发表在天津文协主办的《文艺学习》创刊号（1 卷 1 期）上。同期还发表了阿垅的文章《论倾向性》，引起文艺界关于文艺与政治关系问题的争鸣。阿垅认为，艺术与政治"是一元论的"，两者"不是'两种不同的原素'而是一个同一的东西；不是'结合'的，而是统一的；不是艺术加政治，而是艺术即政治"。陈涌在《人民日报》（3 月 12 日）副刊"人民文艺"第 39 期上发表了《论文艺与政治的关系》，说阿垅的《论倾向性》"形式上是进行两条路线的斗争，反对为艺术而艺术和公式主义，但实质上，却是同时反对艺术为政治服务的。它以反对为艺术而艺术始，以反对艺术积极地为政治服务终。"接着，史笃在《人民日报》（3 月 19 日）副刊"人民文艺"第 40 期上发表了《反对歪曲和伪造马列主义》，批评阿垅用另一笔名"张怀瑞"在上海《起点》第 2 期上发表的文章《论正面人物与反面人物》。史笃认为阿垅的文章堆满马列主义词句，实际是违反马列主义文艺思想的。阿垅不久在《人民日报》副刊"人民文艺"第 41 期上发表了自我批评文章，题名为《阿垅先生的自我批判》，承认自己的两篇文章都是有错误的，特别是"引文的方面"。《人民日报》副刊的"编者按"肯定了他的态度。《文艺报》随后在 2 卷 3 期上将上述三篇文章全部转载，并加《编辑部的话》，指出"阿垅在文艺与政治的关系上，在对马克思主义的了解与文献的引用上，表现了很多歪曲、错误的观点"。

23 日—5 月 6 日，周作人在上海《亦报》上发表《儿童杂事诗》共 72 首，署名东郭生，丰子恺插图。

28 日，戴望舒在北京病逝，终年 45 岁。戴望舒，1905 年生，浙江杭州人。1923 年考入上海大学文学系，1925 年转入震旦大学法文班。1926 年同施蛰存、杜衡创办《璎珞》旬刊，在创刊号上发表处女诗作《凝泪出门》。1928 年与施蛰存、杜衡、冯雪峰创办《文学工场》。1929 年出版第一本诗集《我的记忆》，其中《雨巷》一诗传诵一时，被誉为"雨巷诗人"。1932 年参加施蛰存主编的《现代》杂志的编辑工作，年底赴法国留学，入里昂中法大学，1935 年回国。1936 年与卞之琳、孙大雨、梁宗岱、冯至等创办《新诗》月刊。抗战爆发后在香港主编《大公报》文艺副刊，发起出版《耕耘》杂志。1938 年在香港主编《星岛日报·星岛》副刊。1939 年与艾青主编《顶点》。1941 年底被捕入狱，在狱中写下了《狱中题壁》《我用残损的手掌》等诗篇。建国后在新闻总署从事编译工作。著有诗集《我底记忆》《望舒草》《望舒诗稿》和《灾难的岁月》。1957 年人民文学出版社出版了由艾青编选的《戴望舒诗选》。艾青在为《戴望舒诗选》所撰的序言《望舒的诗》中说："望舒是一个具有丰富才能的诗人。他从纯粹属于个人的低声的哀叹开始，几经变革，终于发出战斗的呼号。每个诗人走向真理和走向革命的道路是不同的。望舒所走的道路，是一个中国的正直的、有很高的文化教养的知识分子的道路，这种知识分子，和广大劳动人民失去了联系，只是读书很多，见过世面，有自己的对待世界的人生哲学，他们常常要通过自己真切的感受，有时通过现实的非常惨痛的教育，才能比较牢固地接受或是拒绝公众所早已肯定或否定的某些观念。而在这之前，则常常是动摇不安的。"又说："构成望舒的艺术的，是中国古典文学和欧洲的文学的影响。他的诗，具有很高的语言的魅力。他的诗里的比喻，常常是新鲜而又适切。他所采用的题材，多是自己亲身感受的事物，抒发个人的遭遇和情怀。所可惜的是他始终没有越出个人的小天地一步，因之，他的诗的社会意义就有了一定的局限性。"卞之琳说："他继承我国旧体诗特别是晚唐诗词家及其直接后继人的艺术，借鉴西方诗，特别是法国象征派的现代后继人的艺术，而写他既有民族特点也有个人特色的白话新体诗。他对建立白话新体诗的贡献是不容低估的，也能用写在不同时期的具体诗篇的比较和对照来做出评价。""望舒最初写诗，多少可以说，是对徐志摩、闻一多等诗风的一种反响。他这种诗，倾向于把侧重西方诗风的吸取倒过来为侧重中国旧诗风的继承。""戴望舒艺术探索的第二阶段亦即他的中期达到了恰好的火候，也就发出了一种与众不同的声调，个人独具的风格，而又是名副其实的'现代'的风味。一般评论都认为《我的记忆》这首诗是他这个阶段的出发点。""较有分量，远较有新意的《断指》却在亲切的日常生活调子里舒卷自如，敏锐，精确，而又不失它的风姿，有节制的潇洒和有功力的淳朴。日常预言的自然流动，使一种远较有韧性因而远较适应于表达复杂化、精微化的现代感应性的艺术手段，得到充分的发挥。""新的转折点出现于望舒的最后一个诗集。《灾难的岁月》正是他诗艺发展上第二和第三阶段的交汇处。""抗日战争正好来促成戴望舒终于实现了朝健康方向的转化。……接着陆续产生的诗篇是自由体和近于格律体并用，试图协调旧的个人哀乐和新的民族和社会意识，也试图使他的艺术适应开拓了思想和情感的视野。"（卞之琳：《〈戴望舒诗集〉序》，《戴望舒诗集》，四川人民出版社 1981 年版）

本月，郭小川的诗集《平原老人》由中南新华书店出版。

三月

1 日，孙犁的短篇小说《正月》发表在天津《文艺学习》1 卷 2 期上。

《人民文学》1 卷 5 期发表朱定的诗《我的儿子》、邵燕祥的诗《进军喀什城》、孙犁的短篇小说《秋千》、方纪的短篇小说《让生活变得更美好罢》、胡可等改编的话剧《战斗里成长》（至 1 卷 6 期续完）。12 日，《人民日报》刊载了郝彤给编辑部的一封信

《从一篇小说看文艺创作中的一种倾向》，信中对方纪的这篇小说提出批评。《人民日报》编者在同期中肯定了郝彤的批评，认为"对这篇作品的怀疑与批评是完全应该的"，"作品把一个姑娘在参军运动中的作用夸大到这种地步，以至把农民参加解放军的政治意义完全打消了！党的政治的组织的动员力量，远不及一个漂亮姑娘的力量"，"这是一种恋爱至上主义者或弗洛依德主义者对于人民政治生活和妇女社会作用的歪曲描写。"

10 日，《文艺报》1 卷 12 期开辟新诗笔谈专栏。萧三、田间、冯至、马凡陀、邹荻帆、贾芝、林庚、彭燕郊、力扬等诗人对于新诗的形式，包括格律、自由体、歌谣体、诗的建行问题发表了自己的看法。在此前后，该刊还发表了卞之琳、田间、艾青、何其芳等谈新诗的文章，可以看作这次笔谈的一部分。林庚在《新诗的"建行"问题》中认为，中国古典诗歌和民间诗歌的五七言形式，"今天诗歌运动已大量的走上这一个传统"，但是，"绝没有一种形式可以无限使用的。也绝没有一种传统可以原封不动地接受下来"。同期还发表了马烽的短篇小说《一架弹花机》。

14 日，《人民日报》上刊登《请被批评者公开在报上进行检讨》。

20 日，淑池的短篇小说《金锁》连载于赵树理主编的《说说唱唱》第 3—4 期。这篇小说发表后引起了强烈的反响。赵树理在《文艺报》2 卷 5 期撰文《〈金锁〉发表前后》，他既承认自己有"作风上欠民主"，"以迁就毛病为尊重读者"的缺点，同时也为"金锁的描写不真实、是侮辱劳动人民"的观点进行辩护。随后，赵树理又在《人民日报》7 月 9 日上发表《对〈金锁〉问题的再检讨》（《文艺报》2 卷 8 期转载），虽然他承认作品确实有"侮辱劳动人民"之处，但还是认为自己过去对破产后流入下层社会的农民的"分析还没有大错"，并"仍认为作者具有写农村的特殊条件，只要经过相当的政治学习，一定是能写出好作品来的"。

25 日，张爱玲开始在上海《亦报》上连载长篇小说《十八春》，署名梁京，至 1951 年 2 月 11 日止。

26 日，《人民日报》副刊"人民文艺"刊登谷峪的《新事新办》和张树雷的《亲家新家》等短篇小说。正文前有编者按语："他们的创作往往显露出为某些作家所不及的对群众生活的观察力和描写的能力，给人以新鲜的感觉。"谷峪的《新事新办》被全国诸多报刊予以转载，并被译为俄文、英文及其它国家文字。

29 日，中国民间文艺研究会正式成立。郭沫若为理事长，老舍、钟敬文为副理事长，赵树理等为常务理事。10 月，该会出版《民间文艺研究集刊》。

本月，为纪念列宁逝世 26 周年，《新华月报》重新发表列宁的著作《党的组织与党的文学》。

老舍改写的《菜单子》《文章会》《地理图》等相声受到群众的欢迎。

由香港拍摄的电影《清宫秘史》在北京、上海等地上映。4 月 1 日，《光明日报》发表编辑部文章《评〈清宫秘史〉》。1954 年 10 月，毛泽东在《关于〈红楼梦〉研究问题的信》中指出："被人称为爱国主义影片而实际上是卖国主义影片的《清宫秘史》，在全国放映之后，至今没有被批判。""文革"期间，曾在全国范围内大规模批判这部影片。戚本禹 1967 年在《红旗》第 5 期上撰文《爱国主义还是卖国主义——评反动影片〈清宫秘史〉》指出，这部影片"大肆宣扬崇帝、恐帝思想，极力散布对帝国主义的幻想，公开贩卖卖国主义理论"，"把义和团反对帝国主义的革命行动，描写为一种野蛮的骚乱"，"把资产阶级改良主义的代表人物尤其是光绪皇帝，捧到了九天之上，……利用这部影片来迷惑群众，来为资产阶级改良主义涂脂抹粉。"

周扬编《马克思主义与文艺》由人民出版社出版。

孙犁的《文艺学习》由新文艺出版社出版。

四月

1 日，全国剧协编辑的《人民戏剧》（月刊）在上海出版。田汉主编。创刊号卷首刊印了毛泽东同志 1944 年看了《逼上梁山》后写给杨绍萱、齐燕铭的亲笔信，还发表了田汉致周扬的书简《怎样做戏改工作?》。

《人民文学》1 卷 6 期刊载 1950 年文学工作者创作计划调查（一），计有 36 名作家的创作计划。

2 日，中央戏剧学院在北京正式建立，欧阳予倩任院长。其前身为 1949 年 10 月建立的国立戏剧学院。

4 日，上海《文汇报》副刊"磁力"上刊登了黄裳的《杂文复兴》。文章认为，文艺工作者要继续使用"曾经运用过很久，向鲁迅先生学习得来的那种武器——杂文。"新时代的杂文"应该是一种含有浓烈的热情的讥讽，目的是想纠正过失、改正工作的现状，这和对敌人的无情的打击是有着根本的差异的。"又说："要复兴杂文，就必须站稳了立场，抓住了论点的积极性和建设性，不要流于'淡话'，人民大众是不要听'淡话'了。"在随后的一个月中，《文汇报》和《解放日报》的副刊发表了 10 多篇文章讨论杂文的写作问题。6 月 30 日，《文汇报》的《文学界》周刊刊载了上海市文协主席冯雪峰的长文《谈谈杂文》，对此次杂文讨论作了总结。冯雪峰指出："我觉得，我们能够肯定地回答：我们今天是需要杂文的，而且非常需要杂文的。不过，问题却又在：我们需要的是怎样的杂文呢？就是说，怎样的杂文，才是今天人民所需要的？才能成为为人民服务的一种必要的、很好的工具？"他的回答是，希望报纸的副刊"应该以富有思想性和艺术性的生动精干的杂文，而活泼和活跃起来"。至于那种"只把鲁迅的杂文，或者鲁迅式的杂文，才看成为杂文的"观点，他认为是出于"一种偏见和一种狭隘的心情"，"可以说，是小资产阶级个人主义的思想在最后的挣扎。"

13 日，《人民日报》刊登中央人民政府委员会通过的《中华人民共和国婚姻法》。

14 日，苏联作家马雅可夫斯基逝世 20 周年。全国文联、苏联对外文协等联合在京举行纪念会，有 800 余人出席，郭沫若、萧三在会上分别作了报告和讲话。

19 日，中共中央发布关于在报纸刊物上展开批评与自我批评的决定。载 22 日的《人民日报》。

22 日，文化部召集座谈会，讨论石家庄工人魏连珍创作的三幕十四场话剧《不是蝉》，欧阳予倩、张庚、周巍峙等与作者本人出席。这个剧本反映了工人阶级为创造新生活而自觉劳动的热情，受到文艺界重视。

本月，孙犁的散文小说集《农村速写》由读书书店出版。

五月

1 日，《人民文学》2 卷 1 期上发表了茅盾的《关于反映工人生活的作品》和艾青的《谈工人诗歌》。

4 日，孙犁的《五四运动与中国文学遗产》发表在《天津日报》上。

10 日，遵照党中央《关于在报纸刊物上展开批评与自我批评》的指示，《文艺报》2 卷 4 期以编辑部名义发表了《〈文艺报〉编辑工作初步检讨》。2 卷 5 期（5 月 25 日）又发表社论《加强文学艺术工作的批评与自我批评》，要求文艺工作者积极响应党中央号召，打破在文艺界还残留着的不批评，怕批评，背地里不负责任的批评，用"八面玲珑"的庸俗的方式来应付批评等等风气，建立正当的严肃的批评与自我批评。5 月 26 日，该刊编辑部还邀请在京文化界、思想界人士胡愈之、胡绳、王子野、宋云彬、傅彬然、邵荃麟、林默涵、田汉、曹禺、张庚、王朝闻等座谈，就加强刊物政治性、思想性和战斗性征询意见，并听取了宝贵批评。6 月 1 日出版的《人民文学》2 卷 2 期也发表《改进我们的工作》一文，对八个月来的工作进行了检查。在此期间，全国不少文艺团体、文艺刊物和文艺工作者也都开展了批评与自我批评。

《文艺报》2 卷 4 期发表丁玲的《"五四"杂谈》、周扬的《论〈红旗歌〉》（由刘沧浪等编剧）、何其芳的《话说新诗》、孙伏园的《三十年前副刊回忆》和康濯的通讯《谈说北京租书摊》。周扬说："必须肯定，《红旗歌》是一个好剧本，它之所以好就在于：它是第一个描写工人生产的剧本，它表扬了工人在生产竞赛中的高度劳动热情，批评了工人中的落后分子，也批评了某些积极分子对待落后工人不去耐心团结教育而只是讥讽打击的那种不正确的态度；表扬了行政管理上的民主作风，批评了官僚主义、命令主义作风。这一切又都通过了活生生的个性描写。作者在人物性格的雕塑与语言的运用上显示了优秀的才能。这就是为甚么，这个剧本具有教育人、感动人的力量。"何其芳在《话说新诗》中批评"因某些新诗的形式方面的缺点而就全部抹杀五四以来的新诗，或者企图简单地规定一种形式来统一全部新诗的形式"的倾向，说"他们忘却了五四以来的新诗本身也已经是一个传统。"又说新诗的"形式的基础可以是多元的，而作品的内容与目的却只能是一元的"。

25 日，《文艺报》2 卷 5 期报道，文化部艺术局编审委员会已开始编辑苏联文学、中国古典文学、新文学（"五四"以来的）、人民文学、文艺理论、戏曲、民间文艺、电影剧本等八种丛书。

26 日，由丁玲主持，《文艺报》编辑部召开刊物的政治性、思想性与战斗性的座谈会。

28 日，北京市文学艺术工作者代表大会开幕，出席代表 363 人。老舍致开幕词。周恩来、彭真、郭沫若、茅盾、周扬、丁玲等到会讲话。赵树理致闭幕词。老舍当选北京市文联主席，赵树理为副主席。

谷峪的短篇小说《强扭的瓜不甜》发表在《人民日报》上。

本月，柯仲平的诗集《从延安到北京》由三联书店出版。

芦甸的诗集《我们是幸福的》由文化工作社出版。

鲁黎的诗集《毛泽东颂》由知识书店出版。

《大众文艺论集》由工人出版社出版。内收赵树理、老舍等著论文17篇。

六月

1日，《人民文学》2卷2期继续刊载1950年文学工作者创作计划调查，又有14名作家提供有关情况。同期还发表了阮章竞的叙事诗《漳河水》、李尔重的短篇小说《杜厂长》、康濯的民间故事《长工和地主》、老舍的《鼓词与新诗》、秦兆阳的《对〈改造〉的检讨》、方纪的《我的检讨》。

2日，孙犁于5月护士节作的短篇小说《看护》发表在《天津日报》上。

5日，赵树理作短篇小说《登记》，载《说说唱唱》第6期。这是赵树理在建国后发表的第一篇小说。

6日，全国文联招待刚从国外归来的作家张天翼。

9日，俄国革命民主主义文艺理论家别林斯基逝世102周年，《文艺报》2卷6期发表他的遗作三篇，并加有《编辑部的话》。

10日，丁玲的《谈谈普及工作——为祝贺北京市文代大会而写》和丁玲主持的《文艺报》编辑部座谈会纪要《加强我们刊物的政治性、思想性与战斗性》发表在《文艺报》2卷6期上。

18日，苏联文学奠基者高尔基逝世十四周年，北京中苏友好协会和对外文协联合举行纪念会。北京图书馆举办了"高尔基生活作品展览"。全国各大报纸发表纪念专文，《解放日报》和《文艺报》出版了纪念册。

25日，《文艺报》2卷7期在《创作经验谈》专辑中刊载了刘白羽、黄谷柳、周立波、马加、王希坚、秦兆阳等人谈创作经验的文章。

28日，中央人民政府通过《中华人民共和国土地改革法》。

30日，《人民日报》发表社论：《为实现全中国土地改革而斗争》。

本月，方纪的中篇小说《不连续的故事》由上海文化工作社出版。

七月

1日，《人民戏剧》1卷4期刊登中国戏剧工作者协会致全国戏剧工作者的呼吁书《反对美帝侵略朝鲜、台湾，支援各国被迫害的和平战士，展开保卫世界和平创作运动》。同期还发表了田汉的话剧剧本《朝鲜风云》（《甲午之战》三部曲之一）和胡丹沸的话剧剧本《不拿枪的敌人》。后者公演后受到批评，作者胡丹沸后来在《文艺报》3卷9期上发表了检讨文章《跳出狭小的圈子》。

陈学昭的《关于〈工作着是美丽的〉》发表在《人民文学》2卷3期上。

11日，为开展戏曲改革工作，文化部邀请戏曲界代表、戏剧专家和有关负责同志组成"戏曲改进委员会"作为戏曲改革工作的顾问机关，周扬任主任委员，委员有田汉、洪深、欧阳予倩等 43 人。该委员会主办的《新戏曲》于 9 月创刊。

14 日，孙犁的短篇小说《一篇关于农村婚姻问题的报告》发表在《天津日报》上，后改名《婚姻》。28 日，《天津日报》上刊登孙犁的《对〈一篇关于农村婚姻问题的报告〉的检讨》。

24 日，上海市文学艺术工作者代表大会开幕，出席代表 547 人，夏衍作报告。上海市长陈毅到会并发表讲话。大会历时六天，上海市文联宣告成立，夏衍任主席，冯雪峰、巴金等任副主席。张爱玲应邀出席了本次大会；夏衍原本打算委托柯灵邀请张爱玲担任上海电影剧本创作所的编剧，但此消息未及时传给张爱玲。

25 日，《文艺报》2 卷 9 期发表郭沫若、茅盾、叶圣陶等 14 人执笔的《反对美国侵略台湾、朝鲜》。

29 日，丁玲的《知识分子下乡中的问题》发表在《中国青年》第 44 期上。

本月，艾青随中国代表团赴苏联开始长达半年之久的访问，期间写作了《十月的红场》《宝石的红星》《普希金广场》《牛角杯》《菩提树下的林荫路上》等诗数首。归国后还作有《给乌兰诺娃》《有朋友从远方来临》《给希克梅特》等诗 5 首。

萧也牧的短篇小说集《海河边上》由天津知识书店出版。

碧野的长篇小说《我们的力量是无敌的》由上海新华书店出版。陈企霞在 1951 年《文艺报》3 卷 8 期上撰文《无敌的力量从何而来》，说这部作品中的人物形象"都缺乏生活内在的真实——这几乎都是一些不可信的、不自然的人物。"接着张立云在《解放军文艺》1 卷 2 期上撰文《论小资产阶级思想对文艺创作的危害性——兼评〈我们的力量是无敌的〉》，说在作者的笔下"人民解放军几乎是一个'自由王国'"，说作者"把解放军写成了无头脑的蛮干主义者"，"活生生的战士，都被写成乱碰乱撞或呆若木鸡的人物"。自此以后，碧野的这部长篇小说便成了当时"小资产阶级创作倾向"的代表作之一。

八月

1 日，老舍的《暑中写剧记》发表在《人民戏剧》1 卷 5 期上。

10 日，白薇的诗《战斗的朝鲜》发表在《文艺报》2 卷 10 期上。

15 日，华东戏曲改革工作干部会议在上海召开。会议学习了中央有关戏改工作的方针，并对旧艺人的思想改造、神话戏与迷信戏的区别、制度的改革、处理历史人物等问题作了专题讨论。

25 日，丁玲在《文艺报》2 卷 11 期上发表《跨到新的时代来——谈知识分子的旧兴趣与工农兵文艺》。文中说，《文艺报》编辑部最近收到了许多读者来信，概括来信意见，主要有：一、"不喜欢读描写工农兵的书，说这些书单调、粗糙、缺乏艺术性。"二、"他们喜欢巴金的书，喜欢冯玉奇的书，喜欢张恨水的书，喜欢'刀光剑影'的连环画，还有一批人则喜欢古典文学。"三、"要求写小资产阶级知识分子的苦闷……"。针对这些问题，丁玲在文中逐一作了批驳和回答。她最后希望这些读者能够转变自己旧的文学阅读趣味，关心新的工农兵文艺的成长，跨入到新的时代来。

本月，刘白羽的中篇小说《火光在前》由上海新华书店出版。

九月

1 日，艾青的《诗选自序》、李瑛的诗《我们的战士受伤了》和草明的短篇小说《新问题，旧做法》发表在《人民文学》2 卷 5 期上。

10 日，北京市文联编辑的《北京文艺》创刊。老舍任主编。创刊号有彭真、郭沫若、周扬、梅兰芳亲笔题词，并刊载了老舍的著名话剧《龙须沟》。这部话剧在北京上演得到了观众的普遍好评。周扬在 1951 年 3 月 4 日《人民日报》上撰文《从〈龙须沟〉学习什么?》指出："《龙须沟》是一个现实主义的作品，也是一首对劳动人民的颂歌，对共产党和人民政府的颂歌。老舍先生从革命吸取了新的创作精力，学习了许多新的东西，他还在继续不断地学习着。那么，让我们所有的文艺工作者都和他一同学习，并向他学习吧。"

《文艺报》2 卷 12 期以《土改与创作》为题，发表了张志民、王希坚、俞林、艾中信等多位参加土改工作的作家的一组谈创作经验的文章。

21 日，西北各地区、各民族以及部队文艺工作者在西安召开西北文学艺术工作者代表大会，成立了西北文联，柯仲平为文联主席。

22 日，孙犁的长篇小说《风云初记》（第一集）开始连载于《天津日报》，至1951 年 3 月 18 日止。1951 年 10 月由人民文学出版社出版。1951 年 4 月 15 日至 9 月 9日，《天津日报》又连载《风云初记》（第二集）前 20 节。第二集由人民文学出版社于 1953 年 4 月出版。该社 1955 年 4 月还出版了一、二集之合本。《风云初记》（第三集）于 1954 年 5 月写成初稿，不久作者大病，期间部分章节在《天津日报》、《人民文学》《新港》上选载，1962 年才由作者重新编定，与前两集合为一部，由作家出版社于 1963 年 6 月出版。黄秋耘说："一部《风云初记》，几乎可以当作一篇带有强烈的抒情成分的诗歌来读。是的，它有故事情节，有人物形象，有细节描写，这一切都符合长篇小说的条件。但是它同时又具有诗的意境，诗的气氛，诗的情调，诗的韵味。把浓郁的、令人向往的诗情和真实的人物性格的刻画结合起来，把诗歌和小说结合起来，这恐怕是《风云初记》一个最显著的艺术特色。我们甚至可以大胆地设想，在某种意义上，孙犁同志是采用写诗的方法来写这部小说的。他是一个善于创造意境和情调的抒情艺术家，是一个诗人型和音乐家型的小说家。"（黄秋耘：《一部诗的小说——漫谈〈风云初记〉的艺术特色》，《新港》1963 年第 2 期）

本月，秦兆阳的短篇小说集《幸福》由人民文学出版社出版。

方纪的中篇小说集《老桑树底下的故事》由北京三联书店出版。

张友鸾的中篇小说《神龛记》由新民报上海社出版。

路翎的长篇小说《燃烧的荒地》由上海作家书屋出版。

十月

1 日，《人民文学》2 卷 6 期在《写作漫谈》专辑中发表马加的《〈开不败的花朵〉

小记》、草明的《写〈原动力〉经过》等。同期还发表了艾明之的短篇小说《结合》。

3日，毛泽东和柳亚子于中南海怀仁堂观看了来自全国各少数民族文工团演出的歌舞晚会。柳亚子即席赋《浣溪纱》，毛泽东"步其韵奉和"，作《浣溪纱·和柳亚子先生》。

19日，全国文联和北京市文联联合主办鲁迅逝世十四周年纪念大会，共有社会各界900余人参加了大会。郭沫若、胡乔木相继讲话，号召学习鲁迅精神。《文艺报》3卷1期发表胡乔木的纪念文章《我们所已达到的和还没有达到的成就》。他说："我们不但在工作规模上而且在与人民群众相结合的程度上都超过了鲁迅"，但也缺少"对于政治生活的鲁迅式的战斗性、敏锐性和严肃性。""鲁迅式的战斗精神、工作精神和学习精神——这是医治我们中间的懒懒散散、嘻嘻哈哈、无事奔忙而又敷衍了事的最好良方。更多地传布和使用这个药方吧！"同期还发表了冯雪峰的《思想的才能和文学的才能》和张天翼的《关于学习鲁迅的一两个问题》两篇纪念文章。在纪念会期间，许广平将北京鲁迅故居全部捐献给国家，为此，文化部颁发了褒奖状。

25日，中国人民志愿军赴朝鲜作战，中国人民广泛开展抗美援朝运动。全国文联第六次常委扩大会议发出《关于文艺界展开抗美援朝宣传工作的号召》。此后，全国各地文艺工作者发表许多政论和文艺作品，编演了许多文艺节目，运用歌曲、漫画、相声等各种形式投入抗美援朝的宣传热潮。

曹禺的《我对今后创作的初步认识》和丁玲的《创作与生活》发表在《文艺报》3卷1期上。曹禺在文中说："我是一个小资产阶级出身的知识分子，'阶级'这两个字的涵义直到最近才稍稍明了。原来'是非之心'，'正义感'种种观念，常因出身不同而大有差异。""我为何一再提出《雷雨》《日出》这两部作品呢？一则，因为这两部戏比较被人知道，再则，作为一个作家，只有通过创作思想上的检查才能开始进步，而多将自己的作品在文艺为工农兵的方向X光线中照一照，才可以使我逐渐明了我的创作思想上的脓疮是从什么地方溃发的。"

本月，华山的中篇小说《鸡毛信》由北京工人出版社出版。

马加的长篇小说《开不败的花朵》由人民文学出版社出版。

老舍的话剧《方珍珠》由晨光出版公司出版。

十一月

1日，石方禹的政治抒情长诗《和平的最强音》在《人民文学》3卷1期上发表。同期还刊有何其芳的《论民歌》和严辰的《试谈民歌的表现手法》。

10日，《文艺报》3卷2期刊登中华全国文学艺术界联合会第六次常委会扩大会议决议《关于文艺界展开抗美援朝宣传工作的号召》。

27日—12月3日，文化部召开全国戏曲工作会议，茅盾、胡乔木、周扬、田汉出席并讲话。会议讨论了如何贯彻党的戏改政策以及帮助艺人学习、加强编写和修改剧本等问题。会议认为，戏曲必须发扬新的爱国主义精神，鼓舞革命斗志和劳动生产中的英雄主义，并确定各地戏改工作应以当地地方戏为主要对象。周恩来同志接见代表时指出：要以歌颂人民、反映人民的真实生活、教育人民的戏曲报答人民，要把人民的力量鼓舞得更雄伟，这是戏曲改革的光荣的任务。这次会议着重批判了戏曲工作中的反历史主义倾向。田汉、周巍峙在会上分别作了《为爱国主义的人民新戏曲而奋斗》和《发展爱国主义的人民戏曲》的报告。会议期间还举办了戏剧资料展览会和戏剧观摩晚会。

本月，陈登科的中篇小说《杜大嫂》由上海新华书店华东总分店出版。

草明的长篇小说《火车头》由北京工人出版社出版。

周作人翻译的《希腊的神与英雄》由上海文化生活出版社出版。

十二月

1 日，《人民文学》3 卷 2 期刊登茅盾、丁玲等 145 人签名的《在京文学工作者宣言》，号召全国文艺工作者"更好地为抗美援朝保家卫国进行工作"。

10 日，丁玲的《寄给在朝鲜的中国人民志愿军部队》发表在《文艺报》3 卷 4 期上。

16 日，王瑶的《反美运动在中国近代文学上的反映》发表在《光明日报》上。

20 日，沙汀的短篇小说《到朝鲜前线去》发表在《大众文艺》2 卷 2 期上。此作后改名《归来》。

贺敬之创作完成了四幕新歌剧《节正国》的文稿，不久受到批评。

25 日，为纪念苏联作家奥斯特洛夫斯基逝世 14 周年，《文艺报》3 卷 5 期译载了他的四封书信。

26 日，康濯的中篇小说《友谊和仇恨》在《天津日报》上开始连载，至 1951 年 1 月 30 日止。全书由中国青年出版社 1951 年 1 月出版单行本。

29 日，毛泽东的《实践论》在《人民日报》上重新发表。全国文艺工作者结合自己的思想和工作深入展开学习。

30 日，《人民日报》发表社论《肃清美帝在中国的经济和文化侵略势力》。

本月，艾青的诗集《欢呼集》由新华书店出版。

冀汸的长诗《喜日》由新华书店华东总分店出版。

阿英的《下厂与创作》（工厂文艺习作丛书）由上海晨光出版公司出版。

中南文艺界编的《开展抗美援朝的创作运动》和《围绕土改开展创作运动》由新华书店中南总分店出版。

本年

文化部陆续发出通知，禁演某些具有严重封建毒素的旧戏。至 1952 年止，共禁演 26 出，其中有京剧《杀子报》《奇冤报》《探阴山》《铁公鸡》《大劈棺》，评剧《黄氏女游阴》等。

人民文学出版社成立，拟有计划地出版中国现代和古代文学作品，以及世界古典和近代的文学作品。

丁玲开始担任全国文协党组书记、常务副主席，至 1952 年底离任。

钱钟书出任《毛泽东选集》英译委员会主任委员。

隐居杭州的无名氏（卜乃夫）完成了多卷本长篇小说《无名书》第三卷《金色的蛇夜》的下册。《无名书》第一卷《野兽·野兽·野兽》、第二卷《海艳》、第三卷《金色的蛇夜》上册，均于建国前出版。1956 年，无名氏开始创作《无名书》第四卷《死的岩层》，1957 年完稿。1958 年又完成了第五卷《开花在星云以外》。1960 年完成第六卷《创世纪大菩提》，至此，一部二百多万言的多卷本长篇小说宣告诞生。无名氏于 1983 年去香港，不久又去台湾定居。他的《无名书》（全本）亦在港台地区面世。

1951 年

一月

1 日，中共中央发布《关于在全党建立对人民群众的宣传网的决定》。该决定刊登在 3 日《人民日报》上，并配发社论《密切党和群众联系的一个重要关键》。

卞之琳的诗《天安门四重奏》在《新观察》2 卷 1 期上发表。《文艺报》3 卷 8 期发表了两篇以《对卞之琳的诗〈天安门四重奏〉的商榷》为总题的文章。承伟等人在《我们首先要求看得懂》中指出："这首诗的主题是歌颂天安门歌颂新中国，但是整个诗篇所给予读者的，只是一些支离破碎的印象，以及一种迷离恍惚的感觉，这首先就表现在这首诗的语言方面。""这些诗行都是一些似通非通，似懂非懂的句子。""我们希望诗人们更好地去注意自己的诗的语言。"卞之琳后来在《文艺报》3 卷 12 期上作《关于〈天安门四重奏〉的检讨》。他说："我接受'首先看得懂'的要求。""我应该——而没有——加深我对读者负责的精神。""我又一次体会到了普及基础上提高的意义。"

2 日，由文化部和全国文联主办的中央文学研究所正式成立。

8 日，中央文学研究所举行开学典礼，郭沫若、茅盾、周扬等出席。该所由文化部领导，全国文联协办，成立之初由丁玲任所长，张天翼为副所长，田间为秘书长，康濯、马烽为副秘书长。创办的目的在于着意培养有一定文学水平的青年作家和工农作家，学习时间约二年，由许多老作家、理论家担任教学工作。1953 年 9 月，丁玲辞去所长职务。1954 年 2 月，该所改名为"中国作家协会文学讲习所"。1957 年 11 月 14 日，文学讲习所停办。前后总共招收了四期学员。

10 日，萧乾的《我骄傲做毛泽东时代的北京人》发表在《新观察》2 卷 1 期上。

《文艺报》3 卷 6 期刊载一组批评"粗制滥造的不良倾向作品"的文章：《评王亚平同志的〈愤怒的火箭〉》（诗）、《评〈驴大夫〉》（诗，沙鸥作）、《评〈不拿枪的敌人〉》（话剧，胡丹沸作）。针对这种批评，三位作者分别写了自我检讨文章。王亚平的检讨文章刊登在《文艺报》3 卷 8 期上。沙鸥和胡丹沸的检讨文章刊登在《文艺报》3 卷 9 期上。

22 日，中国人民保卫世界和平反对美国侵略委员会发出《关于组织中国人民赴朝慰问团的通知》。慰问团于 3 月出发，5 月回国。团长廖承志、副团长陈沂，作家、艺术家田汉、黄药眠、叶丁易、杨朔、田间、丁聪、蓝马、侯宝林等参加了慰问团。

28 日,《人民日报》重新发表 1925 年 6 月 18 日俄共(布)中央的决议《关于党在文艺方面的政策》。"编者按"指出:"这个决议中所提出的关于党领导文学活动的基本原则在今天仍有现实的教育的意义。这个决议是值得我们很好地重新加以研究的。"

30 日,刘盛亚的小说《再生记》在重庆《新民报》上开始连载,至 3 月 6 日止。不久,《学习》杂志 4 卷 9 期刊登报道《重庆文艺界批判反动小说〈再生记〉》。文章说:"作者对小说中的反革命分子表示同情并为之辩护,把一个罪大恶极血债累累的女特务描写成'无辜'者,最后并给她安排了在解放后受到政府的'宽大'处理而获得'再生'的下场。另一方面,在这个作品里,革命者的形象受到极端的歪曲,几个共产党员都被描写成愚蠢的小丑。"又说:"这样的小说能在镇压反革命运动的高潮中出现,在晚刊上长期连载,而无人过问。这正是思想界和文艺界重的一种极端麻痹的思想的表现。"

本月,赵树理调中共中央宣传部任文艺干事,其实是奉调宣传部读书。自述:"胡乔木同志批评我写的东西不大(没有接触重大题材)、不深,写不出振奋人心的作品来,要我多读一些借鉴性作品,并亲自为我选定了苏联及其它国家的作品五六本,要我解除一切工作尽心来读。"(赵树理:《回忆历史 认识自己》,《赵树理文集》第 4 卷,第 1830 页,工人出版社 1980 年版)不久,赵树理离开北京,重返晋东南,参加了山西长治专区的农业合作化运动。

胡风的诗集《为了朝鲜,为了人类》由天下图书公司出版。

化铁的诗集《暴雷雨岸然轰轰而至》、绿原的诗集《集合》、牛汉的诗集《彩色的生活》、孙钿的诗集《望远镜》作为"七月诗丛"由泥土社出版。

牛汉的诗集《祖国》、徐放的诗集《野狼湾》、贺敬之的诗集《笑》由五十年代出版社出版。

萧也牧的中篇小说《锻炼》由中国青年出版社出版。

二月

1 日,为庆祝北京市解放二周年,北京人民艺术剧院首次上演了老舍的话剧《龙须沟》,由焦菊隐导演,于是之主演,深受观众欢迎。

萧也牧的短篇小说《母亲的意志》、魏巍的散文《朝鲜人》和丁玲的电影剧本《战斗的人们》发表在《人民文学》3 卷 4 期上。

巴金的散文《奥斯威辛集中营的故事》发表在《小说》第 5 卷第 1 期上。

21 日,毛泽东主席发布《中华人民共和国惩治反革命条例》。

22 日,《人民日报》发表社论《为什么必须坚决镇压反革命?》。

25 日,上海文艺界举行集会,悼念"左联五烈士"牺牲 20 周年。《人民日报》3 月 4 日报道纪念会盛况。

《文艺报》3 卷 9 期发表社论《在实践中不断开辟认识真理的道路——学习〈实践论〉,提高文学艺术的理论思想水平》。同期还刊载冯雪峰执笔的《鲁迅著作编校和注释的工作方针和计划草案》、老舍的《〈龙须沟〉的人物》和张天翼的《关心和注意的方面》。

26—28 日，《光明日报》开始刊登关于电影《武训传》的评介文章。有孙瑜的《编导〈武训传〉记》，董渭川的《由教育观点评〈武训传〉》等。

本月，卞之琳的诗集《翻一个浪头》由平明出版社出版。

田间的中篇小说《拍碗图》由北京三联书店出版。

三月

1 日，白刃的短篇小说《血战天门顶》发表在《人民文学》3 卷 5 期上。《人民日报》1951 年 12 月 2 日刊登批评文章《〈血战天门顶〉诬蔑了我军的优秀品质》。白刃在 1952 年 1 月 1 日《人民日报》上检讨了自己写作这篇小说的创作思想。同期还刊载了何其芳的《〈实践论〉与文艺创作》和曾克的《刘伯承将军谈写战争》。

萧乾在湖南农村参加土地改革过程中写的长篇通讯《在土地改革中学习》发表在《人民日报》上。

5 日，全国文联举行第七次常务会议，通过了全国文联 1950 年工作总结和 1951 年的工作计划。此文载于《文艺报》3 卷 11 期。文中指出 1950 年完成了六项任务：一、推动了各大行政区和各省市文艺团体的成立。二、各地文艺界进行了大规模的抗美援朝宣传运动。三、全国已有 74 种文艺报刊出版，以普及为主的通俗性刊物约占十分之七。四、组织文艺界人士参加土改等社会政治活动。五、筹办中央文学研究所。六、选派代表参加世界保卫和平大会，逐渐建立与国外文艺的交流和联系。关于 1951 年工作计划，共有七点：一、深入开展文艺上的爱国主义宣传。二、召开全国文联二次会议，着重总结创作问题及文艺思想问题。三、检查 1950 年文艺工作者创作计划完成情况。四、加强与调查文艺刊物。五、加强文艺工作者对马克思主义和毛泽东思想的学习。六、协助筹建文学出版社工作，促进全国文学出版事业的计划化。七、加强对各协会的经常联系。

10 日，《文艺报》3 卷 10 期刊载《全国文联拥护世界和平理事会宣言和决议的声明》。同期还发表了徐光耀的《我怎样写〈平原烈火〉》以及周立波等人讨论文学创作中的方言问题的文章。

24 日，魏巍的散文《汉江南岸的日日夜夜》发表在《光明日报》上。

25 日，《文艺报》3 卷 11 期发表介绍话剧《搬运工人翻身记》（即《六号门》）的演出情况及创作经过的文章。同期还刊载了艾青的《描写新事物的成长》、法捷耶夫的《作家的劳动》（冰夷译）和《中华全国文学艺术界联合会一九五零年工作总结及一九五一年工作计划》。

本月，萧也牧的短篇小说集《母亲的意志》由北京青年出版社出版。

师陀的长篇小说《历史无情》由上海出版公司出版。

关露的长篇小说《苹果园》（儿童文学）由北京工人出版社出版。

四月

1 日，《人民日报》发表《一个急待表现的主题——镇压反革命》。

《人民文学》3 卷 6 期刊登《一九五〇年文学工作者创作计划完成情况调查（二）》，以及金肇野的朝鲜通讯《在鸭绿江畔》、周立波的《〈鲁彦选集〉序言》。

3 日，中国戏曲研究院成立，院长梅兰芳，副院长程砚秋等。毛泽东为该院题名，并题词："百花齐放，推陈出新。"刊于《人民戏剧》3 卷 1 期。

11 日，《人民日报》发表魏巍的散文《谁是最可爱的人》。周恩来在第二次文代会上说："我们就是要写工农兵中的优秀人物，写他们中间的理想人物。魏巍同志所写的《谁是最可爱的人》就是这种类型的歌颂。它感动了千百万读者，鼓舞了前方的战士。我们就是刻画这些典型人物来推动社会前进。"（周恩来：《周恩来论文艺》，第 53 页，人民文学出版社 1979 年版）丁玲说：魏巍的文章"好在哪里，就是他写了英雄人物的思想活动。写了有崇高思想有崇高品质的人物的灵魂。……魏巍是钻进了这些可尊敬的人民的灵魂里面，并且同自己的灵魂融合在一块，以无穷的感动与爱，娓娓道出了这灵魂深处所包含的一切感觉。"（丁玲：《读魏巍的朝鲜通讯》，《文艺报》1951 年 4 卷 3 期）

12 日，《文艺报》邀请京津两地一部分工人作家召开文艺座谈会。《文艺报》丁玲、陈企霞等全体成员参加，会上工人作家谈了个人的生活及写作情况，同时也提出了有关文艺创作和其他意见。《文艺报》4 卷 1 期以《记工人作家文艺座谈会》为题进行了报道。

20 日，周扬在政务院政务会议上作题为《一九五〇年全国文化艺术工作报告与一九五一年计划要点》的报告，后发表于 5 月 8 日的《人民日报》。

22 日，陈荒煤在《长江日报》撰文《为创造新的英雄典型而努力》，指出当前的文艺创作已经形成了一种"从落后到转变"的创作公式。群众对此讽刺地概括说，"不是落后就是转变，不是二流子就是懒汉"。即对人物的描写，转变前写得充分生动，转变后就显得公式化、概念化。他认为部队文艺创作必须突破这种"思想性与艺术性的贫乏"才能改观。为此他大声疾呼"为创造新的英雄典型而努力！"

25 日，《文艺报》4 卷 1 期刊登编辑部文章《为什么"赶"不好"任务"》《鲁迅先生谈武训》、贾霁的《不足为训的武训》、李广田的《〈实践论〉与文艺工作》。

本月，孙犁的诗集《山海关红绫歌》由知识书店出版。

戈壁舟的诗集《别延安》和公木的诗集《哈喽，胡子！》由五十年代出版社出版。

五月

4 日，丁玲的《怎样对待"五四"时代作品》发表在《中国青年报》上。

5 日，经周恩来同志签署，政务院发布《关于戏曲改革工作的指示》，提出"改戏、改人、改制"的号召。7 日，《人民日报》发表社论《重视戏曲改革工作》。

9 日—6 月 12 日，周作人在上海《亦报》上发表《鲁迅在东京》一组小文，计 35 篇，署名十山。

10 日，由全国文联研究室整理的《抗美援朝文艺宣传的初步总结》刊登在《文艺报》4 卷 2 期上。同期还刊登了杨耳的《试谈陶行知先生表扬"武训精神"有无积极作用》和邓友梅的《关于武训的一些材料》。

12 日，周扬在中央文学研究所作题为《坚决贯彻毛泽东文艺路线》的讲演，载《文艺报》4 卷 5 期。

16 日，《人民日报》转载《文艺报》4 卷 1 期、2 期发表的有关批判电影《武训传》的文章，并加"编者按"，号召大家对这部影片展开进一步的深入讨论。

20 日，《人民日报》发表毛泽东执笔的社论《应当重视电影〈武训传〉的讨论》。由孙瑜编导的电影《武训传》自 1950 年 12 月公开放映后，许多人著文赞誉。从本年 3 月底开始，逐渐有了反对意见。毛泽东在社论中指出："《武训传》所提出的问题带有根本的性质。像武训那样的人，处在满清末年中国人民反对外国侵略者和反对国内的反动封建统治者的伟大斗争的时代，根本不去触动封建经济基础及其上层建筑的一根毫毛，反而狂热地宣传封建文化，并为了取得自己所没有的宣传封建文化的地位，就对反动的封建统治者竭尽奴颜婢膝的能事，这种丑恶的行为，难道是我们所应当歌颂的吗？向着人民群众歌颂这种丑恶的行为，甚至打出'为人民服务'的革命旗号来歌颂，甚至用革命的农民斗争的失败作为反衬来歌颂，这难道是我们所能够容忍的吗？承认或容忍这种歌颂，就是承认或者容忍诬蔑农民革命斗争，诬蔑中国历史，诬蔑中国民族的反动宣传为正当的宣传。"又说："电影《武训传》的出现，特别是对于武训和电影《武训传》的歌颂竟至如此之多，说明了我国文化界的思想混乱达到了何等的程度！"社论最后说："特别值得注意的，是一些号称学得了马克思主义的共产党员。他们学得了社会发展史——历史唯物论，但是一遇到具体的历史事件，具体的历史人物（如像武训），具体的反历史的思想（如像电影《武训传》及其他关于武训的著作），就丧失了批判的能力，有些人则竟至向这种反动思想投降。资产阶级的反动思想侵入了战斗的共产党，这难道不是事实吗？一些共产党员自称已经学得的马克思主义，究竟跑到什么地方去了呢？"社论发表以后，在全国展开了对电影《武训传》的群众性批判运动。据《新华月报》6、7 月号资料室统计，在全国主要报刊发表了 40 余篇文章，包括一些曾经赞扬过《武训传》的人的自我检查、批评文章，其中有郭沫若的《联系着武训批判的自我检查》、陈荒煤的《〈武训传〉给我们的教训》、孙瑜的《我对〈武训传〉所犯错误的认识》、李士钊的《我初步认识到了崇拜和宣传武训的错误》等。此外，《光明日报》《文艺报》等报刊作了自我检讨，《人民日报》于 23 日和 24 日予以转载。《人民日报》7 月 23 日开始连载武训历史调查团的《武训历史调查记》，至 28 日止。

25 日，孙楷第的《中国短篇白话小说的发展与艺术上的特点》发表在《文艺报》4 卷 3 期上。

《新华月报》5 月号转载两篇对民间故事的讨论文章：何其芳的《关于梁山伯与祝英台的故事》和李岳南的《论白蛇传神话及其反抗性》。

本月，王安友的中篇小说《李二嫂改嫁》由上海华东人民出版社出版。

徐光耀的长篇小说《平原烈火》由人民文学出版社出版。

胡风的《论现实主义的路》由泥土社出版。

六月

6 日，中国文联向全国各协会、全国各大行政区、各省市文联和文学艺术工作者发出号召，要求各地文联继续组织文艺工作者创作具有高度爱国主义和国际主义精神的作品，加强抗美援朝宣传工作；组织各种文艺团体义演、举办各种艺术义展、义卖，并捐献稿费、出版税、上演税等，争取在最短期间内捐献"鲁迅号"飞机一架；文艺工作者协助政府做好拥军优属工作；组织作家、艺术家到朝鲜前线去。此后，北京和各地方文艺界的捐献运动迅速展开，老舍捐献了《龙须沟》和《方珍珠》的上演所得税，茅盾、丁玲、赵树理、艾青、刘白羽等捐献了他们多年存积的稿费。柯仲平捐献了他的诗集《边区自卫军》的全部版税。草明保证以所得稿费百分之五十捐献给抗美援朝之用，直到朝鲜战争胜利为止。

10 日，陈涌的《萧也牧创作的一些倾向》刊登在《人民日报》上。文章批评萧也牧的小说《我们夫妇之间》《海河边上》等表现了"小资产阶级的观点和趣味"。同期还发表田汉的《〈武训传〉使我猛醒》。

15 日，《解放军文艺》创刊。第 1 期刊有朱德同志题词，刘白羽的文章《将部队文艺提高一步》等。

16 日，文化部召开的全国文工团会议在北京开幕。政务院郭沫若副总理作全国文教工作的报告；文化部部长茅盾作文工团的方针、任务与分工的报告；周扬副部长作关于文艺思想和创作问题的报告以及大会的总报告。老舍等人在会议上作了专题发言（载《人民文学》3 卷 4 期、5 期）。老舍说："赶任务不单是应该的，而且是光荣的"，"赶出来的作品不一定都好，但是永远不赶的，就连不好的作品也没有。我们不应当为怕作品不好，就失去赶写的勇气和热情。"《人民日报》7 月 8 日发表了《加强文艺工作团，发展人民新艺术》的社论，指出："全国文工团的总任务是大力发展人民的新歌剧、新话剧、新音乐、新舞蹈，以革命的精神和爱国主义精神教育广大人民。"会议规定了全国各种文工团体的大体分工，并决定中央、各大行政区、大城市设剧院或剧团；各省及中等城市设剧团或以剧场为主的文工团；专区设以演剧或演唱为主的综合性文工队等。《光明日报》《文艺报》也发表了社论。大会于 6 月 29 日闭幕。

25 日，为了庆祝中国共产党成立三十周年，《文艺报》4 卷 5 期发表周扬的《坚决贯彻毛泽东文艺路线》、冯雪峰的《党给鲁迅以力量》和邵荃麟的《党与文艺》三篇文章。同期还发表冯雪峰化名"李定中"的读者来信，题为《反对玩弄人民的态度，反对新的低级趣味》，对萧也牧的小说创作倾向提出批评。

本月，秦瘦鸥的长篇小说《刘瞎子开眼》由上海锦章书局出版。

丁玲的《欧行散记》由人民文学出版社出版。

七月

1 日，阮章竞的诗《光荣归于伟大的毛泽东》发表在《人民文学》4 卷 3 期上。

周作人在上海《亦报》上连载《百草园》一组小文，至 8 月 30 日止，计 60 篇，署名十山、祝由。

6 日，马烽的短篇小说《结婚》在《中国青年报》上发表。《人民日报》10 日转载。

10 日，中共中央宣传部通俗报刊会议的指示下达后，全国文联研究室整理的《关于地方文艺刊物改进的一些问题》刊登在《文艺报》4 卷 6 期上。文章指出："全国和地方的文艺刊物，应有明确的分工。地方文艺刊物，由大行政区办的，最好办成综合性文艺刊物，除发表较优秀的作品外，应着重指导本地区的文艺普及工作，省、市一级最好办成通俗文艺刊物，以主要篇幅发表供给群众的文艺作品材料，向着通俗化、大众化的方向发展。"根据中央及全国文联精神，各省、市文艺刊物均按照通俗化方针加以改进，如《河北文艺》《华南文艺》《山东文艺》等，原系大型杂志，后均改为 32 开本的小型通俗杂志。

《文艺报》4 卷 6 期译介了苏联作家协会机关报《文学报》关于文学技巧问题的论战纪要《作家的技巧》，综合介绍了苏联作家潘诺娃、克特琳斯卡娅、包哥廷等人对苏联文学现状的批评意见。他们对苏联文艺界存在的公式化、概念化弊病和对待文艺工作的简单粗暴倾向提出了自己的看法。

20 日，赵树理执笔的《对发表〈"武训"问题介绍〉的检讨》刊登在《说说唱唱》第 19 期上。

25 日，《文艺报》4 卷 7 期译载了苏联《戏剧》杂志社论《剧作家的技巧》。社论批评了那种脱离生活而追求所谓技巧的倾向，反对生活与技巧的割裂。

本月，由茅盾主编的"新文学选集"二辑 24 种开始由北京开明书店出版。选入的新文学作家有鲁迅、叶圣陶、许地山、茅盾、巴金、老舍、丁玲、艾青、柔石、赵树理等。

柯仲平的诗集《从延安到北京》、陈登科的中篇小说《活人塘》和白朗的长篇小说《为了幸福的明天》由人民文学出版社出版。

八月

1 日，姚雪垠放弃上海大夏大学教职，返回故乡河南开封当专业作家。1953 年随中南作协迁至武汉。

8 日，周扬的《反人民、反历史的思想和反现实主义的艺术——电影〈武训传〉的批判》发表在《人民日报》上。

10 日，《文艺报》4 卷 8 期刊登丁玲的《作为一种倾向来看》、贾霁的《关于影片〈我们夫妇之间〉的一个问题》，对萧也牧的创作倾向展开批判。同期还刊登了《文艺报》记者的《记影片〈我们夫妇之间〉座谈会》。座谈会由丁玲主持，严文井、钟惦棐、柳青、吴祖光、黄钢、瞿白音、韦君宜等 20 余人出席并发言。

25 日，《文艺报》4 卷 9 期译载苏联《真理报》社论《把思想水平和艺术技巧提得更高一些!》。

26 日，《人民日报》刊登夏衍的《从〈武训传〉的批判检查我在上海文化艺术界的工作》。

31 日，《人民日报》发表艾青的文章《谈"牛郎织女"》，批评杨绍萱的《新天河配》不符合当前的戏剧改革精神。由此在文艺界展开了对杨绍萱在戏剧理论和创作上的反历史主义倾向的批判。杨绍萱在本年初改编了《新白兔记》《新天河配》《新大名府》等传统剧目。艾青首先指出《新天河配》"十分生硬地掺杂了许多现代人的观点和现代人的语言，发一些惊人的议论"，让"老黄牛竟唱了鲁迅的诗'横眉冷对千夫指，俯首甘为孺子牛'"，"剧情里，也贯穿了和平鸽和鸱、枭之争，用以影射目前的国际关系"，结果把戏曲改革联系实际"理解得简单化、庸俗化了"。杨绍萱在 10 月 3 日的《人民日报》上发表反驳文章：《论为文学而文学，为艺术而艺术的危害性——评艾青的〈谈牛郎织女〉和致〈人民日报〉编辑部的三封信》。随后，陈涌发表了《什么是〈牛郎织女〉正确的主题》，（《文艺报》4 卷 11—12 期合刊），马少波发表了《严肃对待整理神话剧的工作——从〈天河配〉的改变谈起》（11 月 4 日《人民日报》），何其芳发表了《反对戏曲改革中的主观主义公式主义》（11 月 16 日《人民日报》），光未然发表了《历史唯物论与历史剧、神化剧问题》（《人民戏剧》3 卷 8 期），他们都批评了杨绍萱的"反历史主义倾向"。周扬最后在《改革和发展民族戏曲艺术》中总结说："无论表现现代的或历史的生活，艺术的最高原则是真实。历史的真实不容许歪曲、掩盖或粉饰。反历史主义者，例如杨绍萱同志，就是不懂得这条最基本的原则。他们以为为了主观的宣传革命的目的，可以不顾历史的客观真实而任意地杜撰和捏造历史。"（《文艺报》1952 年第 24 期）

本月，智利诗人聂鲁达和苏联作家爱伦堡受国际和平奖金委员会之命，前来中国为宋庆龄女士授奖。中国作协派艾青陪同他们一起访问，期间他们互相交换了作品。艾青诗中的忧郁情绪和对农民命运的深深悲悯引起了聂鲁达的强烈共鸣，因此他称艾青为"伟大的人民诗人"。从此他们之间结下了深厚的友谊。（参见《我和聂鲁达的交往》，《艾青全集》第 5 卷，花山文艺出版社 1994 年版）

邵燕祥的诗集《歌唱北京城》由华东人民出版社出版。

九月

1 日，《人民文学》4 卷 5 期选登了柳青的长篇小说《铜墙铁壁》的最后四章，题为《沙家店战斗》。

10 日，《人民日报》发表柳青谈创作《铜墙铁壁》体会一文：《毛泽东思想教导着我——〈湖南农民运动考察报告〉给我的启示》。

16 日，公刘的诗《守望在祖国的边疆》、沈西蒙、沈默君、顾宝璋等合著的电影文学剧本《南征北战》发表在《解放军文艺》1 卷 4 期上。

25 日，全国各地报刊纷纷发表文章纪念鲁迅先生诞辰七十周年。《新华月报》《文艺报》《人民文学》等刊出了纪念专辑。重要文章有冯雪峰的《鲁迅生平和他思想发展的梗概》《鲁迅为什么不承认他自己是天才?》和《论〈阿 Q 正传〉》等。

《新华月报》9 月号刊登该社综合稿《对萧也牧作品的批评》《对于影片〈关连长〉的批评》和《对于〈笑——颂〉和〈生活与创作〉的批评》，对当前文艺思想斗争情况进行了集中评述。

本月，贺敬之的诗集《并没有冬天》（"七月诗丛"）由泥土社出版。

柳青的长篇小说《铜墙铁壁》由人民文学出版社出版。

王瑶的《中国新文学史稿》（上卷）由开明书店出版。全书上下册由新文艺出版社1953 年 8 月出版。

十月

1 日，《人民文学》4 卷 6 期发表王莘的诗《歌唱祖国》和孙伏园的文章《鲁迅先生开列的中国文学入门学十二部》。《歌唱祖国》被谱成歌曲，广为传唱。

贺敬之的《彻底检查戏剧创作中的小资产阶级思想》刊登在《人民戏剧》3 卷 6期上。

6 日，《光明日报》刊登一组批评孙犁小说创作倾向的文章。林志浩、张炳炎在《对孙犁创作的意见》中认为，孙犁的小说创作存在着一种"依据小资产阶级的观点、趣味，来观察生活、表现生活"的"不健康的倾向"。具体来说，"他的作品，除了《荷花淀》等少数几篇以外，很多是把正面人物的情感庸俗化，甚至，是把农村妇女的性格强行分裂，写成了有着无产阶级革命行动和小资产阶级感情、趣味的人物。最露骨的表现是《钟》和《嘱咐》。近年所写的作品，如《村歌》《小胜儿》等，也还浓厚地存在这种倾向。因此，有值得我们注意和讨论的必要。"

12 日，《毛泽东选集》第 1 卷出版。

17 日，中国文联第八次常委扩大会议决定组成以丁玲为主任的学习委员会，领导北京文艺界的整风学习。

19 日，鲁迅逝世 15 周年纪念日，《人民日报》发表社论《学习鲁迅，坚持思想斗争！》。同日，经国家文物管理局修缮完毕的北京鲁迅故居向首都人民开放。

23 日，中国人民政治协商会议第一届全国委员会第三次会议开幕。毛泽东在开幕词中宣告："抗美援朝、土地改革和镇压反革命三个大规模的运动，取得了伟大的胜利。"又指示说："思想改造，首先是各种知识分子的思想改造，是我国在各方面彻底实现民主改革和逐步实行工业化的重要条件之一。"

25 日，《文艺报》5 卷 1 期发表社论《学习毛泽东思想，为贯彻文艺的工农兵方向而奋斗》。同期还刊登了萧也牧的《我一定要切实地改正错误》和康濯的《我对萧也牧创作思想的看法》。

本月，中国民间文艺研究会主编的"民间文学丛书"开始出版。第一批出版的有：《中国出了个毛泽东》《陕北民歌选》《嘎达梅林》《内蒙民歌选》《阿细人之歌》等。

牛汉的诗集《在祖国的面前》由天下出版社出版。

魏巍的散文集《谁是最可爱的人》由人民文学出版社出版。

何其芳的《关于现实主义》由新文艺出版社出版。

十一月

4 日，张爱玲开始在上海《亦报》上连载中篇小说《小艾》，署名梁京，至 1952 年 1 月 24 日止。

10 日，《文艺报》5 卷 2 期发表一批读者来信，就《关于高等学校文艺教学中的偏向问题》展开讨论。其中，山东大学中文系的来信《离开毛主席的文艺思想是无法进行文艺教学的》批评美学家吕荧在文艺学教学中存在所谓严重脱离实际和教条主义的倾向。《编辑部的话》指出：这些来信反映某些高等学校的文艺教学中"存在着相当严重的脱离实际和教条主义的倾向；也存在着资产阶级的教学观点"。随后，《文艺报》5 卷 3 期、5 期、1952 年第 2 号陆续刊登群众来信讨论这一问题。这一讨论到 1952 年 4 月告一段落，共发表文章 20 余篇，1952 年第 8 期发表记者的文章，对这次讨论作了综合评述。

11 日，沈从文的学习小结《我的学习》刊登在《光明日报》上。文中说："北京城是和平解放的，对历史对新中国都极重要，我却在自己作成的思想战争中病倒下来。"

16 日，战士作者高玉宝的自传体长篇小说《高玉宝》中的片断发表在《解放军文艺》1 卷 6 期上。《人民日报》12 月 16 日以《英雄的文艺战士高玉宝》为题进行了报道。长篇小说《高玉宝》1955 年 4 月由解放军文艺出版社出版。

17 日，为了响应政协第一届全国委员会第三次会议关于改造思想的号召，全国文联举行第八次常委扩大会议，通过两项决议：一、在北京文艺界组织整风学习，组成以丁玲为主任，茅盾、周扬、欧阳予倩、阳翰笙、蔡楚生等 20 人为委员的文艺界学习委员会。二、调整全国性的文艺刊物：（一）加强《文艺报》，使其成为关于文学、戏剧、美术、音乐、电影的综合性的艺术评论刊物和艺术学习刊物。（二）加强《人民文学》，使其成为集中发表全国优秀作品的刊物。（三）加强《说说唱唱》，《北京文艺》与其合并，使其成为发表优秀通俗文学作品和指导全国通俗文艺工作的刊物。（四）《人民戏剧》《新戏曲》《人民音乐》《民间文艺集刊》停止出版。另出刊《剧本》，定期向全国供应剧本。（五）《新电影》停刊。加强《大众电影》，使其成为指导观众的全国性文艺刊物。20 日，全国文联《关于调整北京文艺刊物的决定》全文刊登于《人民日报》。

24 日，北京文艺界召开整风学习动员大会。胡乔木、周扬、丁玲分别作了题为《文艺工作者为什么要改造思想?》《整顿文艺思想、改进领导工作》《为提高我们刊物的思想性、战斗性而斗争》的重要讲话。这些讲话后来发表在 12 月 10 日《文艺报》5 卷 4 期上。同期发表的还有老舍、欧阳予倩等人在文艺整风学习动员会上的发言。胡乔木在讲话中指出："虽然一九四九年七月全国文学艺术工作者代表大会就已经宣布了接受毛泽东同志在一九四二年延安文艺座谈会上所指示的方向，但是这并不是说，不经过像一九四二年前后在解放区文艺界进行过的那样具体的深刻的思想斗争，这个方向就真的会被全国文学艺术工作者所自然而然地毫无异议地接受。"而且与当年延安的情形不同，今天的革命文学艺术界"存在着更大的资产阶级小资产阶级思想的包围"。

因此，"目前文艺工作中的首要问题，从根本上说，就是确立工人阶级的思想领导和帮助广大的非工人阶级文艺工作者进行思想改造的问题"。为了具体领导文艺界的学习，由文艺界的领导人组成了"学委会"，指定《实践论》《在延安文艺座谈会上的讲话》《应当重视电影〈武训传〉的讨论》《反对自由主义》、联共（布）中央关于文艺问题的四个决定和日丹诺夫的报告、斯大林给杰米扬·别德内依的信等论著作为基本学习文件。此外还专门聘请了当时中央党校负责人杨献珍和在党校任教的周文、何其芳，联系当时文艺界的情况分别作了关于《实践论》和《讲话》的学术讲演。周文的讲演《〈实践论〉与文艺上的反映问题》、何其芳的讲演《用毛泽东的文艺理论来改进我们的工作》先后发表在《文艺报》5 卷 5 期和 1952 年第 1 号上。经过学习，戏剧、电影、美术、音乐等各部门的负责人和一些文艺工作者在报刊上发表了带有自我批评性质的学习体会文章，如《文艺报》1952 年 2 月号发表了《人民文学》编辑部的工作检查，题为《文艺整风学习和我们的编辑工作》。人民文学出版社不久将这些讲话和文章以胡乔木的讲话题目为名汇集成书出版，记录下了这次文艺整风的主要思想成果。

26 日，朱光潜在《人民日报》上公开检讨了自己在《文艺心理学》和《给青年的十二封信》中散布的"诱人脱离现实斗争"的美学思想。29 日，《文汇报》又发表了朱光潜的《最近学习中的几点检讨》，批判了他自己以前"清高"、"超脱"、"任运随化"、"清虚无为"以及"滑稽玩世"的态度，并重点检讨了自己在思想上和政治上的"错误"。

本月，柏山（彭柏山）的短篇小说集《三个时期的侧影》由上海新文艺出版社出版。

萧乾反映土改的长篇通讯《土地回老家》由上海平明社出版。

亦门（阿垅）的《诗与现实》（共三分册）由五十年代出版社出版。

十二月

1 日，越剧《梁山伯与祝英台》（南薇、宋之由、徐进等改编）在北京上演，该剧剧本在《人民文学》5 卷 2 期上发表。编者按说："这个剧本显示了改革旧剧的方法和道路是正确的，它既保存了这个民间作品的优点和特点，同时对它的剧本以及演出都进行了大胆适当的改造。"同期还发表了徐进的《〈梁山伯与祝英台〉的再改编》。

5 日，《人民日报》刊载读者来信综述《批判杨绍萱在戏曲改革中的反历史主义倾向》。

7 日，天津市各文化机关的共产党员干部举行学习动员大会。会上传达了北京文艺界整风动员大会的各项报告和情况，方纪和鲁藜在动员会上作了自我批评。

10 日，《文艺报》5 卷 4 期发表社论《认真学习，改造思想，改进工作》，并集中刊载了胡乔木、周扬、丁玲、老舍、周文等有关整风学习运动的报告和文章。

20 日，全国文联向各地区文联和各协会发出加强对《文艺报》学习的通知。

《说说唱唱》从第 24 期开始改由北京市文联和北京市大众文艺创作研究会主办，并组成新的编委会，主编老舍。

21 日，郭沫若获"加强国际和平斯大林奖金"。1952 年 4 月 9 日郭沫若在莫斯科接受奖金。

23 日，中共北京市委授予老舍"人民艺术家"荣誉称号和奖状。

25 日，《文艺报》5 卷 5 期刊登张庚在中央戏剧学院整风学习动员会上代表该院作的检查《坚决纠正错误，实现毛主席的文艺方向》、王亚平的自我检查《为彻底改正通俗文艺工作中的错误而奋斗》和周文的《〈实践论〉与文艺上的反映问题——十二月六日在北京文艺界学习委员会主办的文艺干部第二次学习报告会上的讲话》。

本月，《作家谈创作经验》由新北京出版社出版。

本年

冰心全家经香港秘密乘船转到广州，最终到达首都北京。

白刃的长篇小说《战斗到明天》由中南军区政治部出版。1952 年《解放军文艺》4 月号上刊登一组批判文章。张立云在《论〈战斗到明天〉的错误思想和错误立场》中认为，这部作品"歪曲了党的领导和党的政策，歪曲了人民军队和敌后抗日人民；歌颂、鼓吹原封不动的小资产阶级的自由主义、个人主义、个人英雄主义、动摇性、落后性和反动性，歌颂投降主义，甚至也歌颂了敌人。"受到批判后，作者曾作过公开检讨，并对作品进行了多处修改。1958 年 8 月由作家出版社出版了《战斗到明天》的修改本。《北京文艺》1960 年 1 至 6 月号对修改本又展开一次讨论，其中批判意见仍然占据上风。1982 年 5 月人民文学出版社重新出版了《战斗到明天》。作者在《三版前言》中说："一部长篇小说，经历了三十年的风波，作了重写和修改，从青年到老年，只完成了三分之一，这在文学史上，恐怕是件怪事！"

1952 年

一月

1 日，毛泽东在《元旦祝词》中发出号召："大张旗鼓地、雷厉风行地，开展一个大规模的反对贪污、反对浪费、反对官僚主义的斗争。"自此，"三反"、"五反"运动在全国各地展开。

丁玲的《为提高我们刊物的思想性、战斗性而斗争》、严辰的诗《在英雄的行列里》、玛拉沁夫的短篇小说《科尔沁草原的人们》、柳溪的短篇小说《喜事》发表在《人民文学》1 月号上。

10 日，《文艺报》第 1 号发表《文艺界应展开反贪污、反浪费、反官僚主义的斗争》的社论。同期还刊登了欧阳予倩在中央戏剧学院文艺整风学习大会上的讲话《学习增加了我的勇气和信心》《光明日报》文学副刊负责人王淑明的《从〈文学评论〉编辑工作中检讨我的文艺批评思想》，以及敏泽的文章《艾明之的作品怎样歪曲了工人阶级的面貌》。

15 日—2 月 2 日，周作人在上海《亦报》上发表《补树书屋旧事》一组小文，计15 篇，署名仲密。

20 日，中央文化部艺术事业管理局、中华全国戏剧工作协会编辑的《剧本》月刊创刊，由人民文学出版社出版。《人民戏剧》停刊。

《说说唱唱》1 月号登载该刊副主编赵树理写的检讨文章《我与〈说说唱唱〉》，以及老舍为宣传婚姻法而创作的小歌剧《柳树井》。

22 日，《人民日报》刊登光未然（张光年）的《正视自己的错误》一文，自我检讨他对话剧《开快车》《从头学起》《母亲的心》等作了不正确的评论。

25 日，从第 2 号开始，《文艺报》主编由冯雪峰担任，编委由冯雪峰、陈企霞、光未然、马少波、王朝闻、李焕之、萧殷、黄钢等八人组成。

《文艺报》第 2 号发表《为肃清文艺界的贪污、浪费、官僚主义而斗争》的专论。同期还刊登了《人民文学》编辑部的工作检查《文艺整风学习和我们的编辑工作》。

本月，艾青的《新诗论》由天下出版社出版。

路翎的话剧《祖国在前进》由上海泥土社出版。

二月

1 日，张天翼的儿童文学作品《罗文应的故事》发表在《人民文学》2 月号上。

10 日，《文艺报》第 3 号发表社论《文艺工作者与伟大的反贪污、反浪费、反官僚主义的斗争》，要求"把反贪污、反浪费、反官僚主义的斗争和文艺整风学习深刻切实地结合起来"。

17 日，袁水拍的《一本有严重错误和缺点的小说——〈战斗到明天〉》刊登在《人民日报》上。

25 日，《文艺报》第 4 号发表唐挚整理的综合报道《在文艺工作中贯彻无产阶级的领导》。文章指出：两年来，文艺工作取得了成绩，但许多事实表明，"各地方的文艺团体严重地存在着放松或放弃思想领导的现象"，"甚至在有些地区，文艺团体的领导已被资产阶级小资产阶级思想占了上风"。

29 日，丁玲和曹禺抵莫斯科参加果戈理逝世 100 周年纪念活动。

本月，周作人始作《呐喊衍义》，至 3 月止，共 91 篇，其中在上海《亦报》上发表 29 篇（2 月 16 日至 3 月 15 日），署名十山。

三月

4 日，冯雪峰的《鲁迅和果戈里——为果戈里逝世百年纪念而作》发表在《人民日报》上。

6 日，《人民日报》报道，全国文联在全国范围内组织第一批作家深入部队、工厂、农村体验生活。赴朝鲜前线的有巴金（组长）、古元、白朗、菡子等，去工厂的有曹禺、艾芜等，下农村的有马加、贺敬之等。出发前，陆定一作了关于文艺创作的思想性的报告。为此，《文艺报》第 5 号发表社论《长期地无条件地全身心地到工农兵群众中去》，指出文联组织作家下乡、下厂体验生活，改造思想并取得丰富的创作源泉，"这是一件令人兴奋的和值得庆贺的事情"。

10 日，《文艺报》第 5 号发表社论《对资产阶级展开思想斗争是革命的迫切任务》。同期刊登了一组揭发批评上海文艺界存在着资产阶级创作倾向的文章，有江华的《一本为不法商人作辩护的小说》，批评张友鸾曾在上海《新民报》上连载的小说《神龛记》。

13 日，《人民日报》在"对《人民日报》读者批评建议的反应"专栏内刊登了《茅盾关于为〈战斗到明天〉一书作序的检讨》。

15 日，苏联各报发表了苏联部长会议关于以斯大林奖金授予 1951 年文学艺术方面有卓越成绩者的决定。中国作家获奖的有：丁玲的长篇小说《太阳照在桑干河上》（二等奖），贺敬之、丁毅的歌剧《白毛女》（二等奖），周立波的长篇小说《暴风骤雨》（三等奖）。

19 日，全国文联发出通知，要求各地文联组织文艺工作者参加"三反"、"五反"运动，并组织有关的创作。

20 日，巴金等十七人到达朝鲜，中国人民志愿军领导机关举行宴会欢迎。22 日，创作组的全体作家会见了中国人民志愿军司令员彭德怀。巴金不久后写了战地通讯《我们会见了彭德怀司令员》，4 月 25 日发表在《文艺报》第 8 号上。

《剧本》2—3 期合刊出版了反贪污、反腐败专号，并发表宋之的的话剧剧本《控诉》。

25 日，《文艺报》第 6 号刊登陈企霞的《一部明目张胆为资本家捧场的作品——评路翎的〈祖国在前进〉》，以及李彤的文章《关于反贪污、反盗窃的剧本创作》。

本月至 4 月，周作人作《彷徨衍义》45 篇。

四月

1 日，《人民日报》重新发表了毛泽东的哲学著作《矛盾论》，文艺工作者普遍学习了这一著作。

为纪念雨果诞辰 150 周年和果戈理逝世 100 周年，《人民文学》第 3、4 号合刊登载了雨果的诗作及评论雨果和果戈理的文章。同期发表了李季的诗《莫斯科的冬天》、康濯的散文《记卡达耶夫》。

10 日，《毛泽东选集》第二卷由人民出版社出版。

14 日，苏联诗人马雅可夫斯基逝世 22 周年，《人民日报》发表了田间的《给诗人们》和《关于马雅可夫斯基》两篇纪念文章。

18 日，周立波的《〈暴风骤雨〉的写作经过》和丁毅的《歌剧〈白毛女〉创作的经过》刊登在《中国青年报》上。

25 日，《文艺报》第 8 号刊登丁玲、曹禺纪念果戈理逝世 100 周年的文章：《果戈理——进步人类所珍贵的文化巨人》和《参加果戈理纪念会归来》。

本月，田间的《我的短诗选》和严辰的诗集《战斗的旗》由人民文学出版社出版。

五月

4 日，中国人民保卫世界和平委员会、全国文联、中苏友协、中华全国自然科学专门学会联合会、中国红十字学会总会等七个单位隆重举行世界四大文化名人阿维森纳诞生 1000 周年、达·芬奇诞生 500 周年、雨果诞生 150 周年、果戈理逝世 100 周年纪念大会。参加大会的有 1000 多人。中国人民保卫世界和平委员会主席郭沫若在大会上作了题为《为了和平民主与进步的事业》的报告。同日，四大文化名人纪念展览会开幕，展品有图片 122 幅和中、法、美、日等国文字书报 300 余种，分别介绍了四大名人的生平和他们对人类文化的辉煌贡献。同日，《人民日报》发表社论《为保卫人类文化的优秀传统而斗争——纪念雨果、达·芬奇、果戈理和阿维森纳》。

10 日，《文艺报》第 9 号开辟专栏，展开"关于创造新英雄人物问题的讨论"，至16 号止。"编辑部的话"指出："这一问题，主要是针对目前文艺创作中的落后状况——缺乏新的人物、新的事件、新的感情、新的主题；歪曲劳动人民的形象——而提出来的。对于这样的创作上的重要问题进行讨论，显然很有意义，很有必要。"同期还译载了苏联《真理报》专论《克服戏剧创作的落后现象》和苏联作协负责人苏尔科夫的论文《有负于人民》两篇译文，都是批评"无冲突"论的，"编辑部的话"认为"这对于我们所进行的讨论，也有可以作为借鉴的价值"。第二期讨论专栏发表了张立云的长文《论英雄人物和写"落后到转变"的问题》，作者不同意"编辑部的话"和读者来稿的观点。他提出"当前文艺创作的中心问题，仍是描写新人新事，创造新的英雄形象，表现新的时代面貌问题。要完成这一任务，首先要反对的是脱离生活，脱离群众，脱离实际的资产阶级小资产阶级思想倾向"。该文首次把"从落后到转变"说成是"资产阶级小资产阶级思想倾向"和"小资产阶级公式主义"。

陆希治批判路翎的短篇小说集《朱桂花的故事》（天津知识书店 1951 年版）的文章刊登在《文艺报》第 9 号上，题名为《歪曲现实的"现实主义"》。

张友鸾的《对〈神龛记〉的初步检讨》刊登在《文艺报》第 9 号上。

16 日，高玉宝的短篇小说《半夜鸡叫》发表在《解放军文艺》5 月号上。同期还刊载《纪念毛主席〈在延安文艺座谈会上的讲话〉发表十周年》专辑，刊有刘白羽、肖向荣、丁毅、胡可的纪念文章。刘白羽的文章题名为《表现新的时代、新的人物》。

23 日，全国文联召开文艺座谈会，纪念《讲话》发表十周年，到会的有郭沫若、周扬、丁玲、冯雪峰、梅兰芳等。《人民日报》发表社论《继续为毛泽东同志所提出的文艺方向而斗争——纪念毛泽东同志的〈在延安文艺座谈会上的讲话〉发表十周年》，指出要开展两条战线的斗争："一方面，反对文艺脱离政治的倾向——这种倾向，实际上是使文艺去为资产阶级的利益服务；另一方面，反对以概念化、公式化来代替文艺和政治正确结合的倾向——这种倾向实际上是破坏了文艺为政治服务的真正目的。这两方面，就是我们今天文艺工作中的两条战线的斗争。"《文艺报》第 10 号转载了这篇社论，同期还发表了欧阳予倩、蔡楚生、李伯钊、江丰、张庚、马可、马烽的文章。《人民日报》也在此前后发表了郭沫若的《在毛泽东旗帜下永远作一名文化尖兵》（23日）、茅盾的《认真改造思想，坚决面向工农兵》（23 日）、老舍的《毛主席给了我新的文艺生命》（21 日）、赵树理的《决心到群众中去》（22 日），周扬的《毛泽东同志〈在延安文艺座谈会上的讲话〉发表十周年》等文。据统计，十年里，《在延安文艺座谈会上的讲话》已被译成苏联、波兰、朝鲜、印度、日本、法国、美国、英国、瑞典等19国文字。

《解放日报》刊登夏衍关于三年来文艺工作的检查，题为《纠正错误，改进领导，贯彻毛主席的文艺方针》。

25日，舒芜在《长江日报》上发表《从头学习〈在延安文艺座谈会上的讲话〉》一文。《人民日报》5月8日转载。舒芜在文中检讨了《论主观》一文的错误观点，他说："我之所以写出《论主观》那样一些谬误的文章，实在是因为，当时好些年来，厌倦了马克思列宁主义，觉得自己所要求的资产阶级的个人主义的'个性解放'，碰到马克思列宁主义的唯物论观点和阶级分析方法，简直被压得抬不起头来。"后来找到了"主观对于客观的反作用"并以此为"理论根据"，"于是把这个'主观'，当作我的'个性解放'的代号，大做文章"。《人民日报》在转载时加了编者按，对舒芜的自我批评表示欢迎。编者按说，舒芜的论文《论主观》"片面地夸大主观精神"的作用，追求所谓"生命力的扩张"，而实际上否认了革命的实践和思想改造的意义，这是"一种实质上属于资产阶级、小资产阶级的个人主义的文艺思想"。

本月，柳青将全家由上海迁至陕西长安县皇甫村安家落户，任县委副书记，参加了当地农业合作化运动的全过程，前后达14年之久。

何其芳的诗集《夜歌和白天的歌》由人民文学出版社出版。

六月

1日，《人民文学》6月号刊登丁玲的《要为人民服务得更好》、康濯的《还在学习的路上》、柳青的《和人民一道前进》。同期还发表了白桦的短篇小说《竹哨》、张天翼的短篇小说《他们和我们》、巴金的散文《平壤》。

4日，《人民日报》报道，方志敏烈士的遗著《可爱的中国》正式出版。

8日，中国文联举行丁玲、周立波、贺敬之、丁毅四同志荣获斯大林文学奖金庆祝大会。丁玲将全部奖金捐给中华全国民主妇女联合会儿童福利部。周立波将奖金献给赴朝参战的中国人民志愿军。

16日，《解放军文艺》6月号上刊登白刃的检讨文章《决心改正错误从头学起》和读者通讯《清除〈战斗到明天〉在读者中的坏影响》。

22日，《人民日报》报道，重庆市文艺界开始整风运动。

本月，西北文艺界整风运动结束。

华东区文艺整风运动全面开展。

七月

8日，田间的《板门店纪事》发表在《人民日报》上。

10日，《文艺报》第13号刊载陆希治的《通俗读物的情况和问题》和草明的《加强学习，提高作品的战斗性——我对〈火车头〉的缺点的认识》，以及对天津出版的"十月文艺丛书"进行批评的文章。

14 日，全国文联常委会与北京文艺界学习委员会举行联席会议，决定北京文艺界学习委员会宣告结束，这次北京文艺界整风是从去年 11 月 24 日开始的，包括文化部所属文艺部门、文艺组织、文艺学校、文艺报刊等 1228 人参加。会议认为通过这次整风学习，基本上划清或初步划清了无产阶级文艺与资产阶级文艺、小资产阶级文艺的界限；并进行了文艺刊物、文艺团体、文艺机关等方面的整顿。

21 日，全国文协举行高玉宝创作座谈会，邀请战士作家高玉宝及帮助高玉宝修改作品的荒草同志出席，丁玲、赵树理、张天翼等 40 多人到会发言。

25 日，冯雪峰的长篇论文《中国文学中从古典现实主义到无产阶级现实主义的发展的一个轮廓》开始在《文艺报》第 14、15、17、19、20 号上连载。他在文中指出："我们认为五四新文学在形式和精神上不同于旧文学，这正是中国文学的现代化。虽然在许多方面，它确实是'外国化'了；但实质上，这正是中国文学在中国革命的要求与推动以及世界进步文学的影响之下的现代化。所谓现代化，在当时就是在思想上向民主主义革命的精神前进，在文学形式上向更适合于新的内容的形式前进。这样的现代化，是必要的，是伟大的革命行动，也是五四文学革命的目的。在中国社会和文学的历史条件之下，这样的现代化是不能不在世界进步文学的影响之下来进行的；就是说，外来的影响是必要的，是我们所主动接受的。但是，如上面所说，这都是在中国社会和文学的基础之上来进行的；新文学的创造者们，尤其鲁迅，一方面分明受着外国文学的影响，一方面又分明继承着中国文学的优秀传统，并且完成了中国文学的新的划历史的发展任务。"

本月，中国文协组织丁玲、周立波等人到清华大学、北京大学和天津学联作关于文艺思想问题的报告。

胡风的报告文学集《和新人物在一起》由上海新文艺出版社出版。内收《伟大的热情创造伟大的人》等 11 篇文章。

捷克作家伏契克的《绞索套在脖子上的报告》、苏联作家留·柯斯莫捷绵斯卡亚的《卓娅和舒拉的故事》，由中国青年出版社翻译出版。

八月

1 日，李瑛的诗《在朝鲜战场上有这样一个人》、巴金的散文《朝鲜战地的春夜》发表在《人民文学》8 月号上。

6 日，全国文协常委会贯彻整风运动精神，通过了《关于整理组织改进工作的方案》和《中华全国文学工作者协会整理会员工作的方案》。《文艺报》第 17 号全文发表。

10 日，《文艺报》第 15 号刊登《北京文艺界整风学习基本情况》。

25 日，《文艺报》第 17 号刊载梅兰芳的《中国戏曲艺术的新方向》。

30 日，《文艺报》组织"《中国新文学史稿（上册）》座谈会"。参加者有吴组缃、李何林、孙伏园、林庚、李广田、臧克家、钟敬文、黄药眠、孟超、蔡仪、杨晦、袁水拍、王淑明、叶圣陶、金灿然、唐达成等。与会者对王瑶所著的《中国新文学史稿

（上册）》提出了批评。吴组缃说："这部书显然存在着严重的缺点。简单说：第一，可以说是主从混淆，判别失当。三十年来文艺统一战线的斗争发展，是马克思列宁主义文艺思想居主导地位。在本书每编每章总的叙说里，作者对此点是有认识的，可是一到具体论列作家作品的时候，这一要点就被抛开了。书中对代表资产阶级、小资产阶级和无产阶级的思想的社团与作家，一律等量齐观，不加区别。作者甚至几乎以为凡是新体的文学，就同样都该罗列进来。可是事实上其中有进步的，有落后的，也有很多开倒车的；有推动了革命前进的，有对革命起了积极作用的，也有很多危害革命和反对革命的。如果不予判别，势必使读者认识混乱，是非模糊。比如第二章谈初期的诗歌，就把胡适、周作人、谢冰心、李金发等和郭沫若、蒋光慈平列起来加以评述。……"蔡仪说："新文学是新民主主义革命的文学，也就是无产阶级领导的反帝反封建的文学，这是新文学的根本性质，作者在本书绪论里也承认了的。可是在实际讲到具体的史实时，无论是讲作家也好，讲作品也好，却不分青红皂白把反动的和革命的拌在一起。对于那些在文艺运动上起过反动作用的（自然政治思想也成问题）如徐志摩、沈从文等等的作品，往往是赞美为主；就是对于政治上显然是反革命的如胡适、周作人、林语堂等等也不少颂扬之词，作者似乎忘记了绪论中所说新文学的'性质'和'领导思想'了。"《文艺报》第20号刊登了本次座谈会的纪录。

本月，从沈阳来京的萧军，经北京市市长彭真的特批，被分配至北京市人民政府文教委员会文物组，当上了一名考古研究员。有段时间，他甚至想放弃小说创作，转而去写《中国文物史纲要》或《北京史》。

九月

5日，刘绍棠的短篇小说《青枝绿叶》发表在《中国青年报》上。

10日，《文艺报》第17号发表孙犁的《关于小说〈荷花淀〉的通信》。

14日，华北文艺界整风学习结束，文艺工作者开始深入工厂、农村体验生活，从事文艺创作。

16日，陈沂的《发扬成绩，克服缺点，继续贯彻毛泽东文艺方向》和丁玲的《谈谈与创作有关的问题》刊登在《解放军文艺》9月号上。

25日，《文艺报》第18号刊登舒芜的《致路翎的公开信》。信中检讨了"他自己和路翎及其所属的小集团一些根本性质的错误思想"。

27日，国庆三周年前夕，中央文化部部长沈雁冰著文《三年来的文化艺术工作总结》，发表于《人民日报》，文章介绍了我国三年来在电影、戏剧、美术、文学、音乐事业方面的成就。三年来，拍摄故事片86部，纪录片57部，优秀的有《百万雄师下江南》《大西南凯歌》《红旗漫卷西风》等，翻译片105部。经过戏曲改革，对传统剧目作了初步甄别，一部分已决定为保留节目，艺人经学习已提高了觉悟，并培养了新的戏曲人才，在北京设立了戏曲研究院，其他大区也设立了相应机构。以表演话剧、新歌剧、舞蹈、音乐为主的文艺工作团有250个，大部分发展为剧场艺术为主的专业化剧团。1950年全国共出版年画412种，发行700余万份；1952年出版新年画570余种，发行 4000 多万份。1950 年以来，文化部举行了两次年画评奖。三年来，文学创作和戏剧创作很有成就。三年来，建立了全国文化网：全国省市以上的公共图书馆有 59 个（不包括学校和机关的图书馆），博物馆 40 所（其中 14 所是新建的），全国有文化馆 2436 个（差不多每县有一个），文化站（县以下的区设文化站）6000 余个，工厂、农村俱乐部与图书馆约 20000 个。

本月，废名（冯文炳）由北京大学调往长春东北人民大学中文系任教。

俞平伯的《红楼梦研究》由棠棣出版社出版。该著为《红楼梦辨》（1923）的修订版。

十月

1 日，严辰的诗《十六万万人合唱一支歌》、刘绍棠的短篇小说《摆渡口》、巴金的散文《生活在英雄们的中间》、碧野的短篇小说《阿婵》发表在《人民文学》10 月号上。同期还开始连载杨朔的中篇小说《三千里江山》，至 12 月号止。

2 日，"亚洲及太平洋区域和平会议"在北京举行。参加会议的有 37 个国家的 367 位代表。会议通过了"关于文化交流"等十一项重要决议。郭沫若、茅盾出席会议。

6 日，文化部举办的第一届全国戏曲观摩演出大会在北京举行，直至 11 月 14 日闭幕。这次汇演的目的是：互相观摩，交流经验，奖励优秀节目，借以推动戏曲艺术进一步改革和发展，贯彻"百花齐放、推陈出新"方针。参加汇演的有京剧、评剧、越剧、川剧等二十多个剧种，1800 多名戏曲工作者。周恩来到会讲话，他着重阐释了毛泽东所指示的"百花齐放，推陈出新"的戏曲改革工作方针。周扬作题为《改革和发展民族戏曲艺术》的总结报告。大会颁发了荣誉奖（梅兰芳、周信芳、程砚秋等）、剧本奖（越剧《梁山伯与祝英台》、评剧《小女婿》、京剧《将相和》、楚剧《葛麻》等）、演出奖、演员奖和奖状。

10 日，《文艺报》第 19 号发表社论《把戏曲改革工作向前推进一步》。同期还刊载了陈荒煤在中南区第一届戏曲观摩演出大会上发表的讲话《加强团结，做好戏曲改革工作》，以及在大会期间有关批评与自我批评的介绍文章：《中南区老艺人座谈会纪录》和《中南区主要演员座谈会纪录》。

19 日，《人民日报》发表社论《继承鲁迅的革命爱国主义的精神遗产》。

25 日，吴祖光的《生活给了我教育》发表在《文艺报》第 20 号上。

本月，人民文学出版社开始有计划地进行我国古典文学名著的校勘和重印出版工作。初步计划：一、先将名著《水浒》（已出版）、《三国演义》《红楼梦》《西游记》《儒林外史》等校勘后重印出版；二、对屈原、曹植、陶潜、李白、杜甫等诗人的选集、全集进行注释出版；三、编写我国名作家、名诗人的传记。

沙汀和马烽去德意志民主共和国访问。沙汀归国后留京任中国作协党组成员，作协创作委员会副主任，负责主持创作委员会的日常工作，并主编《作家通讯》。

十一月

1 日，艾青的诗《幸福的国土》、徐迟的诗《列宁伏尔加河顿河运河颂》、邵燕祥的诗《我们有这样的边境》、周立波的散文《忆巴甫连柯》、孙犁的散文《在苏联文学艺术的园林里》发表在《人民文学》11 月号上。

10 日，《文艺报》第 21 号转载了苏共中央委员会关于文学艺术的指示——苏共中央委员会书记马林科夫在苏共第十九次代表大会上所作的《苏联共产党（布）中央委员会的报告》中关于文学艺术部分的摘录。并加"编辑部的话"指出：这份报告"正如《人民日报》十月十七日社论《苏联共产党第十九次代表大会的国际意义》所说，'在经济建设、文化建设、政权建设和党的建设等方面，为我们提供了极其重要的，可以而且应该依照我国具体环境正确地运用的丰富的经验。'""这一报告中关于文学艺术的指示，我国的文学艺术工作者尤其应该着重地认真学习"。同期还转载了法捷耶夫的《苏联的文学艺术工作——在苏联共产党（布）第十九次代表大会上的发言》，并刊登了冯雪峰的《学习党性原则，学习苏联文学艺术的先进经验》。

16 日，《人民日报》发表社论《正确地对待祖国的戏曲遗产》指出："各地戏曲工作干部中有不少优秀的工作者，他们依靠当地艺人的通力合作，以正确的态度对待遗产，因而取得了成绩，但也有不少戏曲工作干部长时期不提高自己的政策水平、思想水平与文艺修养，经常以不可容忍的粗暴态度对待戏曲遗产。他们对民族戏曲的优良传统，对民族戏曲中强烈的人民性和现实主义精神毫不理解；相反地，往往藉口其中含有封建性而一概加以否定，甚至公然违反中央人民政府政务院〈关于戏曲改革工作的指示〉，不经任何请示而随便采用禁演和各种变相禁演的办法，使艺人生活发生困难，引起群众的不满。他们在修改或改编剧本的时候，不是和艺人密切合作审慎从事，而是听凭主观的一知半解，对群众中流传已久的历史故事、民间传说，采取轻举妄动的态度，随意篡改，因而经常发生反历史主义和反艺术的错误，破坏了历史的真实和艺术的完整。"

20 日，由华东戏曲研究院创作室改编的越剧剧本《白蛇传》刊登在《剧本》10—11 号合刊上。

本月，刘真的中篇小说《好大娘》由中国青年出版社出版。

冯至的《杜甫传》由人民文学出版社出版。

周作人翻译的《俄罗斯民间故事》由香港大公书局出版。

蔡仪的《中国新文学史讲话》由新文艺出版社出版。

十二月

10 日，《文艺报》第 23 号刊登一组关于越剧《白蛇传》的评论文章：杨刚的《评越剧〈白蛇传〉》、张庚的《关于〈白蛇传〉故事的改编》、阿英的《谈许仙的转变》。

12 日，世界人民和平大会在奥地利维也纳开幕，我国代表郭沫若、茅盾、萧三、冯至出席。

13 日，魏巍的通讯《前进吧，祖国！》发表在《人民日报》上。

25 日，《文艺报》第 24 号刊登周扬的《改革和发展民族戏曲艺术》和光未然的

《戏曲遗产中的现实主义》。同期还刊载了《关于〈白蛇传〉的讨论》和《关于创造新英雄人物的讨论》。

26 日，文化部发出《关于整顿和加强全国剧团工作的指示》，提出要加强国营剧团，改变其文工团综合性宣传队的性质，成为专业化的剧团，逐步建设剧场艺术；加强对私营剧团的领导和管理，改革旧戏班不合理的制度；大力组织剧本创作和传统剧目的整理改编；改善演员生活，保护演员健康等。全文刊登在 27 日的《人民日报》上。

本月，全国文联组织第二批作家深入生活，第二批作家除陈学昭、康濯、孙犁等已分别下去之外，周立波、徐迟等去工厂，艾青、秦兆阳、卞之琳等去农村，路翎、李维时等去朝鲜前线，李季去矿区。出发前听了胡乔木关于文艺创作的报告。他谈到目前文艺工作和创作思想上的问题，联系文艺创作的情况阐释了社会主义现实主义原则，指出公式化、概念化作品的产生就是违反了社会主义现实主义的原则。

全国文协召开"胡风文艺思想讨论会"。《文艺报》1953 年第 2 号、第 3 号上分别刊登了林默涵、何其芳在讨论会上的发言：《胡风的反马克思主义的文艺思想》《现实主义的路，还是反现实主义的路？》。

李季的《短诗十七首》由中南人民文学艺术出版社出版。

苏联作家奥斯特洛夫斯基的长篇小说《钢铁是怎样炼成的》由人民文学出版社出版。

何其芳的论文集《西苑集》由人民文学出版社出版。

本年

张爱玲离开大陆，先后在香港、日本、美国、台湾等地居留。其间，1954 年在香港《今日世界》上先后连载长篇小说《秧歌》和《赤地之恋》；1955 年赴美并拜访胡适；1961 年抵达台北，与《现代文学》杂志社的青年作家白先勇、王文兴、陈若曦、欧阳子等会面；1971 年移居洛杉矶过隐居生活，直至 1995 年 9 月悄然辞世。

梅娘在"忠诚老实运动"中，因为中篇小说《鱼》中的"资产阶级腐朽思想"而受到批评。

1953 年

一月

1 日，《人民文学》编委会人事变动，茅盾任主编、丁玲任副主编，艾青、何其芳、周立波、赵树理任编辑委员。

艾青的诗《迎接一九五三年》、吕剑的诗《故乡三首》、海默的短篇小说《突破三八线》、杨朔的《我的感受——〈三千里江山〉的写作经过》发表在《人民文学》1 月号上。

10 日，《文艺报》第 1 号发表社论《克服文艺的落后现象，高度地反映伟大的现实》，号召全国文艺工作者在国家进入大规模经济建设时期，进一步深入生活，加强学习，切实掌握社会主义现实主义创作方法，创造出高度反映现实生活的作品。

11日，《人民日报》转载周扬的文章《社会主义现实主义——中国文学前进的道路》。此文是周扬为苏联文学杂志《旗帜》撰写的，载于该刊1952年12月号。周扬指出："苏联文学的强大力量就在于：它是站在共产主义思想的立场上来观察和表现生活，善于把今天的现实和明天的理想结合起来，换句话说，它的力量就在社会主义现实主义的方法。""社会主义现实主义，现在已成为全世界一切进步作家的旗帜，中国人民的文学正在这个旗帜之下前进。"又说："判断一个作品是否社会主义现实主义的，主要不在它所描写的内容是否社会主义的现实生活，而是在于以社会主义的观点、立场来表现革命发展中的生活的真实。"

15日，上海《文艺月报》创刊，巴金任主编。创刊号载有巴金的短篇小说《坚强战士》、王安友的短篇小说《追肥》、夏衍的《克服文艺创作的落后状况》、雪苇的《关于写作思想中的一个问题》、彭柏山的《关于作家下厂下乡的若干问题》。

23日，上海市文化局召开演出问题座谈会，讨论并研究了当前上海市戏曲界严重存在着的混乱现象与恶劣倾向。如在改编工作上的反历史主义倾向，在创作上不能正确地反映新人新事，生硬地宣传政策法令等。上海市文化局负责人于伶在会上作了总结发言，提出了整改方向。《文艺报》第6号对该会作了报道：《上海通讯——上海戏曲界为澄清混乱现象而斗争》。

30日，《文艺报》第2号译载苏联《共产党人》杂志第21期专论《苏联文学的当前任务》。这篇专论转述了苏联党和国家领导人在苏共第十九次代表大会上对文学艺术问题提出的重要意见——"文学和艺术必须大胆地表现生活矛盾和冲突"。同期还刊载了光未然的《沿着戏曲遗产的现实主义轨道前进》，并发表了艾青为庆贺齐白石老人93岁寿辰所作的《白石老人》一文。

本月，赵树理调中国文协工作。自述："一九五三年调作家协会后，我便提出我那调整双重待遇问题的建议，如主张取消版税，稿费制可以再评，否则连现有的供给也不应领。"（赵树理：《赵树理文集》第4卷，第1830页，工人出版社1980年版）

二月

1日，为配合今年3月将要在全国范围内展开的宣传贯彻婚姻法运动，中央人民政府文化部门发出指示，要求各地文化主管部门督促和协助当地的剧团、文化馆、电影院等文化事业单位积极参加宣传婚姻法的活动；并拟定了有关婚姻法问题的剧目——包括现代和历史的18个剧目，供各地剧团参考选用。

为纪念匈牙利诗人裴多菲诞辰130周年，《人民文学》2月号译载了他的九首诗并刊登纪念文章。同期还发表菡子的散文《我从上甘岭来》、艾青的评论《歌剧〈梁山伯与祝英台〉》。

2日，《人民日报》发表了《中央人民政府政务院关于贯彻婚姻法问题的指示》和社论《大力准备开展贯彻婚姻法的新的运动》。

15日，中共中央通过了《关于农业生产互助合作的决议》。

20 日，未央的诗《祖国，我回来了》发表在《人民日报》上。

22 日，北京大学文学研究所成立。郑振铎、何其芳任正、副所长。1956 年 1 月改为中国科学院文学研究所。1977 年 5 月改为中国社会科学院文学研究所。

25 日，老舍的《咱们今年都要拿起笔来》发表在《人民日报》上。

26 日，北京市戏曲编导委员会成立。老舍、焦菊隐、马少波、王亚平、郝寿臣等人被聘为顾问。这是一个群众性的戏曲研究团体，主要工作是改编和创作新戏曲、整理旧戏曲，储存剧本，供名剧团上演。

本月，短篇小说合集《结婚》由人民文学出版社出版。

巴金的通讯、散文集《生活在英雄们中间》由人民文学出版社出版。

三月

2 日，《人民文学》3 月号译载高尔基的《论社会主义现实主义》，同期还发表了周良沛的诗《沿着怒江》、白桦的短篇小说《山间铃响马帮来》、黄谷柳的散文《小试锋芒》、张天翼的儿童话剧《蓉生在家里》。

5 日，苏联革命领袖斯大林逝世。

15 日，《文艺报》第 5 号刊出悼念斯大林逝世专辑，并配发社论《伟大的斯大林同志永远鼓舞着我们前进》。《文艺月报》3 月号发表了 29 名文艺工作者撰写的悼念斯大林的论文、散文和诗歌。

24 日，全国文协常务委员会在北京召开第六次扩大会议，通过《关于改组全国文协和加强领导文学创作的工作方案》。会议决定：第一，在常委会下设立创作委员会，邵荃麟、沙汀为正副主任，具体指导文学创作活动。创作委员会将在北京的作家组成小说、散文、剧本、诗歌、电影文学、儿童文学、通俗文学等创作组，帮助作家经常进行关于作品和创作问题的讨论及马列主义文艺理论的学习。为了联系各地作家，反映和交流创作情况，创作委员会编辑内部刊物《作家通讯》（于同年 6 月 30 日出刊）。第二，在常委会下设立刊物委员会，冯雪峰为主任，负责研究全国文协各机关刊物的方针、计划和检查其执行情况。会议确定《人民文学》为发表创作的刊物；向全国文联建议《文艺报》划归全国文协领导，作为文艺理论批评刊物；接办《新观察》为文艺性的争论和小品散文刊物；筹办《译文》杂志以及加强对通俗文艺刊物《说说唱唱》的领导。第三，在常务委员会下设立文学基金管理委员会，负责办理作家的福利事业。第四，计划在年内召开全国会员代表大会，结合对社会主义现实主义创作方法的学习，讨论当前文学创作思想等问题，并修改会章，改组全国文协。会上通过茅盾、周扬、丁玲、柯仲平、老舍、巴金等二十一人为全国文协代表大会筹备委员会委员，茅盾、丁玲为正副主任。

28 日，中国文联、北京市中苏友好协会、苏联对外文化协会联合主办高尔基诞辰 85 周年纪念会，冯雪峰作题为《高尔基和中国作家》的报告。

本月，孙芋的话剧《妇女代表》发表在《剧本》3 月号。此剧荣获 1953 年独幕剧一等奖。

人民文学出版社出版苏联文艺方针政策的报告和文件专集《苏联文学艺术问题》（曹葆华等译）。

人民文学出版社为适应广大读者的需要，编印出版了《初步文学读物》丛书，共3辑。第1辑是关于古典文学遗产中比较容易理解的作品。第2辑是"五四"以来具有代表性的短篇作品。第3辑是在当代作家、群众创作中选出的短篇及长篇中的片断。

郭小川从武汉调往北京，担任中宣部理论宣传处副处长。1954年夏又调任中宣部文艺处副处长。1955年又被调任中国作协党组副书记、书记处书记兼秘书长、《诗刊》编委。自来京后，郭小川与陈笑雨、张铁夫合作写"马铁丁"杂文的时代也宣告结束，以后署名马铁丁的杂文均为陈笑雨一人所写。

郭沫若的诗集《新华颂》由人民文学出版社出版。

李克、李微合著的小说《地道战》由上海新文艺出版社出版。

周作人的《鲁迅的故家》由上海出版公司出版，署名周遐寿。

四月

1日，老舍反映"五反"运动的话剧《春华秋实》在北京人民艺术剧院正式上演。

2日，《人民文学》4月号刊载中外作家悼念斯大林专辑，还发表了康濯、菡子、徐光耀、刘绍棠等的短篇小说《竞赛》《亲人》《辛文正》《大青骡子》等。陈登科的长篇小说《淮河边上的儿女》在本期开始连载，至7、8月号合刊止。

5—10日，西南区文代会在重庆召开。沙汀致开幕词。会议分析了西南地区文艺创作不振的原因。沙汀当选西南文学工作者协会主席。

10日，《毛泽东选集》第3卷正式出版发行。

11日，《光明日报》发表老舍的《谈我怎样写的〈春华秋实〉剧本》。

12日，《解放军文艺》4月号刊登中央军委负责人傅钟和李达在军队文艺工作会上的报告。

14日，中南文联召开常委扩大会议，通过"成立中南作家协会，加强对文艺创作的领导"和"整顿省（市）文联，加强群众文艺辅导工作"的方案。

15日，《文艺报》第7号刊登萧乾的随笔《两种制度、两种电影、两种英雄》、贾霁的《对于电影作品的题材问题的意见》和冯雪峰的《高尔基和中国作家》。

夏衍的《整顿文艺团体，加强创作领导》、彭柏山的《关于党的政策思想与文学艺术创作问题》刊登在《文艺月报》4月号上。

20日，方之的短篇小说《组长和女婿》发表在《说说唱唱》4月号上。

本月，中国文协创作委员会组织在京作家、批评家和文艺工作的领导人共40余人学习社会主义现实主义理论。指定马克思、恩格斯、列宁、斯大林和毛泽东等关于文艺问题的22种文件为必读文件，并拟定了学习大纲。先后共召开了14次讨论会，着重讨论了以下问题：一、对于社会主义现实主义定义的理解及其和过去的现实主义的关系与区别；二、关于典型和创造人物的问题；三、关于讽刺问题；四、关于文学的党性、人民性问题；五、关于目前文学创作上的问题。学习会至6月20日结束，创作委员会对这次学习讨论的情况和问题进行了初步总结。

谷峪的短篇小说集《新事新办》由上海新文艺出版社出版。

康濯的短篇小说集《正月新春》由人民文学出版社出版。

五月

2 日，郭沫若的《屈原〈天问〉的译文》、孙大雨的诗《哀歌》、骆宾基的短篇小说《王妈妈》发表在《人民文学》5 月号上。同期开始连载秦兆阳的《农村散记》，包括《祭灶》《偶然听到的故事》《刘老济》《晌午》《秋娥》《两代人》等篇目，至 6 月号止。

15 日，《文艺报》9 月号"读者来信"栏内，以《精华呢? 糟粕呢?》为题，报道了读者对当前戏曲改编工作中存在的粗暴态度及混乱情况的批评。

30 日，《文艺报》第 10 号刊登马少波的文章《重视传统戏曲语言的清理工作》。

本月，留美归来的诗人穆旦被分配至天津南开大学外文系任副教授，从事教学和文学翻译工作。

由光未然整理的少数民族长诗《阿细人的歌》由人民文学出版社出版。

鲁黎的诗集《时间的歌》由新文艺出版社出版。

六月

2 日，《人民文学》6 月号刊登康濯的短篇小说《一同前进》、路翎的散文《春天的嫩苗》、王西彦的散文《创造奇迹的人们》和罗立韵的文章《反对把工人生活套在公式里》。

15 日，毛泽东在中共中央政治局会议上提出了党在过渡时期的总路线和总任务："从中华人民共和国成立，到社会主义改造基本完成，这是一个过渡时期。党在这个过渡时期的总路线和总任务，是要在一个相当长的时期内，基本上实现国家工业化和对农业、手工业、资本主义工商业的社会主义改造。"

爱国诗人屈原逝世 2230 周年纪念日，文艺界展开纪念活动。屈原是世界和平理事会号召本年纪念的世界文化名人之一。中国文联举行了纪念座谈会，周扬主持并在致词中提出要以实事求是的态度和历史唯物辩证法的原则和方法去研究、继承、发展屈原留给后人的宝贵遗产；要正确地注释、翻译和解说屈原的作品，使之能普遍地为各阶层人民所接受。出席纪念会的有郑振铎、冯雪峰、游国恩等 50 余人。《文艺报》第 11 号发表社论《屈原和我们》。郭沫若在《人民文学》5 月号起，连续发表了有关屈原的论文和译诗。郑振铎、何其芳、游国恩也相继在《人民日报》《光明日报》《新建设》等报刊上发表了纪念文章。人民文学出版社在本月前后出版了郭沫若等人编著的《屈原赋今译》《屈原集》《屈原》（话剧）和屈原著作注释本。中国青年艺术剧院上演了郭沫若的历史剧《屈原》。历史博物馆展出"楚文物"展览。

17 日，中国人民保卫儿童委员会邀请作家及有关团体负责人组成了以康克清为首的"儿童文艺作品评选委员会"。文艺界有叶圣陶、陈白尘、金敬迈参加，丁玲、张天翼分别任正副主任。

18 日，瞿秋白就义 18 周年纪念日，《文艺报》第 11 号（15 日）发表了他的三篇遗著，底稿是鲁迅先生生前珍藏下来的。10 月，人民文学出版社出版《瞿秋白文集》第 1 册。全书 8 卷共 4 册至年底出全。

30 日，蒋光慈逝世 22 周年，上海市文联和其生前友好将他的遗骨正式迁葬于上海虹桥公墓，陈毅题写了墓碑"作家蒋光慈之墓"。

本月，艾青的诗集《宝石的红星》由人民文学出版社出版。

抗美援朝小说集《临津江边》由人民文学出版社出版。

刘绍棠的短篇小说集《青枝绿叶》由上海新文艺出版社出版。

七月

1 日，中国文协创办的"介绍外国进步文学作品"的刊物《译文》杂志出版。茅盾任主编。茅盾在《发刊词》中回顾了鲁迅为介绍世界进步文艺创办《译文》的经历，提出要继承鲁迅艰苦创业的精神。该刊于 1959 年 1 月改名为《世界文学》。

15 日，《文艺报》第 13 号刊载韦君宜的《从儿童文学作品中看到的几个问题》。

19 日，苏联诗人马雅可夫斯基诞辰 60 周年，中国文协创作委员会和《文艺报》编辑部联合召开纪念大会。《人民日报》《文艺报》《文汇报》相继刊登了田间、何其芳、夏衍等人撰写的纪念文章。

25 日，上海少年儿童出版社编辑的《少年文艺》创刊。创刊号刊登了宋庆龄的《让鲜花开遍这块园地》。

27 日，朝鲜停战协定在板门店签字。

30 日，为纪念俄国民主主义思想家和作家车尔尼雪夫斯基诞辰 125 周年，《文艺报》第 14 号刊登了有关其生平和著作的论文。

本月，中南作家协会在武汉正式成立。

绿原的诗集《从一九四九年算起》由新文艺出版社出版。

田间的散文特写集《板门店纪事》由人民文学出版社出版。

英国作家伏尼契的长篇小说《牛虻》由中国青年出版社出版。

八月

5 日，吴强的中篇小说《他高高地举起雪亮的小马枪》开始在《文艺月报》8 月号上连载，至 9 月号止。

7 日，《人民文学》编辑部改组，邵荃麟任主编，严文井任副主编，邵荃麟、何其芳、沙汀、张天翼、胡风、严文井、袁水拍、葛洛等八人任编委。

《人民文学》七、八月合刊载有高尔基的《论文学》、李季的长诗《菊花石》、冯至的《诗三首》、臧克家的诗《把爱憎提到了最高峰》、邹荻帆的诗《莫斯科的灯火》、刘白羽的短篇小说《红领巾》、康濯的短篇小说《第一步》、巴金的报告文学《黄文元同志》和张天翼的儿童剧本《大灰狼》。

中南作协机关刊物《长江文艺》在武汉正式出版。

15 日，《文艺报》第 15 期发表茅盾的《坚决保卫和平》和艾青的《谈中国画》。

27 日，《天津日报》开始陆续发表孙犁署名孙芸夫的系列散文"农村人物杂记"，包括《杨国元》，《访旧》，《婚俗》，《家庭》，《齐满花》。

30 日，李季的散文《玉门速写》发表在《文艺报》第 16 号上。

吕荧的《美学问题》在《文艺报》第 16、17 号上连载。

本月，人民文学出版社编辑部编印的《朝鲜通讯报告集二集》出版。

九月

7 日，冯至的叙事诗《韩波砍柴》、戈壁舟的诗《延河照旧流》、杨朔的散文《西北旅途散记》、胡风的特写《肉体残废了，心没有残废》、王西彦的特写《平凡的英雄》发表在《人民文学》9 月号上。

8 日，捷克民族英雄、作家伏契克牺牲 10 周年纪念日，《文艺报》16 号（8 月 30 日）特发表他的论著《论英雄和英雄主义》。

9 日，俄国伟大作家列夫·托尔斯泰诞辰 125 周年纪念日，《人民日报》《光明日报》《文艺报》第 17 号分别发表论述作家生平及著作的纪念文章。

12 日，傅铎的话剧《冲破黎明前的黑暗》发表在《解放军文艺》9 月号上。

15 日，《文艺月报》9 月号刊登蒋孔阳的《要善于通过日常生活来表现英雄人物》。

23 日，中国文学艺术工作者第二次代表大会在北京怀仁堂开幕。出席大会的正式代表 581 人，列席代表 189 人。郭沫若致开幕词。周恩来作政治报告，报告分为三个部分：一、过渡时期总路线问题；二、执行总路线中目前的国内外情况；三、为总路线而奋斗的文艺工作者的任务。在第三部分中，周恩来深入阐述了八个方面的重要问题：历史估价的问题，为谁服务的问题，深入实际生活的问题，提高艺术修养、努力艺术实践的问题，创作有正确思想内容的优秀的文艺作品的问题，帮助开展群众文艺活动问题，文艺界的团结与改造问题，领导的责任问题。他在报告中指出："可以说，社会主义现实主义在五四以后就有了萌芽，进步的革命的文艺工作者开始掌握了这个正确的方向。如果分阶段来说，从五四以后到延安文艺座谈会是一个阶段，这个阶段是萌芽；从延安座谈会以后到现在，可以算作一个阶段。"又说："虽然人是不免有缺点的，但是在文艺作品中我们应该把人物写得理想一点。……我们的理想主义，应该是现实主义的理想主义；我们的现实主义，是理想主义的现实主义。革命的现实主义和革命的理想主义结合起来，就是社会主义现实主义。"（周恩来：《周恩来论文艺》，第 49—55 页，人民文学出版社 1979 年版）

24 日，周扬作《为创造更多的优秀的文学艺术作品而奋斗》的报告。他指出："毛泽东同志早在《在延安文艺座谈会上的讲话》中就曾指出工人阶级的作家应当以社会主义现实主义作为创作方法。从五四开始的新文艺运动就是朝着这个方向前进的，这个运动的光辉旗手鲁迅就是伟大的革命的现实主义者，在他后来的创造活动中更成为社会主义现实主义的伟大先驱者和代表者。""我们把社会主义现实主义方法作为我们整个文学艺术创作和批评的最高准则。""社会主义现实主义，对于一切真正愿意进步、愿意学习的作家、艺术家，都是能够达到的：它并不是甚么高不可及的、神秘的东西。重要的是在于学习。……苏联社会主义现实主义的文学艺术的巨大成就提供了我们学习的最好的范本。"他又指出："社会主义现实主义首先要求我们的作家去熟悉人民的新的生活，表现人民中的先进人物，表现人民的新的思想和感情。""不应将表现正面人物和揭露反面现象两者割裂开来。但是必须表现出任何落后现象都要为不可战胜的新的力量所克服。因此决不可把在作品中表现反面人物和表现正面人物两者放在同等的地位。在我们的作品中可以而且需要描写落后人物被改造的过程，但不可以把这看为英雄成长的典型的过程。""我们的作家为了要突出地表现英雄人物的光辉品质，有意识地忽略他的一些不重要的缺点，使他在作品中成为群众所向往的理想人物，这是可以的而且必要的。我们的现实主义者必须同时是革命的理想主义者。"（载《文艺报》1953 年第 19 号）

25 日，各协会开始分别举行会议。中国文协会员代表大会由茅盾作《新的现实和新的任务》的报告。中国剧协全委扩大会由梅兰芳致开幕词，田汉作《做好戏剧工作满足人民的需要》的报告。茅盾在报告中指出："每个作家必须严格地要求自己遵照社会主义现实主义的创作方法去进行工作，必须严格要求自己更好地学习社会主义现实主义，要求自己成为马克思列宁主义的好学生。"此外他还重点批评了当前文学创作中的概念化和公式化倾向，以及"无冲突论"倾向，并重申了恩格斯的塑造"典型环境中的典型性格"这一现实主义创作方法的根本原则。（载《人民文学》1953 年第 11 号）

28 日，全国曲艺研究会成立，王亚平作报告。

30 日，《文艺报》第 18 号发表卞之琳的《下乡生活五个月——写给全国文协创作委员会的信》。卞之琳从计划的制订与执行、生活态度、工作方式、与当地领导的关系、与群众的关系、对于人物的观察和体验等方面谈了自己的体会。

本月，陈寅恪开始写作长篇文学论文《论〈再生缘〉》，至次年 2 月写毕。完成后自费油印若干册。继作校补记。1964 年又作后序。陈寅恪对清代女作家陈端生的长篇弹词《再生缘》评价甚高，以为可以和《红楼梦》相媲美，提出"南'缘'北'梦'"之说。

冀汸的童话诗《桥和墙》由新文艺出版社出版。

巴金访朝的小说散文集《英雄的故事》由上海平明出版社出版。

《沙汀短篇小说集》由人民文学出版社出版，附《后记》。

十月

4 日，邵荃麟在中国文协会员代表大会上作《沿着社会主义现实主义的方向前进》的总结发言。同日，张光年在中国剧协全委扩大会议上作总结报告。邵荃麟在报告中重申："只有工人阶级的思想领导的反帝反封建的人民大众的文学，才能正确地反映人民的现实生活和斗争，才能正确地发挥其教育人民指导现实的任务。……五四以来新文学发展的方向，不能不是社会主义现实主义的方向。只有沿着这个方向前进，现实主义才能不断发展；不沿着这个方向前进，现实主义的发展是不可能的。"他还指出："由于他（鲁迅——编者注）对于人民对于生活对于历史的高度忠实，必然地使他后来成为共产主义者，成为中国最伟大的社会主义现实主义的作家。"（载《人民文学》1953 年第 11 号）

中国人民第三届赴朝慰问团启程赴朝鲜前线，老舍任总团副团长，总团团长为贺龙。洪深、熊佛西等参加了慰问团。

6 日，第三次文代会闭幕。胡乔木讲话，茅盾致闭幕词。会议期间，文联和各协会通过了章程，改组各协会，选举文联全国委员和各协会理事。文联定名为中华全国文学艺术界联合会，主席郭沫若，副主席茅盾、周扬。全国文协改组为中国作家协会，主席茅盾，副主席周扬、丁玲、巴金、柯仲平、老舍、冯雪峰、邵荃麟。全国剧协改组为中国戏剧家协会，主席田汉，副主席欧阳予倩、梅兰芳、洪深。中国曲艺研究会主席王尊三，副主席赵树理、连阔如、王亚平、韩起祥。

7 日，艾芜的短篇小说《新的家》、路翎的特写《记李家福同志》、菡子的特写《在观察员的位置上》、碧野的特写《开城前沿英雄阵地的巡礼》发表在《人民文学》10 月号上。

8 日，《人民日报》为第二次文代会大会闭幕发表社论《努力发展文学艺术的创作》。

15 日《文艺报》第 19 号刊登《中国文学艺术工作者第二次代表大会特辑》。

30 日，丁玲的《到群众中去落户》刊载于《文艺报》第 20 号。她说："我并不反对我们现有的创作组这一类组织。但我认为一个创作者时刻也离不开领导是不对的。作家并不像孩子那样离不开保姆，而要独立生长。因为创作无论怎样领导，作品是通过个人来创作的。集体主义并不意味着永远要集体创作。创作组有很重要的作用，它究竟应该采取什么工作方式我不能在这里多谈。但决不应该是紧紧抓住几个人。要采取多种多样的社会方式，而不是采取家长制度。作家并不是某一个人可以培养出来的，作家要在群众中生长。"

本月，黄悌的话剧剧本《钢铁运输兵》发表在《剧本》10 月号上。

十一月

1 日，中国作协召开第一次主席团扩大会议。

6 日，华东作家协会在上海召开成立大会，出席大会的代表有 100 余人。华东局第二书记陈毅在会上作《目前形势和过渡时期总路线、总任务》的报告。7 日，夏衍在会上传达中国作协会员代表大会的精神，总结华东的创作情况。大会历时三天，通过了华东作协章程，选举夏衍、巴金、于伶等四十六人为理事。

7 日，《人民文学》11 月号刊载第二次文代会专辑：邵荃麟的《沿着社会主义现实主义的方向前进》、柯仲平的《创造社会主义内容民族形式的诗歌》、何其芳的《更多的作品，更高的思想艺术水平》、萧三的《谈谈创造新人物典型的问题》、曹禺的《要深入生活》、张天翼的《我要为孩子们讲一句话》。同期还发表了艾青的长诗《藏枪记》、戈壁舟的组诗《陕北行》，以及一组特写：巴金的《忘不了的仇恨》、蹇先艾的《新芽》、刘白羽的《战斗的幸福》、李若冰的《陕北札记》。

15 日，《文艺报》第 21 号译载西蒙诺夫的《苏联戏剧创作的发展问题》。该文是西蒙诺夫在本年 10 月召开的全苏作协理事会第十四次会议上的发言，他在发言中对苏联文艺创作现状提出了批评。

20 日，李准的短篇小说《不能走那一条路》发表在《河南日报》上。《人民日报》于 1954 年 1 月 26 日转载。这篇小说发表后受到广大读者和文艺界的好评。但李琮在 1954 年《文艺报》第 2 号上撰文《〈不能走那条路〉及其批评》指出："作者想在作品中反映当前现实生活中重大、尖锐的问题，这是很好的"，而且"作者对于主要人物宋老定的描写是比较真实、生动和具有特征的"，但是作品"也有一些由于作者生活经验、思想水平和艺术能力的限制而产生的缺点。首先是对张拴的处理上的不当"，"作品中却只把宋老定做了自发资本主义的代表者，而把张拴放在不足重视的、好像不需要着重批判和改造的地位上"。其次，作品中斗争的开展和解决"使人感到，要使得农民克服自发倾向，走上社会主义道路，是不需要互助合作运动的实际的、长期的教育，而只消说些道理，回忆一下过去，就可以办得到。"第三，"对于东山的描写是很概念化的，软弱的。"同时文章还认为大量的评论文章有一味歌颂，不实事求是的地方，对初学者是"拔苗助长"的，有害的。康濯后来在《文艺报》第 7 号上撰文《评〈不能走那条路〉及其批评》认为李琮的文章是"轻率的、有错误的"，而且《文艺报》发表李琮的文章"也是不够慎重的"，《文艺报》编辑部为此在编者按中作了检讨。

丁玲的散文《粮秣主任》发表在《人民日报》上。

28 日，中国文联举行第二届全国委员会主席团扩大会议。会上通过组织和推动文艺界认真学习过渡时期总路线、努力宣传总路线的决议。要求文联、各协会以及各地文艺组织，组织文艺工作者积极投入宣传总路线活动。《文艺报》第 23 号发表社论《国家在过渡时期的总路线和文学艺术的创造任务》，号召文艺工作者深入到生活中去，深刻地学习总路线，创作真正反映人民生活的作品。

30 日，路翎的《板门店前线散记》在《文艺报》第 22 号上开始连载，至第 23 号止。

本月，冰心参加赴印访问团访问印度，祝贺中印友好协会成立。

白桦的短篇小说集《边疆的声音》由作家出版社出版。

杨朔的中篇小说集《中国人民的脚步声》由上海新文艺出版社出版。

十二月

7 日，胡风的诗《睡了的村庄这样说》、严辰的诗《红旗手》、未央的诗《平常的事》、傅仇的诗《乌江之歌》、骆宾基的短篇小说《夜走黄泥岗》、路翎的短篇小说《战士的心》发表在《人民文学》12 月号上。同期还译载了伏契克的三篇散文，以及高尔基的《在苏联第一次作家代表大会上的结束语》。

10 日，中国人民志愿军政治部公布《为号召全军撰写〈志愿军一日〉的决定》。

15 日，师陀的短篇小说《前进曲》、陆柱国的中篇小说《上甘岭》发表在《文艺月报》12 月号上。

16 日，中共中央通过《关于发展农业生产合作社的决议》。该决议于 1954 年 1 月 8 日正式公布。

30 日，《文艺报》第 24 号发表冯雪峰的《英雄和群众及其它》。

31 日，孙犁的《论风格》发表在《天津日报》上。

本月，中南、西南军区分别在广州和重庆举行文艺会演和文艺检阅大会。

《抗美援朝诗选》由人民文学出版社编印出版。

短篇小说集《运河滩上》由华北人民出版社出版，收从维熙、刘绍棠、韩映山、房树民等人小说 9 篇。

孙犁的《文学短论》由上海文化工作社出版。1963 年由作家出版社再版。

本年

年底至次年初，中国作协创作委员会诗歌组召开了三次诗歌形式问题讨论会。会上一种意见主张格律诗，其中又有主张以五、七言为基础创造格律诗，和格律诗就是民谣体两种意见。另一种意见主张自由诗，只要和谐，不必在字数和排列上"定型化"。还有一种意见认为格律诗和自由诗都可以发展，形式越多越好。（参见朱寨主编：《中国当代文学思潮史》，第 343 页，人民文学出版社 1987 年版）

沈从文以美术组成员的名义参加第二次文代会，受到毛泽东和周恩来的接见。他一方面被安排为全国政协委员，另一方面又收到开明书店通知，说是在该店所出之书，皆已过时，已印和未印各书稿及纸型全部代为焚毁。

冬，赵树理和康濯一起深入河北定县农村，共同协助当地实行粮食统购统销，协助两个农业生产合作社合并，扩大并进行整顿。

1954 年

一月

3 日，由云南人民文工团工作组收集，黄铁、杨智勇、刘绮、公刘整理的撒尼族口传叙事长诗《阿诗玛》在《云南日报》副刊上开始连载。《人民文学》5 月号转载。全书 1954 年 7 月由云南人民出版社出版；1954 年 12 月由中国青年出版社出版；1955 年 3 月由人民文学出版社出版；1956 年 10 月由中国少儿出版社出版。

7 日，柯仲平的长诗《献给志愿军》、袁鹰的《寄到汤姆斯河去的诗》、卞之琳的诗《秋收二首》、路翎的短篇小说《初雪》发表在《人民文学》1 月号上。

12 日，杜鹏程的长篇小说《保卫延安》中的一部分《沙家店》在《解放军文艺》1 月号发表。另两部分《长城线上》和《蟠龙镇》分别发表于《人民文学》2 月号和《解放军文艺》2 月号。全书由人民文学出版社 6 月出版。冯雪峰曾撰文《论〈保卫延安〉的成就及其重要性》指出："这本书的杰出的成就，我觉得是无疑的。它描写出了一幅真正动人的人民革命战争的图画,成功地写出了人民如何战胜敌人的生动的历史中的一页。""这部作品,大家将都会承认,是够得上称为它所描写的这一次具有伟大历史意义的有名的英雄战争的一部史诗的。即使从更高的要求或从这部作品还可以加工的意义上说,也总是这样的英雄史诗的一部初稿。它的英雄史诗的基础是已经确定了的。"又说:"但也是从整部作品来说,它显然还可以写得更精炼些。如果更精炼些,它的艺术性也一定更提高,更辉煌。以这部作品所已达到的根本的史诗精神而论,我个人是以为可以和古典文学中不朽的英雄史诗(例如《水浒》《塔拉斯·布尔巴》《战争与和平》等)比较的,但在艺术的技巧或表现的手法上当然还未能达到古典杰作的水平。也就是说,在艺术的辉煌性上,还不能和古典英雄史诗并肩而立。"(载《文艺报》1954 年第 14、15 号)

14 日,中国文联在京举行全国委员会主席团第二次扩大会议,由茅盾主持,阳翰笙等作报告。会议讨论了文联和各协会 1954 年的工作计划要点,决定根据国家"总路线"的要求而发展文艺创作。《文艺报》本年第 2 号对此作了报道。

20 日,中国剧协机关刊物《戏剧报》创刊。首卷刊有田汉的文章《在灯塔的巨大光芒下前进》。

27 日,《文艺报》第 2 号发表社论《文学艺术创作,应积极为国家总路线服务》。

本月,为纪念列宁逝世 30 周年,《文艺报》第 1、2 号先后发表了特约稿:《论列宁与文学艺术问题》和《论列宁文艺思想》。

《臧克家诗选》由作家出版社出版。

知侠的长篇小说《铁道游击队》由上海新文艺出版社出版。

卢甸的中篇小说《浪涛中的人们》、李英儒的长篇小说《战斗在滹沱河上》和安波的话剧《春风吹到诺敏河》由作家出版社出版。

二月

1 日,《人民日报》主编邓拓率领新闻工作者代表团到苏联访问,与苏联作协座谈有关特写作家的任务和特写这一文学形式的特点等问题。

7 日,郑振铎的散文《华沙行》、刘白羽的散文《远方来信》和李准的短篇小说《不能走那条路》(转载)发表在《人民文学》2 月号上。

12 日,路翎的短篇小说《你的永远忠实的同志》、巴金的特写《一个英雄连队的生活》发表在《解放军文艺》2 月号上。

15 日,陈登科的短篇小说《离乡》和高晓声的短篇小说《解约》发表在《文艺月报》2 月号上。

本月,中国青年出版社编辑出版《向英雄学习》,主要"给青年推荐几本优秀文学作品",其中包括《可爱的中国》《刘胡兰小传》《朝鲜通讯报告选》《把一切献给党》《奥斯特洛夫斯基演讲·论文·书信集》《奥斯特洛夫斯基传》《我的儿子》《卓娅和舒拉的故事》《普通一兵——马特洛索夫》《古丽雅的道路》《最主要之点》《我的集体农场生活》《牛虻》。

三月

1 日，《光明日报》副刊《文学遗产》创刊。

未央的诗《驰过燃烧的村庄》发表在《长江文艺》3 月号上。

7 日，《人民文学》3 月号发表了绿原的《北京的诗》、艾芜的短篇小说《夜归》和路翎的短篇小说《洼地上的"战役"》。《文艺报》1954 年第 12 号上发表侯金镜的文章《评路翎的三篇小说》，对《洼地上的"战役"》和《战士的心》（《人民文学》1953 年 12 月号）、《你的永远忠实的同志》（《解放军文艺》1954 年 2 月号）提出了批评。他认为这些作品对部队的政治生活作了歪曲的描写，在部队中产生了不良影响。随后，陈涌、魏巍、康濯、杨朔、宋之的、巴金等都撰写了批评文章，批评的焦点主要集中在《洼地上的"战役"》这篇小说上。侯金镜在文中指出："作者在《洼地上的"战役"》里安排了朝鲜姑娘金圣姬和志愿军战士王应洪的恋爱故事，从中展开了纪律和爱情的冲突。""这种爱情是为部队的政治纪律所不容许的，是不利于战斗的，因之也是和国际主义的精神实质相背驰的。""由于作者立脚在个人温情主义上，用大力来渲染个人和集体——爱情和纪律的矛盾……是歪曲了兵士们的真实的精神和神圣的责任感，也是不能鼓舞人们勇敢前进的。"1954 年底，路翎写了长达四万字的答辩文章《为什么会有这样的批评？》加以申辩："金圣姬母女为战争付出了牺牲，付出了忠诚的劳动，这样的人民对志愿军战士是会抱着更热烈的感情的。她们的感情的发生和发展，表现了部队和人民，中国人民志愿军和朝鲜人民的血缘关系——这就是小说里所写到的爱情的社会内容。""小说写到金圣姬母女对战士王应洪的感情，通过这一点也正是表现了小说的主题：人民的愿望和血腥的帝国主义的根本对立，以及我军战士的自觉精神。"（载《文艺报》1955 年第 1—4 号）

15 日，丁玲的《给陈登科的信》发表在《文艺报》第 5 号上。

菡子的短篇小说《不屈的手指》发表在《文艺月报》第 3 期上。

24 日，文化部召开第四次全国文化工作会议，总结了 1953 年的工作，讨论了当前文化工作的方针任务和 1954 年的工作计划。指出文艺创作落后于现实，有放松思想领导的现象，对新的作家作品缺乏应有的支持；对旧的有毒素的思想缺乏警惕和斗争；对待民族艺术传统往往产生"左"的或"右"的倾向等。要求加强领导，在为工农兵服务的政治方向下，鼓励各种文艺自由竞赛，开展正确的批评与自我批评。

本月，陈寅恪开始写作《钱柳因缘诗释证》，后改名《柳如是别传》，至 1964 年夏写毕。

公刘的诗集《边地短歌》由中南人民文学艺术出版社出版。

丁玲的文艺论集《延安集》由人民文学出版社出版。

四月

1 日，昌耀作于 1953 年朝鲜前线的组诗《你为什么这般倔强》发表在《河北文艺》第 4 期上。

7 日，马烽的短篇小说《饲养员赵大叔》、西戎的短篇小说《纠纷》、骆宾基的短篇小说《年假》和海默的诗《草原上》发表在《人民文学》4月号上。

12日，《解放军文艺》4月号刊登《志愿军一日》编委会的《为完成〈志愿军一日〉写作而努力》的号召与《〈志愿军一日〉征稿简约》。

17日，《人民日报》发表丁玲春天回湖南参观所写的散文《记游桃花坪》。

23日，莎士比亚诞辰390周年纪念日。华东作协及上海市剧协、影协联合举行纪念会。孙大雨、穆木天等在《文艺报》《文艺学习》《文史哲》等刊物上先后发表了纪念专文。人民文学出版社已于3月8日起连续出版了《莎士比亚戏剧集》1—12册，朱生豪译。

27日，中国作协编辑的文艺普及刊物《文艺学习》创刊。该刊的主要任务是："向广大青年进行文学教育，普及文学知识，提高文学欣赏能力，并培养文学队伍的后备力量。"创刊号发表了唐克新的短篇小说《我的师傅》。

30日，柳青在《文艺报》第8号上发表文章《灯塔，照耀着我们吧!》。

本月，沈默君的中篇小说《渡江侦察记》由中国青年出版社出版。

周作人的《鲁迅小说里的人物》由上海出版公司出版。

澳泽洛夫的《苏联文学中的典型性问题》由人民文学出版社出版。

五月

3日，中国人民对外文化协会正式成立。楚图南任会长，丁西林、阳翰笙、洪深任副会长。

《剧本》5月号公布1953年独幕剧剧本评奖结果，孙芋的独幕剧《妇女代表》获一等奖。该刊同期还刊登了张光年的《谈独幕剧》和苏联格列波夫的《关于独幕剧》，以及叶米尔洛夫的《论契诃夫的创作》。

4日，为纪念"五四"运动35周年，周扬在《人民日报》上撰文《发扬"五四"文学革命的战斗传统》。《人民文学》5月号予以转载。周扬指出："从五四开始的人民文学艺术运动，正以空前广大的规模，沿着为工农兵群众服务的方向和社会主义现实主义的创作原则而向前发展着。"同期《人民文学》上还发表了孙伏园、王统照、钟敬文、艾芜等人的纪念"五四"专文。

15日，峻青的短篇小说《老水牛爷爷》发表在《文艺月报》上。

16日，冰心的散文《印度纪行》在《新观察》第10期上开始连载，至第12期止。

20日，中央军委总政治部文化部召开1954年全军文艺创作座谈会。陈沂作总结报告，周扬、冯雪峰到会作了专题报告。大会于30日闭幕。

21日，中国文联为了引导文艺界人士系统地学习我国从鸦片战争到"五四"时期的历史，开始举办"中国近代史讲座"，老舍、洪深、曹禺等带头听课。

31日，中国人民保卫儿童全国委员会举办的四年来全国儿童文艺创作评奖结果在《人民日报》公布。各地推荐的文学、美术、音乐等方面作品共有443篇，包括作者289人。获奖作品，文学方面：一等奖有张天翼的《罗文应的故事》，高士其的《我们的土壤妈妈》，冯雪峰的《鲁迅和他少年时候的朋友》，秦兆阳的《小燕子万里飞行记》，郭墟的《杨司令的少先队》等4篇，二等奖有严文井的《蚯蚓和蜜蜂的故事》，袁鹰的《寄到汤姆斯河去的诗》等5篇，三等奖有江山野的《桌椅委员》，赵镇南的《同桌》，金近的《小鸭子学游水》等12篇。《人民日报》还同时发表了《关于四年来全国儿童文艺创作评奖的公告》。

本月，鲁黎的诗集《星的歌》由新文艺出版社出版。

牛汉的诗集《爱与歌》由作家出版社出版。

碧野的短篇小说集《幸福的人》由上海新文艺出版社出版。

海默的长篇小说《突破临津江》由作家出版社出版。

六月

3日，中华全国总工会、中国作家协会联合召开在京作家及文艺工作者座谈会，座谈文艺创作如何表现国家工业建设和文艺工作者下厂矿体验生活等问题。参加会议的作家和文艺工作者90余人。老舍等人的发言后来刊登在《作家通讯》第4号上。应邀出席会议的还有中央人民政府政务院财经委会副主任李富春和中央各工业部的负责人。会上李富春根据作家发言中提出的和会前收集的情况和问题，作了重要讲话，谈了"写什么"、"怎样写"、"如何进工厂"等方面的问题。《文艺报》第12号作了专门报道。

7日，文化部和全国总工会公布《关于加强厂矿、工地、企业中文化艺术工作的指示》。《人民日报》（8日）公布的同时，配发了《进一步开展工矿文化工作》的社论。

田间的《我是和平的歌者》、陈翔鹤的短篇小说《喜筵》、舒群的短篇小说《崔毅》、玛拉沁夫的短篇小说《在暴风雪中》、陈登科的中篇小说《黑姑娘》发表在《人民文学》第6期上。

13日，峻青的短篇小说《老交通》发表在《解放日报》上。

15日，魏金枝的短篇小说《老牯和小牯》发表在《文艺月报》第6期上。

18日，中央司法部邀请文艺界人士座谈如何运用文艺形式，进行司法工作的宣传的问题。

26日，赵树理的《我对戏曲艺术改革的看法》发表在《戏剧报》第12期上。

本月，中央人民政府第三十次会议通过了《中华人民共和国宪法草案》。《文艺报》第12号全文转载。叶圣陶、欧阳予倩、老舍、曹禺、洪深、梅兰芳、俞平伯等30余人相继在《文艺报》上撰文庆祝。

中央人民政府文化部作出关于加强民间职业剧团的领导和管理的指示。要求各级文化主管部门，帮助民间职业剧团建立民主领导，健全组织机构，加强剧团成员政治、文化和业务学习，改革妨碍剧团发展与艺人利益的不合理制度；加强上演剧目的计划管理等。《人民日报》发表了《加强对民间职业剧团的领导》的社论。

以阳翰笙、张光年、方纪等组成的文化代表团到苏联和波兰访问。冯至、田间到德意志民主共和国和罗马尼亚访问。

吉学霈的短篇小说集《一面小白旗的风波》由中南人民文学出版社出版。

冀汸的长篇小说《这里没有冬天》和巴人的《文学论稿》由上海新文艺出版社出版。

七月

4 日，艾青启程前往智利参加诗人聂鲁达的五十诞辰庆祝会。因当时太平洋没有通航，且与途经诸国无外交关系，艾青一行经过 8 天的辗转劳顿，途经欧洲的布拉格、维也纳、日内瓦、里斯本，南美洲的里约热内卢、布宜诺斯艾利斯，最后于 12 日抵达智力首都圣地亚哥，风尘仆仆地出现在祝寿现场。艾青在长旅期间写有《维也纳》《礁石》等诗作。9 月中旬访问行将结束，聂鲁达与他把酒倾谈，送至机场，艾青在机上作诗《告别》。

7 日，李季的《祁连山情歌》、邹荻帆的《五月抒情歌》、雷加的短篇小说《支持》、康濯的短篇小说《牲畜专家》、刘绍棠的短篇小说《山楂村的歌声》发表在《人民文学》7 月号上。

15 日，《人民日报》发表社论《提高文艺干部的政治修养和艺术修养》。指出必须加强政治和业务学习，才能迅速改变文艺工作不能适应形势发展的状况，才能担负起党和人民所付托的任务。17 日，中国作协主席团为此召开了第七次扩大会议，讨论并通过了文艺工作者学习政治理论和古典文学遗产的参考书目。该书目表刊载于《文艺学习》第 5 期，主要由马克思列宁主义著作和中外古典文学名著两个部分组成。

中国作协、剧协等团体在北京举行契诃夫逝世 50 周年纪念大会。茅盾、田汉作了报告。田汉、巴金、李健吾、孙犁等还在《人民文学》《剧本》《天津日报》等报刊杂志发表了纪念专文。

《文艺报》第 13 号刊登了一篇短评，题为《正确认识"五四"剧目的上演》。文中认为当前上演曹禺的话剧《雷雨》和夏衍的话剧《法西斯细菌》是有意义的，同时又指出这类作品都存在着不同程度的缺陷和局限性，需要严肃认真地对待。

16 日，中央贯彻婚姻法运动委员会办公室邀请在京的文艺工作者举行座谈会，讨论了根据国家过渡时期的总路线，运用文艺形式，以社会主义原则来进行贯彻婚姻法的宣传工作。文化部副部长刘芝明，以及冰心、赵树理、马烽、西戎等 30 余名文艺工作者出席了会议。

22 日，胡风向中共中央提交三十万字的"意见书"——《关于解放以来的文艺实践情况的报告》。报告共分为四个部分，前面附以给党中央和毛泽东主席等人的信，信中对报告的全部内容作了说明。关于写作报告的缘起，胡风说："两年多以来，我自己终于被一些同志正面地全面地当作了文艺发展的唯一的罪人或敌人，不但完全被剥掉了发言权，还完全被剥夺了劳动条件。这中间，我曾经尽能有的真诚作过努力，但一次一次都失败了。虽然对于文艺实践情况的担忧和对于劳动的渴求总在咬嚼着我这个老工人的心，虽然一些同志甚至把从抗战初起周总理对于我的领导关系和思想影响都否定了，但我没有一次怀疑过党中央对我是基本上信任的，没有放弃过要靠党来解决问题的信心，一直相信斗争一定会展开，我的发言权和劳动条件一定会被恢复。""但由于我的问题是从客观情况所产生的主要现象之一，完全不是个人问题的性质，我就只能直接向党中央提出我的报告。"关于报告的第一部分《几年来的经过简况》，胡风说："叙述我从一九四九年进解放区前后起到开始这个检查为止所经历的情况。检查出来了我的自由主义错误的具体性质，这个错误只有在四中全会决议的启示之下才最后地得到了克服。"关于第二部分《关于几个理论性问题的说明材料》。胡风说："在一定程度上全面地分析了林默涵何其芳两同志对于我的批评。通过这个分析，我完全确定了林默涵何其芳两同志的理论是混乱的主观主义或庸俗的机械论；而他们在这里所暴露出来的几个基本论旨，又正是几年来统治了整个文艺战线的指导理论的重要构成部分，在实践上起到了严重的危害作用的。""这种理论，只有在宗派主义的地盘上才能够取得'合法'的资格，只有通过宗派主义的统治方式才能够占着支配地位。这种理论，把毛主席的某些原则歪曲地做成了机械唯心论的教条，而且在完全脱离历史条件之下随心所欲地运用，压死了文艺实践的规律，反而用尽方法把和他们意见不同的人做成'宗派主义'或'反对派'，从而企图为这种非党的领导思想造成完全的'统一'局面。""这就把新文艺的生机摧残和闷死殆尽了，造成了文艺战线上的萎缩而混乱的情况。"关于第三部分《事实举例和关于党性》，胡风说："我从党性要求上进一步分析了我的自由主义错误的思想实质，从这个分析所获的信心之上，我清理出来了以周扬为中心的宗派主义统治的若干重要方式。"关于第四部分"附件"《作为参考的建议》，胡风说："清算了宗派主义的统治以后，就有可能也完全有必要把在最大限度上加强党的领导作用和在最大限度上发挥群众的创作潜力结合起来，把在最大限度上保证作家的个性成长与作品竞赛和在最大限度上在党是有领导地、在群众是有保证地进行批评与自我批评、进行提高政治艺术修养结合起来，把在最大限度上提高艺术质量与积累精神财富和在最大限度上满足群众当前的广泛的要求结合起来。"（胡风：《胡风文集》第6卷，第93—102页，湖北人民出版社1999年版）

27—29 日，由公刘整理的民歌《佧佤山》在《中国青年报》上连载。

30 日，茅盾的《斯德哥尔摩杂记》发表在《文艺报》第14号上。

本月，经中国作家协会主席团第七次扩大会议通过，决定在大区撤消后，各大区的作家协会一律改为原来所在的城市的分会。暂定上海、武汉、沈阳、重庆、西安、广州六大城市设立分会。

陈学昭的长篇小说《工作着是美丽的》《上卷》由作家出版社再版。该书1949年3月由大连新中国书局初版。

吴伯箫的散文集《出发集》由上海新文艺出版社出版。

八月

1 日，黄钢的特写《革命母亲夏娘娘》发表在《新观察》第15期上。

7 日，蔡其矫的诗《海上》、刘真的短篇小说《春大姐》、夏衍的话剧《考验》发表在《人民文学》8月号上。

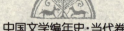

8 日，峻青的短篇小说《党员登记表》发表在《解放日报》上。

15 日，《文艺报》第 15 号报道了上海人民广播电台组织的《工人文学写作小组》的工作经验。这个小组培养了不少的工人青年作家，如唐克新等，标题是《一个工人文学写作小组——上海通讯》。

18—25 日，中国作协召开全国文学翻译工作会议。茅盾在会上作《为发展文学翻译事业和提高翻译质量而奋斗》的报告。郭沫若、叶圣陶、丁西林、老舍作了讲话，周扬作总结。参加会议的翻译工作者有 102 人。《文艺报》第 16 号为此发表了社论《为发展文学翻译工作并提高翻译工作质量而努力》。

27 日，柳青和老舍的《回答〈文艺学习〉编辑部的问题》发表在《文艺学习》第 5 期上。

29 日，中国作协创作委员会召开工人和作家座谈会，听取了工人对文学作品的意见和讨论加强作家和工人的联系等问题。

30 日，《文艺报》第 16 号发表郭沫若《中华人民共和国各民主党派各人民团体为解放台湾联合宣言》。

本月，菡子的短篇小说集《纠纷》由上海新文艺出版社出版。

九月

1 日，《文史哲》发表李希凡、蓝翎的文章《关于〈红楼梦简论〉及其他》，批评俞平伯在《红楼梦》研究中的唯心主义观点。《文艺报》1954 年第 18 号转载。俞平伯的《红楼梦简论》发表于《新建设》1954 年 3 月号。10 月 10 日，《光明日报》副刊《文学遗产》第 24 期发表了李希凡、蓝翎的另一篇文章《评〈红楼梦研究〉》。《红楼梦研究》是俞平伯根据 1923 年上海亚东图书馆出版的《红楼梦辨》删改、增订而成，1952 年由棠棣出版社出版。李、蓝在文中指出："要正确评价红楼梦的现实主义，不能单纯的从书中所表现出的作者世界观的落后因素以及他对某些问题的态度来做片面的判断，而应该从作品所表现的艺术形象的真实性的深度来探讨这一问题。"因此，虽然曹雪芹在书中确实"流露出追怀往昔的哀愁"，"预感到本阶级必然灭亡的历史命运"，同情在"注定要灭亡的阶级方面"，但他"以完整的艺术形象"，暴露了封建官僚地主内部腐朽透顶的生活真实，表现了它必然崩溃的结局。"尽管这是一首挽歌，也丝毫未减低它的价值。"他们通过援引恩格斯对巴尔扎克的评价，说明曹雪芹之所以写出《红楼梦》这部伟大杰作也正是现实主义的伟大胜利。因为"曹雪芹是伟大的现实主义大师"，所以"他敢于真实的反映现实生活，敢于概括现实生活的典型规律，创造出红楼梦的社会悲剧性的结局"。

7 日，曹禺的话剧《明朗的天》开始连载于《人民文学》9 月号和 10 月号。《剧本》也在 9 月号和 10 月号同时连载。《人民文学》9 月号还发表了端木蕻良的短篇小说《钟》和师陀的短篇小说《石匠》。

15 日，师陀的《印象记》发表在《文艺月报》9 月号上。包括《桥》《三个姑娘》《"社会主义树"》《他》四个短篇小说。

24 日，中苏友协、中国文联、中国作协联合举行苏联作家奥斯特洛夫斯基诞辰 50 周年纪念会。会议由阳翰笙主持，戈宝权作报告，介绍了奥斯特洛夫斯基战斗的一生。

25 日，华东区戏剧观摩演出大会在上海举行。历时 40 天，11 月 6 日闭幕。参加这次汇演的剧种有 36 个，剧目 158 个，其中有大型的古典传统剧目，也有以歌舞为主的民间小戏，另外反映现代生活题材的剧目逐步增多。夏衍在大会闭幕式上作了《为提高和发展新时代的戏曲艺术而奋斗》的总结报告，载《文艺报》第 23—24 号。《解放日报》11 月 8 日发表社论《繁荣戏曲艺术，加强对戏曲改革工作的领导》。

27 日，孙犁的《写作漫谈》发表在《文艺学习》第 6 期上。

本月，由冰心自序的《冰心小说散文选集》由人民文学出版社出版。

由丁玲编选并重新修订的《丁玲短篇小说选集》由人民文学出版社出版。

雷加的长篇小说《春天来到了鸭绿江》由作家出版社出版。

十月

5 日，中国文联举行第二届全国委员会第二次会议。历时三天，7 日结束。茅盾、周扬、郑振铎、老舍、夏衍、巴金等 75 人出席并发言，列席的文艺界人士有 41 名。阳翰笙、邵荃麟、田汉在会上分别作了关于中国文联、中国作协、中国剧协的工作报告，肯定了工作的成就，同时也揭露了文艺工作中不正常的落后现象，如文艺领导机构中存在着以简单行政方式领导艺术创作的粗暴态度和官僚主义作风；作家的劳动没有受到应有的尊重；对文艺创作中的新生力量没有很好地重视和培养；文艺批评工作中缺乏自由讨论空气等。会议认为，在文艺工作上开展作品竞赛和自由讨论是发展社会主义文艺事业的一个重要环节。

7 日，徐迟的《十月献诗》、何其芳的《诗三首》、未央的诗《歌唱你，祖国的十月》、阮章竞的诗《祖国的早晨》、赵树理的短篇小说《求雨》、秦兆阳的短篇小说《竞选》、马烽的短篇小说《八十亩胶泥地》、雷加的短篇小说《青春的召唤》、徐光耀的短篇小说《老陶》、康濯的短篇小说《放假的时候》、茅盾的散文《天安门的礼炮》发表在《人民文学》10 月号上。其中，何其芳的《诗三首》之一《回答》不久遭到批评。曹阳在《文艺报》1955 年第 6 号上撰文《不健康的感情》指出："我们逐渐清楚了：原来诗人在回答他的崇拜者，说明他所以'这样沉默'，不能'像鸟一样飞翔、歌唱'，是因为有'像是尘土，又像有什么悲恸'的东西'沉重'地'压'着他的'翅膀'，使他'只能在地上行走'。这难道是我们需要的'回答'么？""何其芳同志的这首诗，使我再一次深刻地体会到：当一个诗人只是在个人的狭窄的感情圈子里拍打着翅膀，他产生出来的诗篇就注定了一定要失败。这不能不是一个重要的教训。"

12 日，陈其通的话剧《万水千山》开始连载于《解放军文艺》10 月号和 11 月号。

16 日，毛泽东给中央政治局同志和其他有关同志写了《关于红楼梦研究问题的信》。信中说："看样子，这个反对在古典文学领域毒害青年三十余年的胡适派资产阶级唯心论的斗争，也许可以开展起来了。事情是两个'小人物'做起来的，而'大人物'往往不注意，并往往加以阻拦，他们同资产阶级作家在唯心论方面讲统一战线，甘心做资产阶级的俘虏，这同影片《清宫秘史》和《武训传》放映时候的情形几乎是相同的。"(《毛泽东选集》第5卷，人民出版社1977年版，第134—135页)

18日，中国作协党组开会，传达毛泽东的《关于红楼梦研究问题的信》。

23日，《人民日报》发表了钟洛的文章《应该重视对〈红楼梦〉研究中的错误观点的批判》。

24日，中国作协古典文学部召开关于《红楼梦》研究座谈会。会议由古典文学部部长郑振铎主持，茅盾、周扬、冯雪峰、邵荃麟、阿英、冯至、老舍、何其芳、王昆仑、舒芜等60余人到会。俞平伯和他的助手王佩璋，以及批评俞平伯的李希凡、蓝翎也应邀参加了座谈。与会者认为在古典文学研究领域内以马克思列宁主义的立场、观点和方法来批判资产阶级唯心主义是一场严重的思想斗争，同时认为俞平伯对《红楼梦》的研究方法，是袭用胡适的资产阶级唯心主义、形式主义的观点和方法，这种研究的目的，是割弃作品的社会意义和艺术价值，用趣味主义的考据把读者引入不可知论的泥潭里。

27日，中国文联、对外文协等团体联合在北京举行世界文化名人、英国现实主义作家亨利·菲尔丁逝世200周年纪念大会。老舍致开幕词，郑振铎作了《纪念英国伟大的现实主义作家菲尔丁》的报告。

28日，《人民日报》发表袁水拍的文章《质问〈文艺报〉编者》，文章认为《文艺报》第18号转载李希凡、蓝翎文章的按语反映了"对于'权威学者'的资产阶级思想表示委曲求全、对于生气勃勃的马克思主义思想摆出老爷态度"。认为《文艺报》等刊物"不是怎样千方百计地吸引新的力量来壮大、更新自己的队伍，反而是横躺在路上，挡住新生力量的前进"。

30日，《文艺报》第20号刊载了冯雪峰的《检讨我在〈文艺报〉所犯的错误》，还刊载了有关批判该报的言论和对俞平伯《红楼梦》研究的错误观点的批判文章。

31日，中国文联和作协主席团开始召开连续性的扩大联席会议，就《红楼梦》研究中的胡适派资产阶级唯心论倾向，《文艺报》在关于《红楼梦》研究问题上的错误等问题，展开了讨论，并检查了《文艺报》的工作。这个会议共召开了8次，历时38天，至12月8日止。《文艺报》主编冯雪峰、副主编陈企霞在会上作了公开检讨。与会者认为，批判《红楼梦》研究中的资产阶级唯心论的同时，必须进一步开展对胡适反动思想的全面批判；并谴责了对资产阶级文艺思想的投降主义态度。

本月，《王老九诗选》由通俗读物出版社出版。

贺敬之的诗集《朝阳花开》由作家出版社出版。

李瑛的诗集《天安门上的红灯》由人民文学出版社出版。

十一月

7日，胡风在中国文联和作协主席团扩大联席会议上发言。他先以"胡适派的旗帜之一"朱光潜为例，批评《文艺报》对朱光潜的美学思想的妥协行为"是向反动的胡适派思想投降"。继而又以阿垅为例，说明《文艺报》对进步的作家，对"小人物"

的态度却是粗暴压制的。胡风还认为《文艺报》五年来的文艺批评占支配地位的是庸俗社会学的观点，因而使文艺界的新生力量受到了打击。（《文艺报》1954 年第 22 号）

《人民文学》11 月号上发表了艾青的诗《南美洲的旅行》、李准的短篇小说《孟广泰老头》和苏联作家尼古拉耶娃的论文《创造人物形象的道路》（刘宾雁译）。

8 日，郭沫若以中国科学院院长的身份，以《文化学术界应开展反对资产阶级思想的斗争》为题，向《光明日报》记者发表谈话，认为当前对《红楼梦》研究的批判是"一场严重的思想斗争"，"应该看作是马克思列宁主义思想与资产阶级唯心论思想的斗争"。他希望"讨论的范围要广泛，应当不限古典文学研究的一个方面，而应当把文化学术界的一切部门都包括进去。在文化学术界的广大领域中，特别是在历史学、哲学、经济学、建筑艺术、语言学、教育学乃至于自然科学的各部门，都应该来开展这个思想斗争。作家们、科学家们、文学研究工作者、报纸杂志的编辑人员，都应该毫无例外地参加到这个斗争中来"。

欧阳予倩以剧协戏曲与歌剧部部长的名义邀请在京的戏剧家和热心戏曲改革的作家参加"戏曲的艺术改革问题座谈会"。座谈会共进行四次，发言内容从《戏剧报》第 12 期起陆续发表。

10 日，《人民日报》发表了黎之的《〈文艺报〉编者应该彻底检查资产阶级作风》，文章对该报五年来工作中的若干重大错误进行了全面的批评。

11 日，胡风再次在中国文联和作协主席团扩大联席会议上发言。这次他点名批评何其芳"脱离实践要求去看马克思主义的学院派和官僚主义的态度"。他再次强调庸俗社会学对文艺的破坏："被这种庸俗社会学所武装，批评家就'自我膨胀'了起来，不把作家当作战友或劳动者同志看待，有时候以政治教师的面目出现，有时候以技巧教师的面目出现，当然，最厉害的是以下判决词的法官面目出现。总之是要你按照他的公式、按照他的法则去写，对于创作实践采取了极冷酷的态度，既不考虑到具体作家的实际基础和创作要求，也不深入到具体作品的真实内容和客观意义，那发展到极致，就采取了把作家简单地划阶级成分的方式，这一划就把作家划得不能动了，对作品细节采取了适合于自己结论的歪曲的解释，你要反驳他就非得把每一个细节加上很长的详细说明不可。当然，实际上那样解释也决不准你解释的。"（《文艺报》1954 年第 22 号）

19 日，《文艺报》第 21 号发表了编辑部文章《热烈地、诚恳地欢迎对〈文艺报〉进行严厉的批评》，并刊登王瑶、聂绀弩、黄药眠、范宁、严敦易、吴小如等人文章。《光明日报》副刊《文学遗产》编者也公开检讨了他们压制新生力量和容忍、包庇资产阶级思想的错误。

20 日，康濯的短篇小说《春种秋收》发表在《说说唱唱》11 月号上。

30 日，《文艺报》第 22 号刊登《对〈文艺报〉的批评——在中国文学艺术界联合会主席团和中国作家协会主席团联席（扩大）会议上的发言》，摘录臧克家、刘白羽、胡风、康濯、袁水拍、老舍等人发言。

本月，艾青去浙江舟山群岛体验生活。归来后写作长篇叙事诗《黑鳗》。

萧军的长篇小说《五月的矿山》由作家出版社出版。

鲁黎的诗集《红旗手》由作家出版社出版。

张恨水的小说《梁山伯与祝英台》由北京宝文堂书店出版。

巴金的通讯文学《保卫和平的人们》由中国青年出版社出版。

老舍的《和工人同志们谈写作》由工人出版社出版。

十二月

1日，冰心译的《印度童话六篇》发表在《译文》12月号上。

2日，中国科学院院务会和中国作协主席团举行联席会议，决定联合召开批判胡适思想的讨论会，以展开对胡适的资产阶级唯心论的全面批判，同时活跃学术界自由讨论的风气，提高学术水平。讨论会的内容分为：胡适的哲学思想批判、胡适的政治思想批判、胡适的历史观点批判、胡适的文学思想批判、胡适的哲学史观点的批判、胡适的文学史观点的批判，以及《红楼梦》的人民性和艺术成就，对历来《红楼梦》研究的批判等方面。联席会议推定郭沫若、茅盾、周扬、潘梓年、邓拓、胡绳、老舍、邵荃麟、尹达等九人组成委员会，并推郭沫若为主任。参加会议的作家、历史学家、大学教授、文艺工作者以及文艺刊物的编辑等近百人左右。讨论会延续到翌年3月，共举行了21次。

7日，邵燕祥的诗《中国的道路呼唤着汽车》、周立波的长篇小说《铁水奔流》第1至4章《最初的几天》、林冬平（孙犁）的论文《〈红楼梦〉的现实主义成就》发表在《人民文学》12月号上。

8日，中国文联、中国作协主席团召开最后一次扩大联席会议。会议作出了《关于〈文艺报〉的决议》，决定改组《文艺报》的编辑机构，重新设立编辑委员会，实施集体领导的原则。郭沫若在会上作了题为《三点建议》的发言。他的三点建议是："第一，我们应该坚决地展开对于资产阶级唯心论的思想斗争。第二，我们应该广泛地展开学术上的自由讨论，提倡建设性的批评。第三，我们应该加紧扶植新生力量。"（《文艺报》1954年第23—24号）周扬在会上作了题为《我们必须战斗》的发言。主要内容是：一、开展对胡适派资产阶级唯心论的斗争；二、《文艺报》的错误；三、胡风的观点和我们的观点之间的分歧。他说："胡风先生在会上积极地发了言。我们欢迎他参加对胡适派资产阶级唯心论的斗争，也欢迎他对《文艺报》错误的批评。但是从他的发言中，我们必须指出：他的许多观点和我们的观点是有根本的分歧的。""胡风先生假批评《文艺报》和批评庸俗社会学之名而把关于文学的许多真正马克思主义的观点一律称之为庸俗社会学而加以否定。"（《人民日报》1954年12月10日）茅盾在会上作了题为《良好的开端》的结束语。

10日，《文艺报》成立新的编辑机构，由康濯、侯金镜、秦兆阳、冯雪峰、黄药眠、刘白羽、王瑶等7人组成编委会，由前三人组成常务编辑委员，编委会从1955年1月1日起开始工作。

11日，中国作协举行我国伟大的现实主义作家吴敬梓逝世200周年纪念会。文艺界人士与外宾800多人出席会议，纪念会由茅盾主持，何其芳作题为《吴敬梓的小说

〈儒林外史〉》的专题报告。

12 日，王愿坚的短篇小说《党费》发表在《解放军文艺》12 月号上。

15 日，中国作协公布《中国作家协会举办创作贷款及津贴暂行办法——第九次主席团（扩大）会议通过》，载《文艺报》第 23—24 号合刊。

27 日，孙犁的《回答〈文艺学习〉编辑部的问题》发表在《文艺学习》第 9 期上。

30 日，蔡仪的文章《胡适思想的反动本质和它在文艺界的流毒》刊登在《文艺报》第 23—24 号合刊上。

本月，《中国人民志愿军诗选》由人民文学出版社出版。

公木的诗集《中华人民共和国颂歌》由作家出版社出版。

未央的诗集《祖国，我回来了》和张永枚的诗集《新春》由湖北人民出版社出版。

杨朔的短篇小说集《万古青春》由中国青年出版社出版。

孙犁的散文小说集《农村速写》由通俗读物出版社出版增订版。

本年

苏联报告文学作家奥维奇金随苏联新闻代表团访问中国，刘宾雁担任代表团的俄文翻译。奥维奇金在中国访问期间的讲演稿后来以《谈特写》（刘宾雁译）为题在《文艺报》1955 年第 3、4、7、8 号上连载。奥维奇金说："特写，是文学的一种战斗的体裁"，"特写的这样一种机动性和灵敏性，就使它可以帮助党做另外一件事，即跑到很远的生活深处起侦察兵的作用。"

穆旦以查良铮的原名翻译出版了季摩菲耶夫的《文学原理》、普希金的《青铜骑士》《欧根·奥涅金》《普希金抒情诗集》等。据周与良回忆："那时是良铮译诗的黄金时代。当时他年富力强，精力过人，早起晚睡，白天上课，参加各种会议，晚上和所有业余时间都用来埋头译诗。"然而，"业务拔尖"，"书出得多"，"课教得好"，"受学生欢迎"等等，却引来他人的"不能相容"。年末，在关于《红楼梦》研究问题的一次讨论会上，几个发言者被打成"小集团"。穆旦虽未发言，却因"也准备了发言稿"而被列入其中。在此次南开大学"外文系事件"后，穆旦于抗战中参加远征军的"问题"重被提出，遂成为"肃反运动"后的"肃反对象"，而在此之前，他已将这段经历向南开大学如实讲述，"自己以为交待清楚就行了。"（李方：《穆旦（查良铮）年谱简编》，《穆旦诗全集》，中国文学出版社 1996 年版）

辛笛由中央轻工业部华东办事处办公室主任调任烟草工业公司公方副经理。

丁玲开始创作《太阳照在桑乾河上》的续篇《在严寒的日子里》。

报告文学集《志愿军一日》由《解放军文艺》社编辑出版。

《毛泽东的故事和传说》由中国民间文艺研究会编辑出版。

1955 年

一月

2 日,《人民日报》开始刊载批判胡风观点的文章。首篇是周姬昌的《胡风先生的立场是什么——读胡风先生在中国文学艺术界联合会主席团和中国作家协会主席团扩大联席会议上的发言》。

7 日,郭沫若的诗《玛娜娜》、梁上泉的《诗两首》(《姑娘是藏族卫生员》《牦牛队的姑娘》)、严阵的《大别山短歌》和田间的诗《给黑海》发表在《人民文学》1 月号上。同期开始连载赵树理的长篇小说《三里湾》,至 4 月号止。全书 5 月由通俗读物出版社出版。这是新中国第一部反映农业合作化运动的长篇小说。周扬在《建设社会主义文学的任务》中指出,《三里湾》是描绘农业社会主义变革的"一个优秀成果","作者以他特有的关于农村的丰富知识,热情和幽默,真实地描绘了农村中社会主义先进力量和落后力量之间的斗争,农民在生产关系、家庭关系和恋爱关系上的种种矛盾冲突,显示了农村新生活的风光。"(《文艺报》1956 年第 5、6 号合刊)鲁达在《缺乏爱情的爱情描写》中认为:"在作品里,是三角恋爱的架势突然变成了三对未婚夫妇:玉生得了个不请自来的中学生灵芝;玉梅接收了一个还需好好改造的有翼;满喜捡了一个表示忏悔的小俊。看了这些意外的、快速的婚姻,使我感到这些当代的新青年在对待婚姻问题上,那态度未免过于草率了。"(《文艺报》1956 年第 2 号)

12 日,老舍的中篇小说《无名高地有了名》在《解放军文艺》1 月号上开始连载,至 5 月号止。

17 日,毛泽东决定公开发表胡风的"意见书",对胡风的思想展开全面批判。

30 日,《文艺报》第 1—2 号合刊以《胡风对文艺问题的意见》为题,以单册形式公开附发了胡风的《关于解放以来的文艺实践情况的报告》的第二部分("关于几个理论性问题的说明材料")和第四部分("作为参考的建议"),分别涉及到"文艺思想"和"组织领导"问题。

本期《文艺报》合刊还译载了苏尔科夫在 1954 年 12 月召开的全苏第二次作家代表大会上的报告《苏联文学的现状和任务》、高尔基总题为《社会主义现实主义的主要任务是激发革命的世界观》的一组文艺信件。另外还刊有:常琳的《对〈洼地上的"战役"〉的几点意见》、路翎的反批评文章《为什么会有这样的批评?》(连载至该报第 4 号止);刘绶松的《批判胡适在"五四"文学革命运动中的改良主义思想》、钟敬文的《批判胡适在民间文学研究上的观点和方法》;公刘的《〈阿诗玛〉的整理工作》。

本月,《艾青诗选》由北京人民出版社出版。

严辰的诗集《晨星集》由作家出版社出版。

王愿坚等的短篇小说合集《东山岛》由中国青年出版社出版。

张恨水的小说《白蛇传》由北京通俗文艺出版社出版。

冰心译的《印度童话集》由中国青年出版社出版。

二月

5 日,中国作协主席团举行第十三次扩大会议,决定展开对胡风"资产阶级唯心主义文艺思想"的批判。

8 日，《人民文学》2 月号译载西蒙诺夫的文章《苏联散文发展的几个问题》。文中提到了他在苏联第二次作家代表大会上质疑"社会主义现实主义"概念的发言。同期还发表牛汉的诗《我赞美北京的西郊》、李瑛的诗《华沙夜歌》、鲁藜的诗《毛主席的声音》、徐迟的《汽车厂速写》、田间的《欧洲游记》，以及一组批判胡风"小集团"的文章。

12 日，峻青的短篇小说《黎明的河边》发表在《解放军文艺》第 2 期上。

15 日，《文艺报》第 3 号刊载了蔡仪的《批判胡风的资产阶级唯心论文艺思想》。

陆文夫的短篇小说《荣誉》发表在《文艺月报》第 2 期上。

28 日，《文艺报》第 4 号刊载了一组批判胡风的文章，其中有秦兆阳的《论胡风的〈一个基本问题〉》，马少波的《胡风是这样看待民族戏剧遗产的》，臧克家的《胡风的宗派情绪》，绿原的《我对胡风的错误思想的几点认识》。

本月，彭荆风的短篇小说集《边寨亲人》和王西彦的短篇小说集《朴玉丽》由中国青年出版社出版。

周作人翻译的《伊索寓言》由人民文学出版社出版。

三月

1 日，北京市文艺界学习全苏作家代表大会文件。老舍、田间、陈荒煤等在《人民文学》3 月号上发表文章谈论学习心得及感受。

4 日，中国文联举行辩证唯物主义与历史唯物主义讲座。郭沫若主持了讲座的开幕式。他在开幕词中谈到了当前的思想斗争状况，强调文艺工作者"要多谈些主义"，"要坚决地站在工人阶级立场上和树立共产主义世界观，毫无保留地进行思想改造"。（载 6 日《人民日报》）杨献珍、孙定国、艾思奇、周扬分别主讲了《实践论》《矛盾论》、生产力与生产关系、经济基础与上层建筑等专题。参加学习的有 1200 多人，历时两个月。

上海学术文化界举行唯物主义思想报告会。

6 日，茹志鹃的短篇小说《妯娌》、王元化的《胡风的反马克思主义的立场观点》发表在《解放日报》上。

8 日，闻捷的组诗《吐鲁番情歌》发表在《人民文学》3 月号上。诗人公木说，闻捷"歌唱的是解放了的劳动人民的爱情，是与劳动紧密相结合着的爱情，在这里，诗人对青年男女在爱情上的忠贞态度和崇高品质给予了热烈颂扬，对人民的内心世界作了深入细致的探索，这就深深地给这些爱情诗歌烙上了时代的标志，并通过那些鲜明的动人艺术形象，表现出诗的构思的完整性和明确性"。（《关于青年诗歌创作问题的发言》，载《全国青年文学创作者会议报告、发言集》，中国青年出版社 1956 年版）《文艺报》1956 年第 3 号刊登了一组题为《沸腾的生活和诗》的发言，其中臧克家说："闻捷有一些情歌写得是很好的，令人喜欢的，但是他的诗的题材范围比较狭窄，对大时代的精神反映不够。好的诗要既能够反映时代精神，又富有很强的艺术感染力。我们不要只着重于小的地方的细腻亲切，而忽略了意义重大的、能反映时代的东西。一

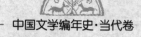

切在突飞猛进的新中国，我认为我们需要更多一些马雅可夫斯基。"郭小川说："我觉得，闻捷的一部分情歌，确也表现了一些时代精神，就是说，表现了一些新的生活、新的人的思想感情，所以，闻捷还是一个新起的值得注意的诗人。但我觉得他有两个缺点：第一，他的情歌表现这种新的生活、新人的思想感情还不深刻，不够强烈，有的还显得重复，这一首和那一首差不多；第二，他描写爱情以外的生活时，也用了跟他描写爱情时差不多的轻柔的调子，使人感到软绵绵的。" 同期《人民文学》还转载了崔德志的独幕话剧《刘莲英》（原载《辽宁文艺》1954 年第 5 期），并发表了丁玲在电影剧本讲习会上的讲话《生活、思想与人物》。

10 日，中国文联主席团举行扩大会议，讨论了中国作协等团体 1955 年的工作计划，并通过了中国文联 1955 年工作计划要点，决定在文艺领域内开展反对资产阶级思想的斗争。

15 日，《文艺报》第 5 号上刊登了茅盾的文章《必须彻底地全面地展开对胡风文艺思想的批判》、杨朔的文章《与路翎谈创作》、俞平伯的检讨文章《坚决与反动的胡适思想划清界限》。

20 日，邵荃麟的《胡风的唯心主义世界观》发表在《人民日报》上。

29 日，中国作协召开讨论"汉字简化方案草案"的座谈会。会议由老舍主持，赵树理、周立波、艾青、艾芜、陈白尘等 30 余人出席。与会者一致拥护该方案草案，也提出了一些具体意见。

30 日，《文艺报》第 6 号上刊登了王瑶的文章《批判胡适的反动文学思想——形式主义与自然主义》。

本月，《说说唱唱》终刊。

《闻一多诗文选集》由人民文学出版社出版。

刘绍棠的短篇小说集《山楂村的歌声》由上海新文艺出版社出版。

李准的短篇小说集《不能走那条路》由中国青年出版社出版。

四月

1 日，郭沫若的文章《反社会主义的胡风纲领》刊登在《人民日报》上。郭沫若说："在意见书中，胡风以肉搏战的姿态向当前的文艺政策进行猛打猛攻并端出了他自己的反党、反人民的文艺纲领。这个纲领共有六条：反对作家掌握共产主义世界观；反对作家和工农兵相结合；反对作家进行思想改造；反对在文艺中运用民族形式；反对文艺为当前的政治任务服务；最后，建议解散文艺界统一组织，实际是取消党的领导。胡风认为提倡共产主义世界观，提倡和工农兵相结合，提倡思想改造，提倡民族形式，提倡为政治服务，是'放在作家和读者头上的五把刀子'。"

林徽因病逝于北京，终年 51 岁。林徽因，原名徽音，福建闽侯人，1904 年生于浙江杭州。早年随父林长民赴欧洲游历，归国后曾参与徐志摩创办的新月社，后赴美国学习美术和建筑。1928 年与梁思成结婚。1946 年后任清华大学建筑系教授，讲授《中国建筑史》。1949 年曾参加新中国国徽设计工作。主要文学作品有：诗歌《你是人间的四月天》《别丢掉》《那一晚》《昼梦》《深夜里听到乐声》等，风格受徐志摩影响较深；短篇小说《九十九度中》等；散文《悼志摩》《窗子以外》《一片阳光》等。人民文学出版社 1985 年出版《林徽因诗集》和《中国现代作家选集·林徽因》。

3 日，中共中央发布《中共中央关于宣传唯物主义思想，批判资产阶级唯心主义思想的指示》。

8 日，《人民文学》4 月号发表艾青的长诗《黑鳗》和陈涌的《〈财主底儿女们〉的思想倾向》。

11 日，《人民日报》发表社论《展开对资产阶级唯心主义思想的批判》。社论说："目前开展的对胡适、俞平伯、胡风等人的资产阶级思想的批判的目的，就是要克服资产阶级唯心主义思想的影响，把辩证唯物主义和历史唯物主义思想在知识分子和人民群众中作广泛的传播。"

13 日，中苏友协总会和中国作协联合举行马雅可夫斯基逝世 25 周年纪念大会。《人民日报》和《光明日报》分别于 14 日发表了《从马雅可夫斯基的诗篇吸取建设社会主义的力量》《马雅可夫斯基诗歌的鼓舞和教育作用》等纪念文章。

30 日，《文艺报》第 8 号刊登署名"天津一干部"的来信，揭发"胡风分子"芦甸在天津文艺界散布的胡风"反动"文艺观点和对文艺干部的"造谣攻击"等活动，要求给予彻底的批判。

本月，中国民间文艺研究会编辑的《民间文学》在北京创刊。

中国作协广州分会的机关刊物《作品》创刊。

冰心赴印度出席亚洲作家会议。所译泰戈尔的《吉檀迦利》由人民文学出版社出版。

李季的诗集《玉门诗抄》和叙事长诗《生活之歌》分别由作家出版社和中国青年出版社出版。

傅仇的诗集《森林之歌》由四川人民出版社出版。

从维熙的短篇小说集《七月雨》由上海新文艺出版社出版。

五月

5 日，中国文联、对外文协等团体在北京联合举办世界文化名人席勒、密茨凯维支、孟德斯鸠、安徒生纪念大会。茅盾在会上作题为《为了和平、民主和人类的进步事业》的报告。

8 日，舒群的短篇小说《夜里》、闻捷的诗《博斯腾湖滨》（四首）、蔡其矫的诗《海上歌声》发表在《人民文学》5 月号上。同期还刊登了何其芳的《胡适文学史观点批判》。

13 日，《人民日报》发表了《关于胡风反党集团的一些材料》，并加了编者按语（为毛泽东所写）。其中包括：由舒芜摘录并加了批注的胡风给舒芜的信件，共 33 则摘引；胡风的《我的自我批判》《对"关于几个理论性问题的说明材料"的检查》和附记。

14 日，"胡风分子"牛汉在北京被捕。

15 日，"胡风分子"贾植芳在上海被捕。不久，苏青因与贾植芳曾通信探讨司马迁问题，涉嫌"胡风分子"也被关进监狱。

16 日，"胡风分子"曾卓在武汉被捕。

17 日，凌晨，胡风被逮捕审查。夫人梅志也同时被捕。自此，胡风完全失去了自由，先在看守所隔离审查近 3 个月，后被关押在北京秦城监狱的单人牢房，直至 1965 年底。狱中只准许看《人民日报》和监狱当局送来的文艺书籍等。胡风在狱中怀念着春天，他将自己的号房命名为"怀春室"。为了排遣狱中的苦闷，胡风在没有纸笔的情况下做起了旧体诗，其中包括《怀春室杂诗》（用鲁迅《惯于长夜过春时》原韵）22 首、《怀春室感怀》（用鲁迅《辛亥残秋偶作》原韵）24 首。为了便于记忆，胡风还在狱中自创五言的连环对诗体，写下了长诗《怀春曲》，共由 210 余篇组成。

18 日，《人民日报》开始在《提高警惕，揭露胡风》的总标题下发表了 20 多篇文章，内容主要是批判胡风的"假检讨"，"揭穿胡风的反动面目"。

20 日，上海市 1400 多名学术文化工作者举行大会，"揭露胡风集团的反革命活动"，一致建议有关方面撤销胡风的一切职务。

21 日，"胡风分子"冀汸在杭州被捕。

23 日，《人民日报》第 3 版全版刊载揭发批判胡风的文章，并报道了天津市文艺界展开对"胡风反党集团"中的阿垅、芦甸、鲁藜的斗争。

中国作协重庆分会和重庆市文联联合举行座谈会，揭发胡风在重庆时期的"反党反人民反革命的阴谋活动"，参加大会的有 1800 多人。

24 日，《人民日报》公布了《关于胡风反党集团的第二批材料》，同时刊载了毛泽东为批判"胡风反党集团"而写的文章《驳"舆论一律"》。

25 日，中国文联主席团和作协主席团举行联席扩大会议，讨论"胡风集团"问题。郭沫若、周扬、阳翰笙、夏衍、郑振铎、冯雪峰、老舍、田汉等 700 多人参加了会议。郭沫若主持会议并致题为《请依法处理胡风》的开幕词。当陆续有 20 几位代表发言重复郭沫若的建议时，人民文学出版社的高级翻译员、文艺理论家吕荧走上了大会主席台，他对着话筒说："胡风不是政治问题，是认识问题，不能说是反……"他的话还没说完，会场顿时一片喧哗，接着就是斥责和咒骂，人们把他轰下了台。最终，本次会议通过决议：开除胡风的中国作家协会会籍，撤消其担任的中国作协理事、《人民文学》编委以及在中国文联委员会中的职务；向全国人大常委会建议撤销其人大代表资格；向最高人民检察院建议对胡风的"反革命罪行进行必要的处理"；警告"胡风集团分子"必须"站出来揭露胡风，批判自己，重新做人"。（载《文艺报》第 11 号）

27 日，天津市文联通过决议，将天津的"胡风集团骨干分子"阿垅从天津市文联中清洗出去，并撤销他在市文联中的职务。

30 日，《文艺报》9—10 号合刊发表胡风的《我的自我批判》、许广平的《与胡风思想划清界限》、曹禺的《胡风是走的哪一条路?》、朱光潜的《剥去胡风的伪装看他的主观唯心论的真相》等文章。

31 日，《人民日报》第 5、6、7、8 版以《坚决彻底粉碎胡风反革命集团》为题，刊登了各界人士 22 篇来稿，70 余封来信，揭发、控诉胡风"反革命活动的罪行"。

本月，《北京文艺》创刊。

邵燕祥的诗集《到远方去》由上海新文艺出版社出版。

六月

1 日，中国科学院学部成立大会在北京召开。经国务院全体会议第十次会议批准，茅盾、周扬、何其芳、冯至、郑振铎、郭沫若、阳翰笙等为哲学社会科学学部常务委员会委员。

壮族作家韦其麟的长诗《百鸟衣》发表在《长江文艺》6 月号上，《人民文学》7 月号转载。

3 日，何求的独幕剧《新局长来到之前》发表在《剧本》6 月号上。

8 日，《人民文学》6 月号刊载了 16 位作家声讨"胡风反党集团"的批判文章。同期还发表周立波的短篇小说《盖满爹》、刘真的短篇小说《我和小荣》。

《文艺学习》第 6 期上刊登张侠生的文章《〈水浒传〉〈西游记〉和武侠神怪小说有什么区别》，并加编者按说："自全国各报刊揭发黄色小说对青年的毒害以来，许多读者来信问，描写英雄行为的《水浒传》和武侠小说有什么不同呢？《西游记》和许多荒诞的神怪小说又有什么区别呢？也有些读者在来信中把《水浒》《西游记》等古典文学作品和《三侠剑》《七剑十八侠》之类的荒谬东西混同起来统称为'旧小说'。这说明他们不知道如何分辨两者的界限。我们请张侠生同志写了这篇短文，作为对这个问题的简略答复。"张文指出："《水浒传》《西游记》和一般的所谓武侠神怪小说，从表面上看，虽然都是写绿林好汉，英雄侠义和神魔故事的，但在内容上却有着根本的不同。它们本质的区别就在于前者是反映社会现实生活的矛盾和斗争的优秀的现实主义作品，后者是掩饰社会的阶级矛盾，对现实生活采取虚伪态度的反现实主义作品。也就是说，前者是为广大人民服务的，后者是为反动的统治阶级服务的。两者主要的分歧就在这里。"

10 日，《人民日报》发表社论《必须从胡风事件吸取教训》，并公布了《关于胡风反革命集团的第三批材料》。社论强调了胡风集团的"反革命性质"。在第三批材料中，上海的张中晓给胡风的信引起了毛泽东的格外重视。

在中国科学院学部成立大会上，全体会议通过了决议，建议政府对胡风反革命罪行依法严惩。决议刊登在 12 日的《人民日报》上。

15 日，关露因潘汉年案被捕，关押于公安部功德林监狱，1957 年 3 月 27 日被教育释放，不再安排工作，被电影局劝说提前退休，在北京香山定居。

18 日，瞿秋白殉难 20 周年，烈士遗骨由福建长汀运到北京，在北京八宝山革命公墓安葬。中宣部部长陆定一在安葬仪式上作了关于瞿秋白生平的报告。

20 日，人民出版社出版了《关于胡风反革命集团的材料》。毛泽东专门写了序言和按语。序言中说："我们所以重视胡风事件，就是要用这个事件向广大人民群众，首先是向具有阅读能力的工作干部和知识分子进行教育，向他们推荐这个'材料'，借以提高他们的觉悟程度。"

30 日,《文艺报》第 12 号以《坚决彻底粉碎胡风反革命集团》为题,刊载了茅盾等 20 名作家批判胡风的文章。并刊载揭发"胡风分子"彭柏山、牛汉、路翎等人的材料,其中包括《揭露胡风分子彭柏山的阴谋活动》《近一年来路翎紧密配合胡风进攻和退却的几点事实》《胡风分子牛汉在人民文学出版社搞了些什么》和本刊编辑部整理的《关于胡风反革命活动的一些事实》。

本月,《人民日报》几乎每日都以半版篇幅刊载全国各界人士批判"胡风反革命集团"的诗文、信件等等。其他报刊也都相继刊登了揭发"胡风分子"在当地文艺界中的"罪行"及其"阴谋活动"的来信和文章。其中有:《长江日报》12 日上的《揭露胡风骨干分子谢韬罪行》、《文汇报》18 日上的《披着教授外衣的反革命分子贾植芳》《光明日报》18 日上的《剥去蒙面强盗绿原"诗人"的面具》《南方日报》19 日上的《揭发在广州的胡风反革命集团骨干分子朱谷怀的罪恶活动》《文汇报》19 日上的《撕掉雪戎的假面、揭露雪戎的罪行》《长江日报》22 日上的《揭露曾卓对于武汉市工人文艺活动的罪恶阴谋》《浙江日报》25 日上的《揭露胡风反革命集团分子——方然的反动行径》《解放日报》27 日上的《揭发彭柏山在前华东文化部的阴谋活动》《文艺月报》6 月号上的《刘雪苇在新文艺出版社的罪行》等等。

自 5 月 18 日人大常委会批准将胡风逮捕以来,在全国的清查中,共触及 2000 多人,正式定性为"胡风分子"的有 78 人,其中给予撤销职务、劳动教养、下放劳动等处理的有 61 人。

周立波的短篇小说集《铁门里》由北京工人出版社出版。

刘白羽的短篇小说集《战斗的幸福》由人民文学出版社出版。

秦牧的中篇小说《黄金海岸》由广州华南人民出版社出版。

七月

8 日,《人民文学》7 月号在《坚决肃清胡风集团和一切暗藏的反革命分子》的总标题下刊载了夏衍等 13 位作家"声讨"胡风的文章。同期刊有沙汀的短篇小说《堰沟边》和梁上泉的诗《喧腾的高原》。

15 日,《文艺报》从第 13 号开始改用横排本出版。本期刊有方纪的《阿垅的嘴脸》。

20 日,老舍的话剧《青年突击队》在《北京文艺》第 7 期上开始连载,至 9 月号止。

22 日,国务院总理周恩来发布《国务院关于处理反动的、淫秽的、荒诞的书刊图画的指示》。指示要求"应按毒害程度的不同,采取下列不同的办法"进行处理:"(甲)查禁:凡内容极端反动的书刊和描写性行为的淫书淫画,一概予以查禁。……(乙)收换:凡宣扬荒淫生活的色情小说和宣扬寻仙求道、飞剑吐气、采阴补阳、宗派仇杀的荒诞的武侠图书,应予收换,即用新书与之调换。……(丙)保留:凡五四以前出版的图书(包括旧的说部演义),五四以后的一般新文艺作品,一般谈情说爱的

'言情小说'，一般描写技击游侠的图书，一般的侦探小说，民间故事、神话、童话及由此改编的连环画，真正讲生理卫生知识的书，以及其他不属于查禁和收换范围的一般图书，一律准予照旧租售，不得加以查禁和收换。"

27 日，《人民日报》发表社论《坚决地处理反动、淫秽、荒诞的图书》。提出要针对一些租书铺摊租赁淫秽、荒诞的旧小说、旧唱片、旧连环画、旧画片的现象，采取措施，逐步进行社会主义改造并惩处某些抗拒改造的不法分子。

本月，冰心赴瑞士洛桑出席世界母亲大会。

冰心的小说《妈妈》发表在《儿童时代》第 13 期上。

靳以的短篇小说集《过去的脚印》由人民文学出版社出版。

吴伯箫的散文集《烟尘集》由作家出版社出版。

丁易的《中国现代文学史略》由作家出版社出版。作者叶丁易于 1954 年赴苏联莫斯科大学任教，不幸数月后病逝于莫斯科。

八月

1 日，中国文联主席团和作协主席团举行联系扩大会议，讨论文艺界肃清"胡风反革命集团"和一切暗藏的反革命分子问题。

李准的中篇小说《冰化雪消》发表在《长江文艺》7、8 月号合刊上。

3—9 月 6 日，中国作协党组召开了 16 次扩大会议，批判"丁玲、陈企霞反党小集团"。会议主要由周扬、刘白羽等人主持，参加会议的共约 70 人，严文井、康濯、阮章竞、陈学昭、刘白羽、冯雪峰、夏衍、杨朔、陈涌、菡子、张光年等在会上作了发言。会议最后形成了《中国作家协会党组关于丁玲、陈企霞等进行反党小集团活动及对他们的处理意见的报告》。

8 日，《人民文学》8 月号刊载了一组批判"胡风反革命集团"的文章：巴金的《谈〈洼地上的'战役'〉的反动性》、臧克家的《胡风反革命集团的'诗'的实质》、霍松林的《批判阿垅的反动的诗歌'理论'》、蔡群的《鲁藜的反革命诗歌》等。同期还发表了赵树理的短篇小说《刘二和与王继圣》和闻捷的诗《哈萨克牧人夜送"千里驹"》。

12 日，《解放军文艺》第 8 期刊登苏联符·鲁德内依的文章：《谈谈纪实作品和回忆录》。

15 日，《文艺报》第 15 号刊载艾青的文章《一个历史的教训——回忆在延安和托匪王实味的斗争》。

29 日，洪深在北京病逝，享年 61 岁。洪深，1894 年生，江苏武进人。早年就读于上海徐汇公学、南洋公学。1912 年考入清华学校实科学习，1916 年毕业后赴美国俄亥俄州立大学烧瓷工程专业学习。1919 年转入哈佛大学，师从著名的戏剧教授倍克学习戏剧，成为中国第一位在国外专攻戏剧的留学生。1922 年回国，1923 年在加盟戏剧协社后对文明戏进行改革，革除了当时流行的男扮女装的陋习，提倡男女合演，为中国话剧舞台艺术建立了正规的导演制度，1928 年还正式将这种新的戏剧艺术形式命名为"话剧"。1924 年改译、导演《少奶奶的扇子》，标志着中国的话剧史翻开新的一页。1925 年创作了我国第一个电影文学剧本《申屠氏》。在此前后还筹建了复旦剧社、剧艺社，1929 年加入田汉领导的南国社。1930 年编写并参与制作了我国第一部有声电影《歌女红牡丹》。同年加入中国左翼作家联盟和左翼戏剧家联盟，不久相继创作了话剧《赵阎王》和"农村三部曲"（《五奎桥》《香稻米》《青龙潭》）。抗战爆发前后，积极从事国防戏剧活动，与夏衍创办了《光明》半月刊。1937 年在武汉曾当面批驳汪精卫的悲观亡国言论。1938 年在周恩来、郭沫若领导下的军委会政治部任戏剧科长，组织了十几个抗敌演剧队深入内地农村鼓动抗日。抗战胜利后回到上海，除在复旦、上海剧专任教外，还编导了《丽人行》《关不住的春光》等剧目。建国后任中国剧协副主席、对外文化联络局局长，对外文协副会长等职。有《洪深文集》四卷行世。欧阳予倩在《追念洪深同志》中说："他是个戏剧家，他是把戏剧当作学问来研究的，他读书很多，也比较有系统，他的治学和工作的方式都是比较科学的。他知识很广博，作为一个戏剧导演，具备像他那样丰富学识的，在我们朋友辈中确实很少。"又说："他是有名的'快手'，实际上他有不得已的苦衷，在反动统治种种压迫之下争取演出，就不能够不抓紧时间搬上台去。他写的不少剧本，也都是赶出来的，在当时那种环境之下，也不得不这样。"（《文艺报》1955 年第 17 号）洪深在《印象的自传》中这样说自己："我一生也演过不少的悲剧喜剧，诚然是充满着矛盾；我也曾随波逐流，做许多别人都做的事情，我也曾坚持己见，做人家绝对不肯做的事情。我还做过许多那别人想不到我会做的事情；甚至做过我自己晓得不应该或不必做的事情。关于我的以往，有一位朋友，曾这样的说过：'你的行为和你的历史环境是不容分离的；你再强硬一点，你会没有了；你再软弱一点，你也没有了。'"（《文学月报》1932 年第 7 期）

30 日，《文艺报》第 16 号译载高尔基的论文《工人阶级应该培养自己的文化匠师》和陈涌的《保卫鲁迅方向，粉碎胡风集团的反革命思想》。

本月，《文艺学习》编辑部编辑的《答习作者》由中国青年出版社出版。

李瑛的诗集《友谊的花束》由新文艺出版社出版。

九月

8 日，《人民文学》9 月号发表专论《学会同暗藏的反革命分子作斗争》。在《政论·杂文》专栏内，刊载了茅盾的《把斗争进行到底并在斗争中获得锻炼》、巴金的《"学问"和"才华"》、艾芜的《我从胡风反革命案件中取得的教训》等 5 篇文章。艾青的长诗《双尖山》和刘绍棠的短篇小说《船》也刊登在此期。

9 日，中国人民保卫儿童全国委员会主席宋庆龄在《人民日报》撰文《源源不断地供给孩子们精神食粮》。

16 日，《人民日报》发表社论《大量创作、出版、发行少年儿童读物》，和郭沫若的文章《请为少年儿童们写作》。

24 日，中国作协创作委员会少年儿童组干事会召开了干事扩大会议，讨论了关于发展少年儿童文学创作的问题，以及如何通过各项具体办法，争取在最近时期内改变少年儿童读物奇缺的现象。并号召所有从事创作的委员，在 1956 年以前，每人应为少年儿童读者至少写一篇作品。

27 日，冰心的散文《访日观感》发表在《人民日报》上。

30 日，《文艺报》第 18 号开辟"大量创作、出版、发行少年儿童读物"专栏，并发表了专论：《多多地为少年儿童们写作》。

本月，《冯至诗文选集》由人民文学出版社出版。

峻青的中篇小说《马石山上》和《水落石出》由上海文化出版社出版。

欧阳山的中篇小说《前途似锦》由作家出版社出版。

十月

3 日，袁鹰在《人民日报》上撰文《扩大少年儿童文学的作者队伍》。

4 日，中共中央第二次全体会议（扩大）召开。毛泽东在会上作《农业合作化的一场辩论和当前的阶级斗争》的报告。会议通过了《关于农业合作化问题的决议》。随即在全国掀起农业社会主义改造的高潮。

中国作协为欢迎苏尔科夫率领的苏联文化代表团召开座谈会。苏尔科夫是苏联作协书记处第一书记，他在会上回答了中国作家提出的一些问题，《文艺报》第 22 号以《文学的党性和作家的劳动》为题发表。

5 日，苏尔科夫在首都文艺界举行的欢迎会上作报告。（见《文艺报》第 19 号）

8 日，郭小川的诗《投入火热的斗争》（署名马铁丁）、艾芜的短篇小说《夏天》和沙汀的散文《迎接祖国的伟大节日》发表在《人民文学》10 月号上。

15 日，《文艺报》第 19 号刊登赵树理的《〈三里湾〉写作前后》，并开始连载法捷耶夫的长篇论文《谈文学》，至第 22 号止。

17 日，《人民日报》刊载毛泽东的《关于农业合作化问题》。

25 日，《人民日报》刊登郭沫若在全国文字改革会议上的讲话：《为中国文字的根本改革铺平道路》。

27 日，中国作协主席团举行第十四次扩大会议。周扬、丁玲、老舍、冯雪峰及作协所属各工作部门、各杂志负责人共 31 人参加了会议。会议首先肯定了作协在批判胡适和胡风"资产阶级唯心主义思想"运动中所进行的一系列工作，并讨论了加强作协的领导问题，并通过了调整作协机构的方案。根据毛泽东《关于农业合作化问题》的报告和中共中央《关于农业合作化问题的决议》的精神，会议又讨论了组织作家学习，动员作家深入农村和作协各部门、各刊物研究如何宣传、贯彻党中央的决议的具体措施。会议还讨论了关于发展创作与培养新生力量的问题，并通过了有关计划草案。会议决定将中国作协普及推广部改为青年作家工作委员会，集中力量做好教育和培养青年作家的工作。本次会议还修改并讨论了已在执行中的《中国作家协会关于发展少年儿童文学创作的计划》。计划决定要组织丁玲等 193 名作家和理论批评家于 1956 年内写出（或翻译）一篇（部）少年儿童文学作品或一篇研究文章。

本月，茹志鹃的短篇小说集《关大妈》由中国青年出版社出版。

韩映山的短篇小说集《水乡散记》和刘绍棠的长篇小说《运河的桨声》由上海新文艺出版社出版。

胡丹沸的话剧《春暖花开》由作家出版社出版。

十一月

8 日，《人民文学》11 月号上发表了闻捷的组诗《果子沟山谣》、阮章竞的长诗《金色的海螺》、王蒙的短篇小说处女作《小豆儿》、冰心的儿童文学短论《"一人一篇"》。

15 日，《人民日报》发表社论《作家、艺术家们，到农村中去》。号召文艺工作者积极行动起来，深入农村，迎接农业合作化——伟大的社会主义革命的新高潮。在文联和各协会的组织安排下，到本年年底，大批作家深入农村。

18 日，中国作协给各地分会发出《关于发展少年儿童文学的指示》，并于 24—26 日举行专题座谈会，讨论少年儿童文学创作问题。

24 日，冰心的散文《广岛姑娘》发表在《读书月报》第 5 期上。

25 日，应世界和平理事会的决定，北京举行世界名著《草叶集》出版 100 周年、《堂·吉诃德》出版 350 周年纪念大会，纪念这两部作品在世界进步文化中做出的贡献。周扬作了题为《纪念〈草叶集〉和〈堂·吉诃德〉》的报告。（见《人民日报》27 日）

26 日，中国作协为了加强理论批评工作，决定在创作委员会内设立理论批评组，并举行第一次会议。周扬、林默涵、刘白羽等出席会议，周扬在会上就扩大和加强文学理论批评的队伍，批评的党性原则，批评的社会作用等问题作了讲话。

列宁《党的组织和党的文学》发表 50 周年纪念日。林默涵的纪念文章《党性是我们的文学艺术的灵魂》刊登在《文艺报》第 21 号上。吴伯箫的纪念文章《齿轮和螺丝钉》发表在《人民文学》12 月号上。

本月，据《人民日报》23 日和 29 日报道，新华书店指示各地分店改进儿童读物发行工作；少年儿童出版机关增加新书品种和印数。

冰心回故乡福建视察，至 12 月，其间开始写作《还乡杂记》。

顾工的诗集《喜马拉雅山下》由中国青年出版社出版。

马加的短篇小说集《新生的光辉》和玛拉沁夫的短篇小说集《春的喜歌》由作家出版社出版。

十二月

6—13 日，文化部在北京召开各省、市文化局长会议，讨论了 1956 年文化工作的方针、任务和计划，并着重讨论了文艺创作问题，提出了配合农业合作化新高潮，为农业的社会主义改造服务的农村文化工作的全面规划。

8 日，《人民文学》12 月号重点发表少年儿童文学作品，有陈伯吹的童话《一只想飞的猫》等。此外还发表了西戎的短篇小说《宋老大进城》、沙汀的短篇小说《过渡》

和柳青的散文《一九五五年秋天在皇甫村》。

《文艺学习》第 12 期刊登署名"文"的文章《关于惊险小说答问》。文章指出："惊险小说是文学样式之一。它反映我们和国内外敌人的斗争，也反映我们和自然界的斗争。它包括现在十分流行的反特题材的小说和科学幻想小说以及探险记、历险记等等。这种样式的文学作品，很适合青年、少年的心理特点。"

16 日，孙犁的散文《刘桂兰》发表在《天津日报》上。

17 日，文化部和中华全国总工会联合发布《关于进一步开展工矿文化艺术工作的指示》，《人民日报》为此发表社论《加强对工矿文化工作的领导》。

23 日，沙汀的短篇小说《卢家秀》发表在《人民日报》上。

24 日，邵子南在重庆病逝，年仅 39 岁。邵子南，原名董尊鑫，四川资阳县人。1938 年曾参加西北战地服务团。1942 年参加晋察冀边区的"反扫荡"斗争，著有中篇小说《李勇大摆地雷阵》、长篇小说《三尺红绫》等。建国后，曾任西南局宣传部文艺处长、西南文联副主席等职。

27—30 日，中宣部召集关于"丁、陈事件"的传达报告会。会上传达了中共中央 12 月 15 日批发的《中国作家协会党组关于丁玲、陈企霞等进行反党小集团活动及对他们的处理意见的报告》。

30 日，《文艺报》第 24 号发表社论《掀起文学艺术创作的高潮》。从本期开始，《文艺报》的编委构成更新为：康濯、张光年、侯金镜（常务编委）、黄药眠、袁水拍、陈涌、王瑶。

本月，苏一萍的话剧《如兄如弟》由作家出版社出版。

中国青年出版社编辑出版《答习作者（作家谈创作）》。

本年

冰心加入中国民主促进会。

沙汀作为作协专业创作人员年末从北京返回四川。

聂绀弩作为"胡风分子"被隔离审查，后正式处分为留党察看。

梅娘在"肃反运动"中，因"经历复杂"，被怀疑为"日本特务"而接受审查。

应著名京剧表演艺术家马连良之邀，老舍把昆曲《十五贯》改编为京剧，不久发表在《北京文艺》1956 年第 6、7 期合刊上。

《胡适思想批判》（第 1—8 辑）由北京三联书店出版。

《胡风文艺思想批判论文汇集》（第 1—6 集）和《胡风集团反革命"作品"批判》由作家出版社编辑出版。

《华东戏曲剧种介绍》（第 1—4 集）由上海新文艺出版社出版。

1956 年

一月

1 日，孙谦的中篇小说《奇异的离婚故事》发表在《长江文艺》1 月号上。

5 日，中国作协副主席巴金、作家周立波赴柏林参加第四届德国作家代表大会。

7 日，《人民日报》发表评论员文章《肃清文学古籍出版工作中的腐朽作风》。

8 日，《人民文学》1 月号改印横排本出版。本期刊有一组总题为《歌唱农业合作化》的民歌、民谣、快板、短诗数十首。闻捷的诗《林边问答》和老舍的话剧《西望长安》也发表于本期。不久，《人民文学》5 月号刊登了老舍的《有关〈西望长安〉的两封信》。

12 日，《人民日报》刊载毛泽东为《中国农村的社会主义高潮》一书所写的序言，《文艺报》第 1 号转载。

14—20 日，中共中央召开全国知识分子问题会议，周恩来代表党中央在会上作了《关于知识分子问题》的报告。周恩来强调指出，社会主义建设"除了必须依靠工人阶级和广大农民的积极劳动以外，还必须依靠知识分子的积极劳动，也就是说，必须依靠体力劳动和脑力劳动的密切合作，依靠工人、农民、知识分子的兄弟联盟"。他代表党中央郑重宣布：我国知识分子的绝大部分"已经是工人阶级的一部分"。会议最后一天毛泽东到会讲话，他说："有的同志说些不聪明的话，说什么'不要他们也行'，'老子是革命的'，这话不对。现在叫技术革命，文化革命，革愚蠢无知的命，没有他们是不行的，单靠我们老粗是不行的。"

16 日，郭小川的政治抒情诗《向困难进军》（署名马铁丁），发表在《中国青年》第 2 期上。

21 日，中国作协创作委员会小说组对苏联作家尼古拉耶娃的《拖拉机站站长和总农艺师》、奥维奇金的特写集《区里的日常生活》、萧洛霍夫的《被开垦的处女地》三部作品开展讨论。与会者联系中国的现实文艺情况，对创作回避斗争与不能真实地描写生活等现象交换了意见。马烽、康濯、郭小川、刘白羽等在会上发了言。他们的发言刊载于《文艺报》第 3 号的专栏《勇敢地揭露生活中的矛盾和冲突》内。编者在专栏的前言中说："这个讨论对我国读者正确地了解苏联作家的优秀作品，鼓励作家向苏联作家学习，提高我们的创作水平，都是有帮助的。"

30 日，《文艺报》第 2 号刊登了专论《斥一本书主义》。

本月，全国文艺领域开始进行社会主义改造。据《戏剧报》消息：上海市 69 个民间职业剧团改为国营剧团，26 个民间职业剧团成为民办公助剧团。天津市 15 个民间职业剧团和 9 个小型曲艺组织，全部改为国营剧团。

中国曲艺研究会主办的优秀曲艺作品评奖工作结束。何迟的相声《买猴儿》等 18 部作品获奖。

艾明之的话剧《幸福》由作家出版社出版。

田汉改编的京剧剧本《白蛇传》由北京宝文堂出版。

二月

4 日，中国作协创作委员会诗歌组举行座谈会，讨论诗歌创作问题。力扬、臧克家、严辰、吕剑、公木、艾青、邵燕祥、郭小川等在会上发言。《文艺报》第 3 号以

《沸腾的生活和诗》为题作了报道。

5 日，公刘、林予合作的叙事长诗《望夫云》发表在《边疆文艺》第 2 期上。

8 日，《光明日报》报道，北京举行陀思妥耶夫斯基逝世 75 周年纪念会。

10 日，《光明日报》发表社论《迎接青年文学创作会议》，并刊登该报记者整理的文章《郭沫若谈青年文学创作者的任务》。

15 日，《文艺报》第 3 号译载苏联《共产党人》杂志 1955 年第 18 期的专论《关于文学艺术中的典型问题》。文章不指名地批评马林科夫在苏共十九大报告中关于典型问题的观点是"烦琐哲学"。专论说："这些烦琐哲学的公式冒充是马克思主义的公式，并且错误地同我们党对文学和艺术问题的观点联系在一起。"专论主要批评了马林科夫在报告中把典型仅仅规定为与一定社会力量的本质相一致，与一定社会历史现象的本质相一致的观点，以及把典型同党性等同起来，把典型仅仅归结为政治的观点。《文艺报》同期还刊载了康濯的文章《不要粉饰生活，回避斗争》。这是作者在本月作协创作委员会学习和讨论几部苏联作品的座谈会上的发言。

18 日，文化部和团中央联合发出《关于配合农村合作化运动高潮开展农村文化工作的指示》。

23 日，《人民日报》刊载毛星的《评关于李煜的词的讨论》。文章综述并概评了自 1955 年 8 月以来，《光明日报》副刊《文学遗产》上关于李后主及其作品的评价问题的讨论。

27 日—3 月 6 日，中国作家协会第二次理事会（扩大）在京举行。茅盾致开幕词和结束语，并作《培养新生力量、扩大文学队伍》的报告；周扬作《建设社会主义文学的任务》的报告；老舍作《关于兄弟民族文学工作的报告》；刘白羽作《为繁荣文学创作而奋斗》的报告；陈荒煤和康濯分别作《为繁荣电影剧本创作而奋斗》和《关于两年来反映当前农村生活的小说》的"补充报告"。（均见《文艺报》第 5、6 号合刊）周扬的报告主要强调"要提高文学创作的思想和艺术水平，克服一切脱离现实主义的倾向"，特别是"相当普遍存在的最有害的毛病之——公式化、概念化的倾向"。大会的发言基本上围绕着周扬报告的这个中心问题而展开，巴金、臧克家、谷峪、吴伯箫、曹禺、李准、吴组缃、峻青、柳青、魏巍、艾青、方纪等 40 余名作家在会上发言。会议还通过了《中国作家协会一九五六年——一九六七年的工作纲要》，并决定成立书记处。这次会议吸收了近年来在创作上有成绩的一批文学工作者参加，其中写诗的有韦其麟、未央、邵燕祥、闻捷、严阵等；写小说的有刘真、刘绍棠、刘澍德、从维熙、南丁等；写话剧的有崔德志等。会议结束后，《光明日报》发表了社论《为了文学创作的繁荣》（3 月 14 日），《人民日报》发表了社论《作家们，努力满足人民的期望》（3 月 25 日）。

28 日，《光明日报》报道了北京举行纪念德国诗人海涅逝世 100 周年的讲演会盛况。

30 日，《文艺报》第 4 号发表社论《话剧的节日》，迎接文化部第 11 届全国话剧观摩演出大会的召开。

本月，中国作协编选的第二次文代会后（1953、9——1955、12）优秀短篇作品选集由人民文学出版社出版。分别是：由袁水拍作序的《诗选》，由林默涵作序的《短篇小说选》，由魏巍作序的《散文特写选》，由曹禺作序的《独幕剧选》，由严文井作序的《儿童文学选》。

中国作协编的青年文学创作选集《一年》《粮食》《一心入社》《在冬天的牧场上》（小说选辑），《我们爱我们的土地》（诗歌选辑），《枫》（散文报告文学选辑）均由中国青年出版社出版。

中国青年出版社编印《苏联作家谈创作经验》。

彝族作家李乔的长篇小说《欢笑的金沙江》由人民文学出版社出版。

冯雪峰的《寓言》由作家出版社出版。

三月

1 日—4 月 20 日，文化部举办的第一届全国话剧观摩演出会在北京举行。周恩来和陈毅在大会上作重要讲话，并观看了演出。茅盾在会上作报告。参加观摩演出的有41 个剧团、2000 多名话剧工作者，共演出 50 个剧目。其中《马兰花》《战斗里成长》等 26 个剧目获得演出一等奖。《早晨》《如兄如弟》等 24 个剧目获得了演出二等奖；41 个剧目的导演分别获得一、二、三等导演奖；刁光覃、李默然等 259 个演员分别获得一、二、三等演员奖；47 个剧目的舞台美术工作者分别获得了舞台设计、制作管理和技术革新奖。会演期间，4 月中旬先后召开了话剧会演剧本创作座谈会，第一届全国话剧工作会议（4 月 10 日—17 日），中国剧协常务理事会第四次扩大会议。话剧会演剧本座谈会充分讨论了目前剧本创作中出现的公式化、概念化现象及其产生的客观原因，着重研究了思想冲突与戏剧冲突、生活真实与艺术真实的关系、艺术典型等问题。话剧工作会议总结了六年来话剧工作的成就和缺点，讨论了话剧事业的十二年规划，交流了各地话剧团的工作经验，以及话剧团必须贯彻企业化的方针等问题。《人民日报》4 月 19 日发表题为《话剧工作会议确定当前话剧工作方针》的报道。剧协常务理事会第四次扩大会议拟定了繁荣剧本创作、改进演剧艺术等方面的工作计划要点，并决定设立戏剧创作委员会和戏剧艺术委员会。田汉在会上作《面向广大演员，提高创作和演技水平，为完成祖国建设服务》的报告。《人民日报》4 月 21 日以《中国戏剧家协会加强领导力量》为题进行了报道。

3 日，《剧本》3 月号刊登田汉的《争取话剧创作进一步的繁荣》、焦菊隐的《和青年剧作家谈谈剧本的台词》。

4 日，老舍的《什么是幽默》发表在《北京文艺》3 月号上。

8 日，《人民文学》3 月号刊登何直（秦兆阳）的文章《欢迎文学战线上新的生力军》，并转载了王汶石的短篇小说《风雪之夜》，原载《文学月刊》2 月号。

15—30 日，中国作协和青年团中央联合召开了全国青年文学创作者会议。480 多位来自 25 个省、市、自治区的青年作者参加了会议。会议过程中，许多老作家以及文化部、团中央有关单位的代表作了报告和发言，老作家们还同青年文学创作者共同讨论了繁荣文艺创作等问题。茅盾、周扬、夏衍、老舍等在会上讲了话。8 月，中国青年出版社编辑出版了《全国青年文学创作者会议报告、发言集》。《文艺报》5、6 号合刊发表了社论《让文学的青春力量更快更多地成长起来》。《人民日报》20 日发表评论员文章《不要歧视和打击业余文学创作者》。《光明日报》陆续刊登了刘真等青年作者谈创作感受、体会和经验的文章。茅盾在会上的讲话以《关于艺术的技巧》为题刊登在《文艺学习》第 4 期上。他指出："技巧问题不能同作者的人生观的深度和他的生活经验的广度割裂开来求得解决；既不能单独从作者的艺术实践所积累的经验中求得解决（虽然作者的艺术实践所积累的经验是解决技巧问题的一个重要的构成部分），也不能单独从学习古典文学来求得解决（虽然学习古典文学也是必要的），更不能把技巧当作一个技术问题来求得解决。""技巧不同于技术。技巧中包含技术，但掌握了技术不一定就有技巧。""技巧实在是形象思维的构成部分而不是作家在构思成熟以后外加上去的手术。"

30 日，《剧本》月刊主办的 1954、1955 年独幕剧征稿评奖揭晓，并举行授奖大会。《刘莲英》（崔德志）、《新局长到来之前》（何求）获一等奖。

31 日《人民日报》发表社论《前进，文学战线的新军》，指出大批文学新军旺盛的成长，是我国社会主义文学事业繁荣和发展的重要因素之一，并对青年文学工作者提出了要求。

本月，邵燕祥的诗集《给同志们》和秦兆阳的长篇小说《在田野上，前进!》由作家出版社出版。

陆文夫的短篇小说集《荣誉》由上海新文艺出版社出版。

冯雪峰的《论"野草"》由新文艺出版社出版。

四月

5 日，《人民日报》发表经过毛泽东审阅的编辑部文章《关于无产阶级专政的历史经验》。

柳青的特写《王家父子》发表在《延河》4 月号上。

8 日，刘宾雁的特写《在桥梁工地上》发表在《人民文学》4 月号上。主编之一的秦兆阳在文前"编者按"中说："我们期待这样尖锐提出问题的、批评性和讽刺性的特写已经很久了，希望从这篇《在桥梁工地上》发表以后，能够更多地出现这样的作品。"

17 日，宋之的在北京病逝，终年 42 岁。宋之的，原名宋汝昭，河北丰润人。1932 年参加北平左翼戏剧联盟，在北京、上海、太原、重庆、香港等地从事戏剧活动，曾参与组织香港剧人协会、重庆中国艺术剧社。1948 年参加中国人民解放军，历任第四野南下战军工作团研究室主任、哈尔滨《生活报》主编、武汉军管会文艺处副处长等职。建国后历任总政文化部文艺处处长、中国作协理事、全国剧协常务理事、《解放军文艺》总编辑、《剧本》编委。著有剧本《武则天》《雾重庆》《群猴》《祖国在召唤》《控诉》等，短篇小说集《赐儿集》等，报告文学《一九三六春在太原》等。

25 日，毛泽东在中共中央政治局扩大会议上作《论十大关系》的报告。在随后对报告的讨论中，陆定一、陈伯达等都提出了在科学和文学艺术事业上应该实施把政治问题和学术、技术性质的问题分开的方针。陈伯达在28日的发言中提出，在文化科学问题上，恐怕基本上要提出两个口号去贯彻，就是"百花齐放"和"百家争鸣"，一个在艺术上，一个在科学上。同日，毛泽东做总结发言，采纳了讨论中的意见，他说："'百花齐放、百家争鸣'，我看应该成为我们的方针，艺术问题上百花齐放，科学问题上百家争鸣。"（参见夏杏珍：《"百花齐放，百家争鸣"方针的形成过程的历史回顾》，《文艺报》1996年5月3日。）

30日，《文艺报》第8号刊载一组有关典型问题的讨论文章。其中有张光年的《艺术典型和社会本质》、林默涵的《关于典型问题的初步理解》、钟惦棐《影片中的艺术内容》、黄药眠的《对典型问题的一些感想》等。

本月，《延河》在西安创刊。

郭小川的诗集《投入火热的斗争》和蹇先艾的短篇小说集《山城集》由作家出版社出版。

壮族诗人韦其麟的叙事长诗《百鸟衣》由中国青年出版社出版。

刘绶松的《中国新文学史初稿》由作家出版社出版。

五月

2日，毛泽东在最高国务会议上正式公开提出了"双百方针"。他说："在艺术方面的百花齐放的方针，在学术方面的百家争鸣的方针，是必要的。"并且指出："在中华人民共和国宪法范围之内，各种学术思想，正确的、错误的，让他们去说，不去干涉他们"，"只有反革命议论不让发表，这是人民民主专政。"

4日，郭沫若在全国先进生产者代表会议上作题为《向科学技术进军》的讲话。载5日《人民日报》。

6日，巴人的杂文《况钟的笔》发表在《人民日报》上。

8日，耿简（柳溪）的特写《爬在旗杆上的人》发表在《人民文学》5月号上。

11日，文艺界举行纪念印度诗人泰戈尔诞辰活动，《人民日报》《光明日报》做了相关报道。

13日，苏联作协理事会书记、作家法捷耶夫逝世，实为自杀。16日，郭沫若和茅盾分别致唁电。郭沫若在《人民文学》6月号上撰文《悼念法捷耶夫同志》，茅盾在《文艺报》第10号上撰文《悼亚·法捷耶夫——文艺战士与和平战士》表示悼念。

15日，《文艺报》第9号《关于典型问题的讨论》栏内刊载了巴人的文章《典型问题随感》和陈涌的文章《关于文学艺术特征的一些问题》。

16日，以梅兰芳为团长、欧阳予倩为副团长的中国京剧代表团一行86人赴日本访问演出。

17日，文化部和剧协举行昆曲《十五贯》座谈会，周恩来出席会议并作重要讲话。浙江省昆剧团自3月来京演出昆剧《十五贯》，受到热烈欢迎。毛泽东、周恩来等领导人观看了演出。毛泽东指示：《十五贯》是个好戏，全国各剧种有条件的都要演

《十五贯》。周恩来在看完演出后，称赞"浙江做了一件好事，一出戏救活了一个剧种"。在《十五贯》座谈会上，周恩来进一步指出："《十五贯》有着丰富的人民性，相当高的思想性和艺术性，它不仅使古典的昆曲艺术放出新的光彩，而且说明了历史剧同样可以很好地起现实的教育作用。"又说："《十五贯》具有强烈的民族风格，使人们更加重视民族艺术的优良传统"，"为进一步贯彻执行'百花齐放、推陈出新'的方针，树立了良好的榜样。这个剧本是改编古典剧本的成功典型。"（《关于昆曲〈十五贯〉的两次谈话》，《文艺研究》1980 年第 1 期）5 月 18 日，《人民日报》发表社论《从"一出戏救活一个剧种"谈起》，反映了北京"满城争说《十五贯》"的盛况。后来全国绝大部分剧种都移植了这个戏。

26 日，中宣部部长陆定一在中南海怀仁堂向文艺和科学界作题为《百花齐放，百家争鸣》的报告。他指出"百花齐放，百家争鸣"的方针"是提倡在文学艺术工作和科学研究工作中有独立思考的自由，有辩论的自由，有创作和批评的自由，有发表自己的意见、坚持自己的意见和保留自己的意见的自由"。他还指出："社会主义现实主义，我们认为是最好的创作方法，但并不是唯一的创作方法；在为工农兵服务的前提下，任何作家可以用任何自己认为最好的创作方法来创作，互相竞赛。题材问题，党从未加以限制。只许写工农兵题材，只许写新社会，只许写新人物等等，这种限制是不对的。文艺既然要为工农兵服务，当然要歌颂新社会和正面人物，要歌颂进步，同时要批评落后，所以文艺题材应该非常宽广。在文艺作品里出现的，不但可以有世界上存在着的和历史上存在过的东西，也可以有天上的仙人、会说话的禽兽等等世界上所没有的东西。文艺作品可以写正面人物和新社会，也可以写反面人物和旧社会，而且，没有旧社会就难以衬托出新社会，没有反面人物也难以衬托出正面人物。"

北京举行世界文化名人迦梨陀娑、海涅、陀思妥耶夫斯基纪念大会。茅盾在会上作《不朽的艺术都是为了和平和人类的幸福》的报告。

30 日，《文艺报》从第 10 号起，开辟《怎样使用讽刺的武器》的专栏，就何迟写的相声《买猴儿》发表和演出后，在评价上的尖锐分歧，以及如何正确认识讽刺文艺的特点等问题，展开了热烈的讨论。至该刊 15 期，共发表了 20 余篇讨论文章。争论的两种意见是：一种认为《买猴儿》把新社会写得一团糟，情节不真实；一种认为作品讽刺的只是像马大哈这样的落后人物与官僚主义者，艺术上的夸张不等于不真实。

本月，梁上泉的诗集《喧腾的高原》由中国青年出版社出版。

短篇小说集《在前进的道路上——农业合作化短篇创作选》由作家出版社出版。

李准的短篇小说集《野姑娘》由中国青年出版社出版。

冰心的中篇小说《陶奇的暑假日记》由上海少年儿童出版社出版。

《叶圣陶童话选》（黄永玉插图）由中国少年儿童出版社出版。

六月

1—16 日，文化部召开第一次全国戏曲剧目工作会议，提出"破除清规戒律，扩大和丰富传统戏曲上演剧目"。12 日，周扬在会上作了讲话。《人民日报》17 日以《把戏曲艺术推向新的繁荣——大力发掘整理传统剧目，扩大和丰富上演剧目》为题报道了会议的精神。25 日，《光明日报》发表社论《破除清规戒律，使戏曲上演剧目丰富起来》。

中国儿童艺术剧院在北京成立。其前身是 1953 年成立的儿童剧团，任虹任院长。为庆祝建院，公演了著名童话剧《马兰花》。

俞林的短篇小说《我和我的妻子》发表在《新观察》第 11 期上。

2 日，冰心的杂感《一个母亲的建议》发表在《人民日报》上。

5 日，贺敬之的诗《回延安》发表在《延河》6 月号上。

6 日，《中国青年报》刊载丁羽的文章《从〈啼笑因缘〉说起》，作者认为"这不是一本黄色书"，"这是一本有优点，也有缺点的书"。

7 日，冰心的杂感《一个专家，几万儿童》发表在《光明日报》上。

8 日，刘宾雁的特写《本报内部消息》发表在《人民文学》6 月号上。其"续篇"发表于《文学月刊》9 月号和《人民文学》10 月号。黄秋耘在《锈损了灵魂的悲剧》中认为这篇作品"提出了一个引人深思的悲剧性的问题"，"不是爱情的悲剧，而是这些知识分子给市侩主义、犬儒主义锈损了灵魂的悲剧"。（《文艺报》1956 年第 13 号）《中国青年报》1957 年先后刊登了高歌今的《一支反党的毒箭——评刘宾雁的"本报内部消息"》（8 月 13 日）和崔奇的《黄佳英——浑身浸透资产阶级思想的人物》（9 月 17 日）。巴金的短篇小说《活命草》、贺敬之的《儿童诗》三首、冰心的散文《还乡杂记》也刊载于本期《人民文学》的"儿童文学特辑"上。

13 日，《光明日报》刊登国际文化述评《加强亚洲作家的联系》。

高云览病逝于天津，终年 46 岁。墓碑上刻："这里永息着名作家高云览，他在《小城春秋》一书中描绘了中华儿女的英雄形象。"高云览，1910 年生于福建厦门一个老华侨家庭。1930 年以共产党领导的厦门大劫狱事件为线索，写成中篇小说《前夜》。1932 年加入"左联"，1937 年后到马来西亚、新加坡参加华侨抗日救亡运动。1950 年经香港返天津，从事专业文学创作。自 1952 年以来，高云览投入长篇小说《小城春秋》的写作。1956 年 12 月，高云览的长篇遗著由作家出版社出版。在书末附文《〈小城春秋〉的写作经过》中，作者说："我天天用九小时的劳动来坚持这个工作。使我有这个信心和勇气的，首先是党的真理召唤了我，其次是那些已经成为革命烈士的早年的同志和朋友，他们的影子一直没有离开我的回忆。我不再考虑我写的能不能成器，因为我已经抑制不住自己，我的笔变成了鞭策自己的思想感情的鞭子了。当我构思的时候，那些不朽的英魂，自然而然就钻进我的脑子里来，要求发声。"冯牧、黄昭彦在《新时代生活的画卷——略论建国十年来长篇小说的丰收》中说："杨沫的《青春之歌》和高云览的《小城春秋》都是专门写城市地下工作的，一北一南，互相辉映。这两部作品以明快的笔触，充沛的热情，把三十年代一些知识分子的精神面貌真挚地、精确地、巧妙地表现出来。"（《文艺报》1959 年第 19 号）

17 日，北京各界纪念高尔基逝世 20 周年。全国报刊纷纷发表纪念文章，主要有：曹靖华的《高尔基在教导着我们》（《人民日报》18 日），苏联普列奥布拉斯基的《伟大的作家和人道主义者》（《光明日报》18 日），杜黎均的《勇敢地干预生活——纪念高尔基逝世二十周年》（《光明日报》23 日），巴金的《燃烧的心——我从高尔基的短篇中所得到的》（《文艺报》第 11 号）。

20 日，《戏剧报》第 6 期发表社论《反对戏曲工作的过于执着》。

22 日，赵树理出席中国作协创作委员会小说组关于贯彻"双百"方针的讨论会。其发言《不要有套子》载本年《作家通讯》第 6 期。他说："我感到创作上常有些套子束缚着作家，如有人对我的《传家宝》提意见，说我没给李成娘指出一条出路。也有人批评我在《三里湾》里没写地主捣乱，好像凡是写农村的作品，都非写地主捣乱不可。"

30 日，《文艺报》第 12 号刊登朱光潜的长文《我的文艺思想的反动性》、良铮（穆旦）的短论《不应有的标准》和萧乾的文艺随笔《小品文哪里去了》。

本月，蔡其矫的诗集《回声集》、孙楷第的《俗讲、说话与白话小说》由作家出版社出版。

七月

1 日，《人民日报》在总编辑邓拓的主持下改版。在第 8 版开辟文艺副刊，专门刊登触及现状、针砭时弊的杂文。这在全国起了倡导作用。随后，《新观察》《文汇报》《新民晚报》等地方报刊也纷纷开辟杂文园地。

贺敬之的政治抒情长诗《放声歌唱》在《北京日报》开始分三次发表，后两次的发表时间分别是 7 月 22 日和 9 月 2 日。臧克家在《谈贺敬之同志的几首诗》中评价这首诗说："诗人以个人为主角，用感情的金线绣出了党的雄伟强大，绣出了祖国土地的壮丽辽阔，绣出了新中国人民为建设社会主义而奋斗的英雄形象，绣出了光辉灿烂的未来的远景。"（《学诗断想》，第 215 页，四川人民出版社 1979 年版）

8 日，《西藏日报》发表社论《重视发掘和整理西藏民间文学》。

王愿坚的短篇小说《粮食的故事》和李易的短篇小说《办公厅主任》发表在《人民文学》7 月号上。同期还刊登了黄秋耘的《谈"爱情"》和萧也牧的《"百花齐放，百家争鸣"有感》。萧也牧在文中倾诉了自己在建国初期遭到批评后的种种遭遇，并对 1951 年那次的粗暴批评提出了意见，希望"批评要恰如其分，要讲究分寸"，不要把"莫须有"的罪名强加在他的头上。

12 日，《解放日报》刊载该报编辑部与作协上海分会联合召开的座谈会，题名为《百花齐放，百家争鸣》。座谈会的内容连续刊登至 15 日。

14 日，民盟中央举行集会，纪念李公仆、闻一多殉难 10 周年。《光明日报》（14、16 日）、《人民日报》（14、15 日）、《人民文学》和《文艺学习》的 7 月号纷纷发表纪念诗文，其中有臧克家的《论闻一多的诗》。

茅盾的文章《对于"鸣"和"争"的一点小意见》刊登在《人民日报》上。

15 日，张庚的《正确地理解传统戏曲剧目的思想意义》刊登在《文艺报》第 13 号上。

20 日，田汉在《戏剧报》第 7 期上发表《必须切实关心并改善艺人的生活》。后又在该刊第11期上发表《为演员的青春请命》。文章认为党和政府应该关心演员的生活和工作，使他们各得其所。

26日，曹禺、杨朔赴印度参加亚洲作家会议筹备会议。

27日，中国文联、剧协等团体在北京举行爱尔兰伟大剧作家萧伯纳诞生100周年与挪威伟大剧作家易卜生逝世50周年纪念会。茅盾致开幕词。田汉在会上作了题为《向伟大的现实主义戏剧大师们学习》的报告。《人民日报》《光明日报》《解放日报》《译文》等先后刊载了近20篇纪念文章。北京人民艺术剧院还排演了易卜生的名剧《娜拉》。人民文学出版社出版了《萧伯纳戏剧集》和《易卜生戏剧集》。

30日，《文艺报》第14号开始连载黄药眠的文章《论食利者的美学》，批判朱光潜新的美学观点。朱光潜把自己以前"凡是美都要经过心灵的创造"的观点，修正为"美不仅在物，亦不仅在心，它在心与物的关系上面"，并提出了"美是主观和客观的统一"的新论点，因此在美学界引起了热烈的讨论。蔡仪在12月1日的《人民日报》上撰文《评〈论食利者的美学〉》，对黄药眠的观点提出批评，认为黄药眠是以唯心主义批判唯心主义。紧接着，《人民日报》12月25日刊登朱光潜的《美学怎样才能既是唯物的又是辩证的》，对蔡仪的观点提出了批评。1957年1月9日的《人民日报》又发表了李泽厚的《美的客观性和社会性》，对朱光潜和蔡仪的美学观点均有所批评，并提出了自己的见解。随后，《新建设》《哲学研究》《学术月刊》等报刊陆续发表了高尔泰、宗白华、蒋孔阳、洪毅然等人的美学论文，展开了较大规模地讨论。

本月，《新港》（月刊）在天津创刊。

《萌芽》（半月刊）在上海创刊。

周扬在山西明确提出，要有意识地发展有特色的文学流派。

北京市戏曲编导委员会为了发掘、整理传统剧目，选择了一批诸如《四郎探母》《珠帘寨》等18个旧剧本上演，并召开了座谈会进行讨论。与会者认为，北京市上演剧目的贫乏，和以往没有很好地重视传统剧目的发掘和整理工作有关，更主要的是这方面存在着"清规戒律"，比如《四郎探母》《一捧雪》等戏虽然有缺点，但只要加以修改，还是能上演的。该会拟定今后每月举行两次传统剧目的试演晚会。

中国文联组织作家、艺术家西北旅行团赴陕西和甘肃参观、访问。冯至、张恨水、朱光潜、钟敬文、常任侠等参加了这次集体访问。

中国青年出版社编辑出版《青年作品评论集》（第1集），8月又出版第2集。主要收集了关于建国后涌现出来的青年作家的评论文章40余篇，涉及的青年作家有李准、费礼文、胡万春、刘澍德、邵燕祥、闻捷、梁上泉、从维熙、李学鳌、崔德志、刘绍棠、刘真、谷峪、吉学霈、方之、南丁、张永枚、严阵、顾工等。

《工人文艺创作选集（1955年）》由北京工人出版社编辑出版。

严阵的诗集《乡村之歌》由中国青年出版社出版。

流沙河的诗集《农村夜曲》由重庆人民出版社出版。

王愿坚的短篇小说集《党费》由北京工人出版社出版。

方之的短篇小说集《在泉边》由江苏人民出版社出版。

从维熙的短篇小说集《曙光升起的早晨》由上海新文艺出版社出版。

刘白羽的中篇小说集《政治委员》由人民文学出版社出版。

鲁彦周的话剧《归来》由北京通俗文艺出版社出版。

八月

1 日，姚雪垠的《谈打破清规戒律》发表在《长江文艺》8 月号上。

3 日，《人民日报》报道，亚洲作家会议筹委会发表告亚洲作家的呼吁书，号召亚洲知识分子加强联系、共同工作。

8 日，《文艺学习》第 8 期刊载阳湖的《为什么要重新出版这些古代小说?》。文章说："上海古典文学出版社最近陆续出版了一批古代小说，如《隋唐演义》《平妖传》《四游记》，以及《照世杯》《醉醒石》《西湖佳话》等"。"这一些书，虽然它们的价值要次于《三国演义》《西游记》《水浒传》等著名小说，但仍旧算得上是中国古代小说中的较为优秀的作品，基本上是一些可以肯定的书，是可以阅读的。""这些小说，也都是鲁迅在《中国小说史略》中叙述到了的。""这对今天的青年写作者来说，也还是值得学习借鉴的。"

9 日，丁玲向中宣部党委会递交《重大事实的辩正》，为自己辩护。

10 日，周扬在中国作协文学讲习所发表《关于当前文艺创作上的几个问题》的讲话。他认为"要使花开得好，还要有一个适宜的气候，可是现在的气候并不十分适宜，阻碍了花的成长。这是因为有几种东西在作怪：一个是教条主义，一个是宗派主义，还有一个是领导方面对于文学艺术所采取的行政方式。这三个东西是妨碍'百花齐放'最严重的东西，假如我们能把教条主义、宗派主义和领导方面的行政方式去掉，作家能够同生活和传统结合，那一定可以做到真正的'百花齐放'。"谈到"社会主义现实主义"的定义问题，周扬说："如果有怀疑的话，可以大胆的提，不要害怕提了会被当作是政治思想问题。""这个定义是否有毛病呢？如果要挑毛病是可以挑得到的。定义后面所指的相结合，好像是把社会主义的精神从艺术的真实描写之外加进去的。"(《周扬文集》第 2 卷，人民文学出版社 1985 年版，第 407—410 页)

任晦（夏衍）的杂文《"废名论"存疑》刊登在《人民日报》上。

19 日，中国剧协上海分会正式成立。《戏剧报》10 月号以《上海戏剧家的盛况——记中国戏剧家协会上海分会的成立大会》为题进行了报道。

20 日，张庚的文章《关于扩大上演剧目》发表在《戏剧报》第 8 期上。

24 日，毛泽东在怀仁堂与部分音乐工作者谈话，进一步指出古为今用、洋为中用、推陈出新的原则。他说："应该越搞越中国化，而不是越搞越洋化。这样争论就可以统一了。要反对教条主义，反对保守主义，这两个东西对中国都是不利的。"(原载 1979 年 9 月 9 日《人民日报》)

本月，周作人开始为《中国青年报》写《鲁迅的青年时代》稿，其中之一至之五连载于 8 月 14 日至 10 月 25 日的《中国青年报》。1957 年 3 月，中国青年出版社出版了《鲁迅的青年时代》，署名周启明。

由臧克家编选的《中国新诗选（1919—1949）》由中国青年出版社出版。

诗集《歌唱农业合作化》由作家出版社编辑出版。

未央的叙事长诗《杨秀珍》由中国青年出版社出版。

刘澍德的中篇小说《桥》由人民文学出版社出版。

九月

1 日，玛拉沁夫的长篇小说《在茫茫的草原上》在《内蒙古文艺》9 月号上连载，至 11 月号止。

邓友梅的短篇小说《在悬崖上》发表在《文学月刊》9 月号上，《文艺学习》1957 年 1 月号转载。张天翼称赞这篇作品说："写得真实，生动而又简洁。一读就感到几个人物确是生活中可以遇到的人，事情也是生活中会发生的事。"（《〈在悬崖上〉的爱情》，《文艺学习》1957 年 1 月号。）但加丽亚这个人物引起了争鸣。邓友梅在《致读者和批评家》中检讨了"自己在塑造这一人物时严肃性不够"，但同时声明："当然，就是在生活中，这种人也是缺点优点统一在一身，不能用简单的'好'字和'坏'字来概括她。"（《处女地》1957 年 2 月号）

3 日，李六如的长篇小说《六十年的变迁》（第 1 卷）在《北京日报》上开始连载，至 10 月 21 日止。《人民文学》9 月号也选登了其中一章《亡命走钦州》。这部作者于 1955 年开始创作的长篇小说，全书共分 3 卷，第 1、2 卷分别于 1957 年和 1961 年由作家出版社出版，第 3 卷因"十年动乱"，作者仅写了不到 10 万字就与世长辞，遗稿于 1982 年整理出版。本年 11 月 15 日《文艺报》第 21 号上刊登了唐祈撰稿的关于《六十年的变迁》的创作座谈会纪录。参与座谈的有严文井、刘白羽、杨朔等人。刘白羽认为"小说的民族传统问题解决得很好……很多环境描写得很好……有民族风格、中国气派"。

8 日，何直（秦兆阳）的《现实主义——广阔的道路》（副标题为"对于现实主义的再认识"）刊登在《人民文学》9 月号上。文章开篇交代了写作意图："我想以文学的现实主义问题为中心，来谈谈教条主义对于我们的束缚。"作者援引西蒙诺夫的观点，从三个方面质疑了"社会主义现实主义"的定义："首先，如果认为'艺术描写的真实性和历史具体性'里没有'社会主义精神'，因而不能起教育人民的作用，而必须要另外去'结合'，那么，所谓'社会主义精神'到底是什么呢？它一定是不存在于生活的真实和艺术的真实之中，而只是作家脑子里的一种抽象的概念式的东西，是必须硬加到作品里去的某种抽象的观念。""其次，这所谓'社会主义精神'既是作家主观上的一种观念，那么，它必定是作家的世界观的一部分。""马克思主义的世界观，是在现实主义艺术创作的过程中，在认识生活和形成形象以及写成作品的过程中，起着有机的、自然的、血肉生动的作用。""这种作用是有机地表现在艺术的真实性里面，是无须乎在艺术描写的真实性之外再去加进或'结合'进一些什么东西去的。""再其次，所谓'从现实的革命发展中真实地、历史地和具体地去描写现实'，所谓'艺术描写的真实性和历史具体性'，从文字含义上和从习惯上，我们都可以把它与'典型环境中的典型性格'这一原则联系起来进行了解。""于是，我们又不能不怀疑，所谓从

'现实的革命发展中……描写现实',所谓'艺术描写的真实性和历史具体性',既是似乎可以与思想性(所谓'教育……人民的任务')分离,自然也就可以与典型问题分离;因为典型性与思想性本来是分不开的,因为现实主义文学本来是将文学描写的艺术性、真实性、思想性,与典型问题和典型化的方法紧密地有机地融合在一起的。"作者的结论是:"我们也许可以称当前的现实主义为社会主义时代的现实主义。"

王蒙的短篇小说《组织部新来的青年人》和李威仑的短篇小说《 爱情》发表在《人民文学》9 月号上。据《文艺学习》1956 年第 12 期关于《组织部新来的青年人》的讨论专栏的编者按中说,这篇作品发表后"引起了强烈的反应,在某些机关和学校里,人们在饭桌上、在寝室里都纷纷交换着各种不同的意见。"《文汇报》《光明日报》《人民日报》等多家报纸都刊登了评论文章。《文艺学习》从 1956 年第 12 期至 1957 年第 3 期止,一直开辟专栏刊登讨论文章。在 1957 年第 3 期的"编者的话"中说:"有些同志认为这篇作品完全是歪曲现实,歪曲了我们的老党员老干部的面貌,并且诬蔑了我们整个党和党中央。而另外一些同志又对这篇作品进行了全面的无保留的歌颂,提出'以林震为我们的榜样'……随着讨论的逐步深入,大家的意见也逐步接近。多数来稿,大致都觉得这篇作品揭露在我们的现实生活中存在的否定现象、官僚主义灰尘,揭露刘世吾这样一个政治热情衰退、把一切看成'就那么回事'的人物,都是好的,有积极意义的。但是出现在作品中向否定现象作斗争的林震、赵慧文二人,却是带着很浓厚的小资产阶级灰暗情调的。作者对于这种情调也不能从更高的角度去观察和批判,作品是有片面性的。"此外值得注意的是李希凡的意见。他在《文汇报》1957 年 2 月 9 日上撰文批评王蒙"把我们党的工作、党内斗争生活,描写成一片黑暗、庸俗的景象,从艺术和政治的效果来看,它已经超出了批评的范围,而形成了夸大和歪曲"。又说这篇作品"向人们提出了一个值得认真考虑的问题:是用小资产阶级的狂热的偏激和梦想,来建设社会主义和反对官僚主义,还是用无产阶级的大公无私的忘我的激情和科学的'现实主义'的态度,来建设社会主义和反对官僚主义?在这样一个根本性质的问题上,我以为作者王蒙同志是和他的人物林震一致的"。(《评〈组织部新来的青年人〉》)王蒙在 1957 年 5 月 8 日的《人民日报》上撰文对这篇小说的创作动机作了澄清,他说最初写的时候"想到了两个目的:一是写几个有缺点的人物,揭露我们工作、生活中的一些消极现象,一是提出一个问题,像林震这样的积极反官僚主义却又常在'斗争'中碰得焦头烂额的青年到何处去"。(《关于〈组织部新来的青年人〉》)

对《组织部新来的青年人》的讨论,引起了毛泽东的注意。他曾在最高国务会议、中央宣传工作会议和在颐年堂召开的新闻、出版、文艺座谈会上,多次讲到对这篇小说的看法。甚至有一次在省委书记会议结束后,留下周扬、林默涵和作协的几位负责人谈自己的看法。据在场的黎之当时的日记记载,毛泽东说:"我们一定要坚持百花齐放、百家争鸣的方针,不要急躁,不要怕毒花毒草。《组织部新来的青年人》写得不错,作品批评我们工作中的缺点,这是好的,应该鼓励对我们工作的批评。我们应该欢迎批评。我们是当权的党,最容易犯官僚主义,而且又最容易拒绝批评。我们应该欢迎批评。马寒冰他们的文章说,北京中央所在的地方不会出官僚主义,这是不对的。

这篇小说也有缺点，正面力量没有写好。林震写得无力，还有点小资产阶级情调，如林震和女朋友吃荸荠的那一节。"（黎之：《回忆与思考——1957 年纪事》，《新文学史料》1999 年第 3 期）王蒙本人也亲自听过毛泽东讲话的录音。他说："几次讲话意思大致内容是：听说王蒙写了一篇小说，有赞成的有不赞成的，争得很厉害，反对的人还写了文章对他进行'围剿'，要把他消灭。可能我这也是言过其实。我看了李希凡写的文章（指在《文汇报》上发表的《评〈组织部新来的青年人〉》），不大满意……反对王蒙的人提出北京没有这样的官僚主义，中央还出过王明、出过陈独秀，北京怎么就不能出官僚主义。王蒙反官僚主义我就支持，我也不认识王蒙，不是他的儿女亲家，但他反对官僚主义我就支持。……当然了，《组织部新来的青年人》也有缺点。正面人物写得不好，软弱无力，但不是毒草，就是毒草也不能采取压制的办法。……毛泽东还引了王勃《滕王阁序》中的名句'落霞与孤鹜齐飞，秋水共长天一色'。他说：我们的政策是落霞与孤鹜齐飞，香花并毒草共放。"（《我看毛泽东》，《王蒙文存（二十）》，人民文学出版社 2003 年版）

黄秋耘的杂感《不要在人民的疾苦面前闭上眼睛》刊登在《人民文学》9 月号上。

康濯的长篇论文《创作漫步》在《文艺学习》第 9 期上开始连载，至第 11 期止。全书 1957 年 4 月由中国青年出版社出版单行本。

12 日，《解放军文艺》刊登茅盾、巴金、陈沂等祝贺《志愿军一日》出版的文章。陈沂的文章是《一个成功的群众性的创作运动》。

15 日，中国共产党第八次全国代表大会开幕。刘少奇在《政治报告》中认为："改变生产资料私有制为社会主义公有制这个极其复杂和困难的历史任务，现在在我国已经基本完成了。我国社会主义和资本主义谁战胜谁的问题，现在已经解决了。"大会认为，全国绝大部分地区已经基本上完成了对生产资料私有制的社会主义改造，革命时期大规模的疾风暴雨式的阶级斗争已经基本结束，虽然还有阶级斗争，"但是国内主要矛盾已经不再是工人阶级和资产阶级的矛盾，而是人民对于经济文化迅速发展的需要同当前经济文化不能满足人民需要的状况之间的矛盾；全国人民的主要任务是集中力量发展社会生产力，实现国家工业化，逐步满足人民日益增长的物质和文化需要。"（《中国共产党中央委员会关于建国以来党的若干历史问题的决议》，第 15 页，人民出版社 1981 年版）

巴人的《"题材"杂谈》刊登在《文艺报》第 17 号上。

16 日，廖沫沙的杂文《乱弹杂记》刊登在《新观察》第 18 期上。

30 日，侯金镜在《文艺报》第 18 号上撰文《试谈〈腹地〉的主要缺点以及企霞对它的批评》。同期还载有张庚的文章《反对用教条主义的态度来"改革"戏曲》。

本月，《文艺报》成立美学小组并展开活动。黄药眠为组长，主要成员有蔡仪、朱光潜、贺麟、宗白华、张光年、王朝闻、刘开渠、陈涌、李长之、敏泽等。

闻捷的诗集《天山牧歌》由作家出版社出版。

雁翼的诗集《在云彩上面》和流沙河的短篇小说集《窗》由中国青年出版社出版。

周瘦鹃的散文集《花花草草》由上海文化出版社出版。

沈西蒙的话剧《杨根思》由中国青年出版社出版。

十月

2 日，《人民日报》报道，鲁迅新墓和鲁迅纪念馆在上海落成。同日发表社论《重视民间艺人》。

3 日，岳野的话剧剧本《同甘共苦》发表在《剧本》10 月号上。周培桐、张葆莘在《谈〈同甘共苦〉剧中几个人物的甘苦》中指出："剧本较早地接触了家庭生活、个人生活、感情生活"，"提出了一个共产党员应该怎样对待婚姻爱情问题，在特定历史条件下的今天，是有特殊意义的。"（《文艺报》1956 年第 23 号）陈其通认为："在《同甘共苦》中，新旧道德都有，告诉观众应忠于旧道德，还是忠于新道德？应同情华云？还是同情孟莳荆？或者同情刘芳纹？我认为写得界限不清楚。"（《〈同甘共苦〉笔谈》，《剧本》1957 年第 5 期）

8 日，骆宾基的短篇小说《父女俩》、丁玲的长篇小说《在严寒的日子里》前 8 章在《人民文学》10 月号上发表。

萧乾的随笔《餐车里的美学》发表在《人民日报》上。

14 日，鲁迅遗体迁葬上海虹口公园。宋庆龄、茅盾、许广平等迎柩，各地人士在先生墓地前举行隆重仪式。茅盾、巴金分别讲话。

16 日，何其芳在《人民日报》上撰文《论阿 Q》指出："一个虚构的人物，不仅活在书本上，而且流行在生活中，成为人们用来称呼某些人的共名，成为人们愿意仿效或者不愿意仿效的榜样，这是作品中的人物所能达到的最高的成功的标志。"由此提出了著名的"共名说"。李希凡在《典型新论质疑》中对此提出了不同看法。他批评何其芳的"共名说"是"抽去了典型性格产生的时代的社会的内容，抽去了活生生性格具体的精神状态"，因此"把现实主义的典型论导向抽象的人性论的陷阱"。（载《新港》1956 年第 6 期）时隔几年后，何其芳在 1964 年《收获》第 1 期上又发表了《关于〈论阿 Q〉》一文，对李希凡的文章提出了反驳，并对自己原先的观点进行辩护。李希凡很快在 1965 年《新建设》2 月号著文《阿 Q、典型、共名及其他——对何其芳同志的典型新论的再质疑》，认为何其芳所谓的"共名"的作用不能成为衡量艺术典型的尺度，而且"共名"说也不能反映典型问题的本质。

17 日，附有详细注释的新版《鲁迅全集》开始由人民文学出版社出版。共 10 卷，至 1958 年 10 月出齐。

19 日，鲁迅逝世 20 周年纪念大会在北京举行。郭沫若致开幕词，陆定一讲话，茅盾作《鲁迅——从革命民主主义到共产主义》的报告，20 个国家的作家代表在大会上发言。

上海各界人士集会纪念鲁迅先生。巴金致开幕词，唐弢作报告。

由夏衍根据鲁迅的小说《祝福》改编的同名彩色故事片开始放映。

20—21 日，北京举行纪念鲁迅逝世 20 周年学术报告会。由郭沫若、茅盾、周扬、冯雪峰、老舍等主持。巴人、李长之、陈涌、唐弢、臧克家等在会上作了学术报告。

21 日，老舍的散文《养花》发表在《文汇报》上。

23 日—11 月 4 日，匈牙利发生"反革命暴乱"事件。

26 日，负责指导全国群众文艺活动的中央群众艺术馆在北京正式成立。

30 日，《文艺报》第 20 号刊出"鲁迅先生逝世二十周年纪念特辑"。

本月，《火花》在山西创刊。

张天翼的童话《大林和小林》（华君武插图）由中国少年儿童出版社出版。

十一月

2 日，公刘的组诗《寓言诗》发表在《文汇报》上。

3 日，海默的话剧《洞箫横吹》发表在《剧本》11 月号上。斐章在《〈洞箫横吹〉观后感》中认为："我们是喜爱这个戏的，我们也为海默同志能够突破创作上的清规戒律、艺术地再现生活的冲突而高兴。""该剧摆脱了反映农村两条道路斗争的旧套子"，"它把家庭、夫妻、父女、爱人之间的误会和纠葛交织在一起，形成了剧本丰富复杂的内涵。"又说："作者把安振邦（县委书记）处理成喜剧角色，让他自嘲自讽，像剧中所描写的那样，在现实生活中是罕见的，也是不够真实的。"（《辽宁日报》1957 年 1 月 25 日）

4 日，浩然的处女作——短篇小说《喜鹊登枝》发表在《北京文艺》上。

6 日，中国文联举行主席团扩大会议，就改进工作、促进文艺创作繁荣交换意见。

8 日，张弦的短篇小说《甲方代表》发表在《人民文学》11 月号上。

14 日，上海《文汇报》展开了《为什么好的国产片这么少？》的讨论。

15 日，《文艺报》第 21 号刊载姚雪垠的《现实主义问题讨论中的一点质疑》，以及日本作家德永直的论文《关于高尔基的"创造真实的人"》。

16 日，陆文夫的短篇小说《小巷深处》发表在《萌芽》第 10 期上。许杰在《关于〈小巷深处〉》中认为，作者"能够从一个被遗忘、被忽略的小人物身上，看出一个人的向上的灵魂，歌颂我们这个伟大的时代，这就是值得我们重视的一点"。侯金镜在 1956 年《短篇小说选·序》中认为，这篇小说的"情节的变化，在作者的笔下不过是探索人物复杂心理活动的一种触媒。那个过去做过妓女的女工，她对爱情追求的意义，作者不只说明了由于她对幸福的向往，而且分明地显示了我们国家的革命人道主义的力量。这一力量不只帮助她拔除了内心深处的屈辱观念，还唤醒了她，起来为人的尊严而斗争。陆文夫创作手法的特点，恰恰有力地帮助了作品主题的表现"。

21 日—12 月 1 日，中国作协在北京召开了文学期刊编辑工作会议，讨论如何正确地在文学刊物上贯彻"双百"方针。参加这次会议的有全国 64 个文学期刊的主要编辑 90 多人。周扬在会上讲话，他认为刊物的特点，首先是要有自己鲜明的主张，要有倾向性，要有民族的风格，同时要有地方色彩。他还提到，一个刊物质量不高，就根本谈不到什么风格，熟才能生巧，只有成熟之后，才有自己独特的风格。

25 日，艾青的诗《大西洋》发表在《诗刊》第 3 期上。

30 日，《文艺报》第 22 号报道该刊编辑部最近召开了传记文学创作座谈会，并刊载了座谈会上部分人对传记文学创作问题的发言，其中有张羽的《传记文学的真实性》

等。该期还报道了《关于剧本〈如兄如弟〉的讨论》，这部话剧在全国话剧会演后，由中国作协创作委员会、中国剧协创作委员会戏剧组联合召开了四次座谈会。与会者就剧中矛盾的真实性问题，以及当前话剧创作和话剧批评中的一些重要问题，进行了热烈的论辩。萧也牧的《编辑·作者·作品》也刊载于本期。

本月，《天山》杂志在乌鲁木齐创刊。

乔林的叙事长诗《白兰花》由人民文学出版社出版。

白桦的叙事长诗《鹰群》和傅仇的诗集《雪山谣》由中国青年出版社出版。

唐克新的短篇小说集《车间里的春天》由中国青年出版社出版。

柳青的散文特写集《皇甫村的三年》和何其芳的《关于写诗和读诗》由作家出版社出版。

十二月

1 日，老舍的《救救电影》发表在《文汇报》上。

李准的短篇小说《妻子》（后改名《信》）发表在《长江文艺》12 月号上。

2 日，据《文汇报》报道，文化部经过研究决定，本月份颁布实行"逐步取消文学艺术工作者固有的工资，实行上演税稿酬和版税制度"。

3 日，《剧本》12 月号刊登《曹禺同志谈〈家〉的改编》。

4 日，林斤澜的短篇小说《春雷》发表在《北京文艺》12 月号上。

5 日，丰村的短篇小说《在深夜里》发表在《文艺月报》12 月号上。

6 日，《文汇报》报道《上海演出剧目混乱现象严重，在"传统剧目"幌子下，黄色戏重登舞台》《上海市在发掘传统剧目中的一些问题》。

7 日，《文汇报》发表社论《如何看待传统剧目》。

8 日，孙犁的中篇小说《铁木前传》、碧野的散文《天山景物记》发表在《人民文学》第 12 期上。

10 日，在长沙考察文物的沈从文在致夫人张兆和的家书中写道："巴金事就自然更多了。很奇怪，这么不从容，哪能写得出大小说？照我想，如再写小说，一定得有完全的行动自由，才有希望。如目前那么到乡下去，也只是像视学员一般，哪能真正看得出学生平时嘻嘻哈哈情形？即使到社里，见到的也不能上书，因为全是事务，任务，开会，报告，布置工作。""如照赵树理写农村，农村干部不要看，学生更不希望看。有三分之一是乡村合作诸名词，累人得很！""我每晚除看《三里湾》也看看《湘行散记》，觉得《湘行散记》作者究竟还是一个会写文章的作者。这么一只好手笔，听他隐姓埋名，真不是个办法。但是用什么办法就会让他再来舞动手中一支笔？简直是一种谜，不大好猜。可惜可惜！这正犹如我们对曹子建一样，怀疑'怎么不多写几首好诗'一样，不大明白他当时思想情况，生活情况，更重要还是社会情况。看看曹子建集传，还可以知道当时有许多人望风承旨，把他攻击得不成个样子，他就带着几个老弱残丁，迁来徙去，终于死去。曹雪芹则干脆穷死。都只四十多岁！《湘行散记》作者真是幸运，年逾半百，犹精神健壮，家有一乌金墨玉之宝，遐迩知名（这里犹有人大大道及）！或者文必穷而后工，因不穷而埋没无闻？又或另有他故。"（沈从文，张兆和：《从文家书》，第254—255页，上海远东出版社1996年版）

丰村的短篇小说《周丽娟的幸福》发表在《东海》12月号上。

15日，钟惦棐执笔的"本刊评论员"文章《电影的锣鼓》刊登在《文艺报》第23号上。文章指出："绝不可以把文艺为工农兵服务的方针和影片的观众对立起来；绝不可以把影片的社会价值、艺术价值和影片的票房价值对立起来；绝不可以把电影为工农兵服务理解为'工农兵电影'。"

16日，邵燕祥的诗《贾桂香》发表在《人民日报》上。

19日，《文汇报》刊登马彦祥的《关于发掘与整理剧本的几个问题》。

21日，《光明日报》报道，"保障作家生活和权益，实行按劳取酬原则，国营剧团明年试行剧本上演报酬制度"。

22日，艾青的诗《礁石》发表在《光明日报》上。沙鸥在《璀璨如粒粒珍珠——谈艾青取材于自然的诗》中称誉这首诗说："它是美的，有气魄的，耐人深思的。这种美，表现了自然界中一种力量的冲突。无论海浪多么激怒，胜利者还是礁石。因此，礁石的形象就自然体现一种观念：崇高的，顽强不屈的观念。礁石就成了这个观念的化身，而诗人歌颂的也正是顽强不屈。"（《文艺月报》1957年第7期）冯至在《论艾青的诗》中则认为："他称赞海上的礁石——这狰狞地露在海面上的、与大大小小的航船为敌的岩石：……这是甘心与大家为敌并引以自傲的态度，这是胡风式的、尼采式的态度。"（《文艺研究》1958年第1期）

23—28日，亚洲作家会议在印度新德里召开。由茅盾、周扬、老舍率领的中国作家代表团出席了会议。这个会议标志着亚洲各国作家友谊、团结的新纪元。17个亚洲国家的作家参加了会议，一些欧美作家以观察员身份参加了会议。30日，《人民日报》发表社论《愿亚洲文苑百花盛开》。

24日，《人民日报》报道，中国作协主席团举行会议，改选书记处。茅盾任第一书记，老舍、邵荃麟、刘白羽、曹禺等任书记。

26日，何为的散文《第二次考试》发表在《人民日报》上。

30日，张光年的《社会主义现实主义存在着、发展着》刊登在《文艺报》第24号上。文章认为，何直在《现实主义——广阔的道路》和周勃在《论现实主义及其在社会主义时代的发展》（《长江文艺》12月号）中提出的相同见解——用"社会主义时代的现实主义"来代替"社会主义现实主义"——"是不正确的"。因为，"他们的结论是取消社会主义现实主义；在我看来，这就是取消当代进步人类的一个最先进的文艺思潮，取消工人阶级手中的一个重要的思想武器。""现实主义不是一列固定不变的火车，昨天，它开到资本主义时代，今天，它开到社会主义时代了，而火车还是那个火车。""在我们看来，世界观和创作方法是不可分割的"，"何况，社会主义现实主义作为美学原则，又是工人阶级思想观点的一个组成部分。"本期还刊载了《文艺报》记者的报道《中国古典文学中现实主义问题的讨论》。

本月，《马克思恩格斯全集》中译本开始由人民出版社分卷出版。

中国文学史教科书编辑委员会召开扩大会议。《文汇报》5日刊登《摆脱教条主义影响，从我国实际出发创造性地编写中国文学史》。《光明日报》16 日刊登《关于中国文学史的分期和编写体例》。此外，陆侃如等在 11 月 25 日《光明日报》上发表了《关于编写中国文学史的一些问题》等文章。

公刘的诗集《黎明的城》由中国青年出版社出版。

草明的短篇小说集《爱情》由北京工人出版社出版。

本年

文化部发布"上演报酬条例"，规定"专业剧团上演创作或改编的剧本，除纯义务性的慰问演出及剧团内部审查观摩性质的演出，其他一切有经济收入的演出，都应付给剧作者剧本上演报酬"。

沈从文年初参加全国政协会议并作发言，年底又参加全国政协视察工作，重返湘西。本年作散文《天安门前》《春游颐和园》数篇。

张中晓在故乡浙江绍兴开始断断续续写随笔。作为"胡风集团骨干分子"，张中晓被捕关押后，受审期间旧病复发，获准保外就医，回家乡与亲人过着贫病交加的日子。在他的随笔中经常可以见到"寒衣当尽"、"早餐阙如"、"写于咯血之后"等字样。写于 1956—1962 年的《无梦楼随笔》，由路莘整理，上海远东出版社 1996 年出版。全书分《无梦楼文史杂抄》《拾荒集》《狭路集》三部分，王元化作序。"文革"前夕，张中晓调到上海新华书店储运部劳动，约在 1966 年尾或 1967 年初去世。张中晓生于 1930 年，生前曾被胡风誉为中国"年轻的杜勃罗留波夫"，直到他死去 30 年后的九十年代末才被当代文坛重新"发掘"出来。

穆旦作诗《妖女的歌》，当时未发表。

1957 年

一月

1 日，《文学月刊》更名为《处女地》。

诗歌月刊《星星》在成都创刊。创刊号载有流沙河的散文诗《草木篇》和曰白的情诗《吻》。洪钟在《〈星星〉的诗及其偏向》中批评《草木篇》说："应该指明：《草木篇》中所宣扬的反人民、反集体主义的思想，在今天的社会里谁最欢迎呢？是暗藏的敌人和已被消灭阶级中的心怀不满分子，他们的境遇、感受、心境和希望，不是正和白杨、仙人掌、梅一样的吗？我要请作者考虑考虑这篇作品的客观效果。"（《红岩》1957 年第 3 期）

李准的短篇小说《芦花放白的时候》发表在《奔流》1 月号上。

陈登科的短篇小说《"爱"》和《第一次恋爱》分别发表在《江淮文学》和《雨花》1 月号上。

陆文夫的短篇小说《平原的颂歌》发表在《雨花》1 月号上。

3 日，杨履方的话剧《布谷鸟又叫了》发表在《剧本》1 月号上。陈恭敏认为："该剧的主题包括三个方面：讽刺封建的残余势力；对个人主义者孔玉成、王必好进行了不可调和的斗争；用善意的嘲笑和严肃的批评，揭露了'见物不见人'这种思想的危害性，剧本的主题思想是正确的。"又说："从童亚男在恋爱问题上以及和坏人坏事作斗争上看，都说明她是一个有社会主义觉悟的姑娘，在她身上具有从旧的思想束缚下解放出来的性格特征"，"有些人批评童亚男是'个人主义者'、'恋爱至上者'，这是武断的，没有根据的。"（《对〈布谷鸟又叫了〉及其批评的探讨》，《剧本》1958年第3期）姚文元在《用什么标准来评价作品的思想性?》中指出："'布谷鸟'这个人物生活在1956年初，正是我国农村社会主义和资本主义两条道路决战的一年，在时代的风浪中，爱情生活也必然反映着两种思想的斗争，《布》剧孤立地写了属于民主革命的要求，只强调了个人恋爱的绝对重要性，全部剧作找不到两条道路斗争的影子，因此首先在根本思想上，没反映时代本质。"又说："童亚男同封建残余作了斗争，但是，用资产阶级思想去反对封建残余，并不能改变资产阶级的阶级性，用个人的爱情至上去反对封建观念及阻碍她恋爱自由的人，这是一种反动的资产阶级个人主义思想的表现。"（《剧本》1958年第12期）1959年，陈恭敏又在《剧本》第4期上发表《简单化片面化的批评》，对姚文元的观点提出反驳。姚文元又在《剧本》1960年第6期上发表《论陈恭敏同志的"思想原则"和"美学原则"》，对陈恭敏进行批判。此后《布》剧被禁演。

7日，《人民日报》刊登陈其通、陈亚丁、马寒冰、鲁勒合撰的文章《我们对目前文艺工作的几点意见》。他们对1956年在"双百"方针指引下的文艺工作提出了异议。在3月1日的《人民日报》上刊登了陈辽的《对陈其通等同志的"意见"的意见》，文章批驳了陈其通等人的观点，认为他们的"意见""起了泼冷水的作用"。在3月10日接见参加全国宣传工作会议的部分新闻工作者时，毛泽东也批评这篇文章"是教条主义"的，对"双百"方针"思想上不通，有抵触"。（参见蓝翎：《龙卷风》，第73页，上海远东出版社1995年版）

8日，上海市文化局和中国戏剧家协会联合举办通俗话剧（"文明戏"）观摩演出。

李准的短篇小说《灰色的帆篷》、何又化（秦兆阳）的短篇小说《沉默》、康濯的短篇小说《过生日》、耿龙祥的短篇小说《明镜台》、张天翼的儿童题材的中篇小说《宝葫芦的秘密》发表在《人民文学》1月号上。

9日，冰心的散文《小桔灯》发表在《中国少年报》上。

15日，周立波的短篇小说《禾场上》发表在《人民日报》上。

巴人的《论人情》发表在《新港》1月号上。文章谈到建国后的文艺作品常常给人留下"政治气味太浓，人情味太少"的印象。作者最后说："人有阶级的特性，但还有人类本性。'魂兮归来，我们文艺作品中的人情呵!'" 王淑明在《论人情和人性》（《新港》第7期）中认为巴人批评当前的文艺作品"人情味太少"是正确的，但不同意"政治气味太浓"的说法。他认为："将人性和阶级性对立起来，将作品的政治性与人情味割裂开来；说教为人性既带有阶级性，就不应有相对的普遍性，作品要政治性，就可以不要人情味，这些庸俗社会学的论调，客观上自然助长了作品的公式化概念化的发展，我以为都是要不得的。"

16日，老舍的杂文《自由与作家》发表在《人民中国》（英文版）第1期上。

姚雪垠的散文《惠泉听茶记》发表在《新观察》第 2 期上。

25 日，《诗刊》创刊。创刊号发表了毛泽东致《诗刊》主编臧克家和《诗刊》编辑部的一封信，并同期发表了毛泽东旧体诗词十八首：《沁园春·长沙》（1925）、《菩萨蛮·黄鹤楼》（1927）、《西江月·井冈山》（1928）、《如梦令·元旦》（1929）、《清平乐·会昌》（1934）、《菩萨蛮·大柏地》（1934）、《忆秦娥·娄山关》（1935）、《十六字令三首》（1934—1935）、《七律·长征》（1935）、《清平乐·六盘山》（1935）、《念奴娇·昆仑》（1935）、《沁园春·雪》（1936）、《七律·赠柳亚子先生》（1949）、《浣溪沙·和柳亚子先生》（1950）、《浪淘沙·北戴河》（1954）、《水调歌头·游泳》（1956）。毛泽东在信中说："这些东西，我历来不愿意正式发表，因为是旧体，怕谬种流传，贻误青年；再则诗味不多，没有什么特色。" 又说："诗刊出版，很好，祝它成长发展。诗当然以新诗为主体，旧诗可以写一些，但不宜在青年中提倡，因为这种题材束缚思想，又不易学。"创刊号还发表了冯至的《西北诗抄》，包括《给韩起祥》《刘家峡之歌》《西安赠徐迟》《人皮鼓》。

本月，夏衍、田汉、欧阳予倩、阳翰笙联名向话剧界提出《举办话剧运动五十周年纪念及搜集整理话剧运动资料、出版话剧运动史料集的建议》。1958 年 2 月出版《中国话剧运动五十年史料集》第 1 集，1959 年 4 月出版第 2 集，1963 年 4 月出版第 3 集。

王蒙的长篇小说《青春万岁》分 29 期在《文汇报》上连载，延至 2 月。这部从 1953 年 11 月开始创作的长篇小说，几经修改，直到本年 9 月始得定稿。然而，等小说终于要进厂打印清样的时候，"反右"斗争开始了，小说因此在当时未能出版，直到 1979 年 5 月才由人民文学出版社出版。

储安平的散文集《新疆新面貌》由作家出版社出版。

二月

1 日，丰村的短篇小说《一个离婚案件》发表在《奔流》2 月号上。

阿章的短篇小说《寒夜的别离》发表在《萌芽》第 3 期上。

5 日，艾青的散文诗《养花人的梦》和《蝉的歌》、师陀的短篇小说《胡进财的故事》发表在《文艺月报》2 月号上。艾青在《养花人的梦》中写道："花本身是有意志的，而开放正是她们的权利。"臧克家在《艾青的近作表现了些什么？》中认为：《养花人的梦》"这篇寓言等于一篇宣言，鲜明地表现了艾青对'百花齐放'方针的恶意讽嘲。"（《文艺学习》1957 年第 10 期）徐迟在《艾青能不能为社会主义歌唱？》中认为："《养花人的梦》是对于'百花齐放'的政策的诽谤。""这是艾青的《草木篇》，其实恶毒不亚于流沙河的。"（《诗刊》1957 年第 9 期）

8 日，《人民文学》2 月号发表曲波的长篇小说《林海雪原》之一章《奇袭虎狼窝》。全书由作家出版社 1957 年 9 月出版。侯金镜在《一部引人入胜的长篇小说》中说："林海雪原的大自然环境是作者所着力、并且花了不少篇幅来进行创造的。""这是吸引读者、引起读者兴趣的一个方面。它不仅从侧面烘托了小分队英雄战士们的革命气魄，而且给这本书平添了不少传奇色彩。""作者又用人民的古老的传说，给林海雪原蒙上一层浪漫主义的传奇的轻纱，使读者神往，引起读者的遐想。""作品中出现了几种不同类型的匪徒"。"作者对匪徒们的描写很简洁，紧密地随着故事（敌我斗争形势）的发展揭示他们的性格。""《林海雪原》里的这些英雄人物（以及和人物描写相关联的故事结构），如果更严格地要求起来，都还存在着不少弱点。可是我们不能不钦佩作者讲故事的能力。每一个战斗都有不同的打法，每一个英雄战士都有自己不同的遭遇和行动。作者把它们集中在一个焦点，这就是智慧——小分队所发扬的高度的智慧！而小分队完成每一个估计准确的智慧行动，又都需要超群的勇敢才能完成。《林海雪原》里任何一个英雄战士，只要他的行动和斗智斗勇的情节揉和在一起，作者就能对他的精神状态作比较具体的描写，即使作者的力量还不够，至少也可以勾出性格的轮廓，读者就会关心这个人物的命运。""还应该提到的是，作者在这些人物身上所渲染的传奇色彩。小分队处在这样一个特殊的环境，特殊的斗争方法，在和敌人斗智斗勇中，故事情节的奇峰凸起和急骤变化等等，使故事本身就存在着传奇的魅力。""表现方法上接近民族风格，是《林海雪原》的一个重要特色。所以曲波的努力是值得我们注意的。""这本书的题材特点，也很有利于作者向《水浒传》《三国演义》去吸取东西。"（《文艺报》1958 年第 3 号）

14 日，秦牧的散文《南国花市》发表在《人民日报》上。

15 日—3 月 8 日，中国剧协和音协联合召开新歌剧讨论会。与会者着重讨论了新歌剧的基础和方向，如何继承我国古典歌剧传统和向国外优秀歌剧学习等问题。《人民音乐》开辟了讨论专栏；《戏剧报》第 4、5 期发表了讨论会简报和综合报道。

南丁的短篇小说《科长》发表在《新港》2 月号上。

23 日，《中国青年报》集中刊出周恩来、叶挺、陈毅、叶剑英的诗作。

25 日，郭小川的诗《致大海》在《诗刊》第 2 期上发表。

27 日，毛泽东在最高国务会议第十一次（扩大）会议上作《关于正确处理人民内部矛盾的问题》的报告。后载 6 月 19 日的《人民日报》。毛泽东指出："百花齐放、百家争鸣的方针，是促进艺术发展和科学进步的方针，是促进我国的社会主义文化繁荣的方针。艺术上不同的形式和风格可以自由发展，科学上不同的学派可以自由争论。利用行政力量，强制推行一种风格，一种学派，禁止另一种风格，另一种学派，我们认为会有害于艺术和科学的发展。艺术和科学中的是非问题，应当通过艺术界科学界的自由讨论去解决，通过艺术和科学的实践去解决，而不应当采取简单的方法去解决。"

28 日，赵树理主编的《曲艺》双月刊（后改为月刊）在北京创刊。

三月

5 日，吴强的长篇小说《红日》开始在《延河》3 月号上连载。全书 7 月由中国青年出版社出版。

8 日，何直（秦兆阳）的《关于"写真实"》发表在《人民文学》3 月号上。

刘宾雁的《道是无情却有情》发表在《文艺学习》第 3 期上。

12 日，毛泽东在中国共产党全国宣传工作会议上发表了重要讲话。他说："'放'还是'收'？这是个方针问题。百花齐放，百家争鸣，这是一个基本性的同时也是长期性的方针，不是一个暂时性的方针。同志们在讨论中是不赞成收的，我看这个意见很对。党中央的意见就是不能收，只能放。""我们主张放的方针，现在还是放得不够，不是放得过多。不要怕放，不要怕批评，也不要怕毒草。马克思主义是科学真理，不怕批评，它是批评不倒的。共产党、人民政府也是这样，也不怕批评，也批评不倒。错误的东西总会有的，并不可怕。""我们要提倡正确的东西，反对错误的东西，但是不要害怕人们接触错误的东西。单靠行政命令的办法，禁止人接触不正常的现象，禁止人接触丑恶的现象，禁止人接触错误思想，禁止人看牛鬼蛇神，这是不能解决问题的。"（毛泽东：《毛泽东选集》第 5 卷，第 416—417 页，人民出版社 1977 年版）

《解放军文艺》3 月号译载了肖洛霍夫的小说《一个人的遭遇》，《译文》4 月号转载。

15 日，刘绍棠的短篇小说《田野落霞》发表在《新港》3 月号上。

18 日，茅盾的《贯彻"百花齐放，百家争鸣"，反对教条主义和小资产阶级思想》刊登在《人民日报》上，对陈其通等的《关于目前文艺工作中的问题的意见》提出批评。

老舍的《论悲剧》发表在《人民日报》上。

20 日，中国文联召开主席团扩大会议，决定第三次全国文代会在本年 10 月举行。文代会的主要任务将是进一步贯彻"百花齐放，百家争鸣"的方针，并着重讨论创作问题和民族传统问题。

24 日，费孝通的《知识分子的早春天气》刊登在《人民日报》上。

28 日，萧乾的杂文《"上"人回家》发表在《人民日报》上。

31 日，林放的杂文《"费厄泼赖"可以施行了！》发表在《新民晚报》上。

本月，中国作协召开剧作规划座谈会。茅盾作《关于规划及其他》的讲话。

大型文学研究、文学批评季刊《文学研究》创刊。1959 年起，改名《文学评论》（双月刊）。

《译文》《学习译丛》《戏剧报》等刊物分别译载最近苏联文学界有关现实主义问题讨论的文章。《光明日报》15 日综合报道了苏联文学界开会讨论现实主义问题的消息。

《沫若文集》开始分卷由人民文学出版社出版。

四月

4 日，老舍的杂文《创作与规划》发表在《北京文艺》4 月号上。同期还发表了刘绍棠的《现实主义在社会主义时代的发展》。文章说："苏联作家协会章程，对社会主义现实主义的定义做出了规定，给作家制定了一个统一的创作方法。""令人啼笑皆非的是，在这种定义和戒律的检验下，伟大作家的经典名著竟无法及格，而那些粉饰生活的公式化概念化的作品，则最合标准。无论是'从现实底革命发展'的描写，或是高度的教育意义即是高度的思想性，抑或是正面人物，反面人物和更上一层楼的理想人物，应有皆有，五味俱全。所没有的，确实最起码的艺术感染力，而它的寿命的短暂，并不比一则新闻通讯来得长。""这一切，归结起来，都是离开了现实主义的基本精神，离开了现实主义古典大师的光辉传统。"

5 日，陈翔鹤的短篇小说《方教授的新居》发表在《文艺月报》4 月号上。

8 日，艾青的《南美洲的旅行》（第二组诗）、林斤澜的短篇小说《家信》、白危的特写《被围困的农庄主席》和公刘的电影剧本《阿诗玛》发表在《人民文学》4 月号上。

9 日，《文汇报》刊登《就"百花齐放、百家争鸣"问题周扬同志答〈文汇报〉记者问》，《人民日报》4 月 11 日转载。周扬说："一年来，关于遗传学，关于中国历史、中国哲学史，关于美学，关于文学艺术中的现实主义等等问题，都展开了不同意见的争辩。学术和文艺刊物大为增多，颇有'雨后春笋'之势。由于提倡'百花齐放，百家争鸣'的方针，由于提倡'向科学进军'，去年出版的学术著作比从 1950 到 1955 六年内所出版的全部加起来还要多。剧目开放是戏曲界的一件大事。去年全国各地挖掘出了大量的传统剧目，其中不少剧目经过整理加工在舞台上重新取得了生命。文艺创作的取材范围比以前广阔得多了，体裁和风格也更多样化了。尖锐地揭露和批评生活中的消极现象的作品，愈来愈引起了人们的注目。所有这些，基本上都是好的，正常的，健康的现象。这是一种活跃和兴旺的气象。""'百花齐放，百家争鸣'是党的长期政策，根本不发生是否放得够了和鸣得够了的问题，因为没有一天能说是够的时候。"

10 日，《人民日报》发表社论《继续放手，贯彻"百花齐放，百家争鸣"的方针》。

文化部召开为期半月的第二次全国戏曲剧目工作会议，总结交流挖掘传统剧目的情况和经验，讨论开放剧目的问题。刘芝明作《大胆放手，开放剧目》的报告。报告指出："自去年六月剧目工作会议以来，共发掘了 51867 个剧目，记录了 14632 个，整理了 4223 个，上演了 1052 个剧目。"张庚作《关于戏曲剧目的整理改编和创作问题》的专题发言。周扬在会上讲话。他说如果"不相信群众与艺人的判断，而只相信行政手段，看起来有政治原则，实质上没有政治"。又说："领导上只能提出方针政策，作安排计划，戏、艺术的领导应由艺术家自己担任。"《文艺报》《人民日报》《戏剧报》等先后发表了社论和综合报道。

刘绍棠的短篇小说《西苑草》发表在《东海》4 月号上。

11 日，回春（徐懋庸）的杂文《小品文的新危机》刊登在《人民日报》上。文章引发了一场关于小品文（杂文）在当代所处境遇的讨论。姚文元在《徐懋庸提倡的是什么"小品文"？》中说："徐懋庸不但用自己的杂文作为向党和工人阶级进攻的工具，而且还想从理论上来总结自己写这种文章的'经验'，向别人来推广。《小品文的新危机》《关于杂文的通信》和《我的杂文的过去和现在》等等，就都是他想创立一套反马克思主义的杂文理论的表现。"（1957 年 12 月 27 日《文汇报》）

13 日，《人民日报》发表社论《怎样对待人民内部矛盾》。

14 日，改版后的《文艺报》周刊第 1 号出版。新版的编委会由王瑶、巴人、华山、陈笑雨、陈涌、侯金镜、康濯、黄药眠、张光年、钟惦棐、萧乾等 11 人组成。张光年任总编辑。本期刊登社论《争取社会主义文学艺术的高度繁荣》。

15 日，《文艺报》就发展杂文问题举行座谈会。袁水拍、徐懋庸、张光年、舒芜、陈笑雨等人参加了座谈。与会者就杂文体裁所包含的内容；如何通过杂文来反映人民内部矛盾；杂文的性能；如何扩大杂文的题材范围以及如何使杂文的内容形式多样化等问题，交换了意见。改版后的《文艺报》周刊第 4 期作了专题报道，题目是《我们需要杂文，应当发展杂文——本报召开的杂文问题座谈会纪录》。徐懋庸在发言中认为杂文"应该在民主立场上发展起来"，而"民主的意义之一就是人民要求的多样性，因此杂文也应该多样性，可以歌颂光明，也可以揭露黑暗，社会主义社会也有阴暗的一面，至少有点把黑点子"，因此"杂文作家要养成对黑暗的敏感"。张光年在发言中说："杂文是'百花齐放，百家争鸣'的急先锋，又是'百花齐放，百家争鸣'的气象表。当'百花齐放，百家争鸣'的方针受到抵制的时候，也就是杂文受到抵制的时候。"

20 日，中国作协所属刊物《文艺报》《人民文学》等杂志的编辑联合开会学习毛泽东在最高国务会议和全国宣传工作会议上的讲话。茅盾、周扬、老舍、邵荃麟对会上提出的问题发表了意见。

21 日，《文艺报》第 2 号刊登陈涌的《关于社会主义的现实主义》和张葆莘的《曹禺同志谈创作》。

22 日，列宁诞辰 87 周年。郭沫若在《文汇报》上撰文《纪念列宁，学习列宁》。

25 日，《文汇报》刊登《先烈李大钊遗诗》。

郭小川的长篇叙事诗《深深的山谷》发表在《诗刊》第 4 期上。

27 日，中共中央发布《关于整风运动的指示》，决定普遍地、深入地开展反官僚主义、反宗派主义、反主观主义的整风运动，提高全党马克思列宁主义的思想水平，改进作风，以适应社会主义革命和社会主义建设的需要。

28 日，《文艺报》第 4 号报道，为纪念中国话剧运动 50 周年，田汉于本月 10 日、14 日、18 日先后主持召开三次座谈会，当年活跃在话剧及银幕上的多名演员和导演参加了座谈。同期还刊登了于晴（唐因）的反教条主义的文章《文艺批评的歧路》。

29 日，《文汇报》刊登老舍、曹禺、臧克家就"百花齐放，百家争鸣"接受访谈时的发言。老舍说："要放，要看得远一点。二十年没写的老作家，才写一篇，难免思想不正确，不要就'打'他一顿。还有许多人心中有委屈，不敢讲话，让他们多说说，没有什么坏处。我认为毒草在我们社会里不会太多，成为作家而有反动思想的，我看也是少数。"曹禺说："我总认为人民有辨别的能力，毒草可能一时冒出来，但早晚会被淘汰的。在解放前那种恶劣的环境里，进步的东西也一直最受欢迎。如果进步文艺界里出现一些毒草，也会很快被铲除掉。"

黄佐临的《希望百花之一的话剧更加繁荣》发表在《解放日报》上。

30 日和 5 月 6 日，中国作协书记处召开在京文学期刊编辑工作座谈会，讨论如何改进文学刊物、编辑部与作家的关系等问题。茅盾、臧克家、刘白羽、严文井、秦兆阳、王蒙等出席了会议。《人民文学》编辑部对王蒙的《组织部新来的青年人》的修改被作为重点讨论的实例。这篇小说被《人民文学》编辑部的秦兆阳在发表前作过重要的修改，主要修改情况被整理成书面材料刊登在 5 月 9 日的《人民日报》上，题名为《〈人民文学〉编辑部对〈组织部新来的青年人〉原稿的修改情况》。这次会议的部分发言刊载于 5 月 8、9、10 日的《人民日报》。王蒙在会上发言说，修改虽然使小说更精炼、完整些，但也使"不健康情绪更加明确了"。因此他从整体上并不满意这种修改。秦兆阳在会上作了检讨。王蒙在发表于 5 月 8 日《人民日报》的《关于〈组织部新来的青年人〉》中也检讨了自己，他承认"作者的心灵深处还存在着一些与林震'相通'的东西"，也就是"对于小资产阶级知识分子的孤芳自赏与狂热心理的玩味"。

本月，文化部、中国剧协等单位为了继承和发扬戏曲表演艺术遗产，联合发起组织"整理著名老艺人表演艺术经验筹备委员会"。田汉、欧阳予倩、张庚等担任筹委。

严阵的诗集《草原颂》由安徽人民出版社出版。

杨沫的短篇小说集《苇塘纪事》由作家出版社出版。

冰心的散文集《还乡杂记》由少年儿童出版社出版。

黄秋耘的散文集《苔花集》由新文艺出版社出版。

刘宾雁的特写集《内部消息》由北京工人出版社出版。

五月

1 日，《人民日报》报道《中央国家机关开始整风》，同时报道《没有大"放"的原因何在？上海文艺界巴金等人对领导提出批评》。

首都戏剧界人士座谈妨碍戏剧发展的原因。《人民日报》以《艺术上的问题更要大胆争，大胆鸣》为题进行报道。

2 日，《人民日报》发表社论《为什么要整风》。

中国文联、作协等团体联合举办国际诗歌朗诵晚会，纪念世界文化名人英国诗人布莱克和美国诗人朗费罗。中外诗人和作家 400 多人参加了晚会。

3 日，《剧本》5 月号重刊田汉的名剧《丽人行》，并同期刊载黎彦的《田汉同志谈〈丽人行〉的创作》和赵寻为 1956 年的《独幕剧选》撰写的序言《戏剧创作的初春季节》。

4 日，老舍的《"五四"给了我什么？》发表在《解放军报》上。

5 日，《文艺报》第 5 号刊登一组关于短篇小说创作的笔谈，有茅盾的《杂谈短篇小说》、端木蕻良的《"短"和"深"》、林斤澜的《闲话小说》。

钱谷融的《论"文学是人学"》刊登在《文艺月报》第 5 期上。文章认为："高尔基把文学当做'人学'，就是意味着：不仅要把人当做文学描写的中心，而且还要把怎样描写人、怎样对待人作为评价作家和他的作品的标准。""一切被我们当做宝贵的遗产而继承下来的过去的文学作品，其所以到今天还能为我们所喜爱、所珍视，原因可能是很多的，但最最基本的一点，却是因为其中浸润着深厚的人道主义精神，因为它们是用一种尊重人同情人的态度来描写人、对待人的。""人民性应该是我们语言文学作品的最高标准，最高标准不是任何时候都能适用的；也不是任何人都会运用的。而人道主义精神则是我们评价文学作品的最低标准，最低标准却是任何时候都必须坚持的；而且是任何人都在自觉地或不自觉地运用着的。"

孙静轩的诗《雾》发表在《延河》第 5 期上。

7 日，穆旦应袁水拍之约而作的讽刺诗《九十九家争鸣记》发表在《人民日报》上。

8 日，中共中央统战部邀请各民主党派人士举行座谈，截至 6 月 3 日止，先后座谈 13 次，有 70 多人在座谈会上发言。

《解放日报》刊登反映上海文艺界现状的报道：《党内有"墙"，党外有"墙"，本市作家大胆揭露这种不正常现象》。傅雷和许杰在上海文艺界"鸣放会"上的发言《大家砌的墙大家拆》和《墙是怎样形成的》先后刊登在 8 日和 9 日的《文汇报》上。

刘绍棠的《我对当前文艺问题的一些浅见》发表在《文艺学习》第 5 期上。文章说："我认为，毛主席的《在延安文艺座谈会上的讲话》，包含着两个组成部分。一个是指导当时文艺运动的策略性理论；一个是指导长远文学艺术事业的纲领性理论。"又说："公式化概念化的根源，就在于教条主义者机械地、守旧地、片面地、夸大地执行和阐发了毛主席指导当时的文艺运动的策略性理论。但是应该公平地说，公式化概念化的作品，在一定的历史时期，是起过积极作用的，然而在今天，它已经是有害无益了。"

杜方明（黄秋耘）的《犬儒的刺》发表在《文艺学习》第 5 期上。

9 日，《人民日报》报道《部队中不能开展百家争鸣吗？部队文艺工作者批评部队文化部门领导上的教条主义》。

10 日，文化部发出开禁京剧《探阴山》的通知。14 日又发出通令《禁演戏曲剧目全部解禁》（《人民日报》18 日公布），决定将解放初期禁演的《杀子报》《大劈棺》等 26 个剧目开禁。

《光明日报》报道，人民文学出版社扩大出书范围，拟在五年内出版 40 多个国家的 300 种作品。

11 日，《戏剧报》第 9 期刊登刘芝明的《大胆放手开放戏曲剧目》、张庚的《反对阻碍"百花齐放"的论调》，以及该报报道《首都戏剧家谈"人民内部矛盾"》。

12 日，《文艺报》第 6 号发表冰心的《试谈短篇小说》。

13 日，周扬在中国作协召开的编辑工作整风会议上发表讲话。他说："过去中宣部对编辑方面的问题注意得不够，最近已有人在报纸上批评。对文化部也有尖锐的意见，比如说文化部像'武化部'，'文化'太少，'武化'太多，这就是说文化部的工作很粗暴。总的说来，从中央到地方在这方面都有缺点，经过这次整风，在地方上对编辑工作人员要重新作些规定，一定要改进这方面的状况。""刊物是一家，还是百家？我认为刊物既是一家，又是百家。刊物在'百家争鸣'中是一家，同时在刊物上又要贯彻'百家争鸣'的精神，这样又可以使刊物活跃。如果办成圈子比较小的同人刊物，当然也可以，像现在的《诗刊》和将要在上海出版的《收获》，就都是同人刊物。至于同人刊物是否会形成宗派主义和一家独鸣，那是另外一个问题。但如果是协会的刊物（包括各地的分会），我认为是要办成百家争鸣的，不能是谁编谁就独裁。因为协会的刊物要对协会负一定的责任，它一方面要有独立性，协会不去干涉它；另一方面又多少要能代表协会。我个人觉得刊物还是办得更广泛一点好，这并不会影响刊物的质量。"（周扬：《解答关于"百花齐放，百家争鸣"方针的几个问题》，《周扬文集》第2卷，第493、510页，人民文学出版社1985年版）

刘宾雁的《上海在沉思中》刊登在《中国青年报》上。

15日，毛泽东作《事情正在起变化》一文，发给党内干部阅读。

16日，《文艺报》编辑部邀请部分文学教授、古典文学研究专家，就文艺界内部矛盾，古典文学研究中遇到的困难和障碍问题举行座谈。王瑶、刘绶松、余冠英、李长之、林庚、穆木天等出席。座谈内容经整理刊登在《文艺报》第9号上，题名为《教条主义和宗派主义阻碍着文学研究工作的开展》。

19日，《文艺报》第7号为开展整风运动发表社论《新的革命的洗礼》。并在纪念《在延安文艺座谈会上的讲话》发表15周年的特辑内刊登了熊佛西、周立波、刘白羽、姚雪垠等人的文章。姚雪垠在《打开窗子说亮话》中认为，教条主义"好像一种时代空气，或者像流行性感冒，散布在我们日常生活的环境中。在这样的环境中，作家本身也不能不沾染着或多或少的教条主义。"假如你真要完全拒绝教条主义，"刊物和出版社编辑们就不让你过关。即让渡过了这一关，还会有扛着教条主义大旗的批评家领导着他们所影响的一部分读者队伍从背后掩杀过来。""教条主义者把无限丰富多彩的现实生活简单化、图式化。他们常指责说：'现实中有这样的情形么？''你为什么不把中农的性格写成动摇的呢？''党员是特殊材料制造的，难道也会落泪么？''你把张三的品质写得这样坏，工人阶级中难道有这样的人么？'诸如此类，不胜枚举。在新社会，创作的道路本来应该是非常广阔的，自由的，但是各种各样的教条主义却到处布置了绊马索，等着你一万个小心中的一个疏忽。这样，作家在进行创作时不能不缩手缩脚，不求有功，但求无过。古语云：'战战兢兢，如临深渊，如履薄冰'，此之谓也。"

据《文艺报》第7号报道，至本月止，全国各地出版文学艺术刊物计有83种，每月印数约34万册。全国出版量最大、销售最广的文学书籍有：《保卫延安》831070册、《三千里江山》401985册、《女共产党员》479207册、《可爱的中国》1788020册、《把一切献给党》4080795册、《毛泽东的故事和传说》1127294册、《高玉宝》720000册、《刘胡兰》760000册、《青年英雄故事》600000册、《宝葫芦的秘密》979000册、《红楼梦》235495册、《水浒》432110册、《三国演义》388530册、《钢铁是怎样炼成的》1003825册、《绞刑下的报告》602850册、《拖拉机站站长和总农艺师》1240000册、《卓娅和舒拉的故事》1340000册、《海鸥》830000册、《牛虻》700000册、《我们切身的事业》540200册。

20日，萧乾的杂文《"人民"的出版社为什么成了衙门？》发表在《文汇报》上。

23日，程小青的《从侦探小说谈起》发表在《文汇报》上。

25日，穆旦的诗《葬歌》发表在《诗刊》5月号上。

26日，《文艺报》第8号以《正确地对待文艺界内部的矛盾》为题，刊登了姚雪垠、白刃、陈梦家等七名作家应邀参加该报主持召开的座谈会上的发言。姚雪垠的发言题为《要广开言路》、白刃的发言题为《文艺界的主要矛盾在哪里?》。同期还刊载有老舍的《谈翻译》、蔡田的《现实主义，还是公式主义?》（连载至第 9 期）。蔡田在文章中主要针对陈荒煤等人建国以来的"公式主义理论"提出反驳，他主要围绕"理想人物的塑造"和"无冲突论"两大问题展开系统的理论清算。

28 日，《解放日报》报道，中共上海市委召开作家座谈会，对党的领导和"放""鸣"等问题，作家们提出了尖锐的批评。同日刊登了许杰在作家座谈会上的发言，题为《我完全无保留地谈了》。

本月，下旬至 6 月上旬，中国作协党组在整风中为了广泛征求意见，先后召开了四次党外作家、翻译家座谈会和一次理论批评家座谈会。同时，作协所属各刊物编辑部，各单位召开了整风会议。与会人员对几年来的文艺工作及其领导提出了批评。部分发言摘要刊登在《文艺报》第 11 号上，有茅盾、臧克家、叶君健、金人、陈梦家、舒芜、李长之、丁力、穆木天等 27 人的发言。

六月

1 日，《人民日报》报道，首都文艺界人士和部队作家举行座谈，批评部队文艺工作领导者的缺点。

萧乾的文章《放心·容忍·人事工作》发表在《人民日报》上。文中引用了服尔德（伏尔泰）的名言："我完全不同意你的看法，但是我情愿牺牲我的生命，来维护你说出这个看法的权利。"

高晓声的短篇小说《不幸》发表在《雨花》第 6 期上。

耿龙祥的短篇小说《入党》发表在《江淮文学》第 6 期上。

2 日，《人民日报》报道，中国作协党组连续召开座谈会，党外作家提出尖锐的批评。

《文艺报》第 9 号刊登张葆莘的文章《能用带兵的方式带剧团吗?》。

5 日，施蛰存的杂文《才与德》发表在《文汇报》上。

6 日，中国作协党组举行整风扩大会议，讨论关于丁玲、陈企霞的处理问题。据当时会议的参加者李之琏回忆，在第一天的会上，周扬、刘白羽等"都主动表示 1955 年对丁玲的批判是不应该的，'反党小集团'的结论是站不住的，并向丁玲等表示歉意"。7 日和 8 日，会议继续进行，丁玲、陈企霞等发言很"尖锐"，"领导者们对所提出的问题无法解答，但又不愿意接受大家的批评。会议因此出现僵局"。（李之琏：《不该发生的故事》，《新文学史料》1989 年第 3 期。）

7 日，徐懋庸的《过了时的纪念——重读〈在延安文艺座谈会上的讲话〉》和杜黎均的《关于周扬同志文学理论中的几个问题》刊登在《文汇报》上。

《老舍在兰谈"放"、"鸣"及业余创作》刊登在《甘肃日报》上。

8 日，《人民日报》刊登由毛泽东撰写的社论《这是为什么?》。

毛泽东为中共中央起草《组织力量反击右派分子的猖狂进攻》的党内指示。

黄秋耘的《刺在哪里?》发表在《文艺学习》第 6 期上。

9 日，《文艺报》第 10 号上刊登署名木呆的文章《通俗文艺作家的呼声》。文章说："最近，通俗文艺出版社邀请通俗文艺作家举行座谈会，到会的有陈慎言、张友鸾、张恨水、李红（还珠楼主）、王亚平、苗培时、金受申、金寄水等 20 余人。""座谈会上，大家谈起通俗文艺和通俗文艺作家在社会上受人轻视，在文学领域内，没有一席之地，一提起章回小说、单弦、鼓词，就好像是未入流的作品，搞这一行的作家，似乎低人一格。""张友鸾老先生激动地说：章回小说为人民所喜爱，但章回小说却不被重视，往往被看作旧文学。现代文学史上就没有提到过章回小说。《啼笑因缘》印得那么多，作者张恨水到底好不好？在文学史上只字不提，这不是虚无主义？不是取消主义？""大家指出，近年来文艺批评界对通俗文艺是采取一概抹杀的态度，对一些作品则是一棍子打死的。"

唐挚（唐达成）的《烦琐公式可以指导创作吗？——与周扬同志商榷几个关于创造英雄人物的论点》刊登在《文艺报》第 10 号上。同期还载有公刘的《一个根本问题》，文章说："一个作家如果糊涂到需要别人去给他搞清楚主题思想，'搞清主攻方向'，那么这个作家又成了什么样的作家呢？如果作家的工作仅仅限于'搜集'一些'什么材料'来加以描写，那岂不是很可悲吗？不幸的是，在我们部队的某些领导者心目中，作家正是一群从事这种可悲的职业的人。"

11 日，吴祖光的《谈戏剧工作的领导问题》发表在《戏剧报》第 11 期上。文章说："谈到领导，我所理解的文艺工作的领导是马列主义的党的思想领导。""但是在过去这些年的文艺工作当中，我总感觉到所谓领导常常只是行政的、事务的、物质的、团结、统战一类的领导。假如是这样，对于文艺工作者的'领导'又有什么必要呢？谁能告诉我，过去是谁领导屈原的？谁领导李白、杜甫、关汉卿、曹雪芹、鲁迅？谁领导莎士比亚、托尔斯泰、贝多芬和莫里哀的？""最后要说的一句话就是：既然我们的领导屡次说到行政命令不能领导文艺工作，那就该明确行政命令不领导文艺工作。"

黎弘（刘川）评论话剧《布谷鸟又叫了》的文章《第四种剧本》发表在《南京日报》上。文章认为这个剧本是有别于"工农兵剧本"的"第四种剧本"，它首先考虑的不是人物的社会身份，而是生活本身的"独特形态"。

12 日，路野的短篇小说《不好领导的人》发表在《解放军文艺》6 月号上。

18 日，沈从文在《旅行家》6 月号上发表散文《新湘行记》。

22 日，《人民日报》发表社论《不平常的春天》。

25 日，冰心的诗《西郊短简》发表在《诗刊》第 6 期上。

30 日，《文艺报》第 13 号发表社论《反对文艺队伍中的右倾思想》。

《文汇报》刊登该报记者的文章《"第三种人"施蛰存》。

本月，傅仇的诗集《伐木者》由重庆人民出版社出版。

公刘的短篇小说集《国境一条街》由中国青年出版社出版。

萧军的长篇小说《过去的年代》由作家出版社出版。

七月

1 日，《人民日报》发表毛泽东撰写的社论《〈文汇报〉的资产阶级方向应该批判》。

从维熙的短篇小说《并不愉快的故事》发表在《长春》第 7 期上。

方之的短篇小说《杨妇道》发表在《雨花》7 月号上。

3 日，梅阡根据老舍的长篇小说《骆驼祥子》改编的同名话剧在《剧本》7 月号上连载，分两期载完。

5 日，张贤亮的诗《大风歌》发表在《延河》第 7 期上。在《延河》编辑部召开的座谈会上，柯仲平、郑伯奇、胡采、王汶石、安旗等 10 多人发言，批判《大风歌》"这首诗的政治倾向是反人民反社会主义的。诗中所表现出来的思想感情与我们今天时代的感情是敌对的。"（《延河》1957 年第 8 期）

8 日，穆旦的《诗七首》（《问》《我的叔父死了》《去学习会》《三门峡水利工程》《"也许"和"一定"》《美国怎样教育下一代》《感恩节——可耻的债》）、李国文的短篇小说《改选》、宗璞的短篇小说《红豆》、丰村的短篇小说《美丽》、老舍的散文《新疆半月记》、回春（徐懋庸）的杂文《"蝉噪居"漫笔》发表在《人民文学》7 月号上。张少康在《"红豆"的问题在哪里？》中认为："江玫一方面是步步走向革命，另一方面对齐虹的爱情却始终如旧。甚至到了解放前夕，齐虹将要飞走时，她担心不能和他再见'最后一面'，竟'心里在大声哭泣'，'心沉了下去，两腿发软'。这就表明江玫一点没有改变，仍是充满资产阶级的思想感情。"（《人民文学》1958 年 9 月号）

9 日，毛泽东在上海干部会议上作《打退资产阶级右派进攻》的报告。

《人民日报》刊登李劼人、沙汀在第一届全国人民代表大会第四次会议上的联合发言，题为《〈文汇报〉利用对〈草木篇〉作者的批评点了一把火》。

12 日，《人民日报》刊登《扭转〈文艺报〉的资产阶级倾向》以及《文艺报》编辑部的《我们的自我批评》。

14 日，周恩来在中宣部、文化部、中国文联召集的文艺界人士座谈会上发表讲话，他"希望文艺界的同志们站稳立场，明辨是非"。他在讲话中阐述了改革与鸣放、内行与外行、集体与个人、新生力量与创作、整风与自我批评等问题。

《文艺报》第 15 号刊登《彻底反击右派——郭沫若同志答本社记者问》。

21 日，《文艺报》第 16 号发表社论《更坚决、更深入地开展反右派斗争！》。同时还以《文艺界右派的反动言行》为题，介绍了刘宾雁、萧乾等人鸣放时期的言论。

康濯的《能够"放心"和"容忍"么？》刊登在《人民日报》上。

22 日，老舍的杂文《创作与自由》发表在《文汇报》上。

24 日，由巴金、靳以主编的大型文学刊物《收获》在上海创刊。创刊号发表了冰心的诗《我的秘密》、沙汀的短篇小说《开会》、康濯的中篇小说《水滴石穿》、艾芜的长篇小说《百炼成钢》、老舍的话剧《茶馆》、巴金的《和读者谈谈〈家〉》。老舍在《答复有关〈茶馆〉的几个问题》中说："茶馆是三教九流会面之处，可以多容纳各色人物。一个大茶馆就是一个小社会。这出戏虽只有三幕，可是写了五十来年的变迁。在这些变迁里，没法子躲开政治问题。可是，我不熟悉政治舞台上的高官大人，没法子正面描写他们的促进与促退。我也不十分懂政治。我只认识一些小人物，这些人物是经常下茶馆的。那么，我要是把他们集合到一个茶馆里，用他们生活上的变迁反映社会的变迁，不就侧面地透露出一些政治消息么？这样，我就决定了去写《茶馆》。"任务多，年代长，不易找到个中心故事。我采用了四个办法：（一）主要人物自壮到老，贯穿全剧。……（二）次要的人物父子相承，父子都由同一演员扮演。这样也会帮助故事的连续。……（三）我设法使每个角色都说他们自己的事，可是又与时代发生关系。……（四）无关紧要的人物一律招之即来，挥之即去，毫不客气。""有人认为此剧的故事性不强，并且建议：用康顺子的遭遇和康大力的参加革命为主，去发展剧情，可能比我写得更像戏剧。我感谢这种建议，可是不能采用，因为这么一来，我的葬送三个时代的目的就很难达到了。抱住一件事去发展，恐怕茶馆不等被人霸占就已垮台了。"（《剧本》1958 年 5 月号）《文艺报》编辑部 1957 年 12 月 19 日召开关于《茶馆》的座谈会，焦菊隐、陈白尘、林默涵、王瑶、张恨水、李健吾、张光年等人参加并发言。焦菊隐说："第一幕写得好，大手笔，一气呵成；第三幕差些。"王瑶说："这个剧本时代气氛足，生活气息浓，民族色彩浓，语言精炼。第一幕写得好，地方味道浓，人物只几笔就出来了；第一、二幕比较现实，讽刺剧的手法不明显；第三幕用的是夸张的讽刺剧的手法，与前两幕的风格不大协调。"（《文艺报》1958 年第 1 期）

25 日，中国作协党组扩大会议复会。周扬在会上特别强调丁玲、陈企霞的问题与全国的斗争形势的关系。他说："前年的会是在肃反运动中开始的，现在的会又碰上反右派斗争，这说明我们党内斗争往往是与整个社会上的阶级斗争分不开的"。李之琏回忆了当时复会会场的情形："先安排陈企霞作'坦白交待'并揭发丁玲。会议进行中有一些人愤怒指责，一些人高呼'打倒反党分子丁玲'的口号。气氛紧张，声势凶猛。在此情况下，把丁玲推到台前作交代。丁玲站在讲台前，面对人们的提问、追究、指责和口号，无以答对。她低着头，欲哭无泪，要讲难言，后来索性将头伏在讲桌上，呜咽起来。""会场上一片混乱。有些人仍斥责丁玲，有些人高声叫喊，有些人在窃窃议论，有些人沉默不语。会议主持人看到这种局面，让丁玲退下。"（李之琏：《不该发生的故事》，《新文学史料》1989 年第 3 期）

28 日，《文艺报》第 17 号刊登茅盾的《必须加强文艺工作中的共产党领导！》。同期还刊载臧克家的《从一篇文章看萧乾的反动思想立场——〈放心·容忍·人事工作〉批判》和俞林的《也打开窗户说亮话——致姚雪垠》。

30 日，《文汇报》发表社论《上海作家们，进一步深入开展反右派斗争》。

本月，沈从文在《旅行家》杂志上发表文学散论《谈"写游记"》。

八月

1 日，《人民日报》发表朱德的旧体诗五首（《纪念八一》《井冈山会师》《出太行》《赠蜀中诸父老》《寄南征诸将》）和陈毅的《赣南游击词》。

2 日，中国剧协和中国影协联合召开座谈会，"揭露和批判"吴祖光"鸣放"时期的言行。

5 日，《延河》8 月号发表朱德的旧体诗《游南泥湾》、杜鹏程的中篇小说《在和平的日子里》和柳青的随笔《请靠人民近些吧!》。

7 日,《人民日报》报道:《文艺界反右派斗争的重大进展,攻破丁玲、陈企霞反党集团》。

8 日,沈从文的散文《一点回忆,一点感想》发表在《人民文学》8 月号上。

10 日,昌耀的诗《林中试笛》二首发表在《青海湖》第 8 期上。昌耀因此诗被打成"右派",此后长期在青海西部荒原从事农垦,直至 1979 年始得平反。

11 日,《文艺报》第 19 号刊登《文艺界反右派斗争深入开展,丁玲、陈企霞集团阴谋败露》。文中第四节的小标题为《批判冯雪峰、艾青等的反党言行》。同期还刊载了批判吴祖光、钟惦棐、刘绍棠等人的文章。

13 日,在中国作协党组扩大会议第 16 次会议上,斗争的矛头开始移向冯雪峰。在 14 日的第 17 次会议上,夏衍"揭发"冯雪峰的发言引起了大会的"轰动"。冯雪峰写于 1966 年 8 月的一份材料回忆说:"第 17 次会上夏衍的发言最震动全场,发言中最主要的一点就是说我 1936 年在上海勾结胡风,打击上海地下党,摧毁地下党,诬蔑他和周扬是蓝衣社、法西斯;并且勾结胡风,蒙蔽鲁迅,假借鲁迅的名义提出'民族革命战争的大众文学'的口号,分裂左翼文艺界等等。"冯雪峰还谈到了会场上最使他震动的两件事:"第一,是夏衍发言使会场震动的时候,许广平也十分激动,引起了对我的怀疑,哭泣着站起来痛斥我的'欺骗鲁迅,损害了鲁迅,是一个大骗子!'""第二,在夏衍的发言中,周扬几次站起来,声色俱厉地质问我:鲁迅答徐懋庸信前半篇中指责周扬等人一、二段话,是我的笔迹,已经对过原稿,这是对他的'政治迫害',同时这也等于向敌人告密,让敌人知道他们在上海活动。"(冯雪峰:《有关 1957 年周扬为"国防文学"翻案和〈鲁迅全集〉中一条注释的材料》,转引自洪子诚《百花时代》,第 244—245 页,山东教育出版社 1998 年版)

18 日,《文艺报》第 20 号刊载周扬、邵荃麟、刘白羽、林默涵在中国作协党组扩大会议上的发言纪要,题名为《文艺界正在进行一场大辩论》。同期还刊登了张天翼、艾芜、沙汀在中国作协党组扩大会议第 8 次会议上批判丁玲的联合发言《你要不要重新做人?》。

20 日,峻青的《作家对"笔会"的批评和期望》刊登在《文汇报》上。

26 日,《光明日报》发表社论《把文艺界反右派斗争深入下去》。

27 日,《人民日报》发表长篇报道,关于冯雪峰的"主要罪状"被概括为:一、"丁、陈反党集团"的支持者和参与者。二、人民文学出版社右派分子的"青天"。三、"三十年来一贯反对党的领导"。四、"反马克思主义的文艺思想和胡风一致。"五、"反动的社会思想。"

29 日,《人民日报》刊登赫鲁晓夫有关苏联文艺方针等言论。

本月,正在北京修改长篇小说《捕虎记》的姚雪垠被中南作协电话召回武汉。从此,姚雪垠作为"极右分子"受到多次猛烈的批判。10 月,姚雪垠在极其"孤立"的情况下开始秘密创作长篇小说《李自成》。

周遐寿(周作人)的《鲁迅小说里的人物》由人民文学出版社出版。

陈伯吹的《作家与儿童文学》由天津人民出版社出版。

九月

1 日，《人民日报》发表社论《为保卫社会主义文艺路线而斗争》。

4 日，老舍的《论才子》发表在《北京文艺》9 月号上。

8 日，《文艺报》第 22 号以《文艺界对丁、陈反党集团的斗争深入开展，李又然、艾青、罗烽、白朗反党面目暴露》为题发表了报道。报道中说艾青"奔走于几个反党集团之间"，指的是"丁陈反党集团"、"吴祖光反党集团"（戏剧界）、"江丰反党集团"（美术界）。

10 日，冰心的《一面坚决地斗争，一面彻底地改造》刊登在《新华半月刊》第 17 号上。

16—17 日，中国作协党组扩大会议举行总结会议。会议在首都剧场举行，共有 1350 多人参加。中国作协党组书记邵荃麟作了总结讲话。他从三个方面概括了丁玲、陈企霞、冯雪峰的"反党集团"的"阴谋"和"罪行"："一、反对党的领导；二、分裂文艺界的团结；三、建立反党的文艺思想阵地。"邵荃麟在讲话中说丁玲准备在 10 月召开的第 4 次文代会上宣布退出中国作协，陈企霞已经写好了"告别文艺界书"等等。还说他们"准备建立一个自己的反党的文艺阵地——这就是以冯雪峰为主的秘密筹备的同人刊物"，其目的"就是要搞垮党所领导的《文艺报》，另外建立一个反马克思主义的文艺阵地。"（《文艺上两条路线的大斗争》，《人民日报》1957 年 9 月 7 日）陆定一、周扬、郭沫若、茅盾、巴金、老舍在总结会上也发表了讲话。郭沫若在讲话中说："我们恳求党对于整个文艺战线、整个知识分子大军加强领导，严格监督，不姑息党内作家，也不姑息党外作家，要使大家都养成高度的纪律性并具有坚强的统一意志，要真正成为社会主义建设的文化工人。"（《努力把自己改造成为无产阶级的文化工人》，《人民日报》1957 年 9 月 28 日）《文艺报》1957 年第 25 号（9 月 29 日出版）对本次总结会进行了报道，题目是《文艺界对丁陈反党集团的斗争获得重大胜利　陆定一、周扬在作协党组扩大会上作重要讲话》。报道指出："这次历时三个半月的党组扩大会议，是 1955 年作协党组对丁、陈反党集团斗争的继续，是一场保卫党的团结和统一、保卫党的文艺路线、保卫社会主义的文学艺术事业的激烈的斗争。"

17 日，李希凡在《中国青年报》上撰文《从"本报内部消息"开始的一股创作上的逆流》指出："不能把'本报内部消息'的出现，看成是文艺创作上的孤立现象。'本报内部消息'是文艺上反党逆流的最初的浪头。""自从这篇作品又受到某些报刊的赞扬以后，所谓'揭露生活的阴暗面'，和歌颂黄佳英之流的'青年勇士'的作品，就大量出现了。〈组织部新来的年青人〉里的（主要是经过人民文学编者修改后的）林震，实际上是黄佳英的男性的翻版。另一个右派分子刘绍棠的〈田野落霞〉和〈西苑草〉，是攻击我们社会的更恶劣的作品。直到反右派斗争开始了很久以后的人民文学七月号，还发表了那样恶毒攻击社会主义社会的特别阴暗的作品〈改选〉，公开宣扬资产阶级恋爱观点的〈红豆〉，而且人民文学的编者还向广大读者推荐了它们，至于全国其他刊物上，这种作品也不在少数。""和这股创作上的逆流交织在一起的，还有反对党的文艺路线的理论上的配合。他们反对社会主义现实主义，主张要'揭露生活的阴暗面'，要'写真实'。""有创作，有理论，有支持者，就使得这股逆流在一个时期里的文艺创作上，确实起到了兴风作浪的作用。但是，还必须指出，给这股逆流作过推波助澜的帮手的，主要是人民文学编辑部。人民文学的某些编者是修正主义理论的首倡者，也是这些作品的推荐者和修改者。没有大块的土地，任何逆流都是起不了作用的。"

24 日，李劼人写于解放前的长篇小说《大波》第 1 部经修改后发表在《收获》第 2 期上。同期还刊载了郑振铎（郭源新）的短篇小说《汨罗江》。

25 日，陈毅的诗《赠郭沫若同志》《莫干山纪游词》在《诗刊》第 9 期上发表。

本月，田间的诗集《芒市见闻》由云南人民出版社出版。

公刘的诗集《在北方》和严辰的诗集《最好的玫瑰》由作家出版社出版。

《草明短篇小说集》、刘真的短篇小说集《林中路》由作家出版社出版。

阿章的短篇小说集《大革命的小火花》由上海新文艺出版社出版。

十月

1 日，江苏《雨花》杂志 10 月号刊登《"探求者"文学月刊社的章程和启事》，并加编者按说："本省文艺工作者陈椿年、高晓声、叶至诚、方之、陆文夫、梅汝恺、曾华等在今年六月发起组织了'探求者'文学月刊社，并拟定了'章程'和'启事'，而在这'章程'和'启事'中，提出了他们在政治上和艺术上的纲领。现在把他们的'章程'和'启事'发表在下面，希望大家对它进行讨论和批判，以便弄清楚到底是什么样的性质。""探求者"的"章程"中宣称："本月刊系同人合办之文学刊物，用以宣扬我们的政治见解与艺术主张。""刊物不发表空洞的理论文章，不发表粉饰现实的作品。大胆干预生活，对当前的文艺现状发表自己的见解。不崇拜权威，也不故意反对权威，不赶浪头，不作谩骂式的批评，从封面到编排应有自己独特的风格。""本刊系一花独放、一家独鸣之物，不合本刊宗旨之作品概不发表。""探求者"的"启事"中声明："我们将勉力运用文学这一战斗武器，打破教条束缚，大胆干预生活，严肃探讨人生，促进社会主义。""我们还认为，自愿结合来办杂志，和用行政方式办杂志比较起来有很多优越之处。""我们期望以自己的艺术倾向公之于世，吸引同志，逐步形成文学的流派。""我们的办法，不是先形成流派再来办杂志，而是用办杂志来逐步形成流派；我们认为，只有这样，形成文学流派才有可能。"

6 日，《文艺报》第 26 号发表了闻捷的诗《祖国，光辉的十月！》，并刊载了阿英的《晚清文学期刊述略》和魏金枝的《大纽结和小纽结——短篇小说漫谈之一》。

9 日，《新华日报》发表社论《"探求者"探求什么？》。

13 日，《文艺报》第 27 号报道，全国第三次文代会将延至明年举行。同期还刊登了樊宇的文章《他们"探求"些甚么？——驳"探求者"启事》，以及总政宣传部创作室对公刘"鸣放"期间言论的批判。

14 日，《人民日报》报道，毛泽东召集最高国务会议，会议同意继续深入开展整风运动。

15 日，张天翼的《关于沙菲女士》刊登在《人民日报》上。

21 日，《文艺报》第 28 号发表社论《从刘绍棠的堕落中吸取教训》，并刊登《一个青年作者的堕落——批判刘绍棠右派言行大会的报导》，以及茅盾、老舍等五人在该大会上的发言。

本月，《文艺学习》《文艺报》开始批判"写真实"论。

沈从文应人民文学出版社之邀编选的《沈从文小说选集》出版。在该书的《题记》中，沈从文表达了日后仍想重新创作的愿望。

艾青的诗集《海岬上》、邹荻帆的诗集《祖国抒情诗》由作家出版社出版。

梁上泉的诗集《云南的云》由中国青年出版社出版。

张永枚的诗集《南海渔歌》由长江文艺出版社出版。

草明的短篇小说集《延安人》由天津人民出版社出版。

徐怀中的长篇小说《我们播种爱情》由解放军文艺出版社出版。

欧阳予倩改编的话剧《桃花扇》由中国戏剧出版社出版。

蒋孔阳的《论文学艺术的特征》由上海新文艺出版社出版。

十一月

1 日，《人民日报》发表社论《全民整风是我国社会主义民主的重要发展》。

5 日，柳青的文章《走哪一条路？》刊登在《延河》11 月号上。

7 日，欧阳予倩的诗《歌唱红十月》发表在《文汇报》上。

8 日，周立波的短篇小说《腊妹子》、康濯的《写在十月里》、姚文元的《文学上的修正主义思潮和创作倾向》刊登在《人民文学》11 月号上。

9 日，《人民日报》刊登周扬在北京文艺界庆祝十月革命 40 周年大会上的讲话：《十月革命和建设社会主义文化的任务》。

曲波的《关于〈林海雪原〉》刊登在《北京日报》上。

12 日，《人民日报》发表社论《要有一支强大的工人阶级文艺队伍》。同日《光明日报》也发表社论《送作家到群众生活中去扎根》。

13 日，《人民日报》刊登康濯、雷加等人的文章《坚决走上新的生活道路》《生活的札记》等。

20 日，冰心的诗《十月革命的一声炮响》和康濯的《苏联作家的道路是我们的榜样》刊登在《北京文艺》第 11 期上。

29 日，王统照在济南逝世，享年 60 岁。王统照，字剑三，山东诸城人。1918 年入北平中国大学学习，次年参加五四运动，从事新文学创作。1921 年参加发起成立文学研究会，曾编辑《曙光》《晨光》等杂志，主编《晨报》的《文学旬刊》。1924 年任中国大学教授，两年后迁居青岛。1931 年赴东北短期教书并游历。1934 年赴欧洲游历和考察，到英国剑桥大学研究文学。1935 年回国，在上海任《文学》月刊主编。抗战爆发后在上海从事编辑和写作，宣传抗日，曾任暨南大学教授、开明书店编辑。抗战胜利后返回青岛，任山东大学教授。建国后历任山东大学中文系主任、山东省文联主席、省文化局长等职。著有长篇小说《一叶》《黄昏》《山雨》《春花》，短篇小说集《春雨之夜》《霜痕》《号声》《银龙集》《华亭鹤》，诗集《童心》《这时代》《夜行集》《放歌集》《横吹集》《江南曲》《鹊华小集》，散文集《欧游散记》《片云集》《青纱帐》《去来今》《游痕》《繁辞集》，报告文学集《北国之春》等。1977 年山东人民出版社出版《王统照文集》六卷。郑振铎在《悼王统照先生》中说："他的小说具有特殊的风格，表现出五四时代所共有的反抗的精神，同时却加上了他自己的婉曲而沉郁的情绪。是的，他的情绪一直是婉曲而沉郁的。他比我只大一岁，但他却显得比我老成得多，也显得比我早衰。很早的时代，他就开始絮絮叨叨地说着'老话'。""表面看起来，王统照先生是随和得很的人。……但他是'有所不为'的！他是内方外圆的，其实，固执得很！对于不正义的事，他从来不肯应付，或敷衍一下。他疾恶如仇。他从来没有向任何罪恶的力量低过头。""他在山东大学做教授的时候，乃是一盏明灯，照耀着学生们向光明大路走去。他是'有所为'的！无论在这个时期或在上海编辑〈文学〉时期，他都是真心诚意地接受中国共产党的领导的。""王统照先生的字是写得很劲秀的，一手褚河南，深得其神髓，在今日的'书家'里，他算得是出类拔萃的一位。但他从来不自己吹嘘，所以知道他会'写字'的人很少。"（《人民文学》1958 年第 1 期）陈毅在闻知自己昔日加入文学研究会的介绍人王统照先生去世后，满怀深情地写下了《剑三今何在》长诗，以示悼念。诗中写道："剑三今何在？墓木将拱草深盖。四十年来风云急，书生本色能自爱。剑三今何在？忆昔北京共文会。君说文艺为人生，我说革命无例外。剑三今何在？爱国篇章寄深爱。一叶童心我爱读，评君雕琢君不怪。剑三今何在？文学史上占席位。只以点滴献人民，莫言全能永不坏。"

欧阳予倩的诗《葵向吟》发表在《人民日报》上。

本月，《为保卫社会主义文艺路线而斗争》（上、下册）由新文艺出版社编辑出版。

白桦的长篇叙事诗《孔雀》和诗集《热芭人的歌》由中国青年出版社出版。

蔡其矫的诗集《涛声集》由新文艺出版社出版。

石言的短篇小说集《柳堡的故事》由上海新文艺出版社出版。

冯钟璞（宗璞）的儿童文学《寻月记》由中国少年儿童出版社出版。

巴人的《遵命集》由北京出版社出版。

十二月

8 日，《文艺报》第 35 号刊登陆耀东的《评目前研究"五四"以来作家作品的倾向》。文章认为，当前评价徐志摩、郁达夫等作家的诗歌、小说作品都存在着偏高的问题。

10 日，《文汇报》报道："上海市作家踊跃报名下乡上山，巴金同志传达周总理报告，指出脑力劳动是可贵的，但体力劳动是根本，脑力劳动必须与体力劳动相结合，才能发挥更大的作用"。

12 日，《解放军文艺》12 月号刊载魏巍等作家撰写的文章《长期地、无条件地、全心全意地到工农兵群众中去》。同期还发表了王愿坚的短篇小说《亲人》和张志民的短篇小说《复婚记》。

15日，《文艺报》第36号上刊登了《文学刊物必须面向群众》的报道，并加编者按指出："目前文艺界整风已进入第三阶段，我们的文艺期刊如何大整、大改？这篇文章，提出了重要的参考意见。"同期还刊登了康濯的《黄秋耘的修正主义倾向》。

16日，赵树理的杂文《"才"和"用"》发表在《中国青年》第24期上。

18日，郭小川的长篇叙事诗《一个和八个》定稿，但此诗当时并未发表。1959年6月，中国作协党组对郭小川写这首诗进行了内部批判；同年11月，作协党组又召开十二级以上干部会议，批判这首诗宣扬了"不健康的思想"："第一，实际上是为反革命分子辩护，为那些利用肃反向党进攻的反动分子辩护，为惯匪和逃兵、杀人犯辩护，似乎他们是无罪的、可怜的。……第二、诬蔑了党，歪曲了党的政策，按照这个作品所表现的，党是诬陷了好人的，……第三、把主人公王金这个孤立的人的所谓'人格力量'夸大到极端荒谬的程度，他自己的'人格'和'苦行'可以胜过党的集体力量和原则的政策；第四、全诗充满了'人性论'的反动观点，不管什么人，都有'人'的'心肝'，能动的'人的意义'。"（郭小川：《关于右倾错误和个人主义——我的思想检查》，《检讨书》（郭小惠编），第24—25页，中国工人出版社2001年版）"文革"结束后，这首诗在《长江》丛刊1979年第1辑公开发表。

22日，《文艺报》第37号上刊载张光年的文章《文艺界右派是怎样反对教条主义的?》。

25日，郭小川的叙事诗《白雪的赞歌》发表在《诗刊》12月号上。臧克家在《郭小川同志的两篇长诗》中首先肯定了该诗的优点，随后集中对女主人公于植与医生的暧昧关系发表了意见。他说："因为有了医生这个人物，加进去他和女主角的爱情的纠纷，这就破坏了女主角的崇高的典范形象，使得主题意义受到严重损害。""她的心，一方面在念念不忘不知身在何处的丈夫，切盼他早日归来；另一方面，却对眼前的医生发生了'不限于友谊'的情感。她的人格分裂了。作者想把她塑成一个令人景慕的典型人物，实际上，却叫她自己的行动破坏了自己的形象。"（《人民文学》1958年第3期）

26日，叶剑英的《西行杂诗》刊登在《人民日报》上。

30日，上海市37名作家下放锻炼。次日，《解放日报》《文汇报》分别发表社论《贯彻执行社会主义文艺路线的关键问题》和《建立工人阶级作家队伍的道路》。

本月，《文艺学习》并入《人民文学》，张天翼任《人民文学》主编，陈白尘、韦君宜、葛洛任副主编。艾芜、周立波、吴组缃、袁水拍、赵树理等9人为编委。

郭小川的诗集《致青年公民》和贺敬之的诗集《乡村的夜》由作家出版社出版。

田间的诗集《马头琴歌集》和张永枚的诗集《骑马挂枪走天下》由中国青年出版社出版。

梁斌的长篇小说《红旗谱》由中国青年出版社出版。作者在《我怎样创作了〈红旗谱〉》中说："《红旗谱》从短篇发展到中篇，由中篇发展到长篇。"（《文艺月报》1958年第5期）所谓短篇是指作者创作于1934年的《夜之交流》，中篇指的是写于

1942 年的《三个布尔什维克的爸爸》。梁斌从 1953 年开始创作多卷本长篇小说《红旗谱》，1953 年至 1954 年间先完成《烽烟图》初稿，1955 年至 1956 年完成《红旗谱》和《播火记》的初稿。第二部《播火记》1963 年由百花文艺出版社出版，第三部《烽烟图》迟至 1983 年出版。梁斌在《漫谈〈红旗谱〉的创作》中说："我写《红旗谱》时有一点是明确的，就是人物必须扎根于现实，然后大胆地尽可能用理想和联想去加强和提高。""我写这部长篇时，主要人物都已在脑子里酝酿成熟，比如朱老忠写出后和我当初设想并无多大出入。当然，对人物和故事情节的安排是有变化和发展的。比如原来准备写一家牺牲一个儿子（大贵、运涛），后来都没有让他们牺牲。又如原来计划把朱老忠作为普通党员写，高蠡暴动后回家潜伏。运涛、江涛出狱回家后他再出来工作。后来，为了使这个形象要提高一步，加强他的声色气魄，同时使人物性格能够进一步发展，就把他写成红军大队长，这样，朱老忠就不再是一个普通党员了。"又说："在创作中，我曾考虑过，怎样摸索一种形式，它比西洋小说写法略粗一些，但比中国的一般小说要细一些；实践的结果，写成目前的形式。""要想完成一部有民族气魄的小说，我首先想到的是要做到深入地反映一个地区的人民的生活。地方色彩浓厚，就会透露民族气魄。为了加强地方色彩，我曾特别注意一个地区的民俗。我认为民俗是最能透露广大人民的历史生活的。"（《人民文学》1959 年第 6 期）冯牧、黄昭彦在《新时代生活的画卷——略谈十年来长篇小说的丰收》中称它"是十年来我国文学创作中突出的收获"，主人公朱老忠"是我们十年来文学创作中第一颗光芒最明亮的新星，第一只羽毛最丰满的燕子"。（《文艺报》1959 年第 19 号）周扬在《我国社会主义文学艺术的道路》中指出："我们在《红旗谱》中看到了在漫长的黑暗统治的年代，老一代的革命农民向反动势力冲锋陷阵的悲壮历史。在朱老忠身上，集中地体现了农民对地主的世世代代的阶级仇恨，体现了为党所启发、所鼓励的农民的革命要求。"（《文艺报》1960 年第 13—14 号）

杨朔的散文集《亚洲日出》由北京出版社出版。

本年

由中国作家协会编选的《诗选（1956）》《短篇小说选（1956）》《特写选（1956）》《散文小品选（1956）》由人民文学出版社出版。

中国青年出版社出版《红旗飘飘》（第 1—5 集）。

武侠小说家平江不肖生病逝，享年 67 岁。平江不肖生，原名向恺然，名逵，1890 年生于湖南平江县。自幼喜好文学、武术，两度赴日本浪游，回国后参加过反袁运动和大革命。1922 年开始专事武侠小说创作，著有武侠小说《江湖奇侠传》《近代侠义英雄传》《江湖大侠传》《江湖小侠传》《江湖异人传》《现代奇人传》《半夜飞头记》《猎人偶记》《江湖怪异传》《烟花女侠》《双雏记》和《艳塔记》12 部。另著有《拳术见闻录》等武术理论专著和谴责小说《留东外史》。解放后，向恺然出家为僧，直至辞世。

诗人、考古学家陈梦家在中国科学院考古研究所被划成"右派分子"。罪名之一是

"反对文字改革"。其实他只是说过"文字改革应该慎重"。考古界对他进行了激烈的批判。他的妻子、著名外国文学研究专家赵萝蕤因受到过度刺激而导致精神分裂。划成"右派分子"后，陈梦家在考古研究所被"降级使用"，曾经一度"下放"到河南农村劳动。

流沙河作诗《暗礁及其他》《眼睛》《又是眼睛》《困惑》《宝鸡旅次题壁》。后一首诗中写道："被一个人误解了/这是烦恼/被许多人误解了/这是悲剧"。

1958 年

一月

1 日，马烽的短篇小说《三年早知道》和海默的短篇小说《人性》发表在《火花》1 月号上。

3 日，刘川的话剧《青春之歌》发表在《剧本》1 月号上。

4 日，《人民日报》上刊登齐白石的《白石老人的诗》和穆旦的检讨文章《我上了一课》。

吕远的叙事诗《理发师》发表在《北京文艺》第 1 期上。

5 日，为纪念中国话剧运动 50 周年，《文汇报》刊登夏衍的文章《难忘的一九三〇年——艺术剧社与剧联成立前后》。

7 日，毛泽东的词《蝶恋花·赠李淑一》发表在《人民日报》上。

8 日，周立波的长篇小说《山乡巨变》在《人民文学》1 月号上开始连载，至 6 月号止。全书 6 月由作家出版社出版，是为"正篇"。1960 年 4 月又出版了"续篇"。黄秋耘说："自然，《山乡巨变》的艺术成就，不仅在于它以所创造的艺术形象充实了我们的文学画廊，而且在于他以卓越的艺术经验丰富了我们的文学园地。""在《山乡巨变》中最令人击节赞赏的艺术特色，就是作者能够用寥寥几笔，就活灵活现地勾勒出一幅幅人物个性的速写画。以亭面糊为例，这位老倌子不出场则已，一出场，他的一言一笑，一举一动，无一不使他的性格焕发着奇异诡谲，丰富多彩的光芒。""作者不仅善于描绘人物个性的速写画，也同样善于用寥寥几笔，勾勒出一幅幅包含着诗情画意的风景画和风俗画，使全书抒发着浓郁的生活气息，弥漫着清新的泥土芬芳，呈现着明丽的地方色彩，这是《山乡巨变》在艺术创作上另一个可贵的特色。""《山乡巨变》是否有不够的地方呢？我觉得，主要还是'气'不够，这里所说的'气'是指作品中的时代气息而言。""在文字上，冷僻的方言用得多了一些，稍嫌驳杂，《续篇》枝蔓较多，而且不无斧凿的痕迹，不如《正篇》那样畅适自然；同时到了《续篇》，作者的生活底子就显得不是那么丰厚，个别地方甚至笔力不逮，因而在艺术的完整性上也就不免有点逊色了。""从《暴风骤雨》到《山乡巨变》，作家的艺术风格显然是有所变化的"，"作为一个比拟，前者偏重于'阳刚之美'，后者则偏重于'阴柔之美'。"（《文艺报》1961 年第 2 号）

《人民文学》本期还刊有李六如的《关于〈六十年的变迁〉答读者问》，并在《作家谈"写真实"》栏目中刊登杜鹏程的《感想与感受》、王西彦的《真实与真理》。

11 日，《文艺报》编委会改由巴人、公木、严文井、陈笑雨、陈荒煤、侯金镜、张光年、王瑶组成。主编仍为张光年。

《文艺报》第 1 期开始刊载茅盾的长篇论文《夜读偶记——关于社会主义现实主义及其它》，分 5 期（第 1、2、8、9、10 期）载完，全书 8 月由天津百花文艺出版社出版。这篇长文是茅盾读了何直的《现实主义——广阔的道路》及文艺界关于社会主义现实主义的争鸣文章而引发的，其主旨是批判"文艺上的修正主义思想"。茅盾在文中把"现实主义和反现实主义的斗争"当作主线来描述中外文学发展的一般规律。在他看来，"任何历史时期都有两种文学的基本倾向在斗争，这就是为人民和反人民，正确反映现实和歪曲粉饰现实。现实主义与反现实主义的斗争就是文学上这两种基本倾向斗争的概括"。茅盾在文中对古典主义的论析占有很大篇幅。他指出，古典主义"要求于人物性格者，只是一种固定的不变的性格，而且是由作者的理性加以理想化的"，这是一种"以抽象的道德观念（或人类的某些品性）为基础的塑造人物的方法"，而公式化概念化的作品正同古典主义"从理性出发抓住了'应该是怎样'这一个环节"别无二致。对此他说："现实主义、特别是社会主义现实主义的作家，按其思想方法而言，本来不应该产生公式化概念化的作品，但是事实上还是产生了。"而这类作品在古典主义和浪漫主义的"第二、三流作家的作品中，实在经常可以看到。"

15 日，胡万春的短篇小说《骨肉》（国际文艺竞赛获奖的工人作品）发表在《中国青年报》上。

24 日，管桦的中篇小说《辛俊地》发表在《收获》第 1 期上。

26 日，《文艺报》第 2 号开辟"再批判"专栏，对丁玲、王实味、萧军、罗烽、艾青等 1942 年在延安写的一批文章进行"再批判"。在由毛泽东大量修改和加写的"编者按语"中说："再批判什么呢？王实味的《野百合花》，丁玲的《三八节有感》，萧军的《论同志之"爱"与"耐"》，罗烽的《还是杂文的时代》，艾青的《了解作家，尊重作家》，还有别的几篇。""'奇文共欣赏，疑义相与析'，许多人想读这一批'奇文'。""奇就奇在以革命者的姿态写反革命的文章。鼻子灵的一眼就能识破，其他的人往往受骗。外国人知道丁玲、艾青名字的人也许想要了解这件事的究竟。因此我们重新全部发表了这一批文章。""谢谢丁玲、王实味等人的劳作，毒草成了肥料，他们成了我国广大人民的教员。他们确能教育人民懂得我们的敌人是如何工作的。鼻子塞了的开通起来，天真烂漫、世事不知的青年人或老年人迅速知道了许多世事。"同期还载有张光年的《沙菲女士在延安》、林默涵的《王实味的〈野百合花〉》、冯至的《驳艾青的〈了解作家，尊重作家〉》等 6 篇批判文章。

本月，蔡其矫的诗集《回声续集》和柯蓝的散文诗集《早霞短笛》由作家出版社出版。

萧也牧的短篇小说集《难忘的岁月》由上海新文艺出版社出版。

杨沫的长篇小说《青春之歌》由作家出版社出版。《中国青年》1959 年第 2 期刊登郭开批评《青春之歌》的文章《略谈对林道静的描写中的缺点》，由此引发了在《中国青年》和《文艺报》上对《青春之歌》的讨论。1959 年 2 月 11 日，《文艺报》从第 3 号起专门开辟了"读者讨论会"专栏。讨论中绝大部分人不同意郭开的简单粗暴的批评。《文艺报》同年第9号刊登马铁丁的《论〈青春之歌〉及其论争》，对这次讨论作了较全面的分析和总结。郭开认为这部"书里充满了小资产阶级情调，作者是站在小资产阶级立场上，把自己的作品当作小资产阶级的自我表现来进行创作的。"又说作品"没有很好地描写工农群众，没有描写知识分子和工农的结合，书中所描写的知识分子，特别是林道静自始至终没有认真地实行与工农大众相结合。""尤其是林道静，从未进行过深刻的思想斗争，她的思想感情没有经历从一个阶级到另一阶级的转变，到书的最末她也只是一个较进步的小资产阶级知识分子，可是作者给她冠以共产党员的光荣称号，结果严重地歪曲了共产党员的形象。" 茅盾在《怎样评价〈青春之歌〉》中指出："作者既然要描写一个小资产阶级知识分子的思想改造，就不能不着力地描写小资产阶级思想意识在人的行动中的表现及其顽强性；着力描写这些，正是为了要着力批判这些。"（《中国青年》1959年第4期）何其芳在《〈青春之歌〉不可否定》中认为"作者并不是'站在小资产阶级立场'上去描写她的，并不是'连他们的缺点也给以同情甚至鼓吹'。""小资产阶级知识分子的改造是长期的，并不是基本上已经够了共产党员的条件但还带有某些小资产阶级知识分子的缺点的人就不可以吸收入党。"（《中国青年》1959年第5期）1960年3月，人民文学出版社出版了《青春之歌》的修改本。新版的《青春之歌》增写了林道静在农村的8章和在北大领导学生运动的3章。谈到这次修订的原因和出发点，杨沫在《青春之歌·再版后记》中作了如此说明："《中国青年》和《文艺报》上的讨论，以及其他读者所提出的许多意见，集中起来可以分作这样几个主要方面：一、林道静的小资产阶级情感问题；二、林道静和工农结合问题；三、林道静入党后的作用问题——也就是'一二九'学生运动展示得不够宏阔有力的问题。"而作者这次修改的目标正是为了"逐条解决"这些问题。她说："修改都是围绕着林道静的成长，围绕着林道静所走的道路，围绕着林道静这个人物的典型意义来进行的。"

冯德英的长篇小说《苦菜花》由解放军文艺出版社出版。

秦牧的散文集《贝壳集》由作家出版社出版。

姚文元的《论文学上的修正主义思潮》由新文艺出版社出版。

二月

1日，蔡其矫的诗《雾中汉水》发表在《长江文艺》第2期上。

5日，杜鹏程的速写《夜走灵官峡》发表在《延河》第2期上。

8日，《人民文学》2月号在《作家谈'写真实'》专栏内刊登茅盾等人的《关于所谓写真实》等批判"写真实"的文章。同期载有杜鹏程的短篇小说《一个平常的女人》。

11—14日，文化部召开八大城市艺术表演团体负责人及十二省市文化局代表工作会议，研究上山下乡、深入工农问题。41个到会演出团体的代表联名提出倡议书，向全国各兄弟剧团开展竞赛。

15日，《文艺报》编辑部举行文风座谈会。出席的有老舍、臧克家、赵树理、叶圣陶、谢冰心、吴组缃、陈白尘、朱光潜、宗白华、王瑶、郭小川、胡可、张光年、侯金镜、陈笑雨等。《文艺报》第 4 号以《反对八股腔，文风要解放》为题，发表了座谈会的发言纪录。

25 日，冰心的诗《春风得意马蹄疾》发表在《诗刊》第 2 期上。

26 日，《文艺报》举行《红旗谱》座谈会，侯金镜主持，该报第 5 号以《老战士话当年》进行了报道。

冰心的散文《我们这里没有冬天》发表在《人民日报》上。

姚文元的《冯雪峰资产阶级文艺路线的思想基础》刊登在《文艺报》第 4 号上。

28 日，周扬的《文艺战线上的一场大辩论》在《人民日报》和《文艺报》第 5 号同时发表。文章说："在全国反击资产阶级右派的斗争中，文艺界揭露和批判了丁玲、陈企霞反党集团及其他右派分子，并且取得了很大的胜利。这是文艺战线上的一场大是大非之争，社会主义文艺路线和反社会主义文艺路线之争。这场斗争，是当前我国无产阶级和资产阶级、社会主义道路和资本主义道路的斗争在文艺领域内的反映。""文艺是时代的风雨表。每当阶级斗争形势发生急剧的变化，就可以在这个风雨表上看出它的征兆。""修正主义者力图使文艺脱离革命的政治。教条主义者简单地认为只要有政治，就有艺术。他们忽视艺术创作的特点和技巧的重要。他们的公式是政治即艺术，实际上就是取消艺术，这当然是错误的。修正主义者的公式则是艺术即政治，这是使政治服从艺术，实际就是使革命的政治服从于掩盖在艺术外衣下的反革命的政治。""经过反右派的大辩论，我们大家，包括我自己在内，都受到了极深刻的教育。绝大多数的作家、艺术家更坚定地站到了社会主义方面。社会主义热情在文艺界高涨起来。右派分子只有彻底悔改，重新做人，才有出路；别的出路是没有的。党和人民愿意帮他们改造，但主要要靠他们自己的努力。"

三月

1 日，《文汇报》发表社论《百花怒放，创作繁荣》。

高缨的短篇小说《达吉和她的父亲》发表在《红岩》第 3 期上。1960 年经作者改编为同名电影剧本。1961 年在《文艺报》《四川文学》《四川日报》上纷纷刊登对这篇小说及电影展开讨论的文章。重庆市文艺界还专门召开了座谈会。这次讨论主要围绕作品的思想性、人物的典型性、人性论、电影改编的成败等方面展开。作者高缨在《文艺报》1962 年第 7 期上发表了《关于〈达吉和她的父亲〉的创作过程》一文。冯牧在《〈达吉和她的父亲〉——从小说到电影》中认为："在这篇小说中所描写的，恰恰正是彝族人民从奴隶制度中得到解放不久以后的事情。这样一个具体的历史时期和时代环境的特点，是必不可避免地要在人们的思想当中得到反映的。""体现在彝族农民马赫尔哈身上的那种纯朴和强悍，体现在汉族农民任秉清身上的那种善良和执著，以及在他们身上有时会情不自禁地迸发出来的民族隔阂和猜忌心理，其实是被描写得十分合情合理，并且是符合于当时当地的历史条件和实际情况的。"又说："在人们之间，在作品和读者之间交流和激荡着的，分明是一种深挚而纯真的阶级感情，一种劳动人民的最崇高最美好的人性和人情。""作者用诗一般的语言，高声地歌颂了只有劳动人民才具有的那种纯朴的人性美和人情美。"（《文艺报》1961年第7期）

2日，《北京日报》反表社论《鼓足干劲，全面实现文艺界大跃进》。

3—5日，文化部、剧协、音协和北京市文联联合召开首都戏剧、音乐创作座谈会，讨论创作反映大跃进的问题。文化部副部长钱俊瑞在动员报告中说："创作大跃进是当前的中心任务"。夏衍、田汉、阳翰笙、林默涵、刘芝明等在会上讲话或发言。夏衍在讲话中说："现在是'逼上梁山'的形势摆在我们面前，逼我们非以革命的脚步赶上去不可！"《戏剧报》第5期以《创作热情似春潮澎湃》为题发表了综合报道。

4日，老舍的《北京戏剧界别让上海赶过》刊登在《文汇报》上。

5日，茹志鹃的短篇小说《百合花》发表在《延河》第3期上。《人民文学》6月号转载。茅盾在《谈最近的短篇小说》中说："我以为这是我最近读过的几十个短篇中间最使我满意，也是最使我感动的一篇。它是结构谨严，没有闲笔的短篇小说，但同时它又富于抒情诗的风味。""它的人物描写，也有特点；人物的形象是由淡而浓，好比一个人迎面而来，愈近愈看得清，最后，不但让我们看清了他的外形，也看到了他的内心。""恕我借用前人评文惯用的词汇，它这风格就是：清新、俊逸。"（《人民文学》1958年6月号）

7日，中国作协上海分会向各地倡议展开社会主义革命竞赛。《解放日报》8日以《政治上做革命派，生产上做促进派，艺术上做革新派》为题发表了报道。

8日，中国作协书记处讨论《文学工作大跃进32条》。《人民日报》于本日和9日连续发表报道：《中国作家协会发出响亮号召：作家们！跃进，大跃进》；《争取社会主义文学大丰收，首都作家纷纷响应作协号召》。

10日，首都文艺评论家召开评论工作跃进大会。《人民日报》以《愿百路文艺大军纵横驰骋，创作出无愧于时代的作品》为题，刊登了老舍、郑振铎、田汉、臧克家等12位文艺家笔谈大跃进的文章。

《解放日报》发表社论《文艺工作者要投入火热的斗争中去》。

12日，《解放军文艺》3月号刊载曹欣、邓斌的文章《清除右派分子陈沂在部队文艺青年中散放的毒素》。

15日，王汶石的短篇小说《井下》发表在《新港》2、3月合刊上。

18日，冰心的系列通讯《再寄小读者》开始在《人民日报》上分6次不定期陆续刊载。《人民日报》编者发表《欢迎〈再寄小读者〉》，文中说："所以用'再寄'，是从三十多年前的那本《寄小读者》而来。""正当祖国跨进一个新的历史时期的时候，冰心同志又拿起笔来，向新的小读者叙述新时代的故事了。"

22日，毛泽东在成都会议讲话中指出"要收集点民歌"。他说："中国诗的出路，第一条民歌，第二条古典，在这个基础上产生出新诗来，形式是民歌的，内容应是现实主义和浪漫主义的对立的统一。太现实了就不能写诗了。"

23日，《民间文学》从3月号开始选登各地大跃进民歌。

24日，周而复的长篇小说《上海的早晨》（第1部）发表在《收获》第2期上。同年5月由作家出版社出版。1962年12月出版第2部。第3、4部在80年代出版。

25 日，《诗刊》第 3 期刊登洪永固的《邵燕祥创作的歧途》，对邵燕祥的《贾桂香》一诗进行批判。

26 日，《文艺报》第 6 号刊登文学大跃进的综合报道：《扬帆鼓浪，力争上游》。报道说："争取今年在全国范围内掀起一个创作高潮，三、五年内实现社会主义文学大丰收。""除了搞长篇巨著外，每人每年至少要写 10 篇短小作品或评论文章。"该期还公布了老作家的"创作计划"。

29 日，《人民日报》介绍上海文艺界深入群众的新方式，与工农"攀亲家"等。

31 日，周扬在湖北文艺界跃进大会上讲话。《人民日报》以《文艺工作者怎样跃进？到群众中扎根，和工农通心》为题进行了报道。

本月，《茅盾文集》《巴金文集》《叶圣陶文集》开始由人民文学出版社分卷出版。

《新歌剧问题讨论集》（中国戏剧家协会编）由中国戏剧出版社出版。

冯至的诗集《西郊集》由作家出版社出版。

孙静轩的诗集《海洋抒情诗》由上海新文艺出版社出版。

阿英的《晚清文艺报刊述略》由古典文学出版社出版。

周作人整理、校订的《明清笑话四种》由人民文学出版社出版，共收明清笑话357则。

四月

1 日，沙汀的短篇小说《廖老娘》发表在《红岩》4 月号上。

2 日，李季的《天生泉》（跃进之歌）刊登在《人民日报》上。

3 日，郭沫若的长诗《百花齐放》在《人民日报》上开始连载。

由金山执笔的话剧《红色风暴》及其创作谈在《剧本》4 月号上发表。

5 日，柳青的中篇小说《咬透铁锹》发表在《延河》4 月号上。

8—11 日，中国作协召开文学评论工作会议。《人民日报》《文艺报》《人民文学》《文学研究》《解放军文艺》《戏剧报》《剧本》《中国电影》以及天津《新港》编辑部的负责人出席了会议。会议由邵荃麟主持，林默涵、郭小川、陈荒煤等 16 人在会上发言。会议交流了评论规划，讨论了建国以来文学评论工作在文艺思想斗争中的成绩和问题，文学评论工作的方针、任务和方法，以及扩大评论队伍、培养新生力量等问题。会议结束时又召开了扩大会议，周扬作了讲话。会议提出"当前评论工作的根本任务应该是促进社会主义文艺迅速和健康的发展；对各种反社会主义的文艺思想倾向继续进行批判"。

10 日，《文艺报》编辑部向全国艺术家们发起征文，总题目为《艺术家的红专计划》。

11 日，《文艺报》第 7 号在《讨论〈蝶恋花〉》专栏内刊有郭沫若的《答〈文艺报〉问》和郭沫若与张光年的通信。同期还刊有严文井、公木的《萧军思想再批判》。

14 日，《人民日报》发表社论《大规模地收集全国民歌》。

21 日，《人民日报》报道，郭沫若答《民间文学》编辑部问，题为《关于大规模收集民歌问题》。

23 日，《民间文学》4 月号刊载上海和湖北麻城的 90 首反映大跃进的工人或民间歌谣。

25 日，《诗刊》第 4 期刊有《工人谈诗》《工人诗歌一百首》、邵荃麟的《门外谈诗》。

26 日，中国文联、作协和民间文学研究会举行民歌座谈会。会议由周扬主持，郭沫若、老舍、郑振铎、臧克家、赵树理等人在会上发言。中共湖北省红安县宣传部长也应邀出席并介绍了该县开展诗歌创作运动的情况。会议提出收集、整理民歌、民谣的工作，建议成立全国编选机构，统一规划。周扬专门谈了民歌收集问题。《文艺报》第 9 号以《采风大军总动员》为题作了报道。

《文艺报》第 8 号刊登华夫的短评《厚古薄今要不得》。

28 日，《天津日报》刊登《进行自我教育　培养工人作家　各厂职工将编写"工厂史"》一文，并配发社论《描写工人阶级的历史》。

本月，艾青被划为右派分子，在王震将军的帮助下，来到黑龙江北大荒一个林场劳动改造。期间作长诗《踏破荒原千里雪》和《蛤蟆通河上的朝霞》。

《〈论"文学是人学"〉批判集》（第 1 辑）由上海新文艺出版社编辑出版。

孙犁的小说散文集《白洋淀纪事》由中国青年出版社出版。

西戎的短篇小说集《终身大事》和孙谦的短篇小说集《伤疤的故事》由山西人民出版社出版。

冰心的散文集《归来以后》由作家出版社出版。

五月

1—23 日，中国共产党第八次全国代表大会第二次会议召开。会议制定了"鼓足干劲，力争上游，多快好省地建设社会主义"的总路线，并通过了《全国农业发展纲要》。毛泽东在会上提出："无产阶级文学艺术应采用革命现实主义与革命浪漫主义相结合的创作方法。"

3 日，林默涵的《现实主义还是修正主义》刊登在《人民日报》上。

田汉的话剧《关汉卿》发表在《剧本》5 月号上。中国戏剧出版社 6 月出版单行本。1961 年 4 月又出版修订本。黎彦在《学习〈关汉卿〉剧作的几点体会》中介绍了田汉对《关汉卿》剧本的两次修改情况。其中最重要的一次修改就是把"原来蝶双飞的结尾改为悲剧蝶分飞的结尾"。（《剧本》1963 年第 9 期）戴不凡在《响当当的一粒铜豌豆——读话剧剧本〈关汉卿〉断想》中指出，田汉笔下的关汉卿是"一个以戏剧作武器，为被迫害的人民而战斗的剧作家的形象"。"把历来被人们认为是可上可下之才的这位风流浪子，写成为人民而战斗的剧作家，应当说，这是一次成功的翻案。""用写作《窦娥冤》的本末来表现关汉卿，这就更集中更强烈地表现了关汉卿是一个为平民百姓而战斗的剧作家。"（《文艺报》1959 年第 16 号）

5 日，《人民日报》以《无处不见诗，无人不歌唱》为题报道了中共湖北省红安县委宣传部长介绍该县开展诗歌创作活动的情况。

杜鹏程的短篇小说《延安人》发表在《文艺月报》第 5 期上。

8 日，《人民日报》发表社论：《多快好省地发展社会主义文化艺术事业》。提出"随着生产大跃进，出现了文化艺术方面的大跃进。必须反对少慢差费、右倾保守、冷冷清清、前怕狼后怕虎的文化建设路线"。

《人民文学》5 月号上刊登公木的《诗歌底下乡上山问题》。文中认为何其芳"反对或怀疑歌谣体的新诗"。

11 日，《文艺报》第 9 号以《诗人们笔谈革命的现实主义和革命的浪漫主义相结合》为题，刊登了贺敬之的《漫谈诗的革命浪漫主义》、郭小川的《我们需要最强音》、袁水拍的《诗中的现实主义和浪漫主义的结合》、臧克家的《理想，热情，诗意》、冯至的《漫谈新诗努力的方向》。

13 日，《人民日报》以《山歌民谣举国知音》为题，报道了广东、山东、辽宁、上海广泛采风的情况。

23 日，老舍的杂文《祸由口出》发表在《光明日报》上。

24 日，戈壁舟的叙事长诗《青松翠竹》、方纪的短篇小说《来访者》、康濯的报告文学《一步登天的路上》发表在《收获》第 3 期上。姚文元在《论〈来访者〉的思想倾向》中认为："《来访者》是一篇丑化社会主义社会和美化极端个人主义者的作品。这篇作品有毒。"(《文艺报》1958 年第 16 号) 1959 年至 1960 年，政治上批判"右倾机会主义"，文艺上批判"修正主义"，《来访者》遭到第二次批判。《新港》和《河北日报》上陆续刊登了批判文章，如康濯的《方纪短篇小说批判》等。

25 日，《诗刊》5 月号刊载贺敬之的《三门峡歌》（二首）和袁水拍的《向民歌学习浪漫主义精神》。

27 日，《文艺报》和《火花》编辑部在山西太原召开座谈会，探讨《火花》从 1956 年 10 月到 1958 年 5 月间刊载的 70 余篇短篇小说的创作倾向问题。山西省文联主席李束为、《火花》主编西戎、《文艺报》副主编陈笑雨等出席了座谈会。与会者认为这些短篇小说在人物塑造、故事性、语言等方面都具有浓厚的乡土味、时代精神和生活气息。《文艺报》第 11 期报道了这次会议的基本情况。

《人民日报》刊登一组《新民歌选》，包括《我来了》等 8 首。茅盾的《工人诗歌百首读后感》也刊登在同日的《人民日报》上。

本月，《民间文学》编辑部召开"新歌谣讨论会"。

诗人闻捷以《甘肃日报》记者的身份跟随朱德总司令在甘肃河西走廊、玉门油矿等地视察并采访。期间他与《人民日报》记者一道采写了 15 篇通讯特写，总题为《难忘的十五天》。此外他还作有 12 首题为《朱总在河西》的组诗，均发表在《甘肃日报》上。

王蒙被划为"右派分子"。

《大跃进诗选》由新文艺社编辑出版。

李季的诗集《西苑诗草》由作家出版社出版。

艾芜的短篇小说集《夜归》和浩然的短篇小说集《喜鹊登枝》由作家出版社出版。

胡可等集体创作的话剧《战斗里成长》由中国戏剧出版社出版。

阿英的《小说闲谈》和《小说二谈》由古典文学出版社出版。

冰心与人合译的《泰戈尔选集·诗集》由人民文学出版社出版。

六月

1 日，《红旗》创刊。创刊号载有毛泽东的《介绍一个合作社》和周扬的《新民歌开拓了诗歌的新道路》。周扬指出："大跃进民歌反映了劳动群众不断高涨的革命干劲和生产热情，反过来又大大地鼓舞了这种干劲和热情，促进了生产力的发展。新民歌成了工人、农民在车间或田头的政治鼓动诗，它们是生产斗争的武器，又是劳动群众自我创作、自我欣赏的艺术品。社会主义的精神渗透在这些民歌中。这是一种新的、社会主义的民歌；它开拓了民歌发展的新纪元，同时也开拓了我国诗歌的新道路。""毛泽东同志提倡我们的文学应当是革命的现实主义和革命的浪漫主义的结合，这是对全部文学历史的经验的科学概括，是根据当前时代的特点和需要而提出来的一项十分正确的主张，应当成为我们全体文艺工作者共同奋斗的方向。毛泽东同志本人所作的许多诗词，向我们提供了最好的范本。""全面收集民歌及其他民间文学艺术，是一件必须全党、全民动手的工作，同时必须动员和吸引全体文艺工作者来参加这个工作。""群众诗歌创作将日益发达和繁荣，未来的民间歌手和诗人，将会源源不断地出现，他们中间的杰出者将会成为我们诗坛的重镇。民间歌手和知识分子诗人之间的界限将会逐渐消泯。到那时，人人是诗人，诗为人人所共赏。这样的时代不久就会来到的。我们的诗人一定要深入工农群众，和群众一同劳动，一同创作，向民歌学习，向优良传统学习，只有这样，我们的新诗才有真正广大发展的前途。我们的文学艺术需要一个大革新、大解放，在党和毛泽东同志的领导下来实现这个大革新、大解放，现在正是时候了。"

3 日，《剧本》6 月号刊登郭沫若和田汉之间的《关于〈关汉卿〉的通信》和夏衍的《读〈关汉卿〉杂谈历史剧》。

7 日，《解放日报》刊登傅雷的"自我检查"文章。11 日，该报又刊登了批判傅雷的"反党反社会主义言行"的文章。

8 日，《人民文学》6 月号发表《新山歌》27 首、沙汀的短篇小说《风浪》、王愿坚的短篇小说《七根火柴》、茅盾的《谈最近的短篇小说》、老舍的《越短越难》、巴金的《谈我的短篇小说》，并转载了茹志鹃的短篇小说《百合花》。

9 日，《人民日报》报道，郭沫若率领首都作家走马观花，题为《使笔杆象铁锹一样发挥更大力量》。

11 日，《文艺报》第 11 号发表社论《插红旗，放百花》。同期还刊有《山西文艺特辑》，介绍了《火花》近期刊载的《"三年早知道"》等短篇小说。另有张爱萍的《英雄的军队，光辉的史诗——庆贺"光荣的中国人民解放军"出版》、以群的《谈陈涌的"真实"论》和冯至的《略论欧洲资产阶级文学里的人道主义和个人主义》。

12 日，《解放日报》发表社论《争取现代剧目更大的丰收》和冯德英的创作谈

《我怎样写出了〈苦菜花〉》。

13 日—7 月 15 日，文化部委托中国戏曲研究院召开"戏曲表现现代生活座谈会"。会议期间，11 个戏曲团体举行了"现代题材戏曲联合公演"；座谈会讨论了什么是我们要创造的社会主义民族新戏曲，以及现代戏创作和演出中的经验和问题。周扬在讲话中说：戏曲表现现代生活是一个大革新。同时提出，"在大力发展现代剧目的同时，继续发掘和整理传统剧目，并排演新历史戏曲剧目；在充分发扬传统艺术的基础上，创造社会主义的新戏曲。"参加座谈会的 11 个戏曲剧团还联名向全国剧团发出了倡议书。《光明日报》6 月 14 日发表社论《大力发展社会主义的现代戏》。《人民日报》8 月 7 日发表社论《戏曲应该为表现现代生活而努力》。

19 日，师陀的《新竹枝词》发表在《文汇报》上。

20 日，康濯的诗《心里的话就是诗》发表在《人民日报》上。

21 日，柳亚子逝世，享年 71 岁。24 日，首都各界人民举行公祭大会，刘少奇、周恩来、李济深、沈钧儒、郭沫若、陈毅、黄炎培、李维汉、吴玉章、陈叔通等 10 人主祭。吴玉章在悼词中说"亚子先生作为一个爱国诗人和坚定的民主主义革命者是敢于坚持真理，爱憎分明的。"（6 月 25 日《人民日报》）柳亚子，1887 年生，江苏吴江人，原名慰高，字安如，更名人权，字亚卢，再更名弃疾，字亚子。1906 年参加孙中山领导的中国同盟会，1909 年又创立南社，以文字鼓吹革命。辛亥革命后先后担任上海《天铎》《民声》《太平洋》等报主笔，继续宣传民主革命。1924 年加入了改组后的中国国民党，由于倾慕世界革命导师列宁，曾刻一颗图章自称"列宁私淑弟子"。1949 年参加中国人民政治协商会议，当选为中央人民政府委员。著有诗文集《乘桴集》（1928）、《南社纪略》（1940）、《怀旧集》（1947）、《磨剑室诗集、词集、文集》等。人民文学出版社 1959 年出版了《柳亚子诗词选》，郭沫若在序言中说："中国的文学语言，无论是雅言或常语，在他的笔下就像是雕塑家手里的软泥，真是得心应手。"杨天石、刘彦成在《南社》一书中说："柳亚子受过新派诗的影响。他曾自述早年读过梁启超《新民丛报》内的《饮冰室诗话》和《诗界潮音集》，非常热心于诗学革命，写过'一点烟士披里纯，愿为同胞流血矣'一类的诗篇。但作者是想'别创一宗'的，因而有不尽同于新派诗。他的诗特别是绝句受龚自珍的影响很深，尝自称'我亦当年龚定庵'。此外，他又吸取了顾炎武诗的敦厚深挚和陈子龙、夏完淳的悲凉激昂的一面。他自己又说：'我论诗不喜艰涩，主张风华典丽；做诗不耐苦吟，喜欢俯拾即是'（《我对于创作旧诗和新诗的感想》）。他的诗，或叙事抒情，或发为议论，一般都自然清新，流畅平易。'亚子颇天真，十足名士气。肆口发议论，信手写诗句。'时人赠作者的这几句诗很好地说出了柳亚子和他的诗歌的风格。"（杨天石、刘彦成：《南社》，第 68—69 页，中华书局 1980 年版）

22 日，《文汇报》发表短评《培养劳动人民自己的作家和艺术家》。

沙汀的《打破创作的神秘观念》发表在《四川日报》上。

25 日，郭沫若的新作 35 首《遍地皆诗写不赢》发表在《诗刊》6 月号上。

28 日，中国文联、剧协等团体在京举行"元代伟大戏剧家关汉卿戏剧创作七百周年纪念"。《人民日报》《光明日报》《戏剧报》《剧本》等报刊先后发表郭沫若、夏衍、田汉、郑振铎等撰写的有关研究和评论文章。中国戏剧出版社出版了《关汉卿戏曲集》。30 日，中国剧协举行了"关汉卿学术研究座谈会"。

本月，《星星》开始讨论"诗歌下放"（即诗歌到群众中去）的问题，一直持续到 11 月。10 月 11 日《星星》就这次讨论在成都召开座谈会，李亚群作总结性发言，并在《星星》和《红岩》上发表。他不赞成雁翼"不加区别地、含糊地肯定自由诗的成绩"，又批评红百灵说新民歌"有局限性，容量不大"的观点。他认为"关于形式问题的争论，还是一个谁跟谁走的问题"，"关于谁是主流之争，实质上是知识分子要在诗歌战线上争正统、争领导权的问题"。

《再批判》（《文艺报》编辑部编）由作家出版社出版。

《在"写真实"的幌子下》由湖南人民出版社编辑出版。

罗烽、白朗夫妇作为"右派分子"被遣至辽西阜新矿区劳动改造。

郭小川的叙事诗集《雪与山谷》由中国青年出版社出版。

梁上泉的诗集《寄在巴山蜀水间》和严辰的诗集《同一片云彩下》由新文艺出版社出版。

林斤澜的短篇小说集《春雷》由作家出版社出版。

郭小川的杂文集《针锋集》由北京出版社出版。

张庚的《论新歌剧》由中国戏剧出版社出版。

七月

1 日，毛泽东作七律《送瘟神》二首。后发表在 10 月 3 日的《人民日报》上。

《处女地》7 月号上开展关于新诗问题的讨论，发表了何其芳的《关于新诗的"百花齐放"问题》、郭小川的《诗歌向何处去?》、卞之琳的《关于新诗发展问题》和《工人座谈新诗发展问题》。何其芳认为："民歌体虽然可能成为新诗的一种重要形式，未必就可以用它来统一新诗的形式，也不一定就会成为支配的形式，因为民歌体有限制"，"首先是指它的句法和现代口语有矛盾"，"其次，民歌体的体裁是很有限制的。"《诗刊》本年 10 月号发表宋垒的文章《新民歌是主流，诗歌的发展应当以民歌体为主要基础——与何其芳、卞之琳同志商榷》，并加编者按提出进行讨论：新民歌有无限制？能否成为新诗的主流？其内容和形式是否都值得学习？以及新诗的评价等问题。《人民日报》《文艺报》《文学评论》《萌芽》等报刊随后纷纷发表了讨论文章。郭沫若、周扬、何其芳、柯仲平、雁翼、公木、力扬等参与了讨论。

郭沫若的《浪漫主义和现实主义》刊登在《红旗》第 3 期上。他认为"毛泽东同志的十九首诗词是革命现实主义和革命浪漫主义的典型的结合"。又说："在我个人特别感着心情舒畅的，是毛泽东同志诗词的发展把浪漫主义精神高度地鼓舞起来，使浪漫主义恢复了名誉。比如我自己，在目前就敢于坦白地承认：我是一个浪漫主义者了。这是三十多年从事文艺工作以来所没有的心情。"

陈昌奉的革命回忆录《跟随毛主席长征》在《新观察》第 13 期开始连载。9 月由作家出版社出版。

3 日，杨兰春的豫剧《朝阳沟》发表在《剧本》7 月号上。

4 日，郭沫若的诗《太阳问答》发表在《人民日报》上。

6 日，《文汇报》报道，文化部召开现代戏座谈会，讨论戏曲工作怎样"两条腿走路"的问题。

7 日，钱俊瑞的《调动一切文化工具为宣传和贯彻总路线服务》刊登在《人民日报》上。

8 日，郭沫若的《洪波曲——抗战回忆录》开始在《人民文学》7 月号至 12 月号上连载。

9 日，上海剧协召开关于京剧《红色风暴》的座谈会。与会者认为："京剧《红色风暴》出色地表现了工人革命运动，证明古典剧种能演现代戏。"

11 日，《文艺报》第 13 号刊出《大家都来编写工厂史专辑》，发表了介绍编写工厂史经验的文章和作品。

15 日，《新港》7 月号译载高尔基的《工厂史》和《评〈工厂史〉的工作》。

23 日，《北京日报》发表社论《坚持走群众路线，发展社会主义文学艺术》。

24 日，闻捷的长诗《东风催动黄河浪》、高缨的叙事长诗《丁佑君》、沙汀的短篇小说《下乡第一课》发表在《收获》第 4 期上。

25 日，郭沫若的《〈大跃进之歌〉序》刊登在《诗刊》7 月号上。

27 日，邵荃麟在西安文艺界座谈会上发表讲话。讲话的内容分别在 29 日的《陕西日报》和《文艺报》第 18 号上发表，题为《创作必须走群众路线》和《民歌·浪漫主义·共产主义风格》。

31 日—8 月 6 日，河北省举行文艺理论工作会议。周扬在会上作了题为《建立中国的马克思主义的文艺理论和批评》的讲话。载《文艺报》第 17 号。

本月，中国民间文学工作者大会在北京召开，确定了"全面收集，重点整理，大力推广，加强研究"的工作方针。决定编写各兄弟民族的文学史或文学概况。选举郭沫若为中国民间文艺研究会主席，周扬、老舍、郑振铎为副主席。会议期间举办了"民间文学展览会"。刘芝明的会议讲话《共产主义文学艺术的萌芽》发表在《民间文学》7、8 期合刊上。8 月 1 日，《人民日报》《光明日报》等分别发表社论和报导。

在王震的关怀下，丁玲、陈明夫妇到北大荒"安家落户"。

作家出版社编印《厚古薄今批判集（中国古典文学）》（第 1 辑）。此后由人民文学出版社编印第 2—4 辑。

田间选辑的《社员短歌集》由中国青年出版社出版。

八月

1—14 日，第一届全国曲艺会演大会在京举行。

赵树理的短篇小说《"锻炼锻炼"》发表在《火花》第 8 期上。《人民文学》9 月号转载。赵树理在《当前创作中的几个问题》中说他写这篇小说目的是"想批评中农干部中的和事佬的思想问题。""这是一个人民内部矛盾问题，王聚海式的、'小腿疼'

式的人物，狠狠整他们一顿，犯不着，他们没有犯了什么法。""对于他们这一类型的人，我觉得最好的办法是把事实摆出来，让他们看看，使他们的思想提高一步。"(《火花》1959 年第 6 期) 武养在《一篇歪曲现实的小说》中认为，赵树理笔下的"小腿疼"和"吃不饱"这两个人物"歪曲"和"丑化"了农村的劳动妇女形象，而王聚海和杨小四的形象"与其说作者在歌颂这种类型的社干部，倒不如说是对整个社干部的歪曲和诬蔑"。(《文艺报》1959 年第 7 号)

茅盾的《关于浪漫主义》刊登在《处女地》第 8 期上。

2 日，李季在中国作协兰州分会成立大会上当选为主席，闻捷当选为副主席。

3 日，《剧本》8 月号刊载田汉的话剧《十三陵水库畅想曲》。

4 日，王愿坚的短篇小说《普通劳动者》发表在《北京文艺》8 月号上。

8 日，《人民文学》8 月号刊出《群众创作特辑》。

10 日—12 月 26 日，《文艺报》编辑部连续举行七次关于"两结合"创作方法讨论会。

11 日，康濯的特写《毛主席到了徐水》发表在《人民日报》上。

14—16 日，中国曲艺工作者代表大会在京举行。赵树理当选为中国曲协主席。

15 日，周扬在天津工人业余创作会上讲话。《人民日报》以《写工厂 写工人 写斗争，天津工人业余创作空前繁荣》为题作了报道。

17—30 日，中共中央政治局在北戴河召开扩大会议。会议通过了在农村建立"人民公社"的决议，并发出《关于今冬明春在农村中普遍开展社会主义共产主义教育运动的指示》。

18 日，中国作协召开"深入生活"座谈会。邵荃麟在会上要求作家注意"人民公社"的新形势以及文艺的普及与提高问题。与会作家座谈了工农业生产大跃进的形势、群众文艺创作高潮和深入生活的体会。

23 日，康濯的特写《徐水人民公社颂》开始在《人民日报》上陆续分 5 次连载。河北人民出版社本年 9 月出版单行本。

25 日，《诗刊》8 月号发表了郭小川、臧克家、阮章竞等人在该刊编辑部召开的座谈会上的发言。

26 日，康濯的《大跃进中的新文体——说说唱唱》刊登在《文艺报》第 16 号上。

本月，赵树理的长篇评书《灵泉洞》(上部)在《曲艺》第 8 期上连载，至 11 期止。《人民文学》11 月号选载。作家出版社 1959 年 2 月出版单行本。

骆宾基的短篇小说集《老魏俊与芳芳》由作家出版社出版。

王西彦的短篇小说集《新的土壤》由上海新文艺出版社出版。

由赵起扬等改编的话剧《智取威虎山》由中国戏剧出版社出版。

叶圣陶的散文集《小记十篇》由百花文艺出版社出版。

由杨华生等集体创作的滑稽戏《右派百丑图》由上海文化出版社出版。

九月

1 日，茅盾的散文《北地牡丹越开越艳》在《人民日报》的《跃进中的东北》专栏上开始连载，至 10 日止。

3 日，北京文艺界召开北京工人文艺活动积极分子大会，林默涵在会上作了题为《关于工人文艺运动的几个问题》的讲话。

7 日，康濯的诗六首《颂毛主席视察徐水》发表在《蜜蜂》9 月号上。

8 日，杨朔的长篇小说《洗兵马》在《人民文学》9 月号上开始连载。同期还刊登有《"红豆"的问题在哪里？——一个座谈会记录摘要》。

10 日，《文汇报》报道，《文艺创作跃进展览会开幕——陈毅副总理前往参观并作重要指示》。同日还刊登了师陀的诗《警告美国强盗》。

11 日，《文艺报》第 17 号刊载北京大学中文系二年级鲁迅文学社集体写作的《文艺界两条路线的斗争不容否定——批判王瑶的〈中国新文学史稿〉》。

12 日，《解放军文艺》9 月号上刊载解驭珍、克地的文章《徐光耀的修正主义思想——驳〈海阔凭鱼跃〉》。

18 日，康濯的特写《刘少奇同志在徐水》发表在《人民日报》上。

24 日，李季的叙事长诗《杨高传》第一部《五月端阳》、王安友的长篇小说《海上渔家》和冰心的散文《十三陵水库工地散记》发表在《收获》第 5 期上。

26 日，《文艺报》第 18 号刊登华夫的专论《文艺放出卫星来》。文章说："工农兵群众在文艺上也放出了卫星：新民歌、工厂史、革命回忆录，这就是已经放出来和正在放出来的文艺卫星。"同期还刊出了"群众文艺特辑"，内有茅盾在长春市文艺界大会上的讲话《文艺和劳动相结合》。

27 日，中国文联主席团举行扩大会议，号召全国文艺工作者大力推动群众的创作运动和批评运动，增强文学艺术的共产主义思想性，用共产主义精神教育广大人民。茅盾作题为《新形势与新任务》的报告。（载《新文化报》11 月 1 日）

29 日，《人民日报》发表张天翼、周立波、艾芜等提出的《我们建议减低稿费报酬》。在此之前，8 月 2 日和 3 日，《大公报》和《光明日报》分别发表社论，认为减低稿费是"革命措施"。《人民日报》10 月 5 日报道说，北京各报刊和出版社决定降低稿费标准。

本月，《诗刊》《民间文学》《新港》《红岩》等刊物上开展关于学习民歌问题的讨论。

由《诗刊》社编辑的《工人诗歌一百首》和《战士诗歌一百首》由中国青年出版社出版。

周作人开始整理《绍兴儿歌集》。

由中国人民解放军三十年征文编委会编辑的《星火燎原》开始分卷出版。

峻青的中短篇小说集《黎明的河边》由人民文学出版社出版。

雪克的长篇小说《战斗的青春》由新文艺出版社出版。

刘流的长篇小说《烈火金刚》由中国青年出版社出版。

曹禺的《迎春集》由北京出版社出版。

十月

5 日，柳青的散文《雨夜》发表在《延河》10 月号上。

6 日，上海《新民晚报》刊登谭微的《托尔斯泰没得用》一文。文章主张"漠视"托尔斯泰，理由是："托尔斯泰不会反映我们的时代"；托尔斯泰"慢条斯理的写作方法"不合我们时代的要求；"托尔斯泰的创作生活里有个'秘密'，就是他有着时间。"张光年在《谁说"托尔斯泰没得用"？》中逐条批驳了谭文的观点，他认为："不但我国古代的优秀遗产不容否定；而且外国古代的优秀遗产也不容否定；不但对自己民族的伟大先辈不容漠视；对别的民族的伟大先辈也不容漠视。"（《文艺报》1959 年第 4号）

7—14 日，亚非作家会议在苏联塔什干召开。中国作家代表团由茅盾、周扬等组成。茅盾在会上作了题为《为民族独立和人类进步事业而斗争的中国文学》的发言，周扬作了《肃清殖民主义对文化的毒害影响，发展东西方文化的交流》的发言。

11 日，《文艺报》第 19 号发表社论《掀起文艺创作的高潮！建设共产主义的文艺！》。

17 日，郑振铎赴西亚访问，因飞机失事，不幸罹难，终年 60 岁。郑振铎，原籍福建长乐县，1898 年生于浙江永嘉县，笔名有西谛、郭源新等。1920 年参与发起成立文学研究会，并主编该会机关刊物《文学周刊》。1923 年主编《小说月报》，倡导"为人生"和"血与泪"的文学。大革命失败后旅居巴黎。归国后在生活书店主编《世界文库》。抗战期间创办《救亡日报》，和许广平等人组织"复社"，出版《鲁迅全集》《联共党史》《列宁文选》等。抗战胜利后参与发起组织"中国民主促进会"，创办《民主周刊》。建国后历任中国科学院文学研究所所长、考古研究所所长、文化部副部长、全国文联主席团委员、中国作协理事等。主要文学作品有：短篇小说集《家庭的故事》、长篇小说《取火者的逮捕》、历史小说《桂公塘》等。主要学术著作有：《文学大纲》《插图本中国文学史》《中国俗文学史》《中国文学论集》《俄国文学史略》《泰戈尔传》等。1959 年人民文学出版社出版《郑振铎文集》。茅盾在 11 月作七律《挽郑振铎》二首。其一："惊闻星殒值高秋，冻雨飘风未解愁。为有直肠爱臧否，岂无白眼看沉浮。买书贪得常倾箧，下笔浑如不系舟。天吝留年与补过，九原料应恨悠悠。"巴金在 1958 年 11 月 3 日作的《悼振铎》中说："朋友们称赞振铎是一个'多面手'。的确他的兴趣很广，他的工作范围也很广。在文学艺术，甚至在文化方面他作过不少研究、介绍、传播的工作。他还写过不少的散文，小说和诗。在解放以前，尤其是在最黑暗的日子里，他常常一个人做几个人的事情。他唯恐他的工作会受到阻挠，所以一有机会，他总是尽力多做。""我也注意到他有时工作中表现了粗枝大叶的作风。但是我不能不承认他气魄大，精力充沛，是一个永远不知道疲倦的工作者。"唐弢在人民文学出版社 1992 年 10 月出版的《郑振铎选集》的序言中说："西谛尝试过文学创作的各种题材，他写过诗，写过散文，写过小说。我觉得在这些方面似乎很难说他有多少超越同辈人的地方，然而他的渊博，他的单纯，他的充满着历史感情的热烈的预言，却很难从别个作家的作品里找到。""西谛的小说描写生活较少，叙述史实较多，他不大注意文学语言的铸炼，却自有朴素真率之处，在散文里表现得更为显著。"

25 日，臧克家的论文《呼唤长诗》发表在《诗刊》10 月号上。

26 日，《文艺报》第 20 号刊载曹子西的综述《为诗歌的发展开拓道路——介绍诗歌问题的讨论》。

31 日—12 月 26 日，《文艺报》编辑部连续召开了七次座谈会，进一步讨论革命现实主义与革命浪漫主义相结合的问题。《文艺报》第 21 号刊登了《各报刊关于革命的现实主义和革命的浪漫主义相结合问题的讨论》，综合评介了各报刊有关这一问题的讨论；该刊第 22 号刊登了《文艺报》编辑部 10 月 31 日和 11 月 12 日两次座谈会的会议纪要，题名为《〈文艺报〉召开座谈会讨论关于革命现实主义和革命浪漫主义相结合的问题》。

本月，《中国青年》第 19、20 期，《文学知识》《读书》杂志开辟专栏对巴金的"激流三部曲"开展讨论。

《文学知识》创刊号出版。创刊号刊登了何其芳的《新诗话》。

《一九五七年诗选》由人民文学出版社出版。

雷加的短篇小说集《青春的召唤》和沙汀的中篇小说《闯关》由中国青年出版社出版。

乔典运的短篇小说集《磨盘山上红旗飘》由河南人民出版社出版。

张天翼的《文艺杂评》和张光年的《文艺论辩集》由作家出版社出版。

十一月

3 日，老舍的话剧《红大院》发表在《剧本》11 月号上。

5 日，王汶石的短篇小说《新结识的伙伴》发表在《延河》11 月号上。

8 日，周立波的短篇小说《山那面人家》、王愿坚的短篇小说《普通劳动者》、沙汀的短篇小说《夜谈》发表在《人民文学》11 月号上。

11 日，《文艺报》第 21 号发表专论《谈发动老干部进行文学创作》，并刊出了《革命回忆录特辑》。

陶承口述、何家栋、赵洁执笔的革命回忆录《我的一家》开始在《中国青年报》上连载，至 24 日止。

23 日，《文汇报》刊登吴强的《关于写小说》和胡万春的《我们工人要大胆创作》。

24 日，李英儒的长篇小说《野火春风斗古城》发表在《收获》第 6 期上。12 月由作家出版社出版。

25 日，《诗刊》第 11 期刊登关于新民歌讨论的文章，有卞之琳的《分歧在哪里》等。

26 日，《文艺报》第 22 号发表华夫的专论《集体创作好处多》，并刊出《工厂史特辑》。

本月，《谈谈创作长篇小说的体会》和《和工人习作者谈写作》由上海文艺出版社编辑出版。

冯志的长篇小说《敌后武工队》由解放军文艺出版社出版。

王雁改编的剧本《党的女儿》由北京出版社出版。

十二月

1 日，《译文》第 12 期刊载《马克思所搜集的民歌》及《各国民歌选》。

5 日，李季的诗《柴达木三首》发表在《文艺月报》12 月号上。

11 日，《文艺报》第 23 号刊出《公社史特辑》。其中有中国作协河北束鹿县麦田公社下放锻炼小组写的《我们怎样编写〈麦田公社史〉》等。

12 日，《解放军文艺》12 月号发表社论《一定要放出文艺"卫星"来》。

21 日，闻捷的长诗《河西走廊行》开始在《甘肃日报》上连载，至 30 日止。

本月，《毛泽东论文学与艺术》由人民文学出版社出版。

周扬在北京大学中文系作《建立中国的马克思主义美学》的报告。

《读书》第 18、20 期展开对巴金的中篇小说《灭亡》的争论。

穆旦在南开大学"反右倾运动"中被打成"历史反革命"，"接受机关管制"，逐出讲堂，到南开大学图书馆接受长达三年的"监督劳动"。直到 1962 年才解除管制，降薪留用，在南开大学图书馆作职员，"监督使用"。

王愿坚的短篇小说集《党费》和艾芜的短篇小说集《新的家》由人民文学出版社出版。

胡万春的短篇小说集《谁是奇迹的创造者》由上海文艺出版社出版。

孙福田等著的《狼牙山五壮士》由中国青年出版社出版。

《论新民歌》由上海文艺出版社编辑出版。

田家的《论诗的共产主义风格》由北京出版社出版。

本年

文艺界提出了"演中心、画中心、唱中心"和"三结合"（"领导出思想，群众出生活，作家出技巧"）的创作口号。

彭德怀回湖南作《故乡行》。诗曰："谷撒地，薯叶枯，青壮炼铁去，收禾童与姑。来年日子怎么过？我为人民鼓与呼！"也有人说此诗为湖南当地民谣。

聂绀弩被打成"右派"，遣往北大荒八五〇总场四分厂进行"劳动改造"，直至 1962 年春回到北京。他在劳改生活中写下了大量的旧体诗，但原稿已不存。回京后补作写北大荒生活的旧体诗，初名《北荒草》，后收入《散宜生诗》，人民文学出版社 1982 年出版。

唐湜被打成"右派"，并由公安部押送黑龙江北大荒劳动教养，1961 年被遣返原籍浙江温州劳动。"自 1958 年起，他陆续写出了《划手周鹿之歌》《泪瀑》《魔童》这一类反映南方风土的民间传说故事诗，以及大量抒情诗、山水诗，风格比较柔和；从《明月与蛮奴》《边城》起，为了刻画人物，风格逐渐转向雄豪或雄浑；之后，写《桐琴歌》《春江花月夜》，塑造了两个文士蔡伯喈和张若虚，都是悲剧人物，风格又近于凄婉；《萨保与魔敦》写北魏六镇的大起义和鲜卑人宇文护和他母亲的骨肉深情，重新走向了慷慨悲歌的壮伟风格。这一切风格上的迂回，都围绕着对中国特色古典美的追踪。"（屠岸：《诗坛圣火的点燃者（代序）》，《唐湜诗卷》，人民文学出版社 2003 年版）

唐祈被打成"右派"遣送北大荒劳动改造。1958 至 1960 年间作《北大荒短笛》（组诗），包括《黎明》《心灵的歌曲》《土地》《水鸟》《爱情》《短笛》《旷野》《小湖岗的雨夜》《永不消逝的歌》。

李季、闻捷合作歌词《克拉玛依之歌》，广为传唱。

中国青年出版社编辑出版《红旗飘飘》（第 6—9 集）。

1959 年

一月

1 日，张光年的《从工人诗歌看诗歌的民族形式问题》刊登在《红旗》第 1 期上。

4 日，《译文》改为《世界文学》月刊，并刊出《塔什干精神万岁》专栏，登载了茅盾、刘白羽、萧三等人回忆"亚非国家作家会议"的文章。同期还开始连续译载萧洛霍夫的《被开垦的处女地》的部分章节。

8 日，李季的叙事长诗《杨高传》第二部《当红军的哥哥回来了》和刘白羽的特写《英雄岛》发表在《人民文学》1 月号上。同期还刊登了郭沫若《就目前创作中的几个问题答〈人民文学〉编者问》，就如何理解毛泽东提出的"革命现实主义与革命浪漫主义相结合"的创作方法、文学创作如何表现人民内部矛盾等问题发表了意见。

11 日，《文艺报》第 1 号以《诗歌问题的百家争鸣》为题报道了当前关于民歌与新诗关系问题的讨论情况。同时还报道了该刊编辑部举行"革命现实主义和革命浪漫主义相结合"问题座谈会的讨论要点，以及《青春之歌》读者讨论会的情况。

13 日，田间的《民歌为新诗开辟了道路》和臧克家的《民歌与新诗》刊登在《人民日报》上。

浩然的《为共产主义而努力写作》发表在《中国青年报》上。

15 日，水华等改编的电影文学剧本《白毛女》在《电影文学》1 月号上发表。

16 日，郭开的《略谈对林道静的描写中的缺点》发表在《中国青年》第 2 期上。

21 日，徐迟的《民歌体是一种基本的形式，但不要排斥其他形式》刊登在《人民日报》上。

26 日，《文艺报》从第 2 号开始讨论长篇小说《青春之歌》。

本月，《文汇报》讨论诗歌的新形式问题。有与沙鸥商榷的《也谈诗的形式问题》，与天鹰商榷的《谈谈形式问题》等，该报的综合报道题为《全国报刊关于诗歌问题的讨论》。

沈从文在《乡土》上发表散文《让我们的友谊常青——寄海外朋友》。

田间的诗集《东风歌》由作家出版社出版。

郭沫若的《雄鸡集》由北京出版社出版。

茅盾的《鼓吹集》由作家出版社出版。

二月

1日，程世才的革命回忆录《悲壮的历程》在《文艺红旗》第2、3期上连载。

8日，茅盾的《短篇小说的丰收和创作上的几个问题》和康濯的短篇小说《吃饭不要钱的日子》刊登在《人民文学》2月号上。同期还刊载《春天常在花常开》（迎春诗会）。

冰心的散文《我们把春天吵醒了》发表在《人民日报》上。

10日，根据杨沫同名小说改编的电影剧本《青春之歌》发表在《电影创作》第2期上。

11日，《文艺报》第3号刊载《部队史特辑》和杜鹏程给王汶石的一封信《读〈风雪之夜〉》。

12日，峻青的《题材与故事性》发表在《文汇报》上。

14日，何其芳的《关于诗歌形式问题的争论》、徐迟的《谈民歌体》、力扬的《诗歌上的百花齐放》、冯至的《关于新诗的形式问题》、巴人的《是现实主义，还是反现实主义》刊登在《文学评论》第1期上。

15日，《光明日报》刊登关于陶渊明讨论的综合报道以及《应该全面地历史地评价陶渊明》一文。

16日，康濯的散文《春暖花开遍地香》发表在《新观察》第4期上。

茅盾的《怎样评价〈青春之歌〉》发表在《中国青年》第4期上。

18—27日，中国作协召开文学创作工作座谈会，茅盾作《创作问题漫谈》发言。他肯定了一年来的创作成就，同时批评了创作上题材狭隘，因为对革命浪漫主义的误解而造成的浮夸和空想，以及片面理解为生产、为中心工作服务的错误倾向。老舍在会上作《规律与干劲》的发言，指出"文艺创作自有它本身的规律，不能专凭擦拳磨掌就写出作品来"，主张"跃进计划应当数量与质量兼顾，规律与劲头平衡，在体裁上力求百花齐放"。（载《文艺报》第5号）

24日，茅盾的《漫谈文学的民族形式》刊登在《人民日报》上。

25日，郭沫若的《就当前诗歌中的主要问题答〈诗刊〉社记者问》刊登在《诗刊》第1期上。

26日，《文艺报》第4号在《青春之歌》讨论专栏中刊登郭开的《就〈青春之歌〉谈文艺创作中和批评的几个原则问题——再评杨沫同志的小说〈青春之歌〉》。

本月，中宣部召开宣传工作会议。陆定一、周扬就大跃进中文艺工作存在的一些问题和偏向，如"写中心、画中心、唱中心"、"人人唱歌、人人跳舞、人人写诗、人人绘画……"等作了重要讲话。文化部党组检查了1958年的工作。

李季的诗集《心爱的柴达木》由百花文艺出版社出版。

欧阳山的5卷本长篇小说《一代风流》的第一部《三家巷》由广东人民出版社出

版。1962 年 12 月该社又出版了第二部《苦斗》。1964 年 3 月 9 日至 4 月 18 日，第三部《柳暗花明》第 81 至 85 章在《羊城晚报》连载。由于作者在"文革"中受到政治冲击，第三部《柳暗花明》以及第四部《圣地》、第五部《万年青》依次出版于 1981 年、1983 年、1985 年。《三家巷》和《苦斗》出版后，《羊城晚报》《作品》《文艺报》《光明日报》先后发表文章进行讨论。昭彦（黄秋耘）在《革命春秋的序曲》中认为："《三家巷》对于大革命前后南中国革命形势的来龙去脉，阶级力量的消长和矛盾斗争，政治舞台的风云变幻""作了比较正确的描写"，"成功地勾勒出一幅广阔而丰富多彩的时代生活的画卷。"又说："书中对周炳作为一个劳动者的思想感情，表现得还不够充分，这自然是一个缺点。尽管如此，作者塑造了这样一个鲜明的艺术形象，赋予他以一定的阶级特征和鲜明的个性，虽然未达到完整的地步，还是值得我们肯定和欢迎的。"（《文艺报》1960 年第 2 号）洁泯在《谈〈苦斗〉的几个特色》中认为这部作品"托出了一点时代的眉目，画出了当年革命的若干风姿，把大革命时期南方城市与农村的革命活动的一个重要侧面，生动地描绘了出来。"（《作品》1963 年第 3 期）蔡葵在《周炳形象及其他》中认为："周炳显然还只是一个带有不少弱点的小资产阶级人物，而不是一个值得歌颂的无产阶级革命英雄"。（《文学评论》1964 年第 2 期）缪俊杰等在《关于周炳形象的评价问题》中则认为周炳"不能说是一个小资产阶级人物，而是一个还带有不少弱点的，成长中的无产阶级革命者"。（《文学评论》1964 年第 4 期）谢芝兰在《〈三家巷〉〈苦斗〉是宣扬资产阶级思想感情的腐蚀性的作品》中指出："直到《苦斗》结束为止，周炳仍然只是一个有待进行本质改造的，资产阶级世界观占统治地位的小资产阶级知识分子。""周炳形象，是作者站在小资产阶级的立场，把他当作小资产阶级的自我表现来塑造的。"（《南方日报》1964 年 12 月 1 日）

罗广斌、刘德彬、杨益言合著的革命回忆录《在烈火中永生》由中国青年出版社出版。

沙鸥的《学习新民歌》由北京出版社出版。

三月

1 日，陶铸的散文《松树的风格》发表在《新观察》第 5 期上。

何其芳的《〈青春之歌〉不可否定》刊登在《中国青年》第 5 期上。

4 日，康濯的散文《安国麦田皆似锦》发表在《人民日报》上。

8 日，郭小川的长篇叙事诗《将军三部曲之一——月下》、老舍的话剧《女店员》、王老九的《谈谈我的创作和生活》、巴人的《有关短篇小说创作的几个问题》和唐弢的《人物创造三题》发表在《人民文学》3 月号上。

10 日，夏衍的电影文学剧本《林家铺子》发表在《电影创作》3 月号上。

11 日，康濯的《初话徐水公社史》刊登在《文艺报》第 5 期上。

12 日，朱德的《诗八首》发表在《人民日报》上。

16 日，秦牧的散文《南国之春》发表在《文汇报》上。

21—23 日，师陀的故事新编《曹操》在《文汇报》上连载。

22 日，傣族诗人康朗英的长诗《流沙河之歌》在《云南日报》上发表。

23 日，《民间文学》3 月号刊载《老革命歌谣五首》《太平天国的歌谣》《义和团的歌谣》等。

24 日，《人民日报》刊登《高尔基论工厂史》和方纪的《工厂史大有可为》。

茹志鹃的短篇小说《高高的白杨树》、老舍的话剧《全家福》、郑君里的电影文学剧本《林则徐》、中国作协下放劳动锻炼小组的《麦田人民公社史》发表在《收获》第 2 期上。

25 日，臧克家的长诗《李大钊》发表在《诗刊》3 月号上。

27 日，周扬对广东省文化界作关于社会主义文化建设问题的报告。

31 日，杜鹏程的《略论话剧〈保卫延安〉》刊登在《陕西日报》上。

本月，中宣部、文化部组织 8 个调查组赴部分省市调查 1958 年以来的文艺状况。

《人民日报》和《光明日报》刊登郭沫若、吴晗、王昆仑等人关于如何评价历史人物曹操和舞台上的曹操的讨论文章。其中有郭沫若的《替曹操翻案》、吴晗的《论曹操》、王昆仑的《历史上的曹操和舞台上的曹操》和《人民日报》的综述《关于如何评价曹操问题的讨论》等。

首都话剧界人士召开座谈会，讨论话剧的提高与发展问题。田汉等人出席。《戏剧报》第 5 至 8 期刊登了田汉、熊佛西等人的发言。《人民日报》4 月 2 日发表了报道《提高思想质量和艺术质量，让话剧更加锋利》。《光明日报》4 月 7 日发表报道《让话剧这朵鲜花更好地开放》。

魏巍编的《晋察冀诗抄》由中国青年出版社出版。

臧克家的诗集《春风集》和郭小川的诗集《鹏程万里》由作家出版社出版。

师陀作历史小说《党锢》，当时未发表。

沙汀的短篇小说、特写合集《过渡》由作家出版社出版。

夏衍的《杂文与政论》由北京出版社出版。

四月

2 日，《人民日报》开始连载《革命烈士诗抄》，至 24 日止。

5 日，柳青的长篇小说《创业史》（第一部）开始在《延河》4 月号上连载，至 11 月号止。前 4 期题名《稻地风波》，后 4 期开始专用"《创业史》（第一部）"名目。中国青年出版社 1960 年 9 月出版第一部的单行本。1960 年《延河》3 月号发表《深山一家人》（《创业史》第一部第二十二章新写的部分）。1960 年《延河》10 月号发表《创业史》（第二部第一章）。《上海文学》1960 年 12 月号发表《入党》（《创业史》第二部断片）。1961 年《延河》10 月号发表《创业史》（第二部第六、七章）。1977 年 6 月，中国青年出版社出版《创业史》（第二部上卷）。1979 年《延河》第 1—3 期连载《创业史》（第二部下卷）。1979 年 6 月，中国青年出版社出版《创业史》（第二部下卷）。柳青的《创业史》原计划写四部，从互助组、农业社写到人民公社，由于作者在"文革"期间受到政治冲击，结果只完成了前两部。冯牧在《初读〈创业史〉》中指出："这部作品，是一部深刻而完整地反映了我国广大农民的历史命运和生活道路的作品，是一部真实地记录了我国广大农村在土地改革和消灭封建所有制以后所发生的一场无比深刻、无比尖锐的社会主义革命运动的作品。"（《文艺报》1960 年第 1 号）严家炎在《谈〈创业史〉中梁三老汉的形象》中认为："作为艺术形象，《创业史》里最成功的不是别人，而是梁三老汉。""梁三老汉虽然不属于正面英雄形象之列，但却具有巨大的社会意义和特有的艺术价值。"（《文学评论》1961 年第 3 期）在《关于梁生宝形象》中，严家炎进一步指出："梁生宝形象的艺术塑造也许可以说是'三多三不足'：写理念活动多，性格刻画不足（政治上成熟的程度更有点离开人物的实际条件）；外围烘托多，放在冲突中表现不足；抒情议论多，客观描绘不足。'三多'未必是弱点（有时还是长处），'三不足'却是艺术上的瑕疵。"他认为梁生宝的形象"虽也不乏若干生动描写，显得可敬可爱，但却总令人有墨穷气短、精神状态刻画嫌浅，欲显高大而反失之平面的感觉。"（《文学评论》1963 年第 3 期）柳青在《提出几个问题来讨论》中反驳了严家炎的批评观点。他说："我根本没有一点意思把梁生宝描写为锋芒毕露的英雄。他不是英雄父亲生出来的英雄儿子，也不是尼采的'超人'。他的行动第一要受客观历史具体条件的限制；第二要合乎革命发展的需要；第三要反映出所代表的阶级的本性，就是无产阶级先锋队成员的性格特征。简单的一句话来说，我要把梁生宝描写为党的忠实的儿子。我以为这是当代英雄最基本、最有普遍性的性格特征。"（《延河》1963 年 8 月号）对于严家炎的观点，《文艺报》《上海文学》《文学评论》《北京大学学报》等也纷纷发表文章提出不同的看法，从而引发了热烈的争鸣。

6 日、8 日、9 日、11 日，师陀的历史小说《出奔》（曹操的故事）在《文汇报》上分四次连载。

8 日，阮章竞的《雁群》（诗二首）、梁上泉的诗《通江河 南江河》、马烽的短篇小说《"停止办公"》、峻青的中篇小说《山鹰》、杨尚奎的革命斗争回忆录《艰苦的岁月》、邓洪的《在大革命失败的时候》发表在《人民文学》4 月号上。

11 日，《文艺报》第 7 号刊登"中国成立亚非作家常设事务局中国联络委员会公告"，宣布中国与亚非作家常设事务局联络委员会成立。茅盾当选为主席，刘白羽、萧三为副主席，杨朔为秘书长。

《文艺报》第 7 号就赵树理的短篇小说《锻炼锻炼》在读者中引起的不同看法，展开了关于"文艺作品如何反映人民内部矛盾"等问题的讨论。

12 日，丁芒的《协助老同志写回忆录的二三体会》发表在《解放军文艺》第 4 期上。

14 日，何其芳的《再谈诗歌形式问题》和李泽厚的《试论形象思维》刊登在《文学评论》第 2 期上。

18 日，周恩来同志在第二届全国人民代表大会第一次会议上作《政府工作报告》。报告第三部分"我们在文化教育战线上的任务"中，着重指出我国教育、科学和艺术的健全发展，必须贯彻"百花齐放、百家争鸣"的方针，和建立一支成千上万人的工人阶级知识分子队伍等问题。

19 日，刘大杰的《文学的主流及其他》刊登在《光明日报》上。

25 日，冰心的《我是怎样写〈繁星〉和〈春水〉的》刊登在《诗刊》4 月号上。

26 日，《文艺报》第 8 号出版"五四运动四十周年纪念专号"。在《文学革命与文学传统笔谈》栏内刊登了林默涵、夏衍、巴人、唐弢等人的发言。同期还刊载了茅盾的《关于文学研究会》、郑伯奇的《略谈创造社的文学活动》、许广平的《鲁迅在五四时期的文学活动》和以群的《五四文学革命运动的真相》。

本月，《文学知识》第 4 期刊登《本刊巴金作品讨论概况和我们的几点意见》。

由许广平作序的《鲁迅作品选》由中国少年儿童出版社出版。

萧三编的《革命烈士诗抄》由中国青年出版社出版。

郭沫若的诗文选集《长春集》由人民日报出版社出版。

贺敬之的诗集《放声歌唱》由人民文学出版社出版。

康濯的短篇小说集《买牛记》和王愿坚的短篇小说集《亲人》由人民文学出版社出版。

玛拉沁夫的短篇小说集《科尔沁草原的人们》由作家出版社出版。

夏衍的《写电影剧本的几个问题》由中国电影出版社出版。

五月

3 日，周恩来邀请人大代表、政协委员中的部分文艺界代表和委员，以及在京的部分文艺工作者，在中南海紫光阁举行座谈会。周恩来在会上作《关于文化艺术工作两条腿走路的问题》的讲话。他指出："一、既要鼓足干劲，又要心情舒畅。""二、既要力争完成，又要留有余地。""三、既要有思想性，又要有艺术性。""四、既要浪漫主义，又要现实主义。""五、既要学习马列主义，又要和实际相结合；既要学习政治，又要和生活实践相结合。""六、既要有基本训练，又要有文艺修养。""七、既要政治挂帅，又要讲物质福利。""八、既要重视劳动锻炼，又要保护身体健康。""九、既要敢想、敢说、敢做，又要有科学的分析和根据。""十、既要有独特的风格，又要兼容并包（或叫丰富多彩）。"

4 日，首都举行五四 40 周年纪念大会。郭沫若致开幕词：《发扬反帝反封建的五四精神》。茅盾在《中国青年报》上撰文《坚决完成社会主义文化革命》。《人民日报》发表了《发扬光荣传统，建设伟大祖国》的社论和邵荃麟的《五四文学的发展道路》的专文。

5 日，茹志鹃的短篇小说《如愿》发表在《文艺月报》5 月号上。《人民文学》本年 8 月号转载。

8 日，冰心的《回忆五四》、邵荃麟的《关于五四文学的历史评价问题》、房树民和黄际昌的报告文学《向秀丽》以及《长辛店机车车辆工厂工厂史》发表在《人民文学》5 月号上。

12 日，康濯的短篇小说《初升的太阳红艳艳》发表在《解放军文艺》第 5 期上。

15 日，田汉改编的京剧剧本《西厢记》发表在《中国戏剧》第 5 期上。

19 日，苏联第三次作家代表大会开幕。郭沫若代表中国文联于 16 日致贺电。茅盾代表中国作协致祝词（载《文艺报》第 11 号）。巴金、老舍分别撰文祝贺（载《文艺报》第 9 号）。

《文汇报》刊登报道：《宣扬公正无私坚持真理，上海戏剧界创作海瑞剧目》。

24 日，梁上泉的长篇叙事诗《红云崖》和闻捷的长篇叙事诗《复仇的火焰》第一部《动荡的年代》发表在《收获》第 3 期上。后者由作家出版社 8 月出版单行本。第二部《叛乱的草原》（初名《战斗的草原》）出版于 1962 年 11 月，出版前曾在 1960 年的《星星》《红旗手》《文艺红旗》《诗刊》等刊物上选载部分章节。第三部《觉醒的人们》中的部分章节曾在 1961 年的《人民日报》《边疆文艺》《上海文学》等刊物上发表，余稿在"文革"中散失。人民文学出版社于 1979 年出版了《复仇的火焰》的合订本。

郭沫若的历史剧《蔡文姬》发表在《收获》第 3 期上。7 月由文物出版社出版单行本。在《〈蔡文姬〉序》中，郭沫若说："我不想否认，我写这个剧本是把我自己的经验融化了在里面的。""法国作家福楼拜，是有名的小说《波娃丽夫人》的作者，他曾经说：'波娃丽夫人就是我！——是照着我写的。'我也可以照样说一句：'蔡文姬就是我！——是照着我写的。'""在我的生活中，同蔡文姬有过类似的经历，相近的感情。但是这些东西的注入，我是特别注意到时代性的。""再有一点我要声明，我写《蔡文姬》的主要目的就是要替曹操翻案。曹操对于我们民族的发展、文化的发展，确实是有过贡献的人。在封建时代，他是一个了不起的历史人物。但以前我们受到宋代以来的正统观念的束缚，对于他的评价是太不公平了。"戏笙在《谈〈蔡文姬〉中曹操形象的真实性》中认为："郭沫若同志大胆地推翻了这个公案，在历史真实的基础上，塑造了曹操的艺术形象。郭老笔下的曹操，虽然与人们印象中的粉脸截然不同，但这却是历史上真正的曹操。郭老在这个剧目里，恢复了曹操的名誉，还原了历史的本来面目，这是一项大胆的艺术创造，也是公正的历史评价。"（载《光明日报》1959 年 3 月 6 日，此文为作者看了《蔡文姬》剧本清样后所写）阿甲则认为："采用蔡文姬的题材为曹操翻案，是有局限性的，凭我直观，感到曹操的英明远不及周围的人，好像这些人有意对丞相吹捧，曹操一生的好事做得不少，何不找一件典型的事来写他，我以为这个剧本，翻'脸'有余，翻案不足。"（《真实，还要够味儿》，《戏剧报》1959 年第 14 期）

25 日，郭小川的《将军三部曲之二——雾中》发表在《诗刊》5 月号上。

本月，《光明日报》刊登对李清照和陶渊明的评价发表不同见解的文章。

茅盾等著的《给青年作者的信》（文学青年丛书）由春风文艺出版社出版。

李瑛的诗集《时代纪事》由长江文艺出版社出版。

张永枚的诗集《将军柳》由解放军文艺出版社出版。

师陀的短篇小说集《石匠》由作家出版社出版。

石汉的歌剧剧本《红霞》由中国戏剧出版社出版。

六月

1 日—7 月 24 日,中国人民解放军第二届文艺会演大会在京举行。参加的专业与业余文艺工作者共 5600 多人。演出了话剧《南海长城》《槐树庄》《东进序曲》;歌剧《红色娘子军》《三月三》;舞剧《五朵红云》《蝶恋花》等剧目。

赵树理的《当前创作中的几个问题》发表在《火花》第 6 期上。文章对"问题小说"作了明确的解释。他说:"为什么叫这个名字,就是因为我写的小说,都是我下乡工作时在工作中所碰到的问题,感到那个问题不解决会妨碍我们工作的进展,应该把它提出来。"

5 日,胡万春的短篇小说《特殊性格的人》发表在《文艺月报》6 月号上。

6 日,北京、上海、天津文化界人士集会纪念俄罗斯诗人普希金诞辰 160 周年。《人民日报》8 日刊登了戈宝权的文章《普希金与中国》。

7—8 日和 10 日,师陀的历史小说《青州黄巾的悲剧》(曹操的故事)在《文汇报》连载。

8 日,马烽的短篇小说《我的第一个上级》、周立波的短篇小说《北京来客》和梁斌的《漫谈〈红旗谱〉的创作》发表在《人民文学》6 月号上。

9 日,中国作协将郭小川写给作协主要负责人刘白羽的私人信件打印出来,"供同志们在批判郭小川同志时参考"。郭在信中说:"我到作协已将四年,最近越来越感觉难以工作下去。说句丧气的话,再这样下去,有沦为'政治上的庸人'的危险。……一天到晚被事物纠缠着,弄得身体垮下去,不能读书,不能下去,也不能认真写作。老实说,这个时期,我忧虑得很,常常为此心跳,夜不成眠。……我们不能看着一些同志精神上和身体上都倒下去。……我总相信,如果在下边,在省里,我是可以多作些事情的。我并不把无休止地在作协工作看作刑罚,但我知道这样下去是不会持久的,身体和精神简直似乎要崩溃了……"这封信引起了作协党组成员的高度关注,他们认为这"是对党组的一个抗议",于是本月 20 日上午在作协党组书记邵荃麟家中开了一次谈心会,主题为批评郭小川不安心工作和他的叙事长诗《一个和八个》的政治思想问题。(郭小川:《检讨书》,第 8—10 页,中国工人出版社 2001 年版)

10 日,夏衍改编的电影文学剧本《祝福》发表在《电影创作》6 月号上。

12 日,《解放军文艺》6 月号开辟短篇小说讨论专栏,刊有邵荃麟的《谈短篇小说》、王愿坚的《在革命前辈精神光辉的照耀下——谈几个短篇小说的写作经过》、老舍的《人物、语言及其他》以及该刊编辑部的《短篇小说创作中的几个问题》。同期还刊有傅钟在部队短篇小说创作座谈会上的讲话,题为《提高思想和艺术水平,把部队短篇小说创作繁荣起来》。茅盾、严文井、艾芜、巴人在部队短篇小说创作座谈会上的发言则随后连续刊登在该刊的 7 月号和 8 月号上。

15 日,周立波的儿童文学作品《伏生和谷生》发表在《湖南文学》6 月号上。

16 日,刘勉之(吴晗)的《海瑞骂皇帝》发表在《人民日报》上。

25 日,毛泽东回到阔别三十二年的故乡韶山,其间作七律《到韶山》。

27 日,陶铸的散文《太阳的光辉》发表在《南方日报》上。

本月,周扬、林默涵、钱俊瑞、邵荃麟、刘白羽、陈荒煤、何其芳、张光年等在北戴河开会,讨论改进文艺工作的方案,提出了文艺工作中的十个问题(即"文艺十条")。会议开至 7 月止。

严辰的诗集《红岸》和戈壁舟的诗剧《山歌传》由作家出版社出版。

孙犁的短篇小说集《荷花淀》由人民文学出版社出版。

茅盾等著的《论短篇小说》由百花文艺出版社编辑出版。

峻青等著的《谈谈短篇小说的写作》由上海文艺出版社出版。

周立波的《文学浅论》由北京出版社出版。

七月

1 日，毛泽东登上庐山顶峰，并作七律《登庐山》。

吴晗的《海瑞的故事》发表在《新观察》第 13 期上。

3 日，由赵寰、梁信执笔、战士话剧团集体创作的话剧《南海战歌》发表在《剧本》7 月号上。

5 日，吴强的短篇小说《海边》、朱道南的革命回忆录《回忆"广州起义"》发表在《文艺月报》7 月号上。

8 日，茹志鹃的短篇小说《澄河边上》、马烽的短篇小说《老社员》和杜鹏程的短篇小说《严峻而光辉的里程》、杨沫的《浅谈林道静的形象》发表在《人民文学》7 月号上。

10 日，于逢的长篇小说《金沙洲》发表在《作品》7 月号上。

19 日，上海《解放日报》刊登报道：《本市部分老干部与作家座谈创作问题，让战斗的经历发出更大的光和热》。

21 日，夏衍在全国故事片厂长会议上发表讲话。他说："要增加新品种，必须有意识地进行工作。我们现在的影片是老一套的'革命经''战争道'，离开了这一'经'一'道'，就没有东西。这样是搞不出新品种的。我今天的发言就是离'经'叛'道'之言。为了要大家思想解放，要贯彻百花齐放，要有意识地增加新品种。"后来在"文革"中被"四人帮"定为"离经叛道论"。

24 日，冯德英的长篇小说《迎春花》发表在《收获》第 4 期上。

26 日，《文艺报》第 14 号以《让散文这枝花开得更绚丽》为题，刊载冰心的《关于散文》、菡子的《赞一两千字的散文》和秦牧的《散文领域——海阔天空》。

31 日，《人民日报》刊登《裴多菲的作品在中国》一文和裴多菲的诗作《爱国者之歌》。

本月，天津百花文艺出版社编辑出版"工农兵文艺学习小丛书"：《长篇小说创作经验谈》《写真人真事和创造典型》《作品为什么写得没有新鲜感》《我是怎样学习创作的》《怎样写人物》。

闻捷的诗集《河西走廊行》由作家出版社出版。

杨大群的长篇小说《西辽河传》由解放军文艺出版社出版。

八月

2—16 日，中共中央八届八中全会在庐山举行。会后开始在全国掀起"反右倾"运动。

3 日，胡可的话剧《槐树庄》发表在《剧本》8 月号上。

8 日，李准的短篇小说《三月里的春风》发表在《人民文学》8 月号上。

10 日，电影文学剧本《红旗谱》发表在《电影创作》8 月号上。

11 日，《文艺报》开始在第 15、16 号上连续刊载欧阳予倩的文章《话剧、新歌剧与中国戏剧艺术传统》，并配发了编者按，指出了话剧、新歌剧在剧本及表演艺术上向戏剧传统学习的必要性。

12 日，龙飞虎的革命回忆录《跟随周副主席十一年》发表在《解放军文艺》8 月号上。

15 日，吴雁（王昌定）的短论《创作，需要才能》发表在《新港》8 月号上。《文汇报》自 22 日起连续发表姚文元批判吴雁短论的文章。《新港》《文艺报》《人民文学》《河北日报》《天津日报》《中国青年报》《光明日报》《文汇报》等报刊在 11 至 12 月纷纷发表批判文章，有华夫的《〈创作，需要才能〉辩》（《文艺报》第 21 号）、茅盾的《从创作和才能的关系说起》（《人民文学》12 月号）、《天津作协分会举行座谈批判吴雁的资产阶级观点》（《天津日报》11 月 9 日）、《应该如何看待群众创作——由〈创作，需要才能〉一文引起的讨论》（《光明日报》11 月 15 日）等。

电影文学剧本《五朵金花》发表在《电影文学》8 月号上。

16 日，老舍的散文《猫》发表在《新观察》第 16 期上。

23 日，由莎红等翻译整理的壮族民间叙事诗《布伯》发表在《民间文学》8 月号上。

25 日，柳青的中篇小说《咬透铁锹》改名《狠透铁》，开始在《中国青年报》上连载，至 9 月 8 日止。

26 日，冰心的《漫谈语文的教与学》发表在《文艺报》第 16 号上。

27 日，民间传说《刘三姐》在《广西日报》上开始连载，至 9 月 10 日止。

29 日，中国文联主席团召开扩大会议。会议由周扬主持，郭沫若、老舍、田汉、梅兰芳、阳翰生等 100 余人出席了会议。与会者一致拥护中共八届八中全会公报和决议，表示要运用文艺武器歌颂三面红旗，鼓舞人民建设社会主义的热情。《文艺报》第 17 号做了报道，题名为《反右倾，鼓干劲，争取文艺更大丰收》。

本月，《新建设》刊登《美学问题讨论概述》和《怎样进一步讨论美学问题》，后者报道了该刊编委会邀请北京部分哲学、美学、文学艺术工作者举行座谈会的基本内容。

《诗选（1958）》和《短篇小说选（1958）》由作家出版社编选出版。

郭小川的诗集《月下集》由人民文学出版社出版。

田间的叙事长诗《赶车传》（上卷）由作家出版社出版，下卷 1961 年出版。

峻青的短篇小说集《胶东纪事》由人民文学出版社出版。

姚文元的《兴灭集》由上海文艺出版社出版。

九月

1 日，毛泽东七律二首（《到韶山》《登庐山》）在《诗刊》发表，并附有给《诗刊》编辑部的一封信。

2 日，秦牧的散文《飞花点翠绣广州》发表在《人民日报》上。

8 日，傣族民间叙事诗《葫芦信》、刘澍德的小说《同是门前一条河》、碧野的散文《在塔里木盆地》发表在《人民文学》9 月号上。

10 日，电影文学剧本《暴风骤雨》和《小二黑结婚》发表在《电影创作》10 月号上。

12 日，郭小川的诗《十年的歌》发表在《光明日报》上。

20 日，赵树理作《公社应该如何领导农业生产之我见》，寄给《红旗》杂志，但未发表。在随后的"反右倾机会主义"运动中转至中国作协受到批判。

21 日，文化部从各地调集了 20 多个剧种、几十个剧团和首都的文艺团体，举行为期 20 天的戏剧、音乐、舞蹈、曲艺、杂技、木偶等献礼演出。演出的节目，戏曲有京剧《除三害》《将相和》《贵妃醉酒》，豫剧《红娘》，汉剧《二度梅》，湘剧《生死牌》，川剧《拉郎配》，昆曲《墙头马上》等；话剧有《日出》《雷雨》《蔡文姬》《降龙伏虎》《烈火红心》等；音乐节目有《人民公社大合唱》《红军根据地大合唱》等。

吴晗的《论海瑞》发表在《光明日报》上。

23 日，彝族史诗《梅葛》发表在《民间文学》9 月号上。

24 日，杨沫的长篇小说《青春之歌》修改稿中增写的七章《林道静在农村》、草明的长篇小说《乘风破浪》、冰心的散文《奇迹的三门峡市》、康濯的散文《为日出的奇迹欢呼》发表在《收获》第 5 期上。

25 日—10 月 24 日，文化部举办"国产新片展览月"。放映了《林则徐》《青春之歌》《五朵金花》《冰上姐妹》《林家铺子》《风暴》《我们村里的年青人》《万水千山》《回民支队》等影片。11 月 2 日，周恩来在庆祝新片展览月招待会上的讲话中指出："在文艺方面，戏剧、电影可以说是开得最茂盛的两朵花，这是两朵兄妹之花。"周扬和夏衍也在招待会上讲了话。

26 日，《文艺报》第 18 号和随后的第 19、20 号合刊刊出《庆祝建国十周年专号》一、二辑，刊登了《向新时代的艺术高峰迈进》和《投身在群众运动的激流中》两篇社论。同时刊登了郭沫若的《进一步展开"百花齐放、百家争鸣"》、茅盾的《从已经获得的巨大成就上继续跃进!》、老舍的《古为今用》、夏衍的《电影艺术的丰收》、何其芳的《文学艺术的春天》、张庚的《戏曲获得了新生命》、邵荃麟的《文学十年历程》、袁水拍的《成长发展中的社会主义的新诗歌》、冯牧、黄昭彦的《新时代生活的画卷——略谈十年来长篇小说的丰收》、严文井的《光明的赞歌——开国十年文学创作选〈散文特写〉序》、及该刊编辑部的《十年来的文学新人》《中国文学在国外》《突飞猛进中的兄弟民族文学》等文章，分别论述了我国十年来在文学、电影、戏剧等各类文艺战线的成就。

为庆祝建国十周年，人民文学出版社先后出版了"建国十年来优秀创作"。《文艺报》第18号刊登了《"建国十年来优秀创作"目录》：

诗集有：郭沫若的《骆驼集》、田间的《田间诗抄》、臧克家的《欢呼集》、冯至的《十年诗抄》、袁水拍的《春莺颂》、李季的《难忘的春天》、阮章竞的《迎春橘颂》、戈壁舟的《我迎着阳光》、郭小川的《月下集》、严辰的《繁星集》、闻捷的《生活的赞歌》、石方禹的《和平最强音》、乔林的《白兰花》、韦其麟的《百鸟衣》、岩迭等整理的《召树屯》（附《嘎龙》），以及《我握着毛主席的手》（兄弟民族作家诗歌合集））。

长篇小说有：赵树理的《三里湾》、艾芜的《百炼成钢》、周立波的《山乡巨变》、柳青的《铜墙铁壁》、杨朔的《三千里江山》、吴强的《红日》、刘知侠的《铁道游击队》、曲波的《林海雪原》、杨沫的《青春之歌》、梁斌的《红旗谱》、冯德英的《苦菜花》、李英儒的《战斗在滹沱河上》、李乔的《欢笑的金沙江》、乌兰巴干的《草原烽火》、徐怀中的《我们播种爱情》、高玉宝的《高玉宝》。

中篇小说有：刘白羽的《火光在前》、杜鹏程的《在和平的日子里》、马加的《开不败的花朵》、刘澍德的《桥》、陈登科的《活人塘》。

短篇小说集有：康濯的《太阳初升的时候》、马烽的《我的第一个上级》、西戎的《姑娘的秘密》、峻青的《胶东纪事》、王愿坚的《普通劳动者》、王汶石的《风雪之夜》、李准的《车轮的辙印》、胡万春的《特殊性格的人》，以及《新生活的光辉》（兄弟民族作家小说合集）。

散文集有：茅盾的《夜读偶记及其他》、巴金的《新声集》、靳以的《幸福的日子》、魏巍的《谁是最可爱的人》、菡子的《前线的颂歌》。

剧本有：田汉的《关汉卿》、曹禺的《明朗的天》、老舍的《老舍剧作选》、夏衍的《考验》、陈白尘的《纸老虎现形记》、陈其通的《万水千山》、胡可的《战斗集》、任萍的《草原之歌》、朝克图纳仁的《金鹰》、金山的《红色风暴》，以及甘肃省话剧团集体创作《在康布尔草原上》。

儿童文学有：张天翼的《给孩子们》、严文井的《小溪流的歌》、袁鹰的《寄到汤姆斯河去的诗》、胡奇的《五彩路》、袁静的《小黑马的故事》。

30日，郭沫若的组诗《三呼万岁》刊登在《人民日报》上，包括《总路线万岁！》《大跃进万岁！》《人民公社万岁！》三首七律。

本月，据《文艺报》第18号统计：十年来，中国作家协会会员由401人（1950年）增至3136人（1959年），作协各地分会由6个（1950年）增至23个（1959年），文艺刊物由18种（1949年）增至86种（1959年），文学作品创作种数由156种（1950年）增至2600种（1958年），少数民族文学作品由1种（1950年）增至51种（1958年），文学作品发行总数由2147700册（1950年）增至39364094册（1958年）。

郭沫若、周扬编的《红旗歌谣》出版。该书的《编者的话》中指出："这本民歌选集，是大跃进形势下的一个产物。我国劳动人民在一九五八年以排山倒海之势在各个战线上做出了惊人的奇迹。劳动人民的这股干劲，就在他们所创作的歌谣中得到了最真切、最生动的反映。新民歌就是劳动群众的自由创作，他们的真实情感的书写。""诗歌和劳动在社会主义、共产主义新思想的基础上重新结合起来，正是在这个意义上，新民歌可以说是群众共产主义文艺的萌芽。这是社会主义时代的新国风。""去年在党的领导下开展了一个新的采风运动。全国各省、市、许多县和公社以及不少工厂、连队都出版了本地区、本单位的歌谣选集。本书就是在这个基础上编选的。我们根据已有的材料，斟酌取舍，共选了三百首。按照歌谣的内容，分成四类：一，党的颂歌，二，农业大跃进之歌，三，工业大跃进之歌，四，保卫祖国之歌。"（载《红旗》第 18 期）

中国青年出版社编辑出版《关于艺术的技巧》《题材、人物及其他》《作家谈创作经验》。

《谈诗的创作》（工农兵文艺学习小丛书）由百花文艺出版社编辑出版。

茹志鹃的小说散文集《高高的白杨树》和叶蔚林的短篇小说集《边疆潜伏哨》由上海文艺出版社出版。

李乔的长篇小说《醒了的土地》（《欢笑的金沙江》第一部）由人民文学出版社出版。

刘白羽的散文集《早晨的太阳》和吴晗的杂文集《投枪集》由作家出版社出版。

张天翼的儿童文学《罗文应的故事》由中国少年儿童出版社出版。

姚文元的《鲁迅——中国文化革命的巨人》由上海文艺出版社出版。

十月

1 日，董必武的诗《祝建国十周年》和陈毅的诗《有志者事竟成》发表在《人民日报》上。

郭小川的诗《生活的甜味》和冰心的散文《普天同庆》发表在《光明日报》上。

土家族抒情长诗《哭嫁》（武汉大学中文系土家族文艺调查组收集整理）发表在《长江文艺》10 月号上。

5 日，《文艺月报》改名《上海文学》。本期载有师陀的历史小说《西门豹的遭遇》、以群的《上海十年文学思想战线庆丰收》和魏金枝的《上海十年来短篇小说的巨大收获》。

7 日，吴伯萧的散文《天安门广场》发表在《光明日报》上。

8 日，郭沫若的组诗《十年建国增徽识》、冰心的短篇小说《回国之前》、赵树理的短篇小说《"老定额"》、周立波的短篇小说《下放的一夜》、茹志鹃的短篇小说《春暖时节》、杨朔的散文《海市》、刘白羽的散文《新世界的歌》、魏巍的散文《我们的力量所在》发表在《人民文学》10 月号上。

9 日，《人民日报》发表茅盾的《新中国社会主义文化艺术的辉煌成就》。文章指出：1958 年，全国各种专业艺术表演团体 3162 个，比 1936 年增加 4 倍多；剧场 2626 个，比 1936 年增加 7 倍多；电影放映单位 12579 个，其中电影院 1386 个，流动放映队 8384 个，电影院比 1936 年增加了 3 倍多，解放前根本没有电影放映队；出版社 108 家，出版图书 45495 种，印行 238000 多万册，比 1936 年增加 13 倍。县以上公共图书馆达 922 个，比 1936 年多 18 倍；解放前，大多数民族地区几乎没有什么文化设施，到

1958 年底，全国少数民族地区有放映单位 1559 个，民族出版社 11 个，书店 656 个。据内蒙古、新疆、广西、宁夏四个民族自治区统计，有艺术表演团体 156 个，剧场 89 个，国家举办的文化馆、文化站 322 个。

10 日，师陀的散文《人民需要它发光》发表在《文汇报》上。

12 日，郭小川的叙事长诗《将军三部曲》之三《风前》、峻青的短篇小说《交通站的故事》、杨朔的散文《蓬莱仙境》、顾宝璋等的话剧《东进序曲》发表在《解放军文艺》10 月号上。

18 日，文化部召集参加国庆献礼演出的各剧团的主要演员和负责人座谈会。周扬在讲话中总结了十年来戏剧事业的发展和成绩。指出今后的任务是要丰富上演剧目，提高剧目的思想水平和艺术水平；提高表演艺术和美化舞台；戏剧队伍要进一步密切与工农劳动群众的联系；积极培养出政治好、技术好、文化好的新一代；加强党的领导。文化部副部长钱俊瑞、夏衍也到会讲话。《戏剧报》第 20 期刊登专题报道：《把戏剧艺术推向更辉煌的发展阶段》。

乌兰巴干的散文特写《草原两姊妹》发表在《中国青年报》上。

23 日，《民间文学》10 月号报道了本月召开的民间文学跃进座谈会的情况。

本月，《上海戏剧》创刊号出版。

《峨嵋》月刊创刊号出版。载有沙汀的特写《在一个耕作区主任家里》。

王愿坚的短篇小说集《普通劳动者》由人民文学出版社出版。

李晓明、韩安庆的长篇小说《平原枪声》由作家出版社出版。

马铁丁的《张弛集》由作家出版社出版。

十一月

1 日，浩然的《杂谈艺术概括》发表在《长春》11 月号上。

3 日，欧阳予倩的大型话剧《黑奴恨》发表在《剧本》11 月号上。

5 日，茹志鹃的短篇小说《里程》发表在《上海文学》11 月号上。

7 日，靳以逝世，终年 50 岁。靳以，原名章方叙，1909 年生，天津人。早年就读于天津南开中学，后入复旦大学国际贸易系，积极参加新文学运动。大学毕业后以写作和编辑为生。1933 年在北京与郑振铎合编《文学季刊》。1935 年在上海与巴金合编《文学月刊》《文丛》等杂志及烽火抗日小丛书。1938 年任内迁重庆的复旦大学国文系教授，兼编重庆《国民公报》的文学副刊《文群》。1941 年到福建师范专科学校任教，并编辑《现代文艺》等杂志。1944 年回重庆复旦大学执教。1946 年随校迁回上海，任国文系主任，并编辑《大公报》副刊《文艺》，还与叶圣陶等合编《中国作家》。建国后继续从事创作和编辑工作，历任中国作协理事、书记处书记、作协上海分会副主席等职。去世前主持大型文学刊物《收获》的编辑工作。著有长篇小说《前夕》，短篇小说集《圣型》《群鸦》《虫蚀》《青的花》《珠落集》《残阳》《黄沙》《远天的冰雪》《洪流》《遥远的城》《众神》《生存》等，散文（特写）集《猫与短简》《渡家》《雾及其他》《火花》《红烛》《鸟树小集》《沉默的果实》《祖国——我的母亲》《佛子岭的曙光》《江山万里》《幸福的日子》《热情的赞歌》等。1983 年四川人民出版社出版《靳以选集》5 卷，巴金在序言中说："他的写作态度十分认真。他不像我拿起笔就写，他总是想好了以后才动笔，他有时也对我讲述小说的故事情节，讲得非常动人。他并不花费功夫斟酌字句，我很少见他停笔苦思。""我想起他，眼前就出现他伏案写作的形象。我不知道我的印象对不对，我认为他是一个人道主义的艺术家，有一颗富于同情的心。""多年来我看见他勤勤恳恳、认真负责地埋头工作，把一本一本的期刊送到读者面前，我深受感动。""最后在医院病室里他还在审阅《收获》的稿件。""我做编辑工作就远不如他，我做得很草率，他是我所见过的一位最好的编辑。"

8 日，郭小川的诗《望星空》、周立波的小说《早起》、李劼人的小说《解放前夕一小镇》、王汶石的小说《严重的时刻》、康濯的小说《公社的秧苗》、靳以的散文《跟着老马转》、林斤澜的散文《龙潭》以及陈其通的六幕歌剧《柯山红日》发表在《人民文学》11 月号上。华夫在《评郭小川的〈望星空〉》中认为，"正是在举国欢腾的日子，劳动人民热烈庆祝我们革命事业的光辉成就"，"而郭小川同志却写出了这样极端荒谬的诗句；这是政治性的错误，令人不能容忍的。"（《文艺报》1959 年第 23 号） 萧三在《谈〈望星空〉》中指出："《望星空》宣扬了'人生渺小，宇宙永恒'的意思，这完全不是马克思主义的宇宙观，而是一种资产阶级的、小资产阶级的虚无主义。"他认为这首诗"唱出了一片悲观、低沉、泄气的调子"，是"虚无飘渺、颓废绝望的诗"，是"诗人走向了绝望的呻吟"。"这和我们大跃进的时代精神，和人民群众改造自然、改造世界的雄心壮志，和向地球宣战、征服宇宙的战斗的乐观主义，是多么相悖呵！"（《人民文学》1960 年 1 月号）

10 日，徐怀中的电影文学剧本《无情的情人》发表在《电影创作》11 月号上。它是作者应北京电影制片厂之约，根据自己的短篇小说《松耳石》（《边疆文艺》1957 年 1 月号）改编而成。

11 日，《解放日报》发表社论《进一步开展群众文艺运动》。

15 日，由许思言执笔、上海京剧院集体创作的京剧剧本《海瑞上疏》发表在《上海戏剧》第 2 期上。

12 日，周而复的《共产主义精神——纪念白求恩大夫逝世二十周年》发表在《人民日报》上。

16 日，靳以的遗作《上海颂》发表在《人民日报》上。

18 日，《文汇报》报道，上海作协举办群众创作学习座谈会，并成立辅导小组。

20 日，首都文艺界千余人集会，纪念席勒诞辰 200 周年。茅盾、丁西林、老舍等参加了集会。中国剧协主席田汉在会上作题为《席勒，民主与民族自由的战士》的报告。

23 日，《北京日报》报道，首都文艺界开展先进集体和先进工作者运动，提出"坚决、全面贯彻、执行党的总路线和党的方针，以思想跃进带动工作跃进"的口号。

25 日—12 月 2 日，中国作协党组连续召开十二级以上党员干部扩大会议，对郭小川进行了七次批判。而且在批判会开始的第一天，组织者就让郭小川去写检讨书——《关于右倾错误和个人主义——我的思想检查》。这次批判最终给郭小川的问题作了如下结论："一、郭小川同志长时期中，对党的关系不正常，当个人利益与党的利益矛盾时，就和党闹对立。""二、郭小川同志有严重的个人主义。""三、郭小川同志在反右斗争中有过右倾妥协的错误，在日常工作中有放弃政治领导的右倾表现。""四、郭小川同志创作上的严重错误，突出地表现在《一个和八个》与《望星空》两首诗里。"（郭小川：《检讨书》，中国工人出版社 2001 年版，第 38—42 页）

26 日，康濯的《公社社员三呼万岁的写照——公社史作品选集序》刊登在《文艺报》第 20 号上。

本月，艾青从北大荒转至新疆维吾尔自治区。翌年作长篇报告文学《苏长福的故事》，由新疆青年出版社出版。

《论新文风》由福建人民出版社编辑出版。

郭沫若的诗集《潮汐集》由作家出版社出版。

知侠的短篇小说集《铺草集》由上海文艺出版社出版。

胡万春的短篇小说集《特殊性格的人》和《草明选集》由人民文学出版社出版。

李准的短篇小说集《夜走骆驼岭》和于逢的长篇小说《金沙洲》由作家出版社出版。

十二月

1 日，上海市举行一九五九年话剧、戏曲、杂技、评弹青年汇报演出会。《文汇报》发表社论《欢呼青年艺术工作者的成长》。

《长江文艺》第 11、12 期合刊上对于黑丁、胡清坡、赵寻等在《关于文学创作如何反映人民内部矛盾问题》中的发言展开批判。

2 日，张资平在安徽劳改农场病故，终年 66 岁。张资平，1893 年生，广东梅县人。1910 年考入广东高等巡警学校，1912 年到日本留学，1919 年考入东京帝国大学读地质科，1921 年和郭沫若、郁达夫、成仿吾等成立创造社。1922 年出版中国现代文学史上第一部长篇小说《冲积期化石》。1922 年回国，1924 年到武昌任师范大学岩石矿物学教授，1926 年任武昌"第四中山大学"地质学系主任。1928 年到上海任暨南大学文学教授，兼教大夏大学的"小说学"，开办乐群书店。1940 年出任南京汪伪政府农矿部技正，以及汉奸文化组织中日文化协会第一届理事会候补理事，1941 年主编综合性汉奸杂志《中日文化》月刊。1947 年以"汉奸罪"被国民党司法机关逮捕，后经交保获释。解放后主要靠翻译为生，1953 年找到当时上海市副市长潘汉年，潘汉年曾是创造社成员，由潘汉年介绍到上海市振民补习学校教书。1955 年因潘汉年的"反革命事件"被上海市公安局逮捕。在审查他的"汉奸文人"罪行后，1958 年 9 月上海市中级人民法院判处张资平有期徒刑 20 年。1959 年送安徽省公安厅，押往一家劳改农场服刑，不久病故。著有《梅岭之春》《晒禾滩畔的月夜》《约伯之泪》《苔莉》《最后的幸福》《明珠与黑炭》《爱力圈外》《青春》《糜烂》《爱之涡流》《上帝的女儿们》《群星乱飞》《跳跃着的人们》《时代与爱的歧路》《爱的交流》《恋爱错综》等"恋爱小说"二十余部。张资平所写几乎都是恋爱小说，但在三十年代初以"最进步"的"无产阶级作家"自居，鲁迅曾经这样讥嘲他："张资平氏先前是三角恋爱小说作家，并且看见女的性欲，比男人还要熬不住，她来找男人，贱人呀贱人，该吃苦。这自然不是无产阶级小说。但作者一转方向，则一人得道，鸡犬升天，何况神仙的遗蜕呢，《张资平全集》还应该看的。"又说："现在我将《张资平全集》和'小说学'的精华，提炼在下面，遥献这些崇拜家，算是'望梅止渴'云。那就是——△"（鲁迅：《张资平氏的"小说学"》，《鲁迅全集》第 4 卷，第 230—231 页，人民文学出版社 1981 年版）

5 日，《欧阳山谈〈三家巷〉》刊登在《羊城晚报》上。

8 日，中宣部召开全国文化工作会议。会议于 1960 年 1 月 4 日结束。会上批判了巴人和李何林。会议期间陆定一、周扬作了报告。

沙汀的短篇小说《欧么爸》、马烽的短篇小说《太阳刚刚出山》、刘澍德的中篇小说《老牛筋》、沈从文的散文《悼靳以》、茅盾的评论《从创作和才能的关系说起》、吴晗的《灯下杂谈》（《灯下集》前言）发表在《人民文学》12 月号上。

11 日，《文艺报》第 23 号刊登了石泉的《社会主义文学的新血液——工厂史写作运动述评》和方纪的《中国工人阶级的光辉历史——〈工厂史作品选〉序言》。

12 日，浩然的短篇小说《亲家》发表在《解放军文艺》12 月号上。

15 日，王炼的话剧《枯木逢春》发表在《上海戏剧》第 3 期上。

20 日，《西藏日报》刊登中共西藏工委宣传部发出的《调查搜集藏族文学》的通知。

26 日，《戏剧报》第 24 期发表评论员文章：《击退右倾谬论，坚决发展现代戏》。

刘真的短篇小说《英雄的乐章》发表在《蜜蜂》第 24 期上，后在 1960 年的"反右倾"和"批判修正主义"运动中受到批判。

本月，郭沫若的诗集《骆驼集》由人民文学出版社出版。

严阵的长诗《红色牧歌》由少年儿童出版社出版。

雁翼的诗集《展翅高飞》由上海文艺出版社出版。

草明的短篇小说集《爱情》和欧阳予倩的文论集《一得余抄》由作家出版社出版。

由邓凡平等执笔的歌剧《刘三姐》由广西壮族自治区人民出版社出版。

康濯的评论集《初鸣集》由作家出版社出版。

本年

中国青年出版社出版《红旗飘飘》（第 10—13 集）。

赵树理从山西致信邵荃麟，信中认为"在大搞钢铁时候安排劳力欠仔细，影响了一些农业生产"，"所以群众生产的积极性不像我们理想的那样高"。他觉得"大跃进"后的农村情况"反映于文艺作品中我以为还不是时候"，并向邵荃麟提出："如有机会见到中央管农村工作的同志，请把我的意见转报他们一下。"（赵树理：《给邵荃麟的信》，《赵树理文集》第 4 卷，第 1633—1635 页，工人出版社 1980 年版）

郭小川在春节期间写作叙事诗《严厉的爱》，但当时未及发表，1979 年刊登在《收获》第 1 期上。

绿原在北京秦城监狱中作诗《又一名哥伦布》和《手语诗》二首。

1960 年

一月

1 日，杨沫为《青春之歌》增写的《林道静在北大》一章发表在《文艺红旗》第 1 期上。同期还发表了草明的短篇小说《姑娘的心事》，《人民文学》2 月号转载。

3 日，梁斌改编的话剧《红旗谱》、赵剑秋等改编的柳子戏剧本《孙安动本》发表在《剧本》1 月号上。

4 日，冰心的散文《象蜜蜂一样劳动的人们》发表在《北京文艺》第 1 期上。

5 日，老舍的《我怎样投稿》和曹树成的《〈创业史〉读者意见综述》发表在《延河》1 月号上。

7 日，柳青的《永远听党的话》和茹志鹃的《努力学习毛泽东文艺思想》刊登在《人民日报》上。

8 日，王汶石的短篇小说《夏夜》、郭光的报告文学《英雄的列车》、吴强的《写作〈红日〉的情况和一些体会》发表在《人民文学》1 月号上。

11 日，《文艺报》第 1 号发表社论《用毛泽东思想武装起来，为争取文艺的更大丰收而奋斗》和林默涵的文章《更高地举起毛泽东文艺思想的旗帜！》。同期还加"编者按"转载了李何林的文章：《十年来文学理论和批评上的一个小问题》（原载《河北日报》1960 年 1 月 8 日），并配发了自我检讨性质的"作者附记"。在 1959 年 12 月初中宣部召集的全国文化工作会议上，李何林在华北小组上作了同题发言，会上便遭到康濯的批评。李文主要论及思想性与艺术性的关系，认为"思想性和艺术性是一致的，思想性的高低决定于作品'反映生活的真实与否'；而'反映生活真实与否'也就是它的艺术性的高低"。编者按认为李文谈的是"一个大问题，一个根本性质的问题，就是文艺与政治、文艺批评的政治标准与艺术标准的关系问题"。随后，《文艺报》及许多报刊对李文展开了批评，认为李何林"实际上在鼓吹'艺术即政治'的观点"。《新建设》第 4 期刊登综述：《文艺界对李何林错误的文艺观点展开批判》。

12 日，李季的叙事长诗《杨高传》第 3 部《玉门儿女出征记》发表在《解放军文艺》1 月号上。

15 日，《戏剧报》开辟《关于"推陈出新"问题的讨论》专栏，在第 1、2 期上相继发表了《戏剧应该超迈古人的成就而不断前进——就戏曲遗产估价问题与张庚同志商榷》《从如何理解人民性谈起——与张庚同志商榷》两文。文章对张庚 1956 年以来发表的有关探讨戏曲遗产中"人民性"、"忠孝节义"道德观念等问题的文章进行批评，认为张庚文章中的一些观点，是"修正主义"思想。

19 日，杨沫的《〈青春之歌〉再版后记》刊登在《光明日报》上。

24 日，周立波的长篇小说《山乡巨变》（续篇）发表在《收获》第 1 期上。

26 日，《文艺报》从第 2 号起开始刊登对巴人、钱谷融、蒋孔阳等关于"人性论"、"人道主义"观点的批判文章。主要文章有姚文元的《批判巴人的"人性论"》

（第 2 号）、李希凡的《驳巴人的"人类本性"的典型论》（第 7 号）、马文兵的《在"人性"问题上两种世界观的斗争——就"人性的异化"、"人性的复归"同巴人辩论》（第 12 号）等。《文学评论》从第 1 期也开始刊登同一批判性质的文章。

本月，《天津日报》（13 日和 14 日）、《河北日报》（19 日）相继刊登批判王昌定（吴雁）的"修正主义文艺思想"的文章和相关报道。《光明日报》（17 日和 24 日）也连续刊登了王健秋的《"中间作品"与阶级性》、蔡仪的《所谓"中间作品"的问题》，对王昌定的"中间作品"论进行了批判。11 月 13 日，《光明日报》还发表了《关于"中间作品"问题》一文。

严阵的长诗《渔女》由春风文艺出版社出版。

袁鹰的诗集《江湖集》和张志民的诗集《礼花集》由作家出版社出版。

周立波的短篇小说集《禾场上》由上海文艺出版社出版。

杨朔的散文集《海市》由作家出版社出版。

冰心的散文集《我们把春天吵醒了》由百花文艺出版社出版。

由中国科学院文学研究所编写的《十年来的新中国文学》由作家出版社出版。

二月

1 日，许广平撰写的《鲁迅回忆录》开始在《新观察》第 3 期上连载，至第 13 期止。

陈残云的散文《沙田水秀》发表在《红旗》第 3 期上。

3 日，湖北省实验歌剧团集体创作的歌剧《洪湖赤卫队》以及梅少山的《歌剧〈洪湖赤卫队〉创作漫谈》发表在《剧本》2 月号上。国家副主席董必武 1960 年 3 月观看该剧演出后题诗曰："仿佛当年作斗争，韩英刘闯造型真，一篇诗史流传出，音乐悠扬更动人。"1961 年该剧由中国戏剧出版社出版单行本。何长工在该书的序言中说："歌剧就整个剧情来说，结构也很好，生动地表现了赤卫队当年的英雄气概和斗争的面貌；在描写自然环境方面采用了荷花、芦苇和帆船的布景，很有地方色彩。歌剧还接受了地方语、采用了地方清唱小调，使曲谱、歌词和对话都幽雅新颖，能反映出当时洪湖人民生活、斗争的真实情况和两湖接壤的地区特点。"

4 日，《北京文艺》第 2 期开始刊登对白刃的长篇小说《战斗到明天》（修改本）的批判文章。

8 日，《人民文学》2 月号发表张志民的《公社的人物》（诗三首）、徐怀中的报告文学《崭新的人》和韦君宜的《谈工厂史》。

9 日，中国文联、中国作协、中国剧协等联合举办契诃夫诞辰 100 周年纪念大会。会议由田汉主持，茅盾作题为《伟大的现实主义者契诃夫》的报告。《世界文学》《新港》《北京文艺》等先后刊载了纪念和评论契诃夫的文章。人民文学出版社重新编译出版了《契诃夫小说选》《契诃夫戏剧集》《契诃夫论文学》等。

11 日，《文艺报》第 3 号刊登李束为等人的文章《危险的道路——评孙谦的小说的思想倾向》。

15 日，梁斌的多卷本长篇小说《红旗谱》第三部《战寇图》的部分章节在《新港》2 月号上被选载。

20 日—3 月 2 日，文化部举办话剧观摩演出会。北京、上海、解放军等 12 个话剧代表队演出了《降龙伏虎》《红旗谱》《枯木逢春》《槐树庄》《东进序曲》《革命的一家》等 12 个剧目。观摩演出结束后，3 月 5 日又召开话剧工作座谈会，讨论如何进一步提高话剧思想、艺术质量、更好地培养生力军等问题。

25 日—4 月 13 日，中国作协上海分会召开会员大会。会议的主题是高举毛泽东文艺思想的红旗，坚决贯彻文艺为政治、为总路线服务的方针，实现文学工作的更大跃进。巴金主持会议并致开幕词。罗荪、以群就当前文艺理论、文艺思想中存在的问题作了专题发言。魏金枝、郭绍虞、胡万春、唐克新等新老作家先后在会上发言。《文艺报》第 8 号、《上海文学》5 月号刊载了有关该会的报道，分别题为《高举毛泽东思想红旗，批判资产阶级文艺思想》和《高举毛泽东思想红旗，检阅成绩扫除障碍，大力发展无产阶级文艺!》。这次会议习惯上被后人称为"49 天会议"。复旦大学的蒋孔阳、华东师大的钱谷融、上海师院的任钧在这次会议上遭到批判。

本月，全国报刊纷纷发表"高举毛泽东文艺思想的旗帜"的有关社论、文章和报道。

继《河北日报》（1959 年 12 月 22 日）刊登《论方纪小说创作的倾向》后，《新港》本年 2 月号和 3 月号又连续刊登批判方纪小说创作倾向的文章：《方纪创作中的"人性论"倾向》《方纪短篇小说的批判》。

雁翼的诗集《雪山红日》和短篇小说集《战友集》由重庆人民出版社出版。

杨朔的短篇小说集《大旗》由作家出版社出版。

刘澍德的短篇小说集《红云》由中国青年出版社出版。

三月

2 日，《文艺报》《文学评论》编辑部联合召开纪念"左联"成立三十周年座谈会。夏衍、阳翰笙、孟超等在座谈会上发言。《文学知识》3 月号和《文学评论》第 2 期刊登了唐弢、郑伯奇、楼适夷等的回忆文章。

3 日，《剧本》3 月号刊载批判岳野的话剧剧本《同甘共苦》及其谈创作经验的文章。同期还发表了赵寻的话剧《还乡记》，不久，《剧本》《戏剧报》《长江文艺》等刊物连续刊登文章批判这部剧本的"和平主义"和"修正主义"倾向。

8 日，李准的短篇小说《李双双小传》发表在《人民文学》3 月号上。不久由作者改编成电影文学剧本《李双双》，拍摄上映后引起了巨大反响。李准曾说："《李双双小传》是大跃进时写的，但在搞合作化运动时我就想写这样一个妇女形象。那时看到很多妇女翻身后当了组长、队长，很能干。在土改时，她们都是一见生人捂上脸就跑的，带一股傻呆呆的劲儿呢。现在当了干部，人也聪明、机智了，模样也漂亮了，这是我们中国妇女性格的大解放，所以我想写她们。""我写双双和喜旺有矛盾，但两人又相处得很好。喜旺信服她，他很天真、憨厚，又有点自私，好浮夸。""我对这两个人物还是喜欢的。喜旺很和善、很憨厚，又有小缺点，自高自大，还有男权思想，他的性格是复杂的。有鲜明的阶级特色，又有旧习惯势力的烙印。"（李准：《情节、性格和语言》，第 24—26 页，河南人民出版社 1963 年 8 月版）

16 日，秦牧的散文《南国之春》发表在《文汇报》上。

24 日，李劼人的长篇小说《大波》第二部发表在《收获》第 2 期上。

26 日，《文艺报》第 6 号刊载该报编辑的《马克思主义经典作家论批判地继承文化传统》和《高尔基论资产阶级文学遗产》两份学习资料。

本月，《文艺战线上的一场大辩论》由作家出版社编辑出版。

梁上泉的诗集《我们追赶太阳》由上海文艺出版社出版。

四月

8 日，《北京戏剧》创刊。创刊号载有中央戏剧学院实验话剧院集体创作的话剧《英雄列车》、中国青年艺术剧院集体创作的话剧《为了六十一个阶级兄弟》（根据王石、房树民的同名报告文学改编）、马少波的文章《谈历史剧的"古为今用"》等。

田间的诗《列宁颂》、李季的《茂名歌》（诗三首）、《星星和月亮在一起》（兄弟民族民歌选十二首）和报告文学《为了六十一个阶级兄弟》发表在《人民文学》4 月号上。

11—29 日，广西省召开《刘三姐》会演大会。该省的一些剧种参加了演出。

13—29 日，文化部在北京举办现代题材戏曲观摩演出大会。参加演出的有京剧、豫剧、评剧等 6 个剧种，共演出了 10 个歌颂大跃进的现代剧目。文化部副部长齐燕铭发表讲话，提出"现代剧、传统剧、新编历史剧三者并举"的方针。《戏剧报》第 9 期发表社论《促进现代题材戏曲的更大发展》。《人民日报》5 月 15 日发表社论：《戏曲必须不断革命》。

15 日，《戏剧报》第 7 期刊载以《列宁论批判地继承遗产和发展无产阶级文化》为题的学习材料。

16 日，《光明日报》发表社论《哈尔滨"报捷文艺"传来了文艺工作的捷报》。

26 日，《文艺报》第 8 号刊登文化部副部长钱俊瑞为纪念列宁诞辰 90 周年而作的《坚持文学的党性原则，彻底批判现代修正主义》一文。文章提出文艺界必须批判"各种各样资产阶级思想和修正主义思潮"，如"资产阶级人道主义"、"和平主义"、"反社会主义的'写真实'"、"借口'创作自由'来反对党的领导"等等。

30 日，冰心的散文《春深如海》发表在《人民日报》上。

本月，《光明日报》开始集中刊登关于古代文学作品的社会意义问题的讨论文章。

《电影艺术》《电影创作》《解放军文艺》集中刊登批判徐怀中的电影文学剧本《无情的情人》的文章和报道。

《萧三诗选》和沙汀的短篇小说集《过渡》由人民文学出版社出版。

蹇先艾的短篇小说集《苗岭集》和刘澍德的短篇小说集《寒冬集》由上海文艺出版社出版。

冰心的小说、散文集《小桔灯》和陆地的长篇小说《美丽的南方》由作家出版社出版。

巴金的散文集《赞歌集》和张春桥的《龙华集》由上海文艺出版社出版。

柯岩的儿童文学《"小迷糊"阿姨》由作家出版社出版。

五月

1 日，刘白羽的散文《革命的朝霞》发表在《人民日报》上。

3 日，田汉的历史剧《文成公主》发表在《剧本》5 月号上。

8 日，郭沫若的历史剧《武则天》发表在《人民文学》5 月号上。该剧在全国各地上演后，文艺界、史学界围绕武则天形象的塑造展开了讨论。郭沫若在《我怎样写〈武则天〉？》中说："我是把徐敬业的叛变作为中心，围绕这个中心事件来组织了我所选择的事件和人物。我把地点局限在洛阳，把期间局限在由调露元年（公元六七九年）至光宅元年（公元六八四年）的五年间。我尽可能追求着人、地、时的三统一。""我根据尽可能占有的史料和心理分析，塑造了武则天的形象。我在剧本中使她同情一些弱小人物，如像上官婉儿、赵道生和伪太子贤江七。骆宾王出身寒微，虽然犯了罪，她也宽恕了他。而对于有权势、有地位的人则恰恰相反。如裴炎、程务挺（未出场）等，她是毫不假借的。甚至对于亲生的儿子太子贤，她也不为感情所左右。当然有许多情节是出于我的想象。我所写的武则天只写了她六十岁前后的六年，可以说是她最成熟的时代。但她并不是没有缺点的人，特别在她晚年，她的缺点很难掩盖。她利用佛教，干了好些过分奢侈浮华的事。"（《光明日报》，1962 年 7 月 8 日）

11 日，《文艺报》第 9 号加"编者按"辑录了《马克思主义经典作家论资产阶级人道主义》和《高尔基、鲁迅论人道主义和人性论》。

12 日，全国职工文艺会演开幕。钱俊瑞在开幕式上讲话。会演于 6 月 12 日结束。13 日的《人民日报》和《工人日报》分别发表社论：《职工业余文艺活动的新发展》和《更高地举起毛泽东思想的旗帜，积极普及和提高职工文艺》。

15 日，吴琛的越剧剧本《则天皇帝》发表在《上海戏剧》第 5 期上。

23 日，茹志鹃的《我们有一条无比正确的道路》刊登在《文汇报》上。

24 日，巴金的散文《个旧的春天》和骆宾基笔录的革命回忆录《疾风知劲草》发表在《收获》第 3 期上。

26 日，《文艺报》第 10 号转载陈育德的文章《关于风景诗、山水花鸟画的阶级性问题》（原载《合肥师范学院学报》第 1 期）。随后本年内在《光明日报》《文学评论》《诗刊》《北京大学学报》《人文杂志》等报刊上陆续刊登了这方面的讨论文章，如朱光潜的《山水诗与自然美》（《文学评论》第 6 期）等。这些文章纷纷以陶渊明的田园诗和谢灵运的山水诗为例讨论了"美感的阶级性"问题。

28 日，冰心的杂感《为了共产主义的幼苗》发表在《北京晚报》上。

本月，《文艺报》《解放日报》《上海文学》《复旦》先后发表文章，批判蒋孔阳的"修正主义文艺观点"。如：《驳蒋孔阳的所谓文学要描写"日常生活"》《批判蒋孔阳的超阶级论和人性论》《批判蒋孔阳的修正主义文艺思想"第三种文艺"论》等。

马烽的短篇小说集《太阳刚刚出山》由山西人民出版社出版。

靳以的散文遗著《热情的赞歌》（巴金序）由上海文艺出版社出版。

姚文元的《冲霄集》由作家出版社出版。

六月

1—11 日，全国文教"群英会"在北京举行。参加大会的有文化、教育、卫生、体育等方面的先进代表和先进工作者 6000 余人。周恩来总理在会上报告了当前国内外形势，陆定一代表中共中央和国务院向大会致祝词，文化部部长茅盾作了《不断革命，争取文化艺术的持续跃进》的报告。

8 日，茹志鹃的短篇小说《静静的产院》、老舍的儿童歌剧《青蛙骑手》发表在《人民文学》6 月号上。

12 日，饶阶巴桑的《平叛诗抄》发表在《解放军文艺》6 月号上。

14 日，王任重的《重读毛泽东同志〈在延安文艺座谈会上的讲话〉》和王淑明的《关于人性问题的笔记》发表在《文学评论》第 3 期上。

25 日，未央的诗《十年前，在朝鲜……》发表在《诗刊》6 月号上。

26 日，陈毅的诗《绘画五解》发表在《人民日报》上。

本月，袁鹰的散文集《第十个春天》由北京出版社出版。

师陀的旅行记《保加利亚行记》由上海文艺出版社出版。

由姚仲明等集体创作的话剧《同志，你走错了路》由中国戏剧出版社出版。

七月

1 日，上海现代题材剧目观摩演出开幕，公演 17 日结束。

王老九的诗《歌颂毛主席》发表在《西安日报》上。

7 日，《新建设》7 月号《动态》栏内刊载综述：《〈文学遗产〉讨论"中间作品"和"古代作品"的社会意义问题》。

李琦搜集整理的河北民歌《主席走遍全国》发表在《人民日报》上。

8 日，《人民文学》7 月号发表王汶石的短篇小说《新任队长彦三》。

10 日，《光明日报》刊登该报编辑部撰写的《陶渊明讨论集·前言》。

康濯和李准合作的电影文学剧本《东方红》发表在《电影创作》7 月号上。

15 日，田间的叙事长诗《赶车传》第五部《金娃》发表在《新港》7 月号上。同期还开始连载梁斌的多卷本长篇小说《红旗谱》第二部《播火记》，至 1961 年末止。

16 日，苏联政府突然单方面决定，撕毁中苏签订的合同和协定，在一个月内撤走全部苏联专家。

22 日，第三次全国文学艺术界代表大会在北京召开。出席代表 2444 人。郭沫若致开幕词，陆定一代表中共中央、国务院向大会致祝词。周恩来总理在大会上作当前国内外形势的报告；陈毅副总理作国际形势问题的报告；李富春副总理作关于国家经济

建设问题的报告。毛泽东、刘少奇、宋庆龄、周恩来、朱德、邓小平等接见全体会议代表。中国文联副主席周扬 22 日在大会上作《我国社会主义文学艺术的道路》的报告。他在报告中说："几年来，特别是一九五八年大跃进以来，我国的社会主义文学艺术，在三面红旗的光辉照耀下，遵循着为工农兵服务的方向，贯彻着百花齐放、百家争鸣的方针，取得了辉煌的成就。"据林默涵在《人民文学》编辑部座谈会（1977 年12 月 29 日）上说，毛泽东主席很重视这次会议，他在北戴河审阅周扬的报告后，给周扬的信中说，这个报告很好，高屋建瓴，势如破竹，读了以后令人神往。这次大会的召开是在中共中央提出"调整"方针之前，国际的政治背景又是在开展"反修"斗争之际，毛泽东所称赞的也主要是报告中的"反修"部分，因此，贯穿于这次大会的基调，主要是"大跃进"、"反右倾"和"反修斗争"。（参见朱寨主编：《中国当代文学思潮史》，第 450—451 页，人民文学出版社 1987 年版）茅盾在会上作《反映社会主义跃进的时代，推动社会主义时代的跃进》的报告。周扬和茅盾的报告分别于 9 月和 10 月由人民文学出版社出版单行本。大会期间还分别召开了作协第三次理事会（扩大）会议、剧协第二次会员代表大会、电影工作者联谊会第二次会员代表大会、曲协第一届理事会会议、民间文艺研究会理事会会议等。茅盾、老舍、邵荃麟、田汉、夏衍、周巍峙等在相关会议上作了报告。冯至、何其芳、田间分别在作协第三次理事会上做了题为《关于批判和继承欧洲批判现实主义文学问题》《正确对待文学遗产，创造新时代的文学》《红色歌手》的发言，并先后刊登在《文学评论》第 4 期和《诗刊》8 月号上。会议通过了文联和各协会的工作报告和章程，通过了向中共中央和毛主席的致敬电，通过了中国文学艺术工作者第三次代表大会决议。大会选出了文联和各协会的领导机构：文联主席：郭沫若，副主席：茅盾、周扬、巴金、老舍、许广平、田汉、欧阳予倩、梅兰芳、夏衍、蔡楚生、何香凝、马思聪、傅钟、赛福鼎、阳翰笙。作协主席：茅盾，副主席：周扬、巴金、柯仲平、老舍、邵荃麟、刘白羽。剧协主席：田汉，副主席：欧阳予倩、梅兰芳、周信芳、曹禺。曲协主席：赵树理，副主席：周巍峙等。民间文艺研究会主席：郭沫若，副主席：周扬、老舍、郑振铎。本次会议期间，各报刊上相继介绍了出席大会的新涌现的工农作家，如黄声孝、胡万春等。8 月 13 日，郭沫若致闭幕词。8 月 15 日，《人民日报》发表社论：《更大地发挥社会主义文艺的革命作用》。《文艺报》第 13—16 号发表了第三次文代会专号。

本月，《中国青年报》陆续刊登有关司汤达的长篇小说《红与黑》的讨论文章。

由李广田重新整理并作序的《阿诗玛》由人民文学出版社出版。

赵树理的文论集《三复集》由作家出版社出版。

八月

2 日，马烽的《谈短篇小说的新、短、通》发表在《光明日报》上。

3 日，沙汀的《作家的责任——在作协第三次理事会（扩大）会议上的发言》、李季和闻捷的《诗的时代，时代的诗》刊登在《人民日报》上。

6 日，叶剑英的诗作《草原纪游》发表在《内蒙古日报》上。

方志敏的散文遗著《清贫》发表在《旅大日报》上。

8 日，杜鹏程的短篇小说《年轻的工程师》、唐克新的短篇小说《主人》发表在《人民文学》8 月号上。

9 日，柳青的《谈谈生活和创作的态度》刊登在《光明日报》上。

15 日，《戏剧报》第 14、15 期合刊刊载《中国文学艺术工作者第三次代表大会、中国戏剧家协会第二次会员大会》特辑，并配发社论《戏剧战线上新的战斗开始了》。本期合刊还公布了《中国戏剧家协会章程》。

由乔羽改编的电影文学剧本《刘三姐》发表在《电影文学》第 8 期上。1962 年上半年，《大众电影》连续开辟"《影片〈刘三姐〉讨论》"专栏展开争鸣。

25 日，《人民日报》发表社论《全党动手、全民动手，大办农业、大办粮食》。

饶阶巴桑的诗《山、林、江、雨》发表在《诗刊》8 月号上。

本月，艾青调至新疆石河子农垦部生产建设兵团农八师。

美国《主流》杂志 8 月号出版"中国专号"。内载毛泽东主席的词《念奴娇·昆仑》、邵荃麟的《文学十年历程》、巴金的《致美国人民》等。老舍为本期专号写了"前言"。

九月

3 日，方志敏的散文遗著《这是一间囚室》发表在《人民日报》上。

由柳州《刘三姐》剧本创作小组集体改编的歌剧《刘三姐》发表在《剧本》8、9 月号合刊上。

5 日，首都文艺界集会，纪念美国作家马克·吐温逝世 50 周年。蔡楚生、萧三、杨朔等参加了纪念会。老舍作了题为《马克·吐温："金元帝国"的揭露者》的报告，全文见《世界文学》10 月号。

8 日，李准的短篇小说《耕云记》、韦君宜的短篇小说《同伴》发表在《人民文学》9 月号上。

12 日，李伟的《高举毛泽东思想红旗，写出更多更好的革命斗争回忆录——在全国第三次文代大会上的发言》刊登在《解放军文艺》第 9 期上。

25 日，《诗刊》9 月号报道该刊编辑部召开的诗歌座谈会内容，并刊登了柯仲平等 6 人的会上发言。

26 日，老舍的《人的跃进》发表在《人民日报》上。

29 日，周扬在一次艺术工作座谈会上传达邓小平的指示：编一点历史戏，使群众多长一些智慧。11 月，周扬主持召开历史剧座谈会，号召历史家编写历史题材的戏，并请吴晗负责编《中国历史剧拟目》。11 月 19 日，中国剧协邀请首都文艺界和史学界举行座谈会，就历史剧的教育作用、历史真实与艺术真实、历史剧的时代精神等问题进行了讨论。座谈会由田汉主持，有 30 余人出席。《文汇报》12 月 26 日进行了专门报道。

本月，《毛泽东选集》第 4 卷由人民出版社出版。

十月

8 日，沙汀的短篇小说《你追我赶》、陈残云的短篇小说《鸭寮纪事》发表在《人民文学》10 月号上。

23 日，《民间文学》第 10 期集中刊载贵州苗族古歌《洪水滔天歌》、贵州苗族民间长歌《逃婚歌》、贵州省民间文学工作组整理的《嘎百福歌》。

师陀的散文《开封散记》发表在《文汇报》上。

25 日，田间的叙事长诗《赶车传》第五部第四章《血衣》发表在《诗刊》10 月号上。

本月，郭小川离开中国作协，到《人民日报》社当记者。

鲁彦周的短篇小说集《桃花汛前》由安徽人民出版社出版。

十一月

1 日，《世界文学》发表戈宝权的《托尔斯泰的作品在中国》。

3 日，由中国人民解放军政治部文工团话剧团集体改编的话剧剧本《甲午海战》以及《话剧〈甲午海战〉的编写经过》发表在《剧本》11 月号上。

8 日，赵树理的短篇小说《套不住的手》发表在《人民文学》11 月号上。同期还刊载了周立波的文艺论文《关于民族化和群众化》和该刊记者整理的一篇座谈会记录稿《谈革命斗争回忆录的写作问题》。

12 日，巴金的短篇小说《国家》、葛洛的短篇小说《社娃》发表在《解放军文艺》第 11 期上。

15 日，何其芳在苏联举行的纪念列夫·托尔斯泰逝世五十周年的会议上作题为《托尔斯泰的作品仍然活着》的发言。后发表在《文艺报》第 23 号上。

17 日，董必武的《董副主席视察江西诗抄》发表在《江西日报》上。

18 日，中国剧协邀请首都部分戏剧家和歌剧工作者参加关于歌剧发展中的一些新问题的座谈会。会议由田汉主持。与会同志在肯定歌剧取得的成就的同时，就歌舞剧的民族化问题，如何运用民歌和学习戏曲并进行加工的问题，如何提高歌剧质量的问题进行了讨论。

19 日，浩然的短篇小说《冬暖》发表在《人民日报》上。

26 日，为纪念列夫·托尔斯泰逝世 50 周年，《人民日报》刊登了茅盾的纪念文章《激烈的抗议者，愤怒的揭发者，伟大的批判者》，《文艺报》第 21 号刊登了马文兵的纪念文章《批判地继承托尔斯泰的艺术遗产》。《文学评论》第 6 期上发表钱中文的文章《反对修正主义者对托尔斯泰的歪曲》。

《戏剧报》第 22 期发表评论员文章《既要生活的教科书，又要历史的教科书》，引发历史剧创作讨论。

十二月

3 日，《文汇报》刊登题为《整旧创新、古为今用、激励斗志——首都史学家与剧作家协作，历史剧目创作有了新进展》的报道。

齐燕铭的《历史剧和历史真实性》刊登在《剧本》12 月号上。

5 日，康濯的儿童小说《杨香梅》发表在《中国少年报》上。

7 日，《人民日报》报道：《日本仙台市建成鲁迅纪念碑》。

8 日，欧阳山的短篇小说《乡下奇人》、陈残云的短篇小说《竹棚佳话》、梁斌的长篇小说《播火记》（《红旗谱》第二部）第 15 至 18 章《绿林行》发表在《人民文学》12 月号上。

9 日，由曹聚仁介绍，周作人开始为香港《新晚报》撰写《药堂谈往》。至 1962 年 11 月 29 日全部写完，易名《知堂回想录》。1964 年 8 月，香港《新晚报》开始连载《知堂回想录》。1974 年 4 月，全书由香港三育图书文具公司出版。

10 日，陆定一、贾拓夫、李伯钊等在长征时期的诗作发表于《长江日报》上，题名为《长征诗抄》。

14 日，朱光潜的《山水诗与自然美》发表在《文学评论》第 6 期上。文章否认了蔡仪所主张的纯粹的“自然美”的观念，由此引发了关于“自然美”问题的美学讨论。张庚的《桂林山水》、高尔泰的《论美感的绝对性》等文的观点接近或类似朱光潜的看法。李泽厚则既不同意朱光潜，也不同意蔡仪的观点，他认为自然本身没有美，也不是主观意识加上去的，而只有“人化的自然”才美。蒋孔阳、洪毅然等持有与李泽厚大致相同的观点。（参见朱寨主编：《中国当代文学思潮史》，第 314—319 页，人民文学出版社 1987 年版）

16 日，师陀的散文《沙荒中的杰作》发表在《河南日报》上。

21 日，田间的长篇叙事诗《赶车传》第六部《金不换》的一章《筐和锨》发表在《人民日报》上。

23 日，《民间文学》12 月号刊载贾芝在中国民间文艺研究会扩大理事会上的发言，题为《社会主义建设时期民间文学的范围界限和工作任务问题》。

25 日，吴晗的《谈历史剧》发表在《文汇报》上。文章提出了“历史剧是艺术，也是历史”的观点。

28 日，闻家驷追忆和怀念闻一多的文章《做个有骨气的人》发表在《光明日报》上。

本月，《争取社会主义文学的更大繁荣》由作家出版社编辑出版。

师陀作散文《山川·历史·人物》，当时未发表。

本年

中共中央开始纠正农村工作中的“左倾”错误，决定对国民经济实行“调整、巩固、充实、提高”的方针。

全国各省市、自治区纷纷编辑出版建国十年来各体文学作品选。

曾卓在武汉东郊劳改期间作《醒来》《希望》《布谷》《雪》等诗。

绿原在北京狱中作诗《面壁而立》。

1961 年

一月

1 日，康濯的短篇小说《第一户社员》发表在《河北文学》创刊号上。

4 日，吴晗的新编历史剧《海瑞罢官》发表在《北京文艺》1 月号上。剧本发表和演出后受到读者和观众的好评。繁星（廖沫沙）称赞这出戏"打破'史'和'戏'这两家的门户"，"很难得"，因此是个"创造性的工作"。（《"史"与"戏"——贺吴晗的〈海瑞罢官〉的演出》，1961 年 2 月 16 日《北京晚报》。）

5 日，茹志鹃的短篇小说《三走严庄》发表在《上海文学》1 月号上。同期还开始连载梁信的电影文学剧本《红色娘子军》，至 3 月号止。

15 日，苏里等合写的电影文学剧本《钢铁战士》发表在《电影文学》1 月号上。

16 日，《光明日报》综合报道 1960 年《关于传统戏曲人民性问题的讨论》。

21 日，中共中央八届九中全会决定在全国范围内分期分批进行整风运动。

23 日，《民间文学》第 1 期译载了恩格斯的《德国的民间故事书》，同期还发表了《第一次国内革命战争时期的歌谣》和《抗日战争时期的歌谣》。

26 日，《文艺报》由半月刊改为月刊。

28 日，老舍的《散文重要》发表在《人民日报》上。

30 日，吴晗的杂文《再谈人和鬼》发表在《人民日报》上。

31 日，上海《文汇报》发表细言（王西彦）的文章《关于悲剧》，接着在该报展开了关于悲剧问题的讨论。《戏剧报》本年第 9、10 期合刊上发表了《关于悲剧问题的讨论——有关论文综述》，报道了悲剧问题讨论的情况。文章综合了如下问题：一、什么是悲剧；二、社会主义社会有无悲剧；三、悲剧的主角和悲剧题材；四、人民内部矛盾能否产生悲剧；五、社会主义时代悲剧的特征。

本月，在中宣部领导下，文化部、中国剧协等单位共同组织两个调查组，对中国京剧院和中国青年艺术剧院执行"双百"方针、知识分子政策、掌握艺术规律以及领导作风等问题进行调查，为中宣部召开文艺工作座谈会做准备。

老舍、李健吾、冰心、吴伯箫、秦牧、凤子等先后在《人民日报》《文汇报》等报刊上发表"笔谈散文"，讨论持续至下月。

《文汇报》8 日、26 日、30 日相继发表老舍的《喜剧的语言》、赵景深的《中国喜剧传统简述》等关于喜剧问题的文章。就喜剧的特征及其分类、喜剧如何反映敌我矛盾和人民内部矛盾、喜剧的戏剧冲突和表现手法等问题展开讨论。讨论是由去年《文汇报》和《上海戏剧》发表顾仲彝谈喜剧的文章引起的。顾文认为"喜剧也需要有矛盾冲突，但这矛盾冲突与正剧、悲剧、讽刺性喜剧的戏剧冲突有所不同"，"歌颂性喜剧"的"戏剧冲突主要是建筑在巧合、误会的基础上"。《人民日报》1 月 13 日发表了题为《〈文汇报〉对戏剧问题展开讨论》的综合报道。

二月

1 日，程小青的历史小说《高士驴》发表在《雨花》2 月号上。

5 日，何其芳的《不怕鬼的故事·序》刊登在《人民日报》上。

刘澍德的长篇小说《归家》（上部）在《边疆文艺》2 月号上开始连载，至 1962 年 11 月号止。上海文艺出版社 1963 年出版单行本。小说发表不久，《文艺报》《文学评论》《边疆文艺》《文汇报》《光明日报》等 10 多种报刊先后发表了 40 多篇评论文章，对这部作品展开了热烈的讨论。

8 日，曹葆华等翻译的《高尔基文艺书简》发表在《人民日报》上。

9 日，冰心的杂感《"轻不着纸"和"力透纸背"》发表在《北京日报》上。

12 日，《人民文学》1、2 月号合刊发表李季的诗《马兰》、巴金、陆文夫、刘澍德的短篇小说《军长的心》《葛师傅》《拔旗》。同期还发表了陈白尘等合写的电影文学剧本《鲁迅传》。

14 日，《文学评论》第 1 期开辟《关于文学上的共鸣问题和山水诗问题的讨论》专栏。讨论持续了一年，先后发表文章 20 篇。全国其他报刊，主要是高等院校学报也发表了 60 余篇讨论文章。这些文章主要讨论了不同阶级的人在欣赏文艺作品时是否有共鸣现象及共鸣与阶级性的关系；讨论了山水诗是否有阶级性及阶级性如何表现等问题。文学上的共鸣问题的讨论是由柳鸣九的文章《批判人性论者的共鸣说》（《文学评论》1960 年第 5 期）引发的。关于山水诗的讨论是由朱光潜的文章《山水诗与自然美》（《文学评论》1960 年第 6 期）引发的。《文学评论》编辑部在这场讨论的年终综述中说，"尽管分歧仍然存在"，但在一些"关键性问题"上是"有进展的，有收获的"。这次讨论"是在互相尊重、互相都采取说理态度的气氛中展开的"，出现了学术上的"良好的风气"。

15 日，老舍的《对话浅论》发表在《电影艺术》第 1 期上。

18 日，吴晗的《关于历史剧的一些问题》发表在《北京晚报》上。

本月，为纪念"左联五烈士"遇难 30 周年，阿英、以群等先后在《人民日报》《光明日报》《文汇报》《上海文学》《新民晚报》上发表纪念文章。

三月

5 日，王汶石的短篇小说《沙滩上》发表在《延河》3 月号上。

师陀的散文《红旗渠》发表在《上海文学》第 3 期上。

7 日，老舍的历史剧《义和团》（后改名《神拳》）及其创作谈《吐了一口气》发表在《剧本》2、3 月号合刊上。

12 日，臧克家的诗《凯旋》，马识途的短篇小说《找红军》，杨朔、魏钢焰的散文《茶花赋》《船夫曲》，老舍的儿童剧《宝船》发表在《人民文学》3 月号上。

15 日，杨植霖执笔的革命回忆录《王若飞在狱中》在《中国青年》第 5 期上连载，至第 7 期止。

18 日，巴黎公社成立 90 周年。《人民日报》《中国青年报》等发表纪念专文，有萧三的《公社的歌声响遍全世界——漫谈巴黎公社的诗歌》等。《世界文学》3 月号也译载了《巴黎公社诗文抄》。人民文学出版社出版了《巴黎公社诗选》。

19 日，邓拓以马南邨的笔名在《北京晚报》上开辟《燕山夜话》专栏，直至 1962 年 9 月止，共撰杂文 150 多篇。其中著名的篇目有：《欢迎"杂家"》《爱护劳动力的学说》《堵塞不如开导》《一个鸡蛋的家当》《主观和虚心》《王道和霸道》《马后炮》等等。后由北京出版社 1963 年结集（共 5 集）出版。邓拓在合集自序中写道："〈燕山夜话〉合集问世，本拟重行修改，然而工程颇大，远非零篇写作那么容易，所以只在个别地方略加补正付印。由此得一经验，凡事必须在当时认真抓紧，事后要想改变就很难了。有人说，零篇写作也很费工夫，你难道不怕耽误了工作吗？讲一句老实话，我觉得写短文章并不费事，只要有观点、有材料，顺手牵羊就来了，有一点业余时间的都能办到。这又证明，一般的文章越短越好，写得短就不至于因为忙而不动笔。我们生在这样伟大的时代，活动在祖先血汗洒遍的燕山地区，我们一时一刻也不应该放松努力，要学得更好，做得更好，以期无愧于古人，亦无愧于后人。""文革"初期，邓拓及其《燕山夜话》受到林彪、"四人帮"的批判。"文革"后，邓拓及其杂文得以平反昭雪。1979 年，该书由北京出版社再版。 邓拓夫人丁一岚在《不单是为了纪念——写在〈燕山夜话〉再版的时候》中说："这些杂文旗帜鲜明、爱憎分明、切中时弊而又短小精炼、趣妙横生、富有寓意，博得了广大读者的欢迎和支持。全国许多报刊、杂志效仿这一做法，开设了类似的杂文专栏，为当时'百花齐放，百家争鸣'的文苑增添了生气。"据人回忆，当年老舍曾称赞邓拓是"大手笔写小文章，别开生面，独具一格"。（顾行、刘孟洪：《邓拓同志和他的〈燕山夜话〉》，《忆邓拓》，第 132 页，福建人民出版社 1980 年版）

23 日，曹靖华的散文《花》发表在《人民日报》上。

25 日，郭小川的诗《煤都的回声》发表在《诗刊》3 月号上。

26 日，《文艺报》3 月号发表由张光年执笔的专论《题材问题》。文章指出："为了促进社会主义文艺的百花齐放，必须破除题材问题上的清规戒律。""对于近来一个时候表现在题材问题上的片面化、狭隘化观点的新的滋长"，"不能采取熟视无睹的态度。"该刊 6 月号和 7 月号开辟"题材问题讨论"专栏，先后发表了周立波的《略论题材》、胡可的《对题材的浅见》、冯其庸的《题材与思想》、夏衍的《题材、主题》、田汉的《题材的处理》、老舍的《题材与生活》。1963 年，唐弢在《文学评论》第 1 期上发表《关于题材》一文，对本次讨论作了理论回顾和补充。

27 日，许广平的回忆录《鲁迅先生怎样对待写作和编辑工作》在《人民日报》上开始连载，至 29 日止。

本月，还珠楼主病逝，终年 59 岁。还珠楼主，1902 年生于四川长寿县，本名李善基，后名李寿民，解放后改名李红。笔名"还珠楼主"，取唐代诗人张籍《节妇吟》中"还君明珠双泪垂"诗意。幼有神童之称，曾三上峨嵋，四登道教胜地青城山，从小熟悉武术气功。成年后作过幕僚和家庭教师，历经坎坷，始写武侠。解放后任北京市戏曲编导委员会委员。1956 年曾在报上写过关于神怪荒诞小说的公开检讨文章。还珠楼主武侠小说共计 37 种，《蜀山剑侠传》和《青城十九侠》为其代表作。以《蜀山剑侠传》为中心，还珠楼主的武侠小说形成了一个庞大的系列，计有："蜀山剑侠正传" 3 种；"蜀山剑侠前传" 4 种；"蜀山剑侠别传" 3 种；"蜀山剑侠新传" 3 种；"蜀山剑侠外传" 15 种；其余还有《万里孤侠》《拳王》等 9 种。

四月

2 日，《人民日报》在《新民歌选》栏目中刊登了藏族民歌《献给毛主席》等。

5 日，《人民日报》发表综述：《关于历史剧问题的讨论》。

秦牧的文艺随笔《艺海拾贝》在《上海文学》第 4 期上开始连载，至第 11 期止。

8 日，《文艺报》编辑部召开"批判地继承中国文艺理论遗产"座谈会。茅盾、林默涵、田汉、孟超等发言。《文艺报》5 月号和 7 月号开辟专栏，刊登这方面的笔谈文章。参加这次笔谈讨论的著名古典文学研究专家和理论家有：宗白华、俞平伯、孟超、唐弢、王朝闻、王瑶、游国恩、朱光潜、陈翔鹤、郭绍虞、王季思等。

9 日，丰子恺携妻女游黄山，30 日返回上海。归后作散文《黄山松》《上天都》《黄山印象》。

10 日，上海戏剧学院实验话剧院集体创作的话剧《战斗的青春》发表在《剧本》4 月号上。

12 日，赵树理的短篇小说《实干家潘永福》、吴伯萧的散文《记一辆纺车》发表在《人民文学》4 月号上。

梁斌的长篇小说《播火记》的第 25 至 29 章《锁井风云》发表在《解放军文艺》4 月号上。

13 日，广州《羊城晚报》刊登关于长篇小说《金沙洲》的评论文章，由此引发了一场关于文学典型问题的讨论。据蔡仪发表在 1962 年《文学评论》第 6 期的文章《文学艺术中的典型问题》中归纳，这次讨论首先涉及的问题是关于典型是什么的问题，多数论者认为"典型是共性和个性的统一，或普遍性和个别性的统一"。此外还主要讨论了关于阶级社会中典型人物的普遍性和阶级性的关系问题，大体可分为三种不同的意见：第一种意见认为典型的普遍性就是阶级性，如孙之龙的《典型是什么》（《羊城晚报》6 月 13 日）。第二种意见认为典型的普遍性不限于阶级性，还包括更广的社会性，如陈则光的《论典型的社会性》（《羊城晚报》12 月 21 日）。第三种意见认为典型的普遍性是阶级性和类型性，如吴文辉的《论典型的普遍意义》（《羊城晚报》1962 年 1 月 18 日）。此外，1961 年 8 月 3 日《羊城晚报》还刊登了署名中国作家协会广东分会理论研究组的文章《典型形象——熟悉的陌生人》，通过援引别林斯基的"熟悉的陌生人"的观点，文章对这场讨论中逐步出现的"绝对主义"的思想方法和"典型即代表"论进行了批评，说前者"会导致性格、环境、题材的划一化"，后者"与以个别反映一般的艺术规律毫无共同之处"。

21 日，《文艺报》编辑部召开关于少年儿童文学创作问题座谈会。

25 日，朱德的诗作二十三首发表在《诗刊》4 月号上。

29 日，杨朔的散文《樱花雨》发表在《人民日报》上。

30 日，《戏剧报》第 7、8 期合刊发表两篇综述：《关于戏剧冲突问题的讨论——有关论文和来稿综述》和《关于历史剧的争鸣》。

本月，高等学校文科教材编选计划会议在北京召开。陆定一、周扬作报告。

五月

4 日，邓洪的革命回忆录《红色交通线》发表在《工人日报》上。

5 日，师陀的散文《南湾》发表在《上海文学》第 5 期上。

9 日，赵清阁生日，老舍题赠对联一副："清流笛韵微添醉，翠阁花香勤著书。"

12 日，陈残云的散文《春暖家乡》、高士其的科学小品《地球的帐幕》发表在《人民文学》5 月号上。

15 日，中国文联等团体联合举办纪念世界文化名人——印度诗人泰戈尔诞生 100 百周年纪念。茅盾、老舍、田汉、欧阳予倩、夏衍、丁西林、阳翰笙、赵朴初、吴作人、季羡林、谢冰心、周巍峙等出席了纪念会。茅盾主持大会并致开幕词。季羡林作题为《泰戈尔——印度伟大的诗人》的报告。人民文学出版社出版了《泰戈尔作品集》十卷。北京还举办了泰戈尔展览会等活动。

20 日，冰心的《忆日本的女作家们》发表在《世界文学》5 月号上。

26 日，老舍的旧体诗九首《大好春光》发表在《内蒙古日报》上。

29 日，叶圣陶、老舍、曹禺等离京去内蒙古参观访问。

30 日，俄国民主主义革命家和文艺理论家别林斯基诞辰 150 周年，《文汇报》等报刊刊登纪念文章。

《文汇报》和《前线》第 11 期分别就当前美学问题讨论作了综合报道，题目分别是《最近美学讨论中的几个问题》和《关于美学问题的讨论》。

本月，《北京日报》开辟"笔谈《林海雪原》"专栏，就曲波的长篇小说和据其改编的同名影片展开了一次群众性讨论，至 8 月止。

王敏的话剧《女民兵》由北京群众出版社出版。

六月

1 日，中宣部在新侨饭店召开全国文艺工作座谈会，讨论《关于当前文学艺术工作的意见》（草案）（即《文艺十条》的初稿）。《文艺十条》经过修改以后，于本年 8 月 1 日印发各地征求意见，1962 年 4 月由中宣部正式定稿为《文艺八条》，经文化部党组、文联党组下发全国各地文化艺术单位贯彻执行。这八条是：一、进一步贯彻百花齐放、百家争鸣的方针；二、努力提高创作质量；三、批判地继承民族遗产和吸收外国文化；四、正确地开展文艺批评；五、保证创作时间，注意劳逸结合；六、培养优秀人才，奖励优秀人才；七、加强团结，继续改造；八、改进领导方法和领导作风。

周扬在 28 日的总结会上作报告指出：过去有的人"把政治了解得很狭隘"，这是不对的。文艺为政治服务，"不仅应该有表现社会时代的作品"，并且还要"整理过去的文艺遗产"；"在有的时候，有的场合，后者起的作用还更大"。他说，"政治挂帅，政治就不能太多，太多，就削弱了政治，政治不是帅，而变成兵了……。政治是灵魂，灵魂要依附在肉体上。业务、艺术就是肉体；没有肉体，灵魂就无所依附了，不知道它到底在哪里。"他强调说："我们的文艺队伍是可爱的队伍"，"同党是一条心的。"又说："不注意文学特点，庸俗社会学就出来了。胡风对我们作了很多恶毒的攻击，他是反革命。但是，经常记得他攻击我们什么，对我们也有好处。他有两句话是我不能忘记的。一句：'20 年的机械论统治'。如果算到现在，就是 30 年了。他所攻击的'机械论'就是马克思主义。我们是马克思主义领导文艺，而不是'统治'。然而，我们也可以认真考虑一下，在我们这里有没有教条主义……胡风还有一句：反胡风以后中国文坛就要进入中世纪。我们当然不是中世纪。但是，如果我们搞成大大小小的'红衣大主教''修女''修士'，思想僵化，言必称马列主义，言必称毛泽东思想，也是够叫人恼火的就是了。我一直记着胡风的这两句话。"

郭小川的诗《鞍钢一瞥》发表在《文艺红旗》第 5、6 期合刊上。

5 日，茹志鹃的短篇小说《同志之间》发表在《上海文学》6 月号上。

8 日，文化部召开全国故事片创作会议，7 月 2 日结束。主要是审议文化部提交的《关于当前电影工作的意见（草案）》（"二十三条"），总结近年来电影工作方面的经验教训。会议由夏衍主持。由于本次会议和全国文艺工作座谈会都是在新侨饭店召开，两个会议有时又合并召开大会，故习惯上简称为"新侨会议"。19 日，周恩来在大会上作《在文艺工作座谈会和故事片创作会议上的讲话》。他在引言中以影片《达吉和她的父亲》为例，对近年来文艺界出现"五子登科"（"套框子、抓辫子、挖根子、戴帽子、打棍子"）的不正常现象提出了批评。随后主要谈了七个问题：一、物质生产与精神生产问题；二、阶级斗争与统一战线问题；三、为谁服务的问题；四、文艺规律问题；五、遗产与创造问题；六、领导问题；七、话剧问题。7 月 14 日，《人民日报》报道说：全国故事片创作会议决定进一步贯彻百花齐放、百家争鸣的方针，扩大题材范围，提高艺术质量。

10 日，《人民日报》报道，中国科学院文学研究所召开少数民族文学史编写问题座谈会。据报道，我国已经有 16 个少数民族的文学史或概况已编写完成。

12 日，茹志鹃的短篇小说《阿舒》、菡子的短篇小说《万妞》、冰心的散文《樱花赞》、吴伯箫的散文《菜园小记》、丰子恺的散文《上天都》发表在《人民文学》6 月号上。

18 日，首都文艺界 1400 多人集会，纪念高尔基逝世 25 周年。纪念会由中苏友好协会总会、中国作家协会和北京市中苏友好协会联合举办，萧三、张致祥、丁西林、曹靖华、许广平、何其芳、严文井等出席了纪念会。茅盾致开幕词，刘白羽作题为《高尔基——伟大的无产阶级文学的奠基人》的报告。

23 日，冰心的散文《一寸法师》发表在《民间文学》6 月号上。

26 日，叶圣陶的《樱花精神》发表在《文艺报》第 6 号上。

28 日，陈残云的中篇小说《香飘四季》在《羊城晚报》开始连载，至 8 月 26 日止。

29 日，陈毅的诗《赣南游击词》发表在《工人日报》上。

吴伯箫的散文《延安——北极星》发表在《人民日报》上。

本月，郭小川的诗集《两都颂》由春风文艺出版社出版。

严阵的诗集《江南曲》由上海文艺出版社出版。

李准的短篇小说集《李双双小传》和峻青的短篇小说集《海燕》由作家出版社出版。

秦牧的散文集《花城》由作家出版社出版。内收《古战场春晓》（1961）、《土地》（1960）、《社稷坛抒情》（1956）、《花城》（1961）、《园林、扇画、散文》（1961）等名作。

七月

1 日，沙汀的短篇小说《夏夜》发表在《四川文学》7 月号上。同期开始连载马识途的长篇小说《清江壮歌》，至 1962 年 7 月号止。

2 日，刘白羽的散文《红玛瑙》发表在《人民日报》上。

3 日，柳青的短论《三愿》刊登在《陕西日报》上。

12 日，赵寰执笔的话剧《红缨歌》发表在《解放军文艺》7 月号上。

15 日，闻一多牺牲 15 周年，《解放日报》《文汇报》刊登纪念文章。

17 日，黄宗英的报告文学《上海姑娘在井冈山》发表在《解放日报》上。

21 日，《文艺报》7 月号上发表冯牧的文章《〈达吉和她的父亲〉——从小说到电影》。随后《文艺报》就此问题展开了讨论，并在 10 月号上刊登了讨论综述。讨论一直持续到 1962 年 7 月。

23 日，杨朔的散文《荔枝蜜》发表在《人民日报》上。

本月，碧野的散文集《边疆风貌》由作家出版社出版。

八月

1 日，程小青的历史小说《画网巾先生》发表在《雨花》8 月号上。

5 日，巴金的短篇小说《团圆》、刘知侠的短篇小说《红嫂》、茅盾的《六 0 年少年儿童文学谈》发表在《上海文学》第 8 期上。

10 日，田汉的京剧剧本《谢瑶环》、孟超的昆曲剧本《李慧娘》、丁西林的历史剧《孟丽君》、宋之的的话剧遗作《群猴》，以及苏联作家阿·托尔斯泰的《论戏剧创作》发表在《剧本》第 7、8 期合刊上。《李慧娘》由孟超根据明代周朝俊的《红梅记》（又名《红梅阁》）改编而成。孟超认为《红梅记》中裴舜卿"反复的纠缠于男女的柔情欲障，格调不高"，觉得"如果以时代背景为经，李、裴情事为纬，而着重于正义豪情、拯人为怀、斗奸复仇之志，虽幽明异境，更足以动人心魄。"（《跋〈李慧娘〉》，《文学评论》1962 年第 3 期）繁星（廖沫沙）在《有鬼无害论》中认为《李慧娘》是"一出好戏"，虽然"戏台上出现鬼神"，但宣传了"反抗压迫的斗争"，"是个好鬼，能鼓舞人民的斗志"，所以这出戏"有鬼无害"。（《北京晚报》1961 年 8 月 31 日）《李慧娘》写前曾经得到康生的支持，演出后康生也大加赞扬，并特地宴请作者及主要演员表示祝贺。但 1963 年《李慧娘》和繁星的《有鬼无害论》受到江青组织的批判。梁璧辉在《文汇报》5 月 6、7 日上撰文《"有鬼无害"论》，李希凡在《戏剧报》第 9 期上撰文《非常有害的"有鬼无害"论》，大批"鬼戏"。1964 年京剧现代戏会演闭幕会上，康生把孟超的《李慧娘》当作"坏戏"典型进行批判，说这出戏是"利用厉鬼来推翻无产阶级专政"，是"阶级斗争"。

12 日，周立波的短篇小说《爱嫂子》、康濯的短篇小说《三面宝镜》、刘白羽的散文《海》、曹禺、梅阡、于是之合著的历史话剧《胆剑篇》发表在《人民文学》7、8 月号合刊上。

16 日，冰心的散文《日本归来》在《大公报》上开始分 3 次连载。

17 日，吴晗的《〈海瑞罢官〉序》发表在《光明日报》上。

21 日，《文艺报》8 月号发表臧克家的文章《古典诗歌中的自然景物描写》、罗荪的文章《探索真理的伟大战士——别林斯基》。

22 日，康濯的散文《海上明珠红似火》发表在《人民日报》上。

23 日—9 月 16 日，中共中央工作会议在庐山举行，讨论了工业、粮食、贸易及教育等问题，并要求所有工业部门切实贯彻"调整、巩固、充实、提高"的方针。

本月，文化部党组起草《剧院（团）工作条例（十条）》。"条例"规定，剧团可以根据本身的特点、主要演员专长，确定以演什么为主。并指出不得规定上演剧目的比例。在创作上"允许作者在选择剧本题材、形式、体裁方面有广泛的自由"，"不要勉强他们写他们不熟悉的东西。"

上海、北京两地就茹志鹃小说创作的题材、风格问题举行座谈会。《文艺报》7 月号发表了细言（王西彦）的《有关茹志鹃作品的几个问题——在一个座谈会上的发言》，针对此前欧阳文彬的《试论茹志鹃的艺术风格》（《上海文学》1959 年 10 月号）和侯金镜的《创作个性和艺术特色——读茹志鹃小说有感》（《文艺报》1961 年 3 月号）两篇文章的观点提出了不同看法。《文艺报》12 月号又发表了魏金枝的《也来谈谈茹志鹃的小说》和洁泯的《有没有区别?》，进一步展开争鸣。1962 年 1 月 25 日《北京日报》刊登了本次讨论的综述《关于茹志鹃创作风格的讨论》。

浩然被调往《红旗》杂志社当编辑。

九月

1 日，中宣部批转《作家协会党组关于安排作家创作问题的请示报告》。

丰子恺随上海政协参观团去江西，游南昌、赣州、瑞金、井冈山、抚州、景德镇等地，历时三周，行程五千里，留下不少诗文和画稿，如散文《赤栏杆外柳千条》《饮水思源》《化作春泥更护花》等。

艾芜的小说《南行记》续篇之一《月夜》发表在《四川文学》9 月号上。

7 日，老舍的《诗四首》（旧体诗）发表在《内蒙古日报》上。

9 日，曹靖华的散文《忆当年，穿着细事且莫等闲看!》发表在《人民日报》上。

12 日，郭沫若的《〈鲁迅诗稿〉序》和茹志鹃的《水珠和世界》（学习鲁迅作品札记）发表在《文汇报》上。

19日，文化部发出《关于加强戏曲、曲艺传统剧目的挖掘工作的通知》，肯定了建国以来挖掘、整理传统戏曲、曲艺的成绩，强调要做好这项工作，努力"抢救遗产"。

20日，《世界文学》8、9月号合刊译载阿·托尔斯泰的《向工人作家谈谈我的创作经验》。

23日，《广西日报》刊登《鲁迅搜集的民间歌谣》。

24日，老舍的七绝五首《包头颂》发表在《内蒙古日报》上。

蒙古族敖德斯尔的散文《鄂尔多斯高原雄鹰》发表在《人民日报》上。

25日，首都文艺界和其他各界1400多人在政协礼堂举行鲁迅诞辰80周年纪念会。由陈毅、宋庆龄、胡乔木、徐特立、郭沫若、邓颖超、茅盾、周扬、夏衍、林默涵、许广平等98人组成会议主席团。周恩来出席大会，郭沫若致开幕词《继续发扬鲁迅的精神和本领》，茅盾作大会报告，号召学习鲁迅精神。《文艺报》9月号出版纪念专刊，郭沫若、茅盾、巴金、叶圣陶、曹靖华、许广平、周建人、唐弢等撰文纪念。

28日，郭沫若的诗作《蜀道奇》发表在《人民日报》上。

本月，沙汀、艾芜、林斤澜、刘真等在贵州、云南参观访问。

田汉的历史剧《文成公主》由中国戏剧出版社出版。

十月

1日，茅盾的《在一次座谈会上的讲话》刊登在《河北文艺》第10期上。他在讲话中对"革命现实主义与革命浪漫主义相结合"提出了异议。

吴伯萧的散文《延安的歌声》发表在《光明日报》上。

4日，夏衍的《艺术性技巧》发表在《文汇报》上。

5日，欧阳山的短篇小说《骄傲的姑娘》发表在《上海文学》10月号上。

7日，《解放日报》译载苏联诗人马雅可夫斯基的长诗《好!》。

8日，李劼人的《龙泉驿兵变了——〈大波〉中间的一朵浪花》发表在《人民日报》上。

10日，吴晗、邓拓、廖沫沙在《前线》（半月刊）上以"吴南星"为集体笔名开设《三家村札记》专栏。该专栏一直持续到1964年7月，共发表杂文60余篇。"文革"后由人民文学出版社1979年结集出版。

茹志鹃的《语言拾零》（学习鲁迅作品札记）发表在《文汇报》上。

12日，欧阳山的短篇小说《在软席卧车里》、方纪的散文《挥手之间》发表在《人民文学》10月号上。

13日，老舍的散文《内蒙风光》发表在《人民日报》上。

15日，周立波的特写《张满贞》、杨朔的散文《渔笛》发表在《人民日报》上。

16日，杨朔的散文《雪浪花》发表在《红旗》第20期上。

24日，茅盾的《关于历史和历史剧——从〈卧薪尝胆〉的许多不同剧本谈起》在

《文学评论》第 5 期上连载，至第 6 期止。1962 年 11 月由作家出版社出版单行本。

29 日，茅盾的《谈文艺创作的五个问题》发表在《文汇报》上。

本月，伍律的科普作品《蛇岛的秘密》由中国少年儿童出版社出版。

十一月

2 日，杨朔的《东风第一枝·小跋》发表在《人民日报》上。

4 日，中国作协江苏分会举行文艺创作座谈会，《新华日报》和《文汇报》分别以《什么是无产阶级的艺术标准?》和《关于无产阶级艺术标准问题的讨论》为题进行了报道。

老舍的旧体诗《内蒙即景》(19 首)发表在《北京文艺》11 月号上。

10 日，罗广斌、杨益言的长篇小说《红岩》开始在《中国青年报》上连载。12 月由中国青年出版社出版单行本。据马识途在《且说〈红岩〉》中介绍："作者罗广斌、杨益言同志并不是作家，甚至据我所知，他们在写作过程中，一直也没有准备以创作为职业。就是他们在解放前有那么一段在'中美合作所'坐牢的生活经历，有那么多共产主义英雄形象在他们的记忆中冲撞欲出，有那么多同志和朋友们鼓励他们、催促他们，以至压迫他们写出来。他们写出了《在烈火中永生》还不算，还要写小说，使这些英雄人物长留天地之间。于是他们就写起小说来了，当作一个义不容辞的政治任务写起来了。""《红岩》这部稿子从酝酿到成书费时近十年之久，这部四十万言的书曾写过近三百万字的稿子，曾经彻底'返工'过三次，大改过五六次，小修小改就无法计数了。""《红岩》初稿写成后，在请人看稿，开会讨论中，曾经受到过一些同志的严厉批评，甚至近乎挑剔的指责。我就曾这样指责过。由于他们的初稿调子定得低了一些，把监狱里残酷的气氛和惨烈的牺牲写得多一点，把监狱写得似乎是革命英雄的受苦受难之地和革命的屠场，'禁锢的世界'(该书曾拟用书名)，而监狱是我们地下党进行革命斗争的第二战场和共产主义学校写得不足。"(《中国青年》1962 年第 11 期) 阎纲指出："《红岩》，人们称它为'共产主义的奇书'。据我体会，'奇'的含义有以下两个方面：事奇——事情发生在中国(也是世界上)最秘密、最残酷的监狱里，而且事件的发生、发展，常常是意料中的意外；悲剧中的喜剧，喜剧中的悲剧；绝大的残酷和绝妙的斗争。人奇——被捆住手脚的人面对武装到牙齿的敌人，在死亡的边沿上进行不怕死的斗争；在被包围的境况下进行反包围的突破；在烈火中牺牲，又在烈火中永生。""江姐和许云峰是《红岩》正面人物中写得最动人的两个人物形象"，"他们身上集中地体现着作者热烈赞美的、共产主义者坚定果敢而纯净无瑕的品质和操守。""此外，像埋头为党工作到最后一滴血的成岗，象资产阶级出身而在烈火般革命斗争中逐渐成长起来的知识分子刘思扬，以及我在前面曾比较详细介绍过的华子良，都是《红岩》中值得尊敬的人物。他们在与江姐、许云峰彼此对比、彼此衬托中，产生了相映生辉的艺术效果。"(阎纲:《悲壮的〈红岩〉》，第 1 页，第 24 页，第 37 页，上海文艺出版社 1963 年版)

12 日，臧克家的诗《翠微山歌》(十三首)、严辰的诗《鄂伦春的歌》、邹荻帆的诗《都门的抒情》、张志民的诗《首都抒怀》、林庚的诗《新秋之歌》、老舍的旧体诗《内蒙东部纪游》、陈翔鹤的历史小说《陶渊明写〈挽歌〉》、李健吾的散文《雨中登泰山》、端木蕻良的散文《在草原上》发表在《人民文学》11月号上。黄秋耘认为陈翔鹤的这篇历史小说"真可以算得是'空谷足音'，令人闻之而喜。""如果在当时的现实生活中还有慧远和尚、檀道济和颜延之之流的人物，那么，像陶渊明这样的耿介之士，恐怕还不能算是'多余的人'罢。"又说："写历史小说，其窍门倒不在于征考文献、搜集资料、言必有据；太拘泥于史实，有时反而会将古人写得更死。更重要的是，作者要能够以今人的眼光，洞察古人的心灵，要能够跟所描写的对象'神交'，用句雅一点的话来说，也就是'心有灵犀一点通'罢。只有这样，才能做到真正体会到古人的情怀，揣摩到古人的心事，从而展示出古人的风貌，让古人有血有肉地再现在读者的面前。"（《文艺报》1961年第12号）余冠英在《一篇有害的小说——〈陶渊明写〈挽歌〉〉》中认为作者"不是批判地而是用同情和欣赏的态度突出了陶渊明思想中的某些消极东西，而且描写得比他的本来面貌更消极。""小说所描写出来的陶渊明是一个对生活十分厌倦的隐士。""他所说的'乘化归尽'、'乐夫天命'等等都是一种消极地对待人生的态度，即所谓任天委运，顺应自然，这种思想久已成为苟且偷生的人们的精神麻醉剂。""小说不仅强调而且还夸张了陶渊明的消极思想。'一旦死去真是没有什么值得留恋的'，陶渊明不曾说过这样的话，他也不会有活着是一种麻烦的想法。"（《文学评论》1965年第2期）

23日，傣族的《逃婚调》和僮族的《勒脚歌》发表在《民间文学》11月号上。

本月，曾卓在武汉市郊劳动改造期间作情诗《有赠》："你的含泪微笑着的眼睛是一座炼狱。／你的晶莹的泪光焚冶着我的灵魂。／我将在彩云般的烈焰中飞腾，／口中喷出痛苦而又欢乐的歌声。"

李季的诗集《海誓》由作家出版社出版。

汉水的长篇小说《勇往直前》由百花文艺出版社出版。

郭风的散文集《英雄和花朵》由上海文艺出版社出版。

赵忠等人集体创作的歌剧《红珊瑚》由解放军文艺出版社出版。

十二月

7日，首都话剧工作座谈会召开，一直持续至1962年6月1日结束，写成《关于话剧院（团）艺术生产问题的几点意见（草案）》，发首都各话剧院参照执行，并发各地话剧院（团）参考。

16日，周立波的短篇小说《在一个星期天里》发表在《红旗》第24期上。

31日，郭小川的诗《三门峡》发表在《人民日报》上。

本月，沈从文在与阮章竞、华山等同游井冈山、庐山等地期间，作有旧体诗《井冈山清晨》（外四章），并随后发表在1962年的《人民文学》2月号上。

贺敬之的诗集《放歌集》和张志民的诗集《村风》由人民文学出版社出版。

郭小川的叙事长诗《将军三部曲》由作家出版社出版。

巴金的短篇小说集《李大海》和吉学沛的短篇小说集《农村纪事》由作家出版社出版。

杨朔的散文集《东风第一枝》和吴晗的散文集《春天集》由作家出版社出版。

本年

《红旗飘飘》（第 15—16 集）由中国青年出版社出版。

沈从文准备"复出"文坛，但终告失败。

路翎在北京秦城监狱中因精神上刺激过大而失常，住进了医院。出院后保外就医回到家中一年多。随后因写信给党中央发泄不满情绪，旋又被关进监狱。

吴宓由重庆赴武汉，游三峡，访旧友，旋又转赴广州，访陈寅恪。

冬，在京郊经过了三年半的"劳动改造"之后，王蒙被摘掉"右派"帽子，次年 9 月，被安排到北京师范学院中文系教书。

陈敬容作《假日后送女返学》诗一首。

昌耀在青海西部荒原流放地作《踏着蚀洞斑驳的岩原》《这是赭黄色的土地》《荒甸》《夜行在西部高原》等诗四首。

年底至 1962 年，老舍创作长篇自传体小说《正红旗下》，写成 11 章，约 8 万字，未完。1979 年发表在《人民文学》3 月号上。

丰子恺开始翻译日本文学名著《源氏物语》。

1962 年

一月

1 日，曾堂的历史小说《扬州风雅外史遗篇》发表在《雨花》1 月号上。

5 日，《边疆文艺》1 月号刊载《生活、学习、创作——袁水拍、沙汀、郭小川座谈创作问题摘要》。

武克仁的历史小说《柳宗元被贬》发表在《羊城晚报》上。

杭一苇的历史小说《逐荷夷》发表在《热风》第 1 期上。

7 日，徐迟的《长江组歌》第一部《如画江山》发表在《人民日报》上。第二部（《洪涛》《赤岸》）和第三部（《雄师》《飞渡》）发表在 1963 年 1 月 7 日的《人民日报》上。

10 日，白文、所云平的话剧《我是一个兵》发表在《剧本》1 月号上。

12 日，田间的诗《白雪的画册》、张志民的诗《西行剪影》、袁鹰的散文《戈壁水流长》、何为的散文《白鹭和日光岩》、郭风的散文《海堤上》发表在《人民文学》1 月号上。

周立波的短篇小说《调皮角色》发表在《解放军文艺》第 1 期上。

15 日，《新港》1 月号译载苏联作家阿·托尔斯泰的《我们怎样写作》。

17 日，王力的《诗词格律》在《北京日报》上开始连载。7 月由中华书局出版单行本。

25 日，陈毅的诗《冬夜杂咏》（包括《秋菊》《幽兰》《含羞草》《青松》《红梅》）发表在《诗刊》1 月号上。

26 日—2 月 6 日，中共中央在北京召开扩大的中央工作会议（"七千人大会"），指出 1962 年是国民经济进行"调整"最关键的一年，全党必须踏踏实实地做好这方面的工作。

本月，中宣部、文化部发出恢复上演话剧《洞箫横吹》的通知。

何为的散文集《织锦集》由上海文艺出版社出版。

二月

5 日，唐克新的短篇小说《沙桂英》发表在《上海文学》2 月号上。

10 日，三城楼客的历史小说《广东文人故事演义》发表在《作品》第 2 期上，续篇发表在第 8 期上。

12—16 日，亚非作家会议在开罗举行，茅盾率代表团出席会议，并在会上作了《为风云变幻时代的亚非文学的灿烂前景而祝福》的发言。《文艺报》第 2 号发表了严文井的专文《迎接第二届亚非作家会议》。

沈从文的诗《井冈山清晨》、方敬的诗《一句话》、玛拉沁夫的短篇小说《歌声》、浩然的短篇小说《彩霞》、吴晗的历史随笔《伟大的历史学家司马迁》、徐迟的散文《祁连山下》发表在《人民文学》2 月号上。

赵树理的短篇小说《"杨老太爷"》和陈残云的散文《拖渡风光》发表在《解放军文艺》2 月号上。

武克仁的历史小说《写传》发表在《羊城晚报》上。

17 日，周恩来总理在中南海紫光阁对在京的话剧、歌剧、儿童剧作家发表讲话。讲话共分六个部分：一、破除迷信，解放思想；二、党如何领导戏剧电影工作；三、时代精神；四、典型人物；五、关于写人民内部矛盾；六、生活真实、历史真实与艺术真实问题。

胡先骕的诗《水杉歌》和陈毅为此诗写的读后感一并发表在《人民日报》上。

29 日，《光明日报》译载《雨果谈中国的一封信》。

本月，继田汉在《剧本》1 月号上发表《大力发展话剧创作》一文后，老舍、胡可等剧作家陆续在《人民日报》《剧本》《戏剧报》上发表有关话剧创作的理论文章，如《话剧的语言》《学一点诗词歌赋》等。

三月

1 日，《山花》3 月号刊登《沙汀、艾芜同志谈文学创作》。

2—26 日，文化部、中国剧协在广州召开话剧、歌剧、儿童剧创作座谈会（即"广州会议"）。参加会议的有 160 多名剧作家、导演、理论家和戏剧工作者。周恩来、陈毅专程赴会并作重要讲话。周恩来在 2 日作《关于知识分子问题的报告》。他首先说，过去的两年，知识分子的工作条件受到限制，甚至精神上也有一些不愉快，但在

"戏剧写作方面，仍取得显著成绩，值得庆贺"。接着谈了六个问题：一、关于知识分子和知识界的定义与地位；二、关于现代知识分子的发展过程；三、关于如何团结知识分子问题；四、关于知识分子的自我改造问题；五、几点希望。希望大家发扬民主，上下通气，改进关系、通力合作，团结一致、搞好工作。陈毅在 6 日也作了报告，报告中对建国十三年，特别是三年困难时期中国知识分子、戏剧工作者在党的领导下取得的成就，所做出的贡献作了很高的评价。他表示，经过了十三年的改造、考验，"应该取消'资产阶级知识分子'的帽子"，"今天，我跟你们行脱帽礼"。他还就艺术创作的题材、写悲剧、作家的民主权利、戏剧批评、党如何领导创作等问题谈了重要意见。文化部部长茅盾、副部长齐燕铭先后在会上作报告。田汉、阳翰笙、老舍、曹禺、林默涵、张庚等在会上发言。会议在党中央政策精神鼓舞下，贯彻《文艺八条》精神，热烈讨论了繁荣创作，百花齐放，积极表现人民的新时代和鼓励题材风格的多样化问题，关于戏剧冲突和表现人民内部矛盾问题，生活真实和艺术真实的问题，话剧、歌剧的民族化问题，以及戏剧语言、结构、艺术技巧等问题。会议还对《同甘共苦》《洞箫横吹》《布谷鸟又叫了》等几个受过批判的话剧作了新的、肯定的评价。《人民日报》31 日报道了这次会议的精神和过程。本次会议在整个文艺界、知识界发生了极大影响，大大调动了积极性，一个新的活跃的局面很快出现。但在"文革"中被"四人帮"诬陷为"黑会"，许多参加过会议的著名戏剧家受到迫害，直至"文革"后才得以平反。

3 日，欧阳予倩的《春节病中偶吟》（二首）发表在《北京日报》上。

秦牧的散文《茶风纪事》发表在《光明日报》上。

5 日，柳青的《关于〈创业史〉复读者的两封信》发表在《延河》3 月号上。

10 日，中国剧协编辑的《外国戏剧资料》开始出版，1962 年—1965 年共出版 15 期（1962—1963 年 6 期，1964—1965 年 9 期）。该刊主要介绍外国戏剧动态、现状和史料等资料。

11 日，臧克家的《陈毅同志的诗词》和王朝闻等的《〈红岩〉五人谈》发表在《文艺报》第 3 号上。同期还刊登了茅盾的《为风云变色时代的亚非文学的灿烂前景而祝福》。

12 日，邵燕祥的诗《夜耕》、胡万春的短篇小说《晚年》、玛拉沁夫的短篇小说《琴声》、刘白羽的散文《珍珠》、吴伯箫的散文《跳女吊》发表在《人民文学》3 月号上。

23 日，曹靖华的散文《天涯处处皆芳草——西双版纳散记》发表在《人民日报》上。

26 日，吴晗的《历史剧是艺术，也是历史》和李希凡的《"历史知识"及其他——再答吴晗同志》发表在《戏剧报》第 6 期上。

本月，张志民的诗集《公社一家人》由上海文艺出版社出版。

李乔的长篇小说《早来的春天》（《欢笑的金沙江》第二部）由作家出版社出版。

李准的短篇小说集《春笋集》由河南人民出版社出版。

浩然的短篇小说集《蜜月》由北京出版社出版。

师陀作四幕历史话剧《西门豹》，当时未发表，后载《收获》1979 年第 4 期。

黄悌的话剧《钢铁运输兵》由中国戏剧出版社出版。

四月

1 日，蒋星煜的历史小说《风送滕王阁》发表在《雨花》4 月号上。

刘铨的历史小说《文天祥就义》发表在《星火》4 月号上。

尚乐林的历史小说《伍子胥过昭关》发表在《甘肃文艺》4 月号上。

包金万，刘继才的历史小说《杜甫在夔州》发表在《长春》4 月号上。

2—6 日，三城楼客的历史小说《林则徐之死》在《羊城晚报》上连载。

4 日，黄秋耘的历史小说《杜子美还家》发表在《北京文艺》4 月号上。郑公盾后来在《〈北京文艺〉在为谁服务》一文中指责这篇小说是"借古讽今的大毒草"，说"它借诗人杜甫的故事，别有用心地影射现实，恶毒地反对党和社会主义制度。还把杜甫回家的一路情景，写成'民不聊生，哀鸿遍野'。作者含沙射影地借一个老头之口对杜甫说：'你当官受禄的，可真要给我们老百姓想办法啊？……可真要叨念我们老百姓的痛苦啊！'说什么'这些年来……吏治腐化，皇帝深居宫中，蔽塞聪明，杜绝言路，人民的痛苦一天比一天加深，生产力一天比一天衰落，他老人家蒙在鼓里，一点儿也不知道，终于闹出'安史之乱'来'"。（1966 年 5 月 20 日《人民日报》）

7 日，老舍的旧体诗《汕头行》发表在《羊城晚报》上。

9 日，武克仁的历史小说《毒虫》发表在《羊城晚报》上。

12 日，顾工的诗《伐木者的小屋》、严阵的诗《射虎》、方之的短篇小说《岁交春》、冯至的历史小说《白发生黑丝》、冰心的散文《尼罗河上的春天》、曹靖华的散文《洱海一枝春》、蹇先艾的散文《节日欢歌》、孟超的昆曲剧本《红拂夜奔》、杨石的革命回忆录《老马》发表在《人民文学》4 月号上。

15 日，梁斌就《红旗谱》创作的一些问题《致读者》发表在《新港》4 月号上。

17 日，首都文艺界举行唐代伟大诗人杜甫诞辰 1250 周年纪念大会。《人民日报》《文艺报》等报刊分别发表冯至、蒋和森等人的纪念专文。

20 日，《人民日报》报道：朱德、陈毅、郭沫若、周扬等国家和文艺界领导人同诗人聚会，探讨现代诗歌创作问题。会议由中国作协《诗刊》编辑部主持。诗人们就诗歌的内容、形式、韵律问题，以及继承诗歌优秀传统、诗歌与生活的关系等问题进行了探讨。

22 日，徐迟的《说散文》发表在《湖北日报》上。

25 日，上海人民艺术剧院导演黄佐临的文章《漫谈"戏剧观"》发表在《人民日报》上。黄佐临早在今年 3 月的"广州会议"上已经发言谈到这个问题。他在文中认为现代戏剧理论有三大派别：一种是斯坦尼斯拉夫斯基戏剧理论体系，强调"现实真实"；一种是布莱希特戏剧理论体系，强调"间离效果"；一种是梅兰芳戏剧理论体系，强调"写意"，注重象征的、程式化的表演。在此基础上，他认为中国的戏剧家不能只认定某一种戏剧观或戏剧理论体系，而应该参考其他的戏剧理论体系，从而达到创作和表演上的多样化。

郭小川的诗《乡村大道》发表在《诗刊》第 4 期上。

28 日，《文汇报》译载德国剧作家布莱希特的论文《谈中国戏曲》。

本月，《谈小说创作》由作家出版社编辑出版。

梁上泉的诗集《大巴山月》由重庆人民出版社出版。

杜鹏程的短篇小说集《年轻的朋友》由中国青年出版社出版。

玛拉沁夫的短篇小说集《花的草原》由人民文学出版社出版。

敖德斯尔的短篇小说集《遥远的戈壁》由作家出版社出版。

何其芳的《诗歌欣赏》由作家出版社出版。

五月

1 日，康濯的长篇小说《东方红》在《河北文学》第 5 期上开始连载，至 1963 年第 6 期止。这部长篇作于 1958 年，由作家出版社 1963 年 10 月出版单行本。

4—13 日，河北省文联在保定召开短篇小说座谈会，康濯、艾芜、侯金镜等出席了会议。康濯在会上的发言以《试论近年间的短篇小说》为题发表在《文学评论》1962 年第 5 期上。康濯说："革命浪漫主义如果离开了现实生活的根基，其革命性必将显得浮泛和空虚，也必将无从获得艺术的说服力。"

5 日，辛笛的诗《在延安枣园》发表在《上海文学》第 5 期上。

9—16 日，上海市第二次文代会召开。巴金当选上海市文联主席，于伶、丰子恺等 17 人为副主席。在 14 日的上海市作协第三次会员大会上，巴金当选上海市作协主席，以群、刘大杰、吴强等当选副主席。巴金在上海市第二次文代会上作了题为《作家的勇气和责任心》的发言，刊登在《上海文学》5 月号上。他说："我觉得作为作家，我没有尽到自己的责任，作为新中国的文艺工作者，我没有好好地运用文艺武器为人民服务。这些年来，我不断地叫：全心全意地献身于人民文学事业，写出更多更好的作品。可是我一直把时间花在各种各样的事情上面，我仍然讲得多，写得少，而且写得很差。有时我也为这个着急，我还感到惭愧，甚至坐立不安。但有时我也会因为想到自己留下的东西不多，反而有一种放心的感觉。我常常责备自己缺乏勇气，责任心不强，但有时我又会替自己辩解，因为像我这样不求有功、但求无过的人并不太少。然而我觉得自己再这样写下去是不行的。既然打着作家的招牌，就必须认真写作，必须重视作家的勇气和责任心。新中国的作家更不应该有但求无过的顾虑。不过我又得承认，要去掉顾虑并不是容易的事。说实话，我不怕挨骂，我受得住严厉的批评，有时给批评打中了要害，在痛过一阵以后，我反而感到心情舒畅。但请允许我讲出我的缺点和秘密：我害怕'言多必失'，招来麻烦。自己的白头发越来越多，记忆力也逐渐衰退，我不能不着急。我总想好好地利用这有限的时间，多写作品。我有点害怕那些一手拿框框、一手捏棍子到处找毛病的人，固然我不会看见棍子就缩回头，但是棍子挨多了，脑筋会给震坏的。碰上了他们，麻烦就多了。我不是在开玩笑。"又说："要一个作家负担过多的责任，使人感到不写文章反而两肩轻松，不发表作品叫别人抓不住辫子，倒可以安安静静地过日子，这绝不是好办法。"丰子恺也在会上发言，积极拥护文艺"双百"方针，对于强求一律的做法，斥之为"剪冬青树的大剪刀"。他呼吁应该让小花、无名花也好好开放。

12日，毛泽东的《词六首》和郭沫若的《喜读毛主席的〈词六首〉》在《人民日报》发表。《人民文学》5月号也同日刊出了毛泽东的《词六首》。

欧阳山的短篇小说《金牛和笑女》、艾芜的《南行记续编》之《野牛寨》、李广田的散文《山色及其他》发表在《人民文学》5月号上。

16—25日，河北省文联邀请部分青年业余作者共同探讨如何提高短篇小说写作技巧问题。艾芜、康濯、魏巍等出席了座谈会。

17日，《陕西日报》报道，柳青在西安作协举办的创作报告会上发言，着重谈了作家的"三个学校问题"，即"生活的学校，政治的学校，艺术的学校"。

19日，赵树理的短篇小说《张来兴》发表在《人民日报》上。

20日，《文汇报》发表茅盾致青年工人作家胡万春的一封信，以及胡万春的复信《衷心的感谢》。

22日，欧阳山的《化雨春风二十年——欧阳山谈文艺为工农兵服务的感受》刊登在《羊城晚报》上。

23日，毛泽东的《在延安文艺座谈会上的讲话》发表二十周年。北京、上海及各省、市文艺界举行盛大纪念会、报告会或座谈会。郭沫若在中国剧协举行的庆祝大会上致词：《实践、理论、实践》。老舍在《文艺报》第5、6号合刊上发表了学习感言：《五十而知使命》。此外还有许多著名作家和艺术家发表了讲话和文章。全国各主要报刊都发表了社论。《人民日报》发表了由周扬执笔的题为《为最广大的人民群众服务》的社论，《文艺报》第5、6号合刊予以转载。《红旗》和《文艺报》也发表了《知识分子前进的道路》《文艺队伍的团结、锻炼和提高》的社论。周扬在社论中说："二十年前，毛泽东同志指出，我们的革命文艺，要站在无产阶级的立场上，为工农兵以及城市小资产阶级劳动群众和知识分子服务。这在今天也是完全正确的。今天的情况同二十年前不同的是，我国人民已经胜利地完成了新民主主义革命和社会主义革命，建立了中华人民共和国，正在进行社会主义建设，现在，各民族的工人、农民、知识分子及其他劳动人民，各民主党派和民主人士，爱国的民族资产阶级分子，爱国侨胞和其他一切爱国人士，在中国共产党的领导下，结成了人民民主统一战线，积极地参加和支持建设社会主义的伟大事业。因此，这个人民民主统一战线内的以工农兵为主体的全体人民都应当是我们的文艺服务的对象和工作的对象。"

26日，《中国青年报》发表浩然致周立波的信《读好两种书》，以及周立波复浩然的信。

29日，辛笛的诗《陕北道情》发表在《文汇报》上。

本月，《人民日报》副刊开始开辟《长短录》杂文专栏，至12月止。黄似（夏衍）、章自（吴晗）、文益谦（廖沫沙）、陈波（孟超）、方一羽（唐弢）、张毕来等先后在该专栏内发表了37篇杂文。该专栏的既定方针为："希望这个专栏在配合进一步贯彻'百花齐放，百家争鸣'方针方面，在表彰先进、匡正时弊、活跃思想、增加知识方面，起更大的作用。"1979 年由人民日报出版社结集出版。

雁翼的诗集《抒情诗草》由重庆人民出版社出版。

徐光耀的儿童文学《小兵张嘎》由少年儿童出版社出版。

刘白羽的散文集《红玛瑙集》由作家出版社出版。

菡子的散文集《初晴集》由上海文艺出版社出版。

姚文元的《新松集》由上海文艺出版社出版。

六月

1 日，徐飞的历史小说《尉迟恭造寺》发表在《安徽文学》6 月号上。

金近的儿童文学作品《可爱的接班人》和浩然纪念《在延安文艺座谈会上的讲话》发表 20 周年的文章《永远歌颂》发表在《河北文学》6 月号上。

3 日，康濯的《让短篇小说花开更美》发表在《河北日报》上。

5 日，《人民日报》报道，藏族史诗《格萨尔》经整理已陆续出版。

邵燕祥的散文《小闹闹》、师陀的独幕喜剧《伐竹记》发表在《上海文学》第 6 期上。后者取材于《晏子春秋》。

10 日，夏衍的《生活·题材·创作——和几位青年剧作家的谈话》和乌·白辛的话剧《赫哲人的婚礼》发表在《剧本》6 月号上。

12 日，田间的诗《非洲游记》、李瑛的诗《敦煌的早晨》、汪曾祺的短篇小说《羊舍一夕》、杨朔的散文《野茫茫》发表在《人民文学》6 月号上。

15 日，桂茂的历史小说《孤舟湘行纪》发表在《湖南文学》6 月号上。

谢铁骊根据柔石的小说《二月》改编的电影文学剧本《早春二月》发表在《电影创作》第 3 期上。

18 日，郭小川的诗《厦门风姿》发表在《人民日报》上。

21 日，刘伯承的革命回忆录《我们在太行山上》发表在《人民日报》上。

23 日，辛笛的《朝鲜忆游诗草》发表在上海《新民晚报》上。

25 日，邵荃麟在《文艺报》的一次讨论重点选题的会议上，明确提出"写中间人物"的主张。他说："作家为一些清规戒律束缚着，很苦闷。希望评论家能谈谈这些问题。当前作家们不敢接触人民内部矛盾。现实主义基础不够，浪漫主义就是浮泛的。创造英雄人物问题，作家也感到有束缚。陈企霞认为不能分正面人物反面人物，这当然是错误的。但在批判这种观点时，却形成不是正面人物就是反面人物，忽略了中间人物；其实矛盾往往集中在中间人物身上。"他要求《文艺报》组织文章打破这种束缚，把"写中间人物"列入重点选题计划。（《文艺报》编辑部：《关于"写中间人物"的材料》，《文艺报》1964 年第 8、9 号合刊）

郭小川的诗《秋日谈心》发表在《诗刊》第 6 期上。

本月，浩然的短篇小说集《珍珠》由百花文艺出版社出版。

马铁丁的杂文集《不登堂集》和罗荪的散文集《火花集》由上海文艺出版社出版。

七月

1 日，张庆田的短篇小说《"老坚决"外传》发表在《河北文艺》第 7 期上。

5 日，冰心的散文《一只木屐》和巴金的散文《富士山和樱花》发表在《上海文学》7 月号上。

10 日，由吴雪执笔的话剧《抓壮丁》发表在《剧本》7 月号上。

11 日，高缨的《关于〈达吉和她的父亲〉的创作过程》、秦牧的《艺术魅力和文笔情趣》、张光年的《"共工不死"及其他》发表在《文艺报》第 7 号上。

12 日，文化部发出《关于各地不得自动禁演影片的通知》。

郭小川的诗作《甘蔗林——青纱帐》、雁翼的诗《战士来到天安门》、戈壁舟的诗《胡杨英雄树》、公刘的诗《太原的云》、傅仇的诗《马尔康诗抄》、饶孟侃的诗《夏夜忆亡友闻一多》、西戎的短篇小说《赖大嫂》、骆宾基的短篇小说《白桦树荫下》、宗璞的短篇小说《不沉的湖》、方纪的随笔《桂林山水》、秋耘的随笔《鸟兽·虫鱼·草木》发表在《人民文学》7 月号上。

15 日，黄秋耘的历史小说《顾母绝食》发表在《新港》第 7 期上。

本月，臧克家的诗集《凯旋》由作家出版社出版。

邹荻帆的诗集《都门的抒情》由上海文艺出版社出版。

胡正的长篇小说《汾水长流》由作家出版社出版。

八月

1 日，《文汇报》发表《〈红楼梦〉研究在国外》。

黄秋耘的历史小说《鲁亮侪摘印》发表在《山花》8 月号上。

2—16 日，中国作协邀请赵树理、周立波、马烽、康濯、李准、刘澍德、束为等十余位写农村题材的作家，在大连召开农村题材短篇小说创作座谈会。会议由邵荃麟主持，茅盾、周扬在会上作了报告。邵荃麟在讲话中指出："茅公提出'两头小、中间大'，英雄人物与落后人物是两头，中间状态的人物是大多数，文艺主要教育的对象是中间人物，写英雄是树立典范，但也应该注意写中间状态的人物。""强调写先进人物、英雄人物是应该的。英雄人物是反映我们时代的精神的。但整个说来，反映中间状态的人物比较少。两头小，中间大；好的、坏的人都比较少，广大的各阶层是中间的，描写他们是很重要的。矛盾往往集中在这些人身上。""有些作家对农村斗争的长期性、复杂性、艰苦性有深刻的认识。这次会上，对赵树理的创作一致赞扬，认为前几年对老赵的创作估计不足，这说明老赵对农村的问题认识是比较深刻的。""马林科夫在十九大提出反对平均数，典型不是大量存在的，是萌芽的东西，这也对。但从大量中概括出来的也应该算是典型，否则，只写萌芽，路子就窄了。""后来批评马林科夫的论点，提出个性问题，……苏联现在也不大讲阶级共性，而是全民的人性，强调全民是共同的人性。我们认为，还是恩格斯讲的'典型环境中的典型人物'。一个阶级一个典型，是有害的理论。"又说："没有现实主义，就没有浪漫主义。我们的创作应该向现实生活突进一步，扎扎实实地反映现实。茅盾同志说的现实主义的广度、深度和高度，这三者是紧密相连的。""现实主义深化，在这个基础上产生强大的革命浪漫主义，从这里去寻求两结合的道路。""如何表现内部矛盾的复杂性，看出思想意识改造的长期性、艰苦性、复杂性；更深地去认识、了解、分析、概括生活中的复杂的斗争，更正确地去反映人民内部矛盾，是我们作家的新的任务。"（冯牧主编：《中国新文学大系·文艺理论卷1》，第514—526页，上海文艺出版社1997年版）赵树理在大连会议中发言说："一九六〇年时的情况是天聋地哑，走五十里路就要带粮票。我想到农村一个是粮食，一个是日用品，过几年大概还是可以写的；但现在写，为什么可以不写这些呢？怎么避得开？我常常一想就碰墙。"（赵树理：《赵树理文集》第4卷，第1717页，工人出版社1980年版）康濯在大连会议的发言中称赞赵树理是写农村的"铁笔"和"圣手"。

5日，方之的短篇小说《出山》和丰子恺的散文《阿咪》发表在《上海文学》第8期上。

郑伯奇的《创造社后期的革命文学活动》发表在《延河》7、8月号合刊上。

10日，欧阳山的《〈一代风流〉序》刊登在《作品》8月号上。

12日，马识途的短篇小说《小交通员》、敖德斯尔的短篇小说《阿力玛斯之歌》、柯岩的短篇小说《岗位》发表在《人民文学》8月号上。

19日，《南方日报》译载马克思的十四行诗《献给燕妮》。

27日，《光明日报》发表《中国戏剧在欧洲的传播》。

本月，文化部发出《对违反当前政策精神的影片停止发行的通知》。这些影片是：《柳湖新颂》《春暖花开》《十三陵水库畅想曲》《你追我赶》《钢花遍地开》《斗诗亭》《新的一课》《快马加鞭》《天山歌声》《一江两岸大竞赛》《接班人》《打麻雀》《赶英国》《庆丰收》等。

茹志鹃的短篇小说集《静静的产院》由中国青年出版社出版。

舒群的长篇小说《这一代人》由作家出版社出版。

曹靖华的散文集《花》由作家出版社出版。

唐弢的《燕雏集》由作家出版社出版。

九月

1日，李伏伽的散文《夏三虫》发表在《四川文学》第9期上。

10日，侣朋改编的历史剧《窦娥冤》（大型歌剧）发表在《剧本》9月号上。

11日，《文艺报》第9号发表沐阳（谢永旺）的《从邵顺宝、梁三老汉所想到的……》。黎之随后在《文艺报》第12号上发表《创造我们时代的英雄形象——评〈从邵顺宝、梁三老汉所想到的……〉》，对沐阳提倡"写中间人物"的观点进行反驳。

12日，萧三的《诗四首》、李瑛的诗《红柳小集》、严阵的诗《战士的眼睛》、陆文夫的短篇小说《介绍》、管桦的短篇小说《雾》、杨朔的散文《广岛十七年祭》、杜宣的散文《长相忆》发表在《人民文学》9月号上。

14日，冰心的杂谈《年华似锦和似锦年华》发表在《北京晚报》上。

21 日，欧阳予倩病逝，享年 74 岁。24 日，首都举行公祭，陆定一主祭，夏衍致悼词。欧阳予倩，原名立袁，号南杰，湖南浏阳人。1907 年留学日本，曾参加我国最早的话剧团体"春柳社"。先后参加演出反抗种族歧视的《黑奴吁天录》和反抗封建黑暗统治的《热血》，成为"春柳社"的主要演员。回国后又组织"新剧同志会"等剧社，以话剧为武器宣传民主革命，揭露黑暗统治，为我国初期的话剧运动开辟道路。他早年参加京剧演出，先后达十五年；曾编演二十多个京剧剧本，创造出独特的艺术风格；曾与梅兰芳齐名，得到"南欧北梅"的赞誉。第一次国内革命战争前后，曾主持或参与过南通伶工学社、民众戏剧社、南国社、广东戏剧研究所，培养不少新型戏剧人材。九·一八事变后，他加入中国左翼戏剧家联盟，参加反蒋抗日活动。他编写了《潘金莲》《梁红玉》《桃花扇》《忠王李秀成》《木兰从军》等戏曲和话剧剧本，1938 年起在桂林任广西艺术馆馆长兼桂剧团团长。新中国成立后，历任中国文联副主席、中国戏剧家协会副主席、中国舞蹈工作者协会主席、中央戏剧学院院长、中央实验话剧院院长等职。田汉在欧阳予倩卧病期间曾写下七首律诗相赠，总题《挂剑吟》，其一："予倩文章老更成，忆梅无限故人情。雄谈都爱识途马，低唱犹羞出谷莺；着意细探前代宝，虚心博采百花精；大夫倘能更宽大，秋夜连床话到明。"其二："斯氏精神极谨严，晚年卓见有加添。切磋喜得他山石，消化应如入水盐；正为斗争求改革，不单形式竞新尖。中华自古梨园国，金碗沿门莫太谦。"其四："未必梨园即杏坛，形神俱胜本来难，潜移豪竹哀丝里，默化银灯绣幕间；只有郢工能运斧，从来杯水不兴澜；艺高情热思深远，塑出英雄自可观。"（田汉：《悼欧阳予倩诗七首》，1962 年 10 月 15 日《上海戏剧》第 10 期）

24—27 日，中共第八届中央委员会第十次全会在北京召开。毛泽东在会上提出"千万不要忘记阶级斗争。"康生在会议期间诬蔑长篇小说《刘志丹》的作者李建彤"利用写小说搞反党活动"。1956 年，李建彤应工人出版社之约着手创作《刘志丹》，在数易其稿后于 1962 年夏写出样稿征求意见。《工人日报》随之在 7 月 28 日至 8 月 4 日、《光明日报》和《中国青年》也在 7、8 月间刊出了部分章节。康生说："我一看小说，完全是为高岗翻案。"他通知中宣部要各报刊一律停止发表这部作品，又通知工人出版社把样稿送中央会议审查。康生在八届十中全会上将《刘志丹》定为"习（仲勋）、贾（拓夫）、刘（景范）反党集团"篡党篡国的"纲领"。会后成立专案组进行审查，至 1966 年并无结论。"文革"开始后，姚文元在《评反革命两面派周扬》中说周扬"伙同一小撮反党野心家，积极支持并鼓励为反党分子高岗翻案的反党小说《刘志丹》的出版，他亲自接见写这本书的反党分子。"（《红旗》1967 年第 1 期）康生则声言要继续算《刘志丹》这笔帐。于是，作者李建彤、曾经给书稿提过修改意见的原陕甘革命根据地的一批领导同志、看过送审样书的文艺界的领导人、向作者组稿以及发表小说部分章节的工人出版社、《工人日报》等报刊的有关同志、接受过作者访问并提供出素材的老干部、老党员，都被打入了"反党"之列，连 1962 年参加审查这个案件的干部，都不能幸免，酿成了一起株连万人的文坛冤案。1979 年，经中共中央批准，这部作品及其所受牵连的人员全部予以平反，长篇小说《刘志丹》（上卷）也由工人出版社正式出版。

本月，王西彦的长篇小说《在漫长的道路上》和孙犁的散文集《津门小集》由百花文艺出版社出版。

黄秋耘的《古今集》和马铁丁的杂文集《残照录》由作家出版社出版。

由张庚编的《秧歌剧选》由中国戏剧出版社出版。

由华中师范学院中文系集体编著的《中国当代文学史稿》由科学出版社出版。

十月

1 日，康濯的《试论近年间的短篇小说》发表在《河北文艺》10 月号上。

姚雪垠的历史小说《草堂春秋》发表在《长江文艺》10 月号上。

周晓、郁可的历史小说《李清照》发表在《四川文学》10 月号上。

老舍的《谈现代题材》发表在《光明日报》上，《人民日报》12 月 11 日转载。

5 日，冰心的诗《卖花声声》发表在《文汇报》上。

10 日，文化部党组通过《关于改进和加强剧目工作的报告》。报告说："几年来，戏剧工作的情况基本上是好的、健康的。但是，在工作中也存在着一些问题，主要问题是上演剧目不能适应当前形势的需要。如现代剧目少、外国剧目和历史剧目多。一些有毒素的剧目又重新搬上舞台。"提出改进和加强剧目工作的意见是：一、对于上演剧目，应以是否有助于提高人民爱国主义、社会主义觉悟、是否有助于加强人民的团结和增进国际主义精神为取舍的标准；二、要加强话剧、新歌剧和戏曲的创作力量，扩大戏曲创作队伍；三、进一步整理和改编传统剧目；四、加强戏剧评论工作，要使戏剧评论经常化，准备建立一个戏剧评论组，专门从事这一工作；五、加强对各剧团领导人员和艺术人员的教育，并帮助他们解决实际困难；六、要建立和加强剧目管理制度。11 月 22 日中共中央批转了这个报告。

11 日，《文艺报》第 10 号发表社论《反映当前的火热斗争》。同期还刊登了欧阳予倩的《春节病中偶吟》（二首）、赵树理的《与读者谈〈三里湾〉》。

12 日，陈翔鹤的历史小说《广陵散》、赵树理的短篇小说《互作鉴定》、刘真的短篇小说《长长的流水》、冰心的散文《海恋》、李季的《中秋书简》、巴金的散文《藤森先生的笑容》、吴伯箫的散文《嵯峨山》发表在《人民文学》10 月号上。

15 日，傅仇的诗《森林抒情》发表在《新港》10 月号上。

22 日，峻青的散文《秋色赋》发表在《人民日报》上。

本月，辽宁省文联主办的《文艺红旗》改名《鸭绿江》。《鸭绿江》第 1 期刊登了茅盾的《读书杂记》和老舍的《学生腔》。

臧克家的《学诗断想》由北京出版社出版。

胡可的《习剧笔记》由解放军文艺出版社出版。

十一月

1 日，李树权的历史小说《成功之路》发表在《长春》第 11 期上。

敏泽的历史小说《曲径》和茅盾的《读书续记》发表在《河北文学》11 月号上。

5 日，陆地的短篇小说《故人》发表在《广西文艺》第 11 期上。

8 日，《北京日报》报道：《北京市召开现代题材戏剧创作座谈会》。

10 日，阳湖的历史小说《长命女》发表在《东海》第 11 期上。

于伶的话剧《七月流火》和王树元的话剧《杜鹃山》发表在《剧本》第 10、11 期合刊上。

11 日，周立波的《战斗和建设的颂歌》发表在《文艺报》第 11 号上。

12 日，郭小川的诗《秋歌》、汪曾祺的短篇小说《王全》发表在《人民文学》11 月号上。

30 日，北京举行欧仁·鲍狄埃逝世 75 周年、狄盖特逝世 30 周年纪念会。周扬作题为《〈国际歌〉——号召全世界人民革命的号角》的报告。张光年作《无产阶级的天才歌手》的报告。

本月，文化部召开首都京剧创作座谈会。齐燕铭副部长 15 日在会上讲话指出"近几年剧目比较贫乏"。他提出可以通过"政治学习"、"联系群众"、"读书"、"艺术陶冶"等四个方面来"提高戏曲质量"。

《光明日报》和《黑龙江日报》相继发表关于报告文学的讨论文章，有朱寨的《报告文学的战斗作用》（4 日）、昭彦（黄秋耘）的《报告文学大有用武之地》（20 日）等。

黄声孝的长诗《站起来了的长江主人》（第一部）由中国青年出版社出版。

冰心的散文集《樱花赞》由百花文艺出版社出版。

茅盾的《鼓吹续集》由作家出版社出版。

十二月

3 日，峻青的散文《傲霜篇——故乡短简》发表在《人民日报》上。

8 日，杨朔的散文《晚潮急》发表在《人民日报》上。

10 日，徐光耀的电影文学剧本《小兵张嘎》发表在《电影创作》第 6 期上。

11 日，胡可的《话剧的现实题材问题》发表在《人民日报》上。

12 日，臧克家的诗《松花江上》（十三首）、张志民的诗《高原秋色》、艾芜的短篇小说《南行记续篇》之《芒景寨》、王蒙的短篇小说《夜雨》、束为的短篇小说《玉成老汉》、刘白羽的散文《平明小札》发表在《人民文学》12 月号上。

峻青的中篇小说《怒涛》发表在《解放军文艺》12 月号上。

峻青的散文《壮志录——故乡短简》发表在《解放日报》上。

14 日，《文学评论》第 6 期发表蔡仪的文章《文学艺术中的典型人物问题》。

15 日，李准的电影文学剧本《李双双》发表在《电影文学》第 12 期上。

21 日，胡可的《〈槐树庄〉题材的来历》发表在《河北日报》上。

24 日，李劼人在成都病逝，享年 71 岁。李劼人，原名李家祥，四川成都人。中学时期曾亲历四川保路同志会运动。1919 年赴法国留学，1924 年归国后任成都大学教授，主编《新川报》副刊。抗战期间曾任全国文艺界抗敌协会成都分会常务理事。建国后曾任成都市副市长、四川省文联副主席、中国作协四川分会副主席等职。著有长篇小说《死水微澜》《暴风雨前》《大波》《天魔舞》等，此外还有法国文学译作《萨朗波》《单身姑娘》等。自1954年起，李劼人开始修订、重写或续写其三部长篇小说代表作：《死水微澜》《暴风雨前》和《大波》（1—4部）。1980年四川人民出版社出版了《李劼人选集》（五卷）。郭沫若曾经在《中国左拉之待望》中说："作者的规模之宏大已经相当地足以惊人，而各个时代的主流及其递嬗，地方上的风土气韵，各个阶层的人物之生活样式，心理状态，言语口吻，无论是男的女的老的少的，都亏他研究得那样透辟，描写得那样自然。他那一支令人羡慕的笔，自由自在地，写去写来，写来写去，时而浑厚，时而细腻，时而浩浩荡荡，时而曲曲折折，写人恰如其分，写景恰如其景，不矜持，不炫异，不惜力，不偷巧，以正确的事实为骨干，凭藉着各种各样的典型人物，把过去了的时代，活鲜鲜地形象化了出来。真真是可以令人羡慕的笔！""作者似乎是可以称为一位健全的写实主义者。他把社会的现实紧握着，丝毫也不肯放松，尽管他也在描写黑暗面，尽管也在刻画性行为，但他有他一贯的正义感和进化观，他的作品的论理的比重似乎是在其艺术的比重之上。他对于社会的愚昧，因袭，诈伪，马虎，用他那犀利的解剖刀，极尽了分析的能事，然其解剖刀的支点是在作者的淑世的热诚。""唯一的缺点是笔调的'稍嫌旧式'。……新式的末梢技巧，其有也，在他自会是锦上添花；其无也，倒也无伤乎其为四川大绸。古人称颂杜甫的诗为'诗史'，我是想称颂劼人的小说为'小说的近代史'，至少是'小说的近代《华阳国志》'。"（载《中国文艺》1937年1卷2期）

本月，《光明日报》《文汇报》《文学评论》《世界文学》纷纷发表纪念狄更斯诞辰150周年的文章。

《笔谈散文》由百花文艺出版社出版。

秦牧的文艺论集《艺海拾贝》和以群的《今昔文谈》由上海文艺出版社出版。

繁星（廖沫沙）的杂文集《分阴集》由北京出版社出版。

唐弢的《创作漫谈》由作家出版社出版。

本年

蔡其矫作《波浪》和《无题》诗二首。

绿原出狱后作诗《好不容易——领到了一张释放证，1962》。

陈敬容作诗《树的启示》。

昌耀在青海西部荒原流放地作《凶年逸稿——在饥馑的年代》《猎户》《峨日朵雪峰之侧》《天空》《良宵》《断章》等诗。

贵州诗人黄翔作诗《独唱》："我是谁/我是瀑布的孤魂/一首永久离群索居的/诗/我的漂泊的歌声是梦的/游踪/我的唯一的听众/是沉寂"。

刘绍棠在京郊通县农村开始写作长篇小说《狼烟》，1966年完成初稿，当时未发表。

孙犁作散文两篇：《某村旧事》和《黄鹂》，当时未发表。

1963 年

一月

1 日，柯庆施、张春桥、姚文元等在上海部分文艺工作者座谈会上提出"写十三年"的口号，认为只有写建国后 13 年的社会生活的作品才算是社会主义文艺。他们宣称："旧社会只能培养人们自己为自己的自私自利思想。社会主义、集体主义思想只有在社会主义革命成功以后才能开始树立。"1 月 6 日的《文汇报》报道了柯庆施的讲话。

2 日，曹靖华的散文《艳艳红豆寄相思——广西抒情》发表在《人民日报》上。

5 日，《红旗》杂志第 1 期发表社论《列宁和现代修正主义》。

茅盾的书简《给一位青年作者》发表在《北方文学》1 月号上。

9 日，毛泽东填词《满江红·和郭沫若同志》。

10 日，郭沫若与剧作者的谈话录《学习、再学习》和刘川的话剧《第二个春天》发表在《剧本》1 月号上。

11 日，周扬在古巴全国文化代表大会闭幕会上的致词发表在《文艺报》第 1 号上。

12 日，李瑛的诗《世纪的云》、艾芜的《南行记续篇》之《姐哈寨》、张骏祥改编的电影文学剧本《白求恩大夫》发表在《人民文学》1 月号上。

22 日，李季的短篇小说《脊梁吟》发表在《人民日报》上。

25 日，马烽的《写出无愧于时代的作品来》发表在《山西日报》上。

27 日，郭小川的诗《刻在北大荒的土地上》发表在《人民日报》上。

本月，李瑛的诗集《花的原野》由百花文艺出版社出版。

严阵的诗集《长江在我窗前流过》由安徽人民出版社出版。

汪曾祺的短篇小说集《羊舍的夜晚》由中国少年儿童出版社出版。

陈其通的话剧《井冈山》由解放军文艺出版社出版。

冯至的《诗与遗产》由作家出版社出版。

二月

1 日，李劼人的遗著《大波》第四部第三章《难忘的一天——十月十八日》、艾芜的《南行记续篇》之《边疆女教师》、高缨的短篇小说《山高水远》发表在《四川文学》2 月号上。

周立波的《素材积累及其他》发表在《湖南文学》1—2 期合刊上。

2 日，郭小川的诗《春暖花开》发表在《中国青年报》上。

5 日，老舍的创作谈《人、物、语言》发表在《北方文学》第 2 期上。

7 日，《人民日报》发表《雷锋日记摘抄》和《毛主席的好战士——雷锋》。

8 日，首都文艺界举行元宵节联欢会。周恩来到会讲话。他要求文艺家们过好"五关"：思想关、政治关、生活关、家庭关、社会关。

10 日，郭小川的《祝酒歌》（《林区三唱》之一）发表在《诗刊》第 2 期上。

11 日，中国作协创作研究室整理的《记一次"关于小说在农村"的调查》、侯金镜的《几点感触和几点提议——从一个调查引起的》发表在《文艺报》第 2 号上。《调查》称赵树理的小说"一直受到农村中广泛的欢迎","他的较早的作品,如《李有才板话》《小二黑结婚》以及前几年写的《三里湾》,在农村中影响都很大,可以说历久不衰。"

12 日,玛拉沁夫的短篇小说《女篮 6 号》、菡子的短篇小说《亲家公》、袁鹰的散文《七里山塘》、陈翔鹤的《李劼人同志二三事》发表在《人民文学》2 月号上。

22—28 日,北京市第三届文代会召开。老舍、骆宾基等人的发言刊登在《北京文艺》3、4 月号上。

本月,吴晗的杂文集《学习集》由北京出版社出版。

以群主编的《文学的基本原理》(上册)由上海文艺出版社出版。该书下册 1964 年 8 月出版。

三月

1 日,沈西蒙(执笔)、漠雁、吕兴臣的话剧《霓虹灯下的哨兵》发表在《解放军文艺》3 月号上。1964 年 4 月由中国戏剧出版社出版。这个剧本创作于 1962 年,1963 年年初由南京军区前线话剧团在北京进行多场汇报演出,受到周恩来、朱德、陈毅、叶剑英、贺龙、郭沫若、周扬等党和国家领导人的亲切接见和好评。1963 年 11 月 29 日,毛泽东在中南海怀仁堂也观看了该剧并登台与演员握手祝贺。中国剧协和《剧本》月刊编辑部召开了该剧的专题座谈会,由田汉主持,座谈会纪要发表在《剧本》第 3 期上。

2 日,陈广生、崔家骏的报告文学《共产主义战士——雷锋》发表在《中国青年》第 5、6 期合刊上。

5 日,《人民日报》第 1 版发表毛泽东题词:"向雷锋同志学习"。同时刊登了周恩来和董必武等的题词和诗文。

峻青的散文《瑞雪图》发表在《上海文学》3 月号上。

10 日,郭沫若的电影文学剧本《郑成功》和葛炎、刘琼等改编的电影文学剧本《阿诗玛》发表在《电影创作》第 2 期上。前者连载至第 3 期止。

《广西文艺》刊载秦兆阳的长篇小说《两辈人》第一卷的开头五节。

11 日,张光年的《李瑛的诗》、刘白羽的《雷锋形象》、钱谷融的《管窥蠡测——人物创造探秘》发表在《文艺报》第 3 号上。

12 日,闻捷的诗《流向晨曦、朝霞和太阳》、周立波的短篇小说《卜春秀》、陈白尘的散文《春夜漫笔》和刘白羽的报告文学《大同江》发表在《人民文学》3 月号上。

19 日,郭小川的《大风雪歌》(林区三唱之二)发表在《人民日报》上。

20 日,焦菊隐在中国剧协举办的第一期话剧作者学习创作研究会上的讲话《豹头·熊腰·凤尾》在《戏剧报》第 3 期上连载,至第 4 期止。

22 日,中国作协和《人民日报》编辑部邀请部分作家、记者召开"报告文学"座谈会。《文艺报》第 4 号以《充分发挥报告文学的战斗作用》为题予以报道。

25日，中国作协书记处决定成立农村文艺读物委员会。《人民日报》发表社论：《文化艺术工作要更好地为农村服务》；并通报首都首批文艺工作者下乡参加社会主义教育工作；各省的文艺工作者也陆续分批到农村。《文艺报》第3号也发表社论：《文艺面向农民，巩固和扩大社会主义新文艺在农村的阵地》。

本月，文化部委托戏曲研究院举办"戏曲编剧讲习会"。周扬、齐燕铭、林默涵、吴晗等先后到会讲话。

李瑛的诗集《静静的哨所》由解放军文艺出版社出版。

张志民的诗集《西行剪影》由百花文艺出版社出版。

林斤澜的短篇小说集《山里红》由北京出版社出版。

白辛的中篇小说《冰山上的来客》由群众出版社出版。

陈残云的长篇小说《香飘四季》由作家出版社出版。

四月

1日，孙犁的《三点小意见》刊登在《新港》第4期上。

3日，柯岩的诗《雷锋》发表在《人民日报》上。

4日，刘绍棠的短篇小说《县报记者》发表在《北京文艺》4月号上。

5日，郭小川的《青松歌》（林区三唱之三）和胡万春的短篇小说《家庭问题》发表在《上海文学》4月号上。

7日，杨朔的散文《赤道雪》发表在《人民日报》上。

8日，中国人民解放军总政治部举行优秀剧目授奖大会。《戏剧报》第4期予以报道。

11日，贺敬之的长篇政治抒情诗《雷锋之歌》发表在《中国青年报》上。

《文艺报》第4号发表赵寻的文章《演"鬼戏"没有害处吗？》。

12日，西戎的短篇小说《丰产记》、沈从文的散文《过节和观灯》、魏巍的散文《路标》发表在《人民文学》4月号上。

14日，马铁丁谈报告文学的文章《时代精神、题材及其他》发表在《人民日报》上。

15日，王杏元的短篇小说《"铁笔御史"》发表在《作品》4月号上。

陆柱国、王炎的电影文学剧本《"独立"大队》发表在《电影文学》4月号上。

本月，中宣部在新侨饭店召开文艺工作会议。会上，就所谓"写十三年"问题，展开了激烈的争论。周扬、林默涵、邵荃麟等在发言中都指出"写十三年"这个口号有片面性，并特别批驳了"只有写社会主义时期的生活才是社会主义文艺"的观点。张春桥进行辩解，还提出了"写十三年十大好处"。

戈壁舟的诗集《登临集》和吴伯箫的散文集《北极星》由作家出版社出版。

浩然的短篇小说集《彩霞集》由中国青年出版社出版。

管桦的儿童文学集《小英雄雨来》由河北人民出版社出版。

五月

1 日，王汶石的中篇小说《黑凤》在《延河》5 月号上开始连载，至 9 月号止。

6—7 日，由江青组织、署名梁璧辉的文章《"有鬼无害"论》发表在《文汇报》上。对孟超的昆曲《李慧娘》和廖沫沙的《有鬼无害论》进行批判。由此，全国戏剧界开始大批"鬼戏"。梁璧辉的文章认为："李慧娘的行径在当时是其情可怜，在现在则不足为训。""把这种可怜的鬼说得那么'可敬可爱'，写得那么有声有色，这比宣传一般的有鬼论更有害。""生活在当前国内外火热的斗争中，却发挥'异想遐思'，致力于推荐一些鬼戏，歌颂某个鬼魂的'丽质英姿'，决不能说这是一种进步的健康的倾向。"

《文汇报》刊登沙叶新的《"喜剧中的正面形象"刍议》。

8 日，郭小川等写的报告文学《无产阶级战士的高尚风格——南京路上好八连》发表在《人民日报》上。

12 日，峻青的短篇小说《苍松志》和玛拉沁夫的短篇小说《在墨绿色球台旁》发表在《人民文学》5 月号上。

15 日，冯德英的电影文学剧本《苦菜花》发表在《电影文学》5 月号上。

18 日，李季的长诗《剑歌》之一章发表在《光明日报》上。

25 日，老舍的创作谈《人与话》发表在《大公报》上。

本月，贺敬之的长诗《雷锋之歌》由中国青年出版社出版。

张永枚的诗集《螺号》由作家出版社出版。

由赵世杰编译的《阿凡提的故事》由中国少年儿童出版社出版。

六月

1 日，孙谦的短篇小说《南山的灯》发表在《火花》6 月号上。

高缨的短篇小说《鱼鹰来归》发表在《四川文学》6 月号上。

冰心的散文《有了火车头的列车》发表在《中国青年报》上。

2 日，赵树理的《随〈下乡集〉寄给农村读者》发表在《文汇报》上。

6 日，《南方日报》报道，广东省文联举行扩大会议，号召"在阶级斗争中发挥文艺的战斗作用"。陶铸到会讲话。

12 日，茅盾的《海南杂忆》、周立波的短篇小说《张闰生夫妇》、赵树理的泽州秧歌《开渠》发表在《人民文学》6 月号上。

杨朔的散文《生命泉》发表在《解放军文艺》6 月号上。

15 日，白刃、林农根据同名话剧改编的电影文学剧本《兵临城下》发表在《电影文学》6 月号上。

16 日，《红旗》杂志和《人民日报》刊登中共中央对苏共中央 1963 年 3 月 20 日来信的复信：《关于国际共产主义运动总路线的建议》。评论苏共中央公开信的"九评"的文章，从此陆续发表。

21 日，郭小川的报告文学《旱天不旱地——记闽南抗旱斗争》发表在《人民日报》上。

26 日，田间的诗《载歌行》发表在《人民日报》上。

本月，李冰的诗集《波涛集》由上海文艺出版社出版。

严辰的诗集《山丹集》由北方文艺出版社出版。

纳·赛音朝克图的诗集《红色的瀑布》由内蒙古人民出版社出版。

王西彦的长篇小说《春回地暖》和峻青的散文集《秋色赋》由作家出版社出版。

魏钢焰的散文集《船夫曲》由中国青年出版社出版。

七月

1 日，秦牧的《序〈羊城新八景〉》发表在《羊城晚报》上。

魏钢焰的报告文学《党的女儿赵梦桃》发表在《延河》7 月号上。

抗敌话剧团创作组集体创作的话剧《雷锋》发表在《解放军文艺》7 月号上。

5 日，刘白羽的《创作我们时代的新散文——在上海一次创作座谈会上的讲话》发表在《上海文学》第 7 期上。

10 日，《诗刊》7 月号发表郭沫若致《诗刊》的一封信，题为《关于诗歌的民族化群众化问题》。

16—20 日，亚非作家会议执行委员会会议在印尼的巴厘举行。杨朔出席会议并发言。

20 日，杨沫的短篇小说《房客》发表在《北京文艺》7 月号上。

沙汀的短篇小说《一场风波》发表在《人民文学》7、8 月号合刊上。

21 日，为纪念苏联诗人马雅可夫斯基诞辰 70 周年，首都举行诗歌朗诵会。《人民日报》《诗刊》7 月号等发表了臧克家等的评介文章。

23 日，黄宗英、张久荣的特写《特别的姑娘》发表在《人民日报》上。

24 日，曹靖华的散文《话当年，咫尺天涯，见时不易别更难!》发表在《人民日报》上。

本月，各省党报分别报道各省文联贯彻全国文联扩大会议精神，号召广大文艺工作者积极参加阶级斗争。

梁上泉的诗集《山泉集》、严阵的诗集《琴泉》和袁鹰的散文集《风帆》由作家出版社出版。

浩然的短篇小说集《杏花雨》和姚文元的散文集《想起了国歌》由上海文艺出版社出版。

姚雪垠的长篇历史小说《李自成》第一卷由中国青年出版社出版。第二卷出版于1977 年，第三卷出版于 1981 年，第四卷和第五卷出版于 1999 年。作为历史小说，作者追求的是"历史科学和小说艺术的有机结合"，主张历史小说家既要"深入历史"又要"跳出历史"。(《李自成》第一卷前言，1977 年修订版) 这部小说的主旨，正如作者所说："企图通过明末农民大起义这条主线，写出一个历史时代的风貌，反映当时各个阶级、各个阶层、各种不同地位和不同行业的人们的社会生活，使之成为中国封建社会后期的'百科全书'。"(《谈〈李自成〉的若干创作思想》,《文艺理论研究》1984 年第 1 期)茅盾在《关于长篇历史小说〈李自成〉》中说:"中国的封建文人也曾写过丰富多彩的封建社会的上层和下层的生活;然而,用历史唯物主义和辩证唯物主义来解剖这个封建社会,并再现其复杂变幻的矛盾的本相,五四以后也没有人尝试过,作者是填补空白的第一人。"谈到这部作品的结构艺术时,茅盾说它"时而金戈铁马,雷霆震击;时而凤管鲲弦,光风霁月,紧张杀伐之际,又常插入抒情短曲,虽着墨甚少,而摇曳多姿。"(《文学评论》1978 年第 2 期)在郭志刚、陈美兰等主编的《中国当代文学史初稿》中这样谈到《李自成》的创作缺陷:"李自成形象有些'现代化'和'理想化',作者赋予他不少现代无产阶级军事家和政治家的素质(如'一分为二'的辩证法观点、阶级分析等)。为了表现李自成高于其他义军领袖,作者着力强调他'路子'对头,这显然是受了'四人帮'把一切都说成'路线问题'的形而上学观点的影响。作者写李自成不像写张献忠、刘宗敏、崇祯那样挥洒自如,人物过分'政治化',很少看到他作为普通人的真挚感情,这无疑是当时'造神'思潮的反映。"(第892 页,人民文学出版社 1990 年版)

八月

1 日,柳青的《提出几个问题来讨论》刊登在《延河》8 月号上。文章对严家炎批评梁生宝形象塑造进行了答辩。严家炎的《关于梁生宝形象》发表在《文学评论》1963 年第 3 期上。

周立波的短篇小说《参军这一天》发表在《解放军文艺》8 月号上。

4 日,蒙古族史诗《江格尔传》(多济、奥其译)选载于《民间文学》第 4 期。

10 日,秦兆阳的长篇小说《两辈人》在《广西文艺》8 月号上继续连载,至 11 月号止,刊登至第一卷的 22 节。

郭小川的诗《战台风》发表在《诗刊》8 月号上。

14 日,臧克家的《蒲风诗选序》发表在《文学评论》第 4 期上。

16 日,周恩来在音乐舞蹈座谈会上讲话,阐述了关于文艺工作的方针,关于阶级性、战斗性、民族化、现代化,关于艺术作品的标准,创作的表现形式等问题。

20 日,韦君宜的《家训——一个老工人的谈话》发表在《人民日报》上。

26 日,《文汇报》发表综述《关于〈创业史〉主人公梁生宝的讨论》。

29 日—9 月 26 日,文化部、中国剧协和北京市文化局召开首都"戏曲工作座谈会",讨论进一步贯彻执行"百花齐放、推陈出新"的方针问题。会议回顾和总结了十三年来戏曲改革、整理改编传统剧目的经验和存在的问题。并征求意见,准备将经过整理改编的 75 个优秀戏曲剧目,修改后出版国家定本。会议期间,《光明日报》加编者按语,发表了《关于戏曲推陈出新问题的讨论》《关于上演鬼戏有害还是无害的讨论》等综述。《文艺报》和《戏剧报》第 9 期分别发表社论:《一定要做戏剧改革的促进派》和《进一步贯彻执行戏曲的百花齐放、推陈出新的方针》。会议结束时,周扬作讲话。这次会议之后,戏曲界以反映现代革命斗争生活为题材的现代戏曲剧目逐渐增多。

本月，李冰的叙事长诗《巫山神女》由中国青年出版社出版。

阮章竞的诗集《勘探者之歌》、刘真的短篇小说集《长长的流水》和茅盾的《读书杂记》由作家出版社出版。

杜鹏程的短篇小说集《平常的女人》由西安东风文艺出版社出版。

《远域新天（散文、游记）》由内蒙古人民出版社编辑出版。

柯岩的儿童文学《我对雷锋叔叔说》由中国少年儿童出版社出版。

九月

1 日，艾芜的《南行记续篇》之《野樱桃》发表在《四川文学》第 9 期上。

杜鹏程的创作谈《动笔之前》发表在《延河》9 月号上。

5 日，峻青的散文《火把赞》，巴金、茹志鹃、张煦棠、燕平、魏金枝五人合写的报告文学《手》，艾芜的《南行记续篇》之《攀枝花》发表在《上海文学》9 月号上。

10 日，田间的诗《沙枣花一束》发表在《诗刊》9 月号上。

12 日，李准的短篇小说《进村》、艾芜的《南行记续篇》之《边寨人家的历史》、高缨的短篇小说《黄莺展翅》发表在《人民文学》9 月号上。

20 日，梁上泉、陆棨合写的大型歌剧《红云崖》发表在《剧本》9 月号上。

22 日，《人民日报》报道中央文化工作队帮助农村进行文化建设的情况，并报道了周扬关于农村文化工作的谈话。他阐述了农村文化工作队的重要作用，包括"促使社会主义新文化在农村中生根，保证文艺工作者永不脱离劳动群众"等内容。

24 日，姚文元在《光明日报》上撰文《略论时代精神问题——与周谷城先生商榷》。周谷城是著名历史学家，亦兼治文艺和美学。他在《艺术创作的历史地位》（1962 年 2 月 9 日《光明日报》）中认为，时代精神是不同阶级不同个人思想意识汇合后的统一整体。文章发表后许多人不同意这种观点。姚文元一方面断定时代精神就是单一的"革命阶级的思想和实践"，比如社会主义时代的时代精神就是"无产阶级彻底革命的精神"，另一方面指责周谷城的观点是"把毒药包上新的糖衣"，要"保护日益衰朽的旧事物免于灭亡"。

30 日，梁斌的《〈播火记〉后记》发表在《文汇报》上。

本月，康生指责西安电影制片厂摄制的故事片《红河激浪》为反党影片。编剧和有关人员均遭迫害。

老舍在北戴河作七绝四首，分赠李焕之、李可染、曹禺、阳翰笙。后发表在《诗刊》11 月号上。

李瑛的诗集《红柳集》、魏巍的诗集《黎明风景》、赵树理的短篇小说集《下乡集》和方纪的散文特写集《挥手之间》由作家出版社出版。

碧野的散文集《情满青山》由中国青年出版社出版。

十月

1 日，康濯的《为工人创作而歌》发表在《湖南文学》10 月号上。

2 日，冰心的《南行日记摘抄》发表在《文汇报》上。

11 日，姚文元的《社会主义革命时代的青春之歌——评〈年青的一代〉》发表在《文艺报》第 10 号上。

12 日，茅盾的创作谈《短篇创作三题》、严辰的《海南诗抄》、胡万春的短篇小说《年代》、李准的散文《槽头兴旺》发表在《人民文学》10 月号上。

15 日，《人民日报》报道：《日本广大读者欢迎我国小说〈红岩〉》。

20 日，《戏剧报》第 10 期刊登综述《关于历史剧问题的讨论》。讨论主要涉及几个问题：历史剧的古为今用和如何表现时代精神的问题，如何运用历史唯物主义和阶级分析的武器去评价和描写历史人物的问题，历史剧的范围和特点、历史真实和艺术真实问题等。

26 日，中国科学院哲学社会科学部委员会召开第四次扩大会议，周扬作题为《哲学社会科学工作者的战斗任务》的讲话。全文刊登在 12 月 27 日的《人民日报》上。

本月，郭小川的诗集《甘蔗林——青纱帐》、骆宾基的短篇小说集《山区收购站》由作家出版社出版。

冰心编的《儿童文学选》由人民文学出版社出版。

十一月

1 日，康濯的《写"五史"大有可为》发表在《湖南文学》11 月号上，文章称："十月号的《湖南文学》上，开辟了一个发表社史、村史、家史、厂史、街史的'五史专辑'"，"目前在我们全省文艺界，乃至在全国各地，处处都在写'五史'，同时唱'五史'、画'五史'、演'五史'的风气，也在随之而来。"

4 日，黄钢的特写《李信子姑娘》发表在《北京文艺》11 月号上。

5 日，李乔的短篇小说《杜鹃花开的时候》发表在《边疆文艺》上。

10 日，《电影创作》第 6 期发表了夏衍的《对改编问题答客问》、丁洪等合著的电影文学剧本《雷锋》、阳翰笙的电影文学剧本《北国江南》。

12 日，李瑛的诗《山的主人》、陈登科的短篇小说《淮北风雪》、常书鸿的散文《敦煌抒感》、陈白尘的散文《忘却了的记念》和冰心的《〈红楼梦〉写作技巧一斑》发表在《人民文学》11 月号上。

13 日，郭小川的散文《伊犁秋色》发表在《人民日报》上。

20 日，丛深的话剧《千万不要忘记》（又名《祝你健康》）发表在《剧本》第 10—11 期合刊上。

《世界文学》11 月号译载《歌德和爱克曼的谈话录》（张玉书译）。

26 日，张光年的《现代修正主义的艺术标本——评格·丘赫莱依的影片及其言论》发表在《文艺报》第 11 号上。

本月，闻捷和袁鹰合著的诗集《花环——访问巴基斯坦诗草》由作家出版社出版。

郭沫若的诗集《东风集》和《蜀道奇》分别由作家出版社和重庆人民出版社出版。

中国作协农村读物工作委员会编选的《短篇小说》（1—3 集）、西戎的短篇小说集《丰产记》、白危的长篇小说《垦荒曲》由作家出版社出版。

刘澍德的短篇小说集《卖梨》由上海文艺出版社出版。

浩然的散文特写集《北京街头》由北京出版社出版。

十二月

1 日，老舍的《戏剧漫谈》发表在《湖南文学》12 月号上。

4 日，《北京文艺》第 12 期发表本刊记者的《农村题材短篇小说座谈会纪要》。座谈会主要结合对管桦、林斤澜和浩然等作家的作品的分析研究，探讨了如何加强作品的战斗性和民族化、大众化等问题。

5 日，胡万春的中篇小说《内部问题》发表在《上海文学》12 月号上。

7 日，北京市文联举行现代题材剧目观摩演出周。老舍撰文祝贺，题为《好消息》。《北京日报》发表社论《让现代之花盛开》。《戏剧报》12 月号刊载了关于本次演出的观摩札记《更深刻地揭示生活中的矛盾》。

8 日，柳青的短篇小说《蛤蟆滩的喜剧》和孙谦的短篇小说《队长的家事》发表在《人民文学》12 月号上。

10 日，李瑛的诗《献给十月革命的炮声》发表在《诗刊》第 12 期上。

12 日，毛泽东在中宣部文艺处编印的一份关于上海举行故事会活动的材料上作了批示："各种艺术形式——戏剧、曲艺、音乐、美术、舞蹈、电影、诗和文学等等，问题不少，人数很多，社会主义改造在许多部门中，至今收效甚微。许多部门至今还是'死人'统治着。不能低估电影、新诗、民歌、美术、小说的成绩，但其中的问题也不少。至于戏剧等部门，问题就更大了。社会经济基础已经改变了，为这个基础服务的上层建筑之一的艺术部门，至今还是大问题。这需要从调查研究着手，认真地抓起来。许多共产党人热心提倡封建主义和资本主义的艺术，却不热心提倡社会主义的艺术，岂非咄咄怪事。"

15 日，毛烽、武兆堤根据巴金同名小说改编的电影文学剧本《团圆》发表在《电影文学》12 月号上。

18 日，陈毅的诗作《昆明杂咏》发表在《人民日报》上。

23 日，王蒙携家西迁新疆，28 日到达乌鲁木齐，月底，被安排在新疆维吾尔自治区文联工作，任《新疆文学》编辑。

25 日—1964 年 1 月 22 日，华东区话剧观摩演出在上海举行。《解放日报》发表社论《大力提倡现代戏》。柯庆施在会上大讲"写十三年"。

本月，萧三的诗集《伏枥集》和魏巍的诗集《不断集》由作家出版社出版。

中华全国总工会编选的《工人短篇小说选》由工人出版社出版。

方之的短篇小说集《出山》由江苏人民出版社出版。

刘厚明等的儿童文学集《童年血泪》由少年儿童出版社出版。

本年

早期知青歌曲《邢燕子之歌》在社会上广为传唱。

在贵阳市黔灵湖公园附近集中了一批热爱艺术的青年，大多是一些平民知识分子和"黑五类"的子弟，他们聚在一起谈论文学、音乐、美术。这种松散的聚会后来在"文革"中发展成为贵阳地区的地下文艺活动。黄翔、哑默（伍立宪）、李家华、莫建刚、方家华、梁福庆等人组成了"野鸭沙龙"，从事地下诗歌写作。其中，黄翔和哑默的诗歌产生了一定的影响。

沈从文作旧体诗《郁林诗草》多首，记游漓江。

1964 年

一月

1 日，邓小平召集文艺座谈会。周扬在会上作汇报发言。

韦其麟的诗《凤凰歌》发表在《长江日报》上。

李季的长诗《向昆仑》和陈其通的话剧《青梅》发表在《解放军文艺》1 月号上。

2 日，《人民日报》报道，毛泽东等中央领导观看豫剧《朝阳沟》。

4 日，《人民日报》发表毛泽东的七律《人民解放军占领南京》等诗词十首。本月的《红旗》《人民文学》《诗刊》均予刊载。

5 日，艾青的诗《年轻的城》发表在《新疆文学》1 月号上。

秦兆阳的长篇小说《两辈人》第二卷在《广西文艺》第 1 至 6 期上连载。

10 日，林谷等著的电影文学剧本《舞台姐妹》发表在《电影创作》第 1 期上。

11 日，《文艺报》第 1 号为当前戏剧界上演现代题材新剧目发表社论：《努力反映伟大的社会主义时代》。

12 日，赵树理的中篇小说《卖烟叶》在《人民文学》1 月号上发表，续篇发表在 3 月号上。2 月 11 日的《文汇报》发表社论《读〈卖烟叶〉有感——再论大力提倡讲革命的故事》。社论说："我们看到他在《卖烟叶》中又作了文学作品如何更好地为农村服务的新尝试，是更值得我们欢迎的。""这是一篇好故事，自然也是一篇好小说。它是为当前农村广泛开展讲故事活动雪中送炭，同样也是为发展社会主义的文学事业锦上添花。"这篇作品在文革中遭到严厉批判。赵树理也在自我检讨中说："《卖烟叶》，半自动写的。写一个投机青年的卑污行为，是我写的作品中最坏的一篇。"（赵树理：《回忆历史，认识自己》，《赵树理文集》第 4 卷，第 1833 页，工人出版社 1980 年版）

菡子的散文《水乡秋寨——江南白描之一》发表在《人民日报》上。

20 日，陈荒煤在文化部、中国剧协联合举办的第二期剧作者学习、创作研究会上的发言《更深刻地反映社会主义时代》发表在《剧本》1 月号上。

22 日，贺敬之的诗《西去列车的窗口》发表在《人民日报》上。

25 日，柳青的长篇小说《创业史》第二部上卷中的两章《梁生宝与徐改霞》、浩然的长篇小说《艳阳天》（第一卷）发表在《收获》第 1 期上。后者 9 月由作家出版社出版单行本。1965 年 11 月号的《北京文艺》选载了《艳阳天》第二、三卷的部分章节。1966 年 3 月作家出版社出版《艳阳天》第二卷。《收获》1966 年第 2 期发表了《艳阳天》第三卷，并由作家出版社 1966 年 5 月出版单行本。初澜认为："小说《艳阳天》写的虽是东山坞农业社在一九五七年麦收前后十几天内所发生的事件，却展现了我国农村惊心动魄的阶级斗争的历史画面。萧长春就是这一'典型环境中的典型人物'。以萧长春为代表的广大贫下中农在社会主义道路上，面临着错综复杂、尖锐激烈的矛盾冲突。这里，有同暗藏的反革命分子、农业社副主任马之悦的矛盾，有同公开的敌人、反动地主马小辫的矛盾，有同富裕中农弯弯绕等的矛盾，有同党内右倾机会主义分子李世丹的矛盾，还有同被敌人拿去当枪使的贫农马连福的矛盾，等等。小说中的矛盾冲突是围绕着农业社的分配问题而展开的：萧长春和广大的贫下中农，为了巩固集体经济，坚持按劳分配的社会主义原则；而地主分子、暗藏的反革命分子和党内的右倾机会主义分子，以及一些富裕中农，则提出了要搞'按土地分红'。在农村，生产资料所有制的社会主义改造基本完成以后，这一矛盾冲突的实质仍然是两条道路、两条路线的斗争，是在当时的历史条件下坚持进步、反对倒退，坚持革命、反对复辟的斗争。在这场斗争中，有敌我矛盾，也有人民内部矛盾。它们盘根错节，相互联系，深刻地反映了社会主义历史阶段阶级斗争的复杂性和尖锐性。作者在揭示这些矛盾时，始终让萧长春处于这些矛盾的中心，并且处于矛盾的主导地位。不论是马之悦、马小辫要捣乱、要复辟，弯弯绕、马大炮要走发家致富的资本主义道路，还是李世丹要推行右倾机会主义路线，他们的对立面都是萧长春。这样做，是基于生活现实的，因为萧长春是贫下中农的主心骨，是走社会主义道路的带头人。小说在突出萧长春与马之悦、马小辫这一矛盾斗争的主线时，把其他矛盾组织起来，让各种矛盾都围绕着萧长春而展开，让英雄人物在阶级斗争、路线斗争的风口浪尖上经受种种考验。这种安排十分重要。因为，只有当英雄人物处于矛盾斗争的中心位置上，才能为塑造英雄人物提供阶级斗争的典型环境，才能给英雄人物以充分的用武之地。长篇小说《艳阳天》正是这样为我们展现了一场波澜壮阔、跌宕起伏的斗争场景。"（载 1974 年 5 月 5 日《人民日报》）郭志刚、陈美兰等主编的《中国当代文学史初稿》（上）中指出："《艳阳天》存在的主要问题，从思想上说，是对农村阶级斗争形式的认识和反映，受了六十年代初期一些'左'的思潮的影响，致使一些描写有简单化、概念化的东西；从艺术上说，是臃肿和迟滞。小说共分三卷，在后两卷中，主要人物性格并没有很大的发展。再则，有些情节和场面也显得不够真实，把那么多的头绪、事件压缩在几天、十几天的时间内进行，是可以的，但有些地方处理得不大合理，如萧长春从工地回到东山坞，到第二天回家，实际上中间只隔半日光景，小说却写了十几万言，其中很多是人物对话，这就产生了时间和情节之间的矛盾，是不大可信的。"（第 197 页，人民文学出版社 1980 年版）

本月，全国各省（自治区）市文联纷纷召开戏曲工作座谈会，大力提倡现代戏，或直接举办现代戏演出。

田间的诗集《非洲游记》由作家出版社出版。

二月

1 日，《人民日报》发表社论《全国都要学习解放军》。

马吉星的话剧《豹子湾战斗》发表在《长江戏剧》第 1 期上。《剧本》5 月号予以转载。5 月 31 日，周恩来在观看中国青年艺术剧院演出的话剧《豹子湾的战斗》后发表谈话说："先进人物主导方面是先进的，所以是可爱的。对任何事物都是两分法，对先进人物也是如此。""丁勇是典型，是先进人物，是可爱的。丁勇的主导方面是积极的，积极因素不断克服消极因素。好多作品在描写先进人物时，把先进人物神化了。先进人物被神化了，反面人物则写得一无是处。其实，反面人物有时也说几句好话，问题是不够现实，这是立场决定了他。现实中的先进人物是最平凡最普通的，现实中没有神化人物。把先进人物神化了，先进人物就没有发展，所以舞台上常常出现'四平八稳'的先进人物，这就概念化了，矛盾也没有了。没有矛盾，戏还有什么看头，演员也不好演了。写先进人物要写他的发展，成长。先进人物所以先进，是因为他不断实践，不断总结经验。先进人物是各种各样的，要通过特殊的个别的反映一般。作品中的先进人物全一样了，就千篇一律了。"（周恩来：《周恩来论文艺》，第 191—192 页，人民文学出版社 1979 年版）

2 日，高思国的独幕话剧《柜台》发表在《解放日报》上。

4 日，老舍应河北省梆子剧院跃进剧团之邀改编的戏曲《王宝钏》发表在《北京文艺》2 月号上。

5 日，康濯的短篇小说《代理人》和柯蓝的短篇小说《三打铜锣》发表在《湖南文学》2 月号上。1965 年《湖南文学》3 月号刊登黄起衰等的《〈代理人〉宣扬了什么》一文，《文艺报》同年第 8 期转载。文章把《代理人》说成是"暴露黑暗"、"攻击党和社会主义"的"写真实"论和"现实主义深化"论的产物。

6 日，金敬迈等的报告文学《共产主义战士欧阳海》发表在《南方日报》上。

10 日，郭小川的《边塞新歌》（六首）（《夜进塔里木》《西出阳关》《雪满天山路》等）发表在《诗刊》2 月号上。

11 日，《文艺报》第 2 号发表社论《大力开展社会主义新文艺的普及工作》和李希凡的《让文学新军茁壮地成长》。

12 日，周立波的短篇小说《新客》和杨朔的革命回忆录《红花草》发表在《人民文学》2 月号上。

13 日，李季的长诗《致以石油工人的敬礼》和郭小川的诗《春歌》之一发表在《人民日报》上。

本月，陆文夫的短篇小说集《两遇周泰》由上海文艺出版社出版。

叶君健的长篇小说《开垦者的命运》由中国青年出版社出版。

陶铸的《思想·感情·文采》由广东人民出版社出版。

老舍的文艺杂谈《出口成章（论文学语言及其他）》由作家出版社出版。

李希凡的《题材·思想·艺术》由百花文艺出版社出版。

三月

1 日，孙谦的报告文学《大寨英雄谱——陈永贵抗灾记》发表在《火花》3 月号上。

2 日，李季的诗《石油歌》发表在《中国青年》第 5 期上。

4 日，中国文联和各协会开始整风、检查工作。

9 日—4 月 18 日，欧阳山的长篇小说《一代风流》之三《柳暗花明》（第 81 至 85 章）在《羊城晚报》上不定期连载。

10 日，何其芳的《诗四首》发表在《诗刊》3 月号上。

11 日，《文艺报》第 3 号发表文洁若的《〈红岩〉在日本》。文章介绍说，长篇小说《红岩》译为日文出版后受到日本读者和文学界人士的广泛阅读和高度赞赏。

12 日，蓝澄的五幕话剧《丰收之后》发表在《人民文学》3 月号上。

姚雪垠的《我所理解的李自成》发表在《羊城晚报》上。

20 日，江文等的话剧《龙江颂》发表在《剧本》3 月号上。

21 日，郭沫若的《毛主席诗词集句对联》发表在《光明日报》上。

25 日，艾芜的《南行记续篇》之《群山中》发表在《收获》第 2 期上。

31 日，文化部在北京举行 1963 年以来优秀话剧创作及演出授奖大会。大会由茅盾主持，陆定一出席并讲话，载《戏剧报》4 月号。周恩来、陈毅接见了获奖的全体剧作者和演出团的代表。获奖的 16 个多幕剧是《第二个春天》《霓虹灯下的哨兵》《雷锋》《年青的一代》《三人行》《李双双》《千万不要忘记》《箭杆河边》《龙江颂》《丰收之后》《南海长城》《红色娘子军》等。6 个独幕剧是《青梅》《杨柳春风》《柜台》等。获奖作者有阳翰笙、沈西蒙、丛深、刘厚明、胡万春、陈其通、周一鸣等 31 人。获奖的 24 个演出单位是中国青年艺术剧院、北京人民艺术剧院、中央实验话剧院、上海人民艺术剧院、解放军前线话剧团等。《人民日报》《文艺报》《戏剧报》等报刊纷纷就此发表社论和专论。

本月，全国各省市相继召开业余文艺座谈会。业余文艺会演也陆续在各地举行。上海、天津、湖南、福建、重庆等地先后召开业余文艺剧目会演大会，各省市有关负责人出席并讲话，各地的党报也发表社论，并报道了该地区业余文艺会演观摩演出的实况或纪要。

李季的长诗《剑歌》和高缨的短篇小说集《山高水远》由百花文艺出版社出版。

乔典运的中篇小说《贫农代表》由河南人民出版社出版。

邹荻帆的长篇小说《大风歌》和冰心的散文集《拾穗小札》由作家出版社出版。

丛深的话剧《千万不要忘记》由中国戏剧出版社出版。

孙方山改编的京剧剧本《西门豹》由北京出版社出版。

四月

6 日—5 月 10 日，中国人民解放军第三届文艺会演大会举行。全军 18 个专业文艺代表队演出了近几年来创作的 388 个新作品。会演评比结果，受奖的节目有 165 个，受奖的个人达 736 名。5 月 14 日，中国人民解放军总政治部举行授奖大会，授予话剧《南海长城》（赵寰），《海防线上》（林荫梧、朱祖贻、单文），《青梅》（陈其通），《母子会》（周一鸣、吴彬）等以优秀话剧创作奖奖状。林彪在这次会演上鼓吹创作要做到"三结合"、"三过硬"等主张。"三结合"指"领导、专业、群众三结合"。"三过硬"指"学习毛主席著作过硬，深入生活过硬，练基本功过硬"。《解放军文艺》第 6 期专门发表社论《树立雄心壮志，攀登社会主义新文艺的高峰》，并刊登刘志坚、傅钟在全军第三次文艺会演大会上的致辞。

10 日，赵树理的《竹枝词》二首《油田远眺》和《吟地质工作》发表在《诗刊》4 月号上。

11 日，《文艺报》第 4 号发表专论《进一步发展报告文学创作》。

14 日，《文学评论》第 2 期发表蔡葵的《周炳形象及其它——关于〈三家巷〉和〈苦斗〉的评价问题》，以及邓绍基、刘世德等人关于"清官"和"侠义"问题的讨论文章。

16 日，孙犁的《业余创作三题》发表在《天津日报》上。

20 日，《戏剧报》4 月号集中刊载有关话剧创作经验的文章：任德耀的《创作〈小足球队〉的体会》、胡万春的《初写话剧的感想》、丛深的《〈千万不要忘记〉主题的形成》。同期还发表了冰心的评论《一场争夺下一代人的足球比赛》。

本月，宋庆龄写信给话剧《小足球队》的作者任德耀和中国福利会儿童艺术剧院的全体人员，祝贺他们分别获得一九六三年以来优秀话剧的创作奖和演出奖。

孙犁的诗集《白洋淀之曲》由百花文艺出版社出版。

周立波的短篇小说集《卜春秀》由湖南人民出版社出版。

秦牧的散文集《潮汐和船》、何其芳的文论集《文学艺术的春天》由作家出版社出版。

五月

1 日，赵寰的话剧《南海长城》发表在《解放军文艺》5 月号上。

11 日，刘白羽的《英雄之歌》发表在《文艺报》第 5 号上。

12 日，李季的长诗《钻井队长的故事》发表在《人民日报》上。

郭小川的诗《他们下山开会去了》发表在《人民文学》5 月号上。

20 日，《戏剧报》第 5 期发表《关于京剧演现代戏的讨论》的综合材料。介绍了 1963 年下半年以来，各地报刊关于戏曲演现代戏问题的讨论情况。材料综合讨论了三个主要问题：一、京剧要不要演现代戏？一种意见是，根据美学上的"距离说"，提出"分工论"，认为京剧只能演历史剧，可以让适合于表现现代题材的剧种演现代戏。另一种意见主张京剧应该积极演出现代戏，要与今天的时代"同呼吸"。二、京剧演现代戏还要不要像京剧？有人认为应当重视群众的欣赏习惯，保留剧种特色。有人则认为可以打破框框不像京剧，认为"话剧加唱好得很"。三、怎样才能演好现代戏？在这个题目下，探讨了怎样从生活出发，在京剧艺术传统的基础上进行艺术创作、和利用现成传统程式创造新程式；以及京剧现代戏的唱、念和小嗓怎样处理等问题。

任德耀的儿童话剧《小足球队》发表在《剧本》5月号上。

21日，《解放日报》报道：《创作更多更好的革命故事，上海作家协会邀请有关人员座谈革命故事创作问题》。

25日，周立波的短篇小说《霜降前后》、刘白羽的散文《春》、陈耘等的话剧《年青的一代》发表在《收获》第3期上。

本月，自毛泽东诗词十首年初发表以来，全国报刊相继刊登大量的学习和研究文章。郭沫若连续发表了8篇文章：《"百万雄师过大江"》（《人民日报》1月4日）、《"桃花源内可耕田"》（《人民日报》2月2日）、《"寥廓江天万里霜"》（《光明日报》2月12日）、《"敢叫日月换新天"》（《人民日报》2月12日）、《"待到山花烂漫时"》和《"不爱红装爱武装"》（《人民日报》4月25日）、《"芙蓉国里尽朝晖"》（《人民日报》5月16日）、《"玉宇澄清万里埃"》（《人民日报》5月30日）。此外，臧克家、田间等也发表了相关文章。

陈登科的长篇小说《风雷》（第一部：上、中、下）由中国青年出版社出版。吴子敏、蔡葵在《评〈风雷〉》中认为："《风雷》是近年来好的长篇小说之一。"它所描写的"黄泥乡这一贫穷落后灾区的变化，是有它的意义的。在思想意义上，这更雄辩地证明了党提出的农业合作化方针具有无比的威力，它为广大农民所殷切盼望、热烈拥护。""在艺术创造上，选择这样的地区，也有助于使现实生活中的一些矛盾、冲突在这里得到更加集中和突出的表现。"作者在塑造小说的主人公祝永康的时候，"运用革命现实主义和革命浪漫主义相结合的创作原则还不够"，"构成祝永康的性格特征是：实干多，思想少；个人苦干多，依靠集体、依靠群众少。在这场斗争中遭遇战多，有战略准备的仗少；被动防守多，主动进攻少。""熊彬这个形象的出现，使《风雷》能够比较深刻地反映出'和平演变'的危险性，反映出社会主义革命时期阶级斗争的深刻、复杂、隐蔽的特点。它不仅表现于党外，而且反映到党内，激起尖锐的斗争。因此，描写熊彬这样的人物是有一定的现实意义的。"（《文学评论》1965年第6期）

碧野的散文集《月亮湖》由百花文艺出版社出版。

马彦祥等改编的话剧《夺印》由上海文化出版社出版。

六月

1日，《人民日报》报道，第二批中央农村文化工作队胜利完成任务，陆续回京。《光明日报》同日发表社论《到农村去，到火热的斗争中去！》。

沙汀的短篇小说《隔阂》发表在《四川文学》6月号上。

白朗的短篇小说《温泉》发表在《鸭绿江》6月号上。

4日，夏衍就京剧演现代戏问题答香港《文汇报》记者问时指出："我们一向主张'两条腿走路'，就是既要大力提倡演现代戏，又要整理、加工传统戏和新编历史剧。"

5日—7月31日，全国京剧现代戏观摩演出大会在北京举行。茅盾致开幕词。全国19个省、市、自治区的28个剧团参加演出了《芦荡火种》《红灯记》《奇袭白虎团》《红色娘子军》《红嫂》《草原英雄小姊妹》《智取威虎山》《杜鹃山》《洪湖赤卫队》《红岩》《革命自有后来人》《朝阳沟》《李双双》《箭杆河边》《节振国》《黛诺》《六号门》等 37 个剧目。周恩来亲自领导这次大会，并发表讲话。他阐述了党的文艺方针，以及关于对立统一（普及与提高、思想性和艺术性、生活实践和艺术实践）、"戏的革命"、"人的革命" 和加强党的领导等问题。毛泽东观看了《智取威虎山》《芦荡火种》等戏，并接见了全体人员。陆定一和彭真分别在开幕式和闭幕式上讲话，讲话刊登在《戏剧报》第 6 期和《人民日报》8 月 1 日上。周扬在闭幕会上作总结报告。《人民日报》《红旗》第 11 期、《光明日报》《文艺报》第 6 期、《北京日报》6 日分别发表社论：《京剧艺术发展的新阶段》《文化战线上的一个大革命》《优秀的京剧艺术发出时代的光辉》《京剧艺术的革命创举》《京剧革命的里程碑》。8 月 1 日，《人民日报》又发表社论《把文艺战线上的社会主义革命进行到底》。

江青插手这次会演，枪毙了中国戏曲研究院实验京剧团创作演出的《红旗谱》和改编的《朝阳沟》。在 7 月的京剧会演人员座谈会上，江青发表了《谈京剧革命》的讲话。这个讲话 1967 年才公开发表在《红旗》杂志第 6 期上，《人民日报》《解放军报》同时发表。江青说："在戏曲舞台上，都是帝王将相，才子佳人，还有牛鬼蛇神。那九十几个话剧团，也不一定都是表现工农兵的，也是 '一大、二洋、三古'，可以说话剧舞台上也被中外古人占据了。剧场本是教育人民的场所，如今舞台上都是帝王将相、才子佳人，是封建主义的一套，是资产阶级的一套。这种情况，不能保护我们的经济基础，而会对我们的经济基础起破坏作用。""我们提倡革命的现代戏，要反映建国十五年来的现实生活，要在我们的戏曲舞台上塑造出当代的革命英雄形象来。这是首要的任务。我们也不是不要历史剧，在这次观摩演出中，革命历史剧占的比重就不小。描写我们党成立以前人民的生活和斗争的历史剧也还是要的，而且也要树立标兵，要搞出真正用历史唯物主义观点写的、能够古为今用的历史剧来。当然，要在不妨碍主要人物（表现现代生活、塑造工农兵形象）的前提下来搞历史剧。传统戏也不是都不要，除了鬼戏和歌颂投降变节的戏以外，好的传统戏都尽可上演。"在总结会上，康生与江青点名批评影片《早春二月》《舞台姐妹》《北国江南》《逆风千里》，京剧《谢瑶环》、昆曲《李慧娘》，把这些作品打成 "大毒草"。康生还特别将《李慧娘》定为 "坏戏" 典型，号召大家批判，说孟超、廖沫沙等人是借 "厉鬼" 来推翻无产阶级专政。

11 日，茅盾的《读陆文夫的作品》和陆文夫的《给〈文艺报〉编辑部的一封信》发表在《文艺报》第 6 号上。

12 日，冰心的报告文学《咱们的五个孩子》、黄宗英的报告文学《小丫扛大旗》发表在《人民文学》6 月号上。

20 日，《新建设》编辑部邀请话剧界的部分同志，对如何推动社会主义话剧运动以及有关理论问题展开了讨论。参加者认为：自 1963 年以来，我国戏剧工作出现了大好形势。话剧方面，创作和演出了许多优秀的新剧目，表现了伟大时代，成功地塑造了先进人物形象，提出了人们关心的重大问题，并给予了正确回答。这些剧目在艺术上也都有很大提高。《新建设》5、6 期合刊在 "关于社会主义话剧的讨论" 专栏里发表了老舍的《深入生活，大胆创作》、李伯钊的《高举毛泽东思想红旗，发展社会主义的话剧》、李健吾的《社会主义话剧的戏剧冲突》等9篇文章。这些文章就社会主义话剧的特点、内容和形式，戏剧冲突、民族化、群众化以及如何加速话剧队伍的革命化等问题阐述了意见。

27日，毛泽东在《中央宣传部关于全国文联和所属各协会整风情况报告》的草稿上，作了批示："这些协会和他们所掌握的刊物的大多数（据说有少数几个好的），十五年来，基本上（不是一切人）不执行党的政策，做官当老爷，不去接近工农兵，不去反映社会主义的革命和建设。最近几年，竟然跌到了修正主义的边缘。如不认真改造，势必在将来的某一天，要变成匈牙利裴多菲俱乐部那样的团体。"这个批示于7月11日作为正式文件下发。

28日，郭小川的诗《昆仑行》发表在《人民日报》上。

本月，《毕革飞快板诗选》、刘白羽的短篇小说集《晨光集》和杨朔的散文集《生命泉》由作家出版社出版。

李岩等改编的话剧《红岩》、汪曾祺等改编的京剧剧本《芦荡火种》由中国戏剧出版社出版。

七月

1日，马烽的散文《雁门关外一杆旗》和西戎的报告文学《在荣誉面前》发表在《火花》7月号上。

2日，中宣部召开中国文联各协会和文化部负责人会议，贯彻毛泽东的第二个批示。中国文联各协会随后再次开展整风运动。

3日，《人民日报》报道，毛泽东观看话剧《万水千山》。

4日，艾芜的短篇小说《灰尘》发表在《北京文艺》7月号上。

10日，《人民日报》报道，为"适应广大干部和群众学习毛泽东著作的需要，《毛泽东著作选读》甲乙两种版本开始发行"。《中国青年》第14期为此发表社论《努力把毛泽东思想学到手》。

12日，李准的短篇小说《清明雨》和胡可的话剧《取经》发表在《人民文学》7月号上。

15日，周作人撰《知堂年谱大要》。

18日，《人民日报》发表《关于艺术创作问题讨论的概述》，对周谷城的美学思想进行了批评。同时附有周谷城的《统一整体与分别反映》一文。

20日，河北省唐山市京剧团集体改编的京剧剧本《节振国》和山东淄博市京剧团集体改编的京剧剧本《红嫂》发表在《剧本》7月号上。

24日，陈残云的散文《茶山喜讯》发表在《南方日报》上。

26日，秦牧的长篇小说《愤怒的海》的一章《火焰花》发表在《文汇报》上。《南方日报》27日发表了另一章《远方的邻国》。

本月，阮章竞的长诗《白云鄂博交响诗》和严辰的诗集《春满天涯》由作家出版社出版。

八月

1 日，《红旗》杂志第 15 期发表柯庆施 1963 年底至 1964 年初在华东地区话剧观摩演出会上的讲话《大力发展和繁荣社会主义戏剧，更好地为社会主义的经济基础服务》。文章说："我们的戏剧工作和社会主义经济基础还很不相适应……对于反映社会主义的现实生活和斗争，十五年来成绩寥寥，不知干了些什么事。他们热衷于资产阶级、封建阶级的戏剧，热衷于提倡洋的东西，古的东西，大演'死人'、鬼戏"，"所有这些，深刻地反映了我们戏剧界、文艺界存在着两条道路、两种方向的斗争。"同期还发表了《评周谷城艺术观点的哲学基础》一文，批判周谷城的"时代精神汇合论"。

12 日和 14 日，《人民日报》连续报道毛泽东等中央领导观看革命现代戏《奇袭白虎团》和《红嫂》。

15 日，《电影艺术》第 4 期开辟专栏，批判影片《早春二月》和《北国江南》。主要文章有：《工农兵怎样看〈早春二月〉》、申述等的《彷徨者、伪善者、利己者——从萧涧秋的形象看〈早春二月〉的思想实质》、于今的《立场何在！——从〈北国江南〉看作者的世界观》、王云缦的《〈北国江南〉歪曲了我国农村的无产阶级专政》等。

18 日，毛泽东在中宣部关于公开放映和批判影片《北国江南》《早春二月》的请示报告上批示："不但在几个大城市放映，而且应在几十个至一百多个中等城市放映，使这些修正主义材料公之于众。可能不只这两部影片，还有别的，都需要批判。"（见1967 年 5 月 31 日《人民日报》评论员文章《高举革命的批判旗帜，彻底批判修正主义影片》）

20 日，胡可的话剧《现场会》和赵纪鑫改编的京剧剧本《草原小姊妹》发表在《剧本》8 月号上。

本月，《文化战线上的一个大革命》由人民出版社编辑出版。

老舍在黄山修养期间作黄山诗八首。回京途中向青年文学爱好者传授了"多读，多看，多想，多商讨，多写作"的"五多"要诀。

李瑛的诗集《献给火的年代》、孙谦的短篇小说集《南山的灯》和司马文森的长篇小说《风雨桐江》由作家出版社出版。

闻捷、袁鹰合著的散文集《非洲的火炬》由百花文艺出版社出版。

九月

1 日，《中国青年报》刊登蔡葵批评欧阳山的长篇小说《三家巷》和《苦斗》的文章《用阶级调和思想毒害青年的小说》。随后，《文学评论》第 4、5、6 期连续发表相关的批判文章。

秦牧的长篇小说《愤怒的海》之一章《茅屋夜话》发表在《河北文学》9 月号上。另一章《卡马圭激战》发表在《新港》9 月号上。

11 日，魏巍的《时代精神与典型问题——驳周谷城等的错误论点》发表在《光明日报》上。

15 日，《人民日报》和《光明日报》同时加"编者按"发表批判影片《早春二月》的文章。前者按语中说《早春二月》提出的问题"关系到作家、艺术家的世界观和立场的根本问题"，是文艺领域里的"大是大非"问题。后者按语中则提出了"如何对待二十年代、三十年代的文艺创作和文艺思想"这个"具有原则性的重要问题。"有关《早春二月》的讨论一直持续至 1965 年 3 月。

27 日，毛主席在中央音乐学院一个学生写的信上作了批示："古为今用，洋为中用。"

30 日，《文艺报》第 8、9 号合刊发表了该报编辑部的文章《"写中间人物"是资产阶级的文学主张》和《关于"写中间人物"的材料》。据"材料"中说，"最近期间，中国作家协会和所属《文艺报》等编辑部，按照当前社会主义文化革命的要求，举行了一系列会议，深入地检查近几年来自己工作中的错误和缺点。'写中间人物'的错误主张，就是这次着重检查和批判的重大错误中最突出的一个。这个错误主张的主要倡导者，是中国作家协会副主席之一的邵荃麟同志。他在 1960 年冬天至 1962 年夏天，曾在《文艺报》编辑部反复鼓吹这个主张，要求《文艺报》写出专论和评论，公开宣传。1962 年 8 月间，中国作家协会在大连召开了农村题材短篇小说创作座谈会。在这次会议上，邵荃麟同志正式向作家们提出了'写中间人物'的主张，同时提出了'现实主义深化'的理论。""大连创作会议后，《文艺报》及其他刊物曾发表文章公开宣扬'写中间人物'的主张，在文艺界产生了恶劣的影响。"合刊还刊载了《〈北国江南〉讨论综合报道》和《浸透了资产阶级腐朽思想的〈早春二月〉》。

本月，为庆祝建国十五周年，在周恩来亲自指导下，北京、上海以及部队共 70 多个单位的文艺工作者，以及工人、学生、业余合唱团等共 3000 多人，创作并演出了大型音乐舞蹈史诗《东方红》。1965 年又摄制完成了彩色宽银幕舞台艺术片《东方红》。这部影片在"文革"中被"四人帮"打入冷宫。

严阵的诗集《竹矛》、艾芜的短篇小说集《南行记续篇》、巴金的散文集《贤良桥畔》和姚文元的《文艺思想论争集》由作家出版社出版。

玛拉沁夫的《英雄小姐妹》由中国少年儿童出版社出版。

十月

1 日，贺敬之的诗《祖国颂》发表在《解放军文艺》10 月号上。

曹禺的散文《革命风雷》发表在《红旗》第 19 期上。

于逢等合著的话剧剧本《珠江风雷》发表在《作品》10 月号上。

14 日，张羽、李辉凡的《"写中间人物"的资产阶级文学主张必须批判》发表在《文学评论》第 5 期上。同期还刊登了贾芝的《谈解放后采录少数民族口头文学的工作》。

20 日，柯仲平在西安病逝，终年 62 岁。柯仲平，1902 年生，云南省广南县人。

1916 年入云南省立第一中学就读，1919 在昆明组织和领导学生爱国运动。1921 年由云南前往北平，1926 年加入郭沫若领导的创造社，担任革命文艺刊物《狂飙社》的诗歌编辑，曾以"宣传赤化"的"罪名"两次被捕入狱。1930 年经潘汉年等介绍加入中国共产党，并在党的《红旗报》当记者，同时参加党所领导的上海工人秘密斗争。同年 12 月，被国民党上海巡捕房逮捕入狱。1935 年东渡日本留学，1937 年秘密返回武汉，在董必武领导下积极从事抗日救亡活动，同年 11 月他到达延安，与田间一道发起延安街头诗运动。1939 年率领民众剧团深入边区为群众演出，1942 年参加延安文艺座谈会，同年 9 月，毛泽东亲自提名他为《解放日报》第四版特邀撰稿人。1947 年奉命到河北平山县西柏坡党中央所在地，参加了全国土地会议。随后被留在华北局，主持编辑《中国人民文艺丛书》。1949 年参与筹备并参加第一次全国文代会，被选为全国文学艺术界联合会委员和中国文学工作协会副主席。建国后历任全国文联常务委员、文联指导部部长、中国作协副主席、西北文联主席、西北文教委员会副主任、西北艺术学院院长、中国民间文学研究会理事、对外文委理事等职。1962 年由于受"反党小说"《刘志丹》案的株连，柯仲平的诗作《刘志丹》被诬为"反党长诗"，因此蒙受不白之冤。著有抒情长诗《海夜歌声》（1927 年）、大型诗剧《风火山》（1930 年）、叙事长诗《边区自卫军》《平汉铁路工人破坏大队》（1938 年）、诗集《从延安到北京》等。

24 日，《人民日报》以《文学评论工作中的一项革命性的措施》为题，报道了湖南报刊邀请工农兵热情参加现代剧评戏活动，并加了短评：《请工农兵打"收条"》。

29 日，《大公报》刊登张铁弦的《五湖四海赞雄词》一文，介绍毛泽东诗词受到国外人士的重视和喜爱。

本月，中央歌舞剧团创作演出大型芭蕾舞剧《红色娘子军》。

赛时礼的长篇小说《三进山城》由山东人民出版社出版。

上海市人民沪剧团集体创作的沪剧《芦荡火种》由上海文化出版社出版。

十一月

6 日，《人民日报》报道，毛泽东等中央领导观看革命现代京剧《红灯记》。

15 日，李准改编的电影文学剧本《龙马精神》发表在《电影文学》11 月号上。

20 日，翁偶虹、阿甲改编的京剧剧本《红灯记》发表在《剧本》11 月号上。

26 日—12 月 29 日，全国少数民族群众业余艺术观摩演出大会在北京举行。来自 18 个省、市、自治区的 53 个少数民族、700 多位代表演出了 200 多个音乐、舞蹈、曲艺、戏剧节目。毛泽东、周恩来等中央领导接见了全体代表。

27 日，《人民日报》发表社论《会劳动又会从事文艺活动的人是最好的文艺工作者》。

28 日，《文艺报》第 10 号刊载佐平的《小资产阶级的自我表现——关于〈三家巷〉、〈苦斗〉的讨论综述》、钱光培的《"现实主义深化"是资产阶级现实主义的复活》。

本月，王洪熙等合编的京剧剧本《革命自有后来人》由中国戏剧出版社出版。

十二月

9 日，《大众日报》发表姜开民的《必须清除〈文谈诗话〉的流毒》等文章，批判苗得雨的《文谈诗话》。

12 日，刘厚明的话剧《山村姐妹》发表在《人民文学》12 月号上。

14 日，《文学评论》第 6 期发表李醒尘的《时代向哪里去？——评周谷城反动的时代精神观》、季星的《评周谷城的时代精神"汇合论"和他的反社会主义的文艺路线》；朱寨的《从对梁三老汉的评价看"写中间人物"主张的实质》，以及编辑部文章《关于〈三家巷〉〈苦斗〉的评价问题》。

17 日，亚非作家常设局亚洲代表团来我国进行为期 13 天的访问，并同中国作协、亚非作家中国联络会进行了座谈。访问结束前夕双方共同发表了联合声明，载《文艺报》1965 年第 1 号。

20 日，由上海京剧团集体改编的京剧剧本《智取威虎山》发表在《剧本》12 月号上。

30 日，《文艺报》第 11、12 号合刊上刊登该报资料室编写的综合材料：《十五年来资产阶级是怎样反对创造工农兵英雄人物的？》。

本月，江青把《林家铺子》《不夜城》《红日》《革命家庭》《球迷》《两家人》《兵临城下》《聂耳》等影片打成"毒草"，并指令进行批判。

傅仇的诗集《伐木声声》和梁上泉的诗集《长河日夜流》由作家出版社出版。

本年

《诗刊》年底停刊。

早期知青歌曲《接班人之歌》在社会上广为传唱。

沈从文接受周恩来总理交付的研究中国古代服饰的任务。至 1965 年底，《中国古代服饰研究》试点本完成，呈交周总理。"文革"初期，沈从文先后被抄家八次，《中国古代服饰研究》的手稿也随之被抄散。但在湖北咸宁"五七"干校劳动期间，沈从文仍然凭记忆执著地补写《中国古代服饰研究》，直至 1979 年，该书的重写本方得完稿。

毛泽东填词《贺新郎·读史》。

年仅八岁的顾城作诗《松塔》和《杨树》。这是顾城现存创作时间最早的两首诗。整首《杨树》诗只有两行："我失去了一只臂膀，／就睁开了一只眼睛。"

流沙河作《寻访》《壁钉自叹》诗二首。

1965 年

一月

1 日，胡乔木的《词十六首》同时发表在《人民日报》和《红旗》第 1 期上。
林雨的短篇小说《刀尖》发表在《解放军文艺》第 1 期上。

10 日，《人民日报》报道：《毛主席接见美国作家斯诺》。

12 日，吴伯箫的报告文学《天安门的哨兵》发表在《人民文学》1 月号上。

14 日，中共中央发布《农村社会主义教育运动中目前提出的一些问题》（即"二十三条"）。之后，"四清"运动在全国城乡继续进行，直至"文革"初期。

25 日，巴金的散文《大寨行》和沙汀的短篇小说《洪唯元》发表在《收获》第 1 期上。

30 日，《文艺报》第 1 号刊登关于康濯、欧阳山、舒群的批判文章：《我们和康濯同志的根本分歧——评〈试论近年间的短篇小说〉一文》（项红）、《怎样看待〈在软席卧车里〉这篇小说》（钱光培）、《资产阶级阴暗心理的自我暴露——批判舒群的短篇小说〈在厂史以外〉》（宋汉文等）。该刊同期还发表了专论《欢迎大批新战士登上文学舞台》。

本月，张仲朋等合著的话剧《青松岭》发表在《河北文学·戏剧增刊》第 1 号上。不久由张仲朋改编成电影文学剧本《青松岭》发表在《电影文学》7 月号上。

二月

1 日，《人民日报》发表赵朴初的散文《某公三哭》，批判苏联勃列日涅夫集团继续推行赫鲁晓夫"修正主义"路线。

3 日，《解放日报》报道：《中共中央华东局宣传部召开话剧创作会议，创造更多更好工农兵光辉形象，让话剧舞台充分反映英雄业绩》。

14 日，《文学评论》第 1 期发表《〈文学评论〉的问题在哪里?》《〈文学评论〉应该按照党的原则正确地贯彻百花齐放、百家争鸣的方针》等读者来稿。

15 日，《电影文学》第 1、2 期合刊发表胡昶批判电影文学剧本《亲人》（根据王愿坚的同名小说改编）的文章：《一部散发着资产阶级和平主义思想毒素的作品》。

16 日，《文艺报》第 2 号发表批判陈翔鹤的历史小说《广陵散》《陶渊明写〈挽歌〉》的文章：《为谁写挽歌?》（颜默）。同期还发表了专论《工农兵的评论好得很》、评论员文章《欢迎电影〈雷锋〉出世》《贫下中农喜读〈艳阳天〉》（佐平）、《对〈文艺报〉的几点批评和建议》（读者来信）。

18 日，《人民日报》报道：《京剧工作者攀登京剧艺术高峰的又一革命行动，〈芦荡火种〉修改重排改名〈沙家浜〉》。

19 日，廖沫沙（繁星）的《我的〈有鬼无害论〉是错误的》刊登在《北京日报》上。

20 日，《戏剧报》第 2 期发表读者来稿《从〈戏剧报〉的几篇社论看它的编辑思想》。

23 日，周扬召集中国文联各协会和主要报刊负责人会议，布置贯彻"二十三条"。他提出，写批判文章不要"打空炮"、"乱猜"、"乱扣帽子"、要防止"片面性和绝对化"，不能搞"教条主义"；强调对夏衍、田汉等"要有历史观点"，"要一分为二"，"政治与学术要分开"。

25 日—4 月 8 日，华北地区话剧歌剧观摩演出会开幕。陆定一、周扬等出席开幕式。邓拓代表中共中央华北局致祝词。演出期间，周恩来曾出席观看。4 月 1 日，周扬在大会上讲话，提出"要敢于创新"，"要敢于写矛盾"，"要敢于提出不同意见"。这次演出的话剧剧目有《青松岭》《战洪图》等。《文艺报》第 4 号发表评论员文章《英雄的时代，英雄的戏剧——祝贺华北区话剧歌剧观摩演出会的成就》。

本月，赵树理举家从北京迁回山西太原，随后任中共晋城县委副书记，分管文化工作。这期间开始构思长篇小说《户》，但生前未及创作。

由《诗刊》社编选的《朗诵诗选》、郭小川的诗集《昆仑行》和李季的诗集《石油诗》（第 1、2 集）由作家出版社出版。

阎肃改编的歌剧《江姐》由中国戏剧出版社出版。

三月

1 日，《人民日报》刊登齐向群的文章：《重评孟超新编〈李慧娘〉》，并加"编者按"说《李慧娘》"是一株反党反社会主义的毒草"。

《解放军文艺》第 3 期刊登罗思维的《〈亲人〉是一篇不好的小说》、李亦源的《〈亲人〉必须批判》等文章，集中批判王愿坚的短篇小说《亲人》。

7—12 日，冯德英执笔的话剧《女飞行员》在《人民日报》上连载。

12 日，孙健忠的短篇小说《"老粮秫"新事》发表在《人民文学》3 月号上。

15 日，丁洪等著的电影文学剧本《雷锋》发表在《电影文学》3 月号上。

18—20 日，北京京剧团根据沪剧《芦荡火种》集体改编的《沙家浜》在《人民日报》上连载，并加"编者按"说《沙家浜》"强调了武装斗争的作用，使剧情更加符合历史真实"。

21 日，《人民日报》报道，周恩来观看由杨威、郭健执笔的话剧《刘胡兰》。

24 日—4 月 28 日，老舍率领中国作家代表团赴日本访问。

本月，田间的诗集《太阳和花》由作家出版社上海编辑所出版。

四月

1 日，魏敏等合著的话剧《代代红》发表在《解放军文艺》第 4 期上。

3 日，徐志摩的遗孀陆小曼在上海华东医院病故，终年 62 岁。陆小曼，名眉，原籍江苏常州，1903 年生于上海。解放后入上海画院，作专业画家。

12 日，中国人民解放军海政文工团话剧团集体创作的话剧《赤道战鼓》发表在《人民文学》4 月号上。

26 日，周作人在遗嘱中写道："余今年已整八十岁，死无遗恨，姑留一言，以为身后治事之指针。余死后即赴火葬或循例留骨灰，亦随即埋却。人死声消迹灭最是理想。余一生文字无足称道，唯暮年所译希腊神话是五十年来的心愿，识者当自知之。"

本月，王蒙下放伊犁哈萨克自治州"劳动锻炼"，被分配在伊宁县巴彦岱红旗公社二大队，与维族老农阿卜都热合曼一家实行"三同"（同吃、同住、同劳动），直至1971 年。

郭澄清的短篇小说集《公社的人们》由作家出版社出版。

李乔的长篇小说《欢笑的金沙江》第三部《呼啸的山风》由作家出版社出版。

河北省话剧团集体创作的话剧《战洪图》发表在《河北文学·戏剧增刊》第 2 号上，《收获》第 3 期转载。

五月

1 日，国防话剧团集体创作的话剧《胜利在望》发表在《解放军文艺》5 月号上。

12 日，李瑛的组诗《枣林村集》发表在《人民文学》5 月号上。

15 日，《戏剧报》第 4 期发表社论《搞好"三结合"，坚持"三过硬"，创作更多的好作品》。与此同时《电影艺术》第 2 期也发表社论：《"三结合"是繁荣创作的好方法》。还有一些报刊也发表了不少提倡用"三结合"方法搞文艺创作的文章。

20 日—6 月 25 日，东北区举行京剧现代戏观摩演出。

22—30 日，毛泽东重上井冈山。其间作《水调歌头·重上井冈山》。

26 日—6 月 25 日，华东区举行京剧现代戏观摩演出。

29 日，《光明日报》发表钟闻的文章《影片〈林家铺子〉必须批判》、关山和巴雨的文章《美化资本家 丑化工人阶级——批判影片〈林家铺子〉》。

本月，文化部党组领导成员改组，肖望东任书记，石西民、颜金生任副书记。

莎色等合著的话剧《南方来信》由中国戏剧出版社出版。

贺宜的儿童文学集《刘文学》由上海少年儿童出版社出版。

《儿童团的故事》由中国少年儿童出版社编辑出版。

六月

1 日，金敬迈的长篇小说《欧阳海之歌》在《解放军文艺》6 月号上被选载。12 月由解放军文艺出版社出版单行本。

6 日，《工人日报》集中刊登郑楚华的《一棵歌颂资本家的毒草》等 5 篇批判柯灵编剧的影片《不夜城》的文章。

11 日，《文艺报》第 6 号和《光明日报》发表胡可的《电影〈林家铺子〉宣传了什么》和张天翼的《评〈林家铺子〉的改编》，批判夏衍改编的影片《林家铺子》。张天翼认为改编者写出了"资本家的'苦难'和'可怜'"，"是站在林老板这种中小资产阶级一边的。"

12 日，峻青的短篇小说《春雷》发表在《人民文学》6 月号上。

13 日，由上海舞蹈学校根据同名歌剧集体改编的大型芭蕾舞剧《白毛女》在第六届《上海之春》音乐会期间首次公演。

14 日，《文学评论》第 3 期发表卓如的《〈上海屋檐下〉是反对时代精神的作品》。

16 日，徐道生、陈文彩合著的革命故事《两个稻穗头》发表在《中国青年》第 12 期上。《文汇报》9 月 10 日转载了作者的《革命故事〈两个稻穗头〉的创作体会》。

18 日，剧作家安波病逝，终年 49 岁。21 日在北京举行公祭。安波，1916 年生，山东牟平人。曾任延安鲁迅艺术学院教务科长、东北人民艺术剧院院长、中国音乐学院院长。代表作有秧歌剧《兄妹开荒》、话剧和电影剧本《春风吹过诺敏河》。他还在整理民间音乐遗产及音乐理论著述方面做出了很大贡献。

本月，《京剧〈红灯记〉评论集》（中国戏剧家协会编）由中国戏剧出版社出版。

散文集《南方来信的收信人》由百花文艺出版社编辑出版。

《战斗的越南（访越记事）》由云南人民出版社出版。

七月

1 日—8 月 16 日，中南区在广州举行现代戏观摩演出大会。

王锡荣等合写的工厂史《血染三条石》发表在《中国青年》第 13 期上。

16 日—8 月 16 日，西北地区在兰州举行现代戏观摩演出大会。

21 日，毛泽东在致陈毅的信中写道："诗要用形象思维，不能如散文那样直说，所以比、兴两法是不能不用的。赋也可以用，如杜甫之《北征》，可谓'敷陈其事而直言之也'，然其中亦有比、兴。'比者，以彼物比此物也'，'兴者，先言他物以引起所咏之词也'。韩愈以文为诗；有些人说他完全不知诗，则未免太过，如《山石》《衡岳》《八月十五酬张功曹》之类，还是可以的。据此可以知为诗之不易。宋人多数不懂诗是要用形象思维的，一反唐人规律，所以味同嚼蜡。以上随便谈来，都是一些古典。要作今诗，则要用形象思维方法，反映阶级斗争与生产斗争，古典决不能要。但用白话写诗，几十年来，迄无成功。民歌中倒是有一些好的。将来趋势，很可能从民歌中吸取养料和形式，发展成为一套吸引广大读者的新体诗歌。"（毛泽东：《毛泽东书信选集》，第 608 页，人民出版社 1984 年版）

30 日，罗荣桓的革命回忆录《秋收起义与我军初创时期》发表在《人民日报》上。

本月，《献给你，战斗的越南》（诗集）由百花文艺出版社编辑出版。

张志民的诗集《红旗颂》由百花文艺出版社出版。

八月

1 日，肖玉等合写的话剧《带兵的人》发表在《解放军文艺》8 月号上。

4 日，西虹的报告文学《大庆"王铁人"》发表在《北京文艺》8 月号上。

20 日，管桦为纪念抗日战争胜利 20 周年而作的短篇小说《夏俊梅》发表在《北京日报》上。

万川的话剧《红色工兵》发表在《剧本》第 4 期上。

22 日，南京举行革命故事创作交流会，《新华日报》为此发表评论员文章《开展群众性的讲革命故事活动》，并发表题为《运用革命故事形式，为政治和生产服务》的报道。

本月，李学鳌的诗集《太行炉火》由人民文学出版社上海分社出版。

由汪曾祺、杨毓珉执笔、北京京剧团集体改编的京剧剧本《沙家浜》由中国戏剧出版社出版。

九月

1 日，梁斌的短篇小说《红旗与枪》、冯志的短篇小说《地道战》发表在《河北文学》9 月号上。

5 日—10 月 12 日，西南区话剧、地方戏观摩演出会在成都举行。

6 日，首都文艺界整风结束后，文化部党组拟定《关于当前文化工作中若干问题向中央的汇报提纲》。在文化部 9—27 日召开的全国文化厅（局）长会议上传达了这份《汇报提纲》。

16 日，冯志的长篇小说《地下游击队》的同名节选章节发表在《天津日报》上。

18 日，孙犁的散文《烈士陵园》和菡子的散文《小竹叶儿》发表在《人民日报》上。

25 日，《人民日报》报道：《百万知识青年下乡上山成为新型农民》，称"农村是一个广阔的天地，在那里是可以大有作为的"。

姚文元的《向革命故事学习》发表在《文艺报》第 9 号上。

29 日，胡乔木的《诗词二十六首》发表在《人民日报》上。

本月，《资本家的罪恶——工人家史选》由少年儿童出版社编辑出版。

姚文元的《在前进的道路上》由人民文学出版社上海分社出版。

十月

4 日，林斤澜的散文《"背篓精神"开新花》发表在《北京文艺》10 月号上。

12 日，管桦的短篇小说《高飞的鹰》发表在《人民文学》10 月号上。

刘伯承的革命回忆录《回顾长征》发表在《中国青年报》上。

15 日，浩然的电影文学剧本《艳阳天》发表在《电影文学》10 月号上。

22 日，林雨的短篇小说《政治连长》发表在《人民日报》上。

23 日，邓颖超的革命回忆录《红军不怕远征难》发表在《中国青年报》上。

26 日，熊佛西在上海病逝，享年 65 岁。熊佛西，1900 年生，江西丰城县人。中学时代开始接触并参演"文明戏"。1920 年考入燕京大学，广泛涉猎欧洲戏剧大师莎士比亚、易卜生等人的剧作，在此期间加入文学研究会和民众戏剧社。1924 年赴美国哥伦比亚大学研究院深造，归国后从事戏剧教育工作。1932 年去河北定县从事农民戏剧的实验与研究。建国后曾任上海戏剧学院院长。著有《佛西戏剧》（4 册）和《佛西论剧》等。

30 日，《文艺报》第 10 号发表评论员文章《欢呼小型革命现代戏的新成就》。

本月，《光明日报》《解放日报》《北京文艺》《羊城晚报》等报刊纷纷发表关于发展业余创作、培养文学新人的报道和经验文章。

《京剧〈沙家浜〉评论集》（中国戏剧家协会编）由中国戏剧出版社出版。

魏钢焰的诗集《灯海曲》由东风文艺出版社出版。

陈登科的长篇小说《雄鹰》由中国青年出版社出版。

十一月

4日、18日和25日，梁斌反映抗日战争的长篇小说《邻家》前三章分别发表在《天津日报》上。这部书稿只完成了八章，其余五章在"文革"中散失。

10日，江青等人炮制的《评新编历史剧〈海瑞罢官〉》由姚文元署名发表在《文汇报》上。《北京日报》29日予以转载，并加了编者按，提出展开不同意见的讨论。《人民日报》29日、30日也予以转载，并加了由周恩来审定的编者按。由此在文艺界和思想界掀起了一场颇为激烈的争论，直至最终波及政界，成为了引发文化大革命爆发的导火线。姚文元在文中认为：一、吴晗笔下的海瑞是一个"编造出来的假海瑞"，是一个"用资产阶级观点改造过的人物"，有关他"退田"和"平冤狱"的情节并不符合史书记载的历史真实。二、该剧的"戏剧冲突围绕着'退田'展开"，"除霸"和"平冤狱"的行动也是"围绕着'退田'进行的"，这样"百般地美化地主阶级官吏"的"为民作主"，其实质就是宣传了"阶级调和论"。三、"从根本上说，不论'清官'、'好官'，多么'清'，多么'好'，他们毕竟只能是地主阶级对农民实行专政的'清官'、'好官'，而不可能相反"，所以，"清官"是地主阶级用来"麻痹农民觉悟"，"掩盖统治阶级本质的工具"，"清官比起贪官来更坏"。四、戏中的"退田"，实际上"就是拆掉人民公社的台，恢复地主富农罪恶统治"，而"平冤狱"，就是"地富反坏右""希望有那么一个代表他们利益的人物出来"，"为他们打抱不平"，"为他们'翻案'，所以，"退田"和"平冤狱"就是"当时资产阶级反对无产阶级专政和社会主义革命的斗争焦点。"

12日，朱春雨的短篇小说《树大成材》发表在《人民文学》11月号上。

15日，贺敬之的诗《回答今日的世界——读王杰日记》发表在《人民日报》上。

17—20日，白桦的话剧《象他那样生活》在《羊城晚报》上连载。

29日—12月17日，中国作协和团中央在北京联合召开全国青年业余文学创作积极分子大会。与会代表1100多名，绝大多数来自工厂、农村、部队等基层单位。彭真在会上"勉励工农兵业余作者努力创作"。周扬作题为《高举毛泽东思想红旗，做又会劳动又会创作的文艺战士》的报告。报告阐述了当前国内外形势和文学艺术的战斗任务、文艺战线上两条道路斗争的历史过程和主要经验，以及社会主义文化革命所取得的巨大成果。报告中还谈到培养文学战线接班人的重要意义等问题。团中央书记胡克实作题为《拿起文艺武器，作毛泽东思想的宣传员》的报告。周恩来、朱德等党和国家领导人接见了大会全体代表和工作人员。《光明日报》《中国青年报》《文汇报》《工人日报》12月18日分别为本次会议发表社论。《中国青年》第24期也发表了社论《业余创作是思想政治工作的一个组成部分》。《文艺报》第12期专门发表了评论员文章。《全国青年业余文学创作积极分子大会发言选》1966 年 3 月由中国青年出版社编辑出版。

30 日，《文艺报》第 11 号发表社论《必须同社会主义时代的工农兵相结合》，以及陶铸的《关于革命现代戏创作的几个问题》和宋爽的《学英雄、写英雄》。

本月，公安部一名女干部陪胡风夫人梅志前来劝说胡风认罪，争取宽大处理。胡风答曰："我已尽了我的全部精力来交代了。除文艺思想方面，我不能乱说，我无法认罪。"26 日，胡风被北京市高级人民法院以"反革命"罪宣判有期徒刑 14 年，剥夺政治权利 6 年。回狱后，胡风向中央写了判刑后的感想《心安理不得》，并声明绝不上诉。在公安部的建议下，梅志提出要求监外执行，获准。12 月 30 日，胡风十年后第一次回到北京朝外小庄家中。（《胡风全集》第 10 卷，第 592—593 页，湖北人民出版社 1999 年版）

魏巍等创作的朗诵词《东方红》发表在《大众电影》第 11 期上。

十二月

12 日，向阳生（邓拓）的《从〈海瑞罢官〉谈到"道德继承论"——与吴晗同志商榷》在《北京日报》和《前线》上同时发表。

18 日，叶剑英的诗《纪念王杰同志》发表在《大众日报》上。

20 日，重庆话剧团集体创作的话剧《比翼高飞》发表在《剧本》第 6 期上。

21 日，毛泽东在杭州会议上讲话指出："（《海瑞罢官》的）要害问题是'罢官'。嘉靖皇帝罢了海瑞的官，一九五九年我们罢了彭德怀的官。彭德怀也是'海瑞'"。又说："《青宫秘史》，有人说是爱国主义的，我看是卖国主义的，彻底的卖国主义。"（1967 年《红旗》第 9 期）

29 日，《人民日报》发表方求的《〈海瑞罢官〉代表一种什么社会思潮?》。文章认为《海瑞罢官》代表一种反马克思主义、不利于社会主义、反对社会主义的思潮，但被"四人帮"认为是一篇"假批判、真包庇"的文章。

31 日，李准的《学好毛主席著作是文艺工作者"三过硬"的第一要素》发表在《文艺报》第 12 号上。

本月，《学习王杰杂文选》由上海人民出版社出版。

李云德的长篇小说《沸腾的群山》（第一部）、艾煊的长篇小说《大江风雷》、姜树茂的长篇小说《渔岛怒潮》由人民文学出版社出版。

吴强的散文集《心潮集》由人民文学出版社上海分社出版。

《伟大的共产主义战士王杰》由中国少年出版社编辑出版。

本年

中国作协组织编选的《新人新作选》（1—5 集）由人民文学出版社出版。

《萌芽》编辑部和人民文学出版社上海分社合编的《萌芽诗选（1964）》《萌芽短篇小说选（1964）》《萌芽散文报告文学选（1964）》由人民文学出版社上海分社出版。

《独幕话剧选》（1—2 集）由上海文化出版社出版。1966 年 2 月又出版了 3—6 集。

《京剧小戏选》（1—4 集）由上海文化出版社编辑出版。

毛泽东填词《念奴娇·鸟儿问答》。

食指（郭路生）作《波浪与海洋》（《海洋三部曲》之一）、《书简》（一）等诗。

黄瑞云作寓言《石头和海瑞》。

1966 年

一月

1 日，《红旗》第 1 期发表社论《政治是统帅，是灵魂》。

周扬的《高举毛泽东思想红旗，做又会劳动又会创作的文艺战士》刊登在《人民日报》上。《文艺报》第 1 号予以转载，并同期发表社论《培养无产阶级文学接班人的根本道路》。

3 日，魏钢焰的散文《毛泽东之歌——大庆书简》发表在《人民日报》上。

4 日，《人民日报》发表王朝闻的《雕塑标兵——参观〈收租院〉泥塑群象》。

9 日，《人民日报》在第 5、6 版选登金敬迈的长篇小说《欧阳海之歌》，并加编者按说："这是一本好小说。它是近年来我国文学工作者进一步革命化、贯彻执行毛泽东文艺路线所取得的新成果之一。" 18 日，《人民日报》发表阎纲的文章《当代英雄的典型形象——谈长篇小说〈欧阳海之歌〉的英雄人物》。

12 日，《人民日报》刊登报道：《用毛泽东思想推进农村文化革命》。

13 日，《人民日报》以整版篇幅节要转载《上海学术界部分人士座谈吴晗的〈关于《海瑞罢官》的自我批评〉》的发言，并发表思彤的文章《接受吴晗同志的挑战》。

15 日，郭小川为艺术性纪录片《军垦战歌》所写的解说词发表在《电影文学》1 月号上。

17 日，杨朔的散文《风雨横扫着非洲》发表在《人民日报》上。

20 日，《戏剧报》第 1 期发表该报资料室整理的综合材料：《一九六五年革命现代戏大丰收》。

21 日，周立波的散文《韶山的节日》发表在《羊城晚报》上。周立波在《〈韶山的节日〉事件的真相》中回忆："1966 年春，正当叛徒江青勾结卖国贼林彪精心炮制的'文艺黑线专政'论出笼的时候，江青和张春桥合伙制造了《韶山的节日》的事件。"张春桥在上海写信给中南局负责人，声称"周立波写的《韶山的节日》，是丑化伟大领袖毛主席的反革命毒草"，"是要为罗长子翻案。"周立波后来说："分明是歌颂毛主席的文章，何罪之有？编辑部在当时的具体情况下，已把罗瑞卿同志的名字略去了，怎么能说是为'罗长子'翻案呢？""原来如此！这篇四千来字的散文，被'四人帮'看成是罪恶滔天的毒草，原来是由于江青疯狂仇恨杨开慧烈士，只是不敢说出口，就笼统地破口谩骂、恶毒地进行政治陷害了！"（《湘江文艺》1978 年第 1 期）

本月，《学术月刊》1、2 月号连续刊载《一九六五年若干学术问题讨论综述》（上、下）。

雁翼的诗集《激浪集》由百花文艺出版社出版。

二月

1 日，《人民日报》发表云松的《田汉的〈谢瑶环〉是一棵大毒草》。

2—20 日，江青以林彪的名义在上海召集"部队文艺工作座谈会"，并炮制出《林彪同志委托江青同志召开的部队文艺工作座谈会纪要》，经毛泽东三次亲自审阅修改后，由中共中央于 4 月 10 日批发全党。4 月 18 日，《解放军报》在题为《高举毛泽东思想伟大红旗，积极参加社会主义文化大革命》的社论中全面公布了《纪要》的观点和内容，号召批判"文艺黑线"。4 月 19 日的《人民日报》和《红旗》第 6 期均转载了《解放军报》的社论。1967 年 5 月 29 日，《人民日报》头版全文发表了《纪要》，同时发表了林彪 1966 年 3 月 22 日给中央军委常委的一封信。信中说《纪要》"是一个很好的文件，用毛泽东思想回答了社会主义时期文化革命的许多重大问题，不仅有极大的现实意义，而且有深远的历史意义"。"十六年来，文艺战线上存在着尖锐的阶级斗争，谁战胜谁的问题还没有解决。文艺这个阵地，无产阶级不去占领，资产阶级就必然去占领，斗争是不可避免的。这是在意识形态领域里极为广泛、深刻的社会主义革命，搞不好就会出修正主义。我们必须高举毛泽东思想伟大红旗，坚定不移地把这一场革命进行到底。"《纪要》认为："文艺界在建国以来，……，被一条与毛泽东思想相对立的反党反社会主义的黑线专了我们的政，这条黑线就是资产阶级的文艺思想、现代修正主义的文艺思想和所谓三十年代文艺的结合。'写真实'论、'现实主义广阔的道路'论、'现实主义的深化'论、反'题材决定'论、'中间人物'论、反'火药味'论、'时代精神汇合'论，等等，就是他们的代表性论点……电影界还有人提出所谓'离经叛道'论，就是离马克思列宁主义、毛泽东思想之经，叛人民革命战争之道。""文化革命要有破有立，领导人要亲自抓，搞出好的样板。资产阶级有反动的所谓'创新独白'，我们要标新立异，我们的标新立异是标社会主义之新，立无产阶级之异。要努力塑造工农兵的英雄人物，这是社会主义文艺的根本任务。""要破除对所谓三十年代文艺的迷信。""要破除对中外古典文学的迷信。""对十月革命后出现的一批比较优秀的苏联革命文艺作品，也要有分析，不能盲目崇拜，更不要盲目的模仿。""文艺上反对外国修正主义的斗争，不能只捉住丘赫拉依之类小人物，要捉大的，捉肖洛霍夫，要敢于碰他。他是修正主义文艺的鼻祖。他的《静静的顿河》《被开垦的处女地》《一个人的遭遇》对中国的部分作者和读者影响很大。""在创作方法上，要采取革命的现实主义和革命的浪漫主义相结合的方法，不要搞资产阶级的批判现实主义和资产阶级的浪漫主义。"

3 日，《解放军报》开始连续发表七篇"论突出政治"的社论，直至 4 月初。

中央文化革命五人小组召开扩大会议。该小组成立于 1964 年，由彭真（组长）、陆定一（副组长）、康生、周扬、吴冷西组成。会后由彭真主持制定《关于当前学术讨论的汇报提纲》，即"二月提纲"。后经在京政治局常委批阅，并报毛泽东批准，于 2 月 12 日以中共中央文件下达全党。

7 日，《人民日报》发表穆青等合写的报告文学《县委书记的榜样——焦裕禄》。

9 日，《南方日报》发表薄习批判《海瑞罢官》《谢瑶环》《李慧娘》的文章：《三支射向社会主义的毒箭》。

11 日，《红旗》第 2 期刊登评论员文章《工农兵群众掌握理论的时代开始了》，以及一组"工农兵活学活用毛泽东思想"的文章。

12 日，袁水拍的诗《红旗歌》、张一弓的报告文学《陈永贵河南参观记》发表在《人民文学》2 月号上。

21 日，《羊城晚报》发表社论《认真对待革命现代戏的移植工作》，并报道了"充分发挥优秀革命现代戏的威力，中南局宣传部推荐一百个剧目"的消息。据《戏剧报》第 3 期报道，这 100 个剧目包括豫剧《人欢马叫》《李双双》《朝阳沟》，花鼓戏《打铜锣》，曲剧《游乡》，粤剧《山乡风云》，汉剧《借牛》，话剧《英雄工兵》《电闪雷鸣》等。

22 日，《人民日报》发表社论《文艺工作者，到农村去锻炼！》，并刊登长篇报道，介绍全国 28 个省、市、自治区共有 16 万余名文艺工作者下到农村、厂矿、连队，参加三大革命运动，促进自身思想革命化。报道称"这是解放以来规模最大、影响最深的一次社会主义文化大进军。"

23 日，《人民日报》发表李瑛的诗《一个纯粹的人的颂歌——献给焦裕禄同志》。

24 日，《人民日报》发表何其芳的《评〈谢瑶环〉》。

26 日，金敬迈的《〈欧阳海之歌〉的酝酿和创作》发表在《羊城晚报》上。文章主要谈论如何"学习英雄"、"理解英雄"、"表现英雄"。《人民日报》（3 月 1 日）和《文艺报》第 3 号予以转载。

27 日，《人民日报》发表社论《用毛泽东思想武装起来　作无产阶级的革命文艺战士》，并报道了文艺工作者谈学习毛主席著作的体会，还发表了《大庆工人诗选》，以及张永枚等 9 位广东诗人写的组诗《是什么力量这样强大》。陈毅、陶铸在广州接见《欧阳海之歌》的作者金敬迈的消息也刊登在同日的《人民日报》上。《文艺报》第 3 号以《陈毅、陶铸同志谈社会主义文学创作的一些重要问题》为题也做了报道。

《北京日报》报道，北京市召开业余文学艺术创作会议，邓拓做报告。该报还为本次会议的召开配发了社论《为工农兵服务一辈子，为共产主义事业奋斗一辈子》。

刘白羽的《用毛泽东思想指挥我们的笔》发表在《文艺报》第 2 号上。

本月，监外服刑的胡风在争取留京无望后，告别子女，在四川省公安厅来人陪同下，与夫人梅志离京赴成都。初到成都，曾在公安人员监控下游杜甫草堂、武侯祠等地。

峻青在上海被吴法宪派人秘密绑架。他被诬为"苏修特务"、"现行反革命"，他的长篇小说《决战》的初稿和《海啸》的写作提纲等均被查抄。

张永枚的歌剧《红松店》由中国戏剧出版社出版。

三月

1 日，金敬迈的文章《做毛泽东思想的宣传员》发表在《解放军报》上。《光明日报》》2 日和《解放军文艺》4 月号予以转载。

8 日，《人民日报》转载《戏剧报》第 2 期戏剧报编辑部的文章《田汉的戏剧主张为谁服务？》。

12 日，《光明日报》刊登穆欣批判夏衍的文章《评〈赛金花〉剧本的反动思想》，《戏剧报》第 3 期转载。

李瑛的诗《刺刀进行曲》、草明的短篇小说《接班》、巴金的散文《重访十七度线》、魏巍的散文《英雄树》发表在《人民文学》3 月号上。

20 日，《戏剧报》第 3 期发表徐仰山的文章《试谈"清官戏"的毒害》，全盘否定"清官戏"。

24 日，《红旗》第 4 期刊登戚本禹、林杰、阎长贵的文章《翦伯赞同志的历史观点应当批判》，以及本刊评论员文章《焦裕禄同志是活学活用毛泽东思想的好榜样》。

26 日，《人民日报》发表刘白羽的长文《〈欧阳海之歌〉是共产主义的战歌》，提出必须批判"资产阶级的现实主义"。文章说："在创作中，除了反社会主义的毒草之外，还有一严重现象，值得注意。就是用资产阶级现实主义创作方法，反映当前的现实生活，已经到了格格不入的地步。"

本月，毛泽东在上海的一次谈话中提出要"打倒阎王，解放小鬼"。（《人民日报》1967 年 10 月 12 日）

马识途的长篇小说《清江壮歌》由人民文学出版社出版。

四月

1 日，《人民日报》发表何其芳的长文《夏衍同志作品中的资产阶级思想》，系统批判夏衍"对资产阶级民主的醉心和鼓吹"，"歌颂人道主义的'美妙'"及"超阶级的人性论和'良心'论"。

2 日，《人民日报》发表戚本禹的文章《〈海瑞骂皇帝〉和〈海瑞罢官〉的反动实质》。

4 日，老舍生前发表的最后一篇作品《陈各庄上养猪多》（快板）刊登在《北京文艺》4 月号上。

5 日，《红旗》第 5 期刊载郑季翘的《文艺领域里必须坚持马克思主义的认识论——对形象思维论的批判》。文章批评了陈涌、以群、蒋孔阳、李泽厚、霍松林、周勃等人在五六十年代之交关于形象思维讨论的主要观点，并申明说："所谓形象思维论，不是别的，正是一个反马克思主义的认识论体系，正是现代修正主义文艺思潮的一个认识论基础"。这个体系"使一切理性思想在作家的头脑中毫无立足之地，从而在文艺创作领域中否定了党的领导和马克思主义世界观指导的可能性，也使文艺批评成为白费。这个反科学的直觉主义、神秘主义理论的传播，只能麻痹作家的理性，阻塞作家的自觉，使文艺创作在过渡时期意识形态领域的阶级斗争中自发地受资产阶级思想体系的支配。显然，形象思维论是为资产阶级服务的。如果听信形象思维论，那么，不管我们在文艺创作方面有多少马克思主义的正确主张，都会被它勾销得干干净净。显然，不彻底打破形象思维论，就在文艺领域中讲不清道理，从而也不能从根本上克服各种错误倾向。"同期还刊登了关锋、林杰的《〈海瑞骂皇帝〉和〈海瑞罢官〉是反党反社会主义的两株大毒草》。

6日，《人民日报》开始连续发表以"论突出政治"为总题的系列社论。

11日，《人民日报》发表梅介人、王运芝的文章《违反毛主席军事思想的坏影片〈兵临城下〉》。15日，《人民日报》又转载《解放军报》部队文艺工作者魏巍、沈西蒙、丁毅、丁洪等批判《兵临城下》的座谈纪要，总题为《决不容许美化敌人》。18日，《人民日报》发表一组工农兵群众批判《兵临城下》的短稿。

12日，郭沫若的词《赞焦裕禄同志》、穆青的散文《再访兰考》、金敬迈的长篇小说《欧阳海之歌》的部分章节发表在《人民文学》4月号上。

13日，《北京日报》发表"致读者"：《工农兵都要积极参加这场兴无灭资的大辩论》。

14日，郭沫若在全国人大常委会第30次会议上作题为《向工农兵群众学习，为工农兵群众服务》的发言，后刊登在4月28日的《光明日报》上。他说："在一般的朋友们、同志们看来，我是一个文化人，甚至于好些人都说我是一个作家，还是一个诗人，又是一个什么历史家。几十年来，一直拿着笔杆子在写东西，也翻译了一些东西。按字数来说，恐怕有几百万字了。但是，拿今天的标准来讲，我以前所写的东西，严格地说，应该全部把它烧掉，没有一点价值。主要原因是什么呢？就是没有学好毛主席思想，没有用毛主席思想来武装自己，所以，阶级观点有时候很模糊。"

16日，中共中央书记处会议和政治局常委扩大会议批判"二月提纲"和彭真的"反党罪行"，决定撤销这个提纲，同时撤销原"文化革命五人小组"，重新组建"文化革命小组"，由陈伯达任组长，江青、张春桥任副组长，康生任顾问。

《北京日报》发表《关于〈三家村札记〉和〈燕山夜话〉的批判材料》，以及该报和《前线》杂志的编者按。编者按说："本刊、本报过去发表了这些文章又没有及时地批判，这是错误的。其原因是我们没有实行无产阶级政治挂帅，头脑中又有着资产阶级、封建阶级思想的影响，以致在这一场严重的斗争中丧失立场或者丧失警惕。"这份材料及编者按后来被说成是"假批判，真掩护；假斗争，真包庇。"同时该报还以《〈燕山夜话〉究竟宣扬了什么？》为题，重新刊载了邓拓、吴晗、廖沫沙等人的旧作。

19日，《人民日报》发表田星的文章《破除对"三十年代"电影的迷信》，批判程季华主编的《中国电影发展史》。并加编者按说《中国电影发展史》"是一株反党反社会主义的大毒草"。

20日，《文艺报》第4号发表李方红的《"写中间人物"论反映了哪个阶级的政治要求》，对邵荃麟等人进行批判。同期还发表了邓绍基的《〈赛金花〉的反动内容说明了什么——兼评田汉、夏衍和阳翰笙等同志关于三十年代戏剧的错误宣传》一文。郭沫若的《毛泽东时代的英雄史诗——就〈欧阳海之歌〉答〈文艺报〉编者问》也刊登在同期《文艺报》上。郭沫若说："欧阳海是个不折不扣的共产主义战士，是社会主义时代的典型的英雄人物，是活学活用毛主席著作、用字当头、活字作准的好样板。"

峻青的报告文学《兰考春色》发表在《人民日报》上。

23 日，《人民日报》学术研究专栏刊登《翦伯赞同志的反马克思主义历史观点》，并加编者按称"吴晗同志和翦伯赞同志都是反马克思主义史学的主将"。

25 日，《人民日报》发表丁学雷的文章《革命故事是宣传毛泽东思想的有力武器——上海郊区农村革命故事活动述评》。

26 日，《解放军报》《光明日报》等报刊开始连续发表文章，批判电影《抓壮丁》。

27 日，《人民日报》发表罗文荣的《〈抓壮丁〉替地主阶级说话》。

28 日，为配合《白毛女》在首都公演，《人民日报》刊登专题通讯《标社会主义之新，立无产阶级之异——大型革命现代芭蕾舞剧〈白毛女〉的诞生》（余鲁元）。

29 日，《红旗》第 6 期转载《解放军报》社论《高举毛泽东思想伟大红旗，积极参加社会主义文化大革命》。同期还刊登评论员文章《工农兵群众参加学术批判是划时代的大事》，《人民日报》5 月 3 日转载。

本月，《剧本》第 2 期出版后停刊。

胡风在四川写思想汇报《在余年里从头学习毛泽东思想的初步安排》和《我的表态》。

浩然的故事集《老支书的传闻》由北京出版社出版。1973 年又出修订版。

黎汝清的长篇小说《海岛女民兵》由人民文学出版社出版。

刘厚明的儿童文学《教育新歌》由少年儿童出版社出版。

五月

3 日，《人民日报》发表北京、上海工农兵群众评赞芭蕾舞剧《白毛女》的一组文章。

4 日，《人民日报》的通栏标题为："高举毛泽东思想伟大红旗，积极参加社会主义文化大革命，大兴无产阶级思想，大灭资产阶级思想，彻底搞掉反党反社会主义黑线"。

《解放军报》发表社论《千万不要忘记阶级斗争》，5 日的《人民日报》和《红旗》第 7 期转载。

5 日，《人民日报》的通栏标题为"高举毛泽东思想伟大红旗，把意识形态领域里的阶级斗争进行到底"。

6 日，《人民日报》的通栏标题为"高举毛泽东思想伟大红旗，积极参加社会主义文化大革命，彻底搞掉反党反社会主义黑线，把意识形态领域阶级斗争进行到底"，并在头版刊登报道："坚决把社会主义文化大革命进行到底，破除迷信、解放思想，工农兵向资产阶级'权威'开火"。

7 日，毛泽东在《给林彪同志的信》中指出："人民解放军应该是一个大学校。"又说："学生也是这样，以学为主，兼学别样，即不但学文，也要学工、学农、学军，也要批判资产阶级。学制要缩短，教育要革命，资产阶级知识分子统治我们学校的现象，再也不能继续下去了。"（《人民日报》1966 年 8 月 1 日）

8日，《解放军报》发表署名高炬的文章《向反党反社会主义的黑线开火》，《人民日报》和《光明日报》9日同时转载。文章说："邓拓是他和吴晗、廖沫沙开设的'三家村'黑店的掌柜，是这一小撮反党反社会主义分子的一个头目。他们把持《前线》《北京日报》以及《北京晚报》作为反党工具，射出了大量毒箭，猖狂地向党向社会主义进攻。""对党和社会主义怀着刻骨仇恨的邓拓一伙，从一九六一年开始，就抛出了他们的《燕山夜话》《三家村札记》。他们以谈历史、传知识、讲故事、说笑话做幌子，借古讽今，指桑骂槐，含沙射影，旁敲侧击，对我们伟大的党进行了全面的恶毒的攻击。辱骂我们的党'狂热'、'发高烧'，说'伟大的空话'，害了'健忘症'。恶毒地攻击总路线、大跃进是'吹牛皮'，'想入非非'，'用空想代替了现实'，把'一个鸡蛋的家当'，'全部毁掉了'，在事实面前'碰得头破血流'。竭力为罢了官的右倾机会主义分子喊冤叫屈，吹捧他们的反党'骨相'和'叛逆性格'，鼓励他们东山再起。""不仅邓拓滑不过去，他的同伙也滑不过去；不仅《燕山夜话》《三家村札记》要铲除掉，《海瑞罢官》《李慧娘》《谢瑶环》，以及《长短录》中的毒草，等等，凡是反党反社会主义的东西，都要一一铲除，毫不例外。"

9日，《人民日报》以两个整版的篇幅刊登林杰等汇编的《邓拓的〈燕山夜话〉是反党反社会主义的黑话》。

10日，《解放日报》《文汇报》发表姚文元的《评"三家村"——〈燕山夜话〉〈三家村札记〉的反动本质》，《人民日报》11日和《红旗》第7期转载。文章说："吴晗是一位急先锋，廖沫沙紧紧跟上，而三将之中真正的'主将'，即'三家村'黑店的掌柜和总管，则是邓拓。""从批判《海瑞罢官》到批判'三家村'，是一场惊心动魄的阶级斗争。是一场政治、思想、文化领域中的大革命。"

11日，《红旗》第7期刊登戚本禹的文章《评〈前线〉〈北京日报〉的资产阶级立场》。

12日，《中国青年报》等首都报纸开始刊登批判影片《舞台姐妹》（林谷编剧，谢晋导演）的文章。月内，批判这部影片的文章达百余篇。

13日，《人民日报》发表两篇批判"苏修文艺"的文章：蔡辉的《肖洛霍夫的叛徒真面目》和齐学东、郑机兵的《〈一个人的命运〉——现代修正主义文艺黑旗》。

14日，《人民日报》发表林杰的文章《揭破邓拓反党反社会主义的面目》。

《解放军报》和《光明日报》发表批判影片《红日》（吴强原著，瞿白音改编）的文章。月内，批判这部影片的文章近20篇。其中《解放军报》发表了黄瑶的《〈红日〉是反党反社会主义黑线的产物》和郑克良的《为什么歪曲历史，为敌人立传?》。

16日，中共中央政治局扩大会议通过了由毛泽东主持起草的《中国共产党中央委员会通知》（即"五·一六"通知）。通知提出了"文化大革命"的理论、路线、方针、政策，要求各级党委立即停止执行《二月提纲》。通知号召："高举无产阶级文化革命的大旗，彻底揭露那批反党反社会主义的所谓'学术权威'的资产阶级反动立场，彻底批判学术界、教育界、新闻界、文艺界、出版界的资产阶级反动思想，夺取在这些文化领域中的领导权。而要做到这一点，必须同时批判混进党里、政府里、军队里和文化领域的各界里的资产阶级代表人物，清洗这些人，有些则要调动他们的职务。

尤其不能信用这些人去做领导文化革命的工作，而过去和现在确有很多人是在做这种工作，这是异常危险的。"又说："混进党里、政府里、军队里和各种文化界的资产阶级代表人物，是一批反革命的修正主义分子，一旦时机成熟，他们就会要夺取政权，由无产阶级专政变为资产阶级专政。这些人物，有些已被我们识破了，有些则还没有被识破，有些正在受到我们信用，被培养为我们的接班人，例如赫鲁晓夫那样的人物，他们现正睡在我们的身旁，各级党委必须充分注意这一点。"

18 日，凌晨，邓拓自缢身亡，终年 54 岁。邓拓，原名邓子健、邓云特，1912 年生，福建闽侯人。1930 年参加左翼社会科学家联盟，1937 年秋到达解放区后，历任《晋察冀日报》社长，晋察冀新华总分社社长等职。建国后历任《人民日报》社长、总编辑和北京市委文教书记等职。1961 年应《北京晚报》的要求，开设《燕山夜话》专栏，以马南邨为笔名。与吴晗、廖沫沙合著《三家村札记》另有《中国救荒史》《论中国历史的几个问题》等历史论著。1986 年，北京出版社出版《邓拓文集》4 卷。袁鹰在回忆文章中写道："邓拓同志生长在福州一个清寒的书香家庭。他的父亲是清朝最后一科（光绪二十九年，癸卯，即 1903 年）举人，民国后在师范学校当国文教员，直到六十多岁因衰病离职止，一直是用微薄的薪水养活一大家。幼年的邓拓在捡树枝树叶、挖菖挖笋、捞蛤蜊捕小蟹之余，就读书写字。由于当教员的父亲对幼辈管教极为严格，对这个最小的儿子也从不溺爱，所以子女们从小都能吃苦耐劳，发愤好学。邓拓同志从幼年起就如饥似渴地搜读家藏的许多文学史古籍。他喜欢练字，又要节省纸张笔墨，便从城墙上搬回两块大砖，用柔软多毛的草叶捆扎成毛笔，蘸着清水不停地在砖上苦练。在学校，他攻史地，又酷爱文学，参加福州城里的一些'诗文会'。他的求知欲极为旺盛，几乎不放过任何能够增长知识的机会：有个叔叔出家念佛，他跟着钻研佛经，还去听当时福州有名的高僧圆瑛法师讲经；有个哥哥认识外国传教士，他也跟着去教堂听牧师宣道，翻阅《新旧约全书》；结识了一个研究拳术的体育教员，他就跟着学少林拳。此外，他也有兴趣学绘画、编剧、演戏。邓拓同志一生为人，都是严谨勤奋，一丝不苟，这与少年时期的刻苦磨砺是分不开的。而他日后长期从事革命新闻工作所需要的渊博知识，恐怕也得力于少时的博览群书、涉猎杂家的吧！""解放战争时期，《晋察冀日报》社撤离张家口以后，有两年驻在阜平的马兰村。邓拓同志对这个小小的山村，对村干部和老乡，都很有感情。直到离开那里十多年后，他写《燕山夜话》时，特意署名马南邨。后来还镌有一方闲章，上刻'马南邨人'，以示对边区和边区人民的眷念之情。这种强烈的、浓郁的革命情怀，一直洋溢在他的诗作中，充满战斗激情，深沉而真挚。""他说，现代诗人写旧体诗，他最喜欢、最佩服三位：一是毛主席，二是柳亚子先生，三是田汉同志。""但我总觉得，柳、田、邓三位诗人似乎有共同的、至少是相近的气质。柳诗中的奔放沉雄，田诗中的清健绮丽，在邓诗中有时是兼而有之的。""我也曾天真地想过：邓拓同志在工作那么繁忙之余，还能写出那么多诗文，倘若不叫他当'官'，让他在写作上更多地发挥特长，我们一定能读到更多的好诗。那年他到扬州访郑板桥故居，写过两句：'脱却乌纱真面目，泼干水墨是生平。'多少抒写了一点自己的胸臆。"（袁鹰：《不灭的诗魂——怀邓拓同志和他的诗》，《邓拓诗词选》附录，人民文学出版社 1979 年版）

20 日，《人民日报》刊登两篇批判《北京文艺》的文章：郑公盾的《〈北京文艺〉在为谁服务?》和尹文欣等的《〈北京文艺〉是"三家村"黑店的一个分店》。

《文艺报》第 5 号发表蔡辉的文章《肖洛霍夫的叛徒真面目》，杨广辉的文章《〈文艺报〉专论〈题材问题〉必须彻底批判》，"编者按"称该专论是"反党反社会主义的毒草"，"它系统地宣传了资产阶级、现代修正主义的文艺思想"。

30 日，陈伯达接管《人民日报》。

本月，《人民文学》第 5 期后停刊。

张长弓的儿童文学《红柳》由少年儿童出版社出版。

六月

1 日，《人民日报》发表由陈伯达执笔的社论《横扫一切牛鬼蛇神》。

2 日，《人民日报》发表社论《触及人们灵魂的大革命》。

4 日，《人民日报》报道北京市委改组的消息，并发表社论两篇：《毛泽东思想的新胜利》和《撕掉资产阶级"自由、平等、博爱"的遮羞布》。

5 日，《人民日报》发表社论《做无产阶级革命派，还是做资产阶级保皇派》，同时发表总题为《亿万人民高声唱、毛主席是我们心中的红太阳》的歌曲一组。

6 日，《解放军报》发表《高举毛泽东思想伟大红旗，把无产阶级文化大革命进行到底——关于文化大革命的宣传教育要点》。

7 日，《解放军报》发表社论《毛泽东思想是我们革命事业的望远镜和显微镜》。

8 日，《红旗》第 8 期发表社论《无产阶级文化大革命万岁》。

12 日，《人民日报》发表丁毅的文章《文化大革命中的一朵香花——祝贺革命芭蕾舞剧〈白毛女〉演出成功》。

13 日，中共中央、国务院批转教育部党组《关于 1966—1967 学年度中学政治、语文、历史教材处理意见的请示报告》。教育部的报告说：原有的政治、语文、历史教材，未印的均停止印刷，已印的也停止发行。中学历史课暂停开设；政治和语文合开，以毛主席著作为基本教材。中共中央和国务院对这一报告的批示写道：目前中学所用教材，没有以毛泽东思想挂帅，没有突出无产阶级政治，违背了毛主席关于阶级和阶级斗争的学说，违背了党的教育方针，不能再用。

16 日，上海《解放日报》和《文汇报》同时刊登丁学雷的文章《瞿白音的〈创新独白〉是电影界黑帮的反革命纲领》。《人民日报》19 日转载。文章说："瞿白音的《创新独白》，不是一个偶然的、孤立的东西，它是文艺界一条反党反社会主义黑线的产物，它是电影界以夏衍、阳翰笙、陈荒煤、袁文殊为首的反革命黑帮的'集体创作'。"

17 日，《人民日报》发表何左文的文章《陈其通的反动戏剧纲领必须彻底批判》，批判陈其通 1962 年为话剧《抓壮丁》写的剧评《透骨的解剖》。

20 日，《人民日报》发表社论《革命的大字报是暴露一切牛鬼蛇神的照妖镜》。

由江青、张春桥策划炮制的《文化部为彻底干净搞掉反党反社会主义反毛泽东思想的黑线而斗争的请示报告》，以中央（1966）66 号文件批转全国。报告根据《纪要》所定的调子，提出文艺界有一条"又长又粗又深又黑反毛泽东思想的黑线"，必须对文艺队伍实行"犁庭扫院"、"彻底清洗"。

本月，《文学评论》第 3 期后停刊。

毛泽东作《七律·有所思》："正是神都有事时，又来南国踏芳枝。青松怒向苍天发，败叶纷随碧水驰。一阵风雷惊世界，满街红绿走旌旗。凭阑静听潇潇雨，故国人民有所思。"

七月

1 日，《红旗》第 9 期重新发表毛泽东《在延安文艺座谈会上的讲话》，并加编者按《无产阶级文化大革命的指南针》说："二十四年来，周扬等人始终拒绝执行毛泽东同志的文艺路线，顽固地坚持资产阶级、修正主义的文艺黑线。""他们把文艺变成进攻无产阶级专政的工具，变成复辟资本主义的手段。"又说："《讲话》是指南针。""《讲话》是照妖镜。""《讲话》是进军号。"同期还刊登了两篇批判文章：阮铭、阮若瑛的《周扬颠倒历史的一支暗箭——评〈鲁迅全集〉第六卷的一条注释》和穆欣的《"国防文学"是王明右倾机会主义路线的口号》。自此，以周扬为首的"文艺黑帮"成为大批判的重点。

7 日，《羊城晚报》刊载向群的两篇文章《彻底粉碎康濯在农村复辟资本主义的反革命阴谋》和《康濯反党反社会主义的材料摘编》。

12 日，《人民日报》刊登东锋的文章《电影〈桃花扇〉是号召反革命复辟的宣言书》。编者按称："我们必须把文艺界反党反社会主义的以周扬为首的黑帮彻底打垮。"

17 日，《人民日报》刊登武继延的长文《驳周扬的修正主义文艺纲领》，从 8 个方面对周扬进行批判。

20 日，《人民日报》刊登雕塑《收租院》创作组的文章《先革思想的命，再革雕塑的命》。

21 日，《羊城晚报》刊载向群的《周扬是康濯的后台老板》一文。

26 日，《人民日报》发表社论《跟着毛主席在大风大浪中前进》。

27 日，《人民日报》刊登解集文的文章《周扬是反革命黑帮"创新"合唱的总指挥》。

30 日，《人民日报》刊登李基凯等的文章《〈文艺报〉的两次假批判》，"揭露"1964 年和 1966 年《文艺报》对"写中间人物"论的两次批判。认为"大连会议挂的是讨论'创作'的招牌，干的是反党反社会主义的勾当。周扬是大连会议的魁首，邵荃麟等人则是这次会议的积极组织者"，"多年以来，《文艺报》摇着黑旗，紧密配合国内外阶级敌人的进攻，纠集了大量牛鬼蛇神，积极鼓动他们出笼，狂热地推行了一整套资产阶级现代修正主义的文艺路线，犯下了严重的反党反社会主义反毛泽东思想的罪行。"

本月，毛泽东在一次对中央首长发表的讲话中指出："凡是镇压学生运动的人都没

有好下场！"（载《人民日报》1967年4月24日）

除《解放军文艺》（1968年6月至1972年4月停止出版）外，全国的文学刊物都开始被迫停刊。不少省市的文学期刊在1972年前后陆续复刊，《文艺报》《人民文学》《上海文学》《诗刊》《收获》《文学评论》等迟至1976年以后才得以复刊。

八月

1—12日，中共八届十一中全会在京召开。全会讨论通过了《中国共产党中央委员会关于无产阶级文化大革命的决定》（即"十六条"）。

《人民日报》发表社论《全国都应该成为毛泽东思想的大学校》。

2日，著名文艺理论家以群不堪凌辱，跳楼身亡，终年55岁。以群，原名叶以群，安徽歙县人。青年时期曾留学日本，1932年在上海加入"左联"，任组织部长。抗日战争初期在武汉参加中华全国文艺界抗敌协会，后来在重庆参加国统区的进步文化活动。建国后曾任上海市文联副主席、作协上海分会副主席、《收获》《上海文学》副主编、上海电影厂副厂长等职。主要著作有《文学的基本原理》（上、下册）等。

5日，毛泽东撰写《炮打司令部——我的一张大字报》，翌年8月5日公开发表于《人民日报》，并配发社论《炮打资产阶级司令部》。

6日，《人民日报》发表郑季翘的文章《彻底清算周扬反党反社会主义的罪行》。

9日，《山西日报》集中刊登批判赵树理的文章。

12日，《解放军报》发表社论《听毛主席的话，关心国家大事》。

13日，《人民日报》发表社论《学习十六条，熟悉十六条，运用十六条》。

18日，毛泽东首次在天安门检阅红卫兵队伍。自此，红卫兵运动在全国兴起。截至年底，毛泽东共八次接见了来自全国各地的1300多万红卫兵和其他群众。

19日，《解放军报》发表社论《我们永远忠于伟大统帅毛主席》。

21日，《红旗》第11期刊登通讯《"我们最伟大的领袖，我们最亲近的人"——毛主席会见首都革命群众》，以及林彪、周恩来在庆祝无产阶级文化大革命群众大会上的讲话。

23日，《人民日报》发表社论《好得很！》。社论说："'红卫兵'的无产阶级革命造反精神好得很！""毛主席说：'马克思主义的道理千条万绪，归根结底，就是一句话：'造反有理。'"

24日，老舍在北京太平湖投湖自尽，终年67岁。老舍，原名舒庆春，字舍予，满族，1899年生，北京人。1918年北京师范学校毕业后任小学校长和中学教员。1924年赴英国任伦敦大学东方学院汉语讲师，开始从事小说创作。1926年加入文学研究会。1930年回国后任济南齐鲁大学、青岛山东大学教授。1938年中华全国文艺界抗敌协会成立，被选为理事兼总务部主任，主持文协日常工作。1946年应邀赴美国讲学1年，期满后旅居美国从事创作。新中国成立后不久应召回国，曾任中国文联副主席、中国作协副主席、中国民间文艺研究会副主席等职。曾因创作话剧《龙须沟》而被授予"人民艺术家"称号。著有长篇小说《老张的哲学》《赵子曰》《二马》《猫城记》《离婚》《牛天赐传》《文博士》《骆驼祥子》《火葬》《四世同堂》《鼓书艺人》《正红旗下》（未完），中篇小说《月牙儿》《我这一辈子》，短篇小说集《赶集》《樱海集》，《蛤藻集》《火车集》《贫血集》，剧本《龙须沟》《茶馆》等。另有《老舍剧作全集》《老舍散文集》《老舍诗选》《老舍文艺评论集》和《老舍文集》等。巴金在《怀念老舍同志》中说："老舍同志是中国知识分子最好的典型，没有能挽救他，我的确感到惭愧，也替我们那一代人感到惭愧。但我们是不是从这位伟大的作家的惨死中找到什么教训呢？他的骨灰虽然不知道给抛撒到了什么地方，可是他的著作流传全世界，通过他的口叫出来的中国知识分子的心声请大家侧耳倾听吧：'我爱咱们的国呀，可是谁爱我呢？'""这是他的遗言。我怎样回答呢？我曾经对方殷同志讲过：'老舍死去，使我们活着的人惭愧……'这是我的真心话。我们不能保护一个老舍，怎样向后人交待呢？没有把老舍的死弄清楚，我们怎样向后人交待呢？"（巴金：《随想录》（合订本），第186—188页，三联书店1987年版）曹禺在《我们尊敬的老舍先生》中说："老舍先生在民族节操方面，在敌人和反动官僚、特务面前，大义凛然，没有一点奴颜媚骨。然而对人民和受苦的朋友们，我从来没见过他有一点架子或屈尊俯就的气息。在重庆时，我常见他和当时被看作地位低下的穷艺人交朋友，帮他们写鼓词，帮他们解决生活上的困难。他对这些穷苦的人们有着深厚的感情。""我想，这是因为他出身于贫苦的家庭。他的父亲是一个满族旗兵，八国联军侵入北京时，在巷战中被侵略军打死；他的老母亲靠着缝洗挣点钱，把他抚养到大，没过过好日子。老舍先生是在贫困和压迫下成长起来的。他在贫苦的劳动人民中接触过各式各样的人物。他爱的是正直、有血性的人，也同情那些善良无知的人。因此，我们经常在他的笔下看见中国旧社会的那些形形色色的好人与坏人，而好人总是受压迫的，如《龙须沟》里的程疯子，《茶馆》里的康顺子等。他一生写了无数的人物，如《骆驼祥子》里的祥子、虎妞、刘四爷，《我这一辈子》中到处乞怜、悲惨死去的老警察，都栩栩如生。他对人生的视野是宽阔的，而我读文学的经验告诉我，世界上甚至有一些文学巨匠，可能精通于某一个阶层的人物，但不能像老舍先生这样写出生活中更多种多样的人物。他作品中的语言更有特色，没有一句华丽的词藻，但是感动人心，其深厚美妙，常常是不可言传的。"（《人民日报》1979年2月9日）周扬在《怀念老舍同志》中说："老舍是我国五四以来新文学的开拓者之一。早在二十年代，他就发表了长篇小说《老张的哲学》等，以现实主义的笔力和幽默辛辣的特色震动了文坛，成为新文学长篇创作中最早出现的硕果之一。从那时起到他不幸逝世的一九六六年，四十多年间，他在文学创作的不同领域内都写出了许多第一流的优秀作品，留下了珍贵的文学遗产。如果说老舍写于三、四十年代的《离婚》《月牙儿》《骆驼祥子》《我这一辈子》《残雾》《面子问题》《四世同堂》等小说、剧本，既是他个人的代表作，也是我国现实主义文学的重要成果的话，那么，一九四九年老舍从美国归来以后，在毛泽东文艺思想指引下创作出的《方珍珠》《龙须沟》《茶馆》《全家福》《神拳》《正红旗下》等剧本、小说，则明确地标志着作家思想上的一个飞跃。""老舍主要是以小说家、剧作家和曲艺作家而著称于世的；同时，他在散文、诗歌、杂文方面也取得了卓越的成就。这位文学大师几乎是无所不能，无所不精的'多面手'。他的散文和诗歌，正像他的小说和剧本一样，风格独具，不同凡响。老舍在文艺见解上的许多真知灼见，对于我们创造文学语言和艺术典型，大有裨益。"(《人民日报》1984 年 3 月 19 日)

同日，陈笑雨投永定河自尽，终年 49 岁。陈笑雨，江苏靖江人，四十年代曾以"司马龙"为笔名发表杂文，建国初期与郭小川、张铁夫共用"马铁丁"笔名合写"马铁丁杂文"，蜚声大江南北。不久，三人先后调至北京，"马铁丁"的笔名遂专归陈笑雨所用，他以此笔名发表了大量的杂文，并出版《不登堂集》。"文革"前夕还自编有《续不登堂集》，未及出版，在动乱年间全部散失。建国后历任《文艺报》副主编、《新观察》主编、《人民日报》编委兼文艺部主任。《人民日报》出版社 1984 年出版有《马铁丁杂文选》，作为对陈笑雨的纪念。书前有冯牧的序言《炽热的心和锐利的笔》。

30 日，《人民日报》发表黎帆的文章《评周扬的"全民文艺"》。

本月，毛泽东在中央政治局常委扩大会上对中共湖北省委第一书记王任重说："姚雪垠的《李自成》第一卷上册，我已看过了，写得很不错。你告诉武汉市委，要对姚雪垠加以保护，让他继续把书写完。"

赵树理从山西晋城转到长治，被隔离审查。冬，他写《回忆历史，认识自己》，共 23000 余言，回顾了自己的一生和创作历程，既检讨自己，又作了自我申辩。

九月

3 日，傅雷不堪凌辱，同夫人朱梅馥一道自缢身亡，终年 58 岁。傅雷，1908 年出生于上海市南汇县周浦镇渔潭乡西傅家宅。1927 年留学法国，1931 年秋回国。1940 年以后一直从事文艺翻译工作。建国后曾任中国作协上海分会理事、书记处书记等职。他一生翻译了 32 部外国文学名著，尤其是对巴尔扎克文学著作的翻译与研究享有盛名，并因此被吸收为法国巴尔扎克研究协会会员。施蛰存在《纪念傅雷》中说："我知道傅雷的性情刚直，如一团干柴烈火，他因不堪凌辱，一怒而死，这是可以理解的，我和他虽然几乎处处不同，但我还是尊敬他。在那一年，朋友中像傅雷那样的毅然决然不自惜生命的，还有好几个，我也都一律尊敬。不过，朱梅馥的能同归于尽，这却是我想象不到的，伉俪之情，深到如此，恐怕是傅雷的感应。""傅雷的性格，最突出的是他的刚直。在青年时候，他的刚直还近于狂妄。所以孔子说：'好刚不好学，其弊也狂。'傅雷从昆明回来以后，在艺术的涵养，知识学问的累积之后，他才成为具有浩然之气的儒家之刚者，这种刚直的品德，在任何社会中，都是难得见到的，连孔子也说过：'我未见刚者。'"(《新民晚报》1986 年 9 月 3 日) 1981 年 8 月，三联书店出版了《傅雷家书》，此书后来一版再版，销量惊人。内收傅雷与长子傅聪在 1954 年至 1966 年期间的越洋家信近二百封。楼适夷在《读家书，想傅雷》(代序) 中说："《傅雷家书》的出版，是一桩值得欣慰的好事。它告诉我们：一颗纯洁、正直、真诚、高尚的灵魂，尽管有时会遭受到意想不到的磨难、侮辱、迫害，陷入到似乎不齿于人群的绝境，而最后真实的光不能永远掩灭，还是要为大家所认识，使它的光焰照彻人间，得到它应该得到的尊敬和爱。""这是一部最好的艺术学徒修养读物，这也是一部充满着父爱的苦心孤诣、呕心沥血的教子篇。傅雷艺术造诣是极为深厚，对无论古今中外的文学、绘画、音乐的各个领域，都有极渊博的知识。""在他的文学翻译工作中，大家虽都能处处见到他的才智与学养的光彩，但他曾经有志于美学及艺术史论的著述，却终于遗憾地不能实现。在他给傅聪的家书中，我们可以看出他在音乐方面的学养和深入的探索。他自己没有从事过音乐实践，但他对于一位音乐家在艺术生活中所遭到的心灵的历程，是体会得多么细致，多么深刻。儿子在数万里之外，正准备一场重要的演奏，爸爸却好似对即将赴考的身边的孩子一般，殷切地注视着他的每一次心脏的律动，设身处地预想他在要走去的道路上会遇到的各种可能的情景，并替他设计应该如何对待。因此，在这儿所透露的，不仅仅是傅雷对艺术的高深的造诣，而是一颗更崇高的父亲的心，和一位有所成就的艺术家，在走向成材的道路中，所受过的陶冶与教养，在他的才智技艺中所积累的成因。""有的人对幼童的教育，主张任其自然而因势利导，像傅雷那样的严格施教，我总觉得是有些'残酷'。但是大器之成，有待雕琢，在傅聪的长大成材的道路上，我看到了作为父亲的傅雷所灌注的心血。"

同日，陈梦家自缢身亡，终年55岁。陈梦家，1911年生，浙江上虞人。早年毕业于南京中央大学法律系，1932年又在燕京大学宗教学院学习，1934年改攻古文字学，1937年后曾在西南联大、美国芝加哥大学、清华大学任教。1952年因院系调整由清华大学中文系调任中国科学院考古研究所研究员。作为后期新月派代表诗人之一，著有诗集《梦家诗集》《不开花的春》《铁马集》《在前线》《梦家诗存》等多种。

5日，《人民日报》发表社论《用文斗，不用武斗》。

7日，《人民日报》发表社论《抓革命，促生产》。

12日，《解放军文艺》第9期刊登廖原的批判文章《王愿坚是文艺黑帮头子周扬的忠实门徒》。

17日，《红旗》第12期发表评论员文章《红卫兵赞》，以及《红卫兵文选》。同期还刊登了许广平的文章《不许周扬攻击和诬蔑鲁迅》。

22日，《人民日报》发表炮打"走资派"林默涵的"大字报选"，《编者按》称林默涵是周扬的"头号帮凶"。

十月

1日，《人民日报》发表社论《用毛泽东思想武装七亿人民》。

12日，《人民日报》发表4首毛主席语录歌曲：《"造反有理"》《革命不是请客吃饭》《你不打他就不倒》《决不能让它们自由泛滥》，其中第二首的歌词流传最广，"革命不是请客吃饭，不是做文章，不是绘画绣花，不能那样雅致，那样从容不迫、文质彬彬，那样温良恭俭让。革命是暴动，是一个阶级推翻一个阶级的暴烈的行动。"《人民日报》此后陆续刊登此类歌曲。

17日，《人民日报》转载《解放军报》批判王愿坚和《四川日报》《成都晚报》批判沙汀的文章。

22日，《人民日报》发表社论《红卫兵不怕远征难》。

24日，《人民日报》以《毛主席思想照亮了革命现代京剧前进的道路》为题，发

表一组评《智取威虎山》的工农兵短评。编者按语称"京剧革命化取得了伟大的胜利"。

27日，《人民日报》发表东风的文章《周扬在阶级斗争中的反革命真面目》，并转载《湖南日报》《河北日报》批判康濯的文章《周扬反党集团的急先锋康濯》。

31日，首都各界举行纪念鲁迅逝世30周年大会，陈伯达在大会闭幕词中称鲁迅为"先知"，而称周扬为"叛徒"和"投降主义者"。他认为鲁迅的"我也一个都不宽恕""是我们永远也不要忘记的遗嘱。"

十一月

1日，《红旗》第14期刊登《纪念文化战线上的伟大旗手鲁迅》专辑，包括《纪念鲁迅　革命到底》（姚文元）、《毛泽东思想的阳光照耀着鲁迅》（许广平）、《纪念鲁迅的造反精神》（郭沫若）、《在纪念鲁迅大会上的闭幕词》（陈伯达），《纪念我们的文化革命先驱鲁迅》（社论）等。

3日，《解放军报》发表社论《再论提倡一个"公"字》。

为配合革命现代京剧《海港》在京公演，《人民日报》发表一组工农兵评论文章，总题为《毛泽东思想照亮了革命现代京剧前进的道路》。

11日，《人民日报》发表一组批判周扬"题材广泛论"的文章，称"题材广泛论"就是"毒草泛滥论"。

12日，《解放军文艺》第11期刊登王继珍等的文章《拔掉王愿坚的反革命毒箭——读者批判王愿坚的反革命小说来稿摘编》。

24日，《人民日报》转载《红卫报》和《南方日报》揭批欧阳山的文章，称"欧阳山是周扬修正主义文艺黑线的干将"。

28日，江青、陈伯达主持召开首都文艺界无产阶级文化大革命大会。江青在会上发表讲话，否定建国十七年文艺工作的伟大成绩，抹煞几千年人类文化遗产，把《纪要》的某些观点作了进一步的发挥。第一次提出文化遗产内容上不能推陈出新，只有艺术形式可以批判继承的观点。江青在讲话中点了陆定一、周扬、林默涵和北京市委彭真等11人的名，说他们是"反革命修正主义分子"。第一次在公开场合把"旧中宣部"、"旧文化部"、"旧北京市委"连在一起加以攻击，说它们"互相勾结，对党，对人民，犯下了滔天罪行，必须彻底揭发，彻底批判"。这个讲话成为后来文艺界砸"三旧"的动员令。陈伯达在讲话中说江青在"文艺革命"中"有特殊的贡献"。会上还宣布江青任解放军文化工作顾问，北京京剧一团、中国京剧院、中央乐团、中央歌剧舞剧院的芭蕾舞剧团列入解放军建制。

本月，诗集《毛主席，我们心中的红太阳》由云南人民出版社编辑出版。

十二月

3日，《解放军报》发表社论《"老三篇"是革命者的座右铭》。

9日，罗广斌、杨益言给中共重庆市委的报告刊登在重庆大学八一五战斗团《815

战报》创刊号上。该报告对重庆市文联负责人、老诗人邓均吾等人，以及重庆市文联机关刊物《奔腾》进行了"揭露"和"批判"。

10 日，《人民日报》刊登辛武的文章《彻底清算电影界"老头子"夏衍的反党罪行》。

13 日，《红旗》第 15 期刊登王力等人的文章《无产阶级专政和无产阶级文化大革命》，以及戚本禹等人的文章《反共知识分子翦伯赞的真面目》。

本年

《未发表的毛主席诗词》经过红卫兵的传抄、翻印，在全国范围内开始广泛流行。内中 25 首旧体诗词，6 首为毛泽东本人所作，其余 19 首的作者为陈明远。陈明远不久被造反派关押审讯，饱受折磨，幸得周总理及时解救，方得出狱。

柳青从皇甫村被揪到西安批斗，长时间关进"牛棚"。他被打成"黑作家"，《创业史》也被诬为"大毒草"。"那些别有用心的人去找柳青的邻居，想诱使他们证明：柳青在皇甫村盖的是'地主庄园'，'过着腐朽的生活'，得到的回答却是：'那个破庙在着哩！你们有眼么，看这是'地主庄园'吗？笑话！''什么腐朽生活?! 柳青和我们庄稼人什么都一样，中国有几个这样的作家！'别有用心的人搜罗到一些'材料'，找到公社，要给盖上公章，一看这些'材料'，人们火了，一个公社干部指着那伙人的鼻子说：'这儿是皇甫公社，由不得你们胡来！'"（徐民和、谢式丘：《在人民中生根——记作家柳青》，《人民日报》1978 年 7 月 20 日）

流沙河从四川成都被押解回故乡金堂县城厢镇监督劳动改造。作《情诗六首》《七夕结婚》等诗。

孙犁开始作"耕堂书衣文录"，至 1976 年止。

1967 年

一月

1 日，《人民日报》《红旗》杂志发表元旦社论《把无产阶级文化大革命进行到底》。

姚文元的《评反革命两面派周扬》在《红旗》第 1 期上发表。《人民日报》3 日予以转载。文章说周扬"是打着红旗反红旗的典型"，他的历史就是"一部反革命两面派的历史。"进而指出："当我们回顾解放以来文艺斗争的历史时，可以清楚地看到两条路线的尖锐斗争：一条毛泽东文艺路线，是红线，是毛泽东同志亲自领导了历次重大的斗争，把文化革命一步步推向前进，作了长时间的准备，直到发动了轰轰烈烈的、向资产阶级全面进攻的、亿万人民参加的无产阶级文化大革命，一直挖进周扬一伙的老巢。一条反党反社会主义的资产阶级文艺路线，是黑线。它的总头目，就是周扬。周扬背后是最近被粉碎的那个阴谋篡党、篡军、篡政的反革命集团。胡风，冯雪峰，丁玲，艾青，秦兆阳，林默涵，田汉，夏衍，阳翰笙，齐燕铭，陈荒煤，邵荃麟等等，都是这条黑线之内的人物。他们内部不同集团之间尽管会发生各种争吵和排斥，但在有一点上是一致的：就是他们反对马克思列宁主义、毛泽东思想，反对工农兵群众、反党反社会主义的资产阶级反动政治立场。'批判'胡风的周扬又采用了胡风的恶毒语言，是他们本来就立场一致的缘故。"

4 日，《人民日报》刊登艾延的文章《推行资产阶级自由化的反革命宣言》，批判《文艺报》1961 年第 3 期上由张光年执笔的《题材问题》专论。同日还刊载纪东的《看夏衍搞的什么"新品种"》，声称"夏衍要搞的是瓦解和取消革命枪杆子的新品种。"

6 日，《文汇报》发表社论《革命造反有理万岁》。

7 日，《人民日报》发表萧民的《无产阶级交响音乐的开路先锋——赞交响音乐〈沙家浜〉》。

8 日，《光明日报》上刊登魏天祥的《赵树理是反革命修正主义文艺路线的"标兵"》和赵晋新的《彻底肃清〈锻炼锻炼〉的流毒》。

《人民日报》发表晋群新的文章《周扬、刘大年之流是叛徒的辩护士》，指责周扬一伙用"太平天国革命的叛徒李秀成""作为反党的工具"，并刊发资料《叛徒李秀成及其自白书》。

10 日，《人民日报》发表署名"北京师范大学毛泽东思想红卫兵井冈山战争团"的文章《"孔子讨论会"是牛鬼蛇神向党进攻的黑会》，并加编者按说"周扬之流""公开地鼓吹'尊孔复古'，便是他们进行资本主义复辟活动的一大罪行"，"在无产阶级文化大革命中，打倒孔老二这具封建僵尸，彻底铲除反动透顶的孔子思想，是我们一项重要任务。"

18 日，遇罗克的《出身论》发表在《中学文革报》第 1 期上，署名"北京家庭出身问题研究小组"。

19 日，《人民日报》发表社论《让毛泽东思想占领报纸阵地》。

22 日，《人民日报》发表社论《无产阶级革命派大联合，夺走资本主义道路当权派的权！》。

25 日，《解放军报》发表社论《人民解放军坚决支持无产阶级革命派》。

本月，上海《文汇报》的"革命造反派"于 3 日夺取报社领导权，揭开"一月风暴"的序幕。此后全国各地全面展开各级党政机关的夺权运动。

二月

10 日，罗广斌跳楼自杀，终年 43 岁。罗广斌，1924 年生，四川忠县人。解放前参加反抗国民党的地下斗争，是"重庆中美合作所集中营"的幸存者。解放后曾任共青团重庆市委常委兼统战部长。曾与杨益言、刘德彬合作革命回忆录《圣洁的白花》《在烈火中永生》，与杨益言合作长篇小说《红岩》，编辑出版重庆集中营烈士诗集《囚歌》。

15 日，张恨水在北京病逝，享年 72 岁。张恨水，祖籍安徽潜山，1895 年生于江西广信。原名张心远，恨水的笔名出自南唐后主李煜《乌夜啼》中"人生长恨水长东"

词句。1918 年到芜湖《皖江日报》任总编辑兼编文艺副刊。1919 年到北平，先后任北平《益世报》助理编辑、天津《益世报》驻京记者。1923 年兼任"世界通讯社"总编。1924 年任《世界晚报》新闻编辑，后又主编该报副刊《夜光》。1925 年任《世界日报》副刊《明珠》编辑。1927 年任《世界日报》总编辑。1931 年以稿费收入创办北华美术专科学校，自任校长，兼国文教员。1934 年由北平出发，游历西北。1935 年应约去上海主办《立报》副刊《花梁山》。1936 年与好友张友鸾合办《南京人报》，由他主编该报副刊《南华经》。1938 年在汉口当选中华全国文艺界抗战协会理事。不久去重庆加入《新民报》工作，任主笔、总社协理等职。1945 年国共重庆谈判时，经周恩来介绍，受到毛泽东的接见。抗战胜利后，被国民政府授予"抗战胜利"勋章。1946 年出任北平《新民报》经理兼副刊《北海》主编。不久又被推为北平"新闻记者公会"常务理事。1949 年因病未能出席全国第一次文代会，不久被聘为文化部顾问。1954 年健康状况好转后专事写作。1959 年被聘为中央文史馆馆员，直至辞世。主要长篇小说代表作有《春明外史》（1924）、《金粉世家》（1926）、《啼笑因缘》（1929）、《夜深沉》和《秦淮世家》（1938—1940）、《八十一梦》（1939）、《五子登科》（1947）等。张友鸾在《章回小说大家张恨水》中说："他的读者遍及各个阶层。作品的刻画入微，描写生动，文字浅显，口语自然，达到'老妪能解'的境界。内容主要在反对封建，反对军阀、官僚的统治，反对一切社会不良现象；主张抗战，主张恋爱真诚的婚姻自主。他的思想似乎是民主主义的，在当时却自有他一定的进步意义。""他的一生，就是写小说的一生！金字塔是一块石头一块石头垒起来的，他的成功是一个字一个字写出来的，世间事业是没有幸致的。在写作的过程中，早期被老先生们说成是不务正业，歪门邪道；后来出名了，又被青年人给他戴上这一派那一派的'桂冠'，硬派他做'异教徒'。""张恨水的作品，不但不是黄色小说，也不是什么鸳鸯蝴蝶派、礼拜六派。他自成一家。凭他的百来部小说，实在要列为流派，看来就叫做'张恨水派'，倒未尝不可。""以作品创作数量之多，发行方面之广，影响范围之大，无论如何，章回小说大师的地位是谁也否定不了的，他是占有现代小说史上应有的篇幅的。"（此文作为附录收入张恨水：《写作生涯回忆》，人民文学出版社 1982 年版）

17 日，以中共中央名义下达的《关于文艺团体无产阶级文化大革命的决定》正式发布。

18 日，《光明日报》刊登史红兵的文章《彻底清算周扬在史学界犯下的滔天罪行》。

三月

2 日，《人民日报》发表社论《革命的"三结合"是夺权斗争胜利的保证》，并在第六版以整版篇幅刊登毛主席语录歌曲。

14 日，《解放军报》发表社论《三论提倡一个"公"字》，指出"无产阶级文化大革命是一场触及人们灵魂的、破私立公的思想大革命。"

21 日，阿垅病逝狱中，终年 60 岁。阿垅，原名陈守梅，浙江杭州人。1936 年毕业于国民党中央军校第十期。曾在淞沪战役中受伤，写有报告文学《闸北打了起来》。后赴延安，入抗日军政大学，写成长篇小说《南京》，并从事诗歌创作，兼写文学评论。新中国成立后任中国作协天津分会编辑部主任。1955 年因胡风冤案被捕入狱。阿垅是"七月"派的重要诗人之一。著有诗集《无弦琴》、诗论集《人和诗》《诗与现实》等。

28 日，范烟桥在苏州病逝，享年 73 岁。范烟桥，1894 年生，名镛，字味韶，别署含凉生、愁城侠客等。1907 年就读于同川公学，1911 年考入苏州草桥中学，由于苏州光复，学校停课，遂返家自学，开始文学写作，不久由柳亚子介绍加入南社。1913 年入南京民国大学，二次革命爆发后辍学，到吴江任小学教员。1921 年创办《吴江报》，历时五年。1922 年迁居苏州，在苏期间与苏、沪、锡报界文人交往密切，并与人组织文学团体"星社"。1926 年去济南主编《新鲁日报》副刊《新语》。1928 年任苏州正风中学国学主任，秋天经人介绍去上海持志大学讲授小说。1930 年在苏州世界书局任局外编辑，1931 年任东吴大学附中国文教员，1932 年又到东吴大学讲授小说课程。1936 年开始与影剧界接触，任上海明星影片公司文书科长。1938 年在舅父严宝礼创办的上海《文汇报》任秘书。1940 年任金星影业公司文书、国华影业公司编剧。1941 年继续主讲东吴大学小说课，1943 年兼大夏大学教务。抗战胜利后出任复刊的《文汇报》编辑。1947 年在同里与人发起创立仁美中学。新中国成立后历任苏州文联副主席、苏南行政公署文化教育委员会委员、苏州市文化局局长、江苏省文联副主席、苏州市文物保管委员会副主任、省政协常委等职。文革期间备受冲击，抑郁而终。范烟桥一生著作宏富，多才多艺，小说、电影、诗词、小品文、弹词无不通谙，善书画、工行草、写扇册、作画皆寄意精雅。著有长篇小说《孤掌惊鸣记》，电影剧本《乱世英雄》《西厢记》《秦淮世家》《三笑》《无花果》《解语花》等。另撰有《中国小说史》。

30 日，《红旗》第 5 期发表社论《论革命的"三结合"》和戚本禹的《爱国主义还是卖国主义？——评反动影片〈清宫秘史〉》。戚文被《人民日报》4 月 1 日全文转载。该文第一次公开地批判党和国家领导人刘少奇，并点名批评了胡乔木。以此文的发表为标志，全国掀起批判"中国的赫鲁晓夫"、"头号野心家"、"党内头号走资本主义道路的当权派"、"文艺黑线总后台"及《论共产党员的修养》的大批判浪潮。

四月

2 日，《人民日报》发表社论《正确地对待革命小将》。

饶孟侃病逝，享年 65 岁。饶孟侃，原名饶子离，江西南昌人。清华文学社员，新月派重要成员。20 年代曾与朱湘、孙大雨和杨世恩并称为"清华四子"。解放前曾任安徽大学、河南大学、西北联合大学、四川大学教授。1954 年调北京中国人民大学外文系任英语教授。1956 年调任北京外交学院英语系教授。主要作品有诗集《泥人集》等。1997 年四川大学出版社出版《饶孟侃诗文集》。

12 日，江青在中央军委扩大会议上作题为《为人民立新功》的讲话。她在谈到文艺问题时说："这十七年来……大量是名、洋、古的东西，或者是被歪曲了的工农兵形象。"

23 日，《人民日报》发表"北京人民艺术剧院毛泽东思想红卫兵"的文章《揭露头号野心家在北京人艺的罪行》和"新北大公社红尖兵革命造反团"的文章《粉碎反革命的和平演变纲领——揭露党内头号走资派关于作家问题的一次谈话》，批判刘少奇1956 年 3 月与周扬等文艺界领导人的一次谈话。

25 日，《人民日报》报道，毛泽东与六省市革委会负责人一起观看革命现代芭蕾舞剧《白毛女》。

26 日，《人民日报》发表社论《打倒无政府主义》。

28 日，首都各报刊开始批判影片《燎原》，指责该片为刘少奇"树碑立传"。

五月

4 日，《人民日报》发表社论《知识青年必须同工农相结合》。

6 日，周作人在北京病逝，享年 82 岁。周作人，1885 年生于浙江绍兴，鲁迅胞弟，原名栅寿，字星杓，自号起孟、启明（又作岂明）、知堂等，笔名仲密、药堂、周遐寿等。1901 年入南京江南水师学堂。1906 年东渡日本留学。1911 年回国后在绍兴任中学英文教员。1917 年任北京大学文科教授。"五四"时期任新潮社主任编辑，参加《新青年》的编辑工作，参与发起成立文学研究会，发表了《人的文学》《平民文学》《思想革命》等重要理论文章，并从事散文、新诗创作和译介外国文学作品。"五四"后作为《语丝》周刊的主编和主要撰稿人之一，写下了大量散文，形成了包括俞平伯、废名等作家在内的散文创作流派。大革命失败后，思想渐离时代主流，主张"闭户读书"。30 年代提倡闲适幽默的小品文，沉溺于"草木虫鱼"的天地。抗战爆发后，周作人居留沦陷后的北平，出任南京国民政府委员、华北政务委员会常务委员兼教育总署督办等伪职。1945 年以叛国罪被判刑入狱，1949 年出狱后在人民文学出版社从事日本、希腊文学作品的翻译和写作有关回忆鲁迅的著述。主要著作有散文集《自己的园地》《雨天的书》《泽泻集》《谈龙集》《谈虎集》《永日集》《看云集》《夜读抄》《苦茶随笔》《风雨谈》《瓜豆集》《秉烛谈》《苦口甘口》《过去的工作》《知堂文集》，诗集《过去的生命》，小说集《孤儿记》，论文集《艺术与生活》《中国新文学的源流》，论著《欧洲文学史》，文学史料集《鲁迅的故家》《鲁迅小说里的人物》《鲁迅的青年时代》，回忆录《知堂回想录》，另有多种译作。早在 1926 年 7 月，周作人在《两个鬼》中写道："在我们的心头住着 Du Daimone，可以说是两个鬼。""其一是绅士鬼，其二是流氓鬼"，"在那里指挥着我的一切的言行。""这是一种双头政治，而两个执政还是意见不甚协和的，我却像一个钟摆在这中间摇着。有时候流氓占了优势，我便跟了他去彷徨，什么大街小巷的一切隐密无不知悉，酗酒、斗殴、辱骂，都不是做不来的，我简直可以成为一个精神上的'破脚骨'。但是在我将真正撒野，如流氓之'开天堂'等的时候，绅士大抵就出来高叫'带住，著即带住！'说也奇怪，流氓平时不怕绅士，到得他将要撒野，一听绅士的吆喝，不知怎地立刻一溜烟地走了。"（周作人：《谈虎集》（下），北新书局 1928 年版）郁达夫在《中国新文学大系·散文二集·导言》

中说："周作人的文体，又来得舒徐自在，信笔所至，初看似乎散漫支离，过于繁琐！但仔细一读，却觉得他的漫谈，句句含有分量，一篇之中，少一句就不对，一句之中，易一字也不可，读完之后，还想翻转来从头再读的。当然这是指他从前的散文而说，近几年来，一变而为苦涩苍老，炉火纯青，归入古雅遒劲的一途了。"郑振铎在《惜周作人》中说："在抗战的整整十四个年头里，中国文艺界最大的损失是周作人附逆。""鲁迅是怎样的真挚而爽直，而他则含蓄而多疑，貌为冲淡，而实则热中；虽称'居士'，而实则心悬'魏阙'。所以，其初是竭力主张性灵，后来却一变而为什么大东亚文学会的代表人之一了。然而他过去的成就，却仍然不能不令人恋恋。"（以上均出自张菊香、张铁荣编的《周作人研究资料》（上），天津人民出版社 1986 年版）萧乾夫人文洁若在《晚年周作人》中说："1952 年 8 月，人民文学出版社开始向周作人组稿，请他翻译古希腊及日本古典文学作品。""他态度拘谨，话语简洁，隔着镜片（眼镜也是老式的）以锐利的目光冷峻地看着你。他给我的印象是：他始终也不曾忘掉早年享有的盛名，所以战后十几二十年来遭受的冷遇，使他不知不觉地变得有些矜持了。他同我打交道时，喜怒哀乐从不形之于色，常常使我想到日本古典能剧演员所戴的面具。""1966 年 8 月 22 日，一群红卫兵冲进八道湾周家，首先砸的就是鲁母的牌位。""到了 24 日早晨，红卫兵索性把房子统统查封，并将周作人拉到院中的大榆树下，用皮带、棍子抽打。为首的红卫兵看到周作人年迈，就提醒手下的小将们：'不要打头部，得给他留下活口，好叫他交待问题。'""大约在 1967 年 4 月末，周作人曾屡屡对儿子念叨说，他不想再活下去了。""老人竟还风趣地补上一句：'我是和尚转世的。'""老人于 5 月 6 日下午咽了气，当时他身边一个人也没有。发现乃父的身体业已冰凉后，周丰一才蓦地想起约莫一周前老父所说的想寻短见的话。这位苦雨斋主人的遗容非常安详，仿佛沉睡着一般，丝毫没有痛苦的痕迹。"（陈子善编：《闲话周作人》，第 216 至 242 页，浙江文艺出版社 1996 年版）

7 日，《人民日报》发表社论《一定要把全国办成毛泽东思想的大学校》。

8 日，《红旗》第 6 期发表江青的《谈京剧革命》（1964 年 7 月在京剧现代戏观摩演出人员座谈会上的讲话），并配发社论《欢呼京剧革命的伟大胜利》。社论说："京剧革命的胜利，宣判了反革命修正主义文艺路线的破产，给无产阶级新文艺的发展开拓了一个崭新纪元。"《人民日报》《解放军报》10 日也正式公开发表了江青的讲话。

10 日，工人作家胡万春的《大立毛泽东文艺思想的绝对权威》发表在《人民日报》上。

11 日，部队作家金敬迈的《坚决捍卫毛主席的革命文艺路线》和农民作家王杏元的《我们工农兵是文学艺术的主人》发表在《人民日报》上。

16 日，《人民日报》发表社论《军政训练好》，并报道说，首都革命群众广泛开展纪念《讲话》活动，《毛泽东论文艺》《毛主席诗词》和《在延安文艺座谈会上的讲话》即将在全国发行。

20 日，《红旗》第 7 期刊登黄锡章的批判文章《反动电影〈燎原〉与中国的赫鲁晓夫》。

23 日，为纪念毛泽东的《在延安文艺座谈会上的讲话》发表 25 周年，北京、上海举行集会。陈伯达、戚本禹在北京、姚文元在上海发表讲话。陈伯达在讲话中说江青"一贯坚持和保卫毛主席的革命文艺路线。她是打头阵的。这几年来，她用最大的努力，在戏剧、音乐、舞蹈各个方面，做了一系列革命的样板，把牛鬼蛇神赶下了文艺舞台，树立了工农兵的英雄形象，""成为文艺革命披荆斩棘的人"。姚文元发表了题名为《〈在延安文艺座谈会上的讲话〉是进行无产阶级文化大革命的革命纲领》的讲话。同日出版的《红旗》第 8 期发表社论《为捍卫无产阶级专政而斗争——纪念〈讲话〉发表二十五周年》，并刊登了革命现代京剧《智取威虎山》的剧本。纪念期间，革命现代京剧《智取威虎山》等八个样板戏同时在首都舞台上演，历时 37 天，演出 218 场。毛泽东、林彪及中央其他领导人观看了《智取威虎山》和《海港》的演出。首都各报发表一系列评论文章，欢呼"毛泽东文艺路线取得伟大胜利"，"我国文艺舞台在毛泽东思想光辉照耀下将出现百花盛开的春天"。6 月 18 日，《人民日报》报道会演结束，号召"把革命样板戏推向全国去"。

25—28 日，《人民日报》连续发表毛泽东关于文学艺术问题的"五个文件"：《看了〈逼上梁山〉以后写给延安平剧院的信》（1944 年 1 月 9 日）、《应当重视电影〈武训传〉的讨论》（1951 年 5 月 20 日）、《关于红楼梦研究问题的信》（1954 年 10 月 16 日）、《关于文学艺术的两个批示》（1963 年 12 月 12 日的批示、1964 年 6 月 27 日的批示）。其中，《看了〈逼上梁山〉以后写给延安平剧院的信》，1950 年曾在《人民日报》创刊号上发表。这次重新发表，删去了杨绍萱、齐燕铭的名字和"郭沫若在历史话剧方面做了很好的工作，你们则在旧剧方面做了此种工作"一句话。《人民日报》和《红旗》第 9 期在 28 日同时发表社论《伟大的真理，锐利的武器》。

29 日，《林彪同志给中央军委常委的信》（1966 年 3 月 22 日）和《林彪同志委托江青同志召开的部队文艺工作座谈会纪要》公开发表在《人民日报》上。"九一三"事件后，后者改称《部队文艺工作座谈会纪要》，删去了林彪的一封信和林彪的名字。《人民日报》同时发表社论《无产阶级文化革命的重要文件》。

31 日，《人民日报》发表社论《革命文艺的优秀样板》和评论员文章《高举革命的批判旗帜，彻底批判修正主义影片》。社论说："为了纪念毛主席《在延安文艺座谈会上的讲话》发表二十五周年，首都舞台上正在上演八个革命样板戏：京剧《智取威虎山》《海港》《红灯记》《沙家浜》《奇袭白虎团》，芭蕾舞剧《红色娘子军》《白毛女》，交响音乐《沙家浜》。这八个革命样板戏，突出地宣传了光焰无际的毛泽东思想，突出地歌颂了历史主人翁工农兵。它贯串着毛主席的为工农兵服务、为无产阶级政治服务的革命文艺路线，体现了'百花齐放''推陈出新''古为今用''洋为中用'的正确方针，做到了'革命的政治内容和尽可能完美的艺术形式的统一'，成为'团结人民、教育人民、打击敌人、消灭敌人的有力的武器。"

首都报纸集中批判影片《不夜城》和《林家铺子》。其中《人民日报》发表魏任民的《彻底批判为资本主义招魂的毒草影片》。

本月，中央文化革命小组成立文艺组。江青任组长，戚本禹、姚文元任副组长。

北京中学生红卫兵"四·三派"联合排演和公演大型歌舞史诗剧《毛主席革命路线胜利万岁》。次年，该剧组又组创了大型歌舞剧《抗大之歌》。

由"老红卫兵派"策划、北京101中学郭从军执笔填词，套用《长征组歌》曲谱的《红卫兵组歌》在红卫兵诞生一周年之际公开演出，并引起轰动。不久，北京的老红卫兵组织又集体创作了话剧《希望寄托在你们身上》和《历史的一页》。

六月

6日，郭沫若的《做一辈子毛主席的好学生——在亚非作家常设局举行的纪念毛主席〈讲话〉二十五周年讨论会闭幕式上的闭幕词》刊登在《人民日报》上。

15日，《解放军文艺》第8、9期合刊推出"革命现代京剧样板戏剧本特辑"，同时刊登了《红灯记》《智取威虎山》《沙家浜》《奇袭白虎团》的剧本。

21日，《文汇报》发表社论《无产阶级革命性与小资产阶级摇摆性》。

本月，由"新北大公社文艺批判战斗团"编辑的《文艺批判》创刊。创刊号载有《发刊词》《毛主席文艺语录》、聂元梓的《高举毛泽东文艺思想伟大红旗奋勇前进》、阮铭的《毛主席的无产阶级文艺路线胜利万岁》、新北大中文系文艺批判小组的《彻底清算旧北京市委破坏京剧革命的滔天罪行》。

七月

1日，关露被捕，关押于北京秦城监狱，直至1975年被释放。

10日，《解放军文艺》第10期发表林彪题词："读毛主席的书，听主席的话，照毛主席的指示办事，做毛主席的好战士"。同期还刊登了"国际友人歌颂毛主席诗十二首"，总题为《毛主席是世界革命人民心中的红太阳》。

17日，《人民日报》在题为《中央直属文艺系统革命派高举毛泽东思想的革命批判旗帜，联合起来向文艺黑线总后台及其代理人发起总攻击》的长篇报道中，集中公开点名批判陆定一、周扬、林默涵、夏衍、齐燕铭、田汉、阳翰笙、萧望东、陈荒煤、张致祥、邵荃麟等人，说他们是"文艺界党内最大的一小撮走资本主义道路当权派"。同日，《人民日报》还重刊鲁迅杂文《论"费厄泼赖"应该缓行》。

19日，《人民日报》发表署名"首都批判资产阶级反动学术'权威'联络委员会"的大批判文章《京剧舞台上的一场大搏斗——彻底清算党内最大的走资本主义道路当权派伙同彭真、周扬破坏京剧革命的滔天罪行》。

八月

2日，《人民日报》报道：为庆祝中国人民解放军建军40周年，军队文艺工作者集体创作的大型话剧《夜海战歌》在京公演。

5日，《人民日报》发表社论《炮打资产阶级司令部》。

15日，《人民日报》刊登本报编辑部和《红旗》编辑部的文章《走社会主义道路，还是走资本主义道路？》。

23日，《人民日报》发表署名"旧文化部机关革命战斗组织联络站"的大批判文章《从两个司令部的斗争看夏衍的反革命真面目》。

31 日，《人民日报》发表中国戏曲研究院"全体革命同志"的文章：《张庚是利用旧戏曲复辟资本主义的急先锋》。编者按称张庚是"中国赫鲁晓夫在戏曲界的代理人"。

本月，武汉"钢二司宣传部"编印的《武汉战歌》出版。这是一本在当时很有影响的红卫兵诗集，收录了吴克强的《放开我，妈妈》、白桦的《一个解放军战士的公开答话》和《孩子，去吧》等。

九月

4 日，山西省昔阳县大寨大队干部、贫下中农 70 余人集会，对赵树理的小说《锻炼锻炼》进行严厉批判。

8 日，姚文元的《评陶铸的两本书》在《人民日报》上发表。该文称陶铸是"赫鲁晓夫式的野心家"、"叛徒"、"漏网的大右派"、"修正主义者"、"混进来的反革命两面派"；说他的两本书（《理想，情操，精神生活》和《思想·感情·文采》）宣扬"资产阶级反革命派的'理想'"、"叛徒加奴才的'精神生活'"、"对无产阶级刻骨仇恨的'感情'"。该文把陶铸关于"要充分发挥作家创作上的自由"、"应该让作家独立创作"、创作要"不拘一格，不要划一个框框"、文艺作品要"真实地反映现实"等见解，分别扣上"鼓动牛鬼蛇神'自由'地攻击社会主义"、"反对作家歌颂工农兵"、"反对文艺用共产主义精神教育人民"的大帽子。该文同时称《文艺报》是"反革命文艺黑线的喉舌"。

12 日，《人民日报》刊登吴泰昌、马连儒等的批判文章《撕下老牌机会主义者陶铸的画皮——评反动小说〈小城春秋〉》。

16 日，《人民日报》刊登晓东、侯作卿的文章《中国赫鲁晓夫和所谓"三十年代文艺"》。

18 日，郭小川被中国作协的造反派们从《人民日报》社揪回作协进行批判。据称，在短短的一个月内，他"竟写了他所知道的文艺界三十多人的材料。"其中包括十数万字的《在作协的罪行——我的自我检查》，共分为 15 个部分。在以后的几年里，他相继又写了诸多政治检查材料，如《关于篡改历史、围攻鲁迅、为"三十年代"文艺翻案的阴谋的交待材料》（1968 年 8 月 5 日）、《关于接受修正主义思潮和资产阶级世界观问题——我的第三次检查》（1969 年夏）、《向毛主席请罪　向革命群众请罪——我的书面检查》（1969 年 7 月 14 日）等，直到 1970 年 1 月 9 日被下放到湖北咸宁文化部"五七干校"。

十月

1 日，清华大学红卫兵组织"井冈山"排练的大型歌舞剧《井冈山之路》在首都公演。

6 日，《人民日报》发表社论《"斗私，批修"是无产阶级文化大革命的根本方针》。

7 日，废名病逝于长春，享年 66 岁。废名，原名冯文炳，湖北黄梅县人。1916 年就读于武昌师范学校，1922 年考入北京大学预科，从此写作新诗并开始文学创作。1924 年升入北京大学本科英文学系。1929 年毕业后任北京大学国文系讲师，教散文习作和现代文艺。其间与冯至等创办文学杂志《骆驼草》。1937 年抗战爆发后回故乡黄梅，在中小学任教。1946 年重返北京大学中文系任教。1952 年调入东北人民大学（吉林大学）任教。他是语丝社的重要成员和京派文学的代表作家。著有短篇小说集《竹林的故事》（1925）、《桃园》（1928）、《枣》（1931），长篇小说《桥》（1932）、《莫须有先生传》（1932）和《莫须有先生坐飞机以后》，诗论《谈新诗》（1944）等。周作人曾说："冯文炳君的小说是我所喜欢的一种。""我不知怎地总是有点'隐逸'的，有时候很想找一点温和的读，正如一个人喜欢在树阴下闲坐，虽然晒太阳也是一件快事。我读冯君的小说便是坐在树阴下的时候。""冯君的小说我并不觉得是逃避现实的。他所描写的不是什么大悲剧大喜剧，只是平凡人的平凡生活——，这却正是现实。""冯君所写多是乡村的儿女翁媪的事，这便是他所见的人生是这一部分。""冯君著作的独立的精神也是我所佩服的一点。他三四年来专心创作，沿着一条路前进，发展他平淡朴讷的作风，这是很可喜的。"（《竹林的故事序》，北新书局 1925 年版）沈从文在《论冯文炳》中说："冯文炳君作品，所显现的趣味，是周先生的趣味。""用同样的眼，同样的心，周先生在一切纤细处生出惊讶的爱，冯文炳君也是在那爱悦情形下，却用自己一支笔，把这境界纤细的画出，成为创作了。""作者的作品，是充满了一切农村寂静的美。差不多每篇都可以看得到一个我们所熟悉的农民，在一个我们所生长的乡村，如我们同样生活过来的活到那地上。不但那农村少女动人清朗的笑声，那聪明的姿态，小小的一条河，一株孤零零的长在菜园一角的葵树，我们可以从作品中接近，就是那略带牛粪气味和略带稻草气味的乡村空气，也是仿佛把书拿来就可以嗅出的。""作者所显示的神奇，是静中的动，与平凡的人性的美。"（载 1934 年 4 月大东书局出版的《沫沫集》）废名不仅是一位优秀的小说家，他还是三十年代一位"东方化"的现代派诗人，融入他的诗的灵魂的是佛道精义，是诗禅传统，是晚唐李商隐、温庭筠的"驰骋想象"、"上天下地，东跳西跳"的诗境，是六朝文的风致。（参见废名：《谈新诗·以往的诗文学和新诗》，第 34—35 页，人民文学出版社 1984 年版）虽然他的新诗有着"深玄的背景"，但其中透露出的"孤洁感"仍然是现代人的。（参见朱光潜：《编者后记》，《文学杂志》1937 年 1 卷 2 期）

12 日，《人民日报》发表社论《全国都来办毛泽东思想学习班》。

17 日，《人民日报》刊登边切的文章《彻底清算陶铸推行修正主义文艺路线的罪行》。

22 日，《人民日报》刊登师红游的文章《揭穿肖洛霍夫的反革命真面目》，并加编者按称："外国修正主义文艺的中心是苏修文艺。肖洛霍夫、西蒙诺夫、爱伦堡、特瓦尔多夫斯基之流，特别是苏修文艺鼻祖肖洛霍夫的一些作品，流毒很大。"

本月，大批判刊物《文艺革命》创刊。

新编话剧《槐树庄》在京上演。《人民日报》10 月 8 日报道称："新改编的《槐树庄》，在原剧的基础上突出了两个阶级、两条道路、两条路线的斗争，以战无不胜的毛泽东思想为武器，用典型生动的艺术形象，深刻地揭露和批判了以中国赫鲁晓夫为首的党内一小撮走资本主义道路当权派和他们在农村的社会基础——地、富、反、坏、右，牛鬼蛇神，在农村妄图复辟资本主义的罪恶阴谋。"

十一月

6 日，《人民日报》发表"两报一刊"编辑部文章《沿着十月社会主义革命开辟的道路前进》，首次提出"全面专政"论。文章说："无产阶级必须在上层建筑其中包括各个文化领域中对资产阶级实行全面专政。"

9 日和 12 日，陈伯达、康生、江青两次召集中央直属文艺系统部分单位的军代表和群众代表开座谈会，提出文艺界要再"乱"一下。江青在会上说："像新影，像芭蕾舞剧团，这是属于捂着的，没有真正地搞好革命的大联合、革命的三结合"，"这样的单位，再乱一下是有好处的"。

9 日，《人民日报》刊登钟宣造的文章《从〈魏征传〉的出笼看陆定一的反革命嘴脸》，认为"陆定一炮制的《魏征传》，是继《海瑞上疏》《海瑞骂皇帝》《海瑞罢官》等之后射向我们心中最红最红的红太阳毛主席的又一支大毒箭，是又一篇煽动反革命复辟的宣言书。"

11 日，《人民日报》发表李庆的文章《富农代理人布哈林的辩护士——评〈被开垦的处女地〉》，认为"斯大林与布哈林的斗争，是两个阶级、两条道路、两条路线的斗争"，而肖洛霍夫"扮演了布哈林的辩护士的可耻角色。"

12 日，《人民日报》发表文红军、左红兵、新北文的批判文章《〈保卫延安〉——利用小说反党的活标本》。

17 日，《人民日报》发表胜文的文章《碰壁苍蝇的抽泣——评西蒙诺夫的〈生者与死者〉》，认为《生者与死者》是"一本恶毒咒骂伟大的卫国战争的反革命小说"。

20 日，《人民日报》发表广州部队批陶小组的文章《彻底粉碎陶铸的反革命修正主义文艺纲领》。

22 日，《人民日报》发表向东辉、范道底的文章《肖洛霍夫的爱和恨——评〈被开垦的处女地〉》，批评肖洛霍夫有"丑化贫农，美化富农"的倾向。

十二月

2 日，《人民日报》发表立红的《伪装的"革命者"和冒牌的"革命家庭"——斥反动影片〈革命家庭〉》、齐学红的《要什么"自由"争什么"舞台"——批判反动影片〈舞台姐妹〉》。

8 日，《解放军报》发表社论《无限忠于毛主席是最大的公》。

11 日，《人民日报》刊登忠延兵的文章《十月革命的旗帜是不可战胜的——斥爱伦堡的〈人·岁月·生活〉》的文章，认为"这部鸡零狗碎又臭又长的大毒草，侈谈从二月革命到卫国战争前夕的一些历史事件和历史人物。爱伦堡这样做，为的是借助死人攻击十月革命的道路，召唤亡灵参与他们复辟资本主义的'战斗'。"

21 日，《人民日报》刊登龙闻善的文章《一支反对戏曲革命的大毒箭——揭穿齐燕铭的"三者并举"剧目方针的反动实质》。

22 日，《人民日报》发表社论《大力办好毛泽东思想学习班》。

本年

全国流行毛主席"语录操"，由电视台和广播电台向全国播出，学者不可胜数。

春夏之交，在全国范围内各大专院校、中学的红卫兵组织纷纷出版"小报"，掀起了红卫兵文艺运动。

巴金在《十年一梦》中回忆说："从一九六七年起我的精神面貌完全不同了。我把自己心灵上过去积累起来的东西丢得一干二净。我张开胸膛无条件地接受'造反派'的一切'指示'。我自己后来分析说，我入了迷，中了催眠术。其实我还挖得不深。在那两年中间我虔诚地膜拜神明的时候，我的耳边时时都有一种仁慈的声音：你信神你一家人就有救了。原来我脑子里始终保留着活命哲学。就是在入迷的时候，我还受到活命哲学的指导。""我在去年写的一则'随想'中讲起那两年在'牛棚'里我跟王西彦同志的分歧。我当时认为自己有大罪，赎罪之法是认真改造，改造之法是对'造反派'的训话、勒令和决定的句句照办。西彦不服，他经常跟监督组的人争论，他认为有些安排不合情理，是有意整人。我却认为磨练越是痛苦，对我们的改造越有好处。今天看来我的想法实在可笑，……我说可笑，其实也很可悲。我自称为知识分子，也被人当作'知识分子'看待，批斗时甘心承认自己是'精神贵族'，实际上我完全是一个'精神奴隶'。"（巴金：《随想录》合订本，第 381—382 页，北京三联书店 1987 年版）

张扬在湖南浏阳山区插队落户期间重写自己创作于 1964 年夏秋之际的中篇小说《香山叶正红》。写成后不久即被身边的知青伙伴拿去传看，从此开始了这部小说的"地下"传奇历程。其实，张扬早在 1963 年暑假就已经写下了这篇小说的"缩写"或"提纲"，当时题名为《浪花》，仅 16000 余字。《香山叶正红》在传看中丢失以后，张扬又多次加以重写，从而在社会上流传着几种不同的手抄本。1969 年的第四稿张扬取名为《归来》。至第六稿已有 20 万字，书成后张扬还亲自设计了封面，配了插图。后来，北京的一位青年工人将书名改为《第二次握手》，并以此书名从首都向全国各地传播。这部小说在社会上不胫而走，广泛流传，引起了"四人帮"的惊恐不安。1974 年10 月，姚文元看到手抄本后说："这是很坏的东西，实际上是搞修正主义，反对毛主席的革命路线。它写了一个科学家集团……如果不熟悉情况，不可能写出来，还写了和外国的关系……不是一般的坏书，也决不是工人能搞出来的，要查一下作者是谁？必要时可请公安部门帮助查。"1975 年 1 月 7 日，张扬被投入狱中。"起诉书"中写道："这本反动小说的要害是要资本主义'归来'，为反革命复辟制造舆论。为刘少奇、林彪翻案，反对文化大革命，捧出地主、资产阶级和一切牛鬼蛇神的亡灵，在意识形态领域搞和平演变，为刘少奇、周扬文艺黑线招魂，美化资本主义制度，攻击无产阶级专政的社会主义制度。"张扬在狱中进行了针锋相对的斗争。1979 年 1 月，张扬平反出狱，但多年的牢狱生活使他的身心遭受到严重摧残，经多方抢救后方才转危为安。接着他以惊人的毅力抱病改稿，写出了 28 万字的修订稿，定名《第二次握手》，由中国青年出版社 1979 年出版。（参见张扬：《关于〈第二次握手〉的前前后后》，《湘江文艺》1979 年第 9 期；王维玲：《在艰苦中磨练，在斗争中成长——记《第二次握手》的写作和遭遇》，《文艺报》1979 年第 9 期）

食指（郭路生）作诗《再也掀不起波浪的海》（《海洋三部曲》之二）、《鱼儿三部曲》《命运》《书简》（二）。他还为一个自发组织的红卫兵剧团创作了话剧剧本《历史的一页》，并在北京的学校、工厂、机关上演了十几场。"这期间他结识了著名诗人何其芳的女儿何京颉，通过她拜访了她的父亲。何其芳是他最敬佩的诗人，当时已被打成了'走资派'、'黑帮分子'，但仍非常认真地接待了他。从此他便经常向何其芳请教有关诗歌的问题。何其芳去干校以后，郭路生依旧是他家的常客，经常与何景颉、何辛卯等一些青年朋友在一起朗诵诗歌，讨论小说，交换图书，形成了一个异常活跃的青年文学沙龙。这期间他还与诗人贺敬之、郭小川，小说家曲波等有过接触。"（林莽：《食指（郭路生）年表》，《食指的诗》，第 200 页，人民文学出版社 2000 年版）

唐湜作诗《壁上的〈小渔人〉》（外六章），最后一章题名《最后的浪漫主义者》。

黄瑞云作寓言《十字军的矛子》《动物的形象》《景阳冈又来了大虫以后》。

1968 年

一月

1 日，《人民日报》《解放军报》《红旗》杂志发表元旦社论《迎接无产阶级文化大革命的全面胜利》。

浩然、李学鳌的通讯《闻风而动的人们》发表在《人民日报》上。

二月

21 日，江青、姚文元、陈伯达在接见天津市革命委员会成员和天津革命群众的大会上，点名攻击方纪等 20 多位作家艺术家，诬陷一些文艺工作者"参与文艺黑会"，参与导演、演出"黑戏"（指话剧《新时代的狂人》）。在江青等人指使下，天津文艺界被斗、整、审查达 800 余人。原天津市文联是个只有八九十人的单位，有 20 多人被非法拘捕、绑架或监禁。天津百花文艺出版社被彻底砸烂。在全国文艺界被牵连审查的人竟达上千人之多。

25 日，《人民日报》刊登解胜文的文章《修正主义战争文学的一面黑旗——评西蒙诺夫的〈日日夜夜〉》，认为"《日日夜夜》鼓吹的就是'革命战争毁灭一切'的滥调，攻击的就是世界革命人民引以为豪的斯大林格勒保卫战"，"西蒙诺夫是靠出卖红军战士的光荣和尊严偷生的叛徒"。

26 日，《文汇报》刊登长篇批判文章《彻底揭露巴金的反革命真面目》。

三月

3 日，鲁迅夫人许广平病逝于北京，享年 70 岁。许广平，笔名景宋，1898 年生于广州一个败落的官僚家庭。早年投身五四运动，曾就读于国立北京女子高等师范学校国文系，并在鲁迅的教育和指导下积极参加反抗北洋军阀独裁统治的学生运动。1927年随鲁迅先生一道愤而离开白色恐怖笼罩的广州，抵达上海，从此专心帮助和支持鲁迅，不但精心照料鲁迅的饮食起居，还替鲁迅查找有关资料，抄写稿件，与鲁迅共同校对译著等。1936 年鲁迅逝世后，许广平决心完成鲁迅的未竟之业。她以三闲书屋名义自费出版了《鲁迅书简》的影印本及《且介亭杂文末编》等书。抗战时期，许广平为了保护鲁迅的全部遗稿及其他遗物，留在上海未走，并与胡愈之、郑振铎等二十人组成"复社"，还以"鲁迅纪念委员会"的名义，在中国共产党的领导和资助下，编辑出版了六百万字的《鲁迅全集》（二十卷本）。1948 年在中共地下党的安排下经香港秘密转入解放区。建国后历任全国妇联副主席、民盟中央常委、妇委会主任、民主促进会副主席等职。

6 日，刘芝明遭受政治迫害含冤逝世，终年 63 岁。刘芝明，辽宁盖平县人，早年留学日本，1929 年春回国，在上海法政大学、暨南大学任教时秘密参加中共领导的地下工作。抗日战争爆发后到陕北，在延安中央党校等处任职。建国后历任文化部党组副书记、副部长，中国文联党组副书记、副主席、秘书长等职。

25 日，《解放军文艺》第 6 期开辟"大海航行靠舵手"——歌颂毛主席伟大革命路线专辑，并刊登了林彪题词："毛主席这样的天才，全世界几百年、中国几千年才出现一个。毛主席是全世界最伟大的天才。"

本月，《文艺批判》改名为《文化批判》，"作为北京大学文化革命委员会的革命大批判刊物继续出刊"，但批判的领域则由"文艺"扩展到"文化"。

戴厚英受作协上海分会革委会的指派，担任诗人闻捷专案调查组组长，而闻捷正因反党等多项政治罪名被隔离审查。然而，随着调查工作的深入，戴厚英越来越同情这位待罪的诗人。就在此时，闻捷的妻子杜梅芳跳楼自杀，而三个女儿就有两个被赶出家门。多年后，戴厚英记述了她奉命告诉闻捷家庭噩耗时诗人的反应："闻捷捂住了脸。泪水顺着他的手指缝渗出来，我看见他的下巴在剧烈颤动。我无法抑制自己的同情……一次又一次地劝他'相信群众相信党'，'正确对待'这件事情。离开闻捷的时候，我突然感到害怕，害怕闻捷想不通也走上了绝路。我忍不住回过头来大声地说：闻捷，你不能死啊！你要活下去。"（戴厚英：《性格·命运·我的故事》，第 127 页，太白文艺出版社 1994 年版）不久，戴厚英由于卷入第二次"炮打张春桥"事件，她也成了被审查和再教育的对象。1970 年，戴厚英与闻捷一同下放到上海奉贤"五七干校"劳动，他们之间产生了爱情，并在同年 10 月公开提出结婚申请，但遭到工宣队的拒绝，张春桥甚至称这是"阶级斗争新动向"。1971 年 1 月 13 日，闻捷在绝望中自杀，此时恰值他与戴厚英相爱一百天。

四月

1 日，安徽省召开万人大会，批判作家陈登科，诬陷他为"国民党特务"。

3 日，彭柏山在河南郑州被迫害致死，终年 58 岁。彭柏山，湖南省茶陵县人，三十年代加入"左联"，与胡风甚熟；后加入中国共产党，解放战争时期曾任华东野战军三野 24 军副政委，建国后调任华东军政委员会文化部副部长、上海市委宣传部长。1955 年被打成"胡风分子"，此后命运多舛，倍受迫害。彭柏山是"胡风反党集团"内党内职务最高的人。临终前刚修订完长篇小说《战争与人民》。

《人民日报》以整版篇幅批判电影《怒潮》。

4 日，《人民日报》刊登计红绪、侯作卿批判《燎原》的文章《砸碎伪造的"桂冠"，扑灭虚假的"光圈"》，认为"反动影片《燎原》竭尽篡改历史、颠倒黑白之能事，把震惊中外的安源路矿大罢工的胜利，一股脑儿全记在中国赫鲁晓夫的'功劳簿'上，硬在这个大工贼、大叛徒的头上戴上了一顶'工运领袖'的'桂冠'。"

10 日，《人民日报》发表一组工农兵短评《粉碎为大野心家彭德怀翻案的阴谋——平江军民声讨反动影片〈怒潮〉》。

14 日，《人民日报》刊登署名"甘肃省革命委员会政治部大批判组"和"兰州部队战斗文工团革命委员会"的《烧毁高岗反党集团的招魂幡——评反动影片〈红河激浪〉》、刘涧的《决不容许〈红河激浪〉颠倒革命历史》等。

25 日，《解放军文艺》第 7、8 期合刊开辟"彻底批判中国赫鲁晓夫修正主义建党路线"专栏，同期还刊登了八一电影制片厂无产阶级革命派的《〈怒潮〉是翻案电影的黑标本》和黄凤新、李万网、陆伟的《不许〈燎原〉为右倾机会主义路线翻案》等文章。

26 日，郭沫若六子郭世英被迫害致死，年仅 26 岁。生前曾组建"X 小组"，擅长写诗，但极少传世。

五月

3 日，《人民日报》发表社论《延安精神永放光芒》。

5 日，邵洵美在贫病交加中病故，终年 62 岁。邵洵美，祖籍浙江余姚，生于上海斜桥邵家，祖父当年是上海最高地方官，外祖父是上海大实业家盛宣怀，父亲则是典型的纨绔子弟。他在 1930 年代的上海与美国情人项美丽（Emily Hahn，《宋氏三姊妹》的作者）的异国情缘在其生前生后颇引人评说。鲁迅先生当年曾在《登龙术拾遗》等多篇杂文中讽刺和嘲弄过他。邵洵美著有诗集《天堂与五月》《花一般的罪恶》《诗二十五首》，散文集《一个人的谈话》等。邵诗以"颓废"或"唯美"著称。邵洵美还是编译出版家，他创办或经营的金屋书店、新月书店、上海时代图书公司都出版过一些好书。据贾植芳回忆，1928 年夏衍在上海生活困难，托人将译稿介绍给邵洵美，邵不仅爽快接受而且立即预付稿酬，顿解夏衍经济上的燃眉之急。新中国成立后，邵洵美生活有了困难，夏衍不忘旧义，将他介绍给人民文学出版社，并预付他译稿的稿酬。（参见贾植芳：《狱里狱外》，第 183 页，上海远东出版社 1995 年版）这当属现代文坛的一段佳话。此外，在解放战争期间，毛泽东的《新民主主义论》的英译本在上海印行，邵洵美还冒着风险立下过汗马功劳。在 1958 年的继续"肃反"期间，邵洵美被捕入狱，但在"文革"前出狱，以后与儿子媳妇艰难度日，直至病故。

8 日，《人民日报》刊登大量文章批判影片《怒潮》。

16 日，海默惨遭迫害逝世，终年 45 岁。张海默，山东黄县人，曾在延安鲁迅艺术文学学院学习。解放前写过话剧《粮食》等。抗美援朝时期写有小说《突破临津江》等。在 1960 年文艺界"反修正主义思潮"运动中，他的著名话剧《洞箫横吹》受到粗暴的批判，虽然在 1962 年的"广州会议"上受到了周恩来、陈毅的肯定，但在"文革"初期再次被打为"毒草"。海默还投身电影文学创作，先后创作了电影剧本《母亲》《深山里的菊花》等，并改编了电影剧本《红旗谱》《两个小伙伴》等。

23 日，于会泳在上海《文汇报》发表文章《让文艺舞台永远成为宣传毛泽东思想的阵地》。该文首次公开提出所谓"三突出"创作口号。文章说："我们根据江青同志的指示精神，归纳为'三突出'，作为塑造人物的重要原则。即：在所有人物中突出正面人物来；在正面人物中突出主要英雄人物来；在主要人物中突出最主要的中心人物来。"后经姚文元改定为："在所有人物中突出正面人物；在正面人物中突出英雄人物；在英雄人物中突出主要英雄人物。"

司马文森在广州含冤去世，终年 52 岁。司马文森，原名何应泉，1916 年生于福建泉州。少年时期曾到南洋谋生，1933 年加入中国共产党，主编地下刊物《农民报》。1934 年在上海加入"左联"，曾在《作家》《文学界》等刊物上发表小说、散文。抗战时期曾任中华全国文艺界抗敌救亡协会常务理事，创办有影响的《文艺生活》杂志。1952 年在香港被港英当局逮捕，获释后回大陆，负责筹建作协广东分会，主编《作品》杂志。1955 年后调任外事方面的文化工作。主要著作有：短篇小说集《一个英雄的经历》《寂寞》《大时代的小人物》，长篇小说《南洋淘金记》《风雨桐江》，散文集《过客》等。

本月，《解放军文艺》第 10 期出版后停刊。

施济美在上海寓所上吊自杀，终年 48 岁。施济美，小名梅子，曾用笔名方洋、梅寄诗，浙江绍兴人。四十年代"东吴女作家群"和"海派文学"的代表作家之一。建国后任上海静安区七一中学语文教师。代表作有中篇小说《凤仪园》《圣琼娜的黄昏》《群莺乱飞》和长篇《莫愁巷》等。

六月

18 日，《文汇报》集中刊登多篇批判巴金的文章。

20 日，《解放日报》在"彻底斗倒批臭无产阶级专政的死敌——巴金"的大标题下，发表万重浪的长文《清算反共老手巴金的滔天罪行》。

上海市文化系统在上海人民杂技场召开斗争巴金的电视大会，历时两个半小时。巴金后来回忆说："杂技场的舞台是圆形的，人站在那里挨斗，好像四面八方高举的拳头都对着你，你找不到一个藏身的地方，相当可怕。每次我给揪出场之前，主持人宣布大会开始，场内奏起了《东方红》乐曲。这乐曲是我听惯了的，而且是我喜欢的。

可是在那些时候我听见它就浑身战栗，乐曲奏完，我总是让几名大汉拖进会场，一连几年都是如此。初次挨斗我既紧张又很小心，带着圆珠笔和笔记本上台，虽然低头弯腰，但是不曾忘记记下每人发言的要点，准备'接受批判改正错误'。""我第一次接受全市'革命群众'批斗的时候，两个参加我的专案组的复旦大学学生把我从江湾（当时我给揪到复旦大学去了）押赴斗场，进场前其中一个再三警告我：不准在台上替自己辩护，而且对强加给我的任何罪名都必须承认。我本来就很紧张，现在又背上这样一个包袱，只想做出好的表现，又怕承认了罪名将来洗刷不清。埋着头给拖进斗场，我头昏眼花，思想混乱，一片'打倒巴金'的喊声叫人胆战心惊。我站在那里，心想这两三个小时的确很难过去，但我下决心要重新做人，按照批判我的论点改造自己。""电视大会召开时，为了造舆论、造声势，从作家协会上海分会到杂技场，沿途贴了不少很大的大字标语，我看到那么多的'打倒'字眼，我的心都凉了。要不是为了萧珊，为了孩子们，这一次我恐怕不容易支持下去。在两次会上我都是一直站着受批，我还记得电视大会上批判结束，主持人命令把我押下去时，我一下子提不起脚来，'造反派'却骂我'装假'。以后参加批斗会，只要台上有板凳，我就争取坐下，我已经渐渐地习惯了，也取得一点经验了。我开始明白我所期待的那种'改造'是并不存在的。"
（巴金：《解剖自己》，《随想录》，第 466—468 页，北京三联书店 1987 年版）

本月，钢琴伴唱《红灯记》首次公演。大型油画《毛主席去安源》在《人民日报》发表。各地报刊电台对这两个作品掀起了声势浩大的宣传，一直持续到 7 月。

为庆祝"七一"，样板团向首都观众连续演出"革命样板戏"。

七月

8 日，《人民日报》发表安学江的文章《彻底砸烂中国赫鲁晓夫篡党复辟的黑牌——批判陈登科的反动小说〈风雷〉》，编者按称"《风雷》这株反党反社会主义的大毒草，是在中国赫鲁晓夫亲自授意下炮制出笼的"，是"中国赫鲁晓夫利用小说进行反党活动的一个罪证"。此后，各报接连发表声讨《风雷》的文章和发言。

22 日，《人民日报》发表毛泽东的谈话指出："大学还是要办的，我这里主要说的是理工科大学还要办，但学制要缩短，教育要革命，要无产阶级政治挂帅，走上海机床厂从工人中培养技术人员的道路。要从有实践经验的工人农民中间选拔学生，到学校学几年以后，又回到生产实践中去。"

28 日，"工人、解放军毛泽东思想宣传队"奉命进驻清华大学。自此，工宣队和军宣队相继进驻全国各大学、文艺新闻单位和其他有关单位。

八月

3 日，丽尼遭受迫害，病逝于广州，终年 59 岁。丽尼，原名郭安仁，湖北孝感人。1930 年前后到福建，先后担任《泉州日报》副刊编辑. 晋江黎明高中英语教师，后又辗转去武汉美术专科学校任教，1935 年与巴金等人创办文化生活出版社，出版了第一本散文集《黄昏之献》。抗战时期先后在福建、四川等地中学、大学教书，这期间出版了散文集《鹰之歌》和《白夜》。1950年任武汉中南人民出版社编辑部副主任，后历任该社副社长兼总编辑、武汉大学中文系教授。1965年调任广州暨南大学中文系教授。

杨朔服安眠药自杀，终年55岁。杨朔，原名杨毓瑨，字莹叔，1910生于山东蓬莱。小学毕业后因家贫辍学，1927年随舅父去哈尔滨在英商太古洋行当办事员。1937年初离开哈尔滨赴上海太古洋行工作，其间筹办"北燕"出版社，9月去武汉，与友人合办文艺刊物《自由中国》和《光明周刊·战时号外》副刊，年末经西安八路军办事处介绍赴延安。1938年奔赴山西抗战前线，在八路军总部作文化宣传工作，随八路军转战南北。1942年回延安抗日协会工作。1946年参加晋察冀野战军，任新华社特派记者兼某师政治部的领导工作，转战华北，参加过清风店、石家庄和平津战役。1949年任中华全国铁路总工会文艺部部长。1950年10月随中国人民志愿军赴朝鲜前线，荣获朝鲜民主主义共和国颁发的二级国旗勋章。1954年回国后调入中国作家协会，任外国文学委员会副主任、主任。1956年后从事外事工作，曾任驻开罗亚非人民团结组织书记处中国书记、亚非作家会议中国联络委员会秘书长等职，多次参加国际作家会议和世界和平的国际会议。"文革"期间受到残酷折磨，含冤去世。著有长篇小说《三千里江山》，中篇小说集《洗兵马》《红石山》《望南山》《帕米尔高原的流脉》《锦绣河山》，短篇小说集《月黑夜》《北黑线》，散文集《亚洲日出》《东风第一枝》《海市》《生命泉》等。1978年人民文学出版社出版《杨朔散文集》。1995年山东文艺出版社出版《杨朔文集》（三卷）。洪子诚在《中国当代文学史》中说："杨朔从50年代中期发表《香山红叶》起，转向散文创作。他的《雪浪花》《荔枝蜜》《茶花赋》等，在发表的当时，以及80年代的一段时间，被看作是当代散文名篇，选入各种选本和中学语文课本中。'拿着当诗一样写'——是他这个时期的创作追求。'我向来爱诗，特别是那些久经岁月磨练的古典诗章。这些差不多每篇都有自己新鲜的意境、思想、情感，耐人寻味，而结构的严密、选字用词的精练，也不容忽视。我就想：写小说散文不能也这样么？于是就往这方面学，常常在寻求诗的意境。'他所讲究的'诗意'，包括谋篇布局的精巧、锤词炼句的用心，以及'诗的意境'的营造。其中最重要的，其实是'从一些东鳞西爪的侧影，烘托出当前人类历史的特征'的那种思维和情感方式。如见到盛开的茶花而联想祖国欣欣向荣面貌，以香山红叶喻示历经风霜、到老愈红的革命精神，将劳作的蜜蜂比喻只问贡献、不求报酬的劳动者等等。在杨朔写作的年月，寻常事务，日常生活不具有独立的价值，只有寄寓、或从中发现宏大的意义，才有抒写的价值。杨朔的散文，在贯彻这种从一切事物中提取宏大政治性主题的写作模式时，靠某种带有'个人性'特征的取材，也靠与古典散文建立的联系，给这种已显得相当僵硬的文体增加了一些'弹性'，使观念的表达，不至于那么直接、简单。这种'弹性'，在当时给人'耳目一新'的感觉，他因此得到广泛的赞扬；而在写作的个人想象空间有了更大拓展的80年代中期以后，杨朔散文的'生硬'在读者的阅读中急速凸显，'开头设悬念，卒章显其志'的结构模式，也转而为人们所诟病。"（洪子诚：《中国当代文学史》，第155页，北京大学出版社1999年版）

12日，周瘦鹃在苏州投井自杀，终年73岁。周瘦鹃，1895年生于苏州，原名国贤，字祖福，号瘦鹃，笔名有泣红、怀兰室主、紫罗庵主人等。1914年协助王钝根编辑《礼拜六》周刊，不久停刊，1921 年又独自将该刊复刊，《礼拜六》成为当时"鸳鸯蝴蝶派"的主要阵地和代表刊物。1915 年经人介绍参加南社，此后数年间，先后应聘于中华书局、《新闻报》和《申报》。在中华书局，他先后编译出版了《福尔摩斯侦探案全集》和《欧美名家短篇小说丛刊》（后于再版时易名《欧美名家短篇小说丛刻》）。1919 年"五四"运动爆发，为响应全国人民的反日爱国运动，先后创作了日记体小说《亡国奴之日记》和《卖国奴之日记》。此后直到抗战全面爆发，又不间断地创作了许多爱国作品，如《风雨中的国旗》《南京之围》《祖国之微》《亡国奴家里的燕子》等等，成为鸳鸯蝴蝶派中著名的爱国作家。1920 年正式担任《申报》副刊《自由谈》编辑，直到 1932 年 12 月《申报》革新版面，《自由谈》编辑由黎烈文接任。1937 年抗战爆发，《申报》被迫停刊，战火波及苏州，遂携家眷避难浙江南浔等地。在此期间，他时刻牵挂家园及祖国的安危存亡，作诗词二百余首，感时伤怀，排愁遣闷。抗战期间创作中篇小说《新秋海棠》，与此同时沉缅于花草，潜心于盆景、盆栽的艺术研究。建国后历任苏州市园林管理处副主任、苏州市文物古迹保管委员会副主任、苏州市市政建设规划委员会副主任以及江苏省文联委员等职。截至"文革"爆发，共出版小品文、散文、游记结集《花前琐记》《花花草草》《花前续记》《行云集》等。周瘦鹃自称"啼血杜鹃的哀情巨子"，而其作品，用一句话来概括，就是"最初的恋人不是新娘"。这种通俗言情文学模式在五四时期受到了新文学先驱者们的批评。

18 日，《人民日报》发表社论《坚定地走上同工农兵相结合的道路——纪念毛主席首次检阅红卫兵两周年》。

21 日，《人民日报》刊登毛泽东的"最高指示"："认真搞好斗、批、改。"

《解放日报》刊登方锋生的文章《〈上海的早晨〉鼓吹什么早晨?》，认为"早晨者，一日之始也。书名'早晨'，意在说明资产阶级在社会主义的中国，正是处于'青年时代'，解放后的中国，应当是资产阶级的天下。"《上海的早晨》"是一部帮他的主子歌颂所谓中国资产阶级的'青年时代'、'剥削有功'的大毒草。"

25 日，《文汇报》刊登卫东鹰、忠东鹰的文章《反动小说〈红日〉为谁招魂立传?》，认为《红日》"大肆诋毁毛主席的无产阶级建军路线，恶毒攻击伟大的中国人民解放军，赤裸裸地为蒋家王朝树碑立传。"

《解放日报》刊登程明才的《毛泽东思想指引下的革命战争胜利万岁——批臭吴强的反动小说〈红日〉》、长城的《吴强"塑造人物"就是为蒋匪帮招魂》、国棉二厂一造反队员的《斩断吴强"拆墙"的魔爪》。

26 日，《人民日报》发表姚文元的《工人阶级必须领导一切》。

严独鹤在上海含恨而死，终年 69 岁。严独鹤，1889 年生于上海，祖籍浙江桐乡乌镇，名桢，字子材，别号知我、槟芳馆主等，"独鹤"是他早年丧偶后所取笔名。严独鹤自 1914 年起在上海主持《新闻报》副刊笔政长达 30 余年，编有《快活林》《新园林》，以"独鹤"之名，每天亲撰一篇"谈话"，积万余篇，多为针砭时弊之文，颇得读者的赞赏。1950 年起，严独鹤作为文化名流，历任上海市第一届至第五届人民代表大会代表和全国政协第三、四届委员，又曾担任上海图书馆副馆长，作协上海分会理事、上海市文联委员等职。著有长篇小说《人海梦》《严独鹤小说集》及电影剧本数部。

九月

12 日，《人民日报》刊登本报和《红旗》杂志评论员的文章《关于知识分子再教育问题》。

15 日，《人民日报》刊登丁学雷的文章《迎接无产阶级革命文艺新时代的到来》。

本月，全国各省、市、自治区革命委员会均已成立，《人民日报》《解放军报》发表社论《无产阶级文化大革命的全面胜利万岁!》。

上海工人革命文艺创作队编选的《红太阳照耀安源山——上海工农兵献诗选》由上海文化出版社出版。

十月

5 日，《人民日报》在题为《柳河"五·七"干校为机关革命化提供了新的经验》的编者按中发表了毛泽东的指示："这对干部是一种重新学习的极好机会。"这标志着"五七干校"的正式提出。

11 日，《人民日报》刊登王鸿禧、高翔的《紧跟统帅毛主席，穿云破雾向前进——看大型纪录片〈大海航行靠舵手〉》，丁正和的《颠扑不灭的真理——大型纪录片〈大海航行靠舵手〉观后》。

14 日，孙维世遭受江青等人残酷迫害致死，终年 47 岁。孙维世，女，著名戏剧艺术家、中央实验话剧院副院长、总导演。毕生从事革命戏剧工作，排演了一系列反映工农兵斗争生活的戏剧作品和外国戏剧名著，执笔写作了话剧《初生的太阳》。

本月，全国进入"斗批改"阶段；大批干部被下放到各地"五七"干校。

十一月

2 日，《人民日报》全文刊登 1968 年 10 月 31 日通过的《中国共产党第八届扩大的第十二次中央委员会全会公报》，宣布将刘少奇"永远开除出党"。自此，全国掀起批判刘少奇的高潮。

李广田死于昆明城郊一个名叫"莲花池"的水塘中，终年 62 岁。李广田被认为是自杀的。但其家属说，他的尸体被发现时直立在水池中，而且后脑勺上有很重的打击伤痕，有被谋杀的迹象。明末引清兵入关，后又在昆明被清兵镇压的将领吴三桂的爱妾陈圆圆，就是在这个"莲花池"中自杀的。李广田，1906 年生，山东邹平人。1923 年考入济南第一师范后，开始接触五四以来新思潮、新文学。1929 年入北京大学外语系预科，先后在《华北日报》副刊和《现代》杂志上发表诗歌、散文，并结识本系同学卞之琳和哲学系的何其芳。后出版三人诗合集《汉园集》，被人称为"汉园三诗人"。1935 年北大毕业后回济南教书，1941 年秋至昆明，在西南联大任教，其间创作了长篇小说《引力》。抗战胜利后先后在南开大学、清华大学任教。建国后任清华大学中文系主任。1949 年参加全国第一次文代会，当选为文联委员、文协理事。1951 年任清华大学副教务长。1952 年调任云南大学副校长、校长。此后历任中国科学院云南分院文学研究所所长，作协云南分会副主席、中国作协理事等职。主要散文集有《画廊集》《银狐集》《雀蓑集》《圈外》《回声》《日边随笔》等。曾参加过撒尼族叙事长诗《阿诗玛》的重新整理，并担任过电影《阿诗玛》的文学顾问。"他熟识山东故乡的野花和草叶，十分珍爱童年的梦幻天地，善于结构故事，而且总不忘描绘村俗的画廊。《桃园杂记》《山水》《山之子》等，抒写故乡风物人情，文笔浑厚，素淡中渗出情思。李广田给英国散文家玛尔廷的评语恰好用来说明自己：'在他的书里，没有什么戏剧的气氛，却只使人意味到淳朴的人生，他的文章也没有什么雕琢的词藻，却有着素朴的诗的静美。'李广田这一时期的散文颇得周作人的赏识，该不是偶然的。抗战发生，他来到大后方，思想和文风均发生变化，但在艺术上没能超过前期。"（钱理群等：《中国现代文学三十年》，第 402 页，北京大学出版社 1998 年修订版）

25 日，《人民日报》《红旗》杂志、《解放军报》发表社论《认真学习两条路线斗争的历史》。

十二月

10 日，田汉负屈含冤，瘐死狱中，终年 70 岁。田汉，原名田寿昌，湖南长沙人。1916 年随舅父去日本东京高等师范英文系学习，后参加少年中国学会。1920 年出版与郭沫若、宗白华的通信《三叶集》。1921 年与郭沫若、成仿吾、郁达夫等组织创造社。1922 年回国后创办《南国》半月刊，继而组织南国电影剧社，从事话剧创作和演出活动。1927 年在上海艺术大学任教并被选为校长，此时与欧阳予倩、周信芳等举办艺术鱼龙会。同年冬成立南国社及南国艺术学院，1928 至 1929 年率南国社先后在上海、杭州、南京、广州、无锡各地举行话剧公演和其他艺术活动。1930 年加入"左联"，同年南国社被国民党查封。1932 年加入中国共产党，任左翼戏剧家联盟党团书记等职，同时与夏衍、阳翰笙等参加艺华影片公司，编写拍摄了许多电影。1935 年被国民党逮捕，经营救出狱。抗战爆发后参加上海文化界救亡协会，不久到武汉参加抗战宣传工作。1939 年后在桂林主编《戏剧春秋》月刊，此时从事京剧、汉剧、湘剧等戏曲的改革。1944 年与欧阳予倩等在桂林组织了西南戏剧展览会。抗战胜利后回到上海，1948 年转入华北解放区。建国后历任中央人民政府政务院文化教育委员会委员、文化部戏曲改进局局长、艺术事业管理局局长、中国剧协主席兼党组书记、全国文联副主席等职。主要话剧剧本有《苏州夜话》《伏虎之夜》《名优之死》《卢沟桥》《回春之曲》《丽人行》《关汉卿》《文成公主》等。主要戏曲剧本有《江汉渔歌》《岳飞》《白蛇传》《西厢记》《谢瑶环》等。早年与聂耳合作的《义勇军进行曲》在建国后被定为国歌。有《田汉文集》（16 卷）行世。陈瘦竹在《田汉的剧作》中说："田汉从事戏剧创作四十多年，经验丰富，自成一家，别具一格。他以一个抒情诗人开始他的戏剧创作，在前期的剧作中，虽取材于现实生活，但总带有感伤主义色彩。随着他的思想的发展，他的现实主义精神更加鲜明，而剧作中的抒情因素，就带有革命浪漫主义色彩。"（《中国当代文学研究资料田汉专辑（上）》，第 273 页，上海戏剧学院文学系 1980 年编辑出版）郭沫若曾说："寿昌是一位精力绝伦的人，为了前进的事业，为了能服务大众，他比任何人都能够吃苦，衣食住就到最低水平，先顾大众然后管私人。为了人民的利益，他坐过牢，也不曾退转。""他多才多艺，旧诗做得满好，平剧唱得满好，而他没有丝毫轻薄的才子气。他有的是发财的机会，他发不了财，他有的是做官的机会，他做不牢官。""他事母至孝，对子女至慈，对朋友至诚信，对国家民族至忠贞，智情意都已经发展到了颇为圆满的程度，澄澈，笃挚，勇敢，而消除尽了那些涉杂的英雄主义的遗风了。我要再说一遍：他是我们中国人应该夸耀的一个存在！"（《先驱者田汉》，1947 年 3 月 13 日《文汇报》）夏衍在《悼念田汉同志》中说："他最突出的特点，或者说是个性，我说叫做'无我'，他根本不考虑自己。不管他写书、演戏、办杂志、搞剧团，甚至于请客吃饭，在他心目中从来不考虑到钱的问题。有了钱，比如一本书出版了，拿到一点版税，就大伙用；用完了，没钱了，就大家掏腰包，买大饼油条过日子，有人说他们是法国的波希米亚式的文人，有人说他们是原始共产主义者。""假如说有天才的话，那么，我认为田汉是一个了不起的天才。他才思敏捷，这是谁都知道的。他可以随时写出一首非常精彩的诗来。写剧本也是如此。"（《收获》1979 年第 4 期）

18 日，著名马克思主义历史学家翦伯赞偕妻戴淑宛自杀，终年 69 岁。翦伯赞，维吾尔族，1899 年生，湖南桃源人。建国后任北京大学副校长、历史学系教授。著有《中国史纲》等史著，以及《翦伯赞遗诗》。

22 日，《人民日报》刊登毛泽东的"最新指示"："知识青年到农村去，接受贫下中农的再教育，很有必要。要说服城里干部和其他人，把自己初中、高中、大学毕业的子女，送到乡下去，来一个动员。各地农村的同志应当欢迎他们去。"并配发了本报讯《"我们也有两只手，不在城市里吃闲饭！"》。

本月，首都大专院校红卫兵代表大会、《红卫兵文艺》编辑部编辑出版了红卫兵诗集《写在火红的战旗上——红卫兵诗选》。内收 1966 年至 1968 年间全国范围内的红卫兵诗作 98 首。诗集共分八编：《红太阳颂》（11 首）、《红卫兵歌谣》（31 首）、《在那战火纷飞的日子里》（27 首）、《夺权风暴》（5 首）、《长城颂歌》（5 首）、《献给工人同志的诗》（6 首）、《井冈山的道路》（7 首）、《五洲风雷歌》（6 首）。这本诗选中还收入了一篇为江青大唱赞歌的、约 2000 字的散文诗《献给披荆斩棘的人》。

本年

北京电影制片厂开始拍摄现代京剧《智取威虎山》，共拍摄三次，历时两年，至1970 年 9 月完成。从此，"样板戏"陆续搬上银幕。

丁玲在北大荒被关进"牛棚"，出来后又到生产队接受"群众专政"，"监督劳动"，约两年时间。

姚雪垠作为"资产阶级反动学术权威"和"老右派"，下放到湖北省武昌县金口镇参加"斗批改"。一边接受审查和批判，一边放牛。

贵州诗人黄翔作诗《野兽》："我是一只被追捕的野兽/我是一只刚捕获的野兽/我是被野兽践踏的野兽/我是践踏野兽的野兽//一个时代扑倒我/斜乜着眼睛/把脚踏在我的鼻梁架上/撕着/咬着/啃着/只啃到仅仅剩下我的骨头//即使我只仅仅剩下一根骨头/我也要哽住一个可憎时代的咽喉"。又作《我》，诗中写道："我是一次呼喊/从堆在我周围的狂怒的岁月中传来"，"我是我，/我是我的死亡的讣告/我将从死中赎回我自己。"黄翔是当年"贵州诗人群"中的代表人物。"六十年代中后期，贵州一伙青年诗人及文学艺术爱好者黄翔、路茫、哑默、曹秀青（南川山林）、孙唯井、肖乘泾、李光涛、张伟林、周喻生、郭庭基、白自成、江长庚、陈德泉……就经常聚在一起，在文革的一片'赤色风暴'中对文学、美术、音乐作顽强的自修、探索与创作。当时环境极其险恶，在一个废弃的天主教堂里，……黄、路、哑等对人文学科，特别是诗歌作全面的探讨和创作。当时他们的此举得以存在的原因是社会上派性夺权大战，各派无暇顾及社会上的'渣滓鱼虾'。在六十年代，黄翔创作了诗《火炬之歌》《我看见一场战争》《背后》《野兽》……散文诗《鹅卵石的回忆》等。哑默写了诗《海鸥》《鸽子》《晨鸡》《谁把春天唤醒?》《大海》及短篇小说《小路》《檬子树下的笔记》等，那时黄翔曾多次冒着生命危险在青年中间朗诵《火炬之歌》。此类聚会通常是通宵达旦，有时是在郊野举行。"（哑默：《中国大陆潜流文学浅议》，载《方向》杂志1997年印行。）

食指（郭路生）作诗《给朋友们》（《海洋三部曲》之三）、《烟》《酒》《相信未来》《希望》《寒风》《胜利者的诗章》《我这样说》《还是干脆忘掉她吧》《难道爱神是……》《黄昏》《在你出发的时候》《灵魂》（一）、《你们相爱》《送北大荒的战友》《冬夜月台告别》《这是四点零八分的北京》（12月20日）。其中，《相信未来》和《这是四点零八分的北京》是两首当年在全国许多知青点中广为流传的知青诗歌。

蔡其矫在福建"牛棚"中将唐人司空图的《诗品》译为24首现代诗。

12岁的顾城作诗《黄昏》《烟囱》《星月的来由》《塔和晨》《天》。他在《烟囱》中写道："烟囱犹如平地耸立起来的巨人，/望着布满灯火的大地，/不断地吸着烟卷，/思索着一种谁也不知道的事情。"

甘恢里创作短篇小说《当芙蓉花盛开的时候》，很快在北京民间广为传抄。

1969 年

一月

1 日，《人民日报》《红旗》杂志、《解放军报》发表社论《用毛泽东思想统帅一切》。

22 日，《人民日报》刊登冀向东的《一部狂热鼓吹刘少奇叛徒哲学的反动小说——批判〈战斗的青春〉》。

二月

10 日，《人民日报》刊登解胜文的《人民战争的伟大旗帜是不可战胜的——批判反动小说〈战斗的青春〉》。

17 日，姚文元之父姚蓬子患肺癌病逝，终年 65 岁。姚蓬子，浙江诸暨人，1924 年在上海光华书局当编辑，开始文学创作，著有短篇小说集《浮世画》，诗集《银铃》等。1927 年加入中国共产党，1931 年参加"左联"，曾任《文学月报》主编，后调中共中央特科工作。1933 年 12 月被捕后发表过脱离共产党的宣言。1938 年参加中华全国文艺界抗敌协会的机关刊物《抗战文艺》的编辑工作。1942 年在重庆创立"作家书屋"，出版了郭沫若、茅盾、老舍、冯雪峰、胡风等人的著作。建国后在上海师范学院任教。

三月

5 日，文艺理论家、美学家吕荧在河北茶淀劳改农场遭迫害病故，终年 55 岁。吕荧，原名何佶，1915 年出生于安徽省天长县。早年就读于北京大学历史系，参加过"一二·九运动"。新中国成立前夕，他只身离开台湾，绕道香港回到北京，参加了全国第一次文代会。主要论著有《人的花朵》《火的云霞》《关于工人文艺》《艺术的理解》《美学抒怀》。另有译著多部。在 1951 年执教山东大学中文系期间，吕荧曾被人在《文艺报》上写信公开批评，指责他在文艺学教学中存在"严重脱离实际和教条主义的倾向"。这封信引发了"关于高等学校文艺学教学中的偏向问题"大讨论。吕荧的性格倔强执拗，遭到批评后不辞而别，来到北京，在冯雪峰任社长的人民文学出版社任高级翻译员。在此期间，他参加了文艺界正在进行的美学大讨论，卓然成为"主观派"的代表人物。1955 年反胡风运动中，吕荧是唯一敢于公开站出来为胡风辩护的人。

16 日，著名新文学史家刘绶松与妻子张继芳一道在武大寓所自缢身亡，终年 57 岁。刘绶松，湖北洪湖县人，1938 年毕业于西南联大，建国后任武汉大学中文系教授、作协武汉分会副主席、《长江文艺》副主编等职。著有《中国新文学史初稿》（1956）等。

本月—5 月，郭沫若翻译英国诗歌十首，当时未发表，后载《战地》1980 年第 1 期。

四月

1—24 日，中共第九次代表大会在北京召开。九大以后，按照毛泽东提出的任务，"斗、批、改"运动在全国全面展开。

22 日，陈翔鹤含冤去世，终年 68 岁。陈翔鹤，1901 年生，四川重庆人。1920 年入上海复旦大学，同年底转入北京大学。1922—1925 年间参与发起组织浅草社和沉钟社，开始文学创作。1927 年起任教于山东、吉林、河北等地，抗战爆发后到成都，曾参与中华全国文艺界抗敌协会成都分会领导工作多年。出版短篇小说集《不安定的灵魂》《在阪道上》《独身者》《鹰爪李三及其他》等。建国初期曾任川西文化厅副厅长、川西文联副主席、四川省文联副主席。1954 年到北京，任中国科学院文学研究所研究员、中国作家协会理事、古典文学部副部长兼《光明日报》副刊《文学遗产》主编。

由于致力研究，创作较少，曾拟将庄子、屈原等十二位文化名人的故事写成短篇小说，仅完成《陶渊明写〈挽歌〉》和《广陵散》两篇。这两篇小说自 1964 年起受到严厉批判，作者因此在"文革"中蒙难。

五月

4 日，《人民日报》《红旗》杂志、《解放军报》发表社论《五四运动五十年》。

5 日，陈寅恪在广州遭迫害逝世，享年 79 岁。陈寅恪，1890 年生，江西修水人。早年留学日本及欧美，先后就读于德国柏林大学、瑞士苏黎世大学、法国巴黎高等政治学校和美国哈佛大学。1925 年受聘清华学校研究院导师，回国任教。其后历任清华大学、西南联合大学、香港大学、广西大学和燕京大学教授。1948 年南迁广州，任岭南大学教授，1952 年后任中山大学教授。2001 年，北京三联书店出版《陈寅恪集》十三种十四册，收入了现今所能找到的作者全部著述。蒋天枢在《陈寅恪先生传》中说："纵观先生一生，屯蹇之日多，而安舒之日少。远客异国，有断炊之虞。漂泊西南，备颠连之苦。外侮内忧，销魂铄骨。寄家香港，仆仆于滇越蜀道之中（在重庆，有'见机而作，入土为安'之联语）。奇疾异遇，困顿（失明而无伴护）于天竺、英伦、纽约之际。虽晚年遭逢盛世，而失明之后，继以摈足，终则被迫害致死。天之困厄斯人抑何酷耶？先生虽有'天其废我是耶非'之慨叹，然而履险如夷，胸怀坦荡，不斤斤于境遇，不戚戚于困穷，而精探力索，超越凡响，'论学论治，迥异时流'。而忧国忧民之思，悲天悯人之怀，郁勃于胸中，壹发之于述作与歌诗。先生之浩气遒矣。""先生于学，既渊且广。先生之思，既敏且锐：犀利烛牛渚之奸，闳通照一代之后。总括先生治学之特色约有四端：一曰，以淑世为怀。笃信白氏'文章合为时而著，歌诗合为事而作'（《与元九书》）之旨。二曰，探索自由之义谛。义见《王观堂先生纪念碑铭》及《论再生缘》。三曰，珍惜传统历史文化。此意则文诗中随地见之。而'迁叟当年感慨深，贞元醉汉托微吟'、'东皇若教柔枝起，老大犹能秉烛游'之句，尤为澹荡移情。四曰，'续命河汾'之向往。此虽仅于赠叶遐庵诗、《赠蒋秉南序》中偶一发之，实往来心目中之要事。由此四者，具见先生之身实传统历史文化所托命。昔年有某诗人呈先生时，以谢山、堇浦方先生，不识先生亭林、梨洲之俦。彼若不识古人'拟人必于其伦'义也。"（蒋天枢：《陈寅恪先生传》，收入《陈寅恪先生编年事辑》增订本，上海古籍出版社 1997 年版）

六月

19 日，江青在人民大会堂接见部分艺术团体人员时说："有些人就是搞真人真事，真是可恶之极呀！"以后，江青、张春桥、姚文元等在不同场合一再宣扬创作"不要写真人真事"、"作品要离开真人真事"、"不提倡写活着的真人真事"、"可以脱离真人真事"等。

23 日，江青在人民大会堂接见五个"样板团"和两个电影厂的宣传队时说："十个协会就是摄影学会是好的，但也放了毒"，其他协会都是"当寄生虫"。

七月

11 日，《人民日报》发表丁学雷的文章《为刘少奇复辟资本主义鸣锣开道的大毒草——评〈上海的早晨〉》。

15 日，《人民日报》刊登唐克新的《杨健——大工贼刘少奇的化身——批判反动小说〈上海的早晨〉》。

16 日，《人民日报》发表署名上海革命大批判写作小组的文章《评斯坦尼斯拉夫斯基"体系"》，称斯氏戏剧艺术理论是"现代修正主义文艺理论基础"。

17 日，《人民日报》刊登裴克修的《两种根本对立的文艺——赞革命样板戏〈智取威虎山〉，批毒草影片〈兵临城下〉》和谢吉瑞的《光辉的英雄形象和丑恶的奴才嘴脸——赞〈红灯记〉，斥〈不夜城〉》。

22 日，《人民日报》刊登戈忠东的《反对工人阶级就是反革命——批判反动影片〈上海的早晨〉》，认为影片把"工人阶级丑化得一塌糊涂"。

27 日，《人民日报》刊登计红绪的批判文章《掀掉刘少奇一伙复辟资本主义的"筵席"——评〈上海的早晨〉中的"星二聚餐会"》。

30 日，《人民日报》刊登红文、海文的《人民军队的壮丽颂歌——赞革命样板戏》。

从本月起，文化部所属各单位和文联各协会全部工作人员，分别下放到湖北咸宁、天津静海等五七干校及部队农场劳动，搞"斗、批、改"。关于文化部咸宁"五七"干校，近年有研究者指出："六千余名文化界高级领导干部、著名作家、翻译家、艺术家、出版家及家属下放到鄂南向阳湖，经历了为期三年左右的'劳动锻炼'生活。当时，干校分为文化部机关、文联作协口、出版口、文物口、电影口五个大队。在特定的条件下，浩浩荡荡的文化大军，一下子汇集于咸宁的一隅，人数之多，密度之高，总览古今中外文化史都是罕见的。"如文学家冯雪峰、冰心、楼适夷、沈从文、萧乾、张天翼、孟超、陈白尘、臧克家、张光年、郭小川、李季、韦君宜、牛汉等，文学评论家侯金镜、冯牧、阎纲、陈早春、崔道怡、胡德培、程代熙等。"他们在向阳湖劳动生息，辛勤耕耘，在中国当代文化史上留下了令人刻骨铭心的一页。"（参见李城外：《咸宁有一座'文化金矿'（代前言）》，《向阳情结——文化名人与咸宁（上）》，人民文学出版社 1997 年版）

八月

25 日，《人民日报》《红旗》杂志、《解放军报》发表社论《抓紧革命大批判》。社论指出："要发动广大群众，开展群众性的大批判，也要组织少数人占有充分的材料，用毛泽东思想进行比较深入地研究，写出有说服力的、有分析的、击中要害的、质量比较高的文章，以推动群众性的大批判的发展。"

26 日，《人民日报》刊登工人大批判小组的文章《为反动阶级引幡招魂的大毒草——批判反动影片〈兵临城下〉》。

九月

3 日，邓均吾遭迫害病逝，享年 71 岁。邓均吾，又名邓成均，笔名默声、微中，1898 年生，四川泸州古蔺人，早年参加创造社和浅草社，从事新旧诗词写作，辑有《邓均吾诗词选》。抗战时期，他在成都从事抗敌文协工作，曾任中共古蔺地下党县委书记。解放后，历任重庆市文联秘书长、副主席、中国作协理事、《奔腾》和《红岩》主编，并长期兼任重庆文史馆馆长。文革初期因为旧体诗《观人画柳》而受到批判，直至病逝。1946 年，邓均吾在《自题》诗中写道："生来不具奴性，自审亦非英雄。收拾万千矛盾，将来做个沉钟。"郭沫若回忆说："他的态度极冷静，就像是一个冷静的结晶体一样。他没有喜怒哀乐表现出来，但一眼看来便可知道他不是呆子，也决不是胸有城府的人。""他那诗品的清醇，在我当时所曾接触过的任谁哪一位新诗人之上。"（《郭沫若忆邓均吾》，收入《邓均吾诗词选》，四川人民出版社 1981 年版）

17 日，《人民日报》发表红雷的批判文章《不许诋毁人民革命战争——批判反动影片〈黑山阻击战〉》，文章认为"这部影片肆意篡改历史，歪曲敌我斗争形势，宣扬战争恐怖和失败主义。它鼓吹反动的资产阶级世界观，丑化用毛泽东思想武装起来的人民军队。它用资产阶级'人情味'反对革命战争的火药味，煽动对战争的伤感情绪，恶毒地诋毁正义的人民革命战争。"

23 日，《人民日报》刊登舒浩晴的《"离经叛道"论的黑标本——评反动影片〈黑山狙击战〉的创作思想》、红军文的《历史的见证——反动影片〈黑山狙击战〉是怎样篡改历史的》。

30 日，《红旗》杂志第 10 期发表文章，提出"学习革命样板戏，保卫革命样板戏"的口号。文章声言要"举起无产阶级专政的铁锤，坚决打击破坏革命样板戏的一小撮阶级敌人"。在这个口号下，演出"样板戏"，一句台词、一个台步、一束灯光、一个道具，甚至人物身上的一块补丁都不能变动，否则就是"破坏革命样板戏"。在此前后，在保卫《智取威虎山》的名义下，长篇小说《林海雪原》中人物的原型孙达得被打成破坏"样板戏"的"政治骗子"，受迫害致死。

本月，牛汉去湖北咸宁文化部"五七干校"劳动，直到 1974 年 12 月末回京。在此期间，牛汉工余写下了 20 多首新诗，"文革"后主要收集在诗集《温泉》（上海文艺出版社 1984 年 5 月版）中。

十月

7 日，《人民日报》刊登红文、海文的《毛泽东思想永放光芒——赞革命样板戏〈智取威虎山〉中杨子荣英雄形象的塑造》。

10 日，《人民日报》刊登钟红的《无产阶级英雄的光辉典型——学习李玉和形象塑造的几点体会》。

11 日，吴晗遭迫害致死，终年 60 岁。吴晗，原名吴春晗，字辰伯，1909 年生，浙江义乌人。1928 年考入上海中国公学，受到校长胡适的赏识。1934 年毕业于清华大学历史系并留校任教。1940 年始任西南联大历史系教授。1943 年加入中国民盟，反对国民党的黑暗统治。在昆明的民主运动中，闻一多被称为"狮子"，吴晗被称为"老虎"，他们都是当时著名的民主斗士。吴晗与妻子袁震之间的患难真情在解放前亦被传为佳话。解放后，吴晗先后担任清华大学历史系主任、文学院院长，北京市副市长等职。金若年在《吴晗同志事略》中写道："他致力于历史研究几十年，对明代历史的研究造诣尤深，是我国少有的明史专家。他写的《朱元璋传》，前后经过二十年，写了四次。曾经毛主席看过，获得了好评。并根据毛主席的意见，作了进一步的修改，于1964 年重新出版。他遵照毛主席的指示，组织力量标点《资治通鉴》，为历史科学研究做出了贡献。""全国解放后，吴晗忙于政务工作，开始著述较少，1956 年毛主席提出'百花齐放，百家争鸣'方针，他感到非常振奋，跃跃欲试，一再鼓励大家搞创作，写文章，……他向同志们表决心，从 1956 年起，他一定要每年出一本书。开始时，他把过去写过的文章，重新加以审阅，编集出版，1959 年起，他又大量地写作了，这一年就又写出了四十七篇文章。他先后出版了《读史札记》（1956 年），《海瑞的故事》（1959），《投枪集》（1959），《灯下集》（1960），《春天集》（1961），《学习集》（1963）和《海瑞罢官》的京剧脚本。吴晗这一时期写作了大量独具风格的杂文，成为一个杂文作家。""1957 年吴晗光荣地加入了中国共产党，终于由一位高级知识分子成为一个光荣的无产阶级革命战士。他入党后，工作更为积极，除了认真地做好他所担负的行政工作，刻苦地从事学术研究工作之外，还与邓拓同志、廖沫沙同志合作，在北京市委《前线》杂志上开辟了《三家村札记》专栏。吴晗的文章和著作，努力宣传马列主义、毛泽东思想和党的政策，反对资产阶级思想和各种歪风邪气，反对唯心主义和形而上学。他根据中央负责同志的建议，遵照毛泽东同志在 1959 年初，在上海中央工作会议上提倡学习海瑞刚直不阿的精神，写了《海瑞骂皇帝》《论海瑞》和新编历史剧《海瑞罢官》，博得了广大群众的赞扬。""文化大革命一开始，1965 年 11 月 10日，在江青、张春桥的直接策划下，反动文痞姚文元炮制的黑文《评新编历史剧〈海瑞罢官〉》，歪曲历史，颠倒黑白，给吴晗加上种种莫须有的罪名。1968 年中央文革那个顾问（指康生）更加凶狠地陷害吴晗，给他加上叛徒、特务的帽子，关进监狱，对他进行百般的摧残和折磨，把吴晗置之于死地。吴晗面对这批凶狠的刽子手，大义凛然，毫不屈服，宁折不弯，海瑞'刚直不阿'的精神完整地在吴晗身上得到了体现。"（本文收入人民出版社 1979 年编辑出版的《吴晗和〈海瑞罢官〉》一书）

22 日，《人民日报》刊登辛文彤的批判文章《彻底摧毁银幕上的反革命专政——评反动影片〈红日〉》。

十一月

3 日，《人民日报》刊登上海京剧团《智取威虎山》剧组的文章《努力塑造无产阶级英雄人物的光辉形象——对塑造杨子荣等英雄形象的一些体会》。文章提出了姚文元根据于会泳文章改定的"三突出"创作原则。《红旗》第 11 期也同时发表了这篇文章。

11 日，钱钟书被下放到位于河南罗山县的中国科学院哲学社会科学部"五七干校"劳动改造。不久，迁往河南息县，次年又迁往河南信阳明港。

12 日，中华人民共和国主席刘少奇惨遭政治诬陷和人身迫害，在河南开封含冤逝世，终年 71 岁。

20 日，《人民日报》刊登批判影片《五更寒》的文章。

30 日，陶铸被迫害致死，终年 61 岁。陶铸，湖南永州祁阳县人，曾任中南局第一书记兼广东省委第一书记、中央政治局常委兼国务院副总理、中共中央宣传部长。主要著作有《理想·情操·精神生活》《思想·感情·文采》和《随行纪谈》等。

十二月

1 日，《红旗》第 12 期上刊登上海京剧团《智取威虎山》剧组的文章《源于生活，高于生活——关于用舞蹈塑造无产阶级英雄形象的一些体会》。

14 日，《人民日报》刊登南凯、江天的批判文章《社会主义制度终究要代替资本主义制度——评反动影片〈不夜城〉、〈林家铺子〉》。

24 日，《人民日报》刊登红城的文章《两种根本对立的战争观——彻底批判诋毁人民战争的一批反动影片》，集中批判《兵临城下》《逆风千里》《红日》《黑山阻击战》《五更寒》《战上海》《东进序曲》等革命战争题材影片。

本年

陈铨逝世，终年 66 岁。陈铨，1903 年生，四川自贡富顺县人，早年毕业于清华大学，后赴美国留学于阿比林大学，获硕士学位；再入德国克尔大学，获博士学位。归国后受聘于武汉大学任文学教授，旋入清华大学任教。抗战期间任西南联大教授，与林同济、雷海宗、贺麟等教授创办《战国策》杂志，形成了著名的"战国策派"。陈铨是战国策派中不仅有理论建树，而且有文学创作实绩的代表人物。他是"民族文学"口号的提出者。著有戏剧《野玫瑰》《黄鹤楼》《金指环》《无情女》《蓝蝴蝶》等，小说《狂飙》《冲突》《天问》等。另有《中德文化研究》《从叔本华到尼采》等论著。抗战胜利后，陈铨受聘为上海同济大学文学院外文系主任。建国后，陈铨继续在同济大学任教，兼复旦大学教授。1952 年任南京大学外文系德语教授。1957 年被划为右派。

唐湜重写 1963 年草就的童话长诗《泪瀑》初稿。还作有历史叙事诗《明月与蛮奴》《边城》，前者写晋代豪富之士石崇南游的故事，后者叙述南宋爱国文士陆游抗金的壮举。

食指（郭路生）与 21 名北京知青一起在山西杏花村插队落户。作有《新情歌对唱》《窗花》《等待重逢》《给朋友》《农村"十·一"抒情》《杨家川》等诗。

姜世伟（芒克）、岳重（根子）、栗世征（多多）一同赴河北白洋淀插队。此三人后来被誉为"白洋淀诗坛三剑客"。他们作诗始于 1971 年，并于 1972 年在北京文艺沙龙中刮起了一阵现代主义诗歌旋风。"白洋淀诗群"的主要成员除了"三剑客"之外，还包括孙康（方含）、张建中（林莽）、宋海泉、白青、潘清萍、戎雪兰等。此外，还包括一些虽然未到白洋淀插队，但时常赴白洋淀以诗会友、交流思想的文学青年，如食指、北岛、江河、严力、彭刚、史保嘉、甘铁生、郑义、陈凯歌等人。"现代诗歌群落在白洋淀形成并不是偶然的，各种政治、文化因素和自然条件在其中起着重要的作用。""北京知青诗歌圈子在当地约有60人，相互间有密切往来。""许多人有知识分子家庭背景，思想和文化素质比较高，是北京中学生中思想比较敏锐的一批分子。他们在知青点中相互交流、切磋，时时产生一些闪光的思想。""白洋淀风景优美，物产丰富，知青生计可以无忧。""1967—1969年当地发生武斗，直到1975年派性斗争仍然很激烈，公社无暇顾及知青的思想和文化活动。白洋淀形成一个政治上相对宽松自由的小生态圈。""白洋淀在当时集中了相当数量的图书。知青们带来了成箱的书籍，相互间进行传阅。由于离北京很近，沙龙中流行的书也流传到白洋淀。潘庆平从北京带来了一批'黄皮书'，其中有《凯旋门》《带星星的火车票》《新阶级》，特别是《新阶级》在知青中引起强烈的反响。这些书被知青们秉烛夜读迅速消化。""白洋淀诗群的创作明显受到了外国现代派诗歌的影响。外国译诗有力地推动了白洋淀诗人的创造。""白洋淀地理位置适中，不仅知青可以经常回北京，山西、陕西、云南、内蒙等地的知青也能很方便地到白洋淀来，形成大文化交流圈。"（杨健：《中国知青文学史》，第238—239页，中国工人出版社2002年版）

孙康（方含）作纪念巴黎公社的长诗《唱下去吧，无产阶级的战歌》，次年完稿。

黄翔作诗《火炬之歌》（《火神交响诗》系列之一）、《我看见一场战争》。

一首红卫兵创作的政治幻想长诗《献给第三次世界大战的勇士》从北京传出，开始在全国各地流传。这是一首文革期间流行广远的"手抄诗歌"。

黄瑞云作寓言《陶罐和铁罐》《世界的中心》《齐天大圣庙里的猴子》《脚手架》《熊的逻辑》《狮王的歌颂者》《独一个眼子的网》《雁和乌鸦》。

1970 年

一月

24日，在张春桥的策划与指挥下，上海市委写作组以"丁学雷"的笔名在《人民日报》上发表文章，继续诬陷周而复的长篇小说《上海的早晨》是"毒草"，并把桑伟川的文章打成为毒草翻案的"毒草文章"，从而在上海制造了"桑伟川事件"。桑伟川是上海煤气公司一名助理技术员，他不同意丁学雷在1967年7月11日的《人民日报》上发表文章的观点，那篇文章把《上海的早晨》打成"为刘少奇复辟资本主义鸣锣开道的大毒草"。为此，桑伟川著文投寄《文汇报》予以驳斥。在此前后四个月内，上海文教系统和有关单位以及郊区组成"批桑"班子，对桑伟川连续进行290多次大型批斗会。桑伟川被戴上"现行反革命"帽子，投进监狱，长达七年之久，1978年平反。

28日，蔚青在《人民日报》刊登文章《胜利从何而来——评反动影片〈战上海〉》。文章认为"《战上海》是一部借表现上海战役为名，行歌颂国民党反动派之实的反动影片，是一株打着'战上海'的幌子鼓吹右倾机会主义路线的大毒草。"

30 日，《红旗》第 2 期发表上海京剧团《智取威虎山》剧组的文章《满腔热情，千方百计——关于塑造无产阶级英雄人物音乐形象的几点体会》。

本月，《河北日报》连续刊登文章批判梁斌的长篇小说《红旗谱》，给其加上种种莫须有的罪名，其中最主要的罪状是"为王明路线招魂"。此次批判持续至 3 月。

二月

9 日，《人民日报》发表红岭的文章《不屈不挠斗敌顽——赞李玉和的革命英雄主义精神》。

12 日，《人民日报》刊登北京电影制片厂革命大批判小组文章《革命战争好得很——批判反动影片〈探亲记〉》。《探亲记》的编剧是杨润身，导演谢添、桑夫，北京电影制片厂 1958 年摄制。文章说："在叛徒、内奸、工贼刘少奇的支持下，在反革命修正主义分子周扬、夏衍、陈荒煤的亲自策划下，在国际修正主义分子、帝国主义分子插手下，1956 年到 1958 年两易其稿炮制出笼的影片《探亲记》，发泄了被中国人民打倒的帝国主义势力及其走狗对革命战争的刻骨仇恨，是一个污蔑、丑化、攻击革命战争的黑标本。""影片就是通过战争带给菩萨爷的所谓'悲惨'遭遇，极力渲染革命战争的'苦难'，疯狂反对革命战争。""反动影片《探亲记》不写革命战争为千百万劳动人民争得了解放，赢得了幸福，而去渲染所谓'苦难'，这恰恰是被革命战争粉碎了的帝国主义及其走狗国民党反动派的观点。""这是卑鄙的污蔑！这是对于历史的颠倒！这是为反革命战争和反革命统治服务的修正主义。"

本月，胡风由两名解放军和劳改局干部押送，戴着手铐，离开成都看守所，来到四川省大竹县第三监狱。第二天，四川省革委会人保组宣读重新加刑判决书，原因是"写反动诗词"，"在毛主席像上写反动诗词"（其实是在报纸空白处），被加判为无期徒刑。不准上诉，也不让看判决书。从此，胡风和重刑犯住在数十人的大监里，被派在浆子房做轻微劳动，身体和精神越来越坏。时年 68 岁。

巴金在春节后被编入上海文化系统某团第四连，到奉贤县五七干校从事搬运稻草、抬粪水、种菜、喂猪、搓绳等劳动。其间经常被押回上海，到工厂和学校游斗。

三月

5 日，遇罗克被"四人帮"杀害，年仅 27 岁。遇罗克在北京人民机器厂做学徒工期间，刻苦研读从马克思到卢梭的大量著作。文革初期，红卫兵响应毛泽东"造反有理"的号召，高呼"老子英雄儿好汉，老子反动儿混蛋"的口号，遇罗克公开发表了《出身论》，对"血统论"和"唯出身论"进行了批驳。文章问世后赢得千百万人的强烈支持，但也因此冒犯了"四人帮"，作者于 1968 年初被捕入狱。

27 日，中共中央发出《关于清查"五一六"反革命阴谋集团的通知》。通知要求各地注意纠正清查工作中的扩大化倾向，提出"要扩大教育面，缩小打击面"。与此同时，通知又称"国内外阶级敌人同我们的斗争是很复杂的，反革命秘密组织不是只有一个'五一六'"。

本月，姚雪垠被下放到湖北省蒲圻县的"五七干校"劳动，主要是放牛和管理仓库。

四月

2 日，《人民日报》刊登"上海革命写作小组"的《鼓吹资产阶级文艺就是复辟资本主义——驳周扬吹捧资产阶级"文艺复兴"、"启蒙运动"、"批判现实主义"的反动理论》。该文认为"周扬吹捧资产阶级'文艺复兴'、'启蒙运动'、'批判现实主义'目的是发展资本主义经济、建立和巩固资产阶级专政、为挽救资本主义灭亡制造舆论。""这种反动理论在文化上是卖国主义的文艺观，因此必须把思想文化战线上的革命进行到底。"

本月，丁玲夫妇被关进北京附近的监狱，直至 1975 年 5 月出狱。

五月

1 日，革命样板戏《红灯记》（1970 年 5 月演出本）发表在《红旗》第 5 期上。同期还发表了中国京剧团《红灯记》剧组的《为塑造无产阶级的英雄典型而斗争——塑造李玉和英雄形象的体会》。

12 日，《人民日报》发表上海京剧团《智取威虎山》剧组牛劲的文章《高举红灯，继续革命——学习革命现代京剧〈红灯记〉一九七〇年五月演出本的一些体会》。

25 日，《红旗》第 6 期发表评论员文章《改造世界观——纪念〈在延安文艺座谈会上的讲话〉发表二十八周年》、北京京剧团集体改编的革命样板戏《沙家浜》剧本，以及上海京剧团《智取威虎山》剧组的文章《演革命戏，做革命人》。同期还刊登了钟岸的文章《毛主席领导的红军是英雄好汉——批判反共历史剧〈石达开的末路〉》，对《石达开的末路》的作者陈白尘展开批判，认为他在 1935 年写的这个剧本是为了配合国民党的反革命军事围剿，影射红军就是当年的太平天国，就是当年的石达开武装。文章说："'四条汉子'周扬、夏衍、田汉、阳翰笙吹捧的所谓'进步'作家陈白尘，是陆定一的'阎王殿'里，为叛徒、内奸、工贼刘少奇颠覆无产阶级专政大造反革命舆论的一员干将。此人早在三十年代，就是国民党豢养的一条忠实走狗，干了大量的反革命勾当。………配合国民党的反革命军事'围剿'，梦想工农红军像当年太平天国的石达开在大渡河全军覆没一样，走向'末路'，就是他从事反革命活动的一个铁证。"

31 日，革命样板戏《沙家浜》（1970 年 5 月演出本）发表在《文汇报》上。

七月

2 日，《红旗》第 7 期发表中国舞剧团集体改编的革命样板戏《红色娘子军》。同期还发表剧组的文章《毛泽东思想照耀着舞剧革命的胜利前程——排演革命现代舞剧〈红色娘子军〉的一些体会》。

15 日，《人民日报》发表文艺短评《做好普及革命样板戏的工作》。文章认为"要学好革命样板戏必须很好地学习毛主席的《在延安文艺座谈会上的讲话》，学好毛主席文艺思想"；"必须了解革命样板戏创作过程中两条路线斗争"；"必须学习革命样板戏的剧本、实况录像、电视记录片以及报刊上发表介绍的革命样板戏创作演出的文章。"自此，"唱样板戏，做革命人"活动遍及城乡，风靡全国。

24 日，《山西日报》发表省革委会大批判写作组批判赵树理的文章，从此掀起了一场持续 10 个月之久的"大批判"浪潮。

本月，丰子恺病中开始作画，不到两年，得画 70 余幅，总题名《敝帚自珍》。

九月

19 日，《红旗》第 10 期刊登清华大学革命大批判小组的文章《"国防文学"就是卖国文学——揭穿周扬"国防文学"的反动本质》。文章认为 30 年代周扬曾为之辩护的"国防文学"是"阶级投降主义和民族投降主义路线的产物"，"是彻头彻尾的汉奸文学"，"是地地道道的国民党文学"。

23 日，赵树理遭受政治迫害病逝于太原，终年 64 岁。赵树理，1906 年生，原名赵树礼，山西沁水县人，"山药蛋派"代表作家。1925 年考入长治山西省立第四师范学校，受"五四"新思潮的影响，接触新文学。后因参加学潮被开除。1929 年被山西阎锡山当局逮捕入狱，次年获释。1936 年任上党乡村师范语文教师。翌年参加山西抗日救国同盟会。抗战爆发后从事抗日宣传和民政工作。1939 年起编辑《黄河日报》《抗战生活》《中国人》等报刊。1944 年任华北新华书店编辑。1945 年后编辑《新大众》报。新中国成立后在北京任《说说唱唱》《曲艺》主编，并任中国文联常委、中国作协理事、中国曲艺工作者协会主席等职。1957 年后回山西长期深入农村生活。1965 年回山西省文联工作。主要小说代表作有《小二黑结婚》《李有才板话》《传家宝》《李家庄的变迁》《邪不压正》《登记》《三里湾》《"锻炼锻炼"》《套不住的手》等；主要戏曲和曲艺代表作有《万象楼》《十里店》《三关排宴》《石不烂赶车》《灵泉洞》等；此外还有创作随笔集《三复集》等。周扬在《论赵树理的创作》中说："赵树理，他是一个新人，但是一个在创作、思想、生活各方面都有准备的作者，一位在成名之前已经相当成熟了的作家，一位具有新颖独创的大众风格的人民艺术家。""作者在人物创造上，第一个特点就是：他总是将他的人物安置在一定斗争的环境中，放在这斗争中的一定地位上，这样来展开人物的性格和发展。每个人物的心理变化都决定于他在斗争中所处的地位的变化，以及他与其他人们之间的关系的变化。他没有在静止的状态上消极地来描写他的人物。""其次一个特点是：他总是通过人物自己的行动和语言来显示他们的性格，表现他们的思想和情绪。关于人物，他很少作长篇大论的叙述，很少以作者身份出面来介绍人们，也没有作多少添枝加叶的描写。他还每个人物以本来面目。他写的人物没有'衣服是工农兵，面貌却是小资产阶级'；他写农民就像农民。动作是农民的动作，语言是农民的语言。一切都是自然的，简单明了的，没有一点矫揉造作，装腔作势的地方。而且，只消几个动作，几句语言，就将农民的真实的情绪、面貌勾画出来了。""还有一个特点，就是明确地表示了作者自己和他的人物的一定的关系。他没有站在斗争之外，而是站在斗争之中，站在斗争的一方面，农民的方面，他是他们中的一个。他没有以旁观者的态度，或高高在上的态度来观察与描写农民。""他在他的作品中那么熟练地丰富地运用了群众的语言，显示了他的口语化的卓越的能力；不但在人物对话上，而且在一般叙述的描写上，都是口语化的。在他的作品上，我们可以看出和中国固有小说传统的深刻联系；他在表现方法上，特别是语言形式上吸取了中国旧小说的许多长处。但是他所创造出来的绝不是旧形式，而是真正的新形式，民族新形式。他的语言是群众的活的语言。他在文学创作上，不是墨守成规者，而是革新家，创造家。"（《解放日报》1946 年 8 月 28 日）

本月，《湖南日报》连续刊登文章批判周立波的长篇小说《山乡巨变》，说它是"一部鼓吹农村资本主义复辟的黑作品"。

《颂歌献给毛主席》由上海市出版革命组编辑出版。

《我们是毛主席的红小兵》由上海市出版革命组出版。

十月

1 日，革命现代京剧《智取威虎山》彩色影片在北京和全国陆续上映。

15 日，萧也牧遭残酷迫害，含恨死于河南黄湖团中央"五七"干校，终年 52 岁。萧也牧，原名吴承淦，1918 年生，浙江吴兴人。建国前一直从事记者、编辑等工作，1949 年进京后在团中央宣传部工作，1951 年因"小资产阶级创作倾向"受到批判，1957 年调入中国青年出版社任文学编辑，曾参与《红旗谱》《红岩》《红旗飘飘》等重要作品的编辑出版工作，1959 年被补划为"右派"。著有《山村纪事》《地道里的一夜》《母亲的意志》《难忘的岁月》等小说、散文集。小说代表作有《我们夫妇之间》《海河边上》《锻炼》等。1979 年百花文艺出版社出版了《萧也牧作品选》。李士文在《不要忘记萧也牧》中说，萧也牧按照"生活的本来面目进行提炼、集中、概括，重视生活中的矛盾冲突和复杂性，不回避那些幼稚的、粗糙的、有缺憾的事物。他笔下的人物并不常常是丰满的，但大致都能给人一种质朴的真实感，不像那种高调子的神和脸谱化的鬼。无论先进的、一般的或反面的人物，都使人觉得那正是我们熟悉的同时代人。这就是萧也牧的创作倾向。这种倾向可以称之为革命现实主义的倾向，"而不是什么"小资产阶级创作倾向"。（《当代文学》1981 年第 1 期）

本月，为纪念抗美援朝 20 周年，各地重新放映《英雄儿女》《打击侵略者》等 5 部影片，受到群众热烈欢迎。这是"文革"中首次重映文革前摄制的影片（为大批判而放映的"毒草"影片除外）。有关部门根据群众的要求，又选了两部影片准备重映，张春桥、姚文元以"对保卫样板戏不利"为由，不准上映。

十一月

上海人民出版社编辑出版《赞革命样板戏〈红灯记〉》和《赞革命样板戏〈沙家浜〉》。

本年

全国掀起了以刘少奇为靶子的批判"地主、资产阶级人性论"的高潮。

赵一凡文艺沙龙在北京形成。"赵一凡的沙龙是开放性的，不同色彩的小圈子在这里发生交叉。""许多后来知名的青年诗人、新诗歌的开拓者以及许多爱好文学的青年都曾出入其中。""郭路生和齐群等人，以及后来形成的白洋淀诗群，都与赵一凡有过接触交往。""赵一凡（1935—1988），原籍浙江义乌。生于上海。父母都是高级知识分子。自幼因病致残，两度卧床 15 年。上过 3 个月的小学，自修完大学文科。主要从事文字改革、儿童文学编辑工作，并做过古典文学书籍和辞书的校对工作。一生中还有一个重要贡献，进行私人性质的文化资料的收存、整理。在文革中，保存了地下文坛大量珍贵的文学资料。1975 年初，因'交换、收集、扩散反动文章'，被冠以组织反革命集团'第四国际'罪名，逮捕入狱。1976 年四人帮粉碎后出狱，所抄没的一部分资料也幸得发还。由于赵一凡多年的精心收藏、编辑，保存下来大量文学资料。其中相当部分已被原作者遗失、忘却的诗稿，籍此得以重见天日，得到发表。使不少诗歌最终由'地下诗歌'变为'地上诗歌'。赵一凡是现代诗歌默默的奉献者，为'地下诗坛'做出了突出贡献，受到了文革中成长起来的一代青年诗群的普遍敬重和爱戴。"（杨健：《文化大革命中的地下文学》，第 83—87 页，朝华出版社 1993 年版）

据多多的回忆："1970 年初冬是北京青年精神上的一个早春。两本最时髦的书《麦田里的守望者》《带星星的火车票》向北京青年吹来一股新风。随即，一批黄皮书传遍北京：《娘子谷及其他》、贝克特（作者应为尤奈斯库——引者注）的《椅子》、萨特的《厌恶及其他》等。"（多多：《被埋葬的中国诗人（1972—1978）》，《沉沦的圣殿》，第 195 页，新疆青少年出版社 1999 年版）

任毅因为创作《南京知青之歌》而被张春桥下令逮捕，判刑十年。这是"文革"期间流传众多的知青歌曲中影响最大、流传最广的一首。它创作于 1969 年，原题为《我的家乡》。此外，当时还流传有《山西知青离乡歌》《年轻的朋友你来自何方》《广州知青歌》《火车慢些走》《巫山知青歌》《四季歌》《这就是美丽的西双版纳》《地角天边》《姑娘八唱》《请你忘记我》《雨中传情》等等。

茅盾开始赋闲在家，直至"文革"结束。

罗烽、白朗夫妇被遣往辽宁黑山县芳山劳动改造。白朗患精神病。

曾卓在武汉市郊劳动改造期间作诗《悬崖边的树》《无题》》《火与风》。

绿原作诗《重读〈圣经〉——"牛棚"诗抄第 n 篇》和《谢谢你》。

唐湜在家乡浙江温州流放期间作有抒情长诗《幻美之旅》《默想》，历史叙事诗《海陵王》《桐琴歌》，抒情诗《雨后的早晨》（外四章）、《季候鸟》《拿白色的百合》（外五章）、《春晨》（外九章）。《幻美之旅》由 56 首连绵不断的十四行诗（合共 784 行）组成。历史叙事诗《海陵王》由 95 首十四行诗，合共 1330 行，分 7 章组成。

食指（郭路生）先后到湖北、江苏南京等地远游，期间作诗《我们这一代》和《南京长江大桥——写给工人阶级》。秋天，他回到山东老家鱼台县王庙公社程庄寨大队务农。年初，他的诗《相信未来》还曾被江青点名批判。

顾城作诗《村野之夜》《夕时》《老树》《大雁》《山溪》《晨》《微风》《土块》《沙漠》《脚印》《回春》《割草谣》《割草归来》《友谊》《回想》等33首。

林莽作诗《沐浴在晚霞的紫红里》《心灵的花》《诉泣》。

李英儒被江青指使人关进北京秦城监狱，一同被关进的还有金敬迈等人。起因是北京图书馆、上海图书馆送到"中央文革小组"文艺组的一包封着的江青30年代的资料和照片，尽管李英儒向江青发誓并未拆看，可江青还是将李英儒（当时任文艺组副组长）及金敬迈（组长）等人一并关押。李英儒后来在秦城监狱中创作了两部长篇小说《女游击队长》（1973）和《上一代人》（1974），合计100万字。他是利用马克思《资本论》的白边，用牙刷制成笔，蘸着紫药水进行写作的。他曾在《资本论》的卷首白页上题诗曰："我的名字叫党员，坚定意志闯难关。报效领袖甘一死，笑洒碧血染杜鹃。"

无名氏作于40年代的中篇小说《塔里的女人》开始在社会上广为传抄。一说是1968年开始地下流行。《塔里的女人》在传抄过程中曾出现过不同版本和异名，在南京被改名为《塔里"木人"》、在西安被改名为《塔姬》。

毕汝协的中篇小说《九级浪》和佚名的中篇小说《逃亡》在北京知青中间传抄。

1971 年

一月

13 日，诗人闻捷因与戴厚英的相爱遭到张春桥等人的诬陷和迫害，在上海奉贤"五七干校"写好遗书后开煤气自杀，终年48岁。十余年后，戴厚英据此写成长篇小说《诗人之死》。闻捷，原名赵文节，江苏丹徒县人。小学毕业后在南京一家煤厂当学徒。1938年流亡到汉口，参加抗日救亡演剧工作。1940年赴延安，在陕北文工团工作，后入陕北公学学习，开始发表文学作品。1945年任《群众日报》记者组组长。1949年随军到新疆，任新华社西北分社采访部主任、新华社新疆分社社长。1957年调中国作协从事专业创作。1958年任作协兰州分会副主席，在甘肃河西走廊一带生活和写作。1965年调上海作协工作。著有诗集《天山牧歌》《河西走廊行》《生活的赞歌》《第一声春雷》（与李季合著报头诗集）、长篇叙事诗《复仇的火焰》等。另有与袁鹰合著的诗集《花环》和散文集《非洲的火炬》。1978年人民文学出版社出版了《闻捷诗选》。胡采这样评价闻捷的诗："在闻捷的诗中，有关于大江大河的描写，也有关于潺潺溪流的描写。我们能够从他的诗中，看到和听到浪涛滚滚的奔流呼啸声，也能看到和听到淙淙的小河淌水声。奔腾呼啸的声貌，可以激起你胸中的巨大浪涛，而淙淙的小河淌水声，却能引起你无限美好的情思。闻捷的某些情歌，就动人地描写了我们生活中这种淙淙的小河淌水声，声音虽小，但他的魅力，却十分扣人心弦。""他写情歌，是因为他深切感觉到：在我们这个时代青年男女的爱情里面，也充分显示出我们的人民、特别是年轻一代儿女们崇高的和美好的心灵面貌来。""在反映新疆兄弟民族人民生活的这一部分诗里面，诗人热情地描写了那儿的人民，热爱自己美好的生活，热爱社会主义和共产党。人民是这美好生活的真正主人。对于这儿主人们的勤劳、好客、爽朗和骁勇的性格，对于他们已经开始了的新的生活、新的思想感情，诗人唱出了最好的赞歌。""他的诗，意境新，诗情旺盛，风格优美，富于感人力量。""闻捷的诗，形式是多种多样的。有歌谣体，有古典诗歌体，有自由诗体，也有马雅可夫斯基式的诗体；有四行一节或六行一节的诗，也有三行、两行或十几行一节的诗；有三五个字构成一个行句的，也有一二十个字联成一个行句的。""就闻捷的大部分诗来看，四行或六行构成一个小节的诗最多，字数也不一定整齐，但具有鲜明韵节。这类诗，兼有民歌体、古典诗歌体以及自由体等诗之长。看起来，他运用这类诗体写诗，似乎显得更加得心应手一些。"（胡采：《崇高的理想，美好的情思——序闻捷诗选〈生活的赞歌〉》，《延河》1959 年 6 月号）

本月，《长空战歌》由上海人民出版社编辑出版。

二月

12 日，在湖北咸宁"五七干校"劳动改造的张光年在日记中记述："下午改为各班继续讨论《纪要》。七、八班合开，各人谈了学习体会。我回顾一年多来走'五七'道路的思想情况，归结为有等待处理、等待安置的思想，有劳动惩罚论作祟。每当公字占上风，想到国内外大好形势、向阳湖前途就很受鼓舞，而私字露头，想到自己，心上又升起愁云。这是头脑中两条路线的斗争。陈默批判我又是自然主义暴露，是阶级斗争反映，要我继续考虑。我自己觉得，我的整个发言是以批判态度回顾自己的思想变化的，但应作批判的补充。"（张光年：《向阳日记——诗人干校蒙难纪实》，第 40 页，上海远东出版社 2004 年第 2 版）

13 日，张光年在日记中记述："今天早上、上午、下午都继续讨论干校工作会议文件。领导要求站在公字上考虑问题，总结经验。班会上李震同志认为我昨天的发言暴露了阴暗心理和怨气。我作了补充发言，希望消除误解。我说对过去推行黑线的罪行，自觉认识不断有所提高；而对自己个人历史的审查的方式，曾经背上了思想包袱，这是很错误的。我就此进行了自我批评。同志们还批评我有官气。这也很值得我警惕。今天会上，同志们都是以热诚帮助的态度，促使我加快思想改造的步伐，这是令人感奋的。我想应以这次学习内容为中心，写出二月份的'思想汇报。'"（张光年：《向阳日记——诗人干校蒙难纪实》，第 40 页，上海远东出版社 2004 年第 2 版）

三月

2 日，《人民日报》刊登辛文彤的文章《评田汉的一个反革命策略——从〈关汉卿〉看田汉用新编历史剧反党的罪行》。该文认为"田汉歪曲历史，在剧中塑造了一个假的关汉卿，为现实中的反革命分子塑像"，是"打着'新编'幌子向党猖獗进攻"，是"借助'历史'躯壳作为攻守的掩护"。

《红旗》第 3 期刊登闻军的《路线斗争决不能休战——评王明、刘少奇、周扬一伙鼓吹"国防文学"的反动性》、周建人的《学习鲁迅，深入批修——批判周扬一伙歪曲、污蔑鲁迅的反动谬论》，以及北京电影制片厂《智取威虎山》剧组的文章《还原舞台，高于舞台——我们是怎么把革命现代京剧〈智取威虎山〉搬上银幕的》。

四月

1 日，《红旗》第 4 期刊登钟岸的文章《历史的渣滓阻挡不住革命的洪流——从〈李秀成之死〉看王明、刘少奇、周扬一伙的反革命面目》。该文认为阳翰笙 1937 年创作发表、1963 年搬上舞台的《李秀成之死》是"美化叛徒，反对毛主席的无产阶级路线，为王明、刘少奇的反革命路线服务的大毒草"。"彻底批判这些反动作品可以帮助认识周扬、夏衍、田汉、阳翰笙等'四条汉子'及其主子王明、刘少奇一伙的反革命面目，提高阶级斗争和两条路线斗争觉悟、巩固无产阶级专政。"

23 日，《人民日报》刊登南京大学中文系革命大批判小组批判影片《丽人行》的文章。该文认为田汉的《丽人行》公开为一批"重庆分子"树碑立传，是"'国防戏剧'的继续，是极端反动的'国民党'文学，是田汉从事反革命罪恶活动的又一铁证。"

《人民日报》刊登广西师范学院革命大批判小组批判影片《万家灯火》的文章《人民革命势不可当——批判阳翰笙的〈万家灯火〉》。该文认为阳翰笙的《万家灯火》"违背当时阶级斗争的历史事实，以偷梁换柱的手法掩盖当时的阶级矛盾和阶级斗争。""是一株反对人民革命，竭力维护摇摇欲坠的国民党反动统治的大毒草。"

六月

10 日，文艺理论家邵荃麟含冤在狱中病逝，终年 65 岁。邵荃麟，原名邵骏运，浙江慈溪县人。1926 年任共青团上海江湾吴淞区区委书记，后历任共青团浙江省委书记、中共浙江省委常委、重庆局文委委员、香港工委副书记兼文委书记、《大众文艺》丛刊主编等职。新中国成立后，历任政务院文教委员会副秘书长，中宣部副秘书长，中国作家协会党组书记、副主席，《人民文学》主编等职。著有短篇小说集《英雄》《宿舍》，译有陀思妥耶夫斯基的长篇小说《被侮辱与被损害的》等，另有《邵荃麟评论选集》两卷。1962 年在"大连会议"上提出"写中间人物"和"现实主义深化"的观点，"文革"前后遭到批判。其妻葛琴亦为作家和编辑，在"文革"中也倍受迫害，以致偏瘫失语。

本月，《千歌万曲献给党》由上海人民出版社编辑出版。

《我们是毛主席的红卫兵》由上海人民出版社出版。

《阳光雨露育新苗》由上海人民出版社出版。

七月

3 日，《人民日报》刊登中国共产党广西壮族自治区委员会写作小组的文章《坚持无产阶级文学的党性原则——批判"四条汉子"反对党的领导，鼓吹"创作自由"的反革命口号》。文章说："文艺领域里对周扬等'四条汉子'的批判也在深入进行。结合这场斗争，认真学习列宁《党的组织和党的文学》这一光辉著作，对于彻底批判刘少奇及其在文艺界的代理人周扬等'四条汉子'鼓吹的'创作自由'……具有十分重要的现实意义。"文章对周扬文艺观点的批判主要集中在以下几点：一是文艺特殊论，"周扬之流狂呼乱叫党对文艺是'外行'，实际上是不要无产阶级及其政党过问文艺，是为了排除党对文艺的领导，是要地主资产阶级的自由，是要让那些所谓反党反社会主义的所谓'内行'，对社会主义的文艺实行资产阶级的专政。"二是"保护作家个性论"，周扬一伙在全国解放以来一直鼓吹对于作家的所谓个性，要'保护它，鼓励它'，要让作家按照自己的个性进行'自由创作'；胡说'报纸的思想是党的思想'，而作家'要有自己的思想'，否则就会给'艺术创造带来很大的危害'，妄图以此来抵制党对文艺工作者的思想指导。"三是"群众需要论"，"刘少奇、周扬一伙还胡说什么'由于人们的需要、兴趣和爱好不同'，'要求多样化的艺术'，因此要让作家'有广泛的自由'，而不许党进行任何干预。这是他们鼓吹'创作自由'、反对党的领导的又一借口。"

本月，国务院文化组成立，吴德任组长，刘贤权任副组长，成员有石少华、于会泳、浩亮、刘庆棠、王曼恬、吴印咸、狄福才、黄厚民。后来于会泳任副组长。

八月

8 日，文艺评论家侯金镜在湖北咸宁"五七干校"含冤逝世，终年51 岁。侯金镜，北京人，早年到陕北革命根据地参加革命工作。建国后任《文艺报》副主编，中国作协党组成员。在延安时期曾将高尔基的长篇小说《母亲》改编为话剧上演。主要文学评论集有《鼓噪集》《部队文艺新里程》和《侯金镜文艺评论选集》。陈白尘在《牛棚日记》中记载了侯金镜的死："侯金镜同志今晨突然逝世，令人悲痛难已！昨日他随菜班来大田劳动，返连以后 S 还要他为菜地担水，连续挑水 10 担。夜 10 时，心脏病猝发，不及抢救，延至凌晨溘然长逝。我这个'积极分子'是间接的杀人犯！侯是有名的病号，即使不给照顾，也不能如此折磨人啊。侯在鸭班时，即因时时发病，感到危险，我才建议排长调他回去，加以照顾的。不图侯回到菜班即顶替了我原来的位置，而且加重了劳动量，与我之初衷完全相反。'我虽不杀伯仁，伯仁由我而死！'我无意中作了帮凶，思念及此，更于悲痛中增加无限悔恨！侯在文化大革命初期对目睹的许多现象极为不满，曾言：'如果国内产生马列主义小组，我要参加！'（大意）为此，一度把他打成现行反革命。如今已临近解放他了，又折磨致死，一个相当好的党的干部遭到如此下场，是一大悲剧！全连中可以谈谈的几个人，冯牧走了，金镜死了，我则更加孤寂了。"（陈白尘：《牛棚日记》，第 216 页，北京三联书店 1995 年版）

本月，胡风看到国内形势很坏，终于对解决自己的问题完全绝望。一次，他用大石头击打自己的脑部，企图自杀，未成。不久，精神开始错乱，自我恐怖严重。

九月

1 日，《红旗》第 10 期刊登钟慎的文章《沿着毛主席的无产阶级教育路线胜利前进——批判刘少奇、陆定一反对无产阶级教育路线的罪行》。同期还发表孙学文的《数风流人物，还看今朝——评三本报告文学集》。文章认为《一二·五赞歌》《南京长江大桥》《铁水奔流》"这三个报告文学集子中的好多作品，在塑造自觉的无产阶级革命战士的形象方面，有不少引人注目的特色，同时也存在着一些需要努力去解决的新问题"。

13 日，中共中央副主席林彪叛逃，因飞机坠毁而死于蒙古境内的温都尔汗。此即震惊全国的"九一三"事件。为此，毛泽东作《戏改李攀龙〈怀明卿〉》一诗："豫章西望彩云间，九派长江九叠山。高卧不须窥石镜，秋风怒在叛徒颜。"又作《戏改杜甫〈咏怀古迹〉其三》："群山万壑赴荆门，生长林彪尚有村。一去紫台连朔漠，独留青冢向黄昏。"

十月

1 日，《红旗》第 11 期刊登丁学雷的文章《批判刘少奇的反动人性论》。该文反对刘少奇在《人的阶级性》中提出的"人有两种本质"（即自然本质和社会本质），认为刘少奇"引出许多抽象的超阶级、唯心论和形而上的观点，用以反对马克思列宁主义、毛泽东思想，反对无产阶级专政。"同期还发表钟慎的文章《把批判唯心论的斗争进行到底——驳斥刘少奇、陆定一保护和鼓吹唯心论的反动谬论》。

31 日，《人民日报》刊登西北大学中文系革命大批判小组的文章《批判夏衍的反共卖国剧本〈上海屋檐下〉》。该文认为《上海屋檐下》是"投降主义的传声筒"；"叛徒哲学的辩护士"；"奴才哲学的吹鼓手"。

本月，全国开展批林整风运动。

十一月

1 日，《红旗》12 期刊登钟岸的《对反革命分子必须实行专政——批判反动电影〈人民的巨掌〉》。该文认为夏衍编导的《人民的巨掌》是"为刘少奇的反革命修正主义路线作宣传，为包庇反革命分子造舆论的大毒草"。

14 日，浩然作《为谁而创作》一文，后发表在《中国建设》1972 年第 5 期上。

十二月

4 日，《红旗》第 13 期刊登中共北京市委写作小组的《记住社会主义革命时期阶级斗争的历史经验——重读〈关于胡风反革命集团的材料的序言和按语〉》。该文指出："胡风集团疯狂地反对毛主席的革命文艺路线，反对党所确定的文艺方向，推行他们的反革命文艺路线，是妄图利用大地主大资产阶级的面貌改造党，改造世界。""因此，我们同胡风一类反革命两面派的斗争，其实质也就是两条路线的斗争。只有从路线斗争的高度，去分清是非，辨明真伪，才能识别反革命的两面派。"

10 日，《人民日报》刊登了宇文平的文章《批判"写真实论"》。该文认为"'写真实论'是刘少奇反革命修正主义文艺黑线的代表性论点之一。""长期以来，周扬、田汉、夏衍、阳翰笙'四条汉子'挥舞'写真实论'的破旗，极力在文艺认识论中观察、反映社会生活。""反对马克思主义世界观的指导，用超阶级的'写真实论'反对无产阶级文艺的政治性，攻击社会主义制度，丑化工农兵形象。"

26 日，郭小川作诗《长江边上"五七"路》。后来发表在《北京文艺》1976 年 12 月号上。

本年

在湖北咸宁干校下放的郭小川先是被武汉军区借调，参与纪录片《前进在光辉的五七道路上》解说词的写作，随后又应兰州军区之约撰写另一部纪录片的解说词，再跟着是沈阳军区的诚恳相约。三大军区争相约请，鼓舞了郭小川，让他产生了重返主流社会的冲动。次年 9 月，郭小川被借调到国家体委，为正大红大紫的乒乓球世界冠军庄则栋撰写报告文学。历时半年，歌颂庄则栋、署名郭小川的文章《笨鸟先飞》发表在《新体育》杂志上。这是郭小川自"文革"以来首次使用真名发表文章。香港报纸很快做出反应：转载郭文，还说郭小川"久违了"。同年 7 月，《体育报》又刊发郭小川歌颂领袖、歌颂"文革"的政治抒情长诗《万里长江横渡》，引来圈内圈外人士的一致好评。何其芳更是赞誉有加，说："中国诗坛的希望寄于郭小川同志。"与此同时，郭小川又参与了反映乒乓球队生活的话剧《友谊的春天》剧本的改写。就是这台话剧不久以后成了郭小川一生中第三次遭批判的导火索。1974 年 3 月底，文化部部长于会泳公开指责《友谊的春天》是"攻击文化大革命的大毒草"。接着国家体委贴出了批判郭小川的大字报，时任国家体委主任的庄则栋主持了一场批判郭小川的大会，罪名是郭小川写的《笨鸟先飞》和《秋收歌》是"对党的恶意攻击，是修正主义的黑货"。据庄则栋说，"江青插进来了"，"江青说郭小川是修正主义分子……"江青等人大举封杀郭小川，彻底击碎了他的创作梦想。受到批判后，郭小川在致友人王榕树的信中说："这以后，如不是中央领导同志分配我写作任务，我无论如何不敢再写了。"他在致女儿们的信中更是说："从此后，决心与文艺工作告别，自己不写了，别人的也不帮了。将来到农村，只想为一个生产队或大队的事当当参谋，劳动学习，了此一生。""与文艺告别，这不是'伤心话'，我实在不敢再搞了，这工作太容易出问题，我的年龄、身体都不胜任了。"1974 年 4 月 15 日，郭小川以戴罪之身，被勒令返回湖北咸宁五七干校重新参加劳动改造。（参见郭小川：《检讨书》，第 252—255 页，中国工人出版社 2001 年版）

绿原作《信仰》诗一首。

牛汉在湖北咸宁干校作诗《毛竹的根》《坠空》《奇迹》和《死亡的岩石》。

曾卓在武汉市郊劳动改造期间作诗《感激》和《无言的歌》。

郭小林在北大荒作长达 600 行的政治抒情长诗《誓言——献给最敬爱的伟大领袖毛主席》。又作政治抒情诗《致大雁》郭小林是郭小川之子，1964 年因受时代精神感召，自愿报名到北大荒，年仅 16 岁。他在"文革"期间先后发表《林区新景》等 30

余首新诗，成为当时著名的"兵团诗人"。

食指（郭路生）在山东济宁入伍，作《新兵》《澜沧江，湄公河》《架设兵之歌》等诗，反映部队生活。

依群（齐云）作长诗《纪念巴黎公社100周年》。此诗在当时很快传遍大江南北，为知青们广为赞叹吟诵。多多后来认为，依群是"文革"时期新诗"形式革命的第一人。"

根子（岳重）作长诗《三月与末日》和《白洋淀》。

芒克（姜世伟）作诗《致渔家兄弟》。

牟敦白作诗《诺敏江的波浪》。

郭小林作诗《致大雁》。

舒婷作诗《寄杭城》。这是舒婷现存创作时间最早的一首诗。

顾城作诗《无名的小花》《生命幻想曲》《我赞美世界》《幻想与梦》《岁月的早晨》《醒》《中秋漫笔》《河》《雨梦》《蝉声》《漫游》《满月》《正午》《风车》等20首。本年顾城年15岁，《生命幻想曲》后来成了80年代朦胧诗的代表作之一。

刘绍棠开始创作长篇小说《地火》，至1975年完成初稿。

张宝瑞的《梅花党》系列小说在社会上流传。包括《一只绣花鞋》《绿色尸体》《火葬场的秘密》《一幅梅花图》《金三角之谜》等。

丰子恺开始私底写作《缘缘堂续笔》，原题名《往事琐记》，包括《眉》《男子》《牛女》《暂时脱离尘世》《酒令》《食肉》《鄞都》《癞六伯》《塘栖》《中举人》《五爹爹》《菊林》《戎孝子和李居士》《王囡囡》《算命》《老汁锅》《过年》《清明》《吃酒》《旧上海》《放焰口》《歪鲈婆阿三》《四轩柱》《阿庆》《小学同级生》《S姑娘》《乐生》《宽盖》《元帅菩萨》《琐记》等33篇。这些随笔全都是作者利用凌晨时分悄悄写作而成的，1973年修改定稿。据丰一吟在《〈丰子恺随笔集〉编后记》中说："写作已经成了父亲的第二生命，他绝不能投笔闲坐！这位惯于从平凡琐碎的现实生活中取材，最喜'小中见大'，还求'弦外余音'的作者，看到当时现实生活中的一些丑恶现象，而又不能痛痛快快地举起'五寸不烂之笔'加以鞭挞，这时，他就采用了另一种办法：'你批你的，我写我的！'《缘缘堂续笔》就是在这样的情况下诞生的。'续笔'中所描写的遥远的往昔，饶有兴味的故乡风物，令人神往的童年时代，仿佛与当时现实生活中一些令人痛心的现象形成了鲜明的对照！"（《丰子恺随笔集》，第501—502页，浙江文艺出版社1983年版）

黄瑞云作寓言《水牛和公鸡》《灯泡和太阳》。

1972 年

一月

1日，《红旗》第1期刊登丁学雷的文章《"龙江风格"万古长青——评革命现代京剧〈龙江颂〉》。《龙江颂》所写的是九龙江边的龙江大队堵江救旱的壮举。文章认为该剧"通过英雄人物江水英的崇高形象""歌颂了无产阶级共产主义风格"。

6 日，无产阶级革命家，诗人陈毅在北京病逝，终年 71 岁。陈毅，字仲弘，1901年生于四川乐至县。1919 年留学法国，1922 年归国后任重庆《新蜀报》编辑。1923 年进入北京中法大学学习，在王统照的介绍下加入文学研究会，不久加入中国共产党。陈毅后来在《给罗生特的信》中说："这时期，我仍然没有放弃对于文学的爱好。我从事翻译法国的文学作品，也用笔名写了许多诗歌和小说。我企图用马列主义的观点来影响中国的文学"。（《陈毅诗词选集》，第 362 页，人民文学出版社 1977 年版）1925年以后，陈毅成为一位职业革命家，但在战争年代仍然留下了《梅岭三章》《赣南游击词》等脍炙人口的诗篇。1946 年，陈毅接待来访的美军雷克上校，回忆起过去，他还这样说："我的兴趣不在军事，更不在战争，我的兴趣在艺术，我愿做记者，我喜欢写小说。"建国以后，陈毅曾任国务院副总理兼外交部长，在繁忙的政务之余，他在诗歌创作领域依然勤耕不辍，写有《青松》《红梅》《秋菊》等传诵一时的旧体诗。毛泽东曾说过："陈毅的诗豪放奔腾，有的地方像我。陈毅有侠气，爽直。"毛泽东还曾写信对陈毅说："你的大作，大气磅礴。只是在字面上（形式上）感觉于律诗稍有未合。因律诗要讲平仄，不讲平仄，即非律诗。我看你于此道，同我一样，还未入门。我偶尔写过几首七律，没有一首是我自己满意的。如同你会写自由诗一样，我则对于长短句的词学稍懂一点。"（《毛泽东书信选集》，第 607 页，人民出版社 1984 年版）

25 日，浩然的短篇小说《铁面无私》发表在《北京日报》上。

本月，敬信的短篇小说《生命》发表在《工农兵文艺》（沈阳）第 1 期上。1974年初，"批林批孔"运动开始后，"四人帮"在辽宁的帮派文人发动了对这篇小说的大批判，批判浪潮波及全国。

二月

1 日，《红旗》第 2 期发表革命现代京剧剧本《海港》（1972 年 1 月演出本），由上海京剧团《海港》剧组集体改编。同期配发闻军的文章《无产阶级专政下继续革命的光辉典型——赞方海珍形象的塑造》。

本月，上海县《虹南作战史》写作组集体创作的长篇小说《虹南作战史》由上海人民出版社出版。作者在后记中说：我们"学习了样板戏的宝贵经验"，"实行了土记者和农村干部相结合，业余和专业相结合"。方泽生在《还要努力作战——评〈虹南作战史〉中的洪雷生形象》中说："小说反映的背景，基本上取材于上海市郊新泾区虹南乡合作化过程中的两条路线斗争。毛主席高度赞扬了虹南乡贫下中农走社会主义道路的积极性，为《机会主义的邪气垮下去，社会主义的正气升上来》一文写了按语。按语最后说：'当然还有许多战斗在后头，还要努力作战。'这两句话，概括了这一时期无产阶级革命路线的基本精神。'还要努力作战'这一战斗号召，极大地鼓舞着广大贫下中农不断革命、继续革命，把社会主义革命进行到底。这种不断革命、继续革命的精神，也可以说是洪雷生身上最突出的无产阶级品质。"（《文汇报》1972 年 3 月 18日）

南哨的长篇小说《牛田洋》由上海人民出版社出版。

孙犁的剧本《莲花池》发表在《莲池》第 2 期上。

三月

1 日，《红旗》第 3 期发表革命现代京剧剧本《龙江颂》（1972 年 1 月演出本），由上海市《龙江颂》剧组集体改编，并配发蔚青的评论文章《社会主义文艺的又一朵新花》。同期还刊登了雷军的文章《为什么要提倡读一些鲁迅的杂文？》。

2 日，《光明日报》发表上海京剧团《智取威虎山》剧组牛劲的文章《在无产阶级专政条件下继续革命——赞革命现代京剧〈海港〉的主题思想的处理》。

本月，靳凡（刘青峰）创作中篇小说《公开的情书》，并以手稿和打印稿形式在青年中流传。"文革"后经作者改定，公开发表于《十月》1980 年第 1 期，北京出版社1981 年出版单行本。作者在该书的附录中说："在我渴望知识甘露的时候，祖国大地上却扬起了动乱的黄沙。""苦涩的海水退去了，心的海滩上凝聚着痛苦的沉重的盐层。我渐渐明白了生的价值。祖国在爱着我，也在等待着我们这一代的爱。""你们问我为什么要写这部小说，我并不是在写小说，我只是献出了一颗不说谎的心。"这是一部书信体的小说，由四个青年男女（真真、老久、老嘎、老邪门）从 1970 年 2 月至 8 月的半年间所互通的 43 封信组成。这些信被分为四辑：第一辑"等待和寻找"；第二辑"心的碰撞"；第三辑"带着镣铐的爱情"；第四辑"只有一次生命"。作者在书中借老邪门之口说道："每个人都有爱的权利，这种权利同追求理想的权利、争取自由的权利同样神圣。这种权利既不能剥夺，也不能出让。行使这种权利吧，我的朋友！"

诗集《向阳歌——献给中国共产党诞生五十周年》由黑龙江人民出版社出版。

革命现代京剧《龙江颂》和《海港》的 1972 年 1 月演出本由上海人民出版社出版。

四月

1 日，《红旗》第 4 期发表革命现代京剧剧本《红色娘子军》（1972 年 1 月演出本），由中国京剧团根据同名舞剧集体移植创作，并配发宋鸿华的评论文章《移植创作中的优秀成果——评革命现代京剧〈红色娘子军〉》。同期还刊登了郭沫若的《怎样看待群众中新流行的简化字？》。

6 日，据《人民日报》消息，周恩来在人民大会堂会见英国作家格林。

25 日，《人民日报》发表河北保定革命委员会写作小组的《学习鲁迅杂文的阶级观点和阶级分析方法》。

本月，郭沫若的《李白与杜甫》由人民文学出版社出版。

李瑛的诗集《枣临村集》由北京人民出版社出版。

由上海港工人业余写作组集体编写的短篇小说集《迎春展翅》由上海人民出版社出版。

黎汝清的长篇小说《海岛女民兵》和李云德的长篇小说《沸腾的群山》由人民文学出版社出版。

《革命样板戏创作经验》由江西人民出版社编辑出版。

《学习鲁迅的革命精神》由河北人民出版社编辑出版。

五月

1 日，《红旗》第 5 期发表上海京剧团《海港》剧组的文章《反映社会主义时代工人阶级的战斗生活——革命现代京剧〈海港〉的创作体会》、秦言的文章《努力发展工农兵业余文艺创作》。同期还刊登了钟岸的文章《对〈文学与生活漫谈〉的再批判》，认为"周扬在《漫谈》里叫嚷'太阳中也有黑点'，把抗日根据地说得一片漆黑。""《漫谈》还大谈特谈知识分子的所谓'苦闷'与'痛苦'，竭力挑动未经改造的知识分子对新社会的牢骚，煽动混入革命队伍的投机分子对共产党的仇恨，怂恿他们都来说'延安不好的话'。在周扬发出这个反革命动员令之后不久，王实味的《野百合花》、丁玲的《三八节有感》等一批反革命杂文就冒出来了"。这同"周扬一伙所宣扬的'中间人物'正是同宗兄弟。""这些论点在理论上是极其荒谬的，在实践上是极其反动的"。

《解放军文艺》复刊。复刊号发表"纪念《在延安文艺座谈会上的讲话》发表 30 周年"系列文章。

21 日，闻军的文章《一石激起千层浪——赞革命现代京剧〈海港〉的艺术构思》刊登在《光明日报》上。

本月，李学鳌的诗集《放歌长城岭》由人民文学出版社出版。

殷光兰的民歌选集《放声歌唱红太阳》由安徽人民出版社出版。

《阳光灿烂照征途——工农兵诗选》由人民文学出版社编辑出版。

浩然的长篇小说《金光大道》（第一部）由人民文学出版社出版。第二部于 1974 年 5 月出版。第三、四部虽然于"文革"结束时已经写完，但当时并未出版。这部小说已出版的两部在"文革"期间曾经受到高度评价，代表性的文章如：马联玉的《社会主义道路金光灿烂——评长篇小说〈金光大道〉第一部》（《北京文艺》1973 年第 2 期）、谢文的《用党的基本路线指导创作——评〈金光大道〉第一部》（《北京日报》1974 年 2 月 3 日）、任犊的《必由之路——评长篇小说〈金光大道〉第二部》（《人民日报》1974 年 12 月 26 日）、辛文彤的《社会主义历史潮流不可阻挡——评长篇小说〈金光大道〉第一、二部》等。但在"文革"后《金光大道》受到批评，被认为是极左思潮和"三突出"创作理论指导下的产物。作者浩然仍然为作品辩护，他强调说："《金光大道》所描写的生活情景和人物，都是我亲自从五十年代现实生活中吸收的，都是当时农村中发生过的真实情况。今天可以评价我的思想认识和艺术表现的高与低、深与浅乃至正与误，但不能说它们是假的。土改后的农民大多数还活着，他们可以证明：那时候的农民是不是像《金光大道》所描写的那样走过来的？当时的中央文件、几次的关于互助合作问题的决议，也会说话：当时我们党是不是指挥高大泉、朱铁汉、周忠、刘祥，包括作者我，像《金光大道》所表现的那样，跟张金发、王友清、谷新民、小算盘等在作斗争中发展集体经济的，而且做得虔诚？今天，评论家可以说那时的做法错了，但不能说是作者根据先验的'路线出发'、'三突出'等模式，编造的假东西。"（引自《浩然研究专辑》，第181页，百花文艺出版社1994年版）1994年，北京京华出版社将《金光大道》四部一次出齐，在文坛再度引发争议，臧否褒贬，不一而足。

李心田的长篇小说《闪闪的红星》和郑直的长篇小说《激战无名川》由人民文学出版社出版。

郑加真的长篇小说《江畔朝阳》和李学诗的长篇小说《矿山风云》（第一部）由上海人民出版社出版。

《向伟大的革命家鲁迅学习》由甘肃人民出版社编辑出版。

《学习鲁迅的革命战斗精神》由安徽人民出版社编辑出版。

六月

1日，《人民日报》《解放军报》《红旗》杂志第6期同时刊登社论《坚持毛主席革命路线就是胜利——纪念毛主席〈讲话〉发表三十周年》。该文认为必须要"贯彻和学习毛主席的《在延安文艺座谈会上的讲话》"，"要坚持唯物论的反映论，反对唯心主义的先验论"；"要坚持无产阶级的阶级论，反对资产阶级的人性论"；"要坚持马克思主义的唯物史观，反对唯心主义的唯心史观。"

《红旗》第6期上发表上海市《龙江颂》剧组的《沿着毛主席无产阶级文艺路线前进——革命现代京剧〈龙江颂〉创作体会》。同期还刊登了方刚的《文艺问题上两种认识论的斗争》、田志松的《人民群众是历史的创造者——驳"英雄与奴隶共同创造历史"》。

本月，《绘新图》（工农兵短篇小说选）由北京人民出版社编辑出版。内收李存葆的《雪映旗红》、郑万隆的《春潮滚滚》等短篇小说14篇。

《号声嘹亮》（工农兵短篇小说选）由人民文学出版社编辑出版。

《赞革命现代京剧〈龙江颂〉》由山东人民出版社编辑出版。

《学习鲁迅　深入批修》由湖北人民出版社编辑出版。

《读一些鲁迅的杂文》由四川人民出版社编辑出版。

七月

1日，郭沫若的《中国古代史的分期问题》发表在《红旗》第7期上。郭沫若对"奴隶制与封建制的交替究竟应该划分在什么时期？"这一问题进行了探讨和研究。

25日，巴人含冤逝世，终年71岁。巴人，原名王任叔，浙江奉化人。早年参加文学研究会，创作小说和散文。1925年参加北伐战争。1930年参与发起中国左翼作家联盟，并参编1938年版《鲁迅全集》。抗战期间编辑《译报》副刊《燃火》和《大家谈》《申报》副刊《自由谈》，写作重点转向杂文和评论，是当时上海"孤岛文学"的重要杂文家。建国后历任驻印尼首任大使，人民文学出版社社长兼总编辑、《文艺报》编委。后因1957年发表杂文《论人情》而受到批判。1961年调任中联部东南亚研究所编辑室主任，埋头编写《印尼社会发展概观》。1970 年被遣送回原籍劳动改造，直至辞世。主要著作有：短篇小说集《监狱》《破屋》《乡长先生》《皮包和烟斗》《佳讯》等，中篇小说《证章》《冲突》等，长篇小说《莽秀才造反记》等，杂文集《横眉集》（合著）、《边鼓集》（合著）、《窄门集》《边风录》《遵命集》等，文论有《文学读本》《文学论稿》等。

本月，毛泽东同志针对当时文艺界的问题提出批评说：现在电影、戏剧文艺作品少了。

八月

1 日，《红旗》第 8 期刊登天津市第四棉纺厂工人评论组的文章《把革命大批判长期坚持下去》。同期发表读者来信摘登《关于要重视对青年的思想教育工作的讨论》。

《解放军文艺》第 8 期刊登洪天英的文章《一份有用的教材——对周扬的〈文学与生活漫谈〉的再批判》。文章说："歌颂什么，暴露什么，归根到底是个立场问题。""为什么周扬对该暴露的偏偏要歌颂，对于该歌颂的他又偏偏要暴露呢？毫不奇怪，这正是他的主观唯心主义的世界观的必然表现，是由他的反动阶级本性所决定的。""以革命者的姿态写反革命的文章，打着'革命'的旗号，进行反革命的勾当，这是周扬在《漫谈》中向党进攻的最主要的反革命策略手段，也是一切反革命分子惯用的伎俩。"

14 日，《解放军报》发表高玉宝的文艺短论《文艺创作不能凭空编造假人假事》，驳斥"四人帮""反真人真事"论。于会泳立即组织文章围攻，说他"坚持要为写真人真事的错误主张进行辩护"，是"奇谈怪论"，并说"这是有背景的"。

30 日，郭沫若致唐弢书信一封，同时作七绝《书赠唐弢同志》。

本月，周良思的长篇小说《飞雪迎春》由上海人民出版社出版。

《学习鲁迅》由山东人民出版社编辑出版。

郭沫若的《出土文物二三事》由人民出版社出版。

九月

1 日，《解放军文艺》开辟"鲁迅杂文选读"专栏。

19 日，浩然在一个业余作者座谈会上作题为《漫谈塑造无产阶级英雄人物的几个问题》的发言，后来发表在天津人民出版社《出版通讯》1973 年第 3 期上。

本月，贺敬之的诗集《放歌集》（修订本）在周总理的关怀下由人民文学出版社出版。

中央民族学院选编的诗集《颂歌声声飞北京》由人民文学出版社出版。

《学习鲁迅革命到底》由上海人民出版社编辑出版。

十月

1日，《红旗》第10期刊登中共清华大学委员会的文章《继续落实党对知识分子的政策》。

8日，《人民日报》发表长缨的文章《浓墨重彩绘英雄——赞革命现代京剧〈奇袭白虎团〉彩色影片的镜头运用》。同期还发表仲群的文章《朝鲜英雄母亲的光辉形象》。

12日，《人民日报》发表北京二七机车车辆工厂业余评论组文章《沸腾的生活，英雄的人民——读长篇小说〈沸腾的群山〉》。

22日，《人民日报》发表钟闻的文章《青山一脉连，中朝友谊深——赞革命现代京剧〈奇袭白虎团〉彩色影片》。

本月，国务院文化组召集北影、长影、上影、八一电影制片厂有关创作人员总结拍摄"样板戏"影片的经验。此后，各厂即开始按所谓"样板戏经验"拍摄故事片。长影开始拍摄《艳阳天》《青松岭》《战洪图》；北影重新拍摄《南征北战》；上影拍摄《火红的年代》，并重拍《年青的一代》；珠影拍摄粤剧艺术片《沙家浜》；西影计划拍摄《渔岛怒潮》等。

《学习鲁迅　深入批修》由人民文学出版社编辑出版。

《赞革命现代京剧〈海港〉》由天津人民出版社编辑出版。

湖北省革委会"五·七"干校政工组编辑的短篇小说集《光辉的道路》由湖北人民出版社出版。

十一月

1日，《红旗》第11期发表革命现代京剧剧本《奇袭白虎团》（1972年9月演出本），由山东省京剧团《奇袭白虎团》剧组集体改编，并配发了路戈的文章《中朝人民战斗友谊的壮丽颂歌——评革命现代京剧〈奇袭白虎团〉》。

12日，《人民日报》发表红峰的文章《无产阶级国际主义的礼赞——赞革命现代京剧〈奇袭白虎团〉》。

15日，《人民日报》刊登宇文平的文章《数风流人物还看今朝——批判周扬一伙的"写中间人物论"谬论》。文章认为："周扬一伙顽固对抗毛主席的革命文艺路线，极力反对塑造工农兵英雄人物。""我们必须划清正确地描写处于中间状态的人物与周扬一伙鼓吹的'中间人物论'的界限。""中间状态的人物不但是可以写的，而且是需要写的，问题在于如何写。""首先，必须把位置摆对。决不能把中间状态的人物放在首位，作为主角来描写；其次，必须把态度摆正。既不能欣赏和美化他们，也不能挖苦和讥笑他们……"。同日《人民日报》还发表了江凫生的文章《"灵感论"是资产阶级货色》。

19日，《人民日报》发表宿燕的文章《广泛普及，努力提高——谈革命样板戏折子戏专场的演出》。

本月，《山东文艺》（试刊）第3期发表路早、李存葆的诗《幸福柳》、王润滋的诗《访"莱动"》。

前涉执笔的长篇小说《桐柏英雄》（集体创作）由天津人民出版社出版。

十二月

1 日，《解放军文艺》第 12 期发表雷抒雁的报告文学《沙漠战歌》。同期还刊登石一歌的《鲁迅战斗生活片断》和洪雁的文章《文艺创作必须塑造典型》。

《红旗》第 12 期刊登杨荣国的文章《春秋战国时期思想领域内两条路线的斗争——从儒法论争看春秋战国时期的社会变革》。同期还发表李炳淑的文章《毛主席的革命文艺路线给了我新的艺术生命》。

13 日，浩然的短篇小说《新邻居》发表在上海《红小兵报》上。

17 日，魏金枝遭迫害在上海逝世，终年 72 岁。魏金枝，1900 年生，浙江嵊县人。1918 年考入浙江省立第一师范学校，期间参加"晨光社"。1920 年开始文学写作，1930 年经柔石等介绍参加"左联"，并参与《萌芽》编务，其间结识鲁迅。上海解放后，先后担任《上海文学》副主编、《收获》副主编、中国作协上海分会书记处书记、副主席等职。1959 年起任上海师范学院中文系主任。著有《魏金枝短篇小说选集》、杂文集《时代的回声》、文艺论集《编余丛谈》《中国古代寓言》五册（合编）等。

香港《大公报》发表"中国新闻社记者"的《作家谢冰心女士访问记》。

23 日，浩然作长篇创作谈《〈春歌集〉编选琐忆》，后刊登在天津人民出版社《出版通讯》1973 年第 3 期上。

26 日，《人民日报》发表路遥的文章《儿童文学与儿童特点》、方演的文章《在斗争的风浪中成长——读儿童文学专辑〈海螺渡〉〈小鹰展翅〉》。

本月，《风展红旗——工农兵诗选》和《篝火正旺》（工农兵短篇小说选）由人民文学出版社编辑出版。

六四一厂工人写作组集体编写的短篇小说集《油田尖兵》由天津人民出版社出版。

陆扬烈的短篇小说集《海防线上》由浙江人民出版社出版。

江海红的短篇小说集《黄海长缨》由江苏人民出版社出版。

本年

全国各地开始出现大量《陈毅诗词》的铅印本、油印本、复写本、抄写本。

山东、广东、甘肃、浙江等地出版社纷纷编辑出版纪念毛泽东《在延安文艺座谈会上的讲话》发表三十周年办公室编辑的诗集、短篇小说集和散文集。

徐浩渊在北京家中成立文学沙龙。"她是人大附中老高一学生，文化大革命中的风云人物，老红卫兵的代表，因为《满江青》一诗影射江青而遭逮捕，入狱两年。出狱后她便积极介绍西方文化。这个沙龙中主要成员多是业余画家和知青诗人，主要人物为画家彭刚以及谭小春、鲁燕生、鲁双芹等人，后来成为'白洋淀诗派'的头面人物：岳重、栗世征当时作为歌者而参与这个沙龙。出入这个沙龙的还有当时已出名的依群。后来这个沙龙成为'白洋淀诗派'诞生的产床。"（杨健：《文化大革命中的地下文学》，第 103 页，朝华出版社 1993 年版）

曹禺被勒令在北京人民艺术剧院看守传达室。外国报纸遂传出"中国的莎士比亚正在给剧团作看大门的工作"的消息。

钱钟书与夫人杨绛一同被遣返北京。他开始写作《管锥编》。

诗人食指（郭路生）患精神分裂症。

牛汉作诗《半棵树》《车前草》和《夜路上》。

唐湜作诗《友爱的树林》（外八章）。

流沙河作诗《梦西安》《锯的哲学》《M 的周年祭》。

成都文艺沙龙编辑出版《空山诗选》，内收邓垦、陈自强（陈墨）等成员 150 首诗作。

知青题材的长诗《决裂——前进》（700 行）在西安、广州、上海等地广为流传。

黄翔作长诗《长城的自白》。

根子（岳重）作诗《橘红色的雾》和对话体长诗《致生活》，后者长达 150 余行。

芒克（姜世伟）作组诗《城市》。

多多（栗世征）作诗《蜜周》《告别》和《当人民从干酪上站起》。

北岛（赵振开）作诗《星光》《你好，百花山》《眼睛》《走向雨雾中》《五色花》《云呵，云》《真的》。

顾城作诗《太阳照耀着》《希望》《夜归》《小风景》《小树》《找》《旅行》《早晨》《梦曲》《落叶》《忧天》《窒息的鱼》《阵雨》《雨后》等 15 首。

姚雪垠在湖北蒲圻县"五七干校"劳动期间，利用回武汉休假的机会找武汉市革委会有关负责人，要求继续写作《李自成》，获得批准。从当年夏天开始，姚雪垠在干校一边劳动，一边创作《李自成》第二卷。

牟敦白开始写作中篇小说《霞与雾》，1974 年完稿。

甘铁生作中篇小说《第二次慰问》，在北京文艺沙龙中传抄。

杨沫开始创作长篇小说《东方欲晓》。

黄瑞云作寓言《杨树和柏树》《狐狸论人》《两只苍蝇》。

1973 年

一月

1 日，周恩来、叶剑英、李先念等中央政治局领导接见部分电影、戏剧、音乐工作者。周恩来根据广大人民群众的要求，指出电影太少，"这是我们的大缺陷"。他说："总结七年来这方面的工作，还是薄弱的，文化组要把电影工作大抓一下。"江青指出："不是七年，是解放以来，二十几年电影的成绩很少，放毒很多，取得经验太少，很糟。"张春桥说："说少的绝大多数是出自内心的要求，希望多搞一些。当然也不排除少数别有用心的人。"在这次接见时，江青指定于会泳、浩亮、刘庆棠抓创作，成立文化组创作领导小组办公室（简称创办），于会泳任组长。随之出现的"四人帮"在文艺界的喉舌——"初澜"、"江天"，就是这个办公室写作班子的笔名。

7 日，浩然的短篇小说《七月槐花香》发表在《文汇报》上。

14 日，中央政治局领导再次接见部分电影、戏剧、音乐工作者和出席电影工作会议的同志。江青、张春桥、姚文元在这次接见中责难《海港》样片，申斥电影工办的负责同志，说原驻北影洗印厂的军代表是"坏人"，并从各方面对周恩来等国务院领导同志施加压力。周恩来在参加这次接见时中途退场。

本月，柳仲甫根据湖南花鼓戏《好教师》（1972）改编的湘剧高腔《园丁之歌》由湖南人民出版社出版。同年 11 月参加省文艺调演，次年夏拍成电影，随即遭到批判，这场批判持续近半年，发表批判文章数十篇。湘晖在《评湘剧〈园丁之歌〉》中认为：首先，该剧"反复强调的一点，就是'园丁'主宰学校的一切"，而"这个'园丁'指的就是俞英和方觉这样的教师，他们都是坚持修正主义教育路线，世界观并未得到改造的资产阶级知识分子。"该剧"不去表现党的领导，却把资产阶级知识分子吹捧为'园丁'，这难道不是为了否定党对教育事业的领导吗？"其次，俞英"只强调文化知识"，"实质上就是赤裸裸地宣扬资产阶级的'智育第一'和'文化至上'"。再次，该剧宣扬的"完全是孔孟之道"，"竭力要把社会主义时代青少年引到'四体不勤，五谷不分'的邪路上去"，"培养资产阶级接班人。"（《人民日报》1974 年 8 月 2 日）

《四川文学》复刊，改名《四川文艺》。第 1 期发表艾芜的小说《高高的山上》。

李瑛的诗集《红花满山》由人民文学出版社出版。

浩然的儿童文学读物《三个孩子和一瓶油》由上海人民出版社出版。

二月

12 日，浩然的短篇小说《一担水》发表在《解放军文艺》2 月号上。

27 日，柳青在陕西省出版局召开的业余作者创作座谈会上发表讲话。他澄清了自己以前对"三个学校"（"生活的学校，政治的学校，艺术的学校"）的理解出现了偏差。他还强调指出："人物是你小说构思的中心，也是结构的轴承。没有人是不行的。所以有人不了解，说你第四部写人民公社，现在恐怕要写六部、七部了吧，恐怕还有文化大革命了吧，斗批改了吧！我说这个人不了解作者的心情，没有具体分析。我没有这些东西。我写的是社会主义制度的诞生。我想我这个对你们没用处。一个作家学会了以人物为中心来构思，是很费劲的，这也是一个本事，要学会这个本事。一般的都是先想好故事，再找人物来说明故事，人物出来为故事服务。这也是难免的。我们要逐步做到让故事为人物服务。以人物为转移。作品不是故事发展的过程，不是事件的发展过程，不是工作和生产过程，而是人物发展的过程，是人物思想感情的变化过程，是作品中要胜利的人物和要失败的人物他们的关系的变化过程。写失败人物由有影响变成没影响的人，退出这个位置，让成功的人物占据这个位置。《创业史》简单地说，就是写新旧事物的矛盾。"（《延河》1979 年 6 月号）

三月

10 日，顾工的诗《雷锋和我们在一起》发表在《北京文艺》第 1 期上。

15 日，北岛（赵振开）作诗《告诉你吧，世界》："卑鄙是卑鄙者的护心镜，/高尚是高尚人的墓志铭。/在这疯狂的世界里，/这就是圣经。//冰川纪过去了，/为什么到处都是冰凌；/好望角已经发现，/为什么死海里千帆相竞。//哼，告诉你吧，世界，/我——不——相——信！/也许你脚下有一千个挑战者，/那就把我算作第一千零一名！/我不相信天是蓝的，/我不相信雷的回声。/我不相信梦是假的，/我不相信影子无形。//我憎恶卑鄙，也不稀罕高尚，/疯狂既然不容沉静，/我会说：我不想杀人，/请记住：但我有刀柄。"此诗后来被北岛改写成《回答》，1978 年发表在他自己主编的《今天》第 1 期上，随后又公开发表在 1979 年的《诗刊》3 月号上。全诗为："卑鄙是卑鄙者的通行证，/高尚是高尚者的墓志铭。/看吧，在那镀金的天空中，/飘满了死者弯曲的倒影。//冰川纪过去了，/为什么到处都是冰凌？/好望角发现了，/为什么死海里千帆相竞？/我来到这个世界上，/只带着纸、绳索和身影，/为了在审判之前，/宣读那些被判决的声音：//告诉你吧，世界，/我——不——相——信！/纵使你脚下有一千名挑战者，/那就把我算做第一千零一名。/我不相信天是蓝的；/我不相信雷的回声；/我不相信梦是假的；/我不相信死无报应。//如果海洋注定要决堤，/让所有的苦水注入我的心中；/如果陆地注定要上升，/就让人类重新选择生存的峰顶。//新的转机和闪闪的星斗，/正在缀满没有遮拦的天空，/那是五千年的象形文字，/那是未来人们凝视的眼睛。"

本月，丛敏的长篇小说《新桥》由上海人民出版社出版。

四月

16 日—5 月 18 日，七十三岁高龄的冰心参加"中日友好协会"访日代表团访问日本。归来后作散文《中日友谊源远流长》。

本月，《山东文艺》（试刊）第 5 期发表王润滋的《喧腾的渔港》（诗二首）。

诗集《军垦新曲》由人民文学出版社编辑出版。

浩然的短篇小说集《七月槐花香》由天津人民出版社出版。

浩然的儿童文学创作选集《幼苗集》由北京人民出版社出版。

五月

1 日，《红旗》第 5 期发表周建人的文章《学习鲁迅，培养青年》。

3 日，《文汇报》发表上海京剧团《智取威虎山》剧组集体撰写的《满腔热情颂英雄——学习革命现代京剧〈奇袭白虎团〉用多种艺术手段塑造英雄人物的体会》。

10 日，《北京文艺》第 2 期发表署名为木城涧煤矿工人陈建功的诗《欢送》。

本月，上海人民出版社出版"上海文艺丛刊"，本年度出版《朝霞》《金钟长鸣》《钢铁洪流》《珍泉》四辑。1974 年改为"朝霞丛刊"，先后出版了《青春颂》《战地春秋》等辑。

刘章的诗集《映山红》由河北人民出版社出版。

内蒙古革委会五七干校编选的《战地黄花——五七战士诗歌选》由内蒙古人民出版社出版。

李云德的长篇小说《沸腾的群山》（第二部）由人民文学出版社出版。

杨啸的长篇小说《红雨》由人民文学出版社出版。

六月

1 日,《红旗》杂志发表戚文德的文章《沿着工农兵服务的方向继续前进——学习〈在延安文艺座谈会上的讲话〉》。同期转载任犊的文章《大有希望的小将》。

本月,蒙古族诗人纳·赛音朝克图遭迫害在上海病逝,终年 59 岁。纳·赛音朝克图,原名赛春嘎,1914 年生,内蒙古锡林郭勒盟正蓝旗人。早年入日本东京东洋大学留学,1942 年毕业后回国任教。1945 年到蒙古人民共和国学习。建国后历任中国作协理事、《诗刊》编委、内蒙古自治区文联副主席、作协内蒙古分会主席等职。著有诗集《我们雄壮的歌声》(1955)、《幸福和友谊》(1956)、叙事长诗《南迪尔和孙布尔》(1960)、抒情长诗《狂欢之歌》(1960) 等;中篇小说《春天的太阳来自北京》《阿如鲁高娃》;散文集《蒙古艺术团随行杂记》等。1981 年,人民文学出版社出版《纳·赛音朝克图诗选》。玛拉沁夫在序言中说:"他是牧民中的诗人,诗人中的牧民。苦难、迷惘;新生、狂欢;屈辱与在黎明前的黑暗中停止呼吸——这就是我们可敬的诗人的一生。他是个富有者。他给自己的民族留下了巨大的遗产,那不是银元、黄金、股票、资本,而是一首首优美的诗——人类文明的结晶。"

《学大寨战歌》由山西人民出版社编辑出版。

《火焰般的年华》(上山下乡知识青年诗歌集)和《南岭新松》(上山下乡知识青年散文集)由广东人民出版社编辑出版。

郭先红的知青题材长篇小说《征途》(上、下)由上海人民出版社出版。

张长弓的长篇小说《草原轻骑》由天津人民出版社出版。

七月

1 日,章士钊在香港病逝,享年 93 岁。章士钊,1881 年生,字行严,号孤桐,湖南长沙人,清末秀才。南京江南陆师学堂肄业,后留学日本、英国。辛亥革命前后任《苏报》主笔、《民立报》主编、江苏都督府顾问、参议院议员、江苏讨袁军司令部秘书长。1914 年在日本创办《甲寅》杂志,宣传民主、共和思想。1917 年后任北京大学教授兼图书馆主任、广东军政府秘书长、段祺瑞执政府司法总长兼教育总长。1925 年复刊《甲寅》周刊,反对白话文学,提倡读经救国。1927 年 4 月,曾为营救被奉系军阀逮捕的李大钊而四处奔走。1932 年 10 月,陈独秀等人在上海被国民党政府逮捕,他又主动站出来为陈辩护。1935 年任冀察政务委员会委员兼法制委员会主席。抗战时期历任第一至三届国民参政员。解放战争后期同邵力子等组成上海和平代表团进入解放区,是国民党政府和谈代表团成员。新中国成立后,历任政务院法制委员会委员、全国人大常委、全国政协常委、中央文史馆馆长。"文革"中,当造反派的矛头直指"刘邓司令部"时,他上书毛主席,坦诚陈言,意欲挽狂澜。晚年最为期盼的是祖国海峡两岸的和平统一,为此,不顾 93 岁高龄只身前往香港为恢复同台湾的联系而奔忙,终在香港病故。著有《逻辑指要》《柳文指要》等。有《章士钊全集》10 卷行世,包括专著、论文、通讯、评论、诗词、小说、译文、书信等,近 500 万字。胡适 1922 年在

《五十年来中国之文学》中说:"自一九〇五年到一九一五年(民国四年),这十年是政论文章的发达时期。这一个时代的代表作家是章士钊。章士钊曾著有一部中国文法书,又曾研究论理学;他的文章的长处在于文法谨严,论理完足。他从桐城派出来,又受了严复的影响不少;他又很崇拜他家太炎,大概也逃不了他的影响。他的文章有章炳麟的谨严与修饰,而没有他的古僻;条理可比梁启超,而没有他的堆砌。他的文章与严复最接近;但他自己能译西洋政论家法理学家的书,故不需模仿严复。严复还是用古文译书,章士钊就有点倾向'欧化'的古文了;但他的欧化,只在把古文变精密了;变繁复了;使古文能勉强直接译西洋书而不消用原意来重做古文;使古文能曲折达繁复的思想而不必用生吞活剥的外国文法。"罗家伦在《近代中国文学思想之变迁》中曾说章士钊的文章"可谓集'逻辑文学'之大成了。""政论的文章,到那个时候,趋于最完备的境界。即以文体而论,则其论调既无'华夷文学'的自大心,又无'策士文学'的浮泛气;而且文字的组织上又无形中受了西洋文法的影响,所以格外觉得精密。"(《新潮》1920 年 2 卷 5 期)

《红旗》发表由张永枚执笔,中国京剧团集体创作的革命现代京剧《平原作战》剧本。同期发表辛文彤的评论《人民是打不破的铁壁铜墙——评革命现代京剧〈平原作战〉》。

13 日,郭沫若的《在章士钊先生追悼会上的悼词》发表在《解放军报》上。

20 日,《陕西文艺》(双月刊)创刊。创刊号发表路遥的小说《伏胜红旗》、陈忠实的散文《水库情深》。

28 日,江青、张春桥、姚文元审查湘剧《园丁之歌》,认为这部在华国锋关怀下拍摄的影片"否定无产阶级文化大革命"、"为反革命修正主义教育路线招魂"。江青说:"剧名就不合适,园丁应该是共产党,怎么是教员?""'没有文化怎么能担起革命重担?'这句话的问题更大,这句话简直是反攻倒算。"1974 年 6 月 14 日,江青发出指示:"《园丁之歌》的电影应上演,上演的同时发表批判文章。"7 月 19 日,她还以国务院文化组名义给北京、天津、上海、湖南的革命委员会发出《关于批判〈园丁之歌〉的通知》(抄送全国各省、市、自治区)。8 月 4 日,"初澜"发表《为哪条教育路线唱赞歌》,接着报刊上发表了近百篇批判文章。11 月,毛泽东在湖南观看这部影片时热情鼓掌,说:"我看是出好戏。""四人帮"却把毛泽东的话当做谣言进行追查,继又严密封锁,不准上演该戏。1975 年 8 月,湖南省文化局根据省委意见,向文化部写了《园丁之歌》不是坏戏,要求公演的请示报告。刘庆棠说,这是"明目张胆地翻案","是最后通牒"!姚文元还直接策划准备拍一部唱对台戏的影片。

本月,中共上海市委对巴金的问题做出处理:"人民内部矛盾处理,不戴反革命帽子,发给生活费,可以搞点翻译。"这期间巴金埋头重译屠格涅夫的《处女地》。

内蒙古生产建设部队政治部编选的诗集《军垦集》由内蒙古人民出版社出版。

《彩虹万里——工程兵诗歌集》由黑龙江人民出版社出版。

《高原春笛——工农兵诗集》由青海人民出版社出版。

浩然的短篇小说集《春歌集》(文革前的创作选集)由天津人民出版社出版。

天津动力机厂工人写作组集体编著的短篇小说集《朝霞万里》由天津人民出版社

出版。

《四部古典小说评论》由人民文学出版社编辑出版。

八月

1 日，《解放军文艺》第 8 期刊登蒋荫安的文章《抗日游击战争的英雄典型——谈革命现代京剧〈平原作战〉中赵勇刚形象的塑造》。

5 日，毛泽东作《七律·读〈封建论〉呈郭老》："劝君少骂秦始皇，焚坑事业要商量。祖龙魂死秦犹在，孔学名高实秕糠。百代都行秦政法，十批不是好文章。熟读唐人封建论，莫从子厚返文王。"早在本年春，毛泽东还曾做诗《呈郭老》："郭老从韩退，不及柳宗元。名曰共产党，崇拜孔二先。"

13 日，周恩来总理为了保存革命文艺队伍作出批示，将中央歌舞团、东方歌舞团和中央民族乐团合并为中国歌舞团，下设东方歌舞队；并对组建中国话剧团、中国歌剧团作了指示。于会泳等拒不执行。直至 1974 年，中国歌舞团、中国歌剧团、中国话剧团在群众的压力下才不得不相继成立。但他们又长期不给演出任务，并砍掉东方歌舞队。

本月，中国共产党第十次全国代表大会在京举行。

诗集《太阳颂》由广东人民出版社编辑出版。

浩然的短篇小说集《杨柳风》（文革后的创作选集）由北京人民出版社出版。

《红梅花开》（工程兵短篇小说集）由北京人民出版社编辑出版。

《麦花香》（上山下乡知识青年短篇小说选）由天津人民出版社编辑出版。

小说散文集《金钟长鸣》（上海文艺丛刊）由上海人民出版社出版。

俞平伯的《红楼梦研究》和《红楼梦辨》由人民文学出版社重版。

九月

1 日，《解放军文艺》第 9 期上刊登辛文彤的文章《社会主义青年一代的赞歌——谈〈朝霞〉〈小将〉》。

10 日，《北京文艺》第 4 期选载浩然的长篇小说《金光大道》（第二部）。

15 日，由上海市委掌管的刊物《学习与批判》创刊。编者在《致读者的信》中说："《学习与批判》是一份哲学社会科学的杂志，出版这份杂志，是想借此与广大工农兵、革命干部和革命知识分子一起，学习马列主义，学习毛泽东思想，学习和总结我国社会主义革命和社会主义建设的丰富经验，在马克思、列宁主义以及毛泽东思想的指导下，批判修正主义，批判资产阶级，为推动哲学社会科学的发展，深入上层建筑其中也包括各个文化领域的社会主义革命，巩固无产阶级专政，贡献一份力量。"并指出，"本刊贯彻执行'百花齐放，百家争鸣'的方针，提倡学术上不同意见的讨论"。同期还开辟儒家思想与法家思想讨论专栏。刊登了石一歌的文章《论鲁迅世界观的转变》、君葳的文章《全民皆兵，威力无穷——学习革命现代京剧〈平原作战〉的一点体会》。

本月，黎汝清的诗集《战马奔驰》由江苏文艺出版社出版。

《红小兵报》社编《未来的战士》由上海人民出版社出版。

十月

10 日，《山东文艺》第 1 期发表李存葆的《海疆抒情》（诗二首）。

16 日，《学习与批判》第 2 期发表徐辑熙的文章《评〈红楼梦〉》。同期还发表方耘的《惊涛骇浪见英雄——谈革命现代京剧〈杜鹃山〉对矛盾冲突的艺术处理》，任犊的《一代新人在成长——读短篇小说〈金钟长鸣〉》，常峰的《塑造具有鲜明时代特色的工人阶级英雄形象——读〈特别观众〉想到的》，以及简茂森、娄博生、胡格非三人的书评《可贵的努力——读刘大杰的〈中国文学发展史〉（第一册）》。

21 日，晓江的《赞精神生产的协作》发表在《文汇报》上。

本月，短篇小说集《火花》由北京人民出版社编辑出版。浩然为其作序《火花缤纷》，内收陈建功的《"铁扁担"上任》《青山师傅》，郑万隆的《代理班长》等 18 篇小说。

刘彦林的长篇小说《东风浩荡》由人民文学出版社出版。

马春的长篇小说《龙滩春色》（上）由天津人民出版社出版。下册 1975 年 9 月出版。

十一月

1 日，《红旗》第 11 期刊登孙文光的文章《坚持用阶级观点研究〈红楼梦〉》。作者认为"从旧红学派、新红学派到'男女恋爱主题'的反动滥调，都无一例外地贯穿着地主资产阶级人性论，掩盖了《红楼梦》的真面目。"该文反对胡适派资产阶级唯心主义人性论，认为"《红楼梦》不是一部'男女恋爱'主题的书"，应是"以社会阶级斗争为内容的政治主题，是一部政治历史小说"。

10 日，《北京文艺》第 5 期发表浩然的文章《〈一担水〉写作前后》。

16 日，《学习与批判》第 3 期上发表段瑞夏、林正义执笔的文章《阳光和土壤》。这篇文章根据《上海文艺丛刊》编辑部邀请部分工农兵业余作者集体讨论整理而成。文章说："我们每个工农兵业余作者都应该牢牢地建立起这样一个信念：文艺工作是党的事业，是阶级的事业，像列宁教导的那样，是'社会民主主义机器'的'齿轮和螺丝钉'。""常常有这样的事情：一个普通的工农兵业余作者写了一个作品，立即受到各级党组织的亲切关怀和广大群众的热情支持，报刊和出版部门的负责同志反复审看并且提出细致的修改意见，直到帮他改好；一个新工人参加了本厂的创作组，写出作品的初稿可以油印上千份，发到工人中间去广泛讨论；一个三结合创作组人员的思想情况和活动情况，有关党委作为一件大事拿到党委会上来讨论，有的还制定一个委员去亲自领导。""党为我们工农兵业余作者的成长提供了充分的条件。""我们要学习鲁迅。鲁迅自觉地'遵奉''革命先驱者的将令'，始终把自己看作党的文艺事业的一名'小兵'。因此他战斗起来，才那样无私无畏，勇往直前。我们把个人投入党的事业，就会获得无穷的力量。只有自觉地把自己置于党的绝对领导之下，才是真正的战士。反之，如果脱离党组织的领导和监督，搞什么'以文会友'，充其量不过是几个散兵游勇，在尖锐复杂的阶级斗争和路线斗争中，不给资产阶级俘虏过去才怪哩！"

同期还刊载任犊的文章《评晴雯的反抗性格——评〈红楼梦〉人物批判之一》和余秋雨的文章《尊孔与卖国——从鲁迅对胡适的一场斗争谈起》。

17 日，《人民日报》刊登马联玉的《新的斗争生活的赞歌——评文艺丛刊〈朝霞〉、〈金钟长鸣〉》。文章说："《朝霞》和《金钟长鸣》是上海人民出版社出版的两本文艺丛刊。两个集子的共同特点是：积极反映无产阶级文化大革命以来的崭新斗争生活，努力塑造在革命的疾风暴雨中显示出英雄本色和不断成长着的革命的老一代人或新一代人的典型形象。"文章还对丛刊中《初春的早晨》（清明）、《金钟长鸣》（立夏）、《第一课》（谷雨）、《前进，进！》（董德兴）、《踏着晨光》（姚克明）、《朝霞》《特别观众》等短篇小说进行了点评。

20 日，《陕西文艺》第 3 期发表陈忠实的小说《接班以后》，邹志安的特写《流水欢歌》，谷溪、路遥的诗《歌儿伴着车轮飞》。

本月，"四人帮"在中央五七艺术学校（1970 年冬成立）的基础上成立中央五七艺术大学，下设戏剧学院、音乐学院、美术学院、戏曲学校、电影学校、舞蹈学校。江青任名誉校长，于会泳任校长，浩亮、刘庆棠、王曼恬任副校长。

上海人民出版社开始出版刊载外国文学作品译文的期刊《摘译》（内部发行）。

天津人民出版社编辑出版《匕首 投枪 解剖刀——学鲁迅杂文集》。

《锤声集——工人诗选》由山西人民出版社出版。

《哨所的路——战士诗选》由四川人民出版社出版。

张长弓的长篇小说《青春》由内蒙古人民出版社出版。

李晓明的长篇小说《追穷寇》由广东人民出版社出版。

天津汉沽盐场文学创作组集体创作的长篇小说《盐民游击队》由天津人民出版社出版。

上海市革命委员会下乡上山办公室和上海人民出版社合编的《红色家信》由上海人民出版社出版。

十二月

1 日，张永枚的《井冈新诗》、雷抒雁的诗《军训号角》发表在《解放军文艺》第 12 期上。

9 日，《光明日报》发表小丘的文章《要首先从内容上"三突出"》。

16 日，《学习与批判》第 4 期开辟《红楼梦》讨论专栏，发表石一歌的《〈红楼梦〉不是爱情小说——略论〈红楼梦〉的主题》，石望江的《"防身的本领"及其他——评〈红楼梦〉考证》，青平、薛工的《焦大与"补天"》，以及瞿青的文章《由鲁迅之死所想到的》。

本月，张永枚的叙事长诗《人民的儿子》由人民文学出版社出版。

诗集《高原大寨歌》由甘肃人民出版社出版。

诗集《韶山颂》由湖南人民出版社出版。

诗集《新芽集——上山下乡知识青年创作选》由江苏人民出版社出版。

《北京的歌——工农兵诗选》由北京人民出版社出版。

由《黄海红哨》创作组集体创作的同名长篇小说由人民文学出版社出版。

中共吉林珲春县委《分水岭集体户日记选》编辑小组选编的同名书籍由上海人民出版社出版。

散文集《韶山红日》由湖南人民出版社出版。内收叶蔚林的《韶山红日》、古华的《种春人的歌》等散文27篇。

本年

人民文学出版社集中出版鲁迅小说集和杂文集的单行本24种。

冰心从湖北五七干校返京以后，与吴文藻、费孝通等合作翻译了《世界史》两卷及《世界史纲》。

艾青从新疆到北京治眼病，9月回家乡金华小住，后返回新疆。

芒克和多多开始建立"诗歌友谊"。他们相约每年年底，要像决斗时交换手枪一样，交换一册诗集。

岳重被送到公安局关押，起因是他的诗作被传抄，但公安局人员被他那奇怪的诗作弄得不知所措，只好送到中国文学研究所进行鉴定，在确定"此诗无大害"后，人才被放出来。从此，岳重搁笔，不再写诗。（杨健：《文化大革命中的地下文学》，第109页，朝华出版社1993年版）

牛汉作诗《悼念一棵枫树》《蛇蛋》《我去的那个地方》《温泉》《巨大的根块》《华南虎》《根》《鹰形的风筝》《汇合》《蝴蝶梦》。

曾卓作诗《飞向生命的春天》《海的向往》。

唐湜作历史叙事诗《春江花月夜》《萨保与摩敦》。

陈敬容作诗《考古抒情》和《故乡在水边》。

蔡其矫作诗《冬夜》《声音》《女声二重唱》《地上的光明》《桐花》《屠夫》《候鸟》《落日》《乌桕树》。

食指开始断续作诗《红旗渠组歌》，至1975年写毕。

芒克作《天空》（组诗）、《秋天》《路上的月亮》《太阳落了》《冻土地》《献诗》（组诗）、《白房子的烟》等诗。

多多作诗《年代》《解放》《祝福》《海》《青春》《致太阳》《手艺》《能够》和《万象》（组诗）。

林莽作诗《第五个金秋——给白洋淀知青小农场》《列车纪行》。

孙康（方含）作诗《在路上》。

宋海泉作长诗《海盗船谣》《流浪汉之歌》。

北岛（赵振开）作诗《小木房里的歌》《微笑·雪花·星星》《无题》《冷酷的希

望》（组诗）。

舒婷作诗《致大海》。

顾城作诗《雨》《在淡淡的秋季》《银河》《我是黄昏的儿子》。

张炜作短篇小说《木头车》，这是张炜现存创作时间最早的作品。

梁斌下放河北汉沽农场劳动改造，开始悄悄构思反映农村土改的长篇小说《翻身纪事》，并于次年开始动笔写作，小说 1978 年由人民文学出版社出版。

山东省话剧团翟剑平等人集体创作的话剧《不平静的海滨》在全国上演。齐宣在《决不准为文艺黑线扬幡招魂》中说："这部剧作打着'反特'的旗号，宣传修正主义的公安路线，兜售孔孟之道的黑货，宣传唯心主义的先验论。""作品中，在分析敌情时，用'假设'、'可能'代替客观实际，甚至用孔孟的'忠恕'、'仁义'之道，规劝敌人招供，这哪里是写反特斗争，而是赤裸裸地散布修正主义人性论观点。"（《大众日报》1974 年 3 月 14 日）

黄瑞云作寓言《长城庙里的老鼠》《猫和老虎的结盟》《地心引力》《大鱼和小鱼》《猎狗追兔》。

丰子恺秘密创作《护生画六集》，有百余幅漫画图。

1974 年

一月

1 日，《红旗》第 1 期上发表初澜的《中国革命历史的壮丽画卷——谈革命样板戏的成就和意义》。文章说："革命样板戏是中国革命雄伟壮丽的历史画卷，同时又是无产阶级英雄形象的灿烂夺目的艺术画廊。""从反映二十年代斗争生活的《杜鹃山》到反映六十年代斗争生活的《海港》《龙江颂》，热情地歌颂了无产阶级和劳动人民的丰功伟绩，用革命现实主义和革命浪漫主义相结合的创作方法，成功地塑造了一系列无产阶级英雄典型，再现了在中国共产党和毛主席领导下的人民革命运动。柯湘、洪常青、李玉和、郭建光、杨子荣、严伟才、方海珍等等都是在党的正确路线指引下涌现的工农兵英雄人物，又是自觉执行毛主席革命路线的杰出代表。"又说："最近又有一种论调，就是攻击我们的作品少。这是阶级敌人放出来的阴风。出现这种现象是并不奇怪的，正是阶级斗争在文艺问题上的反映。""关于文艺作品的多和少的问题，决不能离开了政治方向、路线问题孤立地谈论。"自这篇文章发表以后，报刊上连篇累牍大谈文化革命前后文艺作品的"多"与"少"问题。直到 4 月底，刘庆棠在审查"五一"节目座谈会上还说："说现在的文艺作品少，就是怀念过去的毒草多。"所有这些"多""少"论，都是直接针对周恩来总理对"文革"以来文艺作品少的批评的，是"四人帮"回击"文艺黑线回潮"的一个步骤。

10 日，据新华社报道，重新排印的 20 卷《鲁迅全集》（1938 年版）正式发行。《鲁迅批孔反儒文集》也将由人民文学出版社出版。

16—20 日，国务院文化组召开电影制片厂负责人会议，传达江青、张春桥等对《战洪图》《火红的年代》《年青的一代》等影片的意见。于会泳在讲话中反对关于

"中央故事片抓晚了"的批评，矛头直指周恩来。与此同时，故事片《火红的年代》《艳阳天》《青松岭》《战洪图》开始在全国各地陆续上映。这是文化大革命八年多来首次上映新的国产故事影片。

《学习与批判》第 1 期发表余秋雨的《胡适传》。同期还刊登了齐方的《话剧革命的新收获——简评〈钢铁洪流〉》、石望江的《发生事故以后——看话剧〈钢铁洪流〉、〈第二个春天〉后想起的》、肖予家的《两个剧本，两面镜子——谈中国话剧〈钢铁洪流〉与苏联话剧〈炼钢工人〉》。

20 日，由"四人帮"掌控的综合性文艺月刊《朝霞》创刊。创刊号发表段瑞夏的小说《电视塔下》。"上海文艺丛刊"也同时改为"朝霞丛刊"。

《陕西文艺》第 1 期发表雷抒雁的《闪闪的琴弦》（诗四首）。

23 日—2 月 18 日，国务院文化组在北京举办华北地区文艺调演。调演期间，"四人帮"及其在文化组的亲信会泳等人，制造了震骇全国的《三上桃峰》事件。他们说晋剧《三上桃峰》是吹捧"桃园经验"、为刘少奇翻案的"大毒草"。2 月 28 日，初澜在《人民日报》上发表《评晋剧〈三上桃峰〉》，宣称要"击退反革命修正主义文艺黑线的回潮"。3 月 3 日，《红旗》第 3 期转载了初澜的文章。一时间，破字猜谜、繁琐考证、大抓影射、罗织构陷之风盛行，文字狱遍及全国各地。"四人帮"从《三上桃峰》开刀，对全国文艺界进行了一次空前规模的大洗劫。初澜为《三上桃峰》罗列了三大罪状：一是"鼓吹'阶级斗争熄灭论'"。二是"宣扬孔孟之道"，"把剥削阶级的意识形态冒充为共产主义风格和无产阶级思想"。三是"采用含沙射影的卑劣手法，诬蔑社会主义制度，对毛主席的革命路线进行诋毁和谩骂。"结论是：《三上桃峰》是"集'无冲突论'、'中间人物论'、反'题材决定'论、'人性论'、'时代精神汇合论'之大成的大毒草"。

24—25 日，"四人帮"以"批林批孔"的名义召开万人动员大会，向周恩来总理和一些部门的负责人突然发难。此后，在全国迅速掀起"批林、批孔、批周公"的政治浪潮。

25 日，《人民日报》刊登《毛主席革命文艺路线胜利万岁——热烈欢呼华北地区文艺调演》专栏。

26 日，《人民日报》刊登方耘和初澜的文章，盛赞影片《火红的年代》和《艳阳天》。

本月，《武汉文艺》（双月刊）创刊。

赵一凡在北京的文艺沙龙被公安局查抄。大量的地下文学资料作为"反革命文艺"材料被抄走。赵一凡被判定为"第四国际"反党集团首犯，其余十几人作为集团主要人员被捕入狱。

巴金开始翻译俄国作家赫尔岑的回忆录《往事与随想》。

蒋子龙的短篇小说《压力》发表在《天津文艺》第 1 期上。

牧夫的长篇小说《风雨杏花村》和张枫的长篇小说《胶林儿女》由广东人民出版社出版。

二月

1 日，朱苏进的短篇小说《铁流奔腾》发表在《解放军文艺》2 月号上。

10 日，李存葆的短篇小说《猛虎添翼》发表在《山东文艺》第 1 期上。

20 日，《学习与批判》第 2 期开辟两个批林批孔专栏："工农兵是批林批孔的主力军"和"批林批孔，反修防修"。同期还刊登了郑树清、莫建备的《青年革命英雄的光辉形象——谈谈电影文学剧本〈陈玉成〉》。

《朝霞》第 2 期刊登三篇批判敬信的《生命》的文章，并加"编者按"指出："辽宁大学工农兵学员对短篇小说《生命》进行的这场批判，我们认为是十分有意义的。"同期还发表了石一歌的《"中庸之道"合哪个阶级的"理"》。

本月，《辽宁文艺》第 2 期刊登工农兵业余作者批判短篇小说《生命》的发言纪录。

《钢城飞花——包头工人诗选》由内蒙古人民出版社出版。

韩静霆的儿童文学《门板背后的秘密》由北京人民出版社出版。

三月

2 日，《辽宁日报》刊登涛头立的文章《一篇为刘少奇、林彪反革命的修正主义路线翻案的反动作品——评短篇小说〈生命〉》。

3 日，王莹含冤死于狱中，终年 61 岁。王莹，别名喻志华、王克勤，生于安徽省芜湖市。她多才多艺，从 30 年代初起，以清新隽永的文笔撰写了许多散文、游记和影评，颇受知音者的赏识，素有"文艺明星"之称。夏衍赞誉王莹"耽于阅读，好学深思，文思敏慧，行文细腻，叙事委婉多情"。王莹与陈波儿等人被认为是电影圈内的女作家。30 年代，上海话剧界排演夏衍的《赛金花》，江青为争演女主角与导演发生争执，最后，导演决定由王莹扮演赛金花，江青由此对王莹耿耿于怀。抗日战争期间，为宣传抗战，王莹曾率团远赴南洋演出。其后去美国，曾在白宫演出。建国后，在周恩来的关怀下，1955 年春从美国辗转回国的王莹被安排在北京电影制片厂做编剧，后因她的丈夫谢和赓被划为右派分子送往北大荒劳动改造而受到沉重打击，心境凄凉，健康每况愈下，便在香山狼见沟找了一栋农舍，过着隐居式的写作生活。她孤独地修订和改写早在 40 年代在海外即开始创作的长篇小说《宝姑》和《两种美国人》。"文革"开始后，江青多次在有关会议上点名批判王莹，说"王莹坏得很"。王莹被诬为"黑明星"、"美国特务"而投入监狱。由于长期遭受非人折磨，1970 年后，王莹全身瘫痪，失去说话能力，直至含冤去世。（参见高皋、严家其：《"文化大革命"十年史》，第 428 页，天津人民出版社 1986 年版）王莹的长篇小说《两种美国人》1980 年出版，自传体长篇小说《宝姑》1982 年出版。《宝姑》的初稿完成于 1945—1952 年间。

5 日，江青召集于会泳、浩亮、刘庆棠、王曼恬和陈亚丁等人，发出"放火烧荒"的号召，图谋打倒军队中一大批老干部。话剧《千秋业》和《冲锋向前》即配合这个政治图谋而作。

浩然的文章《蚊蝇翅膀遮不住灿烂的阳光》（批判安东尼奥尼拍摄的题为《中国》的反华影片）刊登在《人民日报》上。

10日，郑万隆的短篇小说《风雪河湾》发表在《北京文艺》第2期上。

15日，张永枚以西沙保卫战为题材的"诗报告"《西沙之战》在《光明日报》发表，16日《人民日报》以两版篇幅加以转载。早在本年1月，江青以个人名义给西沙军民写"贺信"，派人代表她到西沙送"材料"，"送路线，送政治"，并要他们"回来时写出作品"。不久，为江青树碑立传的"诗报告"——《西沙之战》经江青和于会泳加工后正式发表。这个"诗报告"把江青说成是西沙之战胜利的"鼓舞者"和"力量的源泉"。

20日，邹志安的短篇小说《石桥畔》发表在《陕西文艺》第2期上。

30日，于会泳在中直文艺单位"批林批孔"大会上，点名批判《松涛曲》（哈尔滨话剧院演出）、《不平静的海滨》（山东话剧团演出）、《牧笛》（短篇小说，发表在河南省内部刊物《文艺作品选》1973年第1期）、《友谊的春天》和《要有这样一座桥》（中国话剧团），把它们打成"翻案复辟"的"毒草"。

本月，李学鳌的诗集《英雄颂》由北京人民出版社出版。

诗集《批林批孔战歌》由广东人民出版社编辑出版。

四月

1日，《解放军文艺》4月号刊登闻哨的文章《从〈海瑞罢官〉到〈三上桃峰〉》。

4日，丁西林在北京逝世，享年82岁。丁西林，原名燮林，字巽甫，1893年生，江苏泰兴人。1910年考入上海南洋公学，1914年负笈英国，入伯明翰大学攻读物理学，1919年获理科硕士学位，回国后在北京大学任教，先后任物理学教授兼理科主任，尔后又多次担任物理系主任。1927年出任中央研究院物理研究所所长，此后被选为中央研究院代理总干事和总干事。1950年被选为中国科普协会副主席。1958年当选为中国科学技术协会副主席。继又出任文化部副部长、中国对外文化联络委员会副主任、中国人民对外友好协会副主任等职。著有话剧剧本《一只马蜂》《压迫》《三块钱国币》等，出版有《丁西林独幕剧选》《丁西林剧作全集》（中国戏剧出版社1985年版）等。"丁西林在20年代，以至整个中国话剧史上，都是一个独特的存在。他是一个出色的剧作家，又是一个杰出的物理学家，在他身上所体现的'科学（物理）与艺术（戏剧）思维'的相反相成，至今仍是吸引着研究者的饶有兴味的课题。中国现代话剧是以悲剧为主体的，他是为数不多的喜剧家之一；在喜剧领域里他又独创了机智和幽默喜剧。中国现代话剧的主要代表作大多是多幕剧，而他却执著于独幕剧创作的艺术实验，并且创作了堪称典范的作品。""'欺骗'是他的戏剧（喜剧）观念、艺术上的一个关键词。研究者注意到他终生都对'含有欺骗、伪装、戏仿内核'的母题、故事、模式感到兴趣，直至晚年他还热衷于将中国传统中，像《白蛇传》《再生缘》，以至《智取生辰纲》这类'隐瞒（伪装）身份'的故事，改编成喜剧。""他的喜剧通常采用'二元三人'模式，即将剧中人物压缩到最大限度，通常由三人构成，但不是三足鼎立，而是二元对称对峙格局，第三者则起着结构性的作用，或引发矛盾，或提供解决矛盾的某种契机。""丁西林的喜剧艺术更以语言著称。他的剧本里常有充满机智、幽默感的警句，以语言自身的戏剧性直接获取效果。"（钱理群等：《中国现代文学三十年》（修订本），第 178—182 页，北京大学出版社 1998 年版）

17 日，《人民日报》刊登任犊的文章，称赞"诗报告"《西沙之战》是"一首壮丽的诗篇，是新诗创作中学习革命样板戏创作经验的成功范例"。

20 日，《朝霞》第 4 期发表崔宏瑞的小说《一篇揭矛盾的报告》。第 9 期又发表了《典型发言——续〈一篇揭矛盾的报告〉》。

《学习与批判》第 4 期刊登任犊的《贾府里的孔"圣人"——贾政》和木卯的《怎样评价宋江?》。

24 日，《人民日报》刊登江天的文艺短评《进一步普及革命样板戏》。

本月，《青春颂》（朝霞文艺丛刊）由上海人民出版社编印。

韩少功的短篇小说《红炉上山》发表在《湘江文艺》第 2 期上。同时，《湘江文艺·增刊》还发表韩少功批判林彪的文章《"天马""独往"》。

克非的长篇小说《春潮急》（《必由之路》第一部，上册）由上海人民出版社出版。下册 9 月出版。

五月

5 日，《人民日报》刊登初澜的《在矛盾冲突中塑造无产阶级英雄形象——评长篇小说〈艳阳天〉》。文章说："在当前批林批孔运动深入发展的大好形势下，在反击修正主义文艺黑线回潮、坚持无产阶级文艺革命的斗争中，探讨和研究《艳阳天》的思想艺术成就，对于批判林彪贩卖孔孟的'克己复礼'、'中庸之道'，肃清'阶级斗争熄灭论'在文艺领域中的流毒，反对文艺创作中的'无冲突论'和'中间人物论'等，是很有现实意义的。"同日还发表尹在勤的文章《新诗要向革命样板戏学习》。

10 日，《北京文艺》第 3 期选载浩然的中篇小说《西沙儿女——正气篇》。本月由北京人民出版社出版单行本。12 月又出版了《西沙儿女——奇志篇》单行本。

蒋子龙的短篇小说《春雷》发表在《天津文艺》第 3 期上。

20 日，《学习与批判》第 5 期开始选载石一歌的《鲁迅传》，至 1975 年第 11 期止，本期选文题名《再捣孔家店》。同期还刊有严己的《试论梁山农民军中的路线斗争》。

《朝霞》第 5 期发表路遥的散文《江南春夜》。同期还刊有任犊的《热情歌颂新的人物新的世界——提倡更多地创作反映文化大革命的文艺作品》。

本月，《愤怒的火焰——工农兵批林批孔诗歌专辑》由陕西人民出版社出版。

《大庆战歌——大庆工人诗选》由人民文学出版社出版。

周克芹的小说《棉乡战鼓》发表在《四川文艺》第 5、6 期合刊上。

浩然的长篇小说《金光大道》（第二部）由人民文学出版社出版。

李良杰、俞云良的长篇小说《较量》由上海人民出版社出版。

《五·七干校散文集》由上海人民出版社编辑出版。

六月

1 日,《红旗》6 期刊登江天的《英雄光辉照银幕——评革命现代京剧彩色影片〈平原作战〉〈杜鹃山〉》。

15 日,《人民日报》刊登初澜的文章《塑造无产阶级英雄典型是社会主义文艺的根本任务》。该文认为"社会主义文艺如果没有塑造无产阶级英雄典型这一根本任务,就无法实现在无产阶级文艺领域里对资产阶级专政,就会走上修正主义道路。"所以应坚持"两结合"和"三突出"的创作原则。

17 日,冯沅君在济南病逝,享年 75 岁。冯沅君,原名恭兰、淑兰,笔名淦女士、沅君等,河南南阳唐河县人。她是哲学家冯友兰之妹,文学史家陆侃如之妻。自幼学习四书五经、古典文学及诗词,先后就读于北京女子高师文科专修班、北京大学研究所国学门研究生班,巴黎大学文学院博士班。从 1922 年开始文学创作到 1929 年搁笔,七年内出版有三个短篇集《卷葹》《春痕》《劫灰》,其中以短篇小说《隔绝》最为著名。冯沅君曾与五四时期蜚声文坛的女作家冰心、庐隐齐名,她的小说曾得到鲁迅先生的嘉许,在社会上影响甚大。她后来转向学术研究,成为著名的文学史家、戏曲史家,先后在金陵女子大学、复旦大学、中山大学、武汉大学、山东大学任教。著有《中国诗史》(与陆侃如合著)、《南戏拾遗》(与陆合编)、《古剧说汇》《冯沅君古典文学论文集》等。

18 日,《人民日报》刊登赖应棠的文章《仁政和王道是反革命专政的遮羞布——重读鲁迅〈关于中国的两三件事〉》。该文认为鲁迅剥去了孔孟和中外反对派宣扬的"仁政"、"王道"的画皮,其思想闪烁着马克思主义批判的光芒。

20 日,《学习与批判》第 6 期开辟"加强马克思主义理论队伍"专栏。同期刊有徐缉熙的《鲁迅是怎样读〈红楼梦〉的》、戴厚英的《"特种学者"的"考证癖"》。

《朝霞》第 6 期刊登任犊的《燃烧着战斗豪情的作品——〈农场的春天〉代序》、朱烁渊的《儿童文学也要努力反映文化大革命——从三篇小说谈起》、赵松的《略论〈三国演义〉的尊儒倾向》。

28 日,北京大学"闻军"的文章《一场复辟与反复辟的生死斗争——评长篇小说〈艳阳天〉》刊登在《光明日报》上。

30 日,文化部内部刊物《文化动态》第 17 期刊登《修正主义分子郭小川的复辟活动》。江青作出批示:"成立专案,进行审查。"8 月 13 日,中央专案组宣布对郭小川进行隔离审查,两大罪名是他与"林彪反革命集团'关系密切'",他的诗"'万里长江横渡'是明目张胆地为林彪反党集团摇幡招魂。"专案组开出如此大的罪名,根据是林彪专案组在审查叶群笔记时,在其中发现了"文艺问郭"的词句;而《万里长江横渡》被认定是歌颂林彪的黑诗,则是因为郭小川 1970 年 7 月在武汉畅游长江产生创作《横渡》的冲动时,林彪恰巧也在武汉,因此怀疑诗中"崭新的太阳"是在暗指林彪。1974 年 9 月 27 日,郭小川向专案组写了检查《我与林彪反党集团的关系》,为自己辩护。1975 年 1 月 17 日，郭小川又写了《关于〈万里长江横渡〉的交待》，向专案组进一步申辩自己与林彪反党集团毫无关系。经过一年零两个月的审查，1975 年 10 月 6 日，中央专案组派人给郭小川带来了审查结论，大意是郭的问题已经澄清。郭小川兴奋异常，逢人便说："我解放了，要回北京了。"（郭小川：《检讨书》，第 255 页和 270 页，中国工人出版社 2001 年版）

本月，《小靳庄诗歌选》由天津人民出版社编辑出版。

《批林批孔诗选》三结合编辑小组编选的同名诗集由上海人民出版社出版。

《我们都是小闯将——批林批孔儿歌专辑》由人民文学出版社出版。

《湘江文艺》第 3 期发表韩少功的儿童故事《一条胖鲤鱼》。

七月

1 日，《红旗》第 7 期刊登初澜的文章《京剧革命十年》。文章指出："以京剧革命为开端、以革命样板戏为标志的无产阶级文艺革命，经过十年奋战，取得了伟大胜利。无产阶级培育的革命样板戏，现在已有十六七个了。在京剧革命的头几年，第一批八个革命样板戏的诞生，如平地一声春雷，宣告了毛主席《在延安文艺座谈会上的讲话》所指出的革命文艺路线已经在实践中取得了光辉的成果，中国社会主义文艺的新纪元已经到来，千百年来由老爷太太小姐们统治舞台的局面已经结束，工农兵英雄人物在文艺舞台上扬眉吐气、大显身手的时代已经开始。这是中国文艺史上具有伟大意义的变革。近几年来，继八个样板戏之后，钢琴伴唱《红灯记》、钢琴协奏曲《黄河》，革命现代京剧《龙江颂》《红色娘子军》《平原作战》《杜鹃山》，革命现代舞剧《沂蒙颂》《草原儿女》和革命交响音乐《智取威虎山》等新的革命样板作品的先后诞生，巩固和扩大了这场伟大革命的战果，进一步推动了全国社会主义文艺创作运动的蓬勃发展。"文章最后还对"当前一小撮人攻击京剧革命"的"反动思潮"进行了反驳，主要包括"'根本任务'欠妥当"、"样板戏标准太高，顶了台"、"突破样板戏的框框"等。同期还在"批林批孔，反修防修"专栏内刊登靳志柏的《批孔与路线斗争——学习毛主席关于批孔的论述》。

叶蔚林的短篇小说《晶妹子》发表在《解放军文艺》7 月号上。

3 日，《人民日报》以整版篇幅刊登江青所抓"批林批孔"典型——天津小靳庄社员《诗歌选》。编者按称："这些革命诗歌，主题鲜明，语言简练，充满了强烈的无产阶级感情和革命战斗精神。"

10 日，《天津文艺》第 4 期发表下乡知青"别闯生"的诗《科研田》。

12 日，《人民日报》刊登江天的文章《努力塑造无产阶级英雄典型》。

16 日，《人民日报》刊登北京大学、清华大学写作组的文章《反映新的人物新的世界的革命新文艺——谈革命样板戏的历史意义和战斗作用》。

18 日，《人民日报》刊登方进的《要塑造典型，不要受真人真事局限》和苏禾的《坚持以党的基本路线指导文艺创作》。

《学习与批判》第 7 期刊登向柏的《贾探春的"新经济体制"》和任文欣的《是花

圈还是圈套？——评苏修小说〈海浪上的花圈〉》。

31日，《人民日报》刊登虞斌的文章《塑造新一代新人的英雄形象——评长篇小说〈征途〉》。

本月，上海市属国营农场三结合创作组集体编写的短篇小说集《农场的春天》（上山下乡知识青年创作丛书）由上海人民出版社出版。

上海汽轮机厂工人业余创作组合著的叙事诗集《雏鹰》由上海人民出版社出版。

长正的长篇小说《中流砥柱》由河北人民出版社出版。

八月

1日，《红旗》第8期刊登翟平的文章《儒法斗争是"狗咬狗"》。

4日，《人民日报》刊登初澜批判湘剧《园丁之歌》的文章《为哪条教育路线唱赞歌？》。同日还发表通讯《小靳庄十件新事》。

13日，国务院文化组举办的上海、广西、湖南、辽宁四省、市、自治区文艺调演在京开幕。调演期间，报刊广泛宣传"小戏也要写阶级斗争"，否则便是"无冲突论"。

《人民日报》刊登江天的短评《批评尊儒反法的坏戏，肃清孔孟之道的流毒》。

20日，《人民日报》发表北京京剧团《杜鹃山》剧组的《疾风知劲草，烈火见真金——塑造无产阶级英雄典型柯湘的体会》。

《学习与批判》第8期发表史锋的《方志敏烈士传》。同期还刊有申越的《论鲁迅小说的反孔思想》、王荣刚等的《从〈史纲评要〉看李贽的反儒思想》。

24日，《人民日报》发表张永枚的组诗《西沙民兵》，并刊登方锷评浩然的《西沙儿女（正气篇）》的文章《祖国的西沙为什么这样美？》。

26日，《人民日报》发表通讯《为无产阶级文化大革命高唱赞歌——记话剧〈战船台〉的诞生》。

27日，《人民日报》发表文艺短评《地方戏曲移植革命样板戏大有作为》。

本月，《批林批孔战歌》由人民文学出版社出版。

《征途号角——工农兵诗选》由山西人民出版社出版。

《挑战》（知识青年短篇小说集）由辽宁人民出版社编辑出版。

九月

20日，《中国摄影》复刊。这是"文革"以来最早恢复的文艺刊物。

《陕西文艺》第5期发表陈忠实的短篇小说《高家兄弟》、路遥的散文《银花灿灿》。

《学习与批判》第9期刊登文雁平的《为文化大革命中的英雄塑像——谈话剧〈战船台〉中雷海生的形象塑造》。

30日，《人民日报》报道，国庆期间将上映新拍故事片《闪闪的红星》《向阳院的故事》《钢铁巨人》《南征北战》（重拍）。

《人民日报》发表张永枚为庆祝建国25周年写的政治抒情长诗《前进！革命的火

车头》。

本月，《武汉文艺》第 5 期发表古远清的《"三突出"创作原则适用于一切艺术形式》。

李学鳌的叙事长诗《凤凰林》由人民文学出版社出版。

诗集《红旗渠之歌》由河南人民出版社编辑出版。

诗集《理想之歌》由人民文学出版社出版。内收北京大学中文系七二级创作班工农兵学员集体创作的《理想之歌》等诗作 22 首。

诗集《西沙战鼓》由广东人民出版社出版。

《战鼓惊天动地来——批林批孔诗歌集》由辽宁人民出版社编辑出版。

毕方、钟涛的长篇小说《千重浪》由人民文学出版社出版。

汪雷的长篇小说《剑河浪》（上山下乡知识青年创作丛书）由上海人民出版社出版。

十月

1 日，《人民日报》发表浩然的散文《遍地英雄唱赞歌——小靳庄抒怀》。

《红旗》第 10 期刊载杨荣国的文章《批林批孔与知识分子的进步》、秋实的文章《军民情意深似海——评革命现代京剧〈红云岗〉》。

14 日，《人民日报》刊登初澜的《把生活中的矛盾和斗争典型化——学习毛主席关于文艺创作典型化原则的体会》。文章说："在无产阶级文艺革命向新的广度和深度进军的今天，重温毛主席关于文艺创作典型化原则的教导，这对于批判'写真人真事论'、'灵感论'、'写真实论'、'无冲突论'、'唯情节论'和'娱乐论'等资产阶级、修正主义的谬论，克服创作中的雷同现象，进一步提高文艺创作的质量，有着极其重要的意义。"

16 日，《人民日报》刊登梁效的文章《批判资产阶级不停——学习〈关于红楼梦研究问题的信〉》。文章认为毛泽东的信"深刻地概括和总结了几十年来特别是新中国成立以来两个阶级、两条路线、两种思想斗争的丰富经验，发展了马克思关于阶级斗争和无产阶级专政学说，是反对胡适超阶级人性论的思想武器。"

20 日，《朝霞》第 10 期发表钱钢的小说《小伙讲大课》。

本月，"朝霞"丛刊《碧空万里》出版，内收古华的小说《仰天湖传奇》。

《东风万里春雷动——批林批孔诗集》由河南人民出版社编辑出版。

《进军的号角——工农兵批林批孔诗选》由安徽人民出版社出版。

《批林批孔诗选》由黑龙江人民出版社编辑出版。

顾工的诗集《火的喷泉》由山东人民出版社出版。

上海电机厂《大梁》创作组集体创作的长篇小说《大梁》由上海人民出版社出版。

洪广思的《阶级斗争的形象历史——评〈红楼梦〉》由人民文学出版社出版。

十一月

1 日，《红旗》第 11 期刊登薛仑的《加强党的一元化领导》和祝新运的《演冬子，学冬子，做党的好孩子》，后者评析了影片《闪闪的红星》的主人公潘冬子的形象。

2 日，《人民日报》刊登初澜的《谈文艺作品的深度问题》，文章称"以党的基本路线为纲，敢于揭示矛盾冲突，深刻反映阶级斗争，这对于文艺作品的深度来说，有着重要意义。"同日还刊登了闻哨的文章《小戏创作要努力反映阶级斗争和路线斗争》。

10 日，《北京文艺》第 6 期选载浩然的中篇小说《西沙儿女——奇志篇》（上卷）。

11 日，《人民日报》刊载石一歌的文章《坚持古为今用，正确评价法家——学习鲁迅有关法家的论述的体会》。该文认为"鲁迅评论法家有强烈的战斗性，是与鲁迅分析问题时的科学态度是分不开的。"也与鲁迅的"革命彻底性是分不开的。"

20 日，《学习与批判》第 11 期刊登杜华章的《小冬子的成长道路》和任犊的《薛宝钗和中庸之道》。本期还新开辟"儒法斗争史"专栏。

《朝霞》第 11 期刊登方泽生的《一部细致动人的好电影——谈影片〈闪闪的红星〉的艺术成就》和石一歌的文章《俯首甘为孺子牛》。

24 日，《人民日报》发表张永枚的小叙事诗《西沙姑娘》。

25 日，《红旗》第 12 期刊登八一电影制片厂《闪闪的红星》创作组、摄制组的文章《在银幕上为无产阶级争光——影片〈闪闪的红星〉的一些创作体会》。

本月，诗集《大寨之歌》由山西人民出版社出版。

诗人北岛的知青题材中篇小说《波动》完成初稿，署名艾姗，并在知青群中传抄。1976 年 6 月和 1979 年 4 月经过两次修改，以本名赵振开正式发表在 1981 年的《长江》第 1 期上。杨健指出："这部小说是'地下文学'中已知的反映下乡知青情感生活的最成熟的一部小说。无论在艺术上还是在思想认识深度上，都是'地下文学'中的'佼佼者'。并具有'长篇小说'的规模、气度。""《波动》实际上是一篇'散文诗'。整个故事仅仅是'诗'的载体和框架。其中包含了远远超出故事情节的内容。小说的风格除了诗意之外，就是总体的'冷静'。这种'冷静'出于对残酷、粗暴的现实生活产生出的'严峻'的直视。没有离奇的情节，没有荡气回肠的感伤，更没有声泪俱下的控诉，只有面对现实的'平静'，以及在内心深处涌起的'波动'。""作者想要表达青年知识分子骚动不宁的追求，以及在下层粗暴生活包围中力求保存仅有的一点'优雅'的努力。书中那座城市充满了纯粹的错觉、损坏的偶像、邪恶、暴力、种种荒谬还有孤独。""肖凌的身上具有一种为强暴、欺骗所剥夺不去、洗涮不净的'优雅'，她永远不可能与粗暴的环境同化、协调，除非她死亡。""《波动》真实地记录了当时青年知识分子的理想思考。""这部小说可以称得上是一部关于知青如何优雅生活的报告，是'知青部落'内部世界的揭秘之作。""老广在评价《波动》时讲，它'是在黑暗和血泊中升起的诗的光芒，是雪地上的热泪，是忧伤的心灵的颤抖，是苦难的大地上沉思般回荡的无言歌。'"（杨健：《文化大革命中的地下文学》，第 166—172 页，朝华出版社 1993 年版）

十二月

12 日，王愿坚、陆柱国执笔改编的电影文学剧本《闪闪红星》发表在《解放军文艺》12 月号上。人民文学出版社 1975 年出版单行本。

辛文彤的《社会主义历史潮流不可阻挡——评〈金光大道〉第一、二部》刊登在《光明日报》上。

13 日，《人民日报》刊载洪途的文章《旧戏〈三击掌〉与反动的"天命观"》。

14 日，《学习与批判》第 12 期发表曹思峰、钟功伟的《王安石传》。

20 日，《朝霞》第 12 期刊载上海师范大学《简明中国文学史》编写组的《原始歌谣与神话》。

26 日，《人民日报》刊登任犊评浩然的《金光大道》第二部的文章《必由之路》。

本月，《批林批孔诗歌选》和沈顺根的长篇小说《水下尖兵》由北京人民出版社出版。

本年

《批林批孔杂文》（一）和（二）由上海人民出版社编辑出版。

江青集团开始对地下文坛进行查抄、清剿。在巨大的政治压力下，较有规模的地下诗歌活动已告结束，大的文学沙龙开始解体，只剩下一些分散的小圈子，局限在最密切的朋友之间。被查抄的小说有现实主义小说《九级浪》《归来》，以及"黄色小说"《少女的心》《曼娜回忆录》等。

吴宓因不同意"批孔"，被定为"现行反革命分子"，目盲足骸，受尽折磨。

姚雪垠同茅盾开始进行长达近两年的通信。他请茅盾看《李自成》第一卷和第二卷的手稿并提意见；又向茅盾讨教《李自成》创作中的美学等方面的问题。8 月，姚雪垠还写成了《〈李自成〉全书内容提要》。与此同时，他还与叶圣陶、胡绳、臧克家、江晓天等师友之间有了通信往来，信中探讨的大多是关于《李自成》的创作问题。

牛汉作诗《兰花》《麂子》《蒲公英》《蚯蚓的血》《在深夜》《伤疤》《野花》《鹰的归宿》《冻结》《雨燕的话语》《星夜遐想》《种子》《冬天的青桐》。

唐湜作历史叙事诗《敕勒人，悲歌的一代》。

蔡其矫作诗《思念》《也许》《时间的脚步》《木排上》。

流沙河作诗《贝壳》。

知青题材的长诗《生活三部曲》在上海广为传抄。

芒克作诗《街》《给》和《十月的献诗》（组诗）。

多多作诗《无题》《乌鸦》和《玛格丽的旅行》。

林莽作诗《二十六个音节的回响——献给逝去的年岁》。

北岛作诗《候鸟之歌》《日子》《太阳城札记》（组诗）。

顾城作诗《小鸟伟大记》《自大的湖泊》《花岛》。

马佳作长诗《北方之歌——致 21 岁》。

牟敦白作短篇小说《胎衣》和《夜茫茫》。

张炜作短篇小说《槐花饼》。

茅盾秘密续写长篇小说《霜叶红似二月花》，但只完成了续写计划的一半篇幅。

黄瑞云作寓言《乌鸦的智力》《黄豆和石子》《扫帚和神像》等30余篇。

1975 年

一月

1 日，《解放军文艺》第 1 期刊登"编者的话"——《学好样板戏，创造更多好作品》。同期还刊登了《豪情诗笔写西沙——部队作者座谈中篇小说〈西沙儿女〉发言摘要》。

8—10 日，中共十届中央委员会二次会议在京举行。邓小平当选中共中央副主席，中央政治局常委。

10 日，《北京文艺》第 1 期发表浩然的文章《发扬勇敢向上的革命精神》。

《学习与批判》第 1 期刊载任犊的《读〈朝霞〉一年》、刘大杰的《读〈红与黑〉》。

13—17 日，第四届全国人大一次会议在京举行。周恩来总理作《政府工作报告》。会议期间，原国务院文化组改为文化部，于会泳任部长、浩亮、刘庆棠任副部长。

20 日，《朝霞》第 1 期发表孙绍振、刘登翰的诗歌《狂飙颂歌》，钱钢的小说《钢浇铁铸》，叶伟成等的文章《努力揭示工人阶级英雄形象的思想深度》。

本月，各地文学刊物纷纷刊登关于"典型化"问题的讨论文章，有《天津文艺》第 1 期谢国祥等人的《学习文艺创作典型化原则笔谈》《辽宁文艺》第 1 期涛头立的《社会主义文艺创作必须坚持典型化原则》《文史哲》第 1 期鲁戈的《坚持"三突出"创作原则，塑造无产阶级英雄典型》《江苏文艺》第 1 期发表的《坚持毛主席关于文艺创作典型化原则》等。

由黑龙江省双城县革命委员会和中国人民解放军驻京八〇一部队联合创作组集体创作的长篇小说《惊雷》（上）由天津人民出版社出版。该书下册于 3 月出版。

《战歌集——批林批孔诗歌选》由湖南人民出版社编辑出版。

二月

1 日，《解放军文艺》第 2 期刊登申枫、思忖的文章《用党的正确路线教育部队的光辉典型——学习革命样板戏塑造我军政治工作干部形象的体会》。

《红旗》第 2 期刊登闻军的文章《论刘禹锡的政治诗》。文章认为："刘禹锡不但在政治斗争中坚定地站在法家路线一边，而且在思想文化领域里用唯物主义的观点向保守势力进行战斗。他的《天论》沉重地打击了儒家所宣扬的天命论。"

20 日，《朝霞》第 2 期发表李振国的小说《海滩路》。

28 日，焦菊隐遭政治迫害含冤去世，终年 69 岁。焦菊隐，原名焦承志，1905 年生，天津人。早年热衷于散文诗写作，组织绿波社等文学团体。1928 年燕京大学毕业后历任北平市立二中校长、北平大学女子文理学院讲师。1931 年参加筹办北平戏曲专科学校（后改名中华戏曲专科学校），出任第一任校长，对戏曲教育进行改革，如实行男女合校体制等。1935 年留学法国，1938 年获巴黎大学文学博士学位，回国后任教于广西大学文法学院，其间曾为国防艺术社导演曹禺剧作《雷雨》和阿英剧作《明末遗恨》等，并和欧阳予倩一起参与桂剧改革。1942 年去四川任教于国立戏剧专科学校，在中国首次把莎士比亚名著《哈姆雷特》搬上舞台。同年翻译了高尔基的《未完成的三部曲》、贝拉·巴拉兹的《安魂曲》、左拉的长篇小说《娜娜》、契诃夫的戏剧《万尼亚舅舅》和《樱桃园》等。抗战胜利后任教于北平师范大学英语系，导演了《夜店》。1947 年创办北平艺术馆，导演了话剧《上海屋檐下》（夏衍编剧）、京剧《桃花扇》（欧阳予倩编剧）。1948 年又筹建校友剧团，把莎士比亚的《罗密欧与朱丽叶》改编为京剧《铸情记》，由翁偶虹导演。1949 年担任北京师范大学文学院院长兼西语系主任。1952 年 6 月，北京人民艺术剧院改组成为专业话剧院，曹禺任院长，焦菊隐任第一副院长兼总导演和艺术委员会主任。建院初期，焦菊隐相继导演了《龙须沟》（老舍编剧）、《明朗的天》（曹禺编剧）等剧。1956 年通过《虎符》的排练进一步探索话剧向戏曲学习和舞台艺术民族化的道路。1958 年导演了老舍的名剧《茶馆》和话剧《智取威虎山》。此后又陆续导演了《蔡文姬》《三块钱国币》《星火燎原》《胆剑篇》《武则天》《关汉卿》等剧作，把斯坦尼斯拉夫斯基体系与中国戏曲艺术的美学原则融汇于自己的导演创造之中，逐步形成了自己的导演学派。主要戏剧论著有《焦菊隐戏剧论文集》《焦菊隐戏剧散论》《〈茶馆〉的舞台艺术》《〈蔡文姬〉的舞台艺术》《〈龙须沟〉的舞台艺术》等。建国后还曾担任中国戏剧家协会的常务理事兼艺术委员会主任等职。

本月，"四人帮"以文化部的名义连续给北京电影制片厂全体职工写信，说"《海霞》是黑线回潮的代表作"。其实在本年初，谢铁骊根据黎汝清的小说《海岛女民兵》编导的影片《海霞》已经上映，周恩来总理带病审看影片《海霞》，不久，朱德等中央领导同志也陆续调看了这部影片，一致表示肯定和赞赏，并建议有关部门放映此片招待国际友人。在遭到"四人帮"的批判和阻挠之后，影片编导谢铁骊、摄影钱江先后给毛泽东、周恩来写信反映情况。7 月 29 日，毛主席批示："印发政治局全体同志。"7 月 31 日，在邓小平主持下，中央政治局审看了《海霞》的两个版本（送文化部审看的片子和经过修改的片子），肯定了这部影片，并决定在全国上映修改过的片子。1976 年初，"四人帮"又把《海霞》作为文化部所谓"右倾翻案风"的"典型事件"，并借此追"风源"，再一次把矛头指向周恩来、邓小平和政治局其他领导。（参见文化部批判组：《"四人帮"围剿〈海霞〉是一场严重的阶级斗争》，1977 年 12 月 3 日《人民日报》）

三月

1 日，《红旗》第 3 期刊登姚文元的《论林彪反党集团的社会基础》和梁效的《批判因循守旧，坚持继续革命》。

《解放军文艺》第 3 期发表叶文福的诗《天山哨兵》、韩作荣的诗《火热的工棚》、闻哨的文章《彻底批判宣扬孔孟之道的旧戏曲》。

10 日，《北京文艺》第 2 期发表浩然散文《智慧和力量的海——农村生活散记》。

18 日，浩然在一次部队作者座谈会上作了题为《为无产阶级专政冲锋陷阵》的发言，后来刊登在《解放军文艺》第 5 期上。

20 日，《朝霞》第 3 期刊登任犊的《走出"彼得堡"——读列宁 1919 年 7 月致高尔基的信有感》。文章说："最近读到胡万春同志给《朝霞》编辑部的一封信，其中谈到：他重新学习了列宁在 1919 年要高尔基走出彼得堡的教导，很有感受。一个在党的培养下成长起来，而后又走过一段弯路的工人作者，回过头来对革命导师的教导产生了切身体会，那么对于文化大革命以来涌现的工农兵作者来说，记取他们的教训，是使用革命导师的教导来鞭策自己，自然有着不言而喻的重要意义了。"文章把"彻底摧毁形形色色的'彼得堡'"视为被"毒害"的工人作者的唯一出路。

四月

1 日，《红旗》第 4 期开辟《学习无产阶级专政理论，深入批判修正主义路线》专栏。同期刊载胡容的《商品交换中两种思想的斗争——从湖南花鼓戏〈送货路上〉谈起》。

《解放军文艺》第 4 期刊登余学田的文章《努力掌握革命样板戏创作原则，塑造好部队指战员英雄形象》、洪城的文章《肖洛霍夫与苏联的资本主义复辟》。

4 日，张志新被"四人帮"在辽宁的党徒割断喉管，执行枪决，终年 45 岁。张志新，天津人，1950 年就读河北师范大学期间报名参加抗美援朝战争，归国后在中国人民大学学习并留校工作，1975 年调入辽宁省委宣传部文艺处工作。1969 年 9 月，她因反对林彪、"四人帮"的反革命路线，反对党内搞个人崇拜而被捕，1970 年 8 月 24 日以现行反革命罪被判处无期徒刑。在狱中她坚持真理、勇于斗争，创作了歌曲《谁之罪》《迎春》《路》。1975 年 4 月 3 日又被加处死刑，次日执行。1979 年，中共辽宁省委为张志新平反昭雪。"文革"后，许多诗人以张志新的遭遇为题材创作了脍炙人口的诗作，如雷抒雁的《小草在歌唱》、熊光炯的《枪口，对准了中国的良心》、韩瀚的《重量》等。韩瀚在短诗中写道："她把带血的头颅，/放在生命的天平上，/让所有的苟活者，/都失去了/——重量。"（《清明》1979 年第 2 期）

16 日，《学习与批判》第 4 期刊登张春桥的《论对资产阶级的全面专政》。

20 日，《朝霞》第 4 期发表李瑛的诗《钻石及其他》。

本月，刘志清的诗集《红牧歌》由甘肃人民出版社出版。

时永福的诗集《时代的洪流——献给无产阶级文化大革命的歌》由北京人民出版社出版。

《战鼓集——批林批孔诗选》由甘肃人民出版社编辑出版。

五月

1 日，《红旗》第 5 期开辟《发扬无产阶级革命精神，抵制资产阶级思想侵蚀》专栏，并刊登甘戈的文章《警惕商品交换原则对党的侵蚀》。

3 日，毛泽东在中央政治局会议上讲："教育界、科学界、文艺界、新闻界、医务界，知识分子成堆的地方，其中也有好的，有点马列的。"

10 日，《天津文艺》第 3 期发表蒋子龙的小说《势如破竹》、浩然的《学习典型化原则札记》。

20 日，《朝霞》第 5 期刊登任犊的文章《让思想冲破牢笼——学习列宁〈欧仁·鲍狄埃〉有感》。

本月，由《盛大的节日》三结合创作组集体编写的短篇小说集《盛大的节日》、由《忻山红》三结合创作组集体编写的短篇小说集《忻山红》、由上海市造船公司文艺创作组集体创作的长篇小说《大海铺路》由上海人民出版社出版。

单学鹏的长篇小说《渤海渔歌》由人民文学出版社出版。

六月

1 日，《红旗》第 6 期刊登杜华章的文章《按照无产阶级面貌改造文化队伍——学习〈在延安文艺座谈会上的讲话〉》。

孙犁作《善闇室纪年序》。

9 日，《人民日报》刊登闻军的文章《文艺必须成为党的事业的一部分》。

20 日，贾平凹的小说《弹弓和南瓜的故事》，钱钢、杨晓驯的诗《战士之歌——写在好八连的征途上》，李思的文章《牢记权利是谁给的》发表在《朝霞》第 6 期上。

本月，朝霞文艺丛刊《序曲》由上海人民出版社出版。

雷抒雁的诗集《沙海军歌》由北京人民出版社出版。

李幼容的诗集《天山野营曲》由新疆人民出版社出版。

任彦芳的诗集《钻塔上的青春》由人民文学出版社出版。

张长弓、郑士谦合著的长篇小说《边城风雪》由人民文学出版社出版。

由《钻天峰》三结合创作组集体创作的同名长篇小说由人民文学出版社出版。

云南生产建设部队政治部宣传处编辑的《胶林千里绿》（知识青年短篇小说集）由云南人民出版社出版。

七月

1 日，《解放军文艺》第 7 期发表叶延滨的诗《实战演习》、薛敏和苏文的文章《沂蒙高歌鱼水情——赞革命现代舞剧〈沂蒙颂〉》。

20 日，《朝霞》第 7 期刊载范中柳的《为新生事物大喊大叫——学习马克思、恩格斯 1859 年致拉萨尔的信有感》、石望江的文章《"高吟肺腑走风雷"——谈谈龚自珍的诗》、余秋雨的散文《记一位县委书记》。

25 日，毛泽东对电影《创业》编剧张天民署名的揭露"四人帮"扼杀该影片的来信作重要批示："此片无大错，建议通过发行。不要求全责备。而且罪名有十条之多，太过分了，不利调整党内的文艺政策。""此信增发文化部及来信人所在单位。" 早在本年 2 月间，江青看过《创业》后就认为 "《创业》在政治上、艺术上都有严重问题"，是"为刘少奇、薄一波之流涂脂抹粉"，质问创作人员"给什么人树碑立传？"并授意于会泳等人开列《创业》十大罪状，下令停止洗印，停止宣传，停止向国外发行。毛主席的批示下达后，他们又否认十条罪状是他们开列。直到9月第一次大寨会议期间，江青还说张天民"谎报军情"，并胁迫张天民给毛泽东主席再写一封信，承认"《创业》影片有错误"，"要求不向国外发行"；同时私下说"毛泽东同志没有看过《创业》"，批示是邓小平"有意强加给主席的"。（参见杜书瀛等：《围绕电影〈创业〉展开的一场严重斗争》，1976年11月5日《解放军报》。）"四人帮"倒台后，《创业》得到重新评价。高欣在《毛主席革命路线的胜利凯歌》中指出："《创业》满怀热情地歌颂了毛主席亲自树立起来的大庆红旗，歌颂了工人阶级的大无畏的彻底革命精神和气壮山河的英雄业绩，成功地塑造了我国石油工人的英雄形象。"（《人民日报》1976年12月6日）

本月，毛泽东在两次谈话中指出："百花齐放都没有了"，"党的文艺政策应该调整一下，一年、两年、三年逐步逐步扩大文艺节目。缺少诗歌，缺少小说，缺少散文，缺少文艺评论。"根据毛泽东的指示，中共中央批准《人民文学》《诗刊》等杂志复刊，批准举办聂耳、冼星海纪念演出会，并解禁了一小批被判为"毒草"的影片，还出版了其他少量文艺作品，文艺界的状况开始好转。

李瑛的诗集《北疆红似火》、李幼容的诗集《天山进行曲》、黄声孝的诗集《挑山担海跟党走》由人民文学出版社出版。

王绶青、李洪程合著的叙事长诗《斗天图》由人民文学出版社出版。

《洪流集》编创组编写的《洪流集——工农兵诗选》由人民文学出版社出版。

《进攻的炮声》三结合编辑组编写的同名诗集由四川人民出版社出版。

郭澄清的长篇小说《大刀记》（第一、二卷）由人民文学出版社出版。该书第三卷于8月出版。

岚晨的长篇小说《映山红》由江西人民出版社出版。

八月

1日，《解放军文艺》第8期发表王垦等人改编的革命现代舞剧《沂蒙颂》。

14日，毛泽东就《水浒》发表谈话，说："《水浒》这部书，好就好在投降。做反面教材，使人民都知道投降派。《水浒》只反贪官，不反皇帝。摒晁盖于一百〇八人之外。宋江投降，搞修正主义，把晁的聚义厅改为忠义堂，让人招安了。宋江同高俅的斗争，是地主阶级内部这一派反对那一派的斗争。宋江投降了，就去打方腊。"姚文元闻讯后立即给毛泽东写信，称毛主席的谈话有重大的深刻的意义，请求印发毛主席的谈话和他的信并组织评论文章。毛泽东批示同意。随后，《光明日报》的《文学》专刊在25日的复刊号上登出了第一篇"评《水浒》"的文章。《红旗》《人民日报》也相继发表短评和社论，掀起"评《水浒》、批宋江、抓现代投降派"运动。

18日，《学习与批判》第8期开辟"文学史研究"专栏，刊有余秋雨的《读一篇新发现的鲁迅佚文》，刘大杰的《唐代社会与文学的发展》，徐缉熙的《漫谈看一点文学史》等文章。

20 日,《朝霞》第 8 期发表叶蔚林的小说《大草塘》。

本月,"四人帮"直接组织拍摄的第一部写"与走资派斗争"的影片《春苗》上映。

话剧《万水千山》经过修改,由总政文工团在纪念长征四十周年时开始公演。江青说:"这个戏有问题。"张春桥说:"《万水千山》那东西,都是为那些老家伙评功摆好的!"

张永枚的诗集《前进集》由北京人民出版社出版。

九月

1 日,《红旗》第 9 期刊登方岩梁的《使人民都知道投降派——学习鲁迅对〈水浒〉的论述》。

9 日,《学习与批判》第 9 期开辟"用《水浒》做反面教材,使人民都知道投降派"专栏。

15 日,全国"农业学大寨"会议开幕。邓小平在讲话中说:"毛主席讲过,军队要整顿,地方要整顿,工业要整顿,农业要整顿,商业也要整顿,我们的文化教育也要整顿,科学技术队伍也要整顿,文艺,毛主席叫调整,实际上调整也就是整顿。"此后,邓小平开始全面整顿,但历时三月后流产。

丰子恺在上海病逝,享年 77 岁。丰子恺,原名丰润、丰仁,1898 年生,浙江桐乡石门镇人。1914 年入杭州浙江省立第一师范学校,从李叔同学习音乐和绘画。1918 年李叔同在杭州虎跑寺出家,对他的思想影响甚大。1919 年毕业后与同学在上海创办上海专科师范学校,并任图画教师。1921 年东渡日本学习绘画、音乐和外语。1922 年回国到浙江上虞春辉中学教授图画和音乐,与朱自清、朱光潜等结为好友。1924 年首次发表画作,冠以"漫画"名目,自此中国才开始有"漫画"这一名称。1924 年在上海创办立达中学。1925 年创建立达学会。1929 年被开明书店聘为编辑。抗战爆发后,率全家逃难。建国后曾任中国美术家协会主席、上海中国画院院长、上海对外文化协会副会长等职。主要画集有《子恺画集》《护生画集》《学生漫画》《儿童漫画》《人间相》等。主要散文集有《缘缘堂随笔》《缘缘堂再笔》《车厢社会》《缘缘堂随笔集》等。另有《艺术概论》《音乐入门》《西洋名画巡礼》等艺术理论著作和《源氏物语》等译著。丰子恺一生出版的著作达 180 多部。郁达夫说:"浙西人细腻审慎的风致,在他的散文里处处可以体会得出。""弘一剃度之后,那一种佛学的思想,自然也影响到了他的作品。人家只晓得他的漫画入神,殊不知他的散文,清幽玄妙,灵达处反远出在他的画笔之上。""对于小孩子的爱,与冰心女士不同的一种体贴入微的对于小孩子的爱,尤其是他的散文里的特色。"(郁达夫:《现代散文导论(下)》,《中国新文学大系导论集》,第 220 页,上海良友复兴图书印刷公司 1940 年印行)丰子恺自己在《读〈读缘缘堂随笔〉》中说:"我自己明明觉得,我是一个二重人格的人。一方面是一个已近知命之年的、三男四女俱已长大的、虚伪的、冷酷的、实利的老人(我敢说,凡成人，没有一个不虚伪、冷酷、实利）；另一方面又是一个天真的、热情的、好奇的、不通世故的孩子。这两种人格，常常在我心中交战。虽然有时或胜或败，或起或伏，但总归是势均力敌，不相上下，始终在我心中对峙着。为了这两者的侵略和抗战，我精神上受了不少的苦痛。""文艺批评家厨川白村曾经说过：文艺是苦闷的象征。文艺好比做梦，现实上的苦闷可在梦境中发泄。这话如果对的，那么我的文章，正是我的二重人格的苦闷的象征。"（丰子恺：《缘缘堂随笔集》，第276—278页，浙江文艺出版社1983年版）

17日，江青在大寨大讲《水浒》的"要害是宋江架空晁盖"，影射攻击周恩来、邓小平"架空毛主席"，并要求在全国农业学大寨会议上放她的讲话录音，印发她的讲话稿。华国锋及时报告党中央。毛泽东明确指示："稿子不要发，录音不要放，讲话不要印。"

20日，《朝霞》第9期刊登石一歌的《〈水浒〉儿童版（增订本）前言》。

本月，《武汉文艺》第5期发表陆耀东的《批反面教材〈水浒〉，使人民都知道投降派》、古远清的《大力歌颂社会主义现实的光明面》。

郭小川在天津团泊洼文化部"五七干校"作诗《团泊洼的秋天》，后发表在1976年《诗刊》第11期上，同期还发表诗人大约作于本年10月的《秋歌》，总题为《秋歌二首》。

纪宇的诗集《金色的航线》由山东人民出版社出版。

谌容的长篇小说《万年青》由人民文学出版社出版。

张抗抗的长篇小说《分界线》由上海人民出版社出版。

十月

1日，张天民执笔的电影文学剧本《创业》、郭预衡的文章《〈水浒〉是歌颂投降派反对革命的反面教材——重读鲁迅〈流氓的变迁〉》刊登在《解放军文艺》10月号上。

14日，《学习与批判》第10期刊登余秋雨的《评胡适的〈水浒〉考证》，章智明等的《试论吴用》。

19日，姚雪垠向毛泽东写信，请求对他的创作给予支持。11月，毛泽东收阅了由邓小平转呈的姚雪垠来信，并在信上作了批示："同意姚雪垠的创作计划，给他提供条件，让他把书写完。"12月22日，姚雪垠自武汉来北京，借住中国青年出版社的职工宿舍，专门修改《李自成》第二卷。在修改的过程中，他顶住了"四人帮"的压力，没有把"儒法两条路线斗争"和"李自成反孔"等内容加入书中。

20日，《朝霞》第10期刊登郭绍虞的文章《宋江私放晁盖新析》。

本月，由南通市《拂晓的号角》创作组集体创作同名长篇小说《拂晓的号角》由江苏人民出版社出版。

由嘉山县革委会创作组集体创作的长篇小说《翠岭朝霞》由安徽人民出版社出版。

十一月

1 日，《红旗》第 11 期在"评论《水浒》，反修防修"专栏中刊载余凡的《评胡适的〈水浒〉考证》、方荆的《透过现象看本质——评宋江和高俅的斗争》。同期还刊有任犊的《让革命诗歌占领阵地——重读鲁迅对新诗形式问题的论述》。

10 日，《北京文艺》第 6 期发表陈建功的短篇小说《尚奎师傅》、浩然的散文《惊天动地——辉县见闻之一》。

14 日，《学习与批判》第 11 期刊登石一歌的《读鲁迅的诗论》，刘大杰的《李白的阶级地位与诗歌艺术》，志培、松笔的《略论〈文心雕龙〉》。

20 日，《朝霞》第 11 期发表李瑛的诗《向二零零零进军》、钱钢的诗《扫帚苗》。

本月，张永枚的诗体小说《椰岛少年》由广东人民出版社出版。

《高举红旗评〈水浒〉——工农兵诗选》由河北人民出版社出版。

《广阔天地新一代——上山下乡知识青年诗歌集》由河南人民出版社出版。

十二月

1 日，"清华大学北京大学批判组"的文章《教育革命的方向不容篡改》刊登在《红旗》杂志第 12 期上。从此开始了全国范围内的"反击右倾翻案风"运动。

14 日，《学习与批判》第 12 期刊登翟青的《评〈水浒传〉的人性论》，红宜的《〈水浒〉与国防文学》。

20 日，《朝霞》第 12 期发表贾平凹的小说《队委员》、石一歌的《时代风云　笔底波澜——论鲁迅散文的特点》、周天的《文艺战线上的一个新生事物——三结合创作》。周天说："无产阶级文化大革命，从根本上改变了文艺黑线统治下把文学当成是个人事业和追求名利的工具那样一种局面。列宁在《党的组织和党的文学》中教导我们：'对于社会主义无产阶级，文学事业不能是个人或集团的赚钱工具，而且根本不能是与无产阶级自己的事业无关的个人事业。'毛主席也教导我们：'革命文艺是整个革命事业的一部分，是齿轮和螺丝钉。'这就是文学的党性原则。在这个原则的指导下，有关各方都想到一个点子上去了：领导部门有感于文艺这个舆论阵地的重要，决心加强党对文艺事业的领导贯彻党的路线、方针、政策，为无产阶级的政治服务；广大工农兵群众对革命文艺提出了更迫切的要求，要求反映他们的斗争生活，鼓舞他们继续前进，并且要求直接进入文艺创作领域，用无产阶级思想占领和改造这个阵地，既做物质生产的主人，也作精神生产的主人；绝大部分专业文艺工作者，也迫切地感到不能再在旧轨道上生活下去，愿意走与工农兵相结合的道路，把自己的知识、技能用于为工农兵服务的伟大事业。"

本月，由北京大学中文系 72 级创作班工农兵学员集体创作的长诗《理想之歌》在中央人民广播电台以配乐诗朗诵的形式传播，引起强烈反响。

《革命要钢我们炼》编辑组编写的同名诗集由人民文学出版社出版。

本年

厦门知青群体创办油印文学刊物《耕耘》。蔡其矫、舒婷曾在上面发表诗作。蔡其矫在和舒婷等福建文学青年的交往过程中，给予了他们大量的肯定和支持。

丁玲、陈明获释放，被安置到山西长治附近的嶂头村养老，直到 1979 年返回北京。

臧克家作总题为《忆向阳》的旧体诗 50 余首。后发表在 1976 年《人民文学》第 2 期上。北京人民出版社 1978 年出版单行本。

穆旦作诗《苍蝇》。这是穆旦中断诗歌创作近 20 年后首次提笔写诗。

唐湜作民间童话长诗《魔童》、抒情诗《闪光的珍珠》（外七题）和抒情长诗《遐思：诗与美》，后者为思念"九叶"诗友而作，由 30 首十四行诗（共 420 行）组成。

蔡其矫作诗《玉华洞》《尽量发光》《夕阳和落叶》《劝》《灯塔》《荒凉的海滩》《祈求》《悲伤》《悬崖上的百合花》《答——》《泪》《寄——》。

流沙河作诗《唤儿起床》。另，《故园九咏》"断断续续写在七十年代中期"，包括《我家》《中秋》《芳邻》《乞丐》《哄小儿》《焚书》《夜读》《夜捕》《残冬》九首。

北岛作诗《结局或开始——给遇罗克烈士》。此诗初次发表在《上海文学》1980 年第 12 期时，诗后附有作者的短文："这首诗初稿于 1975 年。我的几个好朋友曾和遇罗克并肩战斗过，其中两位朋友也身陷囹圄，达三年之久。这首诗记录了在那悲愤的年代里我们悲愤的抗议。"

舒婷作诗《海滨晨曲》《珠贝，大海的眼泪》《船》《呵，母亲》《秋夜送友》《赠》。

方含（孙康）作诗《足音》《谣曲》《伊兹克斯纳尔》。

林莽作诗《悼一九七四年》。

张炜作短篇小说《小河日夜唱》《花生》《战争童年》《夜歌》《他的琴》。

从维熙作中篇小说《远去的白帆》初稿。

刘绍棠开始写作长篇小说《鸡鸣风雨女萝江》，1977 年完成初稿。

黄瑞云作寓言《老柞树和木兰树》《煤炭桶和垃圾桶》《獴子和眼镜蛇》《朱熹注论语》《墙头草和风信标》《弹子和路灯》《孔子答颜回》《两只狗》等 15 篇。

冯雪峰作寓言《锦鸡与麻雀》。

1976 年

一月

1 日，《诗刊》复刊。第 1 期发表毛泽东作于 1965 年的两首词：《水调歌头·重上井冈山》和《念奴娇·鸟儿问答》。《解放军文艺》第 1 期和《红旗》第 1 期也同时刊出毛主席《词二首》，《红旗》第 1 期还刊有袁水拍的《鼓舞我们战斗的宏伟诗篇——学习毛主席词二首》。随后，《学习与批判》第 1 期和《朝霞》第 1 期都刊出毛主席《词二首》。

"四人帮"组织拍摄的影片《决裂》开始上映。

8 日，周恩来总理在北京病逝，终年 78 岁。周恩来，祖籍浙江绍兴，生于江苏淮安。五四时期在天津南开大学创办觉悟社。周恩来的诗，集中写于辛亥革命至五四运动的十年间。《周恩来青年时代诗选》收有旧体诗和自由体新诗，他的新诗《雨中岚山》和旧诗《大江歌罢掉头东》均传诵一时。赵朴初在《读周总理青年时代的诗》中说："进入了这样的境界，'自我'才算真正成就了最高贵，最完美的人格，真正达到了最高意义上的不朽。"（1978 年 3 月 3 日《人民日报》）

10 日，《北京文艺》第 1 期发表李瑛的诗《我的祖国》（三首）、理由的短篇小说《大路上》。

20 日，《人民文学》复刊。第 1 期发表毛泽东的《词二首》、李瑛的诗《迎春歌》、蒋子龙的短篇小说《机电局长的一天》、陆星儿的短篇小说《枫叶殷红》、魏巍的散文《草原纪事》、鲁光的报告文学《踏上地球之巅》、阿坚的现代京剧剧本《磐石湾》、汤大民的《为什么胜利时也会出投降派？——评〈水浒〉中宋江的叛徒形象》、刘梦溪的《封建统治阶级为什么有时禁〈水浒〉？》。罗进登在《〈机电局长的一天〉中宣扬了什么？》中认为这篇小说描写了"成千成万的困难，成千成万的矛盾"，"唯独没有无产阶级同资产阶级这一主要矛盾"，"只字不提阶级斗争"；主人公霍大道是一个"醉心于文化革命前修正主义企业路线"，"一心要把社会主义企业拉到修正主义轨道上去"的"走资派"。（《中央民族学院学报》1976 年第 1 期）

31 日，冯雪峰病逝，终年 73 岁。冯雪峰，原名福春，浙江义乌人。1922 年与汪静之等组织湖畔诗社。1929 年参加筹备中国左翼作家联盟，成立后任"左联"党团书记。1934 年随红军参加长征。1936 年受中共中央委托去上海找鲁迅，从事党的文化统一战线工作。1937 年回家乡，创作反映长征的长篇小说《卢代之死》。皖南事变后被捕，囚于上饶集中营，1942 年被营救出狱。1943 年到重庆中华全国文艺界抗敌协会工作。建国后历任中国作协副主席、党组书记、《文艺报》主编、人民文学出版社社长等职。1954 年后因《红楼梦》研究问题和"胡风集团"案受批判，1957 年被划为右派，1966 年被关进"牛棚"。著有诗集《湖畔》（合集）、《春的歌集》（合集）、《真实之歌》等；散文集《乡风与市风》《回忆鲁迅》等；论著《鲁迅的文学道路》等，以及电影文学剧本《上饶集中营》《雪峰寓言》等。另有《雪峰文集》（1—4 卷）出版。鲁迅当年指出过，冯雪峰"是浙东人的脾气"，"为人太老实，要吃亏的。"巴金在《纪念雪峰》中说："见第一面我就认为雪峰是个鲠直、真诚、善良的人，我始终尊敬他，但有时我也会因为他缺乏冷静、容易冲动感到惋惜。""他太书生气，鲠直而易动感情。"（《随想录》（合订本），第 155—156 页，三联书店 1987 年版）唐弢在《追忆雪峰》中也说："农民气质在雪峰的性格里也留下某些弱点：严格而不免执拗，朴素而失之偏激。我曾经和他发生过几次争论。这种时候，雪峰嗓门转高，语气转急……你说他刚正不阿也罢，说他桀骜不驯也罢，总之，他沉下脸，摆出准备搏斗的公鸡一样的姿态，令人望而生畏。不过，他的诚实仍然使你相信：这个人决不会弄虚作假，暗箭伤人，甚而至于只要相见以诚，满天乌云，随风消逝，反过来还会设身处地的接受别人的意见。"与冯雪峰曾经共事多年的楼适夷也说："雪峰同志这个人，的确缺乏恂恂儒雅的绅士气。而且对这种气味也非常厌恶，照他农民的倔脾气，他得罪的同志是不少的。"（以上转引自史索、万家骧：《在政治大批判漩涡中的冯雪峰》，《名人与冤案——中国文坛档案实录》（二），第180页，群众出版社1998年版）丁玲在《悼雪峰》中说："我同雪峰相识近五十年。五十年来，我们的来往可数。但人之相知，贵在知心，雪峰的为人，总是长期刻在我的脑中。我对他的言行从来都是深信不疑的。在延安曾有人问我：你最怀念什么人？我回答：我最纪念的是也频，而最怀念的是雪峰。"又说："鲁迅在雪峰的精神世界里是一尊庄严的生之向往的塑像。他们的关系远远超过了一般同志、师生的关系。""在雪峰精神上的另一尊塑像便是毛主席。"（丁玲：《丁玲文集》第5卷，第180—181页，湖南人民出版社1984年版）

本月，新疆军区生产建设兵团政治部宣传部选编的诗集《军垦战歌》由新疆人民出版社出版。

刘心武的中篇小说《睁大你的眼睛》由北京人民出版社出版。

黎汝清的长篇小说《万山红遍》（上）、屈兴歧的长篇小说《伐木人传》（上、下）、胡尹强的长篇小说《前夕》（《峥嵘岁月》第一部）、广西壮族自治区百色地区三结合创作组集体创作的长篇小说《雨后青山》由人民文学出版社出版。

由武汉大学中文系七四级工农兵学员集体创作的短篇小说集《半边天》由湖北人民出版社出版。

《红瓦》（知识青年上山下乡短篇小说集）由农村读物出版社编辑出版。

二月

1日、6日，江青、张春桥分别对于会泳等人下达关于写"与走资派斗争"的作品的指令。他们提出要写"与走资派作斗争的有深度的作品"，要"写一个地区、一个市、一个省、甚至一个部"的"走资派"，要把他们的"那种顽固性、欺骗性、危害性的特点写出来"，以此"紧密配合"他们篡党夺权"斗争的需要"。与此同时，他们布置把电影《春苗》《决裂》《第二个春天》《战船台》改编为京剧。

《解放军文艺》第2期发表李瑛的诗《从澜沧江畔寄北京》、洪毅达等的文章《千方百计突出主要英雄人物——谈革命现代京剧〈磐石湾〉陆长海形象的塑造》、尹岩等的文章《无产阶级教育革命的战斗诗篇——评彩色故事影片〈决裂〉》。

10日，《北京文艺》第2期开辟"认真学习毛主席词二首"专栏，发表曹禺的《我们要歌唱——敬读毛主席词二首》，阮章竞的《伟大的诗篇 光辉的典范——学习毛主席词二首的体会》。同期开始连载浩然的中篇小说《三把火》。

《天津文艺》第2期开始连载蒋子龙的中篇小说《机电局长》，至第3期止。

16日，江青对《人民日报》上鼓吹《朝霞》丛刊《序曲》的文章作了批示，要求把该书一些写"走资派"的作品改编为电影、戏剧。《序曲》为1975年"努力反映文化大革命的斗争生活"征文选辑。于会泳等人立即召集各种会议加以落实，确定将《序曲》中12篇小说改编为9部电影，并调整本年度故事片生产计划，要求计划中的36部故事片要有32部"写与走资派作斗争"。同时，要求将《序曲》中的《金钟长鸣》改编为京剧，《抗寒的种子》改编为歌剧，将话剧《樟树泉》（陆天明）重新改写，"一律写成不肯改悔的走资派"。

20 日,《朝霞》第 2 期刊登石望江的《批评家和"不平家"——学习鲁迅文艺论著札记》。

本月,《〈水浒〉评论集》(《学习与批判》丛书)由上海人民出版社编辑出版。

韩作荣的诗集《万山军号鸣》由黑龙江人民出版社出版。

《火红的年华——知识青年诗歌选》由吉林人民出版社出版。

西安铁路分局工人创作组集体创作的长篇小说《汽笛长鸣》由陕西人民出版社出版。

三月

1 日,《红旗》杂志第 3 期刊登姚文元审定的"初澜"的文章《坚持文艺革命,反击右倾翻案风》。文章认为"当前文艺战线两个阶级、两条路线上的斗争归根到底是如何对待无产阶级文化大革命的问题。""反击右倾翻案风"矛头直指邓小平同志。

《解放军文艺》第 3 期刊登"歌颂无产阶级文化大革命和社会主义新生事物"征文启事和评论员文章《写好文化大革命和新生事物,回击右倾翻案风》、屈虹的文章《走革命样板戏的创作道路》。

2 日,"四人帮"亲信迟群亲自筹建班子开始拍摄影片《反击》,6 月 4 日正式开拍,9 月影片完成。它与《盛大的节日》《欢腾的小凉河》一起,成为"四人帮"的"阴谋文艺"的代表作。

10 日,《诗刊》2、3 月号合刊发表纪宇的组诗《风雷之歌》《小靳庄诗抄》(五首)、闻哨的文章《新诗创作要向革命样板戏学习》。

14 日,《学习与批判》3 期开辟"学习鲁迅,彻底革命"专辑,刊载范中柳的文章《"战斗一定要有倾向性"——学习鲁迅对折中主义的批判》。

16 日,经张春桥批准,于会泳等召集文化部创作座谈会。北京、天津、上海、黑龙江、山东、安徽等六省市和"两校"写作组共 18 名作者参加。于会泳等在会上号召写"与走资派斗争的作品",并在会上抓了 20 部写"重大题材"的文艺作品(包括电影、小说、戏剧)规划。其中,写中央部长、副部长或省委书记是走资派的有 8 部,写地、县(包括工厂)以及领导干部是走资派的 12 部。《反击》是这次规划中的重点影片之一。

20 日,《人民文学》第 2 期开辟"学习无产阶级专政理论,坚决反击右倾翻案风"专辑,并发表臧克家的《忆向阳——五七干校赞歌三首》、严阵的诗《擂响反修的战鼓》、初澜的《坚持文艺革命,反击右倾翻案风》、洪广思的《从宋江看现代投降派》。

《朝霞》第 3 期刊载舒浩晴的《"铜墙铁壁,铸遍万里关山"——评革命现代京剧〈磐石湾〉》。

本月,由文化部主办的《舞蹈》《人民戏剧》《美术》《人民电影》《人民音乐》在北京相继复刊。

《武汉文艺》第 2 期发表熊召政的诗《老书记》、古远清的《反修的战斗檄文》。

李学鳌的诗集《列车行》由人民文学出版社出版。

《边陲花正红——云南农垦知识青年诗歌集》由云南人民出版社出版。

《哨兵》（天津工人创作丛书）由天津人民出版社编辑出版。内收蒋子龙的《进攻的性格》《势如破竹》和其他作者的短篇小说13篇。

四月

1日，《解放军文艺》第4期开辟"认真学习毛主席的重要指示，坚决反击右倾翻案风"专栏，并刊登了初澜的文章《坚持文艺革命，反击右倾翻案风》、王愿坚和陆柱国的文章《坚持学习革命样板戏，迎头痛击右倾翻案风》。

5日，天安门广场爆发"四五"运动。"童怀周"在《天安门诗抄》的前言中说："1976年清明节前后，眼看'四人帮'益发迫不及待地进行篡党夺权的阴谋活动，益发肆无忌惮地压制和迫害悼念周总理的广大干部和群众，诬陷邓小平同志，英雄的首都人民终于忍无可忍地在沉默中爆发了：他们冲破了'四人帮'的重重'禁令'，自发地集合在天安门广场，沉痛悼念敬爱的周总理，愤怒声讨'四人帮'，向'四人帮'发动了公开的宣战。""在那几天里，来到天安门广场的革命群众，先后多达数百万人次。人民在人民英雄纪念碑前，敬献了浩瀚似海的花圈、挽联，张贴、朗诵了成千上万的诗词。那种空前悲壮、伟大的场面，反映了中国人民对周恩来总理深沉的爱和对'四人帮'无比的憎；反映了民意不可违，民心不可侮；反映了以毛泽东思想武装起来的中国人民的高度觉悟。""'愤怒出诗人'。愤怒的人民以诗词为武器，向'四人帮'呼啸着发起冲锋，无情地揭露了这些政治流氓、江湖骗子的丑恶嘴脸，同时沉痛悼念和尽情歌颂忠于祖国、热爱人民的周总理以及老一辈无产阶级革命家。当时真是'诵者声泪俱下，抄者废寝忘餐'。一首诗词就是一把匕首，无不击中了'四人帮'的要害；一首诗词就是一把炬火，使人们对'四人帮'的满腔仇恨烧得更旺。这些凝聚着革命人民的血和泪的诗词，无不出自作者们灵魂深处的呐喊，因此具有强烈的战斗力和艺术感染力。"（童怀周编：《天安门诗抄》，人民文学出版社1978年12月版）"童怀周"是北京第二外国语学院汉语教研室的一群教师拟定的集体笔名，意为"共同怀念周总理"。

7日，新华社消息：由毛泽东主席提议，中央政治局一致通过，撤销邓小平党内外一切职务，保留党籍。

10日，《诗刊》第4期刊登北大、清华大批判组的文章《否定文艺革命是为了复辟资本主义》、李学鳌的《狠狠回击复辟狂》、冯至的《"今不如昔"——复辟倒退的滥调》，以及韩静霆的诗《"扁担剧团"赞》（二首）、梁上泉的组诗《歌飞大凉山》、雷抒雁的组诗《写在反修前哨》、尹志勤的《试谈抒情诗学习革命样板戏》。

本月，李瑛的诗集《站起来的人民》由北京人民出版社出版。

《风雷颂——献给无产阶级文化大革命十年》由辽宁人民出版社编辑出版。

《十二级台风刮不倒——小靳庄诗歌选》由人民文学出版社出版。

《小靳庄诗歌选》（第二集）由天津人民出版社编辑出版。

由《红花》创作组集体创作的同名长篇小说由辽宁人民出版社出版。

王润滋的长篇小说《使命》由山东人民出版社出版。

五月

1 日,《解放军文艺》第 5 期刊出"批邓战歌震山河"歌词选辑。同期刊登春溪和浩流的《一个真心实意拥护革命的群众英雄——谈革命京剧〈红云岗〉中的英嫂形象》。

6 日,孟超含冤去世,终年 74 岁。孟超,原名孟宪荣,号励吾,山东诸城人。1925 年参加革命,长期从事党的文艺工作,早年是太阳社、"左联"、艺术剧社的成员。抗战期间与夏衍创办《野草》杂志,并在桂林等地任教。建国后历任出版总署图书馆副馆长、人民文学出版社副总编辑兼戏剧编辑室主任。著有诗集《候》《残梦》,小说集《冲突》《骷髅集》,杂文集《长夜集》《未偃集》《长短录》(合著),昆曲剧本《李慧娘》,独幕剧集《我们的海》,古典文学研究专著《水泊梁山英雄谱》《金瓶梅人物论》等。1961 年以后,孟超因编写昆剧《李慧娘》屡受康生、"四人帮"迫害,终至饮恨而死。

10 日,《诗刊》第 5 期发表臧克家的诗《八亿人民齐怒吼》(二首)、田间的诗《写在金水桥旁》、时永福的诗《好呵,红色的风暴》、韩作荣的组诗《狂飙曲》、杨槐的诗《红卫兵之歌》、韩静庭、邹荻帆等人的《炉火熊熊——"五七"干校诗抄》、纪戈的文章《春风春雨春满园——反映文化大革命的诗歌创作巡礼》。

14 日,《学习与批判》第 5 期刊登方泽生的文章《努力表现无产阶级同走资派的斗争》。

20 日,《人民文学》第 3 期上发表纪宇的诗《延河之歌》、陈忠实的短篇小说《无畏》、陈建功的散文《火红的袖标》、文旭的文章《为与走资派斗争的英雄人物塑像》。

本月,梁上泉的诗集《歌飞大凉山》由人民文学出版社出版。

朱昌勤的叙事长诗《落户之歌》由江西人民出版社出版。

诗集《文化大革命颂》由人民文学出版社编辑出版。

田东照的长篇小说《长虹》(上、下)由山西人民出版社出版。

由《延河在召唤》写作组集体创作的同名长篇小说由人民文学出版社出版。

由《钟声》创作组集体创作的同名长篇小说由上海人民出版社出版。

由北京市通县三结合创作组集体创作的长篇小说《晨光曲》由人民文学出版社出版。

卢群的长篇小说《我们这一代》由江苏人民出版社出版。

李惠薪的长篇小说《澜沧江畔》由人民文学出版社出版。

六月

1 日,《解放军文艺》第 6 期刊登《文化大革命永放光芒——〈人民日报〉〈红旗〉〈解放军报〉纪念中共中央一九六六年五月十六日〈通知〉十周年》、初澜的文章《深入批判邓小平,坚持文艺革命——学习〈在延安文艺座谈会上的讲话〉》。

4 日,《北京文艺》第 6 期发表伍兵的短篇小说《严峻的日子》,否定天安门运动、攻击邓小平同志。

10 日,《诗刊》第 6 期发表郭沫若的《水调歌头——庆祝无产阶级文化大革命十周年》、张永枚的《长征儿歌》(五首)、乔屹的歌词《红卫兵之歌》。

14 日,《学习与批判》第 6 期开辟"深入批判邓小平的修正主义路线"小辑,并刊登《反映无产阶级文革的可喜尝试——话剧〈盛大的节日〉笔谈会》。

19 日,《光明日报》刊登李希凡的《要塑造典型——驳文艺创作上的一种奇谈怪论》。

20 日,《朝霞》第 6 期发表钱钢的诗《献给十年的诗篇》、陈思和的文章《且谈"黄绢之术"》。

本月,"四人帮"开始组织拍摄影片《盛大的节日》和《千秋业》。

由《奔马河畔》三结合创作组集体创作的同名长篇小说由辽宁人民出版社出版。

郑万隆的长篇小说《响水湾》由北京人民出版社出版。

程贤章的长篇小说《樟田河传》由广东人民出版社出版。

七月

1 日,"阴谋"影片《欢腾的小凉河》开始上映。

《解放军文艺》第 7 期发表朱苏进的散文《红旗高扬》。

6 日,朱德委员长在北京逝世,享年 90 岁。朱德,字玉阶,四川仪陇人。1977 年人民文学出版社出版的《朱德诗选集》共收诗 89 首。"历年征战未离鞍"的戎马生涯锻造了朱德的诗作。他抗战时期作的《赠友人》尽显英雄本色:"北华收复赖群雄,猛士如云唱大风。自信挥戈能退日,河山依旧战旗红。"续范亭 1942 年作诗颂其人格和诗格:"敌后撑持不世功,金刚百炼一英雄。时人未识将军面,朴素浑如田家翁。"

10 日,《北京文艺》第 7 期发表的臧克家的《诗二首》。

《诗刊》第 7 期发表章德益的组诗《塔里木人》、陆贵山的《努力表现无产阶级与走资派的斗争》。

20 日,《人民文学》第 4 期刊登一组歌词、诗,总题为《毛主席领导伟大的党》,还发表了蒋子龙的短篇小说《铁锨传》和他检讨《机电局长的一天》的文章《努力反映无产阶级同走资派的斗争》。

《朝霞》第 7 期刊登任犊的《快把那炉火烧得通红——〈无产者〉序》。

本月,李瑛的诗集《进军集》由人民文学出版社出版。

章明的诗集《节日的祖国》由广东人民出版社出版。

诗集《新绿集》(上山下乡知识青年创作丛书)由上海人民出版社出版。

八月

10 日,《北京文艺》第 8 期发表理由的短篇小说《坝上石》。

20 日,《人民文学》第 5 期开辟"向抗震救灾的英雄们致敬"专栏,发表一组关于河北唐山大地震的报告文学和诗歌，并在"前进，毛主席的红卫兵"专栏内发表张抗抗的散文《征途在前》。

《朝霞》第 8 期发表周涛的诗《送报的姑娘》、石望江的《做"大众中的一个人"——学习鲁迅文艺札记》。

九月

1 日，《解放军文艺》第 9 期开辟"深入批邓，抗震救灾"专栏。

9 日，毛泽东主席在北京逝世，享年 83 岁。毛泽东，字润之，湖南湘潭人。早年在湖南第一师范学校求学。毕业前夕和蔡和森等组织革命团体新民学会。1921 年出席中国共产党第一次全国代表大会。1925 年至 1927 年先后发表《中国社会各阶级的分析》《湖南农民运动考察报告》等著作，批评陈独秀的右倾思想。1931 年在江西瑞京当选为中华苏维埃共和国临时政府主席。从 1930 年后同朱德领导红一方面军打败国民党军队的多次"围剿"，由于遭到王明的左倾路线的排斥，导致第五次反"围剿"失败。1934 年参加红一方面军长征，1935 年在贵州遵义会议上被确立了新的中央领导地位，同年到达陕北。1937 年写作《实践论》和《矛盾论》。1938 年在中共扩大的六届六中全会上提出"马克思主义中国化"的指导原则。在抗日战争时期，陆续发表《论持久战》《〈共产党人〉发刊词》《新民主主义论》等重要著作。1942 年领导全党开展整风运动，纠正主观主义和宗派主义，其间发表《在延安文艺座谈会上的讲话》。1945 年在中共第七次全国代表大会上，毛泽东思想被确定为中共的指导思想。1949 年 7 月发表《论人民民主专政》，10 月 1 日中华人民共和国建立，当选为中央人民政府主席。1951 年发起对电影《武训传》的讨论。1953 年主持制定党的过渡时期总路线，提出实现国家工业化和对农业、手工业、资本主义工商业的社会主义改造。1954 年当选为中华人民共和国第一任主席，同年发动对《红楼梦》研究中胡适派资产阶级唯心论的斗争。1955 年领导开展批判"胡风反革命集团"的斗争。1956 年提出"百花齐放，百家争鸣"的方针。1957 年作《关于正确处理人民内部矛盾的问题》的讲话，同年发动反右派运动。1958 年发动"大跃进"运动。1959 年发动反右倾斗争。1963 年开展农村和城市社会主义教育运动。1966 年发动"文化大革命"运动，因受林彪、江青两个反革命集团操纵而超出了他的预计和控制，以至延续十年之久。毛泽东同志的旧体诗词在建国后广为传唱，有《毛主席诗词》等多个选本流传。另有《毛泽东选集》（五卷）、《毛泽东文集》（八卷）出版。郭沫若在《浪漫主义与现实主义》中说："我们如果要在文艺创作上追求怎样才能是革命的现实主义和革命的浪漫主义结合，毛泽东同志的诗词就是我们绝好的典范。""他是最伟大的一位现实主义者，但我敢说，毛泽东同志同时又是最伟大的一位浪漫主义者。他是伟大的革命家，同时又是伟大的作家、诗人。他的理论文章具有着极大的吸引力，和马克思、列宁的著作一样，其中包含着很多文学的成分。但是，毛泽东同志并不仅仅写作理论性文章，他近年来正式发表了十九首诗词，更使中国的文学宝库增加了无比的财富。我自己是特别喜欢诗词的人，而且是有点目空一切的，但是毛泽东同志所发表了的诗词却使我五体投地。当然，也有些所

谓专家，兢兢于平仄韵脚的吹求的，那真可以说是'明足以察秋毫之末而不见舆薪'。"（《红旗》1958 年第 3 期）

10 日，《诗刊》第 9 期发表《地震震不倒革命人》（十首）、《小靳庄抗震斗争诗抄》、时永福的诗《抗震英雄谱》、田间的诗《英雄城》、钱光培的《学习鲁迅"永远进击"的革命精神》、蓝棣之的《重视政治鼓动诗的创作》。

10 日，《北京文艺》第 9 期选载浩然的长篇小说《金光大道》（第三部）。

20 日，《人民文学》第 6 期刊登"纪念鲁迅，学习鲁迅"专辑，刊载了周建人的《锲而不舍、战斗不息》，茅盾的《鲁迅说："轻伤不下火线！"》等文章。同期还选载了浩然的长篇小说《金光大道》第三部之《洪涛曲》。

本月，纪鹏的诗集《花开五·七路》由山西人民出版社出版。

张庆明、李木生合著的长诗《鸡毛上天歌》（第一部）由河南人民出版社出版。

李云德的长篇小说《沸腾的群山》（第三部）由人民文学出版社出版。

十月

6 日，以华国锋为首的中共中央一举粉碎了"四人帮"集团篡党夺权的政治阴谋，王洪文、江青、张春桥、姚文元在钓鱼台被逮捕。其他各地的"四人帮"余党也同时或相继被逮捕。

10 日，《北京文艺》第 10 期开辟"怀念毛主席"专辑，发表浩然的《不落的太阳》，游国恩的《悼念伟大的领袖和导师毛主席》，叶延滨的《高举红旗向前进》。

《山东文艺》第 5 期发表李存葆的诗《油城礼赞》。

12 日，程小青病逝，享年 83 岁。程小青，原名程青心，江苏吴县人。早年是《礼拜六》的主要撰稿人，并主编《侦探世界》。1916 年应中华书局之约，与周瘦鹃、严独鹤等人用文言合译《福尔摩斯侦探案全集》12 册，影响甚大。1927 年又应邀与人用白话文为中华书局重译《福尔摩斯探案大全集》13 册。据不完全统计，到 1949 年解放为止，他以单行本发表的共有《霍桑探案》袖珍丛刊 30 种；译本《斐洛凡士探案全集》11 种；《福尔摩斯探案》8 种；《圣徒奇案》10 种，以及《陈查礼探案》等，共达数百万言之多。建国后，程小青在苏州一中任语文教师，1956 年后专职从事创作，出版有《她为什么被杀》《大树村血案：反特惊险小说》（1956 年，上海文化出版社），《不断的警报》《无头案：霍桑探案选》（1957 年，江苏人民出版社）。"文革"开始后，程小青同周瘦鹃、范烟桥一起被诬蔑为苏州的"三家村"，受到冲击和迫害，直至病逝。

18 日，郭小川在河南林县招待所中因吸烟引起的一场意外火灾中去世，终年 57 岁。郭小川，原名郭恩大，河北省丰宁县人。1937 年参加八路军，1942 年参加延安整风运动，1945 年任丰宁县县长，1948 年转到新闻战线，1949 年随军南下，任中共中央中南局宣传部宣传处处长和文艺处处长。这期间与陈笑雨、张铁夫合作，以"马铁丁"笔名写作《思想杂谈》。1953 年调中共中央宣传部工作。1955 年调任中国作协党组成员、书记处书记兼秘书长。1962 年调任《人民日报》特约记者。曾在 1959 年、"文革"初期和末期受到三次政治批判。主要诗集有:《投入火热的斗争》《致青年公民》《雪与山谷》《月下集》《将军三部曲》《甘蔗林——青纱帐》《郭小川诗选》及其《续集》等。2000 年广西师范大学出版社出版 12 卷本《郭小川全集》,其中,后 6 卷为诗人生前未曾发表的大量手稿。贺敬之在《战士的心永远跳动——〈郭小川诗选〉英文本序》中说:"在我国当代的诗人队伍中,小川(所有他的战友一向都是这样亲切地称呼他的)是站在我们前列的那些优秀诗人中的突出的一个。""郭小川的名字,无可争议地在中国新诗发展史上占据着重要篇章。他在现代汉语诗歌民族形式的发展上所取得的成绩,正在被人们所注意。而特别重要的还在于:作为社会主义的新诗歌,郭小川向它提供的足以表明其根本特征的那些具有本质意义的东西,这就是:诗,必须属于人民,属于社会主义事业。按照诗的规律来写和按照人民利益来写相一致。诗人的'自我'跟阶级、跟人民的'大我'相结合。'诗学'和'政治学'的统一。诗人与战士的统一。"又说:"打开在读者眼前的这本诗集,是一本不能用平静和闲适的心情来阅读的书。它没有一篇一章可供人消遣,更没有一声一韵能助人安眠。它是晨钟,是号角,是战歌。它是在中国的大地上,在崭新的世纪里,从一位毕生为祖国和人民事业而斗争的忠诚战士的心灵中发出来的。"冯牧对郭小川独创的"新辞赋体"做出这样的评析:"他从优秀的中国古典诗歌和词赋吸取营养,创造了一种雄浑有力的诗体;这种诗体继承和发扬了中国古典诗词的艺术特征,采用大量的铺陈排比、感物咏志的方法来表达作品的主题思想。这种体裁,经过诗人长期的实践和运用,逐渐形成了具有自己鲜明特征的风格,在我国诗歌创作上产生了广泛的影响。这种标志着郭小川的独特风格的艺术形式,常常是把中国古典诗词的严谨、丰富的结构,中国民歌的健康、朴素、粗犷的表现手法和我们现实生活当中的生动、简洁的群众语言熔铸在一起。这种艺术手法和艺术形式在我们的新诗创作中是别开生面的。"(冯牧:《郭小川诗选·序》,人民文学出版社 1979 年版)牛汉在《试谈郭小川诗的历史评价》中说:"小川是我国当代最有影响力的诗人之一,他的一生的经历和创作,尽管与我十分不同,但也有不少的曲折与苦难,在当时那种时代的气氛下,他能写出《望星空》《一个和八个》《深深的山谷》《白雪的赞歌》等清醒而锐利的大诗,实在是一种近似圣徒(人)的伟大行为。当年与他同样光辉的几个诗人,为什么都没有写出这类清越的显示出人类良知的诗?这不仅令世人警醒,更感到小川的与众不同的品格。人们可以以各种心理怀疑与剖析小川的一生(包括他的创作),但上述的几首诗,还有那两首在团泊洼写的血誓般的诗,是谁也无法抹杀的。在我的感情上,只凭这几首诗,对小川过去在我心灵上横压的那些阴影,都经过痛苦地咀嚼、沉思而逐渐沉淀和消除了。"(牛汉:《命运的档案》,第 177 页,武汉出版社 2000 年版)

19 日,《人民日报》发表社论《纪念鲁迅、学习鲁迅》。

20 日,《人民文学》第 7 期开辟"毛主席永远是我们心中的红太阳"专栏,发表了浩然、谢冰心、李准的纪念散文和郭沫若、魏巍、张志民、纪宇等人的纪念诗作。

《人民日报》报道,北京、上海等地举行鲁迅逝世 40 周年纪念活动。

21 日,《人民日报》发表任平的文章《一个地地道道的老投降派》,揭露张春桥(化名狄克)解放前对鲁迅的攻击。"这个狄克是何许人也?翻开历史一查,原来正是一个'假革命的反革命',一条钻进革命营垒的'蛀虫'。""当年充当反动统治者的帮凶,现在搞修正主义,搞分裂,搞阴谋诡计,结成一帮,狼狈为奸,妄图篡党夺权。"同日还重刊鲁迅批判狄克的杂文《三月的租界》。

本月,《朝霞》丛刊和月刊停刊。

诗集《毛主席啊,我们永远怀念您》由山东人民出版社出版。

十一月

5日,《人民日报》发表毛泽东1975年5月25日对电影《创业》的批示,并刊登任平的文章《光辉的历史文件》。

10日,贺敬之的诗《中国的十月》、柯岩的诗《我站在天安门前》、臧克家的诗《欢呼,再欢呼》、赵朴初的《反听曲》发表在《诗刊》第11期上。

12日,《人民日报》转载杜书瀛等人发表于《解放军报》的文章《围绕电影〈创业〉展开的一场严重斗争》。

20日,《人民文学》第8期发表张天民执笔的电影文学剧本《创业》和柳仲甫执笔的湘剧《园丁之歌》。

23日,《人民日报》刊登文化部批判组的文章《"四人帮"鼓吹"写与走资派作斗争的作品"的反动实质》。

十二月

10日,《北京文艺》第12期发表田间的诗《短歌行——愤怒声讨"四人帮"反党集团》、郭小川的遗作《长江边上"五·七"路》。

严阵的诗《问苍茫大地,谁主沉浮?》、魏巍的诗《新的长征》、刘征的讽刺诗《除"四害"小唱》发表在《诗刊》第12期上。

20日,《人民文学》第9期发表《陈毅同志诗词选》(二十首),并开辟两组专栏《颂歌献给华主席》和《万炮齐轰"四人帮"》,还刊登了人民文学出版社批判组的文章《打着"写走资派"的旗号,为复辟资本主义开路——评"四人帮"鼓吹大写走资派的阴谋》。

30日,话剧《万水千山》,歌剧《白毛女》,组歌《红军不怕远征难》,评弹《蝶恋花·答李淑一》、影片《东方红》《洪湖赤卫队》等一批被"四人帮"扼杀的文艺作品首批恢复上演,受到观众的热烈欢迎。《人民日报》发表短评:《无产阶级文艺的新春》。

本月,《诗刊》社和中央人民广播电台在北京工人体育馆举办《纵情歌颂华主席,愤怒声讨"四人帮"》诗歌朗诵演唱会。会上朗诵了郭沫若的《水调歌头》"大快人心事,揪出四人帮,……"等诗词。

姚雪垠的长篇历史小说《李自成》(第二卷)由中国青年出版社出版。

孟伟哉的长篇小说《昨天的战争》(第一部,上、下册)由人民文学出版社出版。

本年

穆旦作诗 27 首，包括《智慧之歌》《理智和感情》《城市的街心》《理想》《听说我老了》《冥想》《春》《夏》《友谊》《有别》《自己》《秋》《沉没》《停电之后》《好梦》《"我"的形成》《老年的梦呓》《问》《爱情》《神的变形》《退稿信》《黑笔杆颂——赠别"大批判组"》《冬》等。洪子诚说："这些诗可以看作是他生命晚期的对人生之路的回顾。""它们当然不再是 40 年代的紧张和尖锐，而是冷静而朴素，但其实也是痛苦的。仍是对'自我'的解剖，但不再是 50 年代的那种否弃'自己'的忏悔。""对现代'冲突'的悲剧生活的体验，使作者具有'反讽'的精神态度和语言方式。""执着而又疑惑，然后有了深刻，继而有对自身、对'不知我是否失去了我自己'的逼视。这些诗是'苍老'的，有着回顾往事时的甚至'残酷'的彻悟。但情感思绪，又仍然有着对人生信仰的坚守，对于温情、友谊、青春的亲切守护。"（洪子诚：《中国当代文学史》，第 211—212 页，北京大学出版社 1999 年版）

唐湜作诗《感怀》（外四章）。

蔡其矫作诗《丙晨清明》《怀念山城》《迎风》《爱情和自由》《迷信》等。

黄翔作诗《火神》。

芒克作诗《风浪》《日出与劳动》《茫茫的田野》《告别》《那是一天的早晨》。

多多作诗《同居》《北方闲置的田野上有一张犁让我疼痛》《教诲》。

舒婷作诗《当你从我的窗下走过》《中秋夜》等。

江河（于友泽）作诗《葬礼》和《遗嘱》。

张炜作短篇小说《钻玉米地》《锈刀》《铺老》《开滩》《叶春》《槐岗》《造琴学琴》《石榴》。

莫应丰开始创作长篇小说《将军吟》。

黄瑞云作寓言《穴居在神像里的老鼠》《一头学问渊博的猪》《坚持原则的螃蟹》《装作狗的狼》《楚庄王的白猴》等 10 余篇。

1977 年

一月

2 日，黄谷柳逝世，享年 69 岁。黄谷柳，1908 年生于越南海防市，三代华侨，祖籍广东防城。1927 年到广州参军，曾参加军阀混战。1929 年毕业于云南省第一师范学校。抗战时期参加淞沪及南京战役，后在重庆参加文协，从事小说、戏剧创作，任《南方日报》记者。抗战结束后，应夏衍之约，在《华商报》副刊上发表长篇小说代表作《虾球传》。1949 年参加人民解放军，任粤桂边纵队司令部秘书。建国后任广东省文联文艺创作室专业作家、中国作协理事等职。另著有中篇小说《杨梅山下》《和平哨兵》，话剧剧本《墙》，电影文学剧本《七十二家房客》，散文通讯集《战友的爱》等。

7 日，李瑛怀念周总理的诗作《一月的哀思》发表在《光明日报》上。

8 日，柯岩的诗《周总理，你在哪里》、李季的诗《周总理啊，大庆儿女想念你》发表在《人民日报》上。

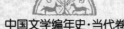

20 日，《西藏文艺》（双月刊）在拉萨创刊。

本月，《诗刊》社和中央人民广播电台在北京工人体育馆举办《周总理永远活在我们心中》诗歌朗诵演唱会。会上朗诵了贺敬之的《中国的十月》、柯岩的《周总理，你在哪里》、李瑛的《一月的哀思》、石祥的《周总理办公室的灯光》等诗篇，反响热烈。

二月

7 日，《人民日报》《解放军报》《红旗》杂志联合发表社论《学好文件抓住纲》。社论指出："凡是毛主席作出的决策，我们都坚决维护，凡是毛主席的指示，我们都始终不渝地遵循。"

徐懋庸逝世，享年 67 岁。徐懋庸，原名徐茂荣，1910 年生，浙江上虞县人。1927年编辑和发行过党领导下的革命刊物《南针》，并开始写杂文。1932 年到上海与鲁迅先生相识，1933 年在上海参加中国左翼作家联盟，先后担任常委、宣传部部长、书记、常务秘书长，负责编辑《新语林》《芒种》《太白》等刊物。1938 年到延安，同年加入中国共产党。后任抗日军政大学政教部长，晋冀鲁豫边区文联主任、晋冀热辽联合大学副校长等职。建国后历任武汉大学副校长，中南文化部、教育部副部长等职。1957年后在中国科学院哲学研究所从事西方哲学翻译和研究工作，同年被划为右派，文化大革命中遭到迫害。著有：《打杂集》《不惊人集》《打杂新集》《徐懋庸杂文集》《徐懋庸回忆录》《文艺思潮小史》等，译作有《托尔斯泰传》《列宁家书集》《斯大林传》《法国革命史》《印度革命史》《辩证理性批判》等。任白戈说，徐懋庸的杂文"师承于鲁迅"，"懋庸五十年代写的杂文，发扬了三十年代的战斗精神。他对官僚主义、教条主义、宗派主义、特权思想、不民主的作风、不尊重科学的蛮干行为进行了尖锐的批评和猛烈的抨击。这是他杂文的精神之所在。"（任白戈：《〈徐懋庸杂文集〉序》，《读书》1981 年第 1 期。）

13 日，《人民日报》发表文化部批判组的文章《还历史以本来面目——揭露江青掠夺革命样板戏成果的罪行》。

20 日，《人民文学》第 2 期刊载杨沫的《在燃烧的大地上》（长篇选载）。

26 日，穆旦病逝，终年 59 岁。穆旦，原名查良铮，1918 年生于天津，祖籍浙江省海宁县。1935 年考入北平清华大学地质系，半年后改读外文系。1940 年由西南联大毕业，留校任助教。1942 年参加"中国远征军"，以翻译官的身份随军进入缅甸抗日战场。1945 年由昆明文聚社出版第一部诗集《探险队》。1948 年 8 月去美国芝加哥大学研究生院攻读英美文学，1951 年获得文学硕士学位。1953 年回到天津，在南开大学担任外文系副教授。1954 年因曾参加过"中国远征军"的历史而被列为"审查对象"，受到不公正待遇。1958 年被定为"历史反革命"。"文革"中被关进"牛棚"劳动改造。在这期间，穆旦一直坚持诗歌翻译，他用本名"查良铮"和笔名"梁真"翻译出版了普希金、拜伦、雪莱、济慈、布莱克、朗费罗、艾略特等著名诗人的诗集共 16种。1975 年至 1976 年，停止创作多年的穆旦写了近 30 首诗，实现了他艺术生命的最后喷发。唐祈说："穆旦是现代派杰出的诗人。他创作的诗，抽象玄奥，意象繁复，沉郁凝重，风格独特，擅长运用现代形象表现现代生活，写出他同代人（尤其是知识分子）的心灵世界和历史经验——前人所未遇到过的独特经验，使他当之无愧地获得现代派诗人的声誉，成为'九叶诗派'有代表性的诗人之一。"（唐祈：《现代派杰出的诗人穆旦》，《诗刊》1987 年第 2 期）谢冕说："他的诗总是透过事实或感情的表象而指向深远。他既追求具体又超脱具体而指向'抽象'。他置身现世，却又看到或暗示着永恒。穆旦的魅力在于不脱离尘世，体验并开掘人生的一切苦厄，但又将此推向永恒的思索。他不停留于短暂。穆旦把他的诗性的思考嵌入现实中国的血肉，他是始终不脱离中国大地的一位，但他又是善于苦苦冥思的一位，穆旦使现世关怀和永恒的思考达于完美的结合。"又说："在长长的岁月里，穆旦一直是一个被忽略的题目。他曾经闪光，但偏见和积习遮蔽了他的光芒。其实他是热情的晨光的礼赞者，而粗暴的力量却把他视为黑夜的同谋。像穆旦这样在不长的一生中留下可纪念的甚至值得自豪的足迹的诗人不会很多……何况他还有足够的诗篇呈现着作为知识分子对于祖国和民众的赤诚。但是，仅仅是由于他对诗的品格的坚守，仅仅由于他的诗歌见解的独特性，以及穆旦自有的表达方式，厄运一直伴随着他。穆旦自五十年代以来频受打击，直至遽然谢世。他的诗歌创作所拥有的创造性，他至少在英文和俄文方面的精湛的修养和实力，作为诗人和翻译家，他都是来不及展示，或者说是不被许可展示的天才。彗星尚且燃烧，而后消失，穆旦不是，他是一颗始终被浓云遮蔽的星辰。我们只是从那浓云缝隙中偶露的光莹，便感受到了他旷远的辉煌。"（谢冕：《一颗星亮在天边——纪念穆旦》，《名作欣赏》1997 年第 3 期）

本月，北京第二外语学院汉语教研室童怀周编选的《天安门诗抄》（之一）由北京第二外语学院教材科印刷厂印行；同年《天安门诗抄》（之二）出版发行。

三月

3 日，《辽宁文艺》编辑部召开座谈会，与会者一致认为，"四人帮"批判《生命》"是他们批林批孔中另搞一套，妄图打倒一大批党政军负责同志的罪恶阴谋的一个有机组成部分。"（《辽宁文艺》1977 年第 4 期）

20 日，叶剑英的《诗三首》、董必武的《参观大庆七言长律》、叶文玲的小说《丹梅》、魏钢焰的散文《啊，大庆人》发表在《人民文学》第 3 期上。

25 日，《奋起金棒驱迷雾　好锄大地种新花——戏剧工作者座谈纪念"百花齐放、百家争鸣"发表二十周年》发表在《人民戏剧》第 3 期上。

四月

2 日，《人民日报》发表郭沫若的诗《怀念董老》（步董老《九十初度》原韵）。

7 日，中共中央作出关于学习《毛泽东选集》第五卷的决定。

15 日，《毛泽东选集》第五卷在全国正式发行。

20 日，郭沫若的词《捧读〈毛泽东选集〉第 5 卷（沁园春）》、茅盾的词《祝

"毛选"第五卷出版》(满江红)、姚雪垠的《谈〈李自成〉的创作》发表在《人民文学》第4期上。

本月,《陈毅诗词选》由人民文学出版社出版。

五月

1日,《人民日报》发表华国锋的文章《把无产阶级专政下的继续革命进行到底——学习〈毛泽东选集〉第五卷》。

18日,《人民日报》发表文化部政策研究室批判组的文章《评"三突出"》。

23日,《人民日报》发表社论《更高地举起毛主席革命文艺路线的伟大旗帜——纪念〈在延安文艺座谈会上的讲话〉发表35周年》。

24日,邓小平在一次谈话中指出:"'两个凡是'不符合马克思主义。"

25日,《光明日报》发表署名"北京大学中文系中国现代文学教研室"的文章《在〈讲话〉照耀下的解放区文艺——兼评"四人帮"的"空白论"的反动实质》。

六月

17日,阿英(钱杏邨)逝世,享年77岁。阿英,1900年生于安徽芜湖一个小手工业者家庭,原名钱德富,又名钱杏邨,笔名阿英、钱谦吾。青年时代参加五四运动。大革命失败后赴上海,与蒋光慈等人组织文学团体"太阳社",出版《太阳月刊》,倡导无产阶级文学。1930年初,阿英参加中国左翼作家联盟的筹建工作,在左联成立大会上被选为主席团成员和执委会常委。1933年3月参加中国共产党领导下的左翼电影小组工作。"九·一八"事变后,阿英先后创作了多幕剧《春风秋雨》《桃花源》《五姊妹》《不夜城》等话剧。上海成为"孤岛"后,阿英先后创作了历史题材的《碧血花》《海国英雄》《杨娥传》《洪宣娇》《牛郎织女》等多幕剧,并主持《救亡日报》《文献月刊》的编辑工作。1941年到新四军工作,主编《新知识》《江滩文化》等刊物。1944年创作了五幕历史剧《李闯王》。解放战争期间任华东局文委书记。解放后历任天津市文化局长、天津市文联主席、华北文联主席、中国文联党组成员、副秘书长、全国文联委员、中国作协理事、中国剧协常务理事等职。另著有小说集《义冢》,诗集《荒土》,散文集《海市集》《夜航集》《剑腥集》,评论集《力的文艺》《文艺批评集》,以及《现代中国作家》二卷、《中国新文学大系·资料索引》,《晚清小说史》《小说闲谈》《中国近代反侵略文学集》四卷、《晚清文学丛钞》九卷等。

25日,《人民戏剧》第6期发表了金振家、王景愚的讽刺喜剧《枫叶红了的时候》。这是第一部揭露"四人帮"的讽刺喜剧。《人民戏剧》从本年第9期起刊登了6篇代表不同意见的来稿,接着又组织在京的戏剧工作者、评论工作者及《枫》剧的作者和导演等在"枫红季节话《枫》剧"。讨论持续1年之久。刘梦溪认为:"我们在《枫》剧中看到的只是喜剧,有的地方还近乎于活报剧,这就把与'四人帮'的斗争处理得过于简单化了,很容易导致鲁迅所说的:'将屠夫的凶残,使大家化为一笑',收场大吉。"(刘梦溪:《关于喜剧反映与"四人帮"斗争的问题》,《人民戏剧》1978年第 2 期）梁一孺、魏泽民认为，"《枫》剧在有讽刺喜剧的形式，选择和提炼富有典型意义的戏剧冲突时，站在无产阶级党性立场上，深刻把握了时代的历史内容，正确处理悲和喜，美和丑，崇高与渺小，歌颂与对立，从而使戏剧的轻松感和时代的庄严感协调。""全剧对毛主席逝世的无限悲痛，同对'四人帮'的无限愤怒是一致的。《枫》剧准确表现了特定时代的政治情绪，在无情地否定恶势力中，充分表达出对美的肯定和赞扬。"（梁一孺、魏泽民：《谈〈枫叶红了的时候〉冲突的典型性》，《人民戏剧》1978 年第 4 期）由对《枫》剧的讨论，也引起了对讽刺戏剧的理论探讨。《光明日报》为此开辟专栏，讨论什么人才能成为讽刺喜剧的中心人物问题。梁冬雪说："讽刺喜剧可以反面人物为主，也可以正面人物为主，也可以正、反面人物并重，不必规定什么'一绳不变'的'原则'。如果硬行规定一条不恰当的'原则'让作家去照办，就势必把本来有广阔发展前途的讽刺喜剧，'推进'死胡同里去！和其它艺术形式一样，讽刺喜剧这朵花，本来就是多姿多彩的，不能因为肯定这一朵就剪掉另一朵。"（梁冬雪：《也谈讽刺喜剧这朵花——与林新同志商榷》，《光明日报》1977 年 12 月 4 日）

本月，柳青的《创业史》第二部（上卷）由中国青年出版社出版。

七月

16—21 日，中国共产党第十届中央委员会第三次全体会议在北京举行。会议一致通过《关于追认华国锋同志任中国共产党中央委员会主席，中国共产党中央军事委员会主席的决议》《关于恢复邓小平同志职务的决议》《关于王洪文、张春桥、江青、姚文元反党集团的决议》。

20 日，王愿坚的短篇小说《足迹》发表在《人民文学》第 7 期上。

22 日，刘白羽的散文《巍巍太行山》发表在《人民日报》上。

24 日，何其芳逝世，享年 65 岁。何其芳，原名何永芳，1912 年生，四川万县人。1929 年考入上海中国公学预科，开始创作并发表诗歌。1930 年秋进清华大学外文系学习。1931 年又入北京大学哲学系学习。在此期间，开始在京、沪的《现代》《文学季刊》等刊物上发表诗作。1933 年转向散文创作，散文集《画梦录》1936 年出版后曾获《大公报》文学奖金。1935 年毕业后先后任教于天津南开中学、山东莱阳乡村师范、成都联合中学。1938 年与沙汀、卞之琳等一起奔赴延安，担任鲁迅艺术学院文学系教员和系主任。此后曾两次被派往重庆工作，主要从事宣传中共文艺方针，并转入文学批评的写作。建国后历任中央马列学院教员、中国科学院文学研究所副所长、所长等职。著有诗集《汉园集》（与卞之琳、李广田合集）、《预言》《夜歌和白天的歌》等，散文集《画梦录》《还乡杂记》，小说戏剧集《刻意集》，杂文集《星火集》《星火集续编》，文艺论集《关于现实主义》《西苑集》《关于写诗和读诗》《没有批评就不能前进》《诗歌欣赏》《文学艺术的春天》等。唐达成说："其芳在他的诗歌《北中国在燃烧》中曾说：'我是命中注定了来唱旧世界的挽歌，并且来赞颂新世界的诞生的人。'这似乎可以说是他光辉一生的概括。"（唐达成：《怀念何其芳同志》，《文学评论》1988 年第 2 期。）司马长风指出，何其芳的诗歌创作"以一九三五年为分水岭，以前所写多是青春的寂寞，爱情的憧憬，以及从古代诗文里抽出的逸致和幽香；而一九三五年之后便突然粗率起来，走进了政治的烽烟。"（司马长风：《中国新文学史》，香港昭明出版社1982年8月第3版）秦川说："推动和限制何其芳早期创作与生活的有三个思想：即'美，思索，为了爱的牺牲'（《一个平常的故事》）。这三个思想既决定了他早期创作和生活的内涵，又决定了他早期创作的主要的艺术特征。……所谓'美，思索，为了爱的牺牲'，正是早期何其芳艺术创作的个性特征。三者中对美的追求又占主导的地位。从艺术风格上看，何其芳属于阴柔一派。他的诗和散文，情绪色彩是温婉亲切、缠绵飘渺的；艺术联想自然平稳、舒缓柔曼。何其芳的诗歌和散文都写得很精致，讲究意象和意象群的精美甚至雕琢，在遣词用字上，追求隽永和色、味、音的效果。何其芳早期诗歌'索物以托情'的抒情方式和非理性的联想习惯（即艺术直觉本能），及后来的自由化的形式倾向，都充分显示了他早期创作不仅是象征的，而且染上了西方现代派的浓重色彩。假若定要用一句话来概括何其芳的艺术个性，似乎可说这是一个内向的、孤寂的、感情纤细、绚烂的自我抒情个性。"（秦川：《论何其芳的艺术个性》，《社会科学研究》1987年第4期）

八月

12—18日，中国共产党第十一次全国代表大会在京举行。华国锋作政治报告。19日，十一届中央委员会举行第一次全体会议，选举华国锋为中央委员会主席，叶剑英、邓小平、李先念、汪东兴为副主席。

20日，成仿吾的散文《万水千山只等闲》发表在《人民文学》第8期上。

本月，中国少年儿童出版社编辑出版的《儿童文学》双月刊在北京复刊。

九月

20日，《人民文学》第9期刊载何其芳的遗作《毛泽东之歌》。据何其芳回忆，毛泽东在一次谈话中提到："各个阶级有各个阶级的美。各个阶级也有共同的美。'口之于味，有同嗜焉'。"何其芳还谈了自己对"共同美"问题的看法。这篇文章的发表，在全国文艺界、学术界引起了很大反响。1978年《复旦大学学报》第1期发表邱明正的文章《试论共同美》，引发关于"共同美"问题的讨论。

25日，《人民戏剧》第9期发表白桦的话剧剧本《曙光》。1978年，《人民戏剧》开辟了《曙光》讨论专栏，围绕话剧如何反映路线斗争的复杂性、真实性，以及如何塑造无产阶级革命领导者形象问题展开争鸣。1978年《人民戏剧》第1期刊登《戏剧创作反映两条路线斗争的探索——对话剧〈曙光〉的不同意见》（来稿摘登）。李继栋、艾艳华、王爱田撰文指出："剧中细致地描写了王明错误路线造成的种种恶果，这样才能使人认识到王明路线的滔天罪行，才能认识到毛主席革命路线是我们的生命线。因此，作品把黑暗揭露得越彻底，反映斗争现实就越深刻。"（李继栋、艾艳华、王爱田：《把黑暗暴露得越彻底，反映斗争现实越深刻》，《人民戏剧》1978年第1期）薛宝琨认为："美好的被毁灭，正义的受压抑，这正是悲剧的特点。然而，压抑绝不是窒息，悲痛也不是消沉——恰恰相反，它往往是力量的凝聚，斗争的积蓄，反作用力的先导，忿怒迸发的信号。正是通过它，悲剧唤起我们高尚的情操，激起对美好理想的追求，深刻认识历史和现实生活的真谛。这个戏形象地告诉我们，正确路线不是自然而平安地产生的，曙光是渡过阴森苦冷的寒夜后出现的，这部剧表现了美好的被毁灭，正义的受压抑，这正是悲剧的力量，它唤起我们对美好理想的追求，使我们更加珍惜曙光，珍惜曙光带来的灿烂的生活。"（薛宝琨：《悲剧的力量》，《人民戏剧》1978 年第 3 期）

本月，《朱德诗选集》由人民出版社出版。

十月

20 日，《上海文艺》创刊。第 1 期选载了姚雪垠的长篇历史小说《李自成》第三卷中的一个单元《高夫人东征小记》。

王汶石的小说《挥起战刀的炮手们》、徐迟的报告文学《地质之光》发表在《人民文学》第 10 期上。

本月，《世界文学》在北京复刊。

《董必武诗选》由人民文学出版社出版。

十一月

12 日，茅盾的《老兵的希望》发表在《光明日报》上。文章对解放区文学和"十七年"文学作了充分的肯定。

20 日，《人民日报》编辑部邀请文艺界人士举行座谈会，坚决推倒、彻底批判"文艺黑线专政"论。参加座谈会的有茅盾、刘白羽、张光年、贺敬之、谢冰心、吕骥、蔡若虹、李季、冯牧等。21 日，《人民日报》对座谈会进行了报道。25 日，《人民日报》发表社论《坚决推倒、彻底批判"文艺黑线专政"论》，并在编者按中指出："所谓'黑线专政'论，是'四人帮'反党集团反对毛主席革命路线，颠覆无产阶级专政的一把刀子。……'四人帮'举着这把刀子，否定十七年革命文艺的成就，……全盘否定文化大革命以前十七年的伟大成就，公然叫喊'同十七年对着干'。"同时，《人民日报》还发表了茅盾、刘白羽在座谈会上的讲话。茅盾指出："要完成这些任务（推倒'黑线专政'论），首先要坚持贯彻百花齐放，百家争鸣。换言之，也就是要做到题材的多样化，以及体裁和风格方面的多样化。"（《贯彻"双百"方针，砸碎精神枷锁》）

刘心武的短篇小说《班主任》、叶文玲的短篇小说《年饭》在《人民文学》第 11 期上发表。1978 年《人民文学》第 2 期发表了一组读者来稿来信《欢迎〈班主任〉这样的好作品》。《文学评论》1978 年第 5 期也刊发了一组关于《班主任》的座谈纪要和评论。冯牧在《班主任》座谈会上的发言中说："刘心武的《班主任》是我们最近一个时期内，创作上出现的一个具有新的思想高度的作品。""可以起到示范作用，使那些至今仍然不能从'四人帮'的框子里脱身的人们清醒起来，彻底打破精神枷锁，早日走上创作的康庄大道。"（冯牧：《打破精神枷锁，走上创作的康庄大道》，《文学评论》1978 年第 5 期）西来、蔡葵说："刘心武同志塑造了谢惠敏这个形象，起了振聋发聩的作用。在我国文学创作中，出现这样的艺术典型，还是第一次，具有深刻的社会意义。谢惠敏身上的愚昧和教条，是'四人帮'整个政治路线和思想路线的产物。"（西来、蔡葵：《艺术家的责任和勇气——从〈班主任〉谈起》，《文学评论》1978 年第 5 期）朱寨认为："《班主任》的思想力量和艺术力量，还在于作者能够从谢惠敏和宋宝琦这样两个迥然不同，而且尖锐对立的性格中，发现某种内在的联系，揭出共同的根源。……这种奇特的现象，就是'四人帮'猖獗时期特定历史条件下造成的，宋宝琦和谢惠敏的无知和愚昧，就是'四人帮'反革命两面派推行的愚民政策和文化专制主义在我们的孩子们身上的表现。……在这里我们看出，一个作家对生活的认真、严肃的思考，以及在艺术上的深入开掘，怎样触及历史潮流的深处，怎样把握住时代的脉搏，从而使他的作品具备一种高屋建瓴的磅礴气势。"又说："以《班主任》为代表的几篇小说，揭出了由'四人帮'造成的不同形态的社会弊病，目的是为了引起疗救，始终是对着'四人帮'的。有人说这些作品是'暴露文学'，是'批判现实主义'。这种说法如果不是由于受'四人帮'长期宣传的一套帮规帮法的蒙蔽而执迷不悟，至少也是对刘心武同志的小说中所反映的问题无动于衷。在这些作品中的确描写了一些有内伤的畸形性格，但这是充满革命激情和革命义愤的控诉。如果要说暴露，暴露'四人帮'难道不应该吗？"（朱寨：《对生活的思考——谈刘心武的〈班主任〉等四篇小说》，《文艺报》1978 年第 3 期）

本月，为繁荣和促进短篇小说创作，《人民文学》编辑部在北京召开短篇小说创作座谈会。参加座谈会的有张光年、刘白羽、周立波、沙汀、王朝闻、马烽、李准、张天民、王愿坚、张庆田、茹志鹃等 20 多位老、中、青专业作家、业余作家和文学评论工作者。会议认为，亟需把被"四人帮"搞乱了的路线是非、思想是非和理论是非加以澄清，进一步从理论上批判、肃清流毒，彻底砸碎精神枷锁。与会者一致认为，繁荣社会主义文艺必须认真贯彻"百花齐放、百家争鸣"的方针，必须保证作家有个人创造性和个人爱好的广阔天地，做到题材和风格的多样化。会议期间，81 岁的茅盾会见了参加座谈会的同志，并作重要讲话。《人民文学》第 11 期、第 12 期均以"促进短篇小说的百花齐放"为题，刊登茅盾、马烽、李准、周立波、沙汀、王愿坚等的会议发言。

十二月

6—7 日，广东省文联在广州举行第二届第二次全体委员（扩大）会议。

24 日，《人民日报》发表短评《把文艺活跃起来——祝贺广东省文联和各协会恢复活动》。

25 日，《人民日报》报道：《解放军文艺》编辑部邀请部队部分文艺工作者座谈，揭露江青勾结林彪炮制"文艺黑线专政"论的阴谋。

28—31 日，《人民文学》编辑部邀请在京的作家、诗人、文学评论家、翻译家和文学编辑 100 多人举行座谈会，批判"四人帮"炮制的"文艺黑线专政"论，并研究和讨论如何繁荣社会主义文艺创作等问题。张光年主持座谈会。茅盾到会讲话。会议还收到郭沫若的来信。会后，《红旗》1978 年第 1 期发表文化部政策研究室大批判组的文章《一场捍卫毛主席革命路线的伟大斗争——批判"四人帮"的"文艺黑线专政"论》，1978 年 2 月 6 日《人民日报》发表中国人民解放军总政治部文化部评论组的文章《"文艺黑线专政"论的出笼和破灭》。

31 日，《人民日报》发表《毛主席给陈毅同志谈诗的一封信》。该信发表后，文艺界展开关于形象思维问题的讨论。

本月，《郭小川诗选》由人民文学出版社出版。

本年

王度庐病逝，享年 68 岁。王度庐，满族，1909 年生于北京，原名王葆祥，字霄羽。幼时家境贫寒，自学成才。早期创作言情小说，1930 年代中期改写武侠小说，以言情小说的笔法创造了武侠小说的新天地。其时与还珠楼主、宫白羽、郑证因齐名，并称"北派四大家"。解放后，王度庐举家迁到东北，从教于中学，停止创作。"文革"中受到冲击。著有武侠小说 16 部：《鹤惊昆仑》《宝剑金钗》《剑气珠光》《卧虎藏龙》《铁骑银瓶》《宝刀飞》《风雨双龙剑》《洛阳豪客》《新血滴子》《燕市侠伶》《春秋戟》《紫凤镖》《绣带银镖》《紫电青霜》《金刚玉宝剑》和《龙虎铁连环》。

1978 年

一月

2 日，《人民日报》发表辛文的文章《裴多菲——匈牙利的爱国者和诗人》，纪念裴多菲诞生 150 周年。

7 日，黄钢的报告文学《亚洲大陆的新崛起——从李四光走的道路看新中国地质科学的跃进》发表在《人民日报》上。

20 日，徐迟的报告文学《哥德巴赫猜想》发表在《人民文学》第 1 期上。曾镇南说："它不表现于虚构出浪漫主义的情节和细节，而主要表现于把难以具体化的抽象思维领域里的事实的精魂，用美丽的借喻和象征等高超的修辞技巧具象化地描写出来。这种充满浪漫主义神采的描绘丝毫没有增添或减少有关陈景润的事实，它不过是把陈景润给予作家的主观印象强化并诗化了。……这是多么奇妙的文学语言，最抽象的事物获得了最形象的表现，一般读者视为畏途的枯燥的数学王国被幻化为具有感性的诗意光辉的美的文学的花园。这当然是美丽的浪漫主义。但这种浪漫主义并没有在事实的细节上对被描绘对象有任何增益或减损，并不与报告文学的不可动摇的生活真实相抵牾，而是吸摄了被描绘对象的灵魂，抓住这一灵魂在一刹那间给予人的强烈感觉和印象予以表现。"（曾镇南：《翱翔在文学与科学群山之间——论徐迟的报告文学》，《时代的报告》1983 年第 9 期）同期还发表茹志鹃的短篇小说《冰灯》，《毛主席给陈毅同志谈诗的一封信》。

二月

10 日，李瑛的诗《早春》、叶文福的《星的故乡》（组诗）发表在《诗刊》第 2 期上。

20 日，《人民文学》第 2 期刊登"马克思、恩格斯、列宁、斯大林、毛泽东论题材"、"高尔基、鲁迅论题材"，以及批判"四人帮"在题材问题上相关主张的文章。同期还发表了韩少功的短篇小说《七月洪峰》。

24 日—3 月 8 日，五届政协第一次会议在京举行。邓小平当选全国政协主席。

25 日—3 月 5 日，五届人大第一次会议在北京举行。叶剑英当选全国人大常委会委员长。华国锋被任命为国务院总理。

本月，《文学评论》复刊。

在湖北省第四次文代会上，姚雪垠当选为湖北省文联主席。

刘心武的短篇小说《醒来吧，弟弟》发表在《中国青年》第 2 期上。

三月

1 日，《人民日报》为纪念周恩来诞辰八十周年，发表《周恩来青年时代诗选》。

10 日，《诗刊》第 3 期发表《周总理青年时代的诗》（十四首）、公刘的诗《白花与红花》、雷抒雁的《献给三月的花束》（组诗）。

11 日，《人民日报》报道：中国社会科学院召开揭批"四人帮"炮制的"两个估计"座谈会。同时发表评论员文章《一定要让社会科学研究空前繁荣起来》。

14 日，穆青、陆拂为、廖由滨的报告文学《为了周总理的嘱托——记农民科学家吴吉昌》在《人民日报》发表。

18—31 日，中共中央在北京召开全国科学大会。

20 日，李季的诗《红卷》、李瑛的诗《滔滔涅瓦河》、方之的短篇小说《阁楼上》、徐迟的报告文学《生命之树常绿》发表在《人民文学》第 3 期上。

贾平凹的短篇小说《满月儿》发表在《上海文艺》第 3 期上。

21 日，《人民日报》发表曹禺的文章《纪念易卜生诞辰一百五十周年》。

本月，大型文学刊物《钟山》在南京创刊。

北京人民艺术剧院演出苏叔阳的话剧《丹心谱》。剧本载《人民戏剧》第 5 期。

四月

10 日，冯至的诗《冰岛养羊歌》发表在《诗刊》第 4 期上。

20 日，陆文夫的小说《献身》、刘心武的小说《没有讲完的课》、柯岩的报告文学《奇异的书简》发表在《人民文学》第 4 期上。

22 日，《人民日报》报道：文化部举行揭批"四人帮"万人大会，为大批受迫害的文艺工作者平反。文化部副部长贺敬之代表部党组宣布为受"四人帮"迫害的张海默、王昆等同志平反。

30 日，艾青"复出"后的第一首诗《红旗》发表在《文汇报》上。

本月，史超、所云平的话剧《东进，东进!》由武汉部队政治部话剧团在北京演出，这是第一次在话剧舞台上表现陈毅的艺术形象。剧本载《人民戏剧》第 4 期。

五月

1 日，北京、上海、广州等地新华书店开始发行《子夜》《家》《曹禺选集》《安娜·卡列尼娜》《堂吉诃德》等一批重版的中外文学名著。

9 日，人民文学出版社在北京召开儿童文学作家座谈会，严文井主持，茅盾送来亲笔题词。40 多位作家、儿童文学翻译家、诗人和其他人士出席了座谈会。

11 日，《光明日报》发表特约评论员文章《实践是检验真理的唯一标准》。12 日，《人民日报》转载全文。从此全国展开真理标准问题的讨论。

18—31 日，《人民戏剧》编辑部在京召开戏剧创作座谈会，有全国各地的戏剧作家近百人参加。周扬做题为《谈社会主义新时期戏剧创作的任务》的发言（载《人民戏剧》第 10 期）。曹禺在会上提出，为 1962 年在广州召开的全国话剧、歌剧、儿童剧创作会议恢复名誉，彻底推倒"四人帮"诬陷"广州会议"的不实之词。夏衍、周巍峙、贺敬之、林默涵、曹禺等也在会上讲话。

20 日，《人民文学》第 5 期发表林默涵的《解放后十七年文艺战线上的思想斗争》、王蒙的小说《队长、书记，野猫和半截筷子的故事》、赵树理的《十里店》（上党梆子）、叶君健的报告文学《英特纳雄耐尔》。

从维熙的小说《女瓦斯员》、铁凝的小说《夜路》发表在《上海文艺》第 5 期上。

27 日—6 月 5 日，中国文联第三届全国委员会第三次（扩大）会议在北京召开。会议宣布中国文学艺术界联合会、中国作家协会、中国戏剧家协会、中国音乐家协会、中国电影工作者协会和中国舞蹈工作者协会正式恢复工作。《文艺报》立即复刊。中国美术家协会、中国曲艺工作者协会、中国民间文学研究会和中国摄影学会也将陆续恢复工作。会议强调文艺界一定要高举毛主席的伟大旗帜，把揭批"四人帮"的伟大斗争进行到底，号召文学家、艺术家积极地深入火热的斗争生活，为繁荣社会主义文艺创作而奋斗。参加会议的有文联第三届全国委员、各省、市、自治区和人民解放军的代表，在京的文艺部门的负责人和文艺界各方面的代表，以及台湾省籍、港澳代表共三百四十多人。中央宣传部、文化部、对外友协以及首都新闻出版等单位的负责人出席了开幕式、闭幕式。全国文联副主席茅盾、周扬、傅钟、巴金、夏衍出席了大会并作讲话。这次会议上恢复文联及各协会筹备组成立，由林默涵任组长，张光年、冯牧任副组长、冯牧兼秘书长。全国文联副主席茅盾致开幕词。全国文联主席郭沫若以题为《文艺的春天》的书面发言，祝贺会议胜利召开。6 月 7 日，《人民日报》发表评论员文章《祝贺中国文联和各文艺协会恢复工作》。8 日，又刊登《文联第三届全委会第三次扩大会议决议》。

六月

5 日，理由的报告文学《扬眉剑出鞘》发表在《新体育》第 6 期上。

12 日，郭沫若在北京逝世，享年 86 岁。郭沫若，原名开贞，1892 年生于四川乐山。1914 年留学日本，在福冈九州帝国医科大学学习。1918 年开始新诗创作。1921 年出版第一部诗集《女神》，并与郁达夫、成仿吾等组建创造社。1924 年后接受马克思主义，倡导革命文学。1926 年参加北伐战争，任国民革命军政治部副主任。1927 年参加南昌起义并加入中国共产党。1928 年后旅居日本，从事中国古代史和古文字学研究。1930 年加入中国左翼作家联盟。抗日战争爆发后回国，在周恩来的直接领导下，组织和团结国统区的进步文化人士从事抗日救亡运动，历任《救亡日报》社社长，中华全国文艺界抗敌协会理事，国民党军事委员会政治部第三厅厅长和文化工作委员会主任。1949 年在第一次文代会上当选为首届全国文联主席。建国后历任国务院副总理兼文化教育委员会主任、中国科学院院长、中国科学院哲学社会科学部主任、历史研究所所长、中国科学技术大学校长、全国人大常委会副委员长、全国政协副主席、中日友协名誉会长等职。《郭沫若全集》包括历史编 8 卷、考古编 12 卷、文学编 20 卷、译著 12 卷。主要文学作品有诗集《女神》《星空》《前茅》《恢复》等，历史剧《棠棣之花》《屈原》《虎符》《高渐离》《南冠草》《孔雀胆》《蔡文姬》《武则天》等。周扬说："作为学术家，郭沫若同志涉猎了包括文学艺术在内的哲学社会科学的众多领域，并在他所涉猎的许多领域都有新的建树。他首先是诗人，他的诗集《女神》以火山爆发般的热情，宣告旧时代的结束和新时代的来临。他在诗歌形式方面，也是一个革新家。他的不朽诗篇感染了成千上万的青年，为我国新诗的发展奠定了基础，开辟了道路。……他又是剧作家，他创作的历史剧，也反映了郭沫若独特的风格。他的《屈原》一剧，如同雷霆万钧，给了当时反动统治者以沉重的打击。他在全国解放后所创作的《蔡文姬》和《武则天》，又以新的气魄给历史人物以大胆的重新评价。他是历史学家，是用马克思主义的历史唯物主义观点研究中国历史的开创者，他写的《中国古代社会研究》《奴隶制时代》等著作，至今仍保留着高度的学术价值。他是古文字学家，他对甲骨文、金文的研究和所取得的成果，也都是惊人的。"（周扬：《纪念郭沫若诞生九十周年和庆祝郭沫若故居开放》，《人民日报》1982 年 11 月 18 日）钱杏邨说："我们常常的这样的想：如果称沫若做一个小说家，总不如称他为诗人的恰当。像他的《女神》里的那些诗歌，在中国的诗坛上，很难找到和他可以对立的作家，这是第一种原因；沫若的小说，即如橄榄全部，诗的风趣实在是很浓重的，简直是诗的散文，这是第二种原因；第三的一点，就是沫若的戏剧，他的《三个叛逆的女性》里面的诗的情趣也实在是太多了，最后《女神》是……中国新诗坛上最先的一部诗集，沫若的创作，究竟是诗比小说好。所以我们很大胆的自信，沫若是一个诗人，中国新诗坛上最有成绩的一个诗人！"（钱杏邨：《诗人郭沫若》，李霖编《郭沫若评传》，上海开明书店 1936 年版）曹禺说："郭老写戏常常在几天里一气呵成。这样的气派在写戏的大剧作家中是罕见的。然而，我相信他的腹稿是很多的，我们远远望尘莫及。用一句专业的话说，他的底子实在是太厚了。郭老博闻强记，文采洋溢，他的戏大气磅礴，热情奔涌，富有浓厚的革命浪漫主义色彩，同时不失其思想的深刻。在科学上他是冷静的，在文学上他是热烈的。他是以他胸中的情感，用笔蘸着他心头的热血在写。""郭老曾到我们剧院诵读他的剧本！我们永远也忘不了，他那激情与风采。他的声音抑扬顿挫，跌宕有致……郭老真是一位少见的巨人，一位真正渊博的人。"（曹禺：《郭老给予我们的教育》，《人民戏剧》1978 年第 7 期）

13 日，柳青病逝，终年 62 岁。柳青，原名刘蕴华，1916 年生，陕西吴堡县人。1937 年任《西北文化日报》副刊编辑。1938 年到延安，在陕甘宁边区文化协会工作。次年到部队，担任教育干事、新闻记者等职。1940 年入中华全国文艺界抗敌协会延安分会工作。1943 至 1945 年在米脂县深入农村，担任基层工作。在此期间创作了第一部长篇小说《种谷记》。建国后历任《中国青年报》编委和副刊主编、中国作协理事、作协西安分会副主席。1951 年出版第二部长篇小说《铜墙铁壁》。1952 年离开上海到陕西省长安县皇甫村，兼任中共长安县县委副书记，在那里安家落户十四年之久，直接参与了农业合作化运动。1960 年出版长篇小说代表作《创业史》第一部。"文革"期间遭受政治迫害。《创业史》全书四卷的创作计划未能完成，第二部上卷于 1977 年出版，下卷于 1979 年作为遗著出版。另著有短篇小说集《地雷》、中篇小说《狠透铁》、特写集《皇甫村的三年》等。刘白羽在《悼词》中说："柳青同志刻苦学习并力求完整地、准确地理解马克思主义、毛泽东思想，对马克思主义美学进行了深入的钻研，以此作为观察问题进行创作的指针。他认真研究党的各项方针、政策，分析研究农村各阶级、阶层的人物，把自己的政治、社会、生活见解，把自己的爱和憎、熔铸在作品的形象中，对社会主义新人充满了热爱，对反动腐朽的旧事物进行了无情的鞭笞。柳青同志的创作态度极为严肃认真，虚心听取各方面的意见，对自己的作品精益求精，对别人的作品，特别是青年作者的创作，给予热切地期望和关怀，经常给他们以指导和帮助。""他的作品不仅丰富了我国文学的宝库，他的创作和生活道路也为社会主义文学创作提供了极其宝贵的经验，为文艺工作者树立了光辉的榜样。"（载《人民日报》1978 年 6 月 22 日）李若冰在《悼念柳青同志》中说："柳青同志生活在无产阶级革命的时代，是我们党哺育和造就出来的老一代作家。他的一生，也像我国许多优秀的知识分子一样，坚定不移地走在和工农兵相结合的道路上。毛主席《在延安文艺座谈会上的讲话》发表之后，他是第一批下到基层生活的作家之一。他在陕北米脂县当乡文书三年多，必然经历了一番痛苦的磨练，才坚持下来，并写出长篇小说《种谷记》。全国解放后，他又参加到第一批深入工农兵斗争生活的作家之列，在陕西长安县皇甫村，一头扎下去就是十四年。这是何等不平常的十四年呵！他以村里一座破烂的中宫寺为家，在这里扎根落户，生儿育女；在这里和社员过着一样的生活，勤苦地进行着创作；在这里和人民群众一起投入改造世界的斗争，同时也改造着自己的主观世界。他一心一意爱着皇甫村，生前几次说他死了也要埋在皇甫村。他在长安和皇甫有许多交心的朋友，他们在他逝世后写了这样的挽词：'扎根皇甫，千钧莫弯；方寸未死，永在长安。'对于柳青，没有比人民群众这样再好的赞语，没有比人民群众这样再好的褒奖！柳青的生涯，也正像他生前最后一次发表的短文里说的那样：一个作家，'要想塑造英雄人物，就先塑造自己。怎么塑造呢？在生活中间塑造自己，在实际斗争中间塑造自己.'……他的努力没有落空。他实现了对自己的塑造。他不愧是我国当代杰出的无产阶级作家之一。"（载《文艺报》1978 年第 2 期）

20 日，刘白羽的散文《海歌》、贾平凹的散文《第五十三个》、黄宗英的报告文学《美丽的眼睛》发表在《上海文艺》第 6 期上。

本月，中宣部 1978 年 1 号文件转发文化部关于恢复优秀传统剧目的请示报告。

七月

10 日，雷抒雁的诗《短歌》发表在《诗刊》第 7 期上。

张洁的短篇小说《从森林里来的孩子》发表在《北京文艺》第 7 期上。

15 日，《文艺报》复刊。

王蒙的短篇小说《最宝贵的》发表在《作品》第 7 期上。

20 日，公刘的《尹灵芝》（长诗选载）、周立波的小说《湘江一夜》、林斤澜的小说《竹》发表在《人民文学》第 7 期上。

邓友梅的小说《我们的军长》发表在《上海文艺》第 7 期上。

八月

11 日，上海《文汇报》发表卢新华的短篇小说《伤痕》。作者是复旦大学中文系的学生，《伤痕》原在复旦大学校园内的黑板报上张贴，随后才在《文汇报》正式刊出。这篇小说在社会上和文艺界引起强烈反响，"伤痕文学"由此得名。22 日，《文汇报》开辟专栏刊登读者来信来稿，引发争鸣。陈思和认为："王晓华的悲剧性的遭遇以及在她心理上相应产生的变化，都真实地反映了'四人帮'横行时遭受迫害的要求上进的青年人的精神状态"，"王晓华这个人物是典型的"。（陈思和：《艺术地再现生活的真实》，《文汇报》1978 年 8 月 22 日）洁泯认为："文学反映生活的真实性，首先重要的是反映时代的真实性"，"《伤痕》的生活内容是真实的。《伤痕》反映的真实正是无数革命干部被林彪、'四人帮'残酷迫害的一个缩影。很多读者与其说为作品的艺术所激动，还不如说是为这样严酷的生活所激动的。"（洁泯：《文学是真实的领域》，《文学评论》1979 年第 1 期）陈荒煤认为这篇小说"触动了文艺创作的伤痕"，"'四人帮'打倒了……但是，'四人帮'散布的流毒，还远远没有肃清；不仅是文艺界的许多创作者、评论者、领导者心有余毒，心有余悸，而且有许多读者也习惯于用'四人帮'的一套模式来要求作品。""不认清这个伤痕，就不可能真正贯彻'百花齐放'的方针，促使题材风格样式的多样化，繁荣我们的文艺创作，更好地为新的历史时期的工农兵服务！"（陈荒煤：《〈伤痕〉也触动了文艺创作的伤痕》，《文汇报》1978 年 9 月 19 日）冯牧认为，在十年动乱中"一代人遭受了严重的内伤。这种怵目惊心的客观事实不可能不在文学创作中得到反映。""《伤痕》并不是一篇在艺术上很成熟很完善的作品，它的可贵，在于它是第一个用艺术形象概括地反映出人们思想内伤的严重性并且呼吁疗治创伤的重要性的作品。它代表人民发出了使人警醒的第一声呼唤。"（冯牧：《对文学创作的一个回顾和展望——兼谈革命作家的庄严职责》，《文艺报》1980 年第 1

期）

15 日，孔捷生的小说《姻缘》发表在《作品》第 8 期上。

20 日，童恩正的科幻小说《珊瑚岛上的死光》、柯岩的报告文学《追赶太阳的人》发表在《人民文学》第 8 期上。

30 日，北京市文化局召开大会，为受林彪、"四人帮"迫害的文艺界、戏剧界 80 名人士平反昭雪。此后全国各地文化系统陆续召开揭批"四人帮"罪行、落实政策、纠正冤假错案、平反昭雪大会。

本月，大型文学刊物《十月》在北京创刊。创刊号发表刘心武的短篇小说《爱情的位置》、郑万隆的短篇小说《铁石老汉》。

九月

2 日，《文艺报》编辑部在北京召开短篇小说讨论会，会上对《班主任》《伤痕》《最宝贵的》《献身》等作品进行了讨论。与会者认为，这些作品真实地揭露了林彪、"四人帮"给人民造成的严重伤害，恢复了现实主义传统，对创作实践有重大的意义。《文艺报》第 4 期报道了这次会议的情况。

9 日，《人民日报》发表毛泽东诗词三首：《贺新郎》（1923 年）、《七律·悼罗荣桓同志》（1963 年）、《贺新郎·读史》（1964 年）。

16 日，邓小平在听取中共吉林省委常委汇报工作时谈话指出，要"高举毛泽东思想旗帜，坚持实事求是的原则"，他批评了"两个凡是"的观点。

20 日，《上海文艺》第 9 期发表评论员文章《一个反革命的共同纲领——批林彪、"四人帮"合谋抛出的"文艺黑线专政"论》。同期还发表了李荣峰的文章《为一批长篇小说恢复名誉——批判〈批判毒草小说集〉的反动观点》。

毛泽东的《诗词三首》、邵燕祥的诗《雪落在小兴安岭》（外二首）、王亚平的短篇小说《神圣的使命》、徐迟的散文《西陲纪游》、黄宗英的散文《星》、高士其《我们肚子里的食客》（科学小品）发表在《人民文学》第 9 期上。

本月，上海市工人文化业余话剧队下旬在上海演出宗福先的话剧《于无声处》（载《文汇报》10 月 28 日至 30 日）。这是第一部歌颂天安门广场悼念周总理的话剧。林默涵说："关于写作题材禁区问题，已经议论得很多，要真正解决这个问题，还得靠实践，就是用作品去冲破它……天安门事件，也曾经是个大禁区，但《于无声处》的作者就冲破了它。这个话剧的重要意义，是在舞台上最早发出了亿万人民的心声。这个作者才 31 岁，是个工人，他是勇敢的，敏感的。"（林默涵：《总结经验，奋勇前进——1978 年 12 月 14 日在广东省文学创作座谈会上的讲话》，《中国新文艺大系 1976—1982（理论一卷）》上卷，第 117 页，中国文联出版公司 1988 年版）

魏巍的长篇小说《东方》由人民文学出版社出版。

十月

20 日，《人民文学》发表张承志的小说《骑手为什么歌唱母亲》、乌热尔图〔鄂伦春族〕的小说《森林里的歌声》、袁鹰的散文《飞》。

27 日，郭沫若著作编辑出版委员会在北京成立，周扬任主任。

31 日，《文学评论》编辑部召开由中青年专家和业余作者、评论工作者参加的关于实践是检验真理的唯一标准的座谈会。

《人民日报》发表评论员文章《努力写好革命人民同林彪、"四人帮"的斗争》。

本月，黄翔、路茫、方家华等贵州民间诗人来到北京，在王府井等地张贴大字报《启蒙：火神交响曲》。12 月到次年 3 月，他们又五次来京张贴诗歌大字报，并散发和出售自印的诗歌作品，如《狂饮不醉的兽形》《哑默诗选》等。

十一月

10 日，孙静轩的《八月的阳光》（组诗）发表在《诗刊》第 11 期上。

15 日，中共北京市委做出决定，为 1976 年 4 月 5 日"天安门事件"平反。

《文艺报》第 5 期开辟《坚持实践第一、发扬艺术民主》专栏，发表了茅盾的《作家如何理解实践是检验真理的唯一标准》、巴金的《要有个艺术民主的局面》等文章。

16 日，新华社报道，遵照中共中央决定，全国全部摘掉右派分子帽子。

17 日，《人民日报》发表《天安门诗选》。

19 日，《人民日报》刊登《献给中华民族的子子孙孙——访问〈天安门诗抄〉的编者童怀周》、张光年的文章《驳"文艺黑线"论》。

20 日，《上海文艺》第 11 期发表评论员文章《艺术与民主》。同期发表了邵燕祥的诗《地球的记忆》（外一首）、李季的小说《病房三章》。

《人民文学》第 11 期发表曹禺的五幕历史剧剧本《王昭君》。

24 日，《文艺报》《人民文学》《诗刊》编委联席会议在北京举行，讨论怎样才能更好地发展和繁荣社会主义文艺等问题。

25 日，《人民日报》发表评论员文章《谁是文艺作品最权威的评定者?》。文章认为人民群众才是文艺作品的最权威的评定者。

《诗刊》社和中央人民广播电台连续两天在首钢礼堂和工人体育馆联合举办《为真理而斗争》诗歌朗诵会。会上朗诵了《天安门诗抄》中的诗词和艾青的《在浪尖上》、白桦的《阳光，谁也不能垄断》、雷抒雁的《小草在歌唱》等诗作，反响强烈。在此前后，类似的活动曾多次举办，如本年 4 月的《郭小川诗歌作品》朗诵会，1979 年 1 月 20 日举办的《外国诗歌朗诵演唱会》，1979 年 4 月 30 日举办的《五四时期诗歌朗诵演唱会》等，都在群众中受到热烈欢迎。

十二月

1 日，巴金在香港《大公报》开辟《随想录》专栏，首篇《谈〈望乡〉》。直至 1986 年 8 月 20 日刊载最后一篇《怀念胡风》，共 150 篇，42 万字，历时八年。其间陆续出五集：《随想录》《探索集》《真话集》《病中集》和《无题集》，由人民文学出版社出版。这五集总题《随想录》。1987 年 9 月由三联书店出版合订本。《随想录》中的许多篇什，如《怀念萧珊》《纪念雪峰》《怀念胡风》《赵丹同志》《怀念老舍同志》《怀念丰先生》《怀念鲁迅先生》《怀念非英兄》《小狗包弟》《说真话》《写真话》《知识分子》《说梦》《十年一梦》《解剖自己》《再说现代文学馆》《愿化泥土》《我的噩梦》《再说知识分子》《再说"创作自由"》《"样板戏"》《"文革"博物馆》等，都在读书界引起反响。巴金在《探索集》后记中把《随想录》的写作视为"我这一代作家留给后人的'遗嘱'。"他在《无题集》后记中说："我在'随想'中常常提到欠债，因为我把这五本《随想录》当作我这一生的收支总账，翻看它们，我不会忘记我应当偿还的大小债务。能够主动还债，总比让别人上法庭控告，逼着偿还好。""我们这一代人的毛病就是空话说得太多。写作了六十几年我应当向宽容的读者请罪。我怀着感激的心向你们告别，同时献上我这五本小书，我称它们为'真话的书'。我这一生不知说过多少假话，但是我希望在这里你们会看到我的真诚的心。这是最后的一次了。为着你们我愿意再到油锅里受一次煎熬。"他在《合订本新记》中说："我做了我可以做的事。我做了我应当做的事。今后呢，五卷书会走它们自己的路，我无能为力了。""一百五十篇长短文章全是小人物的喜怒哀乐，自己说是'无力的叫喊'，其实大都是不曾愈合的伤口出来的脓血。我挤出它们不是为了消磨时间，我想减轻自己的痛苦。写第一篇'随想'，我拿着笔并不觉得沉重。我在写作中不断探索，在探索中逐渐认识自己。为了认识自己才不能不解剖自己。本来想减轻痛苦，以为解剖自己是轻而易举的事，可是把笔当作手术刀一下一下割自己的心，我却显得十分笨拙。我下不了手，因为我感到剧痛。我常说对自己应当严格，然而要拿刀刺进我的心窝，我的手软了。我不敢往深里刺。五卷书每篇每页满是血迹，但更多的却是十年创伤的脓血。我知道不把脓血弄干净，他就会毒害全身。我也知道：不仅是我，许多人的伤口都淌着这样的脓血。我们有共同的遭遇，也有共同的命运。""讲出了真话，我可以心安理得地离开人世了。可以说，这五卷书就是用真话建立起来的揭露'文革'的'博物馆'吧。"张光年在《语重心长》中说，《随想录》是一部"力透纸背、情透纸背、热透纸背"的"讲真话的大书"。（1986 年 9 月 27 日《文艺报》）。冯牧在《这是一本大书》中说，这是一部"具有文献价值、思想价值、艺术价值的重要的著作。"（1986 年 9 月 27 日《文艺报》）萧乾在《巴金与二十世纪》中说："《随想录》问世已十载有余，可至今它仍是唯一的一本。""因此，我认为说真话的《随想录》比《家·春·秋》的时代意义更为伟大。"（1994 年 4 月 14 日《文汇报》）

4—26 日，中国社会科学院外国文学研究所和华中师范学院在武汉联合举办马列文艺论著学术讨论会，讨论现实主义、世界观与创作方法的关系、悲剧等问题。

5 日，《文艺报》和《文学评论》编辑部在北京举行座谈会，讨论落实党的文艺政策，给大批被错批的作品和受迫害的作者平反。

广东省文学创作座谈会在广州举行，至 16 日止。会议讨论当前文学艺术的新任务。周扬、夏衍、林默涵、张光年等到会讲话。1979 年 2 月 23 日至 24 日，周扬的讲话以《关于社会主义新时期的文学艺术问题》为题在《人民日报》上发表。

10 日，艾青的诗《在浪尖上——给韩志雄与他同一代的青年朋友》、白桦的诗

《阳光，谁也不能垄断》发表在《诗刊》第 12 期上。

18—22 日，中国共产党第十一届中央委员会第三次会议在北京举行。全会提出"解放思想，开动机器，实事求是，团结一致向前看"的方针，决定把全党工作的重点转移到社会主义现代化建设上来。全会决定撤销中央发出的有关"反击右倾翻案风"运动和"天安门事件"的错误文件，并高度评价了关于实践是检验真理的唯一标准问题的讨论，认为这对于促进全党同志和全国人民解放思想、端正思想路线，具有深远的历史意义。

20 日，《天安门诗抄》（十四首）、田间的诗《勿忘草》、宗璞的小说《弦上的梦》、韩少功的小说《夜宿青江铺》、王蒙的报告文学《火之歌》发表在《人民文学》第 12 期上。

王蒙的小说《光明》、林斤澜的小说《开锅饼》、茹志鹃的报告文学《红外曲》发表在《上海文艺》第 12 期上。

23 日，《人民日报》发表评论员文章《加快为受迫害的作家和作品平反的步伐》。

北岛、芒克等筹建的民间文学刊物《今天》出版创刊号。创刊号上载有北岛执笔的《致读者》。《今天》第 2 期 1979 年 2 月 26 日出版。到 1980 年 9 月，共出 9 期。在《今天》上发表诗歌和其他作品的作者有北岛、芒克、食指、江河、方含、顾城、田晓青、舒婷、杨炼、徐敬亚等。《今天》编辑部还出版了《今天文学资料》3 册，"今天丛书"四种：芒克的诗集《心事》，北岛的诗集《陌生的海滩》，江河的诗集《从这里开始》，艾珊（北岛）的中篇小说《波动》。

25 日，《诗刊》社和中央人民广播电台在北京工人体育馆举办了《纪念毛主席诞辰八十五周年》诗歌朗诵会。

本月，人民文学出版社主办的《新文学史料》（第一辑）出版。

《人民日报》发起"丙辰清明纪事"征文。

《天安门诗抄》由人民文学出版社出版。

本年

中国文联各协会根据中央 55 号文件的精神，相继成立专案复查小组，对 1957、1958 年间错划为右派分子的作家、艺术家、文艺编辑、翻译家及文艺组织工作者进行实事求是的甄别，重新做出结论，予以改正。

1979 年

一月

5 日，文化部举办庆祝中华人民共和国成立 30 周年献礼演出。第一轮上演的剧目有《秋收霹雳》《杨开慧》《西安事变》《陈毅出山》《曙光》等。演出历时 13 个月，于 1980 年 2 月 7 日结束。

10 日，《诗刊》第 1 期发表叶文福的诗《雷雨中的海燕》、陶斯亮的《一封终于发出的信——给我爸爸陶铸》。

12 日，《文艺报》和《电影艺术》编辑部在北京联合举行座谈会，学习和讨论周恩来《在文艺工作座谈会和故事片创作会议上的讲话》（1961 年 6 月 19 日）。

14—20 日，《诗刊》编辑部在北京召集全国诗歌创作座谈会。出席座谈会的有来自全国各地的诗人和民间、民族歌手 100 多人。这是近三十年来新中国诗歌界一次空前的集会。座谈会围绕如何为四个现代化服务这个中心问题，回顾了"五四"以来新诗发展的历史，总结了近三十年来诗歌创作的正反两方面的经验，肯定了"四五"天安门诗歌运动的伟大意义，强调诗歌创作一定要说真话、抒真情，真正表达人民群众的心声。为此必须充分发扬政治民主和艺术民主。座谈会还讨论了时代与歌手、诗歌与民主、歌颂与暴露等问题。中国社会科学院院长胡乔木、中国文联副主席周扬讲话。座谈会由《诗刊》主编严辰、副主编邹荻帆、柯岩主持。

20 日，艾青的诗《光的赞歌》、雷抒雁的诗《云雀》（外二首）、艾芜的小说《还乡记》发表在《人民文学》第 1 期上。

25 日，《收获》在上海复刊。

郑伯奇逝世，享年 84 岁。郑伯奇，1895 年生，原名郑隆谨，陕西长安人。1910 年参加同盟会和辛亥革命。1917 年赴日本学习。1920 年在《少年中国》1 卷 9 期上发表第一首诗作《别后》。次年加入创造社。1926 年毕业回国，任广州中山大学教授，黄埔军校政治教官。大革命失败后到上海从事文艺工作，先后加入"左联"、"左翼剧联"、中国民权保障同盟等团体。这期间参与编辑《创造月刊》《北斗》《文艺生活》《电影画报》《新小说》等期刊，并编撰了《中国新文学大系·小说三集》，还发表过话剧、短篇小说、电影剧本和影评。抗战爆发后编辑《救亡周刊》《每周文艺》等刊物。建国后历任西北军政委员会文教委员会委员，西北大学教授、西北文联副主席、作协西安分会副主席等职。著有戏剧集《抗争》《轨道》，短篇集《打火机》，评论集《两栖集》，回忆录《忆创造社及其他》等。

28 日，《剧本》复刊。复刊号发表陈白尘的七幕历史剧《大风歌》。剧本发表和公演后引发了关于历史真实与艺术虚构的争鸣。

本月，上海《戏剧艺术》第 1 期发表陈恭敏的文章《工具论还是反映论——关于文艺与政治的关系》，对"文艺是阶级斗争的工具"的权威理论提出质疑。

二月

5 日，中国文联筹备组在京召开省市（自治区）文联工作座谈会，出席会议的有 29 个省市区文联代表和中央协会负责人 75 人。会议交流了各地恢复组织机构的情况以及存在的问题和困难；讨论了重新组织文艺队伍的问题。会议强调必须肃清"文艺黑线专政"论的流毒，对作家、艺术家认真落实党的政策。会议还对召开第四次文代会的问题提出了积极的意见和建议。阳翰笙、林默涵、李季、冯牧等在会上讲话。

6—13 日，人民文学出版社在京召开中长篇小说创作座谈会。来自全国各地的 40 多名中青年作家，就中长篇小说创作在党的工作着重点转移后所面临的种种问题，如文艺与生活的关系问题、悲剧问题、歌颂与暴露问题、"两结合"创作方法问题等，进行讨论。茅盾、周扬、陈荒煤、冯牧、严文井到会讲话。

10 日，公刘的诗《沉思》、李发模的诗《呼声》发表在《诗刊》第 2 期上。

邓友梅的小说《话说陶然亭》发表在《北京文艺》第 2 期上。

11 日，郑义的小说《枫》发表在《文汇报》上。

12 日，《文艺报》第 2 期和《电影艺术》第 1 期同时全文发表周恩来《在文艺工作座谈会上的讲话和故事片创作会议上的讲话》（1961 年 6 月 19 日）。为深入学习这篇重要讲话，两个刊物编辑部联合邀请首都和在京的部分文艺工作者举行座谈会。座谈会由《文艺报》负责人冯牧和《电影艺术》负责人袁文殊主持。大家一致认为，周恩来的重要讲话是对建国以后社会主义文艺实践的一个马克思主义的总结，对于肃清"四人帮"的流毒，拨乱反正，发展社会主义文艺，具有重大指导作用。大家表示，一定要认真领会这篇讲话的精神，解放思想，发扬艺术民主，尽快把工作着重点转移到四个现代化上来，促进社会主义文艺的发展和繁荣。在周恩来讲话的启发和推动下，文艺界开始对于党如何实行对文艺事业的领导，以及艺术民主、艺术规律等问题进行广泛的探讨和学习。

15 日，陈国凯的短篇小说《我应该怎么办?》发表在《作品》第 2 期上。

20 日，邹荻帆的诗《灿烂的城》、刘绍棠的小说《含羞草》、李准的小说《长安街头》发表在《上海文学》第 2 期上。

舒群的短篇小说《题未定的故事》、茹志鹃的中篇小说《剪辑错了的故事》、李建彤的长篇小说《刘志丹》（选载）发表在《人民文学》第 2 期上。

22 日，《人民日报》发表任文屏的文章《一桩触目惊心的文字狱——为〈三家村札记〉、〈燕山夜话〉恢复名誉》。

本月，《周恩来论文艺》由人民文学出版社出版。

王蒙"右派"问题获得改正，恢复党籍。

三月

1 日，《人民日报》报道：文化部党组做出决定并经上级批准，为原文化部大错案彻底平反。决定指出：解放后十七年文化艺术各个领域的工作成绩是主要的，根本不存在什么"文艺黑线"、"黑线代表人物"问题；凡是受到所谓"旧文化部"、"帝王将相部、才子佳人部、外国死人部"、"文艺黑线"牵连和打击的同志一律彻底平反。

10 日，北岛的诗《回答》、李瑛的《西沙群岛情思》发表在《诗刊》第 3 期上。

方之的中篇小说《内奸》发表在《北京文艺》第 3 期上。

16—23 日，《文艺报》编辑部召开文学理论批评工作座谈会。参加会议的有来自全国的文艺理论编辑、高等院校中文系文艺理论教师等 100 余人。会议着重讨论了文艺与政治的关系问题。许多人在发言中批判了"四人帮"在这个问题上所制造的混乱，也批评了某些把文艺与政治关系简单化、庸俗化的观点。许多人还在发言中肯定了文艺战线两年多来的拨乱反正、解放思想的成绩，批驳了对解放思想的种种责难。会议由《文艺报》主编冯牧、孔罗荪主持。周扬、林默涵、陈荒煤到会作了发言。《文艺报》第 4 期以《总结经验，把文艺理论批评工作搞上去!》为题，对座谈会的情况作了报道。

17 日，白桦的诗《春潮在望》发表在《人民日报》上。

20 日，张弦的小说《记忆》发表在《人民文学》第 3 期上。

刘真的小说《黑旗》、贾平凹的小说《雪夜静悄悄》发表在《上海文学》第 3 期上。

25 日，大型文学刊物《春风》在沈阳创刊。

26 日，1978 年全国优秀短篇小说评选发奖大会在北京举行。获奖作品有刘心武的《班主任》、王亚平的《神圣的使命》、莫伸的《窗口》、邓友梅的《我们的军长》、周立波的《湘江一夜》等 25 篇。25 篇获奖优秀短篇小说由人民文学出版社编辑出版。发奖大会由《人民文学》主编李季主持。评选委员会主任茅盾、周扬到会讲话。

25 日，张抗抗的短篇小说《爱的权利》、冯骥才的中篇小说《铺花的歧路》、从维熙的中篇小说《大墙下的红玉兰》发表在《收获》第 2 期上。不久，《文艺报》开辟专栏讨论《大墙下的红玉兰》。从 1979 年 7 月至 12 月，陆续收到 40 余篇稿件。从维熙说："悲悲戚戚的伤痕作品，我无意去追；但是在特定的历史条件下，悲而壮，慨而慷，给人以鼓舞力量，给人以美好情操的东西，还是我力求的。我们伟大的人民，在党的领导下与'四人帮'的斗争，是一场极其复杂而艰苦的斗争，不付出牺牲，是不可思议的。因而我写了那样一个在典型环境中的悲剧性收尾。"（从维熙：《关于〈大墙下的红玉兰〉的通信》，《文艺报》1979 年第 11、12 期合刊）

28 日，丁一三的话剧《陈毅出山》在《剧本》3 月号上发表。

30 日，邓小平在党的理论务虚会上发表题为《坚持四项基本原则》的讲话。

本月，由叶剑英同志题写书名的《十老诗选》由中国青年出版社出版。

师陀的散文、历史小说、历史剧合集《山川·历史·人物》由上海文艺出版社出版。

四月

1 日，《上海戏剧》复刊。

4 日，新华社报道：中组部、中宣部、文化部、全国文联最近在北京联合召开全国文艺界落实知识分子政策座谈会，研究如何进一步加强落实政策，充分调动作家、艺术家和文艺工作者的积极性，团结一致地为繁荣社会主义文艺，为促进社会主义现代化建设贡献自己的力量。会议结束时，胡耀邦讲话，再次强调落实人的政策的重要性。

8 日，《今天》编辑部在北京玉渊潭公园的"八一湖畔"举行第一次诗歌朗诵会。第二次朗诵会于本年 10 月 21 日举行。

10 日，舒婷的诗《致橡树》、雷抒雁的《星群》（组诗）、流沙河的《诗二首》发表在《诗刊》第 4 期上。

15 日，《广州日报》发表黄安思的文章《向前看啊! 文艺》。该文把将近两年来揭露林彪、"四人帮"的文艺作品看作是"向后看的文艺"，不利于鼓舞人民"团结一致向前看，团结一致搞四化"，因此应该"提出文艺向前看的口号，提倡向前看的文艺"。4月中旬以来，《广州日报》《南方日报》《作品》等刊物先后就这篇文章的观点进行了激烈争论。这场争论很快从广州文艺界引向全国。

20日，《上海文学》第4期发表评论员文章《为文艺正名——驳"文艺是阶级斗争的工具"说》、林斤澜的小说《拳头》。文章回顾了"文艺是阶级斗争的工具"这个口号形成和流传的过程，以及造成的严重后果，指出"我们的文艺要真正打碎'四人帮'的精神枷锁，'解'而得'放'，迅速改变现状，满足群众的需求，就必须对'文艺是阶级斗争的工具'这个口号进行拨乱反正的工作。"又说："'文艺是阶级斗争的工具'说之所以必须纠正，因为它将文艺与政治的关系说成是唯一的、全部的关系，这样的文艺观，将导致文艺与政治等同，因而是一种取消文艺的文艺观，必须从理论上加以澄清。"该刊第6—16期上开辟"关于《为文艺正名》的讨论"专栏，各地报刊也就此问题展开讨论，不同意见明显形成赞成"工具论"和反对"工具论"两大阵营。

韩少功的短篇小说《月兰》发表在《人民文学》第4期上。

28日，崔德志的话剧《报春花》在《剧本》4月号上发表。

本月，大型文学刊物《花城》在广州创刊。

三联书店编辑出版的《读书》杂志在北京创刊。

邓友梅的中篇小说《追赶队伍的女兵》、从维熙的中篇小说《第十个弹孔》、黄宗英的报告文学《大雁情》发表在《十月》第1期上。

五月

2—9日，中国社会科学院纪念五四运动六十周年学术讨论会在北京举行。会议围绕解放思想、民主和科学等问题进行了讨论。周扬作题为《三次伟大的思想解放运动》的报告（载《人民日报》5月7日）。周扬认为："本世纪以来，中国人民经历了三次伟大的思想解放运动：五四运动是第一次，延安整风运动是第二次，目前正在进行的思想解放运动是第三次。历史已经证明，每一次思想解放运动，都对中国革命的发展，起着极大的推动作用。"

3日，中共中央批准总政治部关于撤销1966年2月部队文艺工作座谈会纪要的请示，决定撤销中发〔66〕211号文件，即中央批发的1966年2月部队文艺工作座谈会纪要。中央指出：对受《纪要》影响被错误批判、处理的人员和文艺作品，要实事求是地予以平反；对过去曾经宣传、执行过《纪要》的各级组织和个人，不必追究政治责任。

8日，茅盾和周扬等联合发起成立"鲁迅研究学会"。周扬在第一次筹备会上说，当前文学战线的一项重要任务，就是要重新认识鲁迅，重新学习鲁迅。

10日，刘征的诗《春风燕语》、张学梦的诗《现代化和我们自己》发表在《诗刊》第5期上。

15日，文化部中国文学艺术研究院主办的《文艺研究》在北京创刊。周恩来同志的《关于文化艺术工作两条腿走路的问题》（1959 年 5 月 3 日）、《对在京的话剧、歌剧、舞剧、儿童剧作家的讲话》（1962 年 2 月 17 日）在《文艺研究》创刊号上发表。

20 日，邵燕祥的诗《雾呵雾》（外一首）、马烽的小说《新任队长钱老大》、李栋和王云高的小说《彩云归》发表在《人民文学》第 5 期上。

21 日，《人民日报》发表评论员文章《批透极左路线，贯彻"双百"方针》。

25 日，谌容的小说《永远是春天》、茹志鹃的小说《草原上的小路》发表在《收获》第 3 期上。

29 日—6 月 8 日，全国 98 所高等学校、14 个有关报刊、出版单位的代表参加了在西安举行的"社会主义文学创作方法学术讨论会"。会上决定成立"高等学校文艺理论研究会"，推举陈荒煤为会长。讨论主要集中在"革命的现实主义和革命的浪漫主义相结合"的问题上。其中一种意见认为，"当前的作品不能拿'两结合'的框框来套。《班主任》《伤痕》《于无声处》等以革命现实主义为基调，是革命现实主义的作品，《从森林里走出来的孩子》等以革命浪漫主义为基调，是革命浪漫主义的作品。如果按照流行的'两结合'原则来衡量，这些作品显然是'离经叛道'的。因此，盲目坚持'两结合'，只能扼杀已经出现的优秀作品，束缚未来的文艺创作。"（白烨：《"两结合"问题》，《文学研究动态》1979 年第 9 期）

本月，为纪念中华人民共和国成立三十周年，由《人民文学》编辑部编选的《短篇小说选》（1949—1979）开始由人民文学出版社分卷出版。

《重放的鲜花》由上海文艺出版社编辑出版。

六月

5 日，《河北文艺》第 6 期发表李剑的文章《"歌德"与"缺德"》，引起争论。

12 日，王蒙举家迁回北京，回京后任北京市作家协会专业作家。

20 日，陆文夫的小说《特别法庭》发表在《上海文学》第 6 期上。

叶蔚林的小说《蓝蓝的木兰溪》、刘心武的小说《我爱每一片绿叶》、师陀的历史小说《李贺的梦》发表在《人民文学》第 6 期上。

22 日，《十月》编辑部召开关于短篇小说创作问题座谈会。与会者提出，文学创作必须恢复和发扬革命现实主义传统。

25 日，大型文学刊物《长城》在石家庄创刊。

本月，《郭小川诗选》由人民文学出版社出版。

七月

10 日，舒婷的诗《祖国呵，我亲爱的祖国》（外一首）、张志民的诗《你与太行同高——致彭总》、曲有源的诗《关于入党动机》发表在《诗刊》第 7 期上。

20 日，蒋子龙的短篇小说《乔厂长上任记》、陈忠实的短篇小说《信任》、邓友梅的小说《拂晓就要进攻》、张天民的小说《战士通过雷区》发表在《人民文学》第 7 期上。10 月 10 日，《文学评论》和《工人日报》编辑部联合召开《乔厂长上任记》座谈会。冯牧说："作者塑造了一个真实可信的、有血有肉的基层领导干部的典型形象——乔光朴。这是一个四化建设新时期的英雄人物，是我们国家的脊梁骨。尽管这个人物也有缺点，可能有时遇到问题考虑不周到，做事有点冒失，工作方法也不是无可指责的，但在为四化而奋斗的进军中，他是开辟道路、打破坚冰的先锋。"（冯牧：《四化需要闯将，文学也需要闯将》，《工人日报》1979 年 10 月 15 日）

31 日，《人民日报》发表周岳的文艺短评《阻挡不住春天的脚步》，同时转载李剑的《"歌德"与"缺德"》、王若望的《春天里的一股冷风——评"歌德"与"缺德"》。

本月，大型文学刊物《当代》在北京创刊。创刊号刊载白先勇的小说《永远的尹雪艳》和赵梓雄的话剧《未来在召唤》。

大型文学刊物《清明》在合肥创刊。创刊号发表鲁彦周的中篇小说《天云山传奇》。

《艾青诗选》由人民文学出版社出版。

中杰英的小说《罗浮山血泪祭》发表在《十月》第 2 期上。

高晓声的短篇小说《李顺大造屋》发表在《雨花》第 7 期上。

八月

10—21 日，中国当代文学学术讨论会在长春举行。会议围绕现实主义的发展问题，就建国三十年来社会主义文学的成就和不足、斗争和发展、经验和教训进行讨论。会议期间，中国当代文学研究会召开了第一次会员代表大会。选举冯牧为会长。

雷抒雁的诗《小草在歌唱》、叶文福的诗《将军，不能这样做》发表在《诗刊》第 8 期上。

20 日，王蒙的小说《歌神》发表在《人民文学》第 8 期上。

本月，叶剑英的诗集《远望集》由人民文学出版社出版。

谢民的话剧《我为什么死了（喜剧中的悲剧）》发表在《剧本》第 8 期上。

钱钟书的《管锥编》第一、二册由中华书局出版。三、四册于 10 月出版。

九月

10 日，流沙河的诗《哭》发表在《诗刊》第 9 期上。同期还发表了《徐志摩诗六首》（卞之琳选注）及卞之琳的文章《徐志摩诗重读志感》。

20 日，辛笛的诗《酒花杯下》、王蒙的小说《悠悠寸草心》、陈村的小说《两代人》发表在《上海文学》第 9 期上。

刘宾雁的特写《人妖之间》在《人民文学》第 9 期上发表。

24 日，大型文学刊物《百花洲》在南昌创刊。

25 日，中国作协书记处举行会议，通过吸收新会员的决议。恢复会籍和新发展的会员有王蒙、邓友梅、刘心武等 450 多人。

周立波在北京病逝，享年 71 岁。周立波，原名周绍仪，湖南省益阳人，笔名立波取自英语 Liberty（自由）的汉语音译。1928 年开始文学写作。1934 年参加中国左翼作家联盟。抗日战争爆发后，作为战地记者赴晋察冀边区和抗日战争前线采访，还辗转于湘、桂等地，筹办《抗战日报》和编辑《救亡日报》。1939 年到延安，在鲁迅艺术学院任教。1944 年主编《解放日报》文艺副刊。1946 年赴东北参加土改。建国后历任中国作协理事、湖南省文联主席、党组书记等职。1955 年举家从北京迁回湖南益阳农村。"文革"中受批判。著有长篇小说《暴风骤雨》《山乡巨变》《铁水奔流》，短篇小说集《禾场上》《山那面人家》，报告文学集《晋察冀印象记》《战地日记》《南下记》，译作《被开垦的处女地》《秘密的中国》等。茅盾说："从《暴风骤雨》到《山乡巨变》，周立波的创作沿着两条线交错发展，一条是民族形式，一条是个人风格。确切地说，他在追求民族形式的时候逐步建立起他的个人风格。他善于吸收旧传统的优点而不受它的拘束。这是一眼就可以看得出来的。"（茅盾：《反映社会主义跃进的时代，推动社会主义时代的跃进》，《人民文学》1960 年 8 月号）对于周立波建国后小说创作特点，冯健男认为："其立意和主旨在于歌颂——歌颂新社会的光明，歌颂新人物的成长，歌颂社会主义制度的优越性。……立波的长篇小说和短篇小说都是'以写光明为主'；他也写工作中的缺点，也写反面的人物，作为'整个光明的陪衬'。"（冯健男：《现实主义的新的胜利——谈周立波建国后的创作》，《文学评论》1980 年第 1 期）朱寨认为周立波"发觉自己比较容易熟悉农村生活，更适宜表现农村的生活题材，于是在完成《铁水奔流》之后，便回到了自己的故乡——湖南农村——落了户。这是《山乡巨变》比《暴风骤雨》生活气氛更浓厚，更具特色，人物的性格更丰富而有个性的主要原因。但不能忽略了作者在《暴风骤雨》之后到《山乡巨变》之前这个阶段内，对中国古典小说——所谓'中国的东西'的重新钻研，对中国古典小说表现和刻画人物性格的高度艺术技巧的学习。《山乡巨变》艺术风格上的单纯、精炼，多是从中国自己的东西中吸取到的。对中国东西的吸收，使作者的艺术风格更加纯熟，而具有自己民族的气派和作风。"（朱寨：《〈山乡巨变〉——周立波创作的新高点》，《读书》1959 年第 21 期）

叶辛的长篇小说《我们这一代年轻人》在《收获》第 5 期上连载。同期还刊载白先勇的小说《游园惊梦》。

27 日，在北京中国美术馆东侧街头花园，《今天》编辑部协助举办第一次"星星美展"。

本月，李瑛的诗《为了祖国》、冯骥才的小说《雕花烟斗》、郑万隆的小说《妻子——战士》、史铁生的小说《法学教授及其夫人》、杨匡满和郭宝臣的报告文学《命运》发表在《当代》第 2 期上。

陈世旭的短篇小说《小镇上的将军》、刘克的中篇小说《飞天》、丁玲的散文《"牛棚"小品》、白桦和彭宁的电影剧本《苦恋》发表在《十月》第 3 期上。

十月

6 日，《电影创作》第 10 期发表王靖的电影文学剧本《在社会的档案里》，引起争论。

20 日，孔捷生的短篇小说《因为有了她》发表在《人民文学》第 10 期上。

21 日，王蒙的短篇小说《夜的眼》发表在《光明日报》上。

22 日，方之病逝，终年 49 岁。方之，原名韩建国，祖籍湖南湘潭，1930 年生于江苏南京。著有中短篇小说《在泉边》《出山》《内奸》等。另出版有《方之作品选》。

23 日，大型文学刊物《长江》在武汉创刊。

30 日—11 月 16 日，中国文学艺术工作者第四次代表大会在北京举行。邓小平代表中共中央、国务院向大会致祝辞。茅盾致开幕词。周扬作题为《继往开来，繁荣社会主义新时期的文艺》的报告。该报告发表在《文艺报》第 11—12 期合刊上。在文联四届全委会第一次会议上，选举茅盾为文联名誉主席，周扬为文联主席，巴金、夏衍、傅钟、阳翰笙、谢冰心、贺绿汀、吴作人、林默涵、俞振飞、陶钝、康巴尔汗为文联副主席。中国作协及各协会也选出了新的领导机构。邓小平在《祝词》中说："我们要继续坚持毛泽东同志提出的文艺为最广大的人民群众、首先为工农兵服务的方向，坚持百花齐放、推陈出新、洋为中用、古为今用的方针，在艺术创作上提倡不同形式和风格的自由发展，在艺术理论上提倡不同观点和学派的自由讨论。列宁说过，在文学事业中，'绝对必须保证有个人创造性和个人爱好的广阔天地，有思想和幻想、形式和内容的广阔天地。'围绕着实现四个现代化的共同目标，文艺的路子要越走越宽，在正确的创作思想的指导下，文艺题材和表现手法要日益丰富多彩，敢于创新。要防止和克服单调刻板、机械划一的公式化概念化倾向。"又说："人民是文艺工作者的母亲。一切进步文艺工作者的艺术生命，就在于他们同人民之间的血肉联系。忘记、忽略或是割断这种联系，艺术生命就会枯竭。人民需要艺术，艺术更需要人民。自觉地在人民的生活中汲取题材、主题、情节、语言、诗情和画意，用人民创造历史的奋发精神来哺育自己，这就是我们社会主义文艺事业兴旺发达的根本道路。"

本月，《星星》诗刊在成都复刊。在"抒情诗 19 首"的标题下，集中刊载了顾城的诗作，同期还发表了诗人公刘对顾城诗的评论文章《新的课题——从顾城同志的几首诗谈起》。这篇文章引发了对朦胧诗的论争。

大型文学刊物《红岩》在重庆创刊。流沙河的《草木新篇》（组诗）发表在创刊号上。

韩翰的诗《重量》发表在《清明》第 2 期上。

十一月

6 日，《电影创作》第 11 期发表李克威的电影文学剧本《女贼》，引起争论。

10 月，陈敬容的诗《老去的是时间》、雷抒雁的诗《信仰》、顾城的《歌乐山诗组》、杨牧的诗《在历史的法庭上》发表在《诗刊》第 11 期上。

张洁的短篇小说《爱，是不能忘记的》、理由的报告文学《中年颂》发表在《北京文艺》第 11 期上。1980 年第 1 期的《文艺报》和第 2 期的《文汇增刊》分别刊登了黄秋耘和唐挚评论张洁这篇小说的文章。此后，李希凡在《文艺报》撰文与黄、唐商榷。黄秋耘说："这篇小说并不是一般的爱情故事，它所写的是人类在感情生活上一种难以弥补的缺陷，作者企图提出和探讨的，并不是什么恋爱观的问题，而是社会学的问题"，为的是启发读者"认真思索一下：为什么我们的道德、法律、舆论、社会风气……等等加于我们身上和心灵上的精神枷锁是那么多，把我们自己束缚得那么痛苦？而这当中又究竟有多少合理的成分？等到什么时候，人们才可能按照自己的理想和意愿去安排自己的生活呢？"（《关于张洁作品的断想》，《文艺报》1980 年第 1 期）

14 日，鲁迅研究学会在京正式成立，茅盾任会长。

20 日，柯岩的报告文学《船长》发表在《人民文学》第 11 期上。

25 日，冯骥才的小说《啊》发表在《收获》第 6 期上。

本月，大型外国文学刊物《译林》在南京创刊。

沙叶新、李守成、姚明德创作的六幕话剧《假如我是真的》（载《戏剧艺术》1979 年第 9 期）由上海人民艺术剧院上演后引起争鸣。

十二月

1—10 日，少年儿童出版社在上海召开儿童文学创作座谈会，就儿童文学创作中存在的一些问题及儿童文学的任务和作用进行了讨论。

20 日，顾工的诗《我决不是这样地向往未来》、顾城的诗《白昼的月亮》发表在《上海文学》第 12 期上。

24 日，《人民日报》发表评论员文章《文艺要为实现四化做出贡献》。

本月，《台湾小说选》《台湾散文选》由人民文学出版社出版。

李瑛的诗《红花歌》、沙汀的小说《五千斤苕藤》、古华的小说《给你一朵玉兰花》、宗璞的散文《热土》发表在《十月》第 4 期上。

王蒙的中篇小说《布礼》、莫应丰的长篇小说《将军吟》（第一卷）发表在《当代》第 3 期上。王蒙在谈到《布礼》的创作时说："1979 年初，在'沉冤'二十余年之后，'反右'中的问题终于得到了彻底的改正。我从北京市委开出了迟开了 16 年的党员组织关系介绍信，心中感激万分，这就是中篇小说《布礼》的由来。虽然，《布礼》并不是一篇自传性小说。"（《文学与我》，《王蒙文存》（二十一），人民文学出版社 2003 年版）

周克芹的长篇小说《许茂和他的女儿们》发表在《红岩》第 2 期上。

崔德志的剧本《报春花》发表在《剧本》第 4 期上。

本年

高晓声的短篇小说《"漏斗户"主》发表在《钟山》第 2 期上。

李泽厚的《美学论集》由上海文艺出版社出版。

李泽厚的《批判哲学的批判》和《中国近代思想史论》由人民出版社出版。

1980 年

一月

1 日，百花文艺出版社编辑出版的《小说月报》在天津创刊。

大型文学刊物《芙蓉》在湖南创刊，第 1 期开始连载任光椿的长篇小说《戊戌喋血记》。同期发表田汉遗作《诗十四首》、未央的诗《希望之歌》、邹荻帆的诗《棕榈树下有和平》（外一首）。

《草原》第 1 期发表查洪武的文章《情难容、理不该——对话剧〈蔡文姬〉处理古代民族关系问题的异议》。随后该刊就此继续发表讨论文章。

5 日，陆文夫的短篇小说《小贩世家》发表在《雨花》第 1 期上。

8 日，中国作协举行主席团会议，强调 1980 年全年要以繁荣文学创作、活跃理论批评为中心，扎实的开展工作。儿童文学委员会、青年文学工作委员会、民族文学委员会、理论批评委员会、外国文学委员会、分别由夏衍、丁玲、严文井、刘白羽、铁衣甫江、陈荒煤、冯至担任主任委员。

10 日，《诗刊》第 1 期发表艾青的《彩色的诗》、徐迟的诗《八十年代》、张学梦的诗《休息吧，形而上学》、傅天琳的诗《桔子的梦》、王小妮的诗《田野里的印象》（二首）、昌耀的诗《大山的囚徒》、杜运燮的诗《秋》（外一首）、公刘的《诗与政治及其它——答诗刊社问》。其中，《秋》引起"朦胧诗"争鸣。

12 日，《文艺报》第 1 期刊登《"文艺的社会功能"五人谈》，这是《文艺报》和文化部文艺研究院电影研究室邀请李准、梁信、白桦、叶楠、张天民座谈的会议记录，座谈探讨了艺术和政治的关系。同期转载公刘的《新的课题——从顾城同志的几首诗谈起》，《编者按》指出，这篇文章"提出了一个当前社会生活和文学事业中至关重要的问题：怎样对待像顾城同志这样的一代文学青年？他们肯于思考，勇于探索。但他们的某些思想、观点，又是我们所不能同意，或者是可以争议的。"《编者按》提出要对他们"加以正确的引导和实事求是的评价"。

16 日，邓小平在中共中央召集的干部会议上发表题为《目前的形势和任务》的讲话。他指出："现在有一些社会思潮，特别是一些年轻人中的思潮，需要认真注意。例如去年'西单墙'的许多东西，能叫它生动活泼？如果让它漫无限制地搞下去，会出现什么事情？世界上的例子有的是，中国的例子也有的是。不要以为这样搞就不会出乱子，可以掉以轻心。少数人可以破坏我们的大事业。"又说："文艺界刚开了文代会，我们讲，对写什么，怎么写，不要横加干涉，这就加重了文艺工作者的责任和对自己工作的要求。我们坚持'双百'方针和'三不主义'，不继续提文艺从属于政治这样的口号，因为这个口号容易成为对文艺横加干涉的理论根据，长期的实践证明它对文艺的发展利少害多。但是，这当然不是说文艺可以脱离政治。文艺是不可能脱离政治的。任何进步的、革命的文艺工作者都不能不考虑作品的社会影响，不能不考虑人民的利益、国家的利益、党的利益。培养社会主义新人就是政治。"

20 日，艾青的诗《罗马的夜晚》、徐怀中的短篇小说《西线轶事》、马烽的短篇小说《结婚现场会》、王西彦的小说《晚来香》发表在《人民文学》第 1 期上。

白桦的诗《眼睛》、茹志鹃的小说《儿女情》、张弦的中篇小说《被爱情遗忘的角落》、沙叶新的文章《讽刺的命运》发表在《上海文学》第 1 期上。

23 日—2 月 13 日，中国剧协、中国作协、中国影协联合召开的全国剧本创作座谈会在京举行。座谈会对有争议的《假如我是真的》《女贼》《在社会的档案里》等剧本进行了讨论。中宣部部长胡耀邦在会上作长篇讲话。周扬、夏衍、张庚、陈荒煤等也在会上讲话。《文艺报》第 4 期刊登了本次座谈会的会议简述。

25 日，曾卓的《给少年们的诗》、熊召政的长诗《请举起森林一般的手，制止！——致老苏区人民》发表在《长江文艺》第 1 期上。

谌容的中篇小说《人到中年》、张一弓的中篇小说《犯人李铜钟的故事》、鲁彦周的中篇小说《呼唤》发表在《收获》第 1 期上。张炯在评论《人到中年》时说："作品敢于正视现实，提出我们社会一个极其重要的问题——中年人中流砥柱的作用与不公平待遇之间的矛盾。"（张炯：《作家有权提出生活中的问题》，《文艺报》1980 年第 9 期）王春元说："如果说在艺术气氛上真的有什么阴影的感觉的话，那么我敢说，这层阴影绝不是艺术给生活蒙上的，而是生活反射给艺术的。"（王春元：《陆文婷的悲剧与生活的阴影》，《文艺报》1980 年第 9 期）谌容说："我个人认为《人到中年》不是伤感小说。十年浩劫，伤痕累累，难道就没有伤感？我的确在小说中提出了中年知识分子的问题，希望引起社会关心。但我同时想通过陆文婷的形象探索生活的意义。陆文婷不是高大形象，她是一个极为平凡的人，我觉得我们的生活正是由这些平凡的人在推动。正是千千万万这样的星星，组成了我们祖国灿烂的夜空。"（马立诚：《静悄悄的星——访女作家谌容》，1980 年 7 月 26 日《中国青年报》）

29 日，《光明日报》发表该报评论员文章《安定团结与"双百"方针》。

本月，百花文艺出版社编辑出版的《散文》（月刊）在天津创刊。

中国剧协主办的《外国戏剧》（季刊）公开发行。

邹荻帆的《在南方的密林里》（组诗）、林斤澜的短篇小说《绝句》、张洁的小说《我不是个好孩子》、靳凡的中篇小说《公开的情书》发表在《十月》第 1 期上。

端木蕻良的长篇小说《曹雪芹》（上卷）、李准的长篇小说《黄河东流去》（上卷）由北京出版社出版。

《1978 年全国优秀短篇小说评选获奖作品集》由人民文学出版社出版。

二月

1 日，《红旗》杂志第 3 期发表评论员文章《谈谈文艺界的思想解放问题》，提出要在坚持四项基本原则的基础上继续解放思想，提倡对好的思想、好的作品敢于肯定，对于不顾社会效果的某些作品敢于批评。

6 日，《人民日报》发表评论员文章《文艺是引导人民前进的"灯火"》。

9 日，《诗刊》第 2 期发表《穆旦遗作选》、曾卓的诗《给萌萌》、鲁藜的诗《云之歌》。

12 日，《文艺报》发表《老舍与日本友人的一次谈话》，"这可能是老舍生前最后一次讲话录音"。

15 日,《文学评论》第 1 期开辟"文艺和政治关系问题的讨论"专栏,发表罗荪等的文章。同期还刊登夏衍的文章《一些早该忘记而未能忘记的事》。

《福建文艺》第 2 期开辟"新诗创作问题的讨论会"专栏,联系青年诗作者舒婷的诗歌,讨论诗歌表现自我、新诗如何吸收外来形式、抒情诗与反映社会生活和表现时代精神的关系等问题。第 3 期至 12 期就此专题持续讨论。

《钟山》第 1 期介绍了"贯彻'双百'方针、繁荣文艺创作"座谈会,参加会议的有罗荪、刘宾雁、陆文夫、邓友梅、林斤澜、刘绍棠等作家。同期还发表了刘知侠的长篇小说《牛倌传》(选载)、陆文夫的短篇小说《有人敲门》。

20 日,李瑛的诗《阿尔卑斯山下》、高晓声的短篇小说《陈奂生上城》、蒋子龙的小说《乔厂长后传》发表在《人民文学》第 2 期上。《陈奂生上城》是高晓声的"陈奂生系列小说"中最著名的一篇,其他还包括《"漏斗户"主》《陈奂声转业》《陈奂生包产》《陈奂生出国》。高晓声说:"像陈奂生这样的人,是我多年在农村见到的一种农民类型,可以从很多农民身上看到他的某些影子,也甚至在个别农民身上完整地体现出来。他们善良而正直,无锋无芒,无所专长,平平淡淡,默默无闻,似乎无有足以称道者。他们是一些善于动手不善动口的人,勇于劳动不善思索的人;他们老实得受了损失不知道查究,单纯得受到欺骗会无所觉察;他们甘于付出高额的代价换取极低的生活条件,能够忍受超人的苦难去争取少有的欢乐;他们很少幻想,他们最善务实。"又说:"无论是陈奂生们或我自己,都还没有从因袭的重负中解脱出来。这篇小说,解剖了陈奂生也解剖了我自己(确确实实有我的影子,不少人已经知道这一点),希望借此来提高陈奂生和我的认识水平,觉悟程度,求得长进。这样,我就清楚地说明白了:我希望我的作品,能够面对着人的灵魂,面对着自己的灵魂。我认为我的工作,无论如何只能是人类灵魂的工作。我的任务,就是要把人的灵魂塑造得更美丽。"(高晓声:《且说陈奂生》,《人民文学》1980 年第 5 期。)阎纲在《论陈奂生——什么是陈奂生性格》中指出:"他(陈奂生)的性格里,多少留有阿 Q 精神的遗传因子。"陈奂生们的悲剧在于"他们生在做主人的时代,却不是当主人的材料"。(载《北京师范学院学报》1982 年第 4 期)

23 日,《文汇报》发表评论员文章《文艺要为"四化"讴歌》。

24 日《文汇报》发表评论员文章《文艺创作要考虑社会效果》。

《文艺研究》第 1 期发表周恩来《关于昆曲〈十五贯〉的两次讲话》。

25 日,《人民日报》发表评论员文章《党领导文艺的良好方法》。

26 日,《文汇报》发表特约记者文章《解放思想、实事求是——周扬同志答记者问》。周扬谈了如何贯彻"双百"方针、怎样正确描写社会主义内部矛盾、社会主义现实主义与旧批判现实主义的区别、作家的职责等问题。

27 日,《人民日报》发表周扬纪念"左联"成立五十周年的文章《学习鲁迅,沿着鲁迅的战斗方向继续前进》。

28 日,文化部部长黄镇在文化部召开的全国省、市、自治区文化局长会议上讲话,强调必须加强和改善党对文艺工作的领导。

本月,《新剧作》(双月刊)在上海创刊。

《散文特写选（1949—1979）》开始由人民文学出版社分卷出版。

三月

8 日，李季在北京逝世，终年 58 岁。李季，原名李振朋，河南唐河人。1938 年在延安抗日军政大学学习，毕业后在八路军任连指导员。建国后任中南文联编辑出版部长、《长江文艺》主编，1952 年到玉门油矿深入生活，任党委宣传部长。1955 年后，历任中国作家协会创作委员会副主任、作协兰州分会主席、《人民文学》副主编、《诗刊》主编、中国作协副主席等职。著有长诗《王贵与李香香》《杨高传》《菊花石》、诗集《玉门诗抄》等。贺敬之在《〈李季文集〉序》中说："诗人和诗，要同人民结合，同时代结合。这是一个具有根本意义的道路问题。李季，正是始终不渝地坚持走这条道路的。""是诗人，同时也是战士。这就意味着，要为人民的利益和愿望而斗争，为革命的和社会主义的时代而歌唱。这是衡量诗人成就大小和诗篇价值轻重的首要之点。李季战斗的一生和作品的艺术品格，都证明了这一点。""李季的整个创作和生活实践表明：他是我国新诗历史上一位忠实地抒人民之情、叙人民之事的诗人，同时也是保持着'我'的具有独特艺术个性的诗人。""特别是他的叙事诗，是真正反映了劳动人民斗争生活和思想感情的革命现实主义的诗篇，同时也为正确地体现革命浪漫主义精神提供了例证。"（1981 年 10 月 14 日《人民日报》）孙犁在《悼李季同志》中说："李季同志的诗作《王贵与李香香》，开一代诗风，改编为唱词剧本，家喻户晓，可以说是不朽之作。他开辟的这条道路，不能说是后继无人，但没有人能超越他。他后来写的很多诗，虽也影响很大，但究竟不能与这一处女作相比拟。这不足为怪，是有很多原因，也可以说是有很多条件使然的。""《王贵与李香香》，绝不是单纯的陕北民歌的编排，而是李季的创作，在文学史上，这是完全新的东西，是长篇乐府。这也绝不是单凭采风所能形成的，它包括集中了的时代精神和深刻的社会面貌。李季幼年参加革命，在根据地，是真正与当地群众，血肉相连，呼吸相通的。是认真地研究了民间文学的内容和形式的。他不是天生之才，而是地造之才，是大地和人民的儿子。"（1980 年 3 月 20 日《天津日报》）

10 日，山东省作协在济南召开中长篇创作座谈会，对题材扩大化、突破禁区、干预生活、写真实等口号的重新提出进行讨论。

《诗刊》第 3 期发表了郑敏的诗《石碑的请求》（外二首）、绿原的诗《听诗人钱学森讲演》、张志民的诗《假如鲁迅还活着》。

12 日，《人民日报》发表评论员文章《创造最适宜于文艺蓬勃发展的气氛》。

《文艺报》第 3 期发表王瑶的《三十年代文艺大众化运动——纪念"左联"成立五十周年》，同期在"如何繁荣杂文创作"专栏里刊登廖沫沙等人在《文艺报》召开的杂文创作座谈会上的发言。同期还刊发专访《春天的信息——女作家近况一瞥》，报道了冰心、丁玲、杨沫、茹志鹃、叶文玲、草明、黄宗英、张洁、谌容等一批女作家的近况。

15 日，冰心的短篇小说《空巢》发表在《北方文学》第 3 期上。

20 日，李瑛的诗《献给仙人掌的赞歌》、辛笛的诗《金色的秋天》、公刘的诗《华表的传说》、顾城的诗《水龟出游记》（寓言诗）、贾平凹的小说《提兜女》、陈村的小说《我曾经在这里生活》、张洁的散文《白玉兰》发表在《上海文学》第 3 期上。

张志民的诗《忠魂曲》、李国文的小说《月食》、艾芜的散文《漫谈三十年代的"左联"》发表在《人民文学》第 3 期上。

25 日，1979 年全国优秀短篇小说评选发奖大会在北京举行，巴金在会上讲话。《乔厂长上任记》等 25 篇作品获奖。《1979 年全国优秀短篇小说评选获奖作品集》5 月由上海文艺出版社出版。

彭燕郊的诗《殒》发表在《长江文艺》第 3 期上。

28 日，文化部、中国文联，中国社会科学院联合举办的纪念"左联"成立五十周年大会在北京举行。夏衍主持大会。胡乔木作题为《携起手来，放声歌唱，鼓舞人民建设社会主义新生活》的讲话，载 4 月 7 日《人民日报》。周扬作题为《继承和发扬左翼文化运动的革命传统》的长篇讲话，载《人民日报》4 月 2 日。阳翰笙的讲话题为《"左联"的战斗历程》，载《文艺报》第 5 期。

本月，黄钢等主编的以发表报告文学为主的综合性季刊《时代的报告》在北京创刊。创刊号上发表何其芳的遗诗《毛泽东之歌》，以及该刊评论员文章《〈在社会的档案里〉向我们提出了什么问题?》。

由诗刊社编辑的《诗选（1949—1979)》由人民文学出版社开始分卷出版。

《十月》第 2 期发表黄永玉的诗《比味精鲜一百倍》（讽刺诗三首）、陈敬容的诗《天空的明澈的眼睛》、柯岩的报告文学《美的追求》。

顾城的《抒情诗十首》发表在《星星》第 3 期上。

四月

2 日，《文汇报》发表评论员文章《正确理解文艺"干预生活"》。

7—22 日，全国当代诗歌讨论会在南宁召开。会上，围绕北岛、顾城、舒婷等为代表的青年诗歌的评价和对中国新诗现状和发展道路问题，展开激烈争论。

10 日，顾城的《诗四首》、张学梦的诗《献给今天》、周涛的诗《伊犁河，我常常怀恋你》、傅天琳的诗《果园拾零》、雷抒雁的诗《希望之歌》、公刘的诗《希望小集》、辛笛的诗《声音的路》（外一首）、彭燕郊的诗《家》、公木的《关于新诗发展问题的一封信》发表在《诗刊》第 4 期上。

12 日，《文艺报》第 4 期刊登周扬、沙汀关于长篇小说《许茂和他的女儿们》的通信。

15 日，《文学评论》第 2 期以"纪念中国左翼作家联盟成立五十周年"为题，刊登夏衍的《"左联"成立前后》、阳翰笙的《中国左翼作家联盟成立的经过》、林焕平的《从上海到东京——中国左翼作家联盟活动杂忆》等纪念文章。

聂绀弩的《诗十首》、丁玲的中篇小说《母亲》发表在《芙蓉》第 2 期上。

17 日，中国笔会中心在北京成立。巴金当选为中国笔会中心主席。

18 日，《人民日报》发表特约评论员文章《对待知识分子的马克思主义方针》。

19 日，《文艺报》《文学评论》《文艺研究》编辑部在北京联合召开"关于马克思主义文艺理论的继承与发展问题"座谈会，就建立和发展中国的马克思主义文艺理论体系等问题展开讨论。

26 日—5 月 10 日，全国文学期刊编辑工作会议在北京举行，王任重、周扬，夏衍等到会讲话，全国 100 多种文学刊物的主编、副主编、编辑和部分文学出版社的负责人出席了会议。"会议明确了文艺期刊今后努力的方向，这就是：坚持社会主义方向，坚定不移地贯彻'百花齐放、百家争鸣'的方针，在已经取得的成就的基础上不断总结经验，发扬优点，克服缺点，提高文学期刊的思想与艺术质量，力争为我们社会主义事业作出更大贡献。"

田汉著作编辑出版委员会成立，夏衍任主任。

本月，"国际报告文学研究会"在北京成立，魏巍任会长，《时代的报告》为会刊。

《李季诗选》由人民文学出版社出版。

周克芹的短篇小说《勿忘草》发表在《四川文学》第 4 期上。

凌力的长篇历史小说《星星草》（上卷）由北京出版社出版。

五月

7 日，《光明日报》发表谢冕的《在新的崛起面前》。文章认为："对于这些'古怪'的诗，……我却主张听听、看看、想想，不要急于'采取行动'。我们有太多粗暴干涉的教训（而每次的粗暴干涉都有着堂而皇之的口实）。""我们也一时不习惯的东西，未必就是坏东西；我们读得不很懂的诗，未必就是坏诗。我也是不赞成诗不让人懂的，但我主张应当允许有一部分诗让人读不太懂。世界是多样的，艺术世界更是复杂的……一潭死水并不是发展，有风，有浪，有骚动，才是运动的正常规律。"此后各地报刊就新诗创作和"朦胧诗"的问题展开讨论。一种意见持基本肯定态度，如谢冕，他在另一篇文章中指出："这并不意味着他们都沉溺于自我，他们的诗篇并没有忘却时代和人民。他们说，'我的诗的主人公是人民'（江河），'我欢呼生活中每一株顶开石头的浅绿色的幼芽'（高伐林）。他们带着血痕的乐观，他们中不少人意识到了历史赋予的使命感。""个性回到了诗中。我们从各自不同的声音中，听到了整整一代人、甚至几代人对于往昔的感叹，以及对于未来的召唤。他们真诚的、充满血泪的声音，使我感到这是真实的人们真实的歌唱。诗歌告别了虚伪。"（谢冕：《失去了平静之后》，《诗刊》1980 年第 12 期）持否定意见的则认为："现在的古怪诗，不是现实主义的，有的甚至是反现实主义的。它脱离现实，脱离生活，脱离时代，脱离人民。""古怪诗的特点，就是玩弄恍惚朦胧的形象，表达闪闪烁烁的思想，有的迷茫，有的伤感，有的哀愁，有的失去信心，感到没有出路。实际上是'信念危机'在诗歌上的反映。"（丁力：《新诗的发展和古怪诗》，《河北师范学院学报》1981 年第 2 期）朦胧诗人也饱受争议。艾青说："他们没有受到革命的传统教育，甚至没有受到正常的教育。有些是在饥饿中长大的。他们亲眼看见了父兄一代人所遭受的打击。有些人受到了株连。这是被抛弃的一代受伤的一代。他们在无人指引下，无选择地读了一些书，他们爱思考，他们探索人生……他们对四周持敌对态度，他们否定一切、目空一切，只有肯定自己。他们为抗议而选择语言；他们因破除迷信而反对传统；他们因蒙受苦难而蔑视权威。这是惹不起的一代。他们寻找发泄仇恨的对象。"（艾青：《从"朦胧诗"谈起》，1981年5月12日《文汇报》）而朦胧诗人则呼吁"请听听我们的声音"。舒婷说："以前评论总有个感觉：褒贬都难以打动人心。允许小说写《伤痕》，就不允许诗歌有叹息。一再强调现在什么都好了，诗人只需要满脸笑容地歌唱春天就行了。都谈论青年问题，但与其谴责青年们的苦闷、失望、彷徨，不如抨击造成这种心理的社会因素。……总之，诗歌创作提倡讲真话，我希望搞评论的同志们也讲讲真话。"梁小斌说："青年为什么不爱看传统诗，或是以传统的手法冒牌的新诗？其最大的原因就是这种诗缺乏人与人的交流，无法渗入现代青年的心灵。"（舒婷、梁小斌：《请听听我们的声音》，《诗探索》1980年第1期）杨炼说："诗作为直接的政治宣传品的厄运早该结束了！诗被可怕的个人野心玩弄和奴役的历史已经够长久了！在今天谁如果还要求诗贴上'政治标签'，不是糊涂，而是犯罪！""诗首先是诗，如果没有艺术，没有形式，只有赤条条一个思想，诗人还不如去写标语！""让诗回到创造来吧，让诗回到美来吧，让诗回到真正佩戴'语言的王冠'的地位来吧——让那些总想以销售量计算诗的价值的人去开杂货铺！"（杨炼：《我的宣言》，《福建文学》1981年第1期）顾城说："我和一些诗友们，一直就觉得'朦胧诗'的提法本身就朦胧。'朦胧'指什么，按老说法是指近于'雾中看花''月迷渡津'的感受；按新理论是指诗的象征性、暗示性、幽深的理念、迭加的印象、对潜意识的意识等等。这有一定道理，但如果仅仅指这些，我觉得还是没有抓住这类新诗的主要特征。这类新诗的主要特征，还是真实——由客体的真实，趋向主体的真实，由被动的反映，倾向主动的创造。从根本上说，它不是朦胧，而是一种审美意识的苏醒，一些领域正在逐渐清晰起来。"（顾城：《"朦胧诗"问答》，1983年3月24日《文学报》）

10日，公木的诗《申请》、王蒙的小说《风筝飘带》发表在《北京文艺》第5期上。

12日，《文艺报》第5期刊登该报记者的报道《文学，要关注八亿农民——记本刊召开的农村题材文学创作座谈会》。同期还刊有高晓声的《希望努力为农民写作》、林斤澜的《送下乡》。

15日，张弦的中篇小说《苦恼的青春》发表在《钟山》第2期上。

20日，王蒙的短篇小说《春之声》在《人民文学》第5期上发表。由于王蒙在作品中运用了"意识流"手法，对此许多论者一时难以接受，而有些人对王蒙的大胆尝试持赞许的态度。袁良骏认为："王蒙不愿再重复自己以往的手法和风格而进行了一些新的探索和追求，应该说这是符合艺术创作的规律的。"而且王蒙是"吸收了西方意识流手法的可取之处"，是"符合洋为中用的'拿来主义'原则的"。（袁良骏：《"失望"为时过早》，《北京晚报》1980年7月30日）王蒙说："这种写法的坏处是头绪乱，乍一看令人不知所云。好处是精炼，内涵比较丰富，比较耐人寻味，而且更富于真实感，它不是被提纯、被装在瓶子里的蒸馏水，而是无边无际的海洋的一瞥。"（《关于〈春之声〉的通信》，《小说选刊》1980 年第 1 期）。张抗抗的小说《夏》也在同期发表。

舒婷的《诗二首》、江河的诗《星星变奏曲》、杨炼的诗《为几个动词而创作的生活之歌》（二首）、王小妮的《田野里的印象》（二首）、孔捷生的小说《追求》、冯牧的文章《关于近年来文学创作的主流及其它》发表在《上海文学》第 5 期上。

25 日，邓友梅的短篇小说《双猫图》、张抗抗的中篇小说《淡淡的晨雾》、苏叔阳的话剧《左邻右舍》发表在《收获》第 3 期上。

28 日，沙叶新的剧本《陈毅市长》（十场话剧）发表在《剧本》第 5 期上。

29 日—10 月 14 日，《山西日报》开辟"关于发展社会主义文学流派的讨论"专栏。

30 日，第二次全国少年儿童文艺创作评奖授奖大会在北京举行。大会宣读人大副委员长宋庆龄的《祝辞》，全国少年儿童文艺创作评奖委员会主任康克清作题为《为了孩子们的健康成长，大力繁荣儿童文艺创作》的讲话。全国文联主席周扬、中国作协儿童文学委员会主任严文井在会上讲话。

31 日，《电影艺术》编辑部召开人性和人情问题座谈会。

本月，邹荻帆的诗《向长江》、从维熙的中篇小说《泥泞》发表在《花城》第 5 期上。

《十月》第 3 期发表刘心武的《如意》、刘绍棠的《蒲柳人家》、宗璞的《三生石》三个中篇小说，同期还选载凌力的长篇小说《星星草》之《曹州府捻军斩妖僧》。

艾青的诗集《归来的歌》由四川人民出版社出版。

六月

4—11 日，全国美学会议在昆明举行。会议就美的本质，中国美学史方法论以及几个艺术门类的美学等专题举行报告会和座谈会。会上成立"中华全国美学学会"，推选朱光潜为会长。

6 日，中国笔会中心在北京举行报告会，出席国际笔会中心的代表陈荒煤等报告国际笔会 1980 年度会议的情况。

10 日，蔡其矫的诗《希望五首》、林希的诗《无名河》发表在《诗刊》第 6 期上。

王安忆的短篇小说《雨，沙沙沙》发表在《北京文学》第 6 期上。

12 日，《文艺报》第 6 期和第 7 期连续发表孙犁的文章《文学和生活的路——同〈文艺报〉记者谈话》。

15 日，叶文玲的短篇小说《心香》发表在《当代》第 2 期上。

16—19 日，中国抗日战争时期文学国际讨论会在巴黎举行。讨论会由法国森日尔·波利尼亚克基金会组织。与会代表有中国作家代表团刘白羽、艾青、孔罗荪、吴祖光、马烽、高行健一行 6 人，以及来自美国、英国、联邦德国、荷兰、意大利、巴西和中国香港的研究中国问题的学者和其他人士 200 多人。

17 日，纪念瞿秋白就义 45 周年座谈会在北京举行。周扬作题为《为大家开辟一条光明的路》的长篇讲话。会上宣布中共中央已批准重新编辑出版《瞿秋白文集》。

20 日，邵燕祥的《诗四首》、公木的诗《枫亭望月》、宗璞的童话《书魂》、王安忆的散文《从疾驶的车窗前掠过的》发表在《人民文学》第 6 期上。

王蒙的小说《海的梦》、郑万隆的小说《长相忆》发表在《上海文学》第 6 期上。

24—30 日，北京市第四次文代会在北京举行。

25 日，《文艺研究》第 3 期重刊刘少奇的《关于作家的修养等问题》。

流沙河的诗《秋风破屋歌》发表在《长江文艺》第 6 期上。

28 日，马中骏、贾鸿源、瞿新华的话剧《屋外有热流》发表在《剧本》第 6 期上。

本月，莫应丰的长篇小说《将军吟》由人民文学出版社出版。

杨沫的长篇小说《东方欲晓》第一部由浙江人民出版社出版。

七月

2—10 日，全国少数民族文学创作会议在北京举行，乌兰夫到会慰问，周扬、冯牧作报告。48 个民族的 100 多名老中青作家和部分汉族作家评论家出席了会议。

5—9 日，安徽作协、《清明》与《安徽文学》编辑部联合邀请一批作家、诗人和理论家举行"黄山笔会"，中国作协副主席冯牧在会上讲话。

8 日，《北京晚报》发表刘心武的短评《他在吃蜗牛》，17 日又发表陈俊峰的短评《我失望了》，对王蒙的小说《风筝飘带》等新作的创作手法展开争鸣探讨。各地报刊也对王蒙小说的"意识流"展开讨论。

10 日，王家新的诗《写给这片土地》（三首）发表在《诗刊》第 7 期上。

锦云、王毅的短篇小说《笨人王老大》发表在《北京文学》第 7 期上。

12 日，玛拉沁夫的小说《活佛的故事》发表在《人民日报》上。

16 日，《红旗》第 14 期发表特约评论员文章《坚定正确地贯彻执行"百花齐放、百家争鸣"的方针》，论述了"双百"方针是一个长期性、基本性的方针，正确地对待竞赛和斗争，加强和改善党的领导等问题。

人民解放军总政治部在北京召开"自卫还击、保卫边疆英雄赞"征文授奖大会，徐怀中的短篇小说《西线轶事》、雷铎的报告文学《从悬崖到坦途》，艾蒲、向明、郭光钧的报告文学《爱情的凯歌》等作品获奖。8 月 1 日，《解放军文艺》发表刘白羽的《在"自卫还击、保卫边疆赞"征文授奖大会上的讲话》。

20 日—8 月 21 日，诗刊社在北京举办了一期"青年诗作者创作学习会"。《诗刊》第 10 期在"青春诗会"专栏中刊登梁小斌、舒婷等 17 位青年诗作者的诗。

张志民的诗《也算爱情诗》发表在《人民文学》第 7 期上。

21 日，报告文学创作研究会在武汉正式成立，推举徐迟为会长。

26 日，《人民日报》发表社论《文艺为人民服务，为社会主义服务》。

本月，中国文联编辑的《中国文学艺术工作者第四次代表大会文集》和《开辟社会主义文艺繁荣的新时期》两书由四川人民出版社出版。

大型文学刊物《天山》在乌鲁木齐创刊。

《十月》第 4 期发表王蒙的中篇小说《蝴蝶》、谌容的中篇小说《白雪》，并译载了海明威的小说《乞力马扎罗的雪》。

八月

5 日，中国作协、台湾民主自治同盟总部和中央人民广播电台在北京举行座谈会，纪念台湾爱国作家钟理和逝世 20 周年。中国作协副主席冯牧主持会议并讲话。

10 日，流沙河的诗《太阳》、杨炼的诗《织与播》、舒婷的诗《馈赠》、王小妮的诗《印象二首》、北岛的《诗二首》、柯岩的《远方来信》发表在《诗刊》第 8 期上。同期还转载了叶文福的诗《"祖国啊，我要燃烧"》（外一首）。本期问题讨论专栏里刊登了章明的《令人气闷的"朦胧"》和晓鸣的《诗的深浅与谈诗的难易》等文章。章明在文中以杜运燮的《秋》（外一首）和李小雨的《海南情思》（四首）为例，说："少数作者大概是受了'矫枉必须过正'和某些外国诗歌的影响，有意无意地把诗写得十分晦涩、怪僻，叫人读了几遍也得不到一个明确的印象，似懂非懂，半懂不懂，甚至完全不懂，百思不得一解"；"'朦胧'并不是含蓄，而只是含混；费解也不等于深刻，而只是叫人觉得'高深莫测'"；"固然，一看就懂的诗不一定就是好诗，但叫人看不懂的诗决不是好诗，也决受不到广大读者的欢迎。如果这种诗体占了上风，新诗的名誉也会由此受到影响甚至给败坏掉。"从此引发了"看懂"与"看不懂"的讨论。"朦胧诗"也因此而得名。此后《诗刊》陆续发表系列文章，继续关于"朦胧诗"的讨论。

李瑛的诗《西沙抒情》（二首）、唐祈的诗《草原》（十四行诗·外二首）、陈建功的小说《丹凤眼》发表在《北京文学》第 8 期上。

12 日，《文艺报》第 8 期刊登杜高、陈刚的《我们需要怎样的文艺批评？——读〈时代的报告〉评论员文章有感》，《安徽文学》第 8 期也刊登黎辉的《似曾相识"棍"重来——评〈时代的报告〉创刊号评论员文章》，两文对应该怎样评价《在社会的档案里》和开展文艺批评提出了意见。《十月》《鸭绿江》等刊物也发表了这方面的评论文章。

20 日，柯岩的诗《"不，不要皇帝！永不——"》、何士光的短篇小说《乡场上》发表在《人民文学》第 8 期上。后者被《红旗》杂志第 22 期转载，并配发评论文章。

张抗抗的小说《白罂粟》、贾平凹的散文《空谷箫人》发表在《上海文学》第 8 期上。

24 日，艾青和王蒙等应聂华苓主办的"国际写作计划"邀请，前往美国进行写作及交流活动。他们是继萧乾等之后，应邀参加这个国际性文学活动的第二批中国作家。

27 日，《人民日报》开辟"关于文艺真实性问题的讨论"专栏，陆续刊登王蒙的《是一个扯不清的问题吗？》、丹晨的《"写本质"与"写光明"不能划等号》、李准的《对"本质真实"的一点理解》等文章。

本月，《诗刊》社举办青年诗人"改稿会"的活动，被邀请参加的有舒婷、江河、顾城、梁小斌、张学梦、杨牧、叶延滨、高伐林、徐敬亚、王小妮、梅绍静等 17 人。

10 月，《诗刊》以"青春诗会"的专栏，集中刊出他们的作品。

田间的诗《寄》、茹志鹃的短篇小说《实习生》、叶蔚林的中篇小说《在没有航标的河流上》发表在《芙蓉》第 3 期上。同期连载端木蕻良的长篇小说《曹雪芹》。

巴金在《花城》第 6 期发表《文学生活五十年》和自我手订的创作目录，王西彦、高行健、黄裳等撰文评述巴金的创作。

九月

1 日，《解放军文艺》第 9 期发表燕翰的《不要离开社会主义的坚实大地》，对中篇小说《飞天》提出批评。《十月》从第 6 期开始发表异议的文章，展开争鸣。

10 日，冰心的《一句话》、张志民的《二十世纪的"死魂灵"》、流沙河的《故园六咏》、陈敬容的《黎明，一片薄光里》、唐湜的《十四行三章》、唐祈的《烟囱》（外一首）、未央的《假如我重活一次》、徐敬亚的《海之魂》等诗作发表在《诗刊》第 9 期上。

陈敬容的诗《人世·风景》发表在《北京文艺》第 9 期上。

12 日，北京市公安局根据国家出版条例规定（"刊物未经注册，不得出版"），要求《今天》停刊。

美籍华裔作家聂华苓主持的"国际写作计划"在爱荷华大学举办"中国周末"聚会，与会代表有来自北京、台湾、香港和美国各地的中国作家。聚会至 15 日止。

《文艺报》第 9 期开辟"文学表现手法探索"专栏，刊登王蒙的《对一些文学观念的探讨》、李陀的《打破传统手法》、宗璞的《广采博收，推陈出新》、张洁的《文学艺术面临着一场突破》、靳凡的《科学·文学·形式》等在该刊召开的座谈会上的发言。第 12 期又开辟"文学表现手法探索笔谈"专栏，发表了回应文章。

15 日，路遥的中篇小说《惊心动魄的一幕》、遇罗锦的报告文学《一个冬天的童话》发表在《当代》第 3 期上。

17 日，《人民日报》从本日起开辟"关于改善党对文艺的领导，把文艺事业搞活"的讨论专栏。10 月 8 日的专栏里发表赵丹临终前不久写的文章《管得太具体，文艺没希望》。

18—19 日，《河北文学》编辑部召开"荷花淀派"问题的学术讨论会，讨论在中国文坛上是否形成了一个以孙犁为代表的"荷花淀派"及孙犁的创作风格等问题。

20—27 日，《诗刊》编辑部在北京召开诗歌理论座谈会，讨论新诗应遵循什么道路发展、诗与现实的关系、诗歌现代化、学习外国、怎样看待青年诗人的探索等问题。

辛笛的诗《九月，田野的风》、陈建功的小说《迷乱的星空》、王若水的《文艺与人的异化问题》、夏衍的《也谈"深入生活"》发表在《上海文学》第 9 期上。

25 日，宗璞的短篇小说《米家山水》、张辛欣的中篇小说《我在哪儿错过了你》发表在《收获》第 5 期上。同期开始连载叶辛的长篇小说《蹉跎岁月》，至第 6 期止。

本月，《诗探索》在北京创刊。第 1 期在《请听听我们的声音》的标题下，发表了舒婷、顾城、江河、杨炼等的诗论文章。

绿原的诗《给你——》、张洁的短篇小说《未了录》、张承志的中篇小说《阿勒克足球》，卡夫卡的小说《饥饿艺术家》（叶廷芳译）发表在《十月》第 5 期上。

张贤亮的短篇小说《灵与肉》发表在《朔方》第 9 期上。

十月

2 日，陈祖芬的报告文学《祖国高于一切》发表在《人民日报》上。

6 日，《文艺报》编辑部召开座谈会，讨论改善党对文艺工作的领导、改革文艺体制问题。该报从第 11 期开始刊登部分与会者在会上的发言。

10 日，《诗刊》第 10 期以"青春诗会"为题发表梁小斌的《雪白的墙》、舒婷的《诗三首》、江河的《诗二首》、顾城的《小诗六首》、王小妮的《我在这里生活过》（三首）等诗作。同期还发表在诗刊社举办的"青年诗作者创作学习会"上艾青的谈话《与青年诗人谈诗》、冯牧的谈话《门外谈诗》、顾工的《两代人——从诗的"不懂"谈起》等。

杨牧的诗《我是青年》发表在《新疆文学》第 10 期上。

汪曾祺的小说《受戒》、李国文的小说《空谷幽兰》、张洁的小说《雨中》、郑万隆的小说《白桦树下的小屋》发表在《北京文艺》第 10 期上。张同吾认为《受戒》"最鲜明的特色在于，他以清丽淡雅的色彩、朴素活脱的语言、开朗明快的格调为我们描绘了一片充满自由空气的新天地，蕴满深情地歌颂了世间存在着的人情美和人性美，表现了他对个性应该解放的执著追求。"（《写吧，为了心灵——读短篇小说〈受戒〉》，《北京文学》1980 年第 12 期）汪曾祺自述："我写的是美，是健康的人性。美、人性，是任何时候都需要的。""我的作品的内在情绪是欢乐的。我们有过各种创伤，但是我们今天应该快乐。一个作家，有责任给予人们一份快乐，尤其是今天（请不要误会，我并不反对写悲惨的故事。）……我相信我的作品是健康的，是引人向上的，是可以增加人对生活的信心的，这至少是我的希望。"（《关于〈受戒〉》，《小说选刊》1981 年第 2 期）

12 日，《文艺报》第 10 期开辟专栏"怎样把文艺工作搞活"，发表了巴金、叶圣陶、夏衍、刘白羽等的文章，讨论文艺工作如何加强和改善党对文艺的领导，改革文艺工作体制，把文艺工作搞活。其后在第 11 期、第 12 期继续展开这一讨论。

15—23 日，全国马列文艺论著研究会第二次年会在天津举行，中宣部副部长贺敬之到会讲话。会议集中讨论了人性、阶级社会里有无"共同的人性"、文艺作品与人性的关系、"异化"概念和马克思主义与人性论、人道主义的关系等问题。

《河北日报》从本日起开辟"发展社会主义文学流派"讨论专栏，开展对"荷花淀派"的形成、发展和前途的讨论。

20 日，北岛的诗《宣告》、李瑛的诗《南海三章》、梁小斌的诗《国旗的护卫者》、徐敬亚的诗《谁见过真理》、韩少功的小说《西望茅草地》发表在《人民文学》第 10 期上。

邵燕祥的诗《回声》、孙静轩的诗《北方行》（组诗）、公木的诗《虹》、陈村的短篇小说《当我二十二岁的时候》发表在《上海文学》第10期上。

本月，《红旗》杂志社文艺部邀请首都文艺界部分作家、理论家和文艺报刊编辑负责人先后举行三次座谈会，就文艺界的近况和文艺的领导体制如何改革等问题交换意见。《红旗》第22期刊登《文艺的领导体制必须改革——本刊文艺座谈会发言综述》。

袁可嘉等主编的《外国现代派文学作品选》第1册（上、下）由上海文艺出版社出版。此后又陆续出版了第2—4册。全套丛书共八本。

《赵树理文集》（四卷）由工人出版社出版。

十一月

1日，韩少华的报告文学《勇士：历史的新时期需要你》发表在《人民日报》上。

8日，祖慰的报告文学《啊！父老兄弟》发表在《人民日报》上。

10日，胡风的诗《小草对阳光这样说》（外二首）、雷抒雁的诗《人的颂歌》（组诗）、田间的诗《绿的天国》发表在《诗刊》第11期上。

雷抒雁的诗《诗的呼唤》、顾城的《诗四首》、江河的《向日葵》（外三首）、杨炼的《黎明》（外一首）发表在《北京文艺》上。

20日，柯云路的小说《三千万》发表在《人民文学》第11期上。

25日—12月2日，中国外国文学学会第一届年会在成都举行，总结了两年来的工作成绩和经验。学会会长冯至作题为《继续解放思想，做好外国文学工作》的报告。

张志民的组诗《江南草》发表在《长江文艺》第11期上。

汪浙成、温小钰的中篇小说《土壤》发表在《收获》第6期上。

28日，中杰英的剧本《灰色王国的黎明》（三幕话剧）发表在《剧本》第11期上。

本月，针对艾青对朦胧诗的批评，贵州民间刊物《崛起的一代》（黄翔、哑默等主持）第1期做出激烈反应。在《代前言》中称"人总是要死的，诗也会老的。"《崛起的一代》在1981年出第3期后被要求停刊。

公刘的诗集《仙人掌》由四川人民出版社出版。

李瑛的诗集《我骄傲，我是一棵树》由江苏人民出版社出版。

宗璞的短篇小说《鲁鲁》、蒋子龙的中篇小说《开拓者》、刘宾雁的报告文学《一个人和他的影子》、邓友梅的散文《竹风》发表在《十月》第6期上。

戴厚英的长篇小说《人啊，人！》由广东人民出版社出版。对于作品中的人道主义思想，高林认为，作品"给人道主义戴上了辉煌的桂冠，把人道主义提高到了马克思主义的思想高度。全部作品所竭力宣扬的思想，就是何荆夫……的观点——'马克思主义与人道主义并不是水火不相容的。马克思主义包容了人道主义，是最彻底、最革命的人道主义'。"（高林：《为"人"字号招魂》，《作品与争鸣》1982年第4期）乔山、俞起则说："最近几年，……个别作家揭橥人性、人道主义的旗帜，把人性、人道主义当作'醒世箴言'、'济世良方'，将它们的社会作用提到一个不恰当的高度。""作者从'悲天悯人'的角度出发，把十年浩劫归结为对人性的蔑视、对人性的践踏"，

"想通过对游离于当前政治生活主流的何荆夫这样的人道主义救世者的形象的塑造，为我们提供一种对未来的选择"。（乔山、俞起：《略谈〈人啊，人！〉的得与失》，《文艺报》1982 年第 5 期。）

钱钟书的长篇小说《围城》由人民文学出版社重印出版。

《老舍文集》开始由人民文学出版社编辑分卷出版。

十二月

10 日，《湖畔》诗社在杭州成立，推举原《湖畔》诗社（1922 年 4 月）发起人之一汪静之为社长。

15 日，张锲的报告文学《热流》发表在《当代》第 4 期上。

17 日，《人民日报》开辟"关于真实性问题的讨论"专栏。

20 日，北岛的诗《结局或开始》、李瑛的诗《南海二章》、流沙河的诗《川西平原菜花香》（四首）、高行健的小说《你一定要活着》、王元化的文章《文学的真实性与倾向性》发表在《上海文学》第 12 期上。

24 日，上海剧协为上海市工人文化宫业余话剧队演出宗福先、贺国甫创作的话剧《血，总是热的》（载《剧本》第 12 期）召开座谈会。

27 日，文化部艺术一局，中国剧协创作委员会和《剧本》月刊编辑部在北京联合举行话剧剧本讨论会，就塑造社会主义新人，重视作品的社会效果等问题展开了讨论。会议于 1981 年 1 月 24 日结束。

本月，唐弢、严家炎主编的《中国现代文学史》（三卷本）由人民文学出版社出版。

高等院校教材《中国当代文学史初稿》（上、下册）由人民文学出版社出版。

史铁生的短篇小说《兄弟》、杨沫的《不是日记的日记》发表在《花城》第 7 期上。

徐兴业的长篇历史小说《金瓯缺》（第一册）由福建人民出版社出版，第二册于1981 年 2 月出版。全书 1—4 册 1985 年由海峡文艺出版社出版。

本年

上海古籍出版社出版《陈寅恪文集》，共七册。

金庸的新派武侠小说代表作《射雕英雄传》在广州《武林》杂志上连载，这是金庸小说第一次出现在大陆公开出版的刊物上。

1981 年

一月

1 日，文学月刊《萌芽》在上海复刊。

雷抒雁的诗《春神》、孙静轩的诗《天南海北》、王安忆的小说《幻影》、徐俊西的《一个值得重新探讨的定义——关于典型环境和典型人物关系的疑义》发表在《上海文学》第 1 期上。第 4 期发表程代熙的《不能如此轻率地批评恩格斯》，对徐文的观点提出批评。

3 日，刘宾雁的报告文学《艰难的起飞》发表在《人民日报》上。

7 日，胡耀邦的《在剧本创作座谈会上的讲话》（1980 年 2 月 12 日、13 日）发表在《文艺报》第 1 期上。

10 日，流沙河的诗《老人与海》、黄永玉的诗《难以忍受的欢欣》、张志民的诗《法庭随笔》（二首）、白桦的诗《船》、鲁藜的诗《我最喜爱春天的颜色》、昌耀的诗《车轮》（外二首）发表在《诗刊》第 1 期上。

14 日，《人民日报》发表评论员文章《坚持马克思主义的文艺批评》。

15—19 日，上海市文化局召开戏剧、歌剧和舞剧创作会议，讨论如何繁荣创作、塑造社会主义新人形象等问题。

孙静轩的诗《一个幽灵在中国大地上游荡》发表在《长安》第 1 期上。

张志民的诗《警惕啊，手!》、陈忠实的小说《苦恼》发表在《人民文学》第 1 期上。

21 日，《人民日报》发表评论员文章《努力表现社会主义现代化建设的英雄业绩》。

25 日，水运宪的中篇小说《祸起萧墙》、谌容的中篇小说《赞歌》、高行健的中篇小说《有只鸽子叫红唇儿》、冯骥才的散文《书桌》在《收获》第 1 期上发表。

本月，叶文福的诗《将军，好好洗一洗》发表在《莲池》第 1 期上。

顾城的诗《初春》（五首）、徐怀中的中篇小说《阮氏丁香》、张贤亮的中篇小说《土牢情话》、礼平的中篇小说《晚霞消失的时候》、秦似的散文《榕树的风度》发表在《十月》第 1 期上。《晚霞消失的时候》引起争鸣。敏泽认为："在小说中，'我'对南珊的道德上的崇拜简直是五体投地的，……作者还通过'我'直接抒写了许许多多对这个所谓冥冥主宰着一切的上帝的颂歌。那么，这就不只是南珊个人的信仰问题，而是包含着作者对它的态度了。原来作者在这时着力歌颂的是基督教的仁爱和宽厚！共产主义的'我'和基督的笃诚信仰者的南珊，在经过'文化大革命'风暴的摧残后，竟然在这一点上找到了心灵的锁合！这是不能不令人感到惊异不止的。""我们反对对于人的阶级性的简单片面的理解，及其在实践上造成的危害，我们承认人性、人的道德的某些共同性。但是，真理和谬误，都只是在非常有限的形式内才具有绝对的意义，当我们把人的共性不适当地夸大，以至把具体的、历史的、现实的人，变成抽象的人性、抽象的道德崇拜时，我们同样会陷入一种无比的荒唐中。"（敏泽：《道德的追求和历史的道德化——从〈晚霞消失的时候〉谈起》，《光明日报》1982 年 2 月 8 日）

二月

1 日，流沙河的诗《黄河，九曲十八弯》（五首）发表在《上海文学》第 2 期上。

4 日，《人民日报》发表评论员文章《文艺要为建设精神文明作出贡献》。

10 日，阮章竞的《诗四首》、叶文福的诗《我不是诗人》（外一首）、孙静轩的诗《眼睛》、唐湜的诗《鹏鸟梦》发表在《诗刊》第 2 期上。

韩东的诗《瞬间》发表在《北京文学》第 2 期上。

15 日，宗璞的中篇小说《蜗居》在《钟山》第 1 期上发表。

20 日，徐懋庸的短篇小说《鸡肋》、古华的长篇小说《芙蓉镇》在《当代》第 1 期发表。后者经作者重新修订由人民文学出版社 11 月出版，获第一届茅盾文学奖。雷达认为："这部作品写得真、写得美、写得奇。它真，它流贯着一种强大的客观生活实感，小说的人物如活人般呼吸可闻，小说的故事像生活中发生的事一样真实可信，仿佛作者只是把它们照日常生活本身的模样移到纸上，很难见到一分斧凿的痕迹。……它美，它奇妙地把湘南山镇的风土人情与政治斗争的狂飚巨澜糅合起来，熔于一炉，出之以一幅幅含义深邃的风俗画。……它奇，虽然它的人物是再普通不过的小人物，无非是卖米豆腐的善良女人，忠厚多义的'北方大兵'，悔愧交加的大队书记，外表混世而内心痛楚的'右派'，阴鸷歹毒的'政治女将'，象懒蛇一样依附于政治运动的'吊脚楼主'……可就在这些人物之间，在动荡的时代，展开了波谲云诡、兔起鹘落般的矛盾冲突。作者把那个时代里千奇百怪的世相生动地描画出来了。"（雷达：《一卷当代农村的社会风俗画——略论〈芙蓉镇〉》，《当代》1981 年第 3 期）

宗璞的小说《团聚》、张洁的散文《我的四季》、黄宗英的报告文学《八面来风》、柯岩的报告文学《从一个孩子看中国》发表在《人民文学》第 2 期上。

22 日，《文艺报》第 4 期发表周扬的《解放思想，真实地表现我们的时代——谈有关当前戏剧文学创作中的几个问题》。

25 日，中国作协主办的《民族文学》（双月刊）在北京创刊。

本月，浙江省文联主办的大型文学季刊《江南》创刊。

江河的诗《祖国啊，祖国》、芒克的诗《十月的献诗》发表在《花城》第 1 期上。

《1979—1980 年中篇小说选》由人民文学出版社编辑出版。

三月

1—3 日，《文艺报》编辑部在北京召开中篇小说创作座谈会。《文艺报》第 7 期起开辟"中篇小说评论特辑"专栏。

5 日，《福建文学》第 3 期起开辟"关于新诗创作问题的讨论"专栏，就朦胧诗等问题展开讨论。

高晓声的小说《陈奂生转业》发表在《雨花》第 3 期上。

10 日，赵恺的诗《第五十七个黎明》发表在《诗刊》第 3 期上。同期还发表了孙绍振的《新的美学原则在崛起》。文章认为，青年朦胧诗人群体的出现"与其说是新人的崛起，不如说是一种新的美学原则的崛起。"这个崛起的"新的美学原则"有如下特点：一、"他们不屑于作时代精神的号筒，也不屑于表现自我感情世界以外的丰功伟绩。""不是直接去赞美生活，而是追求生活溶解在心灵中的秘密。"二、强调自我表现，理由是："既然是人创造了社会，就不应该以社会的利益否定个人的利益，既然是人创造了社会的精神文明，就不应该把社会的（时代的）精神作为个人的精神的敌对力量，那种人'异化'为自我物质和精神的统治力量的历史应该加以重新审查。"三、"艺术要革新，首先就是与传统的艺术习惯作斗争。"该刊从第4期起开辟专栏，就孙文的论点展开讨论。《人民日报》《文艺报》《诗探索》等报刊也发表了对孙文批评的文章。

12日，《人民日报》发表巴金的《〈创作回忆录〉后记》和《创作回忆录》中关于建立中国现代文学馆的部分内容。

《光明日报》发表巴金的文章《现代文学资料馆》，阐述创办现代文学馆的建议。

15日，臧克家的《关于"朦胧诗"》发表在《河北师院学报》第1期上。他认为"现在出现的所谓'朦胧诗'，是诗歌创作的一股不正之风，也是我们新时期的社会主义文艺发展中的一股逆流"。

20日，艾青的诗《城市·梦及其它》（六首）、唐湜的诗《春江两岸》（外一首）、王润滋的小说《内当家》在《人民文学》第3期上发表。

24日，1980年全国优秀短篇小说评选发奖大会在北京举行。徐怀中的《西线轶事》、何士光的《乡场上》、李国文的《月食》等30篇作品获奖。张光年致词，周扬讲话。

25日，高晓声的短篇小说《极其简单的故事》、艾芜的短篇小说《玛露》、王安忆的中篇小说《尾声》、张一弓的中篇小说《赵镢头的遗嘱》发表在《收获》第2期上。

27日，邓小平对中国人民解放军总政治部领导同志作《关于反对错误思想倾向问题》的谈话。他指出："解放思想，也是既要反'左'，又要反右。三中全会提出解放思想，是针对'两个凡是'的，重点是纠正'左'的错误。后来又出现右的倾向，那当然也要纠正。"又说："对电影文学剧本《苦恋》要批判，这是有关坚持四项基本原则的问题。当然，批判的时候要摆事实，讲道理，防止片面性。"

茅盾在北京病逝，享年86岁。茅盾，原名沈德鸿，字雁冰，1896年生于浙江桐乡乌镇。1910年春离乡求学，1916年8月北大预科毕业，因无力升学，入上海商务印书馆工作。1921年参与发起成立文学研究会，革新《小说月报》，致力于新文学的理论批评建设工作。1927年后自武汉流亡上海、日本，写作《蚀》三部曲（《幻灭》《动摇》《追求》），开始小说创作。左联时期创作了长篇小说《子夜》、中篇小说《林家铺子》、农村三部曲（《春蚕》《秋收》《残冬》）。这批小说被公认为"社会剖析派"小说的代表作。抗战时期，辗转于香港、新疆、延安、重庆、桂林等地，发表了长篇小说《腐蚀》《霜叶红似二月花》《锻炼》等。建国后历任全国文联副主席、文化部长、全国作协主席，全国政协副主席等职。"文革"期间受到政治冲击，在家秘密写作《霜叶红似二月花》的"续稿"。晚年写就回忆录《我走过的道路》。叶圣陶在《略谈雁冰兄的文学工作》中说："第一个印象是他精密而广博，我自己与他比，太粗略了，太狭窄了。直到现在，每次与他晤面，仍然觉得如此。""雁冰兄是自学成功的人。他在商务印书馆任事，编译工作不只是他的职业，是他磨练自己的课程，……雁冰兄却专心阅读外国的文艺书报，注意思潮与流派，又运用他的精审识力，选择内容与风格都很有特点的那些小说翻出来，后来编成的集子如《雪人》《桃园》等，大家认为是最好的选集。""他作小说一向是先定计划的，计划不只藏在腹中，还要写在纸上，写在纸上的不只是个简单的纲要，竟是细磨细琢的详尽的记录。据我的记忆，他这种功夫，在写《子夜》的时候用得最多。我有这么个印象，他写《子夜》，是兼具文艺家写创作与科学家写论文的精神的。近来他写《霜叶红似二月花》与《走上岗位》，想来仍然是这样。对于极端相信那可恃而不可恃的天才的人们，他的态度该是个可取的模式。"（载1945 年 6 月 24 日重庆《新华日报》）巴金在《悼念茅盾同志》中说："二十年代初商务印书馆的《小说月报》改版，茅盾同志作了第一任编辑，那时我在成都。1928 年他用'茅盾'的笔名在《小说月报》发表三部曲《蚀》的时候，我在法国。三十年代在上海看见他，我就称他为'沈先生'，我这样尊敬地称呼他一直到最后一次同他的会见，我始终把他当作一位老师。我十几岁就读他写的文学论文和翻译的文学作品，三十年代又喜欢读他那些评论作家和作品的文章。那些年他站在鲁迅先生身边用笔进行战斗，用作品教育青年。我还记得 1933 年他的长篇小说《子夜》在上海出版时的盛况，那是《阿 Q 正传》以后我国现代文学的又一伟大胜利。我国现代文学始终沿着'为人生'的现实主义道路成长、发展，少不了他几十年的心血。他又是文艺园中一位辛勤的老园丁，几十年如一日，浇水拔草；小心照料每一朵将开或者初放的花朵，他在这方面也留下了不少值得珍视的文章。"（载《文艺报》1981 年第 8 期）丁玲在《悼念茅盾同志》中说："他在半个世纪里，写了约一千多万字宏文巨著，其辛劳勤奋，足为后代楷模。他的作品反映现实生活，紧扣时代脉搏；他总是力求以感人的艺术形式描绘出社会的激剧动荡；以及在动荡变革中的形形色色的人物。他是名副其实的巨匠大师，他的作品里的人物总是给读者以真实切肤的感觉。""茅盾同志在文坛上以他的著作，他的革命活动和他的为人，证实他是深孚众望，使人信服的领导人。一个人不怕生前有人评论，而怕在死后遭到物议。更可悲的是一个人生前为众人所不敢评论，只能称好，但在死后却有人暗地称快。茅盾同志生前就很少有人能批评他，而在他死后却永远使人怀念，这是多么不容易的事呵。茅盾同志始终给人们留下功高不傲、平易近人的宽厚长者的形象。他的音容笑貌永远留在我们的记忆里。"（载《人民文学》1981 年第 5 期）

茅盾临终前在给中国作家协会书记处的信中说："亲爱的同志们，为了繁荣长篇小说创作，我将我的稿费二十五万元捐献给作协，作为设立一个长篇小说文艺奖金的基金，以奖励每年最优秀的长篇小说。""我自知病将不起，我衷心地祝愿我国社会主义文学事业繁荣昌盛。致最高的敬礼！"（茅盾：《茅盾同志遗书捐献稿费设立长篇小说文艺奖金》，《文汇报》1981 年 3 月 29 日）

本月，大型文学刊物《东方》在杭州创刊。

古华的短篇小说《爬满青藤的木屋》和刘心武的中篇小说《立体交叉桥》发表在《十月》第 2 期上。

高行健《现代小说技巧初探》由广州花城出版社出版。

李泽厚的《美的历程》由文物出版社出版。

四月

2 日，大型文学周报《文学报》在上海创刊。

10 日，《中国通俗文艺》在北京创刊。

张志民的诗《江南草》（四首）、公刘的诗《读罗中立的油画〈父亲〉》、辛笛的诗《富春江上》（外一首）、胡风的诗《雪花对土地这样说》发表在《诗刊》第 4 期上。同期还刊载了程代熙的《评〈新的美学原则在崛起〉》，对孙绍振的观点提出批评。

汪曾祺的小说《大淖记事》发表在《北京文学》第 4 期上。

20 日，中国作协召开主席团扩大会议，推选巴金为中国作协主席团代理主席。会议同意成立茅盾文学奖金委员会，巴金任主任委员。会上还讨论了筹建现代文学馆的问题。

《解放军报》发表特约评论员文章《四项基本原则不容违反——评电影文学剧本〈苦恋〉》。

顾城的诗《给安徒生》、梁小斌的诗《神秘的笑容》发表在《人民文学》第 4 期上。

郑万隆的中篇小说《年轻的朋友们》发表在《当代》第 2 期上。

21 日，《时代的报告》增刊刊登该刊电影观察员的文章《〈苦恋〉的是非，谁与评说》，以及该刊文艺评论员黄钢的文章《这是一部什么样的"电影诗"?》，并全文转载了《苦恋》剧本。

本月，《青年作家》在四川成都创刊。

五月

1 日，北岛的诗《我们每天的太阳》（二首）、王安忆的小说《野菊花，野菊花》发表在《上海文学》第 5 期上。

5 日，首都各界人士 300 多人在北京集会，纪念印度作家泰戈尔诞辰 120 周年。

10 日，黄永玉的诗《圈圈谣·正确大王颂》、梁小斌的诗《快快离开悲痛》（外二首）、顾工的诗《心在跳》发表在《诗刊》第 5 期上。

11 日，为欢迎南斯拉夫作家代表团，中国作协在北京举办"五月花诗会"。

12 日，上海《文汇报》刊登艾青的《从"朦胧诗"谈起》。

15 日，丁力的《新诗的发展和古怪诗》发表在《河北师院学报》第 2 期上。

20 日，王蒙的小说《深的湖》在《人民文学》第 5 期上发表。

22 日，《文艺报》第 10 期刊登周良沛的《有感"新的美学原则"的"崛起"》。

25 日，全国中篇小说、报告文学、新诗评奖发奖大会在北京举行。谌容的《人到中年》等 15 篇作品获中篇小说（1977—1980 年）奖。徐迟的《哥德巴赫猜想》等 30 篇作品获全国优秀报告文学（1977—1980 年）奖。张万舒的《八万里风云录》等 34 篇作品获全国中、青年诗人优秀新诗（1979—1980 年）奖。

28 日，全国少年儿童文化艺术委员会在北京成立，林默涵为主任。

张抗抗的中篇小说《北极光》、王蒙的中篇小说《杂色》、从维熙的中篇小说《遗落在海滩上的脚印》发表在《收获》第 3 期上。

李龙云的话剧《小井胡同》发表在《剧本》第 5 期上。

本月，大型文学刊物《小说界》在上海创刊。

大型文学刊物《莽原》在郑州创刊。

大型文学刊物《海峡》在福州创刊。

张志民的诗集《祖国，我对你说》由河北人民出版社出版。

汪曾祺的短篇小说《岁寒三友》发表在《十月》第 3 期上。

李国文的长篇小说《冬天里的春天》（上、下册）由人民文学出版社出版。

六月

1 日，辛笛的诗《人间的灯火》（外二首）、张弦的小说《挣不断的红线》发表在《上海文学》第 6 期上。

5 日，乔迈的报告文学《三门李轶闻》发表在《春风》第 6 期上。

7 日，《文艺报》第 11 期刊载司马文缨的《编辑的责任——就〈花溪〉谈编辑思想》，批评了该刊编辑思想上存在着的"不良倾向"。

10 日，李瑛的诗《南海》（四首）、流沙河的诗《理想》、陈敬容的诗《给噪音》发表在《诗刊》第 6 期上。

15—19 日，黑龙江省作协、黑龙江省文学研究所和文学学会联合举办纪念女作家萧红诞辰 70 周年活动，有 80 余名学者和国际友人参加了这项活动。

20 日，刘绍棠的中篇小说《瓜棚柳巷》发表在《当代》第 3 期上。

刘宾雁的报告文学《风雨昭昭》发表在《人民文学》第 6 期上。

24 日—7 月 5 日，中国当代文学学会在江西庐山举行 1981 年年会，探讨了关于建国以来农业合作化题材作品的评价、关于王蒙作品的讨论、关于港台文学的研究等问题。

27—29 日，中国共产党第十一届六中全会在北京举行。全会一致通过《关于建国以来党的若干历史问题的决议》。

本月，姚雪垠的长篇小说《李自成》第三卷由中国青年出版社出版。

七月

1 日，张一弓的小说《黑娃照相》发表在《上海文学》第 7 期上。

10 日，《诗刊》刊载《全国中青年诗人优秀新诗获奖作品篇目并作者简介》。

12 日，《文艺报》第 14 期发表王春元的《关于马克思主义的"新人"说》。该刊从第 15 期起陆续发表文章，就什么是社会主义新人形象、塑造社会主义新人形象在文艺创作中的地位等问题展开了讨论。

17 日，邓小平对中央宣传部门领导同志作《关于思想战线上的问题的谈话》。他说："关于《苦恋》，《解放军报》进行了批评，是应该的。首先要肯定应该批评。缺点是，评论文章说理不够完满，有些方法和提法考虑得不够周到。《文艺报》要组织几篇评论《苦恋》和其他有关问题的质量高的文章。不能因为批评的方法不够好，就说批评错了。"又说:"提出坚持四项基本原则以后,我们的思想界比较清醒了一些,再加上对非法组织、非法刊物采取了坚决取缔的措施,所以情况有了好转。但是我们现在仍然要保持警惕。"

20 日,邵燕祥的诗《约瑟夫·布罗兹·铁托》、曾卓的诗《美的寻求者》(外二首)、孙静轩的诗《在南方》(三首)发表在《人民文学》第 7 期上。

25 日,杨绛的短篇小说《鬼》、王莹的遗著——长篇小说《宝姑》(连载至第 5 期)、李健吾的散文《忆西谛》发表在《收获》第 4 期上。

本月,金庸阔别大陆 28 年后首次回大陆访问,并在人民大会堂受到邓小平的接见。

张洁的长篇小说《沉重的翅膀》在《十月》第 4、5 期上连载,获第二届茅盾文学奖。这部小说的中心情节是描写 1979 年冬至 1980 年冬,发生在国务院一个部委里的一场围绕工业经济体制改革问题进行的斗争。"环绕着这一中心情节,《翅膀》展开了广阔的生活画面:上至中央一个部里的高级干部之间的矛盾和斗争,下至一个普通的工人家庭里夫妻之间的矛盾和纠葛,而且广泛涉及到家庭婚姻、道德伦理以及哲学、经济学、文学艺术诸方面的问题,使人读来并无枯燥乏味之感,却有一种逼着你非读下去不可的魅力。"(陈骏涛:《评长篇小说〈沉重的翅膀〉》,《文艺报》1983 年第 3 期)"张洁倾注自己的革命激情,塑造出郑子云这个富于社会主义历史新时期时代特色的、老干部当中的'中国的脊梁'式的艺术典型,对丰富当代文学的先进人物画廊,是一个不小的贡献。""她打破了过去那种写先进人物形象的条条框框,把四化建设的创业者写成了活生生的真正的人,而不是什么不食人间烟火,专事普渡众生的神仙或偶像。"但"她的思辨和哲理的抒发,也就是作品的政论性,不免带有一定的主观随意性,影响了作品的思想性和艺术性。"(杨桂欣:《论张洁的创作》,《当代作家评论》1984 年第 3 期)

杨绛的散文集《干校六记》由三联书店出版。

八月

1 日,《红旗》杂志第 15 期发表卫建林的《党领导社会主义文艺胜利前进》。

臧克家的诗《春到庭院》、邹荻帆的诗《乡音》(外二首)、周涛的诗《从沙漠里拾起的传说》、乌热尔图的小说《老人和鹿》发表在《上海文学》第 8 期上。

江永红、钱钢的报告文学《"蓝军司令"》发表在《解放军文艺》第 8 期上。

3—8 日,中共中央宣传部根据党中央的决定在北京召开全国思想战线问题座谈会。座谈会讨论了邓小平 7 月 17 日同中央宣传部门有关负责同志的重要谈话。胡耀邦在会上作重要讲话。胡乔木在会上作题为《当前思想战线的若干问题》(载《红旗》杂志第 23 期)的长篇讲话。

10 日,《文汇月刊》第 8 期开辟"关于李剑小说的批评与反批评"和"关于张弦小说《未亡人》的讨论"的专栏。

13—17 日,中国作家协会党组举行四次扩大会议和党组书记处联席会议,学习、贯彻中央领导同志关于思想战线问题的重要指示，联系文学战线的实际和作协及其所属编辑部的工作，开展批评和自我批评。

15 日，《钟山》第 4 期译载《波特莱尔散文八篇》。

18 日，《人民日报》发表评论员文章《掌握好文艺批评的武器》。文章指出，纠正"左"的指导思想和反对自由化是两项不可分开的任务，必须实行两条战线的斗争。

20 日，谌容的短篇小说《关于猪仔过冬的问题》、冯骥才的短篇小说《意大利小提琴》、蒋子龙的中篇小说《赤橙黄绿青蓝紫》在《当代》第 4 期上发表。

孔捷生的小说《挽歌与和弦》、汪曾祺的小说《晚饭后的故事》、贾平凹的散文《鸟窠》发表在《人民文学》第 8 期上。

本月，福建人民出版社编选出版的《中篇小说选刊》在福州创刊。

《白色花（二十人集）》由人民文学出版社出版。收入阿垅、鲁藜、孙钿、彭燕郊、方然、冀汸、钟瑄、郑思、曾卓、杜谷、绿原、胡征、芦甸、徐放、牛汉、鲁煤、化铁、朱健、朱谷怀、罗洛 20 名诗人 119 首诗作。绿原在序言中说："本集题名《白色花》，系借自诗人阿垅一九四四年的一节诗句：要开作一只白色花——因为我要这样宣告，我们无罪，然后我们凋谢。如果同意颜色的政治属性不过是认为的，那么从科学的意义上说，白色正是把照在自己身上的阳光全部反射出来的一种颜色。作者们愿意借用这个素净的名称，来纪念过去的一段遭遇：我们曾经为诗而受难，然而我们无罪！"

李延国的报告文学《废墟上站起来的年轻人》发表在《泉城》第 8 期上。

九月

1 日，舒婷的诗《还乡》（外一首）、陈敬容的诗《森林在成长》（外一章）发表在《上海文学》第 9 期上。

2 日，《北京日报》报道：中共北京市委召开北京市思想战线问题座谈会，学习讨论中央领导同志的讲话。中共北京市委第一书记段君毅指出，《苦恋》电影文学剧本在北京市的文艺刊物《十月》上发表，没有及时进行批评，是软弱无力的表现。

6 日，《安徽日报》报道：中共安徽省委召开思想战线问题座谈会。省文联主席赖少其、副主席陈登科在会上作自我批评。《安徽文学》曾刊登为《飞天》和《在社会的档案里》等有资产阶级自由化倾向的作品辩护的文章。

9 日，文化部和中国文联在北京联合召开首都部分文艺工作者座谈会，讨论文艺界如何加强领导，改变涣散软弱状态，增强团结，改进工作等问题。周扬、刘白羽、张光年、林默涵、艾青、姚雪垠等在会上发言。一些人对《苦恋》作了严肃的批评。

10 日，《大众电影》第 9 期发表编辑部文章《正确开展电影评论》，检查了该刊第 1 期发表的《致读者》和《立电影法，杜绝横加干涉》等文存在的缺点错误，要求在电影界开展批评与自我批评。

20 日，雷抒雁的诗《黑土地》、林斤澜的小说《辘轳井》、韩少功的小说《风吹唢呐声》发表在《人民文学》第 9 期上。

汪曾祺的短篇小说《七里茶坊》发表在《收获》第 5 期上。

21—25 日，国际笔会第 45 届大会在法国里昂举行，来自 59 个笔会中心的 400 多名代表参加了会议。巴金率领的中国作家代表团一行 9 人出席了大会。

25 日，鲁迅诞生 100 周年纪念大会在北京人民大会堂隆重举行。邓颖超主持大会，胡耀邦讲话。周扬作题为《坚持鲁迅的文化方向，发扬鲁迅的战斗传统》的长篇报告。

《人民戏剧》第 9 期发表赵寻的文章《开展戏剧批评的两条战线斗争》。文中对《风雨李花》（根据电影剧本《在社会的档案里》改编，载安徽《戏剧界》第 13 期）等剧本及戏剧战线存在的一些错误思想提出批评。

本月，《1980 年全国优秀短篇小说评选获奖作品集》由上海文艺出版社出版。

张洁的小说《波希米亚花瓶》、遇罗锦的报告文学《乾坤特重我头轻》发表在《花城》第 4 期上。

十月

1 日，林斤澜的小说《青石桥》、王安忆的小说《本次列车终点》发表在《上海文学》第 10 期上。

7 日，唐因、唐达成的《论〈苦恋〉的错误倾向》在《文艺报》第 19 期上发表。同日，《人民日报》转载。《文艺报》同期还刊登了"鲁迅诞辰一百周年纪念专辑"。

9—10 日，《文艺报》编辑部在湖南长沙邀请部分从事农村题材创作的作家和评论家举行农村题材小说创作座谈会，就如何正确认识、反映当前农村生活，如何塑造农村社会主义新人等问题进行讨论。

10 日，汪曾祺的小说《徙》发表在《北京文学》第 10 期上。

13 日，中国作家协会主席团举行第五次会议，讨论了"茅盾文学奖"的评奖工作，听取关于"中国现代文学馆"筹建工作的汇报。会议决定恢复胡风的中国作家协会会籍。

17 日，《文汇报》发表姚正明等的《思索什么样的"人生哲理"？——评长篇小说〈人啊，人〉》并加编者按语。上海《解放日报》也发表了讨论《人啊，人》的文章。

19 日，中共湖北省委召开思想战线问题座谈会。会议检查了湖北文艺界存在的资产阶级自由化的错误倾向，并对白桦的《苦恋》作了剖析。

20 日，陈敬容的诗《北京城》、辛笛的诗《海外诗简》、理由的报告文学《希望在人间》发表在《人民文学》第 10 期上。

张贤亮的中篇小说《龙种》、鲁光的报告文学《中国姑娘》在《当代》第 5 期上发表。

本月，傅天琳的诗集《绿色的音符》由四川人民出版社出版。

十一月

1 日，张志民的诗《江南草》、曾卓的诗《老水手的歌》、唐湜的诗《季候鸟》（十四行诗）发表在《上海文学》第 11 期上。

4 日，《人民日报》发表评论员文章《认真讨论一下文艺创作中表现爱情的问题》。

5—12 日，中宣部在北京召开文学创作座谈会，讨论关于文学创作的形势、任务和作家的责任，繁荣创作的主要措施，加强和改善党对文学工作的领导等问题。

《作品与争鸣》编辑部在北京召开爱情题材作品讨论会。与会者认为，文艺作品反映爱情生活要有益于社会主义精神文明的建设。

何士光的小说《将进酒》发表在《山花》第 11 期上。

10 日，孙静轩在四川省思想战线座谈会上，接受对长诗《一个幽灵在中国大地上游荡》的批评意见，并作自我批评。

12—24 日，由中国作协等单位联合发起的《创业史》及农村题材作品学术讨论会在西安举行，探讨了作品中正确表现社会主义历史洪流、党的现行政策与作品的社会主义思想倾向的关系等问题。

13 日，《文艺报》编辑部在北京召开散文创作座谈会，对散文创作的成就和不足以及散文的艺术特点等问题进行了探讨。

15 日，高晓声的短篇小说《飞磨》、刘绍棠的中篇小说《草长莺飞的时节》发表在《钟山》第 4 期上。

16 日，《文艺报》编辑部在上海邀请电影、新闻、教育等方面人士座谈电影艺术中爱情描写问题。会议批评电影创作中为追求票房价值、为写爱情而写爱情等不良现象。

21 日—12 月 26 日，上海市文化局、市文联等单位联合举办的上海戏剧节在上海举行，《快乐的单身汉》《血，总是热的》《秦王李世民》等剧目获奖。

25 日，《光明日报》在"关于文艺创作如何表现爱情问题的讨论"专栏中刊登四篇文章，就张抗抗的中篇小说《北极光》、白峰溪的话剧《明月初照人》的得失问题展开争鸣。

张辛欣的中篇小说《在同一地平线上》、邓友梅的散文《别了，濑户内海！》、叶圣陶的散文《内蒙日记》、谌容的散文《她在国外》发表在《收获》第 6 期上。

本月，顾城的诗《我是一个任性的孩子》发表在《花城》第 5 期上。

《九叶集—— 四十年代九人诗选》由江苏人民出版社出版。收有辛笛、陈敬容、杜运燮、杭约赫、郑敏、唐祈、唐湜、袁可嘉、穆旦九人的 114 篇诗作。袁可嘉在序言中说："在我国现代诗歌史上，四十年代国统区的创作基本上被看作一片空白。党的三中全会以来，百家争鸣、百花齐放的正确方针正得到深入贯彻，我们极愿借这股强劲的东风把青年时代的一部分习作献给读者，使它们在繁荣的百花园中聊备一格。""这九片叶子也许可以烘托一朵朴素的小花，让它也在百花争艳的祖国诗园里分享一点阳光，吸吮一丝雨露吧！""这样做也可以对新诗史上那一块空白有所弥补，也许多少有助于新诗的向前发展。"

邵燕祥的诗集《在远方》由花城出版社出版。

《文艺报》编辑部编的《1977—1980 年全国获奖中篇小说集》（两卷本）由上海文艺出版社出版。

十二月

1 日，公木的诗《别清水正夫》、顾城的诗《粉笔》发表在《上海文学》第 12 期上。

3 日，《光明日报》编辑部邀请部分青年工人、学生和团干部，座谈文艺创作应当怎样表现爱情等问题。

18—22 日，中国作协第三届理事会第二次会议在北京举行。会上选举巴金为中国作协主席。聘请叶圣陶、萧三、胡风等九位老作家为中国作协顾问。

20 日，邹荻帆的诗《北方之旅》（二首）、孙静轩的诗《呵，苦楝树》发表在《人民文学》第 12 期上。

23 日，《解放军报》《人民日报》《文艺报》刊登白桦的《关于〈苦恋〉的通信——致〈解放军报〉、〈文艺报〉编辑部》。信中检查了自己创作《苦恋》的错误思想。

全国第一次少数民族文学创作发奖大会在京举行，陆地的长篇小说《瀑布》等 138 人的 140 篇作品获奖。

29 日，《文学报》编辑部召开"问题小说"座谈会，就"问题小说"的产生、发展和存在等问题展开讨论。此后该报开辟专栏发表这方面的讨论文章。

本月，《中国戏剧年鉴》（1981 年）由中国戏剧出版社出版。

《全国优秀报告文学评选获奖作品集》（共二卷）由人民文学出版社编辑出版。

本年

《鲁迅全集》（16 卷）由人民文学出版社出版。

1982 年

一月

7 日，《文艺报》第 1 期、第 2 期开辟"繁荣和发展散文创作"专栏，刊登冯牧、叶圣陶、冰心、吴组缃、萧乾等谈散文创作的文章。

10 日，《文汇报》开辟关于北京电影制片厂和八一电影制片厂根据同名小说分别改编拍摄的影片《许茂和他的女儿们》的讨论专栏，就这两部影片编、导、演等方面的得失问题展开讨论。《人民日报》《光明日报》《解放军报》等报刊也发表了有关评论文章。

16 日，广东作协理论批评委员会和《作品》编辑部联合召开座谈会，讨论戴厚英的长篇小说《人啊，人!》。《作品》第 4 期刊登关于《人啊，人!》的讨论综述。

21 日，西藏文联召开 1981 年度优秀文学作品授奖大会，益希单增的长篇小说《幸存的人》、霍尔康·索南边巴的评论《藏族文学的特点及其发展概况》等获得一等奖。

25 日，人才杂志社主办的《丑小鸭》（青年文学月刊）在北京创刊。

孙芸夫（孙犁）的小说《芸斋小说》5 篇发表在《收获》第 2 期上。

28 日，《剧本》第 1 期发表了梁秉堃的话剧剧本《谁是强者》（六场话剧）。

本月，《小说季刊》正式改为《青年文学》（双月刊）。

矫健的短篇小说《老霜的苦闷》发表在《文汇月刊》第 1 期上。

张承志的短篇小说《北望长城外》、汪曾祺的短篇小说《晚饭花》（三篇）、张一弓的中篇小说《张铁匠的罗曼史》发表在《十月》第 1 期上。

从维熙的中篇小说《远去的白帆》、谌容的中篇小说《真真假假》发表在《收获》第 1 期上。

《何其芳文集》（六卷）由人民文学出版社分卷出版。

二月

4 日，中国作协举行报告会，中国作协副主席丁玲和作家陈明谈访美观感。

5 日，方方的短篇小说《"大篷车"上》发表在《长江文艺》第 2 期上。

10 日，舒婷的诗《会唱歌的鸢尾花》、牛汉的诗《华南虎》发表在《诗刊》第 2 期上。

汪曾祺的小说《故里杂记》发表在《北京文学》第 2 期上。

19—21 日，《文艺报》和《人民文学》编辑部在北京联合举行创作座谈会，探讨在新的历史条件下，文学如何更好地反映工业战线的生活。

20 日，韦君宜的中篇小说《洗礼》在《当代》第 1 期上发表。

刘绍棠的小说《小荷才露尖尖角》、尤凤伟的小说《种瓜得瓜》、黄宗英的报告文学《桔》发表在《人民文学》第 2 期上。

22 日，中国青年艺术剧院在北京公演我国台湾省籍著名剧作家姚一苇创作的现代话剧《红鼻子》。28 日，（台湾）姚一苇的四幕话剧《红鼻子》发表在《剧本》第 2 期上。

本月，《朱光潜美学文集》（共五卷）由上海文艺出版社分卷出版。

舒婷的诗集《双桅船》由上海文艺出版社出版。

喻杉的短篇小说《女大学生宿舍》发表在《芳草》第 2 期上。

汪浙成、温小钰的中篇小说《苦夏》发表在《小说界》第 1 期上。

遇罗锦的长篇小说《春天的童话》发表在《花城》第 1 期上。

三月

1 日，汪曾祺的小说《皮凤三楦房子》、张一弓的小说《黑娃的新闻》发表在《上海文学》第 3 期上。

6 日、15 日，《诗刊》社邀集在北京的部分老诗人举行两次座谈会，漫忆在延安文艺座谈会前后解放区和国统区的诗歌活动情况。

8 日，《人物》第二期起开辟专栏，讨论"关于传记作品的写作问题"。

《地质报》摘登关于贾平凹的小说《二月杏》（载《长城》，1981 年第 4 期）座谈会上的发言。《工人日报》《北京文学》《作品与争鸣》《人民日报》等报刊先后发表文章对贾平凹近作的主题、格调提出批评。

10 日，顾城的诗《我们去寻找一盏灯》、叶延滨的诗《力》发表在《诗刊》第 3 期上。

12 日，《文学评论》编辑部召开人性、人道主义问题座谈会，围绕文学作品表现人性、人道主义方面的问题进行讨论。

15 日，张弦的小说《银杏树》发表在《钟山》第 2 期上。

18 日，中国作协在北京举行"关于文学创作在建设社会主义精神文明中作用和责任问题"座谈会。

20 日，首都文化界人士隆重集会，纪念德国伟大诗人歌德逝世 150 周年。

徐敬亚的诗《长江，在我们的手臂上流过》、蒋子龙的小说《拜年》、高晓声的小说《陈奂生包产》、贾平凹的散文《夜籁》发表在《人民文学》第 3 期上。

22 日，1981 年全国优秀短篇小说评奖发奖大会在北京举行，王润滋的《内当家》、赵本夫的《卖驴》等 20 篇作品获奖。

23 日—5 月 6 日，文化部在北京举办第一期文艺理论学习班。周扬在学习班上讲话。

25 日，伊明根据台湾女作家林海音同名小说改编的电影文学剧本《城南旧事》在《电影新作》第 2 期上发表。

本月，解放军文艺社编辑出版的大型文学刊物《昆仑》在北京创刊。朱苏进的中篇小说《射天狼》在创刊号发表。

舒婷的诗《在故乡的山岗上》、张承志的短篇小说《绿夜》、王蒙的中篇小说《相见时难》、孔捷生的中篇小说《南方的岸》发表在《十月》第 2 期上。

张洁的中篇小说《方舟》发表在《收获》第 2 期上。

四月

2 日，1982 年但丁国际奖授奖仪式在意大利佛罗伦萨举行，巴金被授予但丁国际奖。

中国笔会中心在北京举行会员（扩大）会议，接受新会员 95 人，选举丁玲、王蒙等 13 人为副会长。

7 日，《文艺报》第 4 期发表易言的《评〈波动〉及其他》。文章认为，《波动》的出现受到存在主义思潮和存在主义文学的影响。（《波动》载于《长江》1981 年第 1 期）。

邓友梅的小说《那五》发表在《北京文学》第 4 期上。

10 日，梅绍静的诗《唢呐声声》发表在《诗刊》第 4 期上。

11—18 日，联合国教科文组织和亚洲教科文协会与俱乐部联合会在日本的东京和京都召开了"亚洲作家讨论会"。中国笔会中心副会长艾青到会作了发言。

19—28 日，中国作协和人民解放军总政治部文化部在北京联合召开军事题材文学创作座谈会。

《工人日报》报道：云南省出版局党组就云南人民出版社一再出版美化慈禧的小说《瀛台泣血记》《御香缥缈录》作出检查。检查中指出，只重视经济收入、不重视社会效果的做法是错误的。

20 日，公刘的诗《大上海》、古华的小说《浮屠岭》、王安忆的小说《命运交响曲》、秦兆阳的长篇小说《大地》（第一卷）在《当代》第 2 期上发表。

孙犁的散文《亡人逸事》发表在《人民文学》第 4 期上。

25 日，甘肃省文联主办的《当代文艺思潮》（季刊）在兰州创刊。

29 日，广东省作协和《作品》编辑部联合召开座谈会，批评遇罗锦的长篇小说《春天的童话》（载《花城》第 1 期），指出这是一部发泄私愤的作品。《文艺报》《中国青年报》《羊城晚报》《工人日报》《文汇报》《解放军报》《人民日报》等报刊先后发表文章批评《春天的童话》。《花城》第 3 期发表编辑部的自我批评文章《我们的失误》。

本月，大型文学季刊《特区文学》在广东深圳创刊。

艾芜的小说《原始森林中》，刘宾雁、余以太的报告文学《千秋功罪》发表在《十月》第 3 期上。

《李季文集》（四卷）由上海文艺出版社出版。

五月

1 日，雷抒雁的诗《海的向往》、杨炼的诗《神话的变奏：给一个歌唱的精灵》、冯骥才的小说《高女人和她的矮丈夫》发表在《上海文学》第 5 期上。

4 日，中国社会科学院青少年研究所邀请各地中青年作家、文学评论工作者在北京召开"新时期青年与文学"专题讨论会，讨论了如何看待和反映当代青年对人生、对生活的探索等问题。

6—12 日，中国文联、中国社会科学院文学研究所在北京联合召开"毛泽东文艺思想讨论会"。周扬到会讲话。他指出，对待毛泽东文艺思想，一要坚持，二要发展。

7 日，《文艺报》第 5 期全文发表胡乔木在 1981 年 8 月 8 日在中央宣传部召集的思想战线问题座谈会上的讲话《当前思想战线的若干问题》和胡乔木为此写的"前记"。同期还发表雨东的文章《一个值得注意的原则问题——安徽省文联所属期刊编辑部部分同志对〈时代的报告〉1982 年第 2 期的一组文章及其〈本报说明〉提出疑义》。文章对"从'文化大革命'以来的 16 年中，《讲话》也曾受到来自'左'的和右的歪曲和篡改"的提法提出严肃的批评。

10 日，杨炼的诗《海边的孩子》、北岛的诗《枫叶和七颗星星（外一首）》发表在《诗刊》第 5 期上。

汪曾祺的小说《鉴赏家》发表在《北京文学》第 5 期上。

15 日，张炜的短篇小说《声音》发表在《山东文学》第 5 期上。

16 日，《人民日报》报道，新疆大学中文系召开"新边塞诗问题学术讨论会"，就古代边塞诗、建国以来的"新边塞诗"（如闻捷、郭小川、张志民、李瑛等人的作品）

和七八十年代的"新边塞诗"等问题进行了探讨。

17 日，全国 1980 年至 1981 年优秀剧本评奖授奖大会在北京举行，沙叶新的话剧《陈毅市长》、颜海平的话剧《秦王李世民》等 72 个剧本获奖。

23 日，《人民日报》等报刊刊登《毛泽东 1939 年至 1949 年给文艺界人士的 15 封信》、陈云的《关于党的文艺工作者的两个倾向问题》及中共中央宣传部为发表陈云这篇讲话所加的"按语"。6 月 2 日，首都部分文学艺术工作者聚会，学习毛泽东的信和陈云的讲话以及中宣部为此而写的按语，就党员文艺家职责等问题进行座谈。全国各省市、自治区文联及宣传部门均组织学习讨论。

本月，大型少儿文学刊物《东方少年》在北京创刊。

胡昭的诗集《山的恋歌》由吉林人民出版社出版。

路遥的中篇小说《人生》在《收获》第 3 期上发表。陈骏涛说："比较而言，在《人生》中，塑造得更有深度、更具有作为文学典型的新鲜性和独特性的形象，确实不是巧珍，而是高加林。""高加林就是一个多种矛盾的性格统一其一身的完整的活人，不过比一般的活人要更为复杂。你不能说他是英雄，但他又绝不是坏蛋，你对他不能完全肯定，但也不应简单否定。对这样复杂的人物，采用非好即坏……的公式，是绝对解析不清的。"（陈骏涛：《谈高加林形象的现实主义深度——读〈人生〉札记》，《作品与争鸣》1983 年第 2 期）巧珍的悲剧根源在于"她确实是一块金子"。"但在现代的中国，她的分量显得有些不足了，农村的愚昧落后的一面限制了她的充分发展，她的只知道追求金钱的老子没有给她提供应有的教育，使她在与黄亚萍的爱情争夺中没有更大的力量拴住高加林的心。""在这个基础上我们再反观高加林，我们就会看到，他的内在本质并非一个负心汉，他会爱黄亚萍甚于巧珍，会向往现代城市甚于向往未脱中世纪遗迹的农村，这是必然的。"（王富仁：《"立体交叉桥上的立体交叉桥"——影片〈人生〉漫笔》，《文艺报》1984 年第 11 期）曹锦清认为："尽管在农村民办小学已经担任了三年教师，并以他（高加林）出色的工作受到人们的尊重，但他始终没有把改造落后农村的任务当作终生的光荣使命。这使他不可能建立与广大农民的深厚感情。把生活建立在想入非非的幻想之上，造成自己在生活信念方面的软弱。"没有看到千百万青年正从事着的伟大事业。并从中汲取奋斗的力量。""他总是感到孤独地一个人在社会中奋斗。"（曹锦清：《一个孤独的奋斗者形象——谈〈人生〉中的高加林》，《文汇报》1982 年 10 月 7 日）

乌热尔图的短篇小说《七岔犄角的公鹿》发表在《民族文学》第 5 期上。

陈伯吹的童话《骆驼寻宝记》发表在《十月》第 3 期上。

六月

10 日，《文学评论》编辑部邀请部分评论工作者召开张洁作品座谈会，就张洁的《沉重的翅膀》《方舟》等作品的成就和不足进行讨论。该刊第 5 期刊登了座谈会发言摘要。

19—25 日，中国文联第四届全委会第二次会议在北京举行。会议代表学习中央领导同志的有关重要讲话和有关中央文件的精神，对第四次全国文代会以来的文艺工作进行回顾和总结，讨论了《关于文艺工作的若干意见》（草稿）。通过阳翰笙代表主席团所作的关于中国文联会务工作的报告、关于增补全国委员会委员的决议、关于设立中国文联书记处的决议和《文艺工作者公约（八条）》。会议强调文艺要用共产主义思想教育人民，文艺工作者要深入生活，繁荣创作，为建设高度的社会主义精神文明作出贡献。

何士光的短篇小说《种包谷的老人》发表在《人民文学》第 6 期上。

20 日，郑万隆的中篇小说《红灯 黄灯 绿灯》发表在《当代》第 3 期上。

22 日，首都文艺界人士集会纪念爱尔兰作家詹姆斯·乔伊斯诞辰一百周年。

23—28 日，第一届法国文学讨论会在江苏无锡市举行，就法国文学中的人道主义、存在主义、自然主义、"新小说"、新批评等问题进行学术交流。会上成立法国文学研究会，推选罗大冈为会长。

25 日，《文艺研究》第 3 期发表《周扬同志关于当前文艺问题的一些意见》。

26 日，新华社报道，日本文部省在审定中小学教科书时，把有关侵略中国历史部分中的"侵略"一词，改为"进入"，公然篡改侵华历史。全国各地报刊对日本文部省的做法表示愤慨和谴责。文艺界人士马彦祥、胡风、艾青、邓友梅等发表文章或讲话，谴责日本文部省篡改历史的行径。

27—30 日，中国作协工作会议在北京举行，全国 30 个作协分会的负责人在会上围绕作家深入生活及深入生活的方式等问题展开讨论。会议还讨论了培养青年作家、改进文学评奖工作等问题。

28 日，陈祖芬的报告文学《共产党人》发表在《人民日报》上。

30 日，《人民日报》发表评论员文章《文艺要用共产主义思想教育人民》。

七月

1 日，《文艺报》第 7 期和第 8 期开辟"长篇小说创作笔谈"专栏，探讨我国从 1977 年至 1981 年期间出版的 400 余部长篇小说的成就和存在的问题。《文艺报》第 7 期起还开辟"关于现实主义问题的讨论"专栏。

舒婷的诗《黄昏星》、邵燕祥的诗《我是谁》、罗洛的诗《珠穆朗玛》、韦君宜的小说《教授夫人》发表在《上海文学》第 7 期上。

10 日，唐湜的诗《绿衣人》发表在《诗刊》第 7 期上。《威·白·叶芝后期诗 5 首》《托·斯·艾略特早期诗四首》（卞之琳译）也于同期刊载。

柯岩的报告文学《癌症≠死亡》发表在《北京文学》第 7 期上。

17—24 日，中共中央宣传部在河北涿县召开文艺评论工作座谈会，就发展文艺评论工作的重要性和紧迫性、文艺评论工作的历史经验和近年来不可低估的成就和当前存在的问题、缺陷，以及如何进一步组织马克思主义文艺评论队伍等议题展开了讨论。中宣部副部长贺敬之到会作了题为《做坚定的、清醒的、有作为的马克思主义文艺评论家》的讲话（载 8 月 29 日《光明日报》）。

20 日，王蒙的小说《惶惑》、舒群的小说《杨家岭夜话》发表在《人民文学》第 7 期上。

本月，流沙河的诗《故园别》、刘绍棠的小说《柳伞》发表在《十月》第 4 期上。

张辛欣的中篇小说《我们这个年纪的梦》、张一弓的中篇小说《流泪的红蜡烛》、茹志鹃的中篇小说《她从那条路上来》发表在《收获》第 4 期上。

八月

1 日，《上海文学》第 8 期在"关于'现代派'的通信"专栏里刊登冯骥才、李陀、刘心武之间对高行健的《现代小说技巧初探》一书的评价意见，由此引起关于"现代派"问题的争鸣。这三封信是：《中国文学需要"现代派"！——冯骥才给李陀的信》《"现代小说"不等于"现代派"——李陀给刘心武的信》《需要冷静地思考——刘心武给冯骥才的信》。此后，《文艺报》也开辟关于"现代派文学"讨论专栏。

2—8 日，全国马列文艺论著研究会 1982 年年会在哈尔滨举行。会议主要讨论了马克思《1844 年经济学——哲学手稿》的美学思想问题。

3 日，人民解放军总政治部决定设立"中国人民解放军文艺奖"。该项奖每三年评选颁发一次。《解放军报》为此发表评论员文章《发展和繁荣军事题材文学创作的重要措施》。

10 日，吴伯箫在京病逝，终年 76 岁。吴伯箫，原名熙成，1906 年生于山东莱芜市。1931 年毕业于北平师范大学英语系。曾在简易济南乡村师范当过教务主任兼国文教员。1938 年到延安，1942 年参加了延安文艺座谈会和整风运动。在延安期间，他先后担任陕甘宁教育厅教育科长、文化协会秘书长、延安大学和华北大学教授。解放战争期间历任东北大学社会科学院副院长、东北师范大学副教务长兼文学院长。建国后历任中国作协理事兼秘书长、人民出版社副社长兼总编辑、中国科学院文学研究所副所长等职。著有散文集《羽书》《烟尘集》《出发集》《北极星》等。他的散文名篇《记一辆纺车》《歌声》《菜园小记》等曾享誉一时。张志民说："他的文章质朴、味厚，他把深厚的感情，熔铸进朴素的文字里，从不使用什么华丽的词藻，从不多加一点可有可无的装饰，那简洁的语言、淡雅的叙述，像一位身穿土布裤褂、家做布鞋的村姑，她脸上没有脂粉，但那种自然的美、那种天然的健康，比艳丽的浓妆不知要胜过多少倍。"（张志民：《延安纺车声——吴伯箫同志二三事》，《故人入我梦》，湖南人民出版社 1985 年版）

唐祈的诗《塞上月光曲》、周涛的诗《走出嘉峪关》、陈敬容的《诗二首》、郑敏的《诗人与诗（外一首）》、辛笛的诗《香港，我来了!》发表在《诗刊》第 5 期上。

15 日，梁晓声的短篇小说《这是一片神奇的土地》发表在《北方文学》第 8 期上。

19 日，《光明日报》发表张明吉的《谈杨朔散文的不足之处》，就杨朔散文的评价问题展开讨论。

20 日，新华社报道：在中国作协的组织下，近八十名从事文学创作的诗人、小说作者、评论家以及编辑到基层去，投身四化建设。

谌容的中篇小说《太子村的秘密》发表在《当代》第 4 期上。

28 日—9 月 7 日，由中国作协山西分会主办的赵树理学术讨论会在山西太原举行，就赵树理在我国现代文学史上的地位、如何正确评价赵树理等问题进行了探讨。

本月，中共中央书记处研究室文化组编的《党和国家领导人论文艺》由文化艺术出版社出版。

孔捷生的中篇小说《普通女工》发表在《小说界》第 3 期上。

《孙犁文集》（共七卷）由百花文艺出版社开始分卷出版。

中国社会科学院文学研究所现代研究室编的《中国现代散文选》（共七卷）由人民文学出版社分卷出版。

九月

1—11 日，中国共产党第十二次全国代表大会在北京隆重举行。邓小平致开幕词。胡耀邦作题为《全面开创社会主义现代化建设的新局面》的报告。胡耀邦当选为中共中央委员会总书记。党的十二大的政治报告指出，中国共产党在新的历史时期的总任务是：团结全国各族人民，自力更生，艰苦奋斗，逐步实现工业、农业、国防和科学技术现代化，把我国建设成为高度文明、高度民主的社会主义国家。

7 日，中国作协成立军事题材文学委员会，巴金任主任委员。

10 日，河北省文联主办的《文论报》（半月刊）在石家庄创刊。

牛汉的诗《海南行（三首）》、鲁藜的诗《复苏集》发表在《诗刊》第 9 期上。

28 日，铁凝的短篇小说《哦，香雪》发表在《青年文学》第 5 期上。

本月，艾芜的小说《归来——南行记新篇之一》发表在《山花》第 9 期上。

艾芜的小说《平静的湖水》发表在《芙蓉》第 5 期上。

陆天明的小说《啊，野麻花……》、高行健、刘会远的话剧剧本《绝对信号》发表在《十月》第 5 期上。林涵表认为"这出反映当代青年探索生活道路的戏，写得深沉，着意于真实地挖掘人物的心理变化，对黑子的转变描写也合情合理，无人为的夸饰，发人深省，颇含哲理性。这对教育青年，面向现实，选择正道，是有深刻意义的。"（林涵表：《可喜的艺术探索》，1982 年 12 月 9 日《北京日报》）剧作者在创作方法、表演方法上进行了大胆探索："在近乎戏曲舞台的光光的舞台上，只运用最简朴的看台美术、灯光和音响手段，来创造出真实的情境。也就是说，充分承认舞台的假定性，又令人信服地展示不同的时间、空间和人物的心境，这都是我国传统戏曲之所长。想取戏曲艺术之所长来丰富话剧的艺术表现手段。"（曹禺、高行健、林兆华：《关于〈绝对信号〉的通信》，《十月》1983 年第 3 期）

十月

1 日，孙犁的散文《乡里旧闻（两章）》发表在《上海文学》第 10 期上。

10 日，昌耀的诗《划呀，划呀，父亲们》、艾青的诗《人皮》发表在《诗刊》第

10 期上。惠特曼的诗《把光辉宁静的太阳给我》《拂开大草原的草（外三首）》以及《凡尔哈仑诗二首》也在同期译载。

15 日，《光明日报》发表张晓林的《爱情描写中一个值得注意的问题》，批评《爱，是不能忘记的》《公开的情书》《飞向远方》等在反映爱情婚姻生活上存在的问题。

20 日，白桦的诗《壮丽的凋谢》、路遥的中篇小说《在困难的日子里》、张锲的长篇小说《改革者》、刘宾雁的报告文学《应是龙腾虎跃时》发表在《当代》第5期上。

刘真的小说《大舞台和小舞台》、高晓声的小说《大山里的故事》、理由的报告文学《特区行》发表在《人民文学》第10期上。

25 日，《丑小鸭》第10期开辟争鸣专栏，就张辛欣反映当代青年生活的电影文学剧本《再走一步，再走一步》展开讨论。

本月，《舒婷 顾城抒情诗选》由福建人民出版社出版。

蔡测海的短篇小说《远处的伐木声》在《民族文学》第10期发表。

十一月

1 日，陈敬容的诗《早晨，六点钟》、王蒙的中篇小说《莫须有事件》、张承志的中篇小说《大坂》、韩少功的文论《文学创作的"二律背反"》发表在《上海文学》第11期上。

5 日，流沙河的诗《就是那一只蟋蟀》、曾卓的诗《让我们高唱这支歌》、辛笛的诗《请带去一片云彩的问候》、顾城的诗《午夜》发表在《长江文艺》第11期上。

7 日，《文艺报》第11期转载徐迟的《现代化与现代派》，原载《外国文学研究》1982年第1期。文章认为："现代派文艺已是一个不可否认的存在，我们应当研究它。应当有马克思主义的现代主义，我们要用马克思主义来研究现代主义。""可以说西方现代派文艺和批判的现实主义文艺差不多是同时诞生的，都是资本主义生产发展到了一定程度，而后产生意识形态的反映，并且还都是对资产阶级社会取批判的和否定的态度的反映。""西方现代派文艺在一定程度上满足了西方人士的精神需要。它的缺点主要是比较悲观失望；它不满现状，没有了信仰，还没有找到理想，但在不倦地寻找。""但是不管什么样，我们将实现社会主义的四个现代化，并且到时候将出现我们现代派思想感情的文学艺术。"同期还刊载理由的《〈现代化与现代派〉一文质疑》，就现代派文学问题展开讨论。

11 日，邵牧君的文章《现代派和电影》发表在《光明日报》上。

15 日，王安忆的中篇小说《流逝》、高行健的《谈小说观与小说技巧》发表在《钟山》第6期上。

16 日，《红旗》第22期发表列宁的《党的组织和党的出版物》的新译文、中共中央编译局的《〈党的组织和党的出版物〉的中译文为什么需要修改?》。

22—23 日，《新观察》编辑部在北京召开杂文、漫画、通讯、报告文学创作座谈会，就杂文、漫画传统，及其在社会主义现代化建设事业中的作用等问题展开讨论。

本月，陈敬容的诗《季候风》、李存葆的中篇小说《高山下的花环》、张承志的中篇小说《黑骏马》发表在《十月》第 6 期上。关于张承志，季红真指出："随着历史意识的自觉，他的笔开始多层次地揭开民族固有生活方式的内在矛盾。《黑骏马》是他思考成熟的力作。他在这个平凡的人生故事中，以精确的线条勾勒着一个民族在历史生活中积淀的最隐秘最捉摸不定的心理素质，并把它放在时代的机运中加以考察，揭示了人民在古老的生活方式中善的精神与落后的形态之间的深刻冲突，并从中寻找历史进步文化更新的根本力量——人民蓬勃的生活力。"（季红真：《沉雄苍凉的崇高感——论张承志小说的美学风格》，《当代作家评论》1984 年第 6 期）

古华的中篇小说《姐妹寨》发表在《收获》第 6 期上。

十二月

1—4 日，北京市文联和北京市作协召开北京作家作品讨论会，对邓友梅、汪曾祺、林斤澜、陈祖芬等四位作家的作品进行讨论。

5 日，关露去世，享年 75 岁。关露，原名胡寿楣，又名胡楣，河北延庆府宣化县人，1907 年出生于山西右玉县。小学毕业后失学，自修中学课程，1928 年入南京中央大学，1931 年肄业。1932 年参加左联，同年加入中国共产党，积极从事抗日救亡活动。此后长期打入敌伪机关从事情报工作。抗战胜利后，转入苏北新四军，分配至苏北建设大学教授文艺理论。建国后历任华北大学三部文学创作组组长，文化部电影局剧本创作所作家。1955 年 6 月 15 日因潘汉年案被捕，关押于公安部功德林监狱，1957 年 3 月 27 日被教育释放，不再安排工作，被电影局劝说提前退休。退休后在北京香山定居，并担任了香山街道的支部书记。1967 年 7 月 1 日二次被捕，关押于秦城监狱，直至 1975 年被释放。出狱后晚景凄凉，1980 年患了脑血栓，行动不便。1982 年中共中央组织部为其彻底平反。著有诗集《太平洋上的歌声》、中篇小说《新旧时代》《苹果园》等。

7 日，苏青逝世，享年 69 岁。苏青，本名冯允庄，早年发表作品时署名冯和仪，后以苏青为笔名。上海沦陷期间与张爱玲齐名。1955 年的"胡风事件"中，因与贾植芳先生通了一次信，探讨司马迁问题，涉嫌"胡风分子"而被关进监狱，从此沉寂。苏青的代表作是 1944 年的自传体长篇小说《结婚十年》，这部印行了十八版的作品使苏青一举成为畅销书作家。此外还著有中篇小说《歧途佳人》与短篇小说集《涛》等。王安忆说："苏青写文章，凭的不是想象力，而是见解。她的见解不是有个性，而是有脾气。这脾气很爽快，不扭捏，不呷咳，还能自嘲，单刀直入的，很有风格。""她的文字功夫还是好的，最大的优点是明白，描人画物，生动活泼，说起理来也逻辑清楚，推理直接，带着些诡辩，你很难辩过她，每一次笔战，都以她的一篇最后收尾。这是有些宁波风的，俗话不是说'宁与苏州人吵架，不和宁波人说话'？上海这地方，要的就是凶，是随大流里凶过一点头，就是超凡出众。"（王安忆：《寻找苏青》，《上海文学》，1995 年第 7 期）

参加五届人大五次会议的全国人大代表周扬向记者发表谈话，强调要坚决落实知识分子政策，坚持"双百"方针。

《文艺报》编辑部连续两次召开作家、评论家座谈会，讨论现实主义的发展方向和如何研究、借鉴西方现代派文学的问题。

10 日，绿原的诗《西德拾穗录（组诗）》、卞之琳的诗《访美杂忆（组诗）》发表在《诗刊》第 12 期上。

王蒙的文章《关于塑造人物问题的一些探讨》发表在《北京文学》第 12 期上。

14—18 日，中国作协在北京召开长篇小说创作座谈会，讨论如何创造典型人物形象、题材选择、生活与创作关系、民族化等问题。

15 日，"茅盾文学奖"首届授奖大会在京举行，周克芹的《许茂和他的女儿们》、魏巍的《东方》、李国文的《冬天里的春天》、姚雪垠的《李自成》（第二卷）、莫应丰的《将军吟》、古华的《芙蓉镇》等 6 部作品获奖。

20 日，绿原的《〈人之诗〉自序》发表在《当代》第 6 期上。

昌耀的诗《高原行旅》发表在《人民文学》第 12 期上。

24 日，《上海文学》和《文艺理论研究》编辑部召开座谈会，就如何研究、借鉴西方现代派文学等问题展开讨论。

26 日，《时代的报告》编辑部对该刊指导思想上的"左"的错误，包括在文艺和政治上的关系问题所发表的错误论点和使用了所谓"十六年"的提法等进行检查，并调整和加强编辑部，从 1983 年起进行改版，使之真正成为发表报告文学创作的刊物。

本月，《流沙河诗集》由上海文艺出版社出版。

史铁生的短篇小说《人间》发表在《花城》第 6 期上。

本年

辽宁大学中文系编印《朦胧诗选》（油印本）。

夏秋，四川成都、重庆、南充等地的大学生青年诗歌作者（万夏、胡冬等）自称为"第三代诗人"，以区别于"朦胧诗"一代。1982—1983 年间，"围绕'朦胧诗'展开的论争余波未消，'北岛之后'已经成为一个热门话题。认为北岛们已经成为传统还是一种相当温和的提法，更极端的，则有'pass 北岛'、'打倒北岛'云云。"（唐晓渡：《中国当代实验诗选·序》，春风文艺出版社 1987 年）

钟鸣等主持的《次生林》（诗歌民刊）在成都出版，刊有柏桦的《表达》，以及欧阳江河、翟永明等在诗歌风格上与"朦胧诗"相异的作品。

韩东由山东大学哲学系毕业后到西安供职。在 1982 至 1984 年期间，作有《有关大雁塔》《你见过大海》《一个孩子的消息》《我们的朋友》等诗。提出"诗到语言为止"的写作口号，主编《老家》，并为《同代》《星路》等民间刊物撰稿。

1983 年

一月

1 日，梁晓声的中篇小说《今夜有暴风雪》发表在《青春》增刊第 1 期上。

3 日，《人民日报》发表陈祖芬的报告文学《催人复苏的事业》。

4 日，《人民日报》发表社论《坚定不移地贯彻执行百花齐放百家争鸣方针》，文章重点论述了贯彻"双百"方针同坚持四项基本原则的关系等问题。

5 日，周涛的组诗《马蹄耕耘的历史》、[台湾] 郑愁予的诗《纤手（外一首）》、陆天明的中篇小说《傍晚，一群灰鸽从这儿飞过》发表在《上海文学》第 1 期上。

10 日，《当代文艺思潮》编辑部与中国文联理论研究室在北京联合召开文艺思潮讨论会。部分省、市的评论家、诗人参加了会议。与会者着重讨论了两大问题：一是如何对待民族文化传统，特别是我国革命文艺的传统？二是文艺的创新要不要坚持社会主义的方向？中国文艺向何处去？

辛笛的诗《一个夏天的午后》、杨牧的组诗《野玫瑰》发表在《诗刊》第 1 期上。

13 日，艾青、萧乾、萧军等一行 6 人应邀赴新加坡参加"国际华文文艺营"活动。

15 日，徐敬亚的《崛起的诗群——评我国诗歌的现代倾向》发表在《当代文艺思潮》第 1 期上。这篇文章和之前谢冕的《在新的崛起面前》（1980 年 5 月 7 日，《光明日报》），孙绍振的《新的美学原则在崛起》（《诗刊》1981 年第 3 期）被评论界称为"三崛起"，成为为"朦胧诗"辩护的代表性文章。徐敬亚认为，1980 年是"我国新诗重要的探索期、艺术上的分化期"，"带着强烈现代主义文学特色的新诗潮正式出现在中国诗坛，促进新诗在艺术上迈出了崛起性的一步，从而标志着我国诗歌全面生长的新开始"，"中国的诗人们不仅开始对诗进行政治观念上的思考，也开始对诗的自身规律进行认真的回想"，从而形成了自己新的艺术主张和内容特征。在艺术上主张：1）对诗歌掌握世界方式的新理解。"诗是一面镜子，能够让人照见自己"、"诗是诗人心灵的历史"、"诗人创造的是自己的世界"；2）强调诗人的个人直觉和心理再加工；3）注重诗的总体情绪。"他们的诗往往细节清晰，整体朦胧，诗中的形象只服从整体情绪的需要，不服从具体的、特定的环境和事件，所以跳跃感强，并列感强。"在内容上有如下特征：1）青年们的诗"为我们留下了十几年中我国青年徘徊、苦闷、反抗、激愤、思考、追求的全部脚印——读他们的诗感觉到有'一代人正在走过'的历史进程感！"；2）"一些青年诗人开始主张写'具有现代特点的自我'，他们轻视古典诗中的那些慷慨激昂的'献身宗教的美'；他们坚信'人的权利，人的意志，人的一切正常要求'；主张'诗人首先是人'"3）两种"自我"；4）"这一系列的复杂主题、抽象主题，由于它们的不特指性，就对读者产生了一种从感情上，而不是情节上的吸引。不是理性十足的指导，而是感染！是辐射！是让读者思考、选择！所以，审美的范围就变得海阔天空。"徐敬亚进而把正在形成的新的艺术手法概括为：1）注重表现人的自我心理意识；2）追求形式上的流动美和抽象美；3）反对传统概念中的理性与逻辑；4）主张表现和挖掘艺术家的直觉和潜意识。作者断言："新倾向将继续发展下去"，"中国新诗的未来主流，是五四新诗的传统（主要指四十年代以前的）加现代表现手法，并注重与外国现代诗歌的交流，在这个基础上建立多元化的新诗总体结构。"

王蒙的中篇小说《风息浪止》发表在《钟山》第 1 期上。

18—25 日，文艺理论批评工作座谈会在北京举行。这是中国文联自 1978 年恢复活动以来第一次召开的专门研究文艺理论批评工作的会议。

19 日，史铁生的短篇小说《我遥远的清平湾》发表在《青年文学》第 1 期上。

20 日，孙芸夫（孙犁）的小说《幻觉》、贾平凹的小说《连理桐》，王蒙的小说《青龙潭》、理由的报告文学《铁血》发表在《人民文学》第 1 期上。

22 日，《文艺报》《文艺研究》《文学评论》编辑部在北京联合召开新时期文学与人性、人道主义问题学术讨论会，就文学艺术创作在塑造人物、表现人性方面的成就得失；社会主义文学与人道主义的关系等问题进行讨论。

28 日，陆文夫的中篇小说《美食家》发表在《收获》第 1 期上。蔡翔认为："《美食家》首先服从于这样一种美学目的：它需要的是一种恢宏的历史观照。它注重的是整体，而并不始终环绕一个人物进行多层次多侧面的性格发掘。在这个整体中，个人只是历史的负载物。"（蔡翔：《朱自冶：一个无价值的人如何转化为有价值的艺术形象——有关〈美食家〉的艺术随想》，《当代作家评论》1984 年第 4 期）符笑汀说："朱自冶则是一个很复杂、也是作者塑造的最有深度、最难界定的人物。他的一生虽无大起大落、大悲大喜，却交织着当代人为之迷惘的矛盾：作为资本家，他从未表现过一个有'应有的'贪婪与残忍；作为阔佬，却从不讲究除吃以外的任何奢华，也未沾染嫖赌一类的恶习，晚年娶孔碧霞，并不在色，而在食；作为旧制度的既得利益者，居然真诚地欣悦于新中国的到来；三年困难时期和十年文革时期虽深受饥不择食的煎熬和锤炼，但始终不改津津乐吃的心性，念念不忘吃的艺术，甚至放弃宿怨，到高小庭的菜馆授课传经。除吃以外无爱憎、无悲欢，此中固然有'寄生虫'（借用当代某批评家用词）的特点，但作者笔下的朱自冶，至少不是一个很邪恶的人，尤其不是一个以妨害他人为乐而又长于自我标榜的伪君子。这个人物可以说是陆文夫在中国现当代文学的人物模式中的一个突破性尝试，因而也是珍贵的贡献。"（符笑汀：《谁解其中味？——再读〈美食家〉》，王蒙主编《全国小说奖获奖落选代表作及批评（中篇卷上）》，湖南文艺出版社 1995 年版）

《剧本》第 1 期发表陈爱民的六幕传奇话剧《泥人常》。

29 日，《新苑》编辑部召开张笑天的中篇小说《离离原上草》讨论会，就小说中表现出的人性、人道主义问题展开争鸣。

本月，《时代的报告》从第 1 期刊登夏衍的《关于报告文学的一封信》、冯牧的《报告文学应该有广阔的道路》等文，就报告文学的真实性等问题展开讨论。

蒋子龙的小说《悲剧比没有剧要好》发表在《小说家》第 1 期上。

二月

4 日，萧三在京逝世，享年 87 岁。萧三，别名植藩，1896 年生于湖南湘乡。早年结识毛泽东，并参与组织成立新民学会。1930 年以中国左翼作家常驻莫斯科代表身份出席在苏联召开的国际革命作家会议，主编《国际文学》中文版。1934 年由法捷耶夫介绍加入了苏联（布）共产党，结识了高尔基、阿·托尔斯泰、马雅可夫斯基等苏联作家以及德、法、美、捷、匈、保、罗等国的进步作家和诗人。他用文学作品向世界宣传和介绍中国革命。1935 年 11 月在王明、康生的"劝说"下写了一封要求"左联"

解散的长信，同年 12 月"左联"解散。1939 年归国，入延安，历任鲁迅艺术学院文学系主任兼编译部部长、中华全国文艺界抗敌协会理事、陕甘宁边区和延安文协党委等职。主编刊物《大众文艺》《中国报导》（外文）、《新诗歌》等刊物。建国后任中苏友协总会副总干事，主持日常工作。著有《萧三诗选》等。

7 日，《文艺报》第 2 期发表王春元的《人性论和创作思想》，对《人啊，人》《离离原上草》《我们这个年纪的梦》等作品表现的人性和人道主义思想提出批评。同期刊登李准的文章《现代化与现代派有着必然联系吗》。

10 日，《北京文学》第 2 期发表汪曾祺的《回到现实主义，回到民族传统》、季红真的《传统的生活与文化铸造的性格——谈汪曾祺部分小说中的人物》。汪曾祺说："我对自己提出的要求是'回到现实主义，回到民族传统'"。"这种现实主义是容纳各种流派的现实主义；这种民族传统是对外来文化的精华兼收并蓄的民族传统，路子应该更宽一些。"

20 日，贾平凹的短篇小说《鬼城》、张洁的中篇小说《七巧板》、方方的中篇小说《大限临头》发表在《花城》第 1 期上。同期还发表马家骏的《魔幻现实主义和〈佩德罗·巴拉莫〉》，并选载墨西哥作家胡安·鲁尔弗的长篇小说《佩德罗·巴拉莫》。

陆文夫的短篇小说《围墙》、汪曾祺的短篇小说《八千岁》、何士光的小说《庄稼人轶事》，胡风的《〈写在"坟"后面〉引起的感想》发表在《人民文学》第 2 期上。

张贤亮的中篇小说《河的子孙》发表在《当代》第 1 期上。

28 日，赵寰的四幕话剧《马克思流亡伦敦》发表在《剧本》第 2 期上。剧中塑造了一个人性化的马克思形象，由此，评论界围绕如何塑造领袖形象展开争鸣。

本月，张贤亮的长篇小说《男人的风格》发表在《小说家》2 期上。

三月

5 日，遇罗锦的短篇小说《求索》发表在《个旧文艺》第 4 期上。

7 日，中共中央宣传部、中共中央党校、中国社会科学院和教育部在北京联合举办全国纪念马克思逝世一百周年学术报告会。周扬在会上作题为《关于马克思主义的几个问题的探讨》的演讲，试图清算几十年来中国"左的政治思想路线的哲学根源"。该文 16 日刊登在《人民日报》上。文章首先指出马克思主义是发展的理论，不是什么"终极真理"，因此应该用发展的眼光来对待马克思主义。接着从三个方面展开理论探讨：一是在认识论上主张用感性、知性、理性的三范畴来替代感性和理性的两范畴，以防止有人认为一旦形成概念就掌握了本质，从而导致概念化、公式化现象的出现；二是论述了马克思主义和人道主义的关系，认为不能将马克思主义全部归于人道主义，但马克思主义中包含着人道主义；三是阐述了马克思早期著作《1844 年经济学——哲学手稿》中的"异化"概念，认为马克思、恩格斯理想中的人类解放，不仅是从剥削制度中解放出来，而且是从一切异化形式束缚下解放出来。由此文章认为，不但在资本主义而且在社会主义条件下也存在"异化"，包括经济领域的异化，政治领域的异化（或者叫权力的异化），和思想领域的异化（最典型的就是个人崇拜）。这篇文章发表后既得到热烈支持也很快受到激烈批评。尤其是文章中所认为的社会主义也有异化这一观点，更是受到了胡乔木于 1984 年 1 月 3 日在中共中央党校上所作的《关于人道主义和异化》讲话的批评。在 1983—1984 年间开展的"清除精神污染"运动中，人道主义和异化观点被作为"精神污染"现象受到批评，周扬也多次在《光明日报》等多家媒体和各种公开场合做了自我批评。

10 日，贾平凹的小说《刘官人》发表在《北京文学》第 3 期上。

15 日，《钟山》第 2 期发表刘绍棠的中篇小说《年年柳色》，以及他的创作谈《乡土文学和我的创作》。

19—27 日，全国马列文艺论著研究会纪念马克思逝世一百周年学术讨论会在昆明举行，会议讨论了马恩对文艺学科的贡献及其现实意义。

20 日，郑敏的诗《秋的组曲（三首）》发表在《人民文学》第 3 期上。

《花城》第 2 期发表余福生等人的《黑色幽默文学与冯尼格的〈第五号屠场〉》，并选载美国作家库特·冯尼格的小说《第五号屠场》。

24 日，中国作协主办的全国首届（1978—1982）优秀新诗（诗集）、报告文学、短篇小说、中篇小说获奖大会在北京举行，艾青的诗集《归来的歌》、舒婷的诗集《双桅船》、李存葆的中篇小说《高山下的花环》、鲁光的报告文学《中国姑娘》等 75 篇作品获奖。《人民文学》第 4 期发表巴金在颁奖会上的讲话《文学创作的道路永无止境》。

25 日，从维熙的长篇小说《北国草》在《收获》第 2 期上连载，至第 4 期止。

27 日—4 月 3 日，在纪念茅盾逝世两周年之际，由中国作协主办的全国首届茅盾研究学术讨论会在北京举行。周扬讲话，会议成立全国茅盾研究学会，周扬任会长。

29 日，《文汇报》发表两封读者来信，对中篇小说《女俘》进行讨论。

本月，中国社科院哲学所编的《人性、人道主义问题讨论集》由人民出版社出版。

公刘的诗《李太白之死》、李杭育的小说《葛川江上人家》、铁凝的中篇小说《没有纽扣的红衬衫》、理由的报告文学《九死一生》、白桦的话剧《吴王金戈越王剑》、朱寨的文章《文学的新时期》发表在《十月》第 2 期上。

四月

5—9 日，北京大学哲学系为纪念马克思逝世一百周年举行"马克思主义与人"学术讨论会。会上传达中宣部部长邓力群就人道主义等问题发表的谈话。

《文汇报》从本日起连续发表何满子的《论浪漫主义》和郑伯农的《关于创作方法的几个问题》等文，就浪漫主义和现实主义问题展开争鸣。

10 日，艾青的诗《迎春花》、昌耀的诗《日出》发表在《诗刊》第 4 期上。

张辛欣的小说《剧场效应》发表在《北京文学》第 4 期上。

20 日，王蒙的短篇小说《木箱深处的紫绸花服》发表在《花城》第 2 期上。

李杭育的中篇小说《最后一个渔佬儿》发表在《当代》第 2 期上。

25—27 日，军事题材文学评论座谈会在北京召开。

本月，昌耀的诗《英雄的节日》、翟永明的诗《秋天四题及其他》发表在《星星》第 4 期上。

绿原的诗集《人之诗》由人民文学出版社出版。

五月

1 日，刘亚洲的报告文学《恶魔导演的战争》发表在《解放军文艺》第 5 期上。

杨炼的组诗《诺日朗》、邓刚的中篇小说《迷人的海》发表在《上海文学》第 5 期上。杨炼说："我力图通过它来表现人类生存的整体真实，即不仅是面对生存中被压抑的方面，也不只是反映人类未经过思考的盲目乐观精神，（而是）'入乎其内'，体验人的生存现实，'出乎其外'，甚至超乎其上，表现人生活在现实中而又渴求超越的愿望。""旨在把生活中具体的感受提升为一个与世界相呼应而又独立的诗的存在。"（杨光治：《与杨炼谈诗》，1985 年 7 月 1 日《羊城晚报》）。有论者认为："《诺日朗》歌颂的是所谓的'男神精神'，它取材于少数民族祭祀或颂神的仪式，然而由于作者对时代的感受是不正确的，使得全诗笼罩在宗教的神秘气氛之中。"而且，作者所表现的"不是民族的呐喊，时代的呼啸，而是一个凌驾于民族和时代之上的个人的声音。当这种声音对民族传统充满蔑视情绪的时候，他必然带有一种狂妄的色彩。"（齐望：《评〈诺日朗〉》，《文艺报》1983 年第 11 期）也有人批评《诺日朗》不仅歌颂美化了现实生活中的一些丑恶现象而且还带有宿命论的色彩，是不符合社会主义精神文明建设的。而石天河在《重评〈诺日朗〉》一文中则不同意这种看法，他认为解读《诺日朗》的关键是明白诗中的一些意象，"这组诗的内容是把藏族地区祭祀男神的迷信活动作为'文化大革命'的象征，来表现作者对'文革'中造神迷信的批判性认识。"（《当代文坛》1984 年第 9 期）

7 日，法国总统密特朗在上海展览馆宴会厅授予中国作协主席巴金法兰西共和国荣誉勋章。

10 日，卞之琳的《现代主义和现实主义构不成一对矛盾》发表在《读书》第 5 期上。

郑敏译美国诗人 ML·L·罗森萨的《时间之歌（外四首）》发表在《诗刊》第 5 期上。

李杭育的短篇小说《沙灶遗风》发表在《北京文学》第 5 期上。

黄宗英的报告文学《小木屋》发表在《文汇月刊》第 5 期上，《人民文学》第 6 期转载。

13—16 日，中国作家协会文学讲习所召开现实主义问题讨论会，结合张一弓等作家的作品，就现实主义的实质、基本特征等问题进行讨论。

15 日，黄子平的《当代文学中的宏观研究》发表在《文学评论》第 3 期上。

林斤澜的短篇小说《紫藤小院》及其创作谈《论魅力》发表在《钟山》第 3 期上。

20 日，韩少功的小说《远方的树》发表在《人民文学》第 5 期上。

本月，高行健的话剧《车站》、沙叶新的话剧《马克思秘史》，以及曹禺、高行健、林兆华关于《绝对信号》的通信发表在《十月》第 3 期上。唐因认为，《车站》"这出戏表现了对我们现实生活的强烈的怀疑情绪。要像'沉默的人'那样，看破、摆脱这一切，走自己的路，我认为这是作品的主题。"郑伯农认为，"在《车站》这部作品里，我们看不到一点光明面的影子，看不到一点改革的希望。所有这一切的描写，对我们的现实，我们的未来，是一种不真实的、歪曲的反映"。（《〈车站〉三人谈》），《戏剧报》1984 年第 3 期。）曲六乙认为："作者在《车站》里通过对比、映照的手法，呼吁人们不要像七个乘客那样怨天尤人，不要强调客观条件给自己带来的困难，不要在争吵与谩骂中自寻烦恼，而应像沉默的人那样，不埋怨客观条件，不讲废话，不浪费宝贵时间，留着精力走自己应走的路。……不应把这种手法的运用，曲解为作者对社会主义道路、对社会主义现实生活的不满与怀疑。所谓'对现实生活的一种扭曲'、'引向一种思想的歧路'等等的批评，是不公平的。"曲六乙不同意把高行健当作是"西方现代主义的盲目崇拜者"。认为这样实在是"太委屈了作者"。（曲六乙：《评话剧〈车站〉及其批评》，《文艺报》1984 年第 7 期）吴祖光说："我认为高行健的几个剧本都是从十年惨祸中撷取来还远远不足的真实材料。写下来，留做生活的借鉴和历史的教训有何不可？大可不必这样上纲上线，大惊小怪。"又说："有人讥刺高行健学习西方的现代派。我说不清楚他是怎么学的，学了多少？但是既然整个话剧形式都是从西方移植过来的，学学西方这个派那个派又有什么不可以呢？""文学艺术从来就不应该是分国界的……他山之石，可以攻玉，取长补短，扬长避短，也从来是智者之所为。我们向外面的世界学习借鉴不是太多了，而是太少了。"（吴祖光：《〈高行健戏剧集〉序》，《啄木鸟》1985 年第 1 期）

六月

1 日，张抗抗的小说《红罂粟》，张辛欣的小说《浮土》发表在《上海文学》第 6 期上。

7 日，《文艺报》从第 6 期起开辟关于影片《人到中年》的讨论专栏，就《人到中年》的主题、人物形象、社会效果等问题展开争鸣。

10 日，张承志的小说《春天》、王蒙的《近几年的中短篇小说创作》发表在《北京文学》第 6 期上。

20 日，徐敬亚的诗《一盒橡皮泥》、王蒙的小说《哦，穆罕默德·阿麦德——〈在伊犁之一〉》、何立伟的小说《石匠留下的歌》、贾平凹的散文《黄陵柏》、王安忆的创作谈《我爱生活》、周立波的遗作《关于童话的论述提纲》发表在《人民文学》第 6 期上。

刘宾雁的报告文学《因为我爱……》发表在《当代》第 3 期上。

本月，北京人民艺术剧院在北京试演高行健的话剧《车站》。

七月

5 日，《文汇报》编辑部召开青年题材文学作品创作座谈会，就如何表现八十年代青年的时代特征问题等进行讨论。

7 日，《光明日报》编辑部发表评论文章《批评应当成为文艺工作的正常秩序》，对文艺界文艺批评现状和原因进行分析。指出文艺界开展批评和自我批评的重要性。

9 日，中宣部副部长贺敬之在中国作协工作会议上就统一文艺界思想等问题发表讲话。讲话中对文艺界有人想脱离党的领导的错误倾向，对有人提出"民方"、"官方"，并对要求党对文艺界的领导"改善"成为"无为而治"等观点提出批评。

10 日，周涛的诗《寻找那片白桦林》发表在《诗刊》第 7 期上。

15 日，古华的小说《云烟街夜话》、程乃珊的小说《蓝屋》发表在《钟山》第 4 期上。

20 日，高晓声的中篇小说《糊涂》发表在《花城》第 4 期上。

陈祖芬的报告文学《她是一个普通的女人》发表在《人民文学》第 7 期上。

27 日，"中国人民解放军文艺奖"首届授奖大会在北京举行。

28 日，《中国青年报》发表高良的文章《这是危险的挑战》，批评戴舫的短篇小说《挑战》是一篇"宣扬赤裸裸的纵欲主义的作品"。

本月，高行健的小说《母亲》、李国文的长篇小说《花园街 5 号》、贾平凹的散文《棣花》发表在《十月》第 4 期上。

八月

1 日，王小妮的小说《我们在同一个空间里》发表在《青春》第 8 期上。

航鹰的小说《东方女性》、王蒙的《漫谈文学创作特性探讨中的一些思想方法问题》、韩少功的《从创作论到艺术方法论》发表在《上海文学》第 8 期上。

刘兆林的中篇小说《啊，索伦河谷的枪声》发表在《解放军文艺》第 8 期上。

9 日，余华的小说《"威尼斯"牙齿店》发表在《西湖》第 8 期上。

10 日，全国文联在北京举行主席团扩大会议，讨论和部署学习《邓小平文选》。会议通过决议，要求全国各协会和各地文联联系文艺界的实际，进一步清理"左"的流毒，努力纠正文艺领域里的资产阶级自由化倾向和把精神产品商品化的倾向。

艾青《我的创作生涯》发表在《诗刊》第 8 期上。

王润滋的中篇小说《鲁班的子孙》发表在《文汇月刊》第 8 期上。雷达说："作者观察到了农村的经济变革对农村生活——物质的和精神的——是一场多么深刻广泛的历史性变动！""在现实的经济规律面前，这些传统的高尚的激情又是多么的脆弱"，"现实决不因为……良心而改变自己的轨道，现实毕竟比……'良心'更有实力。"（《〈鲁班的子孙〉的沉思》，《当代文坛》1984 年第 4 期）王润滋说："《鲁班的子孙》实际上是写了改革给传统道德带来的冲击。这个冲击来的不可避免，有些冲击是应该的……但也冲到了美好的东西，这些美好的东西是民族精神宝库中的精华，是应该保护的。我写了劳动人民的良心，……世界上没有比劳动人民的良心更珍贵的。……《鲁班的子孙》就是一部劳动人民的'良心策'。"又说："以为改革者都是十全十美的人，这是错误的，……像'小木匠'这样的改革者在生活中多的是。其实我并没有将他当一个改革者来写的。他只不过顺从改革的潮流，做了一件改革的事，他的灵魂深处还是一个落后的王国。"（《从〈鲁班的子孙〉谈起》，《山东文学》1984年第11期）

20日，《花城》第4期发表王惟苏的《"垮掉的一代"和克鲁阿克》，并选载克鲁阿克的长篇小说《在路上》。

谌容的小说《杨月月与萨特之研究》、刘钊的报告文学《巴山夜话》、邵燕祥的杂文《"鸡毛"和"令箭"》，刘征的杂文《偶然想到的》发表在《人民文学》第8期上。

郑义的中篇小说《远村》发表在《当代》第4期上。

21—30日，天津、北京、河北三地文联联合在北戴河召开"城市文学理论座谈会"，首次提出"城市文学"的命题，并就其概念、范围、特征等问题进行探讨。

九月

1日，张洁的小说《来点儿葱，来点儿蒜，来点儿芝麻盐》发表在《上海文学》第9期上。

5日，《文学评论》编辑部邀请中国社会科学院文学研究所的部分人士召开座谈会，讨论徐敬亚的《崛起的诗群》一文中提出的观点，以及有关诗歌发展方向和"现代派"的问题。与会者认为徐敬亚的《崛起的诗群》一文提倡的现代主义诸问题，是与资产阶级哲学、社会思潮相联系的。它关系着我国社会主义文艺特别是诗歌发展的方向、道路，是当代文艺思潮中有代表性的错误言论之一。

杨炼的诗论《传统与我们》发表在《山花》第9期上。

9日，冯乃超逝世，享年82岁。冯乃超，1901年生于日本横滨，原籍广东南海。早年在东京帝国大学读书时加入马列主义研究会。1927年应成仿吾之邀回国参加革命工作，是创造社成员，次年任《创造月刊》《文化批判》编辑。1930年参与筹建中国左翼作家联盟，并起草左联《理论纲领》，任左联、文化总同盟中共党团书记。1937年后积极宣传抗战，次年任国民政府军委会政治部第三厅中共特支书记，并参加中华全国文艺界抗敌协会筹组工作，后任理事兼组织部副部长。1942年前后任中共中央南方局文委委员。1945年任重庆国共谈判中共代表团顾问。次年任中共中央华南分局文委书记。建国后历任政务院文教委副秘书长，中央人事部副部长，中山大学党委第一书记、副校长等职。著有《红纱灯》《消沉的古伽蓝》《外白渡桥》《冷静的头脑》《艺术概论》等诗文集。

10日，昌耀的诗《敦煌主题及其变奏（三首）》、唐湜的诗《江南弄（外一首）》、蔡其矫的诗《中原（外一首）》发表在《诗刊》第9期上。

张洁的小说《条件尚未成熟》、宗璞的小说《谁是我?》发表在《北京文学》第9期上。

张辛欣的小说《疯狂的君子兰》发表在《文汇月刊》第9期上。

13日，《人民日报》刊登综述《〈文艺报〉等报刊关于西方现代派文学与我国文学发展方向问题的讨论》。

15 日，贾平凹的中篇小说（或散文）《商州初录》发表在《钟山》第 5 期上。

16—17 日，个旧市文联、《个旧文艺》编辑部召开座谈会，对第 4 期发表的遇罗锦的自传小说《求索》展开讨论。与会者认为《求索》"赤裸裸地宣扬腐朽的资产阶级的恋爱、婚姻、道德观"。

17 日，《当代文艺思潮》编辑部在兰州召开美学研究与当前文艺思潮座谈会，就美学研究为繁荣社会主义文艺服务等问题进行讨论。与会者批评了当前文艺思潮中出现的"自我表现"等美学观点。

20 日，何立伟的小说《小城无故事》、林斤澜的小说《朝天椒》、蒋子龙的小说《修脚女》、徐迟的散文《繁荣的香港，虚荣的市场》发表在《人民文学》第 9 期上。

25 日，贾平凹的小说《小月前本》发表在《收获》第 5 期上。

本月，顾工的诗《我是北京人》、周涛的诗《沙海中的星星》、蔡其矫的诗《天山情》、张抗抗的小说《荒原》、张一弓的小说《山村理发店纪事》、祖慰的报告文学《快乐学院》、白峰溪的话剧《风雨故人来》发表在《十月》第 5 期上。

十月

1 日，李瑛的组诗《美国印象》、汪曾祺的小说《星期天》、马原的小说《儿子没说什么》发表在《上海文学》第 10 期上。

李延国的报告文学《在这片国土上》发表在《解放军文艺》第 10 期上。

3 日，张洁的小说《男子汉的宣言》、苏晓康的报告文学《东方佛雕》发表在《人民文学》第 10 期上。

4 日，由中国作协主持的重庆诗歌讨论会召开。中国作协书记处书记朱子奇、柯岩，以及绿原、周良沛等 30 余人出席。经整理的《重庆诗歌讨论会纪要》发表在《文艺报》第 12 期上。《纪要》说，近几年来，"以《在新的崛起面前》《新的美学原则在崛起》和《崛起的诗群》为代表的错误理论"，"不同程度并越来越系统地背离了社会主义的文艺方向和道路，比起文学领域中其他的错误理论要更完整、更放肆。对它们给诗歌创作和诗歌理论带来的混乱和损害是不能低估的。""我们和'崛起'论在对诗与生活、诗与人民、继承与创新、如何借鉴外国文学等一系列问题上的分歧，不但是文艺观上的分歧，也是社会观、政治观、世界观的分歧。是方向、道路的根本分歧。""'崛起'论否定理性，实际上就是否定正确的指导思想，就是对马克思主义、毛泽东思想的严重挑战。我们应该做出科学严肃的回答。""大家认为，诗歌创作必须植根于现实生活的土壤，必须反映革命的时代精神和人民大众的思想感情，坚持这一点，社会主义诗歌就能得到进一步发展和繁荣。否则，诗歌艺术必然走入歧途。"

7 日，中国社会科学院文学研究所当代文学研究室召开关于人性和人道主义在当前创作中的表现的讨论会。与会者认为，不能把近几年文学的主潮概括为人道主义。会上对表现超阶级的人性，造成"精神污染"的《挑战》《离离原上草》《妙清》《人啊，人》《啊，人……》《女俘》等作品提出批评。

《文艺报》第 10 期以"革命历史题材创作需要突破"为题刊登一组文章，对近七年出版的近三百部革命历史题材长篇小说创作得失等问题进行探讨。

10 日，郑敏的《诗三首》发表在《诗刊》第 10 期上。

林斤澜的中篇小说《满城飞花》发表在《北京文学》第 10 期上。

11 日，广东省作协召开关于西方现代派和异化问题讨论会。

16 日，施蛰存的《关于"现代派"一席谈》发表在《文汇报》上。

《红旗》杂志第 20 期发表施友欣的文章《思想战线不能搞精神污染》，列举思想战线精神污染的一些突出表现，呼吁全社会要高度重视和全力治理精神污染。

17—24 日，《解放军报》文化工作宣传处和《解放军文艺》编辑部在北京联合召开部队诗歌创作座谈会。与会者对诗歌创作和评论中的资产阶级自由化倾向，对"崛起的诗群"及其诗歌理论提出批评。

20 日，《花城》第 5 期发表王惟苏的《新新闻主义——"反小说"流派》，并在第 5、6 期连载美国作家杜鲁门·卡波特的非虚构小说《袖珍棺材》。

31 日，《人民日报》发表评论员文章《高举社会主义文艺旗帜，坚决防止和清除精神污染》。

《光明日报》编辑部就"清除精神污染"问题邀请首都理论、文艺界部分人士座谈，臧克家、丁玲、欧阳山、赵寻等发言，对文艺界的"精神污染"现象提出批评。

本月，河南省文联党组召开扩大会议，讨论清除精神污染问题。与会者对写"人性感化"的小说《心声》《磨盘庄》等作品提出批评。

陈敬容的诗集《老去的是时间》由黑龙江人民出版社出版。

曾卓的诗集《老水手的歌》由黑龙江人民出版社出版。

十一月

1 日，章德益的组诗《寻找新大陆》、张承志的小说《戈壁》发表在《上海文学》第 11 期上。

2 日，中共浙江省委召开扩大会议，就思想文艺战线不能搞精神污染问题进行讨论。与会者对大型文学刊物《江南》发表背离社会主义文艺方向的作品《女俘》《问心无愧》等提出批评。浙江省委宣传部作出决定，《江南》停刊整顿。

3 日，中国剧协在北京召开学习中共十二届二中全会文件座谈会，曹禺、李伯钊、赵寻等发言，强调"戏剧家要在舞台上和生活中，争做建设精神文明的表率"，坚决防止和清除精神污染。会上对有些剧团上演萨特的《肮脏的手》提出批评。

《光明日报》发表杜高的文章《社会主义戏剧必须重视社会效果》，对话剧《爱，在我们心里》《马克思"秘史"》等剧表现的思想倾向提出批评。

4 日，中国作协党组召开学习贯彻十二届二中全会精神座谈会，就作家在建设社会主义精神文明中的责任及文学领域防止和清除精神污染问题，交流学习心得，开展批评与自我批评。

5 日，中国文联主席周扬对新华社记者发表谈话，表示拥护党中央的决定和清除精神污染的决策，并就发表论述"异化"和"人道主义"文章的错误作自我批评。

福建省文联召开抵制和清除精神污染问题座谈会，至 12 日止。《新的美学原则在崛起》的作者孙绍振在会上作自我批评。

《长安》第 11 期发表张子良、王吉呈根据郭小川同名长诗改编的电影文学剧本《一个和八个》。

10 日，全国政协文化组举行座谈会，讨论清除思想文化战线上的精神污染问题。胡风、丁玲、李伯钊等在会上发言。

中国文联召开部分在京艺术家座谈会，讨论贯彻中共十二届二中全会精神、抵制和清除精神污染问题。周扬主持座谈会并做自我批评，他说："我在今年 3 月份纪念马克思逝世一百周年报告会上发表了那样一篇有缺点、有错误的文章，这是一个深刻的教训。"阳翰笙、林默涵、刘白羽、曹禺、胡风等在会上发言。

程代熙的《给徐敬亚的公开信》发表在《诗刊》第 11 期上。

汪曾祺的小说《云致秋行状》、刘震云的小说《河中的星星》发表在《北京文学》第 11 期上。

11 日，陈登科在安徽省委宣传部召开的文艺界座谈会上做自我检查。

12 日，《作品与争鸣》编辑部在北京召开"坚持社会主义文艺方向，清除精神污染座谈会"。与会者就人性、人道主义、"现代主义"、"异化"等问题进行讨论。

16 日，陕西省汾西县业余文艺作者举行抵制和清除精神污染座谈会，韩石山在会上就自己的作品《静夜》《磨盘庄》中的"不健康因素"做自我批评。

19 日，《光明日报》发表丁振海、李准的文章《社会主义的异化论和文艺领域的"异化热"》，《文艺报》12 期刊登李山的文章《异化是社会主义的重大主题吗？》，两篇文章对文艺创作和文艺理论的"异化热"现象提出批评。（此处李准系文学评论家，非著名作家李准。作家李准后改名为李凖。——编者注）

20 日，蒋巍的报告文学《在大时代的弯弓上》发表在《人民文学》第 11 期上。

22 日，《文艺报》编辑部和中国文联理论研究室联合在北京举行科幻小说创作讨论会。与会者对《美女蛇奇案》《王府怪影》《蜡像馆的幽魂》等作品提出批评。

24 日，《光明日报》转载郑伯农的文章《在崛起的声浪面前——对一种文艺思潮的剖析》，对诗歌界的"三个崛起"理论提出批评。原载《诗刊》1983 年第 6 期。

25 日，文化部部长朱穆之向六届人大常委会三次会议做报告，认为近年来文艺工作总的情况可以用两句话概括："成绩是主要的，缺点是严重的。"

28 日，中宣部部长邓力群在全国文化厅局长会议和全国广播电视宣传工作会议上讲话，着重谈清除精神污染的范围、政策、界限等问题。

本月，章德益的诗《大漠诗情》发表在《十月》第 6 期上。

十二月

6 日，《文汇报》发表士木的《失误在哪里——评张辛欣同志一些小说的创作倾向》。文章认为张辛欣的《在同一地平线上》《我们这个年纪的梦》《浮土》《疯狂的君子兰》等作品表现了一种"对我们的现实与前途悲观失望的情绪"。

7 日，徐迟在湖北省六届人大常委会第五次会议小组讨论中发言，对自己提出的"马克思主义的现代主义"观点做自我批评。

10 日，杜运燮的诗《塔吊和蝉（二首）》、袁可嘉译［美］威廉斯的《诗四首》、柯岩的《关于诗的对话——在西南师范学院的讲话》发表在《诗刊》第 12 期上。

王蒙的小说《苦恼》、理由的报告文学《彼岸》发表在《北京文学》第 12 期上。

12—14 日，为纪念毛泽东诞辰 90 周年，全国毛泽东文艺思想研究会先后在石家庄和西柏坡召开讨论会，就如何在新的历史时期继承和发扬毛泽东思想，搞好文艺创作、批评、研究，清除形形色色的精神污染等问题进行讨论。

《吉林日报》刊登张笑天关于《离离原上草》的自我批评文章《永远不忘社会主义作家的职责》。

16 日，北京市作协和北京文艺学会联合举行毛泽东文艺思想讨论会，就毛泽东关于文艺与政治、文艺与生活、文艺的民族化和群众化等论述进行讨论。

20 日，郑义的小说《冰河》、霍达的小说《保姆》发表在《当代》第 6 期上。

26 日，《红旗》杂志第 24 期发表林默涵的《清除精神污染与繁荣社会主义文艺》、冯牧的《道路必须坚持，旗帜必须鲜明》。

本月，《戏剧报》编辑部召开话剧《车站》座谈会。与会者批评了该戏的思想倾向性。

本年

《走向未来》丛书开始出版。

林希的诗集《无名河》由江苏人民出版社出版。

1984 年

一月

1 日，汪曾祺的短篇小说《金冬心》、周克芹的中篇小说《橘香，橘香》发表在《现代作家》第 1 期上。

古华的中篇小说《相思树女子客家》发表在《长江》第 1 期上。

3 日，胡乔木在中央党校做《关于人道主义和异化问题》的讲话，对关于人道主义和异化问题的争论做出理论性的总结。讲话刊于《红旗》第 2 期和《理论月刊》第 2 期。胡乔木认为，人道主义有两个方面的含义：一个是作为世界观和历史观的人道主义，另一个是作为伦理原则和道德规范的人道主义。文章阐述了四个方面的问题：一，究竟什么是人类社会进步的动力？二，我们要依靠什么样的思想来指导我们的社会主义继续前进？三，为什么要宣传和实行社会主义的人道主义？四，能否用"异化"论的说法来解释社会主义的消极现象？文章认为，作为世界观和历史观的人道主义，是唯心主义的，它是和马克思主义的历史唯物主义相对立的。文章批评了把人类历史概括为人性的异化和复归的历史，认为这是唯心主义的历史观。进而认为"宣传人道主义的世界观、历史观和社会主义异化论"是"带有根本性质错误的"思潮，这已经不是一般的学术讨论问题，而是"牵扯到离开马克思主义的方向，诱发对社会主义的不信任情绪"的问题。

4—8 日，全军报告文学座谈会在北京举行。与会者表示要坚持文学真实性原则，有胆有识地揭露生活中的矛盾，写出更多优秀的军事题材报告文学。

7 日，《文艺报》发表评论员文章《清除精神污染与解放艺术生产力》。

10 日，昌耀的诗《土风组诗》发表在《诗刊》第 1 期上。

余华的小说《星星》发表在《北京文学》第 1 期上。

15 日，刘树枫的话剧《十五桩离婚案的调查剖析》发表在《钟山》第 1 期上。

钱中文的《论当前文艺理论创作中的现代主义思潮》发表在《文学评论》第 1 期上。

20 日，从维熙的中篇小说《雪落黄河静无声》发表在《人民文学》第 1 期上。

25 日，辽宁省作协主办的《当代作家评论》（双月刊）在沈阳创刊。

邓友梅的小说《烟壶》发表在《收获》第 1 期上。

本月，张承志的中篇小说《北方的河》发表在《十月》第 1 期上。王蒙说："张承志写真并又写意，写景写情而又充满严肃的思辨。……小说不仅写了北方的几条河，而且写了生活的河，生命和青春的河，源远流长的中华文化的河……这样的高瞻远瞩，这样对于大地历史生活的沉思，不能不给我们引以为豪的当代文学带来新的精神境界，新的信息。"（王蒙：《大地和青春的礼赞》，《文艺报》1984 年第 3 期）唐挚说："作者从生活中概括出来的……一个勇于迎击生活风雨的顽强的奋斗者，一个真正的男子汉和战士，不仅具有极大的感染力，而且也使人们为新时代产儿的阔大心胸和刚健步伐而欣喜。"（唐挚：《读〈北方的河〉的断想》，《十月》1984 年第 3 期）

本月，丁阿虎描写中学生初恋题材的短篇小说《今夜月儿明》发表在《少年文艺》第 1 期上。

陈冠柏、周容新的报告文学《中国的回声》发表在《江南》复刊号上。

二月

1 日，铁凝的短篇小说《六月的话题》发表在《花溪》第 2 期上。

7 日，《文艺报》第 2 期发表谭昭的文章《评〈离离原上草〉》以及张笑天的自我批评文章《永远不要忘记社会主义作家的责任——关于〈离离原上草〉的自我批评》。张笑天承认自己在"这部作品中所宣称的赤裸裸的超阶级人性论观点，是违背马克思主义阶级论的，是一种自由化倾向"。

8 日，北京市作协组织学习胡乔木《关于人道主义和异化问题》的讨论会。与会者强调要用历史唯物主义来指导创作，促进社会主义文艺的健康发展。

10 日，乌热尔图的小说《越过克波河》发表在《北京文学》第 2 期上。

15 日，《民族文学》第 2 期发表那家伦的报告文学《开拓者》。

20 日，贾平凹的小说《三十未立》发表在《青春丛刊》第 2 期上。

苏叔阳的长篇小说《故土》发表在《当代》第 1 期上。

刘再复的散文《读沧海》发表在《人民文学》第2期上。

三月

1—7日，《文艺报》和《人民文学》编辑部在河北联合召开农村题材小说创作座谈会，就如何反映变革中的农村生活、创造具有时代特征的农民形象等问题进行讨论。

昌耀的诗《荒漠与晨光（外二首）》、杨牧的诗《他在马背上微笑》、梁南的诗《我的名字是：树》发表在《上海文学》第3期上。

邓友梅的小说《"四海"居轶事》发表在《小说界》第2期上。

5日，《人民日报》刊登徐敬亚的《时刻牢记社会主义的文艺方向——关于〈崛起的诗群〉的自我批评》。

刘宾雁的报告文学《关东奇人传》发表在《文汇月刊》第3期上。

7日，《文艺报》从第3期起刊登文艺理论工作者学习胡乔木《关于人道主义和异化问题》的文章，有魏易的《维护和促进社会主义文艺的健康发展》、唐挚的《文学中的人性与人道主义问题》、陈涌的《人性、人道主义和我们》等。

10日，李杭育的小说《珊瑚沙的弄潮儿》、浩然的小说《蓝背心》、余华的小说《竹女》发表在《北京文学》第3期上。

11—13日，中国文联和中国作协联合举行座谈会，讨论人道主义和异化问题，交流学习胡乔木的《关于人道主义和异化问题》一文的心得。丁玲、陈涌、胡采、陈荒煤、冯牧、赵寻、王蒙等40余位文艺工作者参加座谈。与会者认为，胡乔木的文章"明确地把作为世界观和历史观的人道主义和作为伦理原则和道德规范的人道主义区别开来，阐明了唯物史观和唯心史观的根本区别，批评了对异化这个概念的滥用，强调了宣传社会主义人道主义的重要性。这对于澄清前一阶段出现的某些思想混乱，指导我国的社会主义文艺实践，有着重要的意义。""我们批判抽象的人道主义，是要摒弃人道主义的唯心史观，绝不是要对历史上的人道主义采取全盘否定的态度，更不是要取消文艺作品的写人性、写人情。""应当注意'异化'理论对文艺创作的影响。我们的社会还存在着落后面和阴暗面，文艺作品不应当搞无冲突论，应当真实地、深刻地揭示生活中的矛盾冲突，帮助人们认识和克服落后面和阴暗面。但是矛盾不等于异化，矛盾是时时处处都存在的，异化绝不是随时随地都在发生的。……把我国描写成走向异化的社会，是完全违背生活真实的。"

15日，莫言的小说《岛上的风》发表在《长城》第2期上。

张韧、杨志杰的文章《从〈啊，人……〉到〈人啊，人!〉——评近几年文学创作中的人性、人道主义问题》发表在《文学评论》第2期上。

19日，中国作协召开的1983年全国优秀短篇小说发奖大会在北京举行，陆文夫的《围墙》、史铁生的《我遥远的清平湾》等20篇作品获奖。

20日，《光明日报》社召开文艺座谈会，就"文艺应该怎样更好地反映改革的现实"进行专题讨论。与会者认为改革题材作品的核心问题是改革家形象的塑造问题，要注意和克服公式化倾向。

《人民文学》第 3 期发表李陀与乌热尔图的《创作通信》。李陀认为乌热尔图的创作中有一种少数民族文化中特有的"深沉刚烈的东西"，表现了鄂温克族的文化以及对大自然的表现。他说："我要去'寻根'。我渴望有一天能够用我的已经忘掉了许多的达斡尔语结结巴巴地与乡亲们谈天，去体验达斡尔文化给我的激动。"

　　周梅森的小说《崛起的群山》发表在《花城》第 2 期上。

　　25 日，张洁的小说《串行儿》发表在《海峡》第 2 期上。

　　王蒙的小说《逍遥游——在伊犁之七》、谌容的中篇小说《错，错，错!》发表在《收获》第 2 期上。

　　本月，冯骥才的中篇小说《神鞭》发表在《小说家》第 3 期上。

　　张贤亮的中篇小说《绿化树》、贾平凹的中篇小说《鸡窝洼人家》、邓友梅的中篇小说《索七的后人》、陈祖芬的报告文学《我的太阳》发表在《十月》第 2 期上。《绿化树》是张贤亮的系列中篇《唯物论者的启示录》的第一部。作者在题记中写道："'在清水里泡三次，在血水里浴三次，在碱水里煮三次。'阿·托尔斯泰在《苦难的历程》第二部《一九一八年》的题记中，曾用这样的话，形象地说明旧知识分子思想改造的艰巨性。当然，他指的是从沙俄时代过来的资产阶级知识分子。""然而，这话对于曾经生吞活剥地接受过封建文化和资产阶级文化的我和我的同辈人来说，应该承认也是有启迪的。于是，我萌生出一个念头：我要写一部书。这'一部书'将描写一个出身于资产阶级家庭、甚至曾经有过朦胧的资产阶级人道主义和民主主义思想的青年，经过'苦难的历程'，最终变成了一个马克思主义的信仰者。"高尔泰认为："我们曾看到许多被扭曲的心灵真诚地作了荒谬的忏悔，很愿意相信小说是这种忏悔。在极'左'路线横行的时期，自轻自贱，自我虐待，'自我'像秘密警察似的监视和跟踪着自我的每一个动作和每一缕思想，不断自我揭发和自我批判，成了极'左'路线迫害自己的有力助手。通过描写这种心理来揭露极'左'路线的罪行，是作家应有的权利。我们很愿意相信作家是在行使这种权利。但小说的整体说明它并不是这样的变形记。相反，它不是否定而是肯定这种变形。它宣传变形前的'我'是不正常的，只是通过变形才恢复了正常。"（高尔泰：《只有一枝梧叶　不知多少秋声》，《当代作家评论》1985 年第 5 期）张炯认为："《绿化树》写章永璘不断自我忏悔和反省，并立意自我改造，等等，应该说，这种心理描写是符合历史真实的，作家当然只能以六十年代章永璘的思想感觉来描写他。试问，如果那时的章永璘就认为自己属于工人阶级的一部分，岂不倒是不可信么? 章永璘那种自我感觉和认识，正如同'文化大革命'中许多知识分子仍然虔诚地接受无辜的批评一样，同属历史的悲剧。它深刻地揭示了一个悲剧性的时代里，特定历史条件造成人们什么样的思想局限与思想荒谬。"又说："就当代中国知识分子经历新旧社会转折和新中国年代里'左'倾错误所造成的磨难，而仍然热爱祖国和人民，并且努力去学习和把握马克思主义者一点来说，章永璘正可以称为'典型环境中的典型人物'"。（张炯：《关于〈绿化树〉评价的思考》，《文艺报》1984 年第 11 期）

　　史铁生的小说《关于詹牧师的报告文学》发表在《文学家》第 3 期上。

　　哥伦比亚作家加西亚·马尔克斯的长篇小说《百年孤独》（高长荣译）刊载于北京

十月文艺出版社出版的《长篇小说》丛刊 1984 年第 2 辑。

四月

1 日，周涛的诗《角力的群山（外一首）》、雷抒雁的诗《游去（外一首）》发表在《上海文学》第 4 期上。

史铁生的小说《奶奶的星星》发表在《作家》第 4 期上。

谌容的小说《一个不正常的女人》发表在《上海文学》第 4 期上。

5 日，孟晓云的报告文学《胡杨泪》发表在《文汇月刊》第 4 期上。

7 日，《文艺报》第 4 期刊登对《崛起的诗群》一文批评的综述文章《一场意义重大的文艺论争》。

10 日，余华的小说《月亮照着你，月亮照着我》、韦君宜的小说《伏枥》、陈祖芬的报告文学《人民代表》发表在《北京文学》第 4 期上。

12 日，王安忆的散文《我们家的男子汉》发表在《文汇报》上。

19 日，《当代文艺思潮》编辑部在厦门大学召开座谈会，就新技术革命形势下文艺学的现代化问题等进行讨论。

20 日，何士光的小说《青砖的楼房》、何立伟的小说《砚坪那个地方》、曹禺的散文《我很怀念老舍先生》、夏衍的散文《甲子谈鼠》发表在《人民文学》第 4 期上。

王朔的小说《空中小姐》发表在《当代》第 2 期上。

本月，张炜的中篇小说《护秋之夜》发表在《小说家》第 2 期上。

张贤亮的中篇小说《浪漫的黑炮》发表在《文学家》第 2 期上。

五月

1 日，邵燕祥的诗《我的乐观主义（二首）》、周大新的小说《"黄埔"五期》、程乃珊的小说《丁香别墅》发表在《上海文学》第 5 期上。

10 日，杜运燮的诗《草和树四首》、杨牧的诗《山杜鹃（三首）》发表在《诗刊》第 5 期上。

公刘的诗《伊犁河谷》发表在《北京文学》第 5 期上。同期开辟"北京作家忆老舍"专栏。

矫健的中篇小说《老人仓》发表在《文汇月刊》第 5 期上。

15 日，刘再复的《论人物性格的二重组合原理》发表在《文学评论》第 3 期上。

李杭育的小说《船长》、汪曾祺的文论《谈谈风俗画》发表在《钟山》第 3 期上。同期发表李国文的小说《驳壳枪》，并附李国文的《论眼睛》及李国文主要作品目录。

17 日，成仿吾逝世，享年 86 岁。成仿吾，湖南新化人，原名成灝，字仿吾。1910 年留学日本。1919 年开始在《时事新报·学灯》上发表新诗，次年发表短篇小说《流浪人的新年》。1921 年回国，在上海与郭沫若、郁达夫等发起成立创造社，先后编辑《创造季刊》《创造周报》《创造日》及《洪水》等文学刊物，大力倡导新文学运动。1925 年赴广东大学任教兼黄埔军校教官。大革命失败后赴日本，并发表重要论文《从文学革命到革命文学》，引起了后期创造社与鲁迅的争论。1928 年赴欧洲，在巴黎参加中国共产党，后又去柏林，主编中共柏林、巴黎支部机关刊物《赤光》。1931 年回国，任鄂豫皖苏区省委宣传部长和红安县委书记。1934 年 10 月参加红军长征。1937 年在延安任陕北公学校长，与徐冰合译《共产党宣言》，此后一直从事教育事业。曾任华北联合大学、华北大学、中国人民大学、东北师范大学、山东大学等校校长。

20 日，史铁生的短篇小说《足球》、刘绍棠的小说《京门脸子》、贾平凹的散文《秦腔》发表在《人民文学》第 5 期上。

江永红和钱刚的报告文学《奔涌的潮头》发表在《昆仑》第 3 期上。

25 日，张洁的中篇小说《祖母绿》发表在《花城》第 3 期上。

王安忆的长篇小说《69 届初中生》在《收获》第 3 期上连载，至第 4 期止。同期发表马中骏、贾鸿源的话剧《街上流行红裙子》。

季红真的《文学批评中的系统方法与结构原则》发表在《文艺理论研究》第 3 期上。

本月，牛汉的诗集《温泉》由上海文艺出版社出版。

陆天明的小说《白木轭》、王蒙的小说《边城华彩——〈在伊犁〉之八》发表在《十月》第 3 期上。

六月

1 日，扎西达娃的小说《谜样的黄昏》发表在《西藏文学》第 6 期上。

祖慰的小说《人鸦对话录》、张平的短篇小说《姐姐》发表在《青春》第 6 期上。

鲁枢元的《反映论与创作心理》发表在《上海文学》第 6 期上。

3 日，王兆军的报告文学《原野在呼唤》发表在《报告文学》第 6 期上。

10 日，陈敬容的诗《时间四重奏》、牛汉的诗《夔门》发表在《诗刊》第 6 期上。

李国文的散文《英伦风情》、刘心武的散文《凡尔赛喷泉》、宗璞的散文《没有名字的墓碑——关于济慈（1795—1821）》发表在《北京文学》第 6 期上。

20 日，祖慰的小说《凳子上的心理学实验》、邵振国的短篇小说《麦客》、乔迈的报告文学《希望在燃烧》发表在《当代》第 3 期上。

张炜的短篇小说《一潭清水》、李杭育的中篇小说《土地与神》、李国文的小说《危楼记事》、徐迟的报告文学《雷电颂》、熊召政的报告文学《新史诗中的惊人之笔》发表在《人民文学》第 6 期上。

七月

1 日，莫言的小说《黑沙滩》发表在《解放军文艺》第 7 期上。

阿城的中篇小说《棋王》发表在《上海文学》第 7 期上。曾镇南认为《棋王》的"异彩"首先体现在语言方面：阿城的"造句、遣词、用字，是经过一番锤炼的"，其语言的内在活力表现在"一是造势，二是塑形"。而小说的"深味"则通过王一生这个人物形象得以折射："王一生，就是中华民族在罹难遭灾的时候犹能开出的一朵智慧与意志之花。""这是置身于浩茫广阔的社会背景上的一个向人群辐射热力的生命，这里凝聚了沉郁雄大的民族气质的一缕向人生投放光芒的黑魂。这生命，这魂魄在那个时代的存在，岂不昭示着'中华棋运，毕竟不颓'，难道不也昭示着中华国运，必将中兴吗？"（曾镇南：《异彩与深味》——读阿城的中篇小说《棋王》，《上海文学》1984年10期）辛晓征认为："王一生的'吃'和'下棋'即生道和心道两个形象部分被突出出来，和作品的艺术环境组成了具体关系，表现出另一主题层次。王一生在吃和下棋这两种生活内容中，为棋不为生，保持灵魂的清洁和精神的自由，展现出独特的生活姿态。他依然寒窘无依，依然屡小无观，但全神守性，把生活提升到审美的境界，至此，王一生的形象暗示了千百年来中国知识分子的生活理想和精神图样，而《棋王》的主题也由对民族精神力量的肯定衍化为对民族人生观和心理素质的再现。"（辛晓征：《读阿城小说散记》，《当代作家评论》1985年第5期）

10—25日，人民文学出版社在烟台举办长篇小说创作笔会，王蒙、宗璞、李杭育、刘亚洲、李存葆等30多位作家应邀出席。

15日，陈建功的小说《找乐》发表在《钟山》第4期上。

19日，苏童的小说《近郊纪事》发表在《青年文学》第7期上。

20日，蒋子龙的中篇小说《燕赵悲歌》发表在《人民文学》第7期上。

袁厚春的报告文学《省委第一书记》发表在《昆仑》第4期上。

25日，林斤澜的短篇小说《丫头她妈》发表在《收获》第4期上。

本月，史铁生的小说《山顶上的传说》、贾平凹的中篇小说《腊月·正月》、理由的报告文学《天·地·人》、锦云和王梓夫的话剧《山乡女儿行》、沙叶新的电影文学剧本《宋庆龄》发表在《十月》第4期上。

八月

1日，北岛的诗《菩萨》发表在《上海文学》第8期上。

马原的短篇小说《拉萨河女神》发表在《西藏文学》第8期上。马原在创作谈中说："小说没有惯常意义上的主题。我知道自己，所以不试图去教育（教训）我的读者，我尽可能地客观，客观地叙述，客观地描写，客观地反映我的主体感受（包括观察）。……我把我的故事讲出来，但不把我的想法直接告诉读者，我希望给读者的不仅仅是某种提示。我寄希望我的读者和我一起创造，我尽可能留下空白，留下读者再创作的余地。"（马原：《我的想法》，《西藏文学》1985年第1期）

10日，马丽华的诗《我的太阳》、廖亦武的诗《大盆地》、流沙河的《羊鸣随笔（代序）》发表在《诗刊》第8期上。

汪曾祺的小说《日规》、王安忆的小说《人人之间》发表在《雨花》第8期上。

郑万隆的小说《有核桃树的小院》、杨沫的散文《难忘的仙台》发表在《北京文学》第8期上。

13日，《十月》编辑部邀请北京的部分评论工作者，座谈贾平凹近年来创作的反映农村变革的三部中篇小说《小月前本》《鸡窝洼人家》《腊月·正月》。

20 日，章德益的诗《花粉囊》、陈忠实的中篇小说《初夏》、刘亚洲的报告文学《海水下面是泥土》、张志民的散文《昆明一条路》发表在《当代》第 4 期上。

王安忆的小说《麻刀厂春秋》、理由的报告文学《南方大厦》发表在《人民文学》第 8 期上。

30 日，中共中央宣传部从今日起在北京召开文艺工作座谈会，就文艺形势和当前任务，召开全国第五次文代会以及文艺体制改革、开创文艺新局面等问题，听取党内文艺工作者的意见。

本月，乔典运的短篇小说《村魂》发表在《奔流》第 8 期上。

柯云路的长篇小说《新星》发表在《当代·增刊 3》上。

九月

3 日，中央领导同志就电影问题做出批示，建议废除一部文艺作品由一个人拍板决定"生""死"的做法。

10 日，张志民的诗《"死不着"的后代们》发表在《北京文学》第 9 期上。

章德益的《土地（组诗）》、唐晓渡的《这双手（组诗）》、周涛的诗《喜鹊的江南（三首）》、袁可嘉的诗《街头小演奏家》发表在《诗刊》第 9 期上。

14 日，《丑小鸭》编辑部在京举办刘再复的《论人物性格的二重组合原理》专题讨论会。

15 日，莫言的小说《雨中的河》发表在《长城》第 5 期上。

张一弓的中篇小说《春妞儿和她的小嘎斯》、王兆军的中篇小说《拂晓前的葬礼》、路遥的小说《我和五叔的六次相遇》发表在《钟山》第 5 期上。

20 日，高行健的小说《花豆》、陈祖芬的报告文学《关于候补中年知识分子的报告》发表在《人民文学》第 9 期上。

朱苏进的中篇小说《凝眸》发表在《昆仑》第 5 期上。

25 日，高晓声的中篇小说《跌跤姻缘》发表在《花城》第 5 期上。

26 日，《文艺报》召开张贤亮的小说《绿化树》专题讨论会。与会者多数人认为该作是"一部成功的革命现实主义作品"。

十月

1 日，岛子的诗《荒原，我母性的荒原》、何立伟的小说《小站》发表在《上海文学》第 10 期上。

6 日，《文艺报》从今日起举办当代文艺信息讲座。张洁、李国文、李泽厚、徐怀中、李存葆、邵牧君、邓友梅、冯骥才、邵大箴、高莽、刘宾雁、陈祖芬、吴祖光、苏叔阳、王蒙、冯牧等主讲，每周一讲。

10 日，周佑伦的诗《我给生活剪影》发表在《诗刊》第 10 期上。

张洁的小说《尾灯》、邓友梅的小说《在东京的四个中国人》、郑万隆的小说《花蛋糕》发表在《北京文学》第 10 期上。

11 日，北京大学党委邀请吴组缃、金开诚、袁行霈、谢冕等人座谈当前文艺工作的形势和存在的问题。与会者就如何加强文艺工作领导，文艺工作者如何进一步提高思想文化素质等问题提出了自己的看法。

19 日，张炜的中篇小说《秋天的思索》发表在《青年文学》第 10 期上。

20 日，严阵的诗《深圳的曙光》、林斤澜的系列小说《矮凳桥风情》、何立伟的小说《白色鸟》，陆文夫的小说《门铃》、阿城的小说《树桩》、乌热尔图的小说《坠着露珠的清晨》发表在《人民文学》第 10 期上。李庆西说："《矮凳桥风情》里边长长短短共有 21 篇作品，并不一概围绕这座桥做文章。桥作为一种意象，在这部系列小说中的作用毕竟有限。然而如果说它涵括着作家的一种风格意识，那倒是触处皆然。这种风格意识简单地说就是混沌地把握对象，表现混沌的人生世象。……对新生活的赞美和对历史的嗟叹，交织在这部作品的字里行间；对自己同代人历经忧患的经历和对年轻人寻找生活的理解充盈作家心头。"（李庆西：《说〈矮凳桥风情〉》，《当代作家评论》1987 年第 6 期）汪曾祺说："矮凳桥系列小说有没有一个贯穿性的主题？我以为是有的，那就是'人'，或者：人的价值。这其实是一个大家都用的，并不新鲜的主题。不过林斤澜把它具体到一点：'皮实'。斤澜解释的很清楚，即是生命的韧性。……'皮实'是我们这个民族普遍的品德。林斤澜对我们的民族是肯定的，有信心的。因此我说，《矮凳桥》是爱国主义的作品。"（汪曾祺：《林斤澜的矮凳桥》，《文艺报》1987 年 1 月 31 日）

周涛的诗《蒙古族牧人唱起古歌》、杨牧的诗《处女地》、霍达的小说《追日者》、庞瑞垠的小说《东平之死》发表在《当代》第 5 期上。同期开始连载刘心武的长篇小说《钟鼓楼》，至第 6 期止。全书由人民文学出版社 1985 年 11 月出版。

21—23 日，中美作家第二次会议在北京举行。会议主要讨论"作家创作源泉"问题。冯牧（中方）和哈里森·索尔兹伯里（美方）任会议执行主席。

十一月

1 日，《联合文学》创刊。创刊号发表施叔青的小说《夜游》。

阿城的小说《会餐》发表在《作家》第 11 期上。

3 日，刘心武的小说《木李石戒指》发表在《福建文学》第 11 期上。

10 日，许钦文逝世，享年 87 岁。许钦文，名松龄，1897 年生于浙江绍兴。1913 年考入绍兴浙江第五师范。1922 年到北京大学旁听鲁迅《中国小说史略》课程及李大钊的演讲。同年 4 月与董秋芳在北京大学组织文学团体春光社，邀鲁迅、郁达夫、周作人担任指导，开始陆续在《晨报》副刊发表《这一次的离故乡》《传染病》《理想的伴侣》等小说。1926 年 4 月，短篇小说集《故乡》由鲁迅帮助选编出版，其后又出版了《毛线袜及其他》《鼻涕阿三》《赵先生的烦恼》《回家》等集子。1928 年后又出版小说集《幻象的残象》《若有其事》《西湖之月》《一坛酒》等十几部作品，内容多为揭露白色恐怖。1937 年抗战爆发后，与郁达夫、董秋芳、楼适夷等到福建参加抗日救亡活动，任福州市文化界救亡协会常务理事兼宣传部长，并在福建省立师范任教，继续撰写以抗日救亡为主要内容的散文和时评。1949 年任浙江师范学院教授。1950 年加入中国民主促进会。历任浙江省文化局副局长、浙江省文联副主席等职。鲁迅曾说："许钦文自名他的第一本短篇小说即为《故乡》，也就是在不知不觉中自招为乡土文学的作者，不过在未开手来写乡土文学之前，他却已被故乡所放逐，生活驱逐他到异地去了，他只好回忆'父亲的花园'，而且是已不存在的花园，因为回忆故乡的已不存在的事物，是比明明存在，而只有自己不能接近的事物较为舒适，也更能自慰的。""无可奈何的悲愤，是令人不得不舍弃的，然而作者仍不能舍弃，没办法，就再寻得冷静和诙谐来做悲愤的衣裳；裹起来了，聊当'看破'。并且将这手段用到描写种种人物，尤其是青年人物去。因为故意的冷静，所以也刻深，而终不免带着令人疑虑的嬉笑。'虽有忮心，不怨飘瓦'，冷静要死静，包着愤激的冷静和诙谐，是被观察和被描写者所不乐受的，他们不承认他是一面无生命，无意见的镜子。于是他也往往被排进讽刺文学作家里面去，尤其是使女士们皱起了眉头。这一种冷静和诙谐，如果滋长起来，对于作者本身其实倒是危险的。他也能活泼的写出民间生活来，例如'石宕'，但可惜不多见。"（鲁迅：《现代小说导论》（二），《中国新文学大系导论集》，第 133—134 页，上海良友复兴图书印刷公司 1940 年印行）

袁可嘉译《现代英国小说家诗作六首》发表在《诗刊》第 11 期上。

邹志安的小说《哦，小公马》发表在《北京文学》第 11 期上。

陆文夫的小说《天时地利——小巷人物志之十三》发表在《雨花》第 11 期上。

19 日，周克芹的中篇小说《果园的主人》发表在《青年文学》第 11 期上。

20 日，顾城的诗《非洲写生》发表在《清明》第 6 期上。

梁晓声的小说《父亲》、郑万隆的小说《老马》发表在《人民文学》第 11 期上。

李存葆的中篇小说《山中，那十九座坟茔》发表在《昆仑》第 6 期上。

21 日，顾城的诗《螳螂国国王当选记——异国的传说》发表在《柳泉》第 6 期上。

23—25 日，北京市作协、十月文艺出版社举行城市文学讨论会。会议就文学创作如何适应城市经济体制改革的需要展开讨论。

龙新华描写中学生早恋的短篇小说《柳眉儿落了》发表在上海《青年报》上。

24—28 日，天津市文联、作协和文艺理论研究室联合召开通俗文学研讨会，就通俗文学复苏、兴起和发展，及如何加强引导，使其在社会主义精神文明建设中发挥积极作用等问题进行讨论。

公刘的小说《先有蛋，后有鸡》发表在《收获》第 6 期上。

28 日，《中国》杂志在京举行创刊招待会，宣布刊物为民办公助、自负盈亏的大型文学双月刊，由丁玲、舒群任主编、牛汉任副主编。丁玲在招待会致辞中说："《中国》文学双月刊没有门户之见，容纳各种不同的风格流派，给在艺术上有所创新，思想上有所创见的作品留出很大的篇幅。"巴金、张光年、冯牧、曹禺、胡风等表示祝贺。胡风说："《中国》的出现是文学史上的一个新事物，它是一个有生命的自由的劳动组合。"

本月，周涛的诗集《神山》由解放军文艺出版社出版。

孔捷生的长篇小说《大林莽》、矫健的长篇小说《河魂》（节选）、林斤澜的小说《矮凳桥小品》、王蒙的报告文学《访苏心潮》、陈祖芬的报告文学《挑战与机会》发表在《十月》第6期上。

十二月

1日，王安忆的小说《一千零一弄》发表在《上海文学》第12期上。

贾鲁生和王光明的报告文学《古老的东方有一条龙》发表在《解放军文艺》第12期上。

10日，张学梦的诗《祖国，一场风暴来临》发表在《诗刊》第11期上。

20日，张炜的小说《海边的雪》、茹志鹃的小说《条件成熟以后》、刘心武的小说《寻人》、叶文玲的小说《没有发现新问题》发表在《人民文学》第12期上。

29日，中国作家协会第四次代表大会在北京举行。党和国家领导人胡耀邦等出席开幕式。胡启立代表中央书记处向大会致贺词，他在贺词中指出："作家有选择题材、主题和艺术表现方法的充分自由，有抒发自己的感情、激情和表达自己的思想的充分自由"，"我们党、政府、文艺团体以至全社会，都应当坚定地保证作家的这种自由"。同时他还着重指出"要加强社会主义法制观念。要坚持百花齐放、百家争鸣的方针。在文学创作中出现的失误和问题，只要不违反法律，都只能经过文艺批评的方式来解决"。张光年向大会做题为《新时期社会主义文学在阔步前进》的长篇报告。王蒙致题为《社会主义文学的黄金时代到来了》的闭幕词。大会还通过民主选举产生了新的领导机构。巴金当选为中国作家协会主席。

本月，《上海文学》杂志社、浙江文艺出版社和《西湖》杂志社联合召开"杭州会议"。一批青年作家、批评家聚会杭州，有李陀、郑万隆、阿城、李杭育、韩少功、季红真、黄子平、陈思和、李庆西、鲁枢元、李子云、周介人、南帆、许子东、程德培、吴亮、宋耀良等。蔡翔后来回忆说："这次会议不约而同的话题之一，即是'文化'。我记得北京作家谈得最兴起的是京城文化乃至北方文化，韩少功则谈楚文化，看得出他对文化和文学的思考由来已久并胸有成竹，李杭育则谈他的吴越文化。而由地域文化则引申至文化和文学的关系。其时，拉美文学'爆炸'，尤其是马尔克斯的《百年孤独》对中国当代文学刺激极深，由此则谈到当时文学对西方的模仿并因此造成的'主题横移'现象。有意思的是，这些作家和评论家都曾受西方现代主义影响，像李陀，曾是'现代派'的积极鼓吹者和倡导者，而此时亦是他们对盲目模仿西方的现象做出有力批评。"（蔡翔：《有关"杭州会议"的前后》，《当代作家评论》2000年第6期）

《周扬文集》共五卷，开始由人民文学出版社分卷出版，至1994年10月出齐。

《张贤亮选集》三卷本由百花文艺出版社出版。

谢冕的文章《传统之于我们》发表在《星星》第12期上。

林骧的话剧《特区人》发表在《剧本》第12期上。

1985 年

一月

1 日，王安忆的小说《大刘庄》发表在《小说界》第 1 期上。

舒婷的诗《远方》、郑万隆的小说《老棒子酒馆》、张辛欣和桑晔的口述实录体小说《北京人》（七篇）、茹志鹃的小说《第一个复员的军人》发表在《上海文学》第 1 期上。

5 日，章德益的诗《大西北抒情诗》，周涛的诗《在死亡的岸边歌唱》发表在《中国西部文学》第 1 期上。

刘恒的小说《狼窝》发表在《莽原》第 1 期上。

古华的小说《凤爪》、何立伟的小说《斑斓》发表在《文学月报》第 1 期上。

9 日，王蒙、刘宾雁、张贤亮等 10 名中国作家与 80 多位中外记者见面，回答有关创作自由等问题。

10 日，谢冕为《中国当代青年诗选》所写的"导言"《中国最年轻的声音》发表在《批评家》第 1 期上。

20 日，陕西作协主办的《小说评论》（双月刊）在西安创刊。胡采作《让评论和创作同步——代发刊词》。

25 日，张辛欣、桑晔的口述实录体小说《北京人》（13 篇）发表在《收获》第 1 期上。

29—31 日，《马克思主义文艺理论研究》编委会在京举行扩大会议，就系统论、信息论、控制论、符号学、结构主义、审美经验现象学和接受美学等七种方法论与传统方法的联系问题展开讨论。

本月，由老木编选的《新诗潮诗集》（上、下）由北大五四文学社印行出版。上册收北岛、舒婷、顾城、芒克、江河、杨炼、多多、食指、方含、林莽、田晓青、严力等的作品。其中收入多多诗 30 余首，这是多多的诗第一次集中在出版物上与读者见面。下册收入梁小斌、王小妮、牛波、吕贵品、徐敬亚、韩东、小君、吕德安、王家新、张枣、翟永明、欧阳江河、柏桦、于坚、陆忆敏、陈东东、廖亦武、海子等 70 多位作者的诗。

赵本夫的小说《村鬼》、理由的报告文学《骄子》发表在《十月》第 1 期上。

二月

1 日，胡启立《在中国作家协会第四次代表大会上的祝词》、马原的小说《冈底斯的诱惑》、张承志的小说《晚潮》、沙叶新的小说《假如哪天没有下雨……》、赵本夫的小说《紫云》、陈村的小说《一个人死了》发表在《上海文学》第 2 期上。马原说："生活并不是个逻辑过程。那么艺术为什么非得呈现出规矩的连续性呢?""我不塑造人物形象。比如央金，央金只是陆高的一部分个人经验，一个强烈的印象。如此而已。而陆高也不过是作者的个人经验的延伸，当然也有虚构；但虚构与想象毫无疑问属于作家的经验范畴。""我喜欢纯粹意义上的偶然性，生活的不可逆料就属于这种偶然。"

"我喜欢爱因斯坦的相对性认识论","神秘不是一种氛围,还是可以由人制造或渲染的某样东西。神秘是抽象的也是结结实实的存在,是人类理念之外的实体。正因为超出了人的正常理解力,人才造出了神秘这个不可捉摸的怪物。对我来说,神秘不是兴趣问题。"(许振强、马原:《关于〈冈底斯的诱惑〉的对话》,《当代作家评论》1985 年第 5 期)尹鸿说:"第一,它(《冈底斯的诱惑》)是三个若断若续的故事的非逻辑性套层组合……三个故事几乎毫无联系,而在人物上又有某些组合。这种结构方式实际上是对结构的颠覆,是对小说作为一种整体化、有序化虚构的本质的颠覆。第二,它的视角随意转换。……没有统一的叙述者和统一的叙述视角,因而也没有统一的小说世界。第三,叙述规则的自我破坏……马元故意暴露这种(叙述)假定性,破坏读者进入叙述流程……在破坏小说规则的同时也破坏着我们对小说的阅读习惯。第四,叙述方式的任意选择。第五,体裁、样式的杂和。"(尹鸿:《新时期小说中的后现代主义文化特征》,《生存游戏的水圈》,第 130—131 页,北京大学出版社 1994 年版)

5 日,杨牧的诗《西海》发表在《中国西部文学》第 2 期上。

7 日,《文艺报》第 2 期发表浩成的《通俗文学漫谈》。文章说:"近年来……不少省市刊载这类通俗文学的小报大量发行;有些大报和文学刊物也开始连载一些侦探破案小说或武侠小说。《津门大侠霍元甲》《燕子李三》《川岛芳子》《包拯》《杨家将》《关东响马》一类历史小说、武侠小说由出版社出书或被改编成电视剧上映的逐渐多了起来。"文章认为,应该正视现实,承认通俗文学在百花园中理应占有自己的一席之地。因为:"一,既然我们的文艺方针是为社会主义服务,为人民服务,我们就没有理由对广大人民群众喜闻乐见的东西采取冷漠和轻蔑的态度。""二,通俗文学与纯文学的界限实际上并不是那么泾渭分明,壁垒森严。两者相互渗透,彼此影响。""三,为了社会主义文学事业的发展和繁荣,必须容许各种不同题材、不同样式、不同流派的文学艺术存在。"文章还认为:"对通俗文学的冷漠、轻蔑态度,甚至不分青红皂白,一律加以扼杀、禁锢的办法,正是文艺工作指导思想上'左'的表现之一。"

10 日,《读书》第 2 期发表刘再复的文章《文学研究思维空间的拓展》,概述近年来文学研究领域中新方法论的介绍和运用情况。

杨炼的诗《永乐大钟》发表在《诗刊》第 2 期上。

史铁生的小说《命若琴弦》发表在《现代人》第 2 期上,后改编成电影《边走边唱》。

刘亚洲的小说《一个女人和一个半男人的故事》发表在《文汇月刊》第 2 期上。

浩然的文章《追赶者的几句话》发表在《北京文学》第 2 期上。

11 日,由冯牧任主编的文学双月刊《中国作家》创刊。创刊号发表辛笛的《诗两首》、邵燕祥的诗《黑龙江上沉思》、张志民的诗《大西南恋歌》、张贤亮的短篇小说《初吻》、贾平凹的中篇小说《远山野情》、阿城的中篇小说《树王》、冯骥才的中篇小说《感谢生活》、张辛欣的中篇小说《最后的停泊地》、姚雪垠的长篇小说《李自成》第 5 卷《巨星陨落》(选载)。

12 日,中国作协创作研究室在京召开诗歌创作座谈会,讨论了中国新诗的现状和发展前景等问题。

20 日，阿城的小说《孩子王》、方方的小说《七户人的小巷》、陆天明的报告文学《抉择》发表在《人民文学》第 2 期上。

郭小川的叙事诗《雨后》、张炜的小说《红麻》、林斤澜的小说《章范和章小范》发表在《当代》第 1 期上。

本月，《王蒙选集》四卷本由百花文艺出版社出版。

陆文夫、李国文、从维熙的同名小说《临街的窗》发表在《小说家》第 1 期上。

三月

1 日，赵本夫的小说《绝唱》发表在《现代作家》第 3 期上。

古华的小说《雾界山风月》、贾平凹的小说《蒿子梅》发表在《上海文学》第 3 期上。

5 日，田间的诗《富有和占有》、梅绍静的诗《银纽丝》发表在《中国西部文学》第 3 期上。

陈国凯的小说《并非荒诞的故事》发表在《文学月报》第 3 期上。

7 日，《文艺报》在京召开"评论自由"座谈会，冯牧、陈丹晨、李希凡、阎纲、谢冕、吴祖光等发言。

10 日，杨克的诗《风从南方来（二首）》、孙静轩的诗《天涯草（二首）》、韩作荣的诗《百口泉》发表在《诗刊》第 3 期上。

铁凝的小说《杯水风波》、潘军的小说《小镇皇后》发表在《北京文学》第 3 期上。

17—22 日，《上海文学》《文学评论》、厦门大学语言文学研究所等单位在厦门召开全国文学评论方法论讨论会。

20 日，刘索拉的小说《你别无选择》、铁凝的小说《银庙》、丁玲的散文《远方来信》、马丽华的报告文学《一个人在西藏的经历》、乔迈的报告文学《让他含笑远行》发表在《人民文学》第 3 期上。关于《你别无选择》，李下认为，这篇小说有"三新"："一题材新，描写了音乐学院的一群大学生；二手法新，借鉴了西方文学中的'黑色幽默'手法；三主题新，作品居高临下地把音乐学院变成了一件小道具，巧妙地表现了当代文艺思想上新与旧搏斗的惊心动魄的过程。"（李下：《我们时代需要的是蓝色幽默》，《作品与争鸣》1985 年第 7 期）李劼说："它彻底打破了传统的以说书讲故事见长的小说观念，代之以建立在现代心理学和现代艺术观念地基上的现代小说构架，没有情节性的因果联系，没有铺垫起伏的冲突高潮。整个小说从一个一个的细节式段落上看，是零碎的，跳跃的，闪烁不定的……但从整体上来看，人们得到的印象却是完整的、清晰的"。（李劼：《是临摹，也是开拓——〈你别无选择〉和〈小鲍庄〉之我见》，《当代作家评论》1986 年第 1 期）刘晓波认为："毫无疑问，刘索拉等人的创作受到了西方现代主义的巨大影响，但这影响更多是艺术形式与表现手法上的，而不是内在精神上的。……中国当代文艺思潮既要以西方启蒙时代或我国五四时期的反封建的人文主义为内在基础，又要追赶世界现当代艺术的最新发展，这就必然在中国当代文艺思潮中出现两个彼此对立而又相互渗透的世界：内在精神是反封建的，具有抗争的，有追求的，而外在表现形式则是西方现当代的，是混乱的，虚无的，玩世不恭的。尽管二者统一于反对旧文化、追求新文化的人文主义之中，但由于内容与形式之间存在着历史所造成的既定差异，因而二者的统一在审美上往往给人以牵强附会的、分裂的感受。这一点在《你别无选择》中表现得尤为明显、这部作品的结构、语言、人物的外在特征与其内心世界的追求有着明显的对立，读过之后总感到形式与内容是没有很好地统一起来的两层皮。"（刘晓波：《一种新的审美思潮——从徐星、陈村、刘索拉的三部作品谈起》，《文学评论》1986 年第 3 期）

20—25 日，由《广西日报》编辑部、《广西文学》编辑部、广西社会科学文学研究所、南宁市文联等 16 家单位共同在南宁市举行了"通俗文学讨论会"。与会者探讨了通俗文学兴起的原因、特点、当前的评价以及它与纯文学的关系等问题。普遍认为通俗文学的出现是在新时期文艺政策的调整下，为了满足人民群众娱乐消遣的需要，带有一定商业色彩的文学现象。还认为，通俗文学可以"通俗"但不能"庸俗"。

22 日，中国作协理论研究室与《诗探索》编辑部在厦门大学召开诗歌发展问题座谈会，就诗歌批评和诗歌理论问题进行讨论。

25 日，张辛欣的小说《封·片·连》、公刘的小说《井》发表在《收获》第 2 期上。

26 日，中国现代文学馆在北京西郊万寿寺举行开馆典礼。

28 日，中国作协第四次代表大会主席团在京举行第二次会议，巴金主持会议，通过《中国作家协会章程》，决定《文艺报》从 7 月起改为周报。

本月，贾平凹的小说《天狗》、何立伟的小说《苍狗》、高行健的三幕话剧剧本《野人》发表在《十月》第 6 期上。《戏剧报》在本年 5 月召开两次座谈会讨论《野人》的创作，并开辟了《野人》讨论专栏。林克欢认为，这部戏"一方面对历史进行大跨度的纵向的历时性考察，另一方面又把发生在不同时空的事物进行横向的共时性的并列呈现，时间跨度近万年，空间纵横数万里，从古代到现代，从城市到乡村，在一个历史和现实相交错的宏大舞台上展开戏剧情节和人物的活动"。（林克欢：《陡坡》，《戏剧报》1985 年第 7 期）唐斯复说："《野人》提炼出四条平行的线索：对野人的寻找和推理；保护森林，维护生态平衡；通过一个老巫师表现非文人文化；现代人的生活、感情、婚姻。还有关于妇女命运、人与人关系的主题。"（唐斯复：《〈野人〉杂谈》，《戏剧电影报》1985 年 6 月 2 日）钟艺兵说："《野人》不仅仅局限在'救救森林'上，它给我们深深的触动，是让我想到：人与人之间应该多一些心灵的相通，这也可以称为'社会生态平衡'"，"《野人》以剧作家独特的感受，写出了社会上存在的尖锐问题，诸如官僚主义、不正之风、封建迷信、买卖婚姻等，并且以象征的手法表现出来，给我们以想象思考的天地。"（钟艺兵：《漫谈〈野人〉》，《戏剧报》1985 年第 7 期）吴铭指出："《野人》的上演，引起了外国观众的瞩目。意大利观众说'看了《野人》之后情绪激昂，剧中想象、现实、回忆交织在一起，仿佛在听一部交响曲。'法国观众反映'《车站》《野人》各有千秋，而《野人》更丰富。'"（《外国观众看〈野人〉》，1985 年 5 月 19 日《工人日报》）

迟子建的小说《沉睡的大固其固》发表在《北方文学》第 3 期上。

四月

1 日，韩少功的《文学的"根"》发表在《作家》第 4 期上。他说："文学有根，文学之根应该深植于民族传统文化的土壤里，根不深，则叶难茂。""近来，一个值得欣喜的现象是：作者们开始投出眼光，重新审视脚下的国土，回顾民族的昨天，有了新的文学觉悟。"这"不是出于一种廉价的恋旧情绪和地方观念，不是对方言歇后语之类浅薄地爱好，而是一种对民族的重新认识，一种审美意识中潜在历史因素的苏醒，一种追求和把握人世无限感和永恒感的对象化表现。"但"这丝毫不意味着闭关自守，不是反对文化的对外开放，相反，只有找到异己的参照系，吸收和消化异己的因素，才能认清和充实自己。""万端变化，中国还是中国，尤其是在文学艺术方面，在民族的深层精神和文化物质方面，我们有民族的自我。我们的责任是释放现代观念的热能，来重铸和镀亮这种自我。"

阿城的小说《遍地风流（之一）》发表在《上海文学》第 4 期上。

史铁生的小说《神童》发表在《青年作家》第 4 期上。

2 日，第三届全国优秀报告文学、优秀中篇小说和第七届全国优秀短篇小说颁奖大会在南京举行，李存葆的中篇小说《山中，那十九座坟茔》等 65 篇作品获奖。

铁凝的小说《请你相信》发表在《女子文学》第 4 期上。

残雪的短篇小说《公牛》发表在《芙蓉》第 4 期上。

陈村的小说《少男少女，一共七个》发表在《文学月报》第 4 期上。

10 日，雷抒雁的诗《神秘的军旅》发表在《北京文学》第 4 期上。

尤凤伟的小说《山地》发表在《文汇月刊》第 4 期上。

11 日，李瑛的诗《在前线》、张承志的短篇小说《残月》、莫言的中篇小说《透明的红萝卜》、王安忆的中篇小说《小鲍庄》、李国文的小说《危楼记事之二》、白桦的小说《绿树·生命·歌舞》、刘宾雁的文章《犹闻秦钟汉鼓声》发表在《中国作家》第 2 期上。洁泯说："在《小鲍庄》的人群中，共同追求的东西是仁义。""小说所开掘的民族文化的素质，无疑是传统因素中的正量。这既是古老的传统的，又是为现代意识中所应该继承、不可缺少的精神素质。"（《〈小鲍庄〉散论》，《当代作家评论》1986 年第 1 期）风子认为，《小鲍庄》中的"这种'大仁大义'其实是'旧的缠住新的，死的拖住活的'传统惰力的表现，大水来临，除捞渣外，那些自称是老绝户鲍五爷的儿子、孙子们，一个个跑地无影无踪，这回把小鲍庄仁义的底全露出来了——原来是假的！""'仁义'在清心寡欲的同时，也扼杀了人的创造力，从而造成了社会的停滞、凝固。""捞渣终日为'仁义'所役使，没有任何自我意识，……他只是为别人活着，……他不是一个具有自我价值和独立个性的主体。……捞渣这种百依百顺，谨小慎微、循规蹈矩，亦即自我意识丧失、心理状态老化的性格，是在凝固、封闭的小生产者环境中产生的同时又是小生产者理想的人格。"（《〈小鲍庄〉再辨析——兼与有关评论者商榷》，《当代作家评论》1986 年第 5 期）

14—22 日，中国社科院文学研究所、江苏省作协等单位联合举办的文艺学与方法论问题学术讨论会在扬州召开。与会者就如何看待文学研究引进、移植系统论、控制论、信息论等科学方法问题，新方法与传统方法、马克思主义哲学的关系问题进行探讨。

20 日，中共上海市委宣传部召开中青年文艺评论工作者座谈会，与会者认为要扩大眼界、改变观念，引进开拓新的研究方法。

郑义的小说《老井》、李锐的小说《红房子》发表在《当代》第 2 期上。

张承志的中篇小说《九座宫殿》、矫健的小说《弄堂口》、何立伟的中篇《花非花》发表在《人民文学》第 4 期上。

28 日，张天翼逝世，享年 79 岁。张天翼，原名张元定，祖籍湖南湘乡，1906 年生于南京。中学时代开始文学写作。1926 年考入北京大学预科，1927 年夏因对所学课程失望而退学离京。1931 年在上海加入"左联"，参加文艺大众化研究会的工作，协助编辑《十字街头》等刊物。1937 年参与发起成立"上海市文艺界救亡协会"。1942 年患严重肺病，因此辍笔多年。建国后历任中央文学研究所副主任、中国人民保卫儿童全国委员会委员、中国作家协会理事、《人民文学》主编、中国作协党组成员、书记处书记等职。"文革"中受批判，曾下放湖北咸宁文化部"五七"干校劳动改造。1979 年出任《人民文学》编委，直至辞世。上海文艺出版社 1985 年 2 月出版《张天翼文集》，共 10 卷。代表作有儿童文学作品《宝葫芦的秘密》《金鸭帝国》《大林和小林》等，小说《华威先生》《包氏父子》《清明时节》《脊背与奶子》《鬼土日记》等。吴组缃说："天翼的日常生活有个特点，他喜欢跟各种社会底层的人交朋友，对日常接触的社会生活有深厚的兴趣，处处留心。……他熟悉并且关心这些市民阶层小人物的命运，类似果戈里、契诃夫把那些人写得很可悲、很叫人同情，从而引人深思。……天翼的作品一九二九年一出来，便使人耳目一新。重要的一条是他突破了上述那样一些框框，作品反映社会生活面十分广阔，中国中下层社会，从城市到乡村，哪个旮旯儿他都写到了。勾划得不算很深，但轮廓鲜明，思想新颖，风格独特。"（吴福辉记录整理：《吴组缃谈张天翼》，沈承宽　黄侯兴　吴福辉编《张天翼研究资料》，中国社会科学出版社 1982 年版）胡风在《张天翼论》中说："在他的作品里能够看到的是——知识人的矛盾，虚伪，飘摇，和绝路中的生路（《三天半的梦》《报复》《从空虚到充实》《三弟兄》）；知识人在'神圣恋爱'里面现出的丑相（《报复》）；殉教者的侧影（《从空虚到充实》）；大众的硬朗而单纯的面貌（《搬家后》《三老爷与桂生》《二十一个》等。""他所抛弃的正是当时进步的知识人所厌恶的，他所取来的主题正是他们所看到的所自以为理解的，再加上他的运用口语，创造活泼简明的形式以及诙谐的才能，他之所以给予了当时的文艺一个鲜明的"新"的印象，不是并非意外的么？"（胡风：《胡风全集》第 2 卷，湖北人民出版社 1999 年版）刘厚明回忆："和天翼老师谈话，你总觉得他在带你走向一个更高的精神境界。他从不孤立地谈创作问题，总把创作和作家的为人结合起来谈。""记得高尔基曾把儿童文学，称为'给小孩子的大文学'。我觉得张天翼老师的《罗文应的故事》《宝葫芦的秘密》《大灰狼》《不动脑筋的故事》等，就是'大文学'。这些作品既真切地表现了孩子们特有的生活，又寄寓着深厚的人生哲理；既保存作家平时自然，洗练明净、内在幽默的个人风格，又融入了亲切近人的'暖色'，和生气勃勃、活泼天真的儿童情趣。我认为，天翼老师的作品，无论从思想性还是从艺术性上讲，都无愧于列入我国当代文学最优秀的成果之林。"（刘厚明：《天翼老师》，《人民文学》1983 年 5 期）

张宇的小说《活鬼》发表在《莽原》第 4 期上。

五月

1 日，郑万隆的小说《异乡异闻（黄烟、空山、野店）》发表在《上海文学》第 5 期上。同期发表郑万隆的《我的根》、李杭育的《小说自白》、张炜的《最终有人识文章——关于〈土地与神〉的一封信》。

10 日，简宁的诗《小平，您好！》、马丽华的诗《筑路时代》发表在《诗刊》第 5 期上。

铁凝的小说《四季歌》发表在《文汇月刊》第 5 期上。

陈村的小说《也无风雨也无情》发表在《北京文学》第 5 期上。

15 日，谢冕、周政保、昌耀等的《西部文学笔谈》发表在《当代文艺思潮》第 3 期上，引发了关于"西部文学"的讨论。

朱晓平的小说《桑树坪纪事》（节选）发表在《钟山》第 3 期上。

20 日，上海市作协召开上海市老中青文学理论批评工作者座谈会，王元化、许杰、徐中玉、钱谷融、许子东等 60 余人到会，就繁荣上海文学评论等问题进行讨论。

杨炼的诗《飞天》、北岛的诗《自昨天起》、王小妮的诗《满月》发表在《人民文学》第 5 期上。

25 日，谌容的小说《散淡的人》、扎西达娃的小说《巴桑和她的弟妹们》发表在《收获》第 3 期上。

28—30 日，中国戏剧文学学会在京召开有争议的话剧剧本讨论会，与会者对《明月初照人》《风雨故人来》《绝对信号》《车站》《小井胡同》《马克思流亡伦敦》《马克思秘史》《红白喜事》《野人》等作品进行讨论。

本月，"前进中的中国青年美术展览"在中国美术馆举行，掀起新潮美术运动。

邓友梅、张贤亮、何士光的同题小说《临街的窗》发表在《小说家》第 2 期上。同期发表王蒙的小说《冬天的话题》。

杨炼的诗《沼泽地（外一首）》、流沙河的诗《箱中的旧报纸》、王安忆的小说《历险黄龙洞》发表在《十月》第 3 期上。

蒋子龙的小说《阴差阳错》发表在《黄河》第 3 期上。

六月

1 日，杨炼的组诗《半坡》发表在《草原》第 6 期上。

韩少功的小说《归去来》和《蓝盖子》、刘索拉的小说《蓝天绿海》发表在《上海文学》第 6 期上。

5 日，《批评家》杂志社在山西太原召开文学上"晋军崛起"现象讨论会。与会者对郑义的《老井》、李锐的《红房子》、成一的《云中河》、雪珂的《女人的力量》、田东照的《黄河在这里拐了一个弯》等作品进行了分析和讨论。

6 日，胡风在北京逝世，享年 83 岁。胡风，原名张光人，湖北蕲春人，1902 年生，笔名谷非、高荒、张果等。中学时期开始接触"五四"新文学作品。1925 年进北京大学预科，一年后改入清华大学英文系。不久辍学回乡参加革命活动。1929 年到日本东京，结识日本左翼作家小林多喜二等人，并加入日本反战同盟、日本共产党和中国左翼作家联盟东京支部，从事革命文艺活动。1933 年因在留日学生中组织抗日文化团体被驱逐出境。回到上海后任中国左翼作家联盟宣传部长、书记以及中华全国抗敌文协常务理事和研究部主任，与鲁迅常有来往。1936 年与人合编《海燕》文学杂志，写作《人民大众向文学要求什么?》，提出了"民族革命战争的大众文学"的口号，由此在革命文艺队伍内部引发了关于"两个口号"的论争。这一时期他结集出版了《文艺笔谈》和《密云期风习小记》，还出版了诗集《野花与箭》等。抗日战争爆发后，胡风主编《七月》杂志，编辑出版了《七月诗丛》和《七月文丛》，扶植文学新人，形成了影响甚大的"七月派"。1945 年主编文学杂志《希望》。这一时期著有诗集《为祖国而歌》，杂文集《棘原草》，文艺评论集《剑·文艺·人民》《论民族形式问题》《在混乱里面》《逆流的日子》《为了明天》《论现实主义的路》等。1949 年后曾任中国作家协会理事、第一届全国人大代表。其间写有抒情长诗《时间开始了》，特写集《和新人物在一起》，杂文短记《从源头到洪流》等。1954 年向中共中央写了《关于解放以来的文艺实践情况的报告》（即"三十万言书"），1955 年被定为"胡风反革命集团"之首，被捕入狱，并展开全国范围内的批判和斗争。"文革"后出任第六届全国政协常委、中国文联委员、中国作家协会和文化部文学艺术研究院顾问等职。有《胡风评论集》三卷、《胡风全集》十卷出版。鲁迅先生曾说："我倒明白了胡风鲠直，易于招怨，是可接近的"，"胡风也自有他的缺点，神经质，繁琐，以及在理论上的有些拘泥的倾向，文字的不肯大众化，但他明明是有为的青年，他没有参加过任何反对抗日运动或反对过统一战线……"（鲁迅：《答徐懋庸并关于抗日统一战线问题》，《鲁迅全集》第 6 卷，人民文学出版社 1981 年版）巴金说："我得承认我做工作不像胡风那样严肃、认真。我也没有能力把许多有才华的作家、诗人团结在自己的周围。我钦佩他，不过我并不想向他学习。除了写书，我更喜欢译书，至于编书，只是因为别人不肯做我才做，不像胡风，他把培养人材当作自己的责任。他自己说是'爱才'，我看他更喜欢接近主张和趣味相同的人。不过这也是寻常的事。但连他也没有想到建国后会有反胡风运动，他那'一片爱才之心'倒成为'反革命'的罪名。"（巴金：《随想录·怀念胡风》，北京三联书店 1987 年版）路翎说："胡风是想用一种贴近创作过程、充满创作体验的、有'血肉'感觉的、富有弹力的文字来表达他的见解的。他在《文艺笔谈》中的论文有着严整的深刻的科学语言，但他后来的许多文章有意避开了这种语言。这一则因为生活有波动，二则也因为或更因为他从事文学理论的时候除了反对机械教条式搬动概念以外，还有意识地用充满实感的语言方式进行理论的表达。他的文字是有感情的，是有生活和文学实践的感染的；当然，那内在的逻辑也是十分严密的。但是，他自己有点怀疑是不是由于减少了逻辑性强的大段内容而有点'矫枉过正',有点过激。我对他说,我觉得他的文章紧贴着文学实践,有着民族的生活和斗争的内容,也不是没有严密的逻辑,是很合适的。他认为我的这种说法也正是他的一种见解的证实,但是不是有另一方面的缺点呢。"(路翎:《一起共患难的友人和导师》,收入晓风主编《我与胡风》下卷,宁夏人民出版社 2003 年版)贾植芳回忆说:"这以后多少年了,我和他也算是交往较深的朋友,但我没有在他身上发现任何利己主义、虚伪、圆滑等庸俗的市侩习气的东西;或盛气凌人,自认为高人一等的那些官僚文化人的恶劣行为。他是个讲信义、重感情的知识分子了,一如毛泽东评价鲁迅先生那样:'在他身上没有丝毫的奴颜与媚骨。'是对人民革命的文化事业忠诚无畏的革命作家,是一个可以相交、相信、相托的真正朋友。""我在 1989 年 6 月,为上海《收获》文艺杂志写的一篇题名为《且说说我自己》的文章中又说:'去年初间,我对来访的上海中新社记者说:'胡风为人诚恳、正直,有中国知识分子的忧患意识与历史使命感,明知不可为而为之,对中国文学理论贡献甚大。'这就是我通过多年来的生活实践对一个可以相依相托的友人的认识的告白。'"(贾植芳:《我和胡风同志相濡以沫的情谊》,收入晓风主编《我与胡风》上卷,宁夏人民出版社 2003 年版)何满子说:"四十年代理解力辨别力稍微提高以后,虽不完全同意他的理论,但认为在中国的文学理论家中,对现实主义的把握找不出能超过他的,对中国文学运动中各种反现实主义倾向的批判,其说服力和尖锐性也没有人达到他的高度。对文学界不良倾向的嫉恶如仇的斥责也很令人过瘾。缺点是,对于文学理论说来,政治实在多了一点,这在当时也许是不得已的。尤其使人不舒服的是,他在阐析现实主义的见解时,却把苏联的不少非现实主义的概念带了进去,越到后来越觉得这些概念使他的理论未能摆脱庸俗社会学的影响,而且和他自己的理论主旋律混在一起也是一种噪音。"(何满子:《中国现代文学史上头等大事中一个小人物的遭遇》,出处同上)

7 日,《文艺报》第 6 期刊登关于"复杂性格"问题讨论来稿综述《从生活出发,塑造多样化的人物形象》。该文介绍了《文艺报》1984 年第 7 期开始的关于"复杂性格"讨论的基本情况。

10 日,北岛的诗《诱惑》、舒婷的诗《那一年七月》发表在《诗刊》第 6 期上。

苏童的小说《石码头》发表在《雨花》第 6 期上。

王安忆的小说《阿跷传略》发表《文汇月刊》第 6 期上。

叶永烈的报告文学《"太阳底下最光辉的职业"》发表在《北京文学》第 6 期上。

11 日,路翎的诗《烟囱》、陆文夫的中篇小说《井》、鲁彦周的小说《苦竹溪,苦竹林》、林斤澜的小说《小贩们——矮凳桥的小辈儿》、张抗抗的小说《睡神在太阳岛》、冰心的散文《我眼中的男人》(之二)发表在《中国作家》第 3 期上。

20 日,韩少功的中篇小说《爸爸爸》和叶蔚林的小说《五个女人和一根绳子》发表在《人民文学》第 6 期上。严文井在给韩少功的信中说:"你的寻根,得到了成果","《爸爸爸》分量很大,可以说它是神话或史诗"。并认为它"经得起下几代人的咀嚼"。(严文井:《我是不是上了年纪的丙崽?》,《文艺报》1985 年 8 月 24 日)方克强说:"《爸爸爸》是继《阿 Q 正传》以后对封建主义的又一次颠覆性冲击",它"对民族文化心理的追寻与《阿Q正传》对国民性的揭示，已经具有能相提并论的深度和特点，将在文学史上占据同样光彩的一页。"（方克强：《阿Q和丙崽：原始心态的重塑》，《文艺理论研究》1986年第5期）李庆西说，作品"字里行间流荡着一股神秘气息"，"神秘造成了背景的飘移与延伸，借此使小说的时空含义及其整个美学精神超越了他自身的天地。"（李庆西：《说〈爸爸爸〉》，《读书》1986年第3期）李劼认为："作品具有了多维多向的抽象可能性；……蕴含了丰富多变的形象弹跳性和具象伸缩性。……在其审美上，不仅有热情的共振，还有哲理的情趣、睿智的闪光，连同绵绵不断的哲思遐想。"（李劼：《具象·心理呈示·状态文学》，《作家》1986年第12期）

本月，陈思和的《新文学研究中的整体观》发表在《复旦学报》第3期上。陈思和认为"从当代文学的研究现状来看，由于斩断了当代文学与现代文学的联系，许多文学源头在文学研究者心中都不甚了了"。因此，"打破1949年的人为界限势在必行"。

莫言的小说《大风》发表在《小说创作》第6期上。

史铁生的小说《来到人间》发表在《三月风》第6期上。

七月

1日，冯苓植的小说《虬龙爪——鸟如其人》发表在《小说界》第4期上。

张辛欣、桑晔的口述实录小说《北京人》（十篇）、陈思和的《中国文学发展中的现代主义——兼论现代意识与民族文化的融汇》发表在《上海文学》第7期上。

5日，徐星的小说《外乡人》发表在《中国西部文学》第7期上。

6日，《文艺报》发表阿城的《文化制约着人类》。他说："我们之所以未能进入世界先进文学之林，……是由于中国文学尚没有建立在一个广泛深厚的文化开掘之中"，"常常只包涵社会学的内容"，"不能涵盖文化"。而"没有一个强大的，独特的文化限制，大约是不好达到文学先进水平这种自由的，同样是不能与世界文学对话的"。"文化是一个绝大的命题。文学不认真对待这个高于自己的命题，不会有出息。""文学家不能只攀附在社会学这根藤上，……若使中国小说与世界文化对话，非要能浸出丰厚的中国文化不可"。

8日，《文汇报》发表刘再复的文章《文学研究应当以人为思维中心》。《文汇报》9月30日用整版的篇幅刊登了上海师大中文系8位教师对《文学研究应以人为思维中心》一文的专题讨论摘要。

10日，梁南的诗《我们给历史雕刻金黄的形象》、周伦佑的诗《一棵白杨》、车前子的诗《上海印象》发表在《诗刊》第7期上。

李杭育的小说《炸坟》发表在《北京文学》第7期上。

15日，《文学评论》开辟"我的文学观"专栏，就文学本质、特征、功能、目的等问题发表探讨文章。

马原的小说《叠纸鹞的三种方法》发表在《西藏文学》第4期上。

20日，徐星的中篇小说《无主题变奏》、刘心武的纪实小说《5·19长镜头》、王兆军的小说《第二个人，第三个人和第一个人》、李庆西的小说《张三、李四、王二麻子》、理由的报告文学《倾斜的足球场》发表在《人民文学》第 7 期上。

25 日，冰心的回忆录《我的大学生涯》发表在《收获》第 4 期上。

26—30 日，中国西部文艺研讨会在新疆自治区伊宁召开。与会者就西部文学提出的背景与意义、生活主要内涵、各民族文化心理结构以及有关创作问题进行了研讨。

本月，史铁生的小说《山顶上的传说》发表在《十月》第 4 期上。

八月

1 日，王安忆的小说《我的来历》、陈村的小说《初殿》（三篇）发表在《上海文学》第 8 期上。

5 日，董立勃的小说《不曾结束，也未能开始》发表在《中国西部文学》第 8 期上。

10 日，刘征的诗《花神和雨神》（外一首）、张志民的诗《眼睛》、流沙河的诗《黄河》、公木的诗《神女峰》发表在《诗刊》第 8 期上。

莫言的小说《枯河》、李本深的小说《汗血马吆，我的汗血马》发表在《北京文学》第 8 期上。

11 日，邹荻帆的诗《"蜗牛在荆棘上"——悼念胡风同志》、贾平凹的小说《商州世事》（五篇）、汪曾祺的小说《拟故事两篇》、莫言的小说《秋千架》发表在《中国作家》第 4 期上。

15 日，上海作协理论室召开关于变化中的当代小说和变化中的文学理论座谈会。与会者就小说创作中出现的口述实录小说、极为虚幻小说、新问题小说、文化历史小说、纪实体小说、现代小说展开讨论。

20 日，残雪的小说《山上的小屋》、何士光的小说《远行》、宗璞的小说《青琐窗下》发表在《人民文学》第 8 期上。吴亮说："无论从哪方面去看，《山上的小屋》都堪称残雪小说的浓缩物，它是残雪臆想的集中体现。""所谓的敌意、窥视、孤境、陌生感、痛苦及其对痛苦的诅咒、异变、反常，乃是我从象征的立场对《山上的小屋》作出的印象描述，我把这一些抽象的印象看作是我进一步分析残雪小说的起点。"（吴亮：《一个臆想世界的诞生——评残雪的小说》，《当代作家评论》1988 年第 4 期）

张炜的中篇小说《秋天的愤怒》、周而复的长篇小说选载《南京的陷落》（上）、马丽华的报告文学《搁浅》发表在《当代》第 4 期上。

28—31 日，由《文艺报》在北京主持召开了青年文艺理论批评工作者座谈会，应邀出席的有全国十余个省市、四十几位中青年文艺理论和评论工作者，这次会议标志着"一支理论新军登上文坛"和一个青年批评家群体的崛起，对新时期文艺理论批评的发展有重要意义。

30 日，田间逝世，享年 69 岁。田间，原名童天鉴，1916 年生于安徽省无为县。1933 年到上海光华大学读书，次年加入中国左翼作家联盟，并参加左联刊物《文学丛报》和《新诗歌》的编辑工作。1935 年出版第一本诗集《未明集》。1938 年随西北战地服务团到达延安，发起街头诗运动。建国后历任中国作协党组成员、创作部副部长、文学讲习所主任、《诗刊》编委等职。1970 年，他的叙事诗《赶车传》被打成"美化刘少奇，歌颂错误路线的大毒草"，倍受迫害。主要诗作（集）有《中国牧歌》《中国农村的故事》《给战斗者》《假如我们不去打仗》《义勇军》《戎冠秀》《马头琴歌集》《太阳和花》等。胡风说："田间是农民孩子，田野底孩子，但中国底农民中国底田野却是震荡在民族革命战争的暴风雨里面。从这里'养育'出了他底农民之子底温顺的面影同时是'战斗的小伙伴'底姿势。""差不多占了三分之二以上的是歌唱了战争下的田野，田野上的战争。他歌唱了黑色的大地，蓝色的森林，血腥的空气，战斗的春天的路，也歌唱了甜蜜的玉蜀黍，青青的油菜，以及忧郁而无光的河……在他的诗里现出了'没有笑的祖国'，残废的战士和凝视着尸骨的郊野的垂死的战马，也现出了歌唱，射击，斗争的音乐……"（胡风：《田间的诗——〈中国牧歌〉序》，《胡风全集》第 2 卷，湖北人民出版社 1999 年版）闻一多称赞田间为"时代的鼓手"，说他的诗歌中具有一种"生活欲"，"鼓舞你爱，鼓动你恨，鼓励你活着，用最高限度的热与力活着，在这个大地上。"（闻一多：《时代的鼓手——读田间的诗》，《闻一多全集》第 3 卷，开明书店 1948 年版）茅盾说读田间的诗好像"看了一部剪去了全部的'动作'，而只留下几个'特写'几个'画面'接连着演映起来的电影。"（茅盾：《叙事诗的前途》，《茅盾论中国现代作家作品》，北京大学出版社 1980 年版）

本月，冯骥才、张洁、张弦的同名小说《临街的窗》发表在《小说家》第 3 期上。

九月

1 日，高晓声的小说《临近终点站》、李国文的小说《危楼记事》（之五）发表在《小说界》第 5 期上。

《上海文学》第 9 期发表陈村、王安忆《关于〈小鲍庄〉的对话》、李国文的小说《危楼记事》（之四）、戴晴的报告文学《信任他吧，祖国》。

5 日，胡乔木在中国陶行知研究会和基金会成立大会上说，对电影《武训传》的批判"是非常片面、极端和粗暴的。这个批判不能认为完全正确，甚至也不能说它基本正确"。

6 日，中国新闻社报道：《武训传》编导孙瑜对记者发表谈话，对否定批判《武训传》感到欣慰。

10 日，张学梦的诗《狂欢的向日葵》、赵恺的诗《大足》、金克木的诗《晚霞》发表在《诗刊》第 9 期上。

郑万隆的小说《异乡异闻三篇》发表在《北京文学》第 9 期上。同期发表何立伟的小说《雪霁》，刘索拉的小说《现在的启示》，刘庆邦的小说《走窑汉》。

15 日，《文学评论》第 5 期发表黄子平、陈平原、钱理群的《论"二十世纪中国文学"》，主张"将'二十世纪中国文学'从社会史、政治史的简单比附中独立出来，将其置于中国古典文学传统（纵向）和世界文学的整体格局（横向）中，以一种全新的'整体意识'，用'宏观研究'、'综合考察'的方法来重新建构文学史研究的整体框架。"同期还发表谢冕的《断裂与倾斜：蜕变期的投影——论新诗潮》。

陈村的小说《美女岛》、莫言的小说《金发婴儿》、陆文夫的小说《毕业了》、叶兆言的小说《悬挂的绿苹果》发表在《钟山》第 5 期上。

20 日，何立伟的小说《一夕三逝》、张炜的小说《烟斗》、李杭育的小说《草坡上的风筝》发表在《人民文学》第 9 期上。

25 日，张贤亮的小说《男人的一半是女人》、莫言的小说《球状闪电》、马原的小说《西海的无帆船》发表在《收获》第 5 期上。同期发表王蒙的长篇小说《活动变人形》（节选）。刘再复说："我读了王蒙的这部小说，觉得它是燃烧着中国的当代精神的，但是，它又使人想起世界上一些文学大师们的作品……我所以不敢马上读第二遍，就是因为，我不愿意再去观赏王蒙所设置的精神地狱，不愿意观赏王蒙对这些精神因犯热到发冷的拷问。……这是王蒙式的三维精神地狱，即由恶劣的社会环境、古老的文化观念和自身的心灵所构成的地狱。……《活动变人形》中的人物，处于三重的精神牢狱中，这是由他们的社会文化环境的外地狱与心灵的内地狱构成的。王蒙比一般描述人间痛苦的作品更深刻之处，就在于他不仅描写人间表层性的痛苦，即物质性的外地狱的痛苦，而且，他还写了深层性的痛苦，这就是中国几千年来的封建文化观念所积淀的内心地狱。在这个地狱里，一方面是旧的文化观念在蚕食着人的心灵，人的欲望；另一方面则是未被消化的新文化观念和旧文化观念的冲突、厮杀和拼搏，又使人彷徨，困惑，感到醒来无路可走，不如糊糊涂涂地沉睡更好。王蒙对这些俗物的审判，不是以一种政治法官的身份，而是以一个大爱者的身份（甚至本身就是在这地狱中生活的一员）。因此，他既憎恶着，又同情着，既审判着，又辩护着，既拷打着，又抚慰着，他无情揭露着笔下人物内心一切的丑恶，又穿过丑恶，硬展示出这种丑恶底下的善良的残迹。于是他不仅拷问着一切罪人，而且自己也是受拷问和受审判者，他与这些人物共苦乐，在精神上承担着他们的一切痛苦和罪恶，甚至比身受痛苦的人物还要痛苦。他最终宽恕了一切被拷问的人，因为他的拷问，本来就出于炽热的爱，他的精神审判乃是挚爱到冷酷的精神审判。"（刘再复：《挚爱到冷峻的精神审判——评王蒙的〈活动变人形〉》，《文艺报》1986 年 7 月 26 日）曾镇南说："《活动变人形》所叙述的令人窒息的旧家的故事，在作家的心灵里，或者更恰切地说，在显露着作家本人面影的故事回忆者和见证人倪藻的心灵里，是'一根久已沉睡的古弦'。""在王蒙笔下，倪家的仇怨恨毒的纷争故事，在一定意义上，也可视为聚讼纷纭的中西文化论争的一个艺术化了的生活缩影，而且赋予了进行新的文化判断和取值的现实意义。旧弦就这样弹出了新声。""王蒙对倪吾诚这个人物作了双重的判决。他既怀着同情指出他顽劣言行中萌动的思想新芽，是五四发兵如潮涌入的外来思想、西方学理的萌蘖；又怀着憎嫌指出他的脆弱性、空洞性，揭示了他脱离现实、脱离民众必然陷于一事无成的命运。"（曾镇南：《在中西文化碰撞夹缝中挣扎的畸形人物——论倪吾诚》，《当代作家评论》1987 年第 2 期）1986 年 3 月，《活动变人形》又发表在人民文学出版社的《当代长篇小说》特刊上。1987 年由人民文学出版社出版单行本。

本月，张欣的小说《痴情的绿》发表在《十月》第 5 期。

王培公、王贵的剧本《WM（我们）》发表在《剧本》第 9 期上。年初，该剧剧本尚未公开发表，空政话剧团在内部彩排三场后，由于争议过大不得不停演。10 月，

《WM》在上海首次公演之后引起强烈反响，《文汇报》《解放日报》《上海戏剧》等报刊发表大量争鸣文章。陈先元认为："该剧所表现的对现实生活的戏谑态度，实际上是对生活感到失望的一种曲折表现，在剧中，我们看不到前途，看不到理解，看不到希望，甚至可以说，整个戏就是由一连串的失望交织而成的。"（《不能以戏谑对待生活》，1985 年 11 月 20 日《解放日报》）王步苹认为这部戏"汲取外国戏剧流派的表现方法，溶汇了中国戏曲的表现程式，创造了一种中国特有的新型的话剧艺术表现形式，用它表现当代青年的感情纠葛，面对整个社会，描述一代青年的遭遇、苦恼、追求和理想，引导观众去参与，去评价，去思考。"（《话剧艺术的新篇章》，《剧本》1985 年第 9 期）林克欢认为："《WM》最主要的功绩在于，对饱经忧患的青年一代，不是同情，而是理解。不以一种疑惑的目光去看待他们的躁动不安，而是以一种对日常生活的真知灼见和深入肌里的思考，去揭示这种躁动不安后面潜在的价值，以及这种价值体现的进取的历史内容。""从这部剧中，我们感受到了青年人格的升腾，正是这种对'完整的人'的执著追求，这种自我灵魂的严峻审视，这种投身于历史熔炉锻铸的勇气，使这些尚在苦斗、尚在追求的青年人，在波澜壮阔的现实斗争中，永远不会失掉自我。"（《不安的灵魂仍在求索》，《剧本》1985 年第 9 期）

十月

1 日，李庆西的小说《白狼草甸》发表在《上海文学》第 10 期上。

古华的小说《女囚》发表在《文学月报》第 10 期上。

10 日，张承志的小说《废墟》发表在《北京文学》第 10 期上。同期发表刘再复、张德林的文章《关于"性格二重组合原理"的通信》。

11 日，雁翼的诗《时间的沉思（三首）》、张炜的中篇小说《童眸》、梁晓声的小说《黑纽扣》、甘铁生的长篇小说《都市的眼睛》、冰心的散文《关于男人》（之三）发表在《中国作家》第 5 期上。

13—20 日，中国艺术研究院外国文学研究所、华中师范大学等单位在武汉市召开全国文艺学研究方法论学术讨论会。与会者就马列主义为指导、正确解决马克思主义方法论与其他方法论的关系问题等进行了探讨。

20 日，莫应丰的小说《驼背的竹乡》、贾平凹的小说《黑氏》、马原的小说《喜马拉雅古歌》、周涛的小说《猛禽》发表在《人民文学》第 10 期上。

29 日，唐弢在《文汇报》撰文提出当代文学不宜写史，应加强对当代文学的述评工作。

本月，张平的小说《血魂》发表在《山西文学》第 10 期上。

张一弓的小说《死吻》发表在《奔流》第 10 期上。

十一月

1 日，张承志的小说《GRAFFITI——胡涂乱抹》、马原的小说《海的形象》、蒋子丹的小说《黑颜色》、陈村的小说四篇（《一天》《古井》《捉鬼》《琥珀》）和创作谈

《赘语》、贾平凹的通信《四月二十七日寄友人书》发表在《上海文学》第 11 期上。

5 日,《读书》编辑部在京召开当代文学中的文化意识座谈会。与会者就当代文学创作中逐渐强化的历史意识、哲学意识、文化意识和西方文化思想等问题进行讨论。

张承志的小说《三岔戈壁》发表在《中国西部文学》第 11 期上。

韩少功的小说《空城·雷祸》发表在《文学月报》第 11 期上。

10 日,昌耀的组诗《青藏高原的形体》、贾平凹的叙事诗《一个老女人的故事》发表于《诗刊》第 11 期上。

徐小斌的小说《对一个精神病患者的调查》发表在《北京文学》第 11 期上。

15 日,刘再复的《论文学的主体性》(上篇)发表在《文学评论》第 6 期上。下篇发表在 1986 年第 1 期上。文章认为:"文学中的主体性原则,就是要求在文学活动中不能仅仅把人(包括作家、描写对象和读者)看作客体,而更要尊重人的主体价值,发挥人的主体力量,在文学中的各个环节中,恢复人的主体性地位,以人为中心、为目的。"作者分别从创作主体(作家)、对象主体(人物形象)、接受主体(读者和批评家)三个方面展开论述,指出"作家创作应当充分发挥自己的主体力量,实现主体价值,而不是从某种概念出发,这就是创作主体的内涵;文学作品要以人为中心,赋予人物以主体形象,而不是把人写成玩物和偶像,这是对象主体的概念内涵;文学创作要尊重读者的审美个性和创造性,把人还原为充分的人,而不是简单地把人降低为消极受训的被动物,这是接受主体的概念内涵"。"我们全面地探讨主体性的目的,就是要使我们的文学观念摆脱机械反映论的束缚,踏上更广阔、更自由的健康发展的道路。"文章发表后引起了广泛的争论。陈涌发表于《红旗》1986 年第 8 期的文章《文艺学方法论问题》提出了反驳意见。

扎西达娃的小说《西藏,隐秘的岁月》发表在《西藏文学》第 6 期上。王绯说:"《西藏,隐秘的岁月》是一篇作为民族缩影的家族、村社和人的发展简史,它在整体的架构上很容易让人联想起马尔克斯的《百年孤独》。""扎西达娃在达朗家庭五代人(包括达朗的父辈)的繁衍生息和次仁吉姆的命运中,对 1910—1927,1929—1950,1953—1985 三段时距里西藏社会的历史变迁做了神话式的高度概括。"次仁吉姆"是宗教与神话、文化与历史相融合的人物,被地域性宗教的习俗塑造着终生的经验和行为,命定了她信仰的愚顽和虔诚,乃至使她抽象为一种潜在而巨大的传统(习俗)接力的化身。无论社会历史的推动力或反作用力如何使廓康在水库奇迹中轰轰烈烈地辉煌过,或是被荒废遗弃,次仁吉姆都漠然地重复着命定的自己,成为一个世俗中被简化了的宗教(文化)模式的象征。""这篇小说是扎西达娃最富历史深度的作品,其结构、对历史事件的神话式的概括(如解放军进军西藏)、显意识与幻觉的水乳交融、亦真亦幻和虚实相生的神秘氛围,均能作为专题来研究。《西藏,隐秘的岁月》所显示出的哲人作家的风采——一种形而上的灵视,一种对本民族历史与文化的诗性领悟,一种作为思想与心灵代偿的语码创造——使我们可以把它视为扎西达娃的代表作。"(王绯:《魔幻与荒诞:攥在扎西达娃手心儿里的西藏》,收入《西藏隐秘岁月》,长江文艺出版社 2001 年版)

18—19 日,上海市委宣传部、《文汇报》《解放日报》和《社会科学》编辑部联合举行"海派"文化特征学术讨论会。与会者就如何理解海派文化特征问题展开讨论。

22 日，《光明日报》编辑部召开在京文艺家座谈会，就在社会主义精神文明建设中，作家、艺术家如何发挥更积极的作用、如何保证创作自由的同时，坚持社会主义方向、加强社会责任感等问题进行座谈。

25 日，张承志的小说《黄泥小屋》发表在《收获》第 6 期上。

本月，天津市文联、作协、百花文艺出版社联合主办的《文学自由谈》在天津创刊。

由阎月君等编选的《朦胧诗选》由春风文艺出版社出版。

章德益的诗《山思》、严阵的诗《黑美人在歌唱》发表在《十月》第 6 期上。

王蒙、刘宾雁的同名小说《临窗的街》发表在《小说家》第 4 期上。同期发表张承志的小说《终旅》、刘心武的小说《新区长镜头》。

十二月

1 日，林斤澜的小说《艋艋舟——矮凳桥的手艺人家》、邹志安的小说《并非莫须有事件》、何立伟的小说三篇（《影子的影子》《水边》《死城》）和创作谈《酒后》发表在《上海文学》12 期上。

5 日，苏童的小说《弧》发表在《中国西部文学》第 12 期上。

10 日，第二届茅盾文学奖评奖揭晓。李准的《黄河东流去》、张洁的《沉重的翅膀》、刘心武的《钟鼓楼》获奖。

雷抒雁的诗《历史的沉思》、公刘的诗《诗踪》（三首）、周涛的诗《被啄破的蛋壳》、章德益的诗《灵魂中的风景线》、唐亚平的诗《我举着火把走进溶洞（外一首）》发表在《诗刊》第 12 期上。

浩然的报告文学《人生的一幕》发表在《北京文学》第 12 期上。

11 日，高晓声的小说《觅》发表在《中国作家》第 6 期上。

20 日，刘心武的纪实小说《公共汽车咏叹调》、洪峰的小说《生命之流》、莫言的小说《爆炸》、张欣的小说《本色》发表在《人民文学》第 12 期上。

韩静霆的小说《战争让女人走开》、李锐的小说《古墙》、王朔的小说《浮出水面》发表在《当代》第 6 期上。

本月，恩斯特·卡西尔的《人论》（甘阳译）由上海译文出版社出版。

一批具有前卫意识的青年音乐家聚会武汉，参加"青年作曲家新作交流会"，这是80 年代中期中国新潮音乐崛起的一次代表性聚会。谭盾、瞿小松、叶小钢等一批青年音乐家在"新潮音乐"运动中脱颖而出。

本年

韩东、于坚、丁当等在南京创办民间诗歌刊物《他们》。

1986 年

一月

1 日，韩东的诗《你飞过的时候有一种声音》发表在《青春》第 1 期上。

王安忆的《海上繁华梦》系列小说及创作谈《多余的话》、李晓的小说《机关轶事》发表在《上海文学》第 1 期上。

莫言的报告文学《美丽的自杀》发表在《解放军文艺》第 1 期上。

5 日，韩少功的小说《诱惑》、方方的小说《湖上》发表在《文学月报》第 1 期上。

6 日，由复旦大学主办的首届国际中国文化学术讨论会在上海召开，与会者就"中国传统文化的再估价"，"中国文化与世界文化的关系"等问题进行探讨。会议 10 日结束。

人民文学出版社和当代文学研究会在京联合召开诗歌讨论会，就诗歌观念更新、"新生代"诗人群现象等问题进行讨论。

7 日，谌容的小说《走投无路》发表在《天津文学》第 1 期上。

10 日，南帆、黄子平、杨炼等人的座谈记录《青春诗论》发表在《诗刊》第 1 期上。

王蒙的《小说二题》、从维熙的中篇小说《断桥》发表在《中国作家》第 1 期上。

张辛欣的小说《寻找合适去死的剧中人》、陆星儿的小说《有人来等车了。雨，还在下》发表在《北京文学》第 1 期上。

15 日，《文学评论》从第 1 期起开辟"新时期文学十年研究"专栏。

史铁生的中篇小说《插队的故事》、苏童的小说《白洋淀红月亮》、刘索拉的中篇小说《寻找歌王》、何立伟的小说《故城一些事》发表在《钟山》第 1 期上。

张抗抗的文章《我们需要两个世界》发表在《文学评论》第 1 期上。文中使用了"妇女文学"的概念。

18 日，中国作协创作委员会首次会议在京举行。中国作协书记处书记鲍昌在会上发言，认为 1985 年的文学创作"缺少体现时代本质的主流作品"。

19 日，《光明日报》发表林默涵的文章《战士与苍蝇》。2 月 1 日，《文艺报》刊登了陈漱渝的《不要恣意贬低鲁迅》，这两篇文章对近年来有人贬损鲁迅的言论提出批评。

20 日，在首都各界庆祝俞平伯从事学术活动六十五周年纪念会上，中国社会科学院院长胡绳在讲话中肯定了俞平伯的文学创作和学术的建树，并指出 1954 年对他展开的政治性围攻不符合当时的文艺政策。

舒婷的诗《再见，柏林》、铁凝的小说《近的太阳》，林斤澜的小说《李地》、张抗抗的散文《废墟的记忆》发表在《人民文学》第 1 期上。

古华的小说《贞女——爱鹅滩故事》发表在《花城》第 1 期上。

张承志的小说《奔驰的美神》发表在《昆仑》第 1 期上。

25 日，郑万隆的中篇小说《洋瓶子底儿》《我的光》《地穴》，张辛欣的小说《在路上》，王安忆的小说《好姆妈，谢伯伯，小妹阿姨和妮妮》发表在《收获》第 1 期上。

28 日，郝国忱的四幕话剧《榆树屯风情》发表在《剧本》第 1 期上。

30 日，中国作家协会主办的第二届新诗（诗集）评奖揭晓，艾青的《雪莲》、杨牧的《复活的海》、周涛的《神山》等获奖。

本月，贾平凹的中篇小说《古堡》、矫健的中篇小说《天良》发表在《十月》第 1 期上。

二月

1 日，贾平凹的小说《火纸》、李杭育的小说《葛川江的一个早晨》、刘庆邦的小说《黑胡子》发表在《上海文学》第 2 期上。

5 日，叶延滨的诗《母亲们》、莫应丰的小说《死河的奇迹》、残雪的小说《雾》发表在《文学月报》第 2 期上。

7 日，铁凝的短篇小说《胭脂湖》、黄宗英的散文《朝霞和晚霞的对话》发表在《天津文学》第 2 期上。

10 日，王蒙的小说《铃的闪》、洪峰的小说《勃尔支金荒原牧歌》、宗璞的散文《秋韵》发表在《北京文学》第 2 期上。

15 日，丁玲的文章《热情扶持文学新生代》发表在《文艺报》上。

20 日，中共上海市委宣传部召开"加强对西方现代文化思潮研究"讨论会。

谌容的小说《减去十岁》、邓刚的小说《全是真事》、韦君宜的小说《旧梦难温》、迟子建的小说《北极村童话》发表在《人民文学》第 2 期上。

韦君宜的小说《妯娌》、柯云路的长篇小说《夜与昼》（上卷）发表在《当代》第 1 期上。

21 日，文化部决定在中国艺术研究院成立马克思文艺理论研究所。

25 日，美国文学院致函丁玲，告知她被选为美国文学艺术院荣誉院士。

本月，魏明伦的川剧剧本《潘金莲——一个女人的沉沦史》发表在《戏剧与电影》第 2 期上，并同期配发争鸣文章。李兴普认为这曲戏里的潘金莲"不再是旧戏里淫荡邪恶的化身，但也不是简单化、概念化或脸谱化的干瘪苍白的人物"，剧作者描绘了潘金莲"性格受到扭曲变形，一步步走进药杀亲夫的罪恶深渊的心态变化的历程"，从而"塑造了一个崭新的、血肉丰满的潘金莲"。（《新、奇、美——看荒诞川剧〈潘金莲〉》）孔建认为剧作者"从主观臆想出发，生拉活扯地'改'出、'编'出一个美丽、善良、柔情、哀怨的潘金莲来"，"与《水浒》中的潘金莲已经相去甚远。"（《荒诞川剧〈潘金莲〉的荒诞之处》）

三月

4 日，丁玲在北京逝世，享年 82 岁。丁玲，原名蒋冰之，1904 年生于湖南临澧（安福）县。1921 年到上海，入陈独秀、李大钊等人创办的上海平民女校，后转入上海大学中国文学系学习。1924 年在北京结识胡也频并于 1925 年结为伴侣。1927 年发表小说《梦珂》走上文坛。1929 年与胡也频、沈从文合办红黑书店，出版《红黑》杂志。1930 年加入左联。在 1931 年胡也频被害后主编左联机关刊物《北斗》。1932 年加入中国共产党并任"左联"党团书记。1933 年被国民党特务绑架、拘禁。1936 年逃离南京，同年 11 月进入陕北。毛泽东赋《临江仙》词欢迎丁玲："壁上红旗飘落照，西风漫卷孤城。保安人物一时新。洞中开宴会，招待出牢人。　　纤笔一支谁与似，三千毛瑟精兵。阵图开向陇山东。昨天文小姐，今日武将军。"1937 年 8 月率西北战地服务团赴山西抗日前线。以后曾任文协延安分会常务理事，主编《解放日报》文艺副刊。1942 年在延安文艺整风运动中因小说《在医院中》和杂文《三八节有感》受到批评。1946 年参加河北土地改革运动并于 1948 年写成长篇小说《太阳照在桑干河上》，获斯大林文学奖金。建国后历任中国作协党组书记兼常务副主席、《文艺报》主编、中央文学讲习所所长、中宣部文艺处处长、《人民文学》主编等职。1955 年被定为"丁玲、陈企霞反党小集团"主要成员。1957 年，又被划为"丁玲、冯雪峰右派反党集团"主要成员。1958 年遭受"再批判"，去北大荒劳动改造。文革中被关进京郊秦城监狱长达 5 年之久。1975 年获释。1979 年平反。1984 年中共中央组织部颁发《关于为丁玲同志恢复名誉的通知》。同年创办大型文学刊物《中国》，任主编。茅盾说："在平民女学的丁玲女士是一个沉默的青年。……有很浓厚的无政府主义倾向。""一九二七年，丁玲发表了她的第一篇小说，那时她始用'丁玲'这笔名。这个名字，在文坛上是生疏的，可是这位作者的才能立刻被人认识了。接着她的第二篇短篇小说《沙菲女士的日记》也在《小说月报》上发表了，人们于是更深切地认识到一位新起的女作家在谢冰心女士沉默了的那时以一种新的姿态出现于文坛。在《沙菲女士的日记》中所显示的作家丁玲女士是满带着五四以来时代的烙印的；如果谢冰心女士作品的中心是对于母爱和自然的颂赞；那么，初期的丁玲的作品全然和这'幽雅'的情绪没有关涉，她的沙菲女士是心灵上负着时代苦闷的创伤的青年女性的叛逆的绝叫者。""但那时中国文坛上要求着比《沙菲女士的日记》更深刻更有社会意义的创作。中国的普罗革命文学运动正在勃发。丁玲女士自然不能长久站在这空气之外。于是在继续写了几篇以女性的精神苦闷（大部分是性爱的）作为中心题材的短篇而后，丁玲女士开始以流行的'革命与恋爱'的题材写一部长篇了。这就是那《韦护》。""从一九三一年夏起，丁玲再不是中国左翼作家联盟阵外的'同路人'，而是阵营内战斗的一员。""《水》在各方面都表示了丁玲的表现才能的更进一步的开展。""这篇小说的意义是很重大的。不论在丁玲个人，或文坛全体，这都表示了过去的'革命与恋爱'的公式已经被清算！"（茅盾：《女作家丁玲》，1937 年 7 月 15 日《文艺月报》第 2 号）冯雪峰说："如果把《沙菲女士的日记》和《新的信念》《我在霞村的时候》《夜》等篇加以比较研究，则有很大很深刻的意义。那意义是在于这之间标明着一个更大的距离。""作者跟着人民革命的发展，不仅作为一个参与实际工作的实践者，并且作为一个艺术家，在长期艰苦而曲折的斗争中，改造和成长，而带来前后这么大的距离。一个进步的小资产阶级作家，成为真正人民的无产阶级的革命作家，需要在艺术上有他的标志，作者和别的一些这样的作家一样，她的意识的改造、思想的发展、艺术的成长，都要和革命的斗争历史、革命人民的意识成长史放在一起去研究的。"　（冯雪峰：《从〈梦珂〉到

〈夜〉》，1948 年 1 月《中国作家》1 卷 2 期）方英说："在出现于女性作家作品之中的女性姿态，丁玲所表现的是最近代的；而这些近代的女性的姿态，在她几年来的作品里面，又是不断的在发展。这一种姿态的发展，就是从所谓典型的'Modern Girl'的姿态，一直展开到殉道者的革命的女性的受难。"（方英：《丁玲论》，1931 年《文艺新闻》第 22 号）日本学者中岛碧在她的《丁玲论》中称丁玲是"近代中国文学中最早而且最尖锐地提出关于'女人'的本质、男女的爱和性的意义问题的作家。"（收入袁良骏：《丁玲研究资料》，天津人民出版社 1982 年版）王蒙在《我心目中的丁玲》中说丁玲她自己"比迄今为止五四以来新文学作品中表现过的任何女性典范都更丰满，也更复杂，更痛苦而又令人思量和唏嘘。"（《读书》1997 年第 2 期）

北村的小说《黑马群——实验室实验之一》发表在《福建文学》第 3 期上。

6 日，朱光潜逝世，享年 89 岁。朱光潜，笔名孟实，1897 年生于安徽桐城，1922 年毕业于香港大学文科教育系，1930 年获英国爱丁堡大学文科硕士学位，1933 年获法国斯特拉斯堡大学文科博士学位。回国后曾在北京大学、武汉大学、四川大学等高校从事美学教学和研究，是中国现代美学的开拓者和奠基者之一。他还是三四十年代"京派"文学在理论上的代表人物之一，他和梁实秋、沈从文等一起坚持"自由主义"文学立场，参与了当时和"左翼"文艺思潮的论争。他"坚信中国社会闹得如此之糟，不完全是制度的问题，是大半由于人心太坏。"他"坚信情感比理智重要，要洗刷人心，并非几句道德家言所可了事，一定要从'怡情养性'做起……要求人心净化，先要求人生美化。"（《谈美·开场话》）建国后，朱光潜对自己以前的唯心主义美学思想进行了自我批判，他提出了"美是主客观的辩证统一"的观点，并以马克思主义的"美学的实践观点"丰富和发展自己的美学思想，形成了一个颇有影响的美学流派。"文革"后又对马克思主义经典著作《1844 年经济学——哲学手稿》《关于费尔巴哈的提纲》《资本论》《自然辩证法》等进行系统研究，对一些译文提出了有重大价值的修改意见，为我国现代美学建设，马克思主义美学体系和文艺理论体系做出了重要贡献。著有《西方美学史》《诗论》《谈美》《文艺心理学》《变态心理学》《悲剧心理学》等，译有克罗齐的《美学原理》、莱辛的《拉奥孔》、歌德的《谈话录》、黑格尔《美学》、维柯的《新科学》等。安徽教育出版社 1987 年出版有《朱光潜全集》。

7 日，中国作协和人民文学出版社在京举行冯雪峰逝世十周年纪念座谈会。12—17日在京召开"冯雪峰学术讨论会"。

郑万隆的小说《铁屋》发表在《天津文学》第 3 期上。

8 日，《文艺报》报道：作家周而复因"违反外事纪律"，不顾我国政府的严正立场，擅自参观日本靖国神社，"丧失国格人格"，被中共中央纪律检查委员会开除出党。

10 日，车前子的诗《鬼故事》、朱晓平的小说《桑墟》、陈登科的长篇小说《三舍本传》（第一卷）、苏晓康的报告文学《洪荒启示录——洪汝河两岸访灾纪实》、梁晓声的纪实文学《京华闻见录》发表在《中国作家》第 2 期上。

莫言的小说《断手》、余华的小说《老师》发表在《北京文学》第 3 期上。同期还刊载了郑万隆作品讨论会的会议综述《〈异乡异闻〉与文学的寻"根"》。

苏童的小说《水闸》发表在《小说林》第 2 期上。

15 日，贾平凹的小说《水意》、张承志的小说《亮雪》、刘心武的中篇小说《无尽的长廊》、郑万隆的中篇小说《火迹地》发表在《钟山》第 2 期上。

18 日，牛汉的《诗的新生代——读稿随想》发表在《中国》第 3 期上。

20 日，祖慰的小说《新体验咖啡馆经理》、莫言的中篇小说《红高粱》发表在《人民文学》第 3 期上。谈到《红高粱》，雷达认为，"关于'种'的强化和复活的焦灼感"是"作者真正的创作契机和指归"。"作者在红高粱般充实的灵魂里，发掘到了对于今天的男女亟需吸纳的精神指归；他突现着外敌频临、横暴袭来，血与火炙烤着大地的时刻，炎黄子孙的无比坚韧、气吞山河的伟大生命潜能。"作品蕴含着"对民族性格的深刻理解"。因为这种理解，"作者无意于制作精细逼真的革命战争史的图画，也极少从如何处理战争题材的角度进行构思，他只是要复活那些游荡在他的故乡红高粱地里的英魂和冤魂，要用笔涂绘出一股渗透着历史意识的情绪、感受和民族的生命意志，让今天的读者呼吸领受。于是，投身于民族革命战争的人民化为刘罗汉、余占鳌、奶奶、豆官等个性奇异的人物；而这些高于民族精神的人格，又溶汇到特殊氛围——那无边无际散着甜腥气息的红高粱地，成为悲壮、神圣、永恒的象征。"（雷达：《游魂的复活——评〈红高粱〉》，《文艺学习》1986 年第 1 期）

柯云路的长篇小说《夜与昼》（下卷）发表在《当代》第 2 期上。

22 日，王朔的中篇小说《一半是火焰，一半是海水》发表在《啄木鸟》第 2 期上。

25 日，刘索拉的短篇小说《多余的故事》、林斤澜的中篇小说《憨憨》发表在《收获》第 2 期上。同期还刊载了马中骏、秦培春的话剧《红房间、白房间、黑房间》。曹晓鸣认为，"《房》剧的出现显露出某种戏剧观念或曰艺术思维方式的嬗变。"在戏剧结构上，"它在舞台上同时安排下几个场景，但始终没有冲突上的联系。他们相对独立，平行发展，故事互不穿插，人物很少身兼二职，情调也大异其趣……我们觉得小小的舞台像是同时上演着好几个风格迥异的戏剧。编导把各种互不相干的事和人并列在一起向观众展示，表示出每个事件没有关联的意义要比事件本身更重要。这一意图至少说明了戏剧结构不再是情节的派生物，而具有自己的独立意义。""除了结构的独立意义之外，《房》剧的观念性嬗变更突出地表现在它对人物处理和蕴含于其中的人生态度。"剧本"渗透出一种把'黑暗变成光明'的超脱态度，这种艺术趣味充分体现了现代审美意识的特点：冷峻、带有苦涩的幽默、洞察一切而不动声色。正是由于这一点，一个并无新鲜感的负心汉的故事，一群芸芸众生荒诞的言行才变得不那么平凡了。"（曹晓鸣：《戏剧观念的一次拓展》，《上海戏剧》1986 年第 2 期）

26 日，聂绀弩在北京逝世，享年 84 岁。聂绀弩，1903 年生于湖北京山县。1923 年在缅甸仰光《觉民日报》《缅甸晨报》当编辑时读到《新青年》，深受影响。1924 年考入广州中央陆军军官学校（黄埔军校）第 2 期，参加过国共合作的第一次东征。20 年代中期曾去苏联，入莫斯科中山大学，1927 年回国。1931 年"九·一八"事变后在上海加入中国左翼作家联盟。30 年代中期先后编辑《中华日报》副刊《动向》和《海燕》杂志。抗日战争时期在桂林与夏衍、宋云彬、孟超、秦似编辑杂文刊物《野草》，是影响最大的"野草派"杂文家。建国后历任中国作协理事、人民文学出版社副总编辑等职。1958 年被打成右派遣往北大荒劳动改造。"文革"中再受批判。著有杂文集《历史的奥秘》《蛇与塔》《血书》，散文集《沉吟》，旧体诗集《散宜生诗》等。作为杂文家，"聂绀弩好用反语达到讽刺，他的杂文多有一种冷嘲的风格，又能在引发读者的现实联想中实现批判的目的。他学习鲁迅的笔法，善于接过论敌的背谬之论加以剖析驳难，寓庄于谐，蕴怒于嘲，在平易质朴中见深沉。"（钱理群等：《中国现代文学三十年》，第 606 页，北京大学出版社 1999 年版）罗浮在《聂绀弩诗全编》"后记"中说："绀弩的诗由于有着十分突出的个人风格和十分精彩的艺术特色，被不少人称为聂体，或绀弩体。用一句话来概括，他是以杂文入诗。绀弩是杂文大家，以杂文入诗是很自然的事。""用两句话来分析，绀弩的诗是严肃的打油，是沉痛的悠闲。""绀弩虽主张打油，却又反对油滑，既爱打油，又'较怕打油'。这正是相反相成，矛盾统一，成就了他严肃的打油，打油的严肃。无打油，就不成其为绀弩；无严肃，更不是绀弩。它们统一在一起，这就是绀弩体的一大特色。"（学林出版社 1992 年版）

本月，顾城的诗集《黑眼睛》由人民文学出版社出版。

从维熙的中篇小说《风泪眼》、王蒙的中篇小说《名医梁有志传奇》、梁晓声的长篇小说《雪城》（上部）发表在《十月》第 2 期上。

四月

1 日，骆一禾的诗《四月》、李庆西的小说《人间笔记》发表在《上海文学》第 4 期上。

周克芹的小说《绿肥红瘦》发表在《青年文学》第 4 期上。

洪峰的小说《蜘蛛》、毛时安等五人的《"文学寻根"五人谈》发表在《作家》第 4 期上。

3 日，上海青年文艺理论家探讨文艺批评观念更新问题。与会者围绕李劼、夏志厚、王晓明、许子东的《批评观念与思维逻辑论纲》一文提出的批评家主体与作品客体"双向同构关系"的观点进行讨论。

4—9 日，中国作协、中国社科院文学研究所等单位在天津联合召开国内外文艺理论信息交流会。

中国作协书记处任命李国文为《小说选刊》主编，刘心武为《人民文学》常务副主编。

5 日，《文艺报》第 14 期报道，钱钟书在接受中新社香港分社记者采访时，认为"……咱们对这个奖（诺贝尔文学奖），不必过于重视。"其理由是"只要想一想，不讲生存的，已故得奖人里有黛丽达、海泽、倭铿、赛珍珠之流，就可见这个奖的意义是否重大了。" 在谈到博尔赫斯因拿不到诺贝尔奖金而耿耿于怀时，钱钟书说："这表示他对自己缺乏信念，而对评委似乎又太看重了。"

何立伟的小说《山洪》发表在《文学月报》第 4 期上。

7 日，何立伟的小说《白马·某夜》（小说二题）、叶文玲的中篇小说《浪漫的黄昏》发表在《天津文学》第 4 期上。

15—22 日，上海市召开文艺创作座谈会。100 多名文艺工作者交流经验，探讨繁荣文艺创作的问题。

16 日，《红旗》杂志第 8 期发表陈涌的文章《文艺学方法论问题》，对刘再复近期文章中的一些观点提出批评。《红旗》《文艺报》《文论报》《文学评论》《当代文艺探索》《文艺理论与批评》等报刊先后发表文章，围绕陈、刘的不同观点以及文学主体性诸问题展开讨论。

18 日，《文艺研究》编辑部邀请钱学森从宏观上作关于美和社会主义文艺学的报告。

19 日，韩少功的小说《史遗三录》发表在《青年文学》第 4 期上。

20 日，于坚的诗《南高原》、王安忆的小说《阁楼》、彭雁华、彭雁平的报告文学《蒙山沂水》发表在《人民文学》第 4 期上。

蒋子龙的长篇小说《蛇神》发表在《当代》第 2 期上。

21 日，《人民日报》发表白烨的综述《关于方法论问题的争鸣问题》。文章说："方法论问题，实际上主要是围绕'系统科学方法论'（包括系统论、控制论、信息论）而展开的。系统科学把对象作为一个有机系统来考察，其方法包括整体性、结构性、有序性、动态性、相关性等原则。它是现代科学向整体化和综合化方向发展的反映。"关于这一方法在文学中的运用，大体上有三种意见："一种意见认为，系统科学方法在文学研究中具有很大的优越性。它要求从整体上把握对象，有利于培养人的直觉能力；它强调用普遍联系的观点来把握对象，具有多维多向的开放性；它还能使文学在已有的定性分析之外实现定量分析。""另一种意见认为，把现代科学的方法论看作灵丹妙药的做法，并不足取。文学艺术是生动的、活泼的，如果一定要把它们纳入信息流程，……就可能陷入新八股，让方法牵着鼻子走。"还有一种意见认为："在文学方法论问题上，可以放开一些，多样一些。新方法的移植既要慎重，切忌生搬硬套，对新方法目前表现出的不成熟弊端，也要理解和宽容。""新方法问题讨论中，还普遍谈到新方法与传统方法，尤其是马克思主义的关系问题。""新方法论争的进一步深入，也触及到了科学与文学的关系问题，一种意见认为，社会科学与自然科学目前正走向一体化。……另一种意见认为……艺术把握世界的方式是直接的、审美的，纯理性、纯客观地关照审美对象，难于发现美、把握美。而且生活中也需要一些非科学、非理性的东西，艺术还需在调节、补充人的情感方面发挥作用。因此，目前还看不出科学与文学统一的可能与必要。"

26 日，《文艺报》发表韩少功的《关于文学"寻根"的对话》。

28 日，陈传敏的话剧《爸爸妈妈应该选举产生》发表在《剧本》第 4 期上。

30 日，《人民日报》发表唐弢的文章《一思而行——关于"寻根"》，对"寻根"意识提出批评。文章从以美国黑人作家阿利克斯·哈利的小说《根》为发端的美国寻根文学谈起，认为"'寻根'只能是移民文学的一部分……如果不是移民文学，也就无所谓'寻根'，无从去'寻根'了。"对当前中国文坛的"寻根"呼声及其创作，文章认为"民族特点的发扬"、"民族传统的继承"、"民族气质、性格、道德、内涵以及纵向的地方色彩和横向的时代精神"等"的确是非常重要的"，"但都不是什么'根'。

'根'是民族、国土的本身，而不能降低为仅仅是依附于民族、国土上面的一些派生出来的东西"。而海外华人作家的"本土性"问题才存在萌生"寻根"的可能。

本月，牛汉的诗集《蚯蚓和羽毛》由人民文学出版社出版。

五月

1 日，韩少功的小说《女女女》、王安忆的小说《鸠雀一战》发表在《上海文学》第 5 期上。

5—10 日，复旦大学等单位在沪召开新时期文学讨论会，与会近百名代表主要集中讨论了以下几个方面的问题：第一，如何估价十年新时期文学。有的人用"裂变"来加以形容，认为这是继"五四"文学革命以来我国文学最大的一次变革。文学创作向着多元化、全方位、多层次、辐射式的态势跃动；文学批评向着广阔的理论思维空间开拓；文学观念正处于深刻的开拓与变革中。第二，如何看待一九八五年的文学。有人认为，探索、突破是一九八五年文学的精神。有的人从创作手法上出发，认为一九八五年的文学出现了"六神无主"的局面，不再定现实主义为一尊，"寻根文学"、"现代派"文学、魔幻、象征、感觉、纪实文学各竞其秀，势头十分可喜。有的人从文化影响出发，认为一九八五年是东西文化、现代意识与民族文化相撞击、融汇的一年。此外，一九八五年理论批评的崛起被认为是这一年十分突出的文学现象。文艺理论批评思维方式上的变化、理论的多元化趋向、科学性的加强以及理论批评自身独立意识的增强、理论批评群体的形成，理论批评个性的多样化都是十分引人注目的。(《"新时期文学讨论会"纪略》，《复旦学报》1986 年第 4 期)

7 日，于坚的诗《唱给同时代人的歌》发表在《丑小鸭》第 5 期上。

8 日，中国作协召开讨论改进文学评奖工作座谈会，与会者建议尽快设立国家文学奖。

10 日，顾城的《诗四首》、白桦的诗《这不是二十滴雨水》、铁凝的小说《错落有致》、邓友梅的散文《往事如烟》、邓刚的散文《当我们成为外国人》、涵逸的报告文学《中国的"小皇帝"》发表在《中国作家》第 3 期上。

王安忆的小说《牌艺》、从维熙的小说《落霞——一个精神病医生的独白》、余华的散文《看海去》发表在《北京文学》第 5 期上。

11—15 日，广东《当代文坛报》、天津《文学自由谈》等联合主办的"86 年文学与现代文明研讨会"在深圳举行。

15 日，阿城的短篇小说《遍地风流》(之三)、何立伟的中篇小说《水库》发表在《钟山》第 3 期上。

16 日，《红旗》杂志编辑部在京召开文艺座谈会，王忍之、李何林、王春元、钱中文等 40 余人到会发言。该刊第 11 期刊登会议综述《贯彻"双百"方针、发展文艺理论》。

18—24 日，中国作协、湖北省文联等单位主办的全国首届当代历史小说创作问题座谈会在湖北鄂城举行。与会者就历史小说的定义、历史真实和艺术真实的关系等问题进行了讨论。《文艺报》6 月 21 日刊登了凌力的《历史小说的历史感》、顾汶光的《驱策千古 以为我用》、李兆忠的《何处是大道》等几篇专题探讨文章。李兆忠认为，多年来在创作实践上形成的"史传——写实"这样一种比较固定的模式作为历史小说的一种创作方法未尝不可，但把它当作唯一的确、正宗的历史小说艺术规范则是偏狭专横的。

残雪的中篇小说《苍老的浮云》发表在《中国》第 5 期上。

20 日，《北京文学》编辑部邀请在京部分文艺理论工作者举行"现实主义及其发展"专题讨论会。李陀在会上指出，现实主义的一个重大发展就是现实主义自身的多元化。在国外，现实主义分裂出魔幻现实主义、心理现实主义、结构现实主义等多种形态，中国也面临着这个问题。因此，对现实主义不仅要做发生学的研究，还要做形态学的研究。此外，中国的现实主义正处于从十九世纪的古典现实主义概念向现代的现实主义过渡的时期。现实主义已失去了唯一正确的正统地位，这对它在同形形色色的创作方法的竞争中发现自身的局限而言未尝不是一件好事。（《现实主义在发展，创作方法在丰富——本刊举行"现实主义及其发展"座谈会》，《北京文学》1986 年第 7 期）

刘心武的纪实小说《王府井万花筒》、白桦的小说《街头内参》、苏晓康的报告文学《恋魂之火》、汪曾祺的散文《沈从文先生在西南联大》发表在《人民文学》第 5 期上。

25 日，陈村的小说《他们》、冯骥才的中篇小说《三寸金莲》（怪世奇谈系列）发表在《收获》第 3 期上。

29 日，马列主义毛泽东思想研究会等单位在北京联合召开座谈会，纪念"双百方针"提出三十周年。

本月，何士光的中篇小说《韭路行》、陈建功的中篇小说《鬈毛》（谈天说地系列）、张辛欣的小说《灾变》、梁晓声的长篇小说《雪城》（上部、续一）、沙叶新的话剧《寻找男子汉》发表在《十月》第 3 期上。陈思和说："作家着重剖析了久久找不到男子汉的社会政治原因，指出了过去的几十年中，每一次以革命的名义发起的运动和长久的压抑、扭曲，造成了男子汉的棱角磨平、阳气衰竭、脊梁缺钙。"（陈思和：《笑声中的追求——沙叶新话剧艺术片论》，《新剧本》1988 年第 3 期）

六月

4 日，《解放日报》刊登王若水的文章《文学的自由与自由的文学》。

5 日，北京师范学院召开"人物性格二重组合原理"讨论会。

7 日，残雪的中篇小说《阿梅在一个太阳天里的愁思》发表在《天津文学》第 6 期上。

10 日，刘再复的《艰难的课题——写在〈性格组合论〉出版之前》发表在《读书》第 6 期上。

王安忆的小说《作家的故事》发表在《雨花》第 6 期上。

邹志安的小说《支书下台唱大戏》、锦云的小说《狗儿爷传奇》、陈祖芬的报告文学《一个民族的觉醒》发表在《北京文学》第6期上。

14日，中华文学基金会在京成立，巴金任会长。

16日，王蒙被任命为文化部部长。

17—27日，由中国俗文学学会和上海社科院文学所联合举办的"中国俗文学学术研讨会"在上海举行。与会者探讨了中国俗文学研究如何运用新方法开拓新的领域等问题。

20日，理由的报告文学《香港心态录》发表在《人民文学》第6期上。

27—30日，作协北京分会和北京市文联研究部在北京召开"新诗潮研讨会"。与会者就"新诗潮"概念及其发生发展等问题进行讨论。

28日，锦云的话剧《狗儿爷涅槃》发表在《剧本》第6期上。冯其庸说："作者通过狗儿爷的形象……很好地概括了几十年来我国农村的历史变迁。……也批判了几十年来我国农村政策的某些错误和失误，探讨了狗儿爷悲剧产生的原因，这个形象富有深刻的历史内涵。"（《狗儿爷悲剧的历史内涵》，《文艺研究》1988年第1期）童道明说："《狗》剧不是一般意义上的现实主义，而是经过现代主义擦拭过的现实主义，这是一种新的戏剧现实主义，它标志着中国新戏剧正在形成和成熟。"（《〈狗儿爷涅槃〉观后》，1986年11月13日《光明日报》）

本月，《昌耀抒情诗集》由青海人民出版社出版。

七月

1日，李晓的小说《继续操练》发表在《上海文学》第7期上。

莫言的中篇小说《高粱酒》发表在《解放军文艺》第7期上。

7日，刘再复的散文《我和历史的一次对话》、林斤澜的散文《蓝色湖》、舒婷的散文《迷路的故事》、刘湛秋的散文《漫步在凋零的树林》、宗璞的散文《彩虹曲社》、臧克家的散文《来自南疆的老山兰》发表在《天津文学》第7期上。

10日，冯至的《记梦诗三首》、王蒙的诗《琴弦与手指的对话》发表在《诗刊》第7期上。

汪曾祺的诗《旅途八首》、王蒙的诗《晨与夜》、叶文福的诗《搁浅的船歌》、冰心的散文《关于男人（之四）》、宗璞的散文《霞落燕园》发表在《中国作家》第4期上。

15日，张洁的中篇小说《她有什么病》、乌热尔图的中篇小说《雪》发表在《钟山》第4期上。

18日，杨炼的诗《自在者说》、韩东的诗《有关大雁塔》、王小妮的诗《通术》发表在《中国》第7期上。李新宇认为《有关大雁塔》"这首诗集中显示了韩东语言的简约、意向的淡漠、人生的无奈和反英雄主义、反理想主义、反启蒙主义的平民化和庸常化特征：'有关大雁塔/我们又能知道些什么。'……而在韩东笔下，大雁塔不再有任何伟大和崇高之处，登塔也不会大发怀古之幽思，而只不过是'看看四周的风景/然后再下来'。它失去了令人感慨万端的英雄色彩。但是，在漫不经心的叙述被解构，在那'我们又能知道些什么'的平静诘问中，却同样感到一种历史和生活的沉思，感到抒情主体深处透露的这一代人的无奈感。"（李新宇：《中国当代诗歌艺术演变史》，第293页，浙江大学出版社2000年版）

20 日，孙犁的小说《鱼苇之事》、李庆西的小说《阿鑫》，刘再复的散文《死之梦》、陈祖芬的报告文学《理论狂人》发表在《人民文学》第7期上。

25 日，陈染的短篇小说《世纪病》发表在《收获》第4期上。同期开始连载张抗抗的长篇小说《隐形伴侣》，至第5期止。

本月，上海文艺出版社推出"文艺探索书系"，有刘再复的《性格组合论》、公刘等序的《探索诗集》、王蒙等序《探索小说集》、陈恭敏序的《探索戏剧集》、钟惦棐序的《探索电影集》等。

苏童的短篇小说《祖母的季节》、莫言的小说《狗道》、王安忆的中篇小说《荒山之恋》、梁晓声的长篇小说《雪城》（上部，续完）、张承志的小说《美丽瞬间》发表在《十月》第4期上。

八月

1 日，张廷竹的小说《他在拂晓前死去》发表在《解放军文艺》第8期上。

王安忆的小说《小城之恋》、残雪的小说《旷野里》、张光年的文章《在建设精神文明的路上》发表在《上海文学》第8期上。

10 日，莫言的小说《高粱殡》、陈忠实的小说《毛茸茸的酸杏儿》发表在《北京文学》第8期上。

18 日，马原的小说《骷髅》、残雪的小说《天窗》发表在《中国》第8期上。

20 日，北岛的诗《白日梦》、汪曾祺的小说《八月骄阳》、李国文的小说《危楼记事之末》、苏叔阳的小说《老舍之死》发表在《人民文学》第8期上。

陆天明的长篇小说《桑那高地的太阳》、乔迈的报告文学《失去了，永不再有》发表在《当代》第4期上。

25—30 日，解放军总政治部和中国作家协会联合召开革命战争题材创作座谈会。与会者就当前军事文学如何全方位突破、革命战争作品如何注入当代意识以及如何认识战争中的人性与阶级性等问题进行探讨。

26—30 日，《诗刊》等单位在兰州召开"新诗理论研讨会"。与会者认为，从79年到现在，新诗发展经过了两次聚焦，焦点就是使诗回到自身。第一次聚焦是社会的焦点把诗人的目光聚在一起，最主要的特点是反对虚假，追求真实和真诚，使诗从政治工具回复到表达诗人的感受。朦胧诗之后，是文化的焦点把诗人的目光聚在一起。诗歌不满于正面的歌颂或反面的否定而寻求深层次的文化思考。就现代主义思潮在当代诗歌中的渗透和影响，与会者认为以北岛为代表的一代只是拿来了现代派的形式，内容仍是介入时代、写英雄悲剧的。他们的贡献在于连结了三、四十年代的现代派诗歌传统，使诗的自身和主体地位受到了重视。近年来的"第三代"、大学生诗对"凡人

"化"的追求更为远离现代诗的形式，有可能是真正的现代派。由此出发，与会者就"诗歌与人"、诗与自我表现、诗的主体性等问题展开讨论。与会者认为，新时期诗歌理论的最大突破，就是对诗的主体性的重新肯定，对诗人通过艺术创造达到自我实现的重新肯定。（参见董希武：《"全国新诗理论研讨会"就诗歌理论建设问题展开争鸣》，《当代文艺思潮》1986 年第 6 期）

本月，朱晓平的小说《福林和他的婆姨》发表在《小说家》第 4 期上。

九月

1 日，北岛的诗《在黎明的铜镜中》发表在《广州文艺》第 9 期上。

马原的小说《拉萨生活的三种时间》发表在《解放军文艺》第 9 期上。

洪峰的小说《奔丧》发表在《作家》第 9 期上。

孙甘露的小说《访问梦境》、史铁生的小说《毒药》、陈村的小说《死（给"文革"）》发表在《上海文学》第 9 期上。

2 日，为庆祝巴金《随想录》五集全部完稿，《文艺报》编辑部邀请首都文艺界人士座谈。

5 日，章德益的《西部诗稿》发表在《中国西部文学》第 9 期上。

7—12 日，中国社科院文学研究所召开的"新时期文学十年学术讨论会"在北京举行。刘再复作《论新时期文学主潮》的报告。他以人道主义的恢复和深化概括自 1976 年粉碎"四人帮"以来的文学潮流，认为新时期文学从政治性的反思走到了文化性的反思，并且越来越走向艺术的自觉和批评的自觉。刘晓波在会上作《新时期文学面临危机》的发言，他认为"中国文坛缺少具有挑战姿态的人物"，"中国知识分子身上的民族惰性比一般大众更深厚！""中国作家依然缺少个性意识。这种无个性的深层就是生命力的枯萎，生命力的理性化教条化，中国文化的发展一直是以理性来束缚感性生命，以道德规范来框架个性意识的自由发展。""不打破传统，不像五四时期那样彻底否定传统的古典文化，不摆脱理性化教条化的束缚，便摆脱不了危机。""在和传统文化对话的时候，就是得把这样一些东西强调到极点：感性、非理性、本能、肉。肉有两种含义，一是性，一是金钱。"刘晓波的发言后来刊登在同年 10 月 3 日的《深圳青年报》上，又被香港有关报纸转载，在文坛激起强烈反响，一时成为"非理性"的纲领。

9—12 日，中国社科院文学研究所在京举行中国近代、现代、当代文学分期问题学术讨论会。与会者就文学史分期标准、种类、方法等问题展开讨论。有人认为：文学史分期问题实际上包含着文学观念的问题。过去的文学史分期是以政治的、社会发展的历史分期作为标准的。我们今天讨论文学史分期是向一般的社会政治发展史要求文学史自己的相对独立性的表现。（《一次气氛活跃的学术讨论会——中国近代、现代、当代文学史分期问题讨论会在京举行》，《文学评论》1986 年第 6 期）

10 日，《中国西部文学》《当代文艺思潮》《小说评论》三家杂志在京联合召开中国西部文学专题讨论会。与会者对西部文学的主题意识、西部精神、西部人的文化心理结构及西部文学目前创作面临的主要问题进行讨论。

翟永明的组诗《女人》发表在《诗刊》第 9 期上。

叶延滨的组诗《当代箴言》、苏晓康的报告文学《阴阳大裂变——关于现代婚姻的痛苦思考》发表在《中国作家》第 5 期上。

张承志的小说《凝固火焰》发表在《中国西部文学》第 9 期上。

18 日，刘恒的小说《狗日的粮食》、北村的小说《构思》发表在《中国》第 9 期上。

20 日，高行健的短篇小说《我给老爷买鱼竿》、刘西鸿的小说《你不可改变我》、陆天明的小说《黄烟囱》发表在《人民文学》第 9 期上。

贾鲁生的报告文学《孔子与中国》发表在《昆仑》第 5 期上。

25 日，苏童的短篇小说《青石与河流》、铁凝的中篇小说《麦秸垛》、马原的中篇小说《虚构》发表在《收获》第 5 期上。王西彦认为，《麦秸垛》表明铁凝的创作正在"走向深广"，"眼界有了很大的扩展，对生活的审视更增加了深度，甚至描写的笔法也更凝练、更富探索性了。"（王西彦：《走向深广》，《文论报》1987 年 2 月 21 日）袁良骏也说，作品中"麦秸垛成了世代农民和知青传统文化心理结构的一种象征，一种性爱活动的载体和媒介，一个充满着悲欢离合的与性爱紧密联系着的社会人生的浓缩物。"作者"在通过性爱与无爱的婚姻问题上，揭示人生苦辣酸甜之主客观原因上，达到了一个综合性的高度"。（《读〈麦秸垛〉》，出处同上）

王安忆的散文《男人和女人、女人和城市》发表在《当代作家评论》第 5 期上。

27 日，国务院通知从现在起停止使用 1977 年发表的《第 2 次汉字简化方案（草案）》。

28 日，中国共产党第 12 届中央委员会第 6 次全体会议在北京举行。全会通过了《中共中央关于社会主义精神文明建设指导方针的决议》。

本月，《深圳青年报》与安徽《诗歌报》发起"现代诗群体大展"，参展的有"非非主义"、"莽汉主义"、"南方派"、"大学生诗派"、"极端主义"、"地平线诗歌实验小组"、"新口语派"等 60 余家继"朦胧诗"以后出现的或自称的新诗歌流派。其中数十个诗歌群体在展出他们作品的同时，也发表了各具特色的诗歌宣言。9 月 26 日，徐敬亚在《深圳青年报》上撰稿《中国诗坛 1986 年现代诗群体大展》。据徐文说："1986 年——在这个被称为'无法拒绝的年代'，全国 2000 多家诗社和十倍于此数字的所谓诗人，以成千上万的诗集、诗报、诗刊与传统实行着断裂，把 80 年代中期的新诗推向了弥漫的新空间，也将艺术探索与公众准则的反差推向一个新的潮头。至 1986 年 7 月，全国已出的非正式打印诗刊 70 多种，非正式发行的铅印诗报 22 种。"

梁小斌的诗《断裂》发表在《星星》第 9 期上。

江河的诗集《从这里开始》由花城出版社出版。

杨炼的诗集《荒魂》由上海文艺出版社出版。

韩少功的小说《火宅》发表在《芙蓉》第 5 期上。

高行健的话剧《彼岸》、白峰溪的话剧《不知秋思落谁家》发表在《十月》第 5 期上。

十月

1 日，昌耀的诗《人间气味》发表在《草原》第 10 期上。

何立伟的小说《山里的故事》发表在《上海文学》第 10 期上。

乔良的中篇小说《灵旗》发表在《解放军文艺》第 10 期上。

7 日，贾平凹的散文《平凉崆峒山笔记》发表在《天津文学》第 10 期上。

10 日，郑敏的《心象组诗》发表在《诗刊》第 10 期上。

马原的小说《涂满古怪图案的墙壁》、刘索拉的小说《最后一只蜘蛛》发表在《北京文学》第 10 期上。

18 日，《文艺报》发表鲁枢元的《论新时期文学的"向内转"》。文章认为，新时期文学出现了一种自发的"向内转"倾向，"小说家从人物的感觉来开拓作品的心理空间，诗人以表现个性的方式来再现情感的真实"。"向内转的文学现象不仅受世界文学的影响，而且根源于长期以来文学发展的内部需求，是对机械教条理论的反拨，是一种难以遏止的文学态势。"

欧阳江河的诗《悬棺》、廖亦武的诗《情侣》、残雪的小说《美丽南方之夏日》、刘晓波的《与李泽厚对话》发表在《中国》第 10 期上。本期《中国》杂志"隆重推举新生代文学"，认为新生代是"躁动不安，渴求创造的一代"。一时间，《中国》成为中国新生代诗人发表诗歌的重要阵地。

19—23 日，中国社会科学院文学研究所在北京召开鲁迅与中外文化学术讨论会。胡乔木在会上做题为《鲁迅对中外文化的分析态度》的讲话。

20 日，从维熙的小说《方太阳》、何立伟的小说《日子》、扎西达娃的小说《智者的沉默》、史铁生的创作谈《随想与反省》发表在《人民文学》第 10 期上。

张炜的长篇小说《古船》发表在《当代》第 5 期上。雷达说："环顾今日文坛，能以如此气魄雄心探求民族灵魂历程……能以如此强烈激情拥抱现实经济改革，又能达到如此深度的长篇巨制，实属罕见。所以我把它称为民族心史的一块厚重的碑石。"（《民族心史的一块厚重碑石》，《当代》1987 年第 5 期）冯立三说："（隋）抱朴身上的人道主义色彩是浓重的。不过，这种人道主义是用来抨击反革命暴力本身和批判混在革命暴力中并玷污了革命暴力的因素的时候……深化着作品的思想深度，强化着作品的感染力量，都有助于历史经验的总结和世道人心的改良的。""抱朴形象的先进性、时代性、示范性，正在于他凭借对苦难的解剖所获得的新的精神境界——历史意识、社会意识、民主意识，实现了对传统农民这种小生产者的历史命运的超越。"（《沉重的回顾与欢悦的展望》，《当代》1988 年第 1 期）黎辉、曹增渝说："隋抱朴思索的重点大体在于对历史进程中人们行为的道德批判，在于对人性中残忍、自私一面的谴责和忏悔，在于对人与人之间的仁爱、同情的真诚呼唤。……这种人道主义立场的控诉苦难……维护人的尊严等方面确实具有强大的道德力量。但是当他企图用这种道德力量拯救人们摆脱苦难的时候，当他把未来的希望寄托在人们自觉克制过分的私欲、一起过生活的时候，这种思索的迂阔、虚幻和不切实际就暴露无疑了。"（《隋抱朴的人道主义和古船的整体意蕴》，《小说评论》1988 年第 4 期）关于作者对土改的描写，陈涌认为："《古船》是从抽象的人道主义观点来看土地改革的。这种观点使作者对土地改革的表现模糊了两个敌对阶级的界限……我认为《古船》的教训，主要是从阶级斗争的视点向人道主义的视点的转移。"（《我所看到的古船》，《当代》1988 年第 1 期）冯立三在比较了《古船》和《太阳照在桑干河上》两部作品对土改描写的侧重点上的不同后说："两者从各自不同的侧面揭示了那段历史的本质，各自回答了各自的时代所提出的问题……""《古船》对土地复查的描写有案可查，并非想当然。"因此"若说用人道主义否定阶级斗争，则恐难成立"。（出处同前）

本月，吉林省文联文艺理论研究室和《文艺争鸣》编辑部在长春市联合召开"反映时代与现代意识"专题讨论会。

李佩甫的中篇小说《李氏家族的第十七代玄孙》发表在《小说家》第 5 期上。

魏世祥的长篇小说《火船》发表在《青年文学》第 10 期上。

十一月

1 日，吴亮的文章《城市与我们》、林伟平的《文学与人格——访作家韩少功》发表在《上海文学》第 11 期上。

3—6 日，中国作家协会在上海举办中国当代文学国际讨论会，会议围绕"我观中国当代文学"展开讨论。

4 日，北村的小说《流失的箭矢》发表在《福建文学》第 11 期上。

6—10 日，中国社会科学院文学研究所、江苏省社会科学院、北京大学等单位在苏州市联合召开文学观念学术讨论会。

7 日，汪曾祺的散文《门前流水尚能西》发表在《天津文学》第 11 期上。

10 日，于坚的诗《尚义街 6 号》发表在《诗刊》第 11 期上。

辛笛的诗《美丽的城》（外二首）、沙汀的小说《红石滩》发表在《中国作家》第 6 期上。

陈染的小说《人与星空》发表在《北京文学》第 11 期上。

15—18 日，中国作协北京分会和《十月》编辑部联合召开城市题材和青年题材作品讨论会。

《文学评论》第 6 期开辟"中国新时期文学十年学术讨论会"专栏，发表张光年的《起死回生、青春焕发的十年》、王蒙的《小说家言》、许觉民的《开幕词》、朱寨的《闭幕词》。同期还刊载陈思和的《当代文学中的文化寻根意识》。

周梅森的中篇小说《军歌》发表在《钟山》第 6 期上。

19 日，王朔的中篇小说《橡皮人》在《青年文学》第 11 期连载，至第 12 期止。

16—18 日，《解放军文艺》在京举行革命历史题材小说创作座谈会，就《红高粱》《灵旗》《黑太阳》等表现革命历史题材的文学作品，对什么是战争文学的最高境界，如何表现战争伦理性质和人性、人道主义，如何理解英雄主义以及创作方法等问题展开讨论。本年 12 月 11 日的《光明日报》对座谈会进行了报道。《解放军文艺》1987

年第 1 期刊登了《关于战争文学的对话——革命历史题材小说座谈会纪要》。

18 日,残雪的中篇小说《黄泥街》发表在《中国》第 11 期上。

20 日,李锐的短篇小说系列《厚土》发表在《人民文学》第 11 期上。同时刊载的还有第 11 期《上海文学》和第 11 期《山西文学》。《厚土》是以"吕梁山印象"为总副题的短篇小说系列。雷达认为,李锐"为了适应它的艺术表现目的",表现"抓不住、看不见却弥漫于一切角隅的'文化'、世世代代被文化的'厚土'所困顿着的人们的处境",在短篇体制短小不易于表现如此内容的情况下,能够"在生活原料的选择上","注重于选取稳定的、变化缓慢的、不断重现在具有内在长时态的生活",从而达到"以短取长"的目的。(雷达:《说〈厚土〉——兼谈意味、文体及其他》,《上海文学》1987 年第 4 期)同期《人民文学》还发表了残雪的短篇小说《我在那个世界里的事情》、多多的小说《蓝天》、理由的报告文学《汉城信步》。

莫言的小说《奇死》发表在《昆仑》第 6 期上。

陈村的《非小说论》发表在《清明》第 6 期上。

21 日,张炜的小说《黄沙》发表在《柳泉》第 6 期上。

25 日,赵玫的《知识女性的困惑与寻求——女性文学在新时期十年中》发表在《当代作家评论》第 6 期上。

30 日—12 月 6 日,由中国作家协会等主办的"中国当代文学国际讨论会"在上海举行。这是第一次有较多外国学者参加的当代文学讨论会。瑞典文学院士、斯德哥尔摩大学教授马悦然在会前回答记者提问时指出,中国文学作品之所以从未获得诺贝尔奖是由于翻译工作做得不完美。这一观点引起国内外文化界人士广泛争论。

本月,丁玲主编的《中国》杂志终刊。副主编牛汉和编辑部同仁共同撰写了《〈中国〉备忘录——终刊致读者》。终刊词陈述了《中国》在丁玲逝世后所遇到的困难,最后引用一位诗人阿垅的诗句作结:"我要这样宣告,我们无罪,然后我们凋谢。"

冯骥才的长篇纪实文学系列《一百个人的十年》发表在《十月》第 6 期上。

残雪的小说《绣花鞋及袁四老娘的烦恼》发表在《海鸥》第 11 期上。

十二月

1 日,莫应丰的小说《任兴公·义兴公》发表在《上海文学》第 12 期上。

7 日,蒋子龙的《森林采风录》、邓刚的《走进大兴安岭》、谌容的《从绿色的梦中醒来》、何士光的《莫尔道嘎车祸》、方方的《莫尔道嘎》、航鹰的《亭亭白桦,依依白桦》、蒋子丹的《告别大森林》等一组散文发表在《天津文学》第 12 期上。

11—15 日,中国作协研究室、福建省文联及全国八家出版社在厦门联合举行全国长篇小说座谈会。

《文学报》刊登《公刘和韩少功共同探讨"寻根"的得与失》。

18 日,韩少功的文章《实现文学的多元化格局》发表在《文学报》上。

20 日,宗白华逝世,享年 89 岁。宗白华,原名宗伯华,江苏常熟人。1916 年入同济大学医科预科学习。1919 年被少年中国学会选为评议员,成为《少年中国》月刊的主要撰稿人，投身新文化运动。同年 8 月受聘上海《时事新报》副刊《学灯》任编辑、主编。1920 年赴德国留学，在法兰克福大学、柏林大学学习哲学和美学。1925 年回国后在南京、北京等地大学任教。著有诗集《三叶集》（与郭沫若、田寿昌合著）、《流云小诗》（1923）。主要学术著作有《美学散步》《艺境》《美学与意境》《中国美学史资料选编》《歌德研究》《论中西书法之渊源与基础》等。另有译著《判断力批判》《宗白华美学文学译文选》等。安徽教育出版社 1994 年 12 月出版《宗白华全集》。

贾平凹的小说《龙卷风》、洪峰的小说《湮没》、徐星的小说《殉道者》发表在《人民文学》第 12 期上。

史铁生的小说《我之舞》发表在《当代》第 6 期上。

22—24 日，北京市文艺理论研究会、文艺协会等单位在京联合召开文学主体性问题学术讨论会。

25 日，路遥的长篇小说《平凡的世界》第一部发表在《花城》第 6 期上。全书共三部，创作于 1982—1988 年间，由中国文联出版公司陆续出版。李星说："《平凡的世界》在传统的悲剧模式和现实生活中间它更忠实于现实生活的偶然性、多向性；生活的因果错位如一因多果，此因彼果多因多果；不幸中有幸，痛苦生活中也会有开怀的笑声；正面性格中可能有应该否定的因素，反面性格中也有出人意料的善举。……这些不同范畴，不同层次的美学手段被交替使用，构成了超越悲剧，也超越喜剧的艺术效果，体现出审美主体精神生活的丰富性和艺术手段的多样。""《平》的艺术价值正在于叙事形式和作家理解了的生活形式的一致，在于叙事节奏同作家心灵节奏的和谐，在于表现内容和表现方式的统一。"（《无法回避的选择》，《花城》1987 年第 3 期）一评认为，"《平凡的世界》是一部具有内在魅力和激情的现实主义力作。它……描写了中国农民的生活和命运，是一部当代农村生活全景性的图画，是对十年浩劫历史生活的总体反思。"又说："路遥……有两个自信：一是用现实主义可以表现中国的现实；二是现实主义可以在中国文学中得到拓宽和发展。""《平凡的世界》更倾向于按照生活的本来面目，按照人物自身的心理逻辑、命运历程把生活忠实地再现出来。"他还认为，在现实主义手法的运用上，路遥对柳青既有继承又有超越，其超越表现在三个方面：一是人物的性格塑造不是从共性到个性，而是从个性到共性；二是主要人物的内质不再是阶级阶层的化身，而是个体意志的表现；三是在结构上以有血有肉的人物为中心，将时代冲突心灵化，人物的心理情绪而不是政治历史事件，成为作家描写的重点。（《一部具有内在魅力的现实主义力作》，《小说评论》1987 年第 2 期）南山、民生说："作品展示了立体错综的社会结构和巨大的文化空间，气魄十分宏大。……不仅用婚姻爱情的内容来折射社会形态，还直接从社会政治、历史文化的多种角度，深入地揭示 20 世纪 80 年代中国农村巨变的必然性、急迫性及其社会基础和历史根源，给人以思想蕴籍的厚重感。"（《历史卷轴的初现》，《文汇报》1986 年 12 月 29 日）

27 日，王震、薄一波、宋任穷、胡乔木、邓力群等中央领导同志在会见著名评书演员袁阔成及有关编辑时指出：文艺和宣传工作者勿忘自己的社会责任，现在有人搞民族虚无主义，贬低中国，否定中国，主张全盘西化，这是一种资产阶级自由化思潮。

31 日—1987 年 1 月 6 日，中国作家协会、共青团中央、全国总工会联合在京召开建国以来第三次全国青年文学创作会议。会议就新时期文学创作发展态势，如何发展文学创作百花齐放局面等问题进行交流。

本月，《北岛诗选》由新世纪出版社出版。丁宗皓说："从人的觉醒意义上说，对自由人性的追求，对个性的寻找，北岛从这走上了对社会批判的道路。他的孤独是空前的，而骚动不安是激烈的，但同时他又是理智的、老成的。虽然对世界充满了不满和敌意，但他没有走向彻底的悲观主义，也没有遁入犬儒主义，他的生活依然审慎得、冷静得出奇。他属于思索，因此他与玩世不恭无缘。他深刻地认识到人与现实的关系，他的每一首诗都不是无的放矢，他的批判总能击中要害。愤怒而能节制，悲哀而不沉沦，坚强而不盲目，北岛展示了这一代人对命运对自身的思索，这种思索是成年人理性的思索。"（丁宗皓：《人格的界碑：北岛的位置》，《当代作家评论》1988 年第 4 期）

《五人诗选》（北岛、舒婷、杨炼、江河、顾城）由作家出版社出版。

牛汉的诗集《沉默的悬崖》由北京十月文艺出版社出版。

冯骥才的长篇纪实小说系列《一百个人的十年》、陈传瑜的中篇小说《老 Q 正传》、李晓的小说《七十二小时的战争》发表在《小说家》第 6 期上。

尼采的《悲剧的诞生》（周国平译）由北京三联书店出版。

本年

作家出版社开始陆续推出"作家参考丛书"，有弗洛伊德的《爱情心理学》和《梦的解析》、萨特的《理智之年》、阿德勒的《自卑与超越》、洛伦兹的《攻击与人性》、叔本华的《生存空虚说》、米兰·昆德拉的《生命中不能承受之轻》（韩少功译）和《为了告别的聚会》、荣格的《寻求灵魂的现代人》等。

浙江文艺出版社出版"新人文论丛书"，收入赵园、王晓明、黄子平、季红真、李纳、吴亮、李劼、蔡翔等的论文选集。该丛书后来还陆续编入陈平原、蓝棣之等的论著。

1987 年

一月

1 日，马原的小说《游神》发表在《上海文学》第 1 期上。

5 日，丁玲的遗作《死之歌》发表在《湖南文学》第 1 期上。

马原的小说《战争故事》发表在《延河》第 1 期上。

10 日，《诗刊》第 1 期刊出短诗百家百首，包括臧克家、蔡其矫、辛笛、绿原、张志民、顾城、周涛、梁上泉等人的诗作。

余华的短篇小说《十八岁出门远行》、王蒙的短篇小说《来劲》发表在《北京文学》第 1 期上。

15 日，韩东的短篇小说《天知道》、王安忆的中篇小说《锦绣谷之恋》发表在《钟山》第 1 期上。《锦绣谷之恋》与《小城之恋》（《上海文学》1986 年第 8 期）和《荒山之恋》（《十月》1986 年第 4 期）并称为"三恋"。评论界对"三恋"展开争论。

白烨认为，在作品描写的"那不无欢愉又不无忧伤，难以自主又难以自拔的性关系中，都隐匿着作者的许多思索：……性的问题在社会生活中隐隐地支配着人们、影响着人生。而单纯的'禁'或'纵'，带来的都是苦果。因而，需要郑重对待、不断认识，甚至需要作为一个系统来认真研探。"（白烨：《期望更高更多的美学享受》，《文汇报》1986 年 10 月 7 日）陈坪认为，"王安忆把人的情欲、性心理及其他隐伏的精神现象置于某种社会或家庭的人生背景下考察，探索受到不同文化氛围影响和制约的人的深层心理，为新时期文学开拓了一个新的艺术表现领域。"（陈坪：《被遗弃与被断送的》，《批评家》1987 年第 6 期）

19 日，北岛的诗《晚景》（外一首）发表在《青年文学》第 1 期上。

20 日，李瑛的诗《长江魂——一组献给长江漂流探险队员的颂歌和挽歌》发表在《当代》第 1 期上。

莫言的小说《欢乐》、杨争光的小说《土声》、刘索拉的小说《跑道》、路翎的小说《钢琴学生》、北村的小说《谐振》、孙甘露的小说《我是少年酒坛子》、马建的小说《亮出你的舌苔或空空荡荡》、罗达成的报告文学《少男少女的隐秘世界》、王蒙的散文《凝思》发表在《人民文学》第 1—2 期合刊上。同期还刊载了伊蕾的组诗《独身女人的卧室》。这一组诗因涉及"独身女人"性心理的内容，发表后引起争鸣。本年《作品与争鸣》第 9 期发表了综述《毁誉不一的〈独身女人的卧室〉》。陈超认为，不能简单地把《独身女人的卧室》当作诗人的心理自白，焦灼地在期待男人来与自己"同居"。他认为"在这首诗中，诗人不是一般意义上的'表现自我'"，"'独身女人'是'我'审视的准客体"，"由于'我'的分身术，使得'卧室'具备了人类整体生存的意义。那么，'我'的焦虑、绝望、性欲、欣悦，就超出了自恋或自溪的范畴，而进入对生存本身的预言和再造之中。频繁出现的'你不来与我同居'，昭示着人类整体命运的虚无。""性，在伊蕾这里成为对存在进行分析的对象，肉体的存有和精神的空无构成经验之圈的两个半圆，前者追索后者，成为一种功能，在相互矛盾、相互排斥的展示中，达到对生命真相的澄明。"（陈超：《伊蕾的经验之圈》，《文学自由谈》1989 年第 5 期）1990 年 3 月 31 日，《文艺报》刊载肖卒的文章《文学的歧路》，认为伊蕾的这组诗"露骨地渲染了强烈的性刺激情绪"。不久，《天津日报》刊登一则消息：伊蕾以侵犯名誉权对肖卒及《文艺报》提出诉讼。状告的原因是"伊蕾和她的律师认为，这篇文章（指肖卒《文学的歧路》）中有关对她的诗歌《独身女人的卧室》的评论文字，以下流的语言对作者进行侮辱、诽谤、谩骂和人身攻击，已超出了正当的文学批评范畴"。（1990 年 5 月 5 日《天津日报》）

残雪的短篇小说《天堂里的对话》（之一）发表在《海鸥》第 1 期上。

21 日，中国作协召开在京部分著名作家座谈会，认为"旗帜鲜明地坚持四项基本原则，坚持文学的社会主义方向，反对资产阶级自由化思潮，是当前文学战线面临的重要任务。"1 月 24 日的《文艺报》以《旗帜鲜明地坚持文学的社会主义方向，立场坚定地反对资产阶级自由化》为题对此进行了报道。

22 日，铁凝的小说《木樨地》发表在《长城》第 1 期上。

王朔的中篇小说《枉然不供》发表在《啄木鸟》第 1 期上。

23 日，中共人民日报社机关纪律检查委员会做出决定，开除人民日报记者、中国作家协会副主席刘宾雁的党籍。决定指出："刘宾雁严重违反党章、党纪和党的决议，在许多地方发表讲演、文章，否定四项基本原则，鼓吹资产阶级自由化"，"已经丧失了一个共产党员的条件。"

25 日，曾卓的诗《扬起的帆》、谌容的中篇小说《献上一束夜来香》、方方的中篇小说《闲聊宦子塌》、戴厚英的散文《送》发表在《花城》第 1 期上。

马原的短篇小说《错误》、贾平凹的长篇小说《浮躁》、白桦的话剧剧本《槐花曲》发表在《收获》第 1 期上。《浮躁》1988 年获美孚飞马文学奖。飞马奖中国评委萧乾、汪曾祺、唐达成、刘再复都对《浮躁》作出了很高评价。贾平凹在美孚飞马文学奖新闻发布会上的讲话中说："《浮躁》就是力图表现中国当代社会的现实的，力图在高层次的文化审视下来概括中国当代社会的时代情绪的，力图写出历史阵痛的悲哀与信念的。"萧乾说："我一直以为他是位年在五六十之间、戴花镜的老先生，饱经世事，文字古朴。从《浮躁》的自序，我才知道写此书时，他才 33 岁。"汪曾祺说："他的《浮躁》写的是一条并不存在的州河两岸土著居民在开放改革的激变中的形形色色的文化心理的递嬗，没有停留在河上的乡镇企业、商业的隆替上。他把这种心理状态概括为'浮躁'，是具有时代的特点的。这样，这本小说就和同类的写改革的小说取了不同的角度，也更为深刻了。"唐达成说："贾平凹对当代农村变革的深刻审视，使我们深切地感到：在当代社会生活多方面的改革中，人的改革，人的文化素质的更新与提高，是不能回避的重大课题。我们评委们认为，正是由于作者对当前现实状况的敏锐、独特的艺术把握，使《浮躁》称为新时期文学带有标志性的重要作品之一。"刘再复说："作品通过金狗们生活在其中又处处受到牵制的人际关系和社会网络，揭示出我国社会一定地域里所存在的宗法社会结构和农业文化心理的实质。以田中正为代表的田家势力，之所以能够横行乡里，除过他们的倚权弄势及巩家的势力鞭长莫及外，还利用了人们的安贫自足心理、中庸心理和奴性心理，而金狗等人在奋斗中的辄遭挫折，除田中正等人的肆意阻碍的外部原因外，还有他们的某些盲目、愚昧、浮躁的弱点所带来的自身原因。""作品由金狗在改革历程中所遇到的困难和问题，还揭示出我国社会经济与政体变化的不同步性，个体心理的变化与群体心理的变化的不同步性，以及这两个不同步性所带来的社会情状的复杂难测。金狗比别人更痛苦，正是因为他比别人更早也更多地认识到了这些问题；金狗比别人更坚定，也是他从较早的觉醒中看到了改革所提供的契机和希望。""作为当代中国农村社会世相与心相的一幅形象画卷，《浮躁》有助于人们认识我们这个农业大国的经济、政治、文化上的诸多特点，也使人们更真切地看到了改革对于我们社会的迫切和必要，以及它在古老的土地、古老的心灵所引起的深沉颤动。"（以上均引自王娜的《贾平凹的创作道路》一书的"附录"，太白文艺出版社 1998 年版）

27 日，中共中央政治局委员彭真在北京会见五十位延安时代文艺人士，并就思想界、文艺界的问题发表看法，肯定在新的历史时期下，"毛泽东同志《在延安文艺座谈会上的讲话》的基本精神仍然是适用的。"彭真的讲话刊载于 5 月 23 日的《文艺报》。

31 日，《文艺报》报道：《叶圣陶文集》将由江苏教育出版社出版。

本月，为纪念鲁迅先生逝世五十周年，由北京鲁迅博物馆、上海鲁迅纪念馆编辑的《鲁迅辑校古籍手稿》（共七函）陆续由上海古籍出版社出版。

西川的长诗《雨季》发表在《十月》第 1 期上。

莫应丰的中篇小说《黑洞》发表在《小说界》第 1 期上。

铁凝的中篇小说《闰七月》和《我的自传》发表在《新苑》第 1 期上。

张贤亮的中篇小说《早安，朋友》发表在《朔方》第 1 期上。

二月

1 日，《光明日报》刊登《文艺理论与批评》编辑部的文章《新春的"反思"》。

苏童的短篇小说《飞越我的枫杨树故乡》发表在《上海文学》第 2 期上。

5 日，残雪的小说《天堂里的对话》（之二）和《约会》发表在《青海湖》第 2 期上。

10 日，《诗刊》第 2 期开辟"女作家小辑"专栏，刊有海男的《壁画岁月》等诗作以及唐晓渡的诗论《女性诗歌：从黑夜到白昼》。同期还发表了穆旦的遗诗六首、杜运燮的诗《黄昏，散步在河边》、以及唐祈的文章《现代派杰出的诗人穆旦》。

20 日，国家民族事务委员会、中国作协邀请部分在京藏族代表，就《人民文学》1987 年 1—2 期合刊发表的马建的小说《亮出你的舌苔或空空荡荡》丑化侮辱藏族同胞一事召开座谈会。唐达成代表中国作协书记处宣布《人民文学》主编刘心武停职检查，《人民文学》编辑部做出公开检查等项决定。《人民文学》编辑部在检查中声明，作品"没有一处表现藏族人民建设社会主义新生活的斗争，而是用耸人听闻、低级下流的笔调，肆意歪曲西藏地区的风貌，极力丑化藏族同胞的形象，同时无耻宣扬主人公沉迷肉欲与追求金钱的卑劣心理。这是一篇内容荒谬、格调低下的所谓'探索性'作品。""发表这样的文字，严重违反了党的民族政策和宗教政策；严重伤害了藏族同胞的感情和兄弟民族的团结；背离了党的关于社会主义精神文明建设的指导方针；造成了十分恶劣的影响，带来了难以挽回的损失。这是《人民文学》编辑工作在这方面前所未有的一次重大错误。"（《严重的错误　沉痛的教训》，《文艺报》1987 年 2 月 21 日）

何士光的中篇小说《蒿里行》、严文井的散文《儿童书和我的家族》发表在《当代》第 1 期上。

本月，贾平凹的中篇小说《故里》发表在《十月》第 2 期上。

三月

1 日，蔡其矫的诗《倾诉》、莫言的短篇小说《罪过》发表在《上海文学》第 3 期上。

2 日，中宣部副部长贺敬之在为期十天的全国电影制片厂厂长会议闭幕式上讲话，强调文艺界要旗帜鲜明地把反对资产阶级自由化的斗争持久进行下去。

5 日，马丽华的诗《那地方》发表在《西藏文学》第 3 期上。

9—14 日，中共中央宣传部在北京召开全国宣传部长会议。中共中央代总书记赵紫阳到会，就反对资产阶级自由化等问题发表讲话。

10 日，西川的诗《广场上的落日》发表在《诗刊》第 3 期上。

冯至的诗《独白与对话》（十首）、陈敬容的诗《交错集》（三首）发表在《诗刊》第 3 期上。

汪国真的诗《生活》、洪峰的中篇小说《瀚海》发表在《中国作家》第 2 期上。

15 日，叶兆言的中篇小说《状元境》发表在《钟山》第 2 期上。

20 日，钟惦棐在京逝世，享年 68 岁。钟惦棐，1919 年生，重庆市江津人。1937 年赴延安入抗日军政大学。1939 年在鲁艺、华北联合大学任教，并致力于马列主义文艺理论研究。1949 年后参与筹建文化部艺术局，次年开始从事影评活动。1951 年调中宣部工作。1956 年发表《电影的锣鼓》名动一时，1957 年被划为右派。1978 年平反后调中国社会科学院文学研究所工作。曾任中国电影协会常务理事和书记处书记、中国电影评论学会会长等职。著有《陆沉集》《起博书》《电影策》《电影美学》等。

昌耀的诗《青铜之美》、刘恒的小说《萝卜套》、刘白羽的散文《白桦树》（外二篇）、钱钢的报告文学《核火》发表在《人民文学》第 3 期上。

张承志的长篇小说《金牧场》发表在《昆仑》第 2 期上。蔡翔说："在《金牧场》中，过去和现在紧紧缠绕在一起，由对现在的心理拒绝而引发出对过去的情感回归，由对过去的情感认同又加深了对现在的情绪排斥。张承志的许多小说都由这两种态度构成叙事块面。在《金牧场》中，过去——M，现在——J，块面色彩分割得非常明显。""这种对现在的拒绝常常被认为是一种'非现实化倾向'或者说是一种逃避城市的倾向。""对过去——常常表现为草原——的眷恋，在张承志的作品中常常引申出一种对人的美的追求的肯定或象征。人对人自身的最高企求。""在《金牧场》中，则主要分割为红卫兵长征与金牧场的草原回归。""《金牧场》正是属于这样一种历史范畴，它注重的不是历史的实际结果，而只是过程，在过程中所展现的个体心灵。可以想象：在长征路上蠕动着的几个小黑点，在重返金牧场的草原上所滚动着的勒勒车队……这悲壮的自由长旅本身就拥有一种美的形式，一种青春的象征，这种形式融注进入情感中，就成为一种不可抗拒的宿命而时时召唤着人的心灵返照过去。""应该注意到这样一个意象，太阳的意象。在《金牧场》中，张承志用那漂亮的黑体字反复凸视着这一意象，这个意象本身就可以理解成生命永恒的象征。""不过更值得注意的事，在《金牧场》中，所有逆转时间的努力都被归入了幻灭的结局：等待草原牧民的并不是一个辉煌灿烂的金牧场，等待长征归来的红卫兵也不是一条铺满鲜花的阳光大道。""青春已经死去，然而死去的青春才会永远活在我们的记忆里，并时时召唤着我们的心灵。尽管《金牧场》对现在无情地嘲讽最后又辛酸地无可奈何的认同，但它的心却时时回头留恋地怅望。"（蔡翔：《永远的错误——关于〈金牧场〉》，《读书》1988 年第 7 期）

21 日，由《作家》编辑部举办的第二届"作家奖"评奖工作结束，中篇小说《黑马·白马》、短篇小说《危楼记事》、纪实文学《北京人》等 19 篇作品获奖。

25 日，阮海彪的长篇小说《死是容易的》发表在《收获》第 2 期上。

舒大沅的报告文学《血染的风采》、孟晓云的报告文学《温州与温州人》、香港作家亦舒的小说《爱情的死亡》发表在《花城》第 2 期上。

28 日，中国社科院少数民族文学研究所召开以"民族意识与当代意识相结合"为题的讨论会。与会者结合张承志作品中的问题进行了探讨。

本月，《胡风的诗》由中国文联出版社出版。

萨特的《存在与虚无》（陈宣良等译）由北京三联书店出版。

四月

4—8 日，郑州大学、黄河文艺出版社等单位联合召开文艺心理学研讨会。

6 日，在京参加全国人大和全国政协会议的马烽、张贤亮、冯骥才在答港澳记者问时指出，反对资产阶级自由化并不影响作家写作。

7 日，《诗刊》《文学报》等单位在上海召开大型诗歌座谈会，就诗与生活、诗与现实、诗与城市改革等议题进行讨论。

10 日，李季的遗作《白发与皱纹》、雷抒雁的诗《怀沙》、昌耀的组诗《感觉与情绪》、张志民的《别致的花环——兼谈〈白发与皱纹〉》发表在《诗刊》第 4 期上。

14 日，《人民日报》刊登林默涵在全国政协六届五次会议大会上的发言《坚决而持久地反对资产阶级自由化》。

16 日，《红旗》第 8—9 期刊登姚雪垠的《继承和发扬祖国文学史的光辉传统——再与刘再复同志商榷》。刘再复在《论文学的主体性》里追溯人的主体性在文学中失落的原因时，谈到了长期以来封建阶级的统治思想，如"存天理，灭人欲"对于文学的影响。他在《中国文学的宏观描述》里指出：中国正统的文学观念体系是"以儒家学派为主干"的，在内容上"偏于政治主题和伦理道德主题"，在美学上追求一种"中和之美"。姚雪垠不同意刘再复的观点。他认为儒家思想虽起到一定的作用，但不是文学史的决定因素，更没有消灭人的个性；儒家的文艺思想不能用"中庸"来概括，包括"中庸"在内的儒家思想在现今仍有它的积极意义。中国传统文化是"我们的民族特有的无限财富"，而非"民族沉重的包袱"，"建设当代社会主义的新文学"，"应该继承和发扬中国的历史传统"。

17 日，首都四十余位专家学者为改进外国文学的译介和研究工作召开讨论会。会上，中宣部副部长贺敬之提出"要运用马克思主义理论对外国文学进行科学的分析和鉴别"，"引进外国文学既要坚持马克思主义的指导，又要贯彻'双百'方针。"《文艺报》以《贺敬之提出引进外国文学要进行科学分析和鉴别》为题进行了报道。

20 日，李锐的中篇小说《运河风》发表在《当代》第 2 期上。

李瑛的诗《诗美沉思》、陈敬容的诗《连山风也是软绵的》（七首）、臧克家的《堕泪诗二首》、邹荻帆的《井冈诗思》、何士光的小说《苦寒行》、谌容的小说《生前死后》、马烽的小说《葫芦沟今昔》、李国文的《小说二题·逝情　好人》、秦牧的散文《东方"蒙地卡罗"漫记》发表在《人民文学》第 4 期上。

22—24 日，《散文选刊》举办首届优秀作品评奖，贾平凹、赵丽宏等 20 名作家获奖。巴金、冰心、刘白羽、孙犁、华山五位老作家获荣誉奖。

30 日，《人民日报》刊登姚雪垠在全国政协六届五次会议大会上的发言《关于我国社会主义文学的发展方向刍议》。

五月

1 日，翟永明的组诗《始终》发表在《上海文学》第 5 期上。

4—10 日，艾青访问澳门并出席澳门文化学会组织出版的中葡双语版《艾青诗选》发行仪式。

5 日，《文学自由谈》第 3 期发表吴秉杰的文章《对于现实主义讨论的讨论》。

10—12 日，《在延安文艺座谈会上的讲话》发表 45 周年学术讨论会在京举行。余秋里、胡乔木等中央领导同志出席了开幕式，会上宣读了彭真同志今年年初在部分延安时代文艺老战士座谈会上的讲话，王震强调要"全面地、正确地理解和贯彻"中央的文艺方针。5 月 16 日的《文艺报》对这次座谈会作了报道。

蔡其矫的诗《花市》、赵瑞蕻的《诗的随想录》（六首）、韩笑的诗《海誓山盟》（二首）发表在《诗刊》第 5 期上。

15 日，中国作家代表团赴联邦德国进行友好访问，玛拉沁夫任团长，从维熙任副团长。成员有高晓声、叶文玲、张承志、王安忆、张炜、莫言等。代表团于 6 月 15 日回国。

19 日，中国作家协会召开座谈会，纪念《讲话》发表 45 周年。臧克家、邹荻帆、艾青等出席会议。与会者认为"重温《讲话》，对于当前开展反对资产阶级自由化的斗争，建设有中国特色的社会主义文学，具有十分重要的指导意义。"5 月 23 日的《文艺报》对这次座谈会作了报道。

20 日，中国大众文学学会在北京成立。马烽任会长，浩然、刘绍棠等任副会长，中宣部副部长贺敬之任名誉会长。学会宗旨是：继承中华民族大众文学和"五四"以来革命文学的优秀传统，用《讲话》精神指导创作。

雁翼的《诗三首》、陆文夫的中篇小说《清高》、宗璞的长篇选载《方壶流萤》，黄宗英的报告文学《行行复行行》发表在《人民文学》第 5 期上。

20—21 日，应林业文学工作者协会的邀请，报告文学作家乔迈和戴晴奔赴大兴安岭与军民共同奋战，进行采访。乔迈后来写出报告文学《到大兴安岭火区去》和《漠河大火记》，分别发表在《当代》1987 年第 4、5 期上。

25 日，皮皮的短篇小说《全世界都八岁》、莫言的中篇小说《红蝗》、叶兆言的中篇小说《五月的黄昏》、张承志的实验文体小说《等蓝色沉入黑暗》、王蒙的散文《天涯海角·飞沫》发表在《收获》第 3 期上。

高晓声的散文《南海纪行》发表在《花城》第 3 期上。

28 日，柳亚子先生诞辰一百周年学术讨论会在苏州举行。陆文夫致词。

本月，由中国作协书记处书记鲍昌率领的中国作家代表团应加拿大理事会邀请，赴加出席中加作家会议。两国作家围绕"传统与技术"这一主题，就"现代化、创作、传统三者间的关系"、"大众传播等新技术对创作和传统的影响"，以及"东西方关系及相互间的影响"等问题进行讨论。

北方文艺出版社出版"北大荒青年作家丛书"，包括梁晓声的短篇小说集《白桦树·皮灯罩》，张抗抗的短篇小说集《红罂粟》等。

于坚的诗《某人》（五首）发表在《十月》第 3 期上。

马原的短篇小说《回头是岸》发表在《小说界》第 3 期上。

杨绛的散文集《将饮茶》由北京三联书店出版。

朱寨主编的《中国当代文学思潮史》由人民文学出版社出版。

六月

5 日，熊召政的小说《檐老鼠》发表在《长江文艺》第 6 期上。

10 日，《诗刊》第 6 期刊登冰心、苏金伞、贾平凹、杨炼等百家短诗百首。同期还刊载李瑛的诗《南游》（六首）、邹荻帆的诗《厂史与风筝》、杨争光的《陕北组歌》（四首）、舒婷的《始祖鸟》（外二首）、流沙河的《二次大战美军坟场游记》。

20 日，《文艺报》发表周崇坡的文章《新时期文学要警惕进一步"向内转"》，对鲁枢元的文章《论新时期文学的"向内转"》（1986 年 10 月 18 日《文艺报》）提出质疑，《文艺报》于是设专栏对新时期文学"向内转"问题展开讨论。周崇坡并不否认新时期文学存在着"向内转"的倾向，但他认为这一倾向从文学与人、文学与时代、文学与传统等许多角度来看，都存在着许多不足与偏失，因此他提出"新时期文学要加强正面引导，警惕与防止进一步'向内转'。"童庆炳认为，"向内转"是一个历史性的进步，面对着"向内转"文学开辟的新的艺术天地，需要的是肯定、支持与引导，而不是大声叫喊"要警惕"。（童庆炳：《文学的"向内转"与艺术创作规律——并评〈新时期文学要进一步警惕"向内转"〉》，《文艺报》1987 年 7 月 4 日）其它讨论文章还有：阮幸生的《评对一种文学现象的描述——与周崇坡同志商榷》（《文艺报》1987 年 8 月 8 日）、王仲的《什么是新时期文学的"总体趋势"——与鲁枢元同志商榷》（《文艺报》1987 年 8 月 29 日）、曾镇南的《新时期文学"向内转"之我见》（《文艺报》1987 年 10 月 31 日）、张炯的《也谈文学"向内转"与艺术规律》（《文艺报》1987 年 8 月 15 日）、林焕平的《略谈"向内转"》（《文艺理论研究》1988 年第 2 期）、杨劼的《关于"向内转"的命题与概念》（《文艺报》1987 年 9 月 12 日）等。

牛汉的诗《人啊生命啊（外一首）——读〈海伦·凯勒自传〉》、陈染的短篇小说《小镇的一段传说》、刘白羽的长篇小说《第二个太阳》发表在《当代》第 3 期上。

周涛的诗《雪国之子》、宗璞的长篇选载《泪洒方壶》发表在《人民文学》第 6 期上。

本月，《巴金全集》由人民文学出版社开始分卷出版，至 1994 年 26 卷本全部出齐。

老鬼的纪实长篇小说《血色黄昏》由工人出版社出版。

七月

1—2 日，河北省文联文艺理论研究室在石家庄市召开题为"现实的改革与对改革文学的现实思考"座谈会，对当前勃兴的改革题材文学创作进行研讨。25 日《文艺报》对此进行了报道。

10 日，张志民的组诗《芦沟桥的沉思》、芒克的诗《旧梦及其它》（五首）、白桦的诗《抒情二章》，朱先树的《时代的歌者——艾青访问记》发表在《诗刊》第 1 期上。

14 日，中国作家协会、中华文学基金会和《中国企业家》杂志社联合在京举办作家与企业家联谊座谈会，就文学如何反映改革、文学自身改革、文学建设与经济建设如何相互促进等问题进行交流切磋。

15 日，李晓的中篇小说《女山歌》、张炜的中篇小说《海边的风》、何士光的散文《踪迹》，阮章竞的散文《紫泥泉》发表在《钟山》第 4 期上。

20 日，刘震云的中篇小说《塔铺》、冰心的散文《记富奶奶》发表在《人民文学》第 7 期上。

22 日，王朔的中篇小说《人莫予毒》发表在《啄木鸟》第 4 期上。

25 日，《文学自由谈》编辑部在京召开报告文学现状及选择座谈会。

郑万隆的短篇小说《白房子》、刘索拉的散文《摇摇滚滚的道路》发表在《收获》第 4 期上。

27 日，张承志正式加入中国人民解放军海军的行列。

28—29 日，中宣部文艺局在京召开首都八十家文艺报刊和文艺单位负责人座谈会，研讨文艺如何促进社会改革与自身改革等问题。

30 日，中国作协创研室在京召开部分文学评论家座谈，研讨如何进一步促进文学反映改革的创作理论问题。评论家认为，提高改革题材文学创作水平的关键，一是取决于现实生活的发展，二是取决于作家和现实的关系。会议还就改革题材文学创作中的道德尺度和历史判断、英雄与非英雄化，以及改革家形象的塑造等理论问题进行了讨论。8 月 8 日《文艺报》对此进行了报道。

本月，中国通俗小说研究会在京成立，林默涵、端木蕻良、贾芝任名誉会长，薛汕任会长。

海子的诗《农耕之眼》（十二首）发表在《十月》第 4 期上。

王蒙的短篇小说《吃》、蒋子龙的中篇小说《碉堡——〈饥饿综合症〉之二》、叶文玲的中篇小说《三眼坟——〈百色人等〉系列》发表在《小说界》第 4 期上。

八月

1 日，池莉的中篇小说《烦恼人生》发表在《上海文学》第 8 期上。何镇邦认为，"作者不仅从主人公印家厚的一天平凡生活中去发现'问题'，也从那平凡的生活中开掘'诗意'。……正是这种诗意，使我们面对严峻的生活时，感受到生活的温暖和希望。"（何镇邦：《寄希望于改革》，1987 年 12 月 8 日《人民日报》）雷达认为"这部作品有浓厚的社会性"，"是建筑在对人本、对生命的思考上的，……它把社会的内容和人本的内容糅合为一，出之以'生活流'的形态"，"这是触摸到了与现代人认知世界的方式相契合的一种新的审美形态。"（雷达：《社会·人本·生活流》，1988 年 8 月 6 日《文艺报》）戴锦华认为"池莉第一个以对平凡人生中的'英雄主义'书写，改写了八十年代文学序列中对经典英雄的呼唤与虚构"。"自《烦恼人生》，占据了池莉小说的中心视野的，便不再是作为'创造历史动力'与历史场景中经典英雄地位的'人民'，亦不是新文化运动中必须予以启蒙的'大众'，而是'小市民'，没有多少文化的、社会地位低下的庸常之辈。而在池莉笔下，毋需阐释或赋予光环，他们自有价值、自得其乐。"（戴锦华：《池莉：神圣的烦恼人生》，《文学评论》1995 年第 6 期）

5 日，刘醒龙的小说《大别山之谜》（二篇）、邓一光的小说《伊甸岛》发表在《长江文艺》第 8 期上。

10—16 日，全国毛泽东文艺思想研究会在甘肃敦煌召开 1987 年年会，就在新历史条件下如何坚持和发展马克思主义文艺理论、毛泽东文艺思想体系展开讨论。

田间的遗诗七首、罗洛的诗《有赠》、马丽华的诗《从当穹湖到当惹湖》发表在《诗刊》第 8 期上。

11—17 日，中国现代文学馆与人民文学出版社等单位联合召开了"中国文学史（古、现、当代）研究学术讨论会"。

19 日，《人民日报》文艺部、《文艺报》在京联合召开座谈会，探讨文学如何促进改革深化、怎样使改革实践在创作中得到艺术体现等问题。22 日的《文艺报》对此进行了报道。

迟子建的短篇小说《北国一片苍茫》发表在《青年文学》第 8 期上。

20 日，牛汉的诗《冰山的风度》、郑敏的诗《我的东方灵魂》、方方的中篇小说《白雾》和王蒙的小说《庭院深深》发表在《人民文学》第 8 期上。

斯妤的散文《凝眸》发表在《当代》第 4 期上。

22 日，《文艺报》报道：吴组缃著作六种即将由北京大学出版社出版，分别是《宿草集》（小说卷）、《拾荒集》（散文卷）、《苑外集》（文艺评论卷）、《说稗集》（古典小说论评卷）、《宋元文学史稿》《明清文学史稿》。

27 日，白薇在北京逝世，享年 93 岁。白薇，原名黄彰，1894 年生于湖南资兴。青年时代曾入衡阳第三女子师范，因反对校长被除名，又入长沙第一女子师范。毕业后为反抗婚姻，只身出走，留学日本，考入东京女子高等师范。1922 年开始创作，写了处女作三幕话剧《苏斐》。1925 年回国在武昌中山大学任教。大革命失败后参加创造社。1928 年在鲁迅主编的《奔流》上发表成名剧作《打出幽灵塔》。1931 年加入"左联"。1938 年去桂林任《新华日报》特派记者。1949 年参加湖南游击队。解放后在北京青年艺术剧院工作。后主动去北大荒生活七年，写出不少反映北大荒生活的作品，此后又去新疆工作两年。"文革"后一直重病。著有长篇小说《炸弹与征鸟》《昨夜》，自传体长篇小说《悲剧生涯》，剧本《琳丽》等。她在给杨骚的信中说："白薇的'白'字，我不是起颜色形容的意义。'白'='枉然'='空'，我是取'枉然'与'空'的意义。有时候把它当做'白'解，也有趣一样。随时随地随人去解它，我是深深悲哀的命名。'白薇'含尽女性无穷尽的悲味。"（白薇：《昨夜——白薇杨骚情书集》，上海南强书局 1933 年版）阿英说，"白薇是个戏剧作家，也是现代的女性作家中的一位比较最优秀的戏剧作者。虽然她近来也写小说，可是她的小说远不如她的戏剧上有成就。她还是因着她的戏剧获得了文艺上的存在。""在今日以前的女性作家中，无论是创作家、诗人、散文家以及戏剧作者，一般的看来，在意识形态方面，在反抗精神方面，在革命的情绪方面，白薇是最发展的一个。"（阿英：《中国现代女作家》，转引自白舒荣等著《白薇评传》，第 103 页，湖南人民出版社 1983 年版）阳翰笙在《白薇评传》的序言中说："在多年的接触中，白薇同志给我留下的印象极深。她的顽强、正直、坦率、倔强、豪爽的性格很可爱。她一生以不屈的女子汉要求自己与男儿并驾齐驱。她疾恶如仇，容不得半点虚假，对看不惯的事，不管对方是谁，常直言不讳地批评，甚至责骂。几十年来坎坷的道路，冷酷的人情，把她压得一肚子都是火，随时随地难以自控地喷发。不是深深了解并理解她的人，都很难同她相处，因而反过来形成了她孤高自赏的怪癖，造成一生的悲剧，这是值得同情的。"

本月，中国作协党组、书记处发出通知，要求作协各单位把坚持四项基本原则，坚持改革开放作为基本指导思想贯穿于文学工作的始终。通知还要求各报刊、出版社近期内着力推出一批从正面积极反映社会主义四化建设、宣传改革开放的优秀作品和文章。

《诗刊》社在北戴河举办第七届"青春诗会"，西川、陈东东、欧阳江河等参加。西川在会上提出"知识分子写作"口号。

浩然的长篇小说《乐土》在《小说家》第 4、5、6 期连载。

凌力的长篇历史小说《少年天子》由北京十月文艺出版社出版。

巴金的《随想录》（合订本）由三联书店出版。

九月

3 日，文艺理论家黄药眠在北京逝世，享年 84 岁。黄药眠，1903 年生于广东省梅县。1927 年在上海参加革命，并出版诗集《黄花岗上》。1929 年被中国共产党派赴莫斯科，回国后遭国民党政府逮捕。1937 年保释出狱后，先后在延安、桂林、香港、广州、成都、昆明等地从事新闻、宣传、创作和理论研究工作，出版有散文集《美丽的黑海》和论文集《论约瑟夫的外套》。1944 年后主持中国民主同盟和中国农工民主党主办的一些报刊，并参与民盟的领导工作，著有长诗《桂林底撤退》，小说集《暗影》《再见》，论文集《论走私主义者的哲学》等。建国后任北京师范大学中文系教授，中国文联常委、副秘书长等职。"文革"中受到批判。著有《沉思集》《批判集》《初学集》、诗集《英雄颂》、散文集《朝鲜——英雄的国度》等。黄药眠是 50 年代美学讨论中最为活跃的理论家之一。他提出的"美是评价"的观点在我国现代美学史上自成一说。

8 日，曹靖华在北京逝世，享年 90 岁。曹靖华，原名曹联亚，河南卢氏县人，曾为未名社成员。20 年代初曾在莫斯科东方大学学习。自 30 年代起曾化名亚丹、汝珍、郑汝珍等和鲁迅通信，介绍外国革命文学，代鲁迅搜集外国版画和进步书刊等，结下深厚友谊，鲁迅赞他具有"一声不响，不断的翻译"的精神。主要译作有契诃夫的

《三姊妹》、绥拉菲摩维支的《铁流》等。解放后出版有散文集《花》等。曾任中国作协书记处书记等职。林志浩说:"曹靖华同志的回忆录……所写的都不是什么重大的题材,而是过去生活的一鳞半爪,从中也能反映出历史风云的一点影子。这些作品除追忆苏联作家绥拉菲摩维支、拉甫列涅夫等人以外,差不多都写到了鲁迅先生和瞿秋白同志,也多是从小处落墨,透示一点以窥测全体,描叙得委婉亲切,娓娓动听,别有一种清新的格调和感情的魅力。"(林志浩:《赏〈花〉篇》,1962 年 10 月 28 日《人民日报》)

7—15 日,应意大利"蒙代罗国际文学奖"组委会的邀请,以冯至为团长,舒婷、周涛等中国代表团一行五人赴意大利参加第十三届蒙代罗国际文学奖活动。本届文学奖将向王蒙颁发诗歌奖。15—30 日,为执行中意文化交流计划,应意大利总统府邀请,以魏巍为团长的中国作家代表团访问意大利。

9—12 日,应美国爱荷华大学"国际写作中心"主任聂华苓和顾问保尔·安格尔的邀请,汪曾祺和古华赴美参加"国际写作中心"主办的文学讨论和参观访问活动。

10 日,作协北京分会召开北京作家企业家座谈会,与会者呼吁突破改革题材模式,写出人的复杂心态。

王家新的诗《漂河者》(外三首)、路翎的诗《看一座房屋盖起来》、钟敬文的旧体诗《天风海涛室近作钞》发表在《诗刊》第 9 期上。

15 日,韩少功的《短篇二题:故人 人迹》、苏童的短篇小说《算一算屋顶下有几个人》、张抗抗的中篇小说《因陀罗的网》发表在《钟山》第 5 期上。

19 日,中国作协书记处决定恢复刘心武《人民文学》主编职务。

20 日,苏晓康、张敏的报告文学《神圣忧思录》发表在《人民文学》第 9 期上。

23 日,刘心武应美国纽约《华侨日报》、哥伦比亚大学等单位的邀请赴美访问。

25 日,苏童的短篇小说《蓝白染坊》发表在《花城》第 5 期上。

孙甘露的小说《信使之函》、余华的中篇小说《四月三日事件》、苏童的小说《一九三四年的逃亡》、洪峰的中篇小说《极地之侧》发表在《收获》第 5 期上。陈晓明说:"《一九三四年的逃亡》是一个关于乡村无产者向城市逃亡的故事。'一九三四年'是一个时间的容器和一个历史的圆心,苦难,罪恶,堕落,生之挣扎,死之灾祸都从这里发源然后辐射出去,由是构成了一个家庭的灾难的历史。叙述人把'现在'的时空与'一九三四年'的时空交合在一起,'现在'是一个叙述视点,与'一九三四'遥遥相对,它是一个静止,一个终止,一个虚无的历史;'一九三四年'是一个纯粹的历史冲动,一个渴望,一个破坏,一个无所不包的灾难之源。'一九三四年'因为叙述人的参与而如此真切;因为充满那么多的灾变和不可思议的苦难而又显得如此遥远而神秘莫测。生与死的意志或动机携带着层出不穷的罪恶与祸害使这个家庭的历史在逃亡中变得无比雄强。""荒诞、怪异和诗性混合在一起,使这些事实的情境在故事中实现而支撑起叙事。苏童惯于把某些情境加以强化,它们经常是一些偶然的行为和感觉,它们随时涌现而打破故事原有的轨迹。"(陈晓明:《被历史命运裹胁的中国文学——1987—1988 年部分获奖及其落选小说述评》,《当代作家评论》1995 年第 3 期)

本月,舒婷开始为香港《良友画报》撰写《鼓浪屿》专栏,抒写她对人生艺术的随想。

李晓的小说《硬派歌星》、张抗抗的小说《永不忏悔》发表在《小说界》第 5 期上。

莫言的长篇小说《红高粱家族》由解放军文艺出版社出版。

张炜的作品集《秋天的愤怒》由人民文学出版社出版。

十月

1 日，林白的短篇小说《左边是墙，右边是墙》《房间里的两个人》发表在《上海文学》第 10 期上。

4 日，《散文世界》主编袁鹰、唐达成等专程看望冰心，并祝贺冰心老人八十七岁寿辰。冰心谈到对散文的期望时提出要"讲真话，写真情，别搞假大空"，并说"散文要提倡短，提倡精炼"。

5 日，王家新的《诗二首》发表在《长江文艺》第 10 期上。

7 日，《文艺报》邀请在京的 20 余位著名作家、评论家座谈，就文艺界在改革深化的形势下如何进一步发挥广大文艺工作者的积极性，繁荣创作、发展评论以及增进团结等问题发表意见。10 月 10 日《文艺报》对此进行了报道。

10 日，公刘的诗《沿着易北河口，沿着哈而茨山》、荒芜的旧体诗《大兴安岭森林大火》发表在《诗刊》第 10 期上。

12 日，张贤亮、吴祖光应美国爱荷华大学"国际写作计划"邀请，赴美参加该计划成立二十周年庆祝活动。台湾作家陈映真、柏杨也应邀前往。

16 日，《文艺报》和作协上海分会在沪召开作家、评论家座谈会，就当前改革开放时代对作家的要求以及搞好对话和沟通促进文艺界团结、搞好创作和评论工作等问题交换意见。10 月 24 日《文艺报》对此进行了报道。

20 日，海岩的中篇小说《热血》发表在《当代》第 5 期上。

孟晓云的报告文学《你在哪里失去了他》发表在《人民文学》第 10 期上。

23—27 日，中国作家协会、解放军文艺出版社、江西省文联等单位在江西井冈山联合召开革命历史题材文学创作座谈会，对新时期革命历史题材文学创作总体评价和创新突破等问题进行研讨。

25 日，方方的中篇小说《风景》发表在《当代作家》第 5 期上。温儒敏认为，"迄今为止，对于当代都市底层市民文化心态中丑陋、畸形、堕落方面的揭示，似还鲜有如《风景》这样淋漓露骨的。作品通过汉口棚户区一个普通码头工人家庭的庸常生活描写，非常冷静地让人们见识一种灰色、沉滞、非人性的生存状态。这是城市生活中人们习见而往往又不堪直面的'风景'。""小说家特别留意的是人受'生殖意志'和'生存意志'本能支配的各种生理欲望、变态心理以及种种几乎停留于动物性争斗水平的'生存竞争'。小说渲染一种特异的市井气息，一种非人性的'生态'环境，这种渲染主要不靠连贯的故事，而是靠诸多'恶''丑'、'残忍'的生活细节描写去组构。"又说："《风景》并不纯粹展览丑恶和残忍，而是要从丑恶和残忍的心态中探寻文化的病根。"它所揭示的"不是一般表现的传统落后意识或心理习惯的'丑',而是体现为一种生命力的'丑',一种生态的'丑'。"它"确有一种近乎残忍的真实。"（温儒敏：《〈风景〉：执著的与超然的》,《文艺报》1988 年 6 月 11 日）

本月，中国德语文学研究会第三届讨论会在广州召开。会上，冯至将其获得的德意志联邦共和国国际交流中心 1987 年文学艺术奖的奖金一万马克折成人民币全部捐赠，作为冯至德语文学研究奖的基金。

北京市文联任命浩然担任《东方少年》主编。

十一月

1 日，中国作协党组邀请十三大代表座谈，欢庆党的十三大在北京举行。11 月 7 日的《文艺报》对此进行了报道。

周涛的短篇小说《坂坡村》、莫言的中篇小说《猫事荟萃》、斯妤的散文《白太阳》发表在《上海文学》第 11 期上。

2 日，《民族文学》杂志社邀请在京少数民族作家座谈，就如何在改革开放新形势下繁荣少数民族文学创作等问题进行研讨。

10 日，由《人民文学》《解放军文艺》和全国 108 家文学期刊共同发起的以改革为主题的"中国潮"报告文学征文活动在京举行新闻发布会。征文目的是"为壮改革之潮声，为奏出时代生活的主旋律，为创造出更多无愧于当代社会主义中国的动人心魄的报告文学作品"，"亟愿当代报告文学作家在'中国潮'中大显身手，宏观地把握时代，真诚地直面生活。既注目潮头的不尽风光，极写浩然壮阔之势；又不忘深层的曲折潜流，描绘艰难沉重之态；以认识的深刻、视点的独特、手法的新颖、笔触的犀利，去同亿万人民一道，共同创造具有中国气派的新的'命运'、'英雄'和'创世纪'交响乐章。亟愿'中国潮'报告文学征文活动，在党的十三大精神的鼓舞下，能为改革开放的时代大潮略尽推波助澜之力。"（《"中国潮"报告文学征文百家期刊联名启事》，《人民文学》1987 年第 12 期）

乔迈的组诗《空盒，白日夜曲》、西川的诗《挽歌》、欧阳江河的《诗二首》、陈东东的组诗《即景与杂说》发表在《诗刊》第 11 期上。同期还刊载了绿原和柯岩在国际海涅学术讨论会上的发言稿《并非没有可能——亨利希·海涅诞辰 190 周年，中国为此举行纪念会》和《我们为何聚集在这里》。

13—18 日，中国当代文学研究会、中国少数民族文学学会、作协广西分会等单位在广西联合主办第三届当代少数民族作家文学讨论会，就我国当代少数民族作家文学发展、研究工作面临的任务等问题进行讨论。

15 日，扎西达娃的小说《古宅》、残雪的小说《种在走廊上的苹果树》、阮海彪的中篇小说《沉香阁》、叶至诚的散文《公共车站上的遐想》发表在《钟山》第 6 期上。

23 日，顾城的诗《我是你的太阳》发表在《羊城晚报》上。

25 日，余华的中篇小说《一九八六年》、格非的中篇小说《迷舟》、王朔的中篇小说《顽主》发表在《收获》第 6 期上。李陀说："《一九八六年》主要讲的是一个疯子怎样自我戕害，依次在自己身上施行墨、劓、宫等古代酷刑的故事。由于疯子是在十年动乱中被迫害而精神错乱的，又由于这个疯子是个知识分子（可能是一位历史教员，这一点小说有所暗示），因此这故事意味深长。读者可以依照自己的理解从中读出各种意义来，……但是，问题在于余华讲述这样一个故事的时候，其叙述的重心并不是故事，而是故事中那些读来不由人不战栗的场面和细节。……这样的描写如果只是一处两处，那本来也没什么，……然而在《一九八六年》中余华却把它贯彻始终，成为他的叙述的一个最显著的特色。这一特色实际上已经不止是'特色'，而是余华的小说叙述的一种叙述方式。"这种从容不迫的叙述方式中所渗透着的残忍使人不能在阅读中处于优雅的心境中。他企图破坏读者们在漫长的阅读活动中形成、被一代又一代人认可的那种正规的、优雅的阅读习惯——"在这种阅读活动中，读者无论读什么东西（悲剧、喜剧、闹剧）都会在整个过程中享受一种崇高感，或者换句话说，这种阅读以追求崇高为最终目的。""这对中国的读者尤其有针对性。《一九八六年》不仅不能满足读者的道德要求，而且是在读者的阅读行为中需要破坏这种道德要求，引诱读者对自己的道德观念产生疑问。""余华的这种做法具有很大的象征意义。它说明在我们这样一个新旧交替的时代里新一代人对传统道德的反感、怀疑、厌恶究竟到了何等程度，也说明旧道德对中国人的约束脆弱到何种程度。《一九八六年》不妨看做是一种愤怒的呐喊。不过这呐喊不是直接隐含本文中的，而是由对优雅的阅读的破坏而暗示出的。"（李陀：《阅读的颠覆——论余华的小说创作》，《文艺报》1988 年 9 月 24 日）钟本康说："《迷舟》是围绕性爱和生死两个基点展开的。萧在戎马生涯中已对自己的亲属（父母兄长）和故乡看得淡漠了，但始终被一种果香所缠绕，一踏上故土，'他觉得像是一种更深远而浩瀚的力量在驱使他'，在此揭示的是人性之源，实际上肯定和强调了人的生命力及其不可抗拒性。萧不死于必败的战役和三顺的报复性情杀，说明人的命运并不完全制约于阶级和阶级斗争，也不完全控制于每个人自己的手中，这种命运观恰恰反映了一种现代意识。当然，对必然性的否定很容易导致神秘的不可知性，但不回避神秘的不可知性，正是清醒地承认了世界的复杂性和认识的局限性。""《迷舟》在形象外观上有这样一些特点"："突出预兆"；"突出本能冲动"；"突出非过程"；"突出偶然性"。"故事发展不断改变着预定的方向……走着一条弯曲迷离的路"。（钟本康《"格非迷宫"与形式追求——〈迷舟〉的文体批评》，《当代作家评论》1989 年第 6 期）

陈祖芬的报告文学《一九八七：生存空间》发表在《花城》第 6 期上。同期开始连载尹卫星的报告文学《中国体育界》，至 1988 年第 2 期止。

28 日，《文艺报》新闻部召开"促进海峡两岸文化交流"座谈会，萧乾、邵燕祥等出席会议。

本月，作协北京分会在京举行"当代诗歌走向对话会"。北京的 60 多位不同风格流派的老中青诗人和诗评家进行了广泛的对话和探讨。与会者普遍认为，多样化是当代诗歌的大走向，而在诗坚持何种美学原则、借鉴西方文化和诗学及如何估价当代诗歌等方面看法不一。11 月 7 日《文艺报》对此进行了报道。

张炜到他的出生地山东龙口市兼任副市长。

马丽华的诗《百年雪灾》、海子的短篇小说《村庄》、王蒙的《推理小说新作》发表在《十月》第 6 期上。

王英琦的小说《失落》、邓刚的长篇小说《曲里拐弯》发表在《小说界》第 6 期上。

尼采著、周国平译的《偶像的黄昏》由湖南人民出版社出版。

十二月

1 日，罗洛的组诗《阿尔卑斯风景》、马原的小说《八角街雪》、峻青的散文《高尔基故居》发表在《上海文学》第 12 期上。

5 日，《文艺报》报道：《张天翼文集》十卷本将由上海文艺出版社出版。

10—12 日，中国作家协会主席团在京召开第六次会议，就作协机构体制改革问题进行讨论。与会者认为，中国作协作为群众团体，如何以崭新的、富有成效并充满活力的工作方式和体制，去增强党与作家的互相联系、理解和信任，去吸引广大作家表现改革进程，推动文学事业的开拓和创新，这是新形势对作协提出的新任务。19 日《文艺报》对此进行了报道。

10—16 日，香港大学、香港比较文学学会等四家单位在香港联合举办中国当代文学与现实主义研讨会，就中国当代文学发展中现实主义、现代主义问题等展开讨论。

牛汉的诗《汗血马》、伊蕾的诗《女性年龄》（九首）、邵燕祥的《一九八六年诗五首》发表在《诗刊》第 12 期上。同期还发表了公木、汪静之、雁翼、熊召政、蔡其矫、骆一禾等人的诗作。

15 日，冯至荣获联邦德国国际交流中心授予的 1987 年文艺奖和联邦德国最高奖章——大十字勋章。

18 日，《人民日报》文艺部邀请在京中青年文艺评论工作者就如何开拓新视野、发展新观念等问题进行座谈。

19 日，《报告文学》编辑部、《文学评论》编辑部在京联合举行报告文学作家、评论家对话会，就报告文学创作现状及理论批评问题等展开讨论。

20 日，李锐的小说《厚土》（二题）发表在《人民文学》第 12 期上。

柯云路的长篇小说《衰与荣》（《京都》第二部上卷）、肖复兴的报告文学《和当代中学生对话》发表在《当代》第 6 期上。

本年

随着作家对改革的认识的深化，文学在反映时代变革中，历史观与道德观之间冲突的问题逐渐引起文艺理论界的关注。陶东风认为，文学作品中历史尺度与道德尺度的关系，有四种模式。"模式Ⅰ：历史评价与道德评价的统一。""模式Ⅱ：历史尺度压倒道德尺度。""模式Ⅲ：道德尺度吞并历史尺度。""模式Ⅳ：历史尺度与道德尺度的二元对立。"他着重对第四种模式进行了分析，认为"二元对立模式的具体形态可分为二类：一是历史尺度的肯定，道德尺度的否定，一是历史尺度的否定，道德尺度的肯定。""后者即挽歌类型。""在挽歌中，历史理性的力和道德感性的力总是互相制约：接受历史的逻辑却又不冷漠无情。""人类历史前史阶段（即共产主义前）的悲剧性二律背反现象……是文学活动历史评价和道德评价的二元对立以及挽歌型文学作品产生的深刻社会历史原因。这种二律背反集中表现为历史与道德的对立和分离，即历史的进步并不总是伴随着道德进步，在一定历史时期内具有历史合理性的对象，从道德的眼光看并不具有更为久远的合理性。这种二律背反之所以同时是悲剧性的，是因为各具合理性的矛盾双方在一定的历史时期内无法共存，必以牺牲一方而成全和发展另一方（可参阅黑格尔《美学》卷三（下）第 286 页）。""价值尺度的二元对立可能是对实际存在的二律背反现象的正确揭示"，但"也可能是由于旧的观念、习惯的作用，将一些不合乎真正的人类道德的陈旧教条当成商量新事物的标准，从而在文学活动中表现为历史尺度与道德尺度的二元对立，这不是对实际存在的二律背反的正确揭示而是一种心造的所谓'二律背反'。这恰恰表现了人类的认识能力的局限性。由于人生活在已经形成的文化之中，难以摆脱旧有各种观念的束缚，因而往往把一些自己已经习惯的东西当成正确的东西，并以此作为衡量新事物的标准。这就有可能造成对新事物新观念的陌生感和排斥情绪，产生历史感和道德感的剥离与价值尺度的二元对立。"（陶东风：《历史尺度与道德尺度的二元对立》，《文艺评论》1987 年第 3 期）此外具有代表性的争鸣文章还有：朱持、陆耀文的《文学的困惑与审美的二元视角——论一种文学现象》（《文学评论》1987 年第 5 期）、滕云的《历史的前进运动与作家的道德思考》（《文学评论》1987 年第 3 期）、张毓书的《当代意识对民族传统文化的审美观照》（《天津文学》1987 年第 7 期）、蔡葵的《反映改革小说的悲剧美》（《文艺评论》1987 年第 2 期）、於可训的《在历史与道德之间》（《长江文艺》1987 年第 12 期）、陈冲的《"改革文学"深化断想》（《人民日报》1987 年 9 月 15 日）等。1987 年 11 月 28 日的《文艺报》发表了综述《文学评论界就历史观与道德观冲突问题展开讨论争鸣》。

梅娘作中篇小说《依依芦苇》。这是她停笔 30 多年以来创作的第一部小说。

黎汝清的长篇小说《皖南事变》发表于《小说界·长篇小说专辑》第 4 期上。

1988 年

一月

1 日，峻青的散文《墓前的沉思》、王英琦的散文《一瞬》、公刘的《我的散文观》发表在《散文》第 1 期上。

李延国的报告文学《走出神农架》发表在《解放军文艺》第 1 期上。

2 日，季红真的《中国近年小说与西方现代主义文学》连续发表在《文艺报》第 1、2 期上。

4 日，中共中央政治局常委胡启立与山西文艺界的马烽、西戎等作家座谈，畅谈学习党的十三大文件体会和文艺界的大好形势，强调继续贯彻"双百"方针繁荣文艺。9 日的《文艺报》对此进行了报道。

5 日，《民族文学》山丹奖在京颁奖，少数民族作家张承志（回）、扎西达娃（藏）

等获奖。

叶延滨的组诗《半掩之窗》、高晓声的小说《火与烟》发表在《上海文学》第 1 期上。

蔚桦、顾汶光、何光渝、叶辛的同题散文《紫木函之夜》发表在《山花》第 1 期上。

徐迟的日记《玉门——敦煌》发表在《长江文艺》第 1 期上。

10 日，《小说界》第 1 期开辟"留学生文学"专栏并刊登了小楂的小说《水床》、李金发的散文《我在巴黎的艺术生活》和纽约晨边社（美国致力于留学生文学的留学生团体）的文章《"留学生文学"座谈纪要》。同期还刊有李国文的短篇小说《没意思的故事》（三题）。

冯至的诗《西西里浮光掠影》（五首）、赵丽宏的诗《墨西哥诗抄》（二首）、刘再复的散文诗《灵魂的家园》（六章）发表在《诗刊》第 1 期上。

余华的中篇小说《现实一种》发表在《北京文学》第 1 期上。

刘恒的中篇小说《白涡》发表在《中国作家》第 1 期上。

15—20 日，中国文联在京召开第一次全国性会议。与会者就文联体制改革的迫切性、文联的性质和任务、文联与党和政府的关系以及第五次文代会的筹备问题展开热烈讨论。1 月 30 日《文艺报》对此进行了报道。

史铁生的小说《原罪·宿命》、余华的小说《河边的错误》、莫言的小说《玫瑰玫瑰香气扑鼻》、高晓声的小说《老清阿叔》、林白的小说《去年冬季在街上》、张晓林和张德明的报告文学《中国大学生——来自复旦大学的报告》发表在《钟山》第 1 期上。同期还开始连载高行健的《京华夜谈》和陈白尘的散文《漂泊年年》，高文至第 6 期止，陈文至第 3 期止。

19 日，刘震云的中篇小说《新兵连》发表在《青年文学》第 1 期上。

20 日，光未然的《诗七首》、李国文的短篇小说二题《春游·游春》，徐迟的报告文学《来自高能粒子和广漠宇宙的信息》发表在《人民文学》第 1 期上。

刘再复的散文诗《寻找的悲歌》、霍达的短篇小说《门框胡同记事》、高晓声的小说《新娘没有来》、程乃珊的中篇小说《秋天的盼望》、刘绍棠的小说《十年河东十年河西》、严歌苓的小说《你跟我来，我给你水喝》发表在《花城》第 12 期上。

25 日，《收获》第 1 期开辟余秋雨《文化苦旅》专栏并发表《阳关雪》（外二篇）。同期还刊有李晓的中篇小说《关于行规的闲话》、徐星的中篇小说《饥饿的老鼠》、王安忆的散文《旅德的故事》、黄裳的散文《豫行散记》。

30 日，《文艺报》刊登阳雨（王蒙）的《文学：失去轰动效应以后》。文章揭示了在作家分化、"严肃文学"或"纯文学""边缘化"等趋势面前文学界的复杂心理反应。

本月，由香港企业家庄重文出资，中华文学基金会设立"庄重文文学奖学金"，资助在学校就读的青年作家，后改为专门奖励优秀青年作家的"庄重文文学奖"。

人民文学出版社主办的《海外文学》、黑龙江省作协主办的《东北作家》、天津市文联主办的《艺术家》、安徽省文联主办的《百家》、江西省文联主办的《创作评谭》

创刊。

昌耀的诗《庄语》（九首）、公刘的诗《门楣上的铭言》（六首）、梁晓声的长篇小说《雪城·下》、莫言的长篇小说《天堂蒜薹之歌》发表在《十月》第 1 期上。

残雪的《关于黄菊花的遐想》发表在《中外文学》第 1 期上。

陈子度、杨健、朱晓平编剧，徐晓钟、陈子度导演的话剧《桑树坪纪事》由中央戏剧学院在北京演出。

二月

1 日，刘白羽的散文《马鸣风萧萧》、梅绍静的散文《他们在扫落叶》发表在《散文》第 2 期上。

5 日，徐迟日记《山明水秀人翻身》发表在《长江文艺》第 2 期上。

8 日，中国文联、中国作协在京举行迎春联欢会。胡启立等出席，芮杏文代表中央书记处讲话。讲话强调要加强和改善党对文艺工作的领导，要把大的方面管住管好，至于写什么怎么写只能由文艺家在实践中去探索解决。2 月 13 日《文艺报》对此进行了报道。

10 日，黄子平的《关于"伪现代派"及其批评》发表在《北京文学》第 2 期上。这篇文章使当代文学创作中的"伪现代派"问题在本年成为了争论的焦点。1986 年，李洁非在《被光芒掩盖的困难》《作家素质与作品格局》和《新时期实验性小说困难论》等文中多次使用"伪现代派"这个概念批评新潮文学的某些现象和作品。1986 年底在《文学评论》的一次讨论会上，又有人声称："我们文学中的'现代派'可以称其为'伪现代派'。'伪现代派'的含义就是我们并没有真正具有现代素质的现代派作品。"（谭湘整理：《面向新时期文学第二个十年的思考》，《文学评论》1987 年第 1 期）其实在 1985—1987 年间，对"我们文学中的现代派"表示不满或怀疑其真实性的人颇多，如陈冲的《现代意识和文学的摩登化》（《文论报》1987 年 1 月 21 日）、刘晓波的《危机！新时期文学面临危机》（《深圳青年报》1986 年 1 月 3 日）、季红真的《中国近年小说与西方现代主义》等等。当然，真正使这个概念引起人们广泛关注的是黄子平的《关于"伪现代派"及其批评》一文的发表以及《北京文学》持续一年的讨论。黄子平认为"伪现代派"概念至少包含了三对二元对立的范畴：真/假、古/今、中/外。"这三对范畴及其家族还可以互渗、组合，生成一些更复杂的对子，如"原装进口/本地仿制便是由'中/外'加'真/假'构成。""伪现代派"也是这些对子发酵的一个产品，它仍然属于一百年中西文化论战中"体/用、名/实、表/里"一类问题。80 年代初引进西方现代派时，由于意识形态的影响，人们小心翼翼地避开了现代主义的哲学观念而着重借鉴技术或表现方法。"内容/形式"两分论是现代派合法化的一种有效策略。然而正如黄子平所言，它也带来了一种两难窘境："对现代派文学的表现内容和哲学背景保持高度戒备心的批评家发现人们并未恪守只借鉴技巧的保证；而急切地希望当代中国文学能够与世界文学对话的批评家则不满于这些作品的犹抱琵琶半遮面。""伪现代派"这一概念因此"不是一个经过深思熟虑的理论概念，而是处于开放和急剧变动的文学过程中产生的，被许多'权力意愿'认为是顺手、便利的一个批评术语。"其他代表性的文章还有李陀《也谈"伪现代派"及其批评》（《北京文学》1988 年第 4 期），张首映的《"伪现代派"与"西体中用"驳论》（《北京文学》1988 年第 6 期），李洁非的《"伪"的含义及现实》（《百家》1988 年第 5 期）等。

梅绍静的诗《第涅伯河之夜》（外三首）、魏巍的组诗《漫步亚德里亚海滨》、邹荻帆的诗论《诗思》、郑敏的诗论《自欺的"光明"与自溺的"黑暗"》、周伦佑的诗论《"第三浪潮"与第三代诗人》发表在《诗刊》第 2 期上。

16 日，叶圣陶逝世，享年 94 岁。叶圣陶，原名叶绍钧，江苏苏州人。1907 年考入草桥中学，毕业后当小学教员，1914 年被排挤出学校，闲居期间作文言小说发表在《礼拜六》等杂志上。1919 年加入北京大学新潮社，开始新文学写作。1921 年与沈雁冰、郑振铎等发起组织文学研究会。1923 年任商务印书馆编辑，1930 年起改任开明书店编辑。在长期编辑生涯中，先后主编或编辑过《诗》杂志、《文学周报》《小说月报》《中学生》《中学生文艺》《国文月刊》《笔阵》《国文杂志》《中国作家》等多种重要的文学、语文教育刊物，发现、培养和举荐过一批青年作者，其中不少人（如巴金、丁玲、戴望舒等）后来都成为知名作家。出版有小说集《隔膜》《线下》《城中》等，长篇小说《倪焕之》、散文集《未厌居习作》、童话集《稻草人》《古代英雄的石像》等。还曾与夏丏尊合作出版《阅读与写作》《文心》《文章讲话》等。解放后历任出版总署副署长、人民教育出版社社长、教育部副部长等职。钱杏邨说："叶绍钧的创作所代表的却是一种深味到人间的险森与隔膜，对生命引起了怀疑与烦闷，想努力追求一种解决的怀疑派的青年。""他可以说是现代中国文坛上的教育小说作家。……他的教育小说的成就，在他的创作中是最好的。他洞察到教育的各方面，精察的解剖着教育界人物的心理，同时还注意到学生的生理状态及其环境。他是完全的站在教育家的立场上去表现教育的实际及其各方面。他是完全的很冷静的在开他自己所体验到的教育病症的脉案。他是在写着自己厕身教育界时所观察的事件的回忆录。"（钱杏邨：《叶绍钧的创作的考察》，《现代中国文学作家》第 2 卷，1930 年泰东图书馆）茅盾在谈到叶圣陶时认为，"冷静地谛视人生，客观地，写实地，描写着灰色的卑琐人生的，是叶绍钧。"（茅盾：《中国新文学大系·小说一集导言》，1935 年良友图书印刷公司）又说："五四时期，圣陶是最早发表小说的一人。小说集《隔膜》等数种，实为中国新小说坚固的基石。他的深入的观察，谨严的题材，曾经而且继续在教育着年轻的一代。"（茅盾：《祝圣陶五十寿》，1943 年 12 月 5 日成都《华西晚报》，"爱国文艺"第 1 号）还说："二十多年的交谊，使我从圣陶的'为人'与其作品看到了最重要的一点，即两者的统一与调和。作品乃人格之表现：这句话于圣陶而益信。凡是认识他的朋友们都不能不感到，和圣陶相对，虽然他无一语，可是令人消释鄙俗之心，读他的作品亦然。你要从他作品之中找寻惊人事，那不一定有；然而即在初无惊人处有他那种净化升华人的品性的力量。才笔焕发，规模阔大，有胜于圣陶的，但圣陶的朴素谨严的作风，及其敦厚诚挚的情感，自有不可及处。我们所以由衷的爱慕圣陶，而圣陶的作品对于青年的教育意义之重大，唯有从这一点才得到了最真切的说明。"（茅盾：《祝圣陶五十寿》，1943 年 12 月 5 日成都《华西晚报》，"爱国文艺"第 1 号。）

20 日，海男的诗《女人》（十一首）、叶兆言的小说《桃花源记》、何士光的散文《茅台夜宿》、叶君健的散文《波兰札记》（二题）、刘再复的文章《近十年的中国文学精神和文学道路》发表在《人民文学》第 2 期上。

柯云路的长篇小说《衰与荣·下——〈京都〉第二部》、胡平、张胜友的报告文学《世界大串联》发表在《当代》第 1 期上。

28 日，杨利民的话剧剧本《黑色的石头》发表在《剧本》第 2 期上。

本月，徐刚的报告文学《伐木者，醒来！》发表在《新观察》第 2 期上。

三月

1 日，赵丽宏的散文《孔雀翎》发表在《散文》第 3 期上。

5 日，陈敬容的组诗《孤寂再不是孤寂》、徐迟日记《柴达木——青海》发表在《长江文艺》第 3 期上。

《于坚自选诗四首》、苏童的短篇小说《乘滑轮车远去》、林斤澜的短篇小说《梦鞋》、王安忆和陈思和的《两个 69 届初中生的即兴对话》发表在《上海文学》第 3 期上。

10 日，鲁藜的诗《反思录》、杨牧的组诗《黑咖啡，紫咖啡》、叶延滨的组诗《门外窗外》发表在《诗刊》第 3 期上。

刘恒的中篇小说《伏羲伏羲》发表在《北京文学》第 3 期上。

王蒙、刘宾雁、陆文夫、流沙河的《〈重放的鲜花〉新版代序》、韩少功的散文《自由者路上的摇滚——访美手记》发表在《小说界》第 2 期上。

15 日，贾平凹的短篇小说《油月亮》、扎西达娃的短篇小说《世纪之邀》和中篇小说《夏天酸溜溜的日子》、格非的中篇小说《褐色鸟群》、马原的中篇小说《旧死》、韩少功的随笔《不谈文学》、戴晴和洛恪的"中国女性系列"纪实文学——《女重婚犯》《女政治犯》发表在《钟山》第 2 期上。

18 日，针对文艺、出版领域侵权行为日趋严重的现象，曹禺等知名人士在国家版权局召开的座谈会上呼吁国家尽快制定和通过版权法。

20 日，杨炼的诗《房间里的风景》、刘心武的小说《白牙》、汪曾祺的小说《〈聊斋〉新义》（四篇）发表在《人民文学》第 3 期上。

从维熙的散文《德意志思考》发表在《花城》第 2 期上。

25 日，叶兆言的中篇小说《枣树的故事》、杨争光的中篇小说《黄尘》、余秋雨的散文《牌坊·庙宇》、张承志的散文《禁锢的火焰》、吴强的散文《春天的哀思》、冰心的回忆录《我回国后的头三年》、戴晴和洛恪的"中国女性系列"纪实文学《性"开放"女子》发表在《收获》第 2 期上。

26 日，《文艺报》头条刊载建国、英子的《危机！纸价飞涨的冲击波》，文章报道了由于有关部门取消纸张统一供应和纸价迅速上涨给各文学报刊带来的生存危机。同期发表雷达的《探究生存本相　展示原色魄力》，文章探讨了"近期一些小说审美意识的新变"，并提出了"现实主义回归"的三个特点：一是"从'主观'向'客观'

的过渡"；二是"视点下沉"；三是"正视'恶'和超越'恶'"。

29 日，中国作协首届（1980—1985）全国优秀儿童文学奖在京揭晓。严阵的《荒漠奇踪》等 41 篇作品获奖。

本月，中国作协鲁迅文学院、武汉大学、华中师范大学、中国社会科学出版社等单位在武汉联合举办全国第一次文学批评学研讨会。4 月 16 日《文艺报》对此进行了报道。

梁晓声的长篇小说《雪城·下》（续）、沙叶新的荒诞剧剧本《耶稣·孔子·披头士列侬》、戴晴和洛恪的"中国女性系列"纪实文学两篇发表在《十月》第 2 期上。

四月

1 日，袁鹰的散文《每次走进颐和园》、碧野的散文《花开天涯，香满人间》和刘再复的散文《我对命运这样说》发表在《散文》第 4 期上。

2 日，《文艺报》报道：国家新闻出版署、国家工商行政管理局近日联合签发《关于报社、期刊社、出版社开展有偿服务和经营活动的暂行办法》。《暂行办法》指出，各报社、出版社、期刊社可以开展有偿服务和经营活动，开办广告、咨询、新闻发布会等业务，也可以办与出版业相关的造纸厂、印刷厂等。

5 日，汪曾祺、施叔青的《作为抒情诗的散文化小说》发表在《上海文学》第 4期上。

7—8 日，中国社会科学院外国文学研究所、《外国文学评论》编辑部、《文艺报》在京共同举办"二十世纪世界文学与中国当代文学"学术研讨会。16 日《文艺报》对此进行了报道。

10 日，罗洛的《写给黄山的十四行诗》（五首）、张枣的《诗三首》、余光中的诗《季节的变位》（外二首），痖弦的诗《出发》（外一首）发表在《诗刊》第 4 期上。

20 日，中华版权代理总公司在京宣告成立。曹禺、唐达成等到场祝贺。

翟永明的组诗《静安庄》、刘绍棠的小说《红兜肚儿》发表在《人民文学》第 4期上。

王海鸰的中篇小说《星期天的寻觅》、秦文玉和马丽华的报告文学《极地丰碑》、赵瑜的报告文学《强国梦》发表在《当代》第 2 期上。

21 日，中国作协第八届（1985—1986）全国优秀短篇小说评奖揭晓，田中禾的《五月》等 19 篇作品获奖。

23 日，中国作协第四届（1985—1986）全国优秀中篇小说评奖揭晓，朱晓平的《桑树坪纪事》等 12 篇作品获奖。

本月，翟永明的诗集《女人》由漓江出版社出版。

陈忠实的中篇小说集《四妹子》由中原农民出版社出版。

路遥的长篇小说《平凡的世界》（第二部）由中国文联出版公司出版。

五月

1 日，萧立军的纪实小说《无冕皇帝》发表在《电视·电影·文学》第 3 期上。这部小说描写的是京津地区几个杂志社对两位作家作品的争夺战。小说发表后，在文艺界引起了震动。中国作协党组和中国作协书记处于 6 月 1 日专门召开了联席会议并做出让萧立军作检查的决定。6 月 16 日《文学报》发表作家梁晓声等人举行记者招待会的消息，会上中国作协党组书记唐达成、中国作协书记处常务书记鲍昌、作家出版社总编辑从维熙、《小说选刊》主编李国文以及《十月》和《当代》编辑部的负责人发了言。鲍昌认为，"小说关于三家出版社争夺《雪城》的情节，有一定的真实性。但整部作品掺杂了大量的歪曲和污蔑。……纪实小说的主要情节必须是真实的，有人以为既然是纪实小说就可以编造情节，这是文学观念的错误。……不能把文学作品作为发泄不满的手段，甚至相互攻击，而应该维护文学界的安定团结。因此，……要萧立军就这篇纪实小说的错误进行检查。"萧立军则认为，"这篇作品其主要情节是依据事实的，但作为纪实小说当然具有文学创作的成分。这篇作品旨在提出一个有关当前作家的素质和文坛现状的严峻问题，而不是针对个人的，因此，有些同志无须自动对号入座。"（《长篇纪实小说〈无冕皇帝〉引起争端》，1988 年 6 月 16 日《文学报》）

3 日，中国作协第四届（1985—1986）全国优秀报告文学奖评奖揭晓，李延国的《中国农民大趋势》、钱钢的《唐山大地震》等 22 篇作品获奖。中国作协第四届全国优秀新诗（集）评奖也于近日揭晓，绿原的《另一只歌》等 11 篇（部）作品获奖。

5 日，李庆西和李杭育的《小说的哗变：现象学的叙事态度》发表在《上海文学》第 5 期上。

徐迟日记《山明水秀人翻身》（之二）发表在《长江文艺》第 5 期上。

10 日，沈从文在北京逝世，享年 86 岁。沈从文，原名沈岳焕，湖南凤凰人。1918 年小学毕业后随本乡土著部队到沅水流域各地生活，开始接触中外文学作品。1923 年到北平求学，1924 年开始发表作品，与胡也频合编《京报副刊》和《民众文艺》周刊。1928 年到上海与胡也频、丁玲编辑《红黑》《人间》杂志。1929 年任教于中国公学。1930 年起在武汉大学、青岛大学任教。1934 年起编辑北平和天津的《大公报》副刊《文艺》。抗战爆发后到昆明任西南联合大学教授。抗战胜利后任北京大学教授，编辑《大公报》《益世报》等文学副刊。从 1926 年出版第一本创作集《鸭子》开始，沈从文出版的作品集主要有：短篇小说集《蜜柑》《神巫之爱》《石子船》《虎雏》《阿黑小史》《月下小景》《如蕤集》《八骏图》等，中篇小说《边城》，长篇小说《长河》，散文集《记胡也频》《记丁玲》《从文自传》《湘行散记》，论文集《沫沫集》《废邮存底》等。建国后，沈从文被安排到中国历史博物馆从事文物、服饰研究工作，著有《中国古代服饰研究》《唐宋铜镜》《龙凤艺术》等，几乎中断了文学创作。"文革"中到湖北咸宁五七干校劳动改造。1978 年调中国社会科学院历史研究所任研究员。1980 年曾应邀赴美讲学。1983 年，朱光潜指出："我相信公是公非，因此我把握地预言从文的文学成就，历史将会重新评价，而他在历史文物考古方面的卓越成就，也只会提高而不会淹没或降低他的文学成就。"（朱光潜：《关于沈从文同志的文学成就历史将会重新评价》，《湘江文学》1983 年第 1 期）苏雪林说："沈氏虽号为'文体作家'，他的作品却不是毫无理想的。""这理想是什么？我看就是想借文字的力量，把野蛮人的血液注射到老迈龙钟的中华民族身体里去使他兴奋起来，年轻起来，好在廿世纪舞台上与别个民族争生存权利。"（载 1934 年 9 月 1 日《文学》3 卷 3 号）汪曾祺说："沈先生不是一个雕塑家，他是一个画家。一个风景画的大师。他画的不是油画，是中国的彩墨画，笔致疏浪，着色明丽。沈先生的小说中有很多篇描写湘西风景的，各不相同。""沈从文善于写中国农村的少女。沈先生笔下的湘西少女不是一个，而是一串。三三、夭夭、翠翠，她们是那样的相似，又是那样的不同。她们都爱撒娇，但是各自身世不同，娇得不一样。""用文笔描绘少女的外形，是笨人干的事。沈从文画少女，主要是画她的神情，并把她安置在一个颜色美丽的背景上，一些动人的声音当中。""沈先生给我们上创作课的时候，经常说的一句话，是：'要贴着人物来写。'他还说：'要滚到里面去写。'他的话不太好懂。他的意思是说：笔要紧紧地靠近人物的感情、情绪，不要游离开，不要置身在人物之外。要和人物同呼吸，共哀乐，拿起笔来以后，要随时和人物生活在一起，除了人物，什么也不想，用志不纷，一心一意。""他的语言是朴实，朴实而有情致；流畅的，流畅而清晰。这种朴实，来自于雕琢；这种流畅，来自于推敲。他很注意语言的节奏感，注意色彩，也注意声音。"（汪曾祺：《沈从文和他的〈边城〉》，《汪曾祺文集》文论卷，江苏文艺出版社 1994 年版）又说："寂寞不是坏事。从某个意义上，可以说寂寞造就了沈从文。寂寞有助于深思，有助于想象。""寂寞是一种境界，一种很美的境界。沈先生笔下的湘西，总是那么安安静静的。边城是这样，长河是这样，鸭窠围、杨家坶也是这样。静中有动，静中有人。沈先生善长用一些颜色、一些声音来描绘这种安静的诗境。在这方面，他在近代散文作家中可称圣手。""沈先生用手中一支笔写了一生，也用这支笔写了他自己。他本人就像一个作品，一篇他自己所写的作品那样的作品。"（汪曾祺：《沈从文的寂寞——浅谈他的散文》，同上）夏志清说："沈从文并不是一个一切惟原始是尚的人，更不是一个感情用事，好迷恋过去，盲目拒绝新潮流的作家。虽然他有些作品是可以称为'牧歌'型的，但综观其小说文体，不但写到社会各方面，而且对当时形势的认识，也非常深入透彻。他的作品显露着一种坚定的信念，那就是，除非我们保持着一些对人生的虔诚态度和信念，否则中国人——或推而广之，全人类——都会逐渐地变得野蛮起来。因此，沈从文的田园气息，在道德意识来讲，其对现代人处境关注之情，是与华兹华斯、叶芝和福克纳等西方作家一样迫切的。"（夏志清：《中国现代小说史》，第 134 页，复旦大学出版社 2005 年版）瑞典汉学家马悦然说："与其他中国现代作家不同，沈从文寥寥几笔就可以勾勒出巨幅画面，然后转入细部——常常是生命和大自然的运动——以反映精神世界。他那通过对于事物外在形式的叙述活生生地表现内在状态的能力使读者想起中国古代诗坛的文豪巨匠。"（马悦然：《纪念沈从文》，《文艺报》1988 年 6 月 11 日）

　　中国话剧文学研究会、当代文学研究会在烟台联合召开当代话剧文学学术讨论会，60 余位专家、学者与会，至 18 日结束。会议将新时期话剧分为三个阶段：一是 1976 年 10 月至 1979 年，是话剧的复兴时期，讲真话实话，发挥了现实主义的战斗传统；二是 1980 年至 1985 年，话剧出现危机，但同时探索话剧兴起；三是 1986 年至现在，探索话剧与现实主义话剧并举，话剧的多元状态基本形成。会议肯定了探索话剧，认为它是"话剧振兴的先驱"。6月11日《文艺报》对此进行了报道。

徐康的诗《呈给灵魂的起诉书》、绿蘩的诗《手》、陈敬容的诗《我的七十》、辛笛的诗《新年,"味道好极了"——香港风景线》发表在《诗刊》第5期上。

15日,王蒙的短篇小说《十字架上》、林斤澜的中篇小说《催眠》(《十年十癔》之十)、陶铠、张义德、戴晴的报告文学《走出现代迷信》发表在《钟山》第3期上。

20日,李瑛的诗《冀土地情思》、蔡其矫的《诗六首》、从维熙的短篇小说《牵骆驼的人》和《钓龟记》、李锐的小说《红房子》、麦天枢的报告文学《西部在移民》、刘心武的文章《改革开放与繁荣文学创作》发表在《人民文学》第5期上。

唐弢的散文《沉船》、王英琦的散文《情到深处》发表在《花城》第3期上。

25—29日,《文艺报》、浙江省委宣传部等单位在杭州共同主办"中外当代小说走向研讨会"。与会者充分肯定了当代小说的多元化局面,认为各种流派、各种创作方法正在走向理解、交融,达到互补共进。但也指出,在当前各种社会思潮与商品经济的冲击下,文学潜伏着许多危机。6月11日《文艺报》作了报道。

余秋雨的散文《白发苏州·洞庭一角》、峻青的散文《皇村的沉思》、王安忆的中篇小说《逐鹿中街》、冯骥才的小说《阴阳八卦》发表在《收获》第3期上。

本月,李锐的中篇小说《二龙戏珠——吕梁山印象之七》、梁晓声的长篇小说《雪城·下》(续完)发表在《十月》第3期上。

六月

1日,谌容的中篇小说《懒得离婚》发表在《解放军文艺》第6期上。

7日,残雪的小说《天堂里的对话》(之三)发表在《天津文学》第6期上。

10日,张志民的诗《我坐在观众席上》、熊召政的诗《1987:官僚主义在中国》、唐祈的《诗三首》、严阵的诗《审判及其它》、欧阳江河的文章《从三个视点看今日中国诗坛》发表在《诗刊》第6期上。

17日,中国作协在京召开"商品经济与文学"研讨会,会议就通俗文学读物的经济与社会效益等问题展开讨论。

20日,冰心的小说《远来的和尚》、张辛欣的散文《爱情的故事》(三篇)发表在《人民文学》第6期上。

钱石昌、欧伟雄的长篇小说《商界》开始在《当代》1988年第3、4期连载。同期还刊有霍达的报告文学《国殇》、马识途的散文《巴金回家记》。

22日,萧军逝世,享年81岁。萧军,原名刘鸿霖,1907年生于辽宁义县。1925年考入沈阳东北陆军讲武堂第七期,学习法律和军事。1931年"九·一八"事变后,与友人在吉林筹组抗日义勇军,事败后去哈尔滨,以"三郎"为笔名从事文学创作。1932年与萧红结识、相爱。1933年与萧红合著小说散文合集《跋涉》出版。1934年秘密逃出日寇统治下的东北,与萧红同去青岛,不久到上海。在鲁迅的帮扶之下,他的长篇小说《八月的乡村》列入"奴隶丛书"出版。1936年出版短篇小说集《江上》和《羊》。1936—1955年完成长篇小说《第三代》(1955年曾以《过去的年代》为名出版）。1940 年赴延安，先后担任中华全国文艺界抗敌协会延安分会理事及延安鲁迅艺术学院教员。抗战胜利后，曾任东北大学鲁迅艺术学院院长。1948 年因《文化报》的宣传工作事件受到批判，后去煤矿深入生活，创作长篇小说《五月的矿山》。1951 年到北京从事文物研究和戏曲研究工作。1958 年遭到"再批判"。"文革"后陆续有通俗历史小说《吴越春秋史话》及《萧军近作》等出版。曾任中国作协北京分会副主席等职。美国学者葛浩文说："凡是见过萧军的人，对这位东北作家的印象，我相信基本上都是一致的：顽强、直爽、乐观、不好惹、讲正义。跟他作对很危险，但跟他做朋友也不见得容易。从各个方面看，萧军确是一个好斗的人。""萧军年轻时就是鲁迅的门徒。难免有时因脾气犟，偶有不讲情理（据说），会发生冲突，但他见义勇为的精神却是鲁迅特别欣赏的。1942 年在延安他因《论同志的爱与耐》一文，受到批评；1948 年在哈尔滨因《文化报》事件（对苏联在东北政策及行为不满），被送到抚顺煤矿劳动；50 年代写了《五月的矿山》后销声匿迹；文化大革命时又家破人亡。萧军经历了这么多悲惨的遭遇，但他的信仰始终没有动摇，这种精神是难能可贵的。""从文学作品来看，萧军是个多样化的作家。他的长篇名著《八月的乡村》（1935 年，上海）是人人皆知的作品。此外他还写了几本长篇，几本短篇小说集，不少散文，一些剧本和很多旧诗，可是无可否认，他是以小说而出名的。他的小说也最能代表他的人格，他的人生观，他的不屈不挠的精神。"（葛浩文：《信徒不必当和尚——记萧军先生》，收入《聚讼纷纭说萧军》，学林出版社 1997 年版）

25 日，据《文艺报》报道，中国作协制定《文学创作人员实行〈艺术专业职务（艺术等级）试行条例〉的暂行办法》，对专业作家试行文学创作等级制：把专业作家职称评定分为四级——即从文学创作四级至一级，任职采用聘任制——每一任期一般为三年，聘任有专门的评审委员会审定。同期还报道：海峡两岸文学大规模学术讨论会"当代中国文学国际学术会议"在台湾举行。大陆学者谢冕等向会议提交论文。

30 日，《文艺报》艺术部召开《河殇》讨论会。金观涛、何西来、贺兴安、陈鼓应、崔文华、张显扬、郑也夫等参加讨论。《文艺报》7 月 16 日刊登《和人民一同来思考——〈河殇〉座谈发言选登》，并加《编者的话》："六集电视片《河殇》（苏晓康、王鲁湘总撰稿）播出后，社会反映强烈。人们所感受到的冲击，既来自它那宏观、深刻、真诚的历史文化的反思；也来自它那思想与荧屏声画形象的有机结合。它的创作者们认为自己在尝试实现政论与电视艺术的联姻。这可能意味着一种新的艺术体裁的出现。我们愿意给它以双倍的重视；因为这是一次电视与思想文化界、作家的富有创作性的合作。"

本月，邵燕祥的诗集《也有快乐，也有忧愁》由作家出版社出版。

七月

5 日，《西川诗三首》发表在《山花》第 7 期上。

梅绍静的《诗三首》、肖思科的报告文学《寻找公仆——来自当代为官意识的警惕报告》发表在《长江文艺》第 7 期上。

张抗抗的短篇小说《黄罂粟》发表在《上海文学》第7期上。

10日，雁翼的组诗《巴黎的月亮》、王蒙的诗《旅店》、海男的诗《两个人的车站》、唐晓渡的组诗《本楼第十三层》、叶圣陶的旧体诗发表在《诗刊》第7期上。

孙颙、许德民等的《面对一万个"?"——关于上海"大滑坡"的报告》发表在《小说界》第4期上。

14日，文化艺术出版社在京召开京味小说研讨会，就京味小说特点及如何发展等问题展开讨论。

《文艺报》在京举行小说创作研讨会，就小说创作出现"疲软"现象进行讨论。

15—20日，中宣部在京召开全国文艺工作会议，就进一步繁荣文艺创作，做好第五次文代会准备工作征求意见。胡启立、芮杏文等出席并讲话。

15日，周梅森的中篇小说《人的岁月》、白桦的中篇小说《五个少女和一条河》、迟子建的中篇小说《没有夏天了》、赵玫的中篇小说《老屋》、赵本夫的中篇小说《涸辙》、理由的报告文学《元旦的震荡》发表在《钟山》第4期上。

16日，中国社科院文学研究所、《文学评论》编辑部在京举行胡风文艺思想座谈会，会议对胡风文艺思想进行了实事求是的评价。至此，1955年定性的"胡风反革命集团"案，在党中央的直接过问下，从政治、历史、文艺思想等方面得到彻底平反。

20日，王晓明、陈思和在《上海文论》第4期开辟"重写文学史"专栏。该专栏到1989年第6期结束，共编了9期，每期编发"主持人的话"，介绍本期专栏梗概。内容分别涉及"赵树理方向"、柳青的《创业史》、"别、车、杜在当代中国的命运"、丁玲小说创作、胡风文艺理论、姚文元的文学批评、"礼拜六派"、革命文学运动中的宗派、"山药蛋派"、《青春之歌》《子夜》《女神》、何其芳文学道路、郭小川诗歌、闻一多等等话题。这个专栏引起了评论界对于"重写文学史"问题的争鸣。陈思和在《关于"重写文学史"》中说："文学史的研究不是单纯的编年式的历史材料罗列，它是一种以文学演变为对象的学术研究，综合了实证、批评、规律探讨等各种研究方法。所谓治史者要有'史识'，决不是简单的材料排列所能体现的。它需要证明，必须从此材料出发，尊重客观存在的科学性；它更需要批评，文学史家面对的是人类精神的符号——语言艺术的成品，只有在审美层次上对它们做出把握，方能真正确立起在文学史上的地位和意义。因此它不能不是研究者主体精神的渗入和再创造。应该说，一部文学史是'写'出来的而不是'编'出来的，研究者精神世界的丰富性导致了文学史研究必然会出现多元化的状况。"又说："我不想否认，它包含着我们对过去那种统一的文学模式的不满和企图更新的意思。"（陈思和：《关于"重写文学史"》，《文学评论家》1989年第2期）杨义阐述了自己构建文学史理论的基本立场，认为：第一，"一切有价值的文学史都可以看作具有现代人主体意识的心灵史。""真正有建树的文学史在精神实质上总是倾向于打破简单化的封闭性的文学评价体系的"；第二，"文学史是一个具有相对确定性的体系，因而它对当代文学思潮应该保持清醒的态度和选择的权利。它汲收的应该是当代文学理论中具有实质价值的突破性成果，而不是浮面的时髦用语和易于成为过眼烟云的怪论。"；第三，"文学史的新观念，是通过它的体制，通过无所不在的眼光体现出来，而不是写一篇'序言'之类的文字硬贴上去的。"；第四，

"作为文学史家最重要的素质之一是'史识',文学史理论应具有严肃性,从发扬学术个性方面讲,个人著述应具动人的神采。"(杨义:《应该创立文学史理论体系》,《人民日报》1989 年 4 月 11 日)钱中文说:"文学是一种审美意识形态。我的方法是以这种观念为主导的多样与综合,既有自身的主导特点,又广泛吸收人文主义、科学主义文艺学中大量的合理因素与方法。我们主张有多种多样的文学体裁史、文体史、技巧史、文学语言史,但还有一种总体文学史,这是哪种形式的文学史都不能替代的。"(钱中文:《文学史的类型、构架与问题》,《文艺报》1989 年 9 月 9 日)

骆一禾的诗《舞族》发表在《花城》第 4 期上。

林白的小说《四月》、汪曾祺悼念沈从文的文章《星斗其文 赤子其人》、林斤澜的散文《沈先生的寂寞》、唐弢的散文《一枚邮票的故事》、张承志的散文《潮颂》发表在《人民文学》第 7 期上。

25 日,李国文的系列短篇小说《没有意思的故事》、张承志的中篇小说《海骚》、张辛欣的中篇小说《这次你演哪一半》、王蒙的中篇小说《一嚏千娇》、唐弢的散文《一枚邮票的故事》、余秋雨的散文《道士塔·莫高窟》发表在《收获》第 4 期上。

29 日,全国首届少数民族文学汉译工作座谈会在新疆举行。文化部长、中国作协常务副主席王蒙指出,把少数民族文学创作的文学作品译成汉文,不仅有助于文学事业的发展,也有助于民族团结和祖国统一事业。中国作协拟于明年在鲁迅文学院开设首届少数民族文学汉译班。

本月,舒悦翻译的《老舍致美国友人书简 47 封》(1948 年 4 月—1952 年 10 月)、(美)琼·罗斯·盖罗特的《老舍英文信件发现经过》、舒悦的《新发现的老舍英文书信的史料价值》、陆星儿的报告文学《"超级妇女"》发表在《十月》第 4 期上。

周国平的《尼采与现代人的精神危机》发表在《中国青年》第 7 期上。文章指出:"尼采热"是"一些在人生意义探求中感到迷惘痛苦的青年学者和青年艺术家在某种'精神危机'的觉悟及由此引起的焦虑中产生的共鸣"。

八月

5 日,格非的中篇小说《大年》、汪曾祺的散文《美国短简》发表在《上海文学》第 8 期上。

10 日,欧阳江河的《诗四首》、翟永明的诗《肖像》、杨争光的诗《老家》、杨炼的诗《水晶》(外一首)、赵瑞蕻的诗《痛悼沈从文师》(六首)、郑敏的文章《足迹和镜子——今天新诗创作和评论的需要》、臧克家的文章《诗界"三希"》、林希的文章《抢救诗人》发表在《诗刊》第 8 期上。

20 日,伊蕾的诗《独舞者》(十一首)、周大新的中篇小说《紫雾》、李存葆、王光明的报告文学《大王魂》发表在《人民文学》第 8 期上。

伊蕾的诗《流浪的恒星》、罗来勇、陈志斌的报告文学《前门外的新大亨》发表在《当代》第 4 期上。

本月,《严阵爱情诗》由花城出版社出版。

李瑛的诗集《红豆》由湖南文艺出版社出版。

王蒙的诗集《旋转的秋千》由四川文艺出版社出版。

张炜的小说《三想》、孙力、余小惠的长篇小说《都市风流》发表在《小说家》第4期上。

莫言的小说集《爆炸》由解放军文艺出版社出版。

九月

1日，臧克家的散文《独特的风标》、王英琦的散文《诞生》发表在《散文》第9期上。

5日，周涛的组诗《意大利印象》、陈丹燕的短篇小说《中学女生的传奇》发表在《上海文学》第9期上。

10日，据《文艺报》报道，《文汇月刊》第2期发表刘再复的文章《谈文学研究与文学论争》，提出重新评价姚雪垠及其长篇小说《李自成》。随后该刊第6期发表姚雪垠的文章《刘再复〈谈文学研究与文学论争〉一文读后》，进行反批评。

海子的诗《五月的麦地》（外二首）、李瑛的诗《日本之旅》（五首）发表在《诗刊》第9期上。

《小说界》第5期"留学生文学"专栏刊登戴舫的小说《牛皮303》、赵丽宏的散文《快慰的惊讶》和小楂、唐翼明、于仁秋等人的《关于"边缘人"的通信》。

15日，叶兆言的小说《追月楼》、傅宁军的报告文学《探亲流：1988——台湾同胞返大陆故乡热潮纪实》、宗璞的散文《三幅画》发表在《钟山》第5期上。

20日，开愚的诗《水》、冰心的小说《干涉》、袁鹰的散文《海滨故人》、舒婷的散文《斗酒不过三杯》发表在《人民文学》第9期上。

西川的组诗《黄金海岸》、一禾的诗《白盐场》、梁晓声的中篇小说《冰坝》、苏童的中篇小说《井中男孩》发表在《花城》第5期上。

25日，冰心的短篇小说《落价》、张辛欣的短篇小说《舞台》、余华的中篇小说《世事如烟》、余秋雨的散文《柳侯祠·白莲洞》发表在《收获》第5期上。

本月，中国作协创联部在京举办"商品经济与文学"第二次专题座谈会，就商品经济冲击给文学带来的问题展开探讨。

西川、陈东东、刘卫国共同创办以知识分子态度、理想主义精神和秩序原则为宗旨的诗刊《倾向》，倡导一种和"第三代诗歌运动"不同的"知识分子写作"。主要作者有西川、欧阳江河、王家新、陈东东、钟鸣、柏桦、翟永明、黄灿然、贝岭、张枣等。

铁凝的长篇小说《玫瑰门》发表在《文学四季》创刊号上。后由作家出版社1990年6月出版。李扬认为，"《玫瑰门》里所关注的是女人世界中所显示出来的文化意蕴以及由此导致的她们的婚姻悲剧和文革的历史悲剧。……这样的主题在中国现当代文学中已不新鲜，而且还有那么一点俗，但铁凝的魄力不让悲剧就此结束，她要让司猗纹惩治下一代，于是作为文化载体的女人们代代相沿，互相折磨。"（李扬：《文化与心理:〈玫瑰门〉的世界》,《当代作家评论》1989 年第 4 期)曾镇南认为,作家"大胆写出了这个在漫长的不幸婚姻中处于压抑状态的女性的特殊的变态心理和变态行为,写出了强旺的女性本能与无法更改的社会角色之间长久搏杀留下的可怕疤痕。""从这个层面上看,司猗纹这个恶女人的形象……具有非常深刻的人本意义。而这种人本意义的具象表现,使小说中的女性形象具有典型性格所要求的高度的个性化的艺术价值。"又说:"(如果认为)这部小说的主题是对女性的生命力、创造才能受到压抑和扭曲的抗议,是为女性的生存权利而作的呼吁,那就有失片面了。实际上,《玫瑰门》的主要美学情绪,是对女性本身的阴暗面、丑恶、卑琐的厌恶,是对女性生存状态中一切负面表现的冷峻透视。"(曾镇南:《评长篇小说〈玫瑰门〉》,1989 年 3 月 28 日《人民日报》)

黄子平、陈平原、钱理群的《20 世纪中国文学三人谈》由人民文学出版社出版。

十月

1 日,斯妤的散文《碧水长流》发表在《散文》第 10 期上。

5 日,《罗洛自选诗·四月》、苏童的短篇小说《伤心的舞蹈》、张炜的中篇小说《请挽救艺术家》、残雪的中篇小说《艺术家和读过浪漫主义的县长老头》、张承志的散文《未诞生的画面》、李锐的《〈厚土〉自语》发表在《上海文学》第 10 期上。

秦瘦鸥的散文《香港行》、书简《塞先艾致端木蕻良》发表在《山花》第 10 期上。

7 日,师陀在上海逝世,享年 78 岁。师陀,原名王长简,1910 年生于河南杞县。1921 年中学毕业赴北平谋生。1932 年与汪金丁等创办文学杂志《尖锐》并用笔名"芦焚"在《北斗》和《文学月报》上发表短篇小说《请愿正篇》和《请愿外篇》,从此走上文坛。1936 年从北平到上海。1937 年,第一个短篇小说集《谷》获《大公报》文艺奖金。抗日战争爆发后长期蛰居于"孤岛"上海,由于有人冒用芦焚之名发表文章,遂改用另一笔名师陀。建国前著有短篇集《谷》《里门拾记》《果园城记》等,中长篇小说《无望村的馆主》《马兰》《结婚》等,散文集《黄花台》《江湖集》《看人集》等。建国后历任上海出版公司总编辑、上海电影剧本创作所编剧、上海市文联和作协理事等职。著有短篇小说集《石匠》、历史小说《西门豹的遭遇》等。孟实(朱光潜)说:"芦焚先生是生在穷乡僻壤而流落到大城市里过写作生活的。……虽然现在算是在大城市里落了籍,他究竟是'外来人',在他所丢开的穷乡僻壤里他才真正是'土著户'。他陡然插足在这光彩眩目、眩聒震耳的新世界里,不免觉得局促不安;回头看他所丢开的充满着忧喜记忆的旧世界,不能无留恋,因为它具有牧歌风味的悠闲,同时也不能无憎恨,因为它传播着封建式的罪孽。他也许还是一个青年,但是像他那位饱经风霜的'过岭'者,心头似已压着忧患余生的沉重的担负。我们不敢说他已失望,可是他也并不像怀着怎样希望。他骨子里是一位极认真的人,认真到倔强和笨拙的地步。他的理想敌不过冷酷无情的事实,于是他的同情转为忿恨与讽刺。他并不是一位善于讽刺者,他离不开那股乡下人的老实本分。"(孟实:《〈谷〉和〈落日光〉》,1937

年8月1日《文学杂志》1卷4期）夏志清说："由于历年的撰剧经验和早期对讽刺作品的尝试，师陀在《结婚》一书中摆脱了以往沉思默想的哀悼气氛和乡村小镇的题材。他的文笔轻快生动，故事背景放在1941年珍珠港事件前后日本统治下的上海。可是这场战争的作用仅止于背景而已，用以衬托出书中各种人为求生而挣扎的阴暗面。由于作者以前作品的水准的不平均，而他在五十年代虽有新作发表，也不得不受制于左派的教条，因此我实在不知道《结婚》究竟是一个意外收获呢，还是一个作家转为成熟的证据。但若纯就它的叙述技巧与紧张刺激而论，《结婚》的成就在现代中国小说中实在是罕有其匹的。"（夏志清：《中国现代小说史》，第295页，复旦大学出版社2005年版）

10日，王小妮的《诗二首》、萧军的旧体诗遗作发表在《诗刊》第10期上。

11—16日，《文学评论》《钟山》编辑部在无锡联合召开现实主义与先锋派文学学术研讨会。会议围绕"主义"的命名方式、现实主义的发展与现状、先锋文学的困顿状况、商品经济冲击下文学的出路等问题进行讨论。本月22日的《文艺报》以《现实主义与先锋派文学出路何在》为题对本次会议进行了报道。报道说：对曾经风行一时的先锋派文学近年来的尴尬境地，有人认为，这是由于先锋派文学自身的浮泛造成的。由于创作者在哲学、艺术上缺乏充分的准备，这些作品个人身世感很强，拥抱自我甚于拥抱人类；另一方面，先锋派文学与中国普通读者的生存境遇、审美趣味、哲学观念也有巨大的落差。有的人则认为，先锋派文学正在走向成熟。失去轰动效应正表明回归到了"先锋"意义的本身。对近两年出现的一批关注普通人的生存状态、直面现实生活，在艺术上勇于借鉴的作家作品与会者表示了极大的关注。有人认为，这才是真正的现实主义，是现实主义在更高层次上的回归和深化。有的则用"新写实主义"、"后现实主义"来概括这些作家作品，认为这是对传统现实主义的反动，也是对现代主义的逃避，对生活原生形态进行真正的还原。对这两种文学思潮今后的发展趋向，有人认为这两种思潮今后将相互交融、相互渗透，产生新的契合点；有的人则认为"调和"的做法不利于文学的自由发展；有人则提出中国没有产生现代主义的土壤，也没有真正的现实主义，对它们今后的发展持不乐观的态度。

1989年第1期的《文学评论》和1989年第1期的《钟山》分别刊登李兆忠的《旋转的文坛——"现实主义与先锋派文学"研讨会纪要》和《旋转的文坛——现实主义与先锋派文学研讨会简记》。1989年《钟山》第2期还刊登了《现实主义与先锋派文学笔谈》，收录黄毓璜、丁帆、王干、费振钟、丁柏铨、汪政六人的会议发言。王干在发言中试图用"后现实主义"来概括刘恒、刘震云等类似作家的创作。他认为当前出现的"后现实主义"小说具有三个特性：1."还原生活本相"；2."从情感的零度开始创作"；3."作者、读者共同参与创作"。（《后现实主义的诞生》）此种概括遭到了部分与会者的反对，许子东由是提议多研究些问题，少谈些主义。陈思和建议大家多多谈些具体创作，而且最好从叙述的角度，而不要光从概括的角度来谈论。李劼也认为，主义只是一种表达的手段，而不是目的，光谈主义，实际上就是没有主义。陈思和进一步把近年来文坛上风行的"主义热"归结为一种"主义情绪"，并对那种认为新时期在短短十年时间内就走完了西方文学一百年里所走过的历程的说法提出驳难。

他认为，这仅仅是一种一厢情愿的想法。新时期十年所完成的仅仅是主义不断翻新的道路。它带来的不良后果是明显的：它使文学创作流于肤浅。它刺激创作频频替换，玩弄新花样，并且造成一种庸俗化了的创新风气，使那些真正在艺术上潜心进行探索的作家得不到重视。因为他们无法归入某个主义。这种"主义情结"也直接影响到文学史撰写者的思路。在现今出版的文学史著作中，多是文学运动史和文学思潮史，而没有一部专门研究文体的。对于具体作家和作品的深入探讨非常缺乏。这是一种"主义"的蒙蔽。（参见李兆忠：《旋转的文坛——"现实主义与先锋派文学"研讨会纪要》，《文学评论》1989 年第 1 期）

20 日，张炜的小说《冬景》、王蒙的第一篇通俗小说《球星奇遇记》、韦君宜的散文《十年之后》发表在《人民文学》第 10 期上。

洪峰的短篇小说《生活之流》、毕淑敏的中篇小说《补天石》、斯妤的散文《表舅母》、邓加荣的报告文学《恼人的物价怪圈》发表在《当代》第 5 期上。俞天白的长篇小说《大上海沉没》（上、下）开始在《当代》第 5、6 期上连载。

21—26 日，中国作协研究部、广西文联等单位在桂林联合举办首次全国通俗文学座谈会，讨论近年来通俗文学创作现状及发展趋向等问题。11 月 5 日《文艺报》对此进行了报道。

本月，由中国社会科学院文学研究所等十六家单位发起的"文学理论建设与中外文化交流学术讨论会"在福州举行。关于本次会议的综述刊登在《文学评论》1989 年第 1 期上。

《小说界》邀请北京、上海等地作家、评论家就"留学生文学"进行专题座谈。与会者对留学生文学的特殊意义、成就和不足进行了讨论。江曾培认为："留学生文学有它的独特的内涵，有它的特殊意义，如果简单的归纳一下，有这样几点：一是由于留学生是比较高层次的知识分子，他们处在中西两种文化的以至两种世界的相互碰撞、交流、交融交界点上，反映他们的生活的作品，往往能比较敏锐地反映我国当前各种价值观的变化，反映当代人在变革中的追求、欢乐、痛苦、困惑；二是写留学生题材的作品，往往站得高，有一种世界意识，或者叫全球意识。""三是留学生文学并非孤立地写留学生，它联系社会的各个阶层，通过对待留学出国的问题，也深刻地反映国内各种世态和心态。"本次座谈会纪要刊登在《小说界》1989 年第 1 期上。

赵丽宏的诗集《沉默的冬青》由上海文艺出版社出版。

麦天枢的报告文学《天荒》发表在《文汇》月刊第 10 期上。

十一月

1 日，梅绍静的散文《大学的小径》发表在《散文》第 11 期上。

5 日，《邹荻帆自选诗·风景画谱》、余华的短篇小说《死亡叙述》、王安忆的中篇小说《悲恸之地》发表在《上海文学》第 11 期上。

8—12 日，中国文联第五次代表大会在京举行。邓小平、赵紫阳等中央领导出席开幕式。大会选举曹禺为全国文联执行主席。本月 12 日《文艺报》对此进行了报道。

10 日，骆一禾的诗《修远》（五首）发表在《诗刊》第 11 期上。

14 日，《上海文论》编辑部在北京召开"重写文学史"座谈会。

15 日，庞瑞垠的报告文学《物价魔方——广角镜下的菜篮子》、平原的报告文学《1988 年：关于外嫁的报告》、王西彦的散文《青藤书屋与板桥故居》发表在《钟山》第 6 期上。

19 日，莫言的短篇小说《马驹横穿沼泽》、中篇小说《复仇记》发表在《青年文学》第 11 期上。

20 日，邹荻帆的诗《鹰之歌》、徐迟的散文《梁子湖中心的梁子岛　梁子岛心中的梁子湖》、赵丽宏的散文《夕照中的等待》发表在《人民文学》第 11 期上。

扎西达娃的中篇小说《地脂》、赵瑜的报告文学《太行山断裂》、徐迟的散文《鸥外鸥》、苏晓康、麦天枢、赵瑜等人的《1988·关于报告文学的对话》发表在《花城》第 6 期上。

25 日，扎西达娃的短篇小说《悬岩之光》、史铁生的中篇小说《一个谜语的几种简单的猜法》、苏童的中篇小说《罂粟之家》、孙甘露的中篇小说《请女人猜谜》、余华的中篇小说《难逃劫数》、马原的中篇小说《死亡的诗意》、格非的中篇小说《青黄》发表在《收获》第 6 期上。

本月，冰心被推选为中国民主促进会中央名誉主席。连任和新任民进中央委员的文艺界著名人士有赵朴初、冯骥才等。

"中国潮"报告文学征文评奖揭晓。麦天枢的《西部在移民》，李延国的《走出神农架》，尹卫星的《中国体育界》，胡平、张胜友的《世界大串联》等荣获一等奖。

刘再复的诗集《寻找的悲歌》、黄永玉的诗集《花衣吹笛人》由湖南文艺出版社出版。

俞天白的报告文学《上海，复苏中的金融中心》发表在《十月》第 6 期上。

梁晓声的长篇小说《雪城》由北京十月文艺出版社出版。

十二月

1 日，林希的散文《我爱北大荒》发表在《散文》第 12 期上。

3—8 日，"西方马克思主义文艺理论与美学理论"学术讨论会在成都举行，会议就西方马克思主义的概念、范畴，西方马克思主义文论起源、发展、特征及前途等展开争鸣。

5 日，沙叶新的短篇小说《文革稗史》、林白的中篇小说《黑裙》发表在《上海文学》第 12 期上。

祖慰的报告文学《家庭，还有被她激活的……》发表在《长江文艺》第 12 期上。

8 日，《文学评论》编辑部在京召开军事文学走向座谈会，就军事文学中爱国主义与英雄主义、军人职业意识与文学人道主义、道德力量与现实感等展开探讨。

10 日，雷抒雁的诗《锯末》、苏金伞的诗《太行山》发表在《诗刊》第 12 期上。

余华的小说《古典爱情》发表在《北京文学》第 12 期上。

19 日，科普作家高士其在北京逝世，享年 83 岁。高士其，1905 年生，福建省福州市人。身残志坚，著有科学小品集《我们的抗敌英雄》（合著）、《细菌大菜馆》《抗战与防疫》《菌儿自传》等。

20 日，绿原的诗《高速夜行车》发表在《人民文学》第 12 期上。

孟伟哉的短篇小说系列《一百名死者的最后时刻》（六题）、李瑛的散文《日本之旅》发表在《当代》第 6 期上。

本月，中国作协儿童委员会在京召开儿童诗歌现状座谈会。

霍达的长篇小说《穆斯林的葬礼》由北京十月文艺出版社出版。

杨绛的长篇小说《洗澡》由北京三联书店出版。

本年

《中国现代主义诗群大观》（徐敬亚、孟浪、曹长青、吕贵品编）由同济大学出版社出版。该书第一编中使用了"朦胧诗派"的名称，列入这一"诗派"的成员有：北岛、食指、芒克、舒婷、方含、顾城、多多、严力、江河、田晓青、杨炼、梁小斌、王小妮、骆耕野、王家新、孙武军、徐敬亚。

残雪的长篇小说《突围表演》发表在《小说界·长篇小说专辑》第 1 期上。

1989 年

一月

1 日，钱钢的报告文学《海葬》发表在《解放军文艺》第 1 期上。

5 日，汪曾祺的短篇小说《双灯》、吕新的短篇小说《农眼》《哭泣的窗户》和《绘在陶罐上的故事》、苏童的中篇小说《平静如水》、池莉的中篇小说《不谈爱情》发表在《上海文学》第 1 期上。

韩东的文章《诗人与艺术史》发表在《山花》第 2 期上。

10 日，郑敏的组诗《不再存在的存在》、于坚的诗《感谢父亲》、多多的诗《走路》、艾青的书简《致张志民》、骆一禾的《艺术思维中的惯性》发表在《诗刊》第 1 期上。

14 日，据《文艺报》报道，在中国作协调研部的座谈会上，一些散文研究专家和编辑认为，散文创作必须摆脱当代散文的三种基本模式——自我人格的抹杀、大我取消小我的人格膨胀、自我逃避的知识小品化——才有发展前景。

15 日，刘心武的短篇小说《多桅帆船》、洪峰的中篇小说《第六日下午或晚上》、王安忆的中篇小说《岗上的世纪》发表在《钟山》第 1 期上。

20 日，霍达的中篇小说《沉浮》发表在《花城》第 1 期上。

21 日，《文艺报》开始开辟"中国作家的历史道路和研究"专栏，希望以现当代文学现象、活动为特定角度进行探讨和反思，对作品中关于知识分子的精神面貌、文化心态和命运的描写进行分析，进而探讨中国作家如何张扬自身的精神和人格力量，以积极的态度去发展中国的文艺事业。

25 日，谌容的中篇小说《得乎？失乎？》发表在《收获》第 1 期上。

28 日，中共中央邀请首都 150 位文学艺术家到中南海参加春节茶话会，赵紫阳代表党中央讲话，充分肯定文艺工作成绩，同时提出对文艺工作的希望。讲话发表于 2 月 4 日《文艺报》。

本月，刘绍棠的中篇小说《水边人的哀乐故事》发表在《十月》第 1 期上。同期还开始连载海子的诗剧《太阳》，至第 2 期止。

吴民民的长篇报告文学《他山攻玉——中国留日学生心态》（上卷）、邓刚的中篇小说《未到犯罪年龄》发表在《小说界》第 1 期上。同期的"留学生文学"专栏刊发江静枝的散文《天涯寂寞人》《哑巴亏》《算命记》，坚妮的小说《再见，亲爱的美国佬》、曾镇南的《"边缘人"的视界和心音——关于留学生文学的通信》。

迟子建的小说集《北极村童话》由作家出版社出版。

张贤亮的长篇小说《习惯死亡》由百花文艺出版社出版，又发表在《文学四季》1989 年夏之卷上。

从维熙的《走向混沌——反右回忆录》发表在《海南纪实》创刊号上。

二月

1 日，残雪的小说《两个身世不明的人》发表在《作家》第 2 期上。

5 日，李亚伟的组诗《河》、翟永明的组诗《何等的状态》、梁晓声的中篇小说《喋血》、叶兆言的中篇小说《艳歌》发表在《上海文学》第 2 期上。

6 日，李英儒病逝，享年 75 岁。李英儒，1914 年生，河北清苑人。30 年代初在保定中学就读，1936 年投身革命，1937 年参加八路军，曾任记者、编辑、八路军战斗部队步兵团长，晋察冀军区政治部敌工科长。建国后曾任总后宣传部副部长、《八一电影》主编、中国作协理事等职。"文革"中被监禁。著有《李英儒短篇小说集》、长篇小说《战斗在滹沱河上》《野火春风斗古城》《女游击队长》《还我河山》《上一代人》《燕赵群雄》《虎穴伉俪》《女儿家》《魂断秦城》等。

10 日，昌耀的诗《内陆》（六首）发表在《诗刊》第 2 期上。

余华的短篇小说《往事与刑罚》发表在《北京文学》第 2 期上。

15 日，潘凯雄、贺绍俊的《文革文学：一段值得重新研究的文学史》、木弓的《"文革"的文学精神——民众理想的辉煌胜利》、王干的《重读〈东方红〉和〈大海航船靠舵手〉》发表在《钟山》第 2 期上。这组文章提出了"文革文学"的概念。认为当代文学研究不能绕开"文革"这一历史事实，对"文革文学"应该进行科学的研究，否则将会是今天的文学研究工作者的过失。4 月 22 日的《文艺报》对此作了报道，并认为这一概念的提出"将被看作是近年来文化思想界对历史'反思'和自审的一部分"。

17 日，中共中央发布《关于进一步繁荣文艺的若干意见》。见 3 月 18 日《文艺报》。

莫应丰病逝，终年 51 岁。莫应丰，1938 年生，湖南益阳人。1956 年入湖北艺术学院音乐系学习。1961 年参加广州军区空军文工团，从事音乐和剧本创作。1970 年复员到长沙市群众文艺工作室工作。后调潇湘电影制片厂任创作员。1980 年当选湖南省作协副主席。1976 年后出版长篇小说《小兵闯大山》《风》《走出黑林》《将军吟》《美神》《桃源梦》，小说集《迷糊外传》《麋山之谜》等。《将军吟》获首届茅盾文学奖。

19 日，洪峰的小说《重返家园》发表在《青年文学》第 2 期上。

20 日，鲍昌在北京逝世，终年 59 岁。鲍昌，1930 年生于辽宁沈阳，1949 年开始发表作品，1985 年后任中国作协书记处常务书记、党组成员。著有诗集《草原诗抄》，短篇小说集《复工》，中篇小说《神秘果》，长篇小说《青青的草原》《盲流》《庚子风云》，独幕剧集《为了祖国》，评论集《小兵集》，与人合著《鲁迅年谱》（上、下册）等。

铁衣甫江在乌鲁木齐逝世，终年 59 岁。铁衣甫江，维吾尔族，新疆霍城人。1948 年后历任伊犁《前进报》编辑、《新疆文艺》编辑部负责人、新疆文联党组副书记兼秘书长、中国作协副主席、新疆文联副主席、新疆作协副主席等职。1945 年开始发表作品。著有诗集《东方的歌声》《春的灵感》《和平之歌》《唱不尽的歌》《祖国颂》《迎接更美丽的明天》《铁衣甫江诗选》。

李瑛的诗《大时代》（四首）、郑敏的诗《裸露》（十首）、李国文的短篇小说《涅槃》、鲍昌的短篇小说《荒诞四题》、迟子建的短篇小说《重温草莓》、铁凝的中篇小说《棉花垛》、邓友梅的散文《索尔兹伯里去德州》发表在《人民文学》第 2 期上。

冯骥才的纪实文学《一百个人的十年》、雷铎的报告文学《世界第 X 特区——深圳》发表在《当代》第 1 期上。

28 日，中国作协主办的新时期全国优秀散文（集）杂文（集）评奖揭晓，巴金《随想录》等七部作品获荣誉奖，杨绛《干校六记》等二十部散文（集）、邵燕祥的《忧乐百篇》等十部杂文（集）获奖。

赵耀民的小剧场实验剧本《亲爱的，你是个谜》《一课》发表在《剧本》第 2 期上。

本月，历史小说创作现状及走向座谈会在南宁召开。会议围绕着历史小说如何创作和突破进行了探讨。一些与会作家认为，历史小说创作要突破，关键是对历史进行新的观照，要有感而发，在创作中注入自己强烈的感情，做到"史为我用"，而不要"我为史用"。2 月 4 日《文艺报》对此进行了报道。

《芒克诗选》由中国文联出版公司出版。

李辉的《胡风集团冤案始末》由人民日报出版社出版。

三月

2 日，《报告文学》和《文学评论》在京共同召开关于问题性报告文学研讨会。与会作家、评论家呼吁要重视问题性报告文学在"井喷"之后的枯竭，并就问题性报告文学的内在规律和发展趋向进行讨论。

5 日，邹荻帆的诗《乡梦》及其它、王家新的诗《西西弗的神话》（三首）、熊召政的《吴家山避暑得诗四首》发表在《长江文艺》第 3 期"诗专号"上。

7 日，中国社会科学院文学研究所所长刘再复赴美国进行为期两个月的学术访问，期间就"五四文学启蒙精神的命运"、"文学主体性和中国当代文学"等问题与美国学术界进行交流、探讨。

10 日，《文艺报》在京举行文学评论座谈会，与会者就文学评论的现状和前景展开讨论。3 月 18 日《文艺报》对此进行了报道。

周涛的诗《我想写一首诗》、臧克家的旧体诗《近作四题》发表在《诗刊》第 3 期上。

王蒙的短篇小说《坚硬的稀粥》发表在《中国作家》第 2 期上。1991 年获《小说月报》第四届（1989—1990）优秀中短篇小说奖。1991 年 7 月号的《小说月报》在刊登获奖小说篇目的同时还刊载了王干的获奖小说漫评。王干说："王蒙的《坚硬的稀粥》可以成为心态小说，也可以称为寓言小说，但在其叙事形态上却是地道的写实小说，作家描述的是一个家庭内部围绕早餐改革所兴起的种种波澜，这里面有中西文化的冲突，亦有代沟造成的不和谐，亦有不同性别的误差而导致的矛盾，对待稀粥的种种态度可以说是当时社会各色人等的心态写照。在《坚硬的稀粥》中不同读者可以读出不同的判断来，可以读出对轻浮的全盘西化观点的批判，可以读出对墨守传统者的理解，也可以读出对中国变革艰难的忧思。"1991 年 9 月 14 日《文艺报》刊登署名慎平的读者来信，认为《坚硬的稀粥》是一篇有严重政治错误的作品。他说，"1988 年冬、1989 年初，极少数坚持资产阶级自由化的人鼓吹改革的出路在于改变公有制的秩序，实行私有化……这篇小说发表在这样一个时候，却也恰恰是写'改革'的"。"按这篇小说的寓意，岂止是'中国变革艰难'，而是中国的改革简直就没有希望，连早上的'稀饭咸菜'也是'改革'不了的。问题就出在那个'家庭'、那个'秩序'上面。""无论如何，《坚硬的稀粥》对我国社会主义改革的影射、揶揄，在政治上明显是不可取的"。针对这种批评，王蒙向北京中级人民法院递呈民事起诉状，控告《文艺报》及"慎平"侵害了他的名誉权。王蒙认为，慎平的文章对《坚硬的稀粥》"进行栽赃陷害，以歪曲、捏造事实等诽谤手段，严重损害了我的政治名誉，侵害了公民权利"，"《文艺报》公然登载散布慎平之文所捏造的种种谣言，严重侵害了我的名誉权，破坏了我的政治名誉。"（引自《〈坚硬的稀粥〉起波澜——王蒙上诉北京中院》，1991 年 10 月 19 日《文汇读书周报》。）在 1991 年第 12 期的《读书》杂志上，王蒙撰文《话说这碗"粥"》，针对一些批评文章中提到的背景和影射等问题，对《坚硬的稀粥》一文的题材由来、创作过程及作品立意作了解释。

王安忆的小说《神圣祭坛》发表在《北京文学》第 3 期上。

15 日，汪曾祺的短篇小说《荷兰奶牛肉》、黄蓓佳的中篇小说《玫瑰房间》、叶兆言的中篇小说《红房子酒店》、张梅的小说《殊途同归》发表在《钟山》第 2 期上。

20 日，袁厚春的报告文学《百万大裁军》发表在《昆仑》第 2 期上。

王蒙的短篇小说《初春回旋曲》、张洁的短篇小说《最后的高度》、林斤澜的短篇小说《氤氲》、格非的短篇小说《风琴》、苏童的短篇小说《仪式的完成》、余华的短篇小说《鲜血梅花》发表在《人民文学》第 3 期上。

25 日，李晓的短篇小说《节日》、吕新的中篇小说《旧地：茅草一片金黄》、熊正良的小说《红河》、王安忆的散文《房子》发表在《收获》第 2 期上。

26 日，中华全国文学艺术界联合会召集文艺界人大代表、政协委员在京举行座谈，认为对民族艺术、严肃艺术要采取保护政策。4 月 1 日《文艺报》对此进行了报道。

诗人海子在山海关卧轨自杀，年仅 25 岁。海子，原名查海生，安徽怀宁人。1979 年 15 岁考入北京大学法律系，大学期间开始诗歌写作。1983 年毕业分配到中国政法大学哲学教研室任教。在其短暂的生命里共创作了近 200 万字的诗歌、小说、戏剧、论文。1995 年人民文学出版社出版《海子诗选》。1997 年三联书店出版《海子诗全编》。1999 年中国文联出版社出版作为海子十周年祭的《不死的海子》一书，该书的序言这样评价海子："他把古典精神和现代精神、本土文化和外来文化、乡土中国和都市文明作了成功的融合。"2001 年，在对中国当代诗歌作世纪回眸时，"人民文学诗歌奖"被授予了海子。西川在怀念海子时说："海子在乡村一共生活了 15 年，于是他曾自认为，关于乡村，他至少可以写作 15 年，但是他未及写满 15 年便过早地离去了。每一个接近他的人，每一个诵读过他的诗篇的人，都能从他身上嗅到四季的轮换、风吹的方向和麦子的成长。泥土的光明与黑暗、温情与严酷化作他生命的本质，化作他出类拔萃、简约、流畅而又铿锵的诗歌语言，仿佛沉默的大地为了说话而一把抓住了他，把他变成了大地的嗓子，哦，中国广大贫瘠的乡村有福了！"（西川：《怀念》，《倾向》1992 年第 2 期）骆一禾说："海子的重要性特别表现在：海子不是一个事件，而是一种悲剧，正如酒和粮食的关系一样，这种悲剧把事件造化为精华；海子不惟是一种悲剧，也是一派精神氛围，凡与他研讨或争论过的人，都会记忆犹新地想起这种氛围的浓密难辨、猛烈集中、质量庞大和咄咄逼人，凡读过他作品序列的人会感到若理解这种氛围所需要的思维运转速度和时间。今天，海子辞世之后，我们来认识他，依稀会意识到一个变化：他的声音、咏唱变成了乐谱，然而这种精神氛围依然腾蠡在他的骨灰上，正如维特根斯坦所说：'但精神将蒙绕着灰土'。""他的生涯等于亚瑟王传奇中最辉煌的取圣杯的年轻骑士，这个年轻人专为获取圣杯而骤现，惟他青春的手可拿下圣杯，圣杯在手便骤然死去，一生便告完成。——海子在抒情诗领域里向本世纪挑战性地独擎浪漫主义战旗，可以验证上述拟喻的成立：被他称为太阳神之子的这类诗人，都共有短命天才、抒情诗中有鲜明自传性带来的雄厚底蕴，向史诗型态作侉力而为、雄心壮志的挑战、绝命诗篇中惊才卓越的断章性质等特点。""海子有他特定的成就，而不是从一般知识上带来了诗歌史上各种作品的共时存在，正如在山巅上万物尽收眼底一样。"（骆一禾：《海子生涯》，《上海文学》1989 年第 9 期）陈东东说："海子则是嗓子，海子的声音是北方的声音，原质的、急促的，火焰和钻石，黄金和泥土。他的歌唱不属于时间，而属于元素，他的嗓子不打算为某一个时代歌唱。他歌唱永恒，或者站在永恒的立场上歌唱生命。海子的悲哀可能是，他必须在某一个时代，在时间里歌唱他的元素。他带着嗓子来到这个世界，他一定为这个世界上的迅速死亡——尤其是声音的迅速消失而震惊。这个世界迫令他在短暂的几年里疯狂地歌唱，并使他不满足于只用一副嗓子歌唱。海子动用了多重嗓音，鸣响所有的音乐，形成了他那交响的诗剧。美丽、辉煌、炽烈，趋向于太阳。如此广泛和深入，如此的歌唱加速度使他很快到达了声音的最高处，到达了使声音全部返回的洪钟的沉默、永久的沉默。这样的沉默过于彻底了——海子自己扼断了自己的歌喉!"（陈东东：《丧失了歌唱和倾诉——悼海子、骆一禾》，《上海文学》1989 年第 9 期）

本月，陈村的中篇小说《张副教授》、余秋雨的散文《家住龙华》发表在《小说界》第 2 期上。同期还刊有《王实味小说两篇》和倪墨炎的《王实味和他的小说》。

坚妮的短篇小说《美国没有猫》、肖复兴的报告文学《辞职者》、陆星儿的报告文学《女教师和工读女生》发表在《十月》第 2 期上。

四月

5 日，李瑛的诗《日本之旅：夜银座》、罗洛的组诗《苏联行》、王蒙的短篇小说《神鸟》发表在《上海文学》第 4 期上。

6 日，一些诗人和评论家在京聚谈五四以来新诗发展的成败得失。会上谈到，重新审视五四以来的新诗传统，必须面对这样一个问题：如何认识诗人忠于时代与忠于自己艺术良心的统一。郑敏提出："当前我们的新诗正面临着危机，我们无法站在人类文化的至高点上，因此也无法写出反映时代的优秀篇章。"臧克家、卞之琳、李瑛、牛汉等从不同层面强调五四新诗的传统是多元的传统。而这种传统正是民主、科学的思想赋予我们的。4 月 15 日《文艺报》对此进行了报道。

7 日，中宣部文艺局在京召开贯彻《中共中央关于进一步繁荣文艺的若干意见》研讨会。与会者提出要按照两个基本点的要求和文件精神，在切实保证创作自由和进一步鼓励作家艺术家大胆探索、多样求进的同时，采取积极措施大力提倡扶持一切有利于四化建设和深化改革，有利于激励人们开拓创新、积极进取和陶冶人们道德情操的优秀之作。

10 日，张志民的悼诗《鲍昌，你竟提前下车了……》、林希的组诗《文革忆旧》、王家新的《诗四首》发表在《诗刊》第 4 期上。

20 日，大陆评论家、作家与台湾作家、评论家龙应台举行座谈。两岸评论家就大陆评论界的状况、文学批评的方法以及批评家的文化素养等问题交换了看法。4 月 29日《文艺报》对此进行了报道。

于坚的诗《避雨的鸟》（四首）、谌容的短篇小说《八八综合症》、叶兆言的短篇小说《最后》，刘震云的中篇小说《官场》发表在《人民文学》第 4 期上。

王英琦的散文《美丽地生活着吧》发表在《当代》第 2 期上。

21—25 日，全国首届优秀散文、杂文授奖暨散文杂文研讨会在无锡举行。荣获散文杂文优秀作品奖的作家们与文学家、评论家、编辑一起共同探讨散文、杂文在新的形势下如何突破和提高。5 月 6 日《文艺报》对此进行了报道。

22 日，据《文艺报》报道，连日来在京文艺界人士以各种方式表达对胡耀邦同志的哀悼。原中共中央总书记胡耀邦同志 4 月 15 日在北京病逝。

刘厚明逝世，终年 55 岁。刘厚明，北京人，儿童文学家。著有儿童诗集《蜗牛姑娘》、儿童剧集《夏天来了》《表》《去见毛主席》《星星火炬》《小雁齐飞》，儿童电影剧本《朝霞》等。曾任北京市文联和剧协理事、《儿童文学》编委等职。

26 日，《人民日报》发表社论《必须旗帜鲜明地反对动乱》。

鲁迅与五四新文化运动学术讨论会在连云港举行，至 30 日止。与会者就鲁迅对五四新文化运动的卓越贡献、鲁迅的文化革新思想、在新的历史时期如何继承和发扬五四精神等问题展开研讨。

29 日，郭沫若与五四精神座谈会在京召开。与会者围绕郭沫若与五四精神的中心议题进行讨论。

《文学评论》编辑部和《文艺报》在京联合召开文学理论研究反思与建设座谈会。

本月，台湾作家三毛首次返回大陆家乡（浙江定海县），并专程拜访以漫画《三毛流浪记》闻名的画家张乐平先生。

莫言的长篇小说《十三步》由作家出版社出版。

五月

4—6 日，中国社科院文学所、外文所、《文艺报》、台湾淡江大学在京联合召开"传统与现代化——纪念五四运动 70 周年"两岸学者学术研讨会。海峡两岸学者 60 余人就传统与现代化、中西文化冲突下的中国知识分子问题展开研讨。5 月 13 日《文艺报》对此进行了报道。

5 日，叶延滨的组诗《没有时间的备忘录》、孙甘露的短篇小说《夜晚的语言》、范小青的中篇小说《光圈》发表在《上海文学》第 5 期上。

叶延滨的诗《男人的季节》（三首）、白薇的短诗一首发表在《山花》第 5 期上。

10 日，冯至的诗《放言三首》、柏桦的《诗二首》、雁翼的《入魔的诗魄——中国诗坛考察》发表在《诗刊》第 5 期上。

15—19 日，中国作协等单位举办的全国首届胡风文艺思想学术讨论会在武汉举行。

《钟山》杂志从第 3 期起开辟"新写实小说大联展"，倡导"新写实小说"。该刊的"卷首语"写道："所谓新写实小说，简单地说，就是不同于历史上已有的现实主义，也不同于现代主义'先锋派'文学，而是近几年小说创作低谷中出现的一种新的文学倾向。这些新写实小说的创作方法仍以写实为主要特征，但特别注重现实生活原生形态的还原，真诚直面现实，直面人生。虽然从总体的文学精神来看，新写实小说仍划归为现实主义的大范畴，但无疑具有了一种新的开放性和包容性，善于吸收、借鉴现代主义各种流派在艺术上的长处。" 本期刊发的"新写实小说"有高晓声的短篇小说《触雷》、赵本夫的中篇小说《走出蓝水河》、朱苏进的中篇小说《绝望中诞生》等。同期还发表了苏童的中篇小说《舒农或者南方生活》、凤章的报告文学《1988："球籍"的忧思——兼记中国大学教授们》、王蒙和王干的文学对话录《今日文坛：疲软？滑坡？》。

16 日，由《上海文学》杂志社举办的中国四十年文学道路研讨会在沪召开。与会者就毛泽东文艺思想、毛泽东话语体系、社会主义制度与中国当代文学的关系、知识分子与民众、革命的经典化与再浪漫化等问题进行探讨。

20 日，国务院决定自本日起在北京部分地区实行戒严。

余秋雨的散文《废墟》、王蒙的散文《忘却的魅力》、贾平凹的散文《笑口常开》、冯骥才的散文《花脸》、舒乙的散文《父子情》、宗璞的散文《燕园石寻》、袁鹰的散文《江南爱煞人》、刘白羽的《海外日记二则》、臧克家的散文《友情和墨香》、张承志的散文《听人读书》、秦牧的散文《森林水滴》发表在《人民文学》第 5 期上。

王蒙、王干的《且说长篇小说——文学对谈录之一》发表在《花城》第 3 期上。

25 日，王安忆的中篇小说《弟兄们》、万方的散文《我曾有的翅膀》、施蛰存的《且说说我自己》、宋广跃的《施蛰存先生印象记》发表在《收获》第 3 期上。

27 日，据《文艺报》报道，莫言、余华、刘震云、迟子建、海男、邓九刚、刘毅然、洪峰等 17 名青年作家最近以《爱情故事》为题各写了一篇短篇小说。这组同题小说后来发表在《作家》本年第 6 期上。淑萍指出，在这些"中国文化精英们所调配出来的爱情世界里，给人印象最深的是一个字：玩。……精英们笔下的男女，……都如痴如狂地为性的欲火所焚烧，既失去了正常的理智，又缺乏真挚的情感，说得明白一点，这些男女主人公大多是些逢场作戏、玩世不恭的主儿，而且玩的层次低级下流，不过是玩性快感、性刺激、性冲动罢了，根本谈不上是什么真正的爱情。与其说这是'爱情故事'，倒不如说是'玩爱情'的故事更为确切。"（淑萍：《爱情不仅仅是性爱——读同题小说〈爱情故事〉》，《文学自由谈》1989 年第 5 期）李丛中说："一家刊物竟然以四分之三的篇幅，刊载了十七篇同题为'爱情故事'实则为色情故事的作品，实在使人大惑不解。在这十七篇所谓'爱情故事'中，很难找到真诚爱情的踪影，有的却是形形色色性的原始冲动，性的挑逗与放纵。……据这十七个'爱情故事'的编纂者宣称：他们是在'睁着眼睛穿过墙壁和楼板找着关于爱情的颜色，为读者煞费苦心地调配精彩的'爱情故事'。没想到，调配半天，竟调配出这样的货色来。"（李丛中：《性的升值与文学的沉沦——评"性文学热"》，1990 年 9 月 15 日《文艺报》。）

31 日，诗人骆一禾因脑出血在北京天坛医院去世，年仅 28 岁。骆一禾，1961 年生，北京人，小时候因父母下放，去河南农村的淮河平原接受启蒙教育，1979 年考入北京大学中文系。1984 年毕业到北京出版社《十月》编辑部工作，主持西南小说、诗歌专栏。1983 年开始发表诗作和诗论。1988 年参加《诗刊》举办的青春诗会。主要写诗，也写小说、散文。诗作《屋宇》曾获北京建国四十周年优秀文学作品奖。1990 年春风文艺出版社出版他的长诗《世界的血》。上海三联书店出版《骆一禾诗全编》。陈东东说："我曾见过一禾一面，那是去年（1988 年）夏末，在一个黄昏，在北京的鲁迅文学院。当我走进屋子，一禾正凭窗而坐。他在倾听——鸟啼、虫鸣、黑夜落幕的声响。他是那种南方气质的诗人，宁静、矜持、语言坚定。他谈的是海子，说话的时候，眼光闪现出对诗歌中的音乐的领悟。一禾给我的来信，谈的也是海子，以及海子之死。由于他那凭窗的姿势，我把一禾看成了一个倾听者，一只为诗歌而存在的耳朵。……海子属于我们这些诗人中最优异的歌唱。与海子的歌唱相对应的，是一禾优异的倾听之耳。一禾有同样优异的嗓子，可是他从来不谈论，也尽量不让人注意他的歌唱。他谈论的始终是他的倾听，他愿意让其他的耳朵与他共享诗之精髓和神的音乐。一禾的这种优异，集中于他对海子歌唱的倾听。当一些耳朵处于不同原因纷纷向海子关闭的时候，一禾几乎是独自沉醉于海子的音乐里，并且因为领悟而感叹。今年春天，一禾成功地演讲了'我考虑真正的史诗'这一题目，他的演讲不仅透彻地分析了海子的诗篇，并且对那些诗篇更是有创见的丰富。""对于诗歌来说，歌唱和倾听是同样重要的，有时候，倾听对于诗歌甚至是更加根本的。在海子和一禾之间，事情就是这样——由于一禾特别恳切的倾听、要求、鼓励，磨炼和提高了海子的歌唱；由于一禾特别挑剔的倾听，海子的嗓音才变化得越来越悦耳——黄金在天上舞蹈/命令我歌唱。倾听者正是歌者的黄金。""当一个扼断了自己的歌喉，另一个也已经不能倾听，当优异的嗓子沉默以后，聒噪和尖叫又毁坏了耳朵。由于这两个诗人的死，我们丧失了最为真诚的歌唱和倾听。"（陈东东：《丧失了歌唱和倾听——悼海子、骆一禾》，《上海文学》1989 年第 9 期）

本月，谌容的中篇小说《啼笑皆非》、吴祖光改写的剧本《牡丹亭还魂记》、权延赤的纪实文学《走下神坛的毛泽东——"卫士长"答作家问》发表在《十月》第 3 期上。

赵丽宏的散文《求医记》、吴民民的报告文学《他山攻玉——中国留日学生心态》（下卷）发表在《小说界》第 3 期上。

六月

4 日，北京"平息反革命暴乱"。

5 日，方方的小说《这天这年——都市传奇第 3 号》、张光年的《江汉日记》（之一）、曾卓的散文《梦的巴黎》发表在《长江文艺》第 6 期上。

林斤澜的短篇小说《万岁——续十癔之二》发表在《上海文学》第 6 期上。

10 日，《诗刊》第 6 期刊发"女性诗歌专号"，发表郑敏、伊蕾、翟永明、海男、王小妮等人的"女性诗歌笔谈"和唐亚平的组诗《主妇心态录》、梅绍静的诗《爱情木马》（外一首）、乔迈的诗《欢乐》（二首）、虹影的诗《沉默的桃花》（外二首）等诗作。

北村的小说《逃亡者说》发表在《北京文学》第 6 期上。

12—27 日，以李延国为团长的中国青年作家代表团在苏联进行友好访问。

17 日，《文艺报》报道，中国文联、中国作协党组致函中共中央、国务院，坚决拥护平息动乱和反革命暴乱。作协党组和机关党委信中说："当前我们党和国家正处在非常关键的时期，不久前一小撮对党和社会主义怀有敌意与仇恨的为非作歹的暴徒所挑起的反革命暴乱，是一场关系到党的领导和社会主义制度能不能坚持下去的大是大非问题。作为一个共产党员，特别是作为党员领导干部，作为一级党的组织，必须坚决贯彻党中央平息反革命暴乱的重大决策，在政治上、组织上、行动上坚定不移地与党中央保持一致，旗帜鲜明地同一小撮颠覆中国共产党、颠覆社会主义制度的反革命分子做坚决斗争。"

20 日，海子的诗《麦地与诗人》（八首）、韩东的诗《只有石头和天空》（五首）、莫言的中篇小说《你的行为使我们感到恐惧》、从维熙的散文《他伴忠魂而去》、徐刚的报告文学《沉沦的国土》发表在《人民文学》第 6 期上。

柯云路的长篇小说《大气功师》开始在《当代》第 3、4、5 期上连载，后由人民文学出版社于本年 10 月出版。同期还发表林白的短篇小说《十六岁少女的漫长夏天》。

23—24 日，中国共产党第十三届中央委员会第四次全体会议在北京召开。全会分析了五、六两个月来全国的政治形势，指出极少数人利用学潮在北京和一些地方掀起一场有计划、有组织、有预谋的政治动乱，进而在北京发展成反革命暴乱，其目的就是要推翻中国共产党的领导，颠覆社会主义的中华人民共和国。全会认为，在这场严肃的政治斗争中，中共中央的决策和采取的一系列重大措施，都是必要的和正确的。全会审议通过了《关于赵紫阳同志在反党反社会主义的动乱中所犯错误的报告》，对中央领导机构的部分成员进行了调整：撤销赵紫阳的党内一切领导职务，选举江泽民为中央委员会总书记，增选了中央政治局常务委员会委员，改组了中央书记处。全会强调，要继续坚决执行中共十一届三中全会以来的路线、方针和政策，继续坚决执行中共十三大确定的"一个中心、两个基本点"的基本路线。

24 日，《人民日报》刊登邓小平同志《关于坚持四项基本原则，反对资产阶级自由化的论述》。

中宣部文艺局召集文艺界部分同志，学习座谈邓小平同志在接见戒严部队军以上干部时的讲话。与会者认为，四项基本原则是立国之本，也是发展社会主义文艺之本。

26 日，中国作协召开干部会议，传达学习了党的十三届四中全会文件。与会者认为，这次会议是我们党的历史上一次重要会议，在平息反革命暴乱取得决定性胜利的时刻，党中央及时严肃处理了赵紫阳同志所犯的严重错误，调整了中央领导机构部分成员，组成了新的领导核心，对于巩固党的领导，维护党内团结，稳定全国局势，确保十一届三中全会以来的路线、方针、政策连续地全面地贯彻执行，具有深远的历史意义。

28 日，中国文联召开学习中共中央十三届四中全会公报及有关文件的座谈会。在京的中国文联执行主席团成员、全委、名誉全委出席了会议。与会者一致拥护四中全会的决议，拥护经过四中全会调整后的以江泽民同志为总书记的党中央新的领导核心。

本月，国务院任命萧乾为中央文史研究馆馆长。

张承志的中篇小说《西省暗杀考》发表在《文汇月刊》第 6 期上。

七月

5 日，张光年的《江汉日记》（之二）发表在《长江文艺》第 7 期上。

6—7 日，中宣部在京召开文艺座谈会，与会者对文艺界前一时期的状况进行了回顾与反思，一致认为要繁荣和发展社会主义文艺，必须坚持四项基本原则，切实反对资产阶级自由化。中宣部部长王忍之参加了座谈会并讲话。

9 日，金近逝世，享年 74 岁。金近，原名金知温，浙江上虞人。自幼家境贫寒，12 岁离开家乡到上海当学徒，做过小书店校对、抄写员。1935 年在《小朋友》上发表第一篇童话《老鹰鹞的升沉》。抗日战争爆发后在四川做过教员、报社记者和编辑。建国后曾任中国作协儿童文学组副组长。1963 年调入《儿童文学》编辑部。著有童话集《红鬼脸壳》《顽皮的轮子》《春风吹来的童话》；儿童诗《小毛的生活》《小河唱歌》《中队的鼓手》等。童话《小鸭子学游水》1954 年获第一届全国少年儿童文学创作三等奖。1980 第二届全国少年儿童文艺创作评奖大会被授予荣誉奖。

10 日，《诗刊》第 7 期刊发"七月的虹——原'七月诗派'十一人新作"，包括绿原的《和回声对话》、牛汉的《发生在胸腔内的奇迹——有一首诗是这样诞生的》、曾卓的《活的过去》（外一首）、路翎的《新建区域》、罗洛的《旅行印象二题》、鲁藜的《诗语录》等诗作。同期还刊有叶延滨的诗《失去时间的备忘录》（三首）、卞之琳的《五四初期译诗艺术的成长》、徐迟的《诗歌分类的学问大有前途》。

王朔的小说《一点正经没有》发表在《中国作家》第 4 期上。

15 日，王朔的长篇小说《千万别把我当人》在《钟山》第 4、5、6 期连载。第 4 期还刊载范小青的《顾氏传人》、余华的《此文献给少女杨柳》、海男的《人间消息》等中篇小说。

17 日，《人民日报》发表易家言的文章《〈河殇〉宣言了什么?》，对电视系列专题片《河殇》提出批评。文章指出："《河殇》实际上唱的是一曲整个中华民族的葬歌。它不仅宣告了所谓'黄河文明'（即中华文化）的夭折和衰亡，而且是对一个伟大民族及其悠久文化传统的全盘否定。""这是典型的民族虚无主义和悲观主义，是典型的历史宿命论。""《河殇》不是用唯物史观、用生产方式的变革以及各种社会因素的变化的观点来解释中国历史，而是用唯心史观、用地理环境决定论、用中国人天生愚劣等观点来解释中国历史"，并下结论说"'黄河文明'是一种'失败的文明'"。《河殇》从根本上"歪曲了中国历史"。它"宣扬了'欧洲中心论'，肯定了只有资本主义才能救中国，只有'全盘'西化，走'蓝色文明'即资本主义文明的道路，才是中国的唯一出路。""尽管《河殇》有许多主张、呼唤改革和开放的语言，但它的主张和呼唤与党中央、邓小平同志提出的改革开放的方针并不是一回事，同建设有中国特色的社会主义现代化强国的改革目标是背道而驰的。无论是改革还是开放，都不意味着实行'全盘西化'、走资本主义道路。""《河殇》的作者们断言:'中国知识分子始终依附于政治权力'，'没能形成独立的社会群体，并缺乏独立的人格意识'。难道成千成万先进的知识分子，不是自觉地在中国共产党的领导下，在同广大劳动人民的结合中，共同进行了伟大的革命和建设，发挥了他们的才智和力量了吗? 难道近现代史上中国思想文化界的先驱者们竟连独立的人格意识都没有了吗? 与此同时，他们还宣称:'一部《河殇》不仅证明一个具有独立学术意识的精英文化群体已经形成，而且展示了他们对民族命运独立思考的成果'。他们还把自己奉为中国摆脱了历史'局限'的'整个文化精英层'的代表，宣称《河殇》'寄托了整个文化精英层对民族命运的关注'，向中国人'提供了一种新的世界观'。他们实际上把自己看成了中国进行社会改革的'不依附政治权力'的独立的领导力量。"《文艺报》转载了易家言的文章。《文汇报》《中国广播影视》等也发表了批判《河殇》的文章。

20 日，全国宣传部长会议在京召开，江泽民、李鹏、李瑞环出席会议并讲话，指出全党必须高度重视和加强宣传、思想战线的工作。当前思想政治工作的任务是学习、宣传四中全会精神和邓小平讲话，统一全党和全国人民的思想，深入进行坚持四项基本原则、反对资产阶级自由化的教育，把宣传工作搞上去。

李亚伟的组诗《太子、刺客和美人》发表在《花城》第4期上。

虹影的诗《诗的内核》（六首）、张炜的小说《远行之嘱》发表在《人民文学》第7期上。

24—29日，全国文艺心理学研讨会在长沙召开。与会者就文艺心理学的任务、性质、方法以及中国古代文艺心理学思想的发掘等问题展开讨论。

25日，阿城的短篇小说《结婚》、北村的短篇小说《陈守存冗长的一天》、迟子建的中篇小说《遥渡相思》、冯骥才的纪实文学《一百个人的十年》、贾植芳的《且说说我自己》、王晓明的《贾植芳先生其人其事》发表在《收获》第4期上。

31日，周扬在北京病逝，享年82岁。周扬，原名周起应，1907年生于湖南益阳。1927年大革命失败后加入中国共产党。1930年加入中国左翼戏剧家联盟，后转入中国左翼作家联盟，曾任左联党团书记。1931年至1932年参与左翼文艺界对"自由人"和"第三种人"的论战。1932年9月主编"左联"机关刊物《文学月报》并参与文艺大众化讨论。1933年4月在《现代》杂志上发表《关于社会主义现实主义和革命浪漫主义》一文，最早把当时苏联的社会主义现实主义创作方法介绍到中国。随后与胡风就文学创作中的典型问题展开论争。1936年，与鲁迅、胡风等就"国防文学"与"民族革命战争的大众文学"两个口号展开论争。1937年奉调到达陕北延安，出任陕甘宁边区教育厅长，并发起成立"边区文艺界抗敌协会"，编辑出版《文艺战线》等多种抗敌文艺刊物。1940年开始担任鲁迅艺术学院院长，主讲艺术概论和文艺评论。1942年参加延安文艺整风运动。解放战争中先后任晋察冀中央局、华北局宣传部长。1949年与郭沫若、茅盾等一起筹备中华全国文学艺术界代表大会，被选为副主席。建国后历任中共中央宣传部副部长、文化部副部长兼党组书记、全国文联副主席、中国作协副主席等职，全面负责党的文艺领导工作。50年代在毛泽东的领导下先后参与发动了对《红楼梦》研究中胡适派唯心论的批判运动、对胡风派文人的批判运动、反右运动。1958年与郭沫若合编《红旗歌谣》。1961年开始亲自抓全国高等院校文科教材（200余种）的编写工作。1962年主持撰写了题为《为最广大的人民群众服务》的《人民日报》社论。1964年主持完成大型音乐舞蹈史诗《东方红》。"文革"中遭迫害，被监禁9年。1978年恢复工作，出任中国社科院副院长、中国文联主席等职。1979年纪念五四运动六十周年，作《三次伟大的思想解放运动》的报告。1980年纪念左联成立五十周年，作《继承和发扬左翼文化运动的革命传统》的报告。1981年纪念鲁迅诞辰一百周年，作《发扬鲁迅的战斗传统，坚持鲁迅的文化方向》的报告。1983年纪念马克思逝世一百周年，作《关于马克思主义几个理论问题的探讨》的报告。著有《周扬文集》五卷。张光年说："他在文化部和早期中宣部时，有三个方面我觉得很突出。第一是五十年代初，按照中央和周总理的意见，把文工团宣传队改编成正规的剧团、剧院，这是新中国文艺界第一次文艺体制改革。建立中央级的戏剧、音乐、美术等学院，搞正规化艺术教育，培养了不少艺术人才。第二是五十年代抓文艺创作和上演剧目，搞京剧传统剧目的整理。当时的戏剧改革从上到下都关注，也比较成功，我认为他的意见是好的，是个贡献。当时毛主席也很关心，周总理更是每个戏都来看。抓文学创作也付出不少心血。他在延安时候、晋察冀时候精心扶持文艺创作的劳绩，很多同志知道。全国解放初期，他及时组织出版一批《解放区文艺丛书》，并且总结了解放区文艺的重大成就。""第三是大学文科教材建设。在这个工作中，他能够团结一批老先生、老学者、老教授。那些老教授对周扬是有好感的。""另外，还有一点，他在建国后历次运动中心力交瘁，运动过后，他总想弥补一下伤痕，在文艺界缓和缓和空气。空气太紧张，报纸刊物没人写稿，上演节目贫乏，不缓和一下不行啊，那时为了抵制粗暴批评对创作的危害，我们在《文艺报》上开展了对杨沫的《青春之歌》、赵树理的《锻炼锻炼》、老舍的《茶馆》及其他几个作品的讨论，产生了广泛的影响。这些讨论都得到周扬的大力支持。"又说："我觉得他是一个好同志。他忠诚党的事业，忠诚文艺事业，思想有深度，有很高的热情，对新中国的文艺建设有很大贡献。我认为他是一个有才华的领导人，有领导、组织才能。但是他也犯了一系列错误，这些错误是与党的文艺政策、领导作风的错误联系在一起的。如果当时是遵循党的领导并在第一线工作的人，都不可避免。往往是事过之后，才觉得错了。当时在敌对势力包围下，只强调阶级斗争，忽视文艺建设，忽视领导人本身的思想建设，犯下不少严重错误。每当运动一过，才觉得过火了。剖析周扬，其实同时也在剖析我们自己。'文革'后周扬见人就检讨，就是因为这个缘故。""对他要一分为二。首先他是忠心耿耿的无产阶级革命家，对社会主义文化事业文艺事业有开拓性的重大贡献；错误也不少，主要是'左'的错误。""他在个性上也有缺点和弱点。他不能跟人谈心，很少这样。他的郁闷致病致死，跟他这个致命弱点有关。为什么这样说呢？苏灵扬生前——她生病以前跟我说过，周扬的人道主义文章惹祸，心里不安。他听取乔木建议，接受新华社记者采访，表示了承认错误之意。""谈话见报以后，他非常懊悔，每天呆坐在书房写字桌前，透过窗口向对面屋瓦凝望，不知想些什么，问他也不说。这样呆坐一些天，脑子发病了，后来一直没有治好。我就想，如果换上别人，心里有大郁闷，找人谈谈心，发发牢骚，或者大哭一场，也不会得那样的病啊！我还联想到，周扬 1965 年患肺癌，动过大手术，切掉半边肺，锯掉两根肋骨，那是毛主席关于文艺工作的两个批示下达后，文艺界整风后，……毛主席批评他跟夏、田、阳'三条汉子''有千丝万缕的联系，下不了手'。还有那两个批示。毛主席在他心中的分量那么重，批评那么重，他想不通，又不能不想，越想越不能，又不能不参加整风；平时不找人谈心，整风中更不能找人谈心。日子长了，还不郁成癌症来？""周扬为什么形成这样奇怪的性格或个性（我曾戏说是性格的'异化'）：表面上谈笑风生，内心是孤独郁闷。三言五语讲不清，我也理解有限。我认为这跟他长期担任文艺领导工作有很大关系。在'以阶级斗争为纲'的年代，党内斗争本来是残酷的，经常的，而文艺界更是敏感的麻烦的地带。周扬何以领导这些斗争？何以自斗斗人？何以在自危中自保自励？何以推进自己看重的工作？这需要很大的自持力。决不能随便乱说，决不能自由主义，决不能授人以柄（话柄），决不能让敌人利用而损害了党的事业……一个人本来有个性上的弱点，加上长期在这样心境中生活，还能不病吗？性格还能不受到扭曲吗？周扬的死，是一个悲剧啊！"（张光年：《回忆周扬——与李辉对话录》，收入王蒙、袁鹰主编《忆周扬》，内蒙古人民出版社 1998 年

版）

本月，骆一禾的诗《屋宇——给人的儿子和女儿》、孟晓云的报告文学《走出混沌——躁动的十六岁》发表在《十月》第4期上。

扎西达娃的短篇小说《流放中的少爷》、马原的中篇小说《猜想长安》、赵玫的中篇小说《展厅——一个可以六面打开的盒子》、聂华苓的长篇小说《桑青与桃红》（第四部）发表在《中外文学》第4期上。

肖开愚的《洞开、抑制、减速的中年》发表在《大河》第7期上。文章首次提出"中年写作"的概念。

八月

1日，虹影的小说《圣水》发表在《作家》第8期上。

2日，舒群在京病逝，享年76岁。舒群，原名李书堂，1913年生于黑龙江阿城县。1927至1930年间在哈尔滨一中、苏联子弟中学就读。"九·一八"事变后在哈尔滨参加抗日义勇军。1935年到上海参加"左联"。1936年5月在《文学》杂志上发表小说成名作《没有祖国的孩子》。抗战爆发后抵达陕北，在八路军总部任随军记者，做过朱德的秘书。随后任延安鲁艺文学教员、系主任、《解放日报》第四版主编。1938年出版短篇小说集《战地》。1940年出版短篇小说集《秘密的故事》《海的彼岸》。抗战胜利后历任东北文工团团长、东北局文委副主任、东北大学副校长。1949年任东北文联副主席。1950年参加抗美援朝，创作长篇小说《第三战役》（书稿在文革中遭劫）。1951年任全国文联副秘书长和中国文协秘书长。1953年赴鞍山深入生活。1962年出版长篇小说《这一代人》。1978年后调入中国社科院文学研究所。曾任中国作协理事、顾问、大型文学刊物《中国》主编。《少年Chen女》获1981年全国优秀短篇小说奖。1986年出版短篇小说集《毛泽东的故事》。1984年春风文艺出版社出版《舒群文集》四卷。

5日，贾平凹的短篇小说系列《太白山记》、蒋子龙的短篇小说《酒仙》、吕新的短篇小说《青草遮断他的歌声》发表在《上海文学》第8期上。

张光年的《江汉日记》（之三）发表在《长江文艺》第8期上。

9日，李瑞环在和文化部同志座谈时指出，既要坚决反对资产阶级自由化，毫不含糊地"扫黄"，又要进一步地活跃群众文化生活，繁荣文艺。

10日，简宁的诗《域外》（二首）、公木的诗《葵之歌》发表在《诗刊》第8期上。

20日，刘斯奋的小说《智善寺一夜》、汪曾祺的实验话剧《大劈棺》发表在《人民文学》第8期上。同期还刊有廖沫沙、光未然、康濯等人的旧体诗词。

秦兆阳的中篇小说《洁白的风帆》发表在《当代》第4期上。

22日，《新文学史料》第3期刊登林默涵的问答录《胡风事件的前前后后》。10月22日《文艺报》转载。

本月，为纪念老舍九十诞辰，北京图书馆、中国现代文学馆和人民文学出版社在京联合举办"老舍文学创作生涯"大型展览。

杨炼的诗集《黄》由人民文学出版社出版。

蒋子龙的中篇小说《退化的男人》发表在《小说家》第 4 期上。

马原的长篇小说《上下都很平坦》由上海文艺出版社出版。

张正隆的长篇报告文学（纪实小说）《雪白血红》作为"中国革命斗争报告文学丛书"之一由解放军文艺出版社出版。编辑出版者宣称，这套丛书的"作品突破了传统的思维定势，力图用鲜明的当代意识和深邃的哲理描写交战双方的复杂命运与斗争的结果"。此书的出版在军内外产生强烈反响，特别是许多参加过解放战争的老干部表示了严重的不满。《中流》杂志开辟"怎样看待《雪白血红》"专栏，连续六期展开论争。《作品与争鸣》1991 年第 2、4 期也以"《雪白血红》是怎样的书"为题作了"争鸣综述"。离休干部聂清波在致《中流》编辑部信中指出该书"严重错误在于：一、否定东北战争的重大意义。二、抹杀革命战争的阶级性。三、否定人民创造历史，鼓吹权势定乾坤。四、贬低毛泽东，吹捧林彪，为蒋介石评功摆好。五、制造战争恐怖心理，瓦解读者的国防观念和我军的战斗意义。"（《中流》1990 年第 4 期）魏巍在报告文学创作座谈会上的发言中指出："这个作品是这些年来自由化泛滥的一个典型表现。"（《中流》1990 年第 12 期）

九月

1 日，林白的小说《裸窗》发表在《作家》第 9 期上。

4 日，王蒙获准辞去文化部长职务。

5 日，于坚的诗《灰鼠》、高晓声的短篇小说《美国经验》、洪峰的中篇小说《走出与返回》、骆一禾的散文《海子生涯》、陈东东的散文《丧失了歌唱和倾听》发表在《上海文学》第 9 期上。

王家新的《海边札记》发表在《长江文艺》第 9 期上。

6 日，"工人诗人"李学鳌在京病逝，终年 56 岁。李学鳌，河北灵寿县人。1947 年在晋察冀边区印钞厂当工人。1949 年后历任北京人民印刷厂党委宣传部副部长、北京市文联理事。1951 年开始发表作品。著有诗集《印刷工人之歌》《北京的春天》《北京晨曲》《太行炉火》《乡音集》《列车行》《英雄颂》等。

7 日，由李国文任团长的中国作家代表团一行四人赴民主德国进行访问。

8 日，《诗刊》社邀请在京部分诗人、诗评家举行座谈会，纪念郭小川 70 周年诞辰。与会者表示，要学习他集战士与诗人于一身的革命品格，发扬他融党性和诗艺为一体的创造精神，清除资产阶级自由化的恶劣影响，促使我国新诗沿着社会主义的轨道健康发展。本月 16 日《文艺报》对此进行了报道。

女权主义文学及电影研讨会在京召开。与会者对女权主义批评对象的再界定，文学与电影中女权主义研究的比较、女权主义批评在中国等问题展开讨论。会议由中国电影文化发展中心、北京大学比较文学所和天津《文学自由谈》编辑部共同主办。

10 日，唐湜的诗《竹叶舟》（外一首）、贺敬之的文章《长跑诗人》、陈敬容的文章《诗与辞藻》发表在《诗刊》第9期上。

15日，刘恒的长篇小说《逍遥颂》发表在《钟山》第5期上。

18日，中宣部文艺局召开在京部分文艺报刊负责人座谈会，座谈坚持正确的政治方向、认真贯彻"双百"方针等问题。中宣部文艺局局长梁光弟在座谈会上讲话，要求各文艺报刊振奋精神，端正方向，旗帜鲜明地反对资产阶级自由化，活跃理论批评，繁荣文艺创作，认真贯彻百花齐放、百家争鸣的方针。他希望到会同志发扬党的批评与自我批评的优良传统，联系文艺报刊近年来的实际情况，把经验教训变成今后办好报刊的宝贵财富，使我们的文艺报刊在十三届四中全会精神的指引下，有一个崭新的面貌。本月23日《文艺报》对此进行了报道。

20日，唐祈的诗《草原幻象》、康濯的中篇小说《十年一聚》、王英琦的散文《七月的馈赠》发表在《人民文学》第9期上。

25日，余秋雨的散文《笔墨祭》发表在《收获》第5期上。

本月，张志民的诗集《梦的自白》由百花文艺出版社出版。

王小波的小说集《唐人秘传故事》由山东文艺出版社出版。

十月

5日，开愚的诗《海上花园》、徐星的短篇小说《爱情故事》、林白的中篇小说《同心爱者不能分手》发表在《上海文学》第10期上。

10日，柯原的诗《中华 中华》（外三首）、林希的诗《黄金般的思念》（三首）、梁上泉的诗《鸣沙山恋情》（外一首）发表在《诗刊》第10期上。

12日，中国延安文艺学会、马克思主义文艺理论研究所、《文艺理论与批评》、中国毛泽东文艺思想研究会等单位在京联合召开文艺家座谈会，讨论如何正确对待毛泽东文艺思想及其指引下的革命文艺实践等问题。

13日，中国作协在京召开座谈会，学习江泽民同志在建国四十周年大会上的讲话。

18日，中宣部文艺局召开座谈会，学习江泽民同志在建国四十周年大会上的讲话。

20日，李瑛的诗《戈壁海》发表在《当代》第5期上。

霍达的散文《何必再相逢》发表在《人民文学》第10期上。

26日，《邓小平论文艺》首发式在人民大会堂隆重举行。

31日，《钟山》与《文学自由谈》编辑部在南京联合召开"新写实小说"讨论会。与会者就新写实小说的特点及意义展开探讨。吴调公、陆建华、丁帆、丁柏铨、赵宪章、费振钟、汪政、赵本夫、范小青、范小天、王干等在会上发言。有人认为，新写实小说的出现，是现实主义文学在新形势新的格局下的发展变化，是时代呼唤的必然产物，表明了现实主义文学的这一发展有着强大的生命力。在谈到"新写实"的特点时，有人认为，"新写实"是与传统写实小说相对而言，要从"新写"和"新实"两个层面上去理解；有人通过具体作品的分析认为新写实是表现与再现的结合、是现代主义和现实主义相交的产物；有人提出新写实是自然主义的复归，是生活流；有人认为新写实小说的出现是一批写实型的作家在新潮的冲击和刺激下，经过阵痛之后的一次成功的自我调整；有人认为新写实是作家对现实生活进行的"现象学"意义上的一次探索，它使文学走向世俗，走向社会，是人们经历了种种喧嚣和骚动之后，一次心平气和的选择和认同；有人认为，新写实是对个性主义的反动，重新重视文学价值把人置于生活关系当中来表现，不再作脱离一切时空的自言自语和意识流；有人从淡化背景和故事化的角度比较传统写实小说和新写实作品的一些差异，认为新写实不断改变小说的叙述走向，故事缺少固定的意义，而在于提供生活的多种可能性；在谈及新写实的发生时，有人认为这是小说界一次悄悄的"绿色革命"。（王一十：《众说纷纭"新写实"》，《钟山》1990 年第 1 期）

本月，钟鸣、赵野、陈子弘等人在四川创办《象罔》（1989．10—1992．2，共出 12 期），刊出诗歌、随笔、文本细读等，编有柏桦、钟鸣、陆忆敏等人的专辑。

路遥的《平凡的世界》（第三部）由中国文联出版公司出版。至此，《平凡的世界》三部全部出齐，1991 年获第三届茅盾文学奖。

十一月

4 日，《文艺报》发表康濯的文章《〈文艺报〉与胡风冤案》。

5 日，范小青的短篇小说《人与蛇》《伏针》，中篇小说《栀子花开六瓣头》发表在《上海文学》第 11 期上。

8 日，陈敬容逝世，享年 72 岁。陈敬容，四川乐山人。12 岁考入乐山省立女中。1932 年结识翻译家曹葆华，1933 年与曹葆华出走失败，被父亲"禁闭"于深宅大院。1934 年赴京求学。1937 年抗战爆发后与曹葆华回成都，加入中华全国文艺界抗敌协会。1940 年与曹葆华分手。同年与一个青年文人转赴西北，在甘肃一住四年，最终孤身一人从西北返回重庆。1946 年到上海专事文学创作与翻译。1949 年到北京华北大学正定分校学习，毕业后到最高人民检查署工作。1956 年调《世界文学》杂志做编辑。1973 年被"动员"退休，1982 年落实政策改为离休。著有多人诗选合集《九叶集》，诗集《交响集》《盈盈集》《老去的是时间》，散文诗集《远帆集》，散文集《星雨集》等，并译有《巴黎圣母院》《绞刑架下的报告》《安徒生童话》等世界名著。袁可嘉说："敬容从五岁上就随祖父习古典诗文，在后来自己的诗作中她融会中西诗艺，形成了独特的清丽流畅的抒情风格。""敬容的诗大致可以分为三个时期：早期（1935—1944）、中期（1945—1948）、晚期（1979—1989）。总的风格贯彻始终的是优雅自如的抒情，蕴藉明澈，刚柔相济。她关心现实生活，诗中的感情丰富多彩，就如她自己说的，'有多少爱，多少恨／就该有多少／闪光的诗。'早期的抒情比较单纯明净；到了中后期，她有了更多的人生阅历，进入了更复杂的世界，再加上西方现代主义的熏陶，她的诗变得丰富复杂起来，理性因素明显增加，对现实的抗议、论争也日益尖锐，诗艺也更为凝练有力了。""在我国八十年来的新诗界，敬容无疑是以蕴藉明澈、刚柔相济为特色的最优秀的抒情女诗人之一，在四十年代新诗现代化的革新运动中，她又是卓越的创作家和翻译家，她和其他九叶诗人一道站在这个新诗运动的最前列，把新诗推向了一个新的高潮。"（袁可嘉：《蕴藉明澈、刚柔相济的抒情风格》（代序），《新鲜

的焦渴——陈敬容诗选》，人民文学出版社 2000 年版）

10 日，《诗刊》第 11 期刊发"郭小川诞辰 70 周年纪念特辑"，刊载了郭小川的遗作《塔什干诗抄》（七首）、臧克家的《如果他活到现在——郭小川同志诞辰 70 周年纪念》、朱子奇的《怀小川》等文章。同期还刊有李瑛的《戈壁海》（七首）、雁翼的《游湖》（外三首）、雷抒雁的《短诗六首》，蔡其矫的《马缨花》（四首）等诗作。

15 日，格非的短篇小说《夜郎之行》发表在《钟山》第 6 期上。

18 日，《文艺报》报道，中国作家协会主席团决定取消刘宾雁、苏晓康中国作家协会会员会籍。刘宾雁所担任的中国作家协会副主席的职务随之撤销。此外，《文艺报》还邀请部分作家、批评家座谈，批判刘宾雁、苏晓康的反动言行。

20 日，李瑛的《戈壁海》（七首）、欧阳江河的《最后的幻象》（十二首）、柏桦的《14 行短歌 11 首》、简宁的《铁鸟》（六首）、陈东东的《纸鹤》（五首）、王蒙的《游》（外二首）、邹荻帆的《抗战情歌》（五首）、蔡其矫的《西双版纳之行》（六首）、叶延滨的《失去时间的备忘录》（六首）等诗作发表在《人民文学》第 11 期上。

伊蕾的诗《给一位女诗人》（外一首）发表在《花城》第 6 期上。

王朔的中篇小说《永失我爱》发表在《当代》第 6 期上。

25 日，格非的短篇小说《背景》、苏童的中篇小说《妻妾成群》发表在《收获》第 6 期上。陈晓明说，《妻妾成群》"这篇平实俊逸的小说看上去写了一个传统的主题，故事讲述一个年轻女性在封建制度下的不幸婚姻及其悲剧命运。西餐社的那个烛光摇曳的情境多少能窥视出这篇小说的复杂蕴涵。这个情境如同一个仪式，然而……它更像是一个历史祭祀的仪式。在摇曳的烛光里，陈佐千看到颂莲清新洁净的样子，而摆在颂莲这个十九岁的少女面前的却是一个苍老的历史肖像，——这是一个颓败的历史情境，历史在它最后的时光里重温旧梦，颂莲不过是摆脱了时间之流的永久记忆，她那诗意的光辉照彻了那个颓败的情境。这种反差过于强烈，它使陈佐千的期待有如一次无望的祈祷，复活生命（历史）的愿望再次证明历史之颓势无可挽回。与其说陈佐千得到的是一个年轻的女性，不如说是一个历史残留的美的梦想，陈佐千对她除了表达纯粹的'性欲'之外还能表达什么其他的意义呢？""'性'在中国古代宗法制社会里，既是一个隐秘忌讳的字眼，也是一个被滥用的主题。它折射出宗法制度的全部统治关系，也隐含了它最终要自我颠覆的种种危机，毫无疑问，宗法制度在它最后的日子里已经陷入欲望/功能对立的绝境之中，颂莲不过是宗法制度在绝望中奉献上的一个美丽的祭品，她无可怀疑地证明了古旧中国的宗法制度将走向死亡。"（陈晓明：《无边的挑战——中国先锋文学的后现代性》，第 320—321 页，时代文艺出版社 1993 年版）

本月，首届巴金国际学术研讨会在沪举行。

中宣部文艺局和湖南省委宣传部在长沙联合召开繁荣文艺研讨会。与会者认为，当前要在切实反对资产阶级自由化的同时，更好地繁荣我国社会主义文艺，必须认真贯彻"二为"方向和"双百"方针，在多样化的发展中强化文艺的主旋律。

残雪的短篇小说《天堂里的对话》（之四和之五）发表在《小说界》第 6 期上。

北村的小说《归乡者说》发表在《中外文学》第 6 期上。

袁鹰的散文《京都秋韵》（五则）发表在《十月》第 6 期上。

十二月

1 日，以中国文联副主席冯骥才为团长的中国文联代表团赴澳访问。

5 日，陈东东的组诗《八月之诗》发表在《上海文学》第 12 期上。

唐亚平的《诗二首》发表在《山花》第 12 期上。

9 日，《文艺报》报道：中共中央总书记江泽民在会见中宣部举办的全国省、市、自治区党报总编辑新闻工作研讨班的同志时作了重要讲话。他指出，社会主义新闻事业作为我们意识形态的重要组成部分，必须遵循为社会主义服务、为人民服务的基本方针。意识形态领域，社会主义思想不去占领，资本主义思想就必然去占领。这是一个真理，应该成为我们所有新闻工作者和宣传工作者的座右铭。

10 日，邹荻帆的组诗《抗战情诗》、赵丽宏的诗《画梦》发表在《诗刊》第 12 期上。

12 日，庆祝欧阳山从事文学创作 65 周年暨《欧阳山文集》研讨会在广州召开。

13 日，中国现代文学史家王瑶因病在沪逝世，享年 75 岁。王瑶，山西平遥人，1931 年入天津南开中学学习。1934 年入清华大学中文系学习，并参加"左联"，负责清华文学会工作，主编《清华周刊》。抗战爆发后随校迁到昆明，入清华研究院中国文学部学习，后历任清华大学副教授、北京大学中文系教授、《文艺报》编委兼鲁迅研究室研究员、中国作协理事、中国现代文学研究会会长等职。著有《中古文学史论集》《中国新文学史稿》《鲁迅与中国文学》《李白》《中国诗歌发展讲话》《陶渊明集编注》等。

18 日，中宣部文艺局和人民文学出版社在京联合召开《邓小平论文艺》研讨会。到会的理论批评家、作家、艺术家和学者们联系实际，就《邓小平论文艺》的基本思想理论，其核心和精髓，对马列文论和毛泽东文艺思想的集成和发展以及对社会主义文艺的指导作用和重要意义等问题进行了研讨。

20 日，贾平凹的短篇小说《王满堂》发表在《人民文学》第 12 期上。

30 日，《文艺报》报道：中共中央任命林默涵为全国文联党组书记、孟伟哉为党组副书记，任命马烽为中国作协党组书记、玛拉沁夫为党组副书记。

本月，凌叔华从英国归国。玛拉沁夫、邓友梅前往医院探望。

肖开愚、孙文波编辑诗歌年刊《90 年代》（1989．12—1993．3，共出四卷）。先后发表张曙光的《给女儿》《1965 年》，肖开愚的《原则》《台阶上》，西川的《夕光中的蝙蝠》，欧阳江河的《1991 年夏天，谈话记录》，孙文波的《散步》《地图上的旅行》，王家新的《转变》《瓦雷金诺叙事曲》，陈东东的《秋歌》《序曲》等诗作。

汪曾祺的短篇小说《聊斋新义两篇》发表在《小说家》第 6 期上。

本年

《新观察》，《文汇月刊》杂志被要求停刊。

《中国抗日战争时期大后方文学书系》10 编 20 卷由重庆出版社出齐。

1990 年

一月

5—10 日，中宣部、文化部在京召开全国文化艺术工作情况交流座谈会。会议就如何总结十年来特别是近年来文化艺术工作的经验教训，如何正确地确定今后文化工作的任务，广泛地交流意见。会议提出："宣传和意识形态工作都要着眼于稳定局势，增强信心，振奋精神"。江泽民、李瑞环等会见与会代表。李瑞环作《关于弘扬民族优秀文化的若干问题》的讲话。他指出："要充分发挥文艺对稳定社会和鼓舞人民的作用，大力弘扬灿烂辉煌的中华民族文化"。

欧阳江河的诗《快餐馆》发表在《上海文学》第 1 期上。

10 日，厦门青年女作家唐敏因发表于 1986 年的一篇小说《太姥山妖氛》，被厦门市法院以"利用小说诽谤他人"的罪名判处有期徒刑一年，并赔偿原告损失费 2000 元。此后数年间，因为纪实小说和报告文学与人物原型的关系而引起诉讼的事情屡有发生。

12 日，林默涵、魏巍主编的《中流》杂志正式创刊，由《光明日报》社出版。

13 日，谷峪在石家庄去世，享年 62 岁。谷峪，原名谷五昌，1928 年生，河北武邑人。曾任河北省作协副主席。著有小说集《新事新办》等。

《文艺报》报道：中国作协主席团同意唐达成辞去中国作协书记处常务书记职务，中国作协主席团推举玛拉沁夫为中国作协书记处常务书记。

15 日，《钟山》第 1 期继续开辟"新写实小说大联展"专栏，发表程乃珊的中篇小说《供春变色壶》、梁晓声的长篇小说《龙年：一九八八》（上篇）等。同期还刊登董健、黄毓璜、陆建华、丁帆、费振钟等人的一组"新写实小说"笔谈。

残雪的短篇小说《一种奇怪的大脑损伤》发表在《特区文学》第 1 期上。

20 日，唐祈在兰州病逝，享年 70 岁。唐祈，原名唐克蕃，江苏苏州人，1920 年生于江西南昌。1942 年毕业于西北联合大学文学院历史学系。1947 年到上海与辛笛、陈敬容、杭约赫主编《中国新诗》。建国后曾任《人民文学》和《诗刊》编辑。1958 年到北大荒劳动改造，1961 年回京。1964 年以后，包括文革期间一直在江西崇义县山区下放劳动。1979 年后到甘肃师范大学和西北民族学院任教。著有诗集《诗第一册》《唐祈诗选》《九叶集》（合著）。郑敏在《〈唐祈诗选〉序》中说："真正的诗人总是把自己的心裸露给历史的风暴。唐祈走过了从三十年代到今天的许多风暴。虽然他曾经被白色恐怖追逐，被'左'的黑旋风卷到冰天雪地的北大荒，被踏倒在泥沼中，但他总怀着他赤诚的心，保持着它的敏感和正直，无论走到哪里他都让它经受时代的风雨。他所写下的诗就是他的肉体，那上面有深深的鞭痕，也有短暂的欢乐；有愤怒，也有奇迹般生存下来的希望，那是建立在善良的知识分子所特有的宽恕上的。读他的诗选集，我们像穿过中国过去近半个世纪的历史画廊，这个画家就是不断在痛苦中浇灌着希望的诗人。""从诗的艺术来讲，诗人说他曾有过青年的抒情阶段，又有过成年的现实主义象征主义，或者按照诗人自己的理解就是他的现代主义阶段。后者，他说应当归于四十年代英美现代主义大师如奥登、艾略特，和法国象征派及奥地利现代主义诗人里尔克对他的启发。"（参见《唐祈诗选》，人民文学出版社 1990 年 7 月版。）

马丽华的长篇散文《藏北游历》讨论会在北京举行，徐怀中、玛拉沁夫、张锲等到会发言。与会者认为，这是当代文学中第一部多层次、多角度描写西藏的作品。

骆一禾的诗《大地的力量》、李亚伟的诗《一篇关于琼子的散文和五首爱她的诗》、陈东东的诗《背景》（外二首）、李麦的诗《麦子》、莫言的中篇小说《父亲在民夫连里》和邓友梅的散文《汉堡之行》发表在《花城》第 1 期上。

25 日，余华的中篇小说《偶然事件》、北村的中篇小说《劫持者说》发表在《长城》第 1 期上。

王蒙的短篇小说《我又梦见了你》、阿城的短篇小说《专业·炊烟·大风》、林白的短篇小说《大声哭泣》、杨争光的中篇小说《黑风景》、蒋子丹的中篇小说《等待黄昏》发表在《收获》第 1 期上。同期还刊载对老作家许杰的专访：许杰的《且说说我自己》和谷苇的《"山里人"许杰》。

本月，肖开愚、孙文波在四川创办诗歌刊物《反对》（1990.1—1992.7，共出 14 期），主要作者有张曙光、肖开愚、孙文波、欧阳江河、朱永良、西川、陈东东、王家新、王寅、钟鸣等。《反对》前言称"本刊反映的这一代诗人"正处在一个"时代语境"变化和由青春期"进入中年写作"的关口，"现在，也许一切都不会比扩大视野、养成一种积极、健康的美学观更重要、迫切"，"反对的目的，是一切为了把新内容和新节奏创造性地带进诗。反对的另一个重要含义：自相矛盾，强调诗人和诗歌有深度地向前发展。"

霍达的报告文学《大西洋上打鱼船》发表在《十月》第 1 期上。

二月

10 日，郑敏的诗《你已经走完秋天的林径——悼念敬容》、汪国真的诗《剪不断的情愫》、唐湜的评论《在现实与梦幻之间》发表在《诗刊》第 2 期上。

15 日，中国艺术研究院马克思主义文艺理论研究所和《文艺理论与批评》编辑部在京召开"关于文艺的党性原则问题"讨论会。与会者就文艺党性原则的重大意义、基本内容，党性与人民性的关系，党性与创作自由、创作个性的关系等问题进行了讨论。

16 日，《求是》第 4 期发表中宣部部长王忍之的讲话《关于反对资产阶级自由化》。

17 日，《文艺报》报道：马烽被增选为中国作协副主席。

20 日，叶延滨的诗《男人的季节》、田中禾的中篇小说《坟地》、张炯的《建设有中国特色的社会主义文艺——学习〈邓小平论文艺〉》发表在《当代》第 1 期上。

雁翼的诗《爱史的十四行诗》（外二首）发表在《人民文学》第 2 期上。

25 日，蒙古文长篇小说研讨会在内蒙古举行。会议对 20 多部蒙古文长篇小说的成就给予了肯定。

本月，国家新闻出版署对"扫六害"中查封的166种图书解禁。这是从4省市上报取缔的239种图书中甄别出来的，占上报图书总数的69%。

中国作协党组宣布《文艺报》编辑部改组，主编陈涌、郑伯农，副主编吴泰昌、钟艺兵、李兴业。

中国文联第五届主席团决定，孟伟哉接替刘剑青出任中国文联秘书长。

铁凝的纪实文学《真挚的做作岁月》发表在《小说家》第1期上。

三月

2日，纪念"左联"成立60周年学术研讨会在上海举行。《文艺报》开始以"弘扬革命传统，繁荣社会主义文艺"为题，发表纪念"左联"成立60周年笔谈，刊载夏衍、林默涵、臧克家、刘白羽、陈荒煤、艾青、吕骥、沙汀等撰写的纪念文章。

5日，中共四川省委宣传部、中国作协四川分会等单位在成都举行《艾芜文集》出版暨艾芜创作66周年座谈会。

尤凤伟的短篇小说《革命者平野一雄》、刘庆邦的短篇小说《为你们保密》、王安忆的《大陆台湾小说语言比较》发表在《上海文学》第3期上。

8日，中国作协副主席马烽宣布《人民文学》新任主编为刘白羽、程树榛。

10日，梅绍静的组诗《冰冻三尺》发表在《诗刊》第3期上。

15日，《钟山》第2期公布1989年《钟山》"新写实小说大联展"获奖作品篇目，分别是：赵本夫的中篇《走出蓝水河》、朱苏进的中篇《绝望中诞生》、范小青的中篇《顾氏传人》、刘恒的长篇《逍遥颂》、高晓声的短篇《触雷》。同期还发表了王蒙的短篇小说《现场直播》、陈登科的中篇小说《飞腾》。

16日，新闻出版署出版司、《光明日报》《文艺报》和《新闻出版报》共同在京举办"纪实文学创作倾向问题"座谈会。与会者围绕领袖人物和重大政治事件描写的真实性问题、如何反映社会生活阴暗面问题，作家、编辑的社会责任感问题进行座谈。

17日，《文艺报》头版刊登茅盾1978年6年11日致林默涵的信。信中阐明：他不同意十七年文艺工作执行了"左"倾路线的提法。

21日，《中国解放区文学书系》编委扩大会在京举行。该书系由林默涵任主编，魏巍等任副主编。

25日，李晓的中篇小说《最后的晚餐》、格非的长篇小说《敌人》、夏衍的散文《"左联"六十年祭》、余秋雨的散文《这里真安静》发表在《收获》第2期上。

四月

5—7日，由中国作协河北分会等单位联合发起的"中国新乡土诗研讨会"在河北衡水市召开。会议对近年来我国新乡土诗创作的现状，新乡土诗的界说、特征、价值及其发展前景进行了讨论。

方方的中篇小说《祖父在父亲心中》发表在《上海文学》第4期上。同期刊发王干主持的座谈会记录《新写实小说的位置》。

8 日，中宣部文艺局召开在京部分文艺报刊负责人座谈会，讨论如何加强文艺与人民群众的血肉联系，进一步繁荣和发展社会主义文艺的问题。

10 日，吴强在上海逝世，享年 80 岁。吴强，原名汪大同，江苏涟水县人。1933 年加入"左联"，1938 年在皖南参加新四军，先后担任过新四军政治部宣传部文艺干事、科长，及纵队、兵团政治部宣传部长等职。建国后任华东军区政治部文化部副部长。1952 年转业至地方，历任华东文联党组成员和中国作协上海分会副主席，中国作协理事等职。吴强三四十年代的主要作品有短篇小说《激流下》《三战三捷》（与宋洁合作）；散文《夜行》《老黑马》《淮海前线记事》；独幕话剧《一条战线》《激变》及三幕话剧《繁昌之战》和《逮捕》。解放战争中，他参加了莱芜、孟良崮、淮海、渡江等著名大型战役，积累了丰富的战争生活素材。从 1946 年起开始酝酿《红日》的创作，1952 年秋写好了《红日》的故事梗概和人物表，1953 和 1954 年，作为《红日》的创作准备，先后写了中篇小说《他高高举起雪亮的小马枪》及《养马的人》。1957 年创作出版了代表作《红日》。70 年代末创作短篇小说《灵魂的搏斗》及长篇小说《堡垒》。此外，尚有 60 年代出版的文艺评论集《文化生活》和小说散文合集《心潮集》等。

辛笛的诗《题赠》（外一首）发表在《诗刊》第 4 期上。同期还发表臧克家等人的旧体诗作、周良沛的《卞之琳和他的诗》、唐湜的《忆唐祈——悼念他猝然的死》。

11 日，巴金获苏联最高苏维埃主席团颁发"苏联人民友谊勋章"。

20 日，贾平凹的小说《刘文清》、刘庆邦的小说《还乡》、梅绍静的散文《凤兮凰兮》发表在《人民文学》第 4 期上。

牛汉的《童年的牧歌》发表在《当代》第 2 期上。

25 日，中国民间文艺家协会创立 40 周年暨《民间文学》杂志创刊 35 周年纪念会在北京举行。首都民间文艺工作者 200 多人参加了纪念会。李瑞环致信表示祝贺。

28 日，"蜂花杯"上海 40 年优秀小说奖在沪举行颁奖仪式。评奖活动由中国作协上海分会主办，共选出获奖作品 19 部（篇），其中有长篇小说《红日》《上海的早晨》《金瓯缺》等 5 部；中篇小说《小鲍庄》《蓝屋》等 5 部；短篇小说《百合花》《伤痕》《黎明的河边》等 9 篇。

本月，中国文联、中国作协联合举办的文艺思想座谈会在保定举行。与会者就如何进一步肃清资产阶级自由化的影响，繁荣文艺创作，建设文艺队伍等问题展开讨论。《文艺报》4 月 28 日以《任重道远，战斗正未有穷期》为题加以报导。

《伊蕾爱情诗》由作家出版社出版。

五月

10 日，张志民的诗《致艾青》、阮章竞等人的旧体诗作发表在《诗刊》第 5 期上。

12 日，由中国大众文学学会举办的首届中国大众文学奖颁奖大会在京举行。浩然的长篇小说《苍生》获首届中国大众文学特等奖；颜廷瑞的《庄妃》等五部长篇小说及孟伟哉的《旅人蕉》等四部中篇小说获首届中国大众文学奖。

15 日，史铁生的短篇小说《钟声》、吕新的短篇小说《雨季之瓮》、周梅森的中篇小说《日祭》、北村的中篇小说《披甲者说》发表在《钟山》第 3 期上。

19 日，由陕西省文联和延安地区文联召开的革命历史题材创作座谈会在延安举行。与会者就革命历史题材创作的现状和前景，历史真实与艺术真实，如何寻找历史与现实的人生联结点和情绪共鸣点，第二代第三代如何写革命战争等问题进行探讨。

20 日，梁晓声的中篇小说《鬼畜》、严阵的报告文学《来自黑色王国的报告》发表在《花城》第 3 期上。

22 日，凌叔华在京病逝，享年 90 岁。凌叔华，原名凌瑞棠，原籍广东番禺，1900 年生于北京。1926 年发表小说《酒后》成名。曾在《现代评论》《新月》《晨报》副刊上发表大量作品，后结集为《花之寺》《女人》《小孩》《小哥俩儿》等。1927 年与丈夫陈源（陈西滢）共同执教于武汉大学。因自己的小说译成英文而结识了弗吉尼亚·沃尔夫。1947 年后与陈源旅居法、英、美等国，1953 年在伦敦出版英文短篇小说集《古歌》（又名《古韵》）。1956 年后在新加坡南洋大学、加拿大教中国近现代文学。1960 年出版自选集《凌叔华短篇小说选》，游记、评论集《爱山庐梦影》及独幕剧等。1989 年由英国回到北京。鲁迅说："凌叔华的小说，却发祥于这一种期刊《现代评论》的，她恰和冯沅君的大胆、敢言不同，大抵很谨慎的，适可而止的描写了旧家庭中的婉顺的女性。即使间有出轨之作，那是为了偶受着文酒之风的吹拂，终于也回复了她的故道了。这是好的，——使我们看见和冯沅君、黎锦明、川岛、汪静之所描写的绝不相同的人物，也就是世态的一角，高门巨族的精魂。"（《中国新文学大系·小说二集序》）。苏雪林说："叔华女士文字淡雅幽丽秀韵天成，似乎与力量二字合拍不上，但她的文字仍然有力量，不过这力量是深蕴于内的，而且调子是平静的"，"幽深、娴静、温婉、细致，富有女性温柔的气质。"又说："作家是一个画家，描写天然风景对于颜色特具敏感，而且处处渗以画意。古人说王摩诘'诗中有画'。我们现在可以说凌叔华'文中有画'了。"（苏雪林：《凌叔华的〈花之寺〉和〈女人〉》，载《新北辰》1936 年 5 月 2 卷 5 期）

徐兴业逝世，享年 73 岁。徐兴业，1917 年生于浙江绍兴。1937 年毕业于无锡国学专修学校。1949 年后曾任上海市教育局研究室干部，上海市教育出版社编辑，上海市师范学院历史系教师。1980 年开始发表作品。著有长篇历史小说《金瓯缺》（4 卷），该书荣获第三届茅盾文学奖荣誉奖。

23 日，中国文联、中国作协举行座谈会，纪念毛泽东同志《在延安文艺座谈会上的讲话》发表 48 周年。首都 50 多名作家、艺术家在会上向全国文艺界倡议：以各种有效形式，组织作家、艺术家重新学习《讲话》，深入生活，繁荣创作，以崭新的面貌和丰硕的成果，迎接《讲话》50 周年。

25 日，叶兆言的"夜泊秦淮"系列之一《半边营》发表在《收获》第 3 期上。

本月，全国毛泽东思想研究会成立 10 周年纪念会暨学术讨论会在延安召开，会议围绕如何坚持和发展毛泽东文艺思想，进一步发展和繁荣社会主义文艺等问题进行讨论。

汪国真的诗集《年轻的潮》由北京学苑出版社出版。不久，市面上又出现了汪国真的《年轻的风》《年轻的思绪》《年轻的潇洒》《年轻的思绪》等诗集。中国友谊出版社还出版了《汪国真诗文系列》九种，中国妇女出版社出版了《汪国真爱情诗卡》《汪国真抒情诗赏析》。7月4日，汪国真的诗集被《新闻出版报》列为十大畅销书之一，是文艺类唯一畅销书。10月，北京高校还出现了汪国真诗歌演讲热。1990年在出版界被称为"汪国真年"。陈东东的组诗《雨和诗》、汪曾祺的散文《萝卜》、铁凝的散文《我要执拗地做诗人》（外一篇）发表在《十月》第3期上。

六月

2日，陈瘦竹在南京病逝，享年81岁。陈瘦竹，原名定节，又名泰来，江苏无锡人。1924年考入无锡省立第三师范学校，1929年考入国立武汉大学外文系。1933年任南京国立编译馆编译。1940年到国立戏剧专科学校（内迁四川江安）任副教授兼编剧组主任，开始戏剧理论研究和西方戏剧译介。他以抗战为题材创作的长篇小说《春雷》被改编为话剧《江南之春》，在重庆演出后影响广泛。建国后历任南京大学中文系主任、江苏省文联副主席，江苏省戏剧家协会副主席，中国话剧研究会会长等职。著有短篇小说集《奇女行》《水沫集》，以及《陈瘦竹戏剧论集》（上、中、下）等。

5日，《骆一禾诗选》《杨争光小说三题》发表在《上海文学》第6期上。

曾卓的《给少年们的诗》发表在《长江文艺》第6期上。

10日，曾卓的《给少年们的诗》（三首）发表在《诗刊》第6期上。

11日，由作家浩然倡议并出任首届主席的河北省三河县文学艺术界联合会成立。贺敬之、陈昌本、马烽、魏巍、杨沫等到会表示祝贺。

14日，《文艺理论与批评》编辑部在京召开"关于文艺的意识形态性问题座谈会"。

15日，《新闻出版报》、辽宁省作协《文学大观》编辑部在京联合召开通俗文学问题座谈会。与会者就通俗文学的作用、地位和性质等问题进行讨论，呼吁提高通俗文学写作队伍素质，健全评论，制订有力的文化经济政策。

20日，方方的纪实小说《冬日苍茫》发表在《人民文学》第6期上。

21日，广东中青年诗人联谊会在广州举行座谈会，就诗歌如何适应商品经济环境，如何更好地表现改革开放的时代，如何创造条件使新人脱颖而出等问题进行了研讨。

本月，为迎接世界反法西斯斗争胜利50周年，重庆出版社编辑出版《世界反法西斯文学作品选》。包括伏契克的《绞刑下的报告》等世界各国一批反法西斯的小说、戏剧、诗歌、散文优秀之作一起将陆续编入该书。该书顾问由卞之琳、冯至、萧乾、季羡林等担任，总主编为刘白羽。

七月

5日，叶延滨的诗《失去时间的备忘录》（二首）发表在《山花》第7期上。

李瑛的诗《献给艾青同志》、刘醒龙的小说《牛背脊骨》发表在《长江文艺》第7期上。

15 日，《钟山》第 4 期"女作家小辑"集中发表池莉的《太阳出世》、林白的《子弹穿过苹果》、范小青的《杨湾故事》、迟子建的《怀想时节》等中篇小说。

19 日，吕新的中篇小说《人家的闺女有花戴》发表在《青年文学》第 7 期上。

20 日，骆一禾的诗《遗赠》、海子的《最后的诗篇》、西川的诗《七个夜晚》、肖开愚的散文《三种时间里的英雄》发表在《花城》第 4 期上。

周涛的散文诗《时间漫笔》、刘绍棠的短篇小说《黄花闺女池塘》、贾平凹的中篇小说《美穴地》、浩然的中篇小说《碧草岩上吹来的风》、邓友梅的中篇小说《相逢在巴黎》、范小青的中篇小说《老人角》发表在《人民文学》7—8 期合刊本上。

23 日，张友鸾病逝于南京，享年 80 岁。张友鸾，安徽安庆人，曾为著名报人邵飘萍创办的《京报》主编《文学周刊》。1925 年任《世界日报》总编辑。1927 年李大钊委派他任《国民晚报》社长，后因北京党组织遭到破坏开始"民间报人"生涯。1927年秋到抗日战争爆发前参与南京《民生报》《新民报》，上海《立新》等民营报纸的创刊和编辑工作，并与张恨水合办《南京人报》。抗战期间赴重庆担任《新民报》主笔、经理等职。抗战胜利后自办《南京人报》，后被国民党查封。1949 年 7 月解放前夕复刊，一直到 1952 年 4 月终刊。1953 年奉调到北京人民文学出版社工作，曾注释《水浒》，选译《不怕鬼的故事》，并作有长篇小说《秦淮粉墨图》、中篇小说《神龛记》等。

24—29 日，中国作协在北戴河举行华北、东北地区各分会负责人工作会议。会上，就贯彻"一手抓整顿、一手抓繁荣"的方针，深化治理整顿和繁荣文学创作，以及进一步做好分会工作等问题交换了意见。

25 日，《文艺报》和剧协北京分会联合召开的话剧小品研讨会在北京举行。与会者讨论了话剧小品的概念、审美功能与特性，话剧小品创作中的得失及其发展等问题。

洪峰的中篇小说《离乡》、吴强的散文《旅美通信》、余秋雨的散文《漂泊者们》发表在《收获》第 4 期上。

31 日，中宣部文艺局在北京召开"坚持社会主义道路，繁荣社会主义文艺"座谈会。中宣部副部长、文化部代部长贺敬之在会上讲话。

本月，北京大学比较文学研究所在京召开讨论会，就"后现代主义与中国当代先锋文学"问题进行研讨。

阎连科的中篇小说《瑶沟人的梦》、贾平凹的散文《崆峒诗情》、尹卫星的报告文学《秋之决战——写在北京亚运会开幕之前》发表在《十月》第 4 期上。

行者的短篇小说《即将到来的日子》发表在《小说界》第 4 期上。

八月

4 日，中国社科院外国文学研究所在京召开卞之琳创作及译作 60 周年学术讨论会，就卞之琳对我国新诗发展及译作事业的贡献等问题展开讨论。

5 日，周克芹在成都病逝，终年 53 岁。周克芹，原名周克勤，四川简阳人。1958年在成都农业技术学校毕业前夕，因"同情右派"被遣回乡下务农，当过民办教师、生产队会计和公社农业技术员。1963 年发表短篇小说处女作《井台上》，之后又发表了《早行人》等 20 余篇作品。1979 年发表长篇小说《许茂和他的女儿们》，此作荣获首届茅盾文学奖。短篇小说《勿忘草》和《山月不知心里事》分获 1980 年和 1981 年全国优秀短篇小说奖。著有短篇小说集《石家兄妹》、中篇小说《橘香，橘香》、长篇小说《秋之惑》等。另有《周克芹文集》（三卷）出版。生前任四川省作协副主席。

10 日，李瑛的组诗《历史风景——在赣南》、邹荻帆的诗《赣南老苏区行》（五首）发表在《诗刊》第 8 期上。

16 日，"鲁迅生平展览"在北京鲁迅博物馆开幕，赵朴初为展览题词，李希凡、周海婴等学术界、新闻界 60 多人出席。

20 日，绿原的诗《无蜜蜂房春夜抄》和周而复的长篇小说《江南一叶》发表在《当代》第 4 期上。

25 日，中华台港暨海外华文文学研究会在京成立，聘请冰心为荣誉会长，艾青任会长。

本月，中国西部小说创作研讨会在乌鲁木齐召开。与会者就西部小说创作的现状和趋势，西部小说作家在文学观念、创作方法、自身素质方面存在的问题进行讨论。

日本福冈亚洲文化奖委员会决定，将首届亚洲文化奖授予中国作家巴金。

张洁荣获意大利 1989 年度"玛拉帕尔蒂"国际文学奖。

阿成的小说《木屐·水饭·活树》发表在《小说家》第 4 期上。

九月

1 日，述平的小说《饮马河上的野鸭》发表在《作家》第 9 期上。

5 日，罗洛的诗《不是江南》、叶延滨的诗《感谢生活》发表在《上海文学》第 9 期上。

6—10 日，中国作协新疆、陕西等 13 省区分会工作会议在武汉举行。会议期间，中国作协书记处常务书记玛拉沁夫，书记邓友梅、张锲等做重要发言，他们希望各分会尽快把作家的注意力引到学习马列、深入生活、热情创作的轨道上来。

10 日，臧克家的诗《白发·青颜——贺之琳老友著译活动六十周年》发表在《诗刊》第 9 期上。

15 日，储福金的中篇小说《我是一个魔术师》发表在《钟山》第 5 期上。

20 日，李瑛的诗《在焦裕禄墓前》（五首）发表在《人民文学》第 9 期上。

陈东东的诗《序曲和航线》、苏童的中篇小说《妇女生活》、钟鸣的散文《曼陀罗花》（外一篇）发表在《花城》第 5 期上。

23—25 日，广东省社科院、广东省文联、省作协等单位在广州联合举行"庆贺秦牧同志从事文学创作 50 周年暨秦牧文学作品研讨会"。

25 日，李晓的中篇小说《挽联》、迟子建的中篇小说《炉火依然》、吴祖光的散文《牙祟》发表在《收获》第 5 期上。同期开始连载陆天明的长篇小说《泥日》，至第 6 期止。

26 日—10 月 10 日，中国文联执行副主席马烽率中国文联代表团赴日本访问。

本月，钱钟书的《管锥篇》荣获中国首届比较文学图书评奖一等奖。

陈东东编辑的诗刊《倾向》第 2 期在上海出版"纪念海子、骆一禾专号"。除收有海子、骆一禾的诗与诗论外，还有西川、钟鸣、肖开愚、邹静之、陈东东等的纪念文章。

叶文玲的中篇小说《夜行船》、王渝、李子云的文章《海内外学者谈留学生文学》发表在《小说界》第 5 期上。

十月

5 日，邹荻帆的散文《从"珍珠"到"米兰花"》发表在《长江文艺》第 10 期上。

白桦的散文《愿每一颗星辰都不要陨落》发表在《上海文学》第 10 期上。

7—11 日，为纪念夏衍创作生涯 60 周年在杭州举行夏衍学术讨论会。

10 日，雷抒雁的组诗《辉煌的季节》、梁上泉的诗《归之忆》（外二首）、［阿根廷］博尔赫斯作，西川译诗《卡姆登，1892》发表在《诗刊》第 10 期上。

12—18 日，上海市文化局、上海市艺术研究所、上海市话剧艺术研究会等单位联合举行"上海话剧发展研讨和话剧展演活动"，交流各地话剧创作经验，探讨话剧创作中的主旋律和多样化问题。

15 日，俞平伯在京辞世，享年 90 岁。俞平伯，原名铭衡，1900 年生，浙江德清县人。1919 年毕业于北京大学。先后任浙江省视学、浙江师范国文教员，上海大学、北大女子文理学院教授，一度赴英、美，均不久即返。回国后任燕京大学、清华大学、北京大学等校教授。曾加入"新潮社"、"文学研究会"、"语丝社"等文学团体。建国后历任北京大学教授，中国科学院哲学社会科学部文学研究所一级研究员，中国作协理事等职。1954 年因《红楼梦研究》受到批判。著有诗集《冬夜》《西还》《忆》，散文集《燕知草》《古槐梦遇》《杂拌儿》《杂拌儿之二》，学术著作《读诗（经）札记》《读词偶得》《清真词释》《唐宋词选释》《论诗词曲杂著》《红楼梦辨》《红楼梦简论》以及《〈红楼梦〉八十回校本》《脂砚斋红楼梦辑评》等。当年的学生张中行在《俞平伯先生》中回忆说："第一次上课，也是我第一次见到，觉得与闻名之名不相称。由名推想，应该是翩翩浊世之佳公子，可是外貌不是。身材不高，头方而大，眼圆睁而很近视，举止表情不能圆通，衣着松散，没有笔挺气。但课确是讲得好，不是字典式的释义，是说他的体会，所以能够深入，悠思连翩，见人之所未见。"又说："他尊苦雨斋为师，可是散文的风格与苦雨斋不同。苦雨斋平实冲淡，他曲折跳动，像是有意求奇求文。这一半是来于有才，一半是来于使才。""我总是觉得，俞先生，放在古今的人群中，是其学可及，其才难及。""至少是我看，俞先生虽然著作等身，成就很大，还是未能尽其才。"（载 1989 年《读书》第 5 期）唐弢在《古槐书屋》中说："我喜欢周作人散文的冲淡，以为那要有真正的功力才写得出；废名的比较苦涩，平伯先生介乎两者之间，相当雅致。有人说他的散文像是明朝人的作品，那大概是指张宗子、王季重一类人吧。"（载 1986 年 2 月 2 日《光明日报》）邵燕祥在《纪念俞平伯老人》中说："俞平伯先生将近一个世纪的生涯，倘说也有过春风得意，当只是五四以后出手清新的诗和散文向旧文学营垒挑战，并开始《红楼梦》研究，参与'新红学'奠基的短暂时期。而终其一生，似乎多怕也不像是作为资产阶级代表高坐'受降城'上的霸主，而更像一个误泊狂涛的失败者，尤其是从他后半生的遭遇来看。"（载 1990 年 11 月 11 日香港《大公报》）

15—24 日，《文学遗产》编辑部、广西师范大学中文系等 8 个单位，在桂林召开全国"文学史观和文学史"学术讨论会。与会 120 多位代表对传统文学史观和现当代文学史观进行了回顾与总结，探讨了中国文学史的总体特征、发展演变的形式和内在规律。

18 日—11 月 1 日，以胡可为团长的中国军事文学作家代表团一行五人赴苏联访问。

20 日，魏巍的散文《日出》、峻青的散文《同根树》、叶延滨的散文《水土二题》发表在《人民文学》第 10 期上。

23—25 日，为纪念姚雪垠 80 寿辰，湖北省文联、中国作协湖北分会等单位在武汉联合举办姚雪垠从事文学创作 60 周年学术讨论会。

30 日—11 月 1 日，《文艺报》《人民文学》《中流》三家报刊在京联合举办报告文学创作座谈会，就报告文学创作的成绩和不足交换了意见。

本月，北京隆重召开祝贺曹禺戏剧活动 65 周年大会，邓颖超写信祝贺，林默涵、贺敬之、胡可在大会上致辞，《剧本》第 11 期刊发有关讲话和消息。中国戏剧出版社编撰的《曹禺文集》一至四卷也在本月出齐。24 日，北京人艺以《雷雨》作为纪念曹禺从事戏剧活动 65 周年的剧目，在首都剧场演出。

诗歌理论讨论会在杭州举行。会议就主旋律与多样化的关系、民族化与现代化的关系等问题进行讨论。

由傅维、钟山编辑的诗刊《写作间》第 2 期在重庆出版，刊有陈东东、傅维、刘苏、董继平、孟浪、孙文波、王家新、肖开愚、严力、张枣、郑单衣、钟山等人的诗作。

马原的短篇小说《窗口的孤独》发表在《芒种》第 10 期上。

叶兆言的中篇小说《十字铺》、浩然的长篇小说《活泉》（卷一）发表在《小说家》第 5 期上。

孟冰等的大型方言话剧《来自滹沱河的报告》发表在《剧本》第 10 期上。

十一月

2—5 日，国家教委社科发展研究中心、山东大学、中国社科院文学研究所、中国艺术研究院马克思主义文艺理论研究所等单位在济南联合举办文学主体性问题讨论会。

5 日，首届"庄重文文学奖"颁奖大会召开，六套文学创作丛书获奖。庄重文发来贺信，贺敬之、艾青、马烽等近 300 人出席颁奖大会。

10—14 日，全国马列文论研究会第 11 届学术讨论会在广西柳州召开。讨论会的中心议题是坚持和捍卫马克思主义文艺理论，反对文艺领域内的资产阶级自由化思潮，澄清理论是非，并对西方马克思主义文学、美学思想进行了分析和评价。

15 日，方方的长篇小说《落日》、王西彦的散文《家乡的旧宅》、林斤澜的散文《衣食住行》发表在《钟山》第 6 期上。

16 日，由中国作家协会和国家民委共同举办的第三届全国少数民族文学创作（1985—1987）评奖发奖大会在京举行。包括长篇小说《穆斯林的葬礼》的作者霍达在内的，来自 17 个省、市、自治区的 41 个民族的 84 名作者获奖。

20 日，肖开愚的诗《原则》、李亚伟的诗《我们》、杨键的诗《净土或光明》（外四首）、梁乐的诗《张，心脏》、蓝马的诗《献给桑叶》（外四首）、王朔的中篇小说《给我顶住》、海男的中篇小说《家园的祈祷》发表在《花城》第 6 期上。

邓刚的小说《虾战》、袁鹰的散文《你为小苗洒上泉水》、叶君健的散文《黄山即事》、张晓岚的报告文学《走出低谷》、岳南的报告文学《光照亚细亚》、徐淑玲的报告文学《亚运村拾零》和许旭的报告文学《龙抬头》发表在《人民文学》第 11 期上。

23—27 日，由中国戏剧家协会和《剧本》月刊社联合举办的"全国剧本创作思想研讨会"在京召开。

25 日，海男的短篇小说《伴侣》、王安忆的中篇小说《叔叔的故事》发表在《收获》第 6 期上。韩毓海说："一方面，王安忆在反抗生活于一个浪漫主义时代的伪理想主义者（叔叔）时，表现出我们所讨论的第一种真正的理想主义者的艰难；同时，她又在反抗自身（我们这彻底实用主义的一代）时，表现出另一种真正的理想主义者的艰难。王安忆不得不在这种双重反抗的夹缝中确立自身，从而使她的作品呈现出一种真正意义上的生存的艰难和生存的勇气。"（韩毓海：《"悲剧的诞生"与谎言的衰朽——王安忆〈叔叔的故事〉及中国当代文学的艺术问题》，《当代作家评论》1992 年第 2 期）王安忆在谈到《叔叔的故事》时说："《叔叔的故事》重新地包含了我的经验，它容纳了我许久以来最最饱满的情感与思想，它使我发现，我重新又回到了我的个人的经验世界里，这个经验世界是比以前更深层的，所以，其中有一些疼痛。疼痛源于何处？它和我们最要害的地方有关联。我剖到了身心的深处的一点不忍卒读的东西，我所以将它奉献出来，是为了让人们与我共承担，从而减轻我的孤独与寂寞。"（王安忆：《〈神圣祭坛〉自序》，人民文学出版社 1991 年版）

29 日，文学界、法学界人士座谈"著作权法"，该法将在 1991 年 6 月 1 日施行。

本月，柯云路的短篇小说三题（《梦非梦》《冷房子》《路尽头的黄昏》）、陈祖芬的报告文学《孔雀东南飞》和袁鹰的纪实文学《八载秦城梦》发表在《十月》第 6 期上。

宜明的文章《〈WM（我们）〉风波始末》发表在《剧本》第 11 期上。

十二月

1—3 日，中国作协山西分会等单位在山西沁水县联合召开山西省第三次赵树理

（国际）学术讨论会。日本、苏联等国学者在会上介绍了赵树理作品在国外产生的影响。

3 日，中国作协海南分会第一次会员大会在海口召开。叶蔚林当选海南省作协主席，韩少功等四人当选海南省作协副主席。

7—12 日，通俗文学期刊讨论会在天津召开。会议强调要有"阵地意识"，要用社会主义通俗文学作品占领文化阵地，用健康有益的读物调整读者的阅读口味

10 日，昌耀的诗《哈拉库图》、蔡其矫的诗《仙游莱溪岩》、汪国真的《诗七首》发表在《诗刊》第 12 期上。

16—17 日，中国文联主席团五届三次会议在京举行。会议总结了我国现阶段社会主义文艺发展的新成就，提出了文艺工作者的历史任务和使命。

18 日，中宣部副部长、文化部代部长贺敬之在京会见参加中国作家协会读书班的同志，就学习社会主义基本理论和当前文艺工作问题发表讲话。

20 日，纪念徽班进京二百周年暨振兴京剧观摩研讨大会在京开幕，党和国家领导人江泽民、万里、李瑞环等出席并接见演员。

邓贤的长篇纪实文学《大国之魂——第二次世界大战滇缅印战区纵横》在《当代》第 6 期上选载，同期还发表了铁凝的散文《草戒指》、荒煤的《致张炜》。

23 日，《毛泽东诗词鉴赏》座谈会在京召开。与会者高度评价了由臧克家主编，河北人民出版社出版的《毛泽东诗词鉴赏》丛书。参加座谈的有艾青、姚雪垠、玛拉沁夫等。

25 日，《文艺报》与中宣部文艺局在京联合召开我国第一部大型室内电视连续剧《渴望》座谈会，探讨《渴望》取得成功、引起轰动效应的原因及其给整个文艺创作所带来的有益启示。

27 日，廖沫沙在京病逝，享年 84 岁。廖沫沙，原名廖家权，湖南长沙人。1922 年入长沙师范学校学习，曾和贺绿汀组织文学社，办文学刊物。1927 年在田汉主办的上海艺术大学文学系旁听，并在《南国月刊》等杂志上发表了《燕子矶的鬼》等戏剧小说作品。1932 年任职于上海明日书店，后又任《远东日报》编辑。1934 年加入"左联"。1938 年至抗战胜利前后在湖南《抗战日报》、桂林《救亡日报》、香港《华商报》晚刊、重庆《新华日报》任编辑主任。抗战胜利后去香港恢复《华商报》，任副主编、主笔。抗战时期写过一些历史小说，1949 年结集为《鹿马传》由三联书店出版。建国后历任中共北京市委宣传部副部长、教育部部长、统战部部长、市政协副主席等职。1962 年加入中国作协。1966 年 5 月和邓拓、吴晗三人被定为"三家村反党集团"，遭到残酷迫害。1979 年初平反。主要作品有杂文集《分阴集》《三家村札记》（合集）、《纸上谈兵录》、诗集《余烬集》和《廖沫沙文集》（1—4 卷）等。

本月，中国文联在京召开工作会议，就文联及各协会在社会主义精神文明建设中的地位和作用、如何加强和改善党对文艺工作的领导等问题进行研讨。贺敬之、林默涵到会讲话。

由臧棣、西渡、戈麦等人主办的《发现》诗刊在北京出版（至 1992 年底，共出 3 期）。主要作者有西川、臧棣、西渡、戈麦、蔡恒平、麦芒等。

海子的诗集《土地》、骆一禾的诗集《世界的血》由春风文艺出版社出版。

肖开愚自印诗集《前往与返回》。

本年

夏末，《今天》在海外复刊。复刊号刊有多多、杨炼、张枣、北岛等人的诗作。

二月河的长篇历史小说《雍正皇帝·上：九王夺嫡》由长江文艺出版社出版。

1991 年

一月

3 日，西川的《幻象》诗 4 首发表在《人民文学》第 1 期上。

4 日，台湾女作家三毛在台北一家医院中自杀身亡，终年 48 岁。三毛自杀事件在大陆引起强烈反响。在出版界和读书界引发了"三毛热"。三毛于弃世前（1991 年 1 月 1 日凌晨两点）曾致贾平凹书信一封，贾平凹听闻噩耗后曾撰《哭三毛》《再哭三毛》两文祭奠亡灵。三毛，本名陈懋平，1943 年生于四川重庆，祖籍浙江定海。曾留学欧洲，婚后定居西班牙属撒哈拉沙漠迦纳利岛。1981 年返台，曾在台湾省中国文化大学任教。著有《撒哈拉的故事》、《闹学记》《雨季不再来》《送你一匹马》《稻草人手记》《哭泣的骆驼》《背影》《温柔的夜》《万水千山走遍》《梦里花落知多少》等短篇集。

8 日，中共中央政治局常委李瑞环在京同电视剧《渴望》剧组人员座谈，高度评价他们的创造性工作，并要求认真研究和总结经验，促进我国电影电视艺术乃至整个文艺事业的繁荣。

受中国作家协会委托，《文艺报》在京举办马克思主义文艺理论研讨会。会议认真总结文艺思潮，进一步澄清被资产阶级自由化搞乱的思想理论是非和历史是非。

10 日，张永枚的诗《地底下的战争》（外一首）、贺敬之的《诗的道路是广阔的——在孔莩诗歌研讨会上的讲话》发表在《诗刊》第 1 期上。

池莉的中篇小说《冷也好热也好活着就好》发表在《小说林》第 1—2 期上。

15 日，康濯逝世，享年 71 岁。康濯，原名毛季常，湖南湘阴人。1938 年赴延安，进鲁迅艺术学院文学系学习，后任八路军一二零师随军记者、《工人日报》和《时代青年》主编等。建国后历任中国作协文学研究所副秘书长、《文艺报》常务编委、中国作协书记处书记、湖南省作协主席、湖南省文联主席等职。著有短篇小说集《我的两家房东》《春种秋收》、中篇小说《水滴石穿》、长篇小说《东方红》等。孙犁说："他在晋察冀边区，做了很多工作，写了不少作品。那时的创作，现在，我可以毫不含糊地说，是像李延寿说的：潜思于战争之间，挥翰于锋镝之下。是不寻常的。它是当国家危亡之际，一代青年志士的献身之作，将与民族解放斗争史光辉永存，决不会被数典忘祖的后生狂徒轻易抹掉。"（孙犁：《悼康濯》，《康濯纪念集》，湖南省文学艺术界联合会编，湖南少年儿童出版社 1991 年 5 月版。）

张洁的短篇小说《柯先生的白天和夜晚》、范小青的中篇小说《清唱》、史铁生的散文《我与地坛》、李杭育的《散文的又一种可能性》发表在《上海文学》第 1 期上。

高晓声的短篇小说《陈奂生战术》、苏童的短篇小说《狂奔》、叶兆言的中篇小说《采红菱》发表在《钟山》第 1 期上。同期开始连载刘震云的长篇小说《故乡天下黄花》，至第 2 期止。

16 日，刁亦男编剧的先锋戏剧《飞毛腿或无处藏身》在中央戏剧学院上演。

20 日，柏桦的诗《骑手》、刘绍棠的中篇小说《牛背》、毕飞宇的中篇小说《孤岛》发表在《花城》第 1 期上。

25 日，王愿坚逝世，享年 62 岁。王愿坚，1929 年生，山东诸城县人。1944 年到抗日根据地参加革命工作。在部队当过宣传员、文工团员、报社编辑和记者。1952 年任《解放军文艺》编辑。1954 年开始短篇小说写作。《党费》《粮食的故事》《普通劳动者》等短篇小说广受好评。1956 年至 1966 年参加"解放军 30 年征文"——革命回忆录选集《星火燎原》的编辑工作。"文革"中曾受批判。1974 年与陆柱国合作改编电影文学剧本《闪闪的红星》。1976 年后又陆续发表了《路标》《足迹》等 10 个短篇小说。侯金镜说："我觉得王愿坚同志的创作思想一直走着健康坚实的路子，而且他的作品也有着自己特异的色调。……'我们的革命先烈和前辈，不但用生命和鲜血为我们今天的幸福生活铺平了道路，而且给我们留下了取之不尽用之不竭的精神财富'，发掘这些精神财富就成为王愿坚同志进行艺术探求的目标，成为他已发表的全部作品的共同主题。……王愿坚同志创造人物的方法是大家常说的，截取人物性格横断面的方法。……他都不着力写人物性格的形成和发展过程，而是捕捉性格发出耀眼光辉的那一刹那，英雄人物完成自己性格的那一瞬间。用这样的方法，可以把短篇写得集中精练，感情饱满充沛，不多费一点笔墨。但是这样写也给作者带来一些困难，要精心选择并且抓牢最能表现性格特征的细节，而不是把作品写成缺乏思想力和艺术生命的斗争故事；运用最精练的情节所烘托出的性格，又得富有那一特定历史时期的强烈色彩，使人物性格成为社会的历史的产物，帮助读者通过这性格去认识那一时代，使作品不只起到鼓舞人激励人的作用，还能引起读者的深思，故事要简练到一下子把读者带进那时代的氛围里去，不惜用很多侧面的描绘、补叙，作者从旁交待的方法，就使读者觉得这人物的思想行为真实可信，很快和人物的感情发生共鸣。"（侯金镜：《王愿坚短篇小说集〈普通劳动者〉序》，人民文学出版社 1959 年版）

由浩然任主编、河北省三河县文联编辑出版的《苍生》文学季刊创刊号在三河县城举行首发式。

陈染的短篇小说《空的窗》、北村的中篇小说《聒噪者说》、陈村的中篇小说《最后一个残疾人》、汪曾祺的散文《贾似道之死》发表在《收获》第 1 期上。

本月，天津《小说家》杂志发起"精短中篇擂台赛"。第 1 期发表刘震云的中篇小说《一地鸡毛》、苏童的中篇小说《红粉》。何镇邦说："《一地鸡毛》的艺术魅力正在于它的作者以冷静不动声色和带有点调侃的笔调，通过一桩桩家庭琐事的描述，向我们展示当今社会的缤纷的生活图景，并冷峻地解剖多种社会心态"。（何镇邦：《说长论短看"擂台"》，《小说家》1991 年第 2 期）蒋原伦说："刘震云小说写出了环境的强大和人物的渺小，它的严酷性在于逼迫读者如此不耐烦地审视他们早已过惯了的日常的

平庸的生活，津津乐道于日常的平庸生活。"（蒋原伦：《我的阅读感受》，《小说家》1991 年第 2 期）

张炜的短篇小说《冬夜三章》、戴厚英的短篇小说《人之将死》、王晓玉的中篇小说《阿惠——上海女性系列之三》发表在《小说界》第 1 期上。

柯云路的长篇小说《新世纪·上：气功·人体特异功能之谜》、权延赤的纪实文学《陶铸和他的哥哥——〈女儿眼中的父亲〉之一》发表在《十月》第 1 期上。

二月

3 日，王家新的诗《铁》《劈木柴过冬的人》等 5 首、浩然的纪实文学《东村的乡亲们》发表在《人民文学》第 2 期上。

11 日，上海文学发展基金会正式成立，巴金担任会长。夏衍、赵朴初等为顾问。

15 日，贾平凹的短篇小说《烟》、刘庆邦的短篇小说《新娘》、苏童的短篇小说《吹手向西》、王安忆的中篇小说《妙妙》发表在《上海文学》第 2 期上。

本月，上海市文联和《文学报》在沪联合举办作家艺术家深入生活研讨会。会议就深入生活的必要性和紧迫性、作家艺术家的使命感与责任感、深入生活的内容和形式等问题进行了讨论。

《中国新文学大系 1937—1949》全部出齐，由上海文艺出版社出版。全套 50 卷。

李准出任中国现代文学馆馆长。

芒克、唐晓渡等人发起的大型诗刊《现代汉诗》创刊号在北京印行（至 1995 年底，共出 9 卷）。

牛汉、蔡其矫主编的《东方金字塔：中国青年诗人 13 家》由安徽文艺出版社出版。

王安忆的中篇小说《歌星日本来》发表在《小说家》第 2 期上。

三月

1 日，中共中央邀请文艺界知名人士到中南海座谈，共商繁荣我国文艺事业、建设社会主义精神文明的大计。江泽民总书记作题为《团结奋斗，繁荣社会主义文艺》的讲话。

中共中央宣传部、文化部、广播电影电视部发布《关于当前繁荣文艺创作的意见》。

马原的小说《双重生活》发表在《鸭绿江》第 3 期上。

3 日，海男的诗《花园》发表在《人民文学》第 2 期上。

6 日，《诗歌报》第 3 期发表陈超的文章《诗歌信仰与个人乌托邦》，受到关注。

7—16 日，中国文联在京召开全国青年业余文艺创作者会议。中国文联党组书记林默涵作题为《为社会主义文艺的繁荣而团结奋斗》的报告，中国文联主席曹禺给大会写来了书面发言《我的希望》。中宣部部长王忍之出席开幕式并作重要讲话。

8 日，中国作协主办的第三届茅盾文学奖在京揭晓。路遥的《平凡的世界》、凌力的《少年天子》、孙力和余小蕙的《都市风流》、刘白羽的《第二个太阳》、霍达的《穆斯林的葬礼》等 5 部长篇小说获奖。本月 29 日在京举行颁奖大会。

10 日，雁翼的组诗《阳关内外十四行》、宫玺的诗《秋天的心事》（四首）、钟敬文的旧体诗《有赠四题》发表在《诗刊》第 3 期上。

13—16 日，中国作协工作会议在京举行。会议的主要内容是贯彻落实党的七中全会精神，贯彻落实江泽民同志 3 月 1 日讲话精神，进一步团结壮大文学队伍，进一步繁荣社会主义文学创作。

15 日，鲁羊的短篇小说《仲家传说》、朱苏进的中篇小说《金色叶片》、皮皮的中篇小说《危险的日常生活》发表在《上海文学》第 3 期上。

20 日，王家新的诗《帕斯捷尔纳克》《守望》等，黄灿然的诗《感怀十四行》、海子的诗《喜马拉雅》、张洁的中篇小说《日子》发表在《花城》第 2 期上。

25 日，鲁羊的短篇小说《忆故人》、林白的中篇小说《亚热带公园》、徐迟的长篇小说《江南小镇》、张辛欣的散文《焚稿》发表在《收获》第 2 期上。

26 日，《夏衍文学创作生涯六十年展览》在京开幕。《文艺报》第 12 期进行了报道。

30 日，人民文学出版社在京举行建社 40 周年纪念会。

本月，《文学评论》等单位在京举行"新写实主义"问题座谈会。

谢冕的《地火依然运行——中国新诗潮论》由上海三联书店出版。

吴民民的《留日学生心态录》（续卷）发表在《小说界》第 2 期上。

四月

1—5 日，广西壮族自治区在南宁召开第五次文代会。韦其麟当选为自治区文联主席。

10 日，中宣部文艺局、文化部政策法规司等七家单位在京联合举办"关于建设有中国特色的社会主义文化问题"研讨会。

李瑛的组诗《山草青青——写在老区的诗》、臧棣的诗《七日书》、唐湜的诗《天台行》（二首）发表在《诗刊》第 4 期上。

15 日，中宣部文艺局、文化部艺术局、中国艺术研究院、中国剧协等九家单位在京联合举行纪念毛泽东同志"百花齐放、推陈出新"题词 40 周年大会。大会后，主办单位在京举行了 3 天纪念题词 40 周年学术讨论会。与会者强调要坚持百花齐放、推陈出新，努力繁荣社会主义的文艺事业。

16—17 日，《人民日报》文艺部和中国作协创作研究部在京联合召开小说创作研讨会。40 余名与会者就近几年来小说创作的现状和发展态势、革命现实主义传统如何发扬、怎样看待"新写实小说"等问题进行了研讨。《文艺报》第 16 期对此进行了报道。

19 日，刘震云的中篇小说《官人》发表在《青年文学》第 4 期上。

24—27 日，建国以来第一次全国少数民族地区文学期刊主编联席会议在江苏宜兴召开。会议就如何进一步繁荣和发展我国少数民族的文学创作等问题进行了讨论。中国作协党组副书记、书记处常务书记玛拉沁夫到会并讲话。与会者学习了江泽民同志的有关讲话，会议由中国作协《民族文学》杂志社主办。

本月，《丁玲文集》八卷由湖南文艺出版社全部出齐。

五月

2 日，"中国的保尔·柯察金"吴运铎因病逝世，享年 76 岁。吴运铎，1917 年出生于江西省萍乡煤矿一个职员家庭。1953 年出版自传体长篇小说《把一切献给党》。

由谢冕主持的"中国现代诗的命运与前途"讨论会在北京大学召开。会上，牛汉高度肯定了王家新、西川等青年诗人的近作，认为诗歌并没有沉默，它正重获一种坚实、成熟的力量。会后，谢冕的《苍茫时刻》、孙玉石的《寂寞与突破的时刻》、西川的《一个发言》、唐晓渡的《不要回避困境》、岛子的《指向生存》、张颐武的《诗的命运：语言之焦虑》等发言发表在 6 月 25 日的天津《诗人报》（伊蕾主编）上。

10—18 日，中国作协在桂林召开"正本清源，繁荣社会主义诗歌"的全国诗歌座谈会。会后《诗刊》选发了《重评北岛》（陈绍伟）等大会发言，要求诗人们加强思想改造，清除资产阶级自由化的影响。

阿来的《献诗》（外一首）、昌耀的诗《冰湖坼裂·圣山·圣火》、徐康的诗《永远的初恋》（三首）发表在《诗刊》第 5 期上。

15 日，中宣部文艺局、中共陕西省委宣传部、延安文学研究会等九家单位在京联合召开"发扬延安精神，繁荣文艺创作"座谈会。

肖开愚的诗《草坡》（外一首）、叶兆言的中篇小说《挽歌》、峻青的中篇小说《秋肃蒋山》发表在《上海文学》第 5 期上。

高晓声的短篇小说《种田大户》、李洱的短篇小说《惘城》、罗望子的小说《白鼻子黑管的风车》、苏童的长篇小说《米》发表在《钟山》第 3 期上。

20 日，欧阳江河的诗《太轻或太重》、王蒙的中篇小说《蜘蛛》、扎西达娃的中篇小说《野猫走过漫漫岁月》发表在《花城》第 3 期上。

23—26 日，由中国作协召开的全国青年作家会议在京举行，全国各省市自治区 22 个民族的 300 多名代表到会。大会意在引导全国青年作家沿着《讲话》指引的方向，繁荣社会主义文艺创作，旨在培养跨世纪的文学接班人。

25 日，韩东的短篇小说《同窗共读》、熊正良的小说《老鱼》、王朔的长篇小说《我是你爸爸》、余秋雨的散文《风雨天一阁》发表在《收获》第 3 期上。

本月，叶兆言的中篇小说《最后一班难民车》、刘观德的纪实性长篇小说《我的财富在澳洲》、冰心的《我看小说的时候》、钱谷融的《故事情节·人物形象》、鲁彦周的《小说应走入民间》、邓刚的《乱看乱想一二三》等文发表在《小说界》第 3 期上。

曹岩、邢军纪的报告文学《疯狂的盗墓者——文物系列报告文学之一》和权延赤的纪实文学《陶铸和曾志——〈女儿眼中的父亲〉之二》发表在《十月》第 3 期上。

六月

1 日，"中华人民共和国著作权法"自即日起正式实施。

3 日，以中国现代文学馆馆长、作家李准为团长的文学馆代表团一行 3 人赴苏联进行为期 10 天的访问。

邹荻帆的《抗战情诗》（七首）、柯原的诗《黄土地宣言》、魏巍的组诗《花鸟集》、蔡其矫的诗《霍童溪·支提山》、屠岸的诗《巴蜀吟》（六首）、唐湜的诗论《新诗应该有自己的中国风采》发表在《诗刊》第 6 期上。

李瑛的诗《山草青青——写在老区的诗》、杜鹏程的散文《我最初的回忆》、赵丽宏的散文《音乐》发表在《人民文学》第 6 期上。

11—14 日，《厦门文学》和《小说月报》在厦门鼓浪屿联合举办特区题材小说研讨会。与会 30 余名作家和评论家就特区题材小说创作的发展历程等问题展开了研讨。

12—13 日，杭州市戏剧家协会等单位在杭州联合举办"左翼"剧联成立 60 周年纪念活动。

15 日，西川的长诗《远游》、林白的短篇小说《日午》发表在《上海文学》第 6 期上。

19 日，解放军文艺出版社在北京举行建社 40 周年大会。

20—22 日，由成都市人民政府主办的李劼人诞辰百年学术讨论会在成都举行。

21 日，由天津社科院和解放区文学研究中心联合举办的"党史文学研讨会"在天津召开。与会 30 余人就党史题材的文艺创作等问题进行了讨论。

29 日，中国延安文艺学会在京举行纪念建党 70 周年座谈会。与会者强调文艺工作者应该认真贯彻"二为"方向、"双百"方针，创作出更多受人民欢迎的作品。

本月，宋琳自印十四行组诗《死亡与赞美》。

李岩主编的《塞上柳》出版诗专号，刊有王家新、陈东东、伊沙、尚仲敏、尚飞鹏、李岩等人的诗作，唐晓渡的《挺住就是一切》以及蓝马、李震的诗论。

池莉的中篇小说《你是一条河》、洪峰的中篇小说《年轮》发表在《小说家》第 3 期上。

七月

1—6 日，《文学遗产》编辑部、辽宁师范大学中文系、文化艺术出版社等单位在大连联合主办全国文学史理论问题研讨会。与会者就文学史的理论建构与历史原貌的关系问题、文学史研究的"当代意识"问题展开争论。

3 日，莫言的小说《怀抱鲜花的女人》、迟子建的小说《在松鼠的故乡》、苏童的小说《木壳收音机》发表在《人民文学》第 7—8 期合刊上。

10 日，海外华文文学研讨会在广东省中山市举行，100 多名海内外学者到会。会议主要研究中华民族文化在台、港、澳和海外的承传和演变，总结海外华文文学的成就、经验和不足等问题。

张学梦的组诗《走向辉煌》、雁翼的组诗《重上太行山》发表在《诗刊》第 7 期上。

叶兆言的小说《日本鬼子来了》发表在《中国作家》第 4 期上。

15 日，潘军的小说《流动的沙滩》、刘心武的中篇小说《七舅舅》、余华的中篇小说《夏季台风》发表在《钟山》第 4 期上。

17 日，中国文联发出倡议书，号召文艺家投身抗洪救灾、支援灾区人民的斗争。

20 日，傅天虹的诗《剪辑的都市》、张永枚的诗《人民万岁》、鲁羊的短篇小说《楚八六生涯》、海男的中篇小说《圆面上跑遍》发表在《花城》第 4 期上。

25 日，谌容的长篇小说《人到老年》发表在《收获》第 4 期上。

本月，周俊、张维主编的《海子、骆一禾作品集》由南京出版社出版。

雁翼的短篇小说《红茉莉》（外二篇）、巴金的散文《我仍在思考，仍在探索，仍在追求》、吴祖光的剧本《感天动地窦娥冤》和胡平的报告文学《秋天的变奏——八十年代中年男女的情感世界》发表在《十月》第 4 期上。

高晓声的中篇小说《陈奂生出国》、苏童的中篇小说《另一种妇女生活》、叶辛的长篇小说《孽债》、陈村的《想象小说》等文发表在《小说界》第 4 期上。

冯骥才的纪实小说《一百个人的十年》由江苏文艺出版社结集出版。冯骥才在《前记》中写道："文学家与史学家有各自不同的记载方式：史学家偏重于灾难的史实，文学家偏重于受难者的心灵。本书作者试图以一百个普通中国人在'文革'中的心灵历程的真实记录，显现那场旷古未闻的劫难的真相"，"但我不想收集各种苦难的奇观，只想寻求受难者心灵的真实"，"只想让这些实实在在的事实说话，在重新回顾'文革'经历者心灵的画面时，引起更深的思索。"

张承志的长篇小说《心灵史》由花城出版社出版。王安忆说："这部名叫《心灵史》的小说读起来犹如一部历史书，它冷静、客观地描述了回教中一个支教的历史，描述他们如何百折不挠、九死一生、赴汤蹈火地生生息息，为保存他们的教派，他们忍辱负重、千辛万苦，在接连不断残酷的排异除邪的弹压之下顽强地繁衍至今。这过程可谓可歌可泣、惊心动魄。而张承志却一反往常的热血沸腾，他态度克制，像一个真正的史学家一样从头说来。然而就在此时，在我们面前，却完全地展开了他的心灵长卷，我们终于读到了一个心灵所能走过的全部艰难困苦、泰山压顶的历程。""在寻找推向极致的表达方式上，张承志作了不懈的努力，而他最终找到了《心灵史》的方法，这方法是以最极端真实的材料去描写最极端虚无的东西，这东西便是心灵。心灵是个极其抽象的概念，我们无论用什么笔墨去描写它，去象征它，它都显得那么虚无和空泛，而张承志却找到了这样一种方法，这种方法就是绝对的纪实。受着心灵的驱使，终于寻找到了形式，使张承志实现了心灵最彻底的表达。"（王安忆：《孤旅的形式》，《文学自由谈》1993 年第 4 期）郜元宝说："张承志用他那杆力透纸背的笔所挥洒的语言，是一颗成熟的心才具有的语言，它不是苦难民族无力的呻吟或绝望的号哭，也不只是苦难民族单纯的义愤和激昂，而是澎湃于受苦受难的民族隐秘的精神海洋中震动魂魄的涛声，是这个民族最终将苦难踩在脚下时内心的那种圆满、恬静和巨大的欢悦。这是信仰的文字，是足以鄙视人间一切苦难、足以抬高人自身的地位的那种尊严的文字和文字的尊严——只有被人的存在的尊严充实着，文字才不至于成为可以随意揉捏的工具而体现出它本身的神圣性和尊严性。这样的语言，足当灵魂不死的象征。""这是张承志在'中国底层不畏牺牲坚定心灵的人民'中间发掘的生存意志，是张承志所赞美的真正的人道、理想、信仰和活着的意义，是人类在自身内部所能唤起的抗拒苦难、征服苦难的希望和根据。"（郜元宝：《信仰是面不倒的旗》，《当代作家评论》1995 年第 1 期）

八月

7—11 日，《文学评论》《文艺报》《人民日报》文艺部、江西省文联等单位，在江西庐山联合召开马克思主义文艺理论建设讨论会。

8 日，中国文联、中国作协在京联合举行学习江泽民同志"七一"讲话座谈会。

10 日，《文艺报》以《在文艺领域筑起抵御和平演变的钢铁长城》为题，报道中国文联、中国作协在北京举行学习江泽民"七一"讲话座谈会。

14 日，中宣部文艺局、《人民日报》文艺部在京共同召开学习贯彻江泽民《在庆祝中国共产党成立七十周年大会上的讲话》座谈会。与会的近 30 位文艺界负责人一致强调，文化艺术工作者必须牢牢把握江泽民提出的建设有中国特色社会主义文化的基本要求，高度重视意识形态领域里的斗争，为提高全民族的思想道德和科学文化素质，促进社会主义物质文明和精神文明建设作出积极贡献。15 日的《人民日报》对此作了报道。

15—17 日，西安市文联召开第四次代表大会，贾平凹当选为市文联主席。

18—22 日，中国社科院少数民族文学所理论室、中国作协民族处、文化部社文处在内蒙古自治区锡林浩特市联合举行"全国第一届少数民族文学理论研讨会"。与会者就少数民族文学理论研究的方向、少数民族文学在整个中国文学格局中的地位、少数民族文学理论建设的基本问题等展开研讨。

25—28 日，中国作协、中华台港暨海外华文文学研究会等五家单位在京联合举办艾青作品国际研讨会。与会的海内外学者就艾青诗歌创作的成就、诗歌的思想内涵和艺术特色、艾青在现当代文学史上的贡献、艾青的诗歌美学思想等问题展开研讨。本月 20 日，《艾青全集》在京举行了首发式。《文艺报》第 34 期对此进行了报道。

30 日，巴金、柯灵、王西彦、茹志鹃、王安忆、赵丽宏等百余名作家在上海举办赈灾义卖签名售书活动。

本月，《倾向》第 3 期在上海出版，刊出柏桦、欧阳江河、肖开愚、陈东东、西川、王家新等人的诗作，王家新的诗论《我们这个时代的写作》强调诗歌应有所"承担"，应具备一种更为坚定、彻底的语言立场。

迟子建的中篇小说《旧时代的磨房》发表在《小说家》第 4 期上。

九月

3 日，吉林省社科院在长春举办首届东北沦陷时期文学国际学术研讨会。

6 日，以邓友梅为团长的中国作家代表团一行 5 人，赴意大利进行为期两周的访问，并出席该国"蒙德罗"国际文学奖颁奖仪式。

12—16日，中国作协、四川省社科院等单位在成都联合举办"巴金国际学术研讨会"。与会100余位作家、学者围绕巴金对中西优秀文化传统的继承与借鉴、巴金与20世纪的中国文学和世界文学等问题展开研讨。巴金致信给研讨会，申明"我提倡讲真话，并非自我吹嘘我在传播真理。正相反，我想说明过去我也讲过假话欺骗读者，欠下还不清的债。因为病……以后我很难发表作品了。但是我不甘心沉默。我最后还是要用行动来证明我所写的和我所说的到底是真是假，说明我自己究竟是一个怎样的人。一句话，我要用行为来补写我用笔没有写出来的一切。"

15日，《钟山》第5期刊登"女作家小辑"，包括张抗抗的短篇小说《斜厦》、张洁的中篇小说《上火》、王安忆的中篇小说《乌托邦诗篇》、陈染的中篇小说《与往事干杯》、林白的中篇小说《晚安，舅舅》、谌容的中篇小说《花开花落》等。

20日，王寅的《阳光》（诗5首）、韩东的诗《工人新村》（外1首）、莫言的中篇小说《白棉花》、王朔的中篇小说《谁比谁傻多少》发表在《花城》第5期上。

24日，首都集会纪念鲁迅诞辰110周年，中共中央总书记江泽民作题为《进一步学习和发扬鲁迅精神》的讲话。同日，纪念鲁迅诞辰110周年学术讨论会在京举行。与会120位专家学者就鲁迅的方向、鲁迅的文艺思想等问题进行了讨论。研讨会至28日结束。

25日，冯骥才的短篇小说《炮打双灯》、苏童的中篇小说《离婚指南》、李杭育的小说《布景》、鬼子的中篇小说《家癌》发表在《收获》第5期上。

30日，知侠逝世，享年73岁。知侠，原名刘兆麟，河南汲县人。1938年赴延安，入抗日军政大学。1939年到山东沂蒙地区，任《山东文化》副主编、文工团团长。1944至1945年，两次到微山湖和枣庄，同当地铁道游击队一起活动。这时期写了一些短篇小说、歌词、文艺通讯和中篇小说《铁道队》等。1948年，作为《前线报》特派记者随军参加了淮海战役。新中国成立后历任济南市文联主任、山东省文联秘书长、中国作协山东分会主席、《山东文学》主编、中国作协理事等职。代表作有短篇小说《红嫂》和长篇小说《铁道游击队》。另出版有短篇小说集《铺草集》《沂蒙故事集》等。"文革"后发表中篇小说《芳林嫂》、长篇小说《沂蒙飞虎》《战地日记》（《淮海战役见闻录》）等。

本月，浙江省文联在杭州举行毛泽东文艺思想讨论会。

青年诗人戈麦自沉于北京西郊万泉河中，时年24岁。戈麦，原名褚福军，1967年生，黑龙江省萝北县人。1985年考入北京大学中文系，1989年分配至中国文学出版社做编辑。他死后，友人为他辑录了遗作《慧星——戈麦诗集》（1993）、《戈麦诗全编》（1999）。

张欣的中篇小说《绝非偶然》、叶蔚林的中篇小说《九嶷传说》、严力的《趣味的抽象》（外两篇）、王蒙的《我不想谈小说》、陆星儿的《小说——心灵的历程》发表在《小说界》第5期上。

霍达的短篇小说《罢宴》、陈建功、赵大年的剧本《皇城根儿》、叶梦的散文《创造系列》、权延赤的纪实文学《陶铸和陶斯亮——〈女儿眼中的父亲〉之三》发表在

《十月》第 5 期上。

十月

3 日，贾平凹的中篇小说《废都》发表在《人民文学》第 10 期上。

7—11 日，中国作协、中国茅盾研究会等单位在南京联合举办茅盾研究国际学术讨论会。日本、瑞典、美国、英国等国的汉学家及我国的专家学者近百人出席。会议就茅盾与马克思主义文论的建设、茅盾与西方各种文学艺术流派、茅盾与中国传统文化、茅盾的创作与中外文化艺术思潮流派的关系等问题展开讨论。

8—14 日，《特区文学》编辑部主办的"中国经济特区文学研讨会"在深圳举行。

10 日，陈学昭在杭州逝世，享年 85 岁。陈学昭，原名陈淑英，浙江海宁人。1923 年参与浅草社的文学活动。同年，散文《我所希望的新妇女》获上海《时报》征文比赛第二名。1925 年出版第一部散文集《倦旅》。同年夏到北京大学旁听，在此期间在北京、上海两地报刊上发表了大量散文。1927 年赴法留学，1935 年获克莱蒙大学文学博士学位后归国。1940 年赴延安，先后担任《解放日报》编辑和中央党校四部文化教员。抗战胜利后赴东北，曾担任《东北日报》副刊主编。解放战争期间创作了长篇小说《工作着是美丽的》（上册）。1949 年 8 月任浙江大学中文系教授，1950 年离校到海宁参加土改，此后长期在杭州西湖茶区深入生活。1957 年出版长篇小说《春茶》（上卷），同年被打成右派，被安排到杭州大学图书馆作资料工作。在艰难境遇中，写成《春茶》《工作着是美丽的》两书下卷初稿。1979 年平反。历任中国作家协会顾问、浙江省文联副主席等职。"文革"后出版有长篇小说《工作着是美丽的》（上、下）、《春茶》（上、下），回忆录《天涯归客》《浮沉杂忆》《如水年华》，散文集《海天寸心》等。

戈麦的《诗三首》、西渡的《献诗：给姐妹们》发表在《诗刊》第 10 期上。同期还刊载了"艾青作品国际研讨会特辑"。

15 日，白桦的诗《春季里的十日》、刘庆邦的短篇小说《闺女儿》、茹志鹃的短篇小说《跟上，跟上》、韩少功的短篇小说《鞋癖》发表在《上海文学》第 10 期上。

23 日，罗烽逝世，享年 81 岁。罗烽，原名傅乃琦，辽宁沈阳市人。1928 年在黑龙江呼海铁路传习所学习期间参加革命。1929 年加入中国地下党，同年与表妹白朗结婚。1932 年在哈尔滨负责开展北满文艺运动。1933 年在长春《大同报》上创办大型文艺周刊《夜哨》，遭日伪查禁后又在哈尔滨《国际协报》上创办另一大型文艺周刊《文艺》。同时组织"星星剧团"，并发表大量诗歌、散文、小说、短剧、评论等。1934 年因叛徒出卖被日军逮捕，后经铁路同仁捐款营救，1935 年无罪释放。同年 7 月携妻白朗赴上海，加入即将解散的"左联"。1936 年与萧军、舒群创办大型报告文学月刊《报告》，又编辑《夜哨》小丛书。皖南事变后，奉周恩来指示奔赴延安。1941 年任中华全国文艺界抗敌协会延安分会第一届主席。1942 年参加延安文艺整风运动。在延安发表受毛泽东充分肯定的论文《高尔基论艺术与思想》和有异议的短论《还是杂文的时代》。解放战争期间先后担任东北《前进报》副社长、东北局宣传部文委常委、东北文艺协会代主任、关东文协主席等职。1950 年担任东北人民政府文化部副部长兼秘书长、东北文联第一副主席等职。1953 年东北大区改组，申请归队搞创作，调入中国作协。同年去朝鲜前线并参加板门店和平签字仪式。归国后，随中央黄河流域规划查勘组查勘三门峡等七个坝址的水土流失情况。返京后着手创作长篇小说《两岸春秋》，未及完稿便卷入"胡风反革命集团"、"丁、陈反党集团"等政治斗争。1957 与白朗双双被打成右派，遣送辽宁阜新矿区劳动改造，从此历经磨难。谪居塞外矿区期间，罗烽用饱含血泪之笔填写了百余首诗词，并创作了短篇小说《雪天》《第九盏红灯》等。1979 年平反，出席第四次文代会。1985 年第四次作代会上被聘为中国作协顾问。辽宁春风文艺出版社出版有《罗烽文集》1—5 卷。

27 日，杜鹏程逝世，享年 70 岁。杜鹏程，笔名司马君，陕西韩城县人。1938 年赴延安抗大学习。1947 年到西北野战军任新华社记者，转战大西北，经历了解放西北战场的全过程。建国后历任陕西省作家协会副主席、陕西省文联副主席等职。主要作品有长篇小说《保卫延安》、中篇小说《在和平的日子里》、小说集《年青的朋友》《平凡的女人》《杜鹏程散文特写选》、评论集《我与文学》等。茅盾在第三次文代会上的报告《反映社会主义跃进的时代，推动社会主义时代的跃进》中说："杜鹏程的风格的发展，是值得注意的。只要把《在和平的日子里》同《保卫延安》作一比较，已经可以看出显著的不同，更不用说他的若干短篇小说了。他的作品中的人物好像是用巨斧砍削出来的，粗犷而雄壮；他把人物放在矛盾的尖端，构成了紧张热烈的气氛，笔力颇为挺拔。他的反映和平建设的作品（例如《在和平的日子里》），描写环境、塑造人物，都有独特之处，然而表现创造和平劳动之诗意的快乐，尚嫌不够，这是美中不足。短篇如《延安人》《夜走灵官峡》则比较豪迈而爽朗。近年来作者长期深入生活，参加劳动和斗争，这将促使他的风格还要变化，而且更臻成熟。"路遥说："我不愿目睹没有气息的杜鹏程。我愿意他在我的记忆中永远是一团燃烧的烈火，一个用严峻的神色审视这个世界的哲学家，一个气势磅礴的诗人。""在和他同时代的作家中，杜鹏程是少数属于敢踏入'无人区'的勇士，并敢在文学的荒原上竖起自己标帜的人物。他是我们行业的斯巴达克思。这一切首先体现在他的史诗《保卫延安》之中。这部书使他声名远播，也给他带来过无穷的灾难。而属于巨人的灾难不也是别一种勋章吗？""杜鹏程出身于一个贫苦的农民家庭。他几乎是赤手空拳走进生活和战争的暴风雨。不久，他就拥有了枪和笔两种武器。其中的枪和敌对的势力作战，而笔主要和自己作战。对他来说，后一种作战更为艰难。从《保卫延安》的创作过程，我们就可以看出他和自己做过多么无情的斗争。以后，这部书先使他荣耀接着便让他忍气吞声地生活。从未来得及完成的大书《太平年月》的题旨就完全使我们意识到，作家已经进入了思想和艺术的大境界。可是，没等这座宏大的工程竣工，他就逝世了。正如他最后所言，这是一个'悲剧'。""二十多年相处的日子里，他的人民性，他的自我折磨式的伟大劳动精神，都曾强烈地影响了我。我曾默默地思考过他，默默地学习过他。现在，我也默默地感谢他。"（路遥：《杜鹏程：燃烧的烈火》，《路遥文集》第 2 卷，陕西人民出版社 1993 年版）

29 日，《文学评论》、中国艺术研究院马克思主义文艺理论研究所、《光明日报》

文艺部等 16 个单位在重庆联合举办全国新时期文艺论争学术讨论会。100 余名与会者就反映论、人道主义、重写文学史、主体性、主旋律与多样化、本质论、新时期文艺论争的实质以及文艺理论队伍的建设等问题展开讨论和争鸣。

本月，由中国话剧艺术研究会、《中国文化报》联合举办的"第二届中国话剧金狮奖"评选揭晓，共 190 人获奖。颁奖大会于 11 月 1 日在京举行。

《今天》（第 3—4 期合刊）刊发多多、杨炼、北岛、孟浪、虹影、陈东东、王家新、柏桦、朱文等人的诗作及奚密的《从边缘出发：论中国现代诗的现代性》、臧棣的《霍拉旭的神话：幸存的诗歌》等诗论。

叶兆言的中篇小说《挽歌》、李晓的中篇小说《相会在 K 市》发表在《小说家》第 5 期上。

十一月

3 日，李存葆、王光明的报告文学《沂蒙九章》发表在《人民文学》第 11 期上。

5—6 日，中国社科院文学所和福建省《台港文学选刊》编辑部在京联合举办"中国当代文学：大陆与台湾"学术座谈会。与会者就海峡两岸文学发展的历史、现状以及未来走向进行了交流和探讨。

7—10 日，中国社科院近代史所、文学所等单位共同主办的首届"胡适学术讨论会"在安徽绩溪举行。与会者就胡适的文化思想和学术成就展开讨论和争鸣。

10 日，雷抒雁的诗《前方，前方，依然是太阳》、宫玺的组诗《纸上春秋》、叶延滨的诗《感谢生活》（三首）、罗洛译《希腊三诗人小辑》、陈绍伟在全国诗歌座谈会上的发言《重评北岛》发表在《诗刊》第 11 期上。

12 日，文化部、中国文联、中国剧协等单位在京联合举办田汉诞辰 94 周年和左翼剧联成立 60 周年纪念会。大会深切地缅怀了田汉为中国革命戏剧运动、戏曲改革等奋斗的一生，高度评价了党所领导的左翼戏剧运动、救亡戏剧运动、抗日戏剧运动等对中国革命和中国戏剧发展所做出的贡献。

15 日，王蒙的小说《成语新编》、李国文的小说《电梯谋杀案》发表在《钟山》第 6 期上。

牛汉的散文《童年诗情二题》发表在《上海文学》第 11 期上。

20 日，中国作协创联部、陕西省作协等单位在西安联合召开散文报告文学研讨会。与会作家、学者就近年散文、报告文学创作呈现的态势、作家在文坛独特的地位和影响等问题进行了研讨。会议 21 日结束。

当代诗人丛书编辑部在京举办"香山之秋文艺创作研讨会"和"大观园诗会"。来自全国 27 个省市自治区的 90 余人参加了研讨会和诗会。会议 23 日结束。

田晓青的诗《闲暇·市井篇》、邹静之的诗《在山岗》（外五首）、西川的诗《命题十四行》、臧棣的诗《我们时代的手相》、戈麦的诗《北风》（外一首）、北村的小说《迷缘》、迟子建的长篇小说《树下》发表在《花城》第 6 期上。

25 日，中国现代文学馆和北京图书馆联合举办的"丁玲生平和创作展览"在京开幕。

残雪的小说《饲养毒蛇的女孩》、王朔的中篇小说《动物凶猛》、余华的长篇小说《呼喊与细雨》发表在《收获》第 6 期上。《呼喊与细雨》后更名为《在细雨中呼喊》。余华说："我以前小说中的人物，都是我叙述中的符号，那时候我认为人物不应该有自己的声音，他们只要传达叙述者的声音就行了，叙述者就像是全知的上帝。但是到了《在细雨中呼喊》，我开始意识到人物有自己的声音，我应该尊重他们自己的声音，而且他们的声音远比叙述者的声音丰富。"（余华、杨绍斌《只要写作，就是回家》，《当代作家评论》，1999 年第 1 期）谢有顺说："可以说，1991 年底《呼喊与细雨》的发表，是新时期小说界最重要的事件之一。""《呼喊与细雨》是对先锋小说艺术经验的一次有力总结，它向我们预示了一个新的小说时代正在远远到来。""这里，要用简单的语言说尽它的魅力是困难的，但是，至少我们不应忘记余华关注生存的坚定容貌：绝望、恐惧而又充满迫切的家园梦想。"谢有顺认为《呼喊和细雨》有力地揭示了"生存的苦难"，"生存的苦难导演了这一切的发生，余华注视着这一切，坚定地揭示出了它所蕴涵的全部悲剧性。""生存的苦难"是余华"进行审判的唯一前提"。余华在这部小说中"写出了缺乏信仰的末日黑暗"，"同时也表露出了重建精神乌托邦的愿望"，"有力地矫正了""缺乏终级关怀的迷失"。（谢有顺：《绝望审判和家园中心的冥想——再论〈呼喊与细雨〉中的生存镜像》，《当代作家评论》1993 年 3 期）郜元宝认为，在《呼喊和细雨》的叙述中，"今天被有意省略了"，"这种省略所包含的意味，正是力图以沉默和空白的方式对今日的某种言说。余华在展示昨日的苦难时排除了今天的立场，排除了今日仍然对大多数有效的道德习俗、情感方式和意识形态的许诺和权威解释，因而使苦难场面之展示显得缺乏节制，并且由此产生了某种'残酷效应'。""事实上，与其说余华是在某种'情感的零度'上叙述人间的苦难，不如说他是把无以名状的情感涵容在平面化的叙述中。""情感和生活合而为一，这就没有必要在生活世界之侧另外树立一套语言系统来反射和诠释这个弥漫性的情感世界。"（郜元宝：《余华创作中的苦难意识》，《文学评论》1994 年第 3 期）

本月，方方的中篇小说《行云流水》发表在《小说界》第 6 期上。同期还发表茹志鹃的《跟着感觉走》、池莉的《能吃的小说》和孙甘露的《认识》等文章。

沙叶新的剧本《黄花魂》发表在《十月》第 6 期上。

十二月

2 日，台湾《世界论坛报》开始每天连载大陆女作家霍达的长篇小说《穆斯林的葬礼》。

3 日，中国传记文学学会在京成立，刘白羽担任会长。

4—6 日，湖南"三周"（周扬、周立波、周谷城）暨新时期文艺思潮讨论会在湖南益阳举行。

5—19 日，以袁鹰为团长的中国作家代表团一行 8 人赴苏联访问。

8—9 日，河南省作协第二次代表大会在郑州召开，张一弓当选为省作协主席。

10 日，虹影的诗《桥梁》（外一首）发表在《诗刊》第 12 期上。

15 日，罗洛的《访缅诗抄》发表在《上海文学》第 12 期上。

18 日，中宣部文艺局、中国文联、中国艺术研究院联合在京召开"优秀文艺评论报刊表彰大会"。《人民日报》文艺评论版、《文学评论》等 17 家单位受到表彰。这是建国以来首次就文艺评论报刊进行表彰。本月 16 至 19 日还召开了"文艺评论研讨会"，就如何改进和加强文艺评论工作，促进社会主义文艺的更大繁荣进行研讨。

本月，中国社会科学院文学研究所在京举行"文学史学研讨会"。与会学者对近年出版的众多中国文学史编写中带共性的问题进行了研讨。

《现代汉诗》冬季卷刊出陈东东的《政治、爱情》（诗 7 首）、欧阳江河的诗《傍晚穿过广场》以及朱朱、郑单衣、蓝蓝、杨小滨、小海等人的诗作。同期还刊有耿占春的《语言的欢乐》、西川的《悲剧真理》、于坚的《拒绝隐喻》等诗论。

马原的中篇小说《倾述》发表在《小说家》第 6 期上。

1992 年

一月

3 日，杜鹏程的散文《彭大将军接见记》、李存葆的散文《伏虎草堂主人》、王英琦的散文《走向成熟》发表在《人民文学》第 1 期上。

4 日，唐弢在京逝世，享年 78 岁。唐弢，原名端毅，笔名晦庵等，浙江镇海人。1933 年起在鲁迅的影响下开始写散文和杂文。抗战爆发后参加了 1938 年版《鲁迅全集》的编校工作。抗战胜利后与柯灵合编《周报》，被禁后又开始编辑《文汇报》副刊《笔会》。解放后曾在全国文协上海分会、复旦大学等处任职。1953 年任中国作家协会上海分会书记处书记，并任《文艺新地》《文艺月报》副主编。1956 年兼上海市文化局副局长。1959 年起调北京任中国科学院文学研究所研究员。主编《中国现代文学史》。著有杂文集《推背集》《海天集》《短长书》《学习与战斗》《繁弦集》等 14 部，散文集《落帆集》，以及《晦庵书话》《晦庵序跋》等，还收藏有五四以来大量的新文学书籍和报刊。巴金说："唐弢同志是我敬爱的一位老友，我很喜欢他的杂文和散文，三十年代我最初读到他的文章，我还以为这是鲁迅先生的笔名。当时传说鲁迅先生对他说过：'你写文章我挨骂。'回想五十几年前的旧事，我十分难过，遗憾的是我已无力表达我的感情。"胡绳说："唐弢同志是在三十年代的激烈的阶级斗争中成长起来的文化战士、学者。他一生在文化园地辛勤耕耘，都是为了中国人民的解放事业和社会主义事业的胜利。他的杂文、散文和其他文章，他对鲁迅研究和对文学史的研究，为后人留下了丰富的遗产。"刘纳说："'诗性的心灵'其实正是唐弢先生一切写作的核心；唐先生'本质上就是一个诗人'，这就是何以他的杂文、散文乃至论文都表现出一种他特有的诗情，一种'诗性的智慧'的缘故。"樊骏说："作为作家，他创作的议论性杂文具有抒情文的特点，而他的抒情性散文则闪烁着一些哲理的光辉，他的叙事散文既有抒情又有议论。这些都形成了他的各类体裁的散文的特色。"（以上均见《唐弢学术研讨会综述》，《文学评论》，1992 年第 4 期）又说："作家与学者的双重身份以及长期的创作经历，给唐弢的学术研究带来更为直接的影响。创作实践中磨炼而成的艺术才能和累积起来的艺术修养，使他对于文学艺术具有敏锐的感受性和精细的鉴赏力，在这些方面往往为一般的学者所不逮。"（樊骏：《唐弢与中国现代文学研究》，《文学评论》1992 年第 4 期）

10 日，谢先云的诗《多情的土地》（三首）、杜运燮的诗《纪念碑》、杨光治的评论《从席慕容、汪国真到洛湃——初谈热潮诗》发表在《诗刊》1992 年第 1 期上。

14 日，由中宣部文艺局、文化部政策法规司、《人民日报》文艺部、《光明日报》文艺部、《求是》杂志文艺部、《中国文化报》等单位联合主办的"关于建设有中国特色的社会主义文化问题"系列研讨会第三次会议在京举行。本次研讨会的主题是"建设有中国特色社会主义文化与传统文化的关系"。2 月 1 日《文艺报》对此进行了报道。

15 日，邹荻帆的组诗《青春万岁》、汪曾祺的短篇小说三题（《明白官》《樟柳神》《牛飞》）发表在《上海文学》第 1 期上。

梁晓声的中篇小说《表弟》、海男的中篇小说《没有人间消息》、半岛的中篇小说《路上或漂流物》发表在《钟山》第 1 期上。

18 日，邓小平同志开始南巡，途经武昌、深圳、珠海、上海等地，至 2 月 21 日结束行程。他在"南巡讲话"中说："现在，有右的东西影响我们，也有'左'的东西影响我们，但根深蒂固的还是'左'的东西。有些理论家、政治家，拿大帽子吓唬人的，不是右，而是'左'。'左'带有革命的色彩，好像越'左'越革命。'左'的东西在我们党的历史上可怕呀！一个好好的东西，一下子被他搞掉了。右可以葬送社会主义，'左'也可以葬送社会主义。中国要警惕'右'，但主要是防止'左'。右的东西有，动乱就是右的！'左'的东西也有。把改革开放说成是引进和发展资本主义，认为和平演变的主要危险来自经济领域，这些就是'左'。"

中宣部文艺局重大革命历史题材影视创作领导小组等单位在京联合召开"重大革命历史题材影视创作会议"。李瑞环等中央领导与会并发表重要讲话。会议至 24 日止。

19 日，刘醒龙的中篇小说《村支书》发表在《青年文学》第 1 期上。

20—22 日，浙江省作家协会第四次代表大会在杭州召开。大会选出新的领导机构，黄源为名誉主席，叶文玲任主席。

欧阳江河的诗《马》、陈东东的诗《秋日断章》、张抗抗的中篇小说《蓝领》发表在《花城》第 1 期上。

25 日，韩东的短篇小说《反标》、迟子建的中篇小说《秧歌》、李晓的中篇小说《叔叔阿姨大舅和我》、叶辛的中篇小说《悠悠落月坪》、李锐的散文《寂静的高纬度》、张抗抗的散文《牡丹的拒绝》发表在《收获》第 1 期上。

本月，管桦的中篇小说《云铃儿》、陈祖芬的报告文学《画外音》发表在《十月》第 1 期上。同期还选载了周励的传记文学（自传体小说）《曼哈顿的中国女人》，由北京出版社 7 月出版。这部书成为全国第五届书市文艺类畅销书之冠。

《小说界》第 1 期在"我看小说"专栏中发表蒋子龙的《小说小说》、韩少功的《灵魂的声音》和叶文玲的《酸甜苦辣说小说》。

二月

3 日，李瑛的诗《红土地》、王汶石的《祭鹏程》发表在《人民文学》第 2 期上。

10 日，简宁的诗《大路》、罗洛的诗《咏物二首》、周良沛的评论《绿原的诗》发表在《诗刊》第 2 期上。

15 日，叶辛的中篇小说《名誉》、赵丽宏的散文《乌克兰人》、王蒙的文章《"钗黛合一"新论》发表在《上海文学》第 2 期上。

20 日，储福金的中篇小说《生命协奏曲》、吴海民的报告文学《大陆音像圈》、刘白羽的传记文学《心灵的历程》发表在《当代》第 1 期上。

21 日，中国社会科学院外国文学研究所《外国文学评论》编辑部举行座谈会，以"《在延安文艺座谈会上的讲话》与外国文学"为主题进行了研讨。

28 日，文艺理论家蔡仪逝世，享年 86 岁。蔡仪，原名蔡南冠，湖南攸县人。1925年入北京大学预科乙部学习。1929 年东渡日本留学，接触马克思主义文艺理论。1937年"七七"事变前夕回国，参加抗日救亡运动。1938 年在湖南文化抗敌救援会工作。1939 年起在郭沫若领导下的国民革命军总政治部第三厅和文化工作委员会从事对敌宣传研究工作。1942 年著《新艺术论》，同年冬开始撰写《新美学》。1945 年编辑《青年知识》月刊。1946 年起在上海大夏大学及杭州艺术专科学校任教。1948 年底赴华北解放区，1949 年在华北大学二部国文系任教。1950 年调中央美术学院任教授兼研究部副主任。1953 年调中国科学院文学研究所任研究员及文学理论组组长。曾任中国美术家协会理事、中国作协理事、《文学研究》常务编委、《文艺理论译丛》和《古典文艺理论译丛》主编等职。著有《文学浅说》《中国新文学史讲话》《唯心主义美学批判》《论现实主义问题》《探讨集》《美学论著初编》等。主编《文学概论》《美学原理》。

本月，陈染的中篇小说《无处告别》、北村的中篇小说《孔成的生活》发表在《小说家》第 1 期上。

三月

3 日，雁翼的诗《深圳人短句》发表在《人民文学》第 3 期上。

10 日，北村皈依基督教。自述："1992 年 3 日 10 日晚上 8 时，我蒙神的带领，进入了厦门一个破旧的小阁楼，在那个地方，我见到了一些人，一些活在上界的人。神拣选了我。我在听了不到二十分钟福音后就归入主耶稣基督。三年后的今天我可以见证说，他是宇宙间惟一真活的神，他就是道路、真理和生命。""当我信主后，对文学之于我从一个神圣的追求突然下降为混饭吃的营生感到无比震惊，但我实在无法确立对它的信心。许多优秀的作家的著作堆满了图书馆的书架，但他们都死了，没有一个人把永生的生命给我。现在，我对我仍在从事写作充满了疑惑和痛苦。"（北村：《我与文学的冲突》，《当代作家评论》1995 年第 4 期）

昌耀的组诗《理想者的排箫》、张学梦的诗《思维》、袁可嘉译、叶芝的《诗四首》发表在《诗刊》第 3 期上。

15 日，叶君健的散文《巫山神女》发表在《钟山》第 2 期上。

王家新的诗《反向》、西飚的短篇小说《此岸彼岸》、池莉的中篇小说《白云苍狗谣》发表在《上海文学》第 3 期上。

20 日，戴厚英的短篇小说《完成》、李国文的中篇小说《人生在世》、苏童的长篇小说《我的帝王生涯》、余秋雨的散文《江南小镇》发表在《花城》第 2 期上。

25 日，王朔的中篇小说《你不是一个俗人》、沈从文的散文《湘行书简》、茹志鹃的散文《你的火种呢》、何士光的散文《黔灵留梦记》发表在《收获》第 2 期上。

本月，第二届中国纪实文学"长篇报告文学"作品评奖揭晓。刘贵贤的《生命之源的危机》、刘宁荣的《愤怒的地球》、安徽省文联的《91'安徽抗洪纪实》等 8 部长篇报告文学获奖。

《中国作家》举办的 1991 年度中篇小说评奖活动最近揭晓。陈源斌的《万家诉讼》、高建群的《雕像》等九篇作品获奖。

王家新参编的《今天》第 1 期发表宋琳、西川、张枣、北岛、柏桦、欧阳江河、万夏、周伦佑等人的诗作，以及张枣、西川、柏桦、唐晓渡、岛子、陈东东等人的诗论。

范小青的小说《晚景》、赵大年的小说《司马台考》发表在《十月》第 2 期上。

残雪的短篇小说《旅途中的小游戏》、王蒙的短篇小说《奥地利粥店》、孙甘露的短篇小说《大师的学生》、谌容的中篇小说《我是怎样养猫的》、陆星儿的中篇小说《没有眼泪的日子》、萧乾的散文《一对老人，两个"车间"》发表在《小说界》第 2 期上。同期发表沙叶新的《剧作家眼中的小说》、胡万春的《小说的"生产"与"消费"》、梁晓声的《读写在如今》、叶永烈的《小说和年龄》。

余秋雨的散文集《文化苦旅》由上海知识出版社出版。编者在《内容提要》中指出："全书的主调是凭借山水风物以寻求文化灵魂和人生秘谛，探求中国文化的历史命运和中国文人的人格构成。""作者依仗着渊博的文学和史学功底，丰厚的文化感悟力和艺术表现力所写下的这些文章，不但揭示了中国文化的巨大内涵，而且也为当代散文领域提供了崭新的范例。"《文艺报》《解放日报》《上海文化》《长城》等报刊纷纷发表评论。公刘说："其品位之所以居高、不从众，有魅力，端赖于作者充沛、厚重、成熟的文化感。""我个人的阅读感受是，它融文学、美学、哲学、史学，以及其他学科为一体，因而顶饥、解渴，且养人。这当然不是一朝一夕得以致之的。余氏带着属于自己，却又想着众生的脑袋行万里路，读万卷书，出得去，回得来；进得去，出得来。体会这一点，即足以令人肃然起敬了。"（公刘：《散文不可缺少的文化感》，1992年 9 月 17 日《解放日报》）王安忆说："我想《文化苦旅》至少是有一种勇敢，它的勇敢在于，它不避嫌地让散文这种日见轻俏的文体承载起一些比较重大的心灵情节。""它还表现出一种深究的态度，流露出思索的表情。它改变了'抒情'这一活动轻俏的面目，使抒发成为一种艰辛疲惫，上下求索而不得的痛苦事情。"蒋孔阳说："余秋雨同志的《文化苦旅》，是我近年来难得读到的一本好书。文笔简劲而隽美，思想丰富而又深刻。从西北到东南，通过不同名胜古迹的游览，抒写了对中国几千年文化的感慨、反思和评论。时有火花，颇多创见。较之某些泛泛而谈的思想史或文化史，于我心似乎更有戚戚焉。"沙叶新说："秋雨是散文大家，《文化苦旅》是神品。历史、文化、山川、人物，在秋雨笔下立意颖脱，情致盎然。如此美文似乎绝不是在小小的稿纸上一格一格地爬出来的，而像是秋雨羽扇纶巾，焚香抚琴，在古城头，在云水间，从心底流出来的，所以才那么儒雅，那么潇洒，那么淋漓，那么高格，而且又那么具有现代感！《文化苦旅》是精致文化的代表作。"（王安忆、蒋孔阳、沙叶新：《余秋雨散文》，载《新民晚报》1993 年 4 月 15 日）1995 年前后，对《文化苦旅》的评价开始出现异议，且有愈演愈烈之势，如指责余氏散文的学术"硬伤"等。

四月

2 日，《文艺报》和《山西文学》编辑部在京联合举办农村题材小说座谈会。与会者就如何看待新时期农村题材小说创作走向、如何更好地展现当前的新农村、如何提高创作思想和艺术质量等问题进行探讨。

3 日，张学梦的诗《中国精神》（四首）发表在《人民文学》第 4 期上。

10 日，李瑛的组诗《红土地之恋》、汪静之、林焕平等人的旧体诗和周良沛的评论《关于诗的导向及其他》发表在《诗刊》第 4 期上。

11—13 日，由四川省社会科学联合会主持的"邓小平文艺思想讨论会"在成都召开。会议就邓小平文艺思想中关于文艺与政治的关系、文艺的人民性、文艺的党性原则、文艺在精神文明建设中的地位和作用、文艺管理思想、文艺的功利观等观点展开讨论。5 月 9 日《文艺报》对此进行了报道。

15 日，王蒙的组诗《西湖秋》、王朔的小说《许爷》发表在《上海文学》第 4 期上。

20 日，柯岩的长篇小说《他乡明月》、阮海彪的长篇小说《欲是不灭的》、麦天枢、王光明的报告文学《昨天——中英鸦片战争纪实》发表在《当代》第 2 期上。

28 日，中国作协主办的 1990—1991 年度全国优秀报告文学评奖揭晓。王宏甲的《无极之路》、李存葆、王光明合著的《沂蒙九章》等 32 篇（部）报告文学获奖。

本月，中国社科院文学所、《文学评论》编辑部、华中师范大学等单位在武汉联合举办中国当代文学史讨论会。与会者就如何评估当代文学史研究的成绩与问题、怎样推进当代文学史学科的建设等问题展开讨论。

莫言的中篇小说《高密东北乡故事》发表在《小说家》第 2 期上。

唐浩明的长篇历史小说《曾国藩》由湖南文艺出版社出版。杨经建、陈亮指出："毫无疑问，长篇历史小说《曾国藩》的创作成功主要得益于作为文学人物的'曾国藩'的出现。在这之前，曾国藩只是一个复杂的而又影响颇大的历史人物，海峡两岸的学术界对其评价迥异，按照唐浩明在'创作琐谈'中的说法，'汉奸、卖国贼、刽子手与'三立'完人，这之间的差距无异霄壤'，正是这巨大的反差激发了作者的极大审美意趣。经过独立而深入的审美把握，作者认定曾国藩'是中国近代史上一个充满了深刻悲剧内涵的人物'，这既不是历史学家的终极性的价值判断，也不是政治学家的是非分明、善恶了然的定性评价，而是摆脱了功利性羁绊的审美思维成果。于是从历史人物着眼，以完成了文学人物为目标和旨归，在历史规定的情境中发掘人物形象悲剧内涵的深厚的历史负荷和文化动因，从而超越了局部的、暂时的恶与善、文明与邪恶、是与非的评判，发现并把握住了几千年中国封建社会的历史精魂和文化蕴积。"（杨经建、陈亮：《论〈曾国藩〉的历史意蕴》，《中国文学研究》1994 年第 4 期）

五月

1 日，残雪的小说《一个人和他的邻居及另外两三个人》发表在《作家》第 5 期上。

3 日，西川的《诗四首》、欧阳山的《杨家岭往事初忆》、公木的《〈讲话〉百读感言》、徐迟的报告文学《攻主战场者谓主力军》发表在《人民文学》第 5 期上。

5 日，蹇先艾的散文《在泰戈尔的故乡》发表在《山花》第 5 期上。

7 日，中国社会科学院在京举行纪念毛泽东《在延安文艺座谈会上的讲话》发表 50 周年学术讨论会。

10 日，唐湜的诗《歌赞》（十四行二章）发表在《诗刊》第 5 期上。

15 日，中国作家协会和山西省作家协会在太原联合举办"马烽、西戎、束为、孙谦、胡正文学创作学术研讨会"。

苏童的中篇小说《十九间房》、李晓的中篇小说《民谣》、黄蓓佳的中篇小说《藤之舞》、范小青的中篇小说《还俗》发表在《钟山》第 3 期上。

18 日，新版《毛泽东论文艺》（增订本）由人民文学出版社出版。

19 日，刘醒龙的中篇小说《凤凰琴》发表在《青年文学》第 5 期上。

22—24 日，为纪念毛泽东《在延安文艺座谈会上的讲话》发表 50 周年，中国文联、中国作协和中国艺术研究院在京联合举行"坚持和发展毛泽东文艺思想理论研讨会"。

25 日，张炜的长篇小说《九月寓言》发表在《收获》第 3 期上。陈思和说："《九月寓言》的成功在于它以寓言的虚拟形态来取代非现实形态，从叙事意义上说它依然是现实的。由于摆脱了时间对故事的约束，也就是摆脱了作为时间物化的历史事件对故事的羁勒，因此它的魅力只能来自故事本身。我们不妨分析一下，构成《九月寓言》的故事系列，大致有三个部分：一是传说中的小村故事，一是现实中的小村故事，一是民间口头创作。第一部分带有浓厚的民间传奇色彩，如露筋与闪婆野合的故事、金祥千里买鳌的故事等等，第三部分主要是通过人物之口转述出来的历史故事，明显经过了叙述者主观的夸张与变形，成为口头创作文本，诸如金祥忆苦、独眼义士三十年寻妻传奇，等等。这两部分故事大都流传在小村人的口头传播之中，不可考实。若孤立地看，一个个故事是民间文学的典型材料，它们中有些故事与国家意识形态毫无关系，也有一些故事虽处于意识形态的需要（如忆苦），但已经经过叙述者的艺术加工，使之民间化了。只有在第二部分即描写现实中的小村故事里，我们才能看到中国 70 年代农村的许多真相，但由于它是以寓言的形态出现，小村故事终于淡化了国家权威的痕迹，成为一个自在、完整的民间社会。"（陈思和：《还原民间：谈张炜〈九月寓言〉》,《文学评论家》1992 年第 6 期) 王安忆说:"《九月寓言》确是一个寓言世界,它完全独立于现实世界之外,依凭着自身的规则与逻辑发生、发展到灭亡,它不是那种事事对立的象征性世界,它自成一体。这是个体现了自然的带有真理性规律的世界。一群人跑啊跑的,跑到这里停下来,他们全有一个叫做'挺(改为"鱼"旁)鲅'的名称,'挺(改为"鱼"旁)鲅'其实就是'停吧'的谐音,他们是一个停住脚步的村落,他们的生命力在停滞的状态中挥发、相抵、消耗、酿成大祸,最后灭亡。这是一个经历了感性体验,然后又经历理性思索,最终归纳概括组织创造的一个世界,这世界是奇异的景观。这个抽象的世界一反以往张炜的现实原则。一个最诚实最不注意形式的作家,由于体验和思索的坚持不懈掘进,创造了最具形式感的再造的世界,这世界体现了不是现实却比现实更为真实的原则。"(王安忆:《最诚实的劳动者》,《文学自由谈》1993 年第 6 期)

28 日,《人民日报》文艺部、《光明日报》文艺部、《文艺理论与批评》编辑部、四川省社科院文学所等十三家单位在成都共同举办全国文艺批评学术讨论会,就进一步繁荣和发展马克思主义文艺批评进行讨论。

本月,全国各地以演出、画展、广播、座谈等形式纪念毛泽东《在延安文艺座谈会上的讲话》发表 50 周年,重庆出版社推出《中国解放区文学书系》9 编 22 卷。

韩东的诗集《白色的石头》由上海文艺出版社出版。

范小青的小说《看客》、史铁生的《〈务虚笔记〉备忘》发表在《小说界》第 3 期上。

刁斗的中篇小说《新婚中的恐惧》发表在《十月》第 3 期上。

六月

3 日,上海市翻译家协会和中法比较文化研究会等 4 个单位在上海召开法国作家司汤达逝世 150 周年纪念会。

周涛的散文《游牧长城:山西篇》发表在《人民文学》第 6 期上。

5—6 日,伦敦大学亚非学院组办"中国当代诗歌研讨会"。芒克、顾城、北岛、多多、谢冕、洛夫、王家新、翟永明、宋琳、张枣、顾彬(wolf-qanq kubin)、胡冬、虹影、赵毅衡等与会。

9—12 日,荷兰莱顿大学汉学院举办"现代中国诗歌——时空之桥梁"研讨会,谢冕、洛夫、多多、芒克、顾城、北岛、王家新、奚密、柯雷、李欧梵等与会。

10 日,吕新的小说《残阳如血》发表在《北京文学》第 6 期上。

13—20 日,荷兰"鹿特丹国际诗歌节"举办"中国专题",北岛、芒克、顾城、童蔚、多多、王家新、宋琳、翟永明、洛夫赴会。此后,郑敏(1994 年度)、西川(1995 年度)、于坚(1997 年度)、孙文波(1998 年度)分别应邀参加该诗歌节。

20 日,新版《毛泽东论文艺》选、荒煤的散文《一盏小小的煤油灯……》、朱寨的散文《桥儿沟的星辰》发表在《当代》第 3 期上。

本月,方方的中篇小说《无处遁逃》、刘恒的中篇小说《冬之门》发表在《小说家》第 3 期上。

刘心武的长篇小说《风过耳》由中国青年出版社出版。

七月

3 日，范小青的中篇小说《菜花黄时》发表在《人民文学》第 7 期上。

6 日，《人民日报》发表张闻天、周恩来 1936 年 7 月 6 日致冯雪峰的一封信。该信体现了中国共产党同鲁迅的亲密关系。

9 日，《文艺报》邀请部分文艺界人士就文艺体制改革问题交换意见。

《文学报》报道："当年工人作家　而今从文从商　胡万春到越南办企业"。

10 日，毛泽东的诗《祭黄帝陵》、邹荻帆的组诗《陕北行》、宫玺的组诗《西北行止》、汪国真的诗《看海》（外四首）发表在《诗刊》第 7 期上。

15 日，《天涯》杂志"诗专号"刊载谢冕的《先锋的使命》和几十位诗人的作品。

韩东的短篇小说《单杠·香蕉·电视机》、王朔的中篇小说《刘慧芳》、叶兆言的中篇小说《挽歌》、汪曾祺的散文《故乡的野菜》、林斤澜的散文《我的戒烟》发表在《钟山》第 4 期上。

残雪的短篇小说《水浮莲》发表在《特区文学》第 4 期上。

梁晓声的中篇小说《弃偶》发表在《上海文学》第 7 期上。

20 日，钟鸣的《树巢》（长诗节选）发表在《花城》第 4 期上。

23 日，深圳市作家协会召开"文学与改革开放研讨会"。8 月 15 日《文艺报》作了报道。

25 日，《通俗文学评论》创刊，由《今古传奇》《中国故事》《中华传奇》、长江文艺出版社共同主办。

林白的短篇小说《随风闪烁》、阎连科的中篇小说《寻找土地》、尤凤伟的中篇小说《金龟》、邵燕祥的散文《断梦编年》发表在《小说家》第 4 期上。

30 日，《文学报》报道：《亦文亦商——广东作家寻常事》。作家"下海"经商开始成为一个热门话题。

本月，深圳市文化局决定把 1992 年定为"繁荣文艺创作节"。这个决定是在学习邓小平南巡讲话精神，为结合纪念毛泽东《在延安文艺座谈会上的讲话》发表 50 周年提出来的。

人民文学出版社出版香港作家梁凤仪的小说《醉红尘》《花魁劫》和《豪门惊梦》。此后，梁凤仪的小说和散文、随笔在国内多家出版社大量出版，成为席卷大陆文坛和出版界的"梁凤仪旋风"。

唐晓渡等编选的《灯芯绒幸福的舞蹈——"后朦胧"诗选》由北京师范大学出版社出版。

雁翼的组诗《长江短句》、李国文的短篇小说《涅槃》、贾平凹的中篇小说《晚雨》、王英琦的散文《我很矮，可是我不蠢》、唐师曾、刘忆芬的报告文学《我参加了海湾战争》发表在《十月》第 4 期上。

王朔的中篇小说《过把瘾就死》、池莉的中篇小说《凝眸》、谢冕的《有用或无用的小说》、戴厚英的《小说小说》、张颐武的《小说闲话》发表在《小说界》第 4 期上。

八月

1 日，《文艺报》开始开展"文学价值论"讨论。

7 日，海男的小说《疯狂的石榴树》发表在《天津文学》第 8 期上。

10 日，在呼和浩特举行的内蒙古乌兰牧骑艺术节闭幕式上，中共中央政治局常委李瑞环作重要讲话，指出繁荣文艺必须解放思想，在提倡多创作健康有益、群众喜闻乐见作品的同时，也不反对政治思想上无害、艺术上较好、群众喜闻乐见的作品。

西川的《预感及其它》（诗 4 首）发表在《北京文学》第 8 期上。

魏巍的叙事诗《母亲》、梅绍静的叙事诗《爱爱》发表在《诗刊》第 8 期上。

15 日，邵燕祥的诗《五十弦》、范小天的短篇小说《白梦》、范小青的中篇小说《人情》、斯妤的散文《躁动的平静》发表在《上海文学》第 8 期上。

20 日，李瑛的诗《漓江的微笑》、公刘的诗《湘沅漂流》、张弛的中篇小说《汗血马》、周而复的长篇小说《黎明前的夜色》发表在《当代》第 4 期上。

21—25 日，首届国际老舍学术讨论会在北京举行。29 日《文艺报》作了报道。

本月，文化部最近向各地文化厅局和直属单位发出通知，提出贯彻邓小平同志南巡讲话与中共中央政治局全体会议精神，深化文艺体制改革，加快文化事业发展步伐的十点意见。8 月 22 日《文艺报》对此进行了报道。

中国当代文学学会第十一届年会在山西大同举行。会议议题是：认真贯彻落实邓小平同志南巡讲话精神，探讨新时期文学如何更好地反映改革开放和社会主义现代化建设。会议决定将"中国当代文学学会"改名为"中国新文学学会"。

《今天》第 3 期刊载欧阳江河、胡冬、吕德安、孟浪、张真、朱朱的诗作，以及钟鸣的诗论《笼子里的鸟儿和笼子外面的俄尔甫斯》。张枣、宋琳正式任《今天》诗歌编辑。

九月

5 日，台湾诗人余光中到京进行为期一周的学术访问，拜会了冯至、艾青、卞之琳等诗人。

残雪的短篇小说《乏味的故事》发表在《湖南文学》第 9 期上。

10 日，蔡其矫的诗《福安的十一月》、沙鸥的诗《寄你》（三首）、肖开愚的《献诗》（二首）、雷抒雁的诗《泥泞》、赵丽宏的诗《俄罗斯屐痕》（五首）、芦获的《澳洲诗页》（二首）、徐康的诗《拾穗者》发表在《诗刊》第 9 期上。

12 日，北京大学中国语言文学研究所与《作家报》联合发起"后新时期：走出 80 年代的中国文学"讨论会，就当前文学界出现的新"调侃"文学、新潮小说、"新时期"诗歌以及商品大潮对文学的冲击、严肃文学的命运和前途等问题进行研讨。有关文章集中发表于《当代作家评论》1992 年第 5 期（包括王蒙的《中国的先锋小说与新写实主义》、谢冕的《世纪之交的文学转型》、宋遂良的《漂泊的文学》、陈骏涛的《后新时期，纯文学的命运及其它》）和《文艺争鸣》1992 年第 6 期（包括张颐武的《后新时期文学：新的文化空间》、赵毅衡的《二种当代文学》、王宁的《继承与断裂：走向后新时期文学》）。

15 日，格非的小说《傻瓜的诗篇》、莫言的小说《梦境与杂种》、王蒙的小说《成语新编》（续）、袁鹰的散文《那个城》发表在《钟山》第 5 期上。

18 日，《文艺报》在京召开"文学价值观"讨论会。与会者就"文学价值"与"商品价值"的联系与区别、"文学价值论"与"反映论"的关系等问题进行讨论。部分发言摘要刊登在 10 月 24 日的《文艺报》上。

20 日，陈染的短篇小说《站在无人的风口》、韩少功的短篇小说《永远的怀念》发表在《花城》第 5 期上。同期开始连载王蒙的长篇小说《恋爱的季节》，至第 6 期止。

25 日，陈染的短篇小说《嘴唇里的阳光》、洪峰的长篇小说《东八时区》、公刘的散文《活的纪念碑》发表在《小说家》第 5 期上。

本月，为继续深入学习贯彻邓小平同志南巡讲话和中央政治局全体会议精神，全国文联工作改革研讨会在山东济南召开。

陈东东在上海创办《南方诗志》（1992．秋—1993．秋，共出 5 期）。主要作者有西川、陈东东、肖开愚、孙文波、王家新、朱朱、黄灿然、庞培、钟鸣、欧阳江河、王寅等。

贾平凹主编的散文月刊《美文》在西安创刊。贾平凹在发刊词《走向大散文》中提出，要"鼓呼大散文的概念，鼓呼扫除浮艳之风，鼓呼弃除陈言旧套，鼓呼散文的现实感，史诗感，真情感，鼓呼真正的散文大家，鼓呼真正属于我们身外的这个时代的散文！"具体要实现几个方面的创作目标："①张扬散文的清正之气，写大的境界，追求雄沉，追求博大感情。②拓宽写作范围，让社会生活进来，让历史进来。继承古典散文大而化之的传统，吸收域外散文的哲理和思辩。③发动和扩大写作队伍，视散文是一切文章，以不包专写散文的人和不从事写作的人来写，以野莽生动力，来冲击散文的篱笆，影响其日渐靡弱之风。"

刘心武的中篇小说《红蛙》、张贤亮的长篇小说《烦恼就是智慧》（上）、李国文的《小说如人》发表在《小说界》第 5 期上。《烦恼就是智慧》（下）发表在《小说界》1994 年第 2 期上。1994 年 6 月全书由作家出版社出版，改名《我的菩提树》。英译本名为《野菜汤》。作者在《后记》中说："我只是想在小说里用我真实的血和泪告诉人们：如果不按小平同志设计的走具有中国特色的社会主义道路，而走老虎豹子向往的那条通往蛮荒去的山道，全体中国人就得再次过我在小说中描写的生活。"（张贤亮：《告地狱——〈我的菩提树〉代后记》）

残雪的短篇小说《名人之死》发表在《芙蓉》第 5 期上。

斯妤的散文《幻想三题》发表在《十月》第 5 期上。

十月

3 日，李瑛的诗《纸鹤及其他》、蔡其矫的诗《东山的海》、刘绍棠的小说《夕河》、叶延滨的散文《魂牵梦萦》发表在《人民文学》第 10 期上。

10 日，胡乔木的旧体诗《赠谷羽》、屠岸、丁力的《关于〈祭黄帝陵〉的通信》发表在《诗刊》第 10 期上。

14 日，秦牧在广州逝世，享年 73 岁。秦牧，原名林觉夫，广东澄海人。幼年和少年在新加坡度过。归国后在广东、汕头和香港等地就学。抗战时期参加抗日救亡运动和大后方的民主运动。曾任中国作协广东分会副主席、广东省文联副主席等职。著有散文集《花城》《潮汐和船》《贝壳集》《艺海拾贝》《长河浪花集》等。秦耘把秦牧散文的艺术特色比作"南国的花城"，认为《花城》让人"感到自己真好像徜徉在南国的花城中一样，触目都是色彩缤纷、光华照人的好文章——辞藻瑰丽而命意警辟，举例精妙而譬喻贴切，读起来的确能给人以丰富的美的感受。""这些散文的最动人之处，就在于它们洋溢着作者热情真挚的声音，不论是写景文也好，叙事文也好，甚至说理文也好，大抵都是有感而发的，作者的笔端时常蕴藉着丰富的感情，直抒胸臆，用他自己的话来说，就是要把读者引进'一种像情微醺的境界'，'一种象喝了醇酒似地如醉如痴的境界'，从而使他们受到情操上的陶冶。"（秦耘：《闲话〈花城〉》，《人民日报》1961 年 8 月 19 日）周立波说："他（秦牧）流利地倾吐自己的思虑和感触，一些寻常惯见的事物常常赋予它某种奇妙的想象和怀感。他写哪个主题，就拥有哪一范围里的人生、社会和历史的知识。在《土地》里，他畅论土地的往昔和今朝，谈吐里渗和着新的情感和意味，也渗和着泥土、露水、草叶和鲜花的香气，和这同时，他也叙述一些往日的沉痛的故事。在《花城》里，他把'灯色花光，一片锦绣'的场景写得那样的引人，读它的人也想跟他一起流连花市了。"（周立波：《1959—1961 散文特写选·序言》，作家出版社 1962 年版）

15 日，国际版权公约伯尔尼公约即日起在中国正式生效。

罗洛的诗《江南之春》、昌耀的组诗《朝朝暮暮》、赵丽宏的组诗《石头的目光》、严歌苓的短篇小说《方月饼》发表在《上海文学》第 10 期上。

17 日，《文艺报》继续展开"文学价值论"讨论。同期还刊登《疯狂的非法出版黑潮》，探讨非法出版活动猖獗的原因。

20 日，中国作协党组召开会议，学习讨论江泽民同志的十四大报告。

邓贤的纪实文学《中国知青梦》、胡平的报告文学《夏季的证明——一篇关于股票和非股票的放眼录》、王英琦的散文《远郊无童话》发表在《当代》第 5 期上。

本月，中国社科院文学所和外文所、北京大学中文系等十七家单位在开封河南大学共同举办 '92 全国中外文学理论学术讨论会。与会者就文艺学学科的规范化、文学与反映论、文学在商品经济大潮下的作用与价值、文学中的群体意识和个体意识、中西诗学的异同和比较等问题展开研讨。

浙江省作家协会举行"吴越风情小说研讨会"。汪曾祺、雷达、叶文玲等出席。

分裂后的"非非"由蓝马、杨黎编印了"非非作品稿件集"（1、2 号），由周伦佑编印了《非非》复刊号，倡导从"白色写作"转向"红色写作"，复刊号刊有周伦佑的组诗《刀锋》20首。

《北京文学》创办增刊《大纪实》。

十一月

3日，唐弢的传记文学《在激荡的风云中》发表在《人民文学》第11期上。

4—5日，中国文联、中国作协分别举行学习中共十四大精神座谈会。与会者认为，中共十四大为发展有中国特色的社会主义文艺事业指明了方向，文艺界要适应社会主义市场经济的发展，强调文艺界、文学界要解放思想、加强团结、改革体制、繁荣创作，脚踏实地地落实十四大精神。

5日，中国赵树理研究会在京成立，陈荒煤为会长。

刘醒龙的中篇小说《秋风醉了》发表在《长江文艺》第11期上。

6日，《诗歌报》第11期刊登"诸神仍在歌唱：1992中国新诗理论研讨会发言摘编"（孟繁华整理）。

10日，《诗刊》第11期出版"纪念郭沫若诞辰一百周年"专辑，发表臧克家的《怀郭老字少情多》、冯至的《重读〈女神〉》、卞之琳的《一条界线和另一方面：郭沫若诗人百年生辰纪念》、叶延滨的《阳光的礼赞》等文。同期还发表了肖开愚的《诗三首》。

11日，中国现代文学馆主办的纪念胡风诞辰九十周年座谈会在中国现代文学馆召开。

14—18日，由中国社会科学院主办的"郭沫若与中国现代文化的发展"国际学术研讨会在北京举行。上海、四川等地也相继举行一系列学术活动纪念郭沫若诞辰100周年。

15日，宗璞的短篇小说《一墙之隔》、林白的短篇小说《往事隐现》、残雪的中篇小说《在纯净的气流中蜕化》、何士光的散文《夏天的途程》、贾平凹的散文《看人》、骆文的散文《青海湖·日月山》发表在《钟山》第6期上。

17日，路遥在西安病逝，终年42岁。路遥，原名王卫国，陕西清涧县人。1973年在《陕西文艺》发表第一篇小说《优胜红旗》，同年入延安大学中文系学习。新时期以来，著有长篇小说《平凡的世界》（获第三届茅盾文学奖）和中篇小说《惊心动魄的一幕》《人生》《在困难的日子里》《黄叶在秋风中飘落》等。陕西人民出版社1993年出版《路遥文集》5卷。路遥在《早晨从中午开始——〈平凡的世界〉创作随笔》中说："写这部书我已抱定吃苦牺牲的精神，实行如此繁难的使命，不能对自己有丝毫的怜悯心。要排斥舒适，斩断温柔。只有在暴风雨中才可能有豪迈的飞翔；只有用滴血的手指才可能弹拨出绝响。"陈忠实说："路遥从中国西北的一个自然环境最恶劣也最贫穷的县的山村走出来，为中国当代文学的繁荣创造了绚烂的篇章。这不单是路遥个人的凯歌。它至少给我们这样的启迪，我们这个民族所潜存的义无反顾的进取精神和旺盛而又强大的艺术创造力量。""路遥热切地关注着生活演进的艰难的进程，热切地关注着整个民族摆脱沉疴复兴复壮的历史性变迁，以及由此产生的巨大痛苦和巨大欢乐。"路遥短暂的'人生'历程中，躁动着炽烈的追求光明追求美好健全社会的愿望，他没有一味的沉然也不屑于呻吟，而是挤在同代人们中间又高瞻于他们之上，向整个社会和整个世界揭示这块古老土地上的青春男女的心灵的期待，因此而获得了无以数计的青春男女的欢呼和信赖。他走进他们心中。""路遥的精神世界是由普通劳动者构建的'平凡的世界'。他在中国当代作家中最能深刻地理解这个平凡世界里的人们对中国意味着什么。他本身就是这个平凡世界里并不特别经意而产生的一个，却成了这个世界人们的精神上的执言者。他的智慧集合了这个世界里的全部精华，又剔除了母胎带给他的所有腥秽，从而使他的精神一次又一次裂变和升华。他的情感却是与之无法剥离的血肉情感。这样，我们才能破译长篇小说《平凡的世界》里那深刻的现代理性和动人心魄的真血性情。""路遥因此获得了这个平凡世界里数以亿计的普通人的尊敬和崇拜，他沟通了这个世界里的人们和地球人类的情感。这是作为独立思维的作家路遥最难仿效的本领。"（陈忠实：《别路遥》，《陈忠实创作申诉》，花城出版社 1996 年版）史铁生说："我当年插队的地方，延川，是路遥的故乡。我下乡，他回乡，都是知识青年。那时我在村里喂牛，难得到处去走，无缘见到他。我的一些同学见过他，惊讶且叹服地说那可真正是个才子，说他的诗、文都写得好，说他而且年轻，有思想有抱负，说他未来不可限量。后来我在《山花》上见了他的作品，暗自赞叹。那时我既未作文学梦，也未及去想未来，浑浑噩噩。但我从小喜欢诗、文，便十分地羡慕他，十分的羡慕很可能就接近着嫉妒。""有一年王安忆去了陕北，回来对我说：'陕北真是荒凉呀，简直不能想象怎么在那儿生活。'王安忆说：'可是路遥说，他今生今世是离不了那块地方的。路遥说，他走在山山川川沟沟峁峁之间，忽然看见一树盛开的桃花、杏花，就会泪流满面，确实心就要碎了。'我稍稍能够理解路遥，理解他的心是怎样碎的。我说稍稍理解他，是因为我毕竟只在那住了 3 年，而他的 42 年其实都没有离开那儿。我们从他的作品里理解他的心。他在用他的心写他的作品。可惜还有很多好作品没有出世，随着他的心，碎了。""这仍然不止是一个哭的问题。他在这个平凡的世界上倒下去，留下了不平凡的声音，这声音流传得比 42 年要长久得多了，就像那块黄土地的长久，像年年都要开放的山间的那一树繁花。"（史铁生：《悼路遥》，《史铁生作品集》第 3 卷，中国社会科学出版社 1995 年版）

20 日，王家新的诗《瓦雷金诺叙事曲》、鲁羊的中篇小说《弦歌》发表在《花城》第 6 期上。

25 日，韩东的短篇小说《母狗》、苏童的中篇小说《园艺》、孙甘露的中篇小说《忆秦娥》、述平的中篇小说《凸凹》、余华的长篇小说《活着》、格非的长篇小说《边缘》、史铁生的散文《随笔十三》、皮皮的散文《瞬间》发表在《收获》第 6 期上。《活着》由长江文艺出版社 1993 年出版。余华在《活着》的"前言"中说："长期以来，我的作品都是源出于和现实的那一层紧张关系。我沉湎于想象之中，又被现实紧紧控制，我明确感受着自我的分裂，我无法使自己变得纯粹，我曾经希望自己成为一位童话作家，要不就是一位实实在在作品的拥有者，如果我能够成为这两者中的任何一个，我想我内心的痛苦将会轻微得多，可是与此同时我的力量也会削弱很多。事实上我只能成为现在这样的作家，我始终为内心的需要而写作，理智代替不了我的写作，正因为此，我在很长一段时间是一个愤怒和冷漠的作家。""我和现实的关系紧张，说得严重一些，我一直是以敌对的态度看待现实。随着时间的推移，我内心的愤怒渐渐平息，我开始意识到一位真正的作家所寻找的是真理，是一种排斥道德判断的真理。作家的使命不是发泄，不是控诉或者揭露，他应该向人们展示高尚。这里所说的高尚不是那种单纯的美好，而是对一切事物理解之后的超然，对善恶一视同仁，用同情的目光看待世界。""正是在这样的心态下，我听到了一首美国民歌《老黑奴》，歌中那位老黑奴经历了一生的苦难，家人都先他而去，而他依然友好地对待世界，没有一句抱怨的话。这首歌深深地打动了我，我决定写下一篇这样的小说，就是这篇《活着》，写人对苦难的承受能力，对世界乐观的态度。写作过程让我明白，人是为活着本身而活着的，而不是为活着之外的任何事物所活着。我感到自己写下了高尚的作品。"

27 日，周而复的长篇系列小说《长城万里图》研讨会在人民大会堂举行。这部长篇创作于 1977—1992 年间，由人民文学出版社陆续出版。包括第一部《南京的陷落》、第二部《长江还在奔腾》、第三部《逆流与暗流》、第四部《太平洋的拂晓》、第五部《黎明前的夜色》、第六部《雾重庆》。陆定一认为："这部小说的出版将是中国文学史上的一件大事。"钱钟书说："如许撼九州垂千古之大题目，必须扛九鼎扫千军之大手笔，可谓涵盖相称矣。"雁翼说："周而复先生这一巨著，是中国当代文学的一大收获，是中国描写第二次世界大战的仅有的最伟大的一部作品。是中国文学给予世界的一大贡献。"陈荒煤说："敢于把现代史上震惊世界的八年抗战这样极其宏伟的历史，用数百万字的文学作品来真实概括和表现。这类显示我国人民伟大成就的作品，必将成为世界文库的精神财富。"

本月，福建省作家协会主办《散文天地》双月刊创刊。

中国报告文学学会在京成立。冯牧、袁鹰、魏巍等任顾问，会长是陈荒煤、徐迟。

铁凝的短篇小说《砸骨头》、张欣的中篇小说《永远的徘徊》、管桦的散文《我与墨竹》发表在《十月》第 6 期上。

从维熙的中篇小说《狗事》、叶辛的长篇小说《孽债》（下卷）、王蒙的散文《1992 年 9 月 10 日》、叶永烈的《延安一日》发表在《小说界》第 6 期上。

十二月

2—4 日，全国作协文艺体制改革研讨会在厦门召开。此次会议的主旨是为了贯彻党的十四大精神，落实江泽民同志在十四大报告中提出的"积极推进文化体制改革，完善文化事业的有关经济政策，繁荣社会主义文化"的任务。

3 日，宫玺的诗《天地悠悠》（四首）、管桦的散文《草原上》、周良沛的散文《老兵》发表在《人民文学》第 12 期上。

5 日，艾芜在成都逝世，享年 88 岁。艾芜，原名汤道耕，四川新繁人。1921 年考入成都四川省立第一师范学校。1925 年因不满守旧的学校教育和反抗包办婚姻，弃学远行，在我国西南边境和缅甸、马来西亚、新加坡等地漂泊流浪。1931 年回国后定居上海，1932 年加入"左联"，在鲁迅先生的指点下走上文坛。抗战爆发后，任中华全国文艺界抗敌协会桂林分会理事。1944 年由桂林逃难到重庆，编辑抗敌协会重庆分会会刊《半月文艺》。1946 年到陶行知担任校长的社会大学任教。解放后历任重庆市文化局局长、重庆大学中文系主任、《人民文学》编委、中国作协理事等职。1961 年开始第二次南行。1968 年在成都被关进监狱，1972 年被释放。著有短篇小说集《南行记》《南国之夜》《南行记续篇》《荒地》《黄昏》《冬夜》《新的家》《夜归》等，长篇小说《丰饶的原野》《故乡》《山野》《百炼成钢》《春天的雾》《风波》等。谭兴国说："艾芜早期作品的正面主人公，多半是一些'时代潮流冲击圈外'的下层人物，一些被社会所排挤、抛弃，为'文明'社会所不齿的'卑贱者'。""《山峡中》的野猫子，无疑是艾芜早期创作中最杰出的艺术典型。""抗战以后，艾芜的笔转向内地城乡人民生活，作品的正面主人公也不再是早年那些流浪汉、偷马贼了，多半是一些最受压迫、剥削的贫苦农民、城市贫民……他们勤劳的双手，和无穷的苦难作着坚韧不拔的斗争。石青嫂子（《石青嫂子》）是艾芜这个时期所描写的下层劳动妇女中有代表性的一个。""艾芜笔下的正面主人公，多半是一些下层人民。他们不是叱咤风云的英雄，或有很高觉悟的革命者；他们没干过什么惊天动地的大事情，或创造什么异乎寻常的奇迹。他们是普普通通、平平凡凡的人，往往还有这样那样的缺点、弱点，干了一些愚蠢的、不好的事情，可是他们本质是好的。他们性格都很倔强，吃得苦，耐得劳，坚忍不拔，不甘屈辱，富于反抗性。他们身上最突出、最可宝贵的品质，便是顽强的生活意志和不屈的反抗精神。我们可以说，这是一种'艾芜笔下的下层人物'。""艾芜早期的创作，接近于高尔基早期的创作，是属于积极浪漫主义范畴的。这首先表现在作家对待现实的态度上。""艾芜早期作品所写的人，是他希望的、他相信会如此的人。他表现人与社会的冲突，侧重点不在于描写社会的本身而在于表现人的反抗。""艾芜早期创作浪漫主义的另一个显著特点是追求奇特：奇人、奇景、奇事、奇情。""但它奇而不诡，奇得可信，奇得自然。""艾芜这种浪漫主义自然是建立在对社会的极端不满，愤然不平的思想基础上的。""抗战以后，艾芜的笔转向内地农村。他愈是研究农民，描写农民，他早期作品的浪漫主义情调愈少，而现实主义的成分愈重。特别是后期，他集中描写了农村的阶级关系，像《回乡》《一个女人的悲剧》《乡愁》《石青嫂子》和长篇《故乡》等，都以鲜明的阶级观点，揭露了国民党政权、农村封建地主、高利贷者、商人、宗族势力怎样勾结起来，剥削、压迫穷苦农民。""艾芜走过的是一条从积极浪漫主义到新现实主义的创作道路。"（谭兴国：《下层人民的热情歌手——谈艾芜解放前短篇创作的主要特点》，《新文学论丛》，1980 年第 4 辑）

第五届庄重文文学奖颁奖大会在厦门召开。王安忆、李晓、王晓明、舒婷等 16 名青年作家获奖。

7 日，由孟京辉编剧、导演的实验戏剧《思凡·双下山》在中央实验话剧院首演。这部剧作根据古典戏曲剧目《思凡·双下山》与意大利卜伽丘的小说《十日谈》改编而成。此剧参加 93 中国小剧场戏剧展演暨国际研讨会，获"优秀导演奖"，并多次出国演出。孟京辉在该剧剧本前写道："此剧的表演形态具有极大的不确定性，舞台处理与演员的即兴发挥，经常游弋于游戏式的虚拟化和理智的间离效果之间；激情的投入和冷静的旁观交融杂错，在一种诱导与强化并存的氛围中，完成戏剧空前的最大扩展。"（孟京辉：《思凡·双下山》，《先锋戏剧档案》，第 58 页，作家出版社 2000 年版）叶志良说："《思凡》，被公认是成功的探索性作品。……全剧七个演员，除演小尼姑与小和尚之外，其余的人既是故事叙述者又随时扮演故事中的角色，既摹仿各种声音制造音响渲染气氛，又直接对剧中人物和故事进行调侃式评述。……但在轻松滑稽和游戏调笑之中，却是人的'凡心'或爱情甚至性压抑的直白宣泄。所谓《思凡》的探索性仅限于舞台表现手段，而无论表现手段的意味还是整台演出效果却更加通俗更加直接。这儿，艺术的包装制造经久不息的绚丽话语，似乎更是驻足于文本世界的摄人心魄的力量。"（叶志良：《世俗神话——九十年代戏剧现象刍议》，《戏剧文学》1996 年第 4 期）

10 日，洪烛的组诗《失乐园》、宫玺整理的《闻捷谈诗》、张同吾的评论《女性诗歌与文化流变》发表在《诗刊》第 12 期上。

14 日，沙汀在成都逝世，享年 88 岁。沙汀，原名杨朝熙，后改名杨子青，四川安县人。1921 年起就读于成都省立第一师范学校。1929 年流亡到上海，参加开办辛垦书店。1930 年与阔别多年的同学艾芜相遇，相邀共同研究小说创作，并就题材问题写信向鲁迅请教，不久得到鲁迅复信，深受鼓舞。1931 年开始创作。翌年加入"左联"，任小说散文组组长。在上海时期，著有《法律外的航线》《土饼》《苦难》《祖父的故事》等短篇小说集。抗战爆发后回到成都，从事抗日救亡工作。1938 年赴延安，任鲁迅艺术学院文学系代主任。曾随贺龙部队辗转驱驰于晋中抗日游击区，创作报告文学《随军散记》（即《记贺龙》）。1939 年冬返回四川。皖南事变后还乡蛰居七八年，专事写作。著有短篇小说集《磁力》《播种者》《兽道》《呼嚎》《堪察加小景》，中篇小说《奇异的旅程》（即《闯关》），长篇小说《淘金记》《困兽记》《还乡记》等。建国后曾在成都、重庆和北京等地工作和生活，历任四川省文联主席、中国社科院文学研究所所长、中国作协副主席等职。出版有短篇、特写集《过渡》，中篇小说《青枫坡》《木鱼山》，散文、小说集《涓埃集》等。王瑶说："沙汀在他创作之初，就是努力追求革命现实主义的创作方法的，并且得到了鲁迅和茅盾的指导和支持，他是沿着五四革命文艺传统的道路继续前进的。他要求能对时代有所贡献，但'不愿把一些虚构的人物使其翻一个身就革命起来，却喜欢捉几个熟悉的模特儿，真真实实地刻画出来'；鲁迅肯定了他的愿望和努力，鼓励他'选材要严，开掘要深'，并指出了改革的方向和途径。（鲁迅：《二心集·关于小说题材的通信》，人民文学出版社 1973 年 5 月版。）茅盾在读了他的第一个短篇集《法律外的航线》后说：'作者用了写实的手法，很精细地描写出社会现象，——真实的生活图景。'热情地肯定了'无论如何，这是一本好书。'（《茅盾文集》第九卷《〈法律外的航线〉读后感》）他们都是从现实主义特色的角度加以赞许。这说明沙汀在创作上有一个良好的起点，而且正是遵循现实主义道路取得重大成就的。""他的作品向来是严格按照生活的本来面貌来描写人物的，从生活和环境来刻画人物的内心世界，描写人物的性格特征；倾向性只表现于作者所选择和描写的生活场景和人物性格之中，体现于作品的真实性。鲁迅认为革命文学首先应当要求'内容的充实和技巧的上达'，沙汀是对此作了重大努力的。他严于选材，深于开掘，因此不少进步作家所极难完全避免的一种痼疾——概念化，在沙汀的作品中一般说来是极少见的，这可以说是现代文学创作中现实主义的一个重大收获。""沙汀的作品通过情节的提炼和语言的选择，精心安排的结构和细致刻画的人物，形成了自己所特有的朴素凝练、含蓄深沉的艺术风格。他善于从日常生活中选取有特征的细节，构成富有社会风习的画面，按照生活的逻辑来写出带有讽刺喜剧色彩的人物和故事，收到引人入胜的艺术效果。他的小说情节集中，冲突尖锐，富有戏剧性；而且常常造成悬念，于高潮处又突然出现意料之外的转折或结局。""他懂得'讽刺的生命是真实'（鲁迅语），因此向来不采用漫画式的夸张手法，而是从生活本身所呈现的矛盾来揭示人物之间的关系，确实产生了如鲁迅所说的'无一贬辞而情伪毕露'的艺术效果。"（王瑶：《黄曼君〈论沙汀的现实主义创作〉序》，《华中师范学报》1981 年第 3 期）

20 日，陈忠实的长篇小说《白鹿原》在《当代》第 6 期上连载，至 1993 年第 1 期止。后由人民文学出版社 1993 年 6 月出版。1993 年 7 月 16 日，人民文学出版社、中共陕西省委宣传部、陕西省作协和北京中华文学基金会联合举行《白鹿原》讨论会。冯牧说："初步印象是一部具有史诗规模的作品"，"《白鹿原》达到了一个时期以来出现的长篇小说所未达到的高度与深度。"朱寨认为："作者不是从党派政治观点，狭隘的阶级观点出发，对是非好坏进行简单评判，而是从单一视角中超出来，进入历史与人、生活与人、文化与人的思考，对历史进行高层次的宏观鸟瞰。作者赞扬的是民族正气；白嘉轩的胸怀、仁义；朱先生的超凡脱俗。对党派政治所造成的煎熬人的整子，深恶痛绝。任何批评都不能动摇作品巨大的真实性、石雕般的人物形象。作品最成功、最深沉丰富的形象是白嘉轩，他是在历史长河坎坷中幸存的民族之魂、民族精神。《白鹿原》同《古船》《活动变人形》《南渡记》一样，都是对民族精神、人格、灵魂的探寻和铸造。"（《一部可以称之为史诗的大作品——北京〈白鹿原〉讨论会纪要》，《小说评论》1993 年第 5 期）雷达说："《白鹿原》的思想意蕴要用最简括的话来说，就是正面观照中华文化精神和这种文化培养的人格，进而探究民族的文化命运。""面对白嘉轩，我们会感到，这个人物来到世间，他本身就是一部浓缩了的民族精神进化史，他的身上，凝聚着传统文化的负荷，他在村社的民间性活动，相当完整地保留了宗法农民文化的全部要义，他的顽健的存在本身，即无可置疑地证明，封建社会得以维系两千多年的秘密就在于有他这样的栋梁和柱石们支撑着不绝如缕。作为活人，他有血有肉，作为文化精神的代表，他简直就是人格神。""控制他的人格核心的东西，是'仁义'二字。'做人'，是他的毕生追求。""白嘉轩的人格中包含着多重矛盾，由这矛盾的展示便也揭示着宗法文化的两面性：它不是一味地吃人，也不是一味地温情，而是永远贯穿着不可解的人情和人性的矛盾——注重人情与抹煞人性的尖锐矛盾。这也可以说是《白鹿原》的又一深刻之处。白嘉轩人情味甚浓，且毫无造作矫饰，完全发乎真情，与长工鹿三的'义交'，充分体现着'亲亲、仁民、爱物'的风范；对黑娃、兆鹏、兆海等国共两党人士或一时落草的匪者，他也无党派的畛域，表现了一个仁者的胸襟。可是，一旦有谁的言行违反了礼义，人欲冒犯了天理，他又刻薄寡恩，毫不手软。他在威严的宗祠里，对赌棍烟鬼实行的酷刑，对田小娥和亲生儿子孝文使用的'刺刷'，令人毛骨悚然。他的一身，仁义文化与吃人文化并举。""究其根本，白嘉轩的思想是保守的，倒退的，但他的人格又充满沉郁的美感，体现着我们民族文化的某些精华，东方化的人之理想。""《白鹿原》终究是一部重新发现人，重新发掘民族灵魂的书。在逆潮流而行的白嘉轩身上展现出人格魅力和文化光环，这是发现；但更多的发现是，在白嘉轩们代表的宗法文化的威压下呻吟着、反抗着的年轻一代。《白鹿原》一书中交织着复杂的政治冲突、经济冲突和党派斗争、家族矛盾，但作为大动脉贯穿始终的，却是文化冲突所激起的人性冲突——礼教与人性、天理与人欲、灵与肉的冲突。这也是全书最见光彩，最动人心魄的部分。无数生命的扭曲、荼毒、萎谢，构成了白鹿原上文化交战的惨烈景象。人不再是观念的符号，人与人的冲突也不再直接诉诸社会观和价值观的冲突，而是转化为人性的深度，灵魂内部的鼎沸煎熬。""我始终认为，陈忠实在《白鹿原》中的文化立场和价值观念是充满矛盾的：他既在批判，又在赞赏；既在鞭挞，又在挽悼；他既看到传统的宗法文化是现代文明的路障，又对传统文化人格的魅力依恋不舍；他既清楚地看到农业文明如日薄西山，又希望从中开出拯救和重铸民族灵魂的灵丹妙药。这一方面是文化本身的双重性决定的，另一方面也是作者文化态度的反映。如果说他的真实的、主导的、稳定的态度是对传统文化的肯定和继承，大约不算冤枉。我并不完全同意他的文化价值观念，但我坚决捍卫他作为一个作家保留自己独特的评价生活的眼光的权利。"（雷达：《废墟上的精魂——〈白鹿原〉论》，《文学评论》1993 年第 6 期）关于小说中的性描写，作者说："我决定在这部长篇中把性撕开来写。……为此确定两条准则，一是作家自己必须摆脱对性的神秘感、羞怯感和那种不健全心理所产生的偷窥眼光，用一种理性的健全心理来解剖和叙述作品人物的性形态、性文化心理和性心理结构。二是把握住一个分寸，即不以性为诱饵诱惑读者。"（陈忠实、李星：《关于〈白鹿原〉的答问》，《小说评论》1993 年第 3 期）1997 年，《白鹿原》在参评茅盾文学奖的过程中，评委会认为："作品中儒家文化的体现者朱先生这个人物关于政治斗争'翻鏊子'的评说，以及与此有关的若干描写可能引出误解，应以适当的方式予以廓清。另外，一些与表现思想主题无关的较直露的性描写应加以删改。"（《文艺报》1997 年 12 月 25 日）1997 年，在作者接受修订意见后决定授予第四届茅盾文学奖。

22—23 日，中国作协创研部与中国社科院文学所当代室联合在京举办"留学生文学暨域外题材作品研讨会"，针对近年来域外题材文学作品成为热门读物现象进行研讨。

24 日，冰心研究会在福州成立，巴金任会长。

本月，《中流》杂志社、《文艺理论与批评》编辑部在京联合举办"文学艺术与社会主旋律"座谈会。《文艺报》1993 年第 1 期作了报道。中国文联党组书记、《中流》主编林默涵到会讲话。江泽民同志最近在上海考察工作时指出，爱国主义、社会主义和集体主义应当成为我们社会的"主旋律"。与会者认为，"突出主旋律，发展多样化"与"二为"方向、"双百"方针是根本一致的，也是贯彻落实"二为"、"双百"的具体保证。

《现代汉诗》秋·冬合卷刊出张曙光、欧阳江河、钟鸣等人的诗作，以及周伦佑、梁晓明、于坚的诗论。

黄祖民编选的《超越世纪：当代先锋诗人四十家》由山西高校联合出版社出版。

刁斗的中篇小说《城市浪游》、莫言的《小说二题》发表在《小说家》第 6 期上。

本年

由陈骏涛主编，王蒙、洁泯、谢冕、田中全担任顾问的《跨世纪文丛》由长江文艺出版社出版第一辑，包括苏童的《红粉》、格非的《唿哨》、叶兆言的《去影》、王蒙的《坚硬的稀粥》、方方的《行云流水》、陈染的《嘴唇里的阳光》、陈村的《屋顶上的脚步》、刘震云的《官人》、余华的《河边的错误》、贾平凹的《人极》、池莉的《太阳出世》、刘恒的《白涡》等 12 种。

1993 年

一月

1 日，苏童的中篇小说《刺青时代》发表在《作家》第 1 期上。

2 日，据《文艺报》第 1 期报道：南京等 14 个城市的文联负责人在西安座谈讨论文联体制改革问题。会议认为，要推动文联改革，应抓好思想观念、管理体制和活动方式三个方面的转变，走"民间化、社会化、企业化"的道路，避免一刀切。

3 日，郭启祥、陈雅妮的报告文学《宝钢，世纪之谜》发表在《人民文学》第 1 期上。

10 日，王蒙在《读书》第 1 期上发表《躲避崇高》。文章说："这几年，在纯文学作品发行销售相当疲软的时刻，一个年轻人的名字越来越'火'了起来。对于我们这些天降或自降大任的作家来说，这实在是一个顽童。""他拼命躲避庄严、神圣、伟大也躲避他认为的酸溜溜的爱呀伤感呀什么的。他的小说的题目《玩的就是心跳》《千万别把我当人》《过把瘾就死》《顽主》《我是你爸爸》以及电视剧题目《爱你没商量》在悲壮的作家们的眼光里实在像是小流氓小痞子的语言，与文学的崇高性实在不搭界。与主旋律不搭界，与任何一篇社论不搭界。""他和他的伙伴们的'玩文学'，恰恰是对横眉立目、高踞人上的救世文学的一种反动。""多几个王朔也许能少几个高喊着'捍卫江青同志'去杀人与被杀的红卫兵。王朔的玩世言论尤其是红卫兵精神与样板戏精神的反动。陈建功早已提出'不要装孙子'（其实是装爸爸），王安忆也早已在创作中回避开价值判断的难题。然后王朔自然也是应运而生。他撕破了一些伪崇高的假面。"这篇文章引发了文坛关于王朔创作优劣高下的争议。

苏金伞的组诗《野火与柔情》、简宁的组诗《一步步》、邹静之的组诗《歌咏》、李瑛的诗《纸鹤及其他》（三首）、昌耀的诗《陶》（二章）、西川的《诗二首》、虹影的《诗二首》、程千帆、刘征、汪静之等人的旧体诗发表在《诗刊》第 1 期上。

苏童的短篇小说《烧伤》、格非的中篇小说《锦瑟》、吕新的长篇小说《抚摸》发表在《花城》第 1 期上。

15 日，孙犁 1989 年 3 月至 1992 年 8 月间致邢海潮的 40 余封书信发表在《长城》第 1 期上。两人自 1987 年恢复联系，孙犁在信中袒露了自己近几年的心境，也谈到了对社会、文化现象的若干看法。

余华的小说《一个地主的死》、李杭育的小说《蟑螂药免费》、秦牧的散文《狗·猫·鼠》发表在《钟山》第1期上。

25日，何顿的中篇小说《生活无罪》、刘恒的长篇小说《苍河白日梦》、余秋雨的散文《一个王朝的背影》发表在《收获》第1期上。

本月，人民文学出版社主办的《中华文学选刊》创刊。

各种报刊开始扩版和改版。《参考消息》《光明日报》《经济日报》《中国青年报》《解放日报》《文汇报》等都扩大版面，既是适应信息量倍增的现实，也是为随着经济建设热潮而新兴的广告业提供更多版面。一批纯文学期刊为了适应市场经济和满足读者需要，纷纷改版为综合性文化刊物。《文学评论家》（济南）改为《文学世界》，把纯粹的文学评论刊物改为综合性的、知识性和趣味性增强的准文学读物；作家出版社新创办的《作家文摘》要为读者"提供文化快餐"；《河北文学》改为《当代人》，增设"青春调色板"、"爱情变化球"、"家庭录像"、"新潮一族"等栏目；《滇池》（云南）声称"少了几分矜持和严肃，多了几分活泼、亲切和温馨"，增设"热点追踪"、"都市风采"、"女性的天空"等栏目，等等。为普通读者所欢迎的社会纪实性作品，也成为各家报刊的热点：《人民文学》加大纪实文学的版面，中国青年出版社的大型文学刊物《小说》在新年第1期以两部反映股市风云和海关缉私的纪实文学为开卷之作。江苏作协主办的《雨花》月刊，今年也在版面上作重大改动。该刊突破传统文学刊物小说、散文、诗歌、评论四大块的格局，大量刊发热点纪实文学，力争做到文化化、生活化、多样化的高品味的综合性文学月刊。多种周末版报纸问世，成铺天盖地之势，如《中国文化报》的《文化周末》，《北京日报》的《京华周末》，《中国体育报》的《新周刊》，《中国妇女报》的《伴你》，《北京青年报》的《青年周末》等，以满足市场需要，为大众提供休闲、娱乐性的文化快餐。《今古传奇》也将改版发行。今后，其六分之一版面将围绕古今中外的"奇闻、奇事、奇情、奇志"做文章，强化传奇色彩，追求娱乐风格。

于坚的诗《对一只乌鸦的命名》（外二首），邢军纪、曹岩的报告文学《商战在郑州》发表在《十月》第1期上。

陆文夫的中篇小说《享福——〈小巷人物志〉之二十二》、张炜的中篇小说《金米》、须兰的中篇小说《宋朝故事》发表在《小说界》第1期上。

二月

1日，《诗歌报》第2期发表王家新的诗学随笔《岸》。

4日，《文学报》总第619期摘登了一篇署名"老愚"的文章，对"王朔现象"进行激烈批判。老愚声称"王朔现象"是"一只色彩斑斓的毒蜘蛛"，引起强烈关注。

10日，蔡其矫的诗《闽东海上》（三首）、邵燕祥的组诗《五十弦集》、伊蕾的诗《辉煌的金鸟在叫》、公木的诗论《关于"第三自然界"》、梅绍静的诗论《灵象·创造·探索》发表在《诗刊》第2期上。

13 日，据《文艺报》第 6 期报道：中宣部文艺局课题组对社会主义市场经济条件下文艺领域面临的新问题中的热点问题进行了讨论，如发展商品经济对文艺形成的某些冲击，对文艺功能的重新认识，建立市场经济条件下文艺体制的改革方向等。其中，商品经济对文艺的冲击主要从文艺的社会影响、文化的市场、文艺家的心态、文艺的现存体制等四个方面展开讨论。

14 日，中国作家协会主办的第二届（1986—1991）全国优秀儿童文学作品评奖揭晓，刘健屏的《今年你七岁》、沈石溪的《一只猎雕的遭遇》等 29 部作品获奖。3 月 4 日，《文艺报》邀请在京的部分评委举行座谈，就儿童文学的现状及其发展等问题进行讨论。

15 日，张炜在《中华读书报》上发表文章《拒绝宽容》，引发争论。他说，那些劝导别人"宽容"的，实际上"悄悄的换掉了一个概念"，是"在讲忍耐和妥协，甚至公然主张与污流汇合"；这样的"宽容"，"是一个陷阱，你一不小心踏入了，就会被吞噬"。他表示："我决不'宽容'。相反我要学习那位伟大的老人，'一个都不饶恕'。"他进而奉劝那些言必称"宽容"的人，"还是先学会'仇恨'吧，仇恨罪恶，仇恨阴谋，仇恨对美的践踏和蹂躏。仇恨有多深爱就有多深，仇恨有多真切爱就有多真切。一个人只有深深地恨着那些罪恶的渊薮，才会牢牢地、不知疲倦地牵挂那些大地上的劳动者。""记住了他们才算真正的宽容。"张炜的观点引来了左建明和王光东关于"宽容与激情"的通信。（参见《当代小说》1994 年第 8 期）。王蒙在 1995 年 3 月 1 日《中华读书报》上发表《宽容与嫉恶如仇》，主要从文化政策的层面和不同的思想观点与风格流派共存的层面上阐述了"宽容"的必要与意义。王蒙说："文革之后，知识界有人讲了一点宽容，绝对没有叫大家都变成老好人、市侩、窝囊废、软骨症患者的意思，更不是为虎作伥之意。为了社会稳定、学术昌明、人尽其才，为了一个更好的人文环境，人啊，在明明可以宽容的层面上，还是不要那么不肯宽容吧。"涉及此争论的文章还有洁泯的《呼唤与追索》（《作家报》1995 年 5 月 6 日）、费振钟的《被涂改了的宽容》（《中华读书报》1995 年 3 月 29 日）、王彬彬的《宽容与批判》（《中华读书报》1995 年 5 月 10 日）、张颐武的《也说"不宽容"》（《中华读书报》1995 年 5 月 10 日）等。王彬彬认为，"在政治的意义宽容某种现象，与在文化的意义上批判某种现象，二者并不矛盾，相反，倒是应该并存并行的。"张颐武认为，"不能笼统地热烈赞扬'不宽容'"，"目前所出现的所谓'不宽容'的批评，主要乃是一种道德伦理的宣判"，"并不能建立一种有活力的批评"，现在所需要的是"一种学理上的'不宽容'，一种真正论辩的氛围，一种沟通与交流中的'不宽容'。"

18 日，《文学报》总第 621 期开辟专栏"如何看待王朔现象"。

19 日，中国通俗文艺研究会首届优秀作品奖颁奖大会在京举行。

20 日，黄传会的报告文学《"希望工程"纪实》发表在《当代》第 1 期上。

22 日，冯至在京病逝，享年 87 岁。冯至，1905 年生，原名冯承植，河北涿州人。1923 年参加林如稷等在上海创办的浅草社。1925 年和杨晦、陈翔鹤、陈炜谟另组沉钟社。1930 年赴德留学，其间受到德语诗人里尔克的影响，1935 年获哲学博士学位归国。抗战期间任西南联大外语系教授。建国后历任北京大学西语系教授、中国社科院文学研究所所长、中国作协副主席等职。著有诗集《昨日之歌》《北游及其他》《十四行集》《十年诗抄》，中篇历史小说《伍子胥》，散文集《山水》，传记文学《杜甫传》，论文集《论歌德》等，译著《海涅诗选》等。鲁迅在《中国新文学大系·小说二集·导言》中赞誉冯至为"中国最为杰出的抒情诗人"。冯至逝世时，北京大学中文系的唁函说："在近一个世纪的岁月里，先生以巨大的耐心和勇气，对人类和我们民族内在生活领域，进行了艰辛的探索；先生对于时代'介入'而超越的沉思，对宇宙、自然充满神启的感悟，对人类存在本质的探寻，使他成为中国现代诗歌传统筚路蓝缕的开创者，成为真正的诗歌和思想的巨擘。先生对于诗歌艺术的严谨态度，对于苦难人生的关注，以及对于宇宙大真理和万物之美的向往，铸就了一种真正的尺度，这一尺度对于当代诗歌艺术的发展，对于我们面对未来的新世纪，都是至关重要的。先生学殖渊博，贯通中西，作为蜚声海内外的学者和翻译家，他对于人类伟大精神遗产洞烛发微的沉思，既是扬播，同时也是丰富。他的工作属于全人类。"（转引自周棉：《冯至传》，第452页，江苏文艺出版社1993年版）陆耀东说："冯至性格内向；话语不多但又不是沉默寡言；情感热烈、深沉，不大外露；谦虚近于自卑，但始终有上进心；谨慎，貌似软弱实则有所坚持，属于外柔内刚一类。"（陆耀东：《关于冯至研究的对话》，《诗探索》2003年3—4辑，天津社会科学院出版社）王邵军说，冯至"是一个真正否定型的精神探索者，他一生都在审省，都在寻找精神的故乡，都在与自己的孤独、怯懦作斗争。不断克服，使他总是从人生的一个境界达到另一个境界，正像他自己讲的'在停留中有坚持，在陨落中有克服'，尽管这些克服仍为后来的克服所否定，但整体的过程却显示了一个现代知识分子独特的精神轨迹，创造了生命的内在价值和意义。"（王邵军：《生命在沉思——冯至》，第195页，花山文艺出版社1992年版）蒋勤国说："冯至早期的诗歌，向外，摄取德国浪漫派等诗人的营养；向内，上承中国古典诗歌的优秀传统，下接郭沫若的《女神》等新诗的芳泽，创造出一支幽婉动人的艺术奇葩。"（蒋勤国：《冯至评传》，第114页，人民出版社2000年8月版）在1994年王一川、张同道等主编的《二十世纪中国文学大师文库·诗歌卷》的按语中，编者称冯至的叙事诗是中国现代叙事诗的典范文本，其《十四行集》"把中国现代诗升为高峰，获得了与世界现代诗对话的资格'。"

24日，《中流》杂志社在民族文化宫举行创刊三周年座谈会，会上先后发言的有臧克家等人。《中流》主编林默涵致辞说"嘤其鸣矣，求其友声"。

25日，《文学报》总第622期开辟专栏"如何看待王朔现象"讨论之二。

本月，四川文艺出版社主办的大型文学双月刊《峨嵋》创刊。

张德祥、金惠敏的《王朔批判》由中国社会科学出版社出版。

林斤澜的短篇小说《山城·小城》、陈应松的中篇小说《金色渔叉》、张锐锋的散文《弧线》发表在《小说家》第1期上。

莫言的长篇小说《酒国》由湖南文艺出版社出版。

三月

1 日，迟子建的短篇小说《守灵人不说话》发表在《作家》第 3 期上。

3 日，人民文学出版社与中国社会科学院文学研究所联合召开梁凤仪作品研讨会。

孟浪的组诗《带心跳的城市》、王英琦的散文《大师的弱点》、周涛的散文《瓶中何物》发表在《人民文学》第 3 期上。

5 日，刘醒龙的中篇小说《黄昏放牛》发表在《莽原》第 3 期上。

10 日，邹静之的诗《与牧羊人》、柯蓝的《无题散文诗》、卞之琳的诗论《重探参差均衡律——汉语古今新旧体诗的声律通途》发表在《诗刊》第 3 期上。

林斤澜的短篇小说《过客》、严力的短篇小说《天伦》、周梅森的中篇小说《英雄出世》、海男的中篇小说《横断山脉的秋祭》发表在《花城》第 2 期上。

张健的报告文学《辉煌的悲怆》、刘文彪的报告文学《梅里雪山祭》发表在《中国作家》第 3 期上。

12—13 日，后现代文化与中国当代文学国际研讨会在北京大学举行。与会的中外学者对中国当代文学中的一些新现象进行了学术讨论，包括王朔的文学创作、新写实小说、一些青年作家的实验性小说及诗歌创作中的部分倾向；同时也对后现代主义在中国的研究及其影响进行了探讨。

13 日，《文艺报》第 10 期报道：《文汇报》最近邀请上海部分文艺家讨论严肃文艺向何处去的问题，与会者就严肃文艺的生存状况、它在危机与挑战中的出路以及由此变化带来的影响等问题发表了意见。

15 日，史铁生的小说《第一人称》、张欣的小说《冬至》、刘震云的长篇小说《故乡相处流传》、苏童的散文《过去随谈》发表在《钟山》第 2 期上。

李锐的中篇小说《黑白》发表在《上海文学》第 3 期上。

25 日，王蒙的短篇小说《XIANG MING 随想曲》、陈村的短篇小说《临终关怀》、李锐的中篇小说《北京有个金太阳》、朱苏进的中篇小说《接近于无限透明》、阎连科的中篇小说《和平寓言》、王安忆的长篇小说《纪实和虚构》、余秋雨的散文《流放者的土地》发表在《收获》第 2 期上。王安忆在该书的副标题中称《纪实与虚构》为"创造世界方法之一种。"李洁非说："假借《纪实与虚构》《伤心太平洋》，小说家王安忆所欲建设的新命题就是：小说叙事能否摆脱一切参照系而将某种独立的'真实'陈述出来。这个命题从理论上讲，其含义则是：既然小说本质如所周知在于'虚构'，那么，这种'虚构'本质应该可以达到它自身的纯度，亦即无须依附别的前提而单独地具有意义。""归根结底，王安忆所作的一切，目的在于从小说的观念中结束一切逻辑，这就是叙述话语之外的外部世界的逻辑。她试图表明的，只有一点，亦即小说该当如小说自己的逻辑来构作、表意和理解，而关于小说叙事的真伪问题，均应放到这个范围以内来进行讨论。"（李洁非：《王安忆的新神话——一个理论探讨》，《当代作家评论》1993 年 5 期）王绯说："在《纪实与虚构》中，王安忆以交叉形式轮番叙述两个虚构的世界，一是沿着一种生命性质的关系虚构母系家族的历史，一是沿着一种人生关系的性质虚构'我的世界'，这两个世界都指向都市的流动性本质。""王安忆的笔致，就是这样伸展到最大极限的时间性和空间性，海阔天空地飞翔起来，让我们从中领会都市流动性的历史深度与力度，以及这种特有的流动性从根本上决定的生存在都市的人的无根。"（王绯：《王安忆与理性》，《当代作家评论》1998年第1期）。

25—28日，"丁玲文学创作国际研讨会"在丁玲的故乡湖南常德举行。马烽讲话。

27日，据《文艺报》第12期报道，"当代文学中的爱情问题"学术研讨会在京举行。与会者围绕刘绍棠的《鬼婚》、刘颖南的《今天，山沟里还有这样一个青年》、方昉的《恋人》、文平的《枯柳》等小说的社会价值、审美价值及叙述方式等问题进行讨论。同期《文艺报》还报道了出席"两会"的人大代表批评领袖题材纪实作品太多太滥的现象。

本月，叶兆言的短篇小说《夏日的最后玫瑰》、王英琦的散文《菱角河的悲剧》、梅洁的报告文学《山苍苍 水茫茫——鄂西北论》发表在《十月》第2期上。

蒋子丹的小说《最后的艳遇》、张抗抗的小说《沙暴》发表在《小说界》第2期上。

四月

10日，李瑛的《诗五首》、虹影的诗《夜语的孩子》、冯至的遗诗（五首）、公刘的《新旧作四首》、臧克家的旧体诗发表在《诗刊》第4期上。

15日，严歌苓的短篇小说《失眠人的艳遇》、刘醒龙的中篇小说《暮时课诵》发表在《上海文学》第4期上。

20日，徐坤的中篇小说《呓语》、叶文玲的散文《火焰山情怀》（外一章）、李鸣生的报告文学《澳星风险发射》发表在《当代》第2期上。

21日，中国社会主义文艺学会在京成立，陈涌当选会长。学会举行理论研讨会，与会者就如何繁荣社会主义文艺创作、文艺批评，如何看待文化市场，如何继承革命文艺传统，如何批判地吸收世界各地文化新成果等问题进行了讨论。

本月，《今天》第2期发表王家新、西川、欧阳江河、庞培、柏桦、胡冬、钟鸣、多多等人的诗作，以及德国汉学家顾彬的《预言家的终结：20世纪的中国思想和中国诗》，此文发表后引起关注。

张宇的小说《上帝的金苹果》、阿成的小说《远东笔记》、汪曾祺的小说《鲍团长》、洪峰的散文《寻找家园》、陈村的散文《寻人游戏》、苏童、叶兆言、王干、闻树国的《文学的自信与可能——开始在南京的对话》发表在《小说家》第2期上。同期的"小说家自耕堂"栏目发表苏童的《诗歌三首》《短篇小说三题》《杂著四篇》。

五月

3日，陈东东的诗《低音》（六首）、顾城的诗《激流岛画话本》发表在《人民文学》第5期上。

10日，张学梦的诗《新世纪放歌》、蔡其矫的诗《流浪艺人》（四首）、雷抒雁的《诗三首》、叶延滨的诗《山间一丛小屋》、杜运燮的诗《椰树·椰汁·椰花》、唐湜的《诗二首》、沙鸥的诗《寻人记》（二首）、王亚平的《词四首》发表在《诗刊》第5期上。

严力的诗《敌人》（外四首）、叶兆言的中篇小说《爱情规则》、北村的长篇小说《施洗的河》发表在《花城》第 3 期上。

11 日，山西省作协与中国赵树理研究会在太原联合举行"《小二黑结婚》创作 50 周年纪念座谈会"。

15 日，《文学评论》第 3 期发表郑敏的长篇论文《世纪末的回顾：汉语语言变革与中国新诗创作》，由此引发了关于文学的传统与现代的讨论。

朱苏进的中篇小说《孤独的炮手》、迟子建的中篇小说《香坊》发表在《钟山》第 3 期上。

23—26 日，全国作协工作会议在北戴河中国作协创作之家举行。会议的中心议题是在建立社会主义市场经济新体制的新形势下，如何繁荣文学创作，如何改革文学体制。

25 日，《光明日报》以《文坛盛赞陕军东征》为题，报道陕西作家新近推出 4 部有影响的长篇小说，在文坛引起轰动。这 4 部作品是：高建群的《最后一个匈奴》、京夫的《八里情仇》、陈忠实的《白鹿原》、 贾平凹的《废都》。

王小波的短篇小说《立新街甲一号与昆仑奴》、王安忆的中篇小说《伤心太平洋》、吕新的中篇小说《五里一徘徊》、陈染的中篇小说《潜性逸事》、高晓声的散文《家乡鱼水情》、余秋雨的散文《脆弱的都城》发表在《收获》第 3 期上。

本月，北京市作协举办"食指作品讨论会"。

《食指、黑大春现代抒情诗合集》由成都科技大学出版社出版。

张承志的散文《以笔为旗》发表在《十月》第 3 期上。

陈建功的广播剧《京西并不遥远》发表在《剧本》第 5 期上。

六月

3 日，《人民文学》第 6 期发表于坚的《事件与声音》诗 4 首、王家新的诗片断系列《临海孤独的房子》。

5—11 日，"胡风生平与文学道路展览"在北京图书馆举行。该展览展出胡风生前照片近 200 幅，胡风的手稿、著作及他编译的书刊和证件等 1500 多件。

7 日，阳翰笙逝世，享年 91 岁。阳翰笙，1902 年生于四川高县，原名欧阳本义，字继修，笔名华汉。1925 年入党，1926 年任黄埔军校政治部秘书，军校中共党总支书记。1929 年任左联党团书记、左翼文化总同盟党团书记，中央文委书记。1933 年进入上海艺华影业公司，和田汉主持编剧委员会。1938 年任军委会政治部第三厅主任秘书，是周恩来和郭沫若的主要助手。1945 年后去上海领导进步电影工作。建国后历任政务院文教委员会副秘书长、国务院总理办公室副主任、中国文联秘书长、副主席、党组书记等职。著有长篇小说《地泉》等，话剧剧本《前夜》《塞上风云》《李秀成之死》《天国春秋》《草莽英雄》《两面人》《三人行》等，电影剧本《八百壮士》《塞上风云》《三毛流浪记》《北国江南》等，回忆录《风雨五十年》等。参与拍摄电影《八千里路云和月》《一江春水向东流》《万家灯火》《希望在人间》等。陈德璋在《翰老三年祭》中说："翰老以忠厚长者见称，但在原则问题上，他是旗帜鲜明、公私分明、奖惩严明的，不因亲疏或门第而徇私"，"谦逊、严谨、顾全大局，也是翰老突出的品格"，"作为文艺界的领导人和'四条汉子'之一的翰老，'文革'伊始，便罹受严酷迫害，锒铛入狱达9年之久。但他一如当年，从未在酷刑下屈服，从未在审问记录上签过字。历劫不覆，堪称汉子！"（陈德璋：《翰老三年祭》，《风雨秋思》，中国文学出版社1997年版）

10日，《读书》第6期发表王家新的《冯至与我们这一代人》，文中重点阐述了"知识分子精神"，分析了冯至在40年代的写作，提出重建这一写作精神在当下的重要性。

贺敬之的旧体诗《富春江散歌》、冯至的诗《梦》、昌耀的组诗《烘烤：有关人生的多重体味》、史光柱的诗《山头》（外一首）、伊沙的诗《黄泥戒指》、陈东东的诗《归》、邹荻帆的诗论《关于〈始祖鸟〉的通信》发表在《诗刊》第6期上。

15日，《上海文学》第6期在"批评家俱乐部"栏目里发表王晓明、张宏、徐麟、张柠、崔宜明等5人的对话《旷野上的废墟——文学和人文精神的危机》，由此引发关于"人文精神"的讨论。王晓明等认为，把现在的种种情形联系起来看，文学的危机已经非常明显：文学杂志纷纷转向，新作品的质量普遍下降，有鉴赏力的读者日益减少，作家和批评家当中发现自己选错了行当而纷纷"下海"的人越来越多。文学在社会生活中的地位急剧下降，公众真正关心的并非文学而是文学外衣里面的那些非文学的东西。持此意见的张宏、徐麟还认为，这种文学的危机表现在作家的创作中主要有两种情形，一种是"媚俗"，另一种是"自娱"。"媚俗"主要是以取悦公众为能事，"自娱"则是以"玩文学"的方式自娱自乐。两位论者在谈到"媚俗"文艺现象时，特别列举了王朔的小说和张艺谋的电影作品，认为前者以"调侃一切"迎合大众的看客心理，后者以价值取向上的陈腐性博取外国的欣赏者，两者在"游戏"的根本点上殊途同归。王晓明等还认为，文学创作本身的艺术想象力的丧失，文学不再成为人们精神生活的主要方式等，都使文学的危机引人瞩目。它不但标志了公众文化素质的普遍下降，更标志着整整几代人精神素质的持续恶化。文学的危机实际上暴露了当代中国人文精神的危机。整个社会对文学的冷淡，正从一个侧面证实了人们对发展自己的精神生活已经失却了兴趣。文学应当着眼于"帮助人强化和发展对生活的感应能力"这个基点，立足于"世界上确实存在着精神价值"这个支点，从而发展自己的精神生活。从文学上讲，人们需要它展现自己生存于其中的跃动的现实生活和喧哗的心灵世界，并以此呈现当代人投向生活的独特视角和视野，进而揭示当代人内在的生存。而王朔等认为，自1985年文学走向多样化以来，文学本身得到了极大的发展。目前，虽然在商品大潮的冲击下，严肃文学遇到了种种困难，但大多数中青年作家坚持创作，而且在各个门类里都不断有好作品出现；无论是从个人的创作发展来看还是从整体的创作水平来看，现在的文学都达到了一个新的历史高度，甚至可以说，小说创作和散文创作所取得的成就，恐怕为过去的文学时期所难以比拟。近来，一些严肃文学作品受到广大读者的普遍欢迎，说明不能对公众欢迎的作品一概视为"媚俗"。文学从作者到读者都出现了前些年少有的分化现象，这是一种必然的现象，不必大惊小怪。持这种意见的吴滨、杨争光还就那种认为王朔、张艺谋的作品是"媚俗"的意见进行了反驳,认为王朔的作品在"调侃"中别具深意,进入 90 年代后又发生了很大的变化,不能用"媚俗"一概而论;而张艺谋的作品带有很强的民俗味,民俗不能等同于陈腐,要充分估价他和陈凯歌等人在电影艺术探索中的贡献。这种意见还认为,现在的问题是,有好的作品,缺少好的评论,创作和评论始终不能协调发展。人文精神主要体现于个人的理想追求和价值实现,只要人们埋头去做自己认为有意义的事情,就无所谓精神的失落不失落。现在的时代,给人们自由地选择生活方式和思维方式提供了多种多样的可能性,使不同的理想追求都有实现的契机和可能。现在的时代尤其不宜倡导一种规范所有人的道德范式,人文精神应当是多元构成,应当是不同的人生追求的共存与整合。从这样的意义上看,现在的文学充满了各种各样的人文精神,是人文精神从内涵到样式都最为丰富的一个历史时期。1995 年 3 月 11 日《作家报》发表了施战军的《人文激情与人文理性》、王光东的《也谈人文精神》等文章,分别从"宣泄大于论说"的"情绪化"、"人文精神不等于文人精神"等方面,就人文精神的讨论发表了自己的评说。张颐武在同年 5 月 6 日《作家报》上的《人文精神:最后的神话》一文中,更为严厉地指出:"就总体而言,'人文精神'对当下中国文化状况的描述是异常阴郁的。它设计了一个人文精神/世俗文化的二元对立,在这种二元对立中把自身变成了一个超验的神话";"'人文精神'并没有提供对当下文化的有力的分析,而是将自身变成了在多重转型的全球进程中知识分子的玄学化及神学化的逃避过程。"

20 日,卢跃刚的报告文学《以人民的名义——一起非法拘禁人民代表案实录》发表在《当代》第 3 期上。

本月,山西省作协在太原市举行"市场经济与文学创作"研讨会。与会者普遍认为,在当前商品经济大潮中,作家应充分认识到文学对人类文明的精神价值,一位作家选择了严肃文学就是选择了寂寞,甘于寂寞是矢志于文学事业所必不可少的心态。本月 19 日《文艺报》第 24 期对此做了报道。

花城出版社推出"先锋长篇小说丛书",收入余华的《在细雨中呼喊》、苏童的《我的帝王生涯》、格非的《敌人》、孙甘露的《呼吸》、吕新的《抚摸》、北村的《施洗的河》。

铁凝的小说《对面》、韩东的小说《假发》,韩少功等的《人的逃避》发表在《小说家》第 3 期上。

贾平凹的长篇小说《废都》由北京出版社出版。不久又发表在《十月》第 4 期上。《废都》发表后反响强烈,争议不断。雷达指出:"《废都》在贾平凹的创作中前所未有,这倒不在他首次描写了都市知识分子的生活,而在于剖露灵魂的大胆,性描写的肆无忌惮,由审美走向审丑,由美文走向'丑文',以及那透骨的悲凉,彻底的绝望。""其实,这些终究只是外在的、直接的诱因,真正深刻的根源早就存在于他复杂的创作个性中。他的创作从来都在两种倾向之间摆荡,《废都》不过是其中一种倾向的走向极端罢了。这两种倾向是:积极进取与感伤迷惘,注重社会现实与注重自我精神矛盾,审美与审丑,温柔敦厚与放纵狂躁,现实主义的执着与现代主义的虚无等等的对立。""事实上,《废都》式的悲凉与幻灭,早就在他的心胸中潜伏着,若注意他的散文《闲人》《名人》《人病》诸篇，可发现《废都》的雏形和胚胎。当他晚近的创作中出现了以生存意义的追寻为核心、以性意识为焦点、以女性为中心的突出特点以后，其悲剧意识和幻灭感就愈发浓重，终以《废都》的方式来了个总爆发。所以，平心而论，《废都》的创作实为贾平凹创作发展的一种必然。""在我看来，《废都》的写西京城，写庄之蝶，主旨并非写现代都市文明的困境和世界性的知识分子的精神危机，而是写古老文化在现实生活中的颓败，写由'士'演变的中国文化人的生存危机和精神危机。"（雷达：《心灵的挣扎——〈废都〉辨析》，《当代作家评论》1993 年第 6 期）金燕玉从三个方面对《废都》进行了评价。一说《废都》之长："成功的运用了网络式结构"；二说《废都》之误："掺进了劣质文化的两大因素：色情和迷信"，"对都市文明的态度偏颇"；三说《废都》之失："庄之蝶、唐宛儿、柳月、周敏这四个形象失去真实感。"（金燕玉：《三说〈废都〉》，《〈废都〉及〈废都〉热》，第 48—59 页，中国矿业大学出版社 1993 年 11 月版。）萧夏林认为："性在这里不是作家的自我炫耀和自我欣赏，而是庄之蝶沉痛生命最后的悲苦，性描写的璀璨焰火，把这种悲苦及废都社会的种种废都照得通体透明，使我们真正看到废都社会废都文化的种种废都真相"。（《〈废都〉废谁·前言》，学苑出版社 1993 年 10 月版。）陈晓明批评贾平凹"披着'严肃文学'的战袍，骑着西北的小母牛，领着一群放浪形骸的现代西门庆和风情万种欲火中烧的美妙妇人，款款而来，向人们倾诉世纪末最大的性欲神话，令广大读者如醉如痴，如梦如歌。这如火如荼的场景，与其说预示着文学迎来它的新纪元，不如说标示着一次文学末日的骚动。"（《〈废都〉滋味》，第 24 页，河南人民出版社 1993 年 10 月版。）在小说的后记中，贾平凹强调创作《废都》的目的"是让我记住这本书带给我的无法向人说清的苦难，记住在生命的苦难中又惟一能安妥我破碎了的灵魂的这本书"。1997 年 11 月，《废都》获法国三大文学奖之一的 97 年度法国"女评委外国文学奖"。

赵化南的大型通俗方言喜剧《OK，股票》发表于《剧本》第 6 期上。

七月

1 日，张旻的小说《生存的意味》发表在《作家》第 7 期上。

3 日，余华的小说《命中注定》发表在《人民文学》第 7 期上。

5 日，刘醒龙的中篇小说《白雪满地》发表在《长江文艺》第 7 期上。

10 日，高占祥的诗《微笑》、公木的《诗家语断想》发表在《诗刊》第 7 期上。周梅森的中篇小说《孽海》发表在《花城》第 4 期上。

13—14 日，由中国社会主义文艺学会和河北省文联共同主办的"孙犁文学活动 60 周年学术研讨会"在河北白洋淀举行。

15 日，林白的中篇小说《回廊之椅》《瓶中之水》和鲁羊的小说《佳人相见一千年》《身体里的巧克力》发表在《钟山》第 4 期上。同期开辟"三连星"栏目，同时连载三部长篇小说：苏童的《城北地带》、叶兆言的《花煞》、朱苏进的《醉太平》，前两部至 1994 年第 3 期止，《醉太平》在 1994 年第 2 期先期载完。

17 日，群众出版社与《啄木鸟》杂志社在京共同举行张平的长篇纪实文学《法撼汾西》和《天网》作品研讨会。

25 日，毕飞宇的短篇小说《架纸飞机飞行》、北村的中篇小说《张生的婚姻》、格非的中篇小说《湮灭》、李洱的中篇小说《导师死了》、汪曾祺的散文《花》、余秋雨的散文《苏东坡突围》发表在《收获》第 4 期上。

本月，国家新闻出版署发出通知，禁止在大陆出卖港台书号。

李瑛两度访问日本所写诗作结集《纸鹤》由大众文艺出版社出版。

须兰的短篇小说《石头记》《银杏银杏》，中篇小说《月黑风高》《闲情》发表在《小说界》第 4 期上。

八月

3 日，韩东的短篇小说《树杈间的月亮》发表在《人民文学》第 8 期上。

10 日，伊沙的诗《命令你们为我鼓掌》（二首）、邱华栋的诗《最终的火焰》、魏巍的《金伞的诗》发表在《诗刊》第 8 期上。

15 日，王安忆的中篇小说《香港的情与爱》发表在《上海文学》第 8 期上。

20 日，《钟山》在京举行该刊文学大奖赛颁奖仪式暨首届《钟山》董事会成立大会。

李瑛的诗《童年》（外一首）发表在《当代》第 4 期上。

本月，广东省委宣传部、省文联、省作协在广州联合召开"社会主义市场经济与广东文艺改革"研讨会。

湖南省委宣传部在长沙召开文艺工作座谈会，就在社会主义市场经济条件下如何进一步繁荣文艺，为人民群众提供更多更好的精神食粮问题进行讨论。

翠晓明、耿占春主编的大型诗刊《北回归线》第 3 期发表梁晓明、王家新、严力、孟浪、蓝蓝、王寅、陆忆敏、西川、陈东东、钟鸣、翟永明等人的组诗或长诗，以及周伦佑、徐敬亚、陈超、陈仲义、唐晓渡、耿占春等人的诗论。

万夏、潇潇主编的《后朦胧诗全集》由四川教育出版社出版。

戈麦的诗集《慧星》（西渡选编）由漓江出版社出版。

李锐的长篇小说《旧址》由上海文艺出版社出版。

方方的散文《和平日子的恐惧》、刘武的纪实文学《中国官员的"官"念变革》发表在《小说家》第 4 期上。

九月

1 日，述平的中篇小说《晚报新闻》发表在《作家》第 9 期上。

5 日，陈应松的中篇小说《风中渔鼓》发表在《长江文艺》第 9 期上。

9 日，黄钢在京逝世，享年 76 岁。黄钢，1917 年生，湖北武昌人。1938 年就读于延安鲁艺学院，后参加鲁艺战地文工团，任《解放日报》记者、冀察热辽解放区党报及新华分社副社长、随军记者。建国后历任中央电影局编剧科科长、新华社特约记者、

《人民日报》国际部评论员、记者、中国电影家协会书记处书记等职。著有报告文学《我看见了八路军》《雨——陈赓兵团是怎样作战的》《朝鲜——晨曦清亮的国家》《李信子姑娘》《人们呵，请你停一停》《拉萨早上八点钟》等，电影文学剧本《团结起来到明天》《永不消逝的电波》（与李强、杜印合作）、《李四光》等，文艺政论集《亚洲的新纪元》《伟大的变化》《在北京的会见》等，话剧剧本《指挥员在那里》，传记文学《革命母亲夏娘娘》，评论集《在电影工作岗位上》。

10 日，魏巍的诗《那是一个很冷很冷的冬季》、曾卓的诗《生命之火》（三首）、郑敏的诗《心中的声音》（外三首）、白桦的组诗《蓝海中的绿岛》、鲁藜的诗《感遇篇》、周涛的诗《九三复古树马牛》（六首）、刘征的诗《荒诞小集》（二首）、雷抒雁的组诗《无缘无故》、西川的诗《寓言和历史》（二首）、翟永明的诗《我站在直街横街的交点上》（外二首）、王小妮的诗《回家》（外二首）、梁小斌的诗《经过这扇门》（外二首）、韩作荣的诗《赞颂：太阳的歌者》、蔡其矫的诗《天南地北》（三首）、叶延滨的组诗《阳光下的变奏》、陈东东的诗《塔与寺》、沙鸥的诗论《关于诗 关于诗人》发表在《诗刊》第 9 期上。

陈染的短篇小说《巫女与她的梦中之门》、戴厚英的短篇小说《老尧》、虹影的短篇小说《岔路上消失的女人》、韩东的短篇小说《乃东》、林白的中篇小说《飘散》、洪峰的长篇小说《和平年代》发表在《花城》第 5 期上。

徐星的短篇小说《我是怎样发疯的》发表在《北京文学》第 9 期上。

15 日，格非的短篇小说《雨季的感觉》发表在《钟山》第 5 期上。

严歌苓的短篇小说《女房东》、何顿的中篇小说《我不想事》发表在《上海文学》第 9 期上。

18 日，据《文艺报》报道，《文艺报》最近召开艺术生产问题讨论会。与会者联系我国文艺及文艺理论的发展实际，认识到在经济体制改革、建立社会主义市场经济的大背景下，深入研究艺术生产规律有着重要的理论和现实意义。自觉掌握社会主义艺术生产规律，是搞好社会主义文艺建设的一个重要前提。与会者还探讨了马克思关于艺术生产和精神生产的论述，认为艺术生产论是马克思主义文艺学的一个重要课题。着重讨论的问题有文艺生产的特殊性问题、艺术与商品关系问题、文艺保护人问题、高雅文艺与大众文艺问题、艺术生产与作家个性问题、艺术生产与艺术理想问题、读者与接受问题等。

同日，北京大学新诗研究中心与拟复刊的《诗探索》召开"93'中国现代诗学研讨会"。

25 日，余秋雨的散文《千年庭院》发表在《收获》第 5 期上。

30 日，据《文学报》期报道："深圳文稿拍卖起风波"。涉及拍卖活动的两位作家漫天要价、轻率"叫卖"，引起文坛内外强烈不满。李国文、张洁、从维熙等六位作家声明：自今日起不再担任"九三深圳（中国）首次优秀文稿公开竞价组委会"的"监事"之职。

本月，中国文学出版社主办的《中国文学》中文版创刊。

吉林省作家协会、吉林省委宣传部、《吉林日报》在长春联合召开"严肃文学的发展与作家的历史责任"专题讨论会,与会专家就这一问题进行了深入探讨。10 月 2 日《文艺报》第 39 期做了报道。

笔名"周洪"的畅销书写作群体与中国青年出版社签约,今后 3 年内,所有署名"周洪"的书稿,都只能由中国青年出版社出版,中国青年出版社在宣传广告、图书包装上做出相应承诺。这被新闻媒介称为"周洪卖身"事件。

《今天》第 3 期"诗歌专辑"发表翟永明等 20 几位诗人的诗作。同期还发表欧阳江河的《'89 后国内写作:本土气质、中年特征与知识分子身份》、柯雷的《多多诗歌的政治性与中国性》、李欧梵的《狐狸洞诗话》等文章。

任洪渊的诗与诗论合集《女娲的语言》由中国友谊出版社出版。

残雪的短篇小说《从未描述过的梦境》发表在《珠海》第 5 期上。

残雪的短篇小说《去菜地的路》、王安忆的中篇小说《"文革"轶事》、韩少功的中篇小说《昨天再会》、俞天白的长篇小说《大上海漂浮》发表在《小说界》第 5 期上。

迟子建的短篇小说《鸡笼街的月亮》《白墙》发表在《春风》第 9 期上。

于坚的散文《高原上的高原》发表在《十月》第 5 期上。

蓝荫海、顾威的五场话剧《旮旯胡同》发表在《剧本》第 9 期上。

《汪曾祺文集》四卷本由江苏文艺出版社出版。

十月

1 日,残雪的短篇小说《索债者》发表在《广州文艺》第 10 期上。

8 日,顾城在新西兰威赫克岛上用斧头砍死妻子谢烨,随后自缢身亡,终年 37 岁。国内外诸多媒体迅速作了报导,舆论哗然。吴思敬指出:"顾城之死实际是一种文化失衡现象,是 20 世纪八九十年代中国文坛的一种重要的人文景观。""顾城在他的诗歌中营造一个童话世界,这无可非议,但他太投入了,以至模糊了幻想与现实的界限,他不仅在诗歌中,而且还要在生活中营造一个童话世界,一个梦寐以求的天国花园,这便埋下了日后悲剧的种子。"又说:"顾城的死因除去上面谈到的天国花园理想的破灭外,还需要从顾城的生理、心理角度加以考察"。"顾城诗歌创作的枯竭感","一向存在的轻生死的观念和对'死亡美'的推崇",以及"他凡心魔鬼的一面",都是导致他杀人自杀的原因。(吴思敬:《〈英儿〉与顾城之死》,《文艺争鸣》1994 年第 4 期)白烨指出:"与英儿倾心相恋而英儿又不辞而别,这事最让顾城痛心疾首。……这种连带着人生理想的爱的丧失,迫使顾城由人及我地深刻反思自己存在的意义。因此,他虽对出走的英儿不无怨恨,但更恨那个教坏了女孩,'拿走'了'英儿'的污浊的社会环境;他自怨自己人生和情爱理想的失常和超常,但更谴责那个规范所有个性和消蚀一切理想的现实尘世。他在自白中自谴,又在自谴中自省,结果是更坚定了自己不苟且不妥协的信念,死亡成为他继续前进的另一种方式。"(白烨:《真爱成梦幻的自白自谴与自省》,《文艺争鸣》1994 年第 1 期)据 12 月 18 日《文艺报》报道:《北京青年报》最近以诗人顾城在海外杀妻自杀一事以及国内新闻媒介对此事件的反应为题,开辟专栏进行讨论。该报同期刊发了王叶的《顾城之死与卢刚之死》，就"诗人之死与凡人之死"发表看法。该文认为两人死于同一价值体系，即极端的自我主义；否认诗化顾城之死是"一个纯粹的诗人终极的心灵选择"。

顾城，1956年生，北京人，朦胧诗代表诗人，被舒婷称为"童话诗人"。1964年开始写诗，著有诗集《无名小花》《舒婷、顾城抒情诗选》《北岛、顾城诗选》《黑眼睛》《顾城诗全编》等。另与谢烨合著长篇小说《英儿》。王安忆在《岛上的顾城》中写道："到1992年的初夏……我伸头一看，走廊拐角处，顾城腼腆地站着，依然戴着那顶灰蓝色的直统统的布帽"，"顾城在我从小生活的城市上海找到了他的妻子谢烨。……那里的空气使顾城感到窒息。……有一天，顾城决计要走了。……谢烨说：顾城，你看见吗？马路对面有个卖橘子的老头，你去拿个橘子来，无论是要还是偷，只要你拿个橘子来，我就给你买船票。这个橘子……代表一种现实的可能性。……乞讨与偷盗全不是他能干的。于是他只得和谢烨回了那个小屋。""后来顾城在欧洲，还有美洲，走来走去，其实就是为了得到一个橘子，然后去搭一条船。""他说，语言就像钞票一样，在流通过程中已被使用得又脏又旧。但……他承认语言的使用功能，……这使用功能于他还有一种船的作用，可将他渡到大海中间，登上一个语言的岛。这是一幅语言的岛屿景观，它远离大陆，四周是茫茫海天一色。语言的声音和画面浮现出来，这是令顾城喜悦的景象。"（王安忆：《岛上的顾城》，《漂泊的语言》，作家出版社1996年版）顾工说："顾城的这些思维、音响，对美和丑的触觉，对人和诗的外壳和内在的张力，是怎样形成的？是接过五四以后新月派的衣钵吗？是受西方现代派的冲击吗？——不不，顾城是在文化的沙漠，文艺的洪荒中生长起来的。他过去没看过，今天也极少看过什么象征主义、未来主义、表现主义、意识流、荒诞派……的作品、章句。他不是在模仿，不是在寻找昨天或外国的新月，而是真正在走自己的路。——这些诗，是他们自己从荒漠中寻找到的泉水和绿洲。这些诗，是他们自己心灵的折光，形象的展览。"（顾工：《两代人——从诗的"不动"谈起》，《诗刊》1980年第10期）

10日，阮章竞的诗《三百里西江路》、屠岸的诗《日光岩》（外一首）、邹静之的诗《走》、肖开愚的诗《山坡》、张学梦的诗《揣想二十一世纪》、蓝蓝的组诗《而我也将消逝》、唐亚平的诗《形而上的风景》、罗洛的诗《秋雨黄昏》、洛夫的《诗五首》、昌耀的诗论《诗人们只有自己起来救自己》发表在《诗刊》第10期上。

18日，秦瘦鸥在上海逝世，享年85岁。秦瘦鸥，原名秦浩，1908年生于上海嘉定县。自幼饱读诗书，同时受祖父影响，酷爱昆曲、京剧等戏剧艺术。学生时代先后就读于几所商业学校，毕业后曾在工矿、铁路及报社任职，并兼任上海持志学院、大夏大学文学院讲师，专授中国古典文学。业余从事通俗文学的创作和翻译。1934年译作《御香缥缈录》发表，名声雀起。1941年长篇代表作——社会言情小说《秋海棠》在上海《申报》副刊上连载，引起轰动。新中国成立后加入中国作协上海分会，并受任香港《文汇报》副刊组组长。50年代末回上海，历任上海文化出版社编辑室主任、上海文艺出版社编审、上海辞书出版社编辑。这时期创作了工人题材的中篇小说《刘瞎子开眼》、电影剧本《患难夫妻》《婚姻大事》等。1982年以《秋海棠》的后代为主线，续写了《梨园世家》第二部《梅宝》。此后，欲再以梅宝后代为发展线索，写一部反映新中国成立后戏曲学校毕业新人从艺的故事，从而完成《梨园世家》三部曲的夙愿，但未能实现。另著有长篇小说《危城记》、中短篇小说《第十六桩离婚案》《劫后日记》等。

20 日，何申的中篇小说《下海》发表在《当代》第 5 期上。

22—24 日，为纪念毛泽东诞辰一百周年，中国社会主义文艺学会等单位在京联合召开毛泽东与中国现当代文艺研讨会。与会者热情颂扬毛泽东为中国革命文艺事业建树的丰功伟绩，同时就当前文艺现状进行了讨论。10 月 30 日《文艺报》对此做了报道。

28 日，中国现代文学馆、冰心研究会等单位在福州举行"冰心生平与创作展览"。

由《深圳青年》主办的"深圳首届文稿竞价活动"举行。霍达的电影剧本《秦皇父子》和刘晓庆的《从电影明星到亿万富姐》分别以 100 万元以上的价格成交。

本月，黑龙江省作协等 20 几家单位联合在呼兰河畔召开国际萧红学术研讨会。

《中华散文》在京举行创刊座谈会。

谢冕、唐晓渡主编的"当代诗歌潮流回顾"丛书由北京师范大学出版社出版。包括崔卫平编《苹果上的豹》（女性诗卷）、谢冕编《鱼化石或悬崖边的树》（归来者诗卷）、唐晓渡编《与死亡对称》（长诗、组诗卷）、唐晓渡编《在黎明的铜镜中》（朦胧诗卷）、陈超编《以梦为马》（新生代卷）、吴思敬编《磁场与魔方》（新诗潮诗论卷）。

《南方诗志》秋季号发表宋琳、朱朱、陈东东、孙文波等人的诗作，以及王家新专辑，包括王家新的长诗《词语》、访谈《回答四十个问题》和程光炜的《王家新论》。

池莉的小说《绿水长流》、海男的散文《感觉的绚烂》发表在《小说家》第 5 期上。

十一月

10 日，《花城》第 6 期刊登"四川五君"（张枣、钟鸣、柏桦、欧阳江河、翟永明）诗作小辑。其中包括欧阳江河的诗《茨维塔耶娃》（外一首）。同期还发表了顾城的长篇小说《英儿》。《英儿》本月同时由作家出版社和华艺出版社出版。《英儿》是顾城与谢烨合著的绝笔之作。

柯平的组诗《怀念毛泽东》、张烨的诗《世纪末的玫瑰》发表在《诗刊》第 11 期上。

15 日，残雪的短篇小说《归途》发表在《上海文学》第 11 期上。

北村的小说《伤逝》《消逝的人类》，毕飞宇的小说《五月九日或十日》《充满瓷器的时代》《九层电梯》《祖宗》，张红军、水弓的报告文学《苏北的崛起》，刘仁前、顾维中的报告文学《拓荒牛》发表在《钟山》第 6 期上。同期开始在"新'十批判书'"栏目里连续刊登陈晓明、张颐武、戴锦华、朱伟关于文学和文化现状批判的对话，本期的题目是《精神颓败者的狂舞》。

刁斗的中篇小说《假如种子死了》发表在《江南》第 6 期上。

19 日，第四届冰心儿童图书奖、首届冰心儿童图书新作奖颁奖大会在京举行。

25 日，全国政协及文学界隆重庆贺巴金 90 华诞，并祝贺巴金荣获意大利蒙得罗国际文学特别奖。

苏童的短篇小说《纸》、潘军的中篇小说《夏季传说》、海男的中篇小说《罪恶》、巴金的散文《最后的话》、余秋雨的散文《抱愧山西》发表在《收获》第 6 期上。

本月，春风文艺出版社（辽宁沈阳）以"布老虎"为名进行商标注册，推出"布老虎丛书"，用高稿酬高印数吸引知名作家加盟。丛书策划安波舜。陆续推出了洪峰的《苦界》、铁凝的《无雨之城》、赵玫的《朗园》、崔京生的《纸项链》、梁晓声的《泯灭》、陆涛的《造化》、王蒙的《暗杀——3322》、叶兆言的《走进夜晚》、张抗抗的《情爱画廊》、潘茂群的《猎鲨 2 号》、贾平凹的《土门》、皮皮的《渴望激情》等长篇小说。

《倾向》文学人文季刊在海外创刊，创刊号上刊有黄灿然、王寅、肖开愚、陈东东等人的诗作，以及《继续写作——肖开愚访谈录》。

《现代汉诗》出秋冬合卷，发表李亚伟、邹静之、杨炼、朱文等人的诗作，以及徐敬亚评论孟浪，孙文波评论肖开愚、陈东东的文章，还有崔卫平的《诗歌与日常生活》、奚密的《"把灯点到石头里去"——中国当代实验诗歌》、唐晓渡《顾城之死》等文章。

北岛的诗集《在天涯》由香港牛津大学出版社出版。

萌娘的组诗《收获时节的女人》、蓝蓝的诗《哀歌》、汪曾祺的短篇小说《露水》、张洁的纪实文学《世界上最疼我的那个人去了》发表在《十月》第 6 期上。

十二月

10 日，王亚平的诗《延河——毛泽东诞辰百年祭》、柯岩的《情诗三首》、邹荻帆的《和平颂诗——访南斯拉夫组歌》（三首）发表在《诗刊》第 12 期上。

20 日，毕淑敏的中篇小说《生生不已》、王英琦的散文《求道者的悲歌》、周涛的散文《一个牧人的姿态和几种方式》、卢跃刚的报告文学《讨个"说法"——〈以人民的名义〉续篇》发表在《当代》第 6 期上。

23 日，中国文联邀部分文艺工作者在京举行"纪念毛泽东同志诞辰 100 周年座谈会"。与会者就在社会主义改革开放的历史新时期，如何深入学习马列主义、毛泽东思想和邓小平建设由中国特色社会主义的理论，做好文艺工作，如何使文艺为经济建设服务等问题进行座谈。文联主席曹禺作了书面发言。

本月，严力作品讨论会在北京文采阁举行。

韩作荣、唐晓渡等主编的《诗季》由百花文艺出版社出版，刊有牛汉的长诗《梦游》，欧阳江河的诗与诗论以及西川的《认识欧阳江河》，还有叶舟、邹静之、梁晓明、梁小斌、韩东、林莽等人的诗作，以及耿占春、陈超、于坚等人的诗论。

于坚的诗集《对一只乌鸦的命名》由国际文化出版公司出版。

《当代青年诗人十家》由上海文艺出版社出版。

莫言的小说集《金发婴儿》由长江文艺出版社出版，小说集《神聊》由北京师范大学出版社出版，长篇小说《食草家族》由华艺出版社出版。

汪曾祺的《短篇小说三篇》《作家自述》《书法》，冯骥才的散文《美酒·女人和歌》发表在《小说家》第 6 期上。

《王蒙文集》（十卷本）由华艺出版社出版。

本年

二月河的长篇历史小说《雍正皇帝·中：雕弓天狼》由长江文艺出版社出版。

由林兆华导演的过士行的剧作《鸟人》在北京人艺剧院上演，这是过士行的《闲人三部曲》（包括《鸟人》《棋人》《渔人》三部作品）中最早上演的一部。张兰阁指出："1993 年《鸟人》在剧坛出现可以看作中国戏剧发展的一个历史性转折。在这出剧中，改革开放以来第一代中国作家共同恪守的价值预设被轻轻置换，过士行以他一批率性而为不计功利的闲人形象取代了第一代作家进取的理想者形象。他在正统人生之外发现了一线新的生命的熹微，在对闲人生活的观照中发现了同尼采、本格森生命学说的对接点。他毅然舍弃了人生的形而上学层面（终极关怀），而直接在芸芸众生的感性生命中寻找大欢喜。经由过士行，一种花鸟虫鱼具有审美特性的闲散人生开始在世纪末戏剧舞台悄然上演，并以其滑稽的戏仿和放肆的笑声解构了载道戏剧的神圣与庄严。过士行给持续了近二十年的理想主义话剧划了个句号，也为单调的人生舞台增添了别样的戏文。为此，过士行作为 20 世纪'为人生戏剧'的最后一位作家，同时成了新世纪戏剧多元人生的倡导者和开山作家。"（张兰阁：《闲人一族的审美人生及境界——谈〈鸟人〉、〈棋人〉、〈渔人〉》，《戏剧文学》1999 年第 12 期）林克欢说："三部曲中我更偏爱《鸟人》，因为《鸟人》中有更多的幽默与戏拟，荒诞的色彩正构成对意义的疑问。因此，一面是对意义的追寻，一面是对意义的解构，困惑与挣脱的思想，成就了对生命赤裸的感动。"（林克欢：《闲人不闲——闲话过士行的"闲人三部曲"》，《坏话一条街——过士行剧作集》，第 319 页，中国国际广播出版社 1999 年 5 月版）过士行在《我的写作道路》中阐述说："《鸟人》的比喻直接来自生活，但是仅此还不能脱离民俗戏剧的窠臼，直到发现以西方人的眼光来看待鸟人，为他们做心理分析，《鸟人》的戏剧性才出现。这个灵感是养了三年鸟以后突然到来的，那是 1991 年的夏天，我把所有的鸟放了，铺开纸笔写我的第二部话剧，这就是曾引起极大争议的《鸟人》。"（过士行：《我的写作道路》，《坏话一条街——过士行剧作集》，第 351—362 页，中国国际广播出版社 1999 年 5 月版）

1994 年

3 日，王小妮的诗《活着》（五首）、郑敏的长诗《诗人之死》（后更名《诗人与死》）、徐光耀的短篇小说《忘不死的河》、残雪的中篇小说《痕》、霍达的长篇小说《未穿的红嫁衣》、顾城的随笔《最后的篇章》发表在《人民文学》第 1 期上。

10—13 日，全军文艺工作会议在京举行。会议中心是学习中央军委主席江泽民最近对军队文艺工作的一系列重要指示，即鼓励文艺工作者大胆创作，多出高质量作品。

毛泽东的《诗四首》、鲁藜的诗《现代人！请到这里来》、晓雪的诗《哭特·达木林》发表在《诗刊》第 1 期上。

西川的长诗《致敬》、史铁生的短篇小说《别人》、吕新的中篇小说《中国屏风》、北村的中篇小说《孙权的故事》、熊正良的长篇小说《隐约白日》、张承志的散文《无援的思想》、张洁的散文《幸亏还有它》发表在《花城》第 1 期上。

11 日，吴组缃在京逝世，享年 86 岁。吴组缃，原名吴祖襄，字仲华，安徽泾县人。1929 年入清华大学经济系学习，一年后转入中文系。1935 年应聘担任冯玉祥的家庭教师及秘书。1938 年发起并参加中华全国文艺界抗敌协会，担任协会理事。1946 至 1947 年间随冯玉祥访美，此后任金陵女子文理学院教授、清华大学教授和中文系主任，1952 年起任北京大学教授，潜心于古典文学尤其是明清小说研究，任《红楼梦》研究会会长。著有小说集《西柳集》《饭余集》，长篇小说《鸭嘴涝》（又名《山洪》）、文论集《说稗集》《宿草集》《拾荒集》《苑外集》，以及《宋元文学史稿》《明清文学史稿》等。孙玉石说："吴组缃先生一生为人耿直坦然。在他的小说《山洪》里边，有个憨厚的青年农民章三官。面对日本侵略中国，欺压屠杀中国人民的时候，张三官说过这样一句话：'人活在世上就是口气'"，"这话是包含了吴先生对民族内在力量的理解，也包含了他自己恪守的性格的质素。这里讲的是民族争取自身生存的正气，也是个人坚守自己尊严的骨气。吴组缃先生在他的一生中，就是凭着这'口气'，在艰难黑暗的条件之下，为进步的文艺事业献身，不汲汲于个人名利，不取媚于当权有势者"，"同吴先生接触多了，同学们都会感到，吴先生是最严格的人，吴先生也是最亲切的人。严格与亲切构成了他品格的晶体的两个侧面。"（孙玉石：《"人活在世上就是口气"——为北京大学中文系吴组缃先生追思会作》，《新文学史料》1995 年第 1 期）严家炎说："'君子坦荡荡，小人常戚戚。'吴组缃先生在北京大学中文系任教四十多年，最受人尊敬同时给人印象也最深的，正是他敢于坦荡直言和充满人生智慧的哲人风范。他坦率地讲真话，即使这真话不合当时的潮流，不被别人理解，甚至遭到我们一些思想比较简单的年轻人的批评反对，他也敢于坚持。"（严家炎：《吴组缃先生二三事》，《新文学史料》1995 年第 1 期）黄修己说："他还有一个很大的弱点，就是爱讲真心话，不看时候地点，坚持讲心里的话；哪怕是已经受到非议，甚至受到批判的，当他尚不认为是错的，那是不知敛抑，不考虑后果的继续讲"，"最典型的事莫过于坚持'爱而知其丑，憎而知其善'的观点。吴先生创作小说用严格现实主义的手法，同样在理论上也坚持现实主义，反对写好人就完美无缺，写坏人就一无是处，认为现实的人是很复杂的，不可脸谱化。"（黄修己：《不识时务亦俊杰——我心中的吴组缃先生》，《新文学史料》1995 年第 1 期）

12 日，应台湾"中国作家艺术家联盟"会长尹雪曼先生的邀请，由朱子奇、邓友梅率领的作家访问团 12 人经港赴台进行文学交流和参观访问。

15 日，陈东东的诗《再获之光》，《虹影小说四篇》《虹影谈小说》发表在《钟山》第 1 期上。同期"新'十批判书'"栏目刊载陈晓明、张颐武、戴锦华、朱伟的《东方主义和后殖民主义》。

19 日，葛洛在京逝世，享年 73 岁。葛洛，原名常玉磐，河南汝阳人。1938 年赴延安，先后入陕北抗日军政大学、延安鲁迅艺术学院文学系学习。历任鲁艺文学系助教、晋冀鲁豫边区文联理事、北方大学研究员等。建国后历任《人民文学》副主编、《诗刊》副主编、人民文学出版社副总编、中国作协书记处常务书记、《小说选刊》主编等职。著有小说散文集《雇工》等。

22 日，据《文艺报》第 4 期报道：众多文学刊物推出新年新举措。《青年文学》将举行"60 年代出生作家作品联展"。不少作家评论家认为："60 年代出生作家"不仅是一个衡量作家生理年龄的标志，同时也有其文学自身的意义。《北京文学》编辑部组织北京作家推出一批反映普通民众生活的"新体验小说"，作为探讨纯文学发展的一种尝试。为此，该刊邀请赵大年、陈建功、刘恒、刘震云、郑万隆、许谋清等作家以普通民众身份深入一些特殊的社会阶层，以图沟通读者，反映鲜活的社会情状。《大家》是新年之际边陲云南推出的大型文学刊物。1 月 19 日，《大家》在京举行座谈会，其颇具特色的新作体现出"高扬主旋律，发展多样化"的编辑追求。该刊还将从第 2 期开始辟栏展开"当代文学走向大讨论"。另外，还设置了奖金为 10 万元的"大家文学奖"。冯牧、陈荒煤、徐怀中等老作家希望《大家》办成"大家爱看，大家喜看"的刊物，并"祝《大家》中不断涌现大家"。《特区文学》以"新都市文学"营造文学新都市。"新都市文学"重在反映社会主义市场经济条件下新都市的风貌、生活，尤其是新都市人的观念、情绪、心态，以及新都市的一切矛盾冲突，力图营造一个内容丰富色彩斑斓的"文学新都市"。

24 日，全国宣传思想工作会议在京召开，江泽民总书记讲话，强调"以科学的理论武装人，以正确的舆论引导人，以高尚的精神塑造人，以优秀的作品鼓舞人"。来自全国各省、自治区、直辖市的党委负责人和宣传部长及各部委的宣传负责人出席了会议。

25 日，冯骥才的短篇小说《市井人物》、刘继明的中篇小说《前往黄村》、迟子建的中篇小说《向着白夜旅行》、柯灵的长篇小说《十里洋场》、余秋雨的散文《乡关何处》、李辉的随笔《沙龙梦》发表在《收获》第 1 期上。

29 日，据《文艺报》第 5 期报道：欧阳山《广语丝》第二集由光明日报出版社出版。

本月，第 1 届国家图书奖揭晓。巴金的《随想录》、钱钟书的《管锥编》《莎士比亚全集》《新时期中篇小说名作丛书》等文学类图书获奖，《鲁迅全集》（新注释本 16 卷）获国家图书奖荣誉奖。

诗歌理论与批评季刊《诗探索》在京复刊。谢冕、杨匡汉、吴思敬主编，复刊号上发表艾青的《诗人要自信——对〈诗探索〉复刊的希望》、谢冕的《从诗体革命到诗学革命》、郑敏的《我们的新诗遇到了什么问题》等文章。

《大家》双月刊在昆明创刊。创刊号上发表于坚的长诗《O 档案》、陈染的短篇小说《饥饿的口袋》、贺奕的文章《90 年代的诗歌事故》。《O 档案》发表后引起关注。王一川说："这首诗是一次以诗体去戏拟档案体的奇特尝试。档案体是一种典型的公文体。全诗基本按照档案的语体形式排列，当然是在戏拟的意义上排列。诗共分九部分，即档案室、卷一出生史、卷二成长史、卷三恋爱史（青春期）、卷三正文（恋爱期）、卷四日常生活、卷五表格、卷末（此页无正文）和附一档案制作与存放。诗先描写放置档案的档案室，接着描写档案正文，最后附录档案制作与存放情形。问题在于，让诗向粗糙或粗俗而又富有生气的口语开放还情有可原，为什么还要向那冰冷乏味的‘档案’进发？……那曾经是一个依靠档案控制、指挥和压制个人生命的政治一体化年代。档案是一种书写语体，但重要的与其说是它如何书写，不如说是这种书写本身在个人生活中的决定性功能。”“问题还存在于：于坚把这类似乎与诗、与市民白话相敌对的致命的档案语汇引入诗中，到底要干什么？显然，正是要戏拟地书写个人被档案语体控制的命运，在这种特殊的充满戏谑味的书写中揭示人生之诗意被压抑的特定历史真相。这样，整首诗都充满着杂语，呈现出多种不同语言的对话，显示出主体被社会主流语言压抑的命运。看来，于坚在这里戏拟档案语体，形成拟档案体诗，就具有一种不容置疑的文化——美学意义。”（王一川：《在口语与杂语之间——略谈于坚的语言历险》，《当代作家评论》1999 年第 4 期）谢有顺说：“这部当代最奇特的诗作，1994 年发表后，所遭受到的非议也是最奇特的。其中最著名的是，说《0 档案》不是诗。于坚自己似乎并不介意这种说法。确实，以传统的、定型的诗歌美学规范，难以解释《0 档案》现象，因为它是反潮流的、革命性的。现在回想起来，当大家都在讨论《0 档案》写的是诗还是非诗时，恰好忽略了这部作品最重要的方面——于坚的说话方式。不是说什么，而是看他怎么说。”“说话方式一直是于坚所重视的。他反对升华式的、慷慨激昂的、乌托邦的、玄学的方式，而注重日常的、生活化的、细节的、人性的说话方式。在怎么说的探索上，《0 档案》走到了极致。全诗成功地模仿了档案这一文体和语式，并完成了对一个人的历史状况的书写。在对档案的模仿当中，档案的真相昭然若揭。它那僵化、冷漠、无处不在、极富侵略性、抹杀人性的活力、对个人的压抑、对思想的监视和取消，等等，经过于坚的仿写，达到了触目惊心的地步。”“诗不是什么孤寂的事业，它同样是存在领域最重要的见证人和倾听者。于坚的出现，使同时代的许多诗人，都要重新检讨自己：究竟是谁在走一条非诗的道路？从《罗家生》到《尚义街六号》，从《避雨之树》到《对一只乌鸦的命名》，从《0 档案》到《飞行》，有心的人都会注意到，事物、语言和存在本身给了于坚强大的力量——它再次证明，诗歌的希望不在它的外面，而在它的本身。”（谢有顺：《回到事物与存在的现场——于坚的诗与诗学》，《当代作家评论》1999 年第 4 期）

王家新的诗《词语》发表在《上海文学》第 1 期上。

周大新的中篇小说《向上的台阶》、张承志的散文《清洁的精神》、张洁的纪实文学作品《世界上最疼我的那个人去了（续）》发表在《十月》第 1 期上。

《荒芜英雄路——张承志随笔》和《夜行者梦语——韩少功随笔》由知识出版社出版。

二月

3 日，西川的《虚构的家谱》诗 5 首、徐小斌的短篇小说《黑瀑》、周涛的散文

《霜降日志》发表在《人民文学》第 2 期上。

5 日，据《文艺报》第 6 期报道：最近，花城出版社与人民文学出版社《中华文学选刊》联合在北京文采阁为梁晓声的长篇小说《浮城》举办作品研讨会。

7 日，白朗在京逝世，享年 81 岁。白朗，原名刘东兰，辽宁沈阳人。1929 年与罗烽结婚。1931 年加入反日大同盟。1933 年在地下党的领导下创办《文艺》周刊，并开始以刘莉、弋白等笔名给《文艺》《夜哨》撰稿。1935 年与罗烽逃离东北到上海。1939 年与罗烽一道参加作家战地访问团。1941 年到延安，1942 年出席延安文艺座谈会，会后调任《解放日报》文艺部编辑。1946 年任《东北日报》副刊部部长、东北文艺协会出版部部长、《东北文艺》副主编。1949 年参与筹建东北文联。抗美援朝期间多次赴朝鲜调查、慰问。1952 年出席世界和平大会。1953 年出席世界妇女大会。在第二次文代会上当选全国文联委员、中国作协理事。1956 年出席亚洲作家代表大会。1957 年被划为右派，开除党籍，到地毯厂当徒工。1961 年调作协辽宁分会从事专业创作。"文革"中遭受迫害，精神分裂。1979 年平反，坐轮椅出席第四次文代会。著有长篇小说《在轨道上前进》，中篇小说《老夫妻》《为了幸福的明天》《我们十四个》，短篇小说集《牺牲》《伊瓦鲁河畔》《牛刀的故事》《北斗》，散文集《西行散记》《斯大林——世界的光明》《月夜到黎明》和传记文学《何香凝传》等。

10 日，穆旦的诗《老年的梦呓》、沙鸥的《关于写诗》发表在《诗刊》第 2 期上。

12 日，路翎在京逝世，享年 71 岁。路翎，原名徐嗣兴，祖籍安徽无为，1923 年生于江苏南京。少年丧父，改随母姓，寄居于舅父的封建大家庭中。抗战逃难中开始写作，17 岁时以短篇小说《"要塞"退出以后——一个青年经纪人底遭遇》受到胡风的赏识而在文坛崭露头角，自此成为"七月派"的代表作家。1942 年后，未满 20 岁的路翎进入创作高峰，创作了中篇小说《饥饿的郭素娥》（1944）和在当时篇幅最长的长篇小说《财主底儿女们》（1945）。建国后曾参加抗美援朝战争，创作了短篇小说《洼地上的"战役"》等作品。1955 年被打成"胡风分子"，从此中断写作 20 多年。杜高说："在我熟识的友人中，有许多受难者。但我觉得最大的不幸者和受难者是路翎同志。虽然他并没有在那个悲惨的年月里死去，而是坚强的活到了今天。……他又是一位严肃的对待工作和生活，诚实朴素，心地纯正的好同志。他从不炫耀自己，也从不逢迎别人和伤害别人，即使对待那些凶猛的批评家，他也从不用恶语攻击他们个人，他反驳他们的论点，有时甚至是带着痛苦讥讽他们的议论，但他始终只把他们看成文艺问题上的论敌，对其中的许多人他甚至是尊敬的。即使后来人们把他当成'政治敌人'时，他却依然尊称他们为'同志'，因为他们大多是共产党人和靠近党的人，而他对党是从不怀疑和衷心爱戴的。"（杜高：《一个受难者的灵魂——为〈路翎剧作选〉出版而作》，《路翎剧作选》，中国戏剧出版社 1986 年 2 月版）钱理群说："这是一个早被遗忘、却不应被遗忘的名字：路翎。……作家一方面真实地写出了'原始的强力'的盲目性与病态，另一方面又情不自禁地对这种病态表示赞赏。闪光的与庸俗的，动人心弦与令人厌恶的，真实的与不真实的，现实主义与反现实主义的，纷然杂陈于同一作品中，这倒正是显示了路翎创作的特色。""作家对于人的灵魂有着自己的见解。在他看来，一切'具体的活的人'（而不是抽象的理论上的人），都有'人性'与'兽性'两个方面。对于'兽性',作家探讨的重点是'奴性'(即所谓'精神奴役的创伤'),而'人性',在作者笔下则主要有两类:一是具有'原始的活力'的雄强的'人性',一是追求'爱情,友谊,同情'、美好然而柔弱的'人性'。作家是更倾向于前者的。""这样,作家所塑造的典型形象,总是具有'油画式的、复杂的色彩和复杂的线条'。"(钱理群:《探索者的得与失——路翎小说创作漫谈》,《中国现代文学研究丛刊》1981年第3期)唐湜说:"据他爱人说,他常常坐着想写点什么,他实在还想恢复旺盛的创作力,如年轻时那样,可一次次坐下来,总是写得不知所云,无法写下去,喟然长叹一声放下笔。公安部一次发还一部长篇小说,梅志先生一看,是路翎的长篇,却缺了开头的一册,路翎几次想补上个开头,却无法写好,只好让原样缺个开头出版了,据我所见所知,他出狱十多年,就无法写出有分量的好作品来,这真是一个天才的悲剧。""现在看来,天才的路翎,或如刘西渭(李健吾先生)在四十年代后期说的,中国未来左拉,是成了宗派斗争的牺牲,早慧的天才路翎在二十来岁,已出人头地,被权威的评论家刘西渭称许为中国的左拉,就毁灭于这一场斗争!……我也亲耳听到中国剧协田汉主席在报告中说:郭老与他自己也十分惋惜天才的路翎走向毁灭。实在,他们虽对胡风先生抱有很深的成见,对路翎的悲剧还是深感痛惜的。"(唐湜:《路翎晚年的悲剧》,《路翎印象》,学林出版社1997年版)

19—23日,全国文联工作会议在京举行。会议的主要内容是:传达贯彻全国宣传思想工作会议精神,交流文联工作经验,研究在建立社会主义市场经济体制下如何改进和加强文联工作,进一步繁荣社会主义文艺。

据《文艺报》第7期报道:'93中国改革潮全国报告文学大奖赛征文评奖近日在京揭晓,梁晓声、从维熙、陈祖芬等获奖。

20日,张欣的中篇小说《如戏》发表在《当代》第1期上。

本月,《贾平凹自选集》六卷本由作家出版社出版。

北村的长篇小说《武则天》发表在《小说家》第1、2期上。

三月

3日,李瑛的诗《祁连山寻梦》、伊沙的《诗八首》、叶延滨的随笔《都市风景人》发表在《人民文学》第3期上。

4日,李束为在太原逝世,享年75岁。李束为,原名束学礼,笔名束为,1918年生于山东东平县。1935年因生活所迫加入阎锡山部队到山西。抗战爆发后转投山西抗日少年先锋队,从此转战太行山、吕梁山一带。1940年入延安鲁迅文学艺术学院戏剧系学习。1942年到晋绥边区文联,参加文艺工作团。1943年发表第一篇小说《租佃之间》。1944年调任《晋绥大众报》社编辑,创作了《红契》《卖鸡》等小说。1949年参加第一次全国文代会后返回山西,担任省委宣传部文艺处负责人;不久任山西省文联主席兼任党组书记,主持工作达十多年,直到"文革"开始后受到批斗。建国后在他领导下的《火花》杂志成为全国一流文艺刊物。作为山药蛋派的代表作家之一,建国后著有小说《春秋图》《好人田木瓜》《老长工》《于得水的饭碗》《迟收的庄禾》

等，报告文学《南柳春光》《更上一层楼》等。1984 年起担任山西省文联党组书记。1992 年离休。

5 日，洪峰的小说《几度夕阳红》、海男的小说《观望》发表在《大家》第 2 期上。

10 日，《文艺报》第 11 期发表孙犁在 1993 年 10 日—1994 年 2 月 16 日患病期间致徐光耀、韩映山的信札。

杜运燮的诗《为长城唱支歌》，食指的诗《秋意》（外一首）、叶舟的《诗篇》（三首）、汪国真的诗《倾听》（外一首）发表在《诗刊》第 3 期上。

徐小斌的中篇小说《敦煌遗梦》发表在《中国作家》第 2 期上。

林白的长篇小说《一个人的战争》发表在《花城》第 2 期上。陈晓明认为这部作品"是如此坦率的暴露自我的经验世界，它是如此绝对地埋葬自己，以至于它无所顾忌地倾诉了全部的内心生活。结果，这次返回内心的倾诉，不得不变成一次超道德的写作。它对男权制度确定的那些禁忌观念，对那些由来已久的女性形象，给予了尖锐的反叛。"（陈晓明：《走进女性记忆的深处》，1995 年 12 月 9 日《作家报》）荒林说："《一个人的战争》体现出作家对于个人化女性经验世界营构的匠心。小说以女性主体成长为核心，编织出女性与自身、女性与世界、女性与男性、女性与女性之间的网状关系。这一网状关系的疏密以女性经验的变化为轴心。这里没有一般自传体小说的重大社会环境叙写，没有重大社会事件介入，也没有一般自传体小说的成长楷模范式，有的只是女性的自我认识、自我感知、自我欲求、自我选择，小说再现出处于社会政治边缘的女性的成长史，是一部经验积累、自我积累和自我调整，认识自身而后认识世界的'特殊存在'史。"（荒林：《林白小说：女性欲望的叙事》，《漳州师院学报》1996 年第 3 期）王光明说："林白最有代表性的作品是长篇《一个人的战争》，它是一个孤立无援的女人多米与外部世界的战争，即作者所谓的'意味着一个巴掌自己拍自己，一面墙自己挡着自己，一朵花自己毁灭自己，……一个女人自己嫁给自己'。这是一篇女性的身心被撕裂，最后只能向男性社会妥协，'自己出卖自己'的故事；……不难看出，这是一篇明显在两性关系中描写女性境遇的小说。通篇使用自叙传式的第一人称讲述（只在涉及不堪事件时才借用第三人称的叙述策略），细节和场景描写非常逼真、强烈，几乎具有现实主义手法的存真效果。它表明作家对男性宰制权利的指控，不仅体现在女性命运的规定性上，而且渗透到了心理、性格和价值观念等内在的层面。"（王光明：《女性文学：告别 1995——中国第三阶段的女性主义文学》，《天津社会科学》1996 年第 6 期）同期《花城》还刊出"顾城谢烨小辑"栏目，发表了两人作品《等待墙醒来》《你叫小木耳》。

15 日，江泽民、李鹏观看了北京人民艺术剧院演出的话剧《旮旯胡同》，希望文艺要表现主旋律。文艺工作者表示，总书记、总理来看演出，是对严肃文艺的肯定和支持。

《诗人何为——93 中国"21 世纪新空间"文化研讨会综述》、梁晓声的《1993——一个作家的杂感》、杨沫的《我一生中的三个爱人》发表在《钟山》第 2 期上。同期"新'十批判书'"专栏发表陈晓明、张颐武、戴锦华、朱伟的《文化控制与文化大众》。

25 日，刘继明的中篇小说《海底村庄》、北村的中篇小说《玛卓的爱情》、林斤澜的中篇小说《母亲》、余秋雨的散文《天涯故事》、李辉的随笔《太阳下的蜡烛》、卞之琳的人生采访《毕竟是文章误我，我误文章》发表在《收获》第 2 期上。"编者的话"把刘继明的小说称为"文化关怀小说"。

本月，《金庸作品集》大陆简体字版由北京三联书店隆重推出。

陆健的诗《仓皇的向日葵》、周涛的散文《边陲》、王英琦的散文《遭遇鸡贩子》发表在《十月》第 2 期上。

乐美勤的小剧场话剧《留守女士》、王仁杰的梨园戏《董生与李氏》发表在《剧本》第 3 期上。

四月

2 日，据《文艺报》第 13 期报道："北京作家文稿库"最近在京成立。

10 日，邹静之的诗《欢笑——"文革"记事之一》（外一首）、吴奔星的诗论《诗的"散文美"应该发扬和发展》发表在《诗刊》第 4 期上。

14—17 日，中国作协、中华文学基金会、人民文学出版社等单位联合主办的"巴金与二十世纪学术研讨会"在京举行。中宣部部长刘忠德、中国作协副主席张光年、冯牧等高度评价巴金的文学成就，称巴金与世纪同行，与读者同在。

20 日，韦君宜的长篇小说《露沙的路》选载在《当代》第 2 期上。

23 日，北京市文联研究部与《北京文学》编辑部联合召开"新体验小说"研讨会。与会作家、评论家就摆脱作家本人以往对生活的成见和所固守的叙事模式，在尊重生活本相和尊重亲身体验的基础上进行创作等问题进行了探讨。

本月，"沙汀、艾芜生平与创作展览"及其座谈会在北京图书馆举行。

据《文艺报》第 16 期报道：《巴金文集》已由人民文学出版社出版，该书收入了作者自 1921 年以来除译文外的全部著作及迄今所见的书信、日记。

《柯灵六十年文选》由上海文艺出版社出版。

《中国作家大词典》由中国社会出版社出版。

刘醒龙的中篇小说《菩提醉了》发表在《上海文学》第 4 期上。

张炜的中篇小说《沙岛纪行》发表在《小说家》第 2 期上。

五月

5 日，于坚的《诗六首》、何申的小说《治保主任》发表在《人民文学》第 5 期上。

北村的中篇小说《最后的艺术家》发表在《大家》第 3 期上。

10 日，沙白的组诗《乱弹——1993》、刘湛秋的《抒情诗六首》、昌耀的诗《遣兴四首》、叶延滨的诗《答复》（外一首）、张学梦的诗《我与〈诗刊〉》（二首）、贺敬之的新古体诗《川北行》发表在《诗刊》第 5 期上。同期"我与《诗刊》"栏目还发表了臧克家、阮章竞、沙鸥、刘征、晓雪等人的随感。

臧棣、刘立杆、余弦的诗作，韩东的"新小说"《房间与风景》《新版黄山游》《有别于三种小说》，陈染的短篇小说《与假想心爱者在禁中守望》，史铁生的短篇小说《别人》，王小波的中篇小说《革命时期的爱情》，迟子建的中篇小说《音乐与画册里的生活》，海男的散文《空中花园》发表在《花城》第 3 期上。

15 日，李初梨在京逝世，享年 95 岁。李初梨，1900 年生于重庆，早年留学日本，1927 年毕业于东京帝国大学文学部哲学科。后期创造社重要成员。1927 年起与成仿吾、冯乃超、钱杏邨等人陆续发表文章对鲁迅进行批评，倡导"革命文学"，其文《怎样的建设革命文学》名噪一时。1930 年加入"左联"。1948 年后历任中共中央东北局宣传部副部长、中联部副部长、新华通讯社社长等职。

储福金的小说《幻色》《村影》《染》，林斤澜的散文《世界》发表在《钟山》第 3 期上。

25 日，汪曾祺的短篇小说《辜家豆腐店的女儿》、熊正良的中篇小说《红锈》、余秋雨的散文《十万进士·上》、李辉的随笔《鹤》发表在《收获》第 3 期上。

28 日，陈白尘在南京病逝，享年 86 岁。陈白尘，原名陈增鸿、征鸿，江苏淮阴人。1926 年考入上海文科专科学校，1927 年转入上海艺术大学文学系学习。1932 年回家乡参加革命，同年被捕入狱，被判处五年监禁，在狱中坚持写作。从 1928 年起，先后出版了长篇小说《漩涡》、历史剧《金田村》《石达开的末路》，讽刺剧《岁寒图》《升官图》，以及话剧剧本《魔窟》《乱世男女》《大地黄金》《大地回春》《结婚进行曲》等。并组织戏剧团体"摩登社"，参与组织上海影人剧团、上海业余剧人协会、上海剧作者协会等团体。还在重庆江安国立戏剧专科学校和中央大学等校执教。1947 年担任昆仑影业公司编导委员会副主任。建国后历任上海军管会文艺处处长、上海电影制片厂艺术委员会主任、上海戏剧电影工作者协会主席、中国作协秘书长及外委会副主任等职。著有电影剧本《乌鸦与麻雀》《宋景诗》《鲁迅传》等。"文革"中受批判，曾下放到湖北咸宁五七干校劳动。1978 年出任南京大学中文系主任。此后陆续完成了历史剧《大风歌》、电影剧本《阿 Q 正传》、回忆录《对人世的告别》《牛棚日记》等。主编《中国现代戏剧史稿》。1997 年 12 月，江苏文艺出版社出版《陈白尘文集》（八卷）。

本月，海峡两岸相继举行纪念台湾作家赖和诞辰 100 周年纪念会。该活动由中国作协、台湾民主自治同盟等单位联合主办。与会者认为，两岸人民都深切盼望祖国和平统一，纪念赖和，学习他的爱国精神及鲜明的民族统一意识，具有深刻的现实意义。

根据于坚的长诗《O 档案》改编的同名诗剧（牟森导演）在布鲁塞尔国际艺术节首演，于坚随行。

《诗探索》第 2 期刊出李震的《神话写作与反神话写作》，断言"反神话写作势必成为我们这个时代的主要形态"，引起争议。同期"结识一位诗人"栏目里刊有西川的诗论《诗歌炼金术》、刘纳的《西川诗存在的意义》，以及蓝棣之对西川诗作的解读。

陈旭光编选的《快餐馆里的冷风景》（中国后现代诗歌诗论选）由北京大学出版社出版。

林斤澜的短篇小说《打杂·倒毛·顺竿》、北村的短篇小说《运动》发表在《上海文学》第5期上。

二月河的长篇历史小说《雍正皇帝·下：恨水东逝》由长江文艺出版社出版。

霍达的纪实文学《空门红颜》发表在《十月》第3期上。

六月

3日，徐坤的中篇小说《先锋》发表在《人民文学》第6期上。

10日，沙鸥的组诗《川西山水》、蓝蓝的诗《雨滴和生命的情歌》（三首）、翟永明的诗《去过博物馆》、唐亚平的诗《困盹》发表在《诗刊》第6期上。

11日，骆宾基在京逝世，享年77岁。骆宾基，原名张璞君，1917年生于吉林省珲春县。九一八事变前后在珲春和山东平度读书并务农。1934年到北平求学。1936年春赴上海，创作了反映东北抗日义勇军斗争的处女作——长篇小说《边陲线上》。"八·一三"淞沪战争爆发后曾在上海、浙东一带参加救亡活动，写有报告文学《东战场别动队》等作品。40年代辗转于桂林、香港、重庆、上海等地从事文学活动。这期间创作了短篇小说《北望园的春天》、自传体长篇小说《混沌》（《姜步畏家史》第一部）等。从1941年12月8日太平洋战争爆发，直至1942年1月22日萧红病逝的44天里，骆宾基一直守护在萧红的身边，后作有《萧红小传》。建国后曾先后到山东、吉林、北京、黑龙江等地农村体验生活，创作了《王妈妈》《父女俩》《交易》《年假》和《山区收购站》等短篇小说。1950年当选山东省文联副主席。1953年调至北京电影剧本创作所。1955年在胡风事件中受到牵连，审查达一年之久。1958年10月下放到黑龙江省劳动。1960年夏调回哈尔滨协助省作家协会工作。1962年初回到北京，当选北京市作协筹委会副主席，同期写成报告文学《草原上》。1966年10月被打成"牛鬼蛇神"接受批斗。从1972年起开始从事古金文的考证，著有《金文新考》。1974年9月被分配到北京市文史馆工作。1979年出席第四次文代会，当选中国文联委员与中国作协理事。1980年出席北京市文学艺术工作者代表大会，当选北京市文联常务理事和北京市作协副主席。

20日，《求是》杂志社召开现实主义问题座谈会。与会者就现实主义的涵义、它在当代文学中的地位、作用、丰富和发展等问题展开讨论，并呼唤现实主义精神，提倡塑造社会主义新人形象。

李瑛的诗《祁连山寻梦》（二首）、叶延滨的诗《人生在世》（三首）、王蒙的长篇小说《失态的季节》、赵丽宏的散文《麦积山》（外一章）发表在《当代》第3期上。

25日，据《文艺报》报道：为纪念老舍诞辰95周年，北京市文联、市老舍文艺基金会、市老舍研究会近日联合召开了"老舍的文艺思想与当前的文艺创作"研讨会。

《钟山》杂志与歌德学院联合举办'94中国城市文学学术研讨会。汪曾祺、王安忆、池莉、陈思和、王晓明、苏童、叶兆言等参加了会议。

本月，中外传记文学研究会成立大会暨首届学术研讨会在北京大学举行。与会者就传记文学的基本特征、艺术性与文献性的关系、中西方文学的不同走向与特点等问题展开探讨。7月2日《文艺报》第26期对此作了报道。

《现代汉诗》出版春夏卷，刊出孙文波、王家新、翟永明、肖开愚、叶舟、刘自立、默默、蔡天新、南野、庞培、海上、朱朱等人的诗作，以及廖亦武、李亚伟、柯雷、孙文波等人的诗论。西川获第2届"现代汉诗奖"。

陈村的短篇小说《小说老子》、张炜的《与大学生的马拉松长谈（节选）》发表在《小说家》第3期上。

七月

2日，据《文艺报》26期报道：中国报告文学学会主编的《历史的使命——中国改革大潮报告文学大型丛书》第一、二、三集最近由人民文学出版社出版。

3日，《人民文学》第7期发表莫非的组诗《重逢之歌》。

5日，鲁羊的中篇小说《某一年的后半夜》发表在《大家》第4期上。

9日，中宣部在京召开精神文明建设"五个一工程"座谈会，中宣部部长丁关根强调：抓"五个一工程"要持之以恒、务求实效。

10日，公木的诗《虫的生命哲学》、玛拉沁夫的组诗《青藏拾趣》、金石的《诗界的特大诈骗案——鹏鸣，是诗人，还是骗子?》发表在《诗刊》第7期上。

毕飞宇的中篇小说《楚水》、何顿的中篇小说《月魂》发表在《花城》第4期上。

15日，《钟山》第4期推出"新状态文学特辑"，发表韩东的《短篇小说四篇》、张抗抗的小说《非仇》、史铁生的随笔《爱情问题》、朱苏进的随笔《分享张承志》、贾平凹的散文《狐石》《长舌男》、王干的评论《诗性的复活》（论"新状态"）。

25日，毕飞宇的中篇小说《叙事》、吕新的中篇小说《荒书》、徐小斌的中篇小说《迷幻花园》、张炜的散文《夜思》、余秋雨的散文《十万进士·下》、李辉的随笔《秋白茫茫》发表在《收获》第4期上。

本月，解放军文艺出版社、《昆仑》编辑部与《解放军报》联合召开部队文学评论家座谈会。与会者就当前军事文学创作态势与若干军事文学理论问题交换意见。

闵正道、沙光主编的《中国诗选》（成都科技大学出版社出版）在北京发行。作品卷有王家新、孟浪、于坚、翟永明、王寅、沈天鸿、肖开愚、陆忆敏、张曙光、沙光、西川、陈东东、欧阳江河、孙文波等人的诗作。理论卷有谢冕、徐敬亚、张颐武、沙光、西川、陈旭光、王家新、唐晓渡、陈超、朱大可、程光炜等人的诗论，以及臧棣的长篇论文《后朦胧诗：作为一种写作的诗歌》。

残雪的短篇小说《患血吸虫病的小人》发表在《上海文学》第7期上。

张旻的长篇小说《情戒》发表在《小说界》第4期上。

王小波的长篇小说《黄金时代》由华夏出版社出版。它与《青铜时代》《白银时代》一起合称"时代三部曲"。阎晶明说："他所有的小说，无论是远及隋唐的'青铜时代'，还是推及下一世纪的'白银时代'，到处所见的都是这种'不该是这样'却原原本本'就是这个样子'的生活。这是一种看上去十分怪异乃至荒唐的生活，而这种怪异和荒唐，是我们曾经十分严肃地和认真地对待过的生活，它们甚至直到今天还为我们所熟悉，并且已经到了毫无惊异、完全适应的地步。只是因为作家有一颗负责的、人道的灵魂在追问着、质疑着这样的生活，它们才——现出了怪异与荒唐。就像我们透过哈哈镜看到了自己，却不知道，我们就是在这样的巨大的变形中生活着，把扭曲了的形体当成了本来的原形。""王小波是一位理想主义者，但同时又是一个悲观主义者。这种说法看似矛盾，但却像一枚硬币的两面一样存于一体，不可剥离。我们从他小说里可以直接看到的和感受到的，是他的悲观主义，因为他对理想的要求太过苛刻，又因为他总要直面现实，所以他的理想不但不能实现，更带来一种无奈的悲观。""不管王小波写的是'金''银''铜'哪个时代，身处其中的'现在'才是他的立足点。他小说中的时间之'线'，一头是可以翩飞至任何地方的想象的'风筝'，而手握另一头的人却牢牢站在大地之上。他小说的主题从来就是一个，就是人怎样在'不该是这样'的境遇中生活着。"（阎晶明：《"伦敦天空的发明者"——我读王小波小说》，《当代作家评论》1997 年第 5 期）

八月

3 日，乔迈的报告文学《世纪寓言》发表在《人民文学》第 8 期上。

6 日，据《文艺报》报道：上海文学界举行辛笛诗歌创作 60 年研讨会。

10 日，《北京文学》第 8 期推出"纪念老舍先生专号"。

李瑛的组诗《风雨人生》、章德益的诗《梦中的镰刀》（外二首）、王亚平等人的旧体诗发表在《诗刊》第 8 期上。

20—24 日，由《文学遗产》编辑部和山东曲阜师大等单位联合举办的"儒家与文学"国际学术研讨会在曲阜举行。来自全国各地及美、韩的专家学者近百人参加会议。与会者围绕儒学与中国古代文学的关系问题展开热烈讨论。

《文艺报》报道：刘宗武撰文《孙犁：'93 病前病后》，介绍了孙犁这段时期的概况。

叶文玲的长篇小说《无梦谷》在《当代》第 4 期上选载。本年由人民文学出版社出版。

本月，王一川主编的《20 世纪中国文学大师文集》（小说卷）问世。在入选作家中，香港武侠小说家金庸名列第 4 位，而一向被认为在现代小说作家中名列前茅的茅盾却没有入选。入选者"排座次"为：鲁迅、沈从文、巴金、金庸、老舍、郁达夫、王蒙、张爱玲、贾平凹。王一川的《我选 20 世纪中国小说大师》在《文学自由谈》第 4 期发表，引起争议。

《曾卓文集》三卷本由长江文艺出版社出版。

柏桦的《左边——毛泽东时代的抒情诗人》一些章节陆续在海内外一些刊物上刊出，受到关注。

昌耀 40 年诗选《命运之书》由青海人民出版社出版。

伊沙的《饿死诗人》，橡子的《致命的歌唱》，侯马、徐江的《哀歌·金别针》等诗集由中国华侨出版社出版。

毕飞宇的中篇小说《大热天》发表在《小说家》第 4 期上。

九月

3 日，据《文艺报》报道：《文艺理论与批评》编辑部和人民文学出版社在京联合召开陈涌文集《在新时期面前》座谈会，林默涵、贺敬之、姚雪垠、魏巍等人出席会议。

10 日，李冯的短篇小说《多米诺女孩》、余华的中篇小说《战栗》，方方的中篇小说《何处是我家园》，张承志的散文《日本留言》《撕了你的签证回家》，欧阳江河的《89 后国内诗歌写作——本土气质、中年特征与知识分子身份》发表在《花城》第 5 期上。

西川的诗《动物园》（外一首）、于坚的诗《一枚穿过天空的钉子》（外一首）、李亚伟的诗《怀念》、张承志等人的《诗人，你为什么不愤怒?》发表在《诗刊》第 9 期上。

15 日，《钟山》第 5 期推出"新状态文学专辑之二"，发表何顿的小说《清清的河水蓝蓝的天》、戈麦的小说《地铁车站》、述平的小说《此人与彼人》、朱苏进的《最优美的最危险》。同期还发表刘心武的小说《仙人承露盘》、汪曾祺的《短篇近作三题》。

20—26 日，94'国际莎士比亚戏剧节在沪举行。

23 日，中国作家代表团一行五人赴意大利进行为期两周的访问。

25 日，迟子建的短篇小说《逝川》、苏童的中篇小说《肉联厂的春天》、张承志的散文《南国问》、余秋雨的散文《遥远的绝响》、李辉的随笔《往事已然苍老》发表在《收获》第 5 期上。

27 日，第 7 届"庄重文文学奖"在成都举行颁奖大会。此次颁奖对象为西藏、云南、安徽、河南、四川、贵州的文学工作者，其中有三分之一以上的获奖者是少数民族作家。于坚等人获奖。

本月，中国社会科学院文学研究所当代室召开"1993—1994 中国当代文学发展态势纵横谈"座谈会。与会者对一个"新"，即"新体验小说"、"新闻小说"等；一个"后"，即"后现代"、"后殖民"等现象进行了讨论。

《南方日报》报道，在国内经济最活跃的广东省，严肃文化事业仍然困难重重，声誉很高的严肃文学刊物《花城》和《随笔》，因经费严重不足，在经营上陷入困境。

黄灿然主编的诗刊《声音》第 3 期在广州出版，刊有 20 几位诗人的诗作，以及陈东东的《一个书面采访录》。

浩然 4 卷本长篇小说《金光大道》由京华出版社出版。该书前两卷曾在 1972 年和 1974 年出版，后两卷则是首次面世。浩然在《有关〈金光大道〉的几句话》中说："我以自己的所见所闻所感，如实地记录下了那个时期农村的面貌，农民的心态和我自己当时对生活现实的认识，这就决定了这部小说的真实性和它的存在的价值。用笔反映真实历史的人不应该受到责怪，真实地反映生活的艺术作品就应该有活下去的权利。"（载《文艺报》1994 年 8 月 27 日）围绕《金光大道》的重版和浩然的表态，在文艺界引发争论。陈思和、李辉等纷纷撰文对浩然进行批评。

张旻的长篇小说《情戒（续卷）》、聂华苓和安格尔的散文《鹿园情事》发表在《小说界》第 5 期上。

季羡林的散文《曼谷行》、肖复兴的散文《桂林两忆》、陈祖芬的散文《本来没有什么好笑的》发表在《十月》第 5 期上。

《莫言文集》五卷本由作家出版社出版。

十月

3 日，王英琦的散文《我们头上的星空》发表在《人民文学》第 10 期上。

8 日，《文艺报》报道：人民文学出版社出版的《秦牧全集》10 卷近日在广州举行首发式。

10 日，邹荻帆的诗《献给佳节国庆》、徐国静的诗论《女诗人与诗》（五则）发表在《诗刊》第 10 期上。同期还发表了臧克家等人的旧体诗。

11 日，《文艺报》报道：纪念丁玲同志诞辰 90 周年座谈会在京举行。

秦兆阳在京逝世，享年 78 岁。秦兆阳，1916 年生，湖北黄冈人。1934 年考入武昌乡村师范，学习期间在《武汉日报》上发表长诗《长城》《祖先的开拓》《松花江怒吼了!》等。1938 年到延安参加革命，编过画报，教过美术，搞过木刻，还在冀中平原打过五年游击。1946 年后开始发表短篇小说、独幕话剧和散文。后随《华北文艺》社进京，任《人民文学》小说组组长。1953 至 1954 年曾下乡体验生活，后任《文艺报》执行编委，《人民文学》副主编。这期间先后出版短篇小说集《平原上》《幸福》，小说、特写集《农村散记》，长篇小说《在田野上，前进!》，童话《小燕子万里飞行记》，论文集《论概念化公式化》等。1957 年因《现实主义——广阔的道路》（署名何直）一文被打成右派，下放广西 20 年，其间曾任中国作协广西分会专业作家。1978 年调回北京，任《当代》主编。陆地回忆说："他，瘦长身躯，一脸深沉、凝重、寡言；常爱侧身枯坐于不显眼的地方，不惯、或不肯在人前抛头露面。"（陆地：《耿介一世人——悼念秦兆阳》，《当代》1995 年第 1 期）秦兆阳在病中回忆道："我经历过许许多多奇奇怪怪的事。有一件最大的怪事。我千思百虑也找不到解释，有的共产党员，用最冠冕、最冷酷、最残忍的手段往死地里整自己的同志——在党章上，在马克思的著作里，哪能找得到解释?"（秦兆阳：《最后的歌》，《当代》1995 年第 5 期）

16—18 日，由中华文学基金会、安徽省社科院等 24 家单位举办的第二届张恨水学术研讨会在潜山县召开。与会者认为不应把张恨水列为"鸳蝴派"，他应是章回小说大师。张恨水的文学创作对中国现代通俗文学理论建设具有重大意义。

18—20 日，"臧克家文学创作研讨会"在京举行，程思远、贺敬之、高占祥、林默涵、刘白羽、魏巍、季羡林等出席会议。

20 日，徐坤的中篇小说《热狗》、池莉的散文《逆流而动，不亦乐乎》发表在《当代》第 5 期上。

21—28 日，由中国社会主义文艺学会、《人民日报》文艺部、《文艺报》《文学评论》等 22 家单位联合举办的"文化市场与文化建设问题"学术讨论会在云南楚雄召开。与会者认为，在市场经济体制下，文艺体制改革、文化市场建设的成败得失在于：是否有利于充分调动文艺工作者的积极性和创造性；是否有利于出作品、出人才以繁荣事业和满足需要；是否有利于经济发展和社会进步等一系列问题。

25 日，北京大学授予查良镛（金庸）名誉教授席位。

《人民文学》以五项评奖纪念创刊 45 周年。这五项奖是"昌达杯"优秀小说奖；"嘉德杯"小说新人奖；"银磊杯"报告文学奖；"红豆杯"散文奖；"长沙杯"诗歌奖。55 篇获奖者中有老作家、中青年作家，也有近年涌现的文学新人。

26 日，蹇先艾在贵阳逝世，享年 88 岁。蹇先艾，1906 年生于贵州遵义，1925 年参加"五卅"运动并加入文学研究会，1926 年发表小说处女作《水葬》，并与李健吾等组织曦社，出版《爝火》杂志。1931 年至 1937 年任北京松坡图书馆编纂主任。早期作品有短篇小说集《朝雾》《一位英雄》《还乡集》《酒家》《踌躇集》《乡间的悲剧》及散文集《城下集》。抗战时期在贵州与友人组织每周文艺社，出版《每周文艺》，并主编《贵州日报》副刊《新垒》。1937 年至 1951 年历任遵义师范学校校长、贵州大学教授等职，著有短篇小说集《盐的故事》《幸福》，散文集《离散集》，杂文集《乡谈集》及中篇小说《古城儿女》。1951 年至 1965 年历任贵州省文联主席、贵州省作协主席、贵州省文化局局长等职，著有短篇小说集《山城集》《倔强的女人》《苗岭集》和散文集《新芽集》等。"文革"期间受到批判。鲁迅说："蹇先艾的作品是很简朴的，……虽然简朴，或者如作者所自称的'幼稚'，但很少文饰，也足够写出他心曲的哀愁。他所描写的范围是狭小的，几个平常人，一些琐屑事，但如《水葬》却对我们展示了'老远的贵州'的乡间习俗的冷酷，和出于这冷酷中的母性之爱的伟大，——贵州很远，但大家的情境是一样的。"（鲁迅：《中国新文学大系·小说二集导言》，上海良友图书公司 1935 年印行）

29 日，《文艺报》报道：《青年文艺家》在京创刊，其前身是《文艺学习报》。

31 日，祝贺夏衍 95 岁华诞仪式在北京医院举行。夏衍在仪式上被宣布授予"国家有杰出贡献的电影艺术家"称号。

本月，由中国作家协会、作家出版社、春风文艺出版社联合举办的王充闾作品研讨会在京举行。与会者认为其学者型散文中弥漫着文化传统的厚重和知识的典雅，这有益于改变散文创作中一度泛滥的卿卿我我无病呻吟之风。

西川的《当代诗人只能独自前行》、陈东东的《诗歌三议》发表在《东方》第 5 期上。

阎连科的中篇小说《行色匆匆》、迟子建的长篇小说《晨钟响彻黄昏》发表在《小说家》第 5 期上。

张欣的中篇小说《爱又如何》发表在《上海文学》第 10 期上。

十一月

10 日，周涛的长诗《渔夫》、晏明的长诗《海的沧桑》、严力的诗《母语的回程票》（外四首）、公木等人的旧体诗发表在《诗刊》第 11 期上。

陈东东的诗《插曲》、朱朱的诗《时髦地段》（外二首）、虹影的中篇小说《康乃馨俱乐部》、海男的中篇小说《病史》、王晓明的《"戈多"究竟什么时候来——从后朦胧诗看八十年来的新诗发展》发表在《花城》第 6 期上。

15 日，王彬彬在《文艺争鸣》第 6 期发表《过于聪明的中国作家》，对萧乾、王蒙提出批评，引发争议。萧乾在《文艺争鸣》1995 年第 1 期上发表《聪明人写的聪明文章》，认为王既曲解了他"尽量说真话，坚决不说假话"的原意，又避开了问题的要害所在，"不把箭头射向把吕荧投入监狱的人，却射向当时在场并都没上台为吕荧为胡风鸣冤的人"。王蒙也发表《黑马与黑驹》（《新民晚报》1995 年 1 月 17 日）、《沪上思絮录》（《上海文学》1995 年第 1 期）等文章予以反驳。王蒙说："自从那年文坛上出了一匹黑马靠大骂名人取得了一定的'成功'以来，现在又有了效颦者了，以为到处吐口水便能树立一点什么形象——踩在名人的肩上嘛。"针对王彬彬以苏格拉底为例对壮怀献身精神的推崇，王蒙认为"不能不问收获，但问耕耘，不问效用，但讲壮烈"，而且反问"为什么壮烈？为谁壮烈？""什么时候壮烈？什么事情上壮烈？""你让人家去壮烈，你烈不烈呢？"王彬彬又发表《再谈过于聪明的中国作家及其他》（《文艺争鸣》1995 年第 2 期）等文章进行反批评。涉及此争论的文章还有曾镇南的《知人论世的聪明》（《文艺争鸣》1995 年第 2 期）、谢泳的《内心恐惧：王蒙的思维特征》（《中华读书报》1995 年 5 月 10 日）。

《钟山》第 6 期推出"新状态文学专辑之三"，发表马建的小说《腰子与阿东少妞的生死恋》、海男的小说《私奔者》《鲁羊短篇二题》、邱华栋的小说《时装人》、郜元宝的《"新状态"：命名的意义》。同期还发表吕新的小说《砒霜》。

24 日，暨南大学台港海外华人文学研究中心举办"梁凤仪现象"研讨会。与会者认为"梁凤仪现象"就是"儒商现象"。梁凤仪在会上表达了她的写作动机是为了香港回归祖国的心愿。12 月 10 日《文艺报》对此作了报道。

25 日，洪峰的中篇小说《日出以后的风景》、张抗抗的中篇小说《非红》、余秋雨的散文《历史的暗角》、李辉的随笔《风落谁家？》发表在《收获》第 6 期上。

本月，天津作协主办鲁藜、袁静文学生涯 60 年研讨会。

北大、清华一批在校年轻诗人创办同仁诗刊《偏移》，主要诗作者有胡续冬、王雨之、冷霜、姜涛、周伟驰、铁军、穆青、周瓒（周亚琴）等。

《现代汉诗》出版秋冬合卷，刊出欧阳江河、宋渠、宋炜、孙文波、唐丹鸿等人的诗作，以及王家新、孟浪、黄翔、杨小滨、孙文波等人的随笔和诗论。

《诗探索》第 4 期"结识一位诗人"专栏刊发王家新的诗论《谁在我们中间》、臧棣的《王家新：承受中的汉语》，以及陈超对王家新诗 2 首的解读文章。

周伦佑编《打开肉体之门——非非主义：从理论到作品》由敦煌文艺出版社出版。

叶延滨的诗《近作五首》、季羡林的散文《曼谷行》、于坚的散文《火车记》、邢军纪和曹岩的报告文学《张鸣岐之死》发表在《十月》第 6 期上。

张欣的短篇小说《访问城市（两篇）》、虹影的短篇小说《翩翩》、刘心武的中篇小说《五龙亭》发表在《小说界》第 6 期上。

十二月

3 日，徐坤的中篇小说《梵歌》发表在《人民文学》第 12 期上。

5 日，西川的长诗《芳名》发表在《大家》第 6 期上。

6 日，以《诗刊》主编杨子敏为团长的中国作家代表团赴埃及进行为期两周的访问。

7 日，《文艺报》邀请在京的部分学者专家举行"大众文化"研讨会。与会者认为，"大众文化"是当前一个突出的世界性和时代性的文化现象，为了加强社会主义精神文明建设，理论工作者应关注"大众文化"现象，并用马克思主义的立场、观点和方法进行深入的研究和探讨。

10 日，叶舟的诗《大敦煌》（节选）发表在《诗刊》第 12 期上。

崔卫平论食指诗歌的文章《良知战胜黑暗》发表在《读书》第 12 期上。

15 日，北大"批评家周末"举行"对《O 档案》发言"讨论会，于坚本人到场。

20 日，舒婷的散文《丽夏不再》、乔迈的报告文学《中国之约》发表在《当代》第 6 期上。

26 日，中国毛泽东诗词研究会在京举行成立大会。臧克家任名誉会长，贺敬之任会长。胡绳、臧克家、王忍之等先后在成立大会上发言。

29 日，沙鸥在京逝世，享年 72 岁。沙鸥，原名王世达，重庆人。1940 年开始用沙鸥笔名发表作品。1946 年在上海参与主编《新诗歌》与《春草诗丛》。1949 年后调北京《新民报》工作，与王亚平主编《大众诗歌》。1951 年调中国作协文学讲习所工作。1957 年任《诗刊》编委。1962 年调黑龙江省文联从事专业创作，后主持编辑《北方文学》。著有诗集《农村的歌》《故乡》《初雪》《梅》《情诗》《失恋者》《寻人记》等 31 种，诗论《谈诗》《学习新民歌》等。

本月，文学理论界和哲学界在广州暨南大学召开"语言学转向与文学批评"研讨会。在此前后，受西方现代语言哲学的影响，关于语言与文化、语言与文学的关系成为大陆学界一个热点话题。

《翟永明诗集》由成都出版社出版。

阿成的短篇小说《请你遵守游戏规则》发表在《上海文学》第 12 期上。

张炜的长篇小说《柏慧》由北京十月文艺出版社出版。谢有顺说："《柏慧》追思了两个传统：土地的传统和知识分子的传统。这也说明了我们每个当代的人的双重血缘与身份：我们既是土地的儿子，也是高尚文明所孕育的儿子。土地使我们知道该怎样挚爱生命、爱护家园，高尚的文明传统则使我们获得了基本的感知能力。其中，土地是始也是终。所以，《柏慧》采用了一种近似神话式的古朴结构形式：第一章《柏慧》追思了'我'从哪里来，第三章《柏慧》是表明'我'往哪里去，第二章《老胡师》则是表明人类在文明进程中所付出的代价，以及人类确立自己身份的艰难过程。知性的传统与土地的传统在这个欲望作基础的社会里都失落了，当人们遭受了过多的伤害与侮辱时，在张炜看来，现在最迫切的问题是：如何返回？"（谢有顺：《大地乌托邦的守望者——从〈柏慧〉看张炜的艺术理想》，《当代作家评论》1995 年第 5 期）郜元宝说："《柏慧》的世界图景碎裂为善恶两面，其心灵陈述也一分为二，一面是对滔滔浊世的激烈指责和愤怒控诉，一面是唐吉诃德式强聒不舍的道德裁判和道德宣战。这使我们想起在文学史上，每逢社会巨变价值涣散的时期，就总有文学家出来为道德说话。""但是由于作品中充满了代言人的声音，到头来，所要展示的乡村，仍然是一个无声的世界。在这种形式的叙述中，我们得到了观察者所能获得的那种知识，而不容易听到被观察者发自灵魂的叫喊。正是因为这种叙述方式的单一化，使我们在阅读某些农村题材小说时，总难消除情感认识上那么一层讨厌的隔阂。《柏慧》遇到的问题，在某种程度上，也可以作如是观。"（郜元宝：《豪语微吟各识帜》，《当代作家评论》1996 年第 3 期）

刘白羽的长篇纪实文学《心灵的历程》由中国青年出版社出版。

1995 年

一月

3 日，绿原的诗《庐山 九月 我们》、海男的中篇小说《蝴蝶》发表在《人民文学》第 1 期上。

6 日，首届广东文学节在穗深举行。广东省作协主席陈国凯讲话时强调："时代呼唤文学，文学呼唤正气。"徐迟、邹荻帆、曾卓、绿原、邵燕祥、白桦、杨牧等出席了文学节。《文艺报》第 1 期作了报道。

7 日，据《文艺报》报道：纯文学刊物今年订数回升，走出低谷。《收获》《上海文学》《钟山》《雨花》《散文》《当代》《十月》等订数都比上一年度增加。《读书》订数新增 1 万份，达到了 8 万份的新高度。另据报道，广东省东莞市樟木头镇石新管理区在传媒上得知《花城》《随笔》在经济上陷入困境的消息后，主动伸出援助之手，从 1995 年起，每年无偿资助《花城》《随笔》以保证正常运转所缺的经费。

10 日，辛笛的诗《九月，在戈壁》、杨牧的组诗《流年风景》、洛夫的诗《出三峡记》、彭燕郊的诗《对镜》、沙鸥的《哑弦》（组诗选四）、沙白的诗《寻梦者的脚印》（五首）、席慕蓉的诗《双城记》、晓雪的《诗美断想》发表在《诗刊》第 1 期上。

陈东东的长诗《喜剧》、格非的短篇小说《初恋》、行者的《短篇三题》、陈染的中篇小说《凡墙都是门》、林白的中篇小说《致命的飞翔》、阎连科的中篇小说《和平殇》、刁斗的中篇小说《为之颤抖》、陈晓明的评论《超越情感：欲望化的叙事法则——九十年代文学流向之一》发表在《花城》第 1 期上。从本期到本年第 6 期，在"故国风景"专栏内陆续刊登张承志的散文《神往》《击筑的眉间尺》《大理孔雀》《三份没有印在书上的前言》《三舍之避》《劳动手册》。

15 日，《钟山》第 1 期"新状态小说专辑之四"发表韩东的小说《三人行》、陈染的小说《只有一只耳朵的敲击声》。同期发表阎连科的小说《在和平的日子里》、残雪的小说《历程》、苏童的小说《饲养公鸡的人》、林斤澜的《短篇三题》。

16—21 日，全国宣传部长会议在北京举行，江泽民总书记出席会议并在座谈会强调：要充分发挥党的宣传思想工作的政治优势，努力为改革建设提供良好的舆论环境和有力的思想保证。在谈到促进文化繁荣和加强文化市场管理时，江泽民指出，中央认为"一手抓繁荣，一手抓管理"的方针是完全正确的，要继续弘扬主旋律，提倡多样化，鼓励和支持文化界的同志深入基层、深入群众，创作更多反映我们时代精神、鼓舞人们奋发向上的优秀作品。要给人们提供更好的精神食粮，促进文化市场的繁荣，必须有管理来配合和保证，继续抓好"扫黄"、"打非"工作。21 日，《文艺报》第 3 期作了报道。

18 日，广东省首届"秦牧散文奖"揭晓，13 名作者（含港澳地区）获奖。

21 日，《文艺报》第 3 期刊登《人民文学》《文艺报》《诗刊》《中国作家》《民族文学》《环球企业家》及作家出版社为纪念反法西斯战争胜利五十周年联合征文启事。

24 日，中国文联在北京举行迎春座谈会。中国文联主席曹禺在讲话中说："期待创作出给人深刻启迪的高品味、大手笔的艺术精品和传世之作。"文联党组书记高占祥在会上说："在新的一年里，文艺界要继续学习邓小平建设有中国特色的社会主义理论，贯彻落实中央的有关政策，坚持'二为'和'双百'方针，高举团结旗帜，推动文学艺术的繁荣、发展。"28 日，《文艺报》第 4 期作了报道。

25 日，余华的短篇小说《我没有自己的名字》、格非的短篇小说《凉州词》、北村的中篇小说《水土不服》、李冯的中篇小说《庐隐之死》、李锐的长篇小说《无风之树》发表在《收获》第 1 期上。从本期到本年第 6 期，在"沧桑看云"专栏内陆续发表李辉的随笔《残缺的窗栏板》《落叶》《静听教堂回声》《凝望雪峰》《风景已远去》《困惑》。

28 日，《文艺报》第 4 期报道：今年起，我国开始实行著作权登记制度。

本月，贾平凹的文集《商州：说不尽的故事》四卷本由华夏出版社出版。

《钟山》（南京）、《大家》（昆明）、《作家》（长春）、《山花》（贵阳）四家文学刊物，为了更好地推出具有创作实力的文学新人，实行"文学联网四重奏"，即在同一期刊物上分别刊登同一作家的几部不同作品，以形成声势引起关注。2 月 11 日，《文艺报》第 5 期对此作了报道。

《街道》（文化月刊）第 1 期刊出王家新的诗片断系列《另一种风景》。

《诗歌报》第 1、2 期连载王家新的《回答四十个问题》。

白桦的诗《回归歌谣》（主持人的话）、《情歌》《龙华》，邵燕祥的诗《当我成为背影时》（外二首），徐向东的诗《独身俱乐部》，韩少功的短篇小说《余烬》，邱华栋的小说《手上的星光》，王蒙的随笔《沪上思絮录》发表在《上海文学》第 1 期上。

《小说家》开辟"第二届精短中篇擂台赛"专栏。第 1 期发表高建群的中篇小说《大顺店》、何申的中篇小说《信访办主任》、张欣的中篇小说《仅有情爱是不能结婚的》等。同期的"小说家自耕堂"专栏发表叶兆言的《短篇二题》和《〈花煞〉后记》。

陆天明的长篇小说《苍天在上》发表在《小说界》第 1 期上。

二月

　　3 日，李瑛的诗《大西北：牦牛的故事》、蔡其矫的诗《西沙之行》、王火的短篇小说《迷宫悲喜》、范小青的短篇小说《往事》、关仁山的中篇小说《太极地》、吕新的中篇小说《小姐》、韩作荣的报告文学《城市与人》发表在《人民文学》第 2 期上。

　　6 日，夏衍在北京病逝，终年 95 岁。夏衍，原名沈乃熙，字端先，浙江杭县人。1919 年在家乡参加五四运动，参与发起并创办了浙江第一个进步刊物《双十》（第 2 期改为《浙江新潮》）。1920 年赴日本留学，开始接受马克思主义。1924 年经孙中山先生介绍加入中国国民党，担任国民党驻日总支部常委兼组织部部长。1927 年大革命失败后加入中国共产党，从事工人运动及翻译工作，译有高尔基的《母亲》等外国名著。1929 年参加筹备左翼作家联盟，次年当选"左联"执行委员，并与郑伯奇、阿英、沈西苓等人创办上海艺术剧社。1933 年以后担任中共上海文委成员、电影组组长，成为我国进步电影的开拓者、领导者。抗战爆发后在上海、广州、桂林、香港主办《救亡日报》《华商报》，后辗转至重庆，任中共南方局文化组副组长，在周恩来直接领导下主持大后方的文化运动，特别是戏剧运动，同时从事党的统一战线工作，曾任《新华日报》代总编辑。抗战胜利后先后在上海、南京和香港等地领导党的文化工作。新中国成立后在上海领导文化事业，创办电影文学研究所。1954 年被任命为文化部副部长，主管电影及外事工作。"文革"中受迫害。1977 年后历任对外友协副会长、中国文联副主席、中国电影家协会主席等职。著有话剧剧本《赛金花》《秋瑾传》《上海屋檐下》《心防》《愁城记》《法西斯细菌》《离离草》《芳草天涯》等；电影文学剧本《狂流》《春蚕》《脂粉市场》《上海二十四小时》《女儿经》《祝福》《林家铺子》等；报告文学《包身工》等。陈坚说："由于早年'僻处乡间，不懂社交'，加上家庭凋落，接触下层社会，因而他（夏衍）很早便养成质朴恬淡、不求闻达的个性。'和我熟悉的人，都知道我有一个小小的信条：那就是宴会不猜拳，开会不讲演。不猜拳的原因，是由于自己不会喝酒，别人耳热酒酣的时候，自己老是静静地旁观，……而不讲演的原因，除出不曾学过'讲演术'，而又没有即席措辞的才能之外，主要的还是害怕那百十双一时集注到自己身上的眼睛。……夏衍从小即形成的沉静地观察生活，不喜多谈及自己的习性，与他后来创作偏于写实的风格倾向，有着明显的因果关系。更其不能忽略的，在求学时代，夏衍从中学到大学，又都是读的工科，自然科学对于求实精神的严格要求，使他厌恶空虚和浮华，不爱作非非之想，较为注重实际。"（陈坚：《夏衍的生活和文学道路》第 297 页，浙江文艺出版社 1984 年版）吴祖光说："他习惯用最为简练的笔触，不肯浪费一字一句，却包涵了最丰富最深刻的思绪。读夏衍同志的剧本如同咀嚼橄榄，有无穷的回味。不止一个导演和演员对我说过，在他们接到夏衍同志的剧本，要通过舞台形象来表现它的时候，简短的对话里所涵有的内容是很难挖掘干净的。夏衍同志常常自谦地说他的剧本写得'冷'，缺少一般观众喜欢的'紧张'和'热闹'；然而'桃李不言，下自成蹊'，就凭我看到的接受了夏衍同志的剧本的演出任务的任何一个导演和演员，他们脸上显出的喜悦和幸福的光芒是不会不被人察觉到的。""读到夏衍同志的作品，无论是剧本、散文，或是政治小品；都会让人想到俄国的著名作家契诃夫。那种简练和隽永，在风格上很多近似的地方。即是在人的外形上，契诃夫扶着手杖，衔着烟斗，静静地观察世态的深情，和夏衍同志亦有近似之处。古人说：'文如其人'，唐朝司空表圣著《诗品二十四则》，夏衍同志的文章应列在'冲淡'、'洗练'、'含蓄'、'飘逸'之间。所谓'犹之惠风，苒苒在衣'，'不著一字，尽得风流'，都可以用来形容夏衍的风格。"（吴祖光：《作家和战士——记夏衍同志》，《剧本》1957 年 4 月号）

10 日，韩作荣的诗《火焰》、庞培的《诗章》（三首）、杨克的组诗《一个人的时代》、晓雪的《献给哥伦比亚的诗》（三首）、白梦的诗《城市与牧歌》（三首）、王亚平等人的旧体诗发表在《诗刊》第 2 期上。

19 日，魏钢焰在西安病逝，终年 73 岁。魏钢焰，原名魏开诚，1922 年生，山西繁峙县人。1937 年参加八路军，在部队主要做宣传工作。1953 年开始文学创作。1956 年从部队转业，任《延河》副主编。曾任中国作协理事、陕西省作协名誉主席等职。著有散文集《船夫曲》《绿叶赞》；诗集《赤泥岭》《灯海曲》等。

20 日，尤凤伟的中篇小说《五月乡战》、邓贤的长篇纪实文学《淞沪大决战》发表在《当代》第 1 期上。

22—24 日，全国作协工作会议在北京 21 世纪饭店召开。开幕式上，中宣部副部长、中国作协党组书记翟泰丰就作协工作和繁荣文学的问题发表讲话。中国作协书记处书记张锲作了题为《搞好班子建设，增强服务意识，推动全国文学创作跃上一个新台阶》的工作报告。与会者还就如何落实中共中央和江泽民总书记对繁荣文艺创作的重要指示等问题进行了讨论。

本月，根据叶辛的长篇小说《孽债》和梁晓声的长篇小说《年轮》改编的两部知青题材同名电视连续剧分别在上海和北京播映，反响热烈。

刘玉堂的小说《自家人》发表在《上海文学》第 2 期上。

三月

3 日，郑敏的诗《生命之赐》、王小波的短篇小说《南瓜，豆腐》、残雪的中篇小说《重叠》发表在《人民文学》第 3 期上。

5 日，徐小斌的中篇小说《双鱼星座》发表在《大家》第 2 期上。

7 日，纪伯伦作品中文翻译者、作家冰心被授予黎巴嫩国家级雪松骑士勋章，以表彰她为中黎文化交流所做的贡献。11 日，《文艺报》第 9 期作了报道。

10 日，玉林的组诗《知青手记》、宫玺的诗《世俗与诗》（三首）、绿藜的诗《我的"苏格拉底之家"》发表在《诗刊》第 3 期上。

虹影的《我们彼此的地狱》（组诗选章一）、庞培的诗《恐怖的事物》（节选）和《星期六，在一家有啤酒的店里》（外四首）、张梅的中篇小说《这里的天空》、何顿的长篇小说《就这么回事》发表在《花城》第 2 期上。

11 日，为纪念中国人民抗日战争和世界反法西斯战争胜利 50 周年，中国作协在京邀请一部分老作家对中国作协编辑的"抗日战争作品选"的篇目进行座谈。

15 日，《钟山》第 2 期"新状态小说专辑之五"刊载朱文的小说《食指》《傍晚光线下的一百二十个人物》《五毛钱的旅程》。同期还发表刘醒龙的中篇小说《伤心苹果》、迟子建的中篇小说《岸上的美奴》。王安忆的长篇小说《长恨歌》也开始在本期连载，至第4期止。王德威说："王安忆的《长恨歌》出手便是与众不同。小说开场白描王绮瑶的一切，以一喻百，用的是正宗19世纪欧洲写实主义的单一赘叙模式：像王绮瑶这样的女子，在上海有千千百百，她们的风头与堕落，不止代表了个人的际遇抉择，也代表了这座城市对她们的恩义与辜负。王绮瑶藉选美而成为了他人禁脔，除了演义了自然主义的道德逻辑之外，更重复了一种仪式性的蛊惑与牺牲，王安忆细写一女子与一座城市的纠缠关系，历数十年而不悔，竟有一种神秘的悲剧气息。王绮瑶的情妇生活，在乱世何能安稳？她的李主任未几空难丧生，而共产党已逼近上海。王避难邬桥乡下，痛定思痛，所想所念的却仍是上海。""《长恨歌》的第二部应是全书的精华所在。解放后王绮瑶回到上海，寄居平安里。昔时的佳人就算落魄，也依然有无限风情。在弄堂深处、小楼一角，一幕幕的情欲征逐竟在无私无我的社会主义大纛下，继续上演。王绮瑶结识了也是贬落凡尘的富太太严师母，又由此认识了严的娘舅康明逊，及康的朋友，中俄混血儿萨沙。这四个男女侣处在无产阶级的天堂里，却是俗缘难了。""而又有什么情境比追逐爱欲，更能凸显王安忆笔下人物的虚无寄托呢？王绮瑶命犯桃花，首当其冲。她与康明逊交游，由饮食而男女，几次缠绵，竟怀有身孕。这样的惊险，却由小女子一人毅然，也夷然地扛负下来。与她有过恩情的男人，一一为她所（利）用：这是上海女子的本能了。混血儿萨沙不明就里地被套牢成为祸首，40年代的追求者程先生则适时出现，权充她及婴儿的守护人。反倒是康明逊置身事外，渐行渐远。爱其所不能爱、不当爱，这三男一女纠缠不休，勾心斗角，且啼且笑。殊不知文化革命的大祸已然掩至，一切恩恩怨怨，至此一笔勾销。""王安忆处理王绮瑶及康明逊间由情生爱、由爱生怨的过程，极具功夫。""《长恨歌》最后一部分写王绮瑶的忘年之恋，贯彻了王安忆要'写尽'上海情与爱的决心。王绮瑶一辈子所托非人，到了最后，不惜放手一搏。女儿早已结婚留洋，也再无所畏，惟愿数年欢娱。这一回，她才是全盘皆输。""小说最后，王绮瑶为了保护钱财，而非爱情，死于非命。这场凶杀，惊心动魄。""小说的第二部及第三部分别描写王绮瑶在五六十及80年代的几段孽缘。她辗转五个男人之间，有的多情，有的寡义，但件件不得善终。王安忆俨然把张爱玲《连环套》似的故事，从民国的舞台上搬到人民共和国的舞台，而其中的畸情与凶险，犹有过之。在一个夸张禁欲的政权里，一群曾经看过活过种种声色的男女，是如何度过她（他）们的后半辈子？张爱玲不曾也不能写出的，由王安忆作了一种了结。在这一意义上，《长恨歌》填补了《传奇》《半生缘》以后数十年海派小说的空白。""《长恨歌》有个华丽却凄凉的典故，王安忆一路写来，无疑对白居易的视景，做了精致的嘲弄。在上海这样的大商场兼大欢场里，多少蓬门碧玉才敷金粉，又堕烟尘。王绮瑶经选美而崛起，是中国'文化工业'在一时一地过早来临的讯号；但她的沉落，却又似天长地久的古典警世寓言。"（王德威：《现代中国小说十讲》，第290—298页，复旦大学出版社2003年版）

21—24日，全国文联工作座谈会在京召开，来自全国各地的100余位与会者达成了"深入学习，促进繁荣，热心服务，力求人和，推进改革，多办实事"的共识。中国文联主席曹禺作书面发言。中国文联党组书记高占祥讲话强调："做好当前文联工作，就要紧扣住'学习、繁荣、服务、改革、人和、务实'12 个字。"

25 日，《文艺报》报道：由 300 余位史学家、翻译家，以及重庆出版社经过 5 年奋斗，终于在抗战胜利 50 周年之际完成了"世界反法西斯文学书系"的出版。刘白羽说："这是保卫和平的精神武器。"

余华的短篇小说《他们的儿子》、叶兆言的中篇小说《风雨无乡》、张炜的长篇小说《柏慧》发表在《收获》第 2 期上。

25—27 日，中国作协第四届主席团第九次会议在沪举行，中国作协主席巴金主持了会议的开幕式并请王蒙代读了讲话稿，他肯定了"团结、鼓励、活跃、繁荣"的会议主题。中国作协党组书记翟泰丰发表了题为《面向 21 世纪，站在世界文学前列》的讲话。会议通过了《无愧时代，面向未来，努力开创社会主义文学新局面》的决议。本次会议还推荐张锲担任中国文联书记处常务书记。

本月，陈思和、李辉策划的《"火凤凰"文库》开始由上海远东出版社出版，收入巴金的《再思录》、贾植芳的《狱里狱外》、沈从文与张兆和的《从文家书》、张中晓的《无梦楼随笔》等回忆录和论著。

《余华作品集》三卷本由中国社会科学出版社出版。

白桦的诗《配一副眼镜好看戏》、荆歌的短篇小说《情多累美人》、孙春平的中篇小说《华容道的一种新走法》、李锐的随笔《虚无之海，精神之塔》发表在《上海文学》第 3 期上。

蒋子丹的中篇小说《从前》、刁斗的中篇小说《作家自杀团》、陆文夫的长篇小说《人之窝·上部》发表在《小说界》第 2 期上。

《小说家》第 2 期在"第二届精短中篇擂台赛"专栏中发表海男的中篇小说《诉说》、何玉茹的中篇小说《孩子、医生和女人》。同期还发表邓友梅的中篇小说《古旺言片断》。

沈虹光的话剧《同船过渡》发表在《剧本》第 3 期上。

四月

1 日，西川自选诗《时间：1990—1994》（诗 9 首）、东西的短篇小说《抒情时代》发表在《作家》第 4 期上。

3 日，东西的小说《溺》、刁斗的小说《三百个长夜》、林染的散文《西北五题》发表在《人民文学》第 4 期上。

10 日，李瑛的诗《青海的地平线》（外五首）、塞风的诗《黄河之子》（七首）发表在《诗刊》第 4 期上。

11 日，应加拿大不列颠哥伦比亚大学东亚研究所的邀请，王蒙和夫人崔瑞芳离京赴加访问。访加结束后，又于 5 月 1 日赴美访问。

徐坤的短篇小说《鸟粪·轮回》发表在《青年文学》第 4 期上。

12 日，应邀来访的葡萄牙总统授予艾青葡萄牙自由勋章，以表彰他为中葡文化交流作出的卓有成效的贡献。1987 年，澳门文化学会出版了汉语——葡萄牙语双语版

《艾青诗选》，从而使艾青成为第一位被译成葡萄牙语的中国诗人。

20日，张宇的长篇小说《疼痛与抚摸》（选载）、王英琦的散文《甲戌年江淮奇旱记》发表在《当代》第2期上。

22日，《文艺报》发表一组文章，追念陈云同志对文艺工作的关怀。

本月，《文艺报》邀部分文化界人七在京召开"新人文精神"研讨会。与会者认为，许多论者普遍呼唤"人文精神的建设或重建"，但是他们对人文精神的理解很不一致，赋予它的理论内涵或社会内容很不相同。一些论者提倡的人文精神是泛指精神文化或精神文明，要用以抵制物欲横流的倾向。另一些论者则是以资产阶级人性论、人道主义作为人文精神的标识。在后一种意义上，有的主要是在伦理道德范围主张关心人、尊重人；有的侧重宣传以抽象的人为中心的世界观，主张以它来代替马克思列宁主义世界观、消解当前居于主流地位的社会主义意识形态；有的则把市场经济的消极面加以肯定，把人的兽性、原始情欲、自私自利、市侩哲学、痞子精神、见利忘义、精神产品完全商品化等等统统当作新的人文精神，甚至推崇宗教教义的所谓终极关怀，另一方面又公然批判大公无私、奉献精神、艰苦奋斗、否定革命传统、调侃生活中的美好和崇高、嘲笑正确的理想和信仰。还有些论者强调人文精神应当包括我国传统文化的精华或有价值的合理内容；但也有论者笼统地主张以儒学、国学作为当今的精神支柱，在具体阐释上还宣传一些封建性的糟粕、包括董仲舒的唯心主义的"天人合一"观念等等。因此，对于所谓"人文精神"，无论其"新"与"旧"，都应该进行马克思主义的分析，根据不同情况而决定其弃取。与会者还认为，党在宣传思想工作方面的大致方针是正确的，关键在于落实，不宜用抽象、含混的术语、口号来加以冲淡或代替。社会主义的价值观、伦理观应当以集体主义为核心。对于那些打着新口号的招牌来宣传封建主义、资本主义意识形态的理论，要旗帜鲜明地进行抵制。当然，我们并不一般地拒绝人文精神的宣传，如果它是在伦理道德内要求关心人、要求反封建、要求社会进步，如果它是张扬社会主义人道主义，就还是有积极意义的，是我们要加以欢迎的。5月6日《文艺报》作了报道。

首届"爱文文学奖"授予张承志。该奖由爱文文学院设立，每年评一次，并规定"这个奖要奖给创作了充满理想主义和进步意识，能够把握时代本质的具有较高审美价值的优秀作品的当代作家"。4月22日《文艺报》第15期作了报道。

鲁迅研究学会、鲁迅博物馆、中国现代文学学会联合召开"五四精神与中国文化"学术研讨会。

《苏童文集》开始由江苏文艺出版社出版，共八卷。

张抗抗的中篇小说《残忍》发表在《上海文学》第4期上。

钟鸣的随笔集《畜界·人界》由东方出版社出版。

赵瑞泰的六场话剧《情系母亲河》发表在《剧本》第4期上。

五月

1日，谢冕等人的《当前诗歌：思考及对策》发表在《作家》第5期上。

3 日，王家新的诗学随笔《对隐秘的热情》、刘继明的中篇小说《投案者》和《我爱麦娘》、周涛的散文《草原手记》、翟永明的散文《纽约：小矮人的故事》发表在《人民文学》第 5 期上。

10 日，曹禺的《诗十首》、刘畅园的诗《秋月及其他》（四首）、何火任的诗论《关于"新古体诗"的断想》发表在《诗刊》第 5 期上。

肖开愚的诗《碎片及线索》、苏童的短篇小说《那种人》、王小波的中篇小说《未来世界》、吕新的长篇小说《光线》、王宁的文章《"后新时期"：一种理论描述》发表在《花城》第 3 期上。

15 日，《钟山》第 3 期"新状态小说专辑之六"发表述平的短篇小说《男的问了女的》、刁斗的中篇小说《罪》、何顿的中篇小说《太阳很好》。

18 日，郭保林的长篇报告文学《高原雪魂——孔繁森》座谈会在京召开。"讴歌民族灵魂，树立人格典范"，与会者认为该书的出版有助于全党和全国范围内学习孔繁森，孔繁森的献身精神在当前商品经济条件下具有突出意义。

22 日，中国文联组织的百余位艺术家进行"万里采风"活动出发式在人民大会堂举行。文化部部长刘忠德宣读了江泽民主席的信。中国文联主席曹禺、党组书记高占祥、中宣部副部长兼中国作协党组书记翟泰丰发表讲话。23 日，参加"万里采风"的百余位艺术家从北京出发，分赴湖北、河南、山东、山西、辽宁、上海、陕西等地进行采风活动。27 日，《文艺报》第 20 期对此作了报道。

23 日，中国作协在京举行纪念毛泽东《讲话》发表 53 周年座谈会。从《讲话》到邓小平建设有中国特色的社会主义理论，再到江泽民的《弘扬民族艺术、振奋民族精神》的讲话，与会者畅谈了学习的感想，探讨了繁荣社会主义文艺的路子。同日，中国文联也举行座谈会，与中国作协等联合公布了向全国读者推举的抗战文学名著百篇，包括长篇小说七部，中短篇小说 39 篇，散文和报告文学 33 篇及 60 位诗人的 85 首诗歌。其中既有人们熟悉的《吕梁英雄传》《新儿女英雄传》《四世同堂》等，又有鲜为人知的张爱萍的诗《抗日钢枪队》、萧乾的特写《进军莱茵》等。

25 日，韩东的短篇小说《前湖饭局》、徐小斌的短篇小说《银盾》、叶辛的短篇小说《狂徒》、万方的中篇小说《珍禽异兽》、宗璞的长篇小说《东藏记》（第一、二章）发表在《收获》第 3 期上。

本月，花山文艺出版社推出"共和国长篇小说经典丛书"。本套丛书由冯牧、缪俊杰主编。首批作品包括：丁玲的《太阳照在桑干河上》、周立波的《暴风骤雨》、赵树理的《三里湾》、欧阳山的《三家巷》、孙犁的《风云初记》、杨沫的《青春之歌》、杜鹏程的《保卫延安》、周而复的《上海的早晨》、曲波的《林海雪原》等。

《赵树理全集》由北岳文艺出版社出版。共收入作品 470 篇，约 210 万字，收入了迄今为止赵树理的全部作品。7 月 1 日《文艺报》第 25 期作了报道。

西川的《暗影、暗影》（诗 8 首）、王家新的《反向》（诗片断系列）发表在《山花》第 5 期上。同期及第 6 期《山花》还连载欧阳江河、陈超、唐晓渡的《对话：中国式的"后现代"理论及其它》。这篇对话对中国式的"后现代"理论表示质疑，对当下语境、"知识分子个人写作"等问题发表看法，受到关注。

肖开愚的诗论《生活的魅力》、于坚的诗论《传统、隐喻及其它》，沈奇整理的"对《0档案》发言"发表在《诗探索》第2期上。

白桦的诗《街角，话别外来妹》、苏童的短篇小说《把你的脚捆起来》、何立伟的短篇小说《人在远方》、邱华栋的小说《环境戏剧人》发表在《上海文学》第5期上。

何玉茹的短篇小说《电影院里的故事》、须兰的中篇小说《思凡——玄机道士杀人案》发表在《小说界》第3期上。

《小说家》第3期在"第二届精短中篇擂台赛"专栏中发表朱文的中篇小说《我爱美元》、虹影的中篇小说《你一直对温柔妥协》、刘醒龙的中篇小说《清流醉了》。《我爱美元》发表后引起强烈争议。有论者对作品基本肯定或完全肯定，认为这篇小说描绘了一幅"令人惊醒的城市生活图景"，"'我'是一个要揭露和批判的形象"，"概括了现实生活中受到拜金主义、享乐主义、极端个人主义腐蚀而堕落的一些青年人，包括某些作家。但愿他们能从'我'的潦倒、绝望中有所惊醒。"（肖艺：《令人惊醒的城市生活图景》，《作品与争鸣》1995年第9期）但也有论者称其为有害的不健康的"妓女文学"，认为"我们的作家应该通过自己的创作帮助人们抵制这些消极的东西，而不应该像《我爱美元》这样为腐朽的生活方式辩护和鼓吹。"（杨琴：《不知廉耻的妓女文学》，同上。）

六月

3日，虹影的诗《未完成的叙事诗》、何申的小说《年前年后》、毕飞宇的小说《是谁在深夜说话》发表在《人民文学》第6期上。

10日，郑敏的组诗《如果咒骂没有带来沉思》、伊沙的组诗《石榴》发表在《诗刊》第6期上。

17日，《文艺报》第23期报道：近日，中国作协下发关于文艺界认真贯彻《中共中央关于印发〈邓小平同志建设有中国特色社会主义理论学习纲要〉的通知》的意见。

20日，李准、蒋子龙率大陆文艺家访问团16人赴台访问。

李瑛的诗《青海的地平线》（二首）、晏明的诗《双桅船》（外一首）、李华的诗《想起老家》、奇斌的诗《与鸟对话》发表在《当代》第3期上。

23—28日，《山花》等单位承办的"当代诗歌学术研讨会"在贵州红枫湖举办。与会者对当下诗歌写作，对批评的有效性，对"个人写作"等问题展开讨论。

本月，萧夏林主编的"抵抗投降书系"（张承志的《无援的思想》和张炜的《忧愤的归途》）由华艺出版社出版。两书收入了两位作家的杂感和对话录，还收入了其他人对这两位作家的阐释与推评文字。书系主编在总序中表示，这套书系提出"抗战文学"的口号，是对当前文坛堕落的严厉警告。两书出版后在文坛激起反响。王彬彬在《时代内部的敌人》的书评中对两书作了高度评价，认为"在近年中国，实用主义、拜金主义风行全社会，精神贬值、工具理性以绝对优势压倒了价值理性"，这"必然要从内部产生自身的敌人——道德理想主义。而张承志、张炜、韩少功等人，在某种意义上，正是当代中国道德理想主义的卓越代表。"他们"正是被当下的社会状况、精神气候和时代潮流所激愤，才奋力吹响道德主义的号角的"。他们"是在进行一场悲壮的抵抗，而'抵抗投降书系'正是要为他们的抵抗留下一份记录，为这个时代的精神史留下一份见证"。8 月 10 日《为您服务报》"文艺沙龙"上，由张颐武主持，陈晓明、陶东风、乔卫参加的《"抵抗投降"：大旗还是虎皮》的笔谈，对"抵抗投降书系"及其所表现出的思想倾向提出批评。陈晓明指出，被指认为"抵抗投降群"的作家，作品一印再印，稿酬一高再高，他们一直被谈论，经常获大奖，"他们一直就构成中国文坛的中心"，"他们什么时候被冷落过"，"他们还需要抵抗什么"。他认为，"人们只不过是把张承志们这面旗帜当成一块巨大的虎皮罢了，狐假虎威，目的是想推波助澜，造成声势，酿成潮流。"陶东风指出，以"二张"为首的道德理想主义者的言论，"不单违背了中国改革与现代化的历史进程，而且在一个世俗化的社会中，是根本行不通的"。乔卫也指出："理想主义者用理想作刀，把庸众当作疽痈剔肉离骨，自己成了一根纯粹的脊梁骨，去做旗杆或削尖成为匕首和投枪。继而给消解崇高躲避崇高遗忘崇高的叛徒们施以极刑。""无援的'抗战'英雄们""无法忍受自己这样一根脊梁如何与卑贱的血肉为伍时，他们结伴主动出局。"本年 11 月 29 日，秦晓在《文汇报》发表《从"痞子革命"到"抗战文学"》一文指出："当年王朔所'炒'得最热乎之时，正是这家出版社破天荒地在全国推出了厚厚四卷的《王朔文集》，将这场'炒作'推向了高潮。然而有人问道，从为'痞子革命'推波助澜到这次张扬'抗战文学'，究竟仅仅是一种巧合，还是又一次别出心裁的商业'创意'呢？"

《中华读书报》刊出王家新的《"理想主义"与知识分子精神》，文章把"知识分子写作"与某种"理想主义"的煽情区别开来，而将之归结为"对个人精神存在及想象力的坚持"，一种具有广阔视野、专业精神和自我反省意识的写作。

由福建省作协主办的文学双月刊《散文天地》1994 年首届征文作品奖揭晓。刘白羽获特等奖，叶延滨、肖复兴、宗璞、何为、贾宝泉获优秀奖，台湾的余光中、简媜获荣誉奖。6 月 24 日，《文艺报》第 24 期对此作了报道。

中国社会科学院文学研究所和少数民族文学研究所在京联合举办抗日战争与中国文学研讨会。

《史铁生作品集》三卷本和《张中行作品集》八卷本由中国社会科学出版社出版。

七月

1 日，据《文艺报》第 25 期报道：1995 年上半年审批工作结束，全国 29 个省市自治区的 176 名文学工作者被批准加入中国作协。至此，全国会员总人数达 5198 人。

3 日，池莉的小说《化蛹为蝶》、阿来的小说《月光里的银匠》、徐迟的散文《更立西江石壁》发表在《人民文学》第 7 期上。

5 日，《大家》第 4 期刊出王家新的两篇诗学随笔《饥饿艺术家》《卡夫卡的工作》，引起关注。同期还发表何顿的中篇小说《无所谓》。

10 日，杜运燮的组诗《海礁 牛女 树与鸟》发表在《诗刊》第 7 期上。

杨小滨的组诗《日常悼歌》、韩东的中篇小说《障碍》、林白的长篇小说《守望空心岁月》发表在《花城》第 4 期上。

15 日，《钟山》第 4 期"新状态小说专辑之七"发表北村的中篇小说《还乡》、评论《神圣启示与良知的写作》。同期发表高晓声的散文《家乡鱼水情》。

18 日，解放军总政治部在京举行《中国抗日战争纪实》丛书（23 种）发行仪式，江泽民为本丛书题写了书名。丛书由解放军文艺出版社出版。

25 日，由中宣部和中国作协联合主办的全国文学创作工作会议在长沙召开，翟泰丰在会上发表题为《适应时代要求，繁荣时代文艺》的讲话。会议的中心议题是贯彻江总书记关于繁荣文艺的重要指示，落实中宣部 1995 年工作要点，同时学习湖南省委加强领导繁荣文艺的工作经验，落实中国作协主席团四届九次会议的决议，进一步把繁荣长篇小说、影视文学和儿童文学的三大任务落到实处。

刁斗的短篇小说《古典爱情》、丁天的短篇小说《流》、韩东的中篇小说《同窗共读》、张欣的中篇小说《掘金时代》、何顿的长篇小说《我们像葵花》发表在《收获》第 4 期上。

本月，《小说选刊》复刊。

吕叶、孙文等编辑的大型诗丛《锋刃》在湖南出版第 3 卷，刊有严力、王家新、海上、阿坚、叶舟、楚子、伊沙、余怒的个人专辑《诗与诗论》，以及马永波、游刃、哑石、张执浩、吕叶、孙文的诗与诗论。

庞培编辑的《北门》诗刊在江苏出版第 1 期，刊有张曙光、朱朱、叶辉、蓝蓝、沈苇、黄灿然、扬子、韩雪、庞培的诗作，以及柏桦访谈录《诗人要勇敢，要有形象》。

辛笛的诗《溶浆照亮了酡颜》，张炜的短篇小说《一个故事刚刚开始》《怀念黑潭中的黑鱼》《头发蓬乱的秘书》和随笔《怀疑与信赖》，王蒙的短篇小说《白衣服与黑衣服》，汪曾祺的短篇小说《鹿井丹泉》，陈丹燕的散文《纽约客》（三篇），残雪和日野启三的评论《创作中的虚实》发表在《上海文学》第 7 期上。

严歌苓的短篇小说《茉莉的最后一日》、何申的中篇小说《县委宣传部》、陆文夫的长篇小说《人之窝·下部》、王安忆的随笔《情感的生命——我看散文》发表在《小说界》第 4 期上。

柳溪的长篇小说《战争启示录》选载于《小说家》第 4 期。同期"第二届精短中篇擂台赛"专栏发表李洱的中篇小说《动静》、刘庆邦的中篇小说《心疼初恋》，"小说家自耕堂"专栏发表杨争光的小说《买媳妇》《马自达先生的简历及其它》《外祖父》。

八月

3 日，欧阳江河的《诗四首》发表在《人民文学》第 8 期上。

6—7 日，中国作协儿童文学委员会和《文艺报》在北戴河联合举办儿童文学座谈会。来自全国各地的作家、评论家会聚一堂，共商如何认清形势，抓住机遇，创造条件，贯彻落实江总书记关于繁荣儿童文学的指示，提高儿童文学的思想艺术质量，促进儿童文学精品力作问世。11 日,《文艺报》第 31 期作了报道。

10 日,《诗刊》第 8 期刊发"纪念抗日战争和世界反法西斯战争胜利五十周年特辑",发表一组诗歌:艾青的《他起来了》、臧克家的《从军行——送珙弟入游击队》、田间的《假使我们不去打仗》、李金发的《亡国是可怕的》、魏巍的《游击队部的夜》、戴望舒的《狱中题壁》、蔡其矫的《肉搏》、萧三的《敌后催眠曲》、刘向东的组诗《记忆的权利》。同期发表鲁藜的诗《骆驼魂》、辛笛的诗《秋冬之际》、沙鸥的诗论《从八行诗到"新体"》。

11 日,《文艺报》报道:作为献给第四次世界妇女大会的特殊礼物,《飞天》7 月号与甘肃省妇女联合会共同推出"女作家专号",集中刊出了十余位女作家的新作。

18 日,中国传记文学学会举办的首届(1990—1994)中国优秀传记文学作品奖评选活动揭晓。《我的父亲邓小平》(毛毛)、《心灵的历程》(刘白羽)等 12 部作品获奖。

20 日,范小青的短篇小说《今夜相逢》、张长弓的中篇小说《寒士行》、李鸣生的报告文学《走出地球村》发表在《当代》第 4 期上。

22 日,冰心的八代读者欢聚北京钓鱼台芳菲苑,庆贺"冰心奖"设立六周年。雷洁琼、韩素音等亲自与会,并为获第六届"冰心儿童图书奖"、第三届"冰心儿童图书新作奖"、第二届"冰心艺术奖"的获奖者颁奖。

23 日,中共中央宣传部文艺局、《人民日报》、吉林省作协在长春联合主办农村题材文艺创作会议。与会者总结了新时期农村题材文艺创作,分析了现状,并深入研讨了新形势下农村题材文艺创作的若干问题。

26 日,《冰心全集》(八卷本、由海峡文艺出版社出版)座谈会在京举行。

本月,"抗战文艺"座谈会在京举行。与会者围绕爱国主义这一文艺的永恒主题展开讨论。会议由文化部党史汇集工作委员会和中国文化报等单位联合主办。

"抗战文学研讨会"在太原举行。山西省文艺界老中青作家、评论家 80 余人共同追忆、总结和探讨了抗战文学的发生、发展和成就。

中国解放区文学研究会等单位在石家庄联合召开抗战文学研讨会。

当代中国女性文学研讨会在京举行。与会者就女性文学的性质及其在当代文坛的定位、西方女性主义话语与中国当代女性文学、中国当代女性文学创作态势与评估及前景展望等话题进行讨论。此次会议由中国当代文学研究会、河北《女子文学》杂志社、首都师大当代中国文学研究中心联合主办。

伊沙的《饿死诗人,开始写作》发表在《诗探索》第 3 期上。

《严力诗选》由上海文艺出版社出版。

虹影的短篇小说《六指》《在人群之上》,邓一光的中篇小说《父亲是个兵》,邵燕祥的随笔《六月杂忆》,刘心武、邱华栋的《在多元文学格局中寻找定位》发表在《上海文学》第 8 期上。

《张承志文学作品选集》四卷本由海南出版社出版。

《池莉文集》四卷本由江苏文艺出版社出版。

九月

3 日，翟永明的组诗《称之为一切》、徐小斌的中篇小说《吉尔的微笑》、徐坤的小说《离爱远点》、王英琦的散文《王楼长上任记》、彭铭燕的纪实文学《梅丽塔》发表在《人民文学》第 9 期上。

4 日，联合国第四次世界妇女大会在中国的怀柔和北京举行。来自世界各地的 189 个国家的政府代表、国际组织代表、非政府组织论坛的参与者及记者达 4 万多人参加了本次大会。本次大会的主题为：以行动谋求平等、发展与和平；次主题为：健康、教育和就业。

5 日，邹荻帆在北京病逝，享年 78 岁。邹荻帆，1917 年生，湖北天门人。抗战爆发后在武汉参与发起中华全国文艺界抗敌协会。1938 年与臧克家等人在大别山从事抗日救亡的文化工作。1940 年就读于重庆复旦大学，1941 年创办《诗垦地》丛刊。建国初任中国作协外委会委员等职。1957 年始任《文艺报》编辑部主任。新时期曾任《诗刊》副主编、主编。其创作活动始于 30 年代中期，是"七月派"的代表诗人之一。解放前出版的诗集有《尘土集》《雪与村庄》《意志的赌徒》《青空与林》《噩梦备忘录》《跨过》等。解放后出版的诗集有《总攻击令》《走向北方》《祖国抒情诗》《金塔一样的麦穗》《风驰电闪》《如果没有花朵》等。另有长篇小说《大风歌》等，译有罗马尼亚的《托马诗选》、巴基斯坦的《依克巴尔诗选》等。

冯牧在北京病逝，享年 76 岁。冯牧，原名冯先植，祖籍湖北汉口，1919 年生于北京。1935 年参加"一·二九"运动。1938 年到延安，先后在抗日军政大学和鲁迅艺术文学院学习，毕业后留校在文艺理论研究室工作，曾任延安《解放日报》文艺编辑、中国人民解放军十三军文化部长。建国后历任云南军区文化部副部长，北京市作协《新观察》主编，《文艺报》编委、副主编、主编，《中国作家》主编，中国文联党组书记，中国作协党组副书记，中国作协副主席等职。著有评论集《繁花与落叶》《激流小集》《文学十年风雨路》《耕耘文集》《新时期文学的主流》《冯牧文学评论选》，散文集《但求无愧无悔》等。另有《冯牧文集》（九卷）。2000 年设立冯牧文学奖。

朱朱的组诗《香水时代》发表在《大家》第 5 期上。同期开始连载莫言的长篇小说《丰乳肥臀》，至第 6 期止。全书 1996 年 1 月由作家出版社出版。本年 12 月，《丰乳肥臀》获"大家·红河文学奖"，奖金 10 万元。莫言说，之所以将小说如此命名，其一，"乳房是哺育的工具，臀部是生殖的工具。丰满的乳房能育出健壮的后代，肥硕的臀部是多生快生的物质基础。性是自然的行为，也是健康的行为，而自然和健康正是真美的摇篮。"其二，"我决定写一篇大文章献给母亲，写一部长篇小说告慰母亲在天之灵。""我憋足了劲要在这部书里为母亲而歌唱，更狂妄地想为天下的母亲而歌唱。""歌唱母亲，应该歌唱母亲的勤劳、母亲的勇敢、母亲的善良、母亲的正直、母亲的无私……更应该歌唱母爱产生的根本。"其三，"丰乳与肥臀是大地上乃至宇宙中最美丽、最神圣、最庄严、当然也是最朴素的物质形态，她产生于大地，又象征着大地"。（莫言：《〈丰乳肥臀〉解》，1995 年 11 月 12 日《光明日报》）祝晓风说："这部作品由一家十口（母亲和八个女儿、一个儿子）的家变史，以点带面地勾勒了风云变幻的现代史，角度独特，内涵丰富，其中母亲含辛茹苦地抚养儿子而与政治生活充满了不期而遇的冲突本身，具有很深邃的人性触摸和很独到的人生领悟。可以说，这是一部熔人性、女性、母性与爱情、亲情等人间至性至情于一炉的重型制作。"又说："《丰乳肥臀》在一如既往地发挥莫言长于感觉描写甚至是通感描写的同时，更显得无拘无束、不避锋芒，甚至比过去更长于审丑了。""这种语言方式与他描写的对象是相得益彰的，谈不上是否有意刺激读者的问题。"（祝晓风：《怎奈何〈丰乳肥臀〉》，1996 年 1 月 10 日《中华读书报》）

8 日，张爱玲被人发现在美国洛杉矶寓所中逝世，终年 75 岁。她的悄然辞世在大陆读书界产生了强烈反响，形成了一股"张爱玲热"。张爱玲，原名张煐，笔名梁京，祖籍河北丰润，1921 年生于上海，祖父是清朝名臣张佩伦，祖母是李鸿章之女。1939年考入英国伦敦大学，因欧洲战争改入香港大学读书。1942 年开始职业写作生涯，是40 年代海派文学的代表作家。1952 年赴香港。1966 年定居美国。著有小说集《传奇》、长篇小说《连环套》《十八春》（后改写为《再生缘》)、《秧歌》《赤地之恋》等，散文集《流言》《张看》《都市的人生》等，以及《红楼梦魇》。张爱玲自己说："我发现弄文学的人向来是注重人生飞扬的一面，而忽视人生安稳的一面。其实，后者正是前者的底子。……超人是生在一个时代里的。而人生安稳的一面则有着永恒的意味，虽然这种安稳常是不安全的，而且每隔多少时候就要破坏一次，但仍然是永恒的。它存在于一切时代。它是人的神性，也可以说是妇人性。……我不喜欢壮烈。我是喜欢悲壮，更喜欢苍凉。壮烈只有力，没有美，似乎缺少人性。"（张爱玲：《自己的文章》，《张爱玲文集》第 4 卷，安徽文艺出版社 1992 年版）李欧梵说："张爱玲早年的生活并不快乐，亏得她毅力坚强，没有向环境屈服，后世读者能够读到她的作品，应该觉得幸运。一般青年女作家的作品，大多带些顾影自怜神经质的倾向，但在张爱玲的作品里却很少这种倾向。这原因是她能享受人生，对于人生小小的乐趣都不肯放过；再则，她对于七情六欲，一开头就有早熟的兴趣，即使在她最痛苦的时候，她也注意研究它们的动态。她能和简·奥斯丁一样涉笔成趣，一样地笔中带刺；但是刮破她滑稽的表面，我们可以看出她的'大悲'——对于人生热情的荒谬与无聊的一种非个人的深刻悲哀。张爱玲有乔叟式享受人生乐趣的襟怀，可是在观察人生处境这方面，她的态度又是老练的、带有悲剧感的——这两种性质的混合，使得这位写《传奇》的青年作家，成为中国当年文坛上独一无二的人物。""张爱玲受弗洛伊德的影响，也受西洋小说的影响，这是从她心理描写的细腻和运用暗喻以充实故事内涵的意义两点上看得出来的。可是给她影响最大的，还是中国旧小说。她对于中国的人情风俗，观察如此深刻，若不熟读中国旧小说，绝对办不到。她的文章里就有不少旧小说的痕迹，例如她喜欢用'道'字代替'说'字。她受旧小说之益最深之处是她对白的圆熟和对中国人脾气的摸透。《传奇》里的人物都是道地的中国人，有时候简直道地得可怕；因此他们都是道地的活人，有时候活得可怕。他们大多是她同时代的人，那些人和中国旧文化算是脱了节，而且从闭关自守的环境里解脱出来了，可是他们心灵上的反应仍是旧式的——这一点张爱玲表现得最为深刻。"（夏志清：《中国现代小说史》，第 256—260 页，复旦大学出版社 2005 年版）王德威在《"世纪末"的福音》中说："我认为张爱玲作品贯穿了三种时代意义，第一，由文字过渡（或还原？）到影像的时代。她对文字的意象处理，对电影、舞台、照片、公共形象各种影音媒体的调弄、拒斥和展现，极富讨论余地。第二，由男性声音到女性喧哗的时代。在抗战的烽火里，张蜗居上海，与一帮女士——苏青、潘柳黛、炎樱、凤子等——吱吱喳喳地谈着写着小儿女情事，预告又一种政治的述写方式，由张主导的女性叙事风格，到了90年代在两岸三地，依然方兴未艾。第三，由'大历史'到'琐碎历史'的时代。看多了政权兴替、瞬息京华的现象，张宁可依偎在庸俗的安稳的生活里。她却总是知道，末世的威胁，无所不在。她的颓废琐屑，成了最后与历史抗颉的'美丽而苍凉的手势'。一种无可如何的姿态。正是在这些时代'过渡'的意义里，张爱玲的现代性得以凸现出来。"（王德威：《"世纪末"的福音——张爱玲与现代性》，《作别张爱玲》，陈子善编，文汇出版社1996年版）

10日，刘畅园的《诗五首》、蓝蓝的组诗《流年》、王小妮的诗《活着》（外一首）、李琦的诗《纯银手镯》（三首）、丹妮的诗《冬天，你要过得暖和》（外一首）、梅绍静的诗《女人》（外二首）、方舟的诗《南方的情人》（外一首）、南野的诗论《诗歌与小说》发表在《诗刊》第9期上。

毕飞宇的短篇小说《武松打虎》、东西的短篇小说《美丽的窒息》、陈染的中篇小说《破开》、鲁羊的中篇小说《黄金夜色》、赵毅衡的《"后学"，新保守主义与文化批判》发表在《花城》第5期上。

徐坤的中篇小说《女娲》发表在《中国作家》第5期上。

12日，根据茅盾同名小说改编，余华、刘毅然、于永和编剧，刘毅然导演的20集电视连续剧《霜叶红似二月花》在北京举行首映式。

15日，《钟山》第5期"新状态小说专辑之八"发表韩东的短篇小说《大学三篇》、夏商的中篇小说《酝酿》、王蒙的《作家话语与文学作品》。同期还发表李国文的杂文《三国三题》、张承志的散文《春来研墨三试举》。

17—20日，中国抗日反法西斯文学研讨会在杭州举行。

25日，荆歌的短篇小说《口供》、苏童的中篇小说《三盏灯》、格非的长篇小说《欲望的旗帜》、季羡林的散文《一个老知识分子的心声》、徐迟的散文《我悼念的人》发表在《收获》第5期上。

本月，柯雷、张枣、唐晓渡、于坚、欧阳江河等参加在荷兰莱顿大学举办的"中国现代诗歌理论研讨会"。

王家新的长篇诗学札记《维特根斯坦误读》发表在《山花》第9期上。

王安忆的散文《寻找苏青》，郑敏、韩毓海的对话《清华问学录》发表在《上海文学》第9期上。

《小说家》第5期"第二届精短中篇擂台赛"专栏发表毕飞宇的中篇小说《生活边缘》、赵德发的中篇小说《止水》。同期"小说家自耕堂"专栏发表叶蔚林的《女歌手》《一个写作者的来历》《话说湘南》《歌词三首》。

《小说界》第5期发表毕四海的中篇小说《万物都是生灵》，须兰的中篇小说《纪念乐师良宵——"南京大屠杀"惨案五十八年祭》。同期发表李洱的《抒情时代》，以及萧乾为《中国留学生文学大系》（近现代散文随笔卷）撰写的序言。

沈虹光的创作谈《戏剧人生》发表在《剧本》第 9 期上。

十月

3 日，宫玺的诗《世俗与诗》（五首）、刘绍棠的中篇小说《刘家锅伙》、李洱的中篇小说《缝隙》、周涛的散文《岁月的墙》、叶延滨的随笔《人生在世》发表在《人民文学》第 10 期上。

10 日，沙鸥的遗作《无限江山》（组诗·未完成）、蔡其矫的诗《在西藏》、梁上泉的诗《丢弃的摇篮》（外一首）、吴奔星等人的旧体诗发表在《诗刊》第 10 期上。

13—15 日，中国马克思主义文艺学会、河北省文联、石家庄市文联等几家单位在河北西柏坡召开马克思主义与文化艺术遗产学术讨论会。与会者就当前的文化建设问题，尤其是民族文化传统的继承与发展革新问题展开讨论。

20 日，张炜的长篇小说《家族——你在高原》发表在《当代》第 5 期上。陈思和说："在《家族》里，张炜描述了两种'道德理想主义'，有一种是殷弓式的'道德理想'，殷弓种种邪恶的政治行为与他个人品行无关，他所坚持并为之奋斗的也是一种神圣'理想'，他挂在嘴上的是口口声声为了大众的根本利益，他坚信世界正处于剥削阶级的罪恶中迅速堕落，惟有他和他所隶属的政党才是清洁的，能够承担起救民于水火之中的责任，所以别的阶级与个人都必须为他让路，并为他作出牺牲。——这就是当代许多人忧心忡忡批评张炜的拒绝宽容说可能导致的'后果'，可是对这种'后果'作出全面揭露与批判的，并正式列为'不宽容'对象的，正是张炜本人。很显然，张炜在小说里即便提倡了所谓的道德理想主义，也是就知识分子的人格精神和批判职能而言，并不是殷弓式的专制立场，这两种道德理想主义中间横亘着一个不能含糊的中介：就是权利。"（陈思和：《"声音"背后的故事》，《当代作家评论》1995 年第 5 期）

21 日，"冰心文学馆"在福建长乐举行奠基典礼。

23—24 日，中共中央宣传部召开的 1994 年度精神文明建设"五个一工程"工作会议暨颁奖大会在沪举行。会议强调宣传思想文化战线要认真贯彻党的十四届五中全会精神，切实抓好精神产品生产，百花齐放，多出精品，把最好的精神食粮奉献给人民。

26 日，中宣部关于繁荣电影、长篇小说和儿童作品（简称"三大件"）座谈会在沪召开。会议强调要把"三大件"的创作和生产放在特别重要的位置，采取切实有效的措施，尽快拿出一批高质量的作品，努力推动"三大件"的繁荣和发展，让人民群众满意，为青少年的健康成长提供良好的精神食粮。28 日，《文艺报》对此作了报道。

本月，北京大学比较文学与比较文化研究所和中国比较文学学会在京共同主办"文化对话与文化误读"国际学术研讨会。来自国内外的 120 多位代表分别就文化相对主义、东西方文化的多元性以及文化转型期的价值重建等"热点"问题进行研讨。

舒婷应邀赴德国作访问作家一年。

张执浩的短篇小说《谈与话》发表在《山花》第 10 期上。

十一月

2 日，中国作协、中华文学基金会、华艺出版社在京联合举办"纪念刘白羽从事文学创作 60 周年暨《刘白羽文集》首发式"。

以李国文为团长的中国作家代表团一行八人赴泰国访问，至 6 日结束。

3 日，梁晓声的中篇小说《荒弃的家园》、李冯的小说《我的朋友曾见》、于坚的散文《治病记》发表在《人民文学》第 11 期上。

10 日，"94 曹禺戏剧文学奖"在北京人民大会堂举行。话剧剧本《同船过渡》《警钟》，戏曲剧本《刽子手世家》《曹氏父子》《三醉酒》《金凤与银燕》等作品获奖。《留守女士》等十部作品获提名奖。

非马的诗《黄山》（三首）、杨克的诗论《疏离的尴尬——当下诗歌的际遇》发表在《诗刊》第 11 期上。

臧棣的《诗 7 首》、西渡的诗《雾中的柏拉图》（外一首）、韩东的短篇小说《雷凤英》、何立伟的长篇小说《你在哪里》发表在《花城》第 6 期上。

13—22 日，以陈建功为团长的中国作家代表团一行五人在越南访问。

15 日，毕飞宇的《短篇二题》、徐坤的中篇小说《游行》、刘心武的中篇小说《戳破》、朱文的中篇小说《三生修得同船渡》、鲁羊的中篇小说《存在与虚无》、张炜的散文《远逝的山峦与彤云》发表在《钟山》第 6 期上。

25 日，万方的中篇小说《未被饶恕》、余华的长篇小说《许三观卖血记》发表在《收获》第 6 期上。洪治纲说："余华的《许三观卖血记》一反往日对暴力与罪恶的迷恋，而直面人类赖以生存的许多优秀品质。小说以近乎冷漠的叙述语调再现了一个普通人的内心深处关于爱与牺牲、生存与苦难的真实表达。这种表达当然不是那种理性的哲学式的演说，而是通过许三观这个平凡市民一次次卖血来进行诠释。""这里，余华以写实化的手段把许三观的生存境遇完全投置在苦难的临界点上，让他直视不幸，以精神抗击不幸，然后以卖血拯救不幸。卖血，在许三观来说，不是为了某种理想价值和道义需求，而是直面存在的唯一方式，是证明自己生存价值的一个重要砝码。""也许从世俗的角度上讲，许三观选择卖血的方式向生命挑战并进而以此完善自我所有生存的道德目标，是折射了荒谬年代对生命大残酷褫夺。余华正是以许三观的苦难生存际遇来演示沉重不幸的历史，但就人物的精神纬度而言，余华却以朴实的语式穿透了朴实的生活外表，真正地触及到了人的类性本质———一种自救和发展的本能。在情与理、自我尊严与人间道义之间，许三观总是用令人敬慕的宽容释怀生存的尴尬。这种温情终于使小说达到了一般作家难以企及的精神高度，直逼人性的可贵本质。"（洪治纲：《逼视与守望——从张炜、格非、余华的三部长篇近作看先锋小说的审美动向》，《当代作家评论》1996 年第 2 期）余华说："在写作中，作家必须是真诚的，是认真严肃的，同时又是通情达理和满怀同情与怜悯之心；只有这样，作家的智慧和警觉才能够在漫长的长篇小说写作中，不受到任何伤害。"（余华：《长篇小说的写作》，《当代作家评论》1996 年第 3 期）

29 日，中国青年出版社在京举办商泽军、耿立的长诗《孔繁森之歌》首发式暨研讨会，首都文艺界人士认为这部长诗是新时期改革开放年代又一曲振奋人心的时代赞歌。

本月，《诗探索》第 4 期开设"后朦胧诗研究"专栏。

杨小滨的诗《瓷：断章十二则》、梁志伟的诗《是否命中注定》（外四首）发表在《上海文学》第 11 期上。

《今天》第 4 期发表张枣的《朝向语言风景的危险旅行：当代中国诗歌的元诗结构和写者姿态》、杨小滨的《今天的"今天派"：论北岛、多多、严力、杨炼的海外写作》。

冯骥才的中篇小说《石头说话》、徐小斌的中篇小说《如影随形》、季羡林的散文《听雨》、杨黎光的报告文学《灵魂何归》发表在《十月》第 6 期上。

《小说家》第 6 期"第二届精短中篇擂台赛"专栏发表关仁山的中篇小说《裸岸》、张旻的中篇小说《犯戒》。

十二月

3 日，以黄宗江为团长的中国作家代表团一行十人参加在巴基斯坦举行的"文学、文化、民主"国际会议。

林莽的《诗六首》发表在《人民文学》第 12 期上。

8 日，第八届"庄重文文学奖"在广州颁奖。张锲在会上发表《南方，星光灿烂》的讲话。从明年起该奖将从以往的分地区颁奖改为全国性评奖，并将扩大奖金数额。

10 日，雷抒雁的组诗《踏尘而过》、伊沙的组诗《人间烟火》、绿原、刘征等人的旧体诗发表在《诗刊》第 12 期上。

11 日，杨沫在京逝世，终年 81 岁。杨沫，原名杨成业，祖籍湖南湘阴，1914 年生于北京。1937 年抗战爆发后参加冀中地区游击队，长期从事妇女宣传工作。建国后历任北京市妇联宣传部副部长、中央电影局剧本创作所编剧、北京电影制片厂编剧、北京市作协筹委会副主席、北京市文联副主席、主席等职。著有小说集《苇塘纪事》、长篇小说《青春之歌》《芳菲之歌》《英华之歌》，以及《杨沫散文选》《杨沫日记》等。

20 日，王蒙的中篇小说《郑重的故事》、阿成的散文《北人琐记》发表在《当代》第 6 期上。同期发表"炎黄杯人民文学奖"获奖作者王蒙、张炜、魏巍、宗璞、陈忠实、麦天枢、邓贤等十五名作家的感言。

22 日，鄢国培在宜昌逝世，终年 61 岁。鄢国培，1934 年生于四川省南川县，历任湖北省作家协会副主席、主席，湖北省文联副主席。1955 年开始发表作品。著有长篇小说《长江三部曲》（《漩流》《巴山月》《沧海浮云》）、短篇小说集《老鹰岩探矿》；中篇小说《美丑奇幻曲》《荒漠的神殿》等。

本月，彝族当代文学的拓荒者和奠基人李乔文学创作 65 周年研讨会在昆明举行。

王干主编的"新状态小说文库"由作家出版社出版。收入韩东、朱文、鲁羊、张旻的小说集。

《方方文集》（五卷本）由江苏文艺出版社出版。

西川的《诗学中的九个问题》发表在《山花》第 12 期上，受到关注。

森子、海因主编的诗刊《阵地》第 4 期发表森子、孙文波、西川、王家新、肖开愚、海因、张曙光、蓝蓝等人的诗作，以及海因探讨 90 年代诗歌叙事性的文章。

黑大春编选的《蔚蓝色天空的黄金》（60 年代出生诗人诗选）由对外翻译出版公司出版。

林白的短篇小说《似曾相识的爱情》发表在《上海文学》第 12 期上。

本年

由林兆华导演的过士行的剧作《棋人》上演。张兰阁说："如果过士行通过对鸟人族的发现误打误撞地进入了非功利生命形态的观察渠道的话，那么，在他经由此渠道进入闲人生命的其它空间之后，又看到了鸟人喜剧性以外的生命状态。那是一种具备了生命的严肃性、庄严性的状态，这便是棋人的生命。对于这种生命，他收起在鸟人中的调侃和戏谑，而以一种真诚的眼光审视这种人生的机智和局限。""《棋人》不是闲适，不是琴棋书画，不是玩。《棋人》是一种战斗人生，是一种投入全部生命能量'连骨头都不剩'的生死博弈。这里具备人生的全部悲剧性和庄严感。只是棋人的战斗人生不同于世俗领域受功利驱使而是一种性情的需要，因此仍是一种审美的人生。棋人的人生不是在人生舞台而是在棋盘上实现的。棋坛不仅是竞技场所，同时也是人生舞台的缩微。"（张兰阁：《闲人一族的审美人生及境界——谈〈鸟人〉、〈棋人〉、〈渔人〉》，《戏剧文学》1999 年第 12 期）

1996 年

一月

3 日，西川的长诗《造访》、王家新的短诗系列《游动悬崖》、谈歌的中篇小说《大厂》发表在《人民文学》第 1 期上。

5 日，西川的组诗《另一个我的一生》（8 首），王家新的诗学随笔《游动悬崖及其它：1995 年个人札记》、何顿的长篇小说《荒原上的阳光》发表在《大家》第 1 期上。

10 日，魏巍的诗《夜梦》、李瑛的组诗《尼罗河之波》《绿原自选诗》、邹荻帆的遗作《诗随笔》发表在《诗刊》第 1 期上。

王小波的中篇小说《2015》、虹影的中篇小说《千年之末布拉格》、于坚的散文《绳子记》发表在《花城》第 1 期上。《花城》自本期开始连续刊载张承志的"鞍与笔"专栏，本年共发表张承志的六篇散文：《冰山之父》《一册山河》《袍子经》《把黑夜点燃》《小寨新年》《正午的喀什》。

20 日，高晓声的短篇小说《痛》、叶兆言的短篇小说《杨先生行状》、徐坤的短篇小说《无常》、池莉的中篇小说《午夜起舞》、梁晓声的中篇小说《尾巴》、刘恪的长篇小说《南方雨季》、莫言的散文《会唱歌的墙》发表在《钟山》第 1 期上。

24 日，中共中央总书记江泽民在中南海与出席全国宣传部长会议的同志座谈时指出，必须切实加强对宣传思想工作的领导，为经济建设和社会进步提供有力保障。

25 日，王安忆的中篇小说《我爱比尔》、萧乾的散文《唉，我这意识流》、李辉的散文《碑石——关于吴晗的随笔》发表在《收获》第 1 期上。同期开始连载史铁生的长篇小说《务虚笔记》，至第 2 期止。史铁生说："在写这长篇时，我有一个突出的感受：写什么和怎么写都更像是命——宿命，与任何主义和流派都无关。一旦早已存在于心中的那些没边没沿、混沌不清的东西要你去写它，你就几乎没法去想'应该怎么写和不应该怎么写'这样的问题了。这差不多就像恋爱，不存在'应该怎么爱和不应该怎么爱'的问题。写作和恋爱一样是宿命的，一切都早已是定局，你没写它时它已不可改变地都在那儿了，你所能做的只是聆听和跟随。"（史铁生：《聆听和跟随——给友人的一封信》，《当代作家评论》1997 年第 3 期）周政保认为："《务虚笔记》的'务虚'与《写作之夜》中的'夜'，只是一种与已有文学不同的想象方式，一种把握人的存在或人类处境的独特形态，一种涉及了哲学思维及如何洞观现存世界的'冥望'——'务虚'的'夜'沉浸在悖论中。'虚'绝非一般观念意义上的'虚'，而'夜'，也不是世俗感觉中的'夜'。无所谓'虚实'；'夜'仅仅是幻想的那一时刻：'现在'。那是从混沌中脱颖而出的（社会）人性设计，或是为了人的前景而诉诸的基于'印象'的理性挣扎。"（周政保：《〈务虚笔记〉读记》，《当代作家评论》1997 年第 3 期）

29—31 日，"台湾文学研讨会"在京举行。与会者就台湾文学的定位、日据时期的台湾文学、台湾文学研究的现状等问题进行了研讨。

本月，藏族作家央珍、梅卓长篇小说讨论会在京举行。

首届"刘丽安诗歌奖"颁布（1995 年度），胡军军、庞培、孙文波、唐丹鸿、王家新、王艾、西川、杨健、张曙光、朱文获奖。此奖由美籍华人刘丽安（Anne Kao）女士投资设立，由黄灿然、肖开愚、陈东东、臧棣、吕德安任评委，编有《获奖诗人诗选》。"刘丽安诗歌奖"设立及颁布后引起国内诗界关注。

西川的《我们的处境》、王建旗的《倡导"知识分子写作"》发表在《诗神》第 1 期上。

刘醒龙的中篇小说《分享艰难》发表在《上海文学》第 1 期上。

李国文的短篇小说《坏女人》、卫慧的短篇小说《爱情幻觉》、张欣的中篇小说《恨又如何》、於梨华的散文《书桌》发表在《小说界》第 1 期上。

柯岩的报告文学《寻常百姓》发表在《十月》第 1 期上。

《陈忠实自选集》三卷本由华夏出版社出版。

《王安忆自选集》六卷本由作家出版社出版。

《格非文集》三卷本由江苏文艺出版社出版。

二月

3 日，张枣的组诗《空白练习曲》发表在《人民文学》第 2 期上。

8 日，中国文联在京举行迎春座谈会，就中国文联如何更好地发挥"联络、协调、服务"的职能、为社会主义精神文明建设作出新的贡献进行讨论。

9 日，《文艺报》在京召开杂文创作座谈会，首都部分杂文作家就如何提高杂文思想艺术质量的问题展开讨论。

10 日，曹禺的《诗四首》《牛汉诗选》、郑敏的诗论《诗人必须自救》发表在《诗刊》第 2 期上。

29 日，中国作协工作会议在京召开，会议的主要议题是讨论修订《中国作协 1996 年工作要点》和《关于繁荣社会主义文学的五年规划》。会议强调，作协要加强引导力度，繁荣文学创作，以更多的优秀作品迎接第五次全国代表大会的召开。

本月，《张炜自选集》六卷本由作家出版社出版。

王晓明编选的"人文精神"讨论文集《人文精神寻思录》由文汇出版社出版。

中国作协副主席陈荒煤兼任《中国作家》主编。

杨小滨参与主编的台湾《现代诗》（复刊后第 26 期）推出以"历史与修辞"为题的大陆 90 年代诗歌专辑，发表王家新、孟浪、欧阳江河、李亚伟、陈东东、肖开愚、孙文波、王寅、周伦佑、柏桦、郑单衣、西川、钟鸣等人的诗歌和诗论。

宗仁发、曲有源等主编的《中国诗歌》由云南人民出版社出版第 1 辑，刊有翟永明、王小妮、海男、虹影、韩东、钟鸣、伊沙、朱文、余刚、王家新、叶舟、小海等人的诗作，以及西川、杨黎的随笔，李森、陈超的诗论。

《诗探索》第 1 期发表王家新的《夜莺在它自己的时代：关于当代诗学》。文章对 90 年代个人写作与 80 年代"后朦胧诗"的区别、90 年代以来诗歌话语转型进行了描述和分析，引起关注。

王英琦的随笔《守望灵魂》发表在《上海文学》第 2 期上。

三月

3—4 日，全国文学创作中心座谈会在京召开，陈昌本在会上作题为《加强创作引导　奋力推出精品》的报告。他指出：第一，要倡导作家处理好弘扬主旋律与提倡多样化的关系。第二，倡导作家跳出个人小圈子，增强时代感、中国感，反映我们这个伟大的时代。第三，倡导作家学习马克思主义，坚持马克思主义反映论，坚持正确的世界观、历史观、道德观、价值观、文学观。第四，倡导作家表现时代的新人形象。第五，文学是人民的文学、民族的文学，要引导作家写人民群众喜闻乐见的雅俗共赏的作品，做到雅与俗的统一。此报告发表在本月 29 日《文艺报》第 12 期上。

于坚的诗《棕榈之死》、韩作荣的报告文学《城市与人》（下卷）发表在《人民文学》第 3 期上。

5 日，孙谦在太原病逝，享年 76 岁。孙谦，原名孙怀谦，1920 年生，山西文水人。1940 年入延安鲁艺学习，曾任一二〇师战斗剧社、东北电影厂编剧。建国后历任中央电影剧本创作所编剧，山西省文联副主席，山西省作协副主席，中国作协理事等职。1992 年被中共山西省委、省政府授予"人民作家"称号。1942 年开始发表作品，后成为"山药蛋派"的代表作家之一。著有短篇小说集《伤疤的故事》《南山的灯》，报告文学《大寨英雄谱》，电影文学剧本《农家乐》《陕北牧歌》《葡萄熟了的时候》

《泪痕》（与马烽合作）、《新来的县委书记》《咱们的退伍兵》（合作）、《马烽、孙谦电影剧作选》等。

刁斗的中篇小说《骰子一掷》、罗望子的中篇小说《矮个儿哲学家》发表在《大家》第 2 期上。

10 日，《曾卓诗选》、刘征的组诗《画虎居寓言诗》发表在《诗刊》第 3 期上。

关仁山的小说《大雪无乡》发表在《中国作家》第 2 期上。

海男的中篇小说《金钱问题》、陈染的长篇小说《私人生活》发表在《花城》第 2 期上。后者 5 月由作家出版社出版单行本。王宏图说："陈染迄今惟一的长篇小说《私人生活》囊括了她全部写作的基本主题：恋父/弑父情结，恋母/仇母意绪，同性之爱以及深沉的孤独之痛。"（王宏图：《私人经验与公共话语》，《上海文学》1997 年第 5 期）邓晓芒认为："90 年代'女性主义文学'……所表达的主题往往是反传统滑向了反男性，从树立个人变质为呵护女人"，"……满足着男性的某种窥视欲和好奇心……局限于传统女性特有的狭隘、小气、自恋和报复心理"，"'私人生活'固然纯净、高洁、深情、孤傲，但只会使人陷在自己干燥的回忆中，像花盆里的花那样失去生命的养料。……真正的私人生活不是孤芳自赏、逃避和害怕环境的生活，而是'一面哭泣一面追求着的人'（巴斯卡语）的生活，真正的天堂不是'回头看看往昔'和'变成小孩子'就能进入的，而必须努力去寻求和创造，要经历苦难和血污，带着累累伤痕，步履踉跄地去冒险和突围，才能逐渐接近，否则，私人生活要么是对生活的取消和放弃（有'私人'而无'生活'，即自杀），要么是将私人化解为'零'的生活（有'生活'而无'私人'，即醉生梦死）。"（邓晓芒：《当代女性文学的误置——〈一个人的战争〉和〈私人生活〉评析》，《开放时代》1999 年第 3 期）王蒙说："她的小说诡秘、调皮、神经、古怪；似乎还不无中国式的飘逸空灵和西洋式的强烈与荒谬。她我行我素，神啦巴唧，干脆利落，飒爽英姿，信口开河，而又不事铺张，她有自己的感觉和制动操纵装置，行于当行，止于所止。她同时女性得坦诚得让你心跳。……她的作品里也有一种精神的清高和优越感，但她远远不是那样性急地自我膨胀和用贬低庸众的办法来拔份儿，她决不怕人家看不出她的了不起，她并不为自己的扩张和大获全胜而辛辛苦苦。她只是生活在自己的未必广阔，然而却是很深邃，很有自己的趣味与苦恼的说大就很大说小就很小的天地中罢了。这样她的清高就更具自然和自由本色，更不需要做出什么式样来。"（王蒙：《陌生的陈染——代序》，《陈染文集》第 1 卷，江苏文艺出版社 1996 年版）

17 日，全国文联工作会议召开，会议决定，中国文联在去年办十件实事的基础上，要为繁荣文艺再办十件事，进一步推动文艺创作。中宣部部长丁关根看望了与会者。中国文联党组书记高占祥作了题为《热心服务　开拓进取》的报告。

20 日，李国文的中篇小说《涅槃》、刁斗的中篇小说《重叠》、张抗抗的《情爱画廊》（长篇小说节选）、刘恪的长篇小说《南方雨季》（续）发表在《钟山》第 2 期上。

25 日，苏童的短篇小说《声音研究》、阎连科的中篇小说《黄金洞》、韩东的中篇小说《小东的画书》、赵丽宏的散文《遗忘的碎屑》、萧乾的散文《校门内外》、李辉的《书生累——关于邓拓的随感》发表在《收获》第 2 期上。

本月，韩少功的长篇小说《马桥词典》和王蒙的论文《小说的世界》发表在《小说界》第2期上。前者8月由作家出版社出版。南帆说："《马桥词典》利用一个个词条组织历史，树碑立传，这显然是一个罕见的实验"，"必须承认，《马桥词典》是一部独一无二的著作"。（南帆：《〈马桥词典〉：敞开和囚禁》，《当代作家评论》1996年第5期）王蒙说："韩少功的新作的可贵之处在于他的角度：语言、命名、文化，生活在语言、命名、文化中的人物。这就比单纯强烈的意识形态思考更宽泛更能涵盖也更加稳定，更富有普遍性与永久性了。"（王蒙：《道是词典还小说》，《读书》1997年第1期）张颐武指出，《马桥词典》"无论形式或内容都很像，而且是完全照搬《哈扎尔词典》"，这部"被大吹大擂为前无古人的经典"其实是一部粗劣模仿之作。（张颐武：《精神的匮乏》，1996年12月5日《为您服务报》。此文后来更名为《〈马桥词典〉：粗陋的模仿之作》刊于1996年12月24日的《羊城晚报》）面对批评，韩少功说："我根本没有看过帕维奇的那部小说……'词典'仅仅是种体裁，如同书信体、日记体一样，即使有过十部百部这类作品，后人也照样可以运用这种体裁进行创作。"（韩少功：《〈马桥词典〉抄袭了吗?》，1996年12月17日《文汇报》。）陈思和认为："我们不能完全排除韩少功受到过《哈扎尔词典》的影响"，但是，"中国当代文学的独创性并不是以其是否接受过外来影响为评价标准的，而是以这种影响的背后生长出巨大的创造力为标志"，"《马桥词典》与《哈扎尔词典》应该是享有同等地位和代表性的"。（陈思和：《〈马桥词典〉：中国当代文学的世界性因素之一例》，《当代作家评论》1997年第2期）不久，"马桥诉讼"浮出水面：1997年1月7日，据《羊城晚报》报道：史铁生等11位著名作家及《小说界》上书中国作协，要求公正评审《马桥词典》。3月28日，韩少功向海口中院起诉，状告张颐武等六被告侵犯自己的名誉权。4月1日，海口中院受理此案并于5月18日作出一审判决："被告张颐武……指称《马桥词典》在内容上完全照搬《哈扎尔词典》，这一评论超出了正常的文艺批评界限，已构成了对原告韩少功名誉权的侵害。"（转引自祝晓风编著：《知识冲突——90年代文化界15大案采访录》，第272页，辽海出版社1999年版）张颐武不服，认为判决"不仅无助于正常的文学和创作发展，还将扰乱已初步形成的多样而活跃的文化格局……我们决定向海南省高级人民法院提起上诉。"（参见1998年6月11日《作家报》报道：《"马桥诉讼"一审判决》）一些作家、评论家不同意通过诉讼解决文学之争。1997年5月22日《作家报》发表对七位文学评论家的访谈录，题为：《用批评和反批评的方法解决文坛论争》。韩石山认为，"马桥"事件是"中国新时期文学的最后一役"，争论的焦点是"创新与模仿的界定"。经过这一事件，"再也不会有人在模仿了外国作家作品之后，还有胆将批评者送上法庭了"，"以模仿为特征的新时期文学，就这样结束了"。（韩石山：《"马桥事件"：一个文学时代的终结》，《文学自由谈》1998年第6期）

芒克、王家新、唐晓渡、孟浪、杨小滨、贝岭、雪迪、张真等参加美国布朗大学国际文学会议，并在哈佛、纽约等地进行诗歌朗诵。

由臧棣、王艾编辑的《标准》在北京出版第1辑，发表孙文波、张曙光、肖开愚、臧棣、朱朱、欧阳江河、王家新、黄灿然、陈东东、吕德安、唐丹鸿、桑克、西渡、余弦、王艾的诗作，以及翟永明访谈录《未完成之后又怎么样》。

方方的中篇小说《状态》、残雪的短篇小说《与虫子有关的事》发表在《上海文学》第 3 期上。

阎连科的散文《性的折磨》《黄土色的枣木拐杖婚姻》，阿成的笔记小说《赋家总道登临好》、随笔《热爱生活》（外二篇）、散文《诱惑》发表在《小说家》第 2 期上。

王英琦的散文《只在乎人们"心的点头"》发表在《十月》第 2 期上。

四月

7—10 日，"华文文学与中华人文精神国际学术研讨会"在杭州举行。来自海内外的专家学者围绕中华人文精神的内涵、特征、历史贡献与当代价值，中华人文精神对华文文学的影响等问题展开研讨。

10 日，汪静之的诗《六美缘》（选章）、《臧克家诗选》发表在《诗刊》第 4 期上。

11—12 日，中国作协四届主席团第十次会议在京举行。丁关根出席会议并讲话。会议审议并原则通过了《中国作家协会关于繁荣社会主义文学的五年规划（讨论稿）》（本年 4 月 26 日《文艺报》第 16 期刊载）和《中国作家协会 1996 年工作要点》，并作出今年第四季度召开中国作协第五次会员代表大会的决议，提请四届理事会第四次会议审定。中国作协主席巴金听取了会议并指出："团结是我最主张的事，团结才能出作品，团结是开好代表大会的基础。"19 日，《文艺报》第 15 期刊载了题为《努力繁荣社会主义文学　为精神文明建设作出更大贡献》（会议 12 日通过）的决议。26 日，《文艺报》第 16 期刊载了张光年、王蒙在此次会议上的开幕词和闭幕词。

19 日，《文艺报》第 15 期报道：北京大学中国语言文学所召开关于编写"百年中国文学"丛书的情况通报会议。自九十年代初，该所便就百年中国文学这一命题多次开展研讨活动，逐步酝酿成了以新的视角全面反映二十世纪的中国文学历程的丛书。该丛书共 12 卷，分别以 12 个特殊的年份为视点，辐射前后的年代。主编谢冕说，这套丛书应是二十世纪的告别词，二十一世纪的欢迎词。另外，与这套丛书配套的《百年中国文学经典文库》（10 卷本）本年 6 月由海天出版社出版，其中诗歌卷引发争议。

本月，王蒙的短篇小说《冬季》、王安忆的中篇小说《姊妹们》发表在《上海文学》第 4 期上。

张执浩的短篇小说《在黑暗中闭上眼睛》发表在《山花》第 4 期上。

五月

1 日，鬼子的中篇小说《谁开的门》发表在《作家》第 5 期上。

3 日，关仁山的中篇小说《破产》发表在《人民文学》第 5 期上。

5 日，艾青在北京病逝，享年 86 岁。艾青，原名蒋海澄，1910 年生于浙江金华一个地主家庭。因一个算命先生说他命里注定克父母，于是被送到农妇"大堰河"家寄养至五岁。1928 年考入国立西湖艺术院。1929 年赴法国习画，1932 年回国后加入左翼美术家联盟，因思想激进被捕，1935 年出狱。1941 年赴延安，1942 年参加延安整风运动和延安文艺座谈会。抗战胜利后历任陕甘宁边区参议员、区政府文委委员、华北联合大学文艺学院副院长、华北人民政府文委委员。建国后曾任中国作家协会副主席、《人民文学》主编等职。1958年曾受到"再批判"，被打成右派，遣往新疆地区劳动改造。著有诗集《大堰河》《北方》《旷野》《他死在第二次》《黎明的通知》《献给乡村的诗》《欢呼集》《宝石的红星》《海岬上》《归来的歌》《彩色的诗》等，以及长诗《向太阳》《火把》《黑鳗》等。另有《艾青诗选》《诗论》《新文艺论集》等。周红兴说："对于艾青来说，写诗是一种'苦役'，甚至是一种'苦难'。四十年代初，他就说过，自己正为写诗这个事业'受着苦难'，'而且将继续受着苦难'。这不仅是由于诗人崇高的责任感、诗歌创作是一种艰辛的劳动而使然，而且也是由艾青的品格所决定的。艾青的人生格言是：'做一个正直的人。'艾青的写作格言是：'诗人必须说真话。'""艾青不仅是我国五四以来最优秀的作家之一，而且也是享有国际盛誉的诗人。他曾走访过欧、亚、南北美洲许多国家和地区，写过大量国际题材的作品。由于主题的深刻性、题材的广阔性，尤其是诗中所表现的对全人类命运和前途的关切，对真、善、美热烈的追求，对假、恶、丑的无情鞭笞，使他的诗歌不翼而飞，跨越国界，成为许多国家读者熟悉与热爱的歌声。"（周红兴：《艾青应获诺贝尔文学奖——致瑞典诺贝尔文学奖评委会的信》，《艾青研究与访问记》，文化艺术出版社1991年版）胡风说："他的歌唱总是通过他自己的脉脉流动的情愫，他的言语不过于枯瘦也不过于喧哗，更没有纸花纸叶式的繁饰，平易地然而是气息鲜活地唱出了被现实生活所波动的他的情愫，唱出了被他的情愫所温暖的现实生活的几幅面影。如果说诗人只应该魔火似地热烈，怒马似的奔放，那么，艾青是要失色的，如果说诗人非用论理的雄辩向读者解明什么问题或事象不可，那艾青也是要失色的，至于用不着接触内容就明显地望得到排列的苦心的精巧的形式，他更没有。""艾青的使我们觉得亲切，当是因为他纵情地而且是至情地歌唱了对于人的爱以及对于这爱的确信。""看得出来他受了魏尔哈伦、波德莱尔、李金发等诗人的影响，但他并没有高蹈低回，只不过偶尔现出了格调的飘忽而已，而这也将被溶在他的心神的健旺里罢。"（胡风：《吹芦笛的诗人》，《胡风全集》第2卷，第455和458页，湖北人民出版社1999年版）绿原说："中国的自由诗从五四发源，经历了曲折的探索过程，到三十年代才由诗人艾青开拓成为一条壮阔的河流……不但诗人艾青的创作以其夺目的光彩为中国新诗赢得了广大人民的信任，更有一大批青年诗人在他的影响下，共同把新诗推向了一个坚实的高峰。"（绿原：《〈白色花〉序》，《当代》1981年第3期）

10日，柯蓝的散文诗《放牧》、艾青的《谈诗》发表在《诗刊》第5期上。

鬼子的短篇小说《走进意外》发表在《花城》第3期上。

20日，徐小斌的短篇小说《蓝毗尼城》、荆歌的短篇小说《我们的虎牙》、铁凝的中篇小说《青草垛》、东西的中篇小说《睡觉》发表在《钟山》第3期上。

25日，苏童的短篇小说《红桃Q》《新天仙配》、茅盾的长篇小说《霜叶红似二月花》（续稿）、萧乾的散文《老唐，我对不住你》发表在《收获》第3期上。

本月，为纪念鲁迅先生诞辰115周年、逝世60周年，全国各地各界开始开展各种形式的纪念活动。

汪曾祺的短篇小说《关老爷》，何顿的中篇小说《面包会有的》，毕淑敏的中篇小说《源头朗》，残雪的散文《美丽的玉林湖》发表在《小说界》第 3 期上。同期开始推出"七十年代以后"小说专栏，持续三年。

关仁山的中篇小说《九月还乡》发表在《十月》第 3 期上。

《刘震云文集》四卷本由江苏文艺出版社出版。

六月

1 日，王家新《1989—1994》（诗 7 首）发表在《作家》第 6 期上。

3 日，刘继明的中篇小说《桃花源》发表在《人民文学》第 6 期上。

6 日，《中华魂》杂志社等单位在京举行文天祥诞辰 760 周年纪念会。与会者一致认为，江泽民总书记最近提出要"讲政治、讲学习、讲正气"，而文天祥的爱国主义精神和民族气节对激励我们继续发扬中华民族的优良传统，弘扬正气、增强民族自信心和凝聚力都具有十分深远的现实意义。

10 日，《冀汸诗选》、郑敏的《你的小手》（外二首）、梅卓的组诗《在山之南》、臧克家等人的旧体诗发表在《诗刊》第 6 期上。

17—23 日，中国作协文学理论研讨班在京开办。翟泰丰作《加强文艺批评力度开展健康说理批评》的动员讲话。与会代表学习了马列主义、毛泽东思想及其有关文艺理论论著，学习了邓小平文艺思想以及江泽民同志有关繁荣文艺的重要指示，就"建设有中国特色的社会主义文学"的理论问题进行讨论。21 日的《文艺报》对此作了报道。

20 日，梁斌在天津病逝，享年 82 岁。梁斌，1914 年生，河北蠡县人。1931 年参加保定二师学潮护校运动。1934 年在左联主办的《伶仃》月刊上发表以高蠡暴动为题材的第一部短篇小说《夜之交流》。同年考入山东省立剧院学习戏剧，翌年到北京从事文学创作活动。1938 年任冀中新世纪剧社社长、1940 年兼任冀中文化界抗战建国联合会文艺部长。1945 至 1947 年先后担任中共蠡县县委宣传部长、副书记等职。1948 年南下，1949 年任中共襄阳地委宣传部长兼襄阳日报社社长。1952 年任武汉日报社社长。1953 年后从事专业创作。"文革"中受到诬陷和迫害。新时期以来历任河北省文联副主席、主席、河北省作协主席、中国作协理事、天津市文联名誉主席等职。著有长篇小说《红旗谱》《播火记》《烽烟图》《翻身记事》，剧本《千里堤》《抗日人家》《五谷丰登》，散文集《春潮集》《笔耕余录》，回忆录《一个小说家的自述》等。

刘心武的长篇小说《栖凤楼》发表在《当代》第 3 期上。

30 日—7 月 1 日，瑞典举办"沟通：面对世界的中国文学"会议，多多、严力、杨炼、芒克、孟浪等中国诗人与会。

本月，《倾向》春季号发表孟浪、贝岭、陈东东等人的诗作，并刊载钟鸣的《天狗吠日》、唐晓渡的《芒克：一个人和他的诗》、孙文波的《背景与策略》等诗评诗论。

七月

2 日，"纪念茅盾诞辰一百周年展览"在京开展。

4 日，为纪念茅盾诞辰 100 周年，文化部、中国文联、中国作协联合举办系列纪念活动，李瑞环、丁关根等领导同志出席纪念大会。整个纪念活动持续至年底。

5 日，《文艺报》发表社论：《把无愧于伟大时代的优秀文学作品奉献给人民——纪念我国伟大革命文学家茅盾诞辰一百周年》。

罗望子的中篇小说《南方》发表在《大家》第 4 期上。

4—8 日，茅盾研究国际学术研讨会在京召开，来自海内外的作家、学者 100 多人出席会议。会议的中心议题是"茅盾与中国现代文化"。

10 日，肖开愚的长诗《来自海南岛的诅咒》、李冯的长篇小说《孔子》、于坚的散文《戏剧作为动词，与艾滋有关》发表在《花城》第 4 期上。

徐坤的中篇小说《沈阳啊，沈阳》发表在《青年文学》第 7 期上。

15 日，《天涯》第 4 期"90 年代诗歌精选之一"专辑刊出陈先发、伊沙、杨健、侯马、杜马兰、欧宁、凌越等人的诗作，以及南君的述评《90 年代诗何在》。

20 日，虹影的短篇小说《内画》、史铁生的中篇小说《关于一部以电影作舞台背景的戏剧之设想》、毕淑敏的散文《最廉价与最高贵的工具》、王英琦的散文《悲怆的恒星》、王小妮的随笔《我能发出那种声音吗》发表在《钟山》第 4 期上。

25 日，汪曾祺的短篇小说《小嬢嬢》《合锦》，万方的中篇小说《和天使一起飞翔》，叶兆言的长篇《一九三七年的爱情》，李辉的随笔《清明时节——关于赵树理的随感》、萧乾的《我的出版生涯》发表在《收获》第 4 期上。

本月，孙静轩在四川组办"西岭雪山诗会"，牛汉、蔡其矫、郑敏、昌耀、西川、王家新、翟永明、孙文波等诗人与会。

北京万圣书园开设连续性诗歌讲座，西川、唐晓渡、王家新等应邀讲学。

杨小滨参与主编的台湾《现代诗》出版"90 年代女性诗"专号，刊有零雨、王小妮等二十几位大陆及台湾女诗人的作品。

罗望子的中篇小说《裸女物语》发表在《漓江》第 4 期上。同期还刊出小海的诗 12 首，并配发韩东的评论。

谈歌的中篇小说《热风》、于坚的散文《住房记》发表在《十月》第 4 期上。

赵丽宏的随笔《青春和天籁》发表在《上海文学》第 7 期上。

八月

1 日，毕飞宇的中篇小说《哺乳期的女人》发表在《作家》第 8 期上。

3 日，谈歌的中篇小说《大厂》（续篇）发表在《人民文学》第 8 期上。

10 日，雷抒雁的《呼唤"艾青"》，《苏金伞诗选》发表在《诗刊》第 8 期上。

16—19 日，中国毛泽东诗词研究会和中国社科院文学研究所在京联合举行"首届毛泽东诗词国际学术讨论会"。研究会会长贺敬之高度评价了毛泽东诗词的思想艺术价值和历史地位，他认为"要想了解中国人民的真实面目和精神，在所需要研读的经典作品中，是不能不列入毛泽东诗词的。"

20 日，谈歌的中篇小说《雪崩》、何申的中篇小说《穷人》、邓一光的长篇小说《我是太阳》（节选）发表在《当代》第 4 期上。

23 日，《小说选刊》杂志社、河北省委宣传部和省作协在京联合举办"河北三作家何申、谈歌、关仁山作品讨论会"。与会者就三位作家对待现实的态度、作品与生活的关系、作品的现实主义风格、作品的思想内涵等问题进行了探讨。三位作家各自的题材领域不同，但因其热切关心改革现实生活、贴近时代和人民的共同特点被称为河北文坛"三驾马车"。一时间许多刊物开辟专栏讨论现实主义，有人还将 1996 年至 1997 年称为"现实主义小说的丰收年"，并将这批作品称为"现实主义冲击波"。但有人认为，其中某些作品表现的是"恶对善的征服，漠视普通人的尊严、价值和起码的生存权利，背离人文精神。"且其文学语言"太直，太满，太露，太浅，太滞，没有意蕴，缺少空灵，叙述方式呆板与机械，没有剪裁，没有精心的结构，事无巨细，如流水帐。"（童庆炳、陶东风：《人文关怀与历史理性的缺失》，《文学评论》1998 年第 4 期）"不仅没有批判权力和金钱，而且还制造了'人治'和'金钱'不可战胜的神话。"（萧夏林：《泡沫的现实和文学》，《北京文学》1997 年第 6 期）谢冕说："我读了几篇很有代表性的作品，但很遗憾没有一个人物的形象是鲜明的、突出的和个性化的。……我们的作家要不是创造性的衰退，那便是太漫不经心了。"（谢冕：《一份提醒与一份清醒》，《当代文坛报》1997 年第 2 期）

25 日，戴厚英在上海家中被歹徒所杀，终年 58 岁。戴厚英，1938 年生于安徽颍上县，生前任上海大学文学院中文系教授、上海市作协理事。著有长篇小说《诗人之死》《人啊，人!》，回忆录《性格·命运·我的故事》等。在戴厚英的葬礼上悬挂挽联云："辞乡四十年，几番风雨，几番恩怨，犹有文章愧须眉，江淮自古生人杰。断肠三千里，如此才华，如此柔情，竟无只手挡贼刃，南北至今诧噩音。"戴厚英的不幸去世，引起文坛和社会的震惊，也引发了一场讨论。彦火指出："谈到戴厚英时，很多人都回避了她在文革期间不太光彩的一面。其实戴厚英是一个心直口快、胸怀磊落的人。她首次与我会晤，对外间谈论她曾是张春桥在上海的文化打手的说法，直言不讳说过这样一段话：'我在文化大革命初期，曾经响应号召起来造反，由于天真幼稚做过一些蠢事、错事，是冲击了上海一大批老作家、文化人'，这也是后来戴厚英的小说只能在南方的粤闽港地区出版、而无法在她执教的上海出版的原因了。"（彦火：《不死的美丽童话的了结——也谈戴厚英之死》，吴中杰、高云主编《戴厚英啊戴厚英》，海南国际新闻出版中心 1997 年版）鲁彦周说："她很普通，太普通了，你要是不认识她，她从你身边走过，决不会引起你的回眸"，但"这位思想颇为超前，作品以大胆泼辣闻名的女作家，在骨子里，在灵魂和情感深处，却有着浓浓的中国式的传统情怀。她完全不像一个都市女人，她始终是一个淮河边上的女儿。淮河，这一条沉重的多灾多难的在不胜负荷中呻吟的河流，它的水，它的土壤，它的受过太多苦难的人民，始终压在戴厚英的心头，使她不能摆脱，她似乎把失去的女人的爱的浓情，完全转移到对故乡的人民，转移到淮河的身上。这种女儿对母亲依恋式的情感，是当代某些作家很少有或是很难有的。这使她和现代文坛上的许多女作家完全不同，也更使我对她刮目相看。"（鲁彦周：《戴厚英——淮河的女儿》，吴中杰、高云主编《戴厚英啊戴厚英》，

海南国际新闻出版中心 1997 年版）

本月，为促进报告文学创作，中国报告文学学会在京举办研讨会，围绕"深化改革开放与报告文学创作"的议题展开探讨。

《倾向》秋季卷（总第 7、8 期合刊）推出"90 年代汉语诗歌评论专辑"，刊有王家新的《阐释之外》、孙文波的《笔记：几个问题》、黄灿然的《90 年代：诗歌的新方向》、杨小滨的《异域诗话》等。

南野、杨克、陈旭光、汪剑钊、张执浩、袁毅关于当前诗歌的对话《遭遇诗歌》发表在《上海文学》第 8 期上。

九月

6 日，《文艺报》报道：上海文艺出版社隆重推出"当代文坛大家文库"，现已出版《巴金七十年文选》《冰心七十年文选》《夏衍七十年文选》《施蛰存七十年文选》《柯灵七十年文选》等五本。

10 日，邹荻帆的诗歌遗作《寄草溪村》、昌耀的诗论《沉重的命题》发表在《诗刊》第 9 期上。同期还刊载了刘征、臧克家等人的旧体诗。

林白的随笔《记忆与个人化写作》发表在《花城》第 5 期上。

20 日，苏童的《短篇二题》、尤凤伟的短篇小说《爷爷和隆》、张炜的中篇小说《瀛洲思絮录》、格非的中篇小说《时间的炼金术》、邱华栋的中篇小说《哭泣游戏》、林斤澜的散文《仙姑洞零碎》发表在《钟山》第 5 期上。

24—25 日，中宣部在京召开精神文明建设"五个一工程"第五届工作会议暨颁奖大会。会议强调要坚持"二为"方向，坚持"双百"方针，多出精品，多出人才。

25 日，迟子建的短篇小说《雾月牛栏》、李冯的中篇小说《王朗和苏小眉》、钟道新的中篇小说《公司衍生物》、李辉的随笔《消失了的太平湖——关于老舍的杂感》、萧乾的散文《老报人絮语》、柯灵的《悼罗荪》发表在《收获》第 5 期上。

本月，《穆旦诗全集》由中国文学出版社出版。

《铁凝文集》5 卷本由江苏文艺出版社出版。

荆歌的中篇小说《地理》发表在《小说家》第 5 期上。

毕飞宇的中篇小说《家里乱了》、刁斗的中篇小说《螺旋》发表在《小说界》第 5 期上。

毕淑敏的纪实文学《屋脊上的女孩》发表在《十月》第 5 期上。

西川的《批评与处境》、王家新的《当代诗学的一个回顾》发表在《诗神》第 9 期上。

十月

1 日，潘军的短篇小说《纪念少女斯》发表在《作家》第 10 期上。

3 日，何申的中篇小说《大会之前》发表在《人民文学》第 10 期上。

6 日，端木蕻良在京病逝，享年 85 岁。端木蕻良，原名曹京平，1912 年生于辽宁昌图。1932 年在清华大学学习期间加入北平左翼作家联盟。从 1933 年创作第一部长篇小说《科尔沁旗草原》起，建国前还著有长篇小说《大地的海》《大江》《科尔沁前史》《新都花絮》，以及中短篇小说集《憎恨》《风陵渡》《江南风景》等。他与萧红、萧军的情感纠葛在中国现代文学史上是著名的文坛公案。建国后主要从事历史题材的戏曲、小说创作，著有长篇小说《曹雪芹》等。曾任北京市作协副主席、中国作协理事等职。端木蕻良擅长自然景物描写，"雄放中和着一缕忧郁，辽阔中渗着一点哀愁"（赵园：《端木蕻良笔下的大地与人》，《论十小说家》，浙江人民出版社 1987 年版）"端木蕻良的景物描写……透露着端木蕻良作为科尔沁旗草原人的骄傲和自豪，同时也表现着对关内软性文化的轻蔑和否定"，"正像端木蕻良是一个描写景物的能手，他也是一个描写女性的能手。""端木蕻良不是圣人，自然有值得人挑剔的地方，有值得人挑剔的地方而有人挑剔他，说明他同我们平常人还是一样的，还有我们平常人所不能没有的内心的痛苦和忧愁。""早在端木蕻良接受马克思主义思想影响之前，科尔沁旗草原的历史和现实就已经进入到端木蕻良的内心世界中，马克思主义仅仅提供给了他如何整理和组织这个历史和世界的方式，而没有从根本上改变他内在心灵中的这个世界。""他的作品也不是固有文学传统中一种有意味的形式或创作方法的机械模仿和简单因袭，他不是才子佳人派的小说家，不是神魔小说或武侠小说的作者，他所写的都与他的人生经历和人生体验有关。""端木蕻良已经不在人世，作为一个人和一个文学家，他已经有了自己的确定性和完整性。""在中国现代作家中，端木蕻良几乎是最重视描写道教及其他神佛迷信活动场面的小说家，虽然他的描写有时常有累赘烦琐的缺点，但在端木蕻良所描写的那个世界里，这些迷信活动确实有着恍惚迷离的美感。"（王富仁：《文事沧桑话端木——端木蕻良小说论（上、下）》，《中国现代文学研究丛刊》2003 年第 3、4 期）

　　7 日，纪念赵树理诞辰 90 周年座谈会在京举行，薄一波同志写来贺信，与会者高度评价赵树理在文学创作上的卓越成就，肯定了他在文学史上的重要地位。翟泰丰在会上作《人民的作家　不朽的作品》的讲话，后发表于 10 月 11 日《文艺报》。

　　10 日，汪静之在杭州逝世，享年 95 岁。汪静之，1902 年生，安徽绩溪人。1921 年与潘漠华发起成立晨光文学社。1922 年与潘漠华、应修人、冯雪峰等成立中国现代文学史上最早的新诗社团——湖畔诗社。建国前曾任安徽大学、暨南大学、复旦大学中文系教授。1952 年调北京人民出版社古典文学编辑部任编辑，1955 年调中国作协，"文革"前夕南下西子湖畔过半隐居生活。著有诗集《蕙的风》（1922）、《寂寞的国》（1927）、《诗二十一首》（1958）、《六美媛》（旧体诗集）；长篇小说《翠英及其夫的故事》、中篇小说《耶稣的吩咐》、短篇小说集《父与女》；论著《作家的条件》《诗歌的原理》《李杜研究》等。鲁迅曾经很赏识汪静之的诗作，并亲自为他修改作品，多次给予他教诲和鼓励。龙彼德在《汪静之特写》中说："喜欢交女朋友，过半隐士的生活，不谈政治，恐怕是汪老的三大特点。""汪静之的成就，在很大程度上也得力于他的长寿"，"诗人何以能长寿？汪老的秘诀是六个字：营养、运动、达观。""（汪老）提起同窗好友冯雪峰对他的评价：'他说我：你是独子，从小娇生惯养，养成自由散漫的气性。虽然纯洁善良，但胆小怕事；虽然敬仰兼善天下的革命家，但自己不敢做兼善天下的事，只能卿卿我我，恩恩爱爱，闭门读书，独善其身。他的话，说得完全正确。解放前我胆子小，不敢革命；解放后仍旧不敢革命，因为怕组织性、纪律性。从20年代到现在，我都靠不谈政治，明哲保身，苟全性命。否则，我不是当烈士，就是当右派，就不能自由自在地游山玩水，自由自在地谈情说爱，自由自在地写爱情诗了。如果没有爱情诗，我又要命做什么呢？'"（龙彼德：《汪静之特写》，《诗探索》1995年第4期）胡适说：汪静之的诗"有时未免有些稚气，然而稚气究竟远胜于暮气；他的诗有时未免太露，然而太露究竟远胜于晦涩。况且稚气总是充满着一种新鲜风味，往往有我们自命'老气'的人万想不到的新鲜风味。"（胡适：《蕙的风·序》，上海亚东图书馆1922年8月版。）

《李瑛诗选》、韩作荣的《弦外之音》（缅甸组诗）发表在《诗刊》第10期上。

19日，中国作协、中国鲁迅研究会等5家单位在沪联合举行鲁迅先生逝世60周年纪念大会，中宣部副部长翟泰丰作主题报告，400多位代表深切缅怀鲁迅先生的伟大业绩，称赞鲁迅是"精神的灯塔，文学的丰碑，人格的楷模"。

20—21日，纪念鲁迅逝世60周年全国鲁迅研究学术研讨会在上海国际文化交流中心举行。来自全国20个省市、自治区的鲁迅研究专家学者80余人参加了会议，会议选举林默涵继续担任中国鲁迅研究会会长。

25日，陈荒煤在京病逝，享年83岁。陈荒煤，原名陈光美，祖籍湖北襄阳，1913年生于上海。1932年参加武汉左翼戏剧家联盟和反帝文化总同盟。1938年到延安，在鲁迅艺术学院任教。1953年后任文化部电影局副局长、局长、文化部副部长兼电影局局长。1978年后历任中国社会科学院文学研究所副所长、全国文联党组副书记、文化部副部长、中国影协第三届常务理事，第四届副主席，中国作协第四、五届副主席。著有文艺评论集《为创造新的英雄典型而努力》《回顾与探索》《攀登集》《探索与创新》；散文集《荒野中的地火》《梦之歌》；短篇小说集《忧郁的歌》《长江上》《在教堂歌唱的人》；剧本《黎明》《打鬼子去》《粮食》；报告文学集《新的一代》。

27—29日，中宣部、中国作协邀请全国六个文学创作中心负责人和部分作家、理论家召开文学界学习贯彻党的十四届六中全会精神座谈会。与会者表示，坚决拥护《关于加强社会主义精神文明建设若干重要问题的决议》，抓住机遇，多出精品，努力繁荣社会主义文学。

本月，《诗神》10—11月合刊出版"南方　北方青年诗人对抗赛特大号"，刊出《南方诗：北方三人谈》《北方诗：南方三人谈》。

徐坤的短篇小说《狗日的足球》、熊正良的中篇小说《绿蚱蜢》、鲁羊的中篇小说《亲切的游戏》发表在《山花》第10期上。

谈歌的中篇小说《车间》发表在《上海文学》第10期上。

东西的小说集《没有语言的生活》由华艺出版社出版。

十一月

1—16日，由韩少功等组成的中国作家代表团一行五人赴印度访问。

《鸭绿江》第 11 期出版诗专号，刊有牛汉、王家新、于坚、廖亦武、西川、潞潞、张执浩、景斌、树才、马永波等人的组诗或长诗，另载有陈超的《诗歌现状问答》。

3 日，蔡其矫的《福建人物》（诗 3 首）、王家新的《挽歌及其他》（诗 5 首）、郑敏的《试验的诗》（图像诗）发表在《人民文学》第 11 期上。

5 日，吕新的长篇小说《梅雨：四车的异象》发表在《大家》第 6 期上。

10 日，邱华栋的组诗《询问》《孙静轩诗选》发表在《诗刊》第 11 期上。

19 日，中国当代文学研究会、作家出版社、《文学评论》编辑部等单位在京联合举行"当前现实主义文学问题讨论会"。与会者就当前现实主义的特点及存在的不足等问题进行探讨。

20 日，何顿的中篇小说《不谈艺术》、鬼子的中篇小说《农村弟弟》、雷达的散文《皋兰夜话》发表在《钟山》第 6 期上。

25 日，苏童的短篇小说《两个厨子》、须兰的短篇小说《少年英雄史》、张洁的散文《哭我的老儿子》、李辉的随笔《风雨中的雕像——关于胡风的随感》、萧乾的散文《点滴人生》发表在《收获》第 6 期上。

本月，第三届国际华人诗人笔会在广东中山和佛山召开。

全国省级文学期刊生存与发展研讨会在广西崇左县和宁明县召开。全国各地 30 余家省级文学期刊的负责人围绕"文学期刊如何生存与发展"议题展开研讨。与会者认为，调整图变是文学期刊面临的新课题。研讨会由《广西文学》杂志社发起并主办。12 月 23 日，《文艺报》以《正视困难·坚守阵地·调整图变》为题进行了综合报道。

河北省作协第三次会员代表大会在石家庄举行，铁凝当选为河北省作协主席，老作家徐光耀被推举为名誉主席。

《曹禺全集》（共七卷，田本相主编）由河北花山文艺出版社出版。

《朱苏进文集》四卷本由江苏文艺出版社出版。

《阵地》第 5 卷刊有森子、肖开愚、翟永明、陈东东、臧棣、张曙光、孙文波、西川、海因等人的诗作和王家新、森子的诗论。

《今天》第 4 期刊载庞培、一平、张枣、吕德安、朱朱、黄灿然、北岛等人的诗作，以及臧棣的《汉语中的里尔克》、韩东的《从我的阅读开始》。

虹影的中篇小说《纽约，纽约》，肖克凡的中篇小说《最后一个工人》发表在《小说家》第 6 期上。

东西的中篇小说《背叛》发表在《漓江》第 6 期上。

陆天明的长篇小说《木凸》发表在《小说界》第 6 期上。同期"论坛"中刊有王蒙的《感受昨天》、徐迟的《全新的时代，全新的气息》。

十二月

7 日，郁达夫诞辰 100 周年纪念大会在浙江富阳举行。与会人士近千人。随后召开"郁达夫研究国际学术讨论会"。13 日，《文艺报》专门作了报道。

10 日，晓雪的诗《怒江行》（三首）、沙白的组诗《弦歌》发表在《诗刊》第 12

期上。

12 日，徐迟在武汉坠楼身亡，终年 82 岁。徐迟，原名商寿，浙江湖州人。1931 年至 1933 年先后就读于苏州东吴大学和燕京大学。1933 年开始写诗。1936 年出版第一部诗集《二十岁人》。抗战爆发后，辗转于上海、香港、重庆。建国前还著有诗集《最强音》；小说《狂欢之夜》；散文《美文集》；译著《依利阿德》（荷马）、《巴黎的陷落》（爱伦堡）、《明天》（雪莱）等。建国后曾任《人民中国》（英文版）编辑、《诗刊》副主编。1960 年调湖北省文联从事专业创作。从建国到"文革"期间著有特写集《我们这时代的人》《庆功宴》；诗集《美丽·神奇·丰富》《战争·和平·进步》《共和国的歌》；文艺评论集《诗与生活》。"文革"后以报告文学创作著称于世。著有报告文学集《歌德巴赫猜想》，其中，《地质之光》《歌德巴赫猜想》《生命之树常绿》《在湍流的涡漩中》等传颂一时。1982 年译有《瓦尔登湖》（梭罗著）。晓雪在谈到徐迟的报告文学时认为："不论是李四光、周培源，不论是陈景润、蔡希陶，也不论是石油头王进喜或艺术家常书鸿，诗人都善于抓住构成他们的思想性格、精神品质的本质特征，然后把它集中突出地、真实感人地展示出来。"（晓雪：《别具特色的科学诗篇》，1978 年 7 月 29 日《人民日报》）

13 日，曹禺在京病逝，享年 86 岁。曹禺，原名万家宝，湖北潜江人，1910 年生于天津一个封建官僚家庭。1922 年入天津南开中学，参加南开新剧团，演出中外剧作。1928 年考入南开大学政治系。1930 年转清华大学西洋文学系，广泛接触欧美文学作品，同时也陶醉于中国传统戏剧艺术。1933 年创作话剧处女作《雷雨》，震动了当时的戏剧界。此后又创作了《日出》《原野》《蜕变》《北京人》《家》（改编）、《桥》《正在想》《艳阳天》等剧目。建国后历任北京人民艺术剧院院长、中国作协书记处书记、中央戏剧学院名誉院长、中国戏剧家协会主席、中国文联主席等职。著有话剧《明朗的天》、历史剧《胆剑篇》《王昭君》、散文集《迎春集》。钱谷融认为，曹禺的话剧作品"从数量上来说，一共不过十部左右，是并不多的。但是从艺术质量来说，成就却是很高的。他剧作中的人物，几乎每一个都是有血有肉的可以触摸得到的人物"；"曹禺的剧作还充满着诗的气氛和鲜丽明朗的色彩。曹禺本质上是一位诗人，所以他的剧作都有浓郁的诗意，都可以说是诗，而且是最高意义上的诗。"（钱谷融：《曹禺和他的剧作》，《上海师范大学学报》（哲社版）1979 年第 3 期）钱理群说："曹禺执著追求的，是一种'大融合'的戏剧境界。这是人类戏剧宝库中的精华：从希腊悲剧与喜剧、莎士比亚，到易卜生、契诃夫、奥尼尔……的大融合。这是中国传统戏剧艺术与西方现代戏剧艺术的融合，是中国传统诗学与西方象征主义的融合。这是戏剧与哲学、具体与抽象、形而下与形而上的融合。这是追求'生活幻觉'效果与舞台'假定性'效果的融合。这是情节剧、佳构剧与心理剧的融合，是戏剧与诗、戏剧与散文、戏剧化的戏剧与生活化的戏剧的融合，是写实与写意、是写实与非写实的融合。这是喜剧与悲剧的融合……等等。因此，曹禺对中国现代话剧的意义，不仅在于他的戏剧创作标志着、并促进了中国现代话剧的成熟，更重要的是，他的极富想象力与创造力的实验性的创作，为中国现代话剧的发展开拓了广阔的领域，提供了无限丰富的可能性，展示了多元的、自由创造的发展前景。但曹禺的创造，对于中国现代话剧又是超前的，也就是说，他的创造力与想象力都大大超过了时代接受水平。最能说明这一点的是曹禺接受史上的矛盾现象：曹禺既是拥有最多读者、导演、演员与观众的现代剧作家，又是最不被理解的现代剧作家；人们空前热情地读着、演着、欣赏着、赞叹着他的喜剧，又肆无忌惮地肢解着、曲解着、误解着他的喜剧，以致他的戏剧上演了千百次，却没有一次是完整的、按原貌演出的（无论作家本人如何抗议，《日出》的第三幕、《北京人》里的有关'远古北京人'的描写总是被删削，《雷雨》的序幕与尾声至今也从未搬上舞台）。长期以来，读者、导演、演员、观众、研究者们只能（只愿）接受曹禺戏剧中为时代主流思潮所能容忍的部分，例如他的剧作中的社会的、现实的、政治的内容，写实的、戏剧化的、悲剧性的艺术（形式）因素，而对与上述方面交融为一体的另一侧面，例如对人的生存困境的形而上的探索，非写实的、非戏剧性的……因素，特别是打破常规、突破传统的、个人的天才创造，则不理解，不接受，却又颇为大胆地轻率地视为'局限性'而大加讨伐。在某种意义上，曹禺这位天才的剧作家正是被落后于他的时代所'骂杀'与'捧杀'的。这是中国现代文学史（戏剧史）上最为沉重、也是最为深省的一页。"（钱理群等：《中国现代文学三十年》，第421—422 页，北京大学出版社 1998 年版）

14—15 日，中国作协第四届理事会第四次会议在京举行，会议顺利完成预定议程，为中国作协第五次全国代表大会的召开准备了条件。与会者认为，五代会是党的十四届六中全会之后、十五大之前文学界召开的重要会议，是文学界跨世纪的盛会。

16 日，中国文学艺术界联合会第六次全国代表大会和中国作协第五次全国代表大会在人民大会堂隆重召开，江泽民、李鹏、乔石、李瑞环、朱镕基、刘华清、胡锦涛等党和国家领导人与文学界艺术界代表三千多人出席了开幕式。会上江泽民代表党中央、国务院发表重要讲话，强调指出为人民服务，为社会主义服务，决定着我国文艺的性质和方向，是我们必须坚持的根本原则。因病不能参加大会的中国作协主席巴金发来了题为《迎接文学的新世纪》的书面致词。大会由中国文联党组书记高占祥主持。为祝贺中国作协五代会的召开，同日《文艺报》发表社论：《坚持"民主、团结、鼓劲、繁荣"方针　　努力开创社会主义文学事业新局面》。17 日，《文艺报》对大会作了综合报道。

17 日，中国文联第六次全国代表大会、中国作协第五次全国代表大会分别举行第二次全体会议，高占祥、翟泰丰分别作题为《肩负新使命，迈向新世纪，为繁荣社会主义文艺而奋斗》和《站在时代前列，迎接文学繁荣的新世纪》（该报告 22 日刊于《文艺报》第 57 期）的工作报告。18 日，《文艺报》对大会作了专题报道。

19 日，中国文联第六次全国代表大会选举产生了第六届全国委员会委员 163 名，选举周巍峙为中国文联主席，才旦卓玛等 22 人为副主席，高占祥等 6 人为书记处书记。中国作协五代会产生了第五届全国委员会委员 180 名，巴金再次当选为中国作协主席，马烽等 14 人为副主席，翟泰丰等 9 人为书记处书记。

20 日，周梅森的长篇小说《人间正道》发表在《当代》第 6 期上。

26 日，"巴金文学创作生涯 70 年展览"在福建泉州举行。

27 日，《文艺报》邀请首都部分理论工作者举行研讨会，学习讨论江泽民总书记

《在第六次文代会、第五次作代会上的讲话》，畅谈加强文学理论建设，活跃文学评论，繁荣社会主义文学。

30 日，中国作协举行中心组扩大会，认真学习江泽民总书记《在第六次文代会、第五次作代会上的讲话》，中国作协党组、书记处成员，作协各部门及所属报、刊、社负责人出席了会议。会议强调江总书记的讲话是继毛泽东《在延安文艺座谈会上的讲话》和邓小平《在中国文学艺术工作者第四次代表大会上的祝辞》之后，又一个马克思主义重要文献，具有划时代意义。

本月，《陈染文集》四卷本由江苏文艺出版社出版。

王家新的对话录《在诗与历史之间》发表在《山花》第 12 期上。王家新提倡一种有别于"纯诗"追求的能够在"诗与历史的两端之间保持张力"的诗学。

臧棣自印诗集《燕园纪事》。

1997 年

一月

1 日，昌耀的诗《灵魂的事》、余华的短篇小说《黄昏里的男孩》、鲁羊的短篇小说《越来越红的耳根》、张锐锋的散文《和弦》、张欣散文专辑发表在《作家》第 1 期上。

3 日，臧棣的组诗《赞美及其他》、铁凝的短篇小说《秀色》、航鹰的中篇小说《白蝴蝶的复活节》发表在《人民文学》第 1 期上。

5 日，翟永明的诗论《道具和场景的述说》发表在《大家》第 1 期上。

王家新的诗论《奥尔弗斯仍在歌唱》发表在《莽原》第 1 期上。

10 日，池莉的中篇小说《云破处》、陈染的中篇小说《时间不逝，圆圈不圆》、阿来的中篇小说《行刑人尔依》、张承志的散文《被潮水三次淹没》发表在《花城》第 1 期上。

15 日，东西的中篇小说《美丽金边的衣裳》发表在《江南》第 1 期上。

20 日，大型文学双月刊《昆仑》停刊。

鲁羊的短篇小说《出去》、李锐的长篇小说《万里无云》、胡平的纪实文学《移民美国》发表在《钟山》第 1 期上。

24 日，苏金伞在郑州病逝，享年 91 岁。苏金伞，原名苏鹤田，1906 年生于豫东睢县农村，1920 年考入开封第一师范学校。1925 年在《洪水》上发表处女诗作《拟拟曲》。1948 年参加革命，历任华北大学文学研究员、河南省文联副主席、河南省作协副主席等职。著有诗集《无弦琴》《地层下》《窗外》《入伍》《鹁鸪鸟》《苏金伞诗选》等。

25 日，苏童的短篇小说《告诉他们，我乘白鹤去了》、阎连科的中篇小说《年月日》、汪曾祺的散文《草木春秋》发表在《收获》第 1 期上。

本月，1996 年度"刘丽安诗歌奖"颁布，韩东、金海曙、蓝蓝、凌越、欧阳江河、于坚、翟永明、钟鸣等人获奖。

梁秉钧、黄灿然、北岛、欧阳江河等人参加香港国际诗歌节。

余华开始为《读书》杂志写作随笔。

《学术思想评论》第 1 辑刊载西川的《生存处境与写作处境》、程光炜的《90 年代诗歌：另一意义的命名》、肖开愚的《90 年代诗歌：抱负、特征和数据》，以及欧阳江河、王家新、唐晓渡等人的诗论。

刘庆邦的短篇小说《鞋》发表在《北京文学》第 1 期上。

刘醒龙的中篇小说《路上有雪》发表在《上海文学》第 1 期上。

梁晓声的中篇小说《又是中秋》、何顿的长篇小说《喜马拉雅山》、周涛的散文《病室小札》发表在《十月》第 1 期上。

洪峰的小说《聚会》，刁斗的中篇小说《情感教育》、诗歌《萍》及其读书札记，刘醒龙的长篇小说《寂寞歌唱》、海男的散文《过往的心迹》发表在《小说家》第 1 期上。

卫慧的小说《艾夏》、棉棉的小说《一个矫揉造作的晚上》发表在《小说界》第 1 期上。同期开始连载王安忆在复旦大学的小说讲稿，全书 12 月由复旦大学出版社出版。

二月

1 日，夏商的短篇小说《出梅》、西飏的短篇小说《闭上眼睛》、刘亮程的散文《对一个村庄的认识》、王英琦的散文《上帝不掷骰子》发表在《作家》第 2 期上。

3 日，陈世旭的中篇小说《李芙蓉年谱》、周涛的散文《梦寥廓》、钟鸣的《随笔》发表在《人民文学》第 2 期上。

14 日，由中国作协、中国现代文学馆、中国社科院文学所和中国现代文学研究会共同主办的纪念王统照诞辰 100 周年座谈会在京举行。

乔典运逝世，享年 66 岁。乔典运，1929 年生，河南西峡县人。1955 年开始文学创作，1958 年出版第一个小说集《磨盘山》，其后陆续出版了《西峡游记》《霞光万道》《贫农代表》《小院恩仇》《美人泪》《问天》《金斗纪实》《村魂》等作品集。另有《乔典运文集》出版。曾任河南省作协副主席、南阳市文联副主席、南阳市作协主席、西峡县文联主席等职。乔典运逝世后，《人民日报》《红旗》杂志，《文艺报》《上海文学》《北京文学》《奔流》《河南日报》等报刊多次发表文章予以高度评价，称乔典运"深居山区，披阅人世，艰难困苦，笔耕不停"，用"寓洋于土的表现形式，释放出奇异的艺术能量"，是"半个农民哲学家和半个农民心理学家"，是"继鲁迅先生之后的国民精神劣根性进行最有力鞭笞的作家之一"。

19 日，中国社会主义改革开放和现代化建设的总设计师邓小平同志在北京逝世，享年 93 岁。邓小平，1904 年生，四川广安人，原名邓先圣，学名邓希贤。主要著作收入《邓小平文选》（3 卷）。

本月，《顾城诗全编》《海子诗全编》《骆一禾诗全编》由上海三联书店出版社出版。

《北京文学》第 2 期开辟"笔谈九十年代中国诗歌"专栏，刊出林莽、陈超、郑单衣、孙文波、杨克、程光炜的文章。

三月

1 日，李冯的小说《拉萨》、于坚的诗论《从隐喻后退———一种作为方法的诗歌》、翟永明散文专辑发表在《作家》第 3 期上。

3 日，梁晓声的中篇小说《山里的花儿》、徐小斌的中篇小说《若木》发表在《人民文学》第 3 期上。

5 日，《大家》第 2 期刊载韩东诗歌小辑。

10 日，翟永明的诗《一首歌的三段咏唱》（外 2 首）、张执浩的短篇小说《在人海中垂钓》和《我摸到了你的心》、王小波的中篇小说《白银时代》发表在《花城》第 2 期上。

12 日，刘绍棠在京逝世，享年 61 岁。刘绍棠，1936 年生，河北通县人。1949 年 13 岁读中学时开始发表短篇小说，1951 年到河北文联工作半年，深受孙犁作品熏染。翌年 15 岁发表短篇小说成名作《青枝绿叶》，选入中学语文课本，被誉为"神童作家"。1954 年入北京大学中文系学习。1957 年发表短篇小说《田野落霞》《西苑草》及一些论文，被打成"右派"，1979 年平反。曾任北京市作协副主席、《中国乡土小说》丛刊主编等职。著有短篇小说集《青枝绿叶》《山楂村的歌声》《中秋节》《蛾眉》等，中篇小说《运河的桨声》《蒲柳人家》《瓜棚柳巷》《荇水荷风》《小荷才露尖尖角》等，长篇小说《春草》《地火》《狼烟》《京门脸子》等，散文短论集《我与乡土文学》《我的创作生涯》等。另有《刘绍棠文集———大运河乡土文学体系》12 卷。"在 48 年的创作生涯中他始终追求'中国奇葩、民族风格、地方特色、乡土题材'。以京东大运河广袤的土地、独特的风情习俗为背景，创作了大量的文学作品。"（见《文艺报》1997 年 3 月 12 日）。郑恩波说："凡与绍棠有过较多交往的人，都有一个共同的印象：刘绍棠不仅才华出众，而且人格高尚。这种高尚的人格，首先表现在他对事对人有一颗非常宝贵的善心。不少朋友甚至感触颇深地说：'绍棠有一颗菩萨心。'"（郑恩波：《刘绍棠传》，社会科学文献出版社 1995 年版，第 533 页）刘绍棠在《亮相》中说："恩波在动笔之前，我跟他约法三章，请以朴素本色的简洁文字，把我的三个特征写出来：一个彻头彻尾、彻里彻外的农家子弟和文坛老农；一个一辈子遭受左右夹攻的共产党孝子；一个终生不入仕途的完整职业文人。""我不是道德化身，更不是标准共产党员。我只能做到发乎情止于礼，心有所欲而行不逾矩。我很不勇敢，只是从不屈从。……我不喜欢拿我跟别人比较。无论是古人还是今人，男人还是女人，国人还是洋人。我不愿拿我给别人当陪衬，也不愿拿别人给我当陪衬。他是他，我是我。各有所长，各有所短，公道自在人心。"（刘绍棠：《亮相》，《刘绍棠传》，社会科学文献出版社 1995 年版）

13 日，1997 年中国作协工作会议在京开幕，中国作协党组副书记、书记处书记陈昌本在会上就《1997 年中国作家协会工作要点》（讨论稿）作了说明。中国作协副主席、党组成员、书记处书记张锲作了《中国作家协会 1996 年度工作总结》的报告。

14 日，中国文联第六届全国委员会第二次全体会议在京举行，会议强调今后文联工作要以邓小平建设有中国特色社会主义理论为指导，认真学习和贯彻党的十四届六中全会决议，认真学习和贯彻江泽民同志在六次文代会和五次作代会上的重要讲话，以六次文代会确立的任务为目标，胸怀大局，群策群力，为促进文艺事业的繁荣多做贡献。

15 日，王家新的《阐释之外——当代诗学的一种话语分析》发表在《文学评论》第 2 期上。文章对 80 年代"非历史化"的写作倾向和"纯诗"追求进行反思，并结合 90 年代写作的新变与实践提出并阐释了一系列诗学命题。

洪峰的长篇小说《爱情故事的通俗讲话》发表在《江南》第 2 期上。

19 日，张弦在南京逝世，享年 63 岁。张弦，1934 年生，浙江杭州人。1953 年毕业于清华大学钢铁学院机械专修科。1956 年发表小说《甲方代表》和电影文学剧本《锦绣年华》。1958 年因一篇未发表的小说《苦恼的青春》而被划为"右派分子"，从此辍笔 20 年。1979 年以后创作了《记忆》《舞台》《被爱情遗忘的角落》《污点》《未亡人》《银杏树》《挣不断的红丝线》《热雨》等小说。其中，《记忆》和《被爱情遗忘的角落》分别获 1978 年和 1980 年优秀短篇小说奖。他的电影代表作《被爱情遗忘的角落》荣获第二届中国电影金鸡奖、最佳编剧奖。

20 日，李冯的中篇小说《唐朝》、吴晨骏的中篇小说《往事或杜撰》、朱苏进的散文《面对无限寂静》发表在《钟山》第 2 期上。

22 日，张平的长篇小说《抉择》在《啄木鸟》第 2 期上开始连载，至第 4 期止。

25 日，艾伟的短篇小说《敞开的门》、荆歌的中篇小说《歌唱的年代》、张欣的中篇小说《今生有约》、鬼子的中篇小说《苏通之死》发表在《收获》第 2 期上。

本月，门马主编的"坚守现在诗系"（六种）由改革出版社出版。包括肖开愚的《动物园的狂喜》、孙文波的《地图上的旅行》、西川的《隐秘的汇合》、欧阳江河的《透过词语的玻璃》、陈东东的《海神的一夜》、翟永明的《黑夜里的素歌》。

《马原文集》四卷本由作家出版社出版。

何申的小说《百年思乡岭》、海男的散文《出发者手记》发表在《十月》第 2 期上。

叶兆言的短篇小说《蒋占五》发表在《小说家》第 2 期上。同期发表罗望子的作品小辑：《每个人都有发疯的经历》（诗）、《遥渡蓝关》（诗）、《被俘》（中篇小说）、《去〈广陵散〉的路到底多远》（随笔）、《恋爱儿戏》（小戏剧）。以及格非的作品小辑：《解决》（短篇小说）、《月亮花》（短篇小说）、《寒冷和疼痛的缓解》（随笔）。

苏童的短篇小说《海滩上的一群羊》发表在《上海文学》第 3 期上。

韩东的短篇小说《双拐记》发表在《北京文学》第 3 期上。

王小波的中篇小说《红拂夜奔》发表在《小说界》第 2 期上。

藏族作家阿来的长篇小说《尘埃落定》由人民文学出版社出版。周政保说："《尘埃落定》是阿来的长篇处女作，也是近年来可以被称为'佳作'的小说。如何谈论这部小说？很理性地分析其中的故事及思情倾向，固然不失为一种方式，但最契合实际的方式，或许还得推问：我们从小说中感受到了一些什么？无论如何，感受是小说效果的最直接最可靠的体现。在这里，我们尽可以淡忘作者的民族属性；也不必过分强调小说题材的特别性或历史色彩——正如作者所说，藏族人的生活'并不是另类人生'；又说：'欢乐与悲伤，幸福与痛苦，获得与失落，所有这些需要，从它们让感情承载的重荷来看，生活在此处与别处，生活在此时与彼时，并没有什么太大的区别……因为故事里面的角色与我们大家有同样的名字：人。'（阿来的创作谈《落不定的尘埃》，原载《小说选刊·增刊》1997 年第二辑）事实上，当我们一旦走进这个因了作者的经验及想象力而诞生的精神故乡时，所关注的或最终感受到的，也正是人的命运及小说叙述的艺术可能性。但在感受小说的具体过程中，有一点倒是值得注意的，甚至可以作为倾听小说底蕴的一种绝对不是可有可无的提醒，那就是《尘埃落定》的作者曾经是、而现在仍然是一位诗人。其中的意义在于，诗的目光或诗的思维直接地牵连着小说的创造性——'尘埃落定'便是一句诗，即便把这句诗放入诗的海洋，漫漫波涛也掩盖不了它的夺目光彩。"（周政保：《"落不定的尘埃" 暂且落定——〈尘埃落定〉的意象化叙述方式》，《当代作家评论》1998 年第 4 期）殷实说："阿来在某种程度上退出了写作，一切形式的经院的和现代哲学气质的东西全部被舍弃了，一切现时的人文观念、历史态度和价值判断都被舍弃了，小说仅只是对大地和原初存在的呈现。"（殷实：《退出写作》，《当代作家评论》1998 年第 4 期）

霍达的长篇历史小说《补天裂》由十月文艺出版社出版。

四月

1—3 日，中宣部在京召开文艺评论工作座谈会，会议分析我国文艺评论工作的现状，研究如何更好地坚持为人民服务、为社会主义服务的方向和百花齐放、百家争鸣的方针，加强和改进文艺评论工作，推动文艺精品的创作生产。

李国文的散文《那个穿着火红衣裙的精灵》、西川的散文《在路上》发表在《作家》第 4 期上。同期还特刊"刁斗作品小辑"，包括短篇小说《梦的解析》、随笔《生活》。

3 日，《南野的诗》（组诗）、《于坚的诗》（组诗），红柯的短篇小说《美丽奴羊》、贾平凹的短篇小说《玻璃》、阿成的短篇小说《长途笔记》、张执浩的短篇小说《一生要穿多少双鞋子》、雷抒雁的散文《梦在家园》发表在《人民文学》第 4 期上。

5 日，西川的《与弗莱德·华交谈一下》发表在《山花》第 4 期上。

11 日，王小波病逝，终年 45 岁。王小波，1952 年生，北京人。1968 年到云南农场当知青，1971 年转到山东牟平插队，后作民办教师。1972 年后回北京当工人。1978 年入中国人民大学贸易经济系学习，1982 年毕业后在中国人民大学一分校任教。1984 年赴美国匹兹堡大学东亚研究中心攻读硕士学位。1988 年归国后历任北京大学社会学系讲师、中国人民大学会计系讲师。1992 年后成为自由撰稿人。著有中长篇小说《黄金时代》《白银时代》《青铜时代》《黑铁时代》《革命时期的爱情》《未来世界》《红拂夜奔》《万寿寺》《寻找无双》等，杂文集《沉默的大多数》、散文集《我的精神家园》等。王蒙在《难得明白》中说："王小波当然很聪明（以至有人说，他没法不死，大概是人至清则无鱼而且无寿的意思），当然很有文学才华，当然也还有所积累，博闻强记。他也很幽默，很鬼。他的文风自成一路。但是这都不是我读他的作品的首要印象，首要印象是，这个人太明白了。""明白的意思就是不但读书，而且明理，或曰明白事理，能用书本上的知识廓清实际生活中的太多的糊涂，明白真实的而不是臆造的人生世界。""明白人总是宁可相信常识，而不愿意相信大而无当的牛皮。""王的亲人和至友称他为'浪漫骑士'，其实他是很反对'瞎浪漫'的，他的观点其实是非浪漫的。当某一种'瞎浪漫'的语言氛围成了气候成了'现实'以后，一个敢于直面人生直面现实讲常识讲逻辑的人反而显得特立独行，乃至相当'浪漫'相当'不现实'了。""我知道难得糊涂了。看了王小波的《我的精神家园》，我深感难得明白，明白最难得。什么叫明白呢？第一很实在，书本联系现实，理论联系经验，不是云端空谈，不是空对空，模糊对模糊；第二尊重常识和理性，不是一煽就热，也不是你热我也热，不生文化传染病。第三他有所比较，知古通今，学过自然科学和人文科学，得过华、洋学位，英语棒。于是一瓶子不满半瓶子晃荡的人明明被他批驳了也还在若无其事地夸他。叫做不怕不识货就怕货比货，货比三家，真伪立见，想用几个大而无当的好词或洋词或港台词蒙住唬住王小波，没有那么容易。第四他深入浅出，朴素鲜活，几句话说明一个道理，不用发功，不用念咒，不用做秀表演豪迈悲壮孤独一个人与全世界全中国血战到底。第五，他虽在智力上自视甚高，但绝对不把自己当成高人一等的特殊材料制成的精英、救世主；更不用说挂在嘴上的'圣者'了。"戴锦华在《智者戏谑——阅读王小波》中说："在中国当代文学中还绝少有人如王小波般地以且着魔且透彻且迷人的方式书写'历史'与权力的游戏；但它所指涉的固然是具体的中国的历史，首先是我作为其同代人的梦魇记忆：文化大革命的岁月；但远不仅于此，它同时是亘古岿然的权力之轮，是暴力与抗暴，是施虐与受虐，是历史之手、权力之轭下的书写与反书写，是记忆与遗忘。在笔者看来，王小波及其文学作品所成就的并非一个挺身抗暴者的形象、一个文化英雄（或许可以说，这正是王小波所不耻并调侃的形象：抗暴不仅是暴力/权力游戏的必要组成部分，而且间或是一份'古老'的'媚雅'），而是一个思索者——或许应该径直称之为知识分子、一次几近绝望地'寻找无双'——智慧遭遇之旅；它所直面的不仅是暴力与禁令、不仅是残暴的、或伪善的面孔之壁，而且是'无害'的谎言、'纯洁'的遗忘、对各色'合法'暴力的目击及其难于背负的心灵忏悔。王小波对历史中的暴力与暴力历史的书写，与其说呈现了一副黑白分明、善恶对立的图景，不如说构造一幕幕狂欢场面；或许正是在古老的西方狂欢节精神的意义上，王小波的狂欢场景酷烈、残忍而醋畅淋漓。这间或实践着另一处颠覆文化秩序的狂欢。在其小说不断的颠覆、亵渎、戏仿与反讽中，类似正剧与悲剧的历史图景化为纷纷扬扬的碎片；在碎片飘落处，显现出的是被重重叠叠的'合法'文字所遮没的边缘与语词之外的生存。"（两文均收入《不再沉默——人文学者论王小波》，光明日报出版社 1998 年版）

18 日，台湾乡土作家陈应真被中国社会科学院授予名誉高级研究员称号。

20 日，西渡的诗《夜听海涛》（3 首）、王跃文的中篇小说《夜郎西》、王蒙的长篇小说《踟蹰的季节》、铁凝的散文《疾步热岛》发表在《当代》第2期上。

本月，《大家》《作家报》《佛山文艺》等单位在广州联合举办跨世纪批评研讨会。与会者通过回顾与分析20世纪以来及世纪之交中国文学批评的历史与现状，探索与倡导适应于新世纪的文学批评。

《北京大学研究生学刊》第1期开辟"关于90年代诗歌写作的对话"专栏，刊出胡续冬的《在"亡灵"与"出卖黑暗的人"之间：90年代中国知识分子个人诗歌写作》、姜涛的《辩难的诗坛》，以及周瓒、穆青、欧阳江河、孙文波等人的诗论。

臧棣的诗《立秋日》发表在《上海文学》第4期上。

徐坤的中篇小说《谁会给你传球》发表在《北京文学》第4期上。

乔典运的长篇遗著《金斗记事》由漓江出版社出版。

《邵燕祥文抄》（随笔三卷）由作家出版社出版。

《张抗抗自选集》（5卷本）由贵州人民出版社出版。

五月

1日，《作家》第5期特刊"短篇小说五家十篇"专辑，发表刘庆、毕飞宇、李洱、陈家桥、金仁顺的短篇小说及创作谈。分别为刘庆的《庞林医生的电话》《湖边的夜晚》，毕飞宇的《马家父子》《遥控》，李洱的《遭遇》《秩序的调换》，陈家桥的《冠军的衰落》《棉纺厂》，金仁顺的《秘密》《外遇》。同期还发表丁天的短篇小说《伤害》《独行者》及其创作谈。

3日，韩东的诗一组、王彪的短篇小说《复述》、吴晨骏的短篇小说《音乐家张志伟自述生平》、鬼子的中篇小说《被雨淋湿的河》发表在《人民文学》第5期上。

4日，李霁野在天津逝世，享年94岁。李霁野，1904年生，原名李继业，安徽霍丘人。1925年在鲁迅的资助下考入燕京大学，并参加鲁迅倡导的未名社，从事进步文学的翻译和传播。1935年经鲁迅推介，翻译的《简爱》作为《世界文库》单行本印行，这是《简爱》的第一个中译本。1947年至1949年在台湾大学外语系任教，1949年"五一"前经香港回津，随后参加全国第一次文代会。建国后历任南开大学外文系主任、天津市文联主席、市文化局局长、中国作协名誉副主席等职。有《李霁野文集》十八卷出版。

5日，张执浩的短篇小说《盲人游戏》发表在《山花》第5期上。

张炜的《新作一组》、陈家桥的长篇小说《坍塌》发表在《莽原》第3期上。

吕新的长篇小说《梅雨》发表在《大家》第3期上。

10日，《韩东诗歌十首》、海男的诗《鸟语》、残雪的中篇小说《开凿》、墨白的中篇小说《讨债者》、林白的长篇小说《说吧，房间》、王蒙的散文《安憩的家园》发表在《花城》第3期上。

12—16日，第三届中国小说学会年会在青岛召开，100多位学者和作家就90年代小说创作的文化背景、基本特征、作家群体等问题展开讨论。

15日，《天涯》第3期推出"90年代诗歌精选之二"，发表王小妮、臧棣、欧阳江河、严力、孙文波、杨小滨、刘翔、张枣、梁晓明、翟永明、邹静之等人的诗作。

16 日，汪曾祺在北京逝世，享年 77 岁。汪曾祺，1920 年生，江苏高邮人。青少年时就读于江阴南菁中学。1939 年考入西南联大，师从杨振声、闻一多、朱自清诸先生学习，是沈从文的入室弟子。毕业后任中学国文教员、历史博物馆职员。建国后在北京市文联、中国民间文艺研究会工作，编过《北京文艺》《说说唱唱》《民间文学》。1958 年被划为右派，1962 年调至北京京剧团任编剧。曾任北京剧协理事、中国作协理事、中国作协顾问等。著有短篇小说集《邂逅集》《羊舍的夜晚》《晚饭花集》等，散文集《蒲桥集》《榆树村杂记》等，文论集《晚翠文谈》，京剧剧本《范进中举》《沙家浜》（主要执笔之一）等。另有《汪曾祺全集》（8 卷本）。汪曾祺自述："我是一个中国人。中国人必然会接受中国传统思想和文化的影响。我接受了什么影响？道家？中国化了的佛家——禅宗？都很少。比较起来，我还是接受儒家的思想多一些。我不是从道理上，而是从感情上接受儒家思想的。我认为儒家是讲人情的，是一种富于人情味的思想。""有人让我用一句话概括我的思想，我想了想，说：我大概是一个中国式的抒情人道主义者。……我的人道主义不带任何理论色彩，很朴素，就是对人的关心，对人的尊重和欣赏。"（汪曾祺：《我是一个中国人——散步随想》，《汪曾祺文集》文论卷，江苏文艺出版社 1994 年版）又说："我是一个乐观主义者。对于生活，我的朴素的信念是：人类是有希望的，中国是会好起来的。我自觉地想要对读者产生一点影响的，也正是这点朴素的信念。我的作品不是悲剧。我的作品缺乏崇高的、悲壮的美。我所追求的不是深刻，而是和谐。这是一个作家的气质所决定的，不能勉强。"（汪曾祺：《〈汪曾祺自选集〉自序》，《汪曾祺文集》文论卷，江苏文艺出版社 1994 年版）马识途说："他是追求王维的境界，他似知堂的脱离烟火气，他的幽默和趣味，颇师承沈从文，但他是入世的，关注世道的，他从未逃避生活，他同情那些苦人，从他们的受苦中提炼出人性美来，给人看到希望和美好。他不追赶热门，不奏主弦，也不想追求黄钟大吕，响彻云霄，他逃避名声却偏得了名声。他的作品自成一格，自酿其味，自造其境"。（马识途：《想念汪曾祺》，《文艺报》1997 年第 17 期）季红真说："汪先生其实是一个学贯中西的人。他既深受西方现代主义文学的影响，又深习中国的诗文画论。他推崇苏东坡的文论，喜欢桐城派的散文，极爱归有光的小品。他在创作中，酷爱渲染民间风俗。且引高尔基的话，以为风俗是一个民族集体创造的抒情诗。于是，旧日的生活场景中，士农工商，五行八作的人物，都在一个整体的诗画意境中，栩栩如生地走进我们的视野。一种文化的底蕴，一种哲学的意识，也在这诗与画的意境中，获得一种审美静观的价值。无论是读书人儒道互补的人格，还是市井农家劳动者纯朴的天性，都与传统的生活与文化有着渊源的关系。"又说："他驾驭语言的能力，说炉火纯青并不过分。他拯救了中国文人的文学传统，又汲取了民间文化的自由活力，将一种淡而有韵味的语言风格发挥到极致，实在是当代的散文大师。而他自己只承认自己是一个文体家。他的谦虚也有大师风范。有人说他是中国最后一个士大夫文人，有些道理，也不尽然。他其实很多地继承了五四以来新文化的传统，对士大夫文化有一种回身返顾的重新抉择，又沟通了鲁迅、沈从文、废名至萧红的抒情小说传统，比士大夫文人要丰富得多。""一个满怀着温情看世界的人，一个灵魂皈依大自然的人，在饱经忧患之后，他所拥有的'四时佳境'是妙不可言的。他在静观而得的平淡风景中，拥有了整个世界。淡泊明志，宁静致远，心性修炼到了这种境界，获得极高的艺术品位也是必然的。"（季红真：《汪曾祺：静观中的风景》，《众神的肖像》，人民文学出版社1996年版）

16日，中国社科院文学所在京举办90年代文学态势与研究策略研讨会，与会者呼吁文学批评家也应深入生活。

20日，迟子建的中篇小说《逆行精灵》、毕飞宇的中篇小说《哥俩好》、丁天的中篇小说《饲养在城市的我们》、王蒙的散文《心碎布鲁吉》、叶兆言的散文《城南·城北》发表在《钟山》第3期上。

21日，中宣部文艺局、《人民日报》文艺部在京举行纪念毛泽东《在延安座谈会上的讲话》发表55周年座谈会，与会者强调在新的历史条件下坚持《讲话》指引的方向，坚持我们党的文艺思想、文艺路线、文艺方针，努力发展和繁荣社会主义文艺。

23日，中国作协在京召开座谈会，纪念《讲话》发表55周年，与会者认为，要坚持"二为方针"，坚持深入生活，努力创造出反应伟大变革时代的佳作。

中国毛泽东诗词研究会在京举行新版《毛泽东诗词集》座谈会，与会者着重围绕60年代毛泽东诗词中的政治性和艺术性的关系进行了较为深入的探讨。

25日，何玉茹的短篇小说《田园恋情》发表在《长城》第3期上。

行者的短篇小说《士兵李一信》、刁斗的中篇小说《新闻》、王小鹰的长篇小说《丹青引》发表在《收获》第3期上。

本月，《北京文学》第5期在"女性诗歌"专栏中发表王小妮、翟永明、蓝蓝、海男的诗作，并在"对批评现状的忧虑"专栏中刊出谢冕、洪子诚、欧阳江河、周亚琴、高秀芹、孙文波等的笔谈。

臧棣的组诗《启蒙读物》、鲁羊的短篇小说《在北京奔跑》、刘庆邦的中篇小说《月光依旧》、马丽华的散文《诗画西藏》发表在《十月》第3期上。

西川的诗集《虚构的家谱》由和平出版社出版。

王家新的长篇诗学札记《重读奥登》发表在《当代文坛报》第3期上。

贾平凹的短篇小说《梅花》发表在《上海文学》第5期上。

毕飞宇的中篇小说《林红的假日》、殷慧芬的中篇小说《屋檐下的河流》、王蒙的文学论文《小说的本原与还原》发表在《小说界》第3期上。

李肇正的长篇小说《无言的结局》（缩写）、肖克凡的长篇小说《原址》（缩写）、谈歌的长篇小说《城市守望》（缩写）、关仁山的长篇小说《福镇》（缩写）发表在《小说家》第3期上。同期还发表毕飞宇的小说《水晶烟缸》。

《林白文集》四卷本由江苏文艺出版社出版。

六月

1日，林白的诗《玫瑰，玫瑰，在一切之上》、荆歌的短篇小说《消息》《麝香》，赵刚的短篇小说《小家伙，我听不懂你的话》《窗户》发表在《作家》第6期上。

3 日，舒婷的诗《都市变奏》（选章）、陈家桥的短篇小说《相识》、毕飞宇的短篇小说《火车里的天堂》发表在《人民文学》第 6 期上。

5 日，西渡的《凝聚的火焰》发表在《山花》第 6 期上。文章论述了王家新、西川、陈东东、臧棣等人的诗歌写作，以及 90 年代不同于第三代诗歌运动的诸多特征和倾向。

梁晓声的短篇小说《一支风筝的一生》发表在《文艺报》上。小说嘲讽了社会上炒作新闻、操纵舆论、小题大做、追名逐利的浮躁风气，引起关注。

7 日，于伶在上海逝世，享年 90 岁。于伶，原名伍锡圭，1907 年生，江苏宜兴人。早年就读于苏州草桥省立第二中学。1931 年考入北平大学法学院政治经济系。1932 年参加中国左翼作家联盟北平分盟，翌年加入左翼剧联北平分盟，1933 年转至上海，担任中国左翼戏剧家联盟总盟执行会组织部长。抗战爆发后任上海文化界抗日救亡协会宣传部秘书。1941 年皖南事变后赴香港，协助夏衍办《华商报》，并与司徒慧敏、宋之的、蔡楚生等组织旅港剧人协会。抗战胜利后回上海，恢复上海剧艺社，演出进步戏剧。1948 年经香港进入苏北解放区。上海解放后任军管会文艺处副处长，后任上海市文化局局长、上海电影厂厂长等职。1955 年因"潘汉年案"受株连，"文革"中又遭迫害，被关押 9 年。1979 年后历任中国电影家协会副主席、中国戏剧家协会常务理事、上海文联副主席、上海作协副主席、中国作协顾问和名誉副主席等职。从 1932 年起先后创作了 40 多个话剧剧本和电影剧本。主要剧作有《夜光杯》《女子公寓》《花溅泪》《七月流火》《长夜行》《聂耳》（合作）、《夜上海》等，均被改编拍摄成电影。

9—12 日，中宣部在哈尔滨召开多出优秀作品工作座谈会，中宣部部长丁关根强调，要坚持"二为"方向和"双百"方针，充分尊重文艺规律，充分尊重作家艺术家的劳动，着力提高文艺作品质量，把最好的精神食粮奉献给人民。

11 日，中国社科院文学所、辽宁新闻出版局、中共沈阳市委宣传部、沈阳出版社等单位在京联合举办《东北现代文学大系》出版座谈会。与会者认为《大系》是对《中国新文学大系》的补充，为编纂地域文学大系开了先河。

18 日，我国第一部省级新文学大系《河南新文学大系》出版座谈会在京召开。

20 日，航鹰的中篇小说《蒺藜女》、关仁山的中篇小说《老陵》发表在《当代》第 3 期上。

26 日，中国作协、作家出版社、长江日报社联合在京举行罗高林"迎回归——长诗《邓小平》研讨会"，与会者称《邓小平》是近年来出版的一部难得的长篇政治抒情诗。

本月，任洪渊的诗论《语言相遇：汉语智慧的三度自由空间》在《北京文学》第 6 期上开始连载。

张欣的中篇小说《你没有理由不疯》发表在《上海文学》第 6 期上。

赵德发的长篇小说《缱绻与决绝》由人民文学出版社出版。

张海迪的散文集《生命的追问》由作家出版社出版。

七月

1日，夏商的小说《一个耽于幻想的少年的死》、潘军的散文《明澈见底的河流》、韩东的散文《爱与恨》，以及陈染的短文一组发表在《作家》第7期上。

3日，孙春平的中篇小说《天地之间有杆秤》、王小妮的散文《放逐深圳》发表在《人民文学》第7期上。

5日，臧棣的《诗10首》、陈旭光、谭五昌的诗论《"知识分子写作"：文化转型年代的思与诗》发表在《大家》第4期上。

罗望子的中篇小说《漫步月球的马拉松选手》、范小青的长篇小说《城市民谣》发表在《莽原》第4期上。

10日，黄灿然的诗《献给约瑟夫·布罗茨基的哀歌》、臧棣的《情感教育》（诗5首）、陈家桥的短篇小说《危险的金鱼》、张炜的中篇小说《远河远山》、朱文的中篇小说《尖锐之秋》、张承志的散文《沙漠中的唯美》发表在《花城》第4期上。

20日，高晓声的短篇小说《这儿有黄金》及创作谈、韩东的短篇小说《复写》及创作谈、夏商的中篇小说《剪刀石头布》、叶弥的中篇小说《成长如蜕》、海男的中篇小说《关系》、潘军的中篇小说《结束的地方》发表在《钟山》第4期上。

25日，王彪的短篇小说《成长仪式》、邓一光的中篇小说《远离稼穑》、徐小斌的中篇小说《吉耶美与埃耶美》、苏童的长篇小说《菩萨蛮》发表在《收获》第4期上。

26—30日，由福建师大、中国社科院文研所、北京大学文学研究所、福建省社科联合会举办的"现代汉诗学术研讨会"在武夷山召开。来自国内外的60多位学者、诗人与会。会上研讨了现代汉诗诸多诗学问题，谢冕、孙绍振等人在会上对"后新诗潮"的批评引发争议。会议论文结集《现代汉诗：反思与求索》由作家出版社1998年9月出版。由荒林整理的会议综述发表在《山花》1997年第10期上。

本月，纪念许钦文诞生100周年座谈会在许钦文的故乡绍兴举行。

黄灿然主编的《声音》第5卷出版，载有"多多诗选"及叶辉、臧棣、凌越、庞培、唐丹鸿、陈东东、黄灿然、金海曙等人的诗作。

《西川诗选》由人民文学出版社出版。

西川的《90年代和我》发表在《诗神》第7期上。

臧棣的诗1组和诗论《人怎样通过诗歌说话》发表在《北京文学》第7期上。

苏童的短篇小说《神女峰》、关仁山的中篇小说《弹起你的土琵琶》发表在《小说家》第4期上。同期刊载东西的作品小辑：《生活》（中篇小说）、《诗歌》（组诗）。

残雪的短篇小说《夜访》、棉棉的短篇小说《啦啦啦》发表在《小说界》第4期上。

池莉的中篇小说《来来往往》、航鹰的中篇小说《归来的柏拉图》、徐小斌的中篇小说《玄机之死》、蒋子龙的新闻小说《提起公诉》发表在《十月》第4期上。

李国文的中篇小说《垃圾的故事》发表在《上海文学》第7期上。

毕飞宇的中篇小说《飞翔像自由落体》发表在《漓江》第4期上。

《迟子建文集》四卷本由江苏文艺出版社出版。

八月

1 日，徐坤的短篇小说《厨房》《今古传奇》发表在《作家》第 8 期上。

3 日，荆歌的短篇小说《环肥燕瘦》、邱华栋的短篇小说《蜘蛛人》、何玉茹的短篇小说《沮丧的爱情》发表在《人民文学》第 8 期上。

20—22 日，中国当代文学研究会、日本中国当代文学研究会、首都师范大学中文系、清华大学中文系在京联合举办中国新时期文学中日学者对话会。与会的中日学者围绕代表性的作家和代表性的倾向，就中国 80 年代文学的进程与影响、90 年代文学的现状与趋向等问题展开研讨。

李国文的短篇小说《关于狗的传奇》、柯云路的长篇小说《东方的故事——男女相互阅读的先锋文本》、徐剑的纪实文学《鸟瞰地球——中国战略导弹阵地工程纪实》（选载）、邵燕祥的散文《金谷园》发表在《当代》第 4 期上。

24 日，纪念成仿吾诞辰 100 周年座谈会在京举行。

25 日，冰心文学馆在福建省长乐市正式建成并对外开放。

本月，由中国作协主办的全国性文学大奖——鲁迅文学奖评选工作正式启动。鲁迅文学奖每两年评选一次，下设短篇小说、中篇小说、报告文学、诗歌、散文和杂文、文学理论和文学评论、文学翻译七项奖。第一届将评选 1995—1996 年的优秀作品。

现代汉诗研讨会在京召开。60 余位海内外学者就诗歌如何摆脱困境，寻找出路发表见解。对当下诗歌，也有许多学者诗评家感叹读不懂。

"20 世纪末中国诗人自选集"由湖南文艺出版社出版。包括王家新的《游动悬崖》、欧阳江河的《谁去谁留》、西川的《大意如此》、陈东东的《明净的部分》等 4 种。

"诗人随想文丛"（宗仁发、岑杰主编）由上海东方出版中心出版。包括于坚的《棕皮手记》、西川的《让蒙面人讲话》、王小妮的《手执一枝黄花》、陈东东的《词的变奏》、钟鸣的《徒步者随录》、徐敬亚的《不原谅历史》、翟永明的《纸上建筑》、海男的《屏风中的声音》、王家新的《夜莺在它自己的时代》等 9 种。

《舒婷文集》三卷本由江苏文艺出版社出版。

西飏的中篇小说《青衣花旦》发表在《上海文学》第 8 期上。

魏巍的长篇新著《火凤凰》由人民文学出版社出版。这是他的"革命战争三部曲"之三。前两部是《东方》《地球上的红飘带》。

九月

1—4 日，第四届巴金国际学术研讨会在苏州大学召开。

刘庆邦的短篇小说《五月榴花》、裘山山的短篇小说《绑架爱情》、鬼子的中篇小说《学生作文》发表在《作家》第 9 期上。

2 日，精神文明建设"五个一工程"第六届颁奖大会在京举行。中宣部部长丁关根出席会议。227 件作品获本届"五个一工程"入选作品奖，其中 13 种文学图书获奖（长篇小说 5 部、长篇报告文学 4 部，散文集 1 部、儿童文学作品 3 部）。

3 日，李国文的短篇小说《缘分》、朱也旷的短篇小说《网络时代的爱情》发表在《人民文学》第 9 期上。

5 日，王统照先生诞辰一百周年纪念暨学术研讨会在济南举行。

王家新的诗论《"如果不是我……"》发表在《山花》第 9 期上。

张执浩的短篇小说《春天在哪里呀》发表在《长江文艺》第 9 期上。

红柯的短篇小说《林则徐之死》、耿占春的诗学随笔《拆散的笔记本》、森子的诗论《激情的深渊》、陈超的诗论《当前诗歌的三个走向》发表在《莽原》第 5 期上。

贾平凹的中篇小说《观我》、张锐锋的散文《倒影》发表在《大家》第 5 期上。《倒影》作为"新散文"的代表引起研究者的重视。

10 日，吕德安的诗《蟋蟀之死》、朱朱的诗《湍流》（6 首）、行者的短篇小说《两棵幻想中的树》、王小波的中篇小说《未来世界里的日记》、海男的长篇小说《坦言》、张承志的散文《相约来世》、肖开愚的长篇诗论《南方诗——普遍的观察、揣测和随想》发表在《花城》第 5 期上。

20 日，邓一光的短篇小说《狼行成双》、苏童的短篇小说《星期六》及创作谈、林斤澜的短篇小说《树》及创作谈、陈染的短篇小说《残痕》及创作谈、乔雪竹的长篇小说《女人之城》发表在《钟山》第 5 期上。

25 日，陈染的短篇小说《碎音》、荆歌的短篇小说《牛奶》、格非的中篇小说《赝品》、刘醒龙的长篇小说《爱到永远》发表在《收获》第 5 期上。

本月，王家新应邀赴德，在 Solitude 古堡做访问作家半年，其间在德国多所大学及维也纳大学朗诵、讲学。

肖开愚自印诗集《向杜甫致敬》。

《广西文学》第 9 期出版"诗专号"，刊出吴思敬、翟永明、韩东、王小妮、杨克、于坚等人的诗论。

魏微的短篇小说《一个年龄的性意识》、王蒙的中篇小说《春堤六桥》、乔雪竹的长篇小说《男人之夜》发表在《小说界》第 5 期上。

王小妮的随笔《九十年代：我看见的疼痛》发表在《十月》第 5 期上。

十月

1 日，周洁茹的短篇小说《熄灯做伴》发表在《作家》第 10 期上。

3 日，李瑛的诗《我的另一个祖国》、徐岩的诗《临界的音乐》、谈歌的中篇小说《城市》、何顿的中篇小说《错过的游戏》发表在《人民文学》第 10 期上。

5 日，叶广芩的中篇小说《雨也潇潇》发表在《湖南文学》第 10 期上。

6 日，由中国文联、中国戏剧家协会联合主办的 '97 中国曹禺戏剧文学奖颁奖活动在湖北潜江市举行，共有话剧、儿童剧、戏曲等 10 部作品获奖。其中《地质师》《商鞅》《都市军号》获得话剧文学奖。

8 日，以中国作协书记处书记王巨才为团长的作家代表团一行四人离京赴意大利访问，并参加第 13 届"蒙德罗国际文学奖"评奖活动。

14 日，中宣部文艺局、《人民日报》文艺部、《光明日报》文艺部、《求是》杂志文教部在京联合召开文艺界学习贯彻党的十五大精神座谈会，强调要大力提倡和推动文艺工作者认真学习邓小平理论，深入改革开放和现代化建设的实际生活，努力创作更多思想性和艺术性统一的优秀作品，进一步繁荣和发展有中国特色的社会主义的文学艺术事业。

15—19 日，中国作协在石家庄召开全国青年作家创作座谈会，来自全国 30 多个省市和部门的 58 名代表出席了会议。会议希望青年作家在伟大目标上达成共识，努力成为跨世纪的文学新人，为建设有中国特色社会主义文学做出新的贡献。

20 日，李瑛的诗《倾斜的夜》、梁晓声的中篇小说《盗靴》、冯骥才的中篇小说《末日夏娃》发表在《当代》第 5 期上。

22 日，由北京大学主办的"纪念曹靖华同志诞辰 100 周年"座谈会在京召开。

24 日，中国现代文学馆新添"卜少夫文库"。至此，中国现代文学馆已拥有了 37 位中国作家的文库。

31 日，西南联大建校 60 周年纪念大会及《西南联大现代诗抄》首发式由中国文学出版社和国林风书店在京联合举行。该诗抄由杜运燮、张同道共同编选，收入联大诗人创作于 1937—1948 年间的诗作 300 余首。

本月，《诗歌报》第 10 期刊出 "'97 民间社团专号"。

德国柏林文学宫举办"中国文学周"，肖开愚、柏桦、黄灿然、张枣、吕德安、朱文等应邀参加。

由孙文波、肖开愚、臧棣筹划，孙文波、林木主编的《小杂志》在北京出版第 1 辑，强调诗歌的变化和活力，并关注新诗人的出现。主要诗作者有张曙光、孙文波、朱永良、臧棣、西渡、肖开愚、王家新、桑克、姜涛、金海曙、胡续冬、周瓒、丁丽英等人。

谢冕主编的"女性诗歌文库"由春风文艺出版社出版。包括《称之为一切》（翟永明）、《我的纸里包着我的火》（王小妮）、《黑夜沙漠》（唐亚萍）、《是什么在背后》（海男）、《在诗歌那边》（林雪）、《内心生活》（蓝蓝）、《忧伤与造句》（阎月君）、《结束与诞生》（傅天琳）等诗集。

莫非的诗集《词与物》、树才的诗集《单独者》由华艺出版社出版。

王安忆的短篇小说《蚌埠》发表于《上海文学》第 10 期上。

刘恒的中篇小说《贫嘴张大民的幸福生活》发表在《北京文学》第 10 期上。同期刊出黄灿然、孙文波诗一组。

《沉默的大多数——王小波杂文随笔全编》由中国青年出版社出版。

十一月

1 日，刘亮程的诗《一阵阵沉落下去的日子》、张执浩的短篇小说《散布的摊子》《替我生活》，朱辉的短篇小说《变脸》《闷棍》及创作谈发表在《作家》第 11 期上。

3 日，马烽的中篇小说《袁九斤的故事》、李冯的中篇小说《碎爸爸》、王文杰的纪实文学《进驻香港》、林莽的散文《水乡札记》发表在《人民文学》第 11 期上。

5 日，池莉的中篇小说《霍乱之乱》发表在《大家》第 6 期上。

程光炜的《不知所终的旅行——90 年代诗歌综论》发表在《山花》第 11 期上。

6 日，陈伯吹在沪病逝，享年 91 岁。陈伯吹，曾用笔名夏雷，上海宝山县人。小学毕业后辍学，当过学徒，后在乡村小学教书多年。1927 年在商务印书馆出版第一部儿童小说《学校生活记》。"四·一二"事变后流亡到上海，一边教书一边写作。1931 年在北新书局主编文艺综合性期刊《小学生》，同时编辑《小朋友丛书》《北新小学活页文选》。"九·一八"事变后创作了讽刺国民党不抵抗主义的童话《爱丽思小姐》和讽刺剥削者腐朽生活的童话《波尔乔少爷》、小说《华家的儿子》和《火线上的孩子》等。1934—1937 年任儿童书局编辑部主任，负责编辑《儿童杂志》《常识画报》和《小小画报》。抗日战争爆发后为《立报》《译报》《文汇报》先后写了《新流亡图》《缠黑布的人》等 20 多篇揭露和控诉日寇侵华罪行，反映国难中儿童生活的散文、诗歌和小说，并致力于翻译欧美儿童文学，先后出版了《伏象神童》《出卖心的人》《绿野仙踪》《空屋子》等 10 多种外国儿童文学作品。1942 年离开上海赴四川，在国立编译馆工作，并在复旦大学任教，业余从事创作和儿童文学研究。抗战胜利后回到上海，继续从事儿童文学理论研究和作者队伍组织工作。1945 年任《小朋友》主编。1946 年与李楚材等共同发起组织了"上海儿童文学联谊会"。1947 年任《大公报》副刊《现代儿童》主编。同年加入上海小学教师联合进修会，热情投入中小学教师"反饥饿，争生存"的民主活动。这时期创作的儿童文学作品有诗歌《下雪了》《童话》《小鸡出壳》《老虎尾巴》；童话《不勇敢的稻草人》《甲虫的下场》《井底下的四只小青蛙》；小说《亲爱的山姆大叔》，散文《希望的塔》《光明的烛》以及翻译作品《小夏蒂》等。建国后任少年儿童出版社副社长，还先后在华东师范大学、北京师范大学教授儿童文学课程。1949—1959 年是他创作最旺盛的时期，连续不断地为孩子们创作了近百篇作品，出版了《一只想飞的猫》《中国铁木儿》《幻想张着彩色的翅膀》《从山冈上跑下来的小女孩》等童话、小说、散文集。"文革"十年被迫停笔。粉碎"四人帮"后又连续创作了数十篇新作，出版了小说集《飞虎队和野猪队》《一场比赛》《直上三千八百坎》等。另有儿童文学理论专著《作家和儿童文学》《儿童文学简论》等。还在 1981 年献出 5 万 5 千元存款，作为评奖基金，设立了"儿童文学园丁奖"，为我国儿童文学事业作出了可贵的贡献。

10 日，刁斗的短篇小说《孕》、张梅的中篇小说《随风飘荡的日子》、东西的长篇小说《耳光响亮》、韩东的随笔《偶像崇拜》发表在《花城》第 6 期上。

20 日，由国务院发展研究中心管理世界杂志社、北京作家协会、北京文联研究部联合举办的面向 21 世纪的中国——青年经济学家与青年文学家研讨会在京召开，会议就转型期大家共同关心的经济体制改革以及改革文学等话题进行研讨与对话。

陈家桥短篇小说《永禅》、残雪的中篇小说《鱼人》、梁晓声的散文《1997，中国社会各阶层的分析——资产者阶层》发表在《钟山》第 6 期上。

25 日，王安忆的中篇小说《文工团》、陈村的长篇小说《鲜花和》发表在《收获》第 6 期上。

26—27 日，中国社科院文学所，中国作协创研部，安徽省张恨水研究会等单位在京联合举行张恨水与中国通俗文学研讨会。与会者结合张恨水的创作，着重研讨通俗文学创作要不要强调作家的社会责任感。

本月，贾平凹获"法国女评委外国文学奖"。该奖项与龚古尔文学奖、梅迪西文学奖共为法国三大文学奖。本届评委由 12 名法国著名女作家、女评委组成。贾平凹是今年获得该奖项"外国文学奖"的唯一作家，同时也是亚洲作家第一次获取该奖。

江曾培主编《中国新文学大系》（1949—1976）二十卷由上海文艺出版社出版。

宋琳、北岛、杨炼、翟永明、柏桦、莫非、树才、吕德安等参加巴黎举行的国际诗歌节。

肖开愚的《当代中国诗歌的困惑》发表在《读书》第 11 期上。文章阐述了 90 年代诗歌与 80 年代诗歌的区别，诗歌面临的批评状况，写作自身的困境及可能性等问题。

王家新的《中国现代诗歌自我建构诸问题》发表在《诗探索》第 4 期上。文章认为，文化身份危机和主体重构正在成为 90 年代诗学焦虑的中心；90 年代诗歌与西方的关系正由"影响与被影响"转变为一种互文关系；中国古典正被重新引入现在。

鬼子的中篇小说《梦里梦外》、朱文的中篇小说《一月的情感》、随笔《诗歌是教育》以及一组诗歌发表在《小说家》第 6 期上。

邱华栋的中篇小说《平面人》、卫慧的中篇小说《黑夜温柔》、残雪的读书笔记《来自空洞的恐怖——读卡夫卡的〈地洞〉》发表在《小说界》第 6 期上。

李洱的短篇小说《有鹦无踪》、周洁茹的短篇小说《点灯说话》、荆歌的中篇小说《革命家庭》发表在《上海文学》第 11 期上。

于坚的散文《棕皮手记：我在美丽的云南》发表在《十月》第 6 期上。

《林海音文集》由浙江文艺出版社出版。

十二月

3—4 日，中国文联各协会中青年会员德艺双馨座谈会在京举行。中宣部部长丁关根出席会议并讲话，希望文艺界形成重德尚艺的良好风气，以更加丰硕的艺术成果为中华民族的振兴建功立业。

行者的短篇小说《元音》发表在《人民文学》第 12 期上。

12 日，中国报告文学学会、中华文学基金会、中国海洋石油报、中国现代文学馆在京联合举办诗人徐迟追思会。以徐迟命名的中国报告文学最高奖"徐迟报告文学奖"于 2002 年 4 月在京启动，该奖项由中国报告文学学会与徐迟的故乡浙江省湖州市人民政府联合设立。

19 日，第四届茅盾文学奖在京揭晓，王火的《战争与人》（一、二、三部）、陈忠实的《白鹿原》（修订本）、刘斯奋的《白门柳》（一、二部）、刘玉民的《骚动之秋》等四部长篇小说获奖。

20 日，毕淑敏的中篇小说《雪山的少女们》、周大新的中篇小说《碎片》、周梅森的长篇小说《天下财富》发表在《当代》第 6 期上。

26 日，毛泽东文学院落成庆典在长沙举行。

29 日，中国话剧 90 年纪念大会在京隆重举行。李岚清、李铁映出席大会并讲话。此次活动持续到 1998 年 1 月 11 日。纪念活动由文化部和中国文联联合举办。

本月，由中国现代文学馆编选、华夏出版社出版的《中国现代文学百家》首批 30 部问世。

广西文联、广西作协、中国作协创研部、《花城》等单位在南宁联合召开东西、鬼子、李冯等新锐作家作品研讨会。这三人被称为"广西文坛三剑客"。

叶兆言的中篇小说《纪念少女楼兰》发表在《东海》第 12 期上。

本年

《大家》杂志设置"新散文"栏目，连续推出张锐锋、庞培等作家的散文，评论家纷纷对"新散文"给予关注和肯定，掀起一场"新散文运动"。其他代表作家还有于坚、祝勇、周晓枫、宁肯、刘亮程等人。

北京长安小剧场制作并演出话剧《倾述》，该剧系牟森根据马原的小说导演的一部小剧场话剧。

中央实验话剧院上演由孟京辉执导的先锋戏剧《爱情蚂蚁》。

1998 年

一月

1 日，《作家》第 1 期刊载一组"新生代"短篇小说，有荆歌的《痒》、东西的《戏看》、潘军的《一九六二年我五岁》、红柯的《靴子》、张昊的《伤感而又狂欢的日子》、李冯的《祝》、鬼子的《替死者回忆》、丁天的《蕾》、李洱的《鸡雏变鸭》、邱华栋的《蓝色的火焰》、夏商的《浪琴》、刁斗的《替补》、海男的《在煤渣上跳独舞的女人》、金仁顺的《好日子》、西飏的《当孤独遇到寂寞》等。同期还开始连续发表王小妮以《1966》为总题的系列短篇小说。

周大新的短篇小说《现代生活》、严歌苓的长篇小说《人寰》及创作谈、韩东的随笔《无是无非》发表在《小说界》第 1 期上。

张梅的长篇小说《与米兰无关》发表在《广州文艺》第 1 期上。

3 日，《人民文学》从第 1 期特刊"小说连环"专栏，发表李大卫、邱华栋、李冯、丁天、李洱、刁斗等合写的小说《如愿以偿》，至第 6 期止。同期还发表毕四海的短篇小说《选举》、周洁茹的短篇小说《我们干点什么吧》、贾平凹的短篇小说《读〈西厢记〉》、陈世旭的中篇小说《青藏手记》、东西的中篇小说《目光愈拉愈长》。

5 日，刘醒龙的中篇小说《大树还小》、刁斗的中篇小说《资格认定》发表在《上海文学》第 1 期上。

红柯的中篇小说《阿斗》、行者的中篇小说《寇家庄》、莫言的《俄罗斯散记》发表在《莽原》第 1 期上。

10 日，《诗刊》第 1 期发表孙绍振的《后新诗潮的反思》，随后《文学评论》第 1 期刊出谢冕的《丰富又贫乏的年代——关于当前诗歌的随想》，引起关注。

张枣、雪迪的诗一组、白桦的短篇小说《呦呦鹿鸣》、刘继明的短篇小说《愚公移山》、迟子建的中篇小说《观慧记》、王小波的中篇小说《绿毛水怪》、墨白的中篇小说《局部麻醉》、残雪的读书随笔《无法实现的证实：创造中的永恒痛苦之源——卡夫卡〈一条狗的研究〉读解》发表在《花城》第 1 期上。

15 日，《天涯》第 3 期刊出西川的《个我、他我、一切我》、王家新的《"群岛上的谈话"》。西川重申"知识分子写作"的精神和立场，王家新对 90 年代语境中的"个人写作"进行了理论阐释。

18 日，中国作家协会第五届主席团第四次会议在京召开，会议审议并通过了作协 97 年工作总结《审议稿》、作协 98 年工作要点（审议稿）及作协关于庆祝建国 50 周年文学活动方案（审议稿）。

19—21 日，中国作协第五届全委会第三次（扩大）会议在京举行，与会 160 人就如何进一步研究和开创文学工作新局面展开探讨。

20 日，《文艺报》报道：全国宣传部长会议在京举行，江泽民总书记在会见代表时强调要紧紧围绕党的十五大主题扎实生动地做好宣传工作。

莫言的短篇小说《拇指铐》、徐坤的短篇小说《亲亲宝贝》发表在《钟山》第 1 期上。同期还选载了刘震云的长篇小说《故乡面和花朵》，全书 9 月由华艺出版社出版。刘震云说："我希望能够通过这个长篇写作来表达我对一个完整世界的整体感觉。"（张英：《写作向彼岸靠近——刘震云访谈录》，《作家》1998 年第 6 期）又说："在《故乡面和花朵》中语言有一种'爆炸'、'无节制'的状态。是一种'吵架'的情绪状态……《故乡面和花朵》就是从语言的虚拟中呈现我对世界的感觉。"（《刘震云访谈录〈在虚拟与真实间沉浮〉》，《小说评论》2002 年第 3 期）

20 日，何申的中篇小说《乡村英雄》、王跃文的中篇小说《夏秋冬》发表在《当代》第 1 期上。

25 日，贾平凹的短篇小说《小人物》、何立伟的中篇小说《龙岩坡》、李洱的中篇小说《现场》、王彪的长篇小说《身体里的声音》发表在《收获》第 1 期上。同期还发表汪曾祺的散文五篇。

本月，李瑛的组诗《黄土地》、王安忆的短篇小说《天仙配》、梁晓声的中篇小说《疲惫的人》、邱华栋的中篇小说《遗忘者》、周大新的中篇小说《新市民》、钱钟书和杨绛的散文《收藏了十五年的附识》发表在《十月》第 1 期上。同期开始连载《李准自述》，共六篇，至第 6 期止。

李冯的中篇小说《七五年》、陈家桥作品专辑（中篇小说《父亲》、随笔《精神病患者与小说》、诗 3 首《慢慢逃跑》）发表在《小说家》第 1 期上。

何顿的长篇小说《喜马拉雅山》、朱文的长篇小说《什么是垃圾，什么是爱》、海男的长篇小说《戴着面孔的人》、刘继明的长篇小说《仿生人》由江苏文艺出版社出版。

二月

1 日，舒婷自选诗（1992—1997）及诗论《语言为舵》、叶兆言的中篇小说《关于饕餮的故事梗概》发表在《作家》第 2 期上。

阎连科的中篇小说《大校》发表在《解放军文艺》第 2 期上。

3 日，蒋子龙的纪实小说《三鱼气象》发表在《人民文学》第 2 期上。

5 日，何玉茹的短篇小说《最后的朋友》、周涛的散文《谁在轻视肉体》发表在《上海文学》第 2 期上。

10 日，中国作协主办的鲁迅文学奖 1995—1996 年各单项优秀作品奖在京揭晓，李瑛的《生命是一片叶子》等 8 部诗集获全国优秀诗歌奖；史铁生的《老屋笔记》等 6 篇作品获全国优秀短篇小说奖；邓一光的《父亲是个兵》等 10 部作品获全国优秀中篇小说奖；邢纪军、曹岩的《锦州之恋》等 15 部作品获全国优秀报告文学奖；《何为散文选集》和林祖基的《微言集》等 15 部散文杂文集获全国优秀散文杂文奖；樊骏的《认识老舍》等 5 篇文章获全国优秀理论评论奖；杨德豫译《华兹华斯抒情诗选》等 5 部作品获全国优秀翻译奖；冰心的《我的家在哪里》等 6 部散文杂文集和陈占元等翻译家分别获散文杂文和文学翻译荣誉奖。

10 日，徐小斌的中篇小说《天籁》发表在《中国作家》第 2 期上。

18 日，在邓小平同志逝世一周年之际，文艺界人士举行集会，并通过展览、影视等各种形式表达对一代伟人的深切缅怀之情。

19 日，纪念周恩来诞辰 100 周年《魂系中华——永恒的纪念》影视音乐诗会在京举行，诗会由北京电视台主办，《诗刊》杂志社协办。

本月，《文艺报》在京主办"文化工业"问题研讨会。与会者对什么是"文化工业"，如何认识西方国家"文化工业"现象，以及"文化工业"现象在当代中国是否已经出现，应采取何态度等问题展开讨论。

来自全国的 110 位诗人和诗评家参加了"中国诗歌学会 98 迎春北京诗会"。臧克家在发言中希望诗人要热爱生活，关注时代，端正诗风，共同促进诗歌事业的发展。贺敬之、陈昌本、吉狄马加与会并讲话。

洪子诚等主编的"90 年代文学书系"（6 种）由社会科学文献出版社出版。其中诗歌卷《岁月的遗照》（程光炜编选）引起关注和争议，与 1999 年由花城出版社出版的《1998 中国新诗年鉴》（于坚、韩东、杨克、谢有顺等策划）关于诗歌的创作倾向和艺术追求问题引发"年鉴之争"。

郝海彦主编《中国知青诗抄》由中国文学出版社出版。

《郑州大学学报》第 1 期在"关于 90 年代诗歌的话题"专辑里刊载谢冕、洪子诚、程光炜、臧棣、欧阳江河、耿占春、西渡、孙文波、周瓒的笔谈。

于坚的《诗歌之舌的硬与软：关于当代诗歌的两类语言向度》发表在《诗探索》第 1 期上。

三月

1 日，殷慧芬的中篇小说《上海爱情故事》发表在《广州文艺》第 3 期上。

吴晨骏的中篇小说《草之歌》、李洱的中篇小说《玻璃》、张锐锋的散文《孔子——别人的宫殿》发表在《作家》第 3 期上。

3 日，郑敏的诗作、苏童的短篇小说《过渡》、艾伟的小说《七种颜色的玻璃弹子》发表在《人民文学》第 3 期上。

5 日，首都文艺界举行座谈会纪念周恩来诞辰 100 周年。

刘庆邦的短篇小说《喜鹊的悲剧》、叶广芩的中篇小说《瘦尽灯花又一宵》、刘继明的散文《亲爱的小鱼》发表在《上海文学》第 3 期上。

张炜的中篇小说《凝望》、李洱的中篇小说《午后的诗学》发表在《大家》第 2 期上。

刘醒龙的中篇小说《心情不好》发表在《长江文艺》第 3 期上。

10 日，绿原的诗《人淡如菊》、北村的中篇小说《东张的心情》、陈家桥的中篇小说《现代人》、曾维浩的长篇小说《弑父》发表在《花城》第 2 期上。

赵瑜的报告文学《马家军调查》发表在《中国作家》第 3 期上。

12 日，湖南长沙举行田汉诞辰 100 周年纪念大会。雷抒雁专门作诗《永久的思念》。

王蒙的短篇小说《满涨的靓汤》、刘心武的短篇小说《人面鱼》、刘庆邦的短篇小说《发大水》、李洱的短篇小说《夜游图书馆》、卫慧的中篇小说《像卫慧那样疯狂》、高晓声的散文《江心洲》发表在《钟山》第 2 期上。

15 日，朱文的中篇小说《弟弟的演奏》发表在《江南》第 2 期上。

20—22 日，由北京市作协、中国当代文学研究会、清华大学中文系和《诗探索》编辑部联合主办的"后新诗潮"研讨会在京举行。会上大多数人认为："后新诗潮"酝酿于 80 年代初期，形成于 80 年代中期，1986 年的《诗歌报》《深圳青年报》、"现代诗群体大展"是其成为潮流的标志。90 年代以后，"后新诗潮"有代表性的流派逐渐解体，取而代之的是从中脱颖而出的一批有特色的后新诗潮诗人或称先锋诗人。会议综述见《诗探索》1998 年第 2 期荒林的《当代中国诗歌批评反思》，以及韩小慧的《后新诗潮诗人说：不是我们写得不好……》（《文论报》4 月 16 日）、文波的《诗歌在渐趋分化》（《南方文坛》1998 年第 4 期）等。

23 日，第二届大家·红河文学奖在京举行颁奖大会，木祥的《怒江故事》获短篇小说奖；迟子建的《白银那》、叶兆言的《故事：关于教授》获中篇小说奖；张锐锋的《飞箭》获散文奖；屠岸等 7 人的《公仆之歌》获诗歌奖。

25 日，苏童的短篇小说《小偷》、刘继明的短篇小说《他不是我的儿子》、韩东的中篇小说《在码头》、何顿的中篇小说《丢掉自己的女人》发表在《收获》第 2 期上。

本月，《俞平伯全集》十卷本由河北花山文艺出版社出版。

牛汉等中国诗人应邀参加在日本板桥市举办的世界诗人大会。

洪子诚主编"90 年代中国诗歌"丛书由文化艺术出版社出版。包括张曙光的《小丑的花格外衣》、张枣的《春秋来信》、孙文波的《给小蓓的俪歌》、臧棣的《燕园纪事》、西渡的《雪景中的柏拉图》、黄灿然的《世界的隐喻》等 6 种。

铁凝的小说《B城夫妻》、吴晨骏的中篇小说《颤抖》、王静怡的中篇小说《反动》发表在《小说家》第2期上。同期刊出邓一光作品专辑：《燕子飞时》（中篇小说）、《我们在生命的河流里看到了什么》（随笔）、《听 LES YEUX SAPHIR》（诗歌）。

何立伟的中篇小说《与你有关或无关》、阙迪伟的中篇小说《寻找番薯》、陈祖芬的报告文学《为你着想》发表在《十月》第2期上。

四月

1日，《作家》第4期刊载林白的小说《枪，或以梦为马》、随笔《我喜欢自由精神》《像鬼一样迷人》。

3日，张志民在京逝世，享年72岁。张志民，1926年生，河北宛平县人。1938年参加八路军，抗战后期开始写作散文和诗歌。1947年参加农村土地改革运动，在《晋察冀日报》上发表描写中国农民命运的著名长篇叙事诗《王九诉苦》和《死不着》。1948年调华北军区文化部创作组。1950—1954年在中央文学研究所学习。1951年参加志愿军到朝鲜前线，写有战地通讯《英雄的报告》。1956年离开部队，开始从事专业创作。曾任《诗刊》主编。著有诗集《死不着》《将军和他的战马》《西行剪影》《祖国，我对你说》《江南草》《今情·往情》等，短篇小说集《婚事》《考验》《空山不见人》等，散文集《故人入我梦》等。吴奔星说："张志民的诗朴素通俗，富有生活气息和民族特色。他细腻、执着的情感始终衷情于乡间阡陌间那纯朴的心灵，为他们的痛苦而痛苦，欢乐而欢乐。对农村生活的稔熟，使他敏感于农民命运变化的每一个细节，始终关注我国农民步履艰难的历史行程。"（吴奔星：《中国新诗鉴赏大辞典》，江苏文艺出版社1988年版）

3日，刘庆邦的短篇小说《春天的仪式》、红柯的短篇小说《阿力麻里》、荆歌的短篇小说《惊愕奏鸣曲》发表在《人民文学》第4期上。

10日，吴思敬、林莽、邹静之、欧阳江河、王家新、西川在首都师范大学同法国诗人就一些现代诗学问题和文化问题进行交流。

14日，冈夫在太原逝世，享年91岁。冈夫，本名王玉堂，山西武乡人。1932年加入"左联"。2002年山西人民出版社出版"山药蛋派"《四老文集》，其中包括《冈夫文集》3卷本，收录了作者自1923年至1983年间的诗文作品共计500余篇。1992年被山西省委、省政府授予"人民作家"称号。

《文艺报》刊载《海上驶来了一对青春的风帆——"花季小说"丛书暨长篇少年小说研讨会纪要》。文章对该丛书多元的青春色彩等方面给予较高的评价。

29日，方纪在天津逝世，享年79岁。方纪，原名冯文杰，曾用名冯骥，河北束鹿人。在北平读书期间参加过"一二·九"运动。抗战后在武汉、长沙、重庆等地做政治宣传工作，1939年到延安，在中央党校、《解放日报》等单位学习和工作。解放战争时期在《冀中导报》工作，参加过土改工作队。建国后历任《天津日报》文艺部主任、天津市文化局局长、天津市文联党组书记、作协天津分会主席、天津市委宣传部副部长等职。代表作有散文《长江行》《三峡之秋》《挥手之间》等，长诗《大江东去》《不尽长江滚滚来》等，短篇小说集《不连续的故事》、中篇小说《来访者》、评论集《学剑集》等。孙犁说："他的文章，不拘一格，文无定法，有时甚至文无定见。他常常是党之所需，时之所尚，意之所适，情之所钟，就执笔为文，洋洋洒洒。"（孙犁：《方纪散文集序》，人民文学出版社 1979 年版）

本月，第四届国际华文诗人笔会在海南省三亚市举行。与会的海内外华文诗人就华文新诗的理论与创作问题进行交流。

食指的诗近作一组及林莽的《食指的启示》发表在《北京文学》第 4 期上。

余杰的《火与冰——一个北大怪才的抽屉文学》由经济日报社出版。同年九月，余杰的《铁屋中的呐喊》由中国工商联合出版社出版。二书在本年引起轰动。

姜涛的《叙述中的当代诗歌》、西渡的《历史意识与 90 年代诗歌写作》、郑单衣的《80 年代的诗歌储备》，以及吴晓东等关于"后新诗潮"的文章发表在《诗探索》第 2 期上。

季羡林的散文集《牛棚杂忆》由中央党校出版社出版。

五月

1 日，翟永明的诗作及诗论《面对词语本身》、何立伟的短篇小说《美人》、残雪的中篇小说《海的诱惑》、罗望子的小说《过街时与天使交流》、散文《初恋》发表在《作家》第 5 期上。

刘玉堂的中篇小说《走进荒原》、残雪的随笔《蜕变——从混沌到澄明》（读卡夫卡的《审判》）发表在《小说界》第 3 期上。同期开始连载张洁的长篇小说《无字》第 1 部，至第 4 期止。第 1 部本年由上海文艺出版社出版单行本。全书共三部，由北京十月文艺出版社 2002 年 1 月出齐。2005 年获第六届茅盾文学奖。张洁在后记中写道："我不过是个朝圣的人，／来到圣殿，／献上圣香，／然后转身离去。／却不是从来时的路返回原处，／而是继续前行，／并且原谅了自己。"白烨说："张洁写《无字》，用的不是纸和笔，她用的是血和泪。因而，《无字》一作无通常意义上的故事，有的只是感觉、感悟、感叹、感念、感谓、感慨、感愧、感伤与感愤。"（白烨：《大写无字——读长篇小说〈无字〉》，《书摘》2004 年 7 月 10 日。）

3 日，张宇的小说《老房子》发表在《人民文学》第 5 期上。

5 日，王家新的长诗《回答》、荆歌的短篇小说《鬼脸》发表在《莽原》第 3 期上。

耿占春的《一场诗学与社会学的内心争论》、李少君的《现时性：90 年代诗歌写作中的一种倾向》发表在《山花》第 5 期上。

林希的短篇小说《沙袋子》发表在《上海文学》第 5 期上。

10 日，荆歌的短篇小说《贯穿始终》、李冯的短篇小说《辛未庄》、王安忆的中篇小说《忧伤的年代》、潘军的中篇小说《对门·对面》、叶兆言的中篇小说《别人的房间》、海男的中篇小说《仙乐飘飘》、周洁茹的中篇小说《飞》、张抗抗的散文《瞬息与永恒的舞蹈》、张锐锋的散文《沙上的神谕——以色列笔记片断》发表在《花城》

第 3 期上。

14 日，由深圳市委宣传部、深圳特区报社、深圳市作协共同举办的"当代散文杂文报告文学创作研讨会"在深圳召开。

15 日，韩少功的散文《熟悉的陌生人》发表在《天涯》第 3 期上。

20 日，王安忆的短篇小说《千人一面》、格非的短篇小说《让他去》、叶兆言的短篇小说《小杜向往的浪漫生活》、林白的短篇小说《木瓜与裸体的爱》、刁斗的中篇小说《工程》发表在《钟山》第 3 期上。

柳建伟的长篇小说《突出重围》在《当代》第 3 期上选载。

23 日，中国社科院文学所和中国作协分别在京召开纪念《讲话》发表 56 周年座谈会。

中国文联在京举行座谈会，学习江泽民总书记给参加"万里采风"活动的文艺家们的一封信，与会的近百名文艺家认为，江总书记的信是对马克思主义文艺理论的具体运用，是对毛泽东、邓小平文艺思想的继承和发展。

25 日，《当代作家评论》第 3 期开辟"城市化与文学"专栏，李洁非先后发表了《城市文学崛起：社会和文学背景》《初识城市》等文章。

李洱的短篇小说《暗哑的声音》、方方的中篇小说《没有事之年》、万方的中篇小说《没有子弹》、殷慧芬的中篇小说《欢乐》发表在《收获》第 3 期上。

本月，《北京文学》第 5 期开始陆续刊出黑大春、简宁、童蔚、莫非、树才、阿坚、邹静之、清平的诗作及诗论。

《今天》第 2 期刊载杨黎、何小竹、小安等人的诗作，以及杨黎、何小竹、吉木狼格的文章，均称到现在也没有搞清楚"非非理论"的具体所指。

臧棣、西渡编选的《北大诗选》由中国文学出版社出版。

小海、杨克编选的《他们——10 年诗选（1986—1996）》由漓江出版社出版。

汪剑钊编选的《中国当代先锋诗人随笔选》由中国社会科学出版社出版。

白烨主编的《破产——"现实主义冲击波"小说》由华艺出版社出版。内收关仁山、谈歌、何申、刘醒龙四位"现实主义冲击波"代表作家的八部中篇，均以濒临破产的国有大中型企业或面对新旧矛盾的乡镇干部为表现对象。该书的出版在文学界激起反响。

东西的中篇小说《痛苦比赛》发表在《小说家》第 3 期上。

曹岩的报告文学《北中国的太阳》发表在《十月》第 3 期上。

六月

1 日，李冯的短篇小说《采访》发表在《作家》第 6 期上。

3 日，李大卫的小说《双城寻猫记》发表在《人民文学》第 6 期上。

5 日，王家新的组诗《孤堡札记》发表在《山花》第 6 期上。

卫慧的短篇小说《爱人的房间》、周洁茹的短篇小说《乱》发表在《上海文学》第 6 期上。

11 日，中国艺术研究院举办"田汉百年诞辰学术研讨会"。

19 日，"后现代主义之后的西方理论思潮"研讨会在北京举行。该研讨会由北京语言文化大学比较文学研究所和中国比较文学学会后现代研究中心共同主办。与会者分别就后现代主义理论思潮在西方和中国的不同表现形式、后现代主义之后的西方理论思潮态势、后殖民理论与第三世界批评、女权主义和女性研究、"文化研究"的方法和策略、全球化及其给人文科学带来的种种后果以及中国当代文化建设的策略等论题进行了讨论。王宁回顾了国际性的后现代主义理论争鸣的发展演变，认为，后现代主义大势已去，在这之后的西方文化界占主导地位的理论思潮是后殖民主义、女权主义和文化研究。乐黛云认为，文化的多元化走向仍在继续，要警惕"欧洲中心主义"和"东方中心论"。王逢振认为，中国学者目前要思考的是如何进行自己的文化理论建构。此外，有些学者认为，研究后现代主义之后的西方理论，还应当结合中国的实际提出我们的文化策略。

20 日，首都纪念田汉诞辰 100 周年。李岚清出席座谈会，丁关根发表讲话。座谈会由文化部部长孙家正主持，有关方面的代表赵实、周巍峙等先后发言。

27—28 日，由中国作协、河北省作协、河北省文联、天津市作协、天津孙犁研究会和天津解放区文学研究会联合举办的 '98 孙犁创作学术研讨会在天津举行。

30 日，郁达夫文学纪念碑在日本名古屋大学正式落成。

本月，"有中国特色的马克思主义文艺学"研讨会在京举行。与会者就怎样理解马克思主义文艺学的中国特色、增强其时代感以及框架体系建构等问题进行了讨论。

《诗探索》编辑部与郭沫若纪念馆在郭沫若故居联合举办"现代诗歌朗诵会"。

杨炼、欧阳江河参加意大利热那亚第 4 届国际诗歌节。

由周瓒、与邻、穆青编辑的女性诗刊《翼》第 1 期出版，载有翟永明、唐丹鸿、周瓒、穆青、与邻等人的诗作及翻译作品。

林莽、刘福春选编的《诗探索金库·食指卷》由作家出版社出版。

莫言的中篇小说《牛》发表在《东海》第 6 期上。

余秋雨的散文集《山居笔记》由文汇出版社出版。

七月

1 日，《作家》第 7 期推出"70 年代女作家小说专号"，发表卫慧的《像卫慧那么疯狂》《蝴蝶的尖叫》、棉棉的《香港爱人》、朱文颖的《广场》、戴来的《请呼3338》、魏微的《从南京始发》。

宗璞的短篇小说《彼岸三则》、丁丽英的短篇小说《法会》、何顿的中篇小说《慰问演出》、徐坤的文论《双调夜行船——九十年代的女性写作》发表在《小说界》第 4 期上。

3 日，牛汉的《旧作与断想（诗与诗论）》、郑敏的诗《不可竭尽的魅力》、阿成的短篇小说《回乡》《沼泽地》发表在《人民文学》第 7 期上。

4 日，肖开愚应邀参加柏林文学宫"柏林之夜"大型诗歌朗诵活动。

5 日，《芙蓉》第 4 期开始推出"七十年代人"小说专栏。

《山花》第 7 期在"七十年代出生作家"专栏中发表卫慧的小说《水中的处女》，同期还刊出肖开愚、雪迪的诗 1 组，以及李大卫的中篇小说《骨牌一路倒下去》。

莫非的组诗《没有场景的词语》、李大卫的中篇小说《蓝桥遗梦》发表在《大家》第 4 期上。

严歌苓的短篇小说《无出路咖啡馆》发表在《上海文学》第 7 期上。

10 日，于坚的长诗《飞行》、毕飞宇的短篇小说《生活在天上》、李大卫的短篇小说《家园西大街甲 2 号，或 WENXUESHI BLDG》、行者的中篇小说《小说》、张承志的散文《音乐履历》发表在《花城》第 4 期上。

15 日，《天涯》第 7 期在"90 年代诗歌精选之三"专栏中刊出肖开愚、吕德安、孙文波、张曙光、臧棣、黄灿然等人的诗作。

20 日，红柯的短篇小说《农事诗》、李大卫的短篇小说《禁中》、罗望子的中篇小说《月亮城，我在注视你》、张者的中篇小说《春天不要乱跑》发表在《钟山》第 4 期上。

25 日，池莉的中篇小说《小姐你早》、尤凤伟的中篇小说《蛇会不会毒死自己》发表在《收获》第 4 期上。同期开始连载贾平凹的长篇小说《高老庄》，至第 5 期止。

28 日，'98 大散文研讨会在辽宁省锦州市召开。

本月，由北京市文联、作协等单位联合主办的端木蕻良国际研讨会在京召开。

丁天的中篇小说《轮盘赌游戏》、赵刚的中篇小说《等待戈多》、红柯的中篇小说《金色的阿尔泰》，以及谈歌的作品专辑发表在《小说家》第 4 期上。

从维熙的纪实文学《折梦"桃花源"》、于坚的散文《棕皮手记·在哥本哈根》、张锐锋的散文《上帝的沙地》发表在《十月》第 4 期上。

周大新的长篇小说《第二十幕》由人民文学出版社出版。

八月

1 日，默默的《自选编年诗》和张锐锋的散文《烛光》发表在《作家》第 8 期上。

3 日，昌耀的诗一组、林希的中篇小说《天津扁担》发表在《人民文学》第 8 期上。

4—5 日，中国作协第五届主席团五次会议在京举行，会上传达了江泽民总书记在"学习邓小平理论工作会议"上的重要讲话和会议精神，讨论制定了"关于文学界深入学习邓小平理论的若干意见"等文件。

5 日，臧棣的《哲学课》诗 4 首、唐晓渡的《90 年代先锋诗的几个问题》发表在《山花》第 8 期上。

王安忆的短篇小说《轮渡上》、棉棉的短篇小说《每个好孩子都有糖吃》发表在《上海文学》第 8 期上。

17 日，中国作协鲁迅文学院首期中青年作家文学创作研究班在京举行开学典礼。9 月 11 日，中宣部部长丁关根接见研究班全体结业学员，并就如何多出优秀作品这个中心话题发表讲话。24 日,《文艺报》发表专文《深入时代生活,多出优秀作品》。

26 日,首届中国当代女性文学评奖揭晓。方方、王安忆、池莉等 30 名女作家获创作奖。此次评奖由中国当代女性文学委员会、中华文学基金会、中国作协创研部共同主办。

27 日,《文艺报》报道:《献上人民作家对人民的爱心——"作家心系灾区人民捐献活动"侧记》。作家们为灾区共捐献钱物合计 70 余万元。随后《东方文化周刊》推出千行组诗《民族魂》,诗人们将稿酬全部捐给灾区。本年遭遇了百年不遇的洪涝灾害。

30 日,《上海文学》主编周介人病逝,终年 56 岁。2005 年广西师范大学出版社出版《周介人文存》。《上海文学》1998 年第 11 期"编者的话"说周介人"以自己之生命,为他人作嫁衣裳"。徐俊西在《上海文学》1999 年第 9 期上发表悼文《纪念介人》。

本月,以韦其麟为团长的中国作家代表团赴马其顿参加第 37 界斯特鲁加诗歌节,诗人绿原荣获本届金环奖。

九月

1 日,《小说界》创刊 100 期,韩少功、王蒙、王安忆等作家发表贺文(见 1998 年第 6 期)。第 5 期发表魏微的短篇小说《乔治和一本书》、赵凝的中篇小说《手指插向迷宫》。

《作家》第 9 期发表小海的诗《村庄与田园》、随笔《诗到语言为止吗?》。同期还发表夏商的小说《刹那记》《金陵客》及创作谈。

3 日,王家新的诗《孤堡札记》及诗学随笔《文学中的晚年》发表在《人民文学》第 9 期上。

5 日,《长江文艺》第 9 期在"90 年代诗人四重奏"专栏中发表肖开愚、孙文波、张曙光、臧棣的诗作及鲁西西写的编者前言。

《山花》第 9 期在"七十年代出生作家"专栏中发表棉棉的小说《白色在白色之上》和《黑烟袅袅》。

卫慧的中篇小说《欲望手枪》发表在《芙蓉》第 5 期上。

艾伟的中篇小说《到处都是我们的人》发表在《上海文学》第 9 期上。

唐晓渡的《何谓"个人写作"》发表在《莽原》第 5 期上。

10 日,《诗刊》第 9 期刊出由该刊主持的"中国新诗调查报告",并列出本世纪"最有影响的 50 位诗人"名单,引起众多质疑。同期推出《抗洪救灾诗传单》。

王小妮的组诗《和爸爸说话》、北村的诗一组、东西的短篇小说《关于钞票的几种用法》、韩东的中篇小说《交叉跑动》、李洱的中篇小说《破镜而出》、徐小斌的长篇小说《羽蛇》发表在《花城》第 5 期上。《羽蛇》12 月由花城出版社印行单行本。

12 日,罗洛在上海病逝,享年 71 岁。罗洛,1927 年生,原名罗泽浦,四川成都人。1945 年开始发表作品。新中国成立后在上海从事记者、编辑、宣传工作。1955 年因受胡风案株连，离开文艺岗位。1958 年后长期在青海从事科学文献工作。新时期平反后历任上海市作协理事、副主席、主席等职。著有杂文集《人与生活》，诗集《春天来了》《雨后》《阳光与雾》《山水情思》等，诗论集《诗的随想录》，译著《法国现代诗选》《萨特抒情诗选》《魏尔伦诗选》等。

20 日，西渡的诗《朝向大海》及诗论《发现诗歌——民间诗刊〈发现〉简介》、臧棣的诗《同心结》（二首）、池莉的中篇小说《致无尽岁月》发表在《当代》第 5 期上。

张炜的《短篇二题》、毕飞宇的短篇小说《白夜》、莫言的短篇小说《长安大道上的骑驴美人》、戴来的短篇小说《我看到了什么》、叶广芩的散文《炉前话旧》、王小妮的随笔两则发表在《钟山》第 5 期上。

23 日，北京外国文学学者、诗人在北京大学隆重纪念洛尔迦诞辰 100 周年。

25 日，王安忆的中篇小说《隐居的时代》、苏童的中篇小说《群众来信》发表在《收获》第 5 期上。

本月，中国当代文学研究会和中国社科院文学所当代室在京联合举办"八九十年代文学比较"座谈会，与会者就 80 年代与 90 年代文学比较研究、中国文学应该以什么样的姿态迎接 21 世纪等问题进行研讨。

山西省作协和《文学评论》杂志社在山西介休市联合召开"小说：艺术与市场"研讨会。与会者就当代小说创作与市场经济的关系、市场经济对文学创作、出版、发行带来的挑战和机遇、市场经济的形成给作家创作带来的从主题内容到艺术手法的变化等话题进行讨论。

石光华、何小竹、杨黎编辑的《诗刊》第 1 期在成都出版，刊有二毛、小安、石光华、吉木狼格、李亚伟、何小竹、杨黎等人的近作。

郑敏的诗一组、苏童的短篇小说《人造风景》、张欣的中篇小说《婚姻相对论》、严歌苓的中篇小说《白蛇》、刘继明的中篇小说《请不要逼我》、王小妮的散文《爸爸》发表在《十月》第 5 期上。

邱华栋的短篇小说《鼹鼠人》和《诗三首》、楚尘的中篇小说《我们是自己的魔鬼》、荆歌的中篇小说《平面》、鬼子的中篇小说《犯罪》发表在《小说家》第 5 期上。

十月

1 日，翟永明随笔小辑、严歌苓的散文《波西米亚楼》发表在《作家》第 10 期上。

3 日，李瑛的诗《风雨人生》、关仁山的小说《天壤》发表在《人民文学》第 10 期上。

5 日，潘军的短篇小说《和陌生人喝啤酒》、林希的中篇小说《避水珠》、殷慧芬的中篇小说《吉庆里》发表在《上海文学》第 10 期上。

7 日，茹志鹃在上海逝世，享年 73 岁。茹志鹃，祖籍浙江杭州，1925 年生于上海。两岁丧母，父亲出走，与祖母孤苦相依。1943 年发表短篇小说处女作《生活》，同年参加新四军，曾任华东军区文工团创作组副组长等职。1955 年从南京军区转业至上海，曾任《文艺月报》编辑、小说散文组副组长、组长、作协上海分会理事。1958 年发表成名作《百合花》。"文革"后任《上海文学》编委、上海作协党组书记、常务副主席等职。"文革"前著有短篇小说集《高高的白杨树》《静静的产院》。新时期又发表了《出山》《剪辑错了的故事》《草原上的小路》《儿女情》等短篇小说。侯金镜说："既然描写生活中的重大复杂斗争不是她的所长，她就选择斗争中的一朵浪花、一支插曲而由小见大，在这类素材里施展她的创作能力。而这也就影响了作品的风采和调子。豪迈奔放、粗犷不羁的色彩很少，而委婉柔和细腻而优美的抒情却成为她作品的基调。在主人公们突破了自己的弱点，精神提高到一个新境界的时候，作者善于抒发她们对新生活的幸福温暖喜悦的感情；同时作者自己对人物也流露出那么多的关心和爱护，即使是指出她们的弱点的时候，也没有急于谴责，而是分析这些弱点所以产生的原因，倾听她们的心声，耐心地帮助她们。对人物感情的客观描绘和作者注入到作品里的自己的感情，两者统一起来，就形成了委婉柔和细腻优美的抒情调子。所以引起读者共鸣的当然也就不是豪迈奔放，而是人们感情世界的另一个方面——生活在这大时代里不能不有的幸福愉悦的心情了。"（侯金镜：《创作个性和艺术特色——读茹志鹃小说有感》，《文艺报》1961 年第 3 期）黄秋耘在《从微笑到沉思——读茹志鹃同志的几篇新作有感》中说："一个作家，从带着微笑去观察生活，到带着沉思的神态去观察生活，是一个质的变化，也可以说是一个飞跃。"（载《上海文学》1980 年 4 月号）

8 日，第六届《十月》文学奖在京揭晓。池莉的《来来往往》、梁晓声的《学者之死》、关仁山的《九月还乡》、李国文的《人物》、张锲的《在地球那一边》、季羡林的《听雨》等小说、散文、报告文学 23 篇获奖。

12 日，陈登科逝世，享年 79 岁。陈登科，1919 年生，江苏涟水人。1940 年在家乡参加抗日游击队。1948 年担任新华通讯社合肥分社记者，发表第一部中篇小说《杜大嫂》。1950 年发表中篇成名作《活人塘》，并入中央文学讲习所学习，期间创作了《淮河边上的儿女》等小说。1964 年出版长篇小说代表作《风雷》。"文革"中受到批判和监禁。新时期又创作了长篇小说《赤龙与丹凤》《破壁记》，电影文学剧本《柳暗花明》等。曾任中国作协顾问、安徽省文联名誉主席、安徽省作协主席、《清明》主编等职。

15 日，'98 中国曹禺戏剧文学奖颁奖大会在泉州举行，《虎踞钟山》等 10 部作品获奖。

20—23 日，《钟山》杂志社在南京举办"新生代作家小说创作学术研讨会"。围绕新生代的界定、新生代作家的创作特点、新生代作家的优势与不足、新生代作家与 21 世纪文学等话题展开讨论。会议由《钟山》主编赵本夫主持。朱文、韩东、邱华栋、鲁羊、荆歌、罗望子、吴晨骏等新生代小说家参加了会议。评论家们普遍认为"新生代"只是一个约定俗成的提法，不具备严密的学术性，很大程度上是 80 年代新潮小说的延续和发展，不存在"断裂"的问题。而且其作品的艺术格局普遍比较狭小，很少有大气制作。而一些新生代作家则认为，文学批评存在误区，批评不是面对作品的生命的感动，而只是概念的批评，缺乏真诚的态度。

27 日，由百花文艺出版社等单位举办的第二届韩愈杯散文大赛颁奖大会在韩愈故里河南省孟州市举行。

29—31 日，文化部在京召开"全国邓小平文艺理论研讨会"，近百名专家学者出席会议。文化部部长孙家正作题为《深入学习邓小平文艺理论，促进社会主义文艺事业全面发展和繁荣》的讲话，文化部副部长李源潮在总结讲话中对文化系统进一步深入学习邓小平文艺理论提出了具体要求。关于邓小平文艺理论的研讨，集中在理论体系、基本特征、时代意义三个方面。与会者认为，邓小平文艺理论是对我国文艺实践，特别是新时期文艺实践的科学概括和总结。其基本特征突出表现在人民性、现实针对性和创新意识等主要方面。文艺"为人民服务、为社会主义服务"、文化产业问题是大家关注的热点。会议还就精品创作、经济效益与社会效益的关系、艺术表演团体改革、高科技对文化事业的影响、少数民族文化的扶持、保护和发展、文物的保护和利用、扩大对外文化交流、文化队伍的思想建设和组织建设、艺术人才的培养等问题进行了探讨。

30 日，公木在长春病逝，享年 88 岁。公木，原名张松如，河北辛集人。1928 年考入北平市师范大学，1938 年入延安抗大学习，与萧三等人共同发起延安诗社，是《中国人民解放军军歌》的词作者，还参与了《东方红》的歌词创作。曾任吉林大学中文系主任、吉林大学副校长等职。著有诗集《初步集》《而立集》《不惑集》《棘之歌》《葵之歌》《樗之歌》等，学术专著《诗经选讲》《商颂研究》《周族史诗研究》《中国文字学概论》《老子说解》《老庄札记》《中国诗歌史论》《中国寓言概论》等。

本月，《北京文学》第 10 期刊出朱文发起、整理的《断裂：一份问卷和五十六份答卷》和韩东的《备忘：有关"断裂"行为的问题回答》。包括韩东、朱文、述平、刁斗、金仁顺、东西、杨克、张梅、王彪、于坚、李森、翟永明、吕德安、李修文、林白、李冯、邱华栋、李大卫、张旻、棉棉、夏商、西飏、吴晨骏、鲁羊、罗望子、朱朱、魏微、荆歌等在内的 56 名新生代作家参与了问卷问答。《答卷》记录了他们的观点，他们普遍认为新生代作家的创作是一种崭新的文学创作，是一种对以往传统文学的"断裂"。朱文在附录《问卷说明》中说："这一代作家的道路也到了这样一个关口，即，接受现有的文学秩序成为其中的一环，或是自断退路坚持不断革命和创新。"并在附录《工作手记》中说："从五月一日萌发这个行为的想法，到七月二十九日完成最后的文本，历时整九十天。"韩东在《备忘》中说："我们的行为并非是要重建秩序，以一种所谓优越的秩序取代我们所批判的秩序。我们的行为在于重申文学的理想目标，重申真实、创造、自由和艺术在文学实践中的绝对地位，它的重要性远远大于秩序本身的存在和个人的利益功名，甚至远远大于一部具体作品在历史中的显赫地位。无论是旧有的秩序或是新建立的秩序，一旦它为了维护自身而压抑和扭曲文学的理想就是我们所反对的。"《问卷》中的许多观点，如韩东说"鲁迅是一块老石头"等，引起了较大争议。韩东的观点还可参见他的《我的文学宣言》，载本年 7 月 30 日的《岭南文化时报》。

解放军文艺出版社、中国当代文学研究会军事文学专业委员会在京联合举行新中国军事文艺 50 年学术讨论会。

"读解民族：文学和民族身份建构"研讨会在南京召开。50 余名中外专家学者就文化接受及其在东西方的变形、民族身份在文学经典形成中的表现、翻译和文学作品的误读、全球化和文化身份的建构，以及全球化与本土化的关系等问题进行讨论。

《贾平凹文集》（14 卷）由陕西人民出版社出版。

十一月

1 日，卫慧的短篇小说《葵花盛开》发表在《小说界》第 6 期上。

吴晨骏的短篇小说《逃学去新疆》、陈家桥的短篇小说《母亲的声音》发表在《作家》第 11 期上。

3 日，毕飞宇的短篇小说《手指与枪》、何玉茹的短篇小说《楼上楼下》、徐小斌的小说《阿迪达斯广告》发表在《人民文学》第 11 期上。

5 日，孙文波的《母语》诗 4 首、南野的诗 1 组发表在《山花》第 11 期上。

海男的中篇小说《蝴蝶在哪里飞扬》发表在《上海文学》第 11 期上。

吴晨骏的小说《明朝书生》、贾平凹的自传《我是农民——乡下五年的记忆》发表在《大家》第 6 期上。

6 日，艾青诗歌馆在新疆石河子市举行开馆仪式。

9 日，浙江省桐乡市举行丰子恺百年诞辰纪念活动。

10 日，苏童的短篇小说《开往瓷厂的班车》、潘军的短篇小说《九十年代的获奖作品》、阎连科的长篇小说《日光流年》发表在《花城》第 6 期上。

12—16 日，全国诗歌座谈会（张家港诗会）在张家港市举行。开幕式由中国作协副主席张锲主持，中国作协党组书记翟泰丰发表《繁荣诗歌创作 迎接民族复兴》的讲话。会上宣读了 93 岁的老诗人臧克家的书面发言。《诗刊》特刊"张家港热风"专栏。

15 日，《天涯》第 6 期刊载"多多诗歌小辑"及黄灿然的评论《多多：直取诗歌的核心》。

20—22 日，由《诗潮》等单位合办的"现代诗歌研讨会"在大连举行。唐晓渡、陈超、西川、钟鸣、翟永明、王小妮、王家新、臧棣、西渡、姜涛、陈东东等与会。

高晓声的短篇小说《惊魂》、吴晨骏的短篇小说《医院之夜》、卢新华的中篇小说《细节》、储福金的中篇小说《雪冬》、荆歌的中篇小说《飞行记录》、张抗抗的散文《林中记事》发表在《钟山》第 6 期上。

22 日，"相信未来，热爱生命"诗歌朗诵会在北京朝阳区文化馆举行。此次活动使食指诗歌再掀热潮。

25 日，丁丽英的短篇小说《疯狂的自行车》、周洁茹的短篇小说《不活了》、格非的中篇小说《打秋千》、莫言的中篇小说《三十年前的一次长跑比赛》、刁斗的长篇小说《证词》、张承志的散文《粗饮茶》发表在《收获》第 6 期上。

本月，中国散文学会与四川联合大学中文系在成都联合举办"20 世纪中国散文与现代文化"研讨会。与会者就如何评价建国后 17 年的散文创作、90 年代散文发展的得与失、大陆与台港澳散文比较、中国现代散文的问题建设、21 世纪中国散文发展前景展望等话题进行探讨。

《星星》第 11 期刊登于坚抨击"知识分子写作"的文章，引发争鸣。

马丽华的《诗二首》、行者的短篇小说《凤尾》、关仁山的中篇小说《北方图腾》、林希的中篇小说《菊儿姐姐》发表在《十月》第 6 期上。

徐坤的中篇小说《招安，招安，招甚鸟安》、韩东的中篇小说《我的柏拉图》、邓一光的中篇小说《她是他们的妻子》发表在《小说家》第 6 期上。

张笑天的长篇历史小说《太平天国》由漓江出版社出版。

贾平凹的文论集《做个自在人》由内蒙古人民出版社出版。

《新剧本》第 6 期推出"小剧场专号"，选登一批颇具特色的小剧场剧本。

十二月

1 日，总政宣传部与中国作协、中国报告文学学会在京联合举办抗洪题材报告文学座谈会。与会者就《决胜三江》《遏制江河》《九江狂澜》三部作品的思想艺术性及现实意义进行讨论。

杜运燮的诗《八十自语》、林希的中篇小说《天津扁担》发表在《人民文学》第 12 期上。

4 日，在《昆仑》《漓江》等文学期刊接连停办之际，河北省作协和河北恒利集团公司达成了共同主办《长城》的协议，签字仪式在河北会堂举行。

16 日，中国作协举行《邓小平论文学艺术》出版座谈会。与会者期望通过《邓小平论文学艺术》的出版，在文学界掀起一个新的学习邓小平文艺理论的高潮，更高地举起邓小平理论的旗帜，迎接更加百花争艳、繁荣发展的文学的新世纪。与此同时，中国作协在京召开全国文学理论研讨会。中国作协党组书记翟泰丰就《邓小平论文学艺术》的出版作了讲话。与会者就邓小平文艺理论的框架体系和指导意义、邓小平文艺思想是邓小平理论的重要组成部分、文艺理论研究的现状、文艺家的社会责任感等问题展开讨论。当代文艺评论作为"行动着的美学"，作为连接艺术生产与艺术消费的桥梁和不断地注入理论建构的新的活力，成为这次研讨会普遍关注的重要议题。刘锡诚、秦晋、何镇邦等从不同角度先后针对相关问题作了发言。对于当前的创作演变及其理论探讨是本次研讨会的另一个重要的议题。白烨、雷达、王干等人围绕这一议题在会上发言。鲁枢元在会上提出了"文学艺术与精神生态"的议题。王晓明、徐俊西、许明等人在发言中对这一议题作了回应。18 日会议结束时，翟泰丰发表讲话，对当前文学批评的成就给予了充分肯定，指出进入九十年代，文学创作与文学批评这对"孪生兄弟"共同高举邓小平理论的伟大旗帜，呈现健康、繁荣、发展的好势头。

19 日，钱钟书在京逝世，享年 88 岁。钱钟书，字默存，号槐聚，江苏无锡人。1933 年在清华大学外语系毕业后赴上海光华大学任教。1935 年与杨绛结婚，同赴英国留学。1937 年毕业于英国牛津大学，获副博士学位。又赴法国巴黎大学进修法国文学。1938 年秋归国，抗战期间先后任昆明西南联大外文系教授、湖南蓝田国立师范学院英文系主任。抗战结束后在上海暨南大学、中央图书馆和清华大学执教或任职。1953 年后在北京大学文学研究所任研究员。"文革"中下放河南"五七干校"劳动。1982 年后担任中国社会科学院副院长。著有长篇小说《围城》、小说集《人·兽·鬼》、散文集《写在人生边上》《槐聚诗存》、学术著作《谈艺录》《管锥篇》《宋诗选注》等。杨绛说："我认为《管锥编》《谈艺录》的作者是个好学深思的钟书，《槐聚诗存》的作者是个'忧世伤生'的钟书，《围城》的作者呢，就是个'痴气'旺盛的钟书。我们俩日常相处，他常爱说些痴话，说些傻话，然后再加上创造，加上联想，加上夸张，我常能从中体味到《围城》的笔法。我觉得《围城》里的人物和情节，都凭他那股子痴气，呵成了真人实事，可是他毕竟不是个不知世事的痴人，也毕竟不是对社会现象漠不关心，所以小说里各个细节虽然令人捧腹大笑，全书的气氛，正如小说结尾所说：'包涵对人生的讽刺和伤感，深于一切语言、一切啼笑'，令人回肠荡气。"（杨绛：《写〈围城〉的钱钟书》，《博览群书》1987 年第 12 期）郑朝宗说："作为一个学人，钱钟书先生的最大的优点就是不自满。在青年时代，他血气方刚，对别人的著述，不管来头多大，有来请教者，总是坦率地加以批评指摘，使得对方有时很难堪，因此被目为不可近的'狂生'。其实他并不狂，因为他所指摘的往往只是事实上的错误，指出这样的错误对作者和读者都只有好处，为什么不可以？再说，他对别人如此，对自己更是万分严格。他每写一篇东西总是改了又改，简直没有满意的时候。……他天分高，记忆力强，已成为众所周知的事，但恐怕不大有人知道他是怎样勤苦用功的。前人有言：'以生知之资志困勉之学'，意思是说最聪明的人偏要下最笨的工夫。我看这话用来形容钱钟书是最恰当不过的了。他名副其实，一辈子钟情于书，书是他的最大癖好，其余全要让路。在国外留学期间，为了博览不易看到的书籍，他竟日夜埋首图书馆的书丛里，孜孜不倦，终因用脑过度，归国后长期患头晕之症，每到晚间只能闭目静坐，什么事都不能做。他读书聚精会神，绝不旁骛，有时正在谈话，忽被手中的一本什么书吸引住了，便全身贯注，忘掉身旁尚有人在。"（郑朝宗：《但开风气不为师》，《读书》1983 年第 1 期）柯灵说："钟书创作的基调是讽刺。社会、人生、心理、道德的病态，都逃不出他敏锐的观察力。他那枝魔杖般的笔，又犀利，又机智，又俏皮，汩汩地流泻出无穷无尽的笑料和幽默，皮里阳秋，又包藏着可悲可恨可鄙的内核，冷中有热，热中有冷，喜剧性和悲剧性难分难解，嬉笑怒骂，'道是无情却有情'。"又说："钟书艺术上的成就，和他学术上的造诣密切相关，涉猎一下他的理论性著作——《谈艺录》《宋诗选注》《旧文四篇》《管锥篇》等等，不得不惊诧于他功底的深厚。出入经史，贯通中西，融会今古，而绝傍前人，匠心独运，自成一家，和他创作上的才华焕发，嘎嘎独造，互相辉映，各有千秋。渊博和睿智，正是他成功的秘诀，力量的源泉。只有理智和情感的高度溶合，高度升华，高度平衡，才能达到这种难以企及的境界。"（柯灵：《钱钟书的风格与魅力》，《读书》1983 年第 1 期）

21 日，郑振铎诞辰 100 周年座谈会在京举行。座谈会由文化部、中国社科院、国家文物局共同举办。河北花山文艺出版社推出 20 卷本《郑振铎全集》。

27 日，中国戏剧家协会第五次全国代表大会在京开幕，中宣部部长丁关根给大会发来贺词。

本月，由广东省委宣传部、广东省文联共同主办的"面向二十一世纪的文艺理论与实践"学术讨论会在广州召开，会议对二十世纪尤其我国新时期 20 年的文艺理论研究与创作的状况进行了回顾与总结。

袁始人、于贞志筹划的"70 年代出生诗人"朗诵会在清华大学举行。

"他们"诗选及韩东、于坚等的谈话录《他们：梦想与现实》发表在《今天》第 4 期上。

孙文波的《我的诗歌观》、梁雨的《倾听 90 年代》，以及早期"今天派"诗人田晓青的访谈录发表在《诗探索》第 4 期上。

《杨炼作品集》（两卷）由上海文艺出版社出版。

《昌耀的诗》由人民文学出版社出版。

本年

杜小真编选的《福柯集》由上海远东出版社出版。米歇尔·福柯的《知识考古学》由北京三联书店出版。翌年，《规训与惩罚——监狱的诞生》《疯癫与文明》也由北京三联书店出版。《性史》或《性经验史》不久也由青海人民出版社和上海人民出版社推出不同版本。大陆思想文化界在 90 年代末掀起"福柯热"。

1999 年

一月

1 日，《昌耀近作》和唐晓渡的《行者昌耀》、池莉的短篇小说《一夜盛开如玫瑰》、莫言的短篇小说《祖母的门牙》、苏童的短篇小说《古巴刀》、格非的短篇小说《马玉兰的生日礼物》、潘军的短篇小说《上官先生的恋爱生活》、残雪的短篇小说《世外桃源》、洪峰的短篇小说《1998 年 12 月 30 日的爱情故事》、卫慧的短篇小说《愈夜愈美丽》发表在《作家》第 1 期上。

张执浩的中篇小说《灯笼花椒》、林白访谈录《生命激情来自于自由的灵魂》发表在《长江文艺》第 1 期上。

3 日，郑敏的诗《诗的交响》及诗论《诗歌审美经验》、陈丹燕的短篇小说《阳光下午才能照进来》、毕四海的中篇小说《选举》、阿成的中篇小说《我可爱的家乡》、王宏甲的报告文学《初见端倪》发表在《人民文学》第 1 期上。同期"小说家谈艺"专栏发表林白的《一闪而过的事物》、海男的《到荒野穿什么》。

5 日，叶君健在京逝世，享年 85 岁。叶君健，1914 年生，湖北红安人。1929 年入上海一中读书，1933 年入武汉大学外语系学习，毕业后到日本东京教授英文和世界语。抗战爆发后归国参加郭沫若领导的政治部三厅工作，参与发起全国文艺界抗敌救国协会，后到重庆任重庆大学、中央大学英文教授。1937 年用世界语出版短篇小说集《被遗忘的人们》。抗战后在英国剑桥大学皇家学院研究欧洲文学并用英文创作了《山村》

《他们飞向南方》等长篇小说，同时将茅盾及其他中国作家的许多作品译成英文介绍到国外。《山村》1947 年 7 月被英国书会评为"最佳作品"。1948 年应画家毕加索、科学家居里、诗人阿拉贡之邀赴波兰出席世界知识分子大会。建国后在对外文委工作，历任《中国文学》副主编、《中国翻译》主编、中国翻译家协会和中国笔会副会长、世界文化理事会"达·芬奇文艺奖"评议员、中国作协书记处书记等职。叶君健擅长用世界语、英语写作，一生共留下了 500 多万字的创作作品和 300 多万字的文学翻译作品，享誉海内外。他精心翻译的《安徒生童话全集》泽被后世，影响深远。1988 年被丹麦女王玛珈丽特二世授予"丹麦国旗勋章"。另著有《叶君健童话集》、长篇小说"土地三部曲"（《火花》《自由》《曙光》）、中篇小说《开垦者的命运》《在草原上》、散文集《画册》等。

食指的诗《我从冰天雪地中走来》及随笔《我的 1999》发表在《文艺报》上。

《花城》从第 1 期起开辟"实验文本"专栏，发表张锐锋的长篇散文《皱纹》，并加编者按称："这是一次大胆的实践，《皱纹》的写作方式和发表方式在中国文坛都尚属首次。"同期还发表西川的《在你我之间》（诗七首）、莫言的中篇小说《我们的七叔》、张旻的中篇小说《求爱者》、于坚的散文《大地记——春天·荷马·山神的节日》、东西访谈录《在意念和感觉之间寻找一种真实》。

《山花》从第 1 期至第 11 期开设"自由撰稿人"专栏，陆续发表李冯、北村、潘军、西飏、林白、丁丽英、朱文、虹影、陈家桥等人的小说及创作谈。第 1 期发表李冯的短篇小说《一周半》及随笔《辞职与写作》、刘庆邦的短篇小说《美少年》、卫慧的短篇小说《跟踪》、吕新的中篇小说《家峪兄，已经半夜了》、李锐的散文《出入山河》。

《莽原》改版，从第 1 期开始推出"跨文体写作"专号，发表王英琦等人的实验作品。同期发表行者的小说《孟谷的一次人生体验》。

10 日，《诗刊》第 1 期发表蔡其矫、杜运燮各自诗一首。

胡发云的中篇小说《老海失踪》发表在《中国作家》第 1 期上。

12 日，铁凝的创作随笔《我的 1999》发表在《文艺报》上。

13 日，鲁藜逝世，享年 85 岁。鲁藜，1914 年生，福建厦门同安人。幼年随父母侨居越南，1932 年回国参加革命，1934 年到上海参与左翼文学活动，1938 年到延安，后转战华北抗日根据地。建国后曾任天津市文协主任，1955 年被打成"胡风分子"，1981 年平反，后任天津市文联、作协副主席、《诗刊》编委。作为"七月派"诗人之一，建国前出版《醒来的时候》《星的歌》《锻炼》等诗集。建国初期出版诗集《毛泽东颂》《红旗手》《英雄的母亲》等。新时期出版诗集《天青集》《鹅毛集》《鲁藜诗选》等。

15 日，《长城》第 1 期推出"七十年代人作品"专辑，发表周洁茹的小说《一颗烟》、戴来的小说《突然》，以及宗仁发、施战军、李敬泽的《关于"七十年代人"的对话》。

20—23 日，全国宣传部长会议在北京召开，江泽民总书记同与会代表座谈并讲话。

李瑛的组诗《风雨人生》、王火的长篇小说《霹雳三年》发表在《当代》第 1 期上。同期开始连载王跃文的长篇小说《国画》，至第 2 期止。

阎连科的中篇小说《金莲，你好!》、林希的中篇小说《阳谋》、卫慧的中篇小说《神采飞扬》、叶兆言的长篇小说《别人的爱情》、余华的随笔《我为何写作》、方方的散文《南京爷爷》发表在《钟山》第 1 期上。

25—26 日，北京市文联、北京老舍文艺基金会、北京市老舍研究会在京联合召开纪念老舍百年诞辰理论研讨会。

苏童的短篇小说《水鬼》、何立伟的中篇小说《光和影子》、李洱的中篇小说《葬礼》、周梅森的长篇小说《中国制造》（连载至第 2 期止）发表在《收获》第 1 期上。同期为余华开辟"边走边看"专栏，连续在第 1—6 期发表《音乐的叙述》《高潮》《否定》《色彩》《灵感》《字与音》等 6 篇随笔。同期还开辟"百年上海"专栏，陆续发表王安忆、程乃珊、白先勇、袁鹰、孙甘露等人的随笔，至第 6 期止。

27 日，首都文艺界庆贺萧乾 90 华诞暨文学生涯 70 年。朱镕基总理亲笔写信祝寿并贺《萧乾文集》出版。冰心、巴金写信致贺并相约新世纪。中国作协、中央文史馆、中国现代文学馆和浙江文艺出版社在京联合举行"萧乾文学创作 70 年暨《萧乾文集》首发式座谈会"。

本月，中共中央在北京隆重召开纪念瞿秋白诞辰 100 周年座谈会，尉健行出席大会并发表讲话。

《诗歌报》停刊，引起诗歌界强烈关注。

《诗林》第 1 期在"70 年代出生诗人专辑"中发表胡续冬、姜涛、冷霜、穆青、周伟驰、王雨之等人的诗作。

《今日先锋》第 6 辑刊载欧阳江河、翟永明的诗及车前子的长诗《传抄纸本》等。

陈超编《中国当代诗选》（上、下卷）由河北教育出版社出版。

西渡编《戈麦诗全编》由上海三联书店出版。

伊沙的诗集《野种之歌》由青海人民出版社出版。

行者的短篇小说《画中人》、朱文颖的小说《到上海去》、丁丽英的小说《给我来杯白开水》《回家途中》及创作谈发表在《小说界》第 1 期上。

苏童的短篇小说《拱猪》、丁丽英的短篇小说《孔雀羽的鱼漂》、西飏的《虚构之虚构》发表在《上海文学》第 1 期上。

何玉茹的短篇小说《关系》、周洁茹的短篇小说《像离了婚那么自在》发表在《小说家》第 1 期上。

铁凝的中篇小说《永远有多远》、荆歌的中篇小说《地方》、张承志的散文《安宁的权利》（外一篇）发表在《十月》第 1 期上。

《陈忠实散文典藏本》由华夏出版社出版。

《胡风全集》（10 卷）由湖北人民出版社出版。

二月

1 日，北京老舍纪念馆和重庆北碚老舍纪念馆开馆。

鬼子的小说《伤心的黑羊》、张旻的小说《王奇的故事》、东西的小说《把嘴角挂在耳边》、李冯的小说《在天上》、余华的随笔《我不喜欢中国的知识分子》《永远活着》发表在《作家》第2期上。

2日，北京人艺在小剧场举办纪念老舍朗诵会。马烽在《文艺报》14期上发表纪念文章《缅怀老舍先生》。

3日，为纪念老舍诞辰100周年，文化部、中国文联、中国作协、北京市人民政府在人民大会堂共同主办"老舍诞辰100周年纪念座谈会"，李岚清、舒乙、邓友梅等出席并讲话。中国作协、中国老舍研究会、北京语言文化大学、北京市文联还联合主办了"99纪念老舍先生诞辰100周年国际学术研讨会"。北京市戏剧家协会与《新剧本》编辑部联合举办了老舍与现实主义戏剧创作座谈会。人民文学出版社在京举行了《老舍全集》（19卷本）首发式活动。

孙春平的短篇小说《魔障》、艾伟的短篇小说《去上海》、叶广芩的中篇小说《谁翻乐府凄凉曲》、朱文颖的小说《重瞳》发表在《人民文学》第2期上。

5日，北村的短篇小说《消息》及随笔《自由和纯粹的写作》、朱也旷的短篇小说《黄泥路》及文论《小样本理论及其它》、艾伟的短篇小说《钓鱼》、海男的中篇小说《女人传》、叶兆言的随笔《展览馆里的风景》发表在《山花》第2期上。同期还刊载李大卫、李洱、李冯、李敬泽、邱华栋的对话《日常生活》。

11日，萧乾在北京逝世，享年90岁。萧乾，原名萧秉乾，蒙古族，祖籍黑龙江省兴安岭，1910年生于北京。1935年燕京大学毕业，入《大公报》，主编天津、上海、香港等地《大公报》文艺副刊，兼任旅行记者，抗日战争初期撰写大量新闻特写。1939—1942年任英国伦敦大学东方学院讲师，兼任《大公报》驻英记者。1942—1944年为剑桥大学英国文学系研究生。1944年后任《大公报》驻英特派员兼战地记者，曾在莱茵河前线、柏林和纽伦堡法庭进行采访。在第二次世界大战期间，萧乾以战地记者身份游历欧洲战场，成为二战时期中国唯一的欧洲战地记者，写下了《银风筝下的伦敦》《矛盾交响曲》等著名通讯报道。1946—1948年负责上海《大公报》国际问题社评兼复旦大学新闻系及英文系教授。二战结束后往来于欧美两洲，采访了联合国成立大会、波茨坦公约会议和纽伦堡战犯审判等大事件，写有《南德的暮秋》等特写报道，1948年调香港《大公报》工作。1949年新中国成立前夕，从香港回到北京，至1956年历任英文《人民中国》杂志副总编辑、《译文》编辑部副主任、《文艺报》副总编辑。1957年以后主要从事外文翻译工作。1978年后多次去美国、西欧、新加坡讲学。著有报告文学集《人生采访》、短篇小说集《篱下集》、长篇小说《梦之谷》、散文集《珍珠米》、回忆录《负笈剑桥》《没带地图的旅人——萧乾回忆录》等。译著有《好兵帅克》《莎士比亚戏剧故事集》《尤利西斯》等。刘西渭说："在气质上，犹如我们所分析，他属于浪漫主义，但是他知道怎样压抑情感，从底里化进造型的语言，糅合出他丰富的感觉性的文字。类似一切最好的浪漫主义者，他努力把他视觉的记忆和情绪的记忆合成一件物什。""他是个有心人，用心在卖气力。你想象不到他乖巧得多么可爱。他识绘。他会把叙述和语言绘成一片异样新绿的景象，他会把孩子的感受和他的描写织成一幅自然的锦霞。坏的时节，你觉得他好不娇嫩！然而即使娇嫩，你明白这有一天会长成壮实的树木。他的文笔充满了希望。他是一个意象创造者。他会换个花样，拿冷不防的比喻引起你的情趣，叫你觉得他库藏的丰盈。"（刘西渭：《〈篱下集〉——萧乾先生作》，1936年6月1日《文季月刊》1卷1期）宋致新说："近年来，萧乾曾不止一次地把自己的特写报告比作绘画中的'素描写生'，评论家在评论他的特写报告时，也总离不开'素描'、'写生'。的确，'素描写生'生动而准确地概括了萧乾特写报告的艺术特色。""他描写的形象，没有虚构，而是直接脱胎于生活的原型，这种反映生活的方式，酷似画家写生的方式。萧乾特写报告的题材，大多是他现场采访的第一手材料，是他身之所历、目之所见的事实。在采访时，他不但注意现场观察，而且总是随身带着小本本，随时记下对生活的一瞥印象，一缕感受，因此，他的绝大多数特写报告具有很强的'写生性'。……萧乾说：'真实对特写比什么都更重要，……所以我从不为了加强效果而虚构什么'。他的特写报告，就其客观性和真实性来说，完全可以当作新闻来读，总是让事实本身去说话，让生活本身去闪光。""萧乾文字写生的形象，同绘画写生一样，也有着它们独特的优越之处：他们忠实于生活原型，故具体实在，生动逼真，最富生活实感；现实生活的千差万别，也使它们各具姿态，互不雷同；它们师法自然，因而率真清新，无虚饰造作，无人工雕琢之痕。""萧乾的文字写生还常常把自己织进画面，通过一己的感受，通过物我的交融，在诉诸视觉以外，还诉诸听觉、嗅觉、味觉、触觉，以至内心感觉。这种超越绘画的写生性，进一步沟通了读者与作者的感受，使人仿佛身临其境，走入作者笔下生活的氛围。"（宋致新：《萧乾特写报告研究》，载1983年湖北省社会科学院文学研究所《文学论稿》第2辑）

20日，江泽民主席出席在北京音乐厅举行的"中国唐宋名篇音乐朗诵会"并发表讲话。

28日，冰心在北京逝世，享年99岁。3月19日，冰心遗体告别仪式在八宝山革命公墓举行，李瑞环、李岚清等党和国家领导人前来向冰心老人告别。《文艺报》第24期发表了刘白羽、王蒙、袁鹰、王安忆、铁凝等人的悼文。《人民文学》第5期还出版"怀念冰心特辑"，载有张光年的《舍不得冰心大姐》、张洁的《乘风好去》等文。冰心，原名谢婉莹，原籍福建长乐，1900年生于福州。1918年入协和女子大学预科，参加五四新文化运动。1921年加入文学研究会。1923年毕业于燕京大学文科，赴美国威尔斯利女子大学学习英国文学。1926年回国，在燕京大学和清华大学等校执教。抗战期间在昆明、重庆等地从事创作和文化救亡活动。1946年赴日本，曾任东京大学教授。1951年回国，先后任《人民文学》编委、中国作协理事、中国文联副主席等职。著有诗集《繁星》《春水》，散文诗集《先知》，散文集《寄小读者》《再寄小读者》《三寄小读者》《关于女人》《归来以后》《我们把春天吵醒了》《樱花赞》《小桔灯》《拾穗小札》《晚晴集》等，小说集《超人》《去国》《冬儿姑娘》等，小说散文集《往事》《南归》等，回忆录《记事珠》。另出版有《冰心全集》《冰心文集》《冰心著译选集》等多种。郁达夫说："冰心女士散文的清丽，文字的典雅，思想的纯洁，在中国好算是独一无二的作家了，……对父母之爱，对小弟兄小朋友之爱，以及对异国的弱小儿女，同病者之爱，使她的笔底有了像温泉水似的柔情。……我以为读了冰心女士的作品能够了解中国一切历史上的才女的心情；意在言外，文必己出，哀而不伤，动中法度，是女士的生平，亦即是女士的文章之极致。"（郁达夫：《现代散文导论（下）》，《中国新文学大系导论集》，上海良友复兴图书公司 1940 年印行）阿英说："她——谢婉莹，毫无问题的，是新文艺运动中的一位最初的，最有力的，最典型的女性的诗人，作者。这一位女性的诗人——作者，是曾经因着她的'横溢的天才'，惊动过读者万千……她在她所有的作品之中，普遍的表现了那时代的青年的一般烦闷。而烦闷的情绪也主宰了她的精神的中心。这样，在她所有的作品之中，遂不免充满了悲观伤感的情调。"（阿英：《谢冰心》，《现代中国女作家》，北新书局 1931 年版）茅盾说："她已注视现实了，提出问题了，她并且企图给各界人提议，然而她的解答等于不解答，末了，她只好从'问题'面前逃走了，'心中的风雨来了'时，她躲到了'母亲的怀里'了。这一'过程'可说是五四时期许多具有正义感然而孱弱的好好人儿的共同经验，而冰心女士是其中'典型'的一个。""冰心女士把社会现象看得非常单纯。她认为人事风云无非是两根线交织而成；这两根线便是'爱'和'憎'。她以为'爱'和'憎'二者之间必有一者是人生的指针。她这思想，完全是'唯心论'的立场，可是产生了她这样单纯的社会观的，却不是'心'，而是'境'。因为她在家庭生活小范围里看到了'爱'，而在社会生活这个大范围里却看到了'憎'。于是就发生了她的社会现象的'二元论'。"（茅盾：《冰心论》，《文学》1934 年 8 月第 3 卷第 2 号）王瑶说："她说'文学家是最不情的——人们的泪珠，便是她的收成。'她知道苦难的现实里只有泪珠，当她不愿做这样不情的文学家；她要讴歌理想——超现实的，于是就逃避和沉醉到她所常写的那些概念中了，大自然的美和母亲的爱。这就是冰心小诗的内容。"（王瑶：《中国新文学史稿》上册，第 75 页，上海文艺出版社 1982 年版）

本月，于坚、韩东、杨克、谢有顺等人策划的《1998 中国新诗年鉴》由花城出版社出版。其中收录了杜运燮、于坚、吉狄马加等 112 人的作品及相关评论。《年鉴》分为作品与"理论"两大部分，其坚持的"民间立场"引起诗坛争议。

丁丽英自印诗集《一个时期的妇女肖像》。

《诗探索》第 1 辑刊出郑敏、翟永明研究小辑。

《诗林》第 2 期"90 年代诗歌小辑"刊出肖开愚、孙文波、臧棣、张曙光的诗作。

《今天》第 1 期发表于坚、西川等人的诗作。

于坚的诗《傍晚的边界》、严歌苓的短篇小说《冤家》、丁丽英的《小说的长度》发表在《上海文学》第 2 期上。

三月

1 日，臧棣的诗《燕园纪事》及陈超的《少就是多：我看到的臧棣》、金仁顺的短篇小说《四封来信和一篇来稿》、李冯、邱华栋、李洱等的谈话录《个人写作与宏大叙事》发表在《作家》第 3 期上。

3 日，周涛的诗《幻想家病历》及诗论《与诗有关》、荆歌的短篇小说《流光塔》、刘庆邦的短篇小说《谁家的小姑娘》、阎连科的中篇小说《朝着东南走》、邓友梅的散文《阿姐志鹃》发表在《人民文学》第 3 期上。

5 日，翟永明的诗《友人素描》、罗望子的短篇小说《丛林故事》、残雪的中篇小说《变通》、行者的中篇小说《大化之书》、墨白的中篇小说《光荣院》、陈家桥的长篇小说《别动》发表在《花城》第 2 期上。

臧棣的诗《和望远镜有关的笔记》、王小妮的随笔《为自己的心脏写一份病历》、庞培的随笔《秋灯集》发表在《莽原》第 2 期上。

金仁顺的短篇小说《鲜花盛放》、潘军的短篇小说《1967 年的日常生活》、罗望子的诗《萌芽》（三首）、小说《迷人的田园》和随笔《人与事》发表在《山花》第 3 期上。

北村的中篇小说《周渔的喊叫》发表在《大家》第 2 期上。

16 日，中国社科院文学所在京召开"唐宋名篇与中国现代人文建设"学术座谈会。

中国作协第五届主席团第六次会议在北京召开，与会者对当前文学形势作了深刻的分析，并审议通过了一些议案。会议 17 日结束。

18—20 日，中国文联六届四次全委会、中国作协五届四次全委会在北京召开。丁关根、张锲、陈昌本、翟泰丰等在会上讲话。会议主题是繁荣文学创作，树立精品意识，多出优秀作品，推动精神文明建设。提出了今年繁荣创作，庆祝建国 50 周年要办的 10 件大事。《文艺报》第 32、33 期作了报道。

20 日，王安忆的短篇小说《酒徒》、何立伟的中篇小说《没有暴风雨》、陈家桥的中篇小说《克隆人》发表在《钟山》第 2 期上。

王蒙的散文《纯正君宜》发表在《当代》第 2 期上。

25 日，莫言的中篇小说《师傅越来越幽默》发表在《收获》第 2 期上。

31 日，中国作协在北京召开"讲学习、讲政治、讲正气"教育动员大会。

本月，全国文学创作中心工作座谈会在北京召开，六个创作中心负责人就去年各中心的工作进行了交流，并探讨了如何进一步办好文学创作中心的思路。

北京大学、清华大学等院校举办纪念海子逝世 10 周年朗诵会活动。中国文联出版社出版崔卫平编的《不死的海子》纪念文集。

李瑛的长诗《我的中国》由百花洲文艺出版社出版，被列为国家新闻出版总署建国 50 周年献礼的重点图书。

荆歌的短篇小说《棉花乳房》、卫慧的中篇小说《硬汉不跳舞》发表在《上海文学》第 3 期上。同期开始陆续刊载潞潞、长岛、赵丽宏、麦城、柏桦、巴音博罗、小海、罗洛、臧棣等人的诗作。

迟子建的中篇小说《青草如歌的正午》、陈祖芬的纪实文学《多伦多之恋》发表在《十月》第 2 期上。

陈家桥的小说《家变》发表在《小说界》第 2 期上。

莫言的长篇小说《红树林》由海天出版社出版。

王朔沉寂七年后的长篇小说《看上去很美》由华艺出版社出版。

四月

1 日，《作家》第 4 期推出"后先锋小说专号"，发表李洱、李冯等 13 人的小说。

2 日，《人民日报》社在京为 1999—1998 年度优秀报告文学颁奖，蒋子龙等 15 个作家的作品获奖。

黎锦明在长沙逝世，享年 94 岁。黎锦明，1905 年生，湖南湘潭人。1924 年入北京国立艺术专科学校学习，次年转入北京师范大学。读书期间开始给《晨报副刊》撰稿。1926 年在广东海丰中学教书，次年写出中篇小说《尘影》，鲁迅为之作序。1928 年后历任郑州《朝报》副刊编辑、洛阳中山中学文科主任、北平中国大学讲师、保定河北大学讲师、教授。1932 年加入"左联"，先后出版短篇小说集《破垒集》《失去的风情》，中篇小说《蹈海》《一个自杀者》等。1935 年鲁迅编辑《〈中国新文学大序〉小说二集》时，特收入黎锦明的《社交问题》《轻微的印象》《复仇》3 个短篇小说，称赞这位"湘中的作家"的作品中"蓬勃着楚人的敏感和热情"。抗战爆发后在衡山师范学校、桂林师范学校、湖南大学任教。建国后任教于福建师范学院、湖南永顺中学。1958 年回籍闲居，"文革"中受批判，精神失常，晚年落户长沙。新时期出版有《黎锦明小说选》等。

3 日，林莽的诗《沉入寂静》及《对诗歌写作的一点看法》、尤凤伟的短篇小说《晴日雪》、陈敦德的报告文学《中法建交内幕》发表在《人民文学》第 4 期上。本期"小说家谈艺"专栏发表阿来的《关于灵魂的歌唱》和叶广芩的《跨越语言的障碍》。

5 日，西川的长诗《鹰的话语》、小海的诗《坚硬的，粗砺的……》、马永波的诗《书信片断》、于坚的诗论《我们时代的诗歌》、西飏的短篇小说《聚散》及散文《我的自由生涯》、王彪的中篇小说《我们心上的痛》发表在《山花》第 4 期上。

16—18 日，中国社科院文学研究所、北京市作协、《诗探索》《北京文学》在北京市平谷县联合召开"世纪之交：中国诗歌创作态势与理论建设研讨会"。

23 日，《人民日报》"文学观察"版约请刘白羽、陆文夫、余华、王安忆等作家、评论家畅谈五四。

28 日，中国儿童文学研究会"叶君健儿童文学研究部"举行揭牌仪式。

29 日，姚雪垠在北京病逝，享年 89 岁。姚雪垠，原名姚冠三，字汉英，河南邓县人。1929 年考入河南大学法学院预科，开始以"雪痕"的笔名发表小说。1931 年因参加学潮被学校当局开除，此后刻苦自学，广泛阅读中国历史和古典文学作品，到北平以投稿、教书为生，曾在《文学季刊》《晨报》《大公报》《申报》等北平、天津、上海的报刊上发表小说、散文、文学论文多篇。抗战爆发后离开沦陷的北平返豫，在开封主编《风雨》周刊，赴徐州前线采访，写成《战地书简》。1938 年到汉口从事抗日文化活动，发表短篇小说成名作《差半车麦秸》。1941 年在大别山主编文艺刊物《中原文化》。1942 年赴重庆，被选为中华全国文艺界抗敌协会理事，兼任创作研究部副部长。1945 年到四川三台，任内迁的东北大学副教授。抗战胜利后到上海，任大夏大学副教务长，代理文学院院长。在此期间出版有报告文学集《四月交响曲》，短篇小说集《M 站》《差半车麦秸》，中篇小说《牛全德和红萝卜》《重逢》，长篇小说《戎马恋》

《新苗》《春暖花开的时候》《长夜》，论文集《小说是怎样写成的》，传记文学《记卢镕轩》等，并研究明史，发表了《明初的锦衣卫》《崇祯皇帝传》等学术论著。建国后回郑州，后调武汉从事专业创作。1957 年被划为"右派"，1960 年摘掉"右派"帽子。他在逆境中开始创作 5 卷本长篇历史小说《李自成》，1963 年出版第 1 卷，1976年出版第 2 卷（获首届茅盾文学奖），其他 3 卷至 90 年代出齐。曾任湖北省文联主席、中国作协名誉副主席等职。

本月，由香港艺术发展局和香港中文大学新亚书院联合举办的"香港文学国际研讨会"在香港举行。

中国作协创研部和《散文选刊》联合举办的"99 中国当代散文创作研讨会"在江苏苏州周庄举行。

受文化部艺术司委托，中国艺术研究院戏曲研究所主办的'99 全国重点剧作者培训班在京举行开学典礼。

韩作荣主编《光的赞歌》（《人民文学》50 年诗选）由新世纪出版社出版。

唐晓渡主编《1998 现代汉诗年鉴》由中国文联出版社出版，收有 100 多位大陆及台湾诗人的诗作，以及"1998 年汉语诗歌大事记"等，受到关注。

五月

1 日，钟鸣的组诗《彼得堡的黑太阳》、毕飞宇的短篇小说《怀念妹妹小青》发表在《作家》第 5 期上。

3 日，铁凝的短篇小说《省长日记》、红柯的短篇小说《乔儿马》、戴来的短篇小说《一、二、一》、翟永明的散文《寻找兰姆》、程树臻的报告文学《回应人类的呼唤》发表在《人民文学》第 5 期上。

4 日，纪念五四运动 80 周年"青春之歌"大型文艺晚会在北京举行，江泽民等观看了演出。

中国文化书院、北京大学哲学系等单位在北京大觉寺明慧茶院隆重召开纪念五四前后十年文化思潮研讨会，季羡林、王元化等出席。与会专家学者就五四运动的伟大历史意义、五四精神的继承与传播、蔡元培和胡适等学术思想的内涵及五四精神在新时期的现实意义等问题展开讨论。

5 日，小海的组诗《村庄与河流》、李洱的短篇小说《堕胎记》及访谈录《知识分子的叙述空间与日常生活的诗性消解》、魏微的短篇小说《父亲来访》、林白的中篇小说《米缸》、张梅的长篇小说《破碎》发表在《花城》第 3 期上。

林白的短篇小说《菠萝地》及随笔《做一个快乐自由人不容易》、荆歌的短篇小说《鼠药》、叶广芩的中篇小说《不知何事萦怀抱》发表在《山花》第 5 期上。

方方的中篇小说《在我的开始是我的结束》发表在《大家》第 3 期上。

6 日，《文论报》发表孙文波的文章《关于"民间立场"》。

7 日，为纪念真理标准讨论 20 周年及中共十一届三中全会召开 20 周年，中国社科院文学研究所邀请有关学者、专家召开专题研讨会。在认真、求实、严肃而活跃的气氛中对文艺学发展变化的历史进程，以及文艺学研究中的一系列重要问题进行了讨论。

10—12 日，中国作协举行座谈会，愤怒声讨美国为首的北约轰炸我驻南联盟大使馆的暴行。各地作家邓友梅、李国文、碧野等也纷纷发表文章进行声讨。

《读书》第 5 期刊载奚密、崔卫平关于现代诗的对话，以及欧阳江河解读张枣诗作的文章《站在虚构这边》。

15 日，《文学评论》开辟"纪念五四运动八十周年"专栏。

17—21 日，"1999 世纪之交：文论、文化与社会学术研讨会"在南京师范大学举行。会议围绕文学理论的现代性问题、文学研究与文化诗学问题，以及中国古代文论的现代阐释、当代文学批评实践等问题展开讨论。

19 日，苇岸病逝，年仅 39 岁。著有散文随笔集《大地上的事情》《太阳升起以后》。北京众多诗人、作家参加了他的葬礼及骨灰撒放仪式。

20 日，多位作家祝贺《当代》杂志创刊 20 周年。陈超的诗《一代人与写作》、马丽华的报告文学《地球上的最后秘境——雅鲁藏布大峡谷》发表在《当代》第 3 期上。

黄蓓佳的中篇小说《玫瑰灰的毛衣》发表在《钟山》第 3 期上。同期开始连载方方的长篇小说《乌泥湖年谱》，至第 4 期止。

25 日，朱文颖的中篇小说《浮生》、刘心武的中篇小说《民工老何》发表在《收获》第 3 期上。同期开始连载杨争光的长篇小说《越活越明白》，至第 4 期止。

于坚的文学谈话录《"抱着一块石头沉到底"》发表在《当代作家评论》第 3 期上。

本月，杨炼获意大利"FLAIANO 国际诗歌奖"。

宁夏自治区作家协会第四次代表大会召开，张贤亮再次当选宁夏作协主席。

杨克编《90 年代实力诗人诗选》由漓江出版社出版。

王安忆的短篇小说《喜宴》《开会》，创作随笔的《生活的形式》发表在《上海文学》第 5 期上。同期还发表残雪的随笔《通往梦幻之乡》。

金仁顺的短篇小说《听音辨位》、荆歌的中篇小说《父亲们安息》发表在《小说家》第 3 期上。

荆歌的短篇小说《花岗岩雕像》、赵凝的中篇小说《膨胀》、程乃珊的长篇小说《山水有相逢》及创作后记《写不尽的上海故事》发表在《小说界》第 3 期上。

六月

1 日，百家期刊在《长江文艺》第 6 期同贺《长江文艺》迎来 50 华诞，百名作家共祝《长江文艺》50 周年大庆。本期发表绿原诗二首、方方的中篇小说《劫后三家人》。

《作家》第 6 期刊发朱文颖短篇小辑、楚尘作品小辑。

3 日，《人民文学》第 6 期开设特辑，中国作协发表声明，欧阳山、邓友梅、叶兆言、邓一光等作家联合发表声明"愤怒声讨美国为首的北约的野蛮暴行"。同期发表邵燕祥的《九十年代杂诗抄》、于坚的《诗三首》及诗论《棕皮手记：关于写作等等》、何玉茹的短篇小说《到群众中去》、鬼子的中篇小说《上午打瞌睡的女孩》、高晓声的散文《正欲洗手上岸时》。

5 日，王汶石在西安逝世，享年 78 岁。王汶石，原名王礼曾，山西万荣县人。1937 年参加"牺牲救国同盟会"，投身抗日活动。1942 年赴延安，参加西北文艺工作团。解放战争时期在西北前线从事宣传工作。建国后历任西北文联《群众文艺》和《西北文艺》副主编、中国作协西安分会秘书长、中国作协理事、陕西省作协名誉主席等职。著有短篇小说《风雪之夜》《新结识的伙伴》《沙滩上》等，中篇小说《黑凤》、大型歌剧《战友》。2004 年陕西人民出版社出版《王汶石文集》四卷。胡采说："汶石不但是一个善于讲故事、善于作精细描述的小说家，而且还是一位对我们的时代生活充满了内在激情的诗人。""王汶石的风格特点是：惯于作冷静的描述，他总是把自己的生活激情，灌注到对人物对情节的精雕细刻中去；他的冷静地描画和剖析的力量，时常使他的作品，更接近于戏剧；作品中的许多情节，带有引人入胜的戏剧冲突。他能够把严肃的思想主题，同充满生活情趣的描写相结合。在他的作品里，有激流，也有缓流，有严肃的思想斗争，也有令人笑出声来的幽默。汶石的艺术描写，给人以多样化的感觉。当人们读到他作品中某些意趣盎然的境界时，往往流连忘返，被书中的诗情画意深深陶醉。王汶石的作品，含蓄，朴素，明快，在艺术表现上留有余地，给人的感觉，很像素描。也许正因为如此，所以，有些人读王汶石的作品，觉得颇为耐人寻味。"（胡采：《论王汶石的短篇小说——序〈风雪之夜〉》，《延河》1959 年第 9 期）

邱华栋的短篇小说《豹子的花纹》及随笔《在我们的时代里》，丁丽英的小说《到滨江大道的草坪坐一坐》及随笔《自由撰稿人的生活》发表在《山花》第 6 期上。

6 日，江泽民等党和国家领导人在北京出席普希金诞辰 200 周年诗歌音乐会。

9—10 日，跨世纪台港澳暨海外华文文学研讨会在福建召开。

15 日，王蒙、张洁、张抗抗、刘震云、毕淑敏、张承志等六位著名作家，通过代理律师向北京市海淀区人民法院提起诉讼，状告由世纪互联通讯技术公司主办的"北京在线"（www. bol. com. cn）网站未经许可将他们享有完全著作权的文学作品登载到网上，要求赔偿经济和精神损失。9 月 18 日，北京市海淀区人民法院就王蒙等六作家状告北京在线网站侵权案，判决被告世纪互联通讯技术公司败诉，从即日起停止侵权，向原告公开致歉，同时赔偿数额不等的经济损失。轰动一时的六作家状告网站侵权案以作家胜诉告终。

26 日，美学家蒋孔阳在沪逝世，享年 77 岁。蒋孔阳，1922 年生，重庆万县人。复旦大学中文系教授。著有《德国古典美学》《中国古代美学艺术论文集》《美和美的创造》等。1982 年后历任全国美学学会副会长、上海市美学学会会长、中国作协理事等职。

30 日，广州《羊城晚报》刊载朱健国的《"争议浩然"再起波澜》，文章说："争论的焦点是：浩然应不应该为'文革'中受'四人帮'之宠后悔？浩然是不是一个中国农民的奇迹？浩然在 1989 年秋复出后，为何愈来愈狂妄？浩然到底是有贡献的农民作家，还是有过的'文革帮闲'？浩然声称手中保存了 100 多个作家托他转给江青的信，到底是'对江青的效忠信'，还是伸冤信？"朱健国的文章综述了最近批评浩然的主要文章的观点，包括 1998 年第 6 期《文学自由谈》上焦国标的文章《你应该写的是忏悔录》、1999 年 4 月 3 日天津《今晚报》上章明的文章《浩然的确是个"奇迹"》等。不久，红孩在《作品与争鸣》1999 年第 11 期上撰文反驳，题名《遭遇"流氓"——兼谈我对〈"争议浩然"再起波澜〉一文的看法》。这场争议其实是由 1998 年 9 月 20 日《环球时报》上的一篇访谈《浩然要把自己说清楚》引发的，浩然在访谈中主要谈到三点：一是"我为自己的作品《艳阳天》《金光大道》《西沙儿女》感到骄傲"；二是"我认为我在'文革'期间，对社会、对人民是有贡献的"；三是"我想我是一个奇迹——我从一个只读过三年小学的农民成为名正言顺的作家，在中国历史上是没有出现过的。"

本月，中国诗歌界爆发"年鉴之争"，即于坚等主编的《1998 中国新诗年鉴》与唐晓渡主编的《1998 现代汉诗年鉴》之争。继《中华读书报》发表西渡的《书商立场与艺术原则：评〈1998 中国新诗年鉴〉》之后，《中国图书商报》（6 月 15 日）又刊出程光炜的《令谁痛心的表演》、西渡的《民间立场的真相》、伊沙的《两本年鉴的背后》等文章，就两本不同的诗歌年鉴发表不同看法。两书的编者都在媒体上激烈质疑对方的编书动机和诗学立场，这成为后来两派诗人论争的导火线。

北京大学世界传记中心、中外传记文学研究会等单位在京联合召开首届传记文学国际研讨会。

浙江省作协、浙江文艺出版社在杭州联合召开《陈学昭文集》研讨会。

七月

1 日，朱文颖的短篇小说《卑贱的血统》、石钟山的中篇小说《角儿》发表在《长江文艺》第 7 期上。

林白的《1974 年暑假日记》，方方的随笔《一个房间的小木屋》，王朔、刘震云、邱华栋、张英的对话录《从〈看上去很美〉谈起》发表在《作家》第 7 期上。同期刊载"李修文作品小辑"，并开始连载潘军的长篇小说《独白与手势》，至第 12 期止。

3 日，李大卫的中篇小说《地震中的手提琴》、范小青的短篇小说《平安夜》发表《人民文学》第 7 期上。同期"小说家谈艺"专栏发表徐坤的《从语言到躯体》。

5 日，《大家》第 4 期刊载诗歌论争专辑，发表于坚的《诗人及其命运》、王家新的《知识分子写作或曰"献给无限的少数人"》。同期发表残雪的中篇小说《神秘列车之旅》、李洱的中篇小说《遗忘》。

《山花》第 7 期发表李冯、林白、沈东子的《〈98 新诗年鉴〉三人谈》。同期发表朱文的短篇小说《人民到底需不需要桑拿》及《答贺绍俊先生九问》。

《芙蓉》第 4 期开始推出"重塑'70 后'"专栏，本期发表陈卫的《你是野兽》、棉棉的《一个病人》等 10 篇小说，以及陈卫署名"李安"的文章《重塑"七十年代以后"》。文章指出："目前，'七十年代以后'的命名完全被'时尚女性文学'的现实所替代。""以一些女作家为主的'时尚女性文学'严重遮蔽了'七十年代以后'创造真实、艺术和美的文学的创作。""'时尚女性文学'之所以与一些杂志一拍即合，正暴露出这些杂志的文学鉴赏力的衰竭、昏聩和慵懒，也暴露了他们在发掘文学新人时所持的不良心态。在这些杂志编辑的脑海里，热点效应永远大于文学本身的价值。"

艾伟的短篇小说《乡村公园》、潘军的中篇小说《秋声赋》、王彪的中篇小说《无比幸福》、史铁生的散文《病隙碎笔》、罗望子的长篇小说《暧昧》及访谈录《寓言化叙事中的语词王国》发表在《花城》第4期上。

陈家桥的小说《阴谋》发表在《莽原》第4期上。

11日，《文论报》报道：香港《亚洲周刊》编辑部联合全球各地文学名家评选出"二十世纪中文小说一百强"，位列前10位的是鲁迅的《呐喊》、沈从文的《边城》、老舍的《骆驼祥子》、张爱玲的《传奇》、钱钟书的《围城》、茅盾的《子夜》、白先勇的《台北人》、巴金的《家》、萧红的《呼兰河传》、刘鹗的《老残游记》。1949—1976年间的中国大陆小说，仅浩然的《艳阳天》和王蒙的《组织部来了个年轻人》入选。

13日，中国文联诞生50周年纪念大会在北京举行，中宣部部长丁关根委托中宣部副部长转达他对中国文联的祝贺，中国文联党组书记高占祥在会上发言。

四川《读者报》同时发表于坚的《真相大白》和王家新对于坚等人进行质疑的文章《诗人何为》。紧接着，北京《科学时报·今日生活观察》7月31日专版刊出唐晓渡的《我看到……》、王家新的《也谈"真相"》、孙文波的《事实必须澄清》、蒋浩的《民间诗歌的神话》、陈均的《于坚愚谁》等文章。此前《山花》第7期发表西渡的长文《对于坚几个诗学命题的质疑》。双方分别代表"知识分子写作"和"民间立场"，就当下诗歌的价值取向、艺术标准以及创作走向等一系列问题展开论争。

15日，《光明日报》发表季羡林的散文《大觉寺》。

16日，高晓声逝世，享年71岁。高晓声，1928年生，江苏武进人。1950年毕业于无锡苏南新闻专科学校，先在苏南文联、江苏省文化局从事群众文化工作，后调至《新华日报》任文艺编辑。1954年发表短篇小说处女作《节约》。1957年初与方之、陆文夫、叶至诚等人筹办《探索者》文学月刊社，并发表小说《不幸》，被打成"右派"，下放原籍劳动。1979年平反。重返文坛后陆续发表小说代表作《李顺大造屋》《陈奂生上城》，影响广泛。著有《79小说集》《高晓声1980小说集》《高晓声1981年小说集》《高晓声1982年小说集》《高晓声1983年小说集》《高晓声1984年小说集》《高晓声幽默作品自选集》、长篇小说《青天在上》《创作谈》等。尹骧说："有人在评价高晓声的创作时，说他有'鲁迅风'，这当然是一种极高的荣誉。倘如说高晓声的小说已经达到了鲁迅小说的思想和艺术的高度，那是不确切的。""但是说高晓声的一部分小说在某些方面具有鲁迅小说的一些特色，那就不算是过誉。这里所说的'一部分小说'，指的就是他的那些以普通农民为主人公的若干优秀之作。这些作品在思想内容上的厚实与深沉，创作方法上的清醒与严格，风格上的冷峻与幽默等，都是师承鲁迅或者可以说是独步鲁迅后尘的。""在表现普通农民的生活与命运的作品中，最引人注目的，无疑是已经获得了广泛称誉的李顺大、陈奂生式的农民典型形象的塑造。高晓声从这一类人物身上，极其深刻、极为丰满和极为生动地开掘并展示了当代中国农民的最真实和最具有特点的性格。""他以清醒的、严格的现实主义的精神，深入地、冷峻地探索和解剖了这些农民的内心精神世界，也就是刻意师法鲁迅，要画出他们的灵魂来。在这方面，高晓声无疑是一位高手。凭藉他长期农村生活的体验和对农民深入而又精细的观察，他真正捕捉到了中国农民的灵魂深处所因袭的那沉重而深远的历史负担。"（尹骥：《高晓声代表作·前言》，黄河文艺出版社 1987 年版）

20 日，由中国近 5000 位作家签名的巨型艺术花瓶烧制成功。

《文艺报》发表专论《中国不容分裂、文化不可割断》，批驳李登辉的"两国论"。

残雪的短篇小说《绿毛龟》、周大新的短篇小说《金色的麦田》、苏童的中篇小说《训子记》、邓一光的中篇小说《扬起扬落》发表在《钟山》第 4 期上。

23 日，中国作协召开座谈会，表示坚决拥护中共中央关于取缔"法轮功"的重大决策。

25 日，徐坤的短篇小说《橡树旅馆》、周洁茹的短篇小说《跳楼》、北村的中篇小说《长征》发表在《收获》第 4 期上。同期还发表茹志鹃的《她从那条路上来》、王安忆的《从何而来，向何而去》。

29 日，袁静逝世，享年 85 岁。袁静，祖籍江苏武进，1914 年生于北京。1935 年在北平参加"一二·九"学生运动。1940 年赴延安，先在陕北公学学习，后参加秧歌队，编写秧歌剧。1944 年在延安创作第一个秧歌剧《减租》。1945 年创作秦腔剧本《刘巧儿告状》，解放后该剧被移植为评剧《刘巧儿》。1946 年与孔厥合写歌剧《蓝花花》，1949 年与孔厥合写长篇小说《新儿女英雄传》。建国初在中央电影局剧本创作组、中国作协工作。1957 年调入中国作协天津分会工作，曾任天津市文联副主席、作协天津分会副主席等职。建国后著有电影文学剧本《淮上人家》、长篇小说《红色交通线》、儿童文学作品《小黑马的故事》《红色少年夺粮记》等。1981 年后集中创作儿童文学作品，著有中篇小说《李大虎和小刺猬》《芳芳和汤姆》，科学童话集《金钥匙》《水乡晨曲》《幸福的小舍哥》，电视文学剧本《雾中蓓蕾》《精豆子外传》等。1988 年被授予天津市鲁迅文艺大奖。

本月，《北京文学》第 7 期集中刊载陈超、唐晓渡、西川、谢有顺、韩东 5 人的诗歌论争文章。

《文论报》第 7 期刊载臧棣的《诗歌：作为一种特殊的知识》以及西渡、陈均的文章。同期还刊有沈奇对《秋后算账》进行辩解的文章：沈奇在《1998 年中国新诗年鉴》上发表《秋后算账——1998：中国新诗备忘录》一文，他认为："整整激荡了二十年的民间思潮，真正产生了历史性的巨大影响，其形成足以催生并导引新的诗歌思潮和诗歌生长点的，当属早期的《今天》和 1985 年后的《他们》……以一个民间社团的小小存在极大地改观了当代文学的样貌，实在是我们这个时代极为罕见的一个杰作。"

《诗探索》第 2 期刊载"牛汉研究"专辑，并发表陈仲义的《日常主义诗歌：论 90 年代先锋诗歌走势》、王光明的《个体承担的诗歌》，以及孙文波、王家新、西渡、徐江参与诗歌论争的文章。

刘庆邦的短篇小说《躲不开悲剧》、季羡林的散文《台游随笔》、舒婷的散文《风雪兼程去"卖艺"》、周涛的散文《北塔山随笔》发表在《十月》第 4 期上。

红柯的短篇小说《家》、吴晨骏的短篇小说《再生》、潘军的中篇小说《桃花流水》发表在《上海文学》第 7 期上。

李佩甫的长篇小说《羊的门》由华夏出版社出版。

朱苏进的随笔《生活就是一个个片刻》、王安忆的随笔《寻找上海》、张承志的随笔《都市的表情》发表在《小说界》第 4 期上。同期开始连载殷慧芬的长篇小说《汽车城》，至第 5 期止。

徐刚的报告文学《地球传》由山西教育出版社出版。

八月

1 日，陈家桥的短篇小说《读者的生活》发表在《作家》第 8 期上。

2 日，中共中央政策研究室编辑的《江泽民论社会主义精神文明建设》一书由中央文献出版社出版。

3 日，李瑛的诗《高原九题》发表在《人民文学》第 9 期上。

5 日，臧棣、陈超、李泽华的诗 1 组、红柯的小说《雪鸟》、范小青的小说《豆粉园》、虹影的中篇小说《归来的女人》及随笔《我的朋友是红狐》发表在《山花》第 8 期上。

6—19 日，第六届中国戏剧节在沈阳举行，15 个剧目获"曹禺戏剧奖"。

8—11 日，吉林大学文学院、中国社会科学杂志社和延边大学共同举办的"20 世纪中国文学现代性问题"中青年学者学术研讨会在长春召开。

10 日，《诗刊》第 8 期推出"第十五届'青春诗会'专号"。

17 日，《中国青年报》报道：由人民文学出版社和北京图书大厦联合发起，邀请社会知名文学研究专家评选出的"百年百种优秀中国文学图书"于 8 月 16 日下午通过最后一轮投票，篇目全部揭晓。

12—13 日，郭小川 80 诞辰学术研讨会在河北丰宁召开。

28 日，由尹丽川、张洪波主持的"纪念博尔赫斯诞辰 100 周年"诗歌朗诵会在北京茗客茶艺馆举行，百余听众及文学界、艺术界人士参加。

本月，《北京文学》第 8 期"诗歌论争专栏（2）"刊载于坚、臧棣、孙文波、侯马等人的争鸣文章。于坚的文章题名为《真相——关于"知识分子写作"和新潮诗歌批评》。同期还刊登刘再复的长文《诺贝尔文学奖与中国作家的缺席》。

《新华文摘》第 8 期在"后新诗潮及其批评反思"专栏中选发王光明等人的诗歌争鸣文章和田诵文的述评《关于新诗发展方向又起争论》。后者认为，这次论争是自朦胧诗以来最大的一次诗歌论争，并将对下个世纪的中国诗歌的发展产生重要影响。

张承志的散文《从石壕村到深井里》发表在《上海文学》第 8 期上。

洪子诚的《中国当代文学史》由北京大学出版社出版。

杨匡汉、孟繁华主编的《共和国文学 50 年》由中国社会科学出版社出版。

九月

1 日，《作家》第 9 期集中刊发于坚、张枣、王小妮、麦城、钟鸣、翟永明、臧棣、梁小斌、陆忆敏、陈东东、西渡的诗。同期还发表池莉的随笔《天生的江湖城市》和张英的访谈录《访上海作家施蛰存、王安忆、格非、孙甘露》。

李修文的短篇小说《金风玉露一相逢》、叶延滨的《随笔二题》、周洁茹的散文《一天到晚散步的鱼》发表在《长江文艺》第9期上。

3日，王彪的短篇小说《在防空洞》、东西的中篇小说《肚子的记忆》、周而复的散文《丰泽园的春风》发表在《人民文学》第9期上。

5日，陈东东的诗《炼丹者巷22号》、赵玫的小说《怎样证明彼此拥有》、陈家桥访谈录《指向虚无与超验的写作》发表在《花城》第5期上。

叶兆言的小说《不娶我你后悔一辈子》、残雪的小说《天空里的蓝光》、叶弥的小说《老黄的假日》、刘继明的散文《我的激情年代》发表在《山花》第9期上。

王安忆的中篇小说《飞向布宜诺斯艾利斯》发表在《芙蓉》第5期上。

6日，中宣部、文化部、广电总局、新闻出版署、中国文联、中国作协在京联合推出向中华人民共和国成立50周年献礼的50个重点文艺项目。50个献礼项目分属电影、电视剧（片）、戏剧、长篇小说、音乐、舞蹈、美术、书法、摄影、电视晚会等10个艺术门类。

9日，中国作协影视文学委员会"影视文学著作注册中心"成立大会在京召开。

10日，《诗刊》第9期发表昌耀诗选和阿垅的旧体诗，以及叶文福的《看着我的眼睛》（组诗）和伊沙的诗《也许他是生命中的》（五首）。

15日，第七届精神文明建设"五个一工程"评选在北京揭晓，共有372部作品荣获入选作品奖。

《中华读书报》刊登该报组织评选的"我心目中的二十世纪文学经典"书目。

《天涯》第5期刊载刘亮程散文专辑。

17日，首届中国西部文学期刊主编年会召开。

19—24日，为纪念闻一多诞辰100周年，中国闻一多研究会、闻一多基金会、武汉大学等单位在武汉联合举办"99闻一多国际学术研讨会"。

20日，《钟山》庆祝创刊20周年。第5期刊发翟永明、张枣等人的诗（"99大连国际诗会诗选"）、徐坤的短篇小说《爱人同志》、叶弥的短篇小说《我找王静》、莫言的中篇小说《藏宝图》、毕飞宇的中篇小说《睁大眼睛睡觉》、西飏的中篇小说《床前明月光》、贾平凹的散文《老西安》、刘继明的随笔《生活的激情与写作的激情》。

陈国凯的长篇小说《一方水土》（节选）、孙惠芬的长篇小说《歇马山庄》（节选）发表在《当代》第5期上。

24日，中国作协在京举行"99金秋新老会员联谊会"，庆祝建会50周年。张锲、翟泰丰、臧克家等出席会议并讲话。

王西彦在上海逝世，享年85岁。 王西彦，1914年生，浙江义乌人。1930年在义乌初中毕业后到杭州民众教育实验学校就读。1933年入北平中国大学国学系读书，开始文学创作，并加入北平中国左翼作家联盟。最早的短篇小说为《车站旁边的人家》。抗战初期赴武汉参加战地服务团，到鲁南、苏北战地做民运工作。1940年到福建永安主编《现代文学》月刊。1942年后先后担任桂林师院、湖南大学、武汉大学、浙江大学等校教授。抗战后期开始创作长篇小说《追寻》三部曲（《古屋》《神的失落》《寻梦者》），同时又写作"农村妇女三部曲"（《村野的爱情》《微贱的人》和《换来的灵魂》，第3部未完成）。建国后参加湘东和皖北的土地改革运动。1953年调任上海《文艺月报》编委。1955年后从事专业创作，出版了长篇小说《春回地暖》和《在漫长的路上》（第1部）等。晚年撰写了《炼狱中的圣火》等散文和回忆录。另出版有《王西彦选集》五卷。

25—29日，由《文学评论》编辑部、武汉大学人文学院中文系等单位联合举办的"全球化趋势中的文学与人"学术研讨会在武汉举行。

王小妮的短篇小说《棋盘》、莫言的中篇小说《野骡子》、何立伟的中篇小说《红尘之人》、赵凝的中篇小说《大家》发表在《收获》第5期上。

28日，中国现代文学馆落成。

本月，第四届国家图书奖落幕，《老舍文集》《朱自清全集》等获奖。

张旻的短篇小说《第三次会面》、范小青的短篇小说《鹰扬巷》和《描金凤》、池莉的中篇小说《乌鸦之歌》、刁斗的"小说人语"《履历表》发表在《上海文学》第9期上。

严歌苓的短篇小说《魔旦》、金仁顺的小说《恰同学少年》、莫言的随笔《从照相说起》、刘心武的随笔《抚摸北京》、残雪的随笔《博尔赫斯的幻想事业》发表在《小说界》第5期上。

残雪的短篇小说《激情通道》、叶广芩的中篇小说《梦也何曾到谢桥》、李大卫的中篇小说《吉他行》、李存葆的散文《祖槐》发表在《十月》第5期上。

何申的中篇小说《热河官僚》、梁晓声的中篇小说《婉的大学》、李肇正的中篇小说《男人其实很简单》发表在《小说家》第5期上。

卫慧的长篇小说《上海宝贝》由春风文艺出版社出版。这部长篇和棉棉的长篇小说《糖》（2000年版）在世纪末的中国文坛风靡一时。王宏图认为卫慧等人的小说"提供了当今都市生活空间中以感官放纵为核心的狂欢的神话"，但"狂欢的神话不但不是迈向天堂的大道，相反，它是自我戕害、自我毁灭的绝路。和其他种类的神话一样，狂欢只能是生活中偶尔浮现的庆典，一种可望而不可及的梦想，一旦被现实化，只能带来料想不到的灾难性后果。"（王宏图：《狂欢的神话——也谈〈上海宝贝〉和〈糖〉》，2000年3月1日《解放日报》）陈思和认为，一方面，从卫慧和棉棉的作品中，"我们在一种比较另类的声音下，依然能够感受到年轻一代体制反叛者的恍惚而真实的心境"，但另一方面，她们又受到"新富人享乐主义"的影响，滋生出一种"对欲望的向往与迷醉。"由于"缺乏理性批判能力，放任身体的生理反应与强调感官对世界的把握自然都不可能产生强有力的力量，以抗衡现代文明所造成的人性异化。"（陈思和：《现代都市社会的"欲望"文本——以卫慧和棉棉的创作为例》，《小说界》2000年第3期）阎晶明将卫慧等70年代出生的女作家与陈染、林白等60年代出生的女作家相比较，指出她们在性描写方面存在根本区别："60年代出生的'新生代'写灵与肉的冲突，写物欲横流、金钱至上的社会里，一个寻求灵魂归宿的灵魂如何被扭曲、挤压和打击，灵魂滑落的轨迹还是很明显的；但70年代出生的'新新人类'，如果以卫慧和棉棉为代表，则放弃了灵魂的'拷问'，把肉体直接贴近物质世界，在感官的通道里随风飘零。"（阎晶明：《无畏的欲望及其他——从〈上海宝贝〉和〈糖〉说起》，2000 年 4 月 4 日《文艺报》）

人民文学出版社推出"三驾马车长篇丛书"，包括何申的《多彩的乡村》、谈歌的《家园笔记》、关仁山的《风暴潮》。

陈军的长篇传记小说《北大之父蔡元培》由人民文学出版社出版。

陈思和主编的《中国当代文学史教程》由复旦大学出版社出版。

十月

1 日，刘庆邦的短篇小说《夜色》、范小青的短篇小说《平仄》、王彪的短篇小说《看谁跳的高》、张旻的短篇小说《半道上》发表在《作家》第 10 期上。

曾卓的随笔《生活与诗》（三则）发表在《长江文艺》第 10 期上。

3 日，《人民文学》创刊 50 周年，第 10 期特设纪念专辑，发表的诗歌有李瑛的《黄河》、蔡其矫的《民族乐团的演奏》、郑敏的《世纪的晚餐》、牛汉的《逆着风沙》、吉狄马加的《回望二十世纪》、西川的《革命的菩萨》、食指的《暴风雨》、梅绍静的《祖国》等；小说有王安忆的《冬天的聚会》、苏童的《大气压力》、池莉的《猜猜菜谱和砒霜是做什么用的》、林希的《"格涉"》、残雪的《追求者》、谈歌的《秦琼卖马》、毕飞宇的《阿木的婚事》、陈世旭的《柴达木人》、储福金的《岔路》；散文有《柯灵书简》、卞之琳的《离合记缘》、宗璞的《从近视眼到远视眼》、张承志的《波斯的礼物》、史铁生的《有关庙的回忆》、贾平凹的《感谢混沌佛像》、黄宗英的《我背"长城砖"》、赵丽宏的《日晷之影》、何为的《国歌的诞生》等。

5 日，冰心研究会与冰心文学馆举办冰心百年诞辰系列活动，其中包括冰心文学奖首届国际学术研讨会、冰心作品朗诵会等活动。

唐达成在京病逝，享年 71 岁。唐达成，1928 年生于北平，1950 年任《文艺报》编辑、总编室副主任，1958 年被打成"右派"，1978 年重返《文艺报》工作。历任《文艺报》副主编、中国作协党组副书记、书记、书记处常委书记等职。著有文学评论集《艺文探微录》《世相杂识》等。

《诗刊》第 10 期出版"热烈庆祝中华人民共和国成立五十周年专号"，刊载李瑛、辛笛、雁翼等的诗作。

石钟山的中篇小说《父亲的爱情生活》、徐小斌的小说《美术馆》及文论《上帝最后的泥巴》、徐坤的小说《我知道今年夏天你干了什么》、李洱的小说《上啊，上啊，上花轿》发表在《山花》第 10 期上。

15 日，中国社科院文学所当代室在京召开"五十年的文学世界"学术讨论会，会议围绕 50 年文学的本质与特征、50 年文学经验与问题、对新世纪文学的展望等议题展开。

19 日，网易公司（www. 163. com）在北京举行"网易中国网络文学奖"评选活动新闻发布会，邀请王蒙、刘心武、刘震云、从维熙、张抗抗、莫言、白烨、谢冕、戴锦华、欧阳江河、李陀等中国文学界知名人士作为专家评委。此举引发激烈争议，主要是网民们认为这些传统作家和评论家不了解网络，对网络文学一无所知，难于评选出真正优秀的网络文学作品。

26 日，在"巴金星"命名仪式上，王兆国代表全国政协主席李瑞环向巴金祝贺。翟泰丰代表全国文学界向中国科学家表示感谢。6 月 9 日，北京天文台施密特 CCD 小行星中心申报，经国际天文学联合会下属的小天体命名委员会批准，该小行星被命名为"巴金星"。

27 日，中国毛泽东诗词研究会、中央文献研究室在北京举办"开国元勋诗词研讨会"，与会者就毛泽东、周恩来、朱德、董必武、叶剑英、陈毅等人的诗词创作展开研讨。

28 日，由中国中外理论学会和安徽大学中文系联合主办的"新中国文学理论五十年"学术研讨会在安徽大学召开。

本月，由美国南美以美大学主办的"老舍学术研讨会"在美国达拉斯举行，与此同时，"南美以美大学老舍收藏馆"揭幕。

中国作协、《诗刊》社和《太原日报》社联合举办的"太行诗会"在太原市隆重召开。

《山东新文学大系》由山东文艺出版社出版。

重庆出版社推出《新中国 50 年诗选》和"三套车丛书"《傅天琳诗选》《李刚诗选》《王川平诗选》。

臧棣的诗《简易的雕塑》、张枣的诗《大地之歌》、茹志鹃的《下乡日记》发表在《上海文学》第 10 期上。

《霍达文集》、叶广芩的长篇小说《采桑子》、凌力的长篇小说《梦断天河》由北京十月文艺出版社出版。

林希的散文《不如归去》发表在《散文天地》第 5 期上。

十一月

1 日，《中国青年报》刊登王朔的《我看金庸》一文向金庸"叫阵"，称"初读金庸是一次很糟糕的体验"，因为"情节重复，行文罗嗦，永远是见面就打架，一句话能说清楚的偏不说清楚，而且谁也干不掉谁，一到要出人命的时候，就从天上掉下来一个挡横儿的，全部人物都有一些胡乱的深仇大恨，整个故事情节就靠这个推动着"，而且"从语言到立意基本没脱旧白话小说的俗套。"王朔认为："金庸很不高明地虚构了一群中国人的形象……于某种程度上代替了中国人的真实形象，给了世界一个很大的误会。"王朔最后把金庸小说和"四大天王"、成龙电影、琼瑶电视剧并称"四大俗"。随后，金庸在本月 4 日的《文汇报》发表《不虞之誉和求全之毁》一文予以还击，借用佛家的"八风不动"和孟子的"有不虞之誉，有求全之毁"加以应对。各家报刊对此纷纷转载，学界及民间的评论者也纷纷就此风波发表意见，一场围绕金庸作品的文学价值的论争由此展开。网络在这次"金王之争"中发挥了重要作用。

海男的小说《紫色践约者》（三题）发表在《长江文艺》第 11 期上。

3 日，从维熙诗一组、王芫的中篇小说《北京人》发表在《人民文学》第 11 期上。

5 日，中国作协在北京举行隆重大会，表彰为中华人民共和国成立 50 周年献礼的 10 部长篇小说以及在第七届"五个一"评选工程中中国作协系统获奖的单位合作者，同时举办由中国作协组织编选的《中华人民共和国 50 周年文学名作文库》首发式。这 10 部长篇包括周梅森的《中国制造》、柳建伟的《突出重围》等。翟泰丰、于友先等讲话。

《芙蓉》第 6 期刊载葛红兵的《为二十世纪中国文学写一份悼词》，该文认为二十世纪中国文学不足为观，反面教训多于正面价值。随后，秦弓发表《学术批评要有历史主义态度》（《人民政协报》2000 年 1 月 4 日）、红孩发表《为炮制悼词者出示红牌》（《文艺报》2000 年 3 月 21 日）、吴中杰发表《评一种批评逻辑》（《文学报》第 1134 期）对葛文进行批驳。

陈东东的诗《月全食》、钟鸣的《鼓俑》（诗 3 首）、池莉的短篇小说《请柳师娘》、行者的短篇小说《中介之母》及随笔《关于虚构》、谢挺的短篇小说《相见欢》、陈家桥的短篇小说《鹦鹉之恋》及随笔《日常生活与写作》发表在《山花》第 11 期上。

朱朱的组诗《枯草上的盐》、丁丽英的《梦》等一组诗、韩东的中篇小说《花花传奇》、王大进的中篇小说《风中之欲望》、王彪访谈录《生命在梦魇和战栗中逃亡》、残雪的随笔《灵魂开窍时的风景——〈美国〉文本分析》发表在《花城》第 6 期上。

10 日，《诗刊》"世纪之交诗的盛会"专栏刊发丁芒、张学梦、雷抒雁、伊甸、熊召政、周涛、张执浩、陈东东、唐晓渡、臧棣等人的诗作。

20 日，杨豪的报告文学《农民的呼唤》发表在《当代》第 6 期上。

邱华栋的短篇小说《袋装婴儿》、丁丽英的短篇小说《抄袭》、谢挺的短篇小说《天国的景象》、戴来的中篇小说《恍惚》、陈应松的中篇小说《雪树琼枝》、吕新的中篇小说《深红的农事》、王英琦的随笔《为了十字架上的爱和恨》发于《钟山》第 6 期上。同期刊有"忆念高晓声"小辑。

24—25 日，由清华大学中文系和《文学评论》编辑部主办的纪念闻一多诞辰 100 周年暨百年中国文学研究的现代化进程学术研讨会在京召开。

25 日，吴晨骏的短篇小说《可疑的变化》、阎连科的中篇小说《耙耧天歌》、王彪的中篇小说《大声歌唱》、荆歌的中篇小说《画皮》、张贤亮的长篇小说《青春期》发表在《收获》第 6 期上。

26 日，首届"中华铁人文学奖"在人民大会堂举行，该奖项是中华铁人文学专项基金理事会在石油、石化行业设立的全国性大奖，每四年举办一次，今年共 56 部作品获奖。刘白羽、魏巍、李若冰等人获奖。

澳门文学研讨会在南京举行。会议 28 日结束。

27 日，赵清阁在上海病逝，享年 85 岁。赵清阁，1914 年生，河南信阳人。1932 年从开封艺术高中毕业后一边在河南救济院贫民小学任教，一边在河南大学中文系学习，同时开始在报刊上发表诗歌、散文和杂文。不久为《民国日报》《新河南报》主编《妇女》《文艺》周刊。1933 年考入上海美术专科学校学习西洋画，兼任上海天一电影公司《明星日报》编辑，继续半工半读。此时出版第一部小说集《早》。毕业后在上海女子书店任总编辑，兼《女子月刊》编委。抗战爆发后到武汉参加中华全国文艺界抗敌协会，主编《弹花》文艺月刊和《弹花文艺丛书》，其间与老舍合著四幕话剧《桃李春风》。抗战胜利后回到上海，主编上海《神州日报》副刊，并为《大公报》《申报》《文潮月刊》等报刊撰稿。1947 年在上海戏剧专科学校任教，同时在大同电影公司任编剧。1948 年与洪深合作《几番风雨》。解放后任上海天马电影制片厂编剧、上海社会科学院文学研究所研究员。她能诗、能文，更善小说和戏剧，还画得一手水墨国画，兼作曲填词。建国前著有小说集《华北之秋》《落叶》，中篇小说《凤》，长篇小说《月上柳梢头》，剧本集《血债》《过年》，话剧、电影剧本《女杰》《生死恋》《活》《花影泪》《潇湘淑女》《清风明月》《此恨绵绵》《冷月葬诗魂》《鸳鸯剑》《关羽》《流水飞花》《桥》等。建国后著有剧本《桃花扇》《贾宝玉与林黛玉》，中篇小说《梁山伯与祝英台》《白蛇传》《杜丽娘》，散文集《沧海泛忆》《行云散记》，《中国著名作家书信集锦》等。郭沫若曾以五绝相赠："豪气千盅酒，锦心一弹花，缙云存古寺，曾与共甘茶。"

本月，北京市设立"老舍文学创作奖"。

《文艺报创刊 50 周年纪念图集》由作家出版社出版。

《湖北新时期文学大系》由长江文艺出版社出版。

姜耕玉主编《20 世纪汉语诗选》五卷由上海教育出版社出版。

楚尘的短篇小说《往樱驼村去或者到相反的方向》、何玉茹的中篇小说《危险在别处》、二月河的长篇小说《乾隆皇帝》（连载）发表在《小说家》第 6 期上。

张俊彪的长篇小说《幻化》由人民文学出版社出版。

蔡智恒（台湾）的网络长篇小说《第一次亲密接触》由知识出版社在大陆出版，引发网络文学风潮。

朱大可、吴炫、徐江、秦巴子等著的《十作家批判书》由陕西师范大学出版社出版。对钱钟书、余秋雨、贾平凹、王朔、王蒙、梁晓声、王小波、苏童、北岛、汪曾祺进行"批判"。批评界"酷评"流行。

残雪的理论随笔集《灵魂的城堡：理解卡夫卡》由上海文艺出版社出版。

十二月

3 日，罗望子的短篇小说《良宵》、陈家桥的短篇小说《母与子》、何顿的中篇小说《人生瞬间》、童宁的纪实文学《澳门往事》发表在《人民文学》第 12 期上。

5 日，何士光的散文《又见边城》发表在《山花》第 12 期上。

8 日，以张贤亮为团长的中国作家代表团一行 5 人赴意大利访问，并出席第 25 届蒙德罗国际文学奖颁奖仪式。

14 日，"99 中国曹禺戏剧奖·剧本奖"颁奖大会在京举行。话剧《洗礼》（王海鸽）等获奖。

22 日，《文艺报》在京举办《九十年代文学潮流大系》研讨会。

本月，第三届香港文学节在香港举行。

中国赵树理研究会在深圳举行"市场经济与大众文学"研讨会。

《张承志文集》五卷本由湖南文艺出版社出版。

何顿的中篇小说《圣村》发表在《上海文学》第 12 期上。

裘山山的长篇小说《我在天堂等你》由解放军文艺出版社出版。

《余秋雨现象批判》由湖南人民文学社出版。

本年

王蒙年初赴美，担任美国康涅狄格州三一学院驻校作家，并于 2 月—5 月教授中国现代文学史课程。

中央实验话剧院上演先锋戏剧《恋爱的犀牛》，该剧由廖一梅编剧，孟京辉执导。

2000 年

一月

1 日，王蒙的微型小说《笑而不答》及随笔《中国文学怎么啦》、张欣的中篇小说《拯救》及随笔《写作是一种方式》发表在《小说界》第 1 期上。同期至本年第 6 期开辟"电脑·网络·写作"专栏，本期发表陈村的《网上的我们》、赵凝的《电脑，是魔鬼也是情人》。

池莉的小说《梅岭一号》、格非的小说《暗示》、孙甘露的小说《镜花缘》、潘军的小说《去茂名的路上幻想一顶帽子》、徐坤的小说《北京夜未眠》发表在《作家》第 1 期上。

3 日，臧棣的诗《快速投递》、桑克等的组诗《爱的罗曼思》、徐怀中的短篇小说《或许你看到过日出》、阿成的短篇小说《鸭舌帽》、孙春平的短篇小说《通天有路》、戴来的小说《自首》、邓一光的散文《那个世界那个梦》发表在《人民文学》第 1 期上。

5 日，《江南》第 1 期推出"三驾马车"新作，包括何申的小说《热爱平民》、关仁山的小说《民间突围》、谈歌的小说《遭遇背景》。

韩东的《论民间》发表在《芙蓉》第 1 期上。韩东认为："民间并非一个虚构的概念，民间的存在是一个基本的事实，有确切的物质形态和精神内核，物质形态是指民间社团、民间刊物和独立于体制之外的个人写作，精神内核是指独立于意识的创造精神。"

《花城》第 1 期集中发表于坚、麦城、王小妮、翟永明、臧棣、张枣等人的诗作。同期还发表红柯的短篇小说《帐篷》、行者的短篇小说《虚假的证词》、潘军的中篇小说《重瞳》、张旻的中篇小说《爱情与堕落》、吕新的中篇小说《米黄色的朱红》、张执浩的中篇小说《浮现》。

刘庆邦的短篇小说《女人》、何申的短篇小说《热河诗梦》、李修文的短篇小说《西门王朝》、叶弥的中篇小说《两世悲伤》发表在《钟山》第1期上。

北村的中篇小说《家族记忆》发表在《大家》第1期上。

刘醒龙的中篇小说《民歌》发表在《上海文学》第1期上。

残雪的小说《生活中的谜》、余华的随笔《我的一生窄如手掌》发表在《莽原》第1期上。同期末页刊登消息："著名作家韩少功已提出辞呈，将辞去海南省作家协会主席及《天涯》杂志社社长职务，已于湘地新筑新居，读书写作之余，兼做农事。"

7—12日，鲁迅文学院举办"当前长篇小说创作研讨会"，40余位与会作家就长篇创作整体状况、市场状况及评奖状况等问题进行研讨。

10日，《郑敏的诗》《孙静轩的诗》《蔡其矫的诗》、余光中的诗《只为了一首歌》（外一首）、西渡的组诗《一个钟表匠人的记忆》发表在《诗刊》第1期上。

13—15日，中国作协理论批评委员会首次全体会议在京召开，28名委员对近年来文学理论的批评现状及发展前景等话题展开讨论。

16日，《文艺报》刊载《浩然，是非让人评说》，发表了许多作家批评家对浩然的评论。

20日，中国诗歌学会在京隆重举行首届"夏新杯·中国诗人"颁奖大会，臧克家、卞之琳同获"夏新杯·中国诗人——终身荣誉奖"。

《当代》杂志社从第1期开始进行文学拉力赛。第1期发表邓一光的中篇小说《多年以前》、王芫的长篇小说《什么都有代价》。

25日，冯牧文学奖在京设立。

《文艺研究》编辑部和海南大学文学院共同主办的"现代性与文学理论"学术研讨会在海南召开。与会者围绕"现代性"的概念、西方文化的现代性、中国文论的现代性——限度与越界等问题进行探讨。

《收获》第1期开辟"走近鲁迅"专栏，本期刊发林贤治的《鲁迅三评》，高建平的《鲁迅：从网上评选说开去》，以及30年代许寿裳的《怀亡友鲁迅》。同期发表金庸的小说《月云》、毕飞宇的短篇小说《唱西皮二簧的一朵》、莫言的中篇小说《司令的女人》、邓一光的中篇小说《想起草原》、棉棉的长篇小说《糖》、叶兆言的文章《周氏兄弟》、张抗抗的文章《集体记忆》。《糖》本月由中国戏剧出版社出版。

本月，中国社科院文学研究所主办的纪念俞平伯诞辰100周年学术研讨会在京举行。

《郭小川全集》由广西师范大学出版社出版。共12卷，490万字，其中约60%的内容是首次公开。《文艺报》第11期作了报道。

罗望子的短篇小说《我最痛恨的那种人》、万方的中篇小说《空镜子》、李存葆的散文《沂蒙匪事》、陈丹燕的随笔《地图上的痕迹》发表在《十月》第1期上。

潘军的长篇小说《独白与手势·蓝色》发表在《小说家》第1期上。

孙惠芬的长篇处女作《歇马山庄》由人民文学出版社出版。

王朔的随笔集《无知者无畏》由春风文艺出版社出版。

二月

1 日，张欣的小说《雨季》、韩东的小说《南方以南》、残雪的小说《算盘》、毕飞宇的小说《蛐蛐 蛐蛐》、王朔的《我看老舍》发表在《作家》第 2 期上。

2 日，李凖逝世，享年 71 岁。李凖，曾用名李准，1928 年生，蒙古族，河南孟津县人。从小生活在农村，参加过农业劳动，当过学徒、职员、教师。1953 年发表短篇小说成名作《不能走那条路》。1954 年开始从事专业创作。曾任中国作协副主席、中国现代文学馆馆长等职。著有短篇小说集《不能走那条路》《两匹瘦马》《芦花放白的时候》《夜走骆驼岭》《车轮的辙印》《李双双小传》等；电影剧本《小康人家》《李双双》《耕云播雨》《龙马精神》《大河奔流》等。还参与改编了《牧马人》《高山下的花环》《双雄会》《失信的村庄》《大漠紫禁令》《清凉寺的钟声》等电影剧本。长篇小说《黄河东流去》1985 年获第二届茅盾文学奖。茅盾这样概括李准的艺术风格："洗炼鲜明，平易流畅，有行云流水之势，无描头画角之态。"（茅盾：《反映社会主义跃进的时代　推动社会主义时代的跃进》，《争取社会主义文学的更大繁荣》，作家出版社 1960 年版）谈到自己的创作，李准说，写作就是"能够让农民听听，笑一笑，从笑声中摆脱他们的落后，从笑声中认识到什么是先进……尽量把语言弄得通俗一些，……我觉得这些小故事对我练习写作帮助很大，我本来极喜欢一些民间故事的洗炼、淳朴的语言和清楚、紧密的结构，因此我在写故事中，首先锻炼能把一件事说得清楚、生动。"（李准：《我怎样学习创作》，《文艺学习》1956 年 1 月号）

3 日，西渡的诗《最后一首歌》、荆歌的短篇小说《狼来了》、刘醒龙的中篇小说《致雪弗莱》、熊正良的中篇小说《谁为我们祝福》、陈忠实的散文《为了十九岁的崇拜——追忆尊师王汶石》、陈祖芬的报告文学《黄金城》发表在《人民文学》第 2 期上。

5 日，陈东东的诗《新激情》、何申的短篇小说《热河往事》、张欣的中篇小说《浮世缘》发表在《上海文学》第 2 期上。

10 日，《冀汸的诗》《骆耕野的诗》《于坚新作选》发表在《诗刊》第 2 期上。

11 日，阮章竞逝世，享年 86 岁。阮章竞，1914 年生，广东中山县人。1935 年参加上海救亡歌咏活动，1938 年任八路军太行山革命根据地剧团团长，1939 年被选为中华文艺界抗敌协会晋东南分会常务理事。抗战胜利后任太行区党委文委委员。建国初在中央华北局宣传部工作，1955 年调任中国作协党总支书记、党组成员。1956 年任中共包头钢铁公司党委委员，深入工业战线体验生活。1960 年任《诗刊》副主编。1980 年后历任北京市作协主席、北京市文联副主席、中国作协理事等职。著有歌剧《赤叶河》、叙事长诗《漳河水》、话剧《在时代的列车上》、童话诗《金色的海螺》、诗集《迎春桔颂》《夏雨秋风录》、组诗《白云鄂博交响诗》、长篇小说《群山霜天》、纪实文学《赵亨德》等。

红柯的文章《文学与身体有关》、刁斗的文章《生活在别处》发表在《青年文学》第 2 期上。

16 日，首届冯牧文学奖在京揭晓，红柯、徐坤荣获"文学新人奖"；朱苏进、邓一光、柳建伟获"军旅文学创作奖"。20 日在北京举行颁奖仪式。

29 日，《诗人贺敬之》（贾漫著）座谈会在北京召开。中国文联党组书记给会议发来贺信，中国作协党组书记翟泰丰到会讲话。

本月，《罗洛文集》由上海社科出版社出版。

《赵丽宏作品自选集》由上海文艺出版社出版。

三月

1 日，《作家》杂志联合《上海文学》在 3 月号共同发表"2000 年新诗大联展"，发表北岛、杨炼、多多、于坚、翟永明等人的诗作。《作家》第 3 期还发表东西的小说《送我到仇人的身边》、赵刚的小说《带娜娜过街》、林白的《来自"九十年代出生的女作家"》。

须兰的短篇小说《白牛》、海男的短篇小说《恋爱中的铁器》、红柯的短篇小说《月亮的白裙子》、残雪的中篇小说《阿娥》发表在《小说界》第 2 期上。同期"电脑·网络·写作"专栏发表李冯的《新电脑》。

2 日，余杰的《余秋雨，你为何不忏悔?》和余秋雨的《余秋雨的一封公开信——答余杰先生》发表在《文学报》上，引起"二余之争"。余杰认为象余秋雨这样在"文革"中"曾经主动写过迎合当时政治的文章，起码应该有个忏悔的态度。"余秋雨认为余杰把忏悔变成了强迫别人检讨的霸道，这正是"文革"中最时兴的一套，本身最需忏悔，所以余杰的行为实际上败坏了忏悔的名声。余杰又以《究竟谁败坏了忏悔的名声》予以反驳，一时之间，还有李国文等人卷入到"二余之争"中来。

3 日，小海的诗《村庄与田园》、陈应松的中篇小说《神鹭过境》、周涛的散文《深秋去看俄罗斯》发表在《人民文学》第 3 期上。

5 日，肖开愚的诗《安静，安静》、北村的中篇小说《公民凯恩》、荆歌的中篇小说《计帜英的青春年华》、李洱的随笔《局内人的写作》、张锐锋的散文《祖先的深度》发表在《花城》第 2 期上。

储福金的短篇小说《镜蚀》、池莉的中篇小说《惊世之作》发表在《钟山》第 2 期上。

戴来的小说《我是那个疯子》、北北的小说《我的生活无可奉告》、残雪的文学随笔《博尔赫斯小说短评》、周大新的随笔《文学，一种药品》发表在《莽原》第 2 期上。

海男的长篇小说《男人传》、马原的戏剧《谁能喜怒哀乐自由》发表在《大家》第 2 期上。

张贤亮的《请用现代汉语及现代方式批判我》、毕飞宇的文章《写满字的空间很美丽》发表在《朔方》第 3 期上。

10 日，《诗刊》第 3 期刊载《女诗人新作专辑》和《海外华文诗歌新作选》。

11 日，北村的小说《滴水的东西》《病故事》，陈应松的随笔《热气腾腾的写作》发表在《青年文学》第 3 期上。

15—17 日，中国作家协会第五届全国委员会（扩大）会议在北京召开。会议提出"加强青年作家队伍建设，把一支充满青春活力的创作队伍带入 21 世纪"。《文艺报》第 32 期作了报道。

红柯的小说《跃马天山》、戴来的小说《外面起风了》、李修文的小说《我的江湖》、张炜的《悲愤与狂喜——读〈离骚〉》发表在《长城》第 2 期上。

王朔的《我看大众文化》、格非的《发展主义观念与文学》、李锐的《一个"人"的遭遇》发表在《天涯》第 2 期上。

20 日，《中原突破：文学豫军长篇小说座谈会纪要》刊登在《小说评论》第 2 期上。

《中国青年报》刊登《"美女作家"不服气——听卫慧、棉棉怎么说》。卫慧说："我不用身体写作而用电脑写作，但有人用身体而不是用头脑在看。"

王蒙的长篇小说《狂欢的季节》发表在《当代》第 2 期上。这是他的"季节系列"的最后一部，前面三部分别是《恋爱的季节》《失态的季节》和《踌躇的季节》。何西来说："《季节》四部无论对于王蒙本人，还是对于中国当代文学，都处于非常重要的地位，都有其不可取代的价值和意义。就王蒙个人的创作而言，《季节》四部应该当之无愧地称为他的压卷之作。记得八十年代初，王蒙谈到自己创作取材的界域时，常用'故国八千里，风云三十年'的话来概括。但那是指他当时的全部创作而言，没有任何一个具体作品做到了这一点。但是《季节》四部做到了。这个作品的故事，始于开国之初的 50 年代，讫于'文革'结束，时间跨度正好三十年左右；如果加上前面的追溯和后面的延伸，则要更长些。至于地域上的空间跨度，从北京到边疆，何止八千里。《季节》四部不仅篇幅巨大，结构恢宏，而且无论在艺术水平上，还是在思想深度上，都是王蒙以前创作的一次全面的综合，当然也有重要的超越。照我看，这是王蒙动用了他的全部生命体验、生活积累、艺术积累和思想积累，全力以赴写出的一部作品。他在这里攀上了一个新的制高点，同时也全面地展露了自己的才分、阅历和学力。"（《文艺研究》2001 年第 4 期）

23 日，昌耀在西宁因肝癌晚期不堪病痛折磨跳楼身亡，终年 64 岁。昌耀，原名王昌耀，湖南桃源人。1950 年入伍，1951 年随军赴朝作战，1953 年在战场负伤致残后转入河北荣军学校读书。1955 年自愿参加大西北开发到青海，1957 年被划为"右派"，遭受了长达 20 余年的流放。1979 年平反，调至中国作协青海分会从事专业创作。1982 年后参与"新边塞诗"运动，成为新边塞诗派的代表诗人之一。生前任青海省作协副主席。著有诗集《昌耀抒情诗集》《情感历程》《噩的结构》《昌耀的诗》等。昌耀说："作品只是我情感或精神活动的有限副产品，是生活的有限馈赠。就此而言，我只是一个被动的写作者。我所能勉力去做的，仅是设想自己的诗作尽其可能被同代知音接受。"（昌耀：《昌耀的诗·后记》，人民文学出版社 1998 年版）唐晓渡说："昌耀在诗歌中始终保持一种宽厚而尊严的低姿态。他从不跋扈，从不自认真理在握而扮演'先知'或'代言人'的角色。他的视角总是自下而上或平展的，尽管总能看到常人所看不到的东西。……关于昌耀的低姿态有许多话可讲。比如苦难的长期压抑，比如诗人擅长的原始思维；但我更想说的是，能始终保持低姿态的人，必是定力卓越的人，必是怀着感恩的心情活着，与万物同在的人。"（唐晓渡：《行者昌耀》，《作家》1999 年第 1 期）韩作荣说："读昌耀的诗，你会发现真实的人生之旅，被放逐的游子寻找家园的渴意以及灵魂的力量。现实精神、理性的烛照、经验与超验，犹如'空谷足音'，充满了魅惑。那独有的声音既是坚实，也是虚幻，既有着古典儒雅，又颇具现代意味；这让我想到其诗由想象控制的抒情因素，深入事物内部的象征品格，恰到好处的意象，出人意料的布置，以及反讽、带一点儿小小恶作剧式的幽默。昌耀就是昌耀，他不是任何艺术关联的追随者，他以虔诚、苛刻的我行我素完成了自己，以'仅有的'不容模拟的态势竖起了诗的丰碑。而这些，所体现的恰恰是一个大诗人的特征。"（韩作荣：《诗人中的诗人》，《昌耀的诗》序言，人民文学出版社 1998 年版）

25 日，林斤澜的小说《嘎姑》、叶辛的小说《爱情世纪末》、苏童的中篇小说《桂花连锁集团》、何顿的中篇小说《我代表人民判处你死刑》、须兰的长篇小说《千里走单骑》发表在《收获》第 2 期上。

本期《收获》"走近鲁迅"专栏发表冯骥才的文章《鲁迅的功与"过"》、王朔的文章《我看鲁迅》，以及林语堂 1937 年的文章《悼鲁迅》。冯骥才认为"鲁迅写的小说作品最少，但影响最巨。……他就凭着一本中等厚度的中短篇小说集，高踞在当代中国小说的巅峰。"鲁迅的"国民性批判源于 1840 年以来西方传教士那里。""鲁迅的国民性批判来源于西方人的东方观。"但"鲁迅在他那个时代，并没有看到西方人的国民性分析里埋伏着的西方霸权的话语。""他那些非常出色的小说，却不自觉地把国民话语中所包藏的西方中心主义严严实实地遮盖了。""多年来，我们把西方传教士骂得狗头喷血，但对他们那个真正成问题的'东方主义'却避开了，传教士们居然沾了鲁迅的光。""又由于他对封建文化的残忍与顽固痛之太切，便恨不得将一切传统文化打翻在地，故而他对传统文化的批判往往不分青红皂白。"王朔说："我认为鲁迅光靠一堆杂文几个短篇是立不住的，没有听说世界文豪只写这些东西的。"他还说，鲁迅的思想是什么？"想来想去都想不出，""绝望能叫思想吗？"这两篇批评鲁迅的文章发表后引起广泛争议。鄢烈山在《多元宝殿上的表演》一文中指出，王朔对鲁迅的态度，有痞子话语霸权扩张之态。余杰在《鲁迅中了传教士的计？》一文中针对冯骥才的看法指出："硬要说鲁迅中了传教士的计后才批判国民性，这样的批评无异于刻舟求剑。"浙江绍兴作协主席朱振国在《不能听任〈收获〉杂志嘲骂鲁迅——致中国作家的公开信》中说："纵容这种无知的狂妄，纵容这种对前辈之流氓式的戕害，是一种严重失职。""中国作家协会作为党领导下的人民团体，应以严肃的态度关注此事，给读者和会员一个明确的说法。"（参阅文波：《〈走近鲁迅〉引起纷争》，《当代文学研究资料与信息》2000 年 5 期）

26—29 日，《文艺报》在北京举办 21 世纪文艺创作研讨会，与会者就怎样面对 21 世纪的文学创作、影视剧创作，以及市场经济条件下文艺的若干问题进行了交流与座谈。

28 日，《文艺报》发表张泉的《对"沦陷区文学评价问题"的回应：史实是评说沦陷区文学的唯一前提》一文，对陈辽的《关于沦陷区文学评价中的几个问题》进行批驳。4 月 18 日，《文艺报》又发表裴显生的《谈沦陷区文学研究中的认识误区》一文，对钱理群的《中国沦陷区文学大系·总序》及张泉的文章进行商讨。

本月，荆歌的短篇小说《圆满的往事》、刁斗的中篇小说《孪生》、严歌苓的长篇小说《也是亚当　也是夏娃》发表在《小说家》第 2 期上。

何顿的中篇小说《流水年华》发表在《十月》第 2 期上。

铁凝的长篇小说《大浴女》由春风文艺出版社出版。王蒙说："由于个人的阅读口味和习惯，更由于儿时受到的教育，我不怎么容易接受《大浴女》的书名，也不易接受书里某些比较露骨和感官的描写。但读过全书之后，它在相当程度上说服征服了我。它侧重表现的是尹小跳等一些女性的人生追求和人生遭际，其中包括灵与肉纠缠在一起的生死攸关的精神寻觅、道德自省、尊严维护、感情珍惜与价值掂量，对他人甚至对社会的态度，再就是对各色人等包括一些男性的精神的解剖分析。书里的主人公尹小跳是一个有强烈的几乎是超常的生命力量的人，包括智慧、热情、道德感和对生活的感悟能力。她一次又一次地追求，她拥有许多幼稚、错失、真诚、愿望、悔悟、倔强，她遭受了背叛、欺骗直到无耻。她的种种无奈使她终于与陈在走在一起（后来又终于分手）。当在一起的时候，发展到比较强烈的肉身的结合，这是必然的与合乎情理的，是身体的同时也是精神的现象，这里表达了作者的坦诚，表达了作者对于读者的几乎是过分了的信任，读到这里你感到的是一种纯粹和升华而不是别的。""铁凝写了一本不同凡响的书，这同时是一本相当讲究的书，结构严谨，文字充满活力，集穿透与坦诚、俏丽与悲悯、形而下的具体性与形而上的探寻性苍茫性于一体。"（王蒙：《读〈大浴女〉》，《读书》2000 年第 9 期）王一川说："内心反思，是说主人公及其他人物常常处在对于自己的思想、情感和行为的回头沉思及审视状态，例如，尹小跳就时常反思自己的早年行为，陷于深深的原罪感中难以自拔，这种反思性审视一直伴随和影响着她。内心对话，是说主人公和其他人物总是在心里与他者和自我对话，尹小跳就总是为自己设置一个他者，同他展开尖锐的对话。内心反思与对话在这里是相互交融在一起的。反思借助对话方式来体现，呈现为对话，有对话式反思；而同时，对话总是包涵着反思题旨，指向对思想、情感和行为的反思，有反思式对话。内心反思的对话就这样交融在小说中，支撑起整个叙述结构。这样，小说叙述就不是以讲述令人好奇的三角恋爱故事为重心，而是借助这种故事全力探索人物的错综复杂的内心冲突，致力于现代人格的心理分析。要理解这样的反思对话体，仅仅有好奇心理自然是不够的，需要的是'冷读'。"（王一川：《探访人的隐秘心灵——读铁凝的长篇小说〈大浴女〉》，《文学评论》2000 年第 6 期）

林白的长篇小说《玻璃虫》由作家出版社出版。

萧夏林、梁建华主编的《秋风秋雨愁煞人——关于余秋雨》由中国文联出版社出版。

四月

1 日，北村的小说《苏雅的忧愁》、徐小斌的小说《图书馆》、刁斗的小说《烟花记》、赵玫的小说《午夜战争》、方方的散文《在寂无人的深山里》、韩少功与崔卫平的《关于〈马桥词典〉的对话》发表在《作家》第4期上。

3日，刘庆邦的短篇小说《响器》、李国文的杂文《从严嵩到海瑞》、陈世旭的散文《永远的雨》发表在《人民文学》第4期上。

5日，朱文颖的短篇小说《豹》发表在《上海文学》第4期上。

10日，《车前子的诗》《吕剑的诗》、贺敬之的组诗《散歌纪行》、傅天琳的组诗《柠檬色的碎片》、巴音博罗的组诗《时间的闪电》、郭小林的《难忘岁月：我的父亲郭小川》发表在《诗刊》第4期上。

11日，陈东东的诗《在南方写作》，陈家桥的小说《怀念毛泽东》《蚕豆花儿》《留下来陪我》，赵刚的小说《音劫》发表在《青年文学》第4期上。

15日，由北京大学中文系、首都师范大学中国诗歌研究中心联合举办的"林庚先生新诗创作与新诗理论研讨会"在京举行。

尤凤伟的长篇小说《中国：一九五七》发表在《江南》第4期上。

25日，由大众文艺出版社出版的《马烽文集》（八卷本）在太原举行首发式。

29—30日，由北京师范大学举办的"文艺学与文化研究学术研讨会"在北京举行。与会者就文学理论与当代社会文化现状、中国古代文化传统和西方文化的关系及文学理论自身的变革问题展开探讨。

本月，《小说选刊》主办的"东方华茂杯"（1998—1999年）优秀小说奖在京举行颁奖仪式，铁凝的《永远有多远》等五篇小说获奖。

熊召政的长篇历史小说《张居正》第一卷《木兰歌》由长江文艺出版社出版。

五月

1日，《作家》第5期开辟"联网四重奏"专栏，发表余华的《网络和文学》、陈村的《网络两则》、张抗抗的《有感网络文学》、述平的《网络与理想社会》、徐坤的《网络是个什么东东》。同期发表史铁生的中篇小说《两个故事》。

莫言的短篇小说《天花乱坠》、徐小斌的微型小说《垃圾》发表在《小说界》第3期上。同期开始连载须兰的长篇小说《奔马》，至第4期止。

3日，陈东东的诗《恋爱者》，红柯的短篇小说《打羔》《鸟》，林斤澜的散文《安息》，孙晶岩的报告文学《中国金融黑洞》发表在《人民文学》5期上。

5日，苏童的短篇小说《女声》、毕飞宇的中篇小说《青衣》、艾伟的长篇小说《越野赛跑》、海男的散文《禁色》发表在《花城》第3期上。

红柯的短篇小说《沙窝窝》、邵燕祥的《杂文的特点》发表在《钟山》第3期上。同期开始连载迟子建的长篇小说《满洲国》，至第4期止。

赵凝的中篇小说《一个手指捅破的梦》、李锐的随笔《现代汉语的"现代化"困境》、南帆的随笔《电影院的兴衰》发表在《上海文学》第5期上。

残雪的独幕剧《热力涌动》发表在《芙蓉》第3期上。

格非的文章《故事的消亡》发表在《莽原》第3期上。

10日，诗人艾青纪念碑揭幕式在法国阿莱尔省凡登市的"千名诗人树林"举行。

以玛拉沁夫为团长的中国作家代表团一行 13 人赴美国进行访问。

人民文学出版社、花城出版社、《北京文学》《作家》等十家单位在京联合举行"潘军作品研讨会"。据《山花》第 6 期报道：2000 年可以说是潘军的"出版年"。最近，人民文学出版社出版潘军的长篇三部曲《独白与手势》和《中国当代作家选集·潘军卷》，中国工人出版社出版六卷本《潘军小说文本系列》、花城出版社出版《潘军实验作品集》（上下卷）、大众文艺出版社出版《潘军中篇小说自选集》、安徽大学出版社出版《坦白——潘军访谈录》。《潘军随笔》和《潘军散文》也正在筹划出版。

《刘征的诗》《韩作荣的诗》、昌耀的组诗《命运之书》发表在《诗刊》第 5 期上。

15 日，刘继明的小说《饲养疾病的人》、史铁生的散文《病隙碎笔》（2）、《陈村随笔》、李杭育的文章《城市世界：四个描述》发表在《天涯》第 3 期上。

石钟山的小说《没有吹响的军号》、赵凝的小说《玻璃》发表在《长城》3 期上。

20 日，魏巍创作历程暨《魏巍文集》研讨会在北京举行。研讨会由中国作协、北京军区政治部、广东出版集团联合主办。《魏巍文集》由广东教育出版社出版。

李冯的短篇小说《十二月六日听音乐会》、邓贤的长篇纪实文学《流浪金三角》发表在《当代》第 3 期上。

21 日，中国鲁迅研究学会和《鲁迅研究月刊》编辑部在北京联合举办"鲁迅研究热点问题讨论会"，与会者在认真讨论最近一段时间贬抑鲁迅的思潮的成因时，也对鲁迅研究本身提出了许多学理性的反思。

23 日，中国现代文学馆开馆，江泽民总书记亲题馆名并于 25 日晚参观新馆展览。

由鲁迅文学院等 17 家文学院和省市自治区作协有关机构发起的全国文学院联席会议在北京召开，这是新时期以来全国文学院召开的首次会议。会议 26 日结束。

25 日，戴来的小说《准备好了吗》、冯骥才的小说《俗世奇人》、荆歌的中篇小说《再婚记》、迟子建的中篇小说《五丈寺庙会》、贾平凹的长篇小说《怀念狼》发表在《收获》第 3 期上。

28—30 日，第五届宋庆龄儿童文学奖和中国作协第四届全国优秀文学奖颁奖大会暨全国儿童文学创作会议在北京举行。曹文轩的《草房子》等 3 部作品获宋庆龄儿童文学奖，金曾豪的《苍狼》等 17 部作品获全国优秀儿童文学奖。

31 日，《中华读书报》上刊登赵晋华的社会调查《作家上网干什么?》。陈村、徐坤、邱华栋、周洁茹、李敬泽、徐友渔等作家、编辑、学者谈了他们对作家上网的看法。

本月，由中国艺术研究院当代文艺研究室、刘绍棠乡土文学研究会等单位联合举办的"全国乡土文学创作研讨会"在北京召开，40 余位作家、评论家就刘绍棠乡土文学的艺术价值、"山药蛋派"的形式变异与发展、陕西作家群的概貌及文学对乡土生活本质的追求、台湾乡土文学的特点等专题展开讨论。

李大卫的短篇小说《花瓶物语》、关仁山的中篇小说《平原上的舞蹈》、刘庆邦的中篇小说《神木》发表在《十月》第 3 期上。

棉棉的短篇小说《盐酸情人》发表在《小说家》第 3 期上。

苇岸的散文随笔集《太阳升起以后》由中国工人出版社出版。

陈染的长篇日记《声声断断》和谈话录《不可言说》由作家出版社出版。

六月

1 日，中国社会主义文艺学会在京举行"社会主义与世纪之交的中国文艺"研讨会。

林希的《1957，一百个人的爱》、苏叔阳访谈录《站在新世纪的门槛直言中国文学》发表在《长江文艺》第 6 期上。

刁斗的长篇小说《回家》、陈染的长篇日记《声声断断》发表在《作家》第 6 期上。

3 日，《昌耀遗作》及张同吾的《永远的囚徒和最后的恋歌》、李肇正的中篇小说《金链》、从维熙的散文《母亲的肖像》发表在《人民文学》第 6 期上。

5—6 日，以袁鹰为团长的中国作协代表团一行九人在台湾进行两岸文学对话。

《上海文学》第 6 期推出"爱情·婚姻·家庭小说专号"，发表裘山山的短篇小说《爱情传奇》、叶辛的中篇小说《世纪末的爱情》、陈永和的小说《教授太太的一天》。

6 日，中华民族园杯首届老舍文学创作奖揭晓。《梦断关河》（凌力）等获长篇小说奖，《贫嘴张大民的幸福生活》（刘恒）、《永远有多远》（铁凝）获中篇小说奖。

10 日，《雷抒雁的诗》《海男的诗》、邵燕祥的《已亥杂诗一打》发表在《诗刊》第 6 期上。

11 日，荆歌的小说《到王建民家做客》发表在《青年文学》第 6 期上。

13 日，西藏作家马丽华作品研讨会在拉萨举行。与会者围绕马丽华 20 多年的创作实践，对其作品的思想内涵、艺术技巧与风格、以及对西藏民族精神、生活、文化的挖掘等方面进行了讨论。

14—16 日，由中国科协与中国作协共同举办的"全国科普创作研讨会"在北京召开，与会者就如何繁荣中国的科普创作等问题展开探讨。

18 日，人民文学出版社在京召开王蒙"季节"小说研讨会。最近，该社将王蒙自 1993 年以来相继完成的四部长篇小说《恋爱的季节》《失态的季节》《踟蹰的季节》《狂欢的季节》重新装帧设计，一次性推出。何镇邦、何西来、顾骧、张锲、冯骥才、铁凝、王一川、陈染、王朔、邱华栋、刘震云等出席。

19 日，柯灵在上海逝世，享年 91 岁。柯灵，原名高季琳，祖籍浙江绍兴，1909 年生于广州。1926 年在上海《妇女杂志》发表叙事诗《织布的妇人》而步入文坛。1931 年到上海天一影片公司，随后转入明星影片股份有限公司任宣传主任，从此开始影剧生涯。1937 年后相继编辑《大美晚报·文化街》《文汇报·世纪风》《万象》《周报》等 10 多种报纸副刊和期刊，曾任《文汇报》副社长等职，《世纪风》是当时上海孤岛文学中一座革命文学堡垒。1940 年创作了反映战乱生活的电影文学剧本《乱世风光》。1945 年与师陀合作根据高尔基的话剧《底层》改编成话剧剧本《夜店》，1947 又改编成电影上映。1948 年到香港《文汇报》工作。1949 年回到上海，曾任《文汇报》副社长兼副总编、上海电影剧本创作所所长、上海电影艺术研究所所长、《大众电影》

主编、上海作协书记处书记、上海影协常务副主席等职。建国后著有电影文学剧本《腐蚀》《为了和平》《不夜城》《春满人间》《秋瑾传》等。另有散文集《香雪海》《长相思》《煮字生涯》《柯灵散文选》，以及《柯灵杂文集》等。

29 日，文艺理论家、作家阿英诞辰 100 周年，《阿英文集》出版。

本月，中国散文学会在北京举办"90 年代以来散文发展状况及其展望"理论研讨会，与会者就散文的真实性，散文与生活的关系，散文创作中存在的问题等展开讨论。

杨克主编《1999 年中国新诗年鉴》由广州出版社出版。

"少年作家"韩寒的长篇小说《三重门》由作家出版社出版，引起轰动效应。

七月

1 日，张旻的中篇小说《芳心一片》发表在《小说界》第 4 期上。本期"电脑·网络·写作"专栏发表叶永烈的《书房的革命》。

苏童的小说《白杨和白杨》、陈家桥的小说《最近二十年的男人》、魏微的小说《到远方去》、金仁顺的小说《盘瑟俚》、李洱的小说《窨井盖上的舞蹈》、莫言的随笔《神秘的日本与我的文学历程》发表在《作家》第 7 期上。

3 日，李瑛的诗《山谷的回声》、娜夜的诗《梦幻触手可及》、林希的中篇小说《乡村记忆》发表在《人民文学》第 7 期上。

5 日，残雪的短篇小说《长发的遭遇》、夏商的短篇小说《日出撩人》、行者的中篇小说《皇后风物志》、柯云路的长篇小说《蒙昧》发表在《花城》第 4 期上。

莫言的短篇小说《枣木凳子摩托车》、戴来的小说《短篇两题》、荆歌的中篇小说《关玲玲的悲惨人生》、残雪的中篇小说《阴谋之网》发表在《钟山》第 4 期上。

邱华栋的小说《杀人蜂》发表在《莽原》第 4 期上。

赵丽宏的散文《大师的背影》、王安忆的随笔《知识的批评》发表在《上海文学》第 7 期上。同期开始连载杨显惠的系列小说《夹皮沟记事》，至第 12 期止。

10 日，《诗刊》第 7 期开辟《新世纪诗坛》专栏，发表《宫玺的诗》《娜夜的诗》等。

11 日，残雪的随笔《把生活变成艺术》发表在《青年文学》第 7 期上。

15 日，苏童的小说《七三年冬天的一个夜晚》发表在《天涯》第 4 期上。

邱华栋的小说《零度爱》、孙惠芬的小说《南大沙》发表在《长城》第 4 期上。

20 日，严歌苓的中篇小说《谁家有女初养成》发表在《当代》第 4 期上。

25 日，中国诗歌学会、云南楚雄族自治州人民政府在云南楚雄联合主办"西部之声"诗歌音乐朗诵会暨首届中国十月太阳历诗歌节。28 日中国作协领导与云南青年作家举行座谈，对云南省的文学创作以及今后的文学发展趋势进行探讨。

何玉茹的中篇小说《太阳为谁升出来》发表在《长城》第 4 期上。

王蒙的中篇小说《歌声好像明媚的春天》、刁斗的中篇小说《解决》、王安忆的长篇小说《富萍》发表在《收获》4 期上。同期"走近鲁迅"专栏发表陈村的《我爱鲁迅》、孙歌的《鲁迅脱掉的衣裳》、内山完造的《鲁迅先生》。

29—31 日，北京语言文化大学、美国加州大学厄湾分校、中国中外文艺理论学会、澳大利亚墨尔本大学、山东大学、中国广播电视学会等单位在北京联合举办"文学理论的未来：中国与世界"国际研讨会。100 余名中外学者就全球化浪潮冲击下文学理论批评的未来前景、中国文学理论批评话语的建构、中国的文学研究者与国际学术界的平等对话、文学理论与文化研究的冲突与共融、马克思主义与全球化理论、20 世纪中西方文论的历史回顾、文化研究与文化批评在中西方的不同形态、中西方比较文学的新进展等理论课题进行了交流和探讨。

本月，由 TOM 中国文学网和榕树下原创文学网站联合举办的"网络写手究竟要不要成为传统作家"研讨会在京举行，主办者的意旨是让传统文学与网络文学来一次"亲密接触"，在虚拟世界之外进行一次现实的沟通。吴俊在《十月》第 5 期上发表《网络文学：技术和商业的双驾车》一文对此进行评论。

深圳市作协举办"深圳文学 20 年"系列活动。中国作协副主席、党组书记翟泰丰参加青年女作家李兰妮作品研讨会，并与部分深圳青年作家举行座谈。

《昌耀诗文总集》由青海人民出版社出版。

刘庆邦的短篇小说《回乡知青》、荆歌的短篇小说《难以拒绝》、邓一光的中篇小说《猜猜我的手指》、石钟山的中篇小说《机关物语》发表在《小说家》第 4 期上。

邓一光的中篇小说《怀念一个没有去过的地方》发表在《十月》第 4 期上。

八月

1 日，杨争光的小说《谢尔盖的遗憾》、潘军的小说《某部的于村》、何立伟的小说《北京小夜曲》、夏商的小说《开场白》、余华的随笔《文学和民族》、余杰的随笔《为了爱，更为了痛》、杨映川的随笔《生于 70 年代》发表在《作家》第 8 期上。

3 日，蔡其矫的诗《翠海九寨沟》、张执浩的诗《长吁或短叹》、邱华栋的短篇小说《谁打完了所有的高尔夫球》、何申的中篇小说《村民钱旺的从政生涯》发表在《人民文学》第 8 期上。

5 日，陈家桥的小说《流氓》发表在《上海文学》第 8 期上。

9 日，由中国作协和团中央联合召开的全国青年作家创作会议在北京召开。

10 日，《诗刊》第 8 期出版"青春诗会二十周年纪念专号"，刊登"第十六届青春诗会专辑"和"中国新诗选刊——历届青春诗会诗人作品选"，并附"历届青春诗会与会青年诗人名单"。本期重刊了舒婷、梁小斌、顾城、王小妮、叶延滨、江河、梅绍静、张学梦、廖亦武、王家新、马丽华、伊蕾、唐亚平、翟永明、于坚、车前子、韩东、伊甸、西川、欧阳江河、简宁、杨克、陈东东、骆一禾、开愚、海男、阿来、蓝蓝、秦巴子、巴音博罗、伊沙、庞培、臧棣、代微、娜夜、树才、小海、莫非、侯马、沈苇等的诗作。

11 日，邱华栋的小说《麦地上空的幼儿园》、赵凝的随笔《自由作家手记》《用冰凉小手，敲男人脑袋》发表在《青年文学》第 8 期上。

22 日，由著名原创文学网站"榕树下"主办，《文学报》《北京文学》《海上文学》等报刊和上海文化出版社、江苏文艺出版社、学林出版社以及中文在线、中国文学网、西陆网等网站协办的"第二届网络原创文学作品奖"大赛开始。

本月，广东省文艺批评家协会、深圳市特区文化研究中心等单位在深圳联合举办"大写的二十年·打工文学研讨会"。与会者认为"打工文学"是改革开放和现代化进程中的一个产物，是文学队伍的一支新军，是我们时代的潮头文学。

雪漠的长篇小说《大漠祭》由上海文化出版社出版。

九月

1 日，莫言的微型小说《学习蒲松龄》、徐小斌的中篇小说《天生丽质》发表在《小说界》第 5 期上。

残雪的小说《长发的梦想》、尤凤伟的小说《原始卷宗》、邱华栋的小说《里面全是玻璃的河》、王安忆访谈录《王安忆注视文坛和乡村》发表在《作家》第 9 期上。

3—5 日，中国作协创研部、解放军文艺出版社、《人物》《党史博览》等单位在京联合举办"21 世纪传记文学研讨会"。

孙春平的中篇小说《岳母大人》、袁鹰的散文《灯下白头人》、王安忆的散文《回忆文学讲习所》、西川的散文《想象我居住的城市》发表在《人民文学》9 期上。

5 日，小海的《作为村庄的表象》等一组诗发表在《花城》第 5 期上。

刘继明的诗《缅怀与想象》、荆歌的短篇小说《梦呓》、孙春平的中篇小说《白了少年头》发表在《上海文学》第 9 期上。

苏童的短篇小说《遇见司马先生》、李国文的杂文《唐末食人考》发表在《钟山》第 5 期上。

残雪的小说《交谈》发表在《朔方》第 10 期上。

毕飞宇的《答李大卫》、王家新的随笔《一个作家该怎样步入世界》发表在《莽原》第 5 期上。同期"跨文体写作"栏目中发表海男的作品《谁揭开我心扉之魔》。

7 日，《文学报》报道：《作家拿起了法律武器——29 位中国当代作家诉吉林摄影出版社侵犯著作权》。包括已经故去的老舍、冰心、钱钟书、夏衍、叶圣陶，以及目前还活跃在文坛的巴金、王蒙、邓友梅、从维熙、邵燕祥、张承志、张抗抗、冯骥才、肖复兴等知名作家都被卷入了这场建国以来涉及作家人数最多的一起侵权案。吉林摄影出版社未取得著作权人的同意，也未向权利人支付应得的报酬，擅自将近百位当代著名作家的散文作品汇编成册，出版发行《二十世纪中国著名作家散文经典》系列丛书 100 种。在我国著作权法颁布实施十周年之际，北京市第一中级人民法院知识产权庭开庭审判了此案并宣判结果：判处吉林摄影出版社立即停止发行此书，公开赔礼道歉，并赔偿每位原告 23760 元。

10 日，李瑛的组诗《贺兰山下》、林子的《爱情诗五首》《杨克的诗》《校园诗人十六家》发表在《诗刊》第 9 期上。

11 日，中国社会科学院"比较文学研究中心"在北京成立。

红柯的小说《月蚀》、散文《黄河之水天上来》，李肇正的小说《隐私》，石钟山的小说《父亲离休》发表在《青年文学》第 9 期上。

14 日，据《文学报》消息，由上海作协等单位发起组织的"百名评论家评选九十年代优秀作家作品"问卷调查活动揭晓。评出的 90 年代最有影响的十位作家是王安忆、余华、韩少功、陈忠实、史铁生、张炜、贾平凹、张承志、莫言和余秋雨。最有影响的十部作品是《长恨歌》《白鹿原》《马桥词典》《许三观卖血记》《九月寓言》《心灵史》《文化苦旅》《活着》《我与地坛》《务虚笔记》。"上海大多数评论家认为，这些作家和作品确实是有分量的，能代表 90 年代文学的实力和水平。王蒙为代表的这一辈作家已经由盛转衰……王安忆等知青作家大多在 80 年代的文坛冒出，在步入中年时成为九十年代文坛无可争议的顶梁柱。而近十年踏上文坛的新生代作家，其实力不可小看，但与前者相较仍难望其项背。"在批评家们自由的选择中呈现出一些值得关注的现象。一是"严肃文学仍占据主导地位"；二是"虚构文学绝对压倒了纪实文学"；三是"文体失衡。只有余秋雨以散文入选，其余都是小说当家，散文、诗歌、戏剧三大件黯然失色。诗歌和诗人都未能进入前十名。"

15 日，刁斗的小说《初吻》、张承志的随笔《双联壁》、北岛的散文《马丁王国》发表在《天涯》第 5 期上。

20 日，王安忆的短篇小说《伴你而行　比邻而居》、孙惠芬的中篇小说《春天的叙述》、王大进的长篇小说《欲望之路》发表在《当代》第 5 期上。

22 日，《北京青年报》刊登李彦的文章《文学刊物为了生存只能随俗?》。文章说："最近为了占领市场，不少文学刊物开始改版，力图以全新的面貌吸引读者。在改版热潮中，改动幅度最大、最引人注目的是《湖南文学》《中华文学选刊》和《百花洲》。《湖南文学》由省级文学期刊改为文化时尚杂志《母语》。人民文学出版社主办的《中华文学选刊》改变了以往只刊登当代小说、散文、诗歌等纯文学作品的做法，而把视点更偏重在文学评论、作家新书和一些热点话题上。创办了二十多年的大型文学刊物《百花洲》也改为女性文学专刊，在所设的一些栏目中将只刊登女作家的小说和男作家反映女性生活和女性命运、'且不含男权思想'的小说。别看平时文学期刊一直处于门庭冷落的尴尬处境，读者群体不大，但这一改版，不同程度的非议却纷至沓来。有些读者认为这简直是'文学的自杀'，而有人也提出了为何'文学领地不堪一击'? 女性文学专刊《百花洲》更被一些人认为是'一种商业的策略'。"

23 日，由山西省作协和赵树理研究会主办的"赵树理逝世三十周年纪念大会"及赵树理国际学术研讨会在太原举行。

25 日，刘庆邦的短篇小说《外面来的女人》、东西的中篇小说《不要问我》、张炜的长篇小说《外省书》、白先勇的散文《少小离家老大回》、余秋雨的散文《君子之道》发表在《收获》第 5 期上。

26 日，欧阳山在广州病逝，享年 92 岁。欧阳山，原名杨凤岐，1908 年生于湖北荆州。1924 年在上海《学生杂志》上发表第一篇短篇小说《那一夜》，从此开始文学创作。1926 年组织"广州文学会"，主编《广州文学》，发表第一部长篇小说《玫瑰残了》。此后在中山大学旁听期间曾先后得到郭沫若和鲁迅的指导和帮助。1930 年在南京主编《幼稚》周刊，1931 年发表描写工人斗争的长篇小说《竹尺与铁锤》。1931 年主编《广州文艺》，提倡粤语文艺运动。1933 年在上海加入"左联"和中国左翼文化总同盟，并任"文总"宣传部长，在"左联"小说研究委员会工作。1936 年参加"两个口号"的论争，用龙贡公的笔名著文，拥护鲁迅提出的"民族革命战争的大众文学"口号。抗战开始以后，辗转在广州、长沙、贵州、重庆等地从事抗日文化救亡活动。1941 年到延安，1942 年参加延安文艺座谈会，1944 年到延安乡下安家落户，1947 年创作了描写陕甘宁边区合作社经济发展的长篇小说《高干大》。这期间曾任延安中央研究院文艺研究室主任、陕甘宁边区政府文委委员、边区文协理事、华北政府文委委员、华北文协常务理事、《华北文艺》主编等职。建国后回到广州，此后一直在广州工作，历任中共华南分局宣传部文委副书记和华南文联分总支书记、广东省委文教部副部长、广东省文教厅副厅长、华南人民文艺学院院长、华南文联主席、广东省文联主席、中国作协广东分会和广州作协主席、中国作协副主席、《作品》主编等职。从 1957 年开始创作酝酿了长达 15 年之久的长篇小说《一代风流》，共五卷，第一卷《三家巷》和第二卷《苦斗》分别于 1959 年、1962 年出版。第三卷《柳暗花明》的前五章也于 1964 年在《羊城晚报》上连载。"文革"中被剥夺创作权利，《一代风流》遭到批判，已发表的手稿和未及发表的五十五章（约一卷半的容量）手稿全部散失。"文革"后重新投入《一代风流》的写作，第三卷《柳暗花明》于 1981 年出版；第四卷《圣地》和第五卷《万年春》也于 1985 年同读者见面。另著有短篇小说《乡下奇人》《在软席卧车里》《金牛与笑女》，中篇小说《英雄三生》《前途似锦》，历史特写《红花冈畔》等作品。

本月，第五届国际华文诗人笔会在广西桂林举行，中外 70 余位诗人就如何推动世界华文诗歌创作和理论建设等问题展开探讨。

残雪的短篇小说《挖山》、池莉的中篇小说《生活秀》、张欣的长篇小说《沉星档案》发表在《十月》第 5 期上。

胡发云的中篇小说《思想最后的飞跃》、陈应松的中篇小说《吹箫人语》发表在《小说家》第 5 期上。

邱华栋的长篇小说《正午的供词》由中国青年出版社出版。

十月

1 日，张洁的小说《·COM》、迟子建的小说《河柳图》、李修文的小说《闲花落》、朱文颖的小说《禁欲时代》、韩东的文章《文人的敌意》发表在《作家》第 10 期上。

3 日，黑大春的诗《老家》、裘山山的短篇小说《保卫樱桃》、丁天的中篇小说《欢乐颂》、苏童的散文《三棵树》、李国文的杂文《何心隐之死》、池莉的随笔《不是谈女人》、陆文夫的随笔《写写文章的人》发表在《人民文学》第 10 期上。

5 日，徐坤的短篇小说《蜘蛛的网》发表在《山花》第 10 期上。

刘庆邦的短篇小说《雪花儿那个飘》、吕新的中篇小说《我们》发表在《上海文学》第 10 期上。

10 日，李瑛的诗《高原七题》、蔡其矫的诗《中国第一大瀑布》《翟永明的诗（四首)》、阎延文的《把生命的火焰塑形为诗——牛汉访谈录》发表在《诗刊》第 10 期上。

11 日，李冯的小说《圣徒传》、张继的小说《人样》发表在《青年文学》第 10 期上。

12 日，为纪念丁玲 96 周年诞辰，湖南省临澧县丁玲纪念馆举行开馆仪式。

第五届茅盾文学奖评奖揭晓，《抉择》（张平）、《尘埃落定》（阿来）、《长恨歌》（王安忆）、《茶人三部曲》（王旭峰）获奖。《尘埃落定》是藏族作者首部获得茅盾文学奖的长篇小说。

中新社消息：瑞典文学院将 2000 年度诺贝尔文学奖授予法籍华裔作家高行健，以表彰"其作品的普遍价值、刻骨铭心的洞察力和语言的丰富机智，为中文小说艺术和戏剧开辟了新的道路。"瑞典文学院在授予高行健诺贝尔文学奖的新闻公报中称，在高行健的文艺创作中，表现个人为了在大众历史中幸存而抗争的文学得到了再生。他是一个怀疑者和洞察者，而并不声称他能解释世界，他的本意仅仅是在写作中寻求自由。公报指出，长篇巨著《灵山》是一部无与伦比的罕见的文学杰作。……小说由多个故事编织而成，有互相映衬的多个主人公，而这些人物其实是同一自我的不同侧面。通过灵活运用的人称代词，作者达到了快速的视角变化，迫使读者疑窦丛生。这种手法来自他的戏剧创作，常常要求演员既进入角色又能从外部描述角色。我，你，他或她，都成为复杂多变的内心层面的称呼。公报说，《灵山》也是一部朝圣小说，主人公自己走上朝圣之旅，也是一次沿着区分艺术虚构和生活、幻想和记忆的投射面的旅行。通过多声部的叙事，体裁的交叉和内省的写作方式，让人想起德国浪漫派关于世界诗的宏伟观念。公报说，高行健的另一部长篇《一个人的圣经》和《灵山》在主题上一脉相承，但更能让人一目了然。小说的核心是对中国通常称为文化大革命的令人恐怖的疯狂的清算。作者以毫不留情的真诚笔触详细介绍了自己在文革中先后作为造反派、受迫害者和旁观者的经验。他的叙述本来可能成为异议人士的道德代表，但他拒绝这个角色，无意当一个救世主。他的文学创作没有任何一种媚俗，甚至对善意也如此。瑞典文学院认为，高行健自己指出过西方非自然主义戏剧潮流对他的戏剧创作的意义。然而，"开挖民间戏剧资源"对他来说也是同样重要的。他创作的中国话剧结合了中国古代的傩戏、皮影、戏曲和说唱。他接受这样的可能：就像中国戏曲中那样，仅仅借用一招一式或者只言片语就能在舞台时空中自由活动。现代人的鲜明形象中又穿插了梦境的自由变化和怪诞的象征语言。性爱的主题赋予他的文本一种炽热的张力，男女调情动作在很多剧作中成为基本模式。在这方面，他是为数不多的能对女性的真实给予同等重视的男性作家之一。

13 日，中国作协负责人就法籍华人作家高行健获 2000 年度诺贝尔文学奖接受记者采访，指出中国有许多举世瞩目的优秀文学作品和文学家，诺贝尔文学奖评委会对此并不了解。看来，诺贝尔文学奖此举不是从文学角度评选，而是有其政治标准。这表明，诺贝尔文学奖被用于政治目的，失去了权威性。

19 日，《文艺报》报道，中共中央任命金炳华为中国作协党组书记。

26 日，夏衍诞辰 100 周年之际，文化部、广电总局、中国文联、中国作协、中国对外友协、中国电影家协会在北京举行座谈会。中共中央政治局常委、国务院副总理李岚清出席座谈会并讲话。28—30 日夏衍诞辰 100 周年纪念活动在杭州举行。

28—30 日，广东省作协、广东省美术家协会和深圳特区文化研究中心等八个单位在广东梅州举办李金发诞辰 100 周年纪念暨学术研讨会，60 余位海内外专家学者就李金发在中国新诗史上的地位及其诗艺和诗论等问题进行讨论。

30 日，鲁迅文学院庆祝建院 50 周年。

本月，冰心百年纪念会在京举行，此次活动包括冰心作品音乐朗诵会、冰心诞辰百年纪念展、冰心墓地奠基仪式。

陕西师范大学出版社推出"断裂"丛书，包括韩东的《我的柏拉图》、朱文的《人民到底需不需要桑拿》、张旻的《爱情与堕落》、鲁羊的《在北京奔跑》四本小说集。

臧棣的诗集《风吹草动》由中国工人出版社出版。

陈忠实的散文集《家之脉》由广州出版社出版。

十一月

1 日，邱华栋的短篇小说《他和他的马总在说话》（外一篇）、夏商的短篇小说《沉默就是千言万语》发表在《小说界》第 6 期上。同期"影响作家的作家"专栏发表格非的《阅读雷蒙德·卡弗》及雷蒙德·卡弗的《你们为什么不跳舞》（外两篇）。

刘庆邦的小说《听戏》、韩东的小说《归宿在异乡》、潘军的长篇小说《独白与手势·红》发表在《作家》第 11 期上。

2 日，由北京大学、香港作家联会共同主办的"2000 北京金庸小说国际研讨会"在北京大学举行。与会者就金庸小说的文化内涵、雅俗特质、现代精神；金庸小说与大众传媒的关系；武侠小说的文学发展和文学史境遇等问题展开讨论。会议 5 日结束。

《文学报》报道：《上海召开九十年代文学研讨会》。本次研讨会由上海市作协与华东师范大学联合主办。与会者普遍认为新时期以来尤其是进入 90 年代以后，市场经济的深化引发了人们在社会生活、思想意识、情感欲望等方面的巨大变化，并直接影响了当前文学的创作与批评。由此，九十年代文学从精神内涵到表现形态都呈现出前所未有的繁复奇特与多元杂陈的局面。何镇邦认为九十年代文学作家创作主权渐趋强化，互相平行、交叉发展，坚持主旋律，提倡多元化，构成了 90 年代文学写作的基本特征。陈思和以"无名"状态对九十年代的文化和文学走向做出概括。他认为相比 80 年代，启蒙话语的消解和个人生活叙事视角的广泛运用，反映出 90 年代写作者自由表达的欲望。作家根据个人定位自动分流，选择不同的写作立场。顾骧认为，对于在世界性、全球化、现代性等构筑的镜像迷宫中，如何把握与解释日趋多元与无序的文学实践活动，全球化背景下的中国文学创作应建立新的价值观念体系，要树立世界意识，坚持民族传统和民族特色，营造一体多元的文学创作格局。

3 日，杨小滨的诗《景色与情节》、蓝蓝的诗《自言自语》、侯马的诗《九三年》、梁晓声的短篇小说《蜻蜓发卡》、李冯的中篇小说《再见，阿枣》、刘亮程的散文《扔掉的村庄》、苏童的散文《河流的秘密》、李国文的杂文《李卓吾之死》、池莉的随笔《不是谈古玩》发表在《人民文学》第 11 期上。

4 日，"曹禺戏剧文学奖"在西安揭晓，姚远等 13 名作者的 10 部作品获得剧本奖。

中国社科院文学所《文学评论》编辑部、福建师大文学院、福建社科院文学所在武夷山联合举办中国当代文学史史学观念学术研讨会。与会者就当代文学史写作的反思与历史叙事新构想、台港澳文学与中国当代文学、当代文学史写作的价值评判与相对主义问题等议题展开讨论。会议 6 日结束。

5—8 日，中国当代文学研究会第 11 届学术年会在广东肇庆召开，130 多位专家学者就 90 年代文学的现状，当代文学史写作等热点问题展开讨论。

阿来的短篇小说《鱼》、贾平凹的散文《苍蝇》发表在《花城》第 6 期上。

莫言的短篇小说《冰雪美人》、虹影的短篇小说《利口福酒楼》发表在《上海文学》第 11 期上。

孙慧芬的中篇小说《歌哭》、陈家桥的中篇小说《日常生活》发表在《钟山》第 6 期上。

孙慧芬的中篇小说《舞者》发表在《山花》第 11 期上。

何玉茹的小说《我家门前有棵树》、徐坤的《网络写手：究竟要不要成为传统作家》、南帆的《媒体时代的作家》发表在《莽原》第 6 期上。

10 日，《冀汸的诗》《代微诗抄十二首》及创作谈《诗的感觉就是飞》、伊沙的《诗四首》《宫玺近作》、吴奔星和刘章的旧体诗发表在《诗刊》第 11 期上。

15 日，《天涯》第 6 期开辟诗歌专栏"新千年诗歌精选之一"。同期发表王晓明的《九十年代与"新意识形态"》、南帆的《身体的叙事》。

20 日，红柯的中篇小说《库兰》发表在《当代》第 6 期上。

23—24 日，由汕头大学主办的"白先勇创作国际研讨会"在汕头举行。

24—27 日，大众诗刊《新国风》编辑部在北京举行新世纪大众诗歌座谈会。

25 日，巴金老人在千禧年安度 97 岁华诞。

第 11 届世界华文文学国际研讨会暨第二届海内外潮人作家作品国际研讨会在汕头市举行。与会者围绕开拓世界华文文学研究新局面、海外华文文学家主体与文化身份研究、海外华文文学的生存与发展、区域性华文文学研究、潮汕文化与潮人作家作品研究等议题展开讨论。会议 27 日结束。

宗璞的长篇小说《东藏记》发表在《收获》第 6 期上。2005 年获第六届茅盾文学奖。

本月，以魏明伦为团长的中国作家代表团一行 3 人对希腊进行访问。

上海市作协、《文学报》与上海文艺出版社联合在上海书城讲演厅召开"'七十年代以后'小说研讨会"。包括陈村、棉棉、卫慧、周洁茹、朱文颖、魏微、胡昉等在内的 70 余位作家、批评家出席。有的评论家认为"七十年代以后"是一个松散的写作群体，其中每个写作个体在题材内容、写作风格上各不相同，因而对此应作具体分析。有的批评家对"用身体写作，用皮肤思考"，构筑"身体家园"等成为一种写作时尚和倾向，提出尖锐的批评。也有人主张，对"七十年代以后"创作现象，不要无谓地捧场，也不要蛮横地棒杀，应该给予引导、启发，使之趋向健康。《出版参考》第 11 期作了报道。

何玉茹的中篇小说《伤心的模仿》发表在《小说家》第 6 期上。

叶广芩的长篇小说《全家福》发表在《十月》第 6 期上。

十二月

2 日，卞之琳在北京逝世，享年 90 岁。卞之琳，别名季陵，1910 年生于江苏海门，祖籍江苏溧水。1929 年毕业于上海浦东中学，考入北京大学英文系。1930 年开始写诗，1933 年出版第一部诗集《三秋草》，1935 年出版诗集《鱼目集》，1936 年与李广田、何其芳合著诗集《汉园集》，是三十年代中国诗坛"现代派"代表诗人之一。1938 至 1939 年任教于延安鲁迅艺术学院，曾前往太行山区访问。1940 年在昆明西南联大任教，出版诗集《慰劳信集》。1942 年出版《十年诗草》。1947 年赴英国牛津大学做研究员。1949 年回到北京，历任北京大学西语系教授、中国科学院文学研究所研究员、中国作协理事、中国社科院外国文学研究所研究员、中国作协顾问等职。1979 年出版诗集《雕虫纪历（1930—1958）》。译著有《英国诗选》《莎士比亚悲剧四种》《窄门》《浪子回家集》《紫罗兰姑娘》等。另有《莎士比亚悲剧论痕》《布莱希特戏剧印象记》等学术著作。袁可嘉指出，卞之琳的诗在中国新诗史上"上承新月"，"中出现代"，"下启九叶"。又说他的诗："色素味醇，多有变化的诗歌语言，注重刻画典型场景和人物心理的戏剧化手法；严谨的格律和多样的形式；既严肃又活泼的政治抒情诗。"（袁可嘉：《卞之琳老师永垂不朽》，《中国新文学史料》2001 年第 1 期）陈丙莹说："卞之琳的主智诗是一种感性与知性结合，情感与理性混凝的精致的有深度和厚度的，耐人咀嚼与回味的新诗……主智诗的另一个受到高度评价的方面是他探索新诗艺术'化欧'、'化古'所取得的成就……读他的主智诗，既可以感知西方现代诗的气息，又能领会到东方诗的情韵。"（陈丙莹：《卞之琳的诗歌》，《中国新文学史料》2001 年第 1 期）废名说："卞之琳的新诗好比是古风，他的格调最新，他的风趣却最古了，大凡'古'便解释不出。""卞之琳的诗又是观念跳得厉害，无题诗又真是悲哀得很美丽得很，我最初说卞诗真个像温飞卿的词，其时任继愈君在座，他说也像李义山的诗，我当时有点否认，因为温李是不同的。李诗写得很快，多半是乱写的，写得不自觉的。卞之琳的诗是很用功写的。后来我想，卞之琳诗里美丽的悲哀，温词是没有的，卞诗有温的秾艳的高致，他却还有李诗温柔缠绵的地方了。李诗看起来是华丽，却是'清'，卞之琳没有李商隐金风玉露的'清'了，林庚却有。故我最初否认任继愈君的话。实在我想他的话有理由，单是温飞卿的'画屏金鹧鸪'不足以尽卞之琳的新诗。"（废名：《论新诗及其他》，第 154—155 页，辽宁教育出版社 1998 年版）

3 日，从维熙的诗《秋天的印象》、屠岸的诗《迟到的悼歌》、艾伟的中篇小说《回故乡之路》、苏童的散文《洞》、李国文的杂文《方孝孺之死》、池莉的随笔《不是谈享乐》、叶延滨的散文《艺术笔记》、张欣的札记《感觉都市》发表在《人民文学》

第 12 期上。

5 日，林希的小说《墨画》、金仁顺的小说《电影院》发表在《上海文学》第 12 期上。

10 日，《诗刊》第 12 期在《新世纪诗坛》专栏中刊载《叶舟的诗》《邵薇的诗》《秦巴子的诗》等。

15 日，中国社科院文学所文艺理论研究室和当代文学研究室在北京召开"全球化时代的中国美学"与"90 年代文学批评的回顾与检讨"研讨会。会议 16 日结束。

《李尔重文集》学术研讨会在京召开。与会者称誉文集弘扬了爱国主义、集体主义和社会主义的主旋律。

本月，由人民文学出版社《当代》杂志主持的"2000 年《当代》文学拉力赛"总决赛日前揭晓，王蒙凭借长篇小说《狂欢的季节》获得 10 万元大奖。

参 考 文 献

一、报刊类：

《文艺报》《人民文学》《解放军文艺》《剧本》《文艺学习》《文艺月报》（《上海文学》）、《新港》《戏剧报》《山花》《延河》《长江文艺》《收获》《萌芽》《雨花》《红旗》《四川文学》《鸭绿江》《草原》《诗刊》《星星》《湖南文学》《边疆文艺》《河北文艺》（《河北文学》）、《北方文学》《民间文学》《文学评论》（《文学研究》）、《电影创作》《电影文学》《北京文艺》（《北京文学》）、《世界文学》（《译文》）、《蜜蜂》《处女地》（《文学月刊》）、《长春》《上海戏剧》《作品》《旅行家》《新疆文学》《青海湖》《浙江文艺》《甘肃文艺》《广西文艺》（《广西文学》）、《东海》《热风》《西南文艺》《山东文学》《中国青年》《新观察》《星火》《新华月报》《人民日报》《解放军报》《光明日报》《文汇报》《羊城晚报》《朝霞》《学习与批判》《作家》《福建文学》《啄木鸟》《青年文学》《广州文艺》《佛山文艺》《读书》《花溪》《芳草》《春风》《芒种》《十月》《当代》《大家》《花城》《长城》《江南》《天涯》《钟山》《芙蓉》《小说家》《小说界》《诗歌报》《中国作家》《文学报》《中外文学》《诗探索》《当代文艺探索》《小说评论》《当代作家评论》《南方文坛》《百花洲》《长江》《丑小鸭》《滇池》《飞天》《黄河》《昆仑》《个旧文艺》《海燕》《莽原》《青春》《朔方》《西藏文学》《现代作家》《中国》《中国西部文学》《文艺研究》《长江日报》《红岩》《安徽文艺》《小说月报》《中篇小说选刊》《作品与争鸣》《小说选刊》《上海文论》《解放日报》《天津文学》《文学自由谈》等。

二、著作类：

毛泽东：《毛泽东选集》第1—4卷，人民出版社1966年版。
毛泽东：《毛泽东选集》第5卷，人民出版社1977年版。
毛泽东：《毛泽东书信选集》，人民出版社1984年版。
周恩来：《周恩来论文艺》，人民文学出版社1979年版。
邓小平：《邓小平论文艺》，人民文学出版社1989年版。

邓小平：《邓小平文选》（1—3卷），人民出版社1993年版。

中共中央文献研究室编：《三中全会以来重要文件汇编》（上、下），人民出版社1982年版。

薄一波：《若干重大决策与事件的回顾》（上、下），中共中央党校出版社1991年和1993年版。

胡乔木：《胡乔木回忆毛泽东》，人民出版社1994年版。

麦克法夸尔、费正清编：《剑桥中华人民共和国史——革命的中国的兴起》，中国社会科学出版社1990年版。

麦克法夸尔、费正清编：《剑桥中华人民共和国史——中国革命内部的革命》，中国社会科学出版社1992年版。

莫里斯·梅斯纳：《毛泽东的中国及其发展——中华人民共和国史》，社会科学文献出版社1992年版。

《中华全国文学艺术工作者代表大会纪念文集》，新华书店1950年版。

《中国作家协会第二次理事会会议（扩大）报告、发言集》，人民文学出版社1956年版。

《中国文学艺术工作者第四次代表大会文集》，四川人民出版社1980年版。

第四次文代会筹备组起草组、文化部文学艺术研究院理论政策研究室：《六十年文艺大事记》（未定稿），1979年10月。

中国社会科学院文学研究所当代文学研究室编：《新时期文学六年》，中国社会科学出版社1985年版。

冯牧主编：《中国新文学大系（1949—1976）文学理论卷》，上海文艺出版社1997年版。

丁景唐主编：《中国新文学大系（1949—1976）史料卷》，上海文艺出版社1997年版。

洪子诚：《二十世纪中国小说理论资料》第五卷（1949—1976），北京大学出版社1997年版。

洪子诚主编：《中国当代文学史史料选》（上、下），长江文艺出版社2002年版。

仲呈祥：《新中国文学纪事和重要著作年表》，四川省社会科学院出版社1984年版。

吉林师范大学中文系当代文学教研室：《中国当代文学史年表（征求意见稿）》（一）、（二），1979年7月。

张炯主编：《1997—1998年中国文学年鉴》，作家出版社2002年版。

杨义主编：《1999—2000年中国文学年鉴》，作家出版社2002年版。

洪子诚：《1956：百花时代》，山东教育出版社1998年版。

陈顺馨：《1962：夹缝中的生存》，山东教育出版社2002年版。

杨鼎川：《1967：狂乱的文学年代》，山东教育出版社1998年版。

孟繁华：《1978：激情岁月》，山东教育出版社1998年版。

尹昌龙：《1985：延伸与转折》，山东教育出版社1998年版。

张志忠：《1993：世纪末的喧哗》，山东教育出版社1998年版。

照春、高洪波主编：《中国作家大辞典》，中国文联出版社1999年版。

洪子诚：《中国当代文学史》，北京大学出版社1999年版。

洪子诚：《当代文学概说》，广西教育出版社2000年版。

洪子诚：《问题与方法：中国当代文学史研究讲稿》，北京三联书店2002年版。

洪子诚、刘登翰：《中国当代新诗史》（修订版），北京大学出版社2005年版。

朱寨主编：《中国当代文学思潮史》，人民文学出版社1987年版。

朱寨、张炯主编：《当代文学新潮》，人民文学出版社1997年版。

张炯主编：《中华文学通史·当代文学编》，华艺出版社1997年版。

张炯主编：《新中国文学五十年》，山东教育出版社1999年版。

杨匡汉、孟繁华主编：《共和国文学五十年》，中国社会科学出版社1999年版。

陈思和主编：《中国当代文学史教程》，复旦大学出版社1999年版。

王庆生主编：《中国当代文学》（上、下），华中师范大学出版社1999年版。

王庆生主编：《中国当代文学史》，高等教育出版社2003年版。

华中师范学院中国语言文学系编著：《中国当代文学史稿》，科学出版社1962年版。

郭志刚、董健、陈美兰等主编：《中国当代文学史初稿》（上、下），人民文学出版社1981年版。

张钟、洪子诚等主编：《当代文学概观》，北京大学出版社1980年版。

谢冕：《文学的绿色革命》，贵州人民出版社1988年版。

谢冕：《新世纪的太阳》，时代文艺出版社1993年版。

於可训：《中国当代文学概论》，武汉大学出版社1998年版。

於可训、吴济时、陈美兰主编：《文学风雨四十年》，武汉大学出版社1989年版。

於可训：《当代诗学》，湖南人民出版社2000年版。

王又平：《新时期文学转型中的小说创作潮流》，华中师范大学出版社2001年版。

黄曼君：《中国20世纪文学理论批评史》，中国文联出版社2002年版。

樊星：《当代文学与地域文化》，华中师范大学出版社1997年版。

昌切：《世纪桥头凝思》，湖北人民出版社2000年版。

曹文轩：《中国八十年代文学现象研究》，北京大学出版社1988年版。

张学正、丁茂远等主编：《文学争鸣档案——中国当代文学争鸣实录》，南开大学出版社2002年版。

程光炜：《中国当代诗歌史》，中国人民大学出版社2003年版。

中国社会科学院哲学研究所编：《人性、人道主义问题讨论集》，人民出版社1983年3月版。

王若水：《为人道主义辩护》，北京三联书店1986年版。

王家新、孙文波：《中国诗歌九十年代备忘录》，人民文学出版社2000年版。

陆梅林、盛同主编：《新时期文艺论争辑要》（上、下），重庆出版社1991年版。

白烨：《文学论争20年》，华中师范大学出版社1998年版。

白烨选编：《99 中国年度文坛纪事》，漓江出版社 1999 年版。

白烨选编：《2000 中国年度文坛纪事》，漓江出版社 2001 年版。

洪子诚、孟繁华主编：《当代文学关键词》，广西师范大学出版社 2002 年版。

张国义编：《生存游戏的水圈——理论批评选》，北京大学出版社 1994 年版。

李洁非、杨劼选编：《寻找的时代——新潮批评选萃》，北京师范大学出版社 1992 年版。

王晓明主编：《二十世纪中国文学史论》（三卷），东方出版社中心 1997 年版。

王晓明主编：《批评空间的开创——二十世纪中国文学研究》，东方出版中心 1998 年版。

王晓明编：《人文精神寻思录》，文汇出版社 1996 年版。

陈思和：《中国新文学整体观》，上海文艺出版社 1987 年版。

夏中义：《新潮学案》，上海三联书店 1996 年版。

愚士选编：《以笔为旗——世纪末文化批判》，湖南文艺出版社 1997 年版。

中国人民大学编辑小组编：《无产阶级文化大革命万岁》，1969 年 10 月出版。

《〈水浒〉评论集》，上海人民出版社 1976 年版。

周扬：《周扬文集》第二卷，人民文学出版社 1985 年版。

周扬：《周扬近作》，作家出版社 1985 年版。

胡风：《关于解放以来的文艺实践情况的报告》，《胡风全集》第六卷，湖北人民出版社 1999 年版。

《为保卫社会主义文艺路线而斗争》（上、下），新文艺出版社 1957 年版。

牛汉、邓九平主编：《思忆文丛：记忆中的反右派运动》，经济日报出版社 1998 年版。

胡平、晓山编：《名人与冤案》（1—3 册），群众出版社 1998 年版。

高皋、严家其：《“文化大革命”十年史》，天津人民出版社 1986 年版。

文汇报报史研究室编：《文汇报史略》，文汇出版社 1997 年版。

邓瑞全主编：《名士自白——我在文革中》（上、下），内蒙古人民出版社 1999 年版。

李城外编：《向阳情结——文化名人与咸宁》（上、下），人民文学出版社，分别初版于 1997 年和 2001 年。

陈徒手：《人有病，天知否——一九四九年后中国文坛纪实》，人民文学出版社 2000 年版。

廖亦武主编：《沉沦的圣殿——中国 20 世纪 70 年代地下诗歌遗照》，新疆青少年出版社 1999 年版。

武汉大学中文系当代文学教研室编：《中国当代文学史参考资料》，1978 年内部印行。

华中师范学院中文系革命现代京剧教学组编：《革命现代京剧评论集》，1974 年内部印行。

李辉：《文坛悲歌》，花城出版社 1998 年版。

朱正：《1957 年夏季：从百家争鸣到两家争鸣》，河南人民出版社 1998 年版。

杨健：《文化大革命中的地下文学》，朝华出版社 1993 年版。

王家平：《文化大革命时期诗歌研究》，河南大学出版社 2004 年版。

朱学勤：《思想史上的失踪者》，花城出版社 1999 年版。

李辉：《沧桑看云》，上海远东出版社 1997 年版。

蔡元培等：《中国新文学大系导论集》，上海良友复兴图书公司 1940 年印行。

《中国现代文学史资料汇编（乙种）》丛书。

《中国当代文学研究资料》丛书。

陈子善编：《闲话周作人》，浙江文艺出版社 1996 年版。

杜运燮等编：《丰富和丰富的痛苦——穆旦逝世 20 周年纪念文集》，北京师范大学出版社 1997 年版。

戴光中：《赵树理传》，北京十月文艺出版社 1993 年版。

宗诚：《风雨人生——丁玲传》，中国文联出版公司 1998 年第 2 版。

郭志刚、章无忌：《孙犁传》，北京十月文艺出版社 1990 年版。

龚济民、方仁念：《郭沫若传》，北京十月文艺出版社 1988 年版。

董健：《田汉传》，北京十月文艺出版社 1996 年版。

田本相：《曹禺传》，北京十月文艺出版社 1988 年版。

程光炜：《艾青传》，北京十月文艺出版社 1999 年版。

钱理群：《周作人传》，北京十月文艺出版社 1990 年版。

周良沛：《丁玲传》，北京十月文艺出版社 1993 年版。

梅志：《胡风传》，北京十月文艺出版社 1998 年版。

凌宇：《沈从文传》，北京十月文艺出版社 1988 年版。

杨建业：《姚雪垠传》，北岳文艺出版社 1994 年第 2 版。

柳无忌编：《柳亚子年谱》，中国社会科学出版社 1983 年版。

丰一吟等：《丰子恺传》，浙江人民出版社 1983 年版。

张恨水：《写作生涯回忆》，人民文学出版社 1982 年版。

张明明：《回忆我的父亲张恨水》，百花文艺出版社 1984 年版。

曹玉茹编：《王蒙年谱》，中国海洋大学出版社 2003 年版。

林淇：《海上才子——邵洵美传》，上海人民出版社 2002 年版。

朱珩青：《路翎传》，大象出版社 2003 年版。

苏双碧、王宏志：《吴晗传》，上海人民出版社 1998 年版。

吴立昌：《"人性的治疗者"——沈从文传》，上海文艺出版社 1993 年版。

陈早春、万家骥：《冯雪峰评传》，重庆出版社 1993 年版。

陈丙莹：《戴望舒评传》，重庆出版社 1993 年版。

郭志刚：《孙犁评传》，重庆出版社 1995 年版。

王科、徐塞：《萧军评传》，重庆出版社 1993 年版。

张恩和：《郭小川评传》，重庆出版社 1993 年版。

刘增人：《叶圣陶传》，江苏文艺出版社 1995 年版。

周棉:《冯至传》,江苏文艺出版社1993年版。

蔡清富、李丽:《臧克家评传》,重庆出版社1998年版。

肖凤:《冰心传》,北京十月文艺出版社1987年版。

李存光:《巴金传》,北京十月文艺出版社1994年版。

吴福辉:《沙汀传》,北京十月文艺出版社1990年版。

陈坚、陈抗:《夏衍传》,北京十月文艺出版社1998年版。

蒋天枢:《陈寅恪先生编年事辑》(增订本),上海古籍出版社1997年版。

郭济访:《梦的真实与美——废名》,华山文艺出版社1992年版。

孙玉蓉编:《古槐树下的俞平伯》,四川文艺出版社1997年版。

钟桂松编:《永远的茅盾》,浙江文艺出版社1998年版。

钟桂松、叶瑜荪编:《写意丰子恺》,浙江文艺出版社1998年版。

张业松编:《路翎印象》,学林出版社1997年版。

宋炳辉编:《老舍印象》,学林出版社1997年版。

王娜:《贾平凹的创作道路》,太白文艺出版社1998年版。

陆建华:《汪曾祺传》,江苏文艺出版社1997年版。

贾漫:《诗人贺敬之》,大众文艺出版社2000年版。

孔庆茂:《钱钟书传》,江苏文艺出版社1992年版。

叶永烈:《江青传》,时代文艺出版社1993年版。

叶永烈:《姚文元传》,时代文艺出版社1993年版。

戴煌:《胡耀邦与平反冤假错案》(修订版),中国工人出版社2004年版。

冷夏:《文坛侠圣——金庸传》,广东人民出版社1995年版。

老舍:《老舍生活与创作自述》,人民文学出版社1982年版。

胡风:《胡风回忆录》,人民文学出版社1993年版。

丁玲:《魍魉世界 风雪人间》,人民文学出版社1989年版。

郭小川:《检讨书》,中国工人出版社2001年版。

徐晓等主编:《遇罗克遗作与回忆》,中国文联出版社2001年版。

本社编:《关于长篇历史小说〈李自成〉》,上海文艺出版社1979年版。

王蒙、袁鹰主编:《忆周扬》,内蒙古人民出版社1998年版。

万树玉:《茅盾年谱》,浙江文艺出版社1986年版。

董大中:《赵树理年谱》,山西人民出版社1982年版。

金韵琴:《茅盾谈话录》,上海书店1993年版。

陈白尘:《牛棚日记》,北京三联书店1995年版。

吴中杰等主编:《戴厚英啊戴厚英》,海南国际新闻出版社中心1997年版。

黄黎方编著:《朦胧诗人顾城之死》,花城出版社1994年版。

陈子善:《作别张爱玲》,文汇出版社1996年版。

罗思编:《写在钱钟书边上》,文汇出版社1996年版。

萧朴编:《感觉余秋雨》,文汇出版社1996年版。

白舒荣、何由:《白薇评传》,湖南人民出版社1983年版。

金圣华：《傅雷和他的世界》，北京三联书店 1996 年版。

巴金：《随想录》（合订本），北京三联书店 1987 年版。

巴金：《再思录》，上海远东出版社 1995 年版。

沈从文、张兆和：《从文家书》，上海远东出版社 1996 年版。

余徐刚：《海子传》，江苏文艺出版社 2004 年版。

翟建农：《红色往事——1966—1976 年的中国电影》，台海出版社 2001 年版。

邵燕祥：《沉船》，上海远东出版社 1996 年版。

张中晓：《无梦楼随笔》，上海远东出版社 2004 年第 2 版。

张光年：《向阳日记》，上海远东出版社 2004 年第 2 版。

贾植芳：《狱里狱外》，上海远东出版社 1995 年版。

朱东润：《李方舟传》，上海远东出版社 1996 年版。

孙犁：《书衣文录》，山东画报出版社 1998 年版。

流沙河：《锯齿啮痕录》，北京三联书店出版社 1988 年版。

杨健：《中国知青文学史》，中国工人出版社 2001 年版。

洪子诚：《当代中国文学的艺术问题》，北京大学出版社 1986 年版。

陈美兰：《中国当代长篇小说创作论》，上海文艺出版社 1991 年版。

陈美兰：《文学思潮与当代小说》，武汉大学出版社 1994 年版。

谢冕、张颐武：《大转型——后新时期文化研究》，黑龙江教育出版社 1995 年版。

陈晓明：《无边的挑战——中国先锋文学的后现代性》，广西师范大学出版社 2004 年版。

陈晓明：《表意的焦虑》，中央编译出版社 2002 年版。

祁述裕：《市场经济下的中国文学艺术》，北京大学出版社 1998 年版。

孟繁华：《传媒与文化领导权》，山东教育出版社 2003 年版。

邵燕君：《倾斜的文学场》，江苏人民出版社 2003 年版。

陈思和：《陈思和自选集》，广西师范大学出版社 1997 年版。

陈思和等：《理解九十年代》，人民文学出版社 1996 年版。

程文超：《意义的诱惑》，时代文艺出版社 1993 年版。

南帆：《文学的维度》，上海三联书店 1998 年版。

董之林：《旧梦新知——“十七年”小说论稿》，广西师范大学出版社 2004 年版。

雷达：《思潮与文体——20 世纪末小说观察》，人民文学出版社 2002 年版。

丁帆、王世城：《十七年文学：“人”与“自我”的失落》，河南大学出版社 1999 年版。

许志英、丁帆主编：《中国新时期小说主潮》，人民文学出版社 2002 年版。

许子东：《为了忘却的集体记忆》，北京三联书店 2000 年版。

李杨：《抗争宿命之路——“社会主义现实主义（1942—1976）”研究》，时代文艺出版社 1993 年版。

吴义勤：《告别虚伪的形式》，山东文艺出版社 2004 年版。

贺桂梅：《转折的时代——40—50 年代作家研究》，山东教育出版社 2003 年版。

季红真：《众神的肖像》，人民文学出版社 1996 年版。

洪子诚、程光炜：《朦胧诗新编》，长江文艺出版社 2004 年版。

西渡、郭骅编：《先锋诗歌档案》，重庆出版社 2004 年版。

陈旭光编：《快餐店里的冷风景——诗歌诗论选》，北京大学出版社 1994 年版。

丁国成主编：《新时期争鸣文学丛书·中国，我的钥匙丢了》，时代文艺出版社 2000 年第 3 版。

芒克：《瞧！这些人》，时代文艺出版社 2003 年版。

孟京辉：《先锋戏剧档案》，作家出版社 2000 年版。

人名索引

吴晨骏 595，598，611，619，620，621，
　637，643

吴　晗 134，138，139，143，147，155，
　157，158，159，165，169，170，171，
　174，183，184，208，209，210，214，
　215，216，217，251，252，493，577

吴　强 46，96，129，139，142，148，173，
　209，216，243，450，485，488

吴组缃 37，38，77，112，117，394，402，
　439，542

吴祖光 27，39，106，107，108，347，380，
　393，399，442，471，489，500，560，
　561

武克仁 169，170，172

X

西　川 433，434，440，443，455，458，
　467，481，483，488，490，493，494，
　498，499，501，505，507，510，512，
　513，515，516，525，530，535，536，
　540，542，544，549，551，555，557，
　563，565，575，576，577，578，584，
　586，589，593，595，596，600，601，
　602，603，609，612，621，625，629，
　631，637，641，656，657

西　渡 493，503，535，574，580，597，
　601，605，610，611，613，614，618，
　626，635，636，637，639，646，647

西　戎 9，53，56，74，120，121，142，
　176，184，190，198，446，512

夏　商 572，593，602，608，617，620，
　655，656，661

夏　衍 7，8，17，28，36，42，44，46，49，
　56，57，59，68，70，71，72，78，85，
　89，95，107，114，118，122，123，133，
　134，136，138，139，141，142，144，
　150，154，160，162，163，166，174，
　175，178，189，196，204，205，213，
　214，218，225，226，232，233，239，

245，246，255，256，262，264，265，
　285，295，307，313，323，329，338，
　340，341，342，344，345，350，351，
　376，390，417，484，490，496，497，
　555，560，561，586，601，657，661

萧　军 7，38，61，104，115，119，375，
　454，455，460，503，587

萧　乾 21，23，31，44，83，89，97，99，
　102，103，105，106，230，250，329，
　349，364，375，432，444，472，487，
　510，556，565，572，577，582，584，
　586，589，626，627，628

萧也牧 8，10，17，22，26，27，29，83，
　91，115，258

小　海 507，578，584，614，617，630，
　631，632，648，656，657

晓　雪 542，549，558，561，589，590

肖开愚（开愚）458，476，478，481，
　483，488，490，491，492，494，498，
　501，515，516，518，538，540，551，
　565，566，576，577，578，580，584，
　589，593，595，604，605，607，615，
　616，617，629，648

谢　冕 315，345，375，394，396，397，
　399，403，408，455，497，498，513，
　514，516，525，539，543，551，564，
　581，585，600，602，605，609，610，
　641

辛　笛 63，173，174，175，336，344，
　350，358，359，362，363，370，372，
　375，398，427，430，454，482，485，
　552，558，568，569，641

熊佛西 49，102，134，207

熊召政 305，341，391，437，445，454，
　465，643，652

徐　迟 8，40，41，59，65，95，131，132，
　169，170，172，319，321，322，327，
　340，348，358，372，383，386，391，

后　　记

　　本卷资料出处，除随文夹注者外，多已列入书后之参考文献，惟下列著述，在史实编年和作家生平及社团期刊的介绍方面，对其中的资料和所列之"年表"，参考、采录甚多，因篇幅体例限制，在正文中未一一详明，特专列于此，谨致竭诚感谢之意：

　　谢冕主编、孟繁华副主编："百年中国文学总系"之《1956：百花时代》（洪子诚著）；《1962：夹缝中的生存》（陈顺馨著）；《1967：狂乱的文学年代》（杨鼎川著）；《1978：激情岁月》（孟繁华著）；《1985：延伸与转折》（尹昌龙著）；《1993：世纪末的喧哗》（张志忠著）；

　　中国社会科学院文学研究所当代文学研究室编：《新时期文学六年》；

　　朱寨、张炯主编：《当代文学新潮》；

　　王家新、孙文波编：《中国诗歌九十年代备忘录》；

　　西渡、郭骅编：《先锋诗歌档案》；

　　孟京辉编：《先锋戏剧档案》。

　　参加本卷资料采录整理、编纂核查工作的，除主编之外，主要有武汉大学硕士研究生石玉洁、王兆美、黄磊、张金兴四名同学。江华同学曾参与了初期的部分资料采录工作。武汉大学博士后魏天真，博士研究生李从云、胡群慧、周颖菁、彭宏，华中师范大学博士研究生段炼一并参与了后期的编审核查工作。此外，华中师范大学文学院2003级中文基地班的部分同学参与了"新时期文学"（1977—2000）的初期资料普查搜集工作。谨记其劳绩，并致感谢之意。

　　其他以各种方式对本卷编纂、出版，包括本项目的评审、结项工作给予帮助的人、事，不一一尽列，惟感谢之情，莫敢或忘。

本卷主编谨识

丙戌年春月

图书在版编目（CIP）数据

中国文学编年史. 当代卷 / 陈文新主编；於可训，李遇春分册主编. —长沙：湖南人民出版社，2006.9
ISBN 7-5438-4537-7

Ⅰ.中... Ⅱ.①陈...②於...③李... Ⅲ.①文学史—编年史—中国—当代 Ⅳ.I209

中国版本图书馆 CIP 数据核字（2006）第 117658 号

中国文学编年史·当代卷

责任编辑：	李建国　　胡如虹　　曹有鹏
	邓胜文　　张志红　　杨　纯　　聂双武
主　　编：	陈文新
书名题字：	卢中南
装帧设计：	陈　新
出　　版：	湖南人民出版社
地　　址：	长沙市营盘东路 3 号
市场营销：	0731-2226732
网　　址：	http://www.hnppp.com
邮　　编：	410005
制　　作：	湖南潇湘出版文化传播有限公司
电　　话：	0731-2229693　　2229692
印　　刷：	中华商务联合印刷（广东）有限公司
经　　销：	湖南省新华书店
版　　次：	2006 年 9 月第 1 版第 1 次印刷
开　　本：	787 × 1094　1/16
印　　张：	45.5
字　　数：	1,007,000
书　　号：	ISBN 7-5438-4537-7/I·454
定　　价：	338.00 元